AS BRUMAS DE AVALON

MARION ZIMMER BRADLEY

AS BRUMAS DE AVALON

Tradução: Marina Della Valle

Planeta

Título original: *The Mists of Avalon*

Preparação: Carla Fortino
Revisão: Luiza Del Monaco e Fernando Wizart
Diagramação: Márcia Matos
Capa: departamento de criação Editora Planeta do Brasil
Ilustração de capa: Marc Simonetti

CIP-BRASIL. CATALOGAÇÃO NA PUBLICAÇÃO
SINDICATO NACIONAL DOS EDITORES DE LIVROS, RJ

B79b

Bradley, Marion Zimmer
As brumas de Avalon / Marion Zimmer Bradley; tradução Marina Della Valle. - 1. ed. - São Paulo: Planeta, 2017.

Tradução de: The mists of Avalon
ISBN 978-85-422-1178-8

1. Fantasia. 2. Romance histórico. I. Della Valle, Marina. II. Título.
17-44715 CDD: 823
CDU: 821.111-3

EDITORA PLANETA DO BRASIL LTDA.
Rua Padre João Manuel, 100 – 21º andar
Ed. Horsa II – Cerqueira César
01411-000 – São Paulo-SP
www.planetadelivros.com.br
atendimento@editoraplaneta.com.br

"... A Fada Morgana não se casou, mas foi enviada para ser educada em um convento, onde se tornou uma grande senhora da magia."

— Malory, *Le Morte d'Arthur*

agradecimentos

Qualquer livro desta complexidade leva seu autor a fontes numerosas demais para serem listadas em sua totalidade. Devo mencionar primeiro meu falecido avô, John Roscoe Conklin, que me deu uma velha cópia maltratada da edição de Sidney Lanier de *Tales of King Arthur* [histórias do rei Artur], que li e reli a ponto de memorizar o texto todo antes dos dez anos de idade. Minha imaginação também foi estimulada por fontes variadas, como as histórias ilustradas semanais de *Príncipe Valente: nos tempos do rei Artur*; e com quinze anos eu matava aulas com mais frequência do que qualquer um podia perceber só para me esconder na biblioteca do Departamento de Educação em Albany, Nova York, lendo uma edição em dez volumes de *O ramo de ouro*, de James G. Frazer, e uma coleção de quinze livros sobre religiões comparadas, que tinha um volume sobre druidas e religiões celtas.

No que diz respeito à pesquisa específica para este livro, agradeço a Geoffrey Ashe, cujos trabalhos sugeriram diversos caminhos para outras pesquisas, e a Jamie George, da livraria Gothic Image, em Glastonbury, que, além de me mostrar a geografia de Somerset e os locais de Camelot e do reino de Guinevere (para os fins deste livro, aceito a teoria atual de que Camelot ficava no local do castelo Cadbury, em Somerset), guiou-me pela peregrinação a Glastonbury. Ele também chamou minha atenção para as tradições persistentes em torno de Chalice Well, em Glastonbury, e a antiga crença de que José de Arimateia plantou o Espinheiro Sagrado no monte Wearyall. Encontrei também bastante material explorando a tradição celta de que Jesus Cristo foi educado na religião da sabedoria, tendo estudado no templo que ocupava o topo do Tor de Glastonbury.

Em relação ao material sobre o cristianismo pré-agostiniano, usei, com permissão, um manuscrito que circula de maneira privada intitulado "The pre-constantine mass: a conjecture" [a missa pré-constantina: uma conjetura], do padre Randall Garrett; também recorri a materiais das liturgias siríaco-caldeias, como a Sagrada Orbana de São Serapião, e também o material litúrgico de grupos locais de cristãos do ramo de São Tomé e católicos pré-nicenos. Os excertos das Escrituras, especialmente a história de Pentecostes e o Magnificat, foram traduzidos para mim do Testamento Grego por Walter Breen; devo ainda mencionar *The*

Western Mystery Tradition [a tradição ocidental dos mistérios], de Christine Hartley, e *Glastonbury: Avalon of the Heart* [Glastonbury: o coração de Avalon], de Dion Fortune.

Toda tentativa de desvendar a religião pré-cristã das ilhas Britânicas se tornou conjetural, devido aos esforços determinados de seus sucessores ideológicos no sentido de garantir a extinção de todos os seus vestígios; os acadêmicos divergem tanto que não peço desculpas por selecionar, entre fontes variadas, as que se encaixam melhor nas necessidades da ficção. Eu li, embora tenha mantido certa liberdade, as obras de Margaret Murray e vários livros sobre Wicca Gardneriana. Pelo contato com as cerimônias, gostaria de expressar meu agradecimento aos grupos neopagãos locais; a Alison Harlow e ao Covenant of the Goddess, a Otter e Morning-Glory Zell, a Isaac Bonewits e aos Druidas Neorreformados, a Robin Goodfellow e Gaia Wildwoode, a Philip Wayne e a Crystal Well, assim como a Starhawk, cujo livro *A dança cósmica das feiticeiras* foi inestimável ao me ajudar a deduzir muito sobre a preparação de uma sacerdotisa; e, pelo grande apoio pessoal e emocional (incluindo conforto e massagens nas costas) durante a escrita deste livro, a Diana Paxson, Tracy Blackstone, Elisabeth Waters e Anodea Judith, da Darkmoon Circle.

Por fim, devo expressar minha gratidão amorosa ao meu marido, Walter Breen, que disse, em um momento crucial da minha carreira, que estava na hora de parar de apostar na segurança dos livros de venda fácil e me deu o apoio financeiro para que eu fizesse isso; também a Don Wollheim, que sempre acreditou em mim, e a sua mulher, Elsie. Sobretudo, e sempre, a Lester e a Judy-Lynn del Rey, que me ajudaram a amadurecer modalidades de escrita, algo sempre assustador, meu agradecimento e meu amor. E, por fim, mas não menos importante, a meu filho mais velho, David, por sua preparação cuidadosa dos originais finalizados.

PRÓLOGO

Morgana fala...

Em meu tempo, fui chamada de muitas coisas: irmã, amante, sacerdotisa, sábia, rainha. Na verdade, eu me tornei, sim, uma sábia, e pode chegar um tempo em que estas coisas devam ser conhecidas. Mas, sinceramente, acredito que serão os cristãos a contarem a última história. Cada vez mais o mundo das fadas se afasta do mundo sobre o qual o Cristo estende seus domínios. Não tenho desavenças com o Cristo, apenas com seus padres, que chamam a Grande Deusa de demônio e negam que ela tenha um dia sido poderosa neste mundo. Na melhor das hipóteses, dizem que o poder dela vinha de Satã. Ou a vestem com o manto azul da Nossa Senhora de Nazaré, que de fato teve poder, à sua maneira, e dizem até que era uma virgem. Mas o que sabe uma virgem a respeito dos sofrimentos e das labutas da humanidade?

E agora que o mundo mudou, e Artur, meu irmão, meu amante, rei que foi e rei que será, jaz morto (o povo diz que ele dorme) na Ilha Sagrada de Avalon, a história deve ser contada como o era antes que os padres do Cristo Branco viessem e cobrissem tudo com seus santos e suas lendas.

Pois, como eu disse, o mundo em si mudou. Houve um tempo em que um viajante, se tivesse a disposição e soubesse uns poucos segredos, poderia sair com sua barcaça pelo mar do Verão e chegar não à Glastonbury dos monges, mas à Ilha Sagrada de Avalon, uma vez que naquele tempo os portões entre os mundos flutuavam dentro das brumas e se abriam, um para o outro, conforme o pensamento e o desejo do viajante. Pois este é o grande segredo, que era conhecido por todos os homens instruídos de nossos dias: o pensamento do homem cria o mundo que o cerca, um mundo novo a cada dia.

E agora os padres, acreditando que isso interfere no poder do seu Deus, que criou o mundo de uma vez por todas para ser imutável, fecharam essas portas (que nunca foram portas, a não ser na mente dos homens), e o caminho leva apenas à Ilha dos Padres, que eles protegem com o som dos seus sinos de igreja, afastando todos os pensamentos de outro mundo na escuridão. De fato, eles dizem que esse outro mundo, se de fato existe, é propriedade de Satã: o portal para o inferno, se não o próprio inferno.

Não sei o que o Deus deles pode ou não ter criado. Apesar do que dizem as lendas, eu nunca soube muito sobre seus padres e nunca vesti o negro de uma de suas freiras-escravas. Se as pessoas na corte de Artur em Camelot escolheram pensar isso de mim quando fui para lá (pois sempre preferi os mantos negros que a Grande Mãe usa em seu traje de sábia), eu não as desenganei. E, de fato, perto do fim do reinado de Artur, seria perigoso fazê-lo, e baixei a cabeça à conveniência, como jamais teria feito minha grande mestra: Viviane, Senhora do Lago, um dia a maior amiga de Artur depois de mim, e mais tarde sua pior inimiga – mas também nisso superada por mim.

Mas a luta terminou; pude acolher Artur, por fim, quando ele estava à beira da morte, não como meu inimigo e inimigo da Deusa, mas apenas como meu irmão e como um moribundo precisando da ajuda da Mãe, para onde todos os homens por fim se voltam. Até mesmo os padres sabem disso, com sua Maria sempre-virgem em seu manto azul; pois ela também se torna a Mãe do Mundo na hora da morte.

E então Artur deitou a cabeça em meu colo, vendo em mim não a irmã, a amante ou a inimiga, mas apenas a sábia, a sacerdotisa, a Senhora do Lago; e assim descansou no seio da Grande Mãe, de quem ele veio no parto e para quem, ao fim, como todos os homens, ele deve ir. E talvez, enquanto eu guiava a barcaça que o levava, dessa vez não para a Ilha dos Padres, mas para a verdadeira Ilha Sagrada no mundo obscuro além do nosso, aquela Ilha de Avalon para onde agora poucos além de mim podem ir, talvez então ele tenha se arrependido da inimizade que surgira entre nós.

Ao contar esta história, falarei às vezes de coisas que se passaram quando eu era jovem demais para compreendê-las ou de coisas que ocorreram quando eu não estava presente; e meu ouvinte fará uma pausa e talvez dirá: esta é a magia dela. Mas eu sempre tive o dom da Visão, de ver o interior da mente dos homens e das mulheres; e, por todo esse tempo, estive perto de todos eles. Assim, por vezes, tudo o que pensavam me era conhecido, de um jeito ou de outro. E assim contarei esta história.

Pois um dia os padres também a contarão como a conheceram. Talvez, entre as duas, a minha e a deles, haja algum lampejo da verdade.

Pois isto é o que os padres não sabem, com o seu Deus Único e a sua Verdade Única: não existem histórias verdadeiras. A verdade tem muitas faces e é como o velho caminho para Avalon; depende de sua vontade, e de seus próprios pensamentos, o destino para onde o caminho o levará, assim como se, no final, você chegará à Ilha Sagrada da Eternidade ou aos padres, com seus sinos, sua morte, seu Satã, seu Inferno e sua danação... Mas talvez eu seja injusta com eles. Até mesmo a Senhora do Lago, que odiava a batina de um padre como teria odiado uma víbora venenosa, e com boas razões, uma vez me censurou por falar mal do Deus deles.

— Todos os Deuses são um só Deus — ela me disse então, como havia dito muitas vezes antes, e como eu disse para minhas noviças diversas vezes, e cada sacerdotisa que virá depois de mim dirá novamente — e todas as Deusas são uma só Deusa, e há apenas um Iniciador. E a cada homem sua própria verdade, e o Deus nela.

Assim, talvez a verdade esteja em algum lugar entre o caminho para Glastonbury, a Ilha dos Padres, e o caminho para Avalon, para sempre perdida nas brumas do mar do Verão.

Mas esta é a minha verdade; eu, Morgana, conto-lhe essas coisas, a Morgana que em tempos mais recentes foi chamada de Morgana, a Fada.

LIVRO UM

A senhora da magia

rocha, velhas montanhas e colinas afogadas pelo mar, que nunca parava de avançar e de corroer, mesmo agora, os rochedos abaixo do castelo. Ali, no fim do mundo, onde o mar tragava eternamente a terra, era fácil acreditar em terras submersas a oeste; havia lendas de uma grande montanha de fogo que explodira, bem ao sul, e engolira uma grande porção de terra por lá. Igraine nunca soube se acreditava ou não nessas lendas.

Sim, certamente ouvia vozes na neblina. Não seriam invasores bárbaros do outro lado do mar ou das costas selvagens de Erin. Fazia tempo que ela já não se alarmava com cada som estranho ou sombra. Não era seu marido, o duque: ele estava longe, ao norte, lutando contra os saxões ao lado de Ambrósio Aureliano, Grande Rei da Bretanha; Gorlois teria avisado se tivesse a intenção de voltar.

E ela não precisava temer. Se os invasores fossem hostis, os guardas e os soldados no forte, no ponto em que o promontório se juntava à terra, ali postados pelo duque Gorlois para proteger a mulher e a filha, os teriam detido. Seria preciso um exército para passar por eles. E quem mandaria um exército contra Tintagel?

Houve um tempo, Igraine recordou sem amargura, movendo-se lentamente até o pátio, em que ela saberia quem cavalgava em direção ao seu castelo. O pensamento trazia pouca tristeza, agora. Desde o nascimento de Morgana, ela não chorava mais por seu lar. E Gorlois era bom para ela. Ele a confortara nos períodos iniciais de medo e ódio, dera-lhe joias e coisas belas, troféus de guerra, a cercara de damas para servi-la e sempre a tratara como uma igual, exceto nos conselhos de guerra. Ela não poderia ter pedido mais, a não ser que tivesse se casado com um homem das tribos. E sobre isso não tivera escolha. Uma filha da Ilha Sagrada deveria fazer o que era melhor para seu povo, quer isso significasse morrer em sacrifício, entregar a virgindade no Casamento Sagrado ou casar quando isso pudesse cimentar alianças. Era o que Igraine havia feito, tendo se casado com um duque romanizado da Cornualha, um cidadão que vivia, mesmo depois de Roma ter deixado toda a Bretanha, à moda romana.

Ela tirou o manto dos ombros; dentro do pátio, fora do alcance do vento cortante, estava mais quente. Ali, a neblina rodopiou e se dissipou, e, por um momento, uma figura pairou à sua frente, tendo se materializado da bruma e da névoa: a sua meia-irmã, Viviane, a Senhora do Lago, a Senhora da Ilha Sagrada.

— Irmã! — A voz vacilou, e Igraine soube que não tinha falado em tom alto, e sim apenas sussurrado, as mãos pousadas no peito. — É você, realmente, que eu vejo aqui?

O rosto tinha um ar de reprovação, e as palavras pareciam levadas ao do vento além dos muros.

Você desistiu da Visão, Igraine? De seu livre-arbítrio?

Magoada com a injustiça dessas palavras, Igraine respondeu:

— Foi você quem decretou que eu deveria me casar com Gorlois...

Mas a forma da irmã bruxuleou nas sombras, não estava ali, nunca estivera. Igraine piscou; a breve aparição havia sumido. Ela envolveu o corpo no manto, pois estava mais uma vez com frio, gelada; sabia que a visão havia tirado a sua força do calor e da vida do corpo dela própria, Igraine. Pensou: *Não sabia que ainda podia ver dessa maneira, eu estava certa de que não podia...* E então estremeceu, ciente de que o padre Columba consideraria isso obra do diabo e que ela deveria confessar-se com ele. Verdade que, ali no fim do mundo, os padres eram mais permissivos, mas uma visão inconfessa seria certamente tratada como algo profano.

Ela franziu o cenho: por que deveria tratar uma visita de sua irmã como obra do demônio? O padre Columba podia dizer o que quisesse; talvez seu Deus fosse mais sábio que ele. O que, Igraine pensou, abafando um risinho, não seria muito difícil. Talvez o padre Columba tivesse se tornado um padre de Cristo porque nenhum colégio de druidas aceitaria em seus quadros um homem tão estúpido. O Deus Cristo não parecia ligar se um padre era estúpido ou não desde que este fosse capaz de resmungar a missa e ler e escrever um pouco. A própria Igraine tinha mais habilidades acadêmicas que o padre Columba e falava melhor o latim, quando queria. Igraine não pensava em si mesma como uma pessoa instruída; ela não tivera o vigor para estudar o conhecimento mais profundo da velha religião, ou para penetrar nos Mistérios mais do que era absolutamente necessário para uma filha da Ilha Sagrada. De qualquer maneira, embora fosse ignorante em qualquer Templo dos Mistérios, ela podia se passar por uma senhora bem-educada entre os bárbaros romanizados.

No pequeno cômodo junto do pátio, onde havia sol nos dias mais bonitos, sua irmã mais nova, Morgause, treze anos e florescendo, vestindo uma solta túnica caseira feita de lã sem tingir e seu velho manto desleixado nos ombros, fiava apaticamente com um fuso de suspensão, enrolando o fio desigual em um carretel oscilante. No chão, perto da lareira, Morgana rolava um velho fuso como se fosse uma bola, observando os padrões erráticos que o cilindro irregular fazia, derrubando-o para lá e para cá com seus dedos gorduchos.

— Eu não fiei o suficiente? — Morgause reclamou. — Meus dedos doem! Por que eu devo fiar, fiar, fiar o tempo todo, como se fosse uma serva?

— Toda dama deve aprender a fiar — Igraine repreendeu, como sabia que precisava fazer —, e seu fio é uma desgraça, grosso aqui, fino al
Seus dedos vão perder a fadiga quando se acostumarem ao trabalho. D
doendo são um sinal de que você vem sendo preguiçosa, já que el

estão duros o bastante para a tarefa. — Ela tomou o fuso de Morgause e o girou com uma facilidade espontânea; o fio desigual, em seus dedos experientes, transformou-se em uma fibra de espessura perfeitamente regular. — Veja, é possível tecer este fio sem deixar falhas na lançadeira... — E, de súbito, ela se cansou de se comportar como deveria. — Mas você pode deixar o fuso de lado agora; teremos hóspedes antes do meio da tarde.

Morgause a observou e disse:

— Eu não ouvi nada. Nem mesmo um cavaleiro trazendo uma mensagem!

— Isso não me surpreende, pois não veio cavaleiro algum. Foi um Aviso. Viviane está a caminho, e Merlim vem com ela. — Igraine não sabia da última parte até dizê-la. — Então, leve Morgana para a ama e vá colocar seu vestido de festa, aquele tingido de açafrão.

Morgause pôs o fuso de lado com entusiasmo antes de fazer uma pausa para encarar Igraine.

— Meu vestido de açafrão? Por causa de minha *irmã*?

Igraine a corrigiu severamente:

— Não por causa de nossa irmã, Morgause, mas pela Senhora da Ilha Sagrada, e pelo Mensageiro dos Deuses.

Morgause voltou o olhar para o chão decorado. Ela era uma garota alta, robusta, que estava começando a se alongar e a se transformar em mulher; seu cabelo grosso era avermelhado como o de Igraine, e havia sardas em sua pele, não importava quão cuidadosamente ela as embebesse em leitelho ou implorasse à mulher que cuidava das ervas por banhos e plantas medicinais para tratá-las. Aos treze anos, já era tão alta quanto Igraine, e um dia seria maior. Ela pegou Morgana com má vontade e a levou para fora. Igraine gritou para a irmã:

— Diga à ama para colocar um vestido de festa na menina, e então você pode trazê-la. Viviane ainda não a viu.

Morgause disse algo mal-humorado sobre não entender por que uma grande sacerdotisa desejaria ver uma criancinha, mas falou sussurrando, para que Igraine tivesse uma desculpa para ignorá-la.

Acima da escada estreita, em seu quarto, estava frio; a lareira não era acesa ali, exceto no auge do inverno. Enquanto Gorlois estava longe, Igraine dividia a cama com a serva, Gwennis, e a prolongada ausência dele lhe dava uma desculpa para trazer Morgana para sua cama à noite. Às vezes, Morgause dormia ali também, dividindo as cobertas de pele que as protegiam do frio cortante. O grande leito marital, coberto com dossel, acortinado contra golpes de vento, era mais que suficiente para as três mulheres e a criança.

Gwen, que era velha, cochilava em um canto. Igraine se absteve de acordá-la. Tirou o vestido de trabalho, feito de lã sem tingir, e colocou, apressada, seu traje fino enfeitado no pescoço com uma fita de seda, presente que Gorlois lhe trouxera de Londinium. Pôs nos dedos uns pequenos anéis de prata que tinha desde pequena – eles agora entravam apenas nos dois dedos menores – e no pescoço um colar de âmbar que ganhara do marido. O vestido era tingido de cor de ferrugem e tinha uma sobretúnica verde. Encontrou seu pente de chifre entalhado e começou a passá-lo pelos cabelos, sentada em um banco, pacientemente desfazendo os nós. Ouviu uma gritaria alta vinda de outro cômodo e imaginou que a ama penteava o cabelo de Morgana, que não estava gostando nada daquilo. A gritaria parou subitamente, e Igraine supôs que Morgana tivesse sido silenciada com um tapa; ou talvez, como às vezes acontecia quando Morgause estava de bom humor, esta houvesse decidido penteá-la com seus dedos hábeis e pacientes. Por isso, Igraine sabia que sua irmã mais nova podia fiar suficientemente bem se quisesse: suas mãos eram bastante hábeis para todo o resto – pentear, cardar, fazer tortas de Natal.

Igraine trançou o cabelo, prendeu-o no topo da cabeça com uma presilha de ouro e colocou seu broche, também de ouro, na prega do manto. Ela se olhou no velho espelho de bronze que sua irmã Viviane lhe dera em seu casamento, trazido, disseram, de Roma. E soube, amarrando o vestido, que seus seios eram de novo como haviam sido antes: Morgana fora desmamada havia um ano, e eles estavam apenas um pouco mais flácidos e pesados. Ela sabia que havia recuperado sua antiga magreza pois se casara com o mesmo vestido, e agora os laços não estavam nem um pouco apertados.

Gorlois, quando voltasse, esperaria levá-la para a cama novamente. Da última vez que ele a vira, Morgana ainda mamava, e o duque cedera ao pedido de Igraine de continuar a amamentar a criança durante o verão, quando tantas crianças pequenas morriam. Igraine sabia que o marido ficara descontente porque o bebê não era o filho pelo qual ele ansiava — esses romanos contavam sua linhagem pelo lado masculino, em vez do feminino; tolice, pois como um homem poderia saber quem era de fato o pai do filho de uma mulher? Era claro que os romanos se preocupavam muito com quem se deitava com suas mulheres, e as trancavam e espionavam. Não que Igraine precisasse ser vigiada; um homem era ruim o suficiente, por que desejaria outros, que poderiam ser piores?

Embora estivesse ansioso por um filho, Gorlois havia sido indulgente, deixando-a ficar com Morgana na cama e continuar a amamentá-la, tendo até se afastado dela e passado as noites com sua criada Ettarr, para que a esposa não ficasse grávida de novo, secando o leite. Ele sabia quantas crianças morriam ao serem desmamadas antes de poderem mastigar carne e pão. Crianças alimentadas com mingau eram enfermiças, e era comum não haver leite de cabra no verão, quando estavam em condições de bebê-lo. Crianças alimentadas com leite de vaca ou de égua eram frequentemente acometidas de vômitos e morriam, ou sofriam com disenteria e perdiam a vida. Por isso, ele deixara Morgana mamar no peito, adiando por ao menos um ano e meio a chegada do filho que desejava. Igraine, assim, seria sempre grata a ele, e não reclamaria, não importava quão rápido ele a engravidasse agora.

Ettarr engravidara e dera para se envaidecer; seria *ela* a ter um filho do duque da Cornualha? Igraine ignorara a moça; Gorlois tinha outros filhos bastardos, um deles estava com ele no momento, no campo do duque da guerra, Uther. Mas Ettarr ficara doente e perdera a criança, e Igraine tivera a intuição de não perguntar a Gwen por que esta parecia tão feliz com o acontecimento. A velha Gwen sabia muito sobre ervas para que Igraine ficasse totalmente tranquila. *Um dia*, ela decidiu, *vou obrigá-la a me dizer exatamente o que colocou na cerveja de Ettarr.*

Ela desceu para a cozinha, a longa saia arrastando pelos degraus de pedra. Morgause estava lá, com seu melhor vestido, e havia colocado em Morgana um vestido festivo, tingido de açafrão, que a deixava morena como um picto. Igraine a pegou no colo, segurando-a com prazer. Pequena, morena, de constituição delicada, com ossos tão miúdos que era como segurar um passarinho pequeno e macio. Como aquela criança tinha saído com aquela aparência? Ela mesma e Morgause eram altas, de cabelos vermelhos, de coloração terrosa, como todas as mulheres da tribo, e Gorlois, apesar de moreno, era romano, alto, esguio e aquilino, endurecido por anos de batalhas contra os saxões, muito consciente de sua dignidade romana para demonstrar afeto a uma jovem esposa e com nada além de indiferença em relação à filha, que veio no lugar do filho que Igraine deveria ter dado a ele.

Mas, Igraine lembrou-se, esses homens romanos outorgavam a si mesmos o direito divino sobre a vida e a morte dos filhos. Muitos, cristãos ou não, teriam exigido que a filha não fosse criada pela esposa, que assim ficaria livre para dar a eles um filho. Gorlois havia sido bom com ela, havia deixado que ela ficasse com a menina. Talvez, embora ela não desse a ele o crédito de tanta imaginação, ele soubesse o que ela, uma mulher das tribos, sentia a respeito de uma filha.

Enquanto dava ordens para a recepção dos hóspedes, para que trouxessem vinho das adegas e assassem carne – não coelho, mas um bom cordeiro do último abate –, Igraine ouviu o cacarejar e bater de asas de galinhas assustadas no pátio e soube que os cavaleiros haviam atravessado o promontório. Os criados pareciam assustados, mas a maioria já se resignara ao fato de que sua ama tinha a Visão. Ela fingia tê-la, usando suposições inteligentes e uns poucos truques; assim, eles continuariam a temê-la. Agora, Igraine pensou: *Talvez Viviane esteja certa e eu ainda a tenha. Talvez eu apenas tenha acreditado que ela tivesse acabado, pois naqueles meses antes do nascimento de Morgana me senti tão fraca e impotente. Agora voltei ao que era. Minha mãe foi uma grande sacerdotisa até o dia de sua morte, apesar de ter dado à luz vários filhos.*

Mas, sua mente lhe respondeu, sua mãe havia dado à luz aquelas crianças em liberdade, como tocava às mulheres das tribos, dos pais que ela escolhera, não como a escrava de um romano cujos costumes davam a ele poder sobre mulheres e crianças. Afastou com impaciência tais pensamentos; importava se ela tinha a Visão ou se apenas parecia tê-la, se isso mantinha os criados em seus lugares?

Ela caminhou lentamente até o pátio, que Gorlois ainda gostava de chamar de átrio, embora não fosse nada parecido com o casarão em que ele vivera até Ambrósio o tornar duque da Cornualha. Igraine encontrou os cavaleiros apeando de seus cavalos, e seus olhos se dirigiram para a única mulher entre eles, uma mulher menor que ela e que já não era mais tão jovem, vestida com uma túnica masculina e culotes de lã, encapotada em mantos e xales. Os olhares de ambas se encontraram em um cumprimento através do pátio, mas Igraine foi obedientemente se curvar diante do velho alto e magro que desmontava de uma mula esquálida. Ele vestia os mantos azuis de um bardo, e uma harpa pendia de seu ombro.

— Dou-lhe as boas-vindas a Tintagel, senhor Mensageiro; o senhor abençoa nosso teto e o honra com sua presença.

— Eu lhe agradeço, Igraine — disse a voz sonora, e então Taliesin, o Merlim da Bretanha, druida, bardo, juntou as mãos diante do rosto e as esticou para abençoar Igraine.

Cumprida sua obrigação de momento, Igraine correu para a meia-irmã e teria se inclinado para receber a bênção dela também; porém Viviane se curvou e a impediu.

— Não, não, criança, esta é uma visita familiar, há tempo suficiente depois para me fazer honrarias se você assim desejar... — Ela abraçou Igraine com força e a beijou na boca. — É este o bebê? Percebe-se que ela tem o sangue do Povo Antigo. Ela se parece com a nossa mãe, Igraine.

Viviane, Senhora do Lago e da Ilha Sagrada, estava na faixa dos trinta anos; filha mais velha da antiga sacerdotisa do lago, ela havia sucedido a mãe em seu cargo sagrado. Pegou Morgana nos braços, embalando-a com as mãos experientes de uma mulher acostumada com bebês.

— Ela se parece com *você* — disse Igraine, surpresa ao perceber que deveria ter notado isso antes. Mas tinham se passado quatro anos desde a última vez que vira Viviane, em seu casamento. Havia acontecido tanta coisa, tanta coisa mudara desde que ela, uma garota assustada de quinze anos, fora entregue nas mãos de um homem com mais que o dobro de sua idade. — Mas venham para o saguão, senhor Merlim, irmã. Venham se aquecer.

Livre das mantas e dos xales que a envolviam, Viviane, Senhora do Lago, era uma mulher surpreendentemente pequena, não mais alta que uma garota de oito ou dez anos. Em sua túnica larga, rodeada por um cinto, uma faca pendendo da cintura, culotes de lã volumosos e pernas cobertas por polainas, ela parecia minúscula, uma criança em roupas de adulto. O rosto era pequeno, moreno e triangular, a testa baixa sob o cabelo tão escuro quanto as sombras ao pé dos penhascos. Os olhos eram escuros também, e grandes para o rosto; Igraine nunca havia percebido como a irmã era pequena.

Uma criada trouxe a taça dos convidados: vinho quente, misturado com temperos que Gorlois havia mandado a ela dos mercados de Londinium. Viviane a tomou nas mãos, e Igraine a observou; com o gesto com que tomou a taça, ela subitamente adquiriu uma aparência alta e imponente; poderia bem ser o cálice santo das Insígnias Sagradas. Ela a ajeitou nas mãos e a levou lentamente aos lábios, murmurando uma prece. Provou o vinho, virou-se e colocou a taça nas mãos do Merlim. Ele pegou o objeto com uma grave reverência e o levou aos lábios. Igraine, que mal havia se iniciado nos Mistérios, de algum modo sentiu que também fazia parte dessa bela solenidade ritual ao pegar a taça dos convidados, provar o vinho e dizer palavras formais de boas-vindas.

Ela então colocou a taça de lado, e sua sensação se desfez; Viviane era apenas uma mulher pequena de aparência cansada, e o Merlim, nada além de um velho curvado. Igraine os levou rapidamente para perto da lareira.

— É uma longa jornada desde a costa do mar do Verão nestes dias — ela disse, lembrando-se de quando a percorrera, jovem noiva, assustada e tomada de ódio silencioso, no séquito do marido desconhecido que, até então, era apenas uma voz e um horror na noite. — O que os traz aqui, em meio às tempestades da primavera, minha irmã e senhora?

E por que não veio antes, por que me deixou por conta própria, para aprender a ser uma esposa, parir uma criança sozinha, com medo e saudade de casa? E, se não veio antes, por que agora, quando é tarde demais e estou por fim resignada à submissão?

— A distância é de fato longa — Viviane falou suavemente, e Igraine soube que a sacerdotisa tinha ouvido, como sempre ouvia, as palavras que ela não dissera tanto quanto as que proferira. — E estes são tempos perigosos, criança. Mas você se tornou uma mulher nestes anos, mesmo que eles tenham sido solitários, tão solitários quanto os anos de isolamento para tornar-se um bardo, ou — ela acrescentou, com a centelha de um sorriso reminiscente — sacerdotisa. Caso você tivesse escolhido esse caminho, teria achado igualmente solitário, minha Igraine. Sim, claro — ela disse, esticando-se para baixo, seu rosto suavizando-se —, você pode subir no meu colo, pequena. — Ela pegou Morgana, e Igraine observou com admiração; normalmente, a menina era tão arisca quanto um coelho selvagem. Em parte ressentida, em parte rendida ao velho encanto, ela observou a criança se acomodar no colo de Viviane. A irmã parecia quase pequena demais para segurá-la com segurança. Uma mulher fada, de fato; uma mulher do Povo Antigo. E, realmente, Morgana talvez ficasse bem parecida com ela.

— E Morgause, como cresceu desde que a enviei a você, há um ano — disse Viviane, olhando para Morgause, que, em seu vestido cor de açafrão, retraía-se, ressentida, nas sombras do fogo. — Venha me dar um beijo, irmãzinha. Ah, você será alta como Igraine. — Ela levantou os braços para abraçar a menina, que saiu das sombras emburrada como um filhote ainda mal domesticado. — Isso, sente-se aqui perto de meus joelhos se quiser, criança.

Morgause sentou-se no chão, deitando a cabeça no colo de Viviane, e Igraine percebeu que seus olhos estavam marejados de lágrimas.

Ela tem todos nós em suas mãos. Como pode ter tanto poder sobre nós? Ou é porque ela é a única mãe que Morgause conheceu? Era uma mulher adulta quando Morgause nasceu, sempre foi uma mãe, além de irmã, para nós duas.

A mãe delas, que era mesmo velha demais para ter filhos, tinha morrido no parto de Morgause. Mais cedo, naquele ano, Viviane havia tido uma criança; o bebê morrera, e ela se encarregara de amamentar Morgause.

Morgana havia se aconchegado no colo de Viviane; Morgause deitou a cabeça ruiva nos joelhos dela. A sacerdotisa segurava a pequenina com um braço enquanto, com a mão livre, acariciava o cabelo longo e sedoso da garota quase crescida.

— Eu teria vindo vê-la quando Morgana nasceu — disse Viviane —, mas eu também estava grávida. Dei à luz um menino naquela época. Eu o entreguei para ser criado por outra mulher, e acho que ela o enviará para os monges. Ela é cristã.

— Você não liga que ele seja criado como cristão? — Morgause perguntou. — Ele é bonito? Como é o nome dele?

Viviane riu.

— Eu o chamei de Balan, e a mãe de criação batizou o filho dela de Balin. Eles nasceram com apenas dez dias de diferença, então serão criados como gêmeos, sem dúvida. E não, eu não ligo que ele seja criado como cristão, o pai dele era um, e Priscilla é uma boa mulher. Você disse que a jornada até aqui era longa; acredite em mim, criança, é mais longa agora do que quando você se casou com Gorlois. Não é mais longa, talvez, que da Ilha dos Padres, onde cresce o espinheiro sagrado deles, porém é mais distante, muito mais distante, de Avalon…

— E é por isso que viemos — interrompeu o Merlim, e a sua voz era como o dobre de um grande sino, tanto que Morgana se remexeu e começou de repente a se queixar, amedrontada.

— Não entendo — disse Igraine, subitamente inquieta. — Com certeza, esses dois lugares estão bem próximos…

— Os dois são *um* só — disse o Merlim, sentando-se muito ereto —, mas os seguidores de Cristo preferem dizer que não *há* outro Deus além do Deus deles, e não que *eles* não devem ter outro Deus além do Deus deles; que ele sozinho fez o mundo e que sozinho o governa, sozinho fez as estrelas e toda a criação.

Igraine rapidamente fez o sinal sagrado contra a blasfêmia.

— Mas não pode ser — ela insistiu. — Nenhum Deus sozinho pode governar todas as coisas… E a Deusa? E a Mãe…?

— Eles creem — disse Viviane, com sua voz suave e baixa — que não há Deusa; pois o princípio da mulher, dizem, é o princípio de todo o mal; por meio da mulher, de acordo com eles, o mal entrou neste mundo; há uma lenda judaica fantástica sobre uma maçã e uma cobra.

— A Deusa vai puni-los — disse Igraine, abalada. — E mesmo assim você me casou com um deles?

— Não sabíamos que a blasfêmia deles era tão ampla — disse o Merlim —, pois houve seguidores de outros Deuses em nossa época. Mas eles respeitavam os Deuses alheios.

— Mas o que isso tem a ver com a extensão da estrada desde Avalon? — perguntou Igraine.

— Chegamos, então, à razão de nossa visita — o Merlim falou —, pois, como sabem os druidas, o que molda o mundo e toda a realidade é aquilo em que a humanidade acredita. Há muito tempo, quando os seguidores de Cristo chegaram pela primeira vez à nossa ilha, eu sabia que se tratava de um ponto de inflexão no tempo, um momento de mudança no mundo.

Morgause olhou para o velho, os olhos arregalados de espanto.

— O senhor é tão velho assim, Venerável?

O Merlim sorriu para a garota e disse:

— Não em meu próprio corpo. Mas li muito no grande salão que não é deste mundo, onde o Registro de Todas as Coisas é escrito. E, além disso, eu *era vivo* na época. Os Senhores deste mundo me permitiram voltar, mas em outro corpo carnal.

— Essas questões são muito obscuras para a jovem, Pai Venerável — disse Viviane, repreendendo-o com gentileza. — Ela não é uma sacerdotisa. O que o Merlim quis dizer, irmãzinha, é que ele era vivo quando os cristãos chegaram aqui e que ele escolheu, e teve permissão para, reencarnar imediatamente e seguir com seu trabalho. Esses são Mistérios que você não precisa tentar entender. Continue, Pai.

— Eu sabia que era um desses momentos em que a história de toda a humanidade seria mudada. Os cristãos buscam apagar toda sabedoria que não a deles; e nessa luta estão banindo deste mundo todas as formas de mistério que não se encaixam em sua fé religiosa. Consideram heresia que um homem viva mais de uma vida, o que qualquer camponês sabe que é verdade...

— Mas, se os homens não creem em mais de uma vida — Igraine protestou —, como evitam a desesperança? Que Deus justo criaria alguns homens miseráveis e outros felizes e prósperos se uma vida é tudo o que eles podem ter?

— Não sei — disse o Merlim. — Talvez eles queiram que os homens se desesperem com a dureza do destino, para que sigam de joelhos o Cristo, que os levará ao céu. Não sei no que acreditam os seguidores de Cristo, ou o que esperam. — Os olhos dele se fecharam por um momento, as linhas do rosto amarguradas. — Mas, seja lá no que acreditem, o entendimento deles está alterando este mundo; não apenas em espírito, mas no plano material. Como negam o mundo espiritual e os domínios de Avalon, estes deixam de existir para eles. Ainda existem, claro; mas não no mesmo mundo que o dos seguidores de Cristo. Avalon, a Ilha Sagrada, não é mais a mesma ilha de Glastonbury onde nós, da Antiga Fé, um dia permitimos que os monges erguessem sua capela e seu mosteiro. Pois a nossa sabedoria e a deles... Quanto você sabe de filosofia natural, Igraine?

— Muito pouco — disse a moça, abalada, olhando para a sacerdotisa e o grande druida. — Eu nunca fui ensinada.

— Uma pena — disse o Merlim —, pois você precisa entender isso, Igraine. Vou tentar simplificar. Olhe. — Ele tirou o torque do pescoço e depois puxou a adaga. — Posso colocar este ouro e este bronze no mesmo lugar, ao mesmo tempo?

Ela piscou e ficou olhando, sem entender.

— Não, claro que não. Eles podem ficar lado a lado, mas não no mesmo lugar, a não ser que você mova um deles antes.

— E assim acontece com a Ilha Sagrada. Os padres nos fizeram um juramento, há quatrocentos anos, antes mesmo que os romanos chegassem aqui e tentassem nos conquistar, de que jamais se rebelariam contra nós nem nos expulsariam à força de armas; pois estávamos aqui antes, e eles então eram suplicantes e fracos. E eles honraram esse juramento... Isso, preciso reconhecer. Mas, em espírito, em suas preces, eles jamais deixaram de lutar conosco para que o Deus deles afastasse nossos Deuses, para que a sabedoria deles reinasse sobre a nossa. Em nosso mundo, Igraine, há espaço suficiente para muitos Deuses e Deusas. Mas no universo dos cristãos... Como posso dizer isso?... No universo deles, não há espaço para nossa visão ou sabedoria. No mundo deles, há apenas um Deus; e ele deve não só suplantar todos os Deuses como fazer com que não existam outros, com que jamais tenham existido outros Deuses, e sim falsos ídolos, obra do demônio deles. Assim, tendo fé nele, todos os homens serão salvos nesta vida. É nisso que acreditam. E o mundo deles é aquilo em que acreditam. E, assim, os mundos que um dia eram um agora estão se separando.

"Há agora duas Bretanhas, Igraine: o mundo deles sob o Deus Único e Cristo; e, ao lado e atrás dele, o mundo em que a Grande Mãe ainda reina, o mundo que o Povo Antigo escolheu para viver e no qual adora seus Deuses. Isso já aconteceu antes. Houve um tempo em que o povo das fadas, os brilhantes, se retiraram de nosso mundo, indo cada vez mais para dentro das brumas, de modo que só um andarilho ocasional pode agora passar uma noite nas moradas dos elfos, e, se o fizer, o tempo passa sem ele, e pode ser que saia após uma só noite para descobrir que todos os seus parentes estão mortos e que se passou uma dúzia de anos. E agora, eu lhe digo, Igraine, está acontecendo de novo. Nosso mundo, regido pela Deusa e pelo Cornífero, seu consorte, o mundo que você conhece, o mundo de muitas verdades, está sendo expulso do curso principal do tempo. Agora mesmo, Igraine, se um viajante sai sem um guia para a Ilha de Avalon, a não ser que conheça muito bem o caminho, não vai conseguir chegar lá, vai encontrar apenas a Ilha dos Padres. Para a maioria dos homens, nosso mundo agora está perdido dentro das brumas do mar do Verão. Mesmo antes que os romanos fossem embora, isso estava começando a acontecer; agora, as igrejas cobrem toda a Bretanha, e nosso mundo se afasta cada vez mais. É por isso que levamos tanto tempo para chegar até aqui; restam cada vez menos cidades e estradas do Povo Antigo para nos guiar. Os mundos ainda se tocam, ainda estão um sobre o outro, próximos como amantes; mas estão se separando, e, se não forem parados, um dia haverá dois mundos, e ninguém poderá ir e vir entre eles...

— Deixe-os ir! — Viviane interrompeu raivosa. — Ainda acho que devemos deixá-los ir! Não quero viver num mundo de cristãos, que renegam a Mãe...

— Mas e quanto a todos os outros, e quanto aos que viverão em desespero? — A voz do Merlim soava novamente como um grande sino aveludado. — Não, um caminho deve permanecer, mesmo se for secreto. Partes do mundo ainda são unidas. Os saxões pilham os dois mundos, mas cada vez mais dos nossos guerreiros são seguidores de Cristo. Os saxões...

— Os saxões são bárbaros e cruéis — disse Viviane. — As tribos sozinhas não podem expulsá-los destas costas, e o Merlim e eu vimos que

Ambrósio não tem mais muito tempo neste mundo, e que esse duque da guerra, o Pendragon, é de Uther que o chamam?, vai sucedê-lo. Mas muitos neste país não seguirão o Pendragon. Seja lá o que aconteça com nosso mundo em espírito, nenhum de nossos mundos pode sobreviver muito ao fogo e à espada dos saxões. Antes de lutar a batalha espiritual que impedirá os mundos de se afastarem ainda mais, devemos evitar que o coração da Bretanha seja devastado pelo fogo dos saxões. Não só os saxões nos atacam, mas também os jutos, os escotos, os povos selvagens que vêm do norte. Cada lugar está sendo dominado, mesmo a própria Roma; há tantos deles. Seu marido passou a vida toda lutando. Ambrósio, duque da Bretanha, é um bom homem, mas ele tem a lealdade apenas daqueles que um dia seguiram Roma; o pai dele usava púrpura, e Ambrósio também tinha ambição de ser imperador. Mas devemos ter um líder que tenha apelo para todo o povo da Bretanha.

— Mas… Roma continua — protestou Igraine. — Gorlois me disse que, quando Roma superar seus problemas na Grande Cidade, as legiões retornarão! Não podemos esperar ajuda de Roma contra os povos selvagens do norte? Os romanos eram os maiores lutadores do mundo, eles construíram o grande muro no norte para conter os invasores selvagens…

A voz do Merlim assumiu o som oco do dobre de um grande sino:

— Eu vi no Poço Sagrado. A Águia levantou voo e jamais voltará à Bretanha.

— Roma não pode fazer nada — disse Viviane. — Precisamos ter nosso próprio líder, um que seja capaz de comandar todos da Bretanha. De outra maneira, quando eles se amontoarem sobre nós, a Bretanha vai cair, e por centenas e centenas de anos ficaremos em ruínas sob os bárbaros saxões. Os mundos se afastarão irreversivelmente, e a memória de Avalon não sobreviverá nem mesmo em lenda, para dar esperança à humanidade. Não, precisamos ter um líder que consiga a lealdade de todas as pessoas de ambas as Bretanhas: a Bretanha dos padres e o mundo das brumas, governado de Avalon. Fortalecidos por esse Grande Rei — disse ela, e sua voz adquiriu o som limpo e místico da profecia —, os mundos devem se juntar novamente, um mundo com espaço para a Deusa e para Cristo, o caldeirão e a cruz. E esse líder nos unirá.

— Mas como vamos encontrar tal rei? — perguntou Igraine. — Quem nos dará tal líder?

E então, de repente, ela teve medo, sentiu um calafrio nas costas conforme o Merlim e a sacerdotisa se viraram para olhá-la, os olhos de ambos parecendo imobilizá-la como um pequeno passarinho sob a sombra de um grande falcão, e ela entendeu por que o profeta mensageiro dos druidas era chamado de Merlim, o "merilhão".

Quando Viviane falou, porém, sua voz era muito suave. Ela disse:

— Você, Igraine. Você nos dará esse grande rei.

2

Houve um silêncio no cômodo, exceto pelo fraco crepitar do fogo. Por fim, Igraine se ouviu respirar profundamente, como se tivesse acabado de despertar.

— O que está me dizendo? Você quer dizer que Gorlois será o pai desse Grande Rei? — Ela ouviu sua voz ecoar na mente, repercutir ali, e se perguntou por que nunca havia suspeitado que Gorlois tivesse um destino tão grandioso. Viu a irmã e o Merlim trocarem olhares, e viu, também, o pequeno gesto com que a sacerdotisa silenciou o velho.

— Não, senhor Merlim, uma *mulher* deve dizer isso a uma mulher... Igraine, Gorlois é romano. As tribos não vão seguir o filho de um homem de Roma. O Grande Rei que eles seguirão deve ser filho da Ilha Sagrada, um verdadeiro filho da Deusa. Seu filho, Igraine, sim. Mas não são apenas as tribos que enfrentarão os saxões e outros povos selvagens do norte. Vamos precisar do apoio de romanos, celtas e cambrianos, e eles somente seguirão seu próprio duque da guerra, seu Pendragon, filho de um homem em que confiem para liderá-los e para governar. E também o Povo Antigo, que busca o filho de uma mãe real. Seu filho, Igraine, mas o pai será Uther Pendragon.

Igraine olhou para eles, assimilando o que ouvira, até que a raiva rompeu aos poucos o entorpecimento. Então se enfureceu:

— Não! Eu tenho um marido, e dei a ele uma filha! Não vou mais deixar vocês brincarem com a minha vida! Eu me casei conforme vocês me ordenaram, e vocês jamais saberão... — As palavras ficaram presas em sua garganta. Não haveria um jeito de lhes dizer como fora aquele primeiro ano; nem mesmo Viviane jamais saberia. Igraine poderia dizer: "Eu estava com medo", ou "Eu estava sozinha e apavorada", ou "Um estupro seria mais fácil, porque eu poderia fugir para morrer depois", mas essas seriam apenas palavras, e expressariam somente a menor parte do que ela havia sentido.

E, ainda que Viviane soubesse de tudo, que tocasse sua mente e tomasse consciência de tudo o que Igraine não conseguia dizer, ela a teria olhado com compaixão e talvez até um pouco de pena, mas não teria mudado de ideia ou exigido menos de Igraine. Ela frequentemente ouvira a irmã dizer, quando esta ainda acreditava que Igraine seria uma sacerdotisa dos Mistérios: "Se você procurar evitar seu destino ou atrasar o sofrimento, isso apenas a condenará a sofrer redobradamente em outra vida".

Então, Igraine não disse nada daquilo, apenas olhou para Viviane com o ressentimento reprimido dos últimos quatro anos, durante os quais cumprira sua obrigação corajosamente e sozinha, submetendo-se a seu destino sem protestar mais que qualquer mulher. Mas novamente? *Jamais*, Igraine disse a si mesma em silêncio, *jamais*. E balançou a cabeça obstinadamente.

— Ouça-me, Igraine — disse o Merlim. — Eu sou seu pai, embora isso não me dê nenhum direito; é o sangue da Senhora que confere realeza, e você tem o mais antigo sangue real, passado de filha para filha da Ilha Sagrada. Está escrito nas estrelas, criança, que apenas um rei vindo de duas realezas, uma das tribos que seguem a Deusa, e outra daqueles que olham para Roma, vai livrar nossa terra de toda essa luta. Chegará um tempo de paz em que essas duas terras ficarão lado a lado, uma paz longa o suficiente para a cruz e o caldeirão também ficarem em paz. Se houver um reino assim, Igraine, mesmo os que seguem a cruz terão o conhecimento dos Mistérios para confortá-los em suas vidas desoladas de sofrimento e pecado, e a fé deles em uma vida curta para escolher entre o céu e o inferno para toda a eternidade. De outra maneira, nosso mundo desaparecerá nas brumas, e por centenas de anos... Milhares, talvez... A Deusa e os Mistérios sagrados serão esquecidos por toda a humanidade, exceto pelos poucos que são capazes de ir e vir entre os dois mundos. Você permitiria que a Deusa e seu trabalho desaparecessem deste mundo, Igraine, você que é filha da Senhora da Ilha Sagrada e do Merlim da Bretanha?

Igraine baixou a cabeça, protegendo a mente da ternura na voz do velho. Ela sempre soubera, sem que lhe dissessem, que Taliesin, o Merlim da Bretanha, tinha dividido com sua mãe a centelha de vida que a criara, mas uma filha da Ilha Sagrada não falava de tais coisas. Uma filha da Senhora pertencia apenas à Deusa e ao homem em cujas mãos a Senhora confiasse seu cuidado – mais frequentemente, o irmão desta; muito raramente, o homem que a tinha gerado. Havia uma razão para isso: nenhum homem piedoso deveria reclamar a paternidade de uma criança da Deusa, e todos os filhos da Senhora eram assim considerados. O fato de Taliesin ter usado esse argumento agora a deixara profundamente chocada, mas também comovida.

Ainda assim, recusando-se a olhar para ele, ela disse, teimosa:

— Gorlois poderia ter sido escolhido Pendragon. Esse Uther não pode ser estar tão além de todos os filhos da humanidade. Se você precisava de alguém assim, por que não usou seus feitiços para que Gorlois fosse aclamado duque da guerra da Bretanha e Grande Dragão? Assim, quando nosso filho nascesse, você teria seu Grande Rei...

O Merlim balançou a cabeça, mas foi novamente Viviane quem falou, e tal conluio silencioso irritou ainda mais Igraine. Por que eles agiam em conjunto contra ela dessa maneira?

— Você não terá um filho de Gorlois, Igraine — Viviane disse com suavidade.

— Você é a Deusa, então, para distribuir a maternidade a mulheres em nome dela? — Igraine inquiriu de modo grosseiro, sabendo que suas palavras eram infantis. — Gorlois teve filhos com outras mulheres; por que eu não daria a ele um nascido no matrimônio, como ele deseja?

Viviane não respondeu. Apenas olhou bem nos olhos de Igraine e disse, com voz muito suave:

— Você ama Gorlois, Igraine?

Igraine olhou para o chão.

— Não tem nada a ver com isso. É uma questão de honra. Ele foi bom para mim... — Ela parou de falar, mas seus pensamentos correram sem controle: *Bom para mim quando eu não tinha a quem recorrer, quando eu estava sozinha e abandonada, e você havia me deixado à mercê do meu destino. Que amor é esse?* — É uma questão de honra — ela repetiu. — Eu devo isso a ele. Ele me deixou ficar com Morgana, quando ela era tudo o que eu tinha em minha solidão. Ele foi bom e paciente, e para um homem da idade dele não deve ter sido fácil. Ele quer um filho, acredita que é crucial para sua vida e sua honra, e não vou negar isso a ele. Se eu tiver um filho, será do duque Gorlois, e não de outro homem. E isso eu juro, pelo fogo e...

— *Silêncio!* — A voz de Viviane, como o clangor alto de um grande sino, calou as palavras de Igraine. — Eu lhe ordeno, Igraine, não faça juramentos, ou será para sempre perjura!

— E por que você acha que eu não manteria minha promessa? — Igraine encolerizou-se. — Fui criada para a verdade! Eu também sou uma filha da Ilha Sagrada, Viviane. Você pode ser minha irmã mais velha, minha sacerdotisa e a Senhora de Avalon, mas não vai me tratar como se eu fosse uma criança balbuciante como Morgana, que não entende uma palavra do que é dito a ela nem sabe o significado de uma promessa...

Morgana, ouvindo seu nome ser pronunciado, voltou a se remexer no colo da Senhora. A Senhora do Lago sorriu e alisou seu cabelo escuro.

— Não pense que esta pequenina não entende. Bebês sabem mais do que imaginamos; não podem falar o que pensam, e então achamos que não pensam. E a respeito de seu bebê... Bem, isso é para o futuro, e não falarei disso na frente dela; mas quem sabe um dia ela também venha a ser uma grande sacerdotisa...

— Não! Nem mesmo se eu tiver de me tornar uma cristã para impedir isso — vociferou Igraine. — Você pensa que vou deixá-la conspirar contra a vida da minha filha como conspirou contra a minha?

— Paz, Igraine — disse o Merlim. — Você é livre, assim como todo filho dos Deuses é livre. Viemos suplicar a você, e não dar ordens. Não, Viviane — ele disse, levantando a mão quando a Senhora estava prestes a interrompê-lo. — Igraine não é um brinquedo à mercê do destino. No entanto, acho que, quando ela souber de tudo, fará a escolha certa.

Morgana começou a se inquietar no colo da Senhora. Viviane cantarolou baixo para ela, acariciando seu cabelo, e ela se aquietou, mas Igraine se levantou e a pegou, brava e enciumada do poder quase mágico de Viviane para acalmar a menina. Morgana lhe pareceu estranha, desconhecida, como se o tempo que havia passado nos braços de Viviane a tivesse mudado, maculado, de algum modo a tornado menos dela, Igraine. Sentiu lágrimas queimando em seus olhos. Morgana era tudo o que tinha, e agora também a menina estava lhe sendo tirada; Morgana tornava-se vítima, como todos, dos encantos de Viviane, aquele encanto que transformava as pessoas em indefesos peões da sua vontade.

Igraine disse bruscamente a Morgause, que ainda estava com a cabeça deitada no colo de Viviane:

— Levante-se já, Morgause, e vá para o seu quarto; você é quase uma mulher, não deve se comportar como uma criança mimada!

Morgause levantou a cabeça, tirando a cortina de cabelo vermelho do belo e emburrado rosto, e disse:

— Por que escolheu Igraine para seus planos, Viviane? Ela não quer ter parte neles. Mas eu sou mulher, e também sou filha da Ilha Sagrada. Por que não me escolheu para Uther Pendragon? Por que eu não deveria ser a mãe do Grande Rei?

O Merlim sorriu.

— Você vai se opor de modo tão imprudente ao destino, Morgause?

— Por que Igraine deve ser escolhida e não eu? Eu não tenho marido...

— Há um rei em seu futuro, e muitos filhos; e com isso você deve se contentar. Nenhum homem ou mulher pode viver o destino de outro. Seu destino, e o de seus filhos, depende do Grande Rei. Não posso dizer mais que isso — o Merlim concluiu. — Chega, Morgause.

Igraine, de pé, com Morgana nos braços, sentiu-se mais segura de si. Disse com uma voz inerte:

— Estou sendo relapsa em minha hospitalidade, minha irmã, meu senhor Merlim. Permitam que meus criados os acompanhem aos aposentos de hóspedes preparados para vocês e que levem vinho e água para se lavar. Ao cair do sol, uma refeição será servida.

Viviane se levantou. Sua voz era formal e correta, e, por um momento, Igraine sentiu-se aliviada; ela era novamente a senhora de seu coração, não uma criança passiva, mas a mulher de Gorlois, duque da Cornualha.

— Até o pôr do sol, então, minha irmã.

Mas Igraine viu o olhar que Viviane trocou com o Merlim, e o entendeu tão claramente quanto palavras: *Deixe isso por enquanto, eu vou dar um jeito nela, como sempre fiz.*

E Igraine sentiu o rosto endurecer como ferro.

É o que ela sempre fez, de fato. Mas desta vez não será assim. Eu fiz a vontade dela um dia, quando era uma criança e nada sabia. Mas cresci, sou uma mulher, não tão persuadível como a criança que ela mandou embora para ser a noiva de Gorlois. Agora sigo minha própria vontade, e não a da Senhora do Lago.

Os criados conduziram os convidados; Igraine, em seus aposentos, deitou Morgana na cama e se alvoroçou em torno dela, a mente cheia do que tinha ouvido.

Uther Pendragon. Ela nunca o havia visto, mas Gorlois contava muitas histórias sobre a coragem dele. Era um parente próximo de Ambrósio Aureliano, filho da irmã do Grande Rei da Bretanha, mas, diferentemente de Ambrósio, Uther era um bretão puro, sem mácula de sangue romano, tanto que os cambrianos e as tribos não hesitavam em segui-lo. Havia poucas dúvidas de que um dia Uther seria escolhido Grande Rei. Ambrósio não era um homem jovem; esse dia poderia não estar longe.

E eu seria rainha... No que estou pensando? Eu trairia Gorlois e minha própria honra?

Ao tomar novamente o espelho de bronze, ela viu a irmã atrás de si, parada próximo à porta. Viviane havia tirado os culotes que usava para cavalgar e colocado um vestido largo de lã não tingida; seus cabelos estavam soltos, suaves e escuros como a lã de uma ovelha negra. Ela parecia pequena, frágil e envelhecida, e seus olhos eram os de uma sacerdotisa na caverna da iniciação, anos além e em outro mundo... Igraine interrompeu o pensamento, com impaciência.

Viviane veio para perto dela, esticando a mão para tocar seu cabelo.

— Pequena Igraine. Não mais tão pequena, agora — Viviane disse, com ternura na voz. — Você sabe, pequena, escolhi seu nome: Grainné, para a Deusa das fogueiras de Beltane... Há quanto tempo não serve a Deusa de Beltane, Igraine?

A boca de Igraine se esticou apenas um pouco; o sorriso não foi além dos dentes.

— Gorlois é romano, e cristão. Você acha de verdade que esta casa segue os ritos de Beltane?

— Não, imagino que não — respondeu Viviane, divertida —, mas, se eu fosse você, não juraria que seus criados não escapam no solstício de verão para acender fogueiras e se deitar juntos sob a lua cheia. Mas o senhor e a senhora de uma residência cristã não podem fazer isso, não à vista de seus padres e de seu Deus severo e desprovido de afeto...

Igraine disse, bruscamente:

— Não fale assim do Deus de meu marido, que é um Deus de amor.

— É o que você diz. Mas ainda assim ele declarou guerra contra os outros Deuses e mata os que não o veneram. Tal amor, devemos rezar para que um Deus não tenha. Eu poderia exigir a você, em nome dos votos que um dia fez, que obedecesse ao que lhe pedi em nome da Deusa e da Ilha Sagrada...

— Ah, extraordinário — Igraine disse com sarcasmo. — Agora minha Deusa exige que eu banque a prostituta, e o Merlim da Bretanha e a Senhora do Lago serão meus alcoviteiros!

Os olhos de Viviane faiscaram; ela deu um passo à frente, e por um momento Igraine achou que a sacerdotisa fosse bater em seu rosto.

— Como se atreve! — disse Viviane, e, embora sua voz fosse baixa, parecia ecoar em todo o quarto, tanto que Morgana, meio adormecida sob a manta xadrez de lã, sentou-se e gritou em um pavor súbito.

— Agora você acordou meu bebê. — Igraine sentou-se na beirada da cama, acalmando a criança.

Aos poucos, a cor raivosa deixou o rosto de Viviane. Ela sentou-se ao lado de Igraine e disse:

— Você não me entendeu, Grainné. Você pensa que Gorlois é imortal? Eu digo, criança, busquei ler nas estrelas os destinos daqueles que são vitais para a integridade da Bretanha nos anos por vir, e o nome de Gorlois não está escrito nelas.

Igraine sentiu os joelhos enfraquecerem e as juntas afrouxarem em todo o corpo.

— Uther vai matá-lo?

— Garanto a você: Uther não participará da morte dele, e, quando Gorlois morrer, Uther estará bem longe. Mas pense, criança: Tintagel é um grande castelo; você acha que, quando Gorlois não puder mais protegê-lo, Uther Pendragon hesitará em dizer a um de seus duques guerreiros: "Tome o castelo e a mulher nele"? Melhor Uther que um dos seus homens.

Morgana. O que será de minha filha; de Morgause, minha irmãzinha? Na verdade, qualquer mulher que pertença a um homem deve rezar para que ele viva para protegê-la.

— Não posso voltar para a Ilha Sagrada e viver minha vida em Avalon como sacerdotisa?

— Esse não é seu destino, pequena. — A voz de Viviane estava terna mais uma vez. — Você não pode se esconder de seu destino. Fará parte da salvação desta terra, mas o caminho de Avalon está fechado para você, para sempre. Você vai trilhar o caminho para o seu destino, ou os Deuses terão de arrastá-la contra a sua vontade? — Ela não esperou pela resposta de Igraine. — Não vai demorar. Ambrósio Aureliano está morrendo; por muitos anos, ele liderou os bretões, e agora seus duques vão se reunir para escolher um Grande Rei. E não há ninguém além de Uther em quem todos possam confiar. Então, Uther deve ser o duque da guerra e também o Grande Rei. E vai precisar de um filho.

Igraine sentiu que uma armadilha se fechava em torno de si.

— Se dá tanta importância a isso, por que não o faz você mesma? Se há tanto poder a ser ganho como esposa do duque da guerra da Bretanha e Grande Rei, por que não busca atrair Uther com seus encantos e parir seu rei consagrado você mesma?

Para surpresa dela, Viviane hesitou por um longo momento antes de responder:

— Acha que não pensei nisso? Mas você se esquece de como sou velha. Sou mais velha que Uther, e ele não é jovem para um guerreiro. Eu tinha vinte e seis anos quando Morgause nasceu. Agora tenho trinta e nove, Igraine, e passei da época de ter filhos.

No espelho de bronze que ainda tinha nas mãos, Igraine viu o reflexo da irmã, distorcido, deformado, fluindo como água, a imagem de súbito clareando e então se enevoando e desaparecendo. Igraine disse:

— Você acha? Pois lhe digo que terá outra criança.

— Espero que não. Sou mais velha que nossa mãe era quando morreu dando à luz Morgause, e não posso esperar escapar de tal destino. Este é o último ano no qual tomarei parte dos ritos de Beltane; depois disso, devo passar meu cargo para uma mulher mais jovem e me tornar a Anciã, a sábia. Esperava um dia passar o lugar da Deusa a Morgause…

— Então, por que não a manteve em Avalon e a treinou para ser sacerdotisa depois de você?

Viviane foi tomada por uma grande tristeza.

— Ela não é apta. Ela vê, sob o manto da Deusa, apenas poder, não o sacrifício e o sofrimento eternos. Portanto, esse caminho não é para ela.

— Não me parece que você tenha sofrido.

— Você não sabe nada sobre isso. Você tampouco escolheu trilhar esse caminho. Eu, que dediquei minha vida a ele, digo ainda que seria mais simples viver a vida de uma camponesa, burro de carga e égua parideira na estação. Você me vê envolta em mantos e coroada como a Deusa, triunfante ao lado do caldeirão dela; você não vê a escuridão da caverna ou as profundezas do grande mar… Você não recebeu esse chamado, cara criança, e deveria agradecer à Deusa por seu destino estar em outro lugar.

Você acha que não sei nada sobre sofrer e aguentar em silêncio, depois desses quatro anos?, pensou Igraine. Viviane havia se curvado sobre Morgana; tinha uma expressão terna no rosto enquanto acariciava o cabelo escuro e sedoso da menina.

— Ah, Igraine, você não sabe como a invejo… Por toda a minha vida, desejei uma filha. Morgause era como uma para mim, a Deusa sabe, mas foi sempre uma estranha, como se tivesse nascido de uma desconhecida, e não da minha própria mãe… Desejei uma filha em cujas mãos eu pudesse depositar meu cargo. — Ela suspirou. — Mas tive apenas uma filha, que morreu, e meus filhos estão longe de mim. — Ela encolheu os ombros e concluiu: — Bem, esse é meu destino, e tentarei cumpri-lo, como você ao seu. Não lhe peço nada além disso, Igraine, e o resto deixo a ela, que é a Senhora de tudo. Quando Gorlois voltar, irá a Londinium para a escolha do Grande Rei. Você deve tramar um jeito de ir com ele.

Igraine começou a rir.

— Você me pede apenas isso, que é mais difícil que todo o resto! Você realmente acha que Gorlois vai sobrecarregar seus homens com a escolta de uma jovem esposa até Londinium? Na realidade, eu gostaria de ir, mas Gorlois me levará para lá apenas quando laranjas e figos do sul crescerem no jardim de Tintagel.

— De todo modo, você deve tramar para ir e conhecer Uther Pendragon.

Igraine riu novamente.

— E imagino que você me dará um feitiço para que ele se apaixone tão profundamente por mim que não consiga resistir. Correto?

Viviane acariciou o cabelo ruivo e encaracolado de Igraine.

— Você é jovem, Igraine, e acho que não tem ideia de como é bonita. Não acho que Uther me obrigará a usar nenhum feitiço.

Igraine sentiu o corpo se contrair em um curioso espasmo assustado.

— Talvez seja melhor eu levar um encanto, para não me esquivar dele!

Viviane suspirou. Ela tocou a pedra da lua no pescoço de Igraine e disse:

— Isso não foi presente de Gorlois…

— Não; ganhei de você no meu casamento, não se lembra? Você disse que foi de minha mãe.

— Dê para mim.

Viviane colocou a mão sob o cabelo enrolado no pescoço de Igraine e abriu a corrente.

— Quando essa pedra voltar para você, Igraine, lembre-se do que eu disse, e faça o que a Deusa motivá-la a fazer.

Igraine olhou para a pedra nas mãos da sacerdotisa. Suspirou, mas não reclamou. *Eu não prometi nada a ela*, disse a si mesma, ferozmente. *Nada.*

— Você irá a Londinium para a escolha do Grande Rei, Viviane?

A sacerdotisa balançou a cabeça.

— Irei às terras de outro rei, que ainda não sabe que deverá lutar ao lado de Uther. Ban de Armórica, na Bretanha Menor, será feito Grande Rei de sua terra, e, como garantia, seus druidas disseram-lhe que deve tomar parte do Grande Rito. Serei enviada para oficiar o Casamento Sagrado.

— Pensei que a Bretanha Menor fosse uma terra cristã.

— E é — Viviane disse com indiferença —, e os seus padres vão dobrar seus sinos, e ungi-lo com seus óleos sagrados e lhe dizer que seu Deus fez o sacrifício por ele. Mas o povo não vai aceitar um rei que não seja ele mesmo prometido ao Grande Sacrifício.

Igraine respirou fundo.

— Eu sei tão pouco...

— Nos velhos dias, Igraine, o Grande Rei era atado por sua vida à sorte da terra e jurava, como jurou todo Merlim da Bretanha, que, se a terra viesse a sofrer com desastres ou tempos perigosos, ele morreria para que ela pudesse viver. E, se ele se recusasse a esse sacrifício, a terra pereceria. Eu... Eu não deveria falar disso, é um Mistério, mas você, Igraine, a seu modo, também está oferecendo a vida pela salvação desta terra. Nenhuma mulher sabe, quando se deita para dar à luz, se sua vida não será exigida pelas mãos da Deusa. Também me deitei amarrada e impotente, com a faca no pescoço, sabendo que, se a morte me levasse, meu sangue salvaria a terra... — A voz dela tremulou até silenciar-se; Igraine também estava em silêncio, espantada. — Uma parte da Bretanha Menor também se retraiu para dentro das brumas, e o Grande Templo de Pedras já não pode ser encontrado. O caminho que leva ao templo é pedra oca, a não ser que o Caminho para Carnac seja conhecido, mas o rei Ban jurou impedir que os mundos se afastem e manter os portões abertos aos Mistérios. Então, ele fará o Casamento Sagrado com a terra, como garantia de que seu próprio sangue será derramado para alimentar as plantações, se necessário. É adequado que meu último serviço à Mãe, antes que eu tome meu lugar entre as sábias, seja ligar a terra dele a Avalon, e então serei a Deusa para ele nesse mistério.

Ela se calou, mas, para Igraine, o cômodo estava cheio do eco de sua voz. Viviane se curvou e pegou em seus braços a adormecida Morgana, segurando-a com grande ternura.

— Ela ainda não é uma donzela, e eu ainda não sou uma sábia — disse —, mas nós somos as Três, Igraine. Juntas, formamos a Deusa, e ela está presente entre nós.

Igraine se perguntou por que ela não tinha falado no nome da irmã de ambas, Morgause, e elas eram tão abertas uma para a outra que Viviane ouviu as palavras como se Igraine as tivesse dito em voz alta.

Ela disse num sussurro, e Igraine a viu tremer:

— A Deusa tem uma quarta face, que é secreta, e você deve rezar para ela, como eu faço... Como eu faço, Igraine... Para que Morgause jamais traga essa face.

3

Parecia a Igraine que estava cavalgando eternamente sob a chuva. A jornada para Londinium era como uma jornada ao fim do mundo.

Ela tinha viajado pouco na vida, exceto, havia muito tempo, de Avalon para Tintagel. Igraine comparou a criança assustada e aflita daquela primeira viagem com o que era atualmente. Agora, cavalgava ao lado de Gorlois, e ele se esforçava para lhe contar algo sobre as terras que atravessavam, e ela ria e o provocava, e à noite, na tenda dos dois, ia por vontade própria para a cama dele. De tempos em tempos, ela sentia falta de Morgana, pensando em como a filha estaria se comportando: choraria à noite pela mãe, comeria a pedido de Morgause? Mas era agradável estar novamente livre, cavalgando em meio a essa grande turma de homens, consciente dos olhares de admiração e da deferência – nenhum deles se atreveria a se aproximar da senhora de Gorlois, a não ser com olhares de admiração. Ela era uma garota novamente, mas não estava, agora, assustada e esquivando-se do homem que era seu marido e a quem deveria de algum modo agradar. Era uma garota novamente, sem o embaraço infantil de sua meninice real, e gostava disso. Nem mesmo se importou com a chuva incessante que obscurecia os morros distantes, obrigando todos a cavalgar dentro de um pequeno círculo de névoa.

Poderíamos nos perder na névoa, vagar para o reino das fadas e nunca mais voltar para este mundo, onde o moribundo Ambrósio e o ambicioso Uther planejam a salvação da Bretanha dos selvagens ferozes. A Bretanha poderia afundar como Roma, sob os bárbaros, e nunca precisaríamos saber ou nos preocupar...

— Está cansada, Igraine?

A voz de Gorlois era gentil e preocupada. Na verdade, ele não era o ogro que tinha aparentado ser naqueles primeiros dias apavorantes, quatro anos antes! Agora ele era apenas um homem envelhecido, cabelo e barba grisalhos (embora se barbeasse cuidadosamente à moda romana), marcado por anos de lutas e comoventemente empenhado em agradá-la. Talvez, se ela não estivesse tão assustada e rebelde naqueles dias, tivesse percebido que também então ele se empenhara em agradá-la. Ele não tinha sido cruel com ela, e, se tinha, era apenas porque parecia saber pouco sobre o corpo das mulheres e sobre como usá-lo. Com o tempo, passara a parecer apenas falta de jeito, não crueldade; e, quando ela dizia que ele a machucava, Gorlois a acariciava com mais suavidade. A Igraine mais jovem havia considerado inevitáveis a dor e o terror. Agora ela sabia que não era assim.

Ela sorriu para ele alegre e disse:

— Não, de jeito nenhum; sinto que poderia seguir cavalgando para sempre! Mas, com tanta névoa, como sabe que não vamos nos perder e jamais chegar a Londinium?

— Não precisa se preocupar com isso — ele disse com seriedade. — Meus guias são muito bons e conhecem cada centímetro da estrada. E antes do anoitecer chegaremos a uma velha estrada romana que leva ao coração da cidade. Então, dormiremos esta noite sob um teto, em uma cama de verdade.

— Ficaria feliz em voltar a dormir em uma cama de verdade — Igraine falou com modéstia e viu, como adivinhara, o calor súbito subindo no rosto e nos olhos dele.

Mas Gorlois virou o rosto para o outro lado; era quase como se tivesse medo dela, e Igraine, tendo acabado de descobrir esse poder, deliciou-se com isso.

Ela cavalgava ao lado de Gorlois, refletindo sobre o súbito carinho que sentia por ele, um carinho misturado com remorso, como se ele tivesse se tornado querido para ela apenas agora, quando sabia que deveria perdê-lo. De um jeito ou de outro, estava certa de que seus dias ao lado dele estavam contados; e lembrou-se de como soube que ele morreria.

Havia recebido um mensageiro dele que a avisara para se preparar para sua chegada; Gorlois tinha enviado um de seus homens, cujos olhos desconfiados perscrutavam todos os cantos dizendo sem palavras a Igraine que, se tivesse uma esposa jovem, teria ido para casa sem aviso, esperando surpreender alguma má conduta ou extravagância. Mas Igraine, sabendo que era inocente, que seu guardião era competente e sua cozinha estava em ordem, ignorou os olhares bisbilhoteiros e deu boas-vindas ao homem. Ele que questionasse os criados, se desejasse, pois assim descobriria que, a não ser pela irmã e pelo senhor Merlim, ela não havia recebido convidados em Tintagel.

Depois que o mensageiro partira, Igraine, voltando-se para atravessar o pátio, parou, e, em plena luz do sol, se viu atingida por uma sombra, um medo sem causa. E naquele momento viu Gorlois e perguntou-se onde estavam seu cavalo e sua comitiva. Ele parecia mais magro e mais velho, o rosto esgotado e exaurido; por um momento, ela mal o reconheceu. Havia um corte de espada em seu rosto, do qual ela não se lembrava.

— Meu marido — ela chamou. — Gorlois...

E então, ferida pelo sofrimento indizível na face dele, ela se esqueceu de seu medo e dos anos de ressentimento, correu em sua direção e falou como se falasse para a filha:

— Ah, meu querido, o que aconteceu com você? O que o trouxe aqui assim, sozinho, desarmado? Você está doente? Você está... — E então ela parou, a voz desaparecendo entre os ecos. Pois não havia ninguém ali, apenas a luz irregular das nuvens, mar e sombras, e o eco da própria voz.

Ela tentou, pelo resto do dia, reassegurar-se de que era apenas um Aviso, como o que lhe havia mostrado a chegada de Viviane. Mas ela sabia que não: Gorlois não tinha a Visão, e não a teria usado nem acreditado nela se a tivesse. O que havia visto – e ela sabia mesmo sem jamais ter visto algo assim antes – era a aparição do marido, seu duplo, a sombra e a precursora de sua morte.

Quando ele por fim chegou, são e salvo, ela tentou afastar a memória, disse a si mesma que era apenas um truque da luz que fazia com que visse, atrás dele, a sombra com o corte de espada no rosto e o pesar indizível nos olhos. Pois Gorlois não estava ferido nem desconsolado; ao contrário, estava de muito bom humor, com presentes para ela e até um fio de pequenas contas de coral para Morgana. Ele procurara nos sacos de pilhagem dos saxões e dera a Morgause um manto vermelho.

— Sem dúvida, pertenceu a alguma meretriz saxã, alguma seguidora dos soldados, ou mesmo uma das mulheres que berram e empunham espadas lutando junto a seus homens, seminuas no campo de guerra — ele disse, rindo e dando tapinhas debaixo do queixo da garota —, de modo que será conveniente o seu uso por uma donzela britânica decente. A cor lhe cai bem, irmã. Quando tiver crescido um pouco, será tão bonita quanto minha esposa.

Morgause deu um sorrisinho afetado, risadinhas, e jogou a cabeça para o lado, posando com seu novo manto, e mais tarde Gorlois disse bruscamente, enquanto ele e Igraine se preparavam para a cama – Morgana, berrando, havia sido levada para o quarto de Morgause:

— Precisamos arranjar um casamento para aquela menina o mais rápido possível, Igraine. Ela é uma cadelinha com olhos quentes para qualquer coisa em forma de homem; viu como olhou não só para mim, como também para meus soldados mais jovens? Não terei alguém assim desgraçando minha família nem influenciando minha filha!

Igraine deu a ele uma resposta suave. Não podia ignorar que vira a morte de Gorlois, e não discutiria com um condenado. E ela também tinha ficado irritada com o comportamento de Morgause.

Então, Gorlois vai morrer. Bem, não é preciso muita profecia para prever que um homem de quarenta e cinco anos, que lutou contra os saxões durante boa parte da vida, não viverá para ver seus filhos crescidos. Não posso deixar isso me fazer acreditar no resto das bobagens que ela me disse, nem devo esperar que Gorlois me leve a Londinium!

Mas, no dia seguinte, enquanto eles se demoravam tomando o desjejum e ela remendava um grande rasgo na melhor túnica dele, Gorlois disse sem rodeios:

— Você não se perguntou o que me trouxe aqui tão de repente, Igraine?

Depois da noite anterior, ela se sentia segura de sorrir olhando nos olhos dele.

— Eu deveria questionar minha sorte, que trouxe meu marido para casa depois de um ano de ausência? Espero que isso signifique que as costas saxãs voltaram às mãos dos bretões.

Ele assentiu despreocupadamente, sorrindo. Então, o sorriso desapareceu.

— Ambrósio Aureliano está morrendo. A velha águia logo irá embora, e não há herdeiros para voar em seu lugar. É como se voltássemos ao tempo das legiões; ele foi Grande Rei durante todos os meus dias, e um bom rei para aqueles de nós que ainda tinham esperanças, como eu tinha, de que Roma retornaria um dia. Agora sei que esse dia jamais virá. Os reis de todos os lugares da Bretanha foram convocados para uma reunião em Londinium para escolher seu Grande Rei e líder de guerra, e também devo ir. Era uma longa jornada até aqui para ficar tão pouco tempo, pois preciso partir em três dias. Mas eu não passaria por perto sem ver você e a menina. Será uma grande reunião, Igraine, e muitos duques e reis levarão suas senhoras. Gostaria de ir comigo?

— Para Londinium?

— Sim, se quiser ir para tão longe, e se conseguir separar-se da menina. Não vejo por que não deveria. Morgana está saudável e robusta, e temos mulheres o suficiente para cuidar de uma dúzia de crianças como ela; e, se eu conseguir engravidá-la novamente — ele olhou para ela com um sorriso que Igraine mal poderia ter imaginado em seu rosto —, isso ainda não vai impedir que você cavalgue. — Houve uma ternura que ela jamais teria adivinhado em sua voz quando ele completou: — Eu preferiria não me separar de você por um tempo, pelo menos. Você irá, minha esposa?

"Você deve tramar um jeito de ir a Londinium com ele", Viviane dissera. E agora Gorlois tinha tornado desnecessário até mesmo pedir. Igraine sentiu um pânico súbito, como se estivesse em um cavalo disparado. Ela pegou um copo de cerveja e bebeu para acobertar sua confusão.

— Certamente irei, se assim deseja.

Dois dias depois, estavam na estrada, cavalgando para leste rumo a Londinium e ao acampamento de Uther Pendragon e do moribundo Ambrósio, para a escolha do Grande Rei...

No meio da tarde, chegaram à estrada romana, o que lhes permitiu cavalgar mais rapidamente. Ao final do dia, já viam as cercanias de Londinium e sentiam o cheiro do rio que banhava a cidade. Igraine nunca imaginara que tantas casas podiam ser reunidas em um só lugar, e por um momento sentiu, depois dos espaços gelados das charnecas do sul, que não conseguia respirar, que as casas estavam se fechando sobre ela. Cavalgava como se estivesse em transe, sentindo que as ruas e as paredes de pedras lhe tiravam o ar, a luz e a vida em si... Como as pessoas viviam atrás de muros desse jeito?

— Vamos dormir nesta noite no lar de um dos meus soldados, que tem uma casa na cidade — disse Gorlois —, e amanhã vamos nos apresentar na corte de Ambrósio.

Ela perguntou a ele naquela noite, sentada diante da lareira – *que luxo*, ela tinha pensado, *fogo tão perto do solstício de verão!*:

— Quem você acha que será o próximo Grande Rei?

— O que importa a uma mulher quem governa a terra?

Ela sorriu de lado para ele; tinha soltado os cabelos para a noite e sentiu o marido se animando com o sorriso.

— Mesmo sendo uma mulher, Gorlois, devo viver nesta terra, e gostaria de saber que tipo de homem meu marido precisa seguir na guerra e na paz.

— Paz! Não haverá paz, não enquanto eu viver, pelo menos — disse Gorlois. — Não com todos aqueles selvagens vindo para nossas ricas encostas; devemos reunir todas as nossas forças para nos defender. E há muitos que gostariam de usar o manto de Ambrósio e nos liderar na guerra. Lot de Orkney, por exemplo. Um homem duro, mas confiável, um líder forte, bom em estratégia de batalha. Ainda solteiro, porém; sem dinastia. Ele é novo para um Grande Rei, mas ambicioso, nunca conheci um homem dessa idade tão ambicioso. E Uriens de Gales do Norte. Sem problemas com dinastia, ele já tem filhos. Mas o homem não tem imaginação; quer fazer tudo como sempre foi feito, diz que funcionou uma vez e vai funcionar sempre. E suspeito que ele não seja um bom cristão.

— E qual seria a sua escolha? — perguntou Igraine.

Ele suspirou, antes de responder:

— Nenhum deles. Segui Ambrósio por toda a vida e vou seguir o homem que ele escolher; é uma questão de honra, e Uther é o homem de Ambrósio. É simples assim. Não que eu goste de Uther. Ele é um homem lascivo, com dezenas de bastardos, nenhuma mulher está segura perto dele. Vai à missa porque o exército vai, e não porque é o que se deve fazer. Seria melhor que ele fosse um pagão honesto do que cristão pelos benefícios que isso lhe dá.

— E mesmo assim você o apoia...

— Ah, sim. Ele é um soldado bom o suficiente para um césar; os homens o seguirão pelo inferno, se for preciso. Ele não poupa esforços para ser popular com o exército... Você sabe como é: andar pelo acampamento comendo as rações para se certificar de que estão boas, passar o dia que poderia folgar indo falar com o quartel-mestre para conseguir a dispensa de um veterano desdentado, dormir no campo com os homens antes da batalha. Os homens morreriam por ele, e morrem. E ele tem tanto cérebro quanto imaginação. Conseguiu fazer a paz com os soldados do tratado e trazê-los para lutar do nosso lado no último outono... Para mim, porém, ele pensa um pouco demais como um saxão, sabe como a mente deles funciona. Sim, vou apoiá-lo. Mas isso não quer dizer que goste do homem.

Igraine, enquanto ouvia, pensou que Gorlois tinha revelado mais sobre si mesmo do que sobre os outros candidatos a Grande Rei. Por fim, disse:

— Você nunca pensou... É o duque da Cornualha, e Ambrósio lhe dá valor: nunca pensou que poderia ser escolhido Grande Rei?

— Acredite, Igraine, não quero coroa nenhuma. Você tem desejo de se tornar rainha?

— Não me recusaria — disse ela, lembrando-se da profecia do Merlim.

— Você diz isso por ser muito jovem para saber o que significa — disse Gorlois, com um sorriso. — Você realmente gostaria de governar um reino como governa nossos criados em Tintagel, com todos à disposição? Houve um tempo, quando eu era mais jovem... Mas não quero passar o resto da minha vida em guerra. Ambrósio me deu Tintagel há anos, Igraine; até quatro anos atrás, eu não tinha passado lá tempo suficiente para trazer uma esposa para casa! Defenderei essas costas enquanto for capaz de segurar uma espada, mas quero um filho para brincar com a minha filha e algum tempo para passar em paz, pescando nos rochedos, caçando, sentado ao sol vendo os camponeses trazerem suas colheitas, e tempo talvez para fazer as pazes com Deus, para que ele me perdoe por todas as coisas que tive de fazer como soldado. No entanto, mesmo quando houver paz na terra, o Grande Rei não terá paz, porque, quando os inimigos deixarem nossas costas, aí então os amigos dele começarão a brigar entre si, ainda que apenas pela sua preferência. Não, não haverá coroa para mim, e, quando você tiver minha idade, ficará feliz com isso.

Igraine sentiu uma pontada atrás dos olhos enquanto Gorlois falava. Então, esse soldado bruto, o homem sombrio que havia temido, sentia-se agora à vontade o bastante com ela para revelar alguns de seus desejos. De todo o coração, ela desejou que ele pudesse ter seus últimos anos ao sol como queria, com os filhos brincando por perto; mas mesmo ali, no bruxulear do fogo, ela enxergava a sombra ominosa da ruína que o seguia.

É minha imaginação, deixei que as palavras do Merlim me fizessem imaginar tolices, disse a si mesma, e, quando Gorlois bocejou e se espreguiçou, dizendo que estava exausto de cavalgar, ela foi rapidamente ajudá-lo a tirar as roupas.

Ela mal dormiu na cama estranha, virando-se e remexendo-se enquanto ouvia a respiração calma de Gorlois; de vez em quando, ele a buscava em seu sono, e ela o acalmava contra o peito, como teria feito com a filha. *Talvez*, pensou, *o Merlim e a Senhora estivessem assustados com suas próprias sombras, talvez Gorlois tenha mesmo tempo para envelhecer sob o sol.* Talvez antes de dormir Gorlois tivesse de fato plantado em seu útero a semente do filho que disseram que ele jamais teria. Quase ao amanhecer, ela caiu em um sono irregular, sonhando com um mundo na névoa, a costa da Ilha Sagrada retrocedendo cada vez mais nas brumas; parecia-lhe que remava em uma barcaça, pesada e cansada, buscando a Ilha de Avalon onde a Deusa, com o rosto de Viviane, estava à sua espera para perguntar como tinha se saído com aquilo que lhe havia sido exigido. Mas, embora a costa fosse familiar, com os bosques de macieiras que haviam crescido junto ao litoral, quando Igraine chegava ao templo, um crucifixo estava nele no sonho, e um coro de freiras vestidas daquele preto dos cristãos cantava um de seus hinos tristes, e, quando ela começou a correr, procurando a irmã em todos os lugares, o som dos sinos da igreja abafou seus gritos. Ela acordou com um lamento sufocado, o grito de quem dorme, e sentou-se, ouvindo sinos de igreja em todo lugar.

Gorlois sentou-se na cama ao lado dela.

— É a igreja em que Ambrósio vai à missa. Vista-se rápido, Igraine, e iremos juntos.

Enquanto ela enrolava um cinto de seda em torno da sobreveste de linho, um serviçal desconhecido bateu à porta e disse que gostaria de falar com a senhora Igraine, mulher do duque da Cornualha. Igraine foi à porta e pensou reconhecer o homem. Ele fez uma reverência, e então ela lembrou que o havia visto, anos antes, remando na barcaça de Viviane. Isso a fez recordar-se do sonho e sentir um arrepio por dentro.

— Sua irmã lhe envia isto do Merlim — ele disse — e pede que o use e se lembre de sua promessa. — Ele deu a ela um pequeno pacote embrulhado em seda.

— O que é isso, Igraine? — perguntou Gorlois atrás dela, franzindo o cenho. — Quem está lhe enviando presentes? Você reconhece o mensageiro?

— Ele é um dos homens da minha irmã, da Ilha de Avalon.

Igraine abriu o pacote. Mas Gorlois disse severamente:

— Minha mulher não recebe presentes de mensageiros que eu não conheço. — E tomou o pacote dela num gesto grosseiro.

Ela abriu a boca, indignada, toda a sua nova ternura por Gorlois desaparecendo em um único respirar. Como ele se atrevia?

— Ora, é a pedra azul que você usava quando nos casamos — disse Gorlois, a sobrancelha contraída. — Que é isso de promessa? Como sua irmã, se foi mesmo ela quem lhe mandou, estava com a pedra?

Logo recuperando a sagacidade, Igraine mentiu deliberadamente para ele pela primeira vez.

— Quando minha irmã me visitou — ela disse —, dei a ela a pedra e a corrente para que o fecho fosse consertado; ela conhece um ourives em Avalon que é melhor que qualquer um na Cornualha. E a promessa à qual se referiu é a de cuidar melhor de minhas joias, já que sou uma mulher adulta, e não uma criança negligente que não é capaz de zelar por seus pertences preciosos. Posso pegar meu colar, marido?

Ele deu a ela a pedra da lua, ainda com a expressão desconfiada.

— Tenho ourives a meu serviço que o consertariam direito sem dar um sermão que sua irmã já não tem mais o direito de dar. Viviane se incumbe de muita coisa; ela pode ter tomado o lugar de sua mãe quando você era criança, mas agora você não está sob os cuidados dela. Você deve se esforçar para ser mais adulta e menos dependente de sua casa.

— Bem, agora levei dois sermões — disse Igraine, irritada, colocando a corrente no pescoço. — Um de minha irmã e outro de meu marido, como se eu fosse de fato uma criança sem educação.

Parecia-lhe ainda poder ver, sobre a cabeça dele, a sombra de sua morte, a temida aparição dos fadados ao fim. Ela de súbito desejou, com uma esperança apaixonada, que ele não a tivesse engravidado, que ela não tivesse um filho de um homem condenado… Sentiu-se gelada.

— Vamos, Igraine — ele falou, estendendo a mão para acariciar o cabelo dela —, não fique brava comigo. Vou tentar me lembrar de que você é uma mulher adulta de dezenove anos, não uma mera criança de quinze! Vamos, precisamos nos aprontar para ir à missa do rei. Os padres não gostam de gente indo e vindo depois que a cerimônia começou.

A igreja era pequena, feita de taipa, e as lamparinas estavam acesas contra a umidade fria; Igraine sentiu-se grata por sua grossa manta de lã. Gorlois sussurrou a ela que o padre de cabelos brancos, venerável como qualquer druida, era o padre de Ambrósio, que viajava com o exército, e que aquela era uma celebração de ação de graças pelo regresso do rei.

— O rei está aqui?

— Ele está entrando agora na igreja, para o assento ali, diante do altar — Gorlois disse baixo, inclinando a cabeça.

Ela o reconheceu na hora, graças ao manto vermelho-escuro, usado sobre uma túnica escura e ricamente bordada, e ao cinto cravado de joias para segurar a espada ao seu lado. Ambrósio Aureliano deveria ter cerca de sessenta anos, ela pensou; um homem alto, magro, barbeado à moda romana, mas curvado, andando com uma inclinação cuidadosa, como se tivesse alguma dor interna. Um dia, talvez tivesse sido belo; agora seu rosto era enrugado e amarelado, o bigode, quase todo grisalho, e o cabelo, cinzento. Ao seu lado, estavam dois ou três de seus conselheiros ou outros reis; ela queria saber quem eram eles, mas o padre, vendo o rei entrar, havia começado a ler seu grande livro, e Igraine mordeu o lábio e ficou em silêncio, ouvindo o serviço que, mesmo agora, após quatro anos sendo instruída pelo padre Columba, ainda não entendia totalmente, ou não se importava em entender. Ela sabia que era falta de modos olhar para os lados na igreja, feito uma caipira do campo, mas espiou sob o capuz de seu manto alguns dos homens em torno do rei: um homem que ela pensou ser Uriens de Gales do Norte, e outro ricamente vestido, esguio e belo, cabelo curto, ao estilo romano, na altura do queixo. Ela se perguntou se esse era Uther, o companheiro de Ambrósio e seu suposto herdeiro. O homem esbelto e moreno esteve atenciosamente ao lado de Ambrósio por todo o longo serviço, e, quando o rei idoso tropeçou, ofereceu seu braço. Ele olhava o padre com atenção, mas Igraine, treinada para ler no rosto das pessoas seus pensamentos, sabia que ele não estava de fato ouvindo o padre ou o serviço; os pensamentos dele corriam por seus próprios propósitos. Ele levantou a cabeça uma vez e olhou diretamente para Gorlois, pousando os olhos brevemente nos de Igraine. Seus olhos eram escuros debaixo de sobrancelhas grossas e escuras, e Igraine sentiu um estremecimento instantâneo de repulsa. Se aquele era Uther, ela decidiu, não teria nada com ele; viver ao seu lado pela coroa seria um preço alto demais a pagar. Ele devia ser mais velho do que aparentava, pois aquele homem não tinha mais do que vinte e cinco anos.

Na metade do serviço, houve uma pequena comoção junto à porta, e um homem alto, com ares marciais, de ombros largos, mas magro, vestindo um tecido grosso de lã axadrezado como os homens do norte usavam, entrou na igreja, seguido de quatro ou cinco soldados. O padre continuou, tranquilo, mas o diácono que estava ao seu lado desviou os olhos do Evangelho e fez cara feia. O homem alto descobriu a cabeça, revelando cabelos loiros que já rareavam no topo da cabeça. Ele se moveu em meio aos fiéis de pé, o padre disse "Oremos", e, ao se ajoelhar, Igraine viu que o homem alto e loiro e seus soldados estavam bem perto deles; os soldados haviam se ajoelhado em torno dos homens de Gorlois, e o homem estava ao lado dela. Quando ele se ajoelhou, deu um rápido olhar à sua volta para ver se todos os seus homens estavam no lugar e, então, baixou a cabeça devotamente para ouvir a oração.

Durante todo o serviço, ele não levantou a cabeça; quando os fiéis começaram a se aproximar do altar para o pão e o vinho consagrados, ele permaneceu no lugar. Gorlois tocou o ombro de Igraine, e ela o acompanhou: os cristãos acreditavam que a esposa deveria seguir a fé do marido; então, aquele Deus deles deveria culpar Gorlois se ela fosse mal preparada para a comunhão. O padre Columba falara com ela por muito tempo sobre as rezas e a preparação apropriadas, e Igraine concluíra que nunca estaria preparada para isso como deveria. Mas Gorlois ficaria bravo com ela, e afinal de contas Igraine não poderia interromper o silêncio da missa para discutir com ele, nem mesmo sussurrando.

Quando voltava ao seu lugar, com os dentes irritados pelo pão áspero e o azedume do vinho no estômago vazio, Igraine viu o homem alto levantar a cabeça. Gorlois lhe fez um breve aceno e seguiu adiante. O homem olhou para Igraine, e por um momento lhe pareceu que ria para ela e para Gorlois; ela sentiu que também estava rindo. Então, sob a carranca repressiva de Gorlois, seguiu-o e se ajoelhou ao lado dele. No entanto, notou que o homem loiro a observava. Pelo manto de nortista que ele usava, ela supôs que aquele fosse Lot de Orkney, que Gorlois chamara de jovem e ambicioso. Alguns dos homens do norte eram loiros como os saxões.

O salmo final começou, e ela ouviu as palavras sem prestar muita atenção. *Enviou a seu povo a redenção, concluiu com ele uma aliança eterna. Santo e venerável é o seu nome. O temor do Senhor é o começo da sabedoria; sábios são aqueles que o adoram. Sua glória subsiste eternamente…*

Gorlois baixou a cabeça para a bênção. Igraine estava aprendendo tanto sobre o marido naqueles poucos dias… Sabia que ele era cristão quando se casara com ele; de fato, a maioria das pessoas era cristã, ou, se não fosse, mantinha isso escrupulosamente para si, exceto perto da Ilha Sagrada, onde a velha fé reinava, ou entre os bárbaros do norte, ou os saxões. Mas ela não sabia que ele era genuinamente piedoso.

A bênção havia acabado; o padre e seus diáconos saíram levando a grande cruz e o livro sagrado. Igraine olhou para onde o rei estava; ele parecia amarelado e cansado e, ao se voltar para sair da igreja, apoiou-se pesadamente no braço do jovem moreno que estivera ao seu lado e o apoiara durante todo o serviço.

— Lot de Orkney não perde tempo, não acha, meu senhor da Cornualha? — disse o homem alto e loiro, de manto nortista. — Está sempre ao lado de Ambrósio esses dias, e sempre muito prestimoso!

Então, pensou Igraine, *este não é o duque de Orkney, como eu havia imaginado.*

Gorlois grunhiu, concordando.

— A senhora sua esposa, Gorlois?

Relutantemente, e de modo grosseiro, Gorlois respondeu:

— Igraine, minha querida, este é nosso duque da guerra, Uther, a quem as tribos chamam de Pendragon, por causa de seu estandarte.

Ela lhe fez uma mesura, surpresa. Uther Pendragon, esse homem desajeitado, louro como um saxão? Era esse o cortesão destinado a suceder Ambrósio? Esse homem desastrado, que havia entrado de modo estabanado e perturbado a missa sagrada? Uther olhava fixamente, Igraine percebeu, não para o rosto dela, mas para algo logo abaixo, e, perguntando-se se havia derramado o vinho da comunhão no vestido, ela notou que ele fitava a pedra da lua no peitilho de seu manto. Então, perguntou-se, mordaz, se ele nunca havia visto uma antes.

Gorlois também havia notado a direção do olhar dele. E disse:

— Gostaria de apresentar minha senhora ao rei; tenha um bom dia, senhor duque. — E saiu, sem esperar pela resposta de Uther.

Quando não podiam mais ser ouvidos, ele disse a Igraine:

— Não gosto da maneira como ele olha para você. Ele não é um homem que uma mulher decente deva conhecer. Evite-o.

Igraine disse:

— Ele não olhava para mim, meu marido, mas para a joia que uso. Ele cobiça riquezas?

— Ele cobiça todas as coisas — Gorlois falou laconicamente.

Andando tão rápido que os sapatos finos de Igraine tropeçavam na rua de pedra, eles alcançaram o séquito real.

Ambrósio, rodeado por padres e conselheiros, parecia qualquer outro velho doente que fora à missa em jejum e agora estava pronto para comer algo e arrumar um lugar para sentar-se. Ele andava com as mãos no flanco, como se sentisse dor. Mas o Grande Rei sorriu para Gorlois com verdadeira amizade, e Igraine soube por que toda a Bretanha havia suspendido seus conflitos para servir a esse homem e lutar contra os saxões em seu litoral.

— Gorlois, voltou tão depressa da Cornualha? Eu tinha poucas esperanças de vê-lo aqui antes do conselho, ou até mesmo mais uma vez neste mundo — ele disse. Sua voz era fraca, arfante, mas conseguiu estender os braços para Gorlois, que abraçou o velho com cuidado, e então deixou escapar:

— Está doente, meu senhor, deveria ter ficado na cama!

— Vou ficar logo, e por muito tempo, temo — afirmou Ambrósio, com um sorrisinho. — O bispo disse a mesma coisa, e teria me levado as coisas santas na cama se eu desejasse, mas quis estar entre vocês novamente. Venha tomar o desjejum comigo, Gorlois, e conte-me como vai tudo em sua terra tranquila.

Os dois homens seguiram andando, Igraine caminhando atrás do marido. Ao lado do rei, estava o homem moreno e magro envolto no manto vermelho: Lot de Orkney, ela se lembrou. Depois de terem entrado na casa do rei e de Ambrósio ter sido instalado em uma cadeira confortável, o Grande Rei acenou para Igraine.

— Bem-vinda à minha corte, senhora Igraine. Seu marido me diz que você é uma filha da Ilha Sagrada.

— É verdade, senhor — disse Igraine, timidamente.

— Alguns membros de seu povo são conselheiros em minha corte; meus padres não gostam que seus druidas sejam colocados em condições de igualdade com eles, mas eu lhes digo que ambos servem os Grandes acima de nós, qualquer que seja o nome que lhes deem. E sabedoria é sabedoria, seja ela como for. Às vezes, penso que os seus Deuses exigem homens mais sábios como servos do que o nosso Deus — disse Ambrósio, sorrindo para ela. — Venha, Gorlois, sente-se ao meu lado na mesa.

Pareceu a Igraine, enquanto ela tomava seu lugar no banco acolchoado, que Lot de Orkney rodeava o Grande Rei como um cão que havia sido chutado, mas queria se esgueirar de volta ao dono. Se Ambrósio tinha ao seu lado homens que o amavam, muito bem. Mas Lot amava seu rei ou apenas desejava estar perto do trono para que o poder deste pudesse se refletir nele também? Ela notou que Ambrósio, apesar de gentilmente encorajar seus convidados a comer o fino pão de trigo, o mel e o peixe fresco colocados em sua mesa, comeu apenas bocados de pão molhados no leite. Ela notou, também, o amarelado desbotado tingindo o branco dos olhos dele. Gorlois tinha dito: "Ambrósio está morrendo". Ela havia visto moribundos suficientes para saber que ele não falava mais que a pura verdade, e que Ambrósio, por suas palavras, também o sabia.

— Chegou até mim a informação de que os saxões fizeram algum tipo de tratado, mataram um cavalo e juraram sobre seu sangue, ou alguma tolice assim, com os homens do norte — disse Ambrósio —, e que a luta desta vez pode se estender para a Cornualha. Uriens, você talvez tenha de guiar nossos exércitos no oeste; você e Uther, que conhece as colinas galesas como o cabo da própria espada. Essa guerra pode mesmo chegar até suas terras pacíficas, Gorlois.

— Mas você está protegido, assim como nós no norte, pelas costas e rochedos abaixo de suas terras — disse Lot de Orkney, com sua voz tranquila. — Não acho que uma horda de selvagens possa chegar a Tintagel a não ser que conheçam as rochas e enseadas. E, mesmo pelo lado terrestre, Tintagel pode ser defendido, com aquele longo promontório.

— Verdade — disse Gorlois —, mas há enseadas e praias às quais um bote pode chegar, e, mesmo se não alcançarem o castelo, há fazendas, terras ricas e plantações. Posso defender o castelo, mas e a terra? Sou o duque justamente porque posso defender meu povo.

— A mim me parece que um duque, ou um rei, deveria ser algo mais que isso — disse Ambrósio —, mas não sei o quê. Nunca tive paz para descobrir. Talvez nossos filhos o façam. Pode ser durante sua vida, Lot, você é o mais jovem de nós.

Houve uma súbita comoção na antessala, e o alto e loiro Uther entrou no cômodo. Em suas mãos, trazia um par de cães nas coleiras, que se emaranhavam enquanto os animais latiam e rosnavam. Ele ficou à porta desemaranhando-as com paciência, e então as entregou a seu servo e entrou no cômodo.

— Você está perturbando todos esta manhã, Uther — Lot disse, venenoso. — Primeiro o padre na missa sagrada e agora o rei em seu desjejum.

— Eu o perturbei? Peço seu perdão, meu senhor — disse Uther, sorrindo, e o rei lhe estendeu a mão, sorrindo como se para seu filho favorito.

— Está perdoado, Uther, mas mande levar os cães, eu lhe rogo. Bem, venha e sente-se aqui, meu rapaz — disse Ambrósio, levantando-se, desajeitado, e Uther abraçou o rei.

Igraine notou que ele o fez de modo cuidadoso, com deferência. Pensou: *Ora, Uther ama o rei. Não é apenas ambição ou a bajulação de um cortesão em busca de favor!*

Gorlois fez menção de levantar-se de seu lugar ao lado de Ambrósio, mas o rei fez um gesto para que ele ficasse. Uther esticou sua longa perna através do banco e o atravessou, deslizando para um lugar ao lado de Igraine. Ela puxou as saias, sentindo-se constrangida, enquanto ele tropeçava. Como ele era desajeitado! Como um grande e amistoso filhote! Ele teve de estender uma das mãos para não cair em cima de Igraine.

— Perdoe minha falta de jeito, senhora — ele disse, sorrindo para ela. — Sou grande demais para me sentar em seu colo!

Contra a vontade, ela sorriu para ele e disse:

— Até seus cães são grandes demais para isso, meu senhor Uther!

Ele se serviu de pão e peixe, oferecendo a ela mel enquanto o tirava do jarro com a colher. Ela recusou com educação.

— Não gosto de doces.

— Você não precisa deles, minha senhora — ele disse, e ela notou que ele voltava a mirar seu peito.

Será que nunca tinha visto uma pedra da lua antes? Ou estava olhando a curva de seus seios sob a pedra? Igraine ficou súbita e intensamente consciente de que seus seios já não eram altos e firmes como antes de amamentar Morgana. Sentiu calor subindo por seu rosto e deu um rápido gole no leite fresco e frio.

Ele era alto e loiro, sua pele, firme e sem rugas. Ela podia sentir o cheiro de seu suor, limpo e fresco como o de uma criança. E ainda assim ele não era tão jovem, seu cabelo claro já rareando sobre o crânio queimado de sol. Ela sentiu uma inquietação curiosa, algo que jamais havia sentido; a coxa grossa dele estava ao lado da dela no banco, e Igraine estava muito consciente disso, como se fosse uma parte separada de seu próprio corpo. Ela baixou os olhos e pegou um bocado de pão com manteiga, ouvindo Gorlois e Lot falarem sobre o que aconteceria se a guerra chegasse à região oeste.

— Os saxões são lutadores, sim — disse Uther, juntando-se à conversa —, mas lutam de maneira civilizada. Os homens do norte, os escotos, os selvagens das terras que ficam além, esses são loucos, correm nus e gritando para a batalha, e o importante é treinar os soldados para resistirem firmes e não fugirem com medo de seu ataque.

— É isso que as legiões tinham de vantagem sobre nossos homens — disse Gorlois —, pois eram formadas por soldados por opção, disciplinados, treinados para lutar, e não fazendeiros e camponeses conclamados para a luta sem conhecimento do negócio, que voltam para sua fazenda quando passa o perigo. O que precisamos é de legiões para a Bretanha. Talvez se fizéssemos um novo apelo ao imperador...

— O imperador — afirmou Ambrósio, com um pequeno sorriso — tem problemas suficientes. Precisamos de cavaleiros, legiões de cavalaria; mas, se quisermos legiões para a Bretanha, Uther, teremos de treiná-las nós mesmos.

— Não é possível fazê-lo — disse Lot, assertivo —, pois nossos homens lutarão em defesa de suas casas e em lealdade aos chefes de seus próprios clãs, mas não por um Grande Rei ou imperador. E por que eles lutam, se não para voltarem para suas casas e desfrutar delas em conforto depois? Os homens que me seguem seguem a *mim*, e não a algum ideal de liberdade. Tenho alguma dificuldade para conseguir que eles venham aqui tão ao sul: dizem, com certa razão, que não há saxões onde estamos, então por que deveriam vir e lutar? Dizem que, quando os saxões chegarem às suas terras, será hora de lutar e defendê-las, mas que os habitantes das terras baixas devem defender seu próprio território.

— Eles não percebem que, se pararem os saxões aqui, estes talvez jamais cheguem às suas terras? — Uther falou em tom acalorado, e Lot levantou a mão esguia, rindo.

— Paz, Uther! *Eu* sei disso, são os meus homens que não sabem! Você não conseguirá legiões para a Bretanha, nem um exército permanente, Ambrósio, com os homens que estão ao norte da grande muralha.

— Talvez César estivesse certo, então — Gorlois disse roucamente. — Talvez devêssemos voltar a guarnecer a muralha. Não como ele fez, para manter os nortistas selvagens fora das cidades, mas para manter os saxões longe de sua terra natal, Lot.

— Não podemos nos privar de soldados para isso — disse Uther, impaciente. — Não podemos nos privar de nenhum soldado treinado! Talvez tenhamos que deixar o povo do tratado defender as costas saxãs e tomar nossa posição no território oeste, contra os escotos e os nortistas. Acho que deveríamos nos estabelecer principalmente no País do Verão; então, no inverno, eles não conseguirão descer para saquear nossos acampamentos como fizeram há três anos, pois não saberão os caminhos pelas ilhas.

Igraine ouviu, atenta, pois havia nascido no País do Verão e sabia como, no inverno, os mares se moviam para dentro e inundavam a terra. Os locais pelos quais se podia passar, ainda que pantanosos no verão, tornavam-se lagos e longos mares interiores no inverno. Até mesmo um exército invasor teria dificuldade de entrar naquelas terras, exceto no alto verão.

— Foi o que o Merlim me disse — afirmou Ambrósio —, e ele nos ofereceu espaço para estabelecermos um acampamento para nossos exércitos no País do Verão.

— Não gosto de deixar as costas saxônicas para os soldados do tratado — disse Uriens, com uma voz rouca. — Um saxão é um saxão, e ele manterá seu juramento apenas enquanto lhe for conveniente. Acho que o engano de nossas vidas foi quando Constantino fez um pacto com Vortigerno...

— Não — afirmou Ambrósio —, um cachorro que é parte lobo lutará mais ferozmente contra lobos do que contra qualquer outro cachorro. Constantino deu aos saxões de Vortigerno suas próprias terras, e eles lutaram para defendê-las. É o que um saxão quer: terras. Eles são fazendeiros e vão lutar até a morte para tornar suas terras seguras. Os soldados do tratado lutaram valorosamente contra os saxões que vieram invadir nosso litoral...

— Mas agora há tantos deles — observou Uriens — que estão exigindo aumentar as terras do tratado e ameaçaram tomar mais terras se não as entregarmos a eles. Então, agora, como se não fosse suficiente lutar contra os saxões do outro lado do mar, devemos lutar contra os que Constantino trouxe para nossas terras...

— Basta — disse Ambrósio, levantando a mão magra, e Igraine pensou que ele parecia terrivelmente doente. — Não posso remediar enganos, se é que foram enganos, cometidos por homens que morreram antes de eu nascer; já me basta remediar meus próprios enganos, e não viverei o suficiente para reparar todos eles. Mas farei o possível enquanto viver.

— Acho que a primeira e melhor coisa a fazer — afirmou Lot — seria expulsar os saxões dos nossos próprios reinos e então nos fortificar para que não voltassem.

— Não acredito que possamos fazer isso — disse Ambrósio. — Eles vivem aqui desde os tempos de seus pais, avôs e bisavôs, alguns deles, e, a não ser que estejamos dispostos a matar todos, eles não deixarão a terra que têm direito de chamar de sua; também não devemos violar o tratado. Se lutarmos entre nós dentro da Bretanha, como teremos força e armas para lutar quando formos invadidos? Além disso, no litoral, alguns dos saxões do tratado são cristãos, e lutarão ao nosso lado contra os selvagens e seus Deuses pagãos.

— Creio — disse Lot, sorrindo com ironia — que os bispos da Bretanha estavam corretos quando se recusaram a enviar missionários para salvar as almas dos saxões em nosso litoral dizendo que, se fossem admitidos no céu, os saxões iriam querer um pedaço para eles! Temos problemas suficientes nesta terra com os saxões; teremos que altercar com eles também no céu?

— Acho que você se engana a respeito da natureza do céu — disse uma voz familiar, e Igraine experimentou um sentimento estranho e vazio dentro de si. Ela olhou para o lado da mesa, para quem falava, vestido com um manto cinza simples, como o dos monges. Ela não teria reconhecido o Merlim nessas vestes, mas a voz dele ela identificaria em qualquer lugar. — Você acha mesmo que as rixas e imperfeições da humanidade serão levadas ao céu, Lot?

— Ora, quanto a isso, jamais falei com quem já tenha estado no céu — disse Lot —, nem, creio, você, senhor Merlim. Mas você fala com a sabedoria de qualquer padre... Recebeu as ordens sagradas na velhice, senhor?

O Merlim riu e respondeu:

— Tenho uma coisa em comum com seus padres. Passei muito tempo tentando separar as coisas dos homens das que pertencem ao Divino, e, quando o consegui, descobri que não há uma diferença muito grande. Aqui na Terra, não conseguimos ver isso, mas, quando nos livrarmos deste corpo, saberemos mais, e saberemos que nossas diferenças não fazem nenhuma diferença para Deus.

— Então, por que lutamos? — Uther perguntou, e sorriu como se estivesse tentando agradar o velho. — Se todas as nossas diferenças serão resolvidas no céu, por que não baixamos as armas e abraçamos os saxões como irmãos?

O Merlim voltou a sorrir e disse de modo amigável:

— Quando formos todos perfeitos, será assim, senhor Uther, mas eles ainda não sabem disso, não mais do que nós sabemos, e, enquanto o destino humano provocar o homem a lutar, bem, devemos fazer nossa parte jogando os jogos desta vida mortal. Mas precisamos de paz nesta terra, assim os homens pensarão no céu, e não em batalhas e guerra.

— Tenho pouco gosto em sentar e pensar no céu, velho — disse Uther, rindo. — Deixarei isso para você e os outros padres. Sou um homem de batalha, tenho sido por todos os meus dias, e rezo para viver toda a minha vida em guerra, como condiz a um homem, e não a um monge!

— Cuidado com o que deseja — afirmou o Merlim, lançando um olhar incisivo para Uther —, pois os Deuses decerto o atenderão.

— Não quero ficar velho e pensar no céu e na paz, pois eles me parecem enfadonhos. Quero guerra, pilhagens e mulheres... Ah, sim, mulheres, e os padres não aprovam nenhuma dessas coisas.

— Ora — disse Gorlois —, então você não é muito melhor que os saxões, é, Uther?

— Seus próprios padres dizem que devemos amar nossos inimigos, Gorlois — Uther falou, rindo e esticando-se por cima de Igraine para bater cordialmente nas costas do marido dela. — E assim amo os saxões, pois eles me dão o que eu quero da vida! E você também deveria, pois, quando tivermos paz por pouco tempo, poderemos desfrutar de banquetes e das mulheres, e então voltar à luta, como cabe a um homem de verdade! Você acha que as mulheres se interessam pelo tipo de homem que quer ficar sentado na frente da lareira e cultivar suas terras? Acha que sua bela senhora aqui ficaria feliz com um lavrador como está com um duque e líder?

— Você ainda é jovem para dizer isso, Uther — Gorlois afirmou, sério. — Quando tiver minha idade, estará cansado de guerra também.

Uther deu uma risadinha e perguntou:

— Está cansado de guerra, meu senhor Ambrósio?

Ambrósio sorriu, mas parecia muito cansado. Ele disse:

— Não importaria se estivesse cansado de guerra, Uther; pois Deus decidiu em sua sabedoria me enviar guerra todos os meus dias, e assim será, de acordo com a vontade dele. Vou defender meu povo, e assim deve fazer quem vier depois. Talvez em seu tempo, ou no de seus filhos, tenhamos tempo suficiente em paz para nos perguntar por que lutamos.

Lot de Orkney interveio com sua voz suave e ambígua:

— Ora, somos filósofos aqui, meu senhor Merlim, meu rei; mesmo você, Uther, está a filosofar. Mas nada disso nos diz o que faremos contra os selvagens que chegam do leste e do oeste, e os saxões em nosso próprio litoral. Acho que todos sabemos que não teremos ajuda de Roma; se quisermos legiões, deveremos treiná-las, e acho que precisamos ter nosso próprio césar também, pois, assim como soldados precisam de seus próprios capitães e de seu próprio rei, todos os reis desta ilha precisam de alguém para comandá-los.

— Por que precisamos chamar nosso Grande Rei de césar? Ou considerá-lo um? — perguntou um homem a quem Igraine ouvira chamarem de Heitor. — Os césares governaram a Bretanha bem o suficiente em nosso tempo, mas percebemos o erro fatal de um império assim... Quando há problemas em sua cidade natal, eles retiram as legiões e nos deixam com os bárbaros! Até mesmo Magno Máximo...

— Ele não era imperador — afirmou Ambrósio, sorrindo. — Magno Máximo desejava ser imperador quando comandou as legiões aqui; essa é uma ambição comum para um duque da guerra. — E Igraine viu o rápido sorrido que ele deu a Uther. — Então, ele reuniu suas legiões e marchou para Roma, desejando ser proclamado imperador. Não foi o primeiro nem o último a fazê-lo, com o exército para apoiá-lo. Mas nunca chegou a Roma, e todas as suas ambições deram em nada, exceto por boas histórias: em suas colinas galesas, Uther, eles não continuam falando de Magno, o Grande, que voltará com sua grande espada liderando suas legiões, resgatando-os de todos os invasores?

— Sim — disse Uther, rindo —, imputaram a ele a velha lenda de tempos imemoriais do rei que foi e que voltará para salvar seu povo quando for mais necessário. Ora, se eu encontrasse uma espada assim, iria eu mesmo para as colinas de minha terra e arrebanharia as legiões que desejasse.

— Talvez — disse Heitor, melancólico — seja disso que precisamos: de um rei saído das lendas. Se o rei vier, não será difícil encontrar a espada.

— Seu padre diria — afirmou o Merlim, calmamente — que o único rei que foi, que é e que será é o Cristo deles no céu, e assim, seguindo a causa santa dele, você não precisa de outro.

Heitor riu, um riso curto e rude, e disse:

— Cristo não pode nos comandar em batalha. Nem, e não tenho intenção de blasfemar, senhor meu rei, os soldados seguiriam o estandarte do Príncipe da Paz.

— Talvez devamos encontrar um rei que desperte neles a memória das lendas — disse Uther, e o silêncio desceu sobre o ambiente.

Igraine, que nunca havia escutado um conselho de homens, ainda era suficientemente capaz de ler pensamentos para saber o que todos ouviam no silêncio: a noção de que o Grande Rei sentado diante deles não viveria até o próximo verão. Qual deles estaria sentado na cadeira elevada no ano seguinte, nessa mesma época?

Ambrósio pousou a cabeça no encosto da cadeira, e aquele foi o sinal para Lot dizer, com sua voz ávida e invejosa:

— O senhor está cansado; nós o deixamos exausto. Deixe-me chamar seu camareiro.

Ambrósio sorriu para ele com gentileza.

— Descansarei logo, primo, e por tempo suficiente.

Mas até mesmo o esforço para falar era demasiado para ele, e então suspirou, um som longo e trêmulo, permitindo que Lot o ajudasse a deixar a mesa. Atrás dele, os homens se separaram em grupos, discutindo em voz baixa.

O homem chamado Heitor veio se juntar a Gorlois.

— Meu senhor de Orkney não perde uma oportunidade de defender seus interesses e disfarça isso mostrando preocupação com o rei. Agora somos os homens maus que cansaram Ambrósio e vão encurtar sua vida.

— A Lot não importa quem será nomeado Grande Rei — afirmou Gorlois —, contanto que Ambrósio não tenha oportunidade de declarar sua preferência, o que seria, para muitos de nós, inclusive para mim, e acredito que também para você, Heitor, um compromisso.

— Como não? — perguntou Heitor. — Ambrósio não tem um filho e não pode nomear um herdeiro, mas seu desejo deve nos guiar, e ele sabe disso. Uther deseja demais a púrpura de um césar para o meu gosto, mas por fim ele é melhor que Lot, e se for o caso de escolher o menos pior...

Gorlois fez que sim com a cabeça, lentamente, e disse:

— Nossos homens seguirão Uther. Mas as tribos, Bendigeid Vran e aquele bando não seguirão um homem tão romano assim; e precisamos das tribos. Elas seguiriam Orkney...

— Lot não tem estofo para ser Grande Rei — disse Heitor. — É melhor perdermos o apoio das tribos que o de todo o interior. A estratégia de Lot é dividir todos em facções guerreiras, assim somente ele terá a confiança de todos. *Puf!* — Ele cuspiu. — O homem é uma serpente, nada mais que isso.

— Mas ainda assim é persuasivo — afirmou Gorlois. — Tem cérebro, coragem e imaginação...

— Uther também. E, tenha ou não Ambrósio a chance de declarar isso formalmente, Uther é o homem que ele quer.

Gorlois cerrou os dentes de modo sombrio e declarou:

— Verdade. Verdade. Sou obrigado a seguir a vontade de Ambrósio por uma questão de honra. Ainda assim, preferiria que sua escolha tivesse sido um homem cujo caráter moral se equiparasse à sua coragem e liderança. Não confio em Uther, e apesar disso... — Ele balançou a cabeça e olhou para Igraine. — Criança, isso não pode ser de seu interesse. Meu soldado a acompanhará de volta à casa onde dormimos a noite passada.

Dispensada como uma menininha, Igraine saiu sem reclamações. Ela tinha muito em que pensar. Então, também os homens, até mesmo Gorlois, podiam ser obrigados, por questões de honra, a fazer o que não queriam. Isso nunca havia lhe ocorrido.

E os olhos de Uther, fixos nela, assombravam seus pensamentos. Como ele havia olhado para ela... Não; não para ela, para a pedra da lua. Teria o Merlim enfeitiçado a pedra de algum modo para que Uther se apaixonasse pela mulher que a usasse?

Devo fazer a vontade do Merlim e de Viviane? Devo ser dada a Uther sem resistência, como fui dada a Gorlois? O pensamento lhe causava repulsa. Não obstante... sua mente perversamente ainda sentia o toque de Uther em sua mão, a intensidade dos olhos cinzentos do duque da guerra de encontro aos seus.

Bem pode ser que o Merlim tenha enfeitiçado a pedra para que meus pensamentos se voltem para Uther!

Chegando ao alojamento, ela entrou e tirou a pedra da lua, enfiando-a na bolsa atada à sua cintura. *Que tolice*, pensou, *não acredito nessas velhas lendas de encantamentos e feitiços de amor*. Era uma mulher adulta, de dezenove anos, não uma criança passiva. Tinha um marido, podia agora mesmo levar no útero a semente que se tornaria o filho que ele desejava. E, se fosse para fantasiar com um homem que não seu marido, se ela quisesse bancar a libertina, com certeza havia homens mais atraentes que aquele grande bronco, com o cabelo bagunçado como o de um saxão e as maneiras de nortista, atrapalhando a missa, interrompendo o desjejum do Grande Rei. Ora, ela bem poderia levar para a cama o soldado de Gorlois, que ao menos era jovem, com a pele limpa, e belo. Não que ela, uma esposa virtuosa, tivesse interesse em levar algum homem para a cama além de seu legítimo marido.

E novamente, se ela desejasse isso, não seria Uther. Ora, ele poderia ser pior que Gorlois, um grande imbecil desajeitado, mesmo com olhos cinza como o mar e mãos fortes e sem rugas... Igraine praguejou em voz baixa, pegou a roca do pacote com seus pertences e sentou-se para fiar. O que ela fazia, sonhando acordada com Uther, como se estivesse considerando a sério o que Viviane lhe pedira? Uther seria mesmo o novo Grande Rei?

Ela havia notado a maneira como ele a olhara. Mas Gorlois dissera que era um depravado; ele olharia daquela maneira para qualquer mulher? Se tinha de se perder em devaneios, poderia ao menos pensar em algo sensato, em como Morgana estava se saindo sem a mãe, ou se a criada estava de olho em Morgause para que ela não lançasse olhares para os soldados que guardavam o castelo. Morgause, bem, ela poderia meter-se em aventuras e perder a virgindade com algum homem bonito sem pensar em honra ou decência; esperava que o padre Columba passasse um belo sermão na garota.

Minha própria mãe escolheu os amantes que quis como pais de seus filhos, e ela era uma grande sacerdotisa da Ilha Sagrada. Viviane fez a mesma coisa. Igraine deixou o fuso cair no colo e franziu um pouco o cenho ao pensar na profecia de Viviane de que seu filho com Uther seria o grande rei que restauraria o país e uniria na paz os povos beligerantes. O que ela havia escutado naquela manhã à mesa do rei a convencera de que tal rei era difícil de encontrar.

Ela pegou o fuso, exasperada. Precisavam de um rei assim agora, não quando uma criança que nem sequer fora concebida fosse adulta. O Merlim era obcecado por velhas lendas sobre reis… O que um dos reis, teria sido Heitor?, havia dito sobre Magno, o Grande, o notável líder guerreiro que abandonara a Bretanha em busca de uma coroa de imperador? Absurdo pensar que um filho de Uther pudesse ser esse Magno revivido.

Mais tarde naquele dia, um sino começou a dobrar, e pouco depois Gorlois entrou na casa, triste e desanimado.

— Ambrósio morreu há poucos minutos — ele disse. — Os sinos dobram por sua morte.

Ela viu o pesar em seu rosto e respondeu a isso:

— Ele era velho — disse — e muito amado. Conheci-o apenas hoje, mas percebo que era o tipo de homem amado e seguido por todos à sua volta.

Gorlois deu um suspiro pesado.

— De fato. E não temos ninguém para sucedê-lo; ele se foi e nos deixou sem um líder. Eu amava aquele homem, Igraine, e odiava vê-lo sofrer. Se houvesse algum sucessor digno desse nome, eu me alegraria por ele ter descansado. Mas o que será de nós agora?

Um pouco depois, Gorlois lhe pediu que preparasse sua melhor roupa.

— Ao pôr do sol, haverá uma missa de réquiem, e devo estar lá. Você também deveria, Igraine. Pode se vestir sem ajuda, ou devo pedir ao nosso anfitrião para chamar uma criada?

— Posso me vestir sozinha.

Igraine começou a colocar seu outro vestido, de lã finamente tecida com bordados na barra e na manga, e a trançar a fita de seda no cabelo. Ela comeu um pouco de pão e de queijo; Gorlois não quis comer nada, dizendo que, com seu rei diante do trono de Deus, onde sua alma seria julgada, ele jejuaria e rezaria até o enterro.

Igraine, que havia sido ensinada na Ilha Sagrada que a morte nada mais era do que um portal para um novo nascimento, não entendia isso; por que um cristão sentia tanto medo e estremecimento ao ir para sua paz eterna? Ela se lembrou do padre Columba cantando alguns de seus salmos tristes. Sim, o Deus deles deveria ser também um Deus de medo e punição. Ela compreendia que um rei, pelo bem do seu povo, tivesse de fazer coisas que pesariam em sua consciência. Se mesmo ela entendia e perdoava aquilo, como um Deus misericordioso poderia ser mais intolerante e vingativo que o menos importante de seus mortais? Pressupôs que fosse um dos Mistérios deles.

Ainda refletia sobre essas coisas quando foi à missa ao lado de Gorlois e ouviu o padre cantando tristemente algo sobre o julgamento de Deus e o Dia da Ira, quando a alma deveria enfrentar a danação eterna. Na metade desse hino, ela notou que Uther Pendragon, ajoelhado bem no fundo da igreja, com o rosto branco acima da túnica clara, levantou as mãos para cobrir o rosto e esconder soluços; poucos minutos depois, ele se levantou e saiu da igreja. Ela percebeu que Gorlois a olhava incisivamente e mais uma vez baixou os olhos para ouvir devotamente os hinos intermináveis.

Quando a missa acabou, os homens se aglomeraram do lado de fora da igreja, e Gorlois a apresentou à mulher do rei Uriens de Gales do Norte, uma matrona roliça e solene, e à esposa de Heitor, Flavilla, uma mulher sorridente, não muito mais velha que Igraine. Ela conversou com as mulheres por um minuto, mas a mente delas estava focada no que a morte de Ambrósio significaria para os soldados e seus maridos, enquanto a de Igraine vagava; tinha pouco interesse em conversas de mulher, e o comportamento devoto delas a cansava. Flavilla estava grávida de uns seis meses, a barriga começando a fazer volume sob as túnicas no estilo romano, e depois de um tempo a conversa desviou para suas famílias. Flavilla tivera duas filhas, que tinham morrido por disenteria no verão anterior, e esperava ter um filho naquele ano. A mulher de Uriens, Gwyneth, tinha um filho mais ou menos da idade de Morgana. Elas perguntaram sobre a filha de Igraine e falaram sobre a eficiência de amuletos de bronze contra febres invernais e a simpatia de colocar o livro de missa de um padre no berço contra o raquitismo.

— É má alimentação que causa raquitismo — disse Igraine. — Minha irmã, que é sacerdotisa curandeira, me disse que nenhuma criança amamentada por mais de dois anos completos sofre de raquitismo, apenas se tiver sido amamentada por uma ama de leite malnutrida ou desmamada cedo demais e alimentada com mingau.

— Eu chamo isso de superstição tola — disse Gwyneth. — O missal é sagrado e eficiente contra todas as doenças, mas particularmente contra as que acometem crianças pequenas, que foram batizadas contra os pecados dos pais e não cometeram os seus próprios.

Igraine encolheu os ombros com impaciência, sem querer discutir tamanho absurdo. As mulheres continuaram a falar sobre simpatias contra doenças infantis, enquanto ela olhava aqui e ali, esperando por uma oportunidade para se afastar. Depois de um tempo, juntou-se a elas outra mulher, cujo nome Igraine jamais soube, ela também com a barriga protuberante de uma gravidez avançada, e as demais imediatamente incluíram a recém-chegada na conversa, ignorando Igraine, que, após alguns instantes, se afastou sem alarde, dizendo (sem ser ouvida) que ia procurar Gorlois e se dirigindo à parte de trás da igreja.

Havia ali um pequeno cemitério, e atrás dele um bosque de macieiras, os galhos embranquecidos por flores, pálidas ao crepúsculo. O cheiro das macieiras era fresco e agradável a Igraine, que achava os odores da cidade invasivos; cães, e homens também, aliviavam-se nas ruas de pedra. Atrás de cada porta, havia um monturo de cozinha malcheiroso com tudo, desde junco sujo cheirando a urina e carne podre até o conteúdo de penicos. Em Tintagel, também havia detritos de cozinha e sujeira de urinóis, mas ela mandava enterrar aquilo depois de algumas semanas, e o cheiro limpo do mar levava tudo embora.

Ela caminhou lentamente pelo bosque. Algumas árvores eram bem velhas, nodosas, com galhos pendendo baixo. Então, ouviu um som leve e percebeu que havia um homem sentado em um dos galhos mais baixos. Ele não a viu; sua cabeça estava baixa, e o rosto, coberto com as mãos. Mas ela soube, pelo cabelo claro, que era Uther Pendragon. Estava a ponto de se virar e sair dali discretamente, sabendo que ele não gostaria que alguém presenciasse sua dor, porém ele ouviu seus passos leves e levantou a cabeça.

— É você, minha senhora da Cornualha? — Seu rosto se retorceu e ganhou um ar sarcástico. — Agora pode correr e dizer ao bravo duque Gorlois que o duque da guerra da Bretanha estava escondido para chorar como uma mulher!

Ela foi rapidamente até ele, perturbada por seu rosto raivoso e defensivo, e disse:

— Acha que Gorlois não sente pesar, meu senhor? Um homem precisa ser frio e sem coração para não chorar pelo rei que amou por todos os seus dias! Se eu fosse homem, não desejaria seguir na guerra um líder que não chorasse pelos mortos que amou, pelos camaradas tombados em batalha e até mesmo pelos inimigos valentes.

Uther deu um longo suspiro, enxugando o rosto com a manga bordada da túnica. Ele falou:

— Ora, é verdade; quando jovem, matei o chefe saxão Horsa em combate, depois de muitas batalhas nas quais ele me desafiou e escapou, e chorei por sua morte, pois era um homem audaz. Mesmo sendo ele saxão, senti tristeza por termos de ser inimigos em vez de irmãos e amigos. Porém, nos anos que decorreram desde então, comecei a me sentir muito velho para chorar pelo que não pode ser remediado. Apesar disso, quando ouvi o santo padre tagarelando sobre julgamento e danação eterna diante do trono de Deus, me lembrei do homem bom e piedoso que Ambrósio era, de como amou e temeu a Deus, sem nunca se furtar a fazer algo bondoso ou honrado, e às vezes acho que esse Deus deles é muito para suportar, e quase desejo que eu pudesse ouvir, sem condenação, os sábios druidas, que não falam de julgamento, mas do que um homem atrai para si mesmo pela maneira como vive. Se o santo bispo fala a verdade, Ambrósio agora está nas chamas do inferno e não será redimido antes do fim do mundo. Sei pouco do céu, mas gostaria de poder pensar que meu rei está lá.

Igraine disse, estendendo a mão para ele:

— Não creio que os padres de Cristo saibam mais sobre a morte que qualquer outro mortal. Só Deus sabe. Eles nos dizem, na Ilha Sagrada, onde fui criada, que a morte é sempre o portal para uma nova vida e maior sabedoria, e, embora eu não conhecesse bem Ambrósio, gosto de pensar que agora ele está aprendendo, aos pés do Deus dele, o que é a verdadeira sabedoria. Que Deus sábio enviaria um homem para o inferno por sua ignorância, em vez de esclarecê-lo melhor após a vida?

Ela sentiu a mão de Uther tocar a dela, e ele disse na escuridão:

— Ora, deve ser assim. Pois o Apóstolo deles disse: "Hoje vemos como se fosse por um espelho, de forma confusa; mas então veremos face a face". Talvez não saibamos, nem mesmo os padres, o que sucederá além da morte. Se Deus é onisciente, por que deveríamos imaginar que seria menos misericordioso que o homem? Cristo, dizem, nos foi mandado para mostrar o amor de Deus, não seu julgamento.

Eles se sentaram em silêncio por algum tempo. Então, Uther perguntou:

— Onde conseguiu tanta sabedoria, Igraine? Temos senhoras santas em nossa igreja, mas elas não são casadas nem vivem entre nós, pecadores.

— Nasci na Ilha de Avalon; e minha mãe era uma sacerdotisa no Grande Templo lá.

— Avalon — ele disse. — Fica no mar do Verão, não fica? Você estava no conselho esta manhã; sabe que devemos ir para lá. O Merlim me prometeu que vai me levar até o rei Leodegranz e me apresentar para a corte dele, ainda que, caso Lot de Orkney consiga o que quer, Uriens e eu tenhamos de voltar a Gales como cães uivando, com o rabo entre as pernas; ou isso, ou teremos de lutar no séquito dele, prestando-lhe homenagem, o que só farei quando o sol se levantar na costa oeste da Irlanda.

— Gorlois diz que você certamente será o próximo Grande Rei — Igraine afirmou, e com súbito espanto se deu conta de que estava sentada em um galho de árvore com o futuro Grande Rei da Bretanha, falando sobre religião e questões de Estado.

Uther sentiu isso também, como ela percebeu em seu tom de voz quando ele disse:

— Nunca pensei que discutiria tais assuntos com a mulher do duque da Cornualha.

— Acha mesmo que as mulheres nada sabem sobre assuntos de Estado? — ela perguntou. — Minha irmã Viviane, como minha mãe antes dela, é a Senhora de Avalon. O rei Leodegranz e outros reis com frequência a visitam para consultá-la sobre o destino da Bretanha...

— Talvez eu devesse consultá-la sobre a melhor maneira de trazer para o meu lado Leodegranz e Ban da Bretanha Menor — disse Uther, rindo. — Pois, se eles escutam seus conselhos, então tudo o que preciso fazer é ganhar sua confiança. Diga-me, a Senhora é casada? E é bela?

Igraine deu uma risadinha e disse:

— Ela é uma sacerdotisa, e as sacerdotisas da Grande Mãe nunca se casam, nem fazem alianças com mortais. Elas pertencem apenas aos Deuses.

E então ela se lembrou do que Viviane havia lhe dito, e que esse homem sentado ao lado dela no galho de árvore fazia parte da profecia; contraiu-se, amedrontada com o que tinha feito: estaria entrando com os próprios pés na armadilha que Viviane e o Merlim lhe haviam armado?

— O que foi, Igraine? Está com frio? Com medo da guerra? — perguntou Uther.

— Estive falando com as mulheres de Uriens e de *sir* Heitor — respondeu ela, agarrando-se à primeira coisa em que conseguiu pensar —, e elas não parecem muito preocupadas com questões de Estado. Talvez seja por isso que Gorlois não acredite que eu possa saber qualquer coisa sobre o assunto.

Uther riu e então disse:

— Conheço as senhoras Flavilla e Gwyneth. Elas de fato deixam todas as coisas ao encargo dos maridos, menos o que diz respeito a fiar, tecer e ter filhos e outras coisas de mulher. Você não tem interesse por essas coisas? Ou é tão jovem quanto parece, quase jovem demais para ser casada, quanto mais para ter filhos com os quais se preocupar?

— Sou casada há quatro anos — disse Igraine — e tenho uma filha de três.

— Eu poderia invejar Gorlois por isso; todo homem quer um filho para sucedê-lo. Se Ambrósio tivesse um filho, não estaríamos nesta confusão. Agora — Uther suspirou —, não gosto de pensar no que vai acontecer com a Bretanha se Orkney, aquele ignóbil, tornar-se Grande Rei, nem Uriens, que acha que tudo pode ser resolvido mandando um mensageiro para Roma. — Novamente a voz dele se interrompeu em um soluço. — Os homens dizem que tenho ambição de ser Grande Rei, mas eu abriria mão de todas as minhas ambições para ter Ambrósio sentado aqui neste galho de árvore ao nosso lado, ou mesmo para que um filho dele fosse coroado naquela igreja esta noite! Ambrósio temia o que aconteceria quando ele se fosse. Ele poderia ter morrido no último inverno, mas esperava nos fazer concordar sobre quem deveria sucedê-lo.

— Por que ele não teve filhos?

— Ah, ele teve filhos, dois. Um foi morto por um saxão; seu nome era Constantino, como o rei que converteu esta ilha. O outro morreu de uma febre debilitante quando tinha apenas doze anos. Ambrósio disse, muitas vezes, que eu tinha me tornado o filho que ele desejava. — Ele enterrou o rosto nas mãos, chorando. — Ele teria me tornado seu herdeiro, mas os outros reis não permitiriam. Eles me seguiam como duque da guerra, mas invejavam minha influência: Lot, maldito seja, era o pior. Não é por ambição, Igraine, eu juro, mas para terminar o que Ambrósio deixou inacabado!

— Creio que todos sabem disso — ela falou, acariciando a mão dele. Sentiu-se imobilizada por seu pesar.

— Não acho que Ambrósio possa ficar feliz, nem mesmo no céu, se olhar para baixo e vir a tristeza e a confusão aqui, os reis já conspirando, cada um buscando tomar o poder para si! Eu me pergunto se a vontade dele seria que eu assassinasse Lot para tomar o poder. Ele uma vez nos obrigou a fazer o juramento de irmãos de sangue; eu não o violaria — disse Uther. O rosto dele estava tomado de lágrimas.

Igraine, como teria feito com sua filha, tomou o véu leve em torno de seu rosto e as enxugou.

— Sei que fará o que for preciso pela honra, Uther. Nenhum homem que teve tanto a confiança de Ambrósio faria outra coisa.

A repentina luz de uma tocha atingiu seus olhos; ela congelou no galho de árvore, seu véu ainda no rosto de Uther. Gorlois disse, severo:

— É o meu senhor Pendragon? Por acaso, viu… Ah, senhora, está aí?

Igraine, envergonhada e subitamente culpada com a aspereza da voz de Gorlois, levantou-se rapidamente. Sua saia se prendeu em um galho protuberante, subindo até acima do joelho e mostrando suas ceroulas de linho, e ela a puxou para baixo rapidamente, e ouviu o tecido se rasgar.

— Pensei que você havia se perdido... Não estava em nosso alojamento — Gorlois falou com dureza. — O que faz aqui, em nome dos céus?

Uther também se levantou. O homem que Igraine vira exposto, chorando por seu rei e pai adotivo perdido, desalentado com o fardo colocado sobre seus ombros, desapareceu em um instante; sua voz era alta e calorosa agora:

— Ora, Gorlois, fiquei impaciente com toda a tagarelice daquele padre e saí para tomar um ar fresco sem murmúrios piedosos; e sua senhora, que não achou a conversa das boas damas muito do seu gosto, me encontrou aqui. Madame, eu lhe agradeço — disse ele, com uma reverência distante, e foi embora. Ela notou que ele teve o cuidado de manter o rosto longe da luz da tocha.

Gorlois, sozinho com Igraine, olhou para ela com uma suspeita raivosa. Fez um gesto para que ela andasse à sua frente:

— Minha senhora, deveria ter mais cuidado para evitar fofocas; eu disse para ficar longe de Uther. A reputação dele é tal que nenhuma mulher deveria ser vista em conversa privada com ele.

Igraine se virou e disse, irritada:

— É isso que você pensa de mim, que sou o tipo de mulher que escapa para copular com um estranho como um animal no campo? Você acha que me deitei com ele no galho daquela árvore, como um pássaro? Gostaria de inspecionar meu vestido para ver se está amarrotado por ter me deitado com ele no chão?

Gorlois levantou a mão e a acertou, não muito forte, na boca.

— Não vai bancar a megera comigo, senhora! Eu lhe disse para evitá-lo; obedeça! Creio que seja honesta e casta, mas não vou confiá-la àquele homem nem permitir que se torne o assunto das línguas das mulheres!

— Com certeza, não há mente mais maldosa do que a de uma boa mulher, a não ser talvez a de um padre — disse Igraine, com raiva. Esfregou a boca; o golpe de Gorlois fizera seu lábio bater contra os dentes. — Como se atreve a levantar a mão contra mim? Quando eu o trair, poderá me bater até fazer a carne descolar dos meus ossos, mas não vou apanhar por uma conversa! Acha, em nome de todos os Deuses, que falávamos de amor?

— E sobre *o que* falava com aquele homem, a uma hora dessas, por Deus?

— Falávamos sobre muitas coisas — afirmou Igraine —, e a maior parte sobre Ambrósio no céu e... Sim, do céu e do que se pode esperar além desta vida.

Gorlois lançou a ela um olhar cético.

— Isso me parece pouco provável, uma vez que ele nem sequer permaneceu na missa sagrada para demonstrar algum respeito pelos mortos.

— Ele estava chocado, como eu, com todos aqueles salmos tristes, como se estivessem pranteando o pior dos homens em vez do melhor dos reis!

— Diante de Deus, todos os homens são míseros pecadores, Igraine, e aos olhos de Cristo um rei não é melhor que outro mortal.

— Sim, sim — disse ela, impaciente —, ouvi seus padres dizerem isso, e eles também gastam muito tempo e esforço nos dizendo que Deus é amor e nosso bondoso pai no céu. Ainda assim, percebo que são muito cuidadosos para não caírem em suas mãos e pranteiam os que vão para sua paz eterna exatamente como aqueles que serão sacrificados no altar de sangue do Grande Corvo. Eu digo, Uther e eu falávamos do que os padres sabem sobre o céu, o que eu acho que não é muito!

— Se você e Uther falaram de religião, foi certamente a única vez que aquele homem sanguinário o fez! — rosnou Gorlois.

Igraine falou, e agora estava furiosa:

— Ele chorava, Gorlois; chorava pelo rei que foi um pai para ele. E, se mostrar respeito pelos mortos é sentar e ouvir os guinchos de um padre, então talvez eu jamais tenha esse respeito! Invejei Uther por ele ser um homem que pode ir e vir como quiser, e, com toda a certeza, se tivesse nascido homem, eu jamais teria me sentado pacificamente e escutado tantas tolices na igreja. Mas eu não tinha liberdade para sair, tendo sido arrastada para aquele lugar pela palavra de um homem que dá mais valor a padres e salmos do que aos mortos!

Eles haviam chegado à porta da casa onde estavam hospedados; Gorlois, com o rosto escurecido de ira, empurrou-a para dentro, possesso.

— Não use esse tom de voz comigo, senhora, ou vai apanhar de verdade.

Igraine percebeu que havia mostrado os dentes como um gato caçador, e sua voz sibilou quando ela afirmou:

— Se encostar a mão em mim, o risco será seu, Gorlois, pois lhe ensinarei que uma filha da Ilha Sagrada não é serva nem escrava de nenhum homem!

Gorlois abriu a boca para uma resposta zangada, e por um momento Igraine pensou que bateria nela de novo. Em vez disso, com esforço, ele dominou a raiva e se afastou.

— Não é adequado eu ficar aqui brigando enquanto meu rei e senhor ainda não foi enterrado. Pode dormir aqui esta noite, se não tem medo de ficar sozinha; se tiver, arranjo para que seja levada até a casa de Heitor, para dormir com Flavilla. Meus homens e eu vamos jejuar e rezar até o nascer do sol, quando Ambrósio será colocado na terra para descansar.

Igraine olhou para ele surpresa, com um desdém inesperado e crescente. Então, por medo da sombra do morto, embora ele chamasse isso de outro nome, imaginando tratar-se de respeito, Gorlois não iria comer, beber nem se deitar com uma mulher até que o rei fosse enterrado. Os cristãos diziam ser livres das superstições dos druidas; mas tinham as suas próprias, e Igraine achava que estas eram ainda mais perturbadoras, por serem separadas da natureza. Sentiu-se subitamente feliz por não ter de se deitar com Gorlois.

— Não — ela disse —, não tenho medo de ficar sozinha.

4

Ambrósio foi enterrado ao nascer do sol. Igraine, acompanhada por Gorlois ainda zangado e silencioso, assistiu às cerimônias com um estranho distanciamento. Por quatro anos, ela havia se esforçado para se comprometer com a religião seguida por Gorlois. Agora sabia que, embora demostrasse respeito cordial pela religião dele, para não irritá-lo – e, de fato, suas primeiras instruções lhe ensinaram que todos os Deuses eram um, e ninguém deveria zombar do nome pelo qual outra pessoa encontrava Deus –, ela não mais tentaria ser devota como ele. Uma esposa deveria seguir os Deuses de seu marido, e ela fingiria fazê-lo de modo decoroso e conveniente, mas jamais se renderia novamente ao medo de que o Deus todo-poderoso e onisciente deles pudesse ter poderes sobre ela.

Ela viu Uther durante as cerimônias; ele parecia abatido e esgotado, com círculos avermelhados em torno dos olhos como se também estivesse em jejum e sem dormir; e de algum modo essa visão tocou seu coração. Pobre homem, sem ninguém para se preocupar se ele jejuava, ou para dizer a ele que isso era bobagem, como se os mortos perdessem tempo junto aos vivos para ver como estes se saíam ou invejassem que comessem e bebessem! Ela podia apostar que o rei Uriens não havia cometido essa bobagem; ele parecia alimentado e descansado, e de repente ela desejou ser velha e sábia como a mulher de Uriens, que podia dizer ao marido o que fazer em tais casos.

Após o enterro, Gorlois levou Igraine de volta à casa onde se hospedavam e ali tomou o desjejum com ela, mas ainda estava quieto e soturno, e logo depois pediu licença para sair.

— Devo participar do conselho — ele disse. — Lot e Uther estarão em pé de guerra e de algum modo preciso lembrá-los do que Ambrósio desejava. Sinto por deixá-la aqui sozinha, mas enviarei um homem para acompanhá-la até a cidade, se quiser.

Ele deu a ela uma moeda, pediu que comprasse para si um presente no mercado, se desejasse, e disse que seu ajudante levaria uma bolsa também, caso ela quisesse escolher temperos e outras coisas para a casa na Cornualha.

— Não há razão para você viajar para tão longe sem comprar algo de que precise. Não sou um homem pobre, e você pode comprar qualquer coisa para manter a casa em ordem sem me consultar; lembre-se de que eu confio em você, Igraine — ele disse, e, tomando seu rosto nas mãos, a beijou.

Embora ele não falasse abertamente, ela sabia que, do seu modo rabugento, estava se desculpando pelas suspeitas e pelo tapa zangado, e o coração dela se encheu de afeição por ele; ela retribuiu o beijo com verdadeira ternura.

Era excitante andar pelo grande mercado de Londinium; sujo e fedido como cidade, ele parecia quatro ou cinco feiras da época da colheita reunidas em uma só. O estandarte de Gorlois, levado por seu soldado, impedia que ela fosse muito empurrada ou atropelada. Ainda assim, era meio assustador andar pela imensa praça do mercado, com uma centena de vendedores anunciando aos gritos suas mercadorias. Parecia-lhe que tudo o que via era novo e belo, algo que desejava, mas decidiu observar todo o mercado antes de adquirir qualquer coisa; e então comprou especiarias e um corte de lã das ilhas, muito mais fino que os das ovelhas da Cornualha – Gorlois precisava de um novo manto esse ano; ela começaria a tecer os debruns assim que voltasse a Tintagel. E também comprou para si pequenas meadas de seda tingida; seria prazeroso tecer com cores tão brilhantes, e um descanso para suas mãos, depois da aspereza da lã e do linho. Também ensinaria Morgause. E já era tempo, no ano seguinte, de ensinar Morgana a fiar; se de fato desse outro filho a Gorlois, nessa época do ano seguinte estaria pesada e desajeitada, e poderia sentar-se e ensinar a filha a fiar. Quatro anos era certamente idade suficiente para começar a aprender a manejar o fuso e a torcer os fios, ainda que estes não fossem prestar para nada além de amarrar fardos de fibras a serem tingidas.

Ela também comprou fitas coloridas; ficariam bonitas no vestido de festa de Morgana e poderiam ser tiradas de cada vestido conforme deixassem de servir e costuradas na gola e nas mangas do novo. Era condizente, agora que ela era crescida o suficiente para não sujar as roupas, que se vestisse como convinha à filha do duque da Cornualha.

O mercado estava num bom dia de vendas: a distância, ela viu a mulher do rei Uriens e outras senhoras bem-vestidas e se perguntou se cada homem casado do conselho havia enviado a esposa para fazer compras no mercado de Londinium naquela manhã enquanto o debate esquentava. Igraine comprou fivelas de prata para seus sapatos, mesmo tendo certeza de que poderia ter encontrado outras tão finas quanto aquelas na Cornualha, somente porque parecia requintado ter fivelas de sapatos vindas de Londinium. Mas, quando o homem quis lhe vender um broche com uma filigrana de prata ao redor de uma pedra de âmbar, ela recusou, chocada com a ideia de gastar todo aquele dinheiro. Estava com muita sede, e a exposição dos homens que vendiam sidra e tortas quentes a tentou, mas parecia feio comer sentada como um cão em um mercado aberto. Ela disse ao soldado para acompanhá-la à casa onde estava hospedada e decidiu que lá comeria um pouco de pão com queijo e beberia cerveja. Como o homem parecia amuado, ela lhe deu uma das pequenas moedas que haviam sobrado das compras para que ele comprasse um frasco de sidra ou de cerveja, se quisesse.

Quando voltou ao alojamento, cansada, sentou-se e olhou as compras, desatenta. Gostaria de começar a trabalhar nos debruns, mas isso teria de esperar até estar de volta a seu pequeno tear. Ela podia fiar, mas sentia-se aborrecida para isso, então se sentou e examinou suas coisas até Gorlois entrar, parecendo exausto.

Ele tentou se interessar pelo que ela havia comprado, elogiando sua moderação, mas ela percebeu claramente que a mente dele estava em outro lugar, embora tenha admirado as fitas para os vestidos de Morgana e dito que Igraine tinha feito bem em comprar as fivelas de prata.

— Você deveria ter um pente de prata, também, e talvez um novo espelho, o seu velho de bronze está riscado. Pode dar o velho a Morgause, ela é uma garota crescida agora. Amanhã pode voltar e escolher um, se quiser.

— Haverá outro encontro do conselho?

— Temo que sim, e provavelmente outro e outro, até que consigamos convencer Lot e os outros a seguir o desejo de Ambrósio e aceitar Uther como Grande Rei — resmungou Gorlois. — Burros teimosos, todos eles! Se Ambrósio tivesse deixado um filho, poderíamos todos jurar lealdade a ele como Grande Rei e escolher um duque da guerra com base em sua bravura no campo de batalha. Não haveria questão, seria Uther; até Lot sabe disso. Mas Lot tem muita ambição de ser Grande Rei e enxerga apenas que seria uma bela coisa usar uma coroa e receber o juramento de todos nós. E há homens no norte que prefeririam ter um deles no trono e por isso apoiam Lot. De fato, acho que, se Uther for o escolhido, todos os reis do norte, com exceção talvez de Uriens, voltarão para lá sem prestar o juramento de fidelidade. Mas nem para manter a lealdade dos reis do norte eu juraria fidelidade a Lot. Confio nele não mais do que gostaria de chutar seu traseiro em um dia enlameado! — Ele encolheu os ombros. — Isso é monótono para os ouvidos de uma mulher, Igraine. Arranje-me um pouco de pão e frios, por favor. Não dormi nada na noite passada e estou cansado como se tivesse passado o dia em campanha; discutir é um trabalho exaustivo.

Ela ia dizer que achava a discussão interessante, mas encolheu os ombros e deixou isso de lado. Não se humilharia para arrancar relatos dele, como se fosse uma criança implorando por uma história na hora de dormir. Se precisasse ouvir fofocas dos homens do mercado para descobrir o que se passava, que assim fosse. Gorlois estaria exausto essa noite e não desejaria nada além de dormir.

Igraine se deitou ao lado dele, permanecendo acordada até muito tarde, e se pegou pensando em Uther. Como ele se sentiria sabendo que era a escolha de Ambrósio para Grande Rei e que deveria fazer cumprir essa escolha provavelmente à força da espada? Ela se virou, impaciente, imaginando se o Merlim tinha mesmo lhe colocado um feitiço para que não parasse de pensar em Uther. Por fim adormeceu, e na terra do sono se viu no bosque, onde havia falado com Uther e secado as lágrimas dele com o véu. Agora, no sonho, ele havia pegado a ponta do véu e a puxado para perto de si e então pousado a boca na sua. Havia doçura naquele beijo, uma doçura que ela nunca sentira com Gorlois, e ela se flagrou rendida ao beijo, sentindo todo o corpo derreter com ele. Olhou dentro dos olhos azuis de Uther e pensou, no sonho: *Sempre fui uma criança, eu nunca soube, até este momento, o que é ser mulher*. E disse: "Nunca soube o que era amar". Ele a puxou para mais perto e deitou o corpo sobre o dela, e Igraine, sentindo aquele calor e aquela doçura inundando seu corpo, levantou os lábios até os dele novamente, e acordou, com um princípio de surpresa, para constatar que Gorlois a havia tomado nos braços enquanto ela dormia. A doçura do sonho ainda estava em seu corpo, então ela enlaçou os braços em torno do pescoço dele com uma obediência sonolenta, mas logo ficou impaciente, esperando até que ele terminasse e voltasse a cair em um sono pesado, pontilhado por gemidos. Ficou ali acordada, tremendo, até o amanhecer, perguntando-se o que acontecia com ela.

O conselho seguiu por toda aquela semana, e todas as noites Gorlois voltava pálido e zangado, exausto das disputas. Uma vez, explodiu:

— Ficamos aqui sentados conversando enquanto, no litoral, os saxões podem estar se preparando para nos atacar! Os tolos não sabem que nossa segurança depende de que as tropas do tratado mantenham as costas saxãs e de que eles não seguirão outro homem além de Uther, um dos seus? Lot tem tanto preconceito contra Uther que prefere seguir um chefe pintado que serve a um Deus Cavalo?

Até mesmo os prazeres dos mercados haviam perdido a intensidade; havia chovido na maior parte da semana, e Igraine, que comprara algumas agulhas em sua segunda visita, sentou-se e remendou roupas suas e de Gorlois, e desejou que tivesse seu tear ali para tecer panos finos. Ela pegou parte do tecido que havia comprado e começou a fazer algumas toalhas, costurando bainhas e colocando fios coloridos nas bordas. Na segunda semana, veio seu fluxo lunar, e ela sentiu-se desolada e traída; Gorlois não tinha, por fim, feito nela o filho que desejava. Ela ainda não tinha vinte anos, dificilmente poderia já ser estéril! Pensou em uma velha lenda que havia ouvido sobre uma mulher casada com um marido idoso que não tivera filhos, até que, uma noite, ela escapou e se deitou com um pastor no campo, e, por fim, seu velho marido ficou extremamente contente com o belo menino saudável. Se ela fosse estéril, Igraine pensou com ressentimento, era mais provável que a culpa disso fosse de Gorlois! *Ele* era o velho, com o sangue diluído por anos de guerras e campanhas. E então ela pensou em seu sonho, entre culpada e consternada. O Merlim e Viviane disseram: ela dará um filho ao Grande Rei, um que livrará a terra de todo esse conflito. Gorlois mesmo dissera que, se Ambrósio tivesse deixado um filho, não haveria toda essa querela. Se Uther fosse escolhido Grande Rei, seria de fato uma necessidade para ele ter logo um filho.

Sou jovem e saudável; se fosse sua rainha, poderia lhe dar um filho... E, quando voltava a esse ponto, chorava com um desespero súbito, reprimido. *Sou casada com um velho, e minha vida acabou aos dezenove anos. Eu bem poderia ser uma mulher velha, que já não se importa em estar viva ou morta, que serve apenas para se sentar em frente ao fogo e pensar no céu!* Ela ficou na cama e disse a Gorlois que estava doente.

Durante a semana, o Merlim veio vê-la na casa em que se hospedava enquanto Gorlois estava no conselho. Igraine teve vontade de atirar contra ele sua raiva e sua tristeza; ele havia começado isso, ela estava contente e resignada com seu destino até que ele a despertasse! Mas era inconcebível falar de maneira grosseira ao Merlim da Bretanha, seu pai ou não.

— Gorlois me disse que você está doente, Igraine; há algo que eu possa fazer para ajudá-la com minhas artes curativas?

Ela olhou para ele com desesperança.

— Só se você puder me deixar mais jovem. Eu me sinto tão velha, pai, tão velha!

Ele acariciou seus cachos brilhantes cor de cobre e disse:

— Não vejo fios brancos em seu cabelo ou rugas em seu rosto, minha criança.

— Mas minha vida acabou, sou uma velha, mulher de um velho...

— Calma, calma — ele a tranquilizou. — Você está cansada e doente, vai sentir-se melhor quando a lua mudar novamente, com certeza. É melhor assim, Igraine — ele disse, olhando-a penetrantemente, e ela subitamente percebeu que o Merlim havia lido seus pensamentos; era como se ele falasse diretamente para sua mente, repetindo o que havia dito em Tintagel: "Você não dará um filho a Gorlois".

— Eu me sinto encurralada — afirmou, e baixou a cabeça, chorou e se recusou a continuar falando.

Ele acariciou seu cabelo despenteado:

— Dormir é o melhor remédio para sua doença agora, Igraine. E sonhos são o verdadeiro remédio para o que a aflige. Eu, que sou um mestre dos sonhos, mandarei um para curá-la.

Ele esticou a mão sobre ela em uma bênção e se foi.

Igraine se perguntou se algo que o Merlim havia feito, ou algum feitiço de Viviane, era responsável por aquilo. Talvez ela tivesse concebido um filho de Gorlois e o expurgado; coisas assim aconteciam. Ela não conseguia imaginar o Merlim mandando colocar ervas ou plantas medicinais em sua cerveja, mas talvez, com seus poderes, ele fosse capaz de assegurar esse resultado com mágica ou encantamentos. E então pensou que talvez fosse melhor. Gorlois era velho, ela havia visto a sombra de sua morte; queria criar sozinha um filho dele? Quando Gorlois voltou ao quarto naquela noite, ela teve novamente a impressão de ver, pairando atrás dele, a sombra da terrível aparição, sua morte à espreita, o corte de espada sobre o olho, o rosto fatigado de pesar e desespero; e ela virou o rosto para o outro lado, sentindo, quando ele a tocou, que estava sendo abraçada por um morto, um cadáver.

— Venha, minha querida, você não deve ficar tão triste — Gorlois a acalmou, sentando-se ao seu lado na cama. — Sei que está doente e cansada, você deve estar com saudades de sua casa e de sua filha, mas não vai demorar muito. Tenho novidades para você, escute.

— O conselho está mais perto de escolher o rei?

— Pode ser — afirmou Gorlois. — Você escutou uma comoção nas ruas esta tarde? Bem, Lot de Orney e os reis do norte se foram; agora aceitaram que não vamos escolher Lot como Grande Rei até que o sol e a lua surjam juntos no oeste, então foram embora, deixando o resto de nós para fazer o que sabemos que Ambrósio teria desejado. Se eu fosse Uther, e disse isso a ele, não andaria sozinho à noite; Lot foi embora parecendo um vira-latas que teve a cauda cortada, e não acho que ele seja incapaz de curar seu orgulho ferido mandando alguém com um punhal atrás de Uther.

— Você realmente acha que Lot vai tentar matar Uther? — ela sussurrou.

— Bem, ele não é páreo para Uther em uma luta. Uma faca nas costas seria o método de Lot. Estou bem feliz que ele não seja um de nós, embora minha paz de espírito fosse maior caso Lot tivesse jurado manter a paz. Um juramento sobre alguma relíquia sagrada que ele não se atreveria a desrespeitar... Mesmo assim, eu ficaria de olho nele — afirmou Gorlois.

Quando estavam na cama, ele se virou para Igraine, mas ela balançou a cabeça e o empurrou.

— Outro dia — ela disse, e ele, suspirando, virou-se para o outro lado e adormeceu quase instantaneamente.

Não podia, ela pensou, afastá-lo por muito mais tempo; contudo, um horror havia descido sobre ela agora que vira novamente a desgraça pairando sobre Gorlois. Disse a si mesma que, viesse o que viesse, deveria se manter esposa zelosa para esse homem honrado que havia sido bondoso com ela. E isso trouxe de volta a lembrança do cômodo em que Viviane e o Merlim haviam destruído a sua segurança e toda a sua paz. Sentiu lágrimas brotando dentro de si e abafou os soluços para não acordar Gorlois.

O Merlim dissera que enviaria a ela um sonho para curar sua tristeza, mas tudo isso havia começado com um sonho. Tinha medo de adormecer, de que outro sonho destruísse o pouco de paz que conseguira. Pois sabia que essa coisa destruiria sua vida, se ela o permitisse; rasgaria suas palavras de compromisso. E, embora não fosse cristã, havia ouvido o suficiente da pregação deles para saber que isso era, pelos padrões deles, um pecado grave.

Se Gorlois estivesse morto... Igraine parou de respirar em um espasmo de terror; pois pela primeira vez havia se permitido formar aquele pensamento. Como poderia desejar que ele estivesse morto — seu marido, pai de sua filha? Como saberia se, mesmo que Gorlois não estivesse mais entre eles, Uther a desejaria? Como podia deitar-se ao lado de um homem e desejar outro?

Viviane falou como se esse tipo de coisa acontecesse com frequência... Sou simplesmente infantil e ingênua por não saber?

Não vou dormir com medo de sonhar...

Se ela continuasse a se revirar desse jeito, pensou Igraine, Gorlois acordaria. Se chorasse, ele desejaria saber o motivo. E o que poderia dizer a ele? Silenciosamente, Igraine deslizou da cama, envolveu o corpo nu em sua manta longa e foi sentar-se ao lado dos resquícios do fogo que se apagava. Por que, ela se perguntava, olhando as chamas, deveria o Merlim da Bretanha, druida, padre, conselheiro dos reis, Mensageiro dos Deuses, intrometer-se nos assuntos da vida de uma jovem mulher? Além disso, o que fazia um druida como conselheiro do rei em uma corte supostamente cristã?

Se considero o Merlim tão sábio, por que não desejo fazer sua vontade?

Depois de um longo tempo, sentiu os olhos cansados de mirar o fogo que se extinguia. Perguntou-se se deveria voltar para a cama e deitar-se ao lado de Gorlois, ou se deveria levantar-se e caminhar, com medo de dormir e arriscar ter o sonho prometido pelo Merlim.

Ela se levantou e andou silenciosamente pelo quarto até a porta. Em seu atual estado de espírito, não ficou de todo surpresa ao olhar para trás e ver que seu corpo ainda estava sentado, enrolado no manto, diante do fogo; não se preocupou em destrancar a porta do quarto, nem, depois, a grande porta da frente da casa; deslizou por ambas como um fantasma.

Contudo, lá fora, o pátio da casa do amigo de Gorlois havia desaparecido. Ela estava em uma grande planície, onde pedras formavam um grande círculo, apenas tocadas pela luz que se levantava com o alvorecer... Não, aquela luz não era do sol, era um grande fogo a oeste, que deixava o céu todo em chamas.

A oeste, onde ficavam as terras perdidas de Lyonnesse e Ys e a grande ilha de Atlas-Alamesios, ou Atlântida, o reino esquecido do mar. Ali de fato havia ocorrido o grande incêndio, quando a montanha explodira, e em uma só noite cem mil homens, mulheres e crianças pereceram.

— Mas os sacerdotes sabiam — disse uma voz ao seu lado. — Pelos últimos cem anos, eles vêm erguendo o templo da estrela aqui na planície, para que não percam a conta das estações ou da chegada de eclipses da lua e do sol. Essas pessoas aqui não sabem nada de tais coisas, mas sabem que somos sábios, sacerdotes e sacerdotisas do além-mar, e vão construir para nós, como fizeram antes...

Igraine olhou, sem surpresa, para a figura em um manto azul, e, embora seu rosto fosse muito diferente, e ele usasse um capelo estranho adornado com serpentes, e serpentes douradas nos braços como braceletes, seus olhos eram os de Uther Pendragon.

O vento esfriou sobre a grande planície onde o círculo de pedras aguardava o sol, que surgia sobre a pedra principal. Com os olhos de seu corpo, Igraine jamais havia visto o Templo do Sol em Salisbury, pois os druidas não chegavam perto dele. Quem, eles questionavam, poderia adorar os grandes Deuses por trás dos Deuses em um templo construído por mãos humanas? E assim faziam seus rituais dentro de bosques de árvores plantadas pelas mãos dos Deuses. Mas, quando ela era menina, Viviane havia lhe contado sobre o templo, calculado, por artes hoje perdidas, de modo que mesmo os que não sabiam os segredos dos sacerdotes podiam descobrir quando os eclipses ocorreriam e traçar os movimentos das estrelas e das estações.

Igraine sabia que Uther, ao seu lado – seria mesmo Uther esse homem alto com o manto de um sacerdócio afogado havia anos em uma terra que hoje era considerada lenda? –, olhava para o céu flamejante a oeste.

— Por fim, aconteceu como nos disseram — ele afirmou e colocou um braço sobre os ombros dela. — Nunca acreditei de verdade até este momento, Morgan.

Por um momento, Igraine, mulher de Gorlois, perguntou-se por que esse homem a chamava pelo nome de sua filha; ainda assim, mesmo enquanto formava a questão em sua mente, sabia que "Morgan" não era um nome, mas o título de uma sacerdotisa, que significava apenas "mulher vinda do mar", em uma religião que mesmo o Merlim da Bretanha consideraria uma lenda e a sombra de uma lenda.

Ela se ouviu dizer, involuntariamente:

— Eu também achava impossível que Lyonnesse e Ahtarrath e Ruta houvessem caído e desaparecido como se jamais tivessem existido. Você acha que é verdade, que os Deuses estão punindo a terra de Atlântida por seus pecados?

— Não acho que os Deuses agem dessa maneira — o homem ao seu lado declarou. — A terra estremece no grande oceano além do oceano que conhecemos, e, embora o povo de Atlântida falasse das terras perdidas de Mu e Hy-Brasil, sei que no grande oceano além do alvorecer a terra treme, e ilhas surgem e desaparecem mesmo quando o povo nada sabe sobre pecados ou o mal, mas vive como os inocentes antes que os Deuses nos dessem conhecimento para escolher entre o bem e o mal. E, se os Deuses da terra se vingam dos inocentes e dos pecadores, sem distinção, essa destruição não pode então ser castigo por seus pecados, mas é o método de toda a natureza. Não sei se há propósito nessa destruição, ou se a terra ainda não se acomodou em sua forma final, assim como nós, homens e mulheres, ainda não chegamos à perfeição. Talvez a terra também se esforce para evoluir sua alma e se aperfeiçoar. Não sei, Morgan. Essas coisas são para os mais altos iniciados. Sei apenas que levamos os segredos dos templos, o que nos foi pedido que jamais fizéssemos, e assim abjuramos.

— Mas os sacerdotes nos pediram que o fizéssemos — disse ela, tremendo.

— Nenhum sacerdote pode nos absolver por termos quebrado aquele juramento, pois um juramento aos Deuses ressoa ao longo dos tempos. E sofreremos por isso. Não era certo que todo o conhecimento de nossos templos se perdesse sob o mar, e então fomos enviados para revelar o conhecimento, com plena consciência de que sofreríamos, vida a vida, por quebrar aquele voto. Tinha de ser assim, minha irmã.

— Por que deveríamos ser punidos além desta vida pelo que nos rogaram que fizéssemos? — perguntou, ressentida. — Os sacerdotes acharam certo que sofrêssemos por lhes obedecer?

— Não, mas lembre-se do juramento que fizemos... — E a voz dele subitamente se interrompeu. — Juramos em um templo agora perdido sob o mar, onde o grande Órion não mais reinará. Juramos dividir o destino daquele que roubou o fogo do céu, para que o homem não vivesse na escuridão. Foi grande o bem que veio daquele presente de fogo, mas foi grande também o mal, pois o homem aprendeu o abuso e a maldade... E assim aquele que roubou o fogo, ainda que seu nome seja reverenciado em cada templo por trazer a luz à humanidade, sofre eternamente tormentos nos quais está acorrentado, com o abutre sempre roendo seu coração... Essas coisas são mistérios: que o homem possa obedecer cegamente aos sacerdotes, e às leis feitas por eles, e viver em ignorância, ou desobedecer voluntariamente, seguindo o portador da Luz, e arcar com os sofrimentos da Roda do Renascimento. E veja… — Ele apontou para cima, onde a figura do Maior-que-os-Deuses oscilava, as três estrelas da pureza, retidão e escolha em seu cinto. — Ele fica ali imóvel, embora seu templo tenha desaparecido. Veja, ali está a Roda girando por seu caminho, ainda que a terra embaixo possa se retorcer em tormento e lançar templos e cidades e a humanidade a uma morte incendiária. E construímos aqui um novo templo, para que seu conhecimento jamais morra.

O homem que por dentro ela sabia ser Uther pousou o braço nela, e Igraine percebeu que ele chorava. Ele levantou o rosto dela na altura do seu e a beijou, e ela sentiu nos lábios o gosto salgado de suas lágrimas. Ele disse:

— Não posso me arrepender disso. Eles nos dizem no templo que o verdadeiro júbilo é encontrado apenas na liberdade da Roda, que é morte e renascimento, que devemos desprezar a alegria e o sofrimento terrenos e ansiar apenas pela paz na presença do eterno. Ainda assim, amo esta vida na terra, Morgan, e amo você com um amor que é mais forte que a morte, e se o pecado é o preço de nos unir, vida após vida ao longo das eras, então pecarei alegremente e sem arrependimento, para que isso me leve de volta a você, minha amada!

Igraine jamais havia experimentado em sua vida um beijo como esse, passional, e contudo era como se alguma essência além do puro desejo os unisse. Naquele momento, ela foi inundada pela memória do lugar em que conhecera esse homem, dos grandes pilares de mármore e escadas douradas do grande Templo de Órion, e da Cidade da Serpente abaixo, com a avenida de esfinges, animais com corpo de leão e rosto de mulher, levando à grande estrada para o Templo… Ali estavam uma planície estéril, com um círculo de pedras nuas, e um fogo a oeste que era a luz moribunda da terra em que nasceram, onde haviam vivido juntos no Templo desde que eram crianças, e onde haviam sido unidos pelo fogo sagrado, para nunca se separarem enquanto vivessem. E agora fizeram o que os uniria depois da morte também…

— Amo esta terra — ele disse de novo, violentamente. — Aqui estamos onde os templos são feitos de pedra bruta, e não de prata, ouro e oricalco, mas já amo esta terra, tanto que voluntariamente dou minha vida para mantê-la em segurança, esta terra fria onde o sol nunca brilha… — E ele tremeu sob o manto; mas Igraine o fez virar, voltando as costas para os fogos de Atlântida que se extinguiam.

— Olhe para o leste — ela disse —, pois sempre, enquanto a luz morre no oeste, há a promessa de renascimento no leste.

E eles ficaram ali, abraçados, enquanto o sol brilhava, subindo por trás do olho da grande pedra.

— Este é de fato o grande ciclo da vida e da morte... — sussurrou o homem, e enquanto falava a puxou para si. — Chegará o dia em que as pessoas se esquecerão, e isso não será mais que um círculo de pedras. Mas eu me lembrarei, e voltarei para você, minha amada, eu prometo.

E então ela ouviu a voz do Merlim dizendo sobriamente:

— Cuidado com o que você deseja, pois certamente lhe será concedido.

E silêncio; Igraine viu-se nua, enrolada apenas em seu manto, amontoada em frente às últimas cinzas da lareira do quarto na casa em que ela e Gorlois se hospedavam, enquanto ele roncava baixo na cama.

Tremendo, ela se enrolou no manto e se arrastou, gelada até os ossos, de volta à cama, afundando-se e buscando algum resquício de calor. Morgan. Morgana. Teria dado à filha esse nome por que este fora seu anteriormente? Ou tinha sido apenas um sonho bizarro enviado pelo Merlim para convencê-la de que conhecera Uther Pendragon em alguma vida pregressa?

Mas aquilo não havia sido um sonho – sonhos eram confusos, bizarros, um mundo onde tudo era tolice e ilusão. Ela sabia que de alguma forma havia vagado para a Terra da Verdade, para onde a alma ia quando o corpo estava em outro lugar, e que havia trazido de volta não um sonho, mas uma memória.

Uma coisa ao menos estava clara. Se ela e Uther haviam se conhecido, se amado, no passado, isso explicava por que ela sentia essa extrema familiaridade com ele, por que ele não lhe parecia um estranho, nem mesmo sua maneira grosseira, ou pueril, parecia ofensiva, mas apenas parte da pessoa que ele era e sempre havia sido. Ela se lembrou da ternura com que enxugara as lágrimas dele com o véu, sabendo agora que tinha pensado: *Sim, ele sempre foi assim.* Impulsivo, pueril, correndo atrás do que queria, sem nunca medir as consequências de seus atos.

Haviam eles de fato trazido os segredos de um mundo desaparecido a essa terra, gerações antes, quando as terras haviam acabado de desaparecer sob o oceano ocidental, e juntos recebido as punições por quebrar aquele juramento? *Punições?* E então, sem saber por quê, ela se lembrou de que o renascimento em si – a vida humana – era para ser a punição, vida em um corpo humano em vez de paz eterna. Ela curvou os lábios em um sorriso, pensando: *É punição ou recompensa viver neste corpo?* Ao lembrar o súbito despertar de seu corpo nos braços do homem que era, ou seria, ou teria sido um dia, Uther Pendragon, soube como nunca soubera que não importava o que os padres dissessem, a vida, fosse nascimento, fosse renascimento, nesse corpo, era uma recompensa.

Afundou o corpo na cama e ficou deitada, agora sem sono, olhando para a escuridão, sorrindo. Então Viviane e o Merlim sabiam, talvez, o que ela estava destinada a saber: que estava presa a Uther por uma ligação que fazia seu laço com Gorlois meramente superficial e momentâneo. Ela faria o que eles desejavam; era parte de seu destino. Ela e o homem que agora era Uther haviam se unido, muitas vidas atrás, ao destino desta terra, onde chegaram quando o Velho Templo fora enterrado. Agora, quando mais uma vez os Mistérios estavam em perigo, desta vez ameaçados por hordas de bárbaros e selvagens do norte, haviam retornado juntos. Foi concedido a ela dar à luz um dos grandes heróis que, segundo se dizia, retornavam à vida quando eram necessários, o rei que foi, que é e que voltará para salvar seu povo... Mesmo os cristãos tinham uma versão da história; diziam que, quando o Jesus deles nasceu, sua mãe recebeu avisos e profecias de que daria à luz um rei. Ela sorriu no escuro, pensando no destino que a reunia ao homem que havia amado tantos séculos antes. Gorlois? O que Gorlois poderia fazer com o destino dela, a não ser prepará-la para isso? De outro modo, ela poderia ser jovem demais para entender o que estava para lhe acontecer.

Nesta vida, não sou uma sacerdotisa. Mesmo assim, sei que ainda sou uma criança obediente ao meu destino; como todos os homens e mulheres devem ser.

E para sacerdotes e sacerdotisas não há o laço do casamento. Eles se entregam como devem à vontade dos Deuses, para gerar aqueles que são fundamentais para o destino da humanidade.

Pensou na grande constelação chamada de Roda, no norte. Os camponeses a chamavam de Carruagem, ou Ursa Maior, sempre se arrastando na porção mais ao norte das estrelas; mas Igraine sabia que ela simbolizava, em suas idas e vindas, a eterna Roda do Nascimento e Morte e Renascimento. E o Gigante que caminhava ao longo do céu, a espada pendurada em seu cinto... Por um momento, Igraine pareceu ver o herói que estava por vir, com uma grande espada nas mãos, a espada do conquistador. Os sacerdotes da Ilha Sagrada garantiriam que ele tivesse uma espada, uma espada saída das lendas.

Ao seu lado, Gorlois se agitou e a procurou, e ela foi obedientemente para seus braços. Sua repulsa havia se transformado em ternura e pena, e ela não teve medo de engravidar de um filho indesejado. Aquele não era seu destino. Pobre homem condenado, não tinha parte naquele mistério. Era um dos que nasciam uma só vez; ou, se não era, não se lembrava, e ela se sentiu feliz por ele ter o conforto de sua fé simples.

Mais tarde, quando se levantaram, ela se ouviu cantando; e Gorlois a observou com curiosidade.

— Parece que você está bem novamente — ele disse, e ela sorriu.

— Ora, sim — disse ela —, nunca estive melhor.

— Então o remédio do Merlim fez bem a você — afirmou Gorlois, e ela sorriu e não respondeu.

5

Por vários dias, parecia que não se falava de nenhum outro assunto na cidade além do fato de Lot de Orkney ter se retirado e ido embora para o norte. Temia-se que isso adiaria a escolha final. Mas, apenas três dias depois, Gorlois voltou à casa em que se hospedavam – onde Igraine fazia os retoques finais em um novo vestido feito do tecido que ela havia encontrado no mercado – para dizer que o conselho dos consultores de Ambrósio havia feito o que sabiam durante todo o tempo ser o desejo dele e escolhido Uther Pendragon para assumir o reinado de toda a Bretanha, tornando-se o Grande Rei entre os reis do país.

— Mas e os nortistas? — ela perguntou.

— De algum jeito Uther vai forçar Lot a concordar, do contrário vai lutar com ele — disse Gorlois. — Não gosto de Uther, mas ele é nosso melhor guerreiro. Não tenho medo de Lot e estou certo de que Uther também não tem.

Igraine sentiu o velho pressentimento da Visão, sabendo que Lot teria muito a fazer nos anos que estavam por vir… mas ela se manteve quieta. Gorlois havia deixado claro que não gostava de ouvi-la falar de assuntos de homens e, além disso, ela preferiria não discutir com um homem condenado no pouco tempo que restava a ele.

— Vejo que seu novo vestido está pronto. Você pode usá-lo, se desejar, quando Uther for declarado Grande Rei na igreja e coroado. Depois faremos uma reunião para todos os seus homens e suas senhoras, antes que ele vá para o oeste, para a coroação deles — Gorlois disse. — Ele leva o nome Pendragon, Grande Dragão, do estandarte que carrega, e eles têm um ritual supersticioso sobre dragões e realeza…

— O dragão é a mesma coisa que a serpente — afirmou Igraine. — Um símbolo de sabedoria, um símbolo druídico.

Gorlois franziu a testa, descontente, e disse não ter paciência com tais símbolos em um país católico:

— A unção de um bispo deveria ser o suficiente para eles.

— Mas nem todos são preparados para os altos Mistérios — disse Igraine. Ela aprendeu isso ainda criança na Ilha Sagrada, e, desde seu sonho com Atlântida, parecia-lhe que todos os ensinamentos iniciais sobre os Mistérios, que pensou ter esquecido, haviam adquirido novos significados e profundidade em sua mente. — Sábios entendem que símbolos não são necessários, mas o povo do interior precisa de seus dragões voando para a realeza, assim como precisam das fogueiras de Beltane e do Grande Matrimônio, quando o rei é casado com a terra...

— Essas coisas são proibidas para um cristão — afirmou Gorlois, austero. — O Apóstolo disse, há apenas um nome sob o céu pelo qual seremos salvos. E todos aqueles sinais e símbolos são ímpios. Eu não me surpreenderia se soubesse que Uther, aquele libertino, se envolve com esses ritos devassos do paganismo, satisfazendo a tolice dos ignorantes. Um dia espero ver um Grande Rei na Bretanha que siga apenas os ritos cristãos!

Igraine sorriu e disse:

— Acho que nenhum de nós viverá para ver esse dia, meu marido. Mesmo o Apóstolo em seus livros sagrados escreveu que há leite para os bebês e carne para os homens fortes, e o povo comum, os nascidos uma vez, precisa de seus poços sagrados, guirlandas de primavera e rituais de dança. Seria um triste dia para a Bretanha quando deixasse de haver fogueiras de Natal e as guirlandas não fossem jogadas nos poços sagrados.

— Até os demônios podem citar as palavras sagradas sem propriedade — afirmou Gorlois, mas não zangado. — Talvez seja isso que o Apóstolo tenha desejado dizer quando afirmou que as mulheres deveriam manter silêncio nas igrejas, pois têm a tendência a cair nesses erros. Quando você for mais velha e mais sábia, Igraine, saberá que é assim. Enquanto isso, pode se arrumar como desejar para os serviços na igreja e a celebração que acontecerá depois.

Igraine colocou o vestido novo e escovou os cabelos até que brilhassem como cobre. Quando se olhou no espelho de prata que Gorlois havia mandado comprar no mercado e levar para ela, perguntou-se, em um súbito ataque de desânimo, se Uther ao menos a notaria. Ela era bela, sim, mas haveria outras mulheres, tão belas quanto ela e também mais jovens, não mulheres casadas e que haviam tido filhos. Por que ele *a* desejaria, velha e usada como era?

Durante toda a longa cerimônia na igreja, ela observou, atenta, enquanto Uther era sagrado e ungido pelo bispo deles. Ao menos uma vez os salmos não eram hinos tristes sobre a ira e a punição de Deus, mas sim canções jubilosas, que louvavam e agradeciam, e os sinos pareciam felizes em vez de raivosos. Depois, na casa que havia sido o quartel-general de Ambrósio, houve iguarias e vinho e uma nova solenidade, na qual os chefes de guerra de Ambrósio, um a um, juraram lealdade a Uther.

Igraine ficou cansada bem antes do fim da solenidade. Quando terminou, enquanto os chefes e suas senhoras se reuniam em torno do vinho e da comida, ela se afastou um pouco, observando a alegre reunião. E ali, por fim, como ela, de certa forma, imaginava que aconteceria, Uther a encontrou:

— Minha senhora da Cornualha.

Ela fez uma profunda reverência e disse:

— Meu senhor Pendragon, meu rei.

— Não há necessidade de tais formalidades entre nós agora, senhora — afirmou ele, bruscamente, e a pegou pelos ombros, de modo tão parecido com o que tinha feito em seu sonho que ela o encarou, um pouco na expectativa ver em seus braços os braceletes dourados em forma de serpente.

Mas ele apenas disse:

— Você não está usando a pedra da lua agora. Era tão estranha aquela pedra. Quando a vi usando-a pela primeira vez, foi como num sonho que tivera... Na última primavera fui acometido por uma febre e o Merlim me tratou. Tive então um sonho estranho, e sei agora que foi nele que a vi pela primeira vez, muito antes de pousar meus olhos em seu rosto. Devo tê-la olhado como um brutamontes caipira, senhora Igraine, e me peguei tentando cada vez mais me lembrar do sonho, do papel que teve nele e da pedra da lua em seu pescoço.

— Disseram-me — afirmou ela — que uma das virtudes da joia, a pedra da lua, é despertar as verdadeiras memórias da alma. Eu também sonhei...

Ele pousou a mão levemente no braço dela e disse:

— Eu não me lembro. Por que tenho a impressão de tê-la visto usando algo dourado nos pulsos, Igraine? Você tem um bracelete dourado na forma de... de um dragão, talvez?

Ela fez que não com a cabeça.

— Não agora — ela disse, paralisada ao perceber que ele, de alguma maneira e sem que ela tivesse total conhecimento, partilhava aquele estranho sonho e aquela mesma memória.

— Deve pensar que sou um rústico incapaz de qualquer cortesia, minha senhora da Cornualha. Posso lhe oferecer vinho?

Sem dizer nada, ela recusou com um movimento de cabeça. Sabia que, se tentasse pegar uma taça nas mãos, tremeria e derrubaria tudo sobre si.

— Não sei o que está acontecendo comigo — disse Uther, com veemência. — Tudo o que aconteceu nestes dias... a morte do rei, meu pai, a discórdia entre todos esses reis, o fato de terem me escolhido como Grande Rei... tudo isso me parece irreal. E você, Igraine, é o mais irreal de tudo! Já esteve no oeste, onde há um grande círculo de pedras na planície? Dizem que nos velhos tempos era um templo druida, mas o Merlim disse que não, que foi construído muito antes de os druidas chegarem a estas terras. Você já esteve lá?

— Não nesta vida, meu senhor.

— Eu gostaria de poder mostrá-lo a você, pois uma vez sonhei que estávamos lá... Ah, não pense que sou louco, Igraine, falando de sonhos e profecias — ele disse com aquele súbito sorriso infantil. — Vamos conversar de modo tranquilo sobre assuntos comuns. Sou um pobre chefe nortista que, de repente, acordou para descobrir-se Grande Rei da Bretanha e talvez tenha ficado um pouco enlouquecido com essa responsabilidade.

— Serei tranquila e modesta — Igraine concordou com um sorriso. — Se fosse casado, perguntaria como está sua mulher e se seu filho mais velho havia tido problemas com... bem, vamos ver qual é a coisa mais comum que eu poderia perguntar... se os dentes dele nasceram antes do tempo quente ou se teve assaduras!

Ele deu um risinho.

— Você deve estar achando que sou velho demais para não ser casado — ele afirmou. — Mas eu tive mulheres o suficiente, Deus sabe. Não deveria dizer isso, talvez, à mulher do meu chefe mais cristão. Padre Jerônimo diria que tive mulheres demais para o bem-estar de minha alma. Mas nunca conheci uma com quem me importasse quando nos levantávamos da cama e sempre temi que, se me casasse com uma mulher antes de nos deitarmos, eu me cansaria dela do mesmo modo. Sempre me pareceu que deveria existir um laço mais forte que esse entre um homem e uma mulher, embora os cristãos pareçam acreditar que seja o suficiente... Como é que dizem, é melhor se casar do que arder? Bem, eu não ardi, pois abrandei o fogo, e, depois de tê-lo apagado, ainda sentia que deveria haver um ardor que não se atenuasse tão rápido e que deveria me casar com um assim. — Então, Uther perguntou abruptamente: — Você ama Gorlois?

Viviane havia lhe havia feito a mesma pergunta e Igraine respondera que isso não importava. Não sabia o que dizia. Dessa vez, disse, tranquila:

— Não. Fui dada a ele quando era jovem demais para me importar com que homem estava me casando.

Uther se virou e deu passos irritados, dizendo, por fim:

— Você não é nenhuma prostituta com quem eu possa me deitar... Por que, em nome de todos os Deuses, estou enfeitiçado por uma mulher casada com um de meus partidários mais leais...

Então o Merlim havia lançado sua mágica intrometida sobre Uther também. Mas agora Igraine não se ressentia disso. Era o destino deles, fosse ele qual fosse. Mas não podia acreditar que era seu destino trair Gorlois de modo tão grosseiro, ali, daquele jeito. Aquele momento era como uma parte do seu sonho na grande planície, de modo que quase podia ver a sombra do grande círculo de pedras, onde ele havia pousado a mão em seu ombro. Mas ela estava confusa: *Não, aquele era outro mundo, e outra vida.* Parecia-lhe que sua mente e seu corpo gritavam dentro dela dizendo que o beijo que deram no sonho era real. Pôs as mãos no rosto e chorou. Ele a olhou, desolado e impotente, afastando-se um pouco.

— Igraine — ele sussurrou —, o que podemos fazer?

— Não sei — ela disse, soluçando —, não sei.

Sua certeza havia se transformado em uma deplorável confusão. Teria aquele sonho sido enviado a ela apenas para enfeitiçá-la, pela mágica, para trair Gorlois e sua própria honra e a palavra jurada?

Sentiu no ombro um toque pesado e reprovador. Gorlois parecia raivoso e desconfiado.

— Que situação indecorosa é essa, minha senhora? O que disse, meu rei, para minha mulher estar assim tão deplorável? Sei que é um homem de modos devassos e pouca devoção, mas mesmo assim, senhor, a decência comum deveria fazer com que se abstivesse de abordar a esposa de um vassalo em sua coroação!

Igraine levantou o rosto para ele com raiva.

— Gorlois, não mereço isso de você! O que fiz para que me acuse de tal maneira em lugar público?

Com efeito, cabeças se voltavam para eles agora, ouvindo os brados com palavras raivosas.

— Então, senhora, por que chora, se ele não lhe disse nada indecoroso?

A mão de Gorlois, segurando o pulso dela, parecia que o esmagaria.

— Quanto a isso — disse Uther —, deve mesmo perguntar à senhora por que chora, pois não sei. Mas largue o braço dela, ou irei obrigá-lo. Marido ou não, ninguém tratará mulher alguma com brutalidade em minha casa.

Gorlois soltou o braço de Igraine. Ela pôde ver as marcas dos dedos dele já se avermelhando e virando hematomas escuros. Esfregou-as, e lágrimas continuaram correndo por seu rosto. Estava em choque diante dos rostos que os rodeavam, como se tivesse sido humilhada. Cobriu o rosto com o véu e chorou com mais intensidade que nunca. Gorlois a empurrou para diante dele. Ela não ouviu o que ele disse a Uther, apenas quando já estavam lá fora, na rua, ela o olhou, espantada.

— Não vou acusá-la diante de todos os homens, Igraine — disse, raivoso —, mas Deus é testemunha de que teria motivos para fazê-lo. Uther olhava para você como um homem olha para uma mulher que tivesse conhecido da maneira que nenhum cristão tem o direito de conhecer a esposa de outro homem!

Igraine, sentindo o coração disparar no peito, sabia que era verdade, e se sentiu confusa e desolada. Apesar do fato de ter visto Uther somente quatro vezes e sonhado com ele duas, ela sabia que eles tinham se olhado e falado um com o outro como se fossem amantes há muitos anos, como se conhecessem tudo e mais um pouco um sobre o outro, corpo, mente e coração. Ela se recordou de seu sonho, no qual parecia que eles haviam sido unidos por muitos anos por um laço que, se não era de casamento, bem poderia ter sido. Amantes, parceiros, sacerdote e sacerdotisa — qualquer que fosse o nome. Como poderia dizer a Gorlois que conhecera Uther apenas em um sonho, mas que logo começara a pensar nele como o homem que havia amado tanto tempo atrás, antes mesmo de ela ter nascido, quando era apenas uma sombra. Como poderia dizer que a essência dentro dela era a mesma daquela mulher estranha que amara aquele homem com serpentes douradas nos braços... Como diria isso a Gorlois, que não sabia, e não desejava saber, nada dos Mistérios?

Ele a empurrou adiante, para dentro de seus aposentos. Estava pronto, Igraine sabia, para lhe bater caso falasse alguma coisa, mas seu silêncio o frustrava ainda mais. Ele gritou:

— Não tem nada para me dizer, minha esposa? — E apertou o braço já machucado dela tão forte que ela gritou de dor. — Acha que não vi como olhava para seu amante?

Ela soltou o braço da mão dele, sentindo que o marido era capaz de arrancá-lo da junta.

— Se viu isso, também viu que me afastei dele quando ele teria conseguido nada mais do que um beijo! E não o ouviu me dizer que você era um apoiador leal dele e que não tomaria a esposa de um amigo...

— Se algum dia fui amigo dele, não sou mais — rosnou Gorlois, o rosto escurecido de raiva. — Acha que vou apoiar um homem que tomaria minha esposa de mim, em um lugar público, envergonhando-me na frente de todos os seus chefes reunidos?

— Ele não fez nada! — gritou Igraine, chorando. — Jamais sequer toquei os lábios dele!

Isso lhe parecia ainda mais perverso, uma vez que de fato havia desejado Uther, mas se mantinha rigorosamente longe dele. *Se serei acusada de ter culpa quando sou inocente de qualquer transgressão, como ele assim a chama, por que então eu não deveria ter feito o que Uther desejou?*

— Vi como você o olhava! E você se afastou da minha cama desde que botou os olhos em Uther, sua vadia ímpia!

— Como se *atreve*! — gritou ela, furiosa, e agarrou o espelho de prata com que ele havia lhe presenteado e o arremessou contra a cabeça dele. — Retire essas palavras ou juro que me jogo no rio antes que você me toque novamente! Você mente. E sabe disso!

Gorlois baixou a cabeça, e o espelho bateu contra a parede. Igraine arrancou o colar de âmbar – outro novo presente do marido – e o arremessou também. Com dedos intempestivos, rasgou o fino vestido novo e o atirou na cabeça do marido.

— Como se atreve a me chamar de tais nomes, você, que me encheu de presentes, como se eu fosse uma das prostitutas que acompanham as tropas em marcha? Se acha que sou uma vadia, onde estão os presentes que recebi de meus amantes? Todos os presentes que tenho me foram dados pelo meu marido, o abjeto filho da puta e boca-suja que tenta comprar minha boa vontade com seus próprios desejos porque os padres o tornaram um semieunuco! De agora em diante, vou usar o que tecer com meus próprios dedos, não seus presentes asquerosos, seu patife, com uma boca e uma mente tão sujas quanto seus beijos imundos!

— Fique quieta, megera de mente maligna! — gritou Gorlois, atingindo-a com tanta força que ela caiu no chão. — Agora, levante-se e cubra-se de modo decente, como uma mulher cristã deveria, sem rasgar as roupas e me deixar maluco ao olhar para você dessa maneira! Foi assim que seduziu meu rei até cair em seus braços?

Ela se levantou, chutando os restos do vestido tão longe quanto podia, e investiu contra ele, batendo em seu rosto cada vez mais. Ele a agarrou, tentando imobilizá-la, e a apertou em seus braços. Igraine era forte, mas Gorlois era um homem grande e um guerreiro, e, depois de um momento, os esforços dela se atenuaram, pois sabia que eram inúteis.

Ele sussurrou, empurrando-a para a cama:

— Vou ensiná-la a não olhar daquele jeito para outro homem que não seja seu legítimo marido!

Ela jogou a cabeça para trás com desdém e disse:

— Acha que olharei de novo para você a não ser com a mesma repulsa que eu sentiria por uma serpente? Ah, sim, você pode me levar para a cama e me forçar a fazer sua vontade, sua piedade cristã lhe permite violar a própria esposa! Não ligo para o que você me diz, Gorlois, porque sei em meu coração que sou inocente! Até este momento, eu me senti culpada por alguma bruxaria ou feitiço que me fizera amar Uther. Agora eu gostaria de ter feito o que ele queria de mim, apenas porque você estava tão pronto a acreditar em mentiras sobre minha culpa quanto na verdade sobre minha inocência, e enquanto eu estava preocupada com minha honra e com a sua você estava preparado para acreditar que eu jogaria a minha própria ao vento!

O desdém em sua voz fez Gorlois baixar o braço e fixar o olhar nela. Ele disse, com voz rouca:

— Você realmente diz a verdade, Igraine? Você é de fato inocente de qualquer malfeito?

— Você acha que eu me rebaixaria a mentir sobre isso? Para *você*?

— Igraine, Igraine — ele disse, com humildade —, sei que sou velho demais para você, e que me foi dada sem amor e contra sua vontade, mas pensei que, talvez, nos dias de hoje, você tivesse uma opinião um pouco melhor sobre mim, mas quando a vi chorando diante de Uther... — a voz dele engasgou. — Não pude suportar que você olhasse daquela maneira para aquele homem lascivo e depravado e olhasse para mim apenas com piedade e resignação... Perdoe-me, perdoe-me, eu lhe imploro, se de fato fui injusto com você...

— Você foi injusto comigo — ela disse, a voz cheia de frieza — e faz bem em implorar meu perdão, que não terá até que o inferno ressurja e a terra afunde atrás do oceano ocidental! Deveria ir-me embora e fazer as pazes com Uther. Você realmente pensa que pode aguentar a ira do Grande Rei da Bretanha? Ou vai terminar por comprar a benevolência dele, assim como tentou comprar a minha?

— Quieta! — disse Gorlois, raivoso, o rosto se avermelhando. Ele havia se humilhado diante dela e ela sabia que ele jamais a perdoaria por isso também. — Cubra-se!

Igraine percebeu que ainda estava nua até a cintura. Foi para a cama, onde seu velho vestido estava estendido, e o passou sem pressa pela cabeça, amarrando as fitas. Ele pegou o colar de âmbar e o espelho de prata do chão e os estendeu para ela, mas Igraine virou os olhos e os ignorou. Após um tempo, ele os colocou na cama, onde ela os deixou sem sequer olhá-los.

Ele a fitou por um momento e, então, empurrou a porta e saiu.

Sozinha, Igraine começou a colocar suas coisas em alforjes. Não sabia o que queria fazer; talvez procurasse o Merlim para falar com ele em particular. Afinal de contas, fora ele que havia começado essa cadeia de eventos que a deixara em tal discordância com Gorlois. Ao menos sabia que não viveria mais em complacência sob o mesmo teto que o marido. Uma dor atingiu seu coração: eles haviam se casado sob a lei romana e, de acordo com ela, Gorlois tinha poder absoluto sobre a filha, Morgana. De algum modo, ela tinha que dissimular seus sentimentos até dar um jeito de levar Morgana para um lugar seguro! Poderia talvez enviá-la para ser criada por Viviane, na Ilha Sagrada.

Deixou sobre a cama as joias que havia ganhado de Gorlois, levaria consigo apenas os vestidos que havia tecido com as próprias mãos em Tintagel. A única joia que guardara fora a pedra da lua que Viviane lhe dera. Mais tarde, percebeu que esse momento de atraso lhe custara sua escapada, pois, quando estava separando na cama as coisas que eram genuinamente suas dos presentes que havia ganhado do marido, Gorlois voltou ao quarto. Ele lançou um breve olhar para seus alforjes cheios e fez um curto gesto com a cabeça.

— Que bom que você está se aprontando para cavalgar — ele disse. — Vamos partir antes do pôr do sol.

— O que quer dizer, Gorlois?

— Quero dizer que joguei meu juramento de volta na cara de Uther e disse a ele o que já deveria ter dito de uma vez. Doravante somos inimigos. Agora, vou organizar a defesa do oeste contra os saxões e os irlandeses, eles devem ir para lá. E eu disse a Uther que, se tentar levar seus exércitos para as minhas terras, eu o enforcarei como o criminoso que é na primeira árvore que vir por perto.

Ela o olhou fixamente e, por fim, disse:

— Você está louco, meu marido. Os homens da Cornualha não podem defender sozinhos as terras do oeste se os saxões atacarem com força. Ambrósio sabia disso; o Merlim sabe disso; meu Deus, até *eu* sei disso, e não sou nada mais do que uma dona de casa! Você vai destruir, em um momento de loucura, tudo pelo que Ambrósio viveu e passou seus últimos anos lutando? Tudo por causa de uma rixa insana com Uther causada por seu ciúme doentio?

— Você logo se preocupa com Uther!

— Eu teria pena até do chefe saxão caso ele perdesse seus apoiadores mais resistentes em uma briga sem fundamento! Em nome de Deus, Gorlois, por nossas próprias vidas e a vida das pessoas que esperam a sua ajuda caso os saxões cheguem, eu lhe imploro que reflita sobre essa rixa com Uther e que não quebre a aliança dessa maneira! Lot já se foi. Se você for embora, não haverá ninguém além das tropas do tratado e uns poucos reis menores para segui-lo na defesa da Bretanha! — Ela balançou a cabeça em desespero. — Gostaria de ter me atirado dos penhascos em Tintagel antes de vir a Londinium! Farei qualquer juramento que você quiser, pois jamais toquei nem os lábios de Uther Pendragon! Por causa de uma mulher, vai quebrar a aliança pela qual Ambrósio morreu?

Gorlois fez uma carranca para ela e disse:

— Ainda que Uther jamais tivesse pousado os olhos em você, eu não seguiria voluntariamente um lascivo, um tão mau cristão. Não tenho confiança nenhuma em Lot, mas sei que devo confiar menos ainda em Uther. Deveria ter escutado a voz de minha consciência, pois, assim, jamais teria concordado em apoiá-lo. Coloque minhas roupas do outro lado do alforje. Mandei buscar os cavalos e nossos soldados.

Igraine olhou para o rosto implacável dele e soube que, se protestasse, ele bateria nela novamente. Silenciosamente, com uma raiva fervente, ela obedeceu. Agora estava encurralada, não poderia fugir nem mesmo para a Ilha Sagrada, onde teria a proteção de sua irmã; pelo menos, não enquanto Gorlois mantivesse a filha deles em Tintagel.

Ela ainda estava colocando camisas e túnicas dobradas nos alforjes quando ouviu sinos de alarme começarem a soar. Gorlois disse brevemente:

— Fique aqui! — E saiu rapidamente da casa.

Furiosa, Igraine se apressou atrás dele, apenas para encontrar diante de si um soldado corpulento, um dos homens de Gorlois que não havia visto antes. Ele colocou a lança atravessada na porta da casa, impedindo-a de cruzar a soleira. Seu dialeto da Cornualha era tão pesado que ela mal podia entender suas palavras, mas decifrou que o duque havia dado a ordem para que sua senhora fosse mantida em segurança dentro da casa; e ele estava ali para assegurar isso.

Lutar com o homem estava abaixo do que permitia a sua dignidade, e ela desconfiava astutamente que, se o fizesse, ele a empurraria como um saco de farinha para trás da soleira. Por fim, suspirou e voltou para dentro da casa, terminando de guardar as coisas. Da rua, ouviu gritos e clamor, o som de homens correndo, sinos soando na igreja próxima, embora não fosse hora da missa. Ouviu uma vez o bater de espadas e se perguntou se os saxões estavam entre eles, na cidade... Seria de fato uma boa hora para um ataque, enquanto os chefes de Ambrósio estavam em conflito! Bem, aquilo resolveria um de seus problemas, mas o que seria de Morgana, sozinha em Tintagel?

O dia se arrastou, e, perto do cair da noite, Igraine começou a sentir medo. Estariam os saxões nos portões da cidade, teriam Uther e Gorlois brigado mais uma vez, estaria um deles morto? Quando Gorlois por fim empurrou a porta do quarto, ela ficou quase feliz em vê-lo. O rosto dele estava cansado e distante, a mandíbula cerrada como se estivesse em grande pesar, mas suas palavras para Igraine foram breves e intransigentes.

— Cavalgaremos ao cair da noite. Consegue se manter na sela ou devo pedir a um de meus homens para carregá-la na garupa? Não poderemos nos atrasar por causa do ritmo lento de uma senhora.

Ela queria lhe dirigir mil perguntas, mas não lhe daria a satisfação de parecer que se importava.

— Enquanto você puder cavalgar, meu marido, posso me manter em minha sela.

— Esteja certa disso, então, pois não vamos fazer paradas que permitam que você mude de ideia. Use seu manto mais quente, fará frio quando cavalgarmos à noite e a neblina do mar está chegando.

Igraine amarrou o cabelo em um nó, colocou seu manto grosso sobre a túnica e os culotes que sempre usava para cavalgar. Gorlois a levantou sobre o cavalo. A rua estava tomada pelas formas escuras de soldados com suas lanças compridas. Gorlois falou baixo com um dos capitães e então voltou a passos largos e montou. Havia uma dúzia de cavaleiros e soldados cavalgando atrás de Gorlois e Igraine. Ele mesmo pegou as rédeas do cavalo dela e disse, sacudindo nervosamente a cabeça:

— Vamos.

Ela não tinha certeza do caminho, cavalgava em silêncio para onde Gorlois a levava, em meio ao crepúsculo que caía. Em algum lugar contra o céu havia fogo, mas Igraine não sabia se era a fogueira da vigília de um soldado, uma casa em chamas em algum lugar ou simplesmente o fogo usado pelos vendedores ambulantes acampados no mercado para cozinhar. Não havia aprendido a andar até o rio pelas ruas e casas apinhadas, mas, assim que a névoa grossa começou a soprar em tufos pelo caminho, imaginou que estivessem chegando à margem, e, depois de um tempo, ouviu o rangido dos sarilhos de corda que controlavam as pesadas balsas de travessia.

Um dos homens de Gorlois desmontou e levou seu cavalo a bordo; Gorlois cavalgava ao lado dela. Alguns soldados fizeram seus cavalos nadar. Ela percebeu que deveria ser bem tarde. Nessa época do ano, a luz durava mais e era muito raro cavalgarem à noite. Então, ouviu um grito da margem:

— Eles estão indo! Eles estão indo! Primeiro Lot e agora meu senhor da Cornualha. Nós estamos desprotegidos!

— Todos os soldados estão deixando a cidade! O que faremos quando os saxões chegarem ao litoral sul?

— Covardes — alguém gritou da margem enquanto a balsa, com um grande rangido, começou a se afastar. — Covardes, fugindo com os campos em chamas!

Uma pedra veio zumbindo da escuridão e acertou o peitoral de couro de um dos soldados. Ele xingou, mas Gorlois falou com o homem em um tom baixo e cortante, o que o fez resmungar até ficar em silêncio. Houve outros poucos insultos vindos da margem e também algumas outras pedras, mas logo eles estavam fora de alcance. Quando seus olhos se acostumaram com a escuridão, Igraine pôde ver Gorlois, o rosto pálido e fixo como uma estátua de mármore. Ele não falou com ela naquela noite, embora tivessem cavalgado lado a lado até o amanhecer, e mesmo quando a aurora chegou, vermelha e gotejante por trás deles, transformando o mundo em cerração carmesim, pararam apenas por um instante para que os cavalos e os homens descansassem. Gorlois estendeu um manto para que Igraine se deitasse um pouco e trouxe a ela pão duro, queijo e vinho, a ração dos soldados, mas ainda assim não lhe dirigiu a palavra. Igraine estava cansada e machucada de tanto cavalgar e tamém confusa; sabia que Gorlois havia brigado com Uther e retirado seus homens, mas nada além disso. Uther o deixara partir sem protestar? Bem, Lot partira.

Depois de um curto descanso, Gorlois trouxe os cavalos e a teria levantado até a sela, mas Igraine se rebelou:

— Não vou mais cavalgar até que me diga para onde vamos e por quê! — Ela manteve a voz baixa, para não envergonhá-lo diante de seus homens, mas o encarou sem medo. — Por que nos esgueiramos de

Londinium como ladrões pela noite? Agora me diga o que está acontecendo, a não ser que queira me amarrar às costas do meu cavalo e me levar gritando pelo caminho até a Cornualha!

— Acha que eu não faria isso se precisasse? — disse Gorlois. — Não me zangue, você, por quem abjurei uma vida de honra e juramentos mantidos e desrespeitei a memória de meu rei!

— Como ousa me culpar por isso — disparou Igraine contra ele. — Você não fez isso por mim, mas por seu próprio ciúme insano! Sou inocente de qualquer pecado que sua mente maligna acredita que eu tenha cometido...

— Silêncio, mulher! Uther também jurou que você era inocente. Mas você é uma mulher e colocou algum encanto nele, suponho... Fui até Uther esperando resolver essa rixa, mas sabe que oferta aquele homem maligno e lascivo me fez? Exigiu que eu me divorciasse de você e a entregasse a ele!

Igraine o encarou com os olhos arregalados.

— Se pensa tão mal de mim, que sou uma adúltera, bruxa e todas essas coisas horríveis, por que então não se regozijou com a perspectiva de se livrar de mim de modo tão simples?

Dentro dela havia uma nova fúria, por conta do fato de Uther pensar nela como uma mulher a ser dada sem seu próprio consentimento, por conta de ele ter ido a Gorlois e suplicado a ele que lhe entregasse a mulher indesejada, assim como o próprio Gorlois a havia pedido para a Senhora de Avalon! Era um cavalo à venda em uma feira de primavera, então? Parte dela estremecia com um prazer secreto: Uther a desejava, e seu desejo era o suficiente para fazê-lo brigar com Gorlois e afastar seus aliados por causa de uma rixa por uma mulher. E outra parte estava enfurecida. Por que não lhe havia pedido que deixasse Gorlois e fosse até ele por vontade própria?

Mas Gorlois estava levando sua pergunta a sério.

— Você jurou para mim que não era uma adúltera. E nenhum homem cristão deve largar sua mulher a não ser em caso de adultério.

Entre a impaciência e um súbito remorso, Igraine manteve a paz. Embora não lhe fosse grata, ao menos ele havia ouvido o que dissera. Ainda assim, percebeu que se tratava mais do orgulho dele. Mesmo se acreditasse que ela não o havia traído, ele não desejaria que seus soldados pensassem que sua jovem mulher preferia outro homem a ele. Talvez até preferisse tolerar o pecado do adultério a deixá-los pensar que ele não podia manter a lealdade de uma jovem mulher.

— Gorlois — disse ela, mas ele a silenciou com um gesto.

— Basta. Não tenho paciência para trocar muitas palavras com você. Em Tintagel poderá esquecer essa tolice sem pressa. Quando ao Pendragon, ele terá o suficiente para fazer a guerra no litoral saxão. Se foi enfeitiçada por ele, bem, você é jovem e mulher, com pouco conhecimento do mundo ou dos homens. Não vou mais repreendê-la. Em um ano ou dois terá um filho para desviar sua mente desse homem que atraiu seu desejo.

Em silêncio, Igraine permitiu que Gorlois a levantasse sobre seu cavalo. Ele não mudaria de ideia, não havia nada que ela pudesse dizer para penetrar naquela superfície de ferro. Ainda assim, a mente dela voltava teimosamente ao que Viviane e o Merlim haviam dito: que o destino dela e o de Uther estavam entrelaçados. Depois do seu sonho ela acreditava nisso, *sabia* por que eles haviam voltado juntos. Começou a aceitar que essa era a vontade dos Deuses. Ainda assim, ali estava ela, cavalgando para longe de Londinium com Gorlois, a aliança em ruínas e o marido evidentemente determinado a fazer com que Uther jamais botasse os olhos nela outra vez. Certamente, com uma guerra no litoral saxão, Uther não teria tempo para ir até o fim do mundo em Tintagel, e, mesmo se pudesse, não havia como chegar até o castelo, que podia ser defendido apenas por uns poucos homens até que o céu caísse. Gorlois podia deixá-la ali, e ali ela ficaria até envelhecer, presa de modo desolador atrás de muros, do grande fosso e dos penhascos de pedra. Igraine colocou o manto sobre o rosto e chorou.

Jamais veria Uther outra vez. Todos os planos do Merlim estavam acabados, em ruínas. Ela estava presa a um velho que odiava – e sabia, agora, que realmente o odiava, algo que jamais havia se permitido saber antes –, e o homem que ela amava não fora capaz de pensar em nada melhor do que intimidar o orgulhoso Gorlois para que ele desistisse dela por vontade própria! Um tempo depois, pensou ter chorado durante toda a longa jornada, todos os dias e noites em que viajaram através das charnecas e dos vales da Cornualha.

Na segunda noite, acamparam e ergueram tendas para um descanso apropriado. Ela apreciou a comida quente e a chance de dormir em uma tenda, ainda que soubesse que não poderia mais evitar a cama de Gorlois. Não poderia gritar e lutar com ele, não enquanto dormiam em uma tenda cercada por seus soldados. Ela era sua mulher havia quatro anos; ninguém jamais acreditaria em uma história de estupro. Ela não teria forças para lutar contra ele nem queria perder sua dignidade em um combate sórdido. Cerrou os dentes e decidiu deixá-lo fazer o que quisesse, embora desejasse ter alguns dos encantos que diziam proteger as donzelas da Deusa. Ao se deitarem com homens nas fogueiras de Beltane, concebiam apenas quando desejavam. Parecia amargo demais que ele decidisse fazer o filho que desejava quando ela estava humilhada dessa maneira, totalmente derrotada.

O Merlim havia dito: *Você não dará um filho a Gorlois*. Mas ela não confiava nas profecias do Merlim, não agora que via a ruína de todos os planos dele. Velho cruel, ardiloso! Ele a usara como os homens sempre haviam usado suas filhas desde a chegada dos romanos: peões que deveriam se casar com este ou aquele homem conforme o desejo de seus pais, propriedades como um cavalo ou uma cabra leiteira! Havia encontrado alguma paz com Gorlois, mas aquela paz fora quebrada, de maneira cruel e por nada! Chorou em silêncio enquanto se aprontava para a cama, resignada, desesperada e sem confiar nem em seu poder de afastá-lo com palavras raivosas. Podia ver, pela atitude dele, que estava pronto para provar que tinha a posse dela, afastar memórias de qualquer outro homem forçando-a a levá-lo em conta da única maneira que lhe podia impor.

As mãos conhecidas em seu corpo e o rosto dele sobre o seu no escuro eram como os de um estranho. Mas, quando ele a puxou para si, não foi capaz, estava flácido e impotente. Embora a agarrasse e a abraçasse, tentando desesperadamente excitar-se, nada conseguiu, e, por fim, a soltou com um sussurro furioso:

— Você colocou algum feitiço em minha virilidade, sua cadela maldita?

— Não — ela disse em voz baixa, com desdém —, mas, se eu conhecesse tais feitiços, ficaria feliz em fazê-lo, meu forte e valente marido. Você espera que eu chore porque não consegue me tomar à força? Tente, e eu me deitarei aqui e rirei na sua cara! — Por um momento, ele se levantou, fechando o punho. — Sim — ela disse —, bata em mim. Não será a primeira vez. E talvez isso faça com que você se sinta homem suficiente para que sua lança se levante para a ação!

Maldizendo-a, ele lhe virou as costas e voltou a se deitar, mas Igraine permaneceu acordada, tremendo, sabendo que havia tido sua vingança. E, de fato, por todo o caminho até a Cornualha, não importa como ele tentasse, Gorlois se viu impotente para tocá-la, até que por fim Igraine começou a se perguntar se realmente, mesmo sem estar consciente disso, sua raiva muito justificada havia jogado algum feitiço sobre a virilidade do marido. Então ela soube, com a intuição certa de quem fora treinada como sacerdotisa, que ele jamais seria viril diante dela novamente.

6

Mais do que nunca, a Cornualha parecia ser o fim do mundo. Naqueles primeiros dias, depois que Gorlois a deixou lá sob guarda, friamente silencioso e sem dirigir uma palavra a ela, boa ou má, Igraine se flagrou imaginando se Tintagel ainda existia, de fato, no mundo real ou se, como Avalon, existia apenas no reino das brumas, no reino das fadas, sem relação qualquer com o mundo que ela havia visitado em sua breve aventura lá fora.

Mesmo durante essa curta ausência, parecia que Morgana havia crescido de bebê para uma pequena menina, séria, quieta e que questionava sem parar tudo o que via. Morgause também havia crescido, o corpo ficando arredondado e a face infantil ganhando definição, com maçãs do rosto altas e longos cílios debaixo das sobrancelhas escuras. Igraine a achava bela, mas não percebia que Morgause era a gêmea dela mesma aos catorze anos. Morgause estava extasiada com os presentes e lembranças que Igraine havia lhe trazido. A garota saltava em torno dela e de Gorlois como um filhote brincalhão. Conversava com ele com empolgação, lançava olhares de canto de olho e tentou se sentar no colo dele como se fosse uma criança da idade de Morgana. Igraine viu que Gorlois não riu e a empurrou para longe como um filhote, mas acariciou seu longo cabelo ruivo, sorrindo, e beliscou sua bochecha.

— Você é muito grande para essa tolice, Morgause — disse ela, severa. — Agradeça ao meu senhor da Cornualha e leve seus presentes para o seu quarto. E guarde as sedas, você não vai usar coisas assim até estar crescida. Nem pense em começar a bancar a dama!

Morgause juntou as belas coisas e foi chorando para o quarto. Igraine viu que Gorlois seguiu a menina com os olhos. Ela pensou, chocada: *Morgause só tem catorze anos*, e então se lembrou, consternada, de que ela mesma era apenas um ano mais velha quando foi dada a Gorlois como sua noiva.

Mais tarde, ela viu os dois juntos no salão, Morgause pousando sua cabeça de modo confiante no ombro de Gorlois, e reparou no olhar de seu marido. Uma raiva intensa a atingiu, não tanto pela menina, mas por Gorlois. Viu que eles se afastaram constrangidos quando ela entrou no salão, e, quando Gorlois havia saído, olhou para Morgause de modo implacável, até que a irmã riu, envergonhada, e encarou o chão.

— Por que está me olhando desse jeito, Igraine? Tem medo de que Gorlois goste mais de mim que de você?

— Gorlois era muito velho para mim; não será muito mais velho para você? Com você, ele pensa que me terá de volta como eu era quando me conheceu, muito jovem para lhe dizer não ou para olhar para outro homem. Não sou mais uma garota dócil, mas sim uma mulher com pensamentos próprios. Talvez ele ache mais fácil lidar com você.

— Talvez, então — disse Morgause, agora insolente —, você devesse se preocupar em manter seu próprio marido contente, em vez de reclamar de que outra mulher pode fazer por ele o que você não pode.

Igraine levantou a mão para desferir um tapa na garota, mas então, apenas pela força de vontade, manteve-se imóvel. Ela disse, reunindo todo o seu autocontrole:

— Acha que me importo com quem Gorlois leva para a cama? Tenho certeza de que ele tem sua cota de putas, mas preferiria que minha irmã não estivesse entre elas. Não tenho desejo pelos abraços dele, e, se eu a odiasse, o cederia a você voluntariamente. Mas você é muito jovem, assim como eu era. E, além do mais, Gorlois é cristão; se deixá-lo levá-la para a cama e você engravidar, ele não terá outra opção a não ser casá-la às pressas com qualquer soldado que aceite mercadorias usadas. Esses romanos não são como o nosso povo, Morgause. Gorlois pode estar encantado por você, mas não vai me colocar de lado e tomá-la como esposa, acredite em mim. Entre o nosso povo, a virgindade não tem grande importância: uma mulher com fertilidade comprovada, inchando com uma criança saudável, é a esposa mais desejável. Mas não é assim com esses cristãos, eu lhe digo; eles a tratarão como uma desonrada, e o homem que ele persuadir a se casar com você a fará sofrer por toda a vida, por não ter ele mesmo plantado a semente da criança que você carrega. É isso o que quer, Morgause, mesmo podendo se casar com um rei, se desejar? Vai se jogar fora, irmã, apenas para me fazer um desaforo?

Morgause ficou pálida.

— Eu não tinha ideia — sussurrou ela. — Ah, não, não quero ser desonrada... Perdoe-me, Igraine.

Igraine a beijou e deu a ela o espelho de prata e o colar de âmbar. Morgause, então, a olhou.

— Mas esses são presentes de Gorlois...

— Jurei que jamais usaria novamente os presentes dele — disse. — São para você, para aquele rei que o Merlim viu em seu futuro, irmã. Mas precisa se manter casta até que ele chegue.

— Não se preocupe — disse Morgause, sorrindo de novo.

Igraine ficou feliz com o fato de essa lembrança ter despertado a ambição de Morgause. Ela era fria e calculista, jamais seria dominada pela emoção ou pelo impulso. Igraine desejou, observando-a, que também tivesse nascido sem a capacidade de amar.

Gostaria de estar contente com Gorlois ou de ser capaz de procurar friamente, como Morgause certamente faria, um meio de me livrar dele e me tornar a rainha de Uther.

Gorlois ficou em Tintagel apenas quatro dias, e Igraine ficou feliz em vê-lo partir. Ele deixou uma dúzia de soldados por ali e, antes de ir embora, chamou a esposa.

— Você e a criança ficarão seguras e bem guardadas aqui — ele disse, seco. — Vou reunir os homens da Cornualha contra invasores irlandeses ou nortistas, ou mesmo contra Uther, se ele tentar vir e tomar o que não lhe pertence, mulher ou castelo.

— Acho que Uther tem muito a fazer em suas próprias terras para isso — disse Igraine, apertando a boca para afastar a aflição.

— Deus permita — disse Gorlois —, pois temos inimigos suficientes sem ele. Mas eu poderia desejar que ele viesse, assim poderia lhe mostrar que a Cornualha não é dele, já que o homem acha que tudo o mais está à sua disposição!

Igraine não disse nada. Gorlois cavalgou para longe com seus homens e ela ficou ali para deixar a casa em ordem, recuperar a antiga proximidade com sua filha e tentar recuperar sua amizade abalada com a irmã Morgause.

Mas não conseguia deixar de pensar em Uther, por mais que se ocupasse com as tarefas domésticas. Não era nem mesmo o Uther real que a assombrava, mas o homem que havia visto no bosque, na corte e na igreja, impulsivo e um pouco infantil, até um tanto vulgar e desajeitado. *Aquele* Uther, o Pendragon e Grande Rei, era quem a assustava um pouco. Ela pensou que poderia até ter um pouco de medo dele, como um dia tivera de Gorlois. Quando pensava em Uther, o homem, pensava em beijos e abraços e o que mais ele pudesse desejar dela. Às vezes sentia aquela doçura comovente que havia experimentado em seu sonho, mas outras vezes era tomada pelo pânico, como a criança violada que havia se levantado na manhã depois de seu casamento, gelada de medo e horror. O pensamento do ato do casamento lhe parecia aterrorizante e até mesmo grotesco, como lhe havia parecido naquela época.

O que voltava à sua mente, repetidamente, no silêncio da noite, quando se deitava com Morgana, que dormia ao seu lado, ou quando se sentava no terraço em frente ao mar e guiava as mãos da filha em suas primeiras tentativas desajeitadas de fiar, era o *outro* Uther, aquele que havia conhecido no círculo de pedras fora do tempo e do espaço comuns; o sacerdote de Atlântida, com quem compartilhava os Mistérios. *Aquele* Uther ela sabia que amaria como a própria vida, que jamais temeria e que qualquer coisa que acontecesse entre eles seria uma doçura, uma felicidade superior a tudo o que conhecia. Simplesmente, quando se aproximou dele, soube que havia descoberto uma parte perdida de si mesma; com ele, estava completa. Independentemente do que pudesse acontecer entre os dois como homem e mulher comuns, havia algo além disso que jamais morreria ou perderia a intensidade. Compartilhavam um destino e, de alguma maneira, deveriam cumpri-lo juntos. Muitas vezes, ao chegar tão longe em seus pensamentos, parava e via a si mesma, incrédula. Será que era louca, com suas fantasias sobre destino compartilhado e a outra metade de sua alma? Por certo, os fatos eram mais simples e menos bonitos. Ela, uma mulher casada, matrona decente e mãe de uma menina, simplesmente havia se encantado com um homem mais jovem e bonito que seu marido legítimo, entrado em um devaneio sobre ele e assim se desentendido com o homem bom e honrado ao qual havia sido dada. E ela ficava ali sentada e fiava, cerrando os dentes com uma culpa frenética, e se perguntava se sua vida toda seria gasta na redenção de um pecado cometido apenas de modo semiconsciente.

A primavera se transformou em verão e as fogueiras de Beltane já haviam cessado havia um bom tempo. O calor soltou sua neblina sobre a terra e o mar se espalhava azul e tão claro que, às vezes, parecia que longe, nas nuvens, Igraine podia ver as cidades perdidas de Lyonnesse e Atlântida. Os dias haviam começado a encurtar, e, por vezes, voltava a gear à noite. Quando Igraine ouviu os primeiros ribombos da guerra ao longe, os guardas logo trouxeram notícias da cidade do mercado de que invasores irlandeses haviam chegado à costa, queimado uma vila e uma igreja e levado uma ou duas mulheres. Disseram também que havia exércitos, não os comandados por Gorlois, marchando em direção ao oeste, para o País do Verão, e ao norte, para Gales.

— Que exércitos? — perguntou Igraine a um dos homens. Ele respondeu:

— Não sei, senhora, pois não os vi. Quem os viu disse que levavam águias, como as legiões romanas dos velhos tempos, o que é impossível. Mas disse também que levavam um estandarte com um dragão vermelho.

Uther!, pensou Igraine, com uma pontada. *Uther está perto e não faz ideia de onde estou!*

Ela, então, apenas pediu notícias de Gorlois, e o homem lhe disse que seu marido também estava no País do Verão e que os exércitos faziam lá uma espécie de conselho.

Ela mirou longamente seu velho espelho de bronze aquela noite, desejando que fosse o cristal de adivinhação de uma sacerdotisa, através do qual pudesse ver o que acontecia longe dali.

Desejava se aconselhar com Viviane ou com o Merlim. Eles, que haviam forjado todo aquele problema, teriam abandonado Igraine logo agora? Por que não vieram ver como os seus planos estavam arruinados? Teriam encontrado outra mulher, agora com a linhagem correta, para jogá-la no caminho de Uther e dar à luz esse rei que um dia uniria toda a terra e todos os povos em guerra?

Mas nenhuma palavra ou mensagem veio de Avalon, e Igraine não tinha permissão dos soldados nem mesmo para cavalgar até a cidade do mercado. Gorlois, disseram respeitosamente os homens, havia proibido a saída dela por causa da situação do país. Certa vez, olhando de uma janela alta, ela viu um cavaleiro se aproximar e parar no promontório interno para falar com o chefe dos guardas. O cavaleiro parecia zangado e Igraine teve a impressão de que ele olhava frustrado para os muros, mas, por fim, virou-se e cavalgou para longe. Ela se perguntou se aquele teria sido um mensageiro enviado a ela que fora barrado pelos guardas.

Era, então, prisioneira no castelo de seu marido. Ele podia dizer, e até mesmo acreditar, que a havia colocado ali para sua própria proteção, contra o tumulto nas terras, mas a verdade era outra: o ciúme dele o havia levado a aprisioná-la ali. Ela testou sua teoria poucos dias depois, chamando o chefe dos guardas.

— Desejo enviar uma mensagem à minha irmã, pedindo que venha me visitar — disse. — Você enviaria um homem com uma mensagem a Avalon?

Teve a impressão de que o homem evitava olhar em seus olhos. Ele disse:

— Bem, minha senhora, não posso fazer isso. Meu senhor da Cornualha disse de modo explícito que todos nós deveríamos ficar aqui e proteger Tintagel em caso de sítio.

— Não pode contratar um homem na vila, então, para fazer a jornada, se eu pagar bem a ele?

— Meu senhor não gostaria disso, senhora. Sinto muito.

— Entendo — ela disse e o dispensou. Ainda não havia chegado ao ponto do desespero de tentar subornar um dos guardas. Porém, quanto mais pensava nisso, mais furiosa ficava. Como Gorlois se atrevia a aprisioná-la ali? Ela, que era irmã da Senhora de Avalon. Ela era sua mulher, não sua escrava ou serva! Por fim, decidiu dar um passo desesperado.

Não havia sido treinada na Visão. Ela a usara um pouco, de modo espontâneo, quando menina, mas, exceto por seu breve vislumbre de Viviane, não voltara a usá-la depois de adulta, e, desde a imagem de Gorlois como um condenado à morte, ela havia se fechado firmemente, impedindo que voltasse a acontecer. *Aquela*, os Deuses sabem, dera em nada, Gorlois ainda estava vivo. Ainda assim, imaginava que poderia conseguir ver agora o que estava para acontecer. Sabia que era um passo perigoso; havia sido criada ouvindo histórias do que acontece com aqueles que se metem em artes nas quais não foram treinados, e, a princípio, procurou chegar a um meio termo. Quando as primeiras folhas começaram a amarelar, ela chamou novamente o chefe dos guardas.

— Não posso ficar aqui para sempre, presa como um rato em uma armadilha — ela disse. — Preciso ir à feira do mercado. Precisamos comprar tintas e uma nova cabra leiteira, além de agulhas, alfinetes e tantas outras coisas para o inverno que se aproxima.

— Senhora, não tenho ordens para deixá-la sair — o homem disse e logo afastou os olhos dela. — Recebo minhas ordens do meu senhor e não ouvi nada assim dele.

— Ficarei aqui e enviarei minhas criadas — respondeu. — Ettarr e Isotta irão, e a senhora Morgause as acompanhará... melhor assim?

Ele pareceu aliviado, já que ela havia chegado a uma solução que evitava que ele desobedecesse ao seu senhor. De fato, era necessário que alguém da residência visitasse uma feira antes do inverno, e ele sabia disso tanto quanto ela. Era um absurdo impedir a senhora da casa de fazer o que era, por fim, uma de suas obrigações legítimas.

Morgause ficou imensamente feliz quando Igraine lhe disse que ela iria. *Nenhuma surpresa*, pensou Igraine. *Nenhum de nós saiu daqui durante todo o verão. Os pastores são mais livres que nós, pois ao menos levam as ovelhas para pastar!* Observou com inveja Morgause colocar o manto carmim que Gorlois havia dado a ela e, acompanhada de dois guardas, de Ettarr e Isotta e de duas criadas da cozinha para carregar os pacotes e mercadorias, saiu em seu pônei. Ela observou do promontório, segurando Morgana pela mão, até que desaparecessem, e sentiu que não suportaria entrar novamente no castelo que havia se tornado uma prisão para ela.

— Mãe — perguntou Morgana, ao seu lado —, por que não podemos ir ao mercado com a titia?

— Porque seu pai não quer que a gente vá, minha boneca.

— Por que não quer que a gente vá? Ele acha que vamos nos comportar mal?

Igraine riu e afirmou:

— De fato, creio que é isso o que ele acha, filha.

Morgana ficou em silêncio, uma criaturinha pequena, quieta, senhora de si, o cabelo escuro agora comprido o suficiente para ser arrumado em uma trança que descia até a espádua, mas tão fino e liso que escapava em mechas de elfo em volta dos ombros. Os olhos eram escuros e sérios e as sobrancelhas, retas e alinhadas, tão grossas que já se destacavam como o traço mais definido de seu rosto. *Uma pequena fada*, pensou Igraine, *não tem nada de humana; é mesmo um duende*. Não era maior que um bebê grande dos pastores que ainda não tinha completado dois anos, embora Morgana estivesse se aproximando dos quatro, e falava de modo tão claro e ponderado quanto uma garota crescida de oito ou nove. Igraine a levantou e a abraçou.

— Minha pequena criança trocada pelas fadas!

Morgana suportou a carícia e até beijou a mãe de volta, o que surpreendeu Igraine, pois ela não costumava demonstrar afeto, mas logo ela começou a se agitar com irritação. Morgana não era o tipo de criança que apreciava ser segurada por muito tempo, fazia tudo sozinha. Havia até começado a se vestir e afivelar os sapatos nos pés por conta própria. Igraine colocou Morgana no chão e andou tranquilamente ao lado dela de volta para dentro do castelo.

Igraine sentou-se em seu tear, dizendo a Morgana para pegar seu fuso e se sentar ao seu lado. A menininha obedeceu e a mãe, movendo a lançadeira, parou por um momento para observá-la. Ela tinha mãos engenhosas e precisas; seu fio era desajeitado, mas ela girava o fuso habilmente como se fosse um brinquedo, rodando-o entre seus pequenos dedos. Se suas mãos fossem maiores, ela já fiaria tão bem quanto Morgause. Depois de um tempo, Morgana disse:

— Eu já não me lembro de meu pai, mãe. Onde ele está?

— Está com os soldados dele no País do Verão, filha.

— Quando ele voltará para casa?

— Não sei, Morgana. Você quer que ele volte?

Ela pensou por um momento e afirmou:

— Não, porque quando ele estava aqui, eu me lembro um pouco, eu tinha de dormir no quarto da titia e lá era escuro e eu tinha medo no começo. Claro que eu era muito pequena — ela adicionou, solene, e Igraine disfarçou um sorriso. Depois de um minuto, a menina continuou: — E não quero que ele volte para casa porque ele fez você chorar.

Bem, como havia dito Viviane, as mulheres não acreditam que as crianças compreendam o que se passa em torno delas.

— Por que você não tem outro bebê, mãe? Outras mulheres têm um bebê assim que o mais velho é desmamado, e eu já tenho quatro anos. Ouvi Isotta dizer que você deveria ter me dado um irmãozinho. Acho que gostaria de ter um irmãozinho para brincar, ou até uma irmãzinha.

Igraine começou a dizer:

— Porque seu pai, Gorlois… — E então parou. Por mais que Morgana parecesse adulta, tinha apenas quatro anos, e Igraine não poderia lhe confidenciar tais coisas. E, por fim, disse: — Porque a Deusa Mãe ainda não achou conveniente me mandar um filho, querida.

O padre Columba, nesse momento, entrou no terraço e disse, de modo austero:

— Não deveria falar à menina sobre Deusas e superstições. Gorlois deseja que ela seja criada como uma boa donzela cristã. Morgana, sua mãe não teve um filho porque seu pai estava zangado com ela e, por conta disso, Deus lhe negou um filho para puni-la por seu desejo pecaminoso.

Não foi a primeira vez que Igraine sentiu vontade de jogar a lançadeira naquele corvo negro de maus presságios. Gorlois se confessara a esse homem? O padre sabia de tudo o que se passara entre eles? Ela havia se perguntado isso muitas vezes, em luas passadas, mas jamais tinha tido uma desculpa para questioná-lo e sabia que ele não diria se ela o fizesse. Morgana levantou-se de repente e fez uma careta para ele:

— Vá embora, velho — disse, claramente. — Eu não gosto de você. Você fez minha mãe chorar. Minha mãe sabe mais do que você, e, se ela diz que a Deusa não quis lhe dar um filho, é nisso que acredito, e não em você, porque minha mãe não mente!

O padre Columba disse a Igraine, raivoso:

— Agora vê o resultado de sua teimosia, minha senhora? Essa criança precisa apanhar. Entregue-a para mim e vou puni-la por seu desrespeito.

Com isso, a raiva e a rebeldia de Igraine explodiram. O padre Columba avançou em direção a Morgana, que permaneceu ali sem hesitar. Igraine se colocou entre eles.

— Se encostar a mão na minha filha, padre — ela disse —, eu o mato aí mesmo. Meu marido o trouxe para cá e não posso mandá-lo embora, mas no dia em que voltar à minha presença cuspirei em você. Saia da minha vista!

Ele não se moveu.

— Meu senhor Gorlois confiou a mim o bem-estar espiritual de toda esta casa, minha senhora, e não sou dado ao orgulho, então perdoarei o que disse.

— Dou tanta importância ao seu perdão quanto ao de um bode! Saia da minha frente ou vou chamar minhas criadas para tirá-lo daqui. A não ser que queira ser carregado daqui, velho, saia e não pense em voltar à minha presença até que eu mande chamá-lo... e isso só vai acontecer quando o sol se levantar a oeste da Irlanda! *Saia!*

O padre viu os olhos dela faiscando, a mão levantada, e saiu depressa do cômodo.

Agora que havia cometido um ato de franca rebelião, Igraine ficou paralisada diante da própria audácia. Mas ao menos tinha se livrado do padre, e livrado Morgana também. Não aceitaria que a filha fosse criada para sentir vergonha da própria feminilidade.

Morgause voltou tarde da feira naquela noite, tendo escolhido todas as compras cuidadosamente, Igraine sabia que ela mesma não teria feito melhor. A garota trouxe até um torrão de açúcar para Morgana chupar, o qual comprara com o próprio dinheiro. Estava cheia de histórias do mercado. As irmãs ficaram sentadas até meia-noite no quarto de Igraine, falando longamente após Morgana pegar no sono, chupando seu doce, com o rostinho grudento e o torrão na mão. Igraine tirou o doce dela, embrulhou-o e se virou novamente para Morgause, a fim de ouvir mais notícias.

É indigno que eu tenha de ouvir notícias vindas do mercado sobre o que o meu próprio marido anda fazendo!

— Há uma grande reunião no País do Verão — disse Morgause. — Dizem que o Merlim fez as pazes entre Lot e Uther. Também dizem que Ban da Bretanha Menor se aliou a eles e está enviando cavalos trazidos da Espanha... — Ela gaguejou ao dizer o nome. — Onde fica isso, Igraine? Em Roma?

— Não, mas ela fica bem mais ao sul, léguas e léguas mais perto de Roma do que nós — explicou Igraine.

— Houve uma batalha com os saxões e Uther estava lá com o estandarte do dragão — afirmou Morgause. — Ouvi um harpista contar em forma de balada que o duque da Cornualha aprisionou sua mulher em Tintagel. — Na escuridão, Igraine podia ver que os olhos da garota estavam arregalados, e a boca, aberta. — Igraine, diga-me a verdade, Uther *era* seu amante?

— Não — respondeu Igraine —, mas Gorlois acreditou que sim, e é por isso que brigou com Uther. Não acreditou em mim quando eu lhe disse a verdade. — Sua garganta se apertou com lágrimas. — Agora, desejo que tudo fosse verdade.

— Eles dizem que o rei Lot é mais belo que Uther — afirmou Morgause. — Soube também que ele busca uma mulher, e as fofocas dizem que ele desafiaria Uther para ser o Grande Rei, se o pudesse fazer em segurança. Ele é mesmo mais belo que Uther? Uther se parece mesmo com um Deus, como dizem, Igraine?

Ela balançou a cabeça.

— Não sei, Morgause.

— Ora, eles dizem que ele era seu amante...

— Não me importo com o que dizem — Igraine a interrompeu —, mas, quanto a isso, suponho que o mundo ache essas coisas, ambos são homens bem-apessoados, Lot é moreno e Uther, louro como um nortista. Mas não foi por seu rosto branco que achei que Uther fosse o melhor.

— E foi por quê, então? — perguntou Morgause, agitada e inquisitiva, e Igraine suspirou, sabendo que a jovem não entenderia. Mas a fome de compartilhar ao menos um pouco do que ela havia sentido, e que não podia contar a ninguém, a fez dizer:

— Por quê? Eu pouco sei. Sei apenas que era como se o conhecesse desde o começo do mundo, como se ele jamais pudesse ser um estranho para mim, não importa o que tenha feito ou o que tenha acontecido entre nós.

— Mas se ele nem mesmo a beijou...

— Não importa — afirmou Igraine, com cansaço na voz. E, por fim, chorando, disse o que sabia há algum tempo, mas não queria admitir: — Ainda que eu nunca mais veja o rosto dele nesta vida, estou presa a ele e estarei até morrer. E não acredito que a Deusa causaria esse tumulto em minha vida se fosse para nunca mais vê-lo.

Na penumbra, ela podia ver que Morgause a olhava com espanto e uma pontinha de inveja, como se aos olhos da jovem Igraine tivesse subitamente se tornado a heroína de uma lenda romântica. Igraine queria dizer a irmã que as coisas não eram bem assim e que não havia romantismo nenhum, aquilo simplesmente tinha acontecido, mas sabia que não havia jeito de dizer isso, pois Morgause não tinha experiência para distinguir romance desse tipo de realidade última, dura como pedra na base da imaginação ou da fantasia. *Deixe-a pensar que é romance, então, se lhe agrada*, pensou Igraine, e notou que Morgause jamais perceberia esse tipo de realidade: ela vivia em um mundo diferente.

Agora ela tinha dado um passo ao afastar o padre, que era um homem de Gorlois, e outro ao confessar a Morgause que amava Uther. Viviane havia dito algo sobre mundos se separando um do outro e Igraine tinha a impressão de que havia começado a viver em um mundo à parte desse mundo comum – no qual Gorlois tinha o direito de esperar que ela fosse sua propriedade, serva e escrava fiel; sua mulher. Apenas Morgana a ligava à sua realidade. Ela olhou para a criança dormindo, com as mãos grudentas e o cabelo escuro desgrenhado, espalhado em torno dela, e para a irmã mais nova de olhos arregalados. Por fim, Igraine se perguntou se, com o apelo das coisas que haviam lhe sucedido, ela abandonaria até essas últimas reféns que a prendiam ao mundo real.

O pensamento lhe causou grande dor, mas dentro de si sussurrou: "Sim. Até mesmo isso".

Assim, o passo seguinte, que ela tanto temia, tornou-se simples.

Ficou acordada durante a noite entre Morgause e a filha, tentando decidir o que deveria fazer. Fugir e acreditar na parte da visão segundo a qual Uther a encontraria? Rejeitou aquele pensamento quase imediatamente. Deveria mandar Morgause, com instruções secretas, para Avalon, levando a mensagem de que ela estava aprisionada? Não. Se esse fato era de conhecimento geral, sendo cantado em uma balada no mercado, sua irmã teria vindo se achasse que isso ajudaria. E a voz silenciosa da dúvida e do desespero seguia corroendo seu coração. Sua visão havia sido falsa. Ou, talvez, como não havia abandonado tudo por Uther, eles tivessem desistido do plano, encontrado outra mulher para ele e para a salvação da Bretanha, da mesma maneira que, se a grã-sacerdotisa estivesse doente na grande Celebração, arranjariam outra mulher para representá-la.

Perto do amanhecer, enquanto o céu já empalidecia, ela caiu em um sono aturdido. E ali, quando havia desistido de esperar por isso, encontrou orientação. Bem ao acordar, uma voz disse dentro de sua mente: *Livre-se, apenas por hoje, da criança e da moça, e então saberá o que fazer.*

O dia amanheceu limpo e brilhante, e, enquanto comiam queijo de cabra e pão recém-assado no desjejum, Morgause olhou para o mar brilhante e disse:

— Estou tão cansada de ficar aqui dentro... eu não sabia, até ter ido ontem ao mercado, o quanto estou cansada desta casa!

— Leve Morgana, então, e vá passar o dia com as mulheres dos pastores — sugeriu Igraine. — Ela também gostaria de sair, imagino.

Ela embrulhou pedaços de pão e de carne para as duas. Para Morgana, foi como uma festa. Igraine as viu partir, esperando agora por uma maneira de escapar dos olhos vigilantes do padre Columba, pois, embora ele tivesse feito a vontade dela e não lhe dirigido mais a palavra, seus olhos a seguiam por todo lugar. Mas no meio da manhã, enquanto ela fiava sentada, ele veio à sua presença e disse:

— Senhora…

— Pedi que ficasse longe de mim, padre — disse sem levantar os olhos. — Reclame de mim com Gorlois quando ele voltar para casa, se quiser, mas não fale comigo.

— Um dos homens de Gorlois se feriu em uma queda do penhasco. Seus companheiros acham que ele está morrendo e me pediram para ir vê-lo. Não precisa ter medo, estará bem guardada.

Igraine sabia disso, mas nunca lhe havia ocorrido que, se ela se livrasse do padre, poderia escapar de algum modo. De qualquer jeito, para onde iria? Essas eram as terras de Gorlois e ninguém do seu povo daria abrigo à mulher que fugia de sua ira. Simplesmente fugir jamais fora sua intenção.

— Vá, e que o diabo o carregue, assim não voltará à minha presença.

— Se pretente me amaldiçoar, mulher…

— Por que gastaria saliva com uma maldição? Com a mesma vontade, desejaria que fosse para seu próprio céu, e que seu Deus tivesse mais prazer em sua companhia do que eu.

Assim que ele partiu, apressando-se em seu burrico pelo promontório, Igraine soube por que havia sentido que deveria se livrar do padre. À sua própria maneira, ele era um iniciado nos Mistérios, embora não fossem os Mistérios dela, e por isso desaprovaria aquilo que ela queria fazer. Ela foi ao quarto de Morgause e achou o espelho de prata. Então, desceu à cozinha para pedir às serviçais que acendessem o fogo em seu quarto. Elas se espantaram, pois o dia não estava frio, mas ela repetiu a ordem como se fosse a coisa mais normal do mundo e pegou algumas outras coisas ali: sal e um pouco de óleo, um naco de pão e uma pequena garrafa de vinho – os quais, sem dúvida, as mulheres pensaram que fossem para sua refeição – e colocou um pouco de queijo também, para disfarçar suas intenções. Ela o atiraria mais tarde para as gaivotas.

Lá fora, no jardim, encontrou flores de lavanda e arranjou uns bagos de rosa silvestre. Também colheu galhos de junípero, que cortou com sua pequena faca, apenas uns poucos, simbólicos, e um pequeno pedaço de aveleira. De volta ao seu quarto, fechou o trinco e retirou as vestes, ficando de pé nua e tremendo diante do fogo. Jamais havia feito isso e sabia que Viviane não aprovaria, pois aqueles que não eram treinados nas artes da feitiçaria poderiam trazer problemas para si mesmos ao se meter com elas. Mas com esses elementos, ela sabia, podia conjurar a Visão, mesmo se não a tivesse.

Ela jogou o junípero no fogo e, quando a fumaça subiu, prendeu o ramo de aveleira na testa. Colocou a fruta e as flores diante do fogo, levou o sal e o óleo ao peito, deu uma mordida no pão e um gole no vinho, e então, tremendo, arrumou o espelho de prata de modo que a luz do fogo brilhasse nele e, do barril que era mantido para lavar os cabelos das mulheres, derramou água limpa da chuva na superfície do espelho.

— Pelas coisas comuns e incomuns, pela água e pelo fogo, sal e óleo e vinho, pela fruta e pelas flores juntas, eu lhe imploro, Deusa, deixe-me ver minha irmã Viviane — sussurrou.

Lentamente, a superfície da água se agitou. Igraine, subitamente fria como gelo, continuava tremendo, imaginando por um momento se o encantamento falharia, se sua feitiçaria também era blasfêmia. O rosto borrado formando-se no espelho era primeiro seu próprio, depois foi mudando aos poucos e, por fim, alterou-se por completo: era o rosto fantástico da Deusa, com bagas de sorveira-brava presas em suas têmporas. E então, quando começou a clarear e se firmar, Igraine viu, mas não como havia desejado e previsto, um rosto vivo, falante. Olhou para dentro de um quarto que conhecia. Tinha sido um dia o quarto de sua mãe em Avalon, e havia mulheres ali, com os mantos escuros das sacerdotisas. De início, procurou em vão pela irmã, pois elas iam e vinham, moviam-se para a frente e para trás e havia confusão no cômodo. Então, viu Viviane. Ela parecia cansada, doente e exaurida, e caminhava, para a frente e para trás, apoiando-se nos braços de outras sacerdotisas. Igraine percebeu, com horror, o que via. Pois Viviane, em sua túnica clara de lã sem tingir, estava em gravidez avançada, a barriga inchada, o rosto distorcido pelo sofrimento, e ela andava e andava, da mesma maneira, Igraine se lembrou, que as parteiras a tinham feito andar durante o parto de Morgana…

Não, não! Ó Mãe Ceridwen, Deusa abençoada, não! Nossa mãe morreu assim, mas Viviane estava tão certa de que já não podia ter filhos… E agora ela vai morrer, não pode parir uma criança com essa idade e ainda assim viver. Por que, então, quando ela soube que havia engravidado, não tomou uma poção para se livrar da criança? Essa é a ruína de todos os planos deles, então, é o fim… Eu também deixei minha vida em ruínas com um sonho…

E então Igraine teve vergonha de si mesma por pensar em sua própria infelicidade enquanto Viviane se deitaria em trabalho de parto, do qual mal se podia esperar que se levantasse novamente. Horrorizada, chorando e com medo, ela não podia nem desviar os olhos do espelho, e então Viviane levantou o rosto, olhando para além da cabeça da sacerdotisa em cujos braços ela se apoiava, e em seus olhos embotados, esgotados pela angústia, veio reconhecimento e ternura. Igraine não podia ouvi-la, mas era como se Viviane falasse diretamente para sua mente.

Menininha... irmãzinha... Grainné...

Igraine queria gritar para ela toda a sua tristeza, a dor e o medo, mas não poderia deitar sua própria carga de infortúnios sobre Viviane agora. Ela despejou todo o seu coração em um só clamor.

Eu ouço você, minha mãe, minha irmã, minha sacerdotisa e minha Deusa...

Igraine, eu lhe digo, não perca a esperança, não se desespere, nem mesmo nesta hora! Há um padrão em todos os nossos sofrimentos, eu vi... Não se desespere... E por um momento, com os pelos do braço se eriçando, Igraine de fato sentiu um leve toque em sua bochecha, como o mais leve dos beijos, e Viviane sussurrou: "Irmãzinha...", e então Igraine viu o rosto da irmã se contorcer de dor e ela caiu, como se desmaiasse, nos braços da sacerdotisa. Logo depois, um vento agitou a água do espelho e Igraine viu sua própria face, nebulosa de choro, olhando através da água. Ela tremeu e agarrou alguma roupa, qualquer coisa que pudesse aquecê-la, e atirou o espelho encantatório no fogo. Então, jogou-se em sua cama e chorou.

Viviane me disse para não me desesperar. Mas como posso não me desesperar quando ela está morrendo?

Ela ficou ali deitada, chorando até o estupor. Por fim, quando não podia mais chorar outra lágrima, levantou-se exausta e lavou o rosto com água fria. Viviane estava morrendo, talvez já estivesse morta. Mas suas últimas palavras haviam sido para pedir a Igraine que não perdesse a esperança. Ela se vestiu e pendurou no pescoço a pedra da lua que ganhara de Viviane. Então, com uma pequena agitação do ar diante de si, ela viu Uther.

Dessa vez sabia que era um Aviso, e não o homem de verdade. Nenhum humano, muito menos Uther Pendragon, poderia ter entrado em seu cômodo sem ser visto e detido por um soldado. Ele usava um manto pesado e nos braços carregava – e por isso ela sabia que não se tratava de um sonho – as serpentes que havia visto quando sonhara com a vida dele em Atlântida. Agora, porém, não eram mais braceletes de ouro, mas serpentes vivas, que levantavam a cabeça, sibilando. Igraine não sentiu medo delas.

— Minha amada — ele disse. E, embora fosse o tom exato da voz dele, o quarto estava em silêncio à luz do fogo bruxuleante, e através da voz sussurrada ela ouviu o estalar baixo dos gravetos de junípero. — Virei até você no solstício de inverno. Eu prometo, virei até você, não importa o que impeça meu caminho. Esteja pronta para mim no solstício de inverno...

E então ela estava só, apenas feixes de luz do sol se espalhando pelo quarto e o reflexo do mar lá fora. No pátio, lá embaixo, já ouvia as vozes risonhas de Morgause e de sua filhinha.

Igraine respirou longamente e bebeu com calma o resto do vinho. Com o estômago vazio, em jejum, sentiu a bebida subir-lhe à cabeça com um tipo de euforia atordoada. Então, desceu, silenciosa, a escada para aguardar as notícias que sabia que viriam.

7

O QUE ACONTECEU PRIMEIRO FOI O RETORNO DE GORLOIS para casa.

Igraine ainda estava abalada pela exaltação daquele momento de visão e apavorada com a possibilidade da morte de Viviane. E, apesar das palavras de esperança, ela não conseguia imaginar que a irmã pudesse sobreviver. Igraine, entretanto, havia esperado encontrar outra coisa; alguma notícia mágica de Uther ou um Aviso de que Gorlois estava morto e ela estava livre. O marido, porém, coberto de poeira, faminto e olhando com desconfiança, parecia que estava lá para fazer Igraine pensar que sua visão não era mais que autoengano ou uma ilusão do Maligno.

Bem, se é assim, há algo de bom também, pois significa que minha irmã está viva e que minha visão foi uma ilusão gerada por meus próprios medos. E então recebeu Gorlois calmamente, com comida, um banho, roupas limpas e secas e apenas palavras agradáveis. Que ele pensasse, se quisesse, que ela estava arrependida de sua aspereza e tentava granjear seus favores. Já não lhe importava o que Gorlois pensava ou fazia. Ela já não o odiava nem se ressentia dos anos de sofrimento e desespero. Seus sofrimentos a haviam preparado para o que viria depois. Serviu comida e bebida ao marido, conferiu se as acomodações dos homens dele eram apropriadas e se absteve de questioná-lo. Trouxe Morgana, banhada, penteada e bonita, para saudar o pai por um momento e depois fez Isotta levá-la para a cama.

Gorlois suspirou, afastando seu prato.

— Ela está ficando bonita, mas é como uma criança das fadas, um membro do povo das colinas ocas. De onde saiu esse sangue? Não há entre meus parentes.

— Mas minha mãe era do sangue antigo — disse Igraine —, e Viviane também. Creio que o pai dela deva ter sido do povo das fadas.

Gorlois estremeceu e disse:

— E você nem mesmo sabe quem é o pai dela... Uma das coisas que os romanos fizeram bem foi acabar com esse povo. Não temo um homem armado que pode matar, mas temo o povo subterrâneo das colinas ocas, com seus círculos encantados e sua comida que pode fazê-lo vagar enfeitiçado por cem anos, com seus raios de elfo que saem do escuro e atingem um homem, sem confissão, para mandá-lo para os infernos... O Diabo os criou para a morte dos cristãos, e é obra de Deus matá-los, creio eu!

Igraine pensou nas ervas e plantas medicinais que as mulheres do povo das fadas levavam para curar conquistadores; nas flechas envenenadas que podiam derrubar caças que não seriam capturadas de outra maneira; em sua própria mãe, nascida do povo das fadas, e no pai desconhecido de Viviane. E Gorlois, como os romanos, acabaria com esse povo simples em nome do Deus dele?

— Bem — ela disse —, creio que isso deve estar de acordo com a vontade de Deus.

— Talvez Morgana devesse ser criada em um convento de mulheres santas, assim o grande mal que ela herdou de seu sangue antigo jamais a manchará — divagou Gorlois. — Quando ela tiver idade o suficiente, vamos arranjar isso. Um homem santo uma vez me disse que as mulheres levam o sangue de suas mães, e tem sido assim desde o tempo de Eva. O que está nas mulheres, que são cheias de pecado, não pode ser sufocado por uma menina, mas os filhos levam o sangue dos pais, assim como Cristo foi feito à semelhança de Deus, seu pai. Então, se tivermos um filho, Igraine, não precisamos nos preocupar com que ele tenha o sangue do velho povo maligno das colinas.

Uma onda de raiva passou por Igraine, mas ela havia prometido a si mesma que não o irritaria.

— Isso também deve estar de acordo com a vontade de Deus.

Pois ela sabia, caso Gorlois tivesse esquecido, que ele jamais voltaria a tocá-la como um homem toca uma mulher. Não importava agora o que dizia ou fazia.

— Diga-me o que o trouxe para casa de modo tão inesperado, meu marido.

— Uther, é claro — afirmou Gorlois. — Houve uma grande cerimônia de coroação na Ilha Dragão, que é perto da Glastonbury dos padres... Não sei por que os padres permitem que aquilo permaneça ali, pois é um lugar pagão, e lá prestaram homenagens ao Cornífero da floresta deles; invocaram serpentes e tolices como essas, que não são apropriadas para uma terra cristã. O rei Leodegranz, do País do Verão, tem a mesma opinião e se recusou a compactuar com Uther. Leodegranz não gosta mais de Uther que eu, mas não vai lutar com o Pendragon agora. Não devemos guerrear entre nós sabendo que os saxões estão se reunindo na costa leste. Se os escotos vierem este verão, estaremos entre o martelo e a bigorna.

E agora Uther enviou um ultimato: devo colocar meus homens da Cornualha sob seu comando ou ele próprio virá me obrigar a isso. E, então, estou aqui. Podemos assegurar Tintagel para sempre, se for necessário. Mas disse a Uther que, se ele botar os pés na Cornualha, lutarei contra ele. Leodegranz está em trégua com Uther até os saxões saírem das terras dele, mas eu não.

— Em nome de Deus, isso é tolice — disse Igraine —, pois Leodegranz está certo. Os saxões não resistiriam se todos os homens da Bretanha ficassem juntos. Se vocês brigam entre si, os saxões podem atacar um reino por vez e logo a Bretanha servirá os Deuses Cavalos!

Gorlois colocou os pratos de lado e disse:

— Não espero que uma mulher saiba nada sobre honra, Igraine. Venha para a cama.

Igraine havia pensado que não importava agora o que ele fizesse a ela, pois já havia deixado de se importar, mas não estava preparada para o esforço desesperador do orgulho de Gorlois. Por fim, ele bateu nela outra vez, praguejando:

— Você enfeitiçou minha virilidade, bruxa maldita!

Quando ele caiu em um sono exausto, Igraine, com o rosto ferido latejando, ficou acordada, chorando em silêncio ao seu lado. Então era essa a recompensa por sua mansidão, a mesma reação que teve diante de suas palavras duras? Agora tinha, de fato, justificativas para odiá-lo, e, de certa maneira, estava aliviada por não sentir culpa de sua repugnância. De súbito, desejou violentamente que Uther o matasse.

Gorlois partiu na manhã seguinte, ao alvorecer, levando todos os homens consigo, a não ser por uns poucos que ficaram para proteger Tintagel. Do que havia ouvido da conversa no salão antes de partirem, Igraine sabia que ele esperava emboscar o exército invasor de Uther enquanto ele descia das charnecas para o vale. E tudo isso pelo que chamava de honra. Gorlois privaria toda a Bretanha de seu Grande Rei, deixaria a terra nua como uma mulher para ser violada pelas hordas saxãs, e tudo isso porque não era homem suficiente para sua esposa e temia que Uther o fosse.

Depois que partiu, os dias se arrastaram, chuvosos e silenciosos. Então, as primeiras geadas chegaram, com neve varrendo as charnecas, e mesmo estas ficavam fora de vista, a não ser nos dias mais claros. Ela ansiava por notícias; sentia-se como um texugo preso em sua toca de inverno.

Solstício de inverno. Uther havia dito que iria até ela no solstício de inverno, mas agora Igraine começava a se perguntar se aquilo havia sido apenas um sonho. Enquanto os dias de outono se arrastavam, escuros e frios, ela começou a duvidar da visão, mas sabia que qualquer tentativa de repeti-la, para reassegurá-la, não ajudaria em nada. Havia sido ensinada na infância que a dependência das artes mágicas era algo errado. Era permitido buscar uma centelha de luz na escuridão, e isso ela havia feito, mas a magia não deveria se tornar um apoio para a criança que aprende a andar, pois assim ela se tornaria incapaz de dar um simples passo sem a necessidade de uma orientação sobrenatural.

Nunca fui capaz de confiar em mim mesma, ela pensou com amargura. Quando criança, sempre buscou orientação em Viviane. Mas, assim que cresceu e se casou com Gorlois, que achava que ela deveria se confiar a ele em todas as coisas, e, em sua ausência, deveria buscar aconselhamento constante com o padre Columba.

Então agora, sabendo que tinha a chance de começar a pensar sozinha, ela se voltava a si mesma. Ensinou a filha a fiar e começou a treinar Morgause para tecer com cores; estocou suprimentos de comida, pois começava a parecer que o inverno poderia ser mais frio e longo que o normal; e ouviu vorazmente cada fiapo de notícia que chegava até ela através dos pastores, quando iam ao mercado, ou de qualquer viajante, mas eles eram poucos, já que o inverno dominava Tintagel.

Já havia passado o Samhain quando uma mascate chegou ao castelo, envolta em trapos e xales rasgados, exausta e com dores nos pés. Os pés dela estavam embrulhados em farrapos e ela estava toda suja, mas Igraine a levou para dentro e deu-lhe um lugar junto à lareira e uma concha de cozido de carneiro com pão duro, o que seria sua refeição habitual. Quando viu que a mulher mancava por causa de feridas feitas pelas rochas, pediu à cozinheira para aquecer água e achou um trapo limpo para envolvê-los. Comprou duas agulhas da mulher, elas eram rombudas e Igraine possuía outras melhores, mas serviriam para ensinar a Morgana seus primeiros pontos. Então, sentindo que tinha o direito, perguntou à mulher se ela tinha alguma notícia do norte.

— Soldados, senhora — disse a velha, suspirando —, e saxões se reunindo nas estradas do norte também, e uma batalha... e Uther com seu estandarte de dragão, saxões ao seu norte, e, dizem, o duque da Cornualha contra ele no sul. Batalhas em todos os lugares, até a Ilha Sagrada...

— Você vem da Ilha Sagrada? — inquiriu Igraine.

— Sim, senhora, fui surpreendida pela escuridão perto dos lagos e me perdi nas brumas. Os padres me deram pão seco e me pediram para ir à missa e me confessar, mas que pecados tem uma velha como eu? Meus pecados já foram cometidos e se acabaram, tudo esquecido e perdoado, não há mais nem arrependimento... — disse a velha, com um riso fino. Igraine teve a impressão de que ela não tinha muito juízo, e o pouco que tinha devia ter sido afetado pela vida dura, pela solidão e pelas longas jornadas. — E de fato há poucas oportunidades para que os velhos e os pobres pequem, exceto ao duvidar da bondade de Deus, e, se Deus não consegue entender por que duvidamos dele, então não é tão sábio como os padres pensam, he he he... Mas não tive vontade de ouvir a missa e estava mais frio dentro da igreja do que fora, então vaguei pela névoa e cerração, e depois vi um barco, e de algum jeito fui à Ilha Sagrada, e lá uma mulher da Senhora me deu comida e um lugar perto do fogo, assim como você... he he he...

— Você viu a Senhora? — perguntou Igraine, inclinando-se e olhando no rosto da mulher. — Ah, dê-me notícias dela, é minha irmã...

— Sim, ela me disse isso, que a irmã dela era mulher do duque da Cornualha e que não sabia se ele ainda vivia, he he he... Ah, sim, ela me deu uma mensagem para você, é por isso que vim aqui pelas charnecas e rochas e destrocei os pés em tantas pedras, he he he... Agora, o que ela me disse, pobre de mim, não consigo me lembrar, acho que perdi a mensagem nas brumas da Ilha Sagrada. Sabe, os padres me disseram que não há mais Ilha Sagrada, e nunca mais haverá. Eles disseram que Deus a havia afundado no mar e que, se eu achava que havia sido recebida lá, isso não passava de bruxaria e ilusões do diabo... — Ela fez uma pausa, estava com o corpo curvado e continuava rindo. Igraine esperou.

Por fim, perguntou:

— Fale-me da Senhora de Avalon. Você a viu?

— Ah, sim, eu a vi, mas ela não é como você, parece uma fada, pequena e morena... — Os olhos da mulher se iluminaram, e então clarearam: — Agora me lembro da mensagem. Ela falou: "Diga à minha irmã Igraine que ela deve se recordar de seus sonhos e não perder a esperança", e eu ri daquilo... he he he... Exceto talvez para vocês senhoras em suas belas casas, os sonhos não servem para muita coisa, pelo menos não para nós que vagamos pelas estradas nas névoas... Ah, sim, tem mais uma coisa. Ela teve um menino perfeito na época da colheita. Pediu-me para dizer a você que estava melhor que todas as esperanças e expectativas, e que chamou o menino de Galahad.

Igraine soltou um grande suspiro de alívio. Então Viviane havia, contra todas as expectativas, sobrevivido ao parto.

— Ela também disse, he he he... — a mascate continuou — ... que ele era filho de um rei, e que era apropriado que o filho de um rei servisse a outro. Isso quer dizer alguma coisa para você, minha senhora? A mim me parece mais sonhos e sombras da lua, he he he.

E se perdeu em risadas, encurvada em seus trapos, estendendo as mãos magras para o calor do fogo.

Mas Igraine sabia o significado da mensagem. *Era apropriado que o filho de um rei servisse a outro.* Então, Viviane havia de fato dado à luz um filho do rei Ban da Bretanha Menor, após o ritual do Grande Casamento. E se, de acordo com a profecia que ela e o Merlim haviam feito, Igraine tivesse um filho de Uther, Grande Rei da Bretanha, um serviria ao outro. Por um momento ela sentiu que tremia a ponto de entrar no mesmo riso histérico da mulher lunática. *A noiva ainda não foi levada para a cama e já fazemos arranjos para a criação dos filhos!*

Em seu estado aguçado, Igraine viu os meninos, o nascido e o não nascido, em torno dela como sombras. Seria Galahad, o filho de Viviane, o gêmeo sombrio, a ruína de seu filho ainda não nascido com Uther? Igraine tinha a impressão de poder vê-los no fogo bruxuleante: um jovem magro, moreno, com os olhos de Viviane; um rapaz com o cabelo brilhante de um nortista. E, então, cintilando nas chamas, ela viu as Insígnias Sagradas dos druidas, mantidas agora em Avalon desde que os romanos queimaram os bosques sagrados. O prato, a taça, a espada e a lança, brilhando e reluzindo aos quatro elementos: prato da terra, taça da água, espada do fogo e a lança ou vara do ar. E, então, ela pensou, sonolenta, atiçando o fogo que brilhava e oscilava, que havia uma insígnia para cada um deles. *Que sorte.*

Ela piscou ferozmente, endireitando-se. O fogo havia virado carvão; a velha mascate dormia, os pés enfiados sob os trapos e xales, tão perto quanto possível do fogo. O salão estava quase vazio. Sua criada dormitava em um banco, bem enrolada em um xale e um manto; os outros serviçais haviam ido para a cama. Teria ela dormido ali metade da noite e sonhado tudo isso? Ela acordou a criada, que foi resmungando para a própria cama. Deixando a velha mascate dormindo ao lado do fogo, Igraine se esgueirou tremendo para seu quarto, arrastando-se para o lado de Morgana e abraçando forte a menina, como se para afastar fantasias e medo.

O inverno chegou de fato. Não havia muita madeira para queimar em Tintagel, apenas um tipo de rocha que pegava fogo, mas soltava uma fumaça maligna que pretejava as portas e os tetos. Às vezes, tinham de queimar algas marinhas secas, que empesteavam todo o castelo com cheiro de peixe morto, como o mar na maré baixa.

Os últimos rumores davam conta dos exércitos de Uther chegando perto de Tintagel, prontos para cruzar as grandes charnecas.

Em condições normais, o exército de Uther poderia dominar os homens de Gorlois. *Mas e se eles forem emboscados? Uther não conhece o território!* Ele mesmo se sentiria ameaçado pelo terreno rochoso e desconhecido, sabendo que os exércitos de Gorlois estariam agrupados perto de Tintagel. Uther não estaria esperando uma emboscada mais próxima!

Ela não podia fazer nada além de esperar. Era o destino de uma mulher ficar em casa, castelo ou casebre. Era assim desde a chegada dos romanos. Antes disso, as tribos celtas seguiam os conselhos de suas mulheres e, bem mais ao norte, havia existido uma ilha de mulheres guerreiras que fabricavam armas e ensinavam os chefes guerreiros a usá-las...

Igraine ficou acordada noite após noite, pensando em seu marido e em seu amante. *Se é que era possível chamar de amante um homem com quem não havia trocado um único beijo*, pensou. Uther havia jurado a ela que viria no solstício de inverno, mas como ele poderia atravessar as charnecas e escapar da armadilha de Gorlois, que estava à espera dele?

Se ao menos fosse uma feiticeira ou sacerdotisa treinada como Viviane... Igraine fora criada com histórias do mal que havia no uso de feitiços para impor a vontade de alguém aos Deuses. Era, então, uma boa coisa deixar que Uther fosse emboscado e seus homens, assassinados? Ela disse a si mesma que Uther teria espiões e batedores e não precisaria da ajuda de uma mulher. Ainda assim sentia, desconsolada, que devia haver algo melhor a fazer do que ficar sentada esperando.

Uns dias antes da noite do solstício de inverno, uma tempestade soprou com fúria por dois dias, tão ferozmente que Igraine sabia que no norte, nas charnecas, nada que não estivesse entocado como um coelho sobreviveria. Mesmo em segurança dentro do castelo, as pessoas se agachavam perto das poucas lareiras acesas e escutavam, tremendo, a fúria do vento. Os dias eram tão escuros, tomados por neve e chuva, que Igraine não conseguia enxergar o suficiente para fiar. O estoque de velas era tão limitado que ela não se atrevia a consumir mais do que o previsto, pois havia ainda um longo fardo de inverno a aguentar. Então, na maior parte do tempo, sentavam-se no escuro e Igraine tentava se lembrar de velhas histórias de Avalon, para manter Morgana entretida e quieta e impedir que Morgause se afligisse com o tédio e o desânimo.

Quando enfim a criança e a jovem caíam no sono, Igraine sentava-se envolvida em seu manto diante dos resquícios do pequeno fogo, tensa demais para se deitar, sabendo que permaneceria acordada se o fizesse, fitando a escuridão com olhos doloridos e tentando enviar seus pensamentos através das léguas até... onde? Até Gorlois, para descobrir aonde sua traição havia chegado? Pois aquilo era sim uma traição: ele havia jurado lealdade a Uther como seu Grande Rei, e então, por causa de seu próprio ciúme e desconfiança, quebrara o juramento. Ou seria até Uther, tentando montar acampamento nessas charnecas desconhecidas, açoitado pela tempestade, perdido e cego?

Como poderia chegar a Uther? Ela reuniu todas as memórias dos menores ensinamentos que teve em mágica quando era menina em

Avalon. Corpo e alma, a haviam ensinado, não eram unidos firmemente. No sono, a alma deixava o corpo e ia para a terra dos sonhos, onde tudo era ilusão e desvario, e às vezes, para os que foram treinados como druidas, ao país da verdade, onde a liderança do Merlim a havia levado em sonho naquela vez.

Quando Morgana estava nascendo e as dores pareciam durar para sempre, ela havia deixado brevemente o corpo e visto a si mesma deitada lá embaixo, uma criatura atormentada pelas parteiras e encorajada pelas criadas, enquanto flutuava, livre de dores e eufórica, em algum lugar acima. Então alguém se curvou sobre ela, dizendo-lhe urgentemente que agora deveria fazer mais força, pois já podiam ver o bebê coroando, e logo ela voltou para uma dor e um esforço renovados e se esquecera daquele momento. Mas, se havia feito isso naquela vez, então faria agora de novo. Tremendo em seu manto, Igraine fitou o fogo e desejou que estivesse, abruptamente, em *outro lugar...*

Conseguiu. Parecia estar diante de si, toda a sua consciência incisivamente focada. A sensação mais diferente era a de não poder mais ouvir o uivo selvagem da tempestade fora das paredes do castelo. Não olhou para trás; haviam dito a ela que, ao deixar o corpo, não se pode nunca olhar para trás, pois ele puxa a alma de volta. Mas de algum modo enxergava sem olhos tudo à sua volta e sabia que seu corpo ainda estava imóvel diante do fogo que se apagava. Agora que havia conseguido, sentia medo, pensando, *devia dar um jeito no fogo antes*, mas sabia que, se voltasse para o corpo, jamais teria coragem de tentar de novo.

Ela pensou em Morgana, o laço vivo entre ela e Gorlois. Mesmo que ele agora rejeitasse isso, falando mordazmente sobre a criança, o laço ainda estava lá, e ela podia achar Gorlois se o procurasse. Enquanto o pensamento se formava em sua mente, ela já estava... em outro lugar.

Onde estava? Havia a luz de uma pequena lamparina, e sob sua luz irregular viu o marido rodeado por um aglomerado de cabeças: homens amontoados em uma das pequenas cabanas de pedra das charnecas. Gorlois dizia:

— Lutei ao lado de Uther por muitos anos, sob Ambrósio, e, se o conheço, vai se valer de coragem e surpresa. Seus homens não conhecem nosso clima da Cornualha, e não saberão que, se o sol se põe em meio a uma forte tempestade, o céu vai ficar limpo logo depois da meia-noite; então não vão se mexer até o nascer do sol, mas sairão assim que ele despontar no horizonte, esperando cair sobre nós ainda pela manhã. Se cercarmos o acampamento dele nessas horas entre o fim da tempestade e o nascer do sol, poderemos surpreendê-los ali. Estarão preparados para uma marcha, não para uma batalha. Com um pouquinho de sorte nós os pegaremos antes que tirem as armas de suas bainhas. Assim que o exército de Uther estiver cortado em pedaços, se ele ainda estiver vivo, botará o rabo entre as pernas e sairá da Cornualha, para nunca mais voltar. — Sob a luz fraca da lamparina, Igraine viu Gorlois arreganhar os dentes como um animal. — E, se estiver morto, seus exércitos vão se dispersar como um enxame depois da morte de sua rainha!

Igraine sentiu-se encolher para trás. Mesmo sem corpo, como um fantasma, parecia que Gorlois *conseguia* vê-la pairando ali. E, de fato, ele levantou a cabeça e franziu o cenho, tocando o rosto.

— Senti uma corrente de ar... está frio aqui — ele murmurou.

— E como seria diferente? Está frio demais, com a neve caindo desse jeito — rugiu um de seus homens. Mas, antes mesmo que ele terminasse de falar, Igraine estava longe dali, flutuando no limbo incorporal, tremendo, resistindo ao forte impulso de voltar a Tintagel. Ela ansiava pela sensação da carne, do fogo, não por sair vagando entre mundos, como uma aparição esvoaçante dos mortos...

Como poderia ir até Uther para avisá-lo? Não havia um laço entre eles; jamais havia trocado com ele um beijo apaixonado, que uniria seus corpos carnais e, assim, o espírito incorpóreo que era agora. Gorlois a havia acusado de adultério e, frenética, Igraine desejava novamente que realmente tivesse sido adúltera. Ela estava cega na escuridão, sem corpo, em lugar algum. Sabia que um fio de pensamento a levaria de volta ao quarto em Tintagel, onde seu corpo, dolorido e gelado, amontoava-se diante do fogo morto. Lutou para permanecer nessa escuridão mortal de cegueira, esforçando-se, rezando sem palavras, *Permita-me ir até Uther*, sabendo que as leis curiosas do mundo em que estava agora faziam com que isso fosse impossível, pois nesse corpo ela não tinha ligação com Uther.

Mas minha ligação com Uther é mais forte que a da carne, pois durou mais que uma vida, Igraine sentia-se argumentando com algo impalpável, como se apelasse a um juiz superior àquilo, fosse lá o que fosse, que tivesse feito as leis dessa vida. A escuridão parecia apertá-la agora, e sentia que não podia respirar. Em algum lugar lá embaixo, o corpo que havia abandonado estava frio, congelando e perdendo o fôlego. Algo nela gritou, *Volte, volte, Uther é um adulto, ele não precisa de você cuidando dele*. E ela respondeu a si mesma, esforçando-se, lutando para ficar onde estava: *Ele é só um homem, não está a salvo de traições!*

Agora, na escuridão sufocante, havia uma escuridão mais profunda, e Igraine sabia que não observava seu próprio ser invisível, mas algum Outro. Arrepiada, tremendo, torturada, ela não ouvia com seus ouvidos corpóreos, mas sentia em cada nervo de seu ser o comando: *Volte. Você precisa voltar. Não tem o direito de estar aqui. As leis foram feitas e são imutáveis. Você não pode ficar sem pagar o preço.*

Ela respondeu à estranha escuridão. *Se preciso, pagarei o preço devido.*

E a escuridão então rebateu: *E por que deseja ir aonde não é permitido?*

Preciso avisá-lo, ela respondeu freneticamente, e então, de súbito, como uma mariposa abrindo as asas sobre o casulo, algo em Igraine maior que ela mesma se abriu e se expandiu em asas. A escuridão no entorno desapareceu e a temível forma que a aconselhava não era mais que uma forma velada, uma mulher como ela, uma sacerdotisa, certamente não a Deusa nem a Anciã da Morte. Igraine pensou decidida: *Estamos ligados e jurados, vida com vida e além da vida; você não tem o direito de proibir.*

De repente, Igraine viu que na altura de seus braços emparelhavam-se as serpentes douradas que havia usado em seu estranho sonho com o círculo de pedras. Levantou os braços e gritou em uma língua estranha. Jamais pôde lembrar depois mais do que meia sílaba apenas, que começava com um grande "Aaah..." e que era uma palavra de poder; tampouco sabia como a palavra havia chegado a ela nesse momento crítico, ela que não era nem mesmo uma sacerdotisa nessa vida. A forma proibitiva diante dela havia sumido, e Igraine viu luz, luz como a do sol que nasce...

Não, era a mais opaca luz de uma lanterna, uma vela protegida de modo grosseiro com um pedaço fino de chifre em uma caixa de madeira, nada mais que um brilho nas sombras geladas de uma cabaninha de paredes de pedra, em ruínas, com reparos rústicos feitos de feixes de junco. Mas por alguma luz curiosa, não existente – ou ela, sem corpo, era capaz de enxergar no escuro sem olhos? –, ela pôde divisar alguns rostos nas sombras, rostos que havia visto em torno de Uther em Londinium: reis, chefes e soldados. Exaustos e enregelados, eles se agachavam em torno da pequena lanterna como se sua chama bruxuleante pudesse aquecê-los de algum jeito. E Uther estava entre eles, magro e exausto, as mãos sangrando com feridas do frio e com seu manto de lã enrolado firmemente sobre a cabeça e em torno do pescoço. Esse não era o sacerdote-amante orgulhoso e real que havia visto em sua primeira visão, nem mesmo o rapaz desajeitado e grosseiro que havia entrado na igreja, perturbando a todos; mas esse homem exausto, fatigado, com os cabelos molhados em torno do nariz, vermelho de frio, parecia a ela de algum modo mais real, mais belo que nunca. Igraine, aflita de pena, ansiando por tomá-lo nos braços e aquecê-lo, sentiu como se tivesse gritado: *Uther!*

Soube que ele tinha escutado, pois o viu levantar a cabeça e olhar em volta no abrigo gelado, tremendo como se algum vento frio soprasse ali. Então ela viu, através dos mantos e das capas em torno do corpo dele, as serpentes brotando em seus braços. Não eram reais; retorciam-se como serpentes vivas quando nenhuma espécie conhecida pela humanidade deixaria sua toca em tal clima. Mas ela as viu, e de algum modo Uther a viu e abriu a boca para falar. Imperativamente, ela fez um gesto para que ele ficasse em silêncio.

Vocês devem se levantar e se preparar para marchar, ou estarão condenados! A mensagem não surgiu na mente dela em forma de palavras, mas Igraine sabia que se movia diretamente dos pensamentos dela para os dele. *A neve vai parar logo depois da meia-noite. Gorlois e os soldados dele sabem que estão aqui, e vão cair sobre vocês e cortá-los em pedaços! Vocês precisam estar prontos para enfrentar o ataque.*

As palavras o pressionaram, sem som, com o resto da força que existia em Igraine. E, no momento em que elas se formaram, ela sabia que a força de vontade que a trouxera ali do outro lado do golfo, contra as leis daquele mundo, estava sumindo. Não estava acostumada a esse trabalho, mas lutou, sem querer deixar de dar seu Aviso. Será que acreditariam nele, estariam prontos para enfrentar Gorlois? Ou ficariam ali, imóveis, no escuro depois da tempestade, para que Gorlois os encontrasse como uma raposa encontra galinhas amontoadas no poleiro? Mas ela não podia mais. Um frio mortal, o desmaio da extrema exaustão, desceu sobre ela. Sentia que desaparecia no frio e na escuridão, como se a tempestade rugisse por todo o seu corpo...

Ela estava deitada no chão de pedra, diante das cinzas frias da lareira. Sobre ela, soprava um vento gelado, como se a tempestade que a seguira por toda a sua visão caísse ali também, dentro de seu corpo... Não, não era isso. As venezianas de madeira do quarto haviam sido abertas pelo vento no frenesi minguante da tempestade; elas batiam, e rajadas de chuva gelada entravam no quarto.

Igraine estava gelada; tão gelada que sentia que jamais se moveria de novo, que se deitaria ali e congelaria, e que o frio de seu corpo se transformaria gradualmente no sono da morte. Naquele momento, ela não se importava.

Deve haver uma punição por quebrar um tabu, essa é a lei. Fiz algo proibido e não posso sair incólume disso. Se Uther estiver a salvo, eu aceito, ainda que minha punição seja a morte... E Igraine, de fato, aconchegando--se e tentando se cobrir com o calor inadequado de seu manto, sentia que a morte seria misericordiosa. Ao menos ela não sentiria frio...

Mas Morgana dormia na cama perto daquela janela, se não fosse fechada ela pegaria um resfriado e talvez tivesse a febre dos pulmões. Igraine não teria se movido por causa de si mesma, mas por sua filha e sua irmã inocente ela se forçou dolorosamente a se movimentar, a fazer seus pés e mãos dormentes se moverem. Desajeitada, andando como se estivesse bêbada, ela tropeçou até a janela e se atrapalhou com as mãos congeladas até fechá-la. O vento por duas vezes a arrancou de seus dedos, e ela se ouviu soluçando ao lutar com a madeira. Não podia sentir, mas sabia que havia arrancado uma unha em seu embate com a veneziana, que lutara com ela como se fosse uma coisa viva. Por fim, pegando o trinco entre as mãos, ela a fechou à força, beliscando um dedo, gelado e azul, no batente, enquanto conseguia empurrar o ferrolho de madeira.

Ainda estava frio dentro do quarto, frio como gelo, e ela sabia que, sem fogo, Morgana e Morgause ficariam doentes... Não queria nada mais do que se arrastar para a cama entre elas, ainda embrulhada em seu manto, e se esquentar entre seus corpos jovens e quentes, mas levaria horas para amanhecer, e ela era quem havia deixado de cuidar do fogo. Tremendo, enrolando-se mais no manto, pegou um braseiro na lareira e correu escada abaixo, sentindo os pés gelados se machucarem ao bater na pedra. Na cozinha, três criadas enrolavam-se, muito próximas umas das outras, diante do fogo; estava quente ali, e uma panela fumegante pendia de um longo gancho sobre as chamas; mingau para a refeição matinal, sem dúvida. Bem, era sua própria cozinha e seu próprio mingau. Igraine mergulhou uma caneca na panela e bebeu o caldo de aveia quente e sem sal, mas nem isso a esquentou. Então encheu o braseiro com brasas vermelhas e cobriu o fogo. Segurando o braseiro em uma dobra de sua saia, subiu novamente a escada. Estava fraca e, apesar da bebida quente, estremecia tanto que temia cair. *Não posso cair, pois, se o fizer, não voltarei a me levantar, e o braseiro vai acabar por incendiar algo...*

Ela se ajoelhou em frente à lareira fria de seu quarto, sentindo grandes tremores tomarem seu corpo e a torturarem com dores no peito; mas ela já não estava mais com frio, sentia agora um calor pelo corpo. Alimentou as brasas pacientemente com pedaços de madeira do depósito e depois com pequenos gravetos. Por fim, o fogo lambeu o tronco e subiu em direção ao teto. Igraine sentia tanto calor agora que havia tirado seu manto, cambaleando em direção à cama. Levantou Morgana e se deitou com a criança nos braços, mas não sabia se havia dormido ou morrido.

Não, não estava morta. A morte não traria essa tortura, tremores de calor e frio... Ela sabia que ficara deitada por muito tempo, embrulhada em panos escaldantes, que esfriavam e eram retirados e renovados; sabia que forçaram bebidas quentes por sua garganta, às vezes misturas nauseantes de ervas contra febre, às vezes destilados fortes misturados com água quente. Dias, semanas, anos, séculos passaram por ela enquanto permanecia deitada, queimava e tremia e sofria com as coisas horríveis que enfiavam por sua garganta quando estava fraca demais até para vomitar. Certa vez,

Morgause se aproximou e disse de modo aflito: "Se estava doente, Igraine, por que não me acordou e me pediu para dar um jeito no fogo?".

A forma escura que havia proibido que seguisse pela estrada estava de pé no canto do quarto, e agora Igraine podia ver seu rosto: era a Anciã da Morte, que guarda as portas do proibido, e agora a puniria... Morgana veio olhá-la, seu rostinho pequeno e sombrio estava assustado, e Igraine queria tranquilizar a filha, mas estava fraca demais para falar. E Uther estava lá, também, mas ela sabia que ninguém mais podia vê-lo, e não era decente gritar o nome de qualquer outro homem além do de seu próprio marido... Ninguém pensaria mal dela se gritasse o nome de Gorlois. Mas, mesmo se estivesse morrendo, não queria gritar o nome de Gorlois, não queria mais nada dele, na vida ou na morte.

Havia traído Gorlois com seu feitiço? Ou havia sido apenas um sonho, tão irreal quanto sua tentativa de avisar Uther? Ela o teria salvado? Parecia que ela vagava novamente pelos espaços gelados, tentando cegamente se forçar através da tempestade para dar seu Aviso. E quando padre Columba veio e murmurou algo em latim sobre ela, Igraine ficou desesperada. Que direito tinha ele de vir perturbá-la com a extrema-unção quando ela não podia se defender? Igraine havia mexido com feitiçaria, pelos padrões dele era uma mulher má, e ele a condenaria por trair Gorlois, vingando seu mestre. A tempestade havia voltado, atravessando seu corpo, ela vagava interminavelmente por ela, tentando encontrar Morgana, que havia se perdido nela. Apenas Morgause estava lá, usando uma coroa, a coroa dos Grandes Reis de toda a Bretanha. Então, Morgana estava de pé na proa de uma barca que passava pelo mar do Verão rumo à costa de Avalon, Morgana vestia o manto de uma sacerdotisa, o manto que Viviane usava... E depois tudo era escuridão e silêncio...

De repente, havia sol no quarto e Igraine se mexeu, descobrindo que não podia se sentar.

— Fique deitada e não se mexa, minha senhora — disse Isotta —, em um instante trago seu remédio.

— Se sobrevivi às suas beberagens de ervas — disse Igraine, surpreendendo-se ao perceber que sussurrava —, provavelmente vou sobreviver a isso também. Que dia é hoje?

— Apenas dez dias antes do solstício de inverno, minha senhora, e quanto ao que aconteceu, ora, todos sabemos que o fogo em seu quarto deve ter se apagado durante a noite e sua janela se abriu com o vento. A senhora Morgause disse que acordou e viu a senhora fechando a janela e saindo em seguida, e voltando com um braseiro. Mas a senhora ficou em silêncio e avivou o fogo, então ela não sabia que a senhora estava doente até pela manhã, quando percebeu que ardia em febre e que não a reconhecia, nem à criança.

Essa era apenas a explicação simples. Apenas Igraine sabia que sua doença era mais que isso, era a punição por tentar encantos muito além de suas forças, então corpo e espírito se esgotavam de modo quase fatal.

— E o... — Igraine interrompeu a fala; não podia perguntar de Uther, o que estava pensando? — Há alguma notícia do meu senhor duque?

— Nenhuma, senhora. Sabemos que houve uma batalha, mas nenhuma notícia chegará até que as estradas sejam desobstruídas após a grande tempestade — disse a criada. — Mas não deve falar mais, senhora, deve tomar um pouco do caldo quente e se deitar para dormir.

Pacientemente, Igraine bebeu o caldo que lhe trouxeram e dormiu. As notícias chegariam quando fosse tempo.

8

Na noite do solstício de inverno, o tempo voltou a mudar e ficou bom. Durante o dia a neve havia derretido e escorrido, as estradas ficaram enlameadas e a cerração chegou e se estendeu suavemente sobre o mar e o pátio, fazendo com que as vozes e os sussurros parecessem ecoar infinitamente quando alguém falava. Por um momento, no começo da tarde, o sol saiu e Igraine foi para o pátio pela primeira vez desde sua doença. Ela se sentia bem recuperada agora, mas estava aflita, como todos, por notícias.

Uther prometeu que viria na noite do solstício de inverno. Mas como ele conseguiria, com o exército de Gorlois no caminho? O dia todo ela ficou em silêncio, abstraída, até falou bruscamente com Morgana, correndo pelo local como uma selvagem com a alegria de estar livre depois do confinamento e do frio do clima de inverno.

Não devo ser dura com minha filha porque minha mente está em meu amante!, pensou Igraine, e, com raiva de si mesma, chamou Morgana e a beijou. Um calafrio a percorreu enquanto ela pousava os lábios na bochecha macia da filha; com sua feitiçaria proibida, avisando seu amante da emboscada de Gorlois, ela poderia ter condenado o pai de sua filha à morte...

Mas não. Gorlois havia traído seu Grande Rei. Não importava o que ela, Igraine, havia feito ou deixado de fazer, Gorlois estava marcado para morrer, e, por sua traição, merecia isso. A não ser que, de fato, ele agravasse sua traição matando o homem que Ambrósio, o rei a quem jurara fidelidade, havia designado para a defesa de toda a Bretanha.

O padre Columba foi até ela, insistindo em que proibisse seus criados e criadas de acender fogueiras do solstício de inverno.

— E a senhora mesma deveria dar a eles o bom exemplo indo à missa desta noite — ele insistiu. — Já faz tempo, minha senhora, que recebeu os sacramentos.

— Eu estive doente — disse com indiferença —, e, no que diz respeito aos sacramentos, creio que me lembro de você me dando a extrema-unção quando eu estava deitada doente. Embora eu possa ter sonhado com isso, pois sonhei muitas coisas.

— Muitas coisas — disse o padre —, coisas com as quais nenhuma mulher cristã deveria sonhar. Foi em respeito ao meu senhor que dei à senhora os últimos sacramentos quando não tinha a oportunidade de se confessar e recebê-los de modo digno.

— Sim, sei bem que não foi por respeito a mim — disse Igraine, com os lábios levemente retorcidos.

— Não tenho a presunção de colocar limites na misericórdia de Deus — disse o padre, e Igraine sabia o resto do pensamento, que ele não disse: ele erraria, se necessário, por excesso de misericórdia, pois Gorlois, por algum motivo, importava-se com essa mulher, e deixaria a Deus a tarefa de ser duro com ela, pois não havia dúvidas de que seria...

Por fim, Igraine disse que iria à missa. Por menos que gostasse dessa nova religião, Ambrósio havia sido cristão, o cristianismo era a religião do povo civilizado da Bretanha e inevitavelmente o seria cada vez mais; Uther a adotaria em público, não importa quais fossem suas opiniões pessoais sobre o assunto. Ela não sabia de fato; não tivera a oportunidade de saber como ele realmente se sentia sobre as questões de consciência. Saberia um dia? *Ele jurou que viria no solstício de inverno.* Mas Igraine baixou os olhos e tentou se concentrar apenas na missa de mais tarde.

O anoitecer havia caído e Igraine estava na cozinha falando com suas criadas quando ouviu uma comoção no fim do promontório, o som de cavaleiros e então um grito no pátio. Ela jogou o capote sobre os ombros e correu para fora, seguida por Morgause. No portão havia homens vestindo mantos romanos como os usados por Gorlois, mas os guardas barravam a passagem deles com as longas lanças que levavam consigo.

— Meu senhor Gorlois deixou ordens. Ninguém além do duque em pessoa pode entrar na ausência dele.

Um dos homens no centro do grupo de recém-chegados se endireitou, imensamente alto.

— Sou o Merlim da Bretanha — ele disse, sua voz ressonante ecoando pelo crepúsculo e pela névoa. — Afaste-se, homem. Vai negar passagem a mim?

O guarda se afastou com uma deferência instintiva, mas o padre Columba se adiantou, com um gesto imperativo de recusa.

— Eu a negarei. Meu senhor o duque da Cornualha disse que você, particularmente, velho feiticeiro, não deve ser admitido aqui em nenhum momento.

Os soldados ficaram de boca aberta, e Igraine, apesar de sua raiva pelo padre estúpido e intrometido, teve de admirar sua coragem. Não era algo fácil desafiar o Merlim de toda a Bretanha.

O padre Columba segurou a grande cruz de madeira em seu cinto.

— Em nome de Cristo, ordeno que se vá. Em nome de Deus, volte aos reinos da escuridão de onde veio!

O riso ressoante do Merlim ecoou nos muros que se assomavam.

— Meu bom irmão em Cristo — ele disse —, seu Deus e meu Deus são o mesmo e um só. Você realmente acha que vou desaparecer com seu exorcismo? Ou pensa que sou algum demônio imundo da escuridão? Não, a não ser que você considere o cair da noite de Deus a chegada da escuridão! Venho de uma terra não menos clara que o País do Verão, e, veja, estes homens comigo trazem o anel do senhor duque da Cornualha. Olhe.

A tocha brilhou quando um dos homens de manto estendeu a mão nua. No primeiro dedo, reluziu o anel de Gorlois.

— Agora, deixe-nos entrar, padre, pois não somos demônios, mas sim homens mortais que estão cansados, com frio e que cavalgaram por um longo caminho. Ou devemos fazer o sinal da cruz e recitar uma prece para lhe provar isso?

Igraine se adiantou, molhando os lábios de nervosismo. O que acontecia ali? Como teriam conseguido o anel de Gorlois, a não ser que fossem seus mensageiros? Com certeza, um deles teria se dirigido a ela. Não reconhecia nenhum daqueles homens e sabia que Gorlois nunca teria escolhido o Merlim como mensageiro. Aquilo queria dizer que Gorlois estava morto? Isso era a notícia de sua morte trazida a ela dessa maneira? Então, ela disse abruptamente, a voz soando áspera:

— Deixe-me ver o anel. É verdadeiro ou uma falsificação?

— É de fato o anel dele, senhora Igraine — disse uma voz que ela reconheceu, e Igraine, baixando os olhos para ver o anel sob a luz da tocha, viu mãos familiares, grandes, largas e calejadas. E sobre elas o que ela havia visto apenas em visões. Em torno dos braços peludos de Uther, tatuadas em azul, retorciam-se duas serpentes, uma em cada punho. Ela pensou que seus joelhos não resistiriam e ela cairia nas pedras do pátio.

Ele havia jurado: *Irei até você no solstício de inverno*. E veio, usando o anel de Gorlois!

— Meu senhor duque! — disse o padre Columba, impulsivamente, dando um passo à frente, mas o Merlim levantou a mão para proibir as palavras.

— Quieto! O mensageiro é secreto — ele disse. — Não fale nada.

E o padre se afastou, pensando que o homem coberto com o manto era Gorlois. Estava intrigado, mas obedeceu.

Igraine fez uma reverência, ainda lutando contra a descrença e o medo. Ela disse:

— Entre, meu senhor. — E Uther, ainda escondendo o rosto sob o manto, estendeu a mão com o anel e pegou seus dedos, que pareciam gelo. Mas ele tinha a mão quente e firme, e isso lhe deu firmeza enquanto iam ao salão.

Ela se apoiou em banalidades.

— Devo pedir vinho, meu senhor, ou comida?

Ele murmurou perto do ouvido dela:

— Em nome de Deus, Igraine, dê um jeito de ficarmos a sós. O padre tem olhos argutos, mesmo no escuro, e quero que pense que foi de fato Gorlois quem chegou.

Ela disse a Isotta:

— Traga comida e cerveja aos soldados e ao senhor Merlim aqui no salão. Traga água para que se lavem e o que mais desejarem. Falarei com meu senhor em nossos aposentos. Envie comida e vinho para lá imediatamente.

Os criados saíram correndo em todas as direções para cumprir suas ordens. O Merlim permitiu que um criado tirasse seu manto e colocou sua harpa com cuidado em um dos bancos. Morgause entrou pela porta, lançando olhares ousados aos soldados. Os olhos dela caíram sobre a figura alta de Uther, e ela fez uma reverência.

— Meu senhor Gorlois! Bem-vindo, caro irmão! — ela disse, indo em sua direção. Uther fez um leve movimento proibitivo, e Igraine entrou rapidamente na frente dele. Ela pensou, franzindo o cenho: *Isso é ridículo! Mesmo sob o manto, Uther se parece com Gorlois tanto quanto eu!*

— Meu senhor está exausto, Morgause — disse Igraine bruscamente —, sem disposição para conversa de crianças. Leve Morgana para seu quarto e fique com ela lá. Ela dorme com você esta noite.

Franzindo a testa, amuada, Morgause pegou Morgana e a carregou escada acima. Ficando bem atrás delas, Igraine tomou a mão de Uther e a segurou enquanto subiam. Que tipo de truque era esse, e por quê? Seu coração disparou a ponto de achar que desmaiaria enquanto ele a levava aos aposentos que ela dividia com Gorlois e fechava a porta.

Lá dentro, ele estendeu os braços para abraçá-la. Tirou o manto e ficou ali, cabelos e barba molhados da neblina e os braços estendidos, mas ela não se moveu em direção a ele.

— Meu senhor rei! O que é isso, por que pensam que você é Gorlois?

— Uma pequena mágica do Merlim — disse Uther —, em especial um manto e um anel, mas um pouco de encanto também. Nada que desse certo caso me vissem em plena luz ou sem o manto. Percebi que não se enganou. Não esperava que fosse diferente. É uma aparência, não um Aviso. Jurei que viria, Igraine, no solstício de inverno, e mantive a minha palavra. Não ganho nem um beijo por todo o meu esforço?

Ela se aproximou e tirou o manto dele, mas se esquivou de seu toque.

— Meu senhor rei, como conseguiu o anel de Gorlois?

O rosto dele endureceu.

— Aquilo? Cortei da mão dele em batalha, mas o traidor fugiu. Não me entenda mal, Igraine, venho por direito, não como um ladrão no meio da noite. O encanto é para preservar sua reputação aos olhos do mundo, nada mais. Não quero que minha esposa prometida seja tachada de adúltera. Mas venho por direito, a vida de Gorlois me pertence. Ele recebeu Tintagel como vassalo que jurou lealdade a Ambrósio Aureliano, juramento que renovou a mim e que, também, não cumpriu. Certamente entende isso, senhora Igraine. Nenhum rei pode permitir que um aliado que lhe prometeu lealdade quebre seu juramento impunemente e levante armas contra seu soberano. — Ela baixou a cabeça em reconhecimento, e Uther continuou: — Ele já me custou a ruína de um ano de trabalho contra os saxões. Quando deixou Londinium com seus homens, eu não podia enfrentá-los e tive de sair, fugir, e deixar que saqueassem a cidade. Meu povo, a quem jurei defender. — O rosto dele estava amargurado. — Poderia perdoar Lot, pois ele se recusou a fazer o juramento. No entanto, sei que preciso acertar as contas; Lot fará a paz comigo ou o tirarei do trono e o enforcarei, mas ele não é um perjuro nem um traidor. Mas eu confiava em Gorlois; ele fez o juramento e o repudiou, e assim terminei com os destroços do trabalho que Ambrósio levou a vida para conquistar. Agora tudo precisa ser refeito. Gorlois me custou tudo isso, e vim para tirar Tintagel das mãos dele. Tirarei a vida dele também, e ele sabe disso.

O rosto dele estava pétreo.

Igraine engoliu em seco e disse:

— E ficará com a senhora dele também, por conquista e por direito, assim como Tintagel?

— Ah, Igraine — ele disse, puxando-a com as mãos —, soube qual era a sua escolha no momento em que a vi na noite da grande tempestade. Se não tivesse me alertado, eu teria perdido meus melhores homens, e, sem dúvida, minha vida. Graças a você, eu estava preparado para ele. Foi aí que tirei o anel de seu dedo, e teria tirado a mão e a cabeça também, mas ele me escapou.

— Sei bem que não tinha outra escolha, meu senhor rei — disse Igraine, mas naquele momento bateram à porta. Uma das criadas trouxera uma bandeja com comida e uma jarra de vinho e murmurou um "meu senhor", fazendo uma reverência.

Igraine se desvencilhou de modo mecânico das mãos de Uther, pegou a comida e a bebida e fechou a porta atrás da mulher. Ela pegou o manto de Uther, que, afinal de contas, não era tão diferente do usado por Gorlois, e o pendurou na cabeceira da cama para secar; curvou-se e ajudou-o a tirar as botas; pegou o cinto da espada, *como uma esposa e senhora zelosa*, observou uma voz em sua mente, mas ela sabia que havia feito sua escolha. Era como Uther havia dito, Tintagel pertencia ao Grande Rei da Bretanha, assim como sua senhora, e essa era também a vontade dela própria. Igraine havia declarado sua lealdade ao rei em pessoa.

A mulher havia trazido carne seca cozida com lentilha, um pão recém-assado, um pouco de requeijão e vinho. Uther comeu como um faminto, dizendo:

— Fiquei as duas últimas luas no campo, graças ao maldito traidor que você chama de marido; esta é a primeira refeição que faço sob um teto desde Samhain... O bom padre ali embaixo, sem dúvida, faria com que eu me lembrasse de dizer Todos os Santos.

— É apenas o que estava sendo feito para meu jantar e dos criados, meu senhor rei, longe de ser condizente...

— Parece-me bom o bastante para o Natal, depois do que andei comendo no frio — ele afirmou, fazendo barulho ao mastigar, dividindo o pão com dedos fortes e cortando um pedaço do queijo com a faca. — E não me dirá nada além de *meu senhor rei*? Sonhei tanto com este momento, Igraine — ele disse, baixando o queijo e olhando para ela. Ele a tomou pela cintura e a puxou para perto da cadeira dele. — Você não tem palavras de amor para mim? Será que ainda é leal a Gorlois?

Igraine deixou que a puxasse para ele e disse em voz alta:

— Fiz minha escolha.

— Esperei tanto tempo — ele sussurrou, puxando-a para baixo, de modo que ela ficasse meio ajoelhada contra as pernas dele, passando a mão pelos traços de seu rosto. — Comecei a temer que esse momento jamais aconteceria, e agora você não tem palavras de amor ou olhar de bondade para mim... Igraine, Igraine, eu sonhei, afinal, que você me amava e me queria? Devo deixá-la em paz?

Ela sentia frio e tremia da cabeça aos pés. Sussurrou:

— Não, não... Quero dizer, se foi um sonho, então também o sonhei.

Ela o olhou, sem saber o que mais dizer ou fazer. Não tinha medo dele como tinha de Gorlois, mas agora que o momento havia chegado ela se perguntava, com um súbito pânico violento, por que havia chegado tão longe. Agora ele a puxava para seu colo, e ela se deixou puxar, encostando a cabeça no peito dele.

Ele disse, apertando a cintura fina dela com sua mão grande:

— Eu não tinha percebido como você é leve. Você é alta; pensei que fosse uma mulher grande, majestosa... mas, por fim, você é uma coisinha. Eu poderia quebrá-la com as mãos, ossinhos de passarinho. — Ele fechou os dedos em torno do punho dela. — E é tão jovem...

— Não sou tão jovem — ela disse, rindo de súbito. — Fui casada por cinco anos e tenho uma filha.

— Você parece jovem demais para isso — disse Uther. — Era a menina que eu vi lá embaixo?

— Minha filha Morgana — disse Igraine.

E ela notou de repente que ele também estava pouco à vontade, adiando o momento. Instintivamente, percebeu que, em seus trinta e tantos anos, sua experiência com mulheres era apenas com as que se entregavam pelo preço pedido, e que uma mulher casta de seu patamar era algo novo para ele. Desejou, com um súbito anseio, que soubesse a coisa certa a dizer ou fazer.

Ainda temporizando, ela passou a mão pelas serpentes tatuadas em torno de seus pulsos.

— Não havia visto isso antes...

— Não — ele disse —, elas foram feitas durante minha cerimônia de coroação na Ilha Dragão. Gostaria que você tivesse estado lá comigo, minha rainha — ele sussurrou, e pegou o rosto dela entre as mãos, inclinando-o para cima para beijá-la nos lábios. — Não quero assustá-la — ele sussurrou —, mas venho sonhando com este momento por tanto, tanto tempo...

Tremendo, ela permitiu que ele a beijasse, sentindo a estranheza do momento despertar algo profundo em seu corpo. Nunca havia sido assim com Gorlois... E, de repente, sentiu medo de novo. Com Gorlois havia sido sempre algo que lhe haviam determinado e do qual não tomava parte, algo do qual podia se afastar, observando com distanciamento. Sempre havia sido ela mesma, Igraine. Agora, com o toque dos lábios de Uther, sabia que não poderia mais permanecer alheia, que jamais seria a mesma pessoa de antes. E ainda assim a consciência do quanto ele a desejava disparava por suas veias. Suas mãos apertaram as serpentes azuis nos punhos dele.

— Eu as vi em um sonho, mas pensei que fosse mesmo só um sonho.

Ele concordou, sobriamente.

— Sonhei com elas antes mesmo de tê-las. E em minha mente você também tinha algo parecido nos braços... — Ele pegou seu pulso fino novamente e deslizou o dedo por ele. — Mas eram douradas.

Ela sentiu um arrepio nas costas. De fato não havia sido um sonho, mas uma visão do País da Verdade.

— Não consigo me lembrar do sonho inteiro — disse Uther, olhando sobre o ombro dela. — Lembro apenas que estávamos juntos em uma grande planície e que havia algo parecido com o círculo de pedras... O que isso significa, Igraine, que compartilhamos sonhos?

E, então, ela disse, sentindo a voz presa na garganta como se estivesse a ponto de chorar:

— Talvez signifique apenas que fomos destinados um ao outro, meu rei... e meu senhor... e meu amor.

— Minha rainha e meu amor. — Ele a fitou nos olhos, um longo olhar, uma longa questão. — É fato que o tempo de sonhar acabou, Igraine.

Ele passou as mãos por seus cabelos, tirando os grampos, deixando os fios caírem sobre o colarinho bordado dela e o sobre o rosto dele próprio; alisou os longos cachos com as mãos trêmulas. Ele ficou de pé, ainda a segurando nos braços. Ela nunca havia imaginado a força que ele tinha. Uther cruzou o quarto em duas grandes passadas e a deitou na cama. Ajoelhando-se ao seu lado, curvou-se e a beijou novamente.

— Minha rainha — ele murmurou. — Eu gostaria que pudesse ter sido coroada ao meu lado em minha cerimônia de coroação. Foram ritos que nenhum cristão deve conhecer, mas o Povo Antigo, que estava aqui muito antes que os romanos chegassem a estas ilhas, não me reconheceria como rei não fosse pela existência do povo cristão. O caminho até lá foi longo, e partes dele, tenho certeza, não eram no mundo que eu conheço.

Isso a fez lembrar o que Viviane lhe havia dito sobre o afastamento dos mundos, separados nas brumas. E pensar em Viviane lhe trouxe à mente o que a irmã havia lhe pedido, e o quanto ela havia relutado.

Eu não sabia. Era tão jovem e sem experiência, não sabia nada, não sabia que tudo o que eu era ia se dissolver, rasgar, ser varrido para longe...

— Pediram-lhe que fizesse o Grande Casamento com a terra, como se fazia nos velhos tempos? Sei que pediram ao rei Ban de Benwick, na Bretanha Menor, que o fizesse... — E sentiu uma súbita punhalada violenta de ciúme de que alguma mulher ou sacerdotisa pudesse ter simbolizado para ele a terra que ele jurou defender.

— Não — disse ele. — E não tenho certeza de que o teria feito, mas não me pediram. O Merlim disse, também, que é ele, como todo Merlim da Bretanha, quem jura morrer se for necessário pelo sacrifício de seu povo... — Uther parou de falar. — Mas isso pode significar pouco para você.

— Você se esquece — ela afirmou — de que fui criada em Avalon. Minha mãe era uma sacerdotisa lá e minha irmã mais velha agora é a Senhora do Lago.

— Você também é sacerdotisa, Igraine?

Ela abanou a cabeça, ia dizer um simples não. Mas então declarou:

— Não nesta vida.

— Eu me pergunto... — Novamente ele fazia o traçado das serpentes imaginárias, tocando o punho com a outra mão. — Sempre soube, creio, que vivi antes... parece-me que a vida é algo muito grandioso para ser vivida apenas uma vez e então se apagar como uma lamparina quando o vento sopra. E por que, quando olhei para seu rosto pela primeira vez, senti que a havia conhecido antes que o mundo fosse feito? Esses são mistérios, e acho que você sabe mais sobre eles do que eu. Você diz que não é sacerdotisa, mas usou feitiços para ir até mim, na noite da grande tempestade, e me avisar... Talvez seja melhor não lhe fazer mais perguntas, ou ouvirei de você o que um cristão não deve saber. E, quanto a isto — de novo, com a ponta do dedo, tocou as serpentes —, se eu as tive antes desta vida, então talvez seja por esse motivo que o velho, quando as fez em meus punhos na noite da minha coroação, disse-me que eram minhas por direito. Ouvi que os padres cristãos expulsaram todas as serpentes do tipo das nossas ilhas... Mas eu não temo dragões, e os uso como símbolo de que estenderei minha proteção sobre esta terra como as asas de um dragão.

— Nesse caso — ela sussurrou —, será o maior de todos os reis, meu senhor.

— Não me chame assim! — ele a interrompeu severamente, curvando-se e cobrindo sua boca com a dele.

— Uther — ela murmurou, como se fosse um sonho.

As mãos dele foram para seu pescoço e ele se curvou para beijar seu ombro nu. Mas, quando começou a tirar seu vestido, ela recuou e se encolheu. Lágrimas inundaram seus olhos e ela não conseguia falar, mas ele pousou as mãos em seus ombros e a olhou nos olhos.

— Foi tão maltratada assim, minha amada? — perguntou baixo. — Que Deus me leve se algum dia precisar temer qualquer coisa de mim, agora e sempre. Desejo de todo o meu coração que jamais tivesse sido esposa de Gorlois. Se eu a tivesse encontrado antes... Mas o que está feito está feito. Juro a você, minha rainha, jamais terá nada a temer de mim. — À luz trêmula da lamparina, os olhos dele pareciam escuros, embora ela soubesse que eram azuis. — Igraine, eu... eu subestimei isso, pois de alguma forma acreditava que você devesse saber o que sinto. Sei muito pouco sobre mulheres como você. Você é meu amor, minha esposa, minha rainha. Juro por minha coroa e minha virilidade, você será minha rainha e jamais a deixarei nem tomarei outra mulher. Achou que eu a tratava como uma devassa? — A voz dele tremia, e Igraine sabia que ele estava tomado pelo medo: o medo de perdê-la. Saber que ele também podia sentir medo, que ele também era vulnerável, fez seu próprio medo desaparecer. Ela passou os braços em torno do pescoço dele e disse claramente:

— Você é meu amor, meu senhor e meu rei, e eu o amarei enquanto viver, e depois disso enquanto Deus quiser.

Então, ela permitiu que ele tirasse seu vestido e, nua, foi voluntariamente para os braços dele. Ela jamais, jamais havia imaginado que poderia ser dessa maneira. Até esse momento, apesar de cinco anos de casamento e de ter gerado uma filha, ela havia sido uma inocente, uma virgem, uma garota ignorante. Agora, corpo, mente e coração se mesclavam, unindo-a a Uther de uma maneira que jamais havia acontecido com Gorlois. Ela pensou, fugazmente, que nem uma criança no útero materno estaria tão próxima...

Ele se deitou, exausto, em seu ombro, a barba áspera e loura fazendo cócegas em seus seios, e sussurrou:

— Eu te amo, Igraine. Seja qual for o fim de tudo isso, eu te amo. E, se Gorlois entrasse aqui, eu o mataria antes que ele pudesse tocá-la novamente.

Ela não queria pensar em Gorlois. Acariciou o cabelo claro na testa dele e murmurou:

— Durma, meu amor. Durma.

Ela não queria dormir. Mesmo depois que a respiração de Uther se tornou lenta e pesada, ela ficou acordada, acariciando-o levemente para não acordá-lo. O peito dele era quase tão liso quanto o dela, com poucos pelos louros. Ela, de alguma maneira, havia pensado que todos os homens eram pesados e peludos. O cheiro do corpo dele era adocicado, embora forte em suor e nos fluidos do amor. Ela sentiu que jamais se cansaria de tocá-lo. Ao mesmo tempo, desejava que ele acordasse e a tomasse nos braços mais uma vez, e, de maneira um pouco ciumenta, velou o sono exausto dele. Não sentia medo nem vergonha; o que havia sido dever e aceitação com Gorlois se transformara em um deleite quase insuportável, como se ela tivesse sido reunida com alguma parte escondida de seu corpo e de sua alma.

Por fim, dormiu um pouco, de maneira intermitente, aninhada na curva do corpo de Uther. Havia dormido talvez por uma hora quando foi acordada abruptamente por barulho no pátio. Ela sentou-se, jogando o cabelo comprido para trás. Uther a puxou para baixo, sonolento.

— Deite-se, amada, ainda falta muito para amanhecer.

— Não — ela disse, com um instinto certeiro. — Não podemos nos demorar agora.

Colocou rapidamente um vestido e um manto, torcendo o cabelo para cima com as mãos trêmulas. A lamparina havia se apagado e ela não conseguia encontrar o grampo no escuro. Por fim pegou um véu para jogar sobre o cabelo, enfiou os pés nos sapatos e correu escada abaixo.

Ainda estava muito escuro para enxergar claramente. No grande salão havia apenas uma réstia de luz do fogo permanente. E então ela avançou antes de uma pequena agitação no ar e parou de súbito.

Gorlois estava de pé ali, com um grande corte de espada no rosto, olhando para ela com indizível tristeza, censura e desespero. Era o Aviso que ela havia visto antes, a aparição, a condenação à morte. Ele levantou a mão e ela podia ver que o anel e três dedos haviam sido decepados. O rosto dele era de uma palidez fantasmagórica, mas ele a olhou com dor e amor, e os lábios se moveram com o que ela sabia ser seu nome, embora não pudesse ouvi-lo no silêncio congelado em torno deles. E naquele momento ela soube que ele também a havia amado, mesmo que do seu modo bruto, e o que fizera para machucá-la havia sido motivado por amor. De fato, por seu amor havia brigado com Uther, jogado fora tanto a honra como o ducado. E ela havia retribuído esse amor com nada além de ódio e impaciência. Apenas agora ela entendia que o que sentia por Uther Gorlois havia sentido por ela. Sua garganta foi tomada pela angústia e teria gritado o nome dele, mas o ar morto se mexeu e ele desapareceu; nunca estivera ali de fato. E naquele momento o silêncio gelado em torno dela se quebrou, e ouviu homens berrando no pátio.

— Abram caminho! — gritavam. — Abram caminho, luz aqui, luz!

O padre Columba entrou no salão, enfiou uma tocha no fogo e a acendeu. Ele se apressou para abrir a porta.

— O que é esse clamor...

— Seu duque está morto, homens da Cornualha — alguém gritou. — Trazemos o corpo do duque! Abram caminho! Gorlois da Cornualha está morto e trazemos seu corpo para ser enterrado!

Igraine sentiu os braços de Uther segurando-a por trás; sem ele, teria caído. O padre Columba protestou alto:

— Não, não pode ser! Ora, o duque voltou para casa na noite passada com alguns de seus homens, está dormindo lá em cima em seus aposentos com sua senhora...

— Não. — Era a voz do Merlim, baixa, mas ecoando até os cantos mais afastados da corte. Ele pegou uma das tochas, encostou-a na do padre Columba e então a deu para um dos soldados. — O duque perjuro jamais voltou a Tintagel como vivente. Sua senhora está aqui com seu soberano e seu Grande Rei, Uther Pendragon. Você vai casá-los hoje, padre.

Houve gritos e murmúrios entre os homens, e os criados que vieram correndo ficaram parados, anestesiados, observando enquanto o esquife rústico, apoiado em peles de animais costuradas servindo de maca, era trazido para dentro do salão. Igraine se retraiu ao ver o corpo e o rosto cobertos. O padre Columba inclinou-se sobre ele, descobriu brevemente o rosto, fez o sinal da cruz e se afastou novamente. Seu rosto estava aflito e furioso.

— Isso é feitiçaria, isso é mágica. — Ele cuspiu, brandindo a cruz entre eles. — Essa ilusão demoníaca foi coisa sua, velho feiticeiro.

— Você não vai falar assim com meu pai, padre! — gritou Igraine.

O Merlim levantou a mão e disse:

— Não preciso da proteção de uma mulher e nem da de nenhum homem, meu senhor Uther. E não foi feitiçaria. Você viu o que queria ver: seu senhor voltando para casa. Só que seu senhor não era o perjuro Gorlois, que perdeu Tintagel, mas o verdadeiro Grande Rei e senhor que veio tomar o que lhe pertence. Atenha-se ao seu sacerdócio, padre, há a necessidade de um enterro, e, quando ele terminar, de uma missa nupcial para o seu rei e minha senhora, a quem ele escolheu como rainha.

Igraine ficou protegida na curva do braço de Uther. Ela viu o olhar ressentido, desdenhoso, nos olhos do padre Columba. Sabia que ele teria se voltado contra ela, chamando-a de prostituta e de bruxa, mas seu medo de Uther o manteve em silêncio. O padre se afastou dela e se ajoelhou ao lado do corpo de Gorlois, rezando. Após um momento, Uther também se ajoelhou, seu cabelo louro brilhando à luz da tocha. Igraine foi se ajoelhar ao lado dele. *Pobre Gorlois*. Estava morto, e tivera a morte de um traidor; ele merecia isso, mas a tinha amado e agora estava morto.

Antes que pudesse se ajoelhar, sentiu no ombro a mão de alguém. O Merlim a olhou nos olhos por um momento e disse gentilmente:

— Então chegou, Grainné, seu destino, como previsto. Enfrente-o com a coragem que tem.

Ajoelhando-se ao lado de Gorlois, ela rezou por ele, e, então, chorou, por ela mesma, pelo destino desconhecido que se colocava diante deles agora. Fora de fato ordenado desde o começo do mundo ou acontecera pela feitiçaria do Merlim, e de Avalon, e pelo seu próprio uso da magia? Agora Gorlois estava morto, e, enquanto observava o rosto de Uther, já amado e querido, soube que logo outros viriam e ele teria de tomar o fardo de seu reino; jamais seria de novo totalmente dela como tinha sido naquela noite. Ajoelhando-se ali entre seu marido morto e o homem que amaria durante toda a vida, ela lutou contra a tentação de jogar com o amor que ele lhe tinha e fazer, como sabia que poderia, com que ele deixasse de lado os pensamentos sobre o reino e pensasse apenas nela. Mas o Merlim não os havia juntado para sua alegria. Sabia que, se buscasse mantê-la, estaria se rebelando contra o próprio destino que os havia colocado no mesmo caminho e, então, poderia destruí-lo. Quando o padre Columba se levantou do lado do homem morto e fez sinal para que os soldados levassem o corpo para a capela, ela tocou seu braço. Ele se virou, impaciente.

— Minha senhora?

— Tenho muito a lhe confessar, padre, antes que meu senhor duque seja colocado para descansar e antes de me casar. O senhor ouviria minha confissão?

Ele olhou para ela franzindo o cenho, surpreso. Por fim, disse:

— Ao nascer do dia, senhora. — E se foi.

O Merlim seguiu Igraine com os olhos enquanto ela voltava para perto dele. Ela olhou para seu rosto e disse:

— Aqui e agora, meu pai, a partir deste momento, seja testemunha de que jamais praticarei feitiçaria novamente. Que seja feita a vontade de Deus.

O Merlim olhou com ternura para seu rosto devastado. A voz dele foi a mais gentil que já ouvira dele.

— Você acha que toda a nossa feitiçaria poderia fazer algo além da vontade de Deus, minha filha?

Reunindo algum autocontrole, pois se não o fizesse sabia que choraria como criança na frente de todos aqueles homens, ela disse:

— Vou me vestir, pai, e me colocar de maneira decente.

— Deve saudar o dia como condiz a uma rainha, minha filha.

Rainha. A palavra fazia calafrios percorrerem seu corpo. Mas fora para isso que havia feito tudo o que fizera, e para isso havia nascido. Subiu lentamente a escada. Precisava acordar Morgana e lhe dizer que o pai dela estava morto; felizmente, a criança era muito jovem para se lembrar dele ou sofrer.

Enquanto chamava as criadas e pedia que trouxessem seus mantos e suas joias mais finas e arrumassem seus cabelos, ela pousou a mão sobre a barriga, imaginando. De alguma maneira, com o último toque de mágica fugaz antes que renunciasse a ela para sempre, Igraine soube desde aquela noite em que haviam sido apenas amantes, e não rei e rainha, que teria o filho de Uther. Ela se perguntou se o Merlim saberia.

Morgana fala...

Acho que minha primeira memória de verdade é a do casamento da minha mãe com Uther Pendragon. Eu me recordo muito pouco de meu pai. Pequena, quando estava infeliz, parecia me lembrar dele, um homem corpulento com barba e cabelo escuros. Eu me lembro de brincar com uma corrente que ele usava no pescoço. Lembro que, quando era menina, ao ficar infeliz ou ser repreendida por minha mãe ou por meus preceptores, ou ainda quando Uther – raramente – me notava e demonstrava desaprovação, eu me consolava pensando que, se meu pai estivesse vivo, teria gostado de mim, me pegado no colo e me presenteado com coisas bonitas. Agora que sou mais velha e sei o tipo de homem que ele era, acho que seria mais provável que ele me mandasse para um convento assim que tivesse um irmão e nunca mais pensasse em mim.

Não que Uther algum dia tivesse sido cruel comigo, ele simplesmente não tinha interesse particular em uma menina. Minha mãe estava sempre no centro do coração dele, e ele no dela, e eu me ressentia daquilo: ter perdido minha mãe para aquele grande homem loiro rústico. Quando Uther estava em batalha – e houve um bocado de guerra quando eu era menina – minha mãe, Igraine, me acariciava e me dava atenção, e me ensinava a fiar com suas próprias mãos e a tecer com cores. Mas quando os homens de Uther eram avistados eu voltava para os meus aposentos e era esquecida até que ele voltasse a partir. Alguma surpresa que eu o odiasse e tivesse o mais profundo rancor da imagem do estandarte de dragão e de qualquer cavaleiro se aproximando de Tintagel?

Quando meu irmão nasceu, ficou ainda pior. Pois aí havia essa coisa chorona, rosada e branca no peito de minha mãe. E ela ainda esperava que eu o amasse como ela o amava. "É seu irmãozinho", ela dizia, "cuide bem dele, Morgana, e o ame". Amá-lo? Eu o odiava com todo o meu coração, pois agora, toda vez que me aproximava dela, ela me afastava e dizia que eu era uma menina crescida, grande demais para ficar no colo dela, grande demais para pedir que ela atasse meus laços, grande demais para encostar a cabeça nos joelhos dela para ser confortada. Eu o teria beliscado, se ela não fosse me odiar por isso. Às vezes, achava que ela me odiava de qualquer jeito. E Uther dava grande importância ao meu irmão, mas creio que ele sempre esperou por outro filho. Nunca me disseram, mas de algum jeito eu sabia – talvez por ter escutado a conversa das criadas, talvez porque tivesse mais Visão do que havia percebido – que ele havia se deitado pela primeira vez com minha mãe quando ela ainda era casada com Gorlois, e havia quem acreditasse que o filho não era de Uther, mas do duque da Cornualha.

Como eles podiam acreditar nisso, eu não entendia, pois Gorlois, diziam, era moreno e aquilino, e meu irmão era como Uther, loiro e de olhos cinza.

Mesmo durante a vida de meu irmão, que foi coroado rei como Artur, ouvi todo tipo de história sobre como ele recebeu esse nome. Até a história de que era de Arth-Uther, urso de Uther; mas não foi isso.

Quando ele era criança, era chamado de Gwydion – o brilhante – por causa de seu cabelo reluzente; o mesmo nome que seu filho depois usou, mas essa é outra história. Os fatos são simples: quando Gwydion tinha seis anos, foi enviado para ser criado por Heitor, um dos vassalos de Uther nas terras do norte, perto de Eboracum, e Uther queria que ele fosse batizado como cristão. E assim ele recebeu o nome de Artur.

Mas de seu nascimento até os seis anos ele estava sempre atrás de mim. Assim que ele foi desmamado, minha mãe, Igraine, o deu para mim e disse: "Este é seu irmãozinho e você deve amá-lo e cuidar dele". E eu teria matado aquela coisa chorona, jogando-o dos penhascos, e corrido atrás de minha mãe implorando que ela fosse só minha de novo, mas ela se importava com o que acontecia com ele.

Uma vez, quando Uther chegou e ela colocou seu melhor vestido, como sempre fazia, com seus colares de âmbar e pedra da lua, e deu um beijo descuidado em mim e outro no meu irmãozinho, pronta para correr para Uther, olhei para suas bochechas radiantes – realçadas pela pintura, a respiração acelerada de deleite pela chegada de seu homem – e odiei tanto Uther como meu irmão. Enquanto fiquei chorando no topo da escada, esperando que nossa ama nos levasse embora, ele começou a cambalear atrás dela, chamando "mãe, mãe" – ele mal sabia falar, naquela época –, e caiu e cortou o queixo na escada. Gritei pela minha mãe, mas ela ia ao encontro do rei e gritou de volta, irritada: "Morgana, eu disse para cuidar do bebê", e saiu apressada.

Eu o peguei, enquanto ele berrava, e limpei o queixo dele com o meu véu. Havia cortado o lábio com o dente – acho que, naquela época, ele tinha só uns oito ou dez dentes – e continuou chorando e chamando minha mãe, mas, como ela não veio, eu me sentei no degrau com ele no colo, e ele botou os bracinhos em torno do meu pescoço, enfiou o rosto na minha túnica e, depois de um tempo, soluçou até dormir ali. Ele pesava no meu colo, seu cabelo parecia suave e úmido, e havia outro lugar úmido nele também, mas não me importei muito. Pelo jeito como ele se agarrava a mim, percebi que, dormindo, ele havia se esquecido de que não estava nos braços da mãe. Eu pensei: *Igraine nos esqueceu, abandonou o bebê assim como fez comigo. Agora preciso ser a mãe dele, acho.*

Então, eu o balancei um pouco, e, quando ele acordou, colocou os bracinhos em torno do meu pescoço para ser carregado e eu o pendurei no quadril como havia visto a ama fazendo.

— Não chore — eu disse —, vou levá-lo para a ama.

— Mamãe — ele choramingou.

— Mamãe não está, ela está com o rei, mas eu vou cuidar de você, meu irmão.

E com a mãozinha gorducha dele na minha eu soube o que Igraine queria dizer; eu era muito crescida para chorar ou me queixar à minha mãe porque agora tinha de cuidar do bebê.

Creio que tinha no máximo sete anos.

Quando Morgause, irmã de minha mãe, casou-se com o rei Lot de Orkney, usei meu primeiro vestido de moça e uma gargantilha de âmbar e prata. Eu amava Morgause, pois ela sempre tinha tempo para mim quando minha mãe não tinha e me contava histórias sobre meu pai – depois de sua morte, acho que Igraine jamais falou o nome dele outra vez. Mas, ainda que eu amasse Morgause, tinha medo dela, pois às vezes ela me beliscava, puxava meu cabelo e me chamava de pirralha chata, e foi ela a primeira a me provocar com o insulto que então me fazia chorar, embora agora eu tenha orgulho disso: "Você nasceu do povo das fadas. Por que não pinta o rosto de azul e usa peles de cervo, Morgana das Fadas?".

Eu sabia pouco das razões do casamento ou de por que motivo Morgause se casara tão jovem. Sabia que minha mãe estava feliz em casá-la, pois achava que Morgause olhava com luxúria para Uther; ela provavelmente não havia percebido que Morgause olhava com luxúria para todos os homens. Era uma cadela no cio, embora eu acredite que era assim por não haver quem se importasse com o que fazia. No casamento, com meu vestido de festa novo, eu os ouvi falar sobre como era afortunado que Uther houvesse se apressado para resolver seu desentendimento com Lot de Orkney, até mesmo dando a ele a própria cunhada em casamento. Achei Lot charmoso; apenas Uther, acho, sempre foi imune àquele charme. Certamente Morgause parecia amá-lo, ou talvez achasse conveniente se comportar como se o amasse.

Foi lá, acredito, minha primeira lembrança de um encontro com a Senhora de Avalon. Como Morgause, ela era minha tia, irmã de minha mãe, e também era do Povo Antigo. Era pequena e morena, resplandecente, com fitas carmesim trançadas em seu cabelo escuro. Ela não era jovem, nem mesmo naquela época, mas achei, como sempre acharia, que era linda; sua voz era baixa e profunda. Do que mais gostava nela é que sempre falava comigo como se eu fosse de sua idade, não com a falsidade amorosa com que a maioria das pessoas fala com uma criança.

Cheguei ao salão um pouco atrasada, pois minha ama não havia conseguido trançar meu cabelo com fitas, e, por fim. eu mesma o fiz; sempre tive habilidade com as mãos e podia fazer bem e rápido coisas que adultos só faziam lentamente. Já sabia fiar tão bem quanto minha mãe e melhor que Morgause. Estava orgulhosa de mim, com meu vestido açafrão com fitas de bordas douradas e um colar de âmbar em vez dos corais, para os quais eu já havia passado da idade. Mas não havia lugar na mesa grande, e andei desapontada em torno dela, sabendo que, a qualquer momento, minha mãe me baniria para outra mesa, ou chamaria a ama para me levar dali, ou chamaria a atenção para mim pedindo que uma criada me buscasse uma cadeira. E, enquanto eu era uma princesa na Cornualha, na corte de Uther em Caerleon era apenas a filha da rainha com um homem que havia traído seu Grande Rei.

Então vi uma mulher morena e pequena – tão pequena, na verdade, que num primeiro momento pensei que fosse uma menina apenas um pouco mais velha que eu – sentada em um banco bordado. Ela estendeu os braços e disse:

— Venha aqui, Morgana. Você se lembra de mim?

Eu não me lembrava, mas olhei para seu rosto moreno, resplandecente, e senti que a conhecia desde o começo dos tempos.

Mas emburrei um pouco, pois tive medo de que ela me pedisse para me sentar em seu colo, como se eu fosse um bebê. Em vez disso, ela sorriu e foi para um canto do banco. E então eu pude ver que ela não era uma menina, mas uma senhora.

— Nenhuma de nós é muito grande — ela disse. — Acho que cabemos as duas neste banco, já que ele foi feito para pessoas maiores.

Daquele momento em diante eu a amei, tanto que às vezes me sentia culpada porque o padre Columba, confessor de minha mãe, disse-me que eu deveria honrar meu pai e minha mãe acima de todos.

Eu me sentei ao lado de Viviane durante o banquete de casamento, e soube que ela era mãe de criação de Morgause; a mãe delas havia morrido no parto de Morgause, e Viviane a amamentou como se fosse sua própria filha. O que me deixou fascinada, pois havia ficado irritada quando Igraine se recusou a dar meu irmão para uma ama de leite e o amamentou em seus próprios seios. Uther disse que era inadequado para uma rainha, e concordei com ele – odiava ver Gwydion no seio de Igraine. Acho que na verdade eu estava enciumada, embora tivesse vergonha de dizê-lo.

— Então, a sua mãe, e de Igraine, era rainha?

Pois ela estava vestida tão ricamente quanto Igraine ou qualquer uma das rainhas do norte.

— Não, Morgana, ela não era rainha, mas uma grande sacerdotisa, a Senhora do Lago. E sou a Senhora de Avalon, em seu lugar. Um dia, talvez, você também será uma sacerdotisa. Você tem o sangue antigo e talvez tenha a Visão.

— O que é a Visão?

Ela franziu a testa e, então, disse:

— Igraine não lhe ensinou? Diga-me, Morgana, você às vezes vê coisas que os outros não veem?

— O tempo todo — respondi, percebendo que aquela senhora sabia tudo sobre mim. — Mas o padre Columba diz que é obra do diabo. E minha mãe diz que eu deveria ficar em silêncio e jamais falar sobre isso com ninguém, nem com ela, pois essas coisas não são adequadas para uma corte cristã, e, se Uther souber, me mandará para um convento. Não acho que quero ir para um convento, usar roupas pretas e nunca mais rir.

Viviane disse uma palavra pela qual a ama teria lavado minha boca com o sabão áspero de lixívia que o povo da cozinha usava para esfregar o chão.

— Ouça-me, Morgana. Sua mãe está certa ao dizer que você jamais deve falar sobre essas coisas ao padre Columba…

— Mas Deus vai ficar bravo se eu mentir a um padre.

Ela disse o palavrão de novo.

— Ouça, querida criança, um padre ficará zangado se você mentir para ele, e vai dizer que é o Deus dele que está zangado. Mas o Grande Criador tem coisas melhores para fazer do que zangar-se com jovens, e isso é uma questão para a sua própria consciência. Confie em mim, Morgana. Nunca diga ao padre Columba nada além do necessário, mas sempre acredite no que a Visão disser a você, pois ela vem diretamente da Deusa.

— A Deusa é a mesma coisa que a Virgem Maria, Mãe de Deus?

Viviane franziu o cenho.

— Todos os Deuses são um Deus e todas as Deusas são uma Deusa. A Grande Deusa não se zangará se você a chamar de Maria, que era boa e amou a humanidade. Ouça, querida, isso não é conversa para uma festa. Mas prometo que você jamais irá para um convento enquanto eu viver e respirar, não importa o que Uther possa dizer. Agora que sei que você tem a Visão, moverei céus e terra, se necessário, para levá-la a Avalon. Esse deve ser nosso segredo, Morgana. Você me promete?

— Prometo — eu disse, e ela se curvou e beijou meu rosto. — Ouça, os harpistas começam a tocar para a dança. Morgause não está linda em seu vestido azul?

9

EM UM DIA DE PRIMAVERA, NO SÉTIMO ANO DO REINADO de Uther Pendragon em Caerleon, Viviane, sacerdotisa de Avalon e Senhora do Lago, saiu ao crepúsculo para olhar seu espelho mágico.

Embora a tradição na qual a Senhora era sacerdotisa fosse mais antiga que a dos druidas, ela compartilhava um dos grandes pilares da fé druida: que as grandes forças que criaram o Universo não poderiam ser cultuadas de maneira apropriada em uma casa feita por mãos humanas, nem o Infinito contido em algo feito pelo homem. Assim, o espelho da Senhora não era de bronze nem de prata.

Atrás dela, erguiam-se os muros de pedra do antigo Templo do Sol, construído pelos Iluminados que haviam deixado Atlântida séculos antes. Diante dela, o grande lago, cercado por altos juncos ondulantes, e envolto pela névoa que, mesmo em dias de tempo bom, agora se estendia pela terra de Avalon. Além do lago, havia ilhas e mais lagos, no que era chamado de País do Verão. Ficava em sua maior parte sob a água, lamaçais e pântanos de água salgada, mas, no auge do verão, as piscinas e alguns dos lagos salobros secavam com o sol, e as terras apareciam, férteis para pastagens e ricas de grama e mato.

Ali, na verdade, o mar interno estava retrocedendo, ano após ano, dando lugar para terra seca; um dia, isso tudo seria uma rica terra fértil... mas não em Avalon. Agora Avalon estava sempre cercada pelas brumas, escondida de tudo menos dos fiéis, e, quando homens iam em peregrinação ao que os monges cristãos chamavam de Cidade de Vidro, o Templo do Sol era invisível para eles, jazendo em algum outro mundo estranho; Viviane enxergava, quando jogava sua Visão sobre ela, a igreja que tinham construído ali.

Estava ali havia muito tempo, ela sabia, embora jamais tivesse colocado o pé nela. Séculos antes – assim lhe contara o Merlim, e ela acreditava nele –, um pequeno grupo de padres havia chegado do sul, e com eles seu próprio profeta nazareno, para ser ensinado; e dizia-se que o próprio Jesus tinha sido ensinado ali, no local de morada dos druidas, onde um dia o Templo do Sol fora erguido, e aprendido toda a sabedoria deles. E, anos depois, quando, de acordo com a história, o Cristo deles foi levado ao sacrifício, representando em sua vida o velho Mistério do Deus Sacrificado, que era mais antigo que a própria Bretanha, um de seus parentes retornou e cravou seu cajado no chão do Monte Sagrado, e ele floresceu no espinheiro que dá flores não apenas no verão como os demais espinheiros, mas na neve do inverno. E os druidas, em memória daquele profeta gentil que também haviam conhecido e amado, consentiram que José de Arimateia construísse, no próprio terreno da Ilha Sagrada, uma capela e um mosteiro para o Deus deles; pois todos os Deuses são um só.

Mas isso havia sido muito tempo atrás. Durante um período, cristãos e druidas viveram lado a lado, adorando o Único; porém, quando os romanos chegaram à ilha, embora fossem bastante conhecidos por tolerarem Deuses locais, mostraram-se impiedosos contra os druidas, cortando e queimando seus bosques sagrados, inventando que cometiam sacrifícios humanos. O crime real deles, é claro, foi encorajar as pessoas a não aceitarem as leis e a paz de Roma. E então, em um grande ato de magia druida, para proteger o último refúgio de sua escola, fizeram a última grande mudança no mundo; a que removeu a Ilha de Avalon do mundo da humanidade. Agora ela se escondia em meio às brumas, exceto para os iniciados que haviam sido ensinados ali ou a quem os caminhos secretos pelo lago haviam sido mostrados. Os homens da tribo sabiam que estava ali, e ali faziam seus cultos. Os romanos, cristãos desde os tempos de Constantino, que convertera indiscriminadamente suas legiões devido a uma visão que tivera em uma batalha, acreditavam que os druidas tinham sido derrotados por seu Cristo, sem saber que os poucos druidas restantes viviam e passavam sua sabedoria ancestral na terra escondida.

Viviane enxergava, se quisesse, com Visão dupla, pois era a Grã-Sacerdotisa de Avalon. Quando assim decidia, podia ver a torre que tinham erguido bem no topo da colina, na Montanha Sagrada da Iniciação; era dedicada a Miguel, um dos anjos judaicos deles, cuja função ancestral era conter o mundo inferior dos demônios. Isso parecia uma blasfêmia a Viviane, mesmo agora, mas ela se confortava com o pensamento de que não era o mundo *dela*; se os cristãos tacanhos preferiam pensar que os grandes Deuses ancestrais eram demônios, o problema era deles. A Deusa vivia, não importava o que os cristãos pensassem dela. Focou os pensamentos no que precisava fazer, olhar no espelho mágico enquanto a lua nova ainda estava no céu.

Embora ainda houvesse luz suficiente para enxergar, a Senhora havia levado uma pequena lanterna com uma chamazinha bruxuleante. Ela virou as costas para a juncada e o pântano salobro e adentrou lentamente o caminho ao longo da margem cheia de juncos, passando por antigas ruínas deixadas pelos moradores que tinham construído suas casas ali na beira do lago havia muito tempo.

A chama da pequena lanterna oscilava, tornando-se cada vez mais visível no escuro, e acima das árvores o fino crescente da lua virgem, que mal se via, brilhava como o torque de prata no pescoço da Senhora. Ela seguiu pelo antigo caminho processional, lentamente – pois, embora fosse forte e vigorosa, não era uma mulher jovem –, até chegar ao espelho d'água, claro entre pedras de grande ancestralidade.

A água estava clara, refletindo o luar, e, assim que Viviane se curvou sobre ela, acendeu-se com a chama da pequena lanterna. Ela se inclinou, mergulhou as mãos na água, bebeu dela – era proibido mergulhar qualquer objeto feito pelo homem na lagoa, embora, acima, onde a água borbulhava em uma fonte, peregrinos chegassem com garrafas e jarros e levassem o que conseguiam do fluxo. Provou o gosto metálico da água limpa e, como sempre, sentiu a comoção da admiração: essa fonte fluía desde o começo do mundo, e fluiria para sempre, generosa e mágica, livre para todas as pessoas. Certamente uma fonte como essa era um presente da Grande Deusa, e Viviane ajoelhou-se enquanto bebia, levantando o rosto para o fino crescente no céu.

Mas, após essa renovação momentânea da admiração, que ela experimentava desde que viera ali pela primeira vez, como noviça na Casa das Donzelas, voltou ao seu intento. Colocou a lamparina em uma rocha plana perto da beirada do espelho d'água, para que ele refletisse sua luz, assim como fazia com a lua crescente. Agora estavam presentes ali os quatro elementos: fogo, em sua lanterna; água, da qual havia bebido; terra, na qual pisava; e, enquanto invocava os poderes do ar, ela viu, como sempre via nessa invocação, uma brisa encrespar a superfície do lago.

Ela sentou-se por um momento, meditando. Então finalmente formulou para si mesma a questão que faria ao espelho mágico.

Como está a Bretanha? Como está minha irmã, e sua filha, que nasceu para ser sacerdotisa, e seu filho, a esperança da Bretanha?

Por um momento, enquanto o vento agitava a superfície da lagoa, viu apenas imagens confusas, fluindo – estavam em sua mente ou na superfície inquieta da água? Vislumbrou batalhas, borradas pela água agitada; viu o estandarte do dragão de Uther e seus homens da tribo lutando ao lado dele. Viu Igraine usando manto e coroa, como havia visto na vida real. E então, em um lampejo que fez seu coração disparar, viu Morgana chorando; e, em um segundo lampejo apavorante da Visão, viu uma criança de cabelos loiros caída sem sentidos, imóvel – morta ou viva?

Então a lua saiu de vista, escondida pelas brumas, e a Visão acabou, e, por mais que tentasse, Viviane não conseguia invocar nada de volta, a não ser vislumbres desdenhosos: Morgause segurando seu segundo filho, Lot e Uther andando em um grande salão e trocando palavras raivosas, e a memória confusa de uma criança ferida e moribunda. Mas isso havia acontecido ou era apenas um Aviso do que aconteceria?

Mordendo o lábio, Viviane se curvou e apanhou o espelho. Colocou as gotas restantes de óleo puro na superfície da lagoa – óleo queimado para obter a Visão não deveria ser usado em propósitos mundanos – e dirigiu-se rapidamente, sob a escuridão que caía, pelo caminho processional até a moradia das sacerdotisas.

Lá, ela reuniu as mulheres que a serviam.

— Ajeitem tudo para partirmos ao amanhecer — disse —, e minha noviça deve se preparar para servir na lua cheia, pois devo estar em Caerleon antes de um dia. Avisem o Merlim.

10

Viajavam mais nas primeiras horas do dia, ficando escondidos ao meio-dia e voltando a cavalgar no anoitecer. As terras estavam em paz no momento; a guerra estava longe, a leste. Mas bandos dispersos de saqueadores nortistas ou saxões já haviam atacado vilas ou propriedades isoladas no campo. Viajantes, a não ser que estivessem protegidos por homens armados, também seguiam precavidos e não confiavam em ninguém.

Viviane esperava encontrar, talvez, a corte de Uther vazia, abandonada a mulheres, crianças e os que não conseguiam lutar, mas viu, a distância, o estandarte do dragão no ar, o que significava que o rei estava ali. Seus lábios se apertaram; Uther não gostava dos druidas da Ilha Sagrada, nem confiava neles. Ainda assim, ela havia colocado esse homem, que não apreciava, em seu trono, pois era o melhor entre os líderes que haviam surgido na ilha, e agora, de algum jeito, deveria trabalhar com ele. Ao menos, ele não era um cristão tão dedicado a ponto de atribuir a si mesmo a tarefa de exterminar outras religiões. *Melhor*, ela pensou, *um ímpio como Grande Rei do que um fanático religioso.*

Desde a última vez que ela estivera na corte de Uther, o muro fortificado havia sido levantado, e sentinelas gritaram para questionar seu grupo. Ela instruiu os homens a não usar seus títulos, e sim apenas dizer que a irmã da rainha havia chegado. Não era o momento de exigir que lhe prestassem os respeitos como Senhora de Avalon; sua missão era muito urgente para isso.

Eles foram guiados pelo recinto com mato alto, passando por toda a desordem de um forte murado. Ela ouviu em algum lugar o som de um ferreiro ou armeiro batendo em sua bigorna. Algumas pastoras vestidas de forma rústica com túnicas de pele levavam as ovelhas para dentro para passar a noite. Viviane, reconhecendo todas essas preparações para um cerco, ergueu levemente as pálpebras.

Poucos anos antes, Igraine havia corrido para encontrá-la no pátio em Tintagel. Agora, um mordomo ricamente vestido, e com apenas um braço – sem dúvida, um veterano a serviço de Uther –, a recebia com uma reverência solene e a guiava a um aposento superior.

— Sinto muito, senhora — disse ele —, estamos sem espaço. A senhora precisará dividir o quarto com duas damas da rainha.

— Será uma honra — ela disse, séria.

— Enviarei uma criada para a senhora. Pode pedir a ela qualquer coisa de que precisar.

— Tudo o que peço é um pouco de água para me lavar e saber quando posso encontrar minha irmã.

— Senhora, tenho certeza de que a rainha a receberá no momento apropriado...

— Então Uther se mantém como os césares? Escute-me, companheiro, sou a Senhora de Avalon, e não estou acostumada a esperar. Mas, se Igraine se tornou tão importante como parece, peço que envie a senhora Morgana para mim tão rápido quanto possível!

O veterano de um braço se encolheu, mas, quando falou, sua voz era menos formal, mais humana.

— Senhora, tenho certeza de que a rainha a receberia prontamente por vontade própria, mas sua chegada se deu em um momento de problemas e perigo. O jovem príncipe Gwydion caiu esta manhã de um cavalo que não tinha permissão para montar, e a rainha não deixa sua cabeceira nem por um instante.

— Pela Deusa! Então cheguei tarde demais! — Viviane sussurrou para si mesma. Alto, ela disse: — Leve-me até eles. Tenho competência em todas as artes curativas, e estou certa de que Igraine mandaria me chamar se soubesse que estou aqui.

Ele fez uma reverência e disse:

— Por este caminho, senhora.

Indo atrás dele, Viviane percebeu que não havia tido tempo nem de remover seu manto ou os culotes masculinos que usava para cavalgar, quando havia desejado se apresentar com toda a dignidade de Avalon. Bem, isso agora era mais importante.

Do lado de fora da porta, o mordomo parou.

— Eu perderia a cabeça se perturbasse a rainha. Ela não permite nem que suas criadas levem comida ou bebida para ela...

Viviane empurrou a porta pesada e entrou no quarto. Silêncio sepulcral; era estranhamente como uma câmara mortuária. Igraine, pálida, o lenço na cabeça amarrotado, encontrava-se ajoelhada como uma estátua de pedra ao lado da cama. Um padre de vestes pretas estava de pé, imóvel, murmurando rezas bem baixo. Ainda que Viviane se movesse silenciosamente, Igraine a ouviu.

— Como você se atreve... — ela começou em um sussurro furioso e parou. — Viviane! Deus deve tê-la enviado a mim!

— Tive um Aviso de que você poderia precisar de mim — disse Viviane; agora não era hora de falar sobre visões mágicas. — Não, Igraine, chorar não vai ajudar — completou. — Deixe-me examiná-lo e ver a seriedade disso...

— O médico do rei…

— É provavelmente um velho tolo que não sabe nada além de poções de cocô de cabrito — disse Viviane, tranquila. — Eu curava feridas desse tipo quando você estava saindo dos cueiros, Igraine. Deixe-me ver a criança.

Ela havia visto o filho de Uther apenas uma vez, brevemente; na ocasião, ele tinha cerca de três anos e se parecia com qualquer outra criança loira de olhos azuis. Agora ele havia espichado até uma altura incomum para sua idade; era magro, mas com braços e pernas musculosos, cheios de arranhões feitos por arbustos e espinheiros, como qualquer menino ativo. Ela afastou as cobertas e viu as grandes marcas lívidas em seu corpo.

— Ele tossiu sangue?

— Nem um pouco. Havia sangue em sua boca onde um dente foi arrancado, mas já estava mole, de qualquer jeito.

E Viviane viu o lábio contundido e a falha adicional em sua boca. Mais séria era a contusão em sua têmpora, e Viviane passou por um momento de medo verdadeiro. Todos os planos deles haviam terminado assim?

Passou os dedos pequenos pela cabeça do garoto. Percebeu que ele se contraiu quando ela tocou o ferimento, e esse foi o melhor sinal que poderia ter. Se houvesse sangramento dentro do crânio, a essa altura ele estaria em coma tão profundo que não sentiria nenhuma dor. Ela se abaixou e beliscou a coxa dele, com força, e ele gemeu no sono.

— Você o está machucando! — Igraine protestou.

— Não — disse Viviane —, estou tentando descobrir se ele viverá. Acredite em mim, vai viver.

Ela bateu levemente na bochecha dele, que abriu os olhos por um momento.

— Traga-me a vela — Viviane solicitou, e a moveu lentamente ao longo da linha de visão dele. Ele seguiu a chama por um momento antes que seus olhos se fechassem novamente, com um gemido de dor. Viviane se levantou do seu lado e disse: — Certifique-se de que ele fique quieto e dê-lhe apenas sopa e água, nada sólido para comer por um dia ou dois. E não embeba o pão dele em vinho; apenas em sopa ou leite. Ele estará correndo por aí em três dias.

— Como sabe? — perguntou o padre.

— Porque fui instruída para curar, o que pensava?

— Você não é uma sacerdotisa da Ilha das Bruxas?

Viviane riu baixo.

— De modo algum, padre. Sou uma mulher que, como o senhor, passou anos estudando o sagrado, e Deus achou por bem me conceder habilidades de cura.

Ela poderia, refletiu, virar o jargão deles contra eles mesmos; sabia, caso o padre não o soubesse, que o Deus que ambos veneravam era maior e menos intolerante do que qualquer sacerdote.

— Igraine, preciso falar com você. Vamos para lá...

— Tenho que ficar aqui. Quando ele voltar a acordar, pedirá minha presença...

— Bobagem; mande a ama até ele. Essa é uma questão importante!

Igraine olhou para ela.

— Traga Isotta para ficar ao lado dele — disse a uma das mulheres, com um olhar zangado, e seguiu Viviane para o salão.

— Igraine, como isso aconteceu?

— Não tenho certeza... Alguma história sobre montar o garanhão do pai dele... Estou confusa. Só sei que o carregaram como a um morto...

— E foi apenas sorte sua que ele *não* estava morto — Viviane disse bruscamente. — É assim que Uther protege a vida de seu único filho?

— Viviane, não me censure... Tentei dar outros filhos a ele — disse Igraine, e sua voz tremeu. — Mas estou sendo punida pelo meu adultério, então não posso dar outro filho a Uther...

— Você está louca, Igraine? — Viviane explodiu, e então se conteve. Não era justo repreender a irmã quando esta estava aturdida após cuidar do filho doente. — Vim porque previ algum perigo para você ou para a criança. Mas podemos falar sobre isso depois. Chame suas criadas, coloque roupas limpas... E quando foi a última vez que você comeu algo?

— Não consigo lembrar. Acho que comi um pouco de pão e bebi vinho ontem à noite...

— Então chame as criadas e tome seu desjejum — disse Viviane, impaciente. — Ainda estou empoeirada da cavalgada. Deixe-me lavar a sujeira da viagem e me vestir como é apropriado a uma senhora dentro do castelo. E então conversaremos.

— Você está brava comigo, Viviane?

Viviane a acariciou no ombro.

— Estou brava, se é que é isso, apenas com a maneira como o destino parece se desenrolar, e isso é tolice minha. Vá e vista-se, Igraine, e coma algo. Nada acontecerá com a criança desta vez.

Dentro de seus aposentos, um pequeno fogo havia sido aceso, e, em um banquinho na frente, ela viu uma mulher pequena, vestida com um manto tão escuro e simples que por um momento Viviane pensou que fosse uma das serviçais. Então, percebeu que o vestido simples era feito do material mais fino, o lenço na cabeça, de linho bordado, e reconheceu a filha de Igraine.

— Morgana — ela disse, e a beijou. A menina era quase da sua altura agora. — Ora, eu pensava em você como uma criança, mas você é quase uma mulher...

— Ouvi que havia chegado, titia, e vim recebê-la, mas me disseram que a senhora tinha logo ido ver o meu irmão. Como ele está?

— Está bem machucado, mas vai voltar a ficar bem sem nenhum tratamento além de repouso. Quando ele acordar, devo de algum modo convencer Igraine e Uther a manter os médicos e suas poções estúpidas longe dele; se o fizerem vomitar, ele vai piorar. Sua mãe não me disse nada, só chorou e se lamentou. Você pode me dizer como isso aconteceu? Não há ninguém aqui capaz de tomar conta de uma criança direito?

Morgana torceu os pequenos dedos.

— Não tenho certeza de como aconteceu. Meu irmão é uma criança valente e sempre quer montar cavalos rápidos e fortes demais para ele, mas Uther ordenou que ele só cavalgasse com um cavalariço. O pônei dele estava mancando naquele dia, e ele pediu outro cavalo; mas como terminou com o garanhão de Uther ninguém sabe; todos os cavalariços estão cientes de que ele não pode nem chegar perto do Trovão, e todos negaram tê-lo visto. Uther jurou que enforcaria o cavalariço que permitiu aquilo, mas esse já está do outro lado do rio a uma hora dessas, imagino. Ainda assim, dizem que Gwydion se prendeu ao lombo do Trovão como uma ovelha em um espinheiro, até que alguém soltou uma égua no caminho do garanhão, e não conseguimos descobrir quem fez isso também. Então é claro que o garanhão foi atrás da égua, e meu irmão caiu dele num piscar de olhos! — O rosto dela, pequeno, moreno e sem grandes atrativos, tremia. — Ele vai viver?

— Sim, ele vai viver.

— Alguém já avisou Uther? Mamãe e o padre disseram que ele não ajudaria no quarto do enfermo...

— Sem dúvida, Igraine fará isso.

— Sem dúvida — disse Morgana, e Viviane surpreendeu um sorrisinho cínico no rosto dela. Morgana evidentemente não tinha afeto por Uther, e não se sentia melhor em relação à mãe por causa do amor dela pelo marido. Ainda assim, havia sido responsável o bastante para se lembrar de que Uther deveria ser avisado sobre a vida do filho. Essa não era uma garota comum.

— Qual a sua idade agora, Morgana? Os anos passam rápido, e não me lembro mais, já que estou ficando velha.

— Terei onze anos no meio do verão.

Idade suficiente, pensou Viviane, *para ser treinada como sacerdotisa*. Ela olhou para baixo e percebeu que ainda vestia suas roupas sujas de viagem.

— Morgana, você poderia pedir às criadas que me tragam água para que eu me lave, e me enviar alguém para me ajudar a me vestir de modo apropriado para aparecer diante do rei e da rainha?

— Água, eu já pedi para a senhora; está ali, no caldeirão perto do fogo — disse Morgana. Depois de hesitar um pouco, completou, tímida: — Ficaria honrada em ajudá-la eu mesma.

— Se desejar.

Viviane deixou que Morgana retirasse suas vestimentas externas e lavasse a poeira da viagem. Seus alforjes haviam sido trazidos também, e ela colocou um vestido verde; Morgana tocou o tecido com admiração.

— É uma bela tinta verde. Nossas criadas não conseguem fazer um verde bonito como esse. Diga-me, o que usa para fazê-lo?

— Ísatis, apenas.

— Eu pensei que só fizesse tintas azuis.

— Não. Esta é preparada de maneira diferente, fervida e fixada... Falarei de tintas com você mais tarde, se estiver interessada na sabedoria das ervas — disse Viviane. — Agora temos outras questões a tratar. Diga-me, seu irmão é dado a escapadas como essa?

— Na verdade, não. Ele é forte e vigoroso, mas em geral obedece — disse Morgana. — Uma vez alguém zombou dele por montar um pônei tão pequeno, e ele disse que era um guerreiro, e que a primeira tarefa de um soldado é obedecer ordens, e que seu pai o havia proibido de montar um cavalo além de sua força. Então não imagino como ele montou o Trovão. Ainda assim, ele não teria se machucado se não fosse...

Viviane interrompeu:

— Gostaria de saber quem soltou a tal égua e por quê.

Os olhos de Morgana se arregalaram enquanto ela absorvia as implicações disso. Observando-a, Viviane disse:

— Pense. Ele escapou da morte outras vezes, Morgana?

— Ele teve a febre de verão — Morgana disse, hesitante —, mas todas as crianças a tiveram no ano passado. Uther disse que não deveriam ter permitido que ele brincasse com os meninos dos pastores. Ele pegou a febre deles, acho... Quatro meninos morreram. Mas teve a vez em que foi envenenado...

— Envenenado?

— Isotta, e eu confiaria minha vida a ela, senhora, jura que só colocou ervas boas na sopa dele. Mas mesmo assim ele ficou doente como se um cogumelo venenoso tivesse sido posto em seu mingau. E como isso aconteceria? Ela sabe distinguir as ervas boas das venenosas, e não é velha ainda, sua visão é boa. — Mais uma vez, os olhos de Morgana se arregalaram. — Senhora Viviane, acha que existem pessoas conspirando contra a vida de meu irmão?

Viviane puxou a menina para seu lado.

— Vim aqui porque tive um Aviso. Ainda não investiguei de onde vem o perigo, não tive tempo. Você ainda tem a Visão, Morgana? Quando nos falamos pela última vez, você disse…

A menina corou e olhou para os sapatos.

— A senhora me pediu para não falar sobre isso. E Igraine diz que eu deveria voltar os pensamentos para coisas reais, e não delírios, então tentei…

— Igraine está certa até este ponto: você não deve falar dessas coisas para os que nascem só uma vez — disse Viviane. — Mas, para mim, pode sempre falar livremente, eu prometo. Minha Visão só pode me mostrar coisas relevantes para a segurança da Ilha Sagrada e a continuidade de Avalon, mas o filho de Uther é filho da sua própria mãe, e, por esse laço, sua Visão poderá encontrá-lo e dizer quem está tentando orquestrar a morte dele. Uther tem muitos inimigos, todos os Deuses sabem.

— Mas não sei como usar a Visão.

— Mostrarei a você, se quiser.

A menina olhou para ela, o rosto tenso de medo.

— Uther proibiu feitiçarias em sua corte.

— Uther não é meu mestre — Viviane disse, devagar —, e ninguém pode governar a consciência de outra pessoa. Ainda assim, você acha que é uma ofensa a Deus tentar descobrir se alguém está tramando contra a vida de seu irmão ou se é apenas falta de sorte?

— Não, não acho que seja maligno — Morgana respondeu sem muita certeza. Ela parou, engoliu em seco e enfim disse: — E não acho que a senhora me levaria a fazer alguma coisa errada, titia.

Uma dor repentina apertou o coração de Viviane. O que havia feito para ganhar essa confiança? De todo o coração, desejou que aquela menina pequena e séria fosse sua filha, a filha que devia à Ilha Sagrada e nunca fora capaz de conceber. Apesar de ter arriscado uma gravidez tardia, devido à qual quase morrera, havia tido apenas filhos. E ali, aparentemente, estava a sucessora que a Deusa lhe enviara, uma parente com a Visão, e a menina a olhava com total confiança. Por um momento não conseguiu falar.

Estou preparada para ser dura com esta menina, também? Posso treiná-la sem jamais poupá-la, ou meu amor me fará menos severa do que devo ser para treinar uma Grã-Sacerdotisa?

Posso usar o amor dela por mim, que não mereci de nenhum modo, para trazê-la aos pés da Deusa?

Com a disciplina dos anos, ela esperou até que a voz estivesse clara e bastante firme para dizer:

— Que assim seja, então. Traga-me uma bacia de prata ou bronze, perfeitamente limpa e areada, e a encha com água da chuva, não do poço.

Certifique-se de não falar com ninguém, nem homem, nem mulher, depois de ter enchido a bacia.

Ela esperou, composta, sentada ao lado do fogo, até que Morgana por fim voltou.

— Tive de esfregá-la — ela disse, e a bacia que ela entregou estava reluzindo e brilhante, cheia até a borda com água limpa.

— Agora, desamarre seu cabelo, Morgana. — A menina olhou para ela com curiosidade, mas Viviane disse baixo e de modo duro: — Sem perguntas.

Morgana puxou o grampo de osso, e seus longos cabelos, grossos e totalmente lisos, caíram por seus ombros.

— Agora, se estiver usando alguma joia, tire-a e coloque aqui, para que não fique perto da bacia.

Morgana tirou dois aneizinhos dourados que levava no dedo e abriu o broche de sua sobreveste. Sem o alfinete para prendê-lo, o traje caiu em torno de seus ombros, e Viviane, sem nenhum comentário, puxou-o, deixando-a apenas com a veste de baixo. Então Viviane abriu um saquinho que carregava pendurado no pescoço e pegou uma pequena quantidade de ervas maceradas, que espalharam um odor de mofo adocicado pelo quarto. Ela jogou uns poucos grãos na bacia de água antes de dizer em uma voz baixa, neutra:

— Olhe para a água, Morgana. Deixe sua mente totalmente quieta e me diga o que vê.

Morgana se aproximou e se ajoelhou diante da bacia de água, olhando intensamente para sua superfície clara. O quarto estava muito silencioso, tão quieto que Viviane ouvia o barulhinho de algum inseto lá fora. Então Morgana disse em uma voz divagante, sem foco:

— Vejo um barco. Está envolto em pano negro e há quatro mulheres nele... quatro rainhas, pois usam coroas... e uma delas é a senhora... ou sou eu?

— É a barcaça de Avalon — Viviane disse baixo. — Eu sei o que vê.

Ela passou levemente a mão sobre a água e viu a ondulação seguir sua mão.

— Volte a olhar, Morgana. Diga-me o que vê.

Desta vez, o silêncio foi mais longo. Enfim a menina disse, no mesmo tom estranho:

— Vejo um gamo... um grande rebanho de gamos, e um homem entre eles com o corpo pintado... colocaram a galhada nele... ah, ele caiu, vão matá-lo. — A voz dela tremia, e Viviane voltou a passar a mão na superfície da água, que ondulou.

— Basta — ela ordenou. — Agora veja seu irmão.

Silêncio novamente, um silêncio que se expandia e se arrastava; Viviane sentiu o corpo desconfortável com a tensão da quietude, mas não se moveu, graças à longa disciplina de seu treinamento. Por fim, Morgana murmurou:

— Ele jaz imóvel... mas respira, logo estará acordado. Vejo minha mãe... não, não é a mamãe, é minha tia Morgause, e todos os seus filhos... são quatro... que estranho, usam coroas... e há outro, ele segura um punhal... por que é tão jovem? É filho *dela*? Oh, ele vai matá-lo, vai matá-lo... ah, não!

A voz dela se elevou em um grito. Viviane a tocou nos ombros.

— Basta — ela disse. — Acorde, Morgana.

A menina chacoalhou a cabeça como um filhote que se espreguiça depois do sono.

— Vi alguma coisa?

Agora ela tinha armas para confrontar Uther e Igraine. Até onde sabia, Lot de Orkney era um homem honrado e tinha jurado lealdade a Uther. Mas, se Uther morresse sem herdeiro... Morgause já tinha dado à luz dois filhos, e era provável que viessem mais; Morgana havia visto quatro, e o pequeno reino de Orkney não poderia suster quatro príncipes. Os irmãos, quando chegassem à maturidade, possivelmente entrariam em disputa. E Morgause... Suspirando, Viviane se lembrou da ambição grandiosa de Morgause. Se Uther morresse sem herdeiro, então Lot, casado com a irmã da própria rainha, seria a escolha lógica para o trono. E a sucessão teria Lot como Grande Rei e os filhos dele como herdeiros dos reinos menores...

Morgause se rebaixaria ao ponto de conspirar contra a vida de uma criança?

Viviane não gostava de pensar isso sobre a menina que havia amamentado. Mas Morgause e Lot estavam juntos em suas ambições!

Talvez fosse fácil demais subornar um cavalariço ou infiltrar um de seus homens na corte de Uther, com ordens de fazer com que a criança corresse o máximo de perigo possível. Não seria tão fácil, claro, driblar a vigilância de uma ama fiel, a criada de confiança da própria mãe da criança, mas ela poderia ser drogada ou receber uma bebida mais forte que de costume para ficar confusa, de modo que algo mortal pudesse lhe passar despercebido. E não importava o quanto uma criança cavalgava bem, seria necessária uma força maior do que a de qualquer menino de seis anos para segurar um garanhão que havia sentido o cheiro de uma égua no cio.

Nossos planos estariam arruinados em um instante...

Na hora do jantar, Viviane encontrou Uther sozinho à mesa alta, enquanto seus vassalos e serviçais comiam pão com toucinho a uma mesa mais baixa no salão. Ele se levantou e a saudou cheio de cortesia.

— Igraine ainda está ao lado do filho, cunhada; pedi a ela que fosse dormir, mas ela disse que iria depois que ele acordasse e a reconhecesse.

— Já falei com Igraine, Uther.

— Sim, ela me disse que você deu sua palavra de que ele viveria. Terá sido prudente lhe afirmar isso? E se ele morrer depois...

O rosto de Uther estava exausto e preocupado. Ele não parecia mais velho do que quando havia se casado com Igraine; seu cabelo era tão loiro, pensou Viviane, que ninguém sabia se havia ou não ficado grisalho. Estava ricamente vestido à moda romana e barbeado também como um romano. Não usava coroa, mas na parte superior dos braços tinha dois braceletes de ouro puro e no pescoço uma rica gola de ouro.

— Ele não morrerá desta vez. Tenho experiência com ferimentos na cabeça. E as feridas no corpo não atingiram os pulmões. Ele estará correndo por aqui em um dia ou dois.

O rosto de Uther relaxou um pouco.

— Se eu descobrir quem soltou aquela égua... Eu deveria espancá-lo por cavalgar Trovão!

— Não há razão para isso. Ele já pagou o preço de sua imprudência, e tenho certeza de que isso lhe ensinará a lição necessária — disse Viviane —, mas você precisa proteger melhor seu filho.

— Não posso protegê-lo dia e noite. — O rosto de Uther estava abatido. — Passo tanto tempo fora guerreando... E não posso fazer um menino dessa idade ficar preso no avental da ama! E estivemos perto de perdê-lo antes...

— Morgana me disse.

— Má sorte, má sorte. Um homem com um só filho está à mercê de qualquer golpe de má sorte. Mas eu lhe falto com a cortesia, parente. Aqui, sente-se ao meu lado, compartilhe meu prato se desejar. Sei que Igraine ansiava por mandar buscá-la, e lhe dei permissão para enviar um mensageiro, mas você chegou mais rápido do que qualquer um de nós sonhava... É verdade, então, que as bruxas da Ilha Sagrada podem voar?

Viviane riu.

— Como eu gostaria de poder! Não teria estragado um par de sapatos bons na lama! Ai de mim; o povo de Avalon, e mesmo o Merlim, deve andar ou cavalgar, do mesmo jeito que as pessoas comuns.

Ela pegou um naco do pão de trigo e manteiga de um recipiente de madeira.

— Você, que leva as serpentes nos punhos, deveria estar mais bem informado para não dar crédito a essas velhas fábulas! Mas há um laço de sangue entre mim e Igraine. Ela é filha de minha mãe, e sei quando precisa de mim.

Uther apertou os lábios.

— Já tive o suficiente de sonhos e feitiços, não quero mais isso em minha vida.

Isso, como era o intento dele, silenciou Viviane. Ela permitiu que um dos serviçais lhe servisse cordeiro salgado e falou amavelmente sobre as ervas frescas cozidas, as primeiras do ano. Tendo comido com parcimônia, Viviane baixou a faca e disse:

— Não importa como vim parar aqui, Uther, foi pela boa sorte, e um sinal para mim de que seu filho é protegido pelos Deuses, pois ele é necessário.

— Não consigo suportar muito mais uma sorte como essa — disse Uther, e sua voz estava tensa. — Se você é de fato uma feiticeira, cunhada, imploro que dê a Igraine um feitiço contra esterilidade. Quando nos casamos, pensei que ela me daria muitos filhos, pois já havia tido uma filha com o velho Gorlois, mas temos apenas um, e ele já tem seis anos.

Está escrito nas estrelas que você não terá outro filho. Mas Viviane se absteve de dizer isso ao homem diante dela. Em vez disso, falou:

— Vou conversar com Igraine e me certificar de que não é alguma doença que a impede de conceber.

— Ah, ela concebe, mas não carrega a criança mais do que uma lua ou duas, e a que nasceu sangrou até morrer quando o cordão umbilical foi cortado — Uther falou de modo lúgubre. — O bebê era malformado, então talvez tenha sido melhor, mas se puder dar a ela algum feitiço para ter um filho saudável... Não sei se acredito nessas coisas, mas estou pronto para tentar o que for!

— Não tenho feitiços assim — disse Viviane, com honestidade, e com pena dele. — Não sou a Grande Deusa para conceder ou negar filhos a vocês, e não o faria se pudesse. Não posso interferir no que o destino decretou. Seu padre não lhe diz isso?

— Ah, sim, o padre Columba fala sobre me submeter à vontade de Deus; mas o padre não tem um reino para governar, que entrará em caos se eu morrer sem herdeiro — disse Uther. — Não posso acreditar que essa seja a vontade de Deus!

— Nenhum de nós conhece a vontade de Deus, nem eu, nem você, nem mesmo o padre Columba. Mas me parece certo, e não é preciso feitiço ou mágica para ver isso, que você deva proteger a vida de seu pequeno, já que ele subirá ao trono.

A boca de Uther se apertou.

— Que Deus não permita esse destino — ele disse. — Eu sentiria por Igraine se o filho dela morresse, e talvez por mim mesmo... Ele é uma criança ótima e promissora, mas não pode ser o herdeiro do Grande Rei da Bretanha. Não há homem em todo este reino que não saiba que ele foi gerado quando Igraine ainda era esposa de Gorlois, e ele nasceu uma lua antes da data esperada para ser meu filho. Verdade que ele era pequeno e fraco, e alguns bebês *saem* do útero antes do tempo apropriado, mas não posso sair por aí dizendo a todos no reino que contam nos dedos, posso? Ele será duque da Cornualha quando crescer, mas não posso esperar fazer dele Grande Rei depois de mim. Mesmo que ele viva até crescer, o que, com sua sorte, é improvável.

— Ele se parece muito com você — disse Viviane. — Acha que todos na corte são cegos?

— Mas e todos aqueles que nunca vêm à corte? Não, preciso arranjar um herdeiro sem mácula em seu nascimento. Igraine *precisa* me dar um filho.

— Bem, Deus queira que seja assim — disse Viviane —, mas você não pode impor sua vontade a Deus nem permitir que a vida de Gwydion seja jogada fora. Por que não o envia para ser criado em Tintagel? É um lugar remoto, e, se você o colocar sob responsabilidade de seu vassalo de maior confiança, enviá-lo para lá convenceria a todos de que ele é de fato o filho do duque da Cornualha e de que não tem intenção de torná-lo Grande Rei; talvez assim não se dessem ao trabalho de conspirar contra ele.

Uther franziu o cenho.

— A vida dele não estará a salvo enquanto Igraine não me der outro filho — ele afirmou —, mesmo que eu o envie para um lugar tão longe quanto Roma ou o país dos godos!

— E, com os perigos da estrada, isso não é prático — Viviane concordou. — Tenho, então, outra sugestão. Mande-o para mim, para ser criado em Avalon. Ninguém vai até lá a não ser os fiéis que servem a Ilha Sagrada. Meu filho mais novo já tem sete anos, mas logo será enviado ao rei Ban, na Bretanha Menor, para ser criado como convém ao filho de um nobre. Ban tem outros filhos, então Galahad não é seu herdeiro, mas Ban o reconhece e deu a ele terras e propriedades; ele o receberá na corte como pajem e soldado quando tiver crescido. Em Avalon, seu filho vai aprender o que precisa sobre a história desta ilha e seu destino… e o destino da Bretanha. Uther, nenhum de seus inimigos sabe onde fica Avalon, e nenhum perigo se aproximará dele.

— Ele ficaria seguro. Mas, por razões práticas, não é possível. Meu filho deve ser criado como cristão; a igreja é poderosa. Eles jamais aceitariam um rei…

— Pensei que tivesse dito que ele não poderia sucedê-lo no trono — disse Viviane, secamente.

— Bem, sempre há a possibilidade — declarou Uther, em desespero —, se Igraine não tiver outro filho. Se ele tiver sido criado entre os druidas e a mágica deles, os padres considerarão isso maligno.

— Eu lhe pareço maligna, Uther? Ou o Merlim?

Ela olhou bem nos olhos de Uther, que baixou os seus.

— Não, claro que não.

— Então por que não confia o filho de Igraine à sabedoria dele, e à minha, Uther?

— Porque também desconfio da mágica de Avalon — Uther disse por fim. Com um gesto nervoso, ele tocou as serpentes tatuadas em seus braços. — Vi coisas naquela ilha que empalideceriam qualquer cristão, e, quando meu filho estiver crescido, esta ilha será toda cristã. Não haverá necessidade de um rei lidar com tais coisas.

Viviane sentiu raiva. *Tolo, fomos eu e o Merlim que o colocamos naquele trono, não seus padres e bispos cristãos.* Mas não havia nada a ganhar em discutir com Uther.

— Deve agir conforme manda a sua consciência, Uther. Mas peço que o envie para ser criado em algum lugar secreto. Deixe transparecer que você vai mandá-lo para ser criado na obscuridade, longe das bajulações de um príncipe na corte, isso é comum, e permita que as pessoas pensem que ele está indo para a Bretanha Menor, onde tem primos na corte de Ban. Então o mande a um de seus vassalos mais pobres... um dos velhos cortesãos de Ambrósio, talvez: Uriens, Heitor, alguém muito obscuro e muito confiável.

Uther assentiu lentamente.

— Para Igraine será um golpe separar-se da criança — ele disse —, mas um príncipe precisa ser criado como pede seu destino e receber treinamento militar. Não direi nem mesmo a você, cunhada, para onde ele irá.

Viviane riu para si mesma, pensando: *Você realmente acha que pode esconder isso de mim, Uther, se eu desejar saber?* Mas ela era muito diplomática para dizer isso em voz alta.

— Tenho outra graça a lhe pedir, cunhado — ela disse. — Dê-me Morgana para ser criada em Avalon.

Uther a encarou por um minuto, depois balançou a cabeça.

— Impossível.

— O que é impossível para um Grande Rei, Pendragon?

— Há apenas dois destinos para Morgana — disse Uther. — Ela deve se casar com um homem completamente leal a mim, de minha confiança. Ou, se eu não encontrar um aliado tão forte para casá-la, ela irá para o convento, vestirá véu. Ela não constituirá uma facção da Cornualha neste reino.

— Ela não me parece religiosa o suficiente para ser uma boa freira.

Uther deu de ombros.

— Pelo dote que posso pagar, qualquer convento ficaria feliz em aceitá-la.

E, de repente, Viviane se enraiveceu. Ela fixou o olhar em Uther e disse:

— Você acha que pode manter este reino sem a boa vontade das tribos, Uther? Eles não se importam com seu Cristo ou sua religião. Eles se voltam para Avalon, e quando isto... — Ela esticou o dedo e tocou os pulsos tatuados dele. Uther se retraiu, nervoso, mas ela continuou: — Quando isto foi feito em seus braços, eles juraram seguir Pendragon. Se Avalon retirar o apoio, do mesmo modo que o elevamos, Uther, podemos derrubá-lo.

— Belas palavras, senhora. Mas pode cumprir suas ameaças? — respondeu Uther. — Faria isso por uma menina que, ainda por cima, é filha do duque da Cornualha?

— Tire a prova.

O olhar dela era inabalável. Dessa vez ele não baixou os olhos; estava zangado o suficiente para encará-la em pé de igualdade, e ela pensou: *Deusa! Se eu fosse dez anos mais jovem, como este homem e eu teríamos reinado!* Em toda a sua vida, havia conhecido apenas um ou dois homens que se equiparavam a ela em força; e Uther era um antagonista à altura. E ele precisaria ser, para manter o reino unido até que o rei predestinado se tornasse adulto. Mesmo por Morgana, ela não poderia comprometer isso. Mas achou que poderia argumentar com ele.

— Ouça-me, Uther. A menina tem a Visão; nasceu para isso. Não é possível que ela escape do Oculto, ele vai segui-la para onde quer que vá, e, por tais coisas, ela será rejeitada como bruxa, e desprezada. É o que você quer para uma princesa em sua corte?

— Você duvida da habilidade de Igraine de criar a filha como condiz a uma mulher cristã? Na pior das hipóteses, ela não pode causar nenhum problema atrás dos muros de um convento...

— Não! — disse Viviane, tão alto que algumas das pessoas no salão levantaram a cabeça e olharam para ela.

— Uther, a menina nasceu para ser sacerdotisa. Bote-a atrás dos muros de um convento e ela ficará tão agitada quanto uma ave marinha enjaulada. Você poderia enviar uma filha de Igraine para a morte ou para uma infelicidade permanente? Eu realmente acredito, e falei com a menina, que ela se mataria lá. — Ela percebeu que o argumento surtiu efeito e então insistiu: — Ela nasceu para isso. Deixe que seja educada de modo apropriado para seus dons. Uther, ela é assim tão feliz aqui, ou tamanho ornamento à sua corte, que você ficaria triste em vê-la partir?

Lentamente, ele balançou a cabeça.

— Eu tentei amá-la, em respeito a Igraine. Mas ela é estranha — ele disse. — Morgause costumava provocá-la dizendo que ela era do povo das fadas, e, se eu não soubesse quem são os pais dela, acreditaria.

O sorriso de Viviane era tenso.

— É verdade. Ela é como eu, e como nossa mãe. Não é para o convento ou o chamado da Igreja.

— Mas como posso tirar de Igraine seus dois filhos de uma vez? — perguntou Uther, desesperado.

Aquilo atingiu Viviane com uma pontada de dor, quase culpa, mas ela balançou a cabeça.

— Igraine também nasceu para sacerdotisa. Ela aceitará seu destino como você, Uther, aceita o seu. E, se o seu medo é zangar o padre da sua corte — ela continuou, apostando em um palpite astuto, e viu, nos olhos dele, que havia atingido o alvo —, então não diga a ninguém para onde a enviou. Espalhe por aí, se quiser, que a enviou para ser educada em um convento. Ela é muito sábia e sóbria para a vida na corte, cheia de pequenos flertes e fofocas de mulher. E Igraine, se souber que seus filhos estão seguros e felizes, crescendo para cumprir seu destino, ficará contente com você.

Uther baixou a cabeça.

— Que assim seja. O menino será criado por meu vassalo mais confiável e obscuro... Mas como posso enviá-lo incógnito? O perigo não o seguirá?

— Ele pode ser enviado por caminhos ocultos, e sob feitiço, como você mesmo entrou em Tintagel — disse Viviane. — Você não confia em mim... Mas e no Merlim?

— Confio com minha vida. Que o Merlim o leve. E Morgana, então, para Avalon. — Ele apoiou a cabeça nas mãos, como se o fardo fosse grande demais para ser suportado. — Você é sábia — ele disse, e levantou a cabeça para encará-la com um ódio inabalável. — Gostaria que fosse uma mulher tola que eu pudesse desprezar, maldita seja!

— Se os seus padres estão certos — disse Viviane, tranquila —, já estou totalmente amaldiçoada. Você pode poupar o fôlego.

11

O sol se punha quando chegaram ao lago. Viviane se virou em seu pônei para olhar Morgana, que cavalgava um pouco atrás. O rosto da menina estava exaurido de fome e cansaço, mas ela não havia reclamado, e Viviane, que acelerara o passo de propósito para testar seu vigor, ficou satisfeita. A vida de uma sacerdotisa de Avalon não era fácil, e ela precisava saber se Morgana aguentaria a fadiga e a dificuldade. Ela atrasou seu pônei e deixou que Morgana se emparelhasse.

— Ali fica o lago. Logo estaremos abrigadas, haverá fogo, comida e bebida.

— Ficarei feliz com os três.

— Está cansada, Morgana?

— Um pouco — disse a menina, acanhada —, mas sinto por ver a viagem acabar. Gosto de ver coisas novas, e nunca fui a lugar nenhum antes.

Eles pararam os cavalos na beira da água, e Viviane tentou perceber como a margem familiar pareceria a um estranho — as águas opacas, acinzentadas, do lago, os juncos altos beirando a margem, nuvens baixas e silenciosas e tufos de grama na água. Era um cenário silencioso, e Viviane ouviu os pensamentos da menina: *É solitário aqui, e escuro e lúgubre.*

— E como chegamos a Avalon? Não há ponte... Não temos de botar os cavalos para nadar, não é mesmo? — perguntou Morgana, e Viviane, lembrando-se de que tinham precisado fazer exatamente isso em um vau alagado pelas chuvas da primavera, logo a reassegurou:

— Não; vou chamar o barco.

Ela levantou as duas mãos para cobrir o rosto, bloquear qualquer visão ou som indesejado, e enviou o chamado silencioso. Em instantes, sobre a superfície acinzentada do lago, uma barcaça baixa apareceu.

Encoberta em um lado por panos pretos e prateados, deslizava tão silenciosa que parecia planar sobre a água como algum tipo de ave aquática — não havia som de remos, mas, quando a barca se aproximou, as duas divisaram os remadores manejando-os sem o menor som ou borrifo. Eles eram homenzinhos morenos, seminus, a pele tatuada com ísatis azul em padrões mágicos, e Viviane notou que Morgana arregalou os olhos diante da visão; mas ela não disse nada.

Ela aceita tudo isso com muita calma, pensou Viviane. *Ela é jovem o suficiente para não ver o mistério do que fazemos; eu devo, de alguma maneira, despertá-la para isso.*

Os homenzinhos silenciosos amarraram o barco, prendendo-o com uma corda curiosamente tecida com junco trançado. Viviane fez um sinal para a garota desmontar, e os cavalos foram levados a bordo. Um dos homens tatuados estendeu a mão a Morgana para ajudá-la a subir ao barco; ela de certa forma esperou que fosse imaterial, uma visão como o barco, mas em vez disso sentiu uma mão calejada, dura como chifre. Por fim, Viviane tomou seu lugar na proa, e a barcaça se moveu, lenta e silenciosamente, lago adentro.

Além deles, se erguiam a ilha e o Tor, com sua alta torre dedicada a São Miguel; sobre o silêncio da água, o som dos sinos tocava um "Angelus" suave. Morgana, por força do hábito, fez o sinal da cruz, e um dos homenzinhos franziu o cenho de modo tão cortante que ela se encolheu e baixou a mão. Enquanto o bote deslizava sobre a água, em meio aos juncos altos, ela distinguiu as paredes da igreja e do mosteiro. Viviane sentiu o medo súbito da jovem – estavam indo, afinal, para a Ilha dos Padres, onde os muros do convento se fechariam em torno dela para sempre?

— Vamos para a igreja da ilha, tia?

— Não vamos à igreja — respondeu Viviane, tranquila —, embora seja verdade que um viajante comum, ou mesmo você, caso atravessasse o lago sozinha, jamais chegaria a Avalon. Espere e veja, e não faça perguntas; isso é sua obrigação enquanto você estiver em preparação.

Repreendida, Morgana ficou em silêncio. Seus olhos ainda estavam dilatados de medo. Ela disse em voz baixa:

— É como na lenda da barca das fadas, que sai das ilhas para a Terra da Juventude...

Viviane não prestou atenção no que a menina dissera. Ela ficou de pé na proa do barco, respirando profundamente, reunindo forças para o ato de magia que estava para realizar; por um momento, perguntou-se se ainda tinha força para isso. *Estou velha*, pensou, com pânico momentâneo, *e preciso viver até que Morgana e seu irmão estejam adultos. A paz de toda esta terra depende do que posso fazer para protegê-los!*

Ela cortou o pensamento; qualquer dúvida era fatal. Lembrou a si mesma que vinha fazendo isso quase todos os dias de sua vida adulta e que agora era algo tão natural para ela que poderia fazê-lo dormindo ou se estivesse morrendo. Ficou imóvel, rígida, presa na tensão da mágica, e então esticou os braços para cima da cabeça, as palmas viradas para o céu. Exalando rapidamente o ar, ela de repente os baixou, e com eles desceram as brumas, de modo que a visão da igreja foi eliminada, assim como as margens da Ilha dos Padres e até o Tor. O barco deslizou através da cerração fechada, impenetrável, escura como a noite em torno deles, e na escuridão ela ouviu Morgana respirando rápido como um animalzinho assustado. Viviane começou a falar – para reassegurar à garota que não havia nada a temer – e então, deliberadamente, silenciou. Morgana agora era uma sacerdotisa em treinamento e deveria aprender a subjugar o medo assim como o fizera com a fadiga, a adversidade e a fome.

O barco começou a cortar as brumas. Rápida e resolutamente – pois não havia outros barcos nesse lago –, foi impulsionado através da umidade grossa, grudenta; Viviane a sentia nos cabelos e nas sobrancelhas, molhando seu xale de lã. Morgana tremeu com um frio súbito.

Então, como uma cortina que se abria, a bruma desapareceu, e diante deles se afiguraram um trecho de água banhado pelo sol e uma costa verde. Lá estava o Tor, e Viviane ouviu a garota recuperar o fôlego, chocada e assombrada. Sobre o Tor, ficava um círculo de pedras que brilhavam ao sol. Em direção a elas, seguia o caminho processional, subindo em espiral em torno do grande monte. No pé do Tor, ficavam as construções onde os sacerdotes viviam, e no declive ela divisou o Poço Sagrado e o brilho prateado do espelho d'água abaixo. Ao longo da costa, havia bosques de macieiras e, atrás delas, grandes carvalhos, com brotos dourados de visgo presos aos troncos em pleno ar.

Morgana sussurrou:

— É lindo... — E Viviane notou o assombro em sua voz. — Senhora, isto é real?

— Mais real do que qualquer outro lugar que você já viu, e logo você vai conhecê-lo.

A barcaça se aproximou da margem e raspou com força na beira arenosa; os remadores silenciosos a amarraram com uma corda e ajudaram a Senhora a pisar na margem. Então levaram os cavalos para a terra, e Morgana foi deixada para desembarcar sozinha.

Ela jamais se esqueceria daquela primeira imagem de Avalon ao pôr do sol. Gramados verdes desciam até a beirada de juncos ao redor do lago, e cisnes deslizavam, silenciosos como a barca, sobre as águas. Debaixo dos bosques de carvalhos e macieiras, erguia-se uma construção baixa de pedra cinza, e Morgana divisou formas em túnicas brancas andando lentamente ao longo do caminho ao lado. Vindo de algum lugar, bem suave, ela ouviu o som de uma harpa. A luz baixa, oblíqua – podia ser o mesmo sol que ela conhecia? –, inundava a terra de dourado e silêncio, e ela sentiu a garganta se apertar com lágrimas. Pensou, sem saber o motivo, *Estou voltando para casa*, mesmo que todos os anos de sua vida tivessem se passado em Tintagel e Caerleon e jamais tivesse visto essa bela terra antes.

Viviane terminou de dar orientações sobre os cavalos e se voltou para Morgana. Viu o olhar de maravilha e espanto no rosto da menina e se absteve de falar até que Morgana respirou de modo trêmulo, como se despertasse do sono. Mulheres com vestidos tingidos de cor escura e sobretúnicas de pele de cervo, algumas com a lua crescente tatuada em azul entre as sobrancelhas, desceram o caminho em direção a elas; algumas eram como Morgana e a própria Viviane, pequenas e morenas, do povo picto, mas outras eram altas e esguias, com cabelo claro ou marrom-avermelhado, e havia duas ou três com o sinal inconfundível da ascendência romana. Elas se curvaram diante de Viviane em silencioso respeito, e ela levantou a mão em um gesto de bênção.

— Esta é minha parente — disse. — O nome dela é Morgana. Ela será uma de vocês. Levem-na.

Então ela olhou para a menina, que tremia enquanto o sol descia e a escuridão acinzentada caía, drenando as cores fantásticas da paisagem. A garota estava exausta e assustada. Teria à frente testes e provações suficientes; não precisava começar nesse momento.

— Amanhã — Viviane disse a Morgana — você irá para a Casa das Donzelas. Aqui não faz diferença se é minha parente e princesa; não terá nome e nenhum favorecimento além do que conquistar por si. Mas, apenas por esta noite, venha comigo; tivemos pouco tempo para conversar durante a viagem.

Morgana sentiu os joelhos tremerem com um súbito alívio. As mulheres diante dela, todas estranhas, com vestes exóticas e sinais azuis na testa, a assustavam mais que toda a corte de Uther reunida. Ela viu Viviane fazendo um pequeno sinal de dispensa, e as sacerdotisas – é o que supôs que fossem – viraram-se e foram embora. Viviane estendeu a mão, e Morgana a pegou, sentindo os dedos reconfortantemente frios e sólidos.

Viviane era novamente a parente que ela conhecia, mas ao mesmo tempo era a figura impressionante que havia baixado as brumas. Novamente Morgana sentiu o impulso de fazer o sinal da cruz e se perguntou se todas aquelas terras desapareceriam como o padre Columba afirmava que todas as obras do diabo e os feitiços fariam diante daquele gesto.

Mas ela não fez o sinal da cruz; subitamente soube que jamais o faria novamente. *Aquele* mundo havia ficado para trás, para sempre.

Na borda do bosque de macieiras, entre duas árvores que floresciam, ficava uma casinha de taipa. Dentro, um fogo ardia, e uma jovem, como as outras que Morgana havia visto, usando um vestido escuro e túnica de pele de cervo, as recebeu com uma mesura silenciosa.

— Não fale com ela — Viviane disse para Morgana. — Ela está, no presente momento, sob voto de silêncio. É uma sacerdotisa em seu quarto ano, e seu nome é Raven.

Em silêncio, Raven retirou as vestes externas e os sapatos gastos e enlameados de Viviane e, a um sinal desta, fez o mesmo com Morgana. Trouxe água para que se lavassem e, mais tarde, comida: pão de cevada e carne seca. Para beber, havia apenas água fria, mas fresca e deliciosa, diferente de qualquer água que Morgana havia provado.

— É a água do Poço Sagrado — Viviane explicou. — Não bebemos outra coisa aqui; traz a Visão e clareia a vista. E o mel de nossas próprias colmeias. Coma a carne e a deguste, pois não vai mais provar carne por anos; as sacerdotisas não comem carne até terminarem sua preparação.

— Por quê, senhora? — Morgana não conseguia mais dizer "titia" ou "parente". Entre ela e os nomes familiares, estava a memória da mulher divina conjurando as brumas. — É errado comer carne?

— Certamente que não, e virá o dia em que poderá comer o que lhe for oferecido. Mas uma dieta sem carne animal produz um alto nível de consciência, que deve ter enquanto aprende a usar a Visão e a controlar seus poderes mágicos, em vez de deixar que a controlem. Como os druidas no início de suas preparações, a sacerdotisa come apenas pão e frutas, e às vezes um pouco de peixe do lago, e bebe apenas água do poço.

Morgana disse de modo acanhado:

— A senhora bebeu vinho em Caerleon.

— Certamente, e você também beberá, após aprender quando é hora de comer e beber e quando é tempo de abstinência — Viviane falou secamente. Aquilo silenciou Morgana, que se sentou e beliscou o pão e o mel. Mas, embora estivesse com fome, eles pareciam grudar em sua garganta.

— Comeu o suficiente? Bom, então deixe que Raven tire os pratos. Você deveria dormir, criança. Mas sente-se aqui ao meu lado diante do fogo e converse um pouco, pois amanhã Raven a levará para a Casa das Donzelas, e você não me verá mais, a não ser nos rituais, até que esteja preparada para sua vez com a velha sacerdotisa, para dormir em minha casa e cuidar de mim como serva. E, quando esse momento chegar, você bem poderá ter feito voto de silêncio, sem falar nem responder. Mas por esta noite você é apenas minha parente, pois ainda não fez votos de servir à Deusa, e pode me perguntar o que desejar.

Estendeu a mão, e Morgana foi sentar-se com ela no banco diante do fogo. Viviane virou-se e disse:

— Poderia tirar o grampo do meu cabelo, Morgana? Raven foi descansar, e não quero perturbá-la novamente.

Morgana puxou o grampo entalhado de osso do cabelo da mulher mais velha, e ele desceu com ímpeto, longo e escuro, com uma mecha branca na têmpora. Viviane suspirou, esticando os pés nus em direção ao fogo.

— É bom estar de novo em casa. Tive de viajar demais nos últimos anos e já não tenho forças para considerar isso um prazer.

— A senhora disse que eu poderia lhe fazer perguntas — disse Morgana, tímida. — Por que algumas mulheres têm sinais azuis entre as sobrancelhas e outras não?

— O crescente azul é um sinal de que elas fizeram voto de servir à Deusa, viver e morrer de acordo com a vontade dela. As que estão aqui apenas para treinar a Visão não fazem esse voto.

— Eu vou fazê-lo?

— Isso será sua escolha. A Deusa lhe dirá se deseja colocar a mão sobre você. Apenas os cristãos usam o claustro como monturo de cozinha para suas filhas e viúvas indesejadas.

— Mas como saberei se a Deusa me quer?

Viviane sorriu no escuro.

— Ela vai chamá-la com uma voz que você não poderá deixar de entender. Se tiver escutado esse chamado, não haverá lugar no mundo para se esconder da voz dela.

Morgana imaginou, mas era tímida demais para perguntar, se Viviane havia feito o voto. *Claro! Ela é a Grã-Sacerdotisa, a Senhora de Avalon...*

— Eu fiz o voto — Viviane disse baixo, com seu truque de responder uma questão não feita —, mas a marca se apagou com o tempo... Se você olhar de perto, ainda pode ver um pouco dela onde começa meu cabelo, aqui.

— Sim, um pouco... O que significa fazer voto à Deusa, senhora? Quem é essa Deusa? Perguntei certa vez ao padre Columba se Deus tinha outro nome, e ele disse que não, que havia apenas um Nome pelo qual poderíamos nos salvar, e que ele era Jesus Cristo, mas... — ela parou de falar, envergonhada. — Sou muito ignorante nessas coisas.

— Saber que se é ignorante é o começo da sabedoria — disse Viviane. — Então, quando começar a aprender, não vai precisar se esquecer das coisas que pensa que sabe. Deus é chamado por muitos nomes, mas é Um em todo lugar; assim, quando você reza para Maria, Mãe de Jesus, reza, sem saber, para a Mãe do Mundo em uma de suas muitas formas. O Deus dos padres e o Grande Uno dos druidas são o mesmo, e é por isso que o Merlim às vezes toma seu lugar ao lado dos conselheiros cristãos do Grande Rei; ele sabe, mesmo que os outros não entendam, que Deus é Um.

— Sua mãe foi sacerdotisa antes da senhora, minha mãe disse...

— Isso é verdade, mas não foi uma questão apenas de sangue. Herdei dela o dom da Visão, mas me devotei à Deusa por minha própria vontade. A Deusa não chamou sua mãe nem Morgause. Então enviei Igraine para se casar com seu pai e depois com Uther, e Morgause para se casar com quem o rei decidisse. O casamento de Igraine serviu à Deusa; sobre Morgause, ela não teve poder ou apelo.

— As sacerdotisas chamadas pela Deusa nunca se casam?

— Normalmente não. Elas não se comprometem com nenhum homem, a não ser no Grande Casamento, quando sacerdote e sacerdotisa se juntam simbolizando o Deus e a Deusa, e as crianças que são frutos dessa união não são de um homem mortal, mas da Deusa. Esse é um Mistério, e você saberá mais no tempo certo. Eu nasci assim, e não tenho um pai terreno...

Morgana olhou para ela e sussurrou:

— Quer dizer que... que sua mãe se deitou com um Deus?

— Claro que não. Apenas um sacerdote, obscurecido pelo poder de um Deus; provavelmente um sacerdote cujo nome ela nunca soube, já que naquele momento o Deus o possuiu, e o homem ficou esquecido e desconhecido.

O rosto de Viviane estava distante, relembrando coisas estranhas; Morgana podia vê-las passar pelos seus olhos. O fogo parecia fazer figuras no quarto, a grande figura de um Cornudo... Ela subitamente estremeceu e puxou para si o manto.

— Está cansada, criança? Você deveria dormir...

Mas Morgana estava curiosa novamente.

— A senhora nasceu em Avalon?

— Sim, mas fui criada na Ilha Druida, ao norte, nas ilhas. E quando fiquei moça a Deusa colocou sua mão sobre mim... O sangue da sacerdotisa nata correu verdadeiro em mim, como acho que corre em você, minha criança. — A voz dela estava distante; ela se levantou e parou diante do fogo. — Estou tentando lembrar há quantos anos cheguei aqui com a velha... A lua estava mais ao sul, pois era época de colheita, e os dias escuros de Samhain estavam chegando, no ocaso do ano. Era um inverno frio, até mesmo em Avalon; ouvíamos lobos à noite, e a neve caía profundamente, e passávamos fome aqui, pois ninguém conseguia passar pelas tempestades, e algumas criancinhas que mamavam no peito morreram quando o leite secou... Então o lago congelou, e nos trouxeram comida em trenós. Eu era uma donzela, na época, meus peitos ainda não haviam crescido, e agora sou velha, uma mulher velha, uma anciã... Passaram-se tantos anos, criança.

Morgana sentiu a mão da mulher mais velha tremendo e a apertou com força. Depois de um instante, Viviane puxou a garota para o seu lado e ficou ali, com o braço em torno da cintura dela.

— Tantas luas, tantos solstícios de verão... e agora parece que Samhain vem logo após a noite de Beltane... mais rapidamente do que a lua ia de nova a cheia quando eu era jovem. E você também ficará aqui diante do fogo, e envelhecerá, a não ser que a Mãe tenha outras tarefas para você... Ah, Morgana, Morgana, pequenina, eu deveria tê-la deixado na casa de sua mãe...

Morgana abraçou impetuosamente a sacerdotisa.

— Eu não poderia ter ficado lá! Preferiria morrer!

— Sei disso — disse Viviane, suspirando. — Acho que a Mãe pousou a mão em você também, criança. Mas você veio de uma vida fácil para outra dura e amarga, Morgana, e pode ser que eu tenha tarefas para você tão cruéis quanto as de que a Grande Mãe me encarregou. Agora pense apenas em aprender a usar a Visão e a viver na bela terra de Avalon, porém não é fácil fazer a vontade de Ceridwen, minha filha; ela não é apenas a Grande Mãe do Amor e do Nascimento, mas também a Senhora da Escuridão e da Morte. — Suspirando, ela acariciou o cabelo macio da menina e continuou: — Ela também é Morrigán, a mensageira do conflito, o Grande Corvo... Ah, Morgana, Morgana, eu gostaria que você tivesse sido minha única filha, mas mesmo assim não poderia poupá-la; devo usá-la para os propósitos dela, como eu mesma fui usada. — Ela baixou a cabeça, pousou-a por um momento no ombro da menina. — Acredite em meu amor por você, Morgana, pois chegará um tempo em que vai me odiar tanto quanto me ama agora...

Morgana caiu impulsivamente de joelhos.

— Nunca — sussurrou. — Estou nas mãos da Deusa... e nas suas...

— Que ela permita que você jamais se arrependa dessas palavras.

Viviane esticou as mãos em direção ao fogo. Eram pequenas, fortes e um pouco inchadas por causa da idade.

— Com essas mãos, trouxe crianças à luz; e vi a força vital escorrer de um homem. Uma vez, traí um homem, provoquei sua morte, um homem que havia se deitado em meus braços e a quem havia jurado amar. Destruí a paz de sua mãe, e agora tirei os filhos dela. Você me odeia e me teme, Morgana?

— Eu a temo — disse a garota, ainda ajoelhada aos seus pés, o rostinho moreno e intenso brilhando com as chamas —, mas jamais poderia odiá-la.

Viviane suspirou profundamente, afastando a previsão e o medo.

— E não sou eu quem você teme, mas ela. Estamos as duas na mão dela, criança. Sua virgindade é sagrada para a Deusa. Você precisa mantê-la até que a Mãe manifeste o desejo dela.

Morgana pousou as pequenas mãos sobre as de Viviane.

— Assim será — ela sussurrou —, eu prometo.

No dia seguinte, ela foi para a Casa das Donzelas e lá permaneceu por muitos anos.

Morgana fala...

Como se escreve sobre a preparação de uma sacerdotisa? O que não é óbvio é secreto. Os que andaram por esse caminho saberão, e os que não andaram jamais entenderão, embora eu escreva todas as coisas proibidas. Sete vezes, a noite de Beltane chegou e se foi; sete vezes, os invernos nos encarquilharam todos com o frio. A Visão veio fácil; Viviane havia dito que eu era uma sacerdotisa nata. Não era tão fácil chamá-la apenas quando eu desejava, e fechar-lhe as portas quando não era conveniente que eu visse.

Eram as pequenas mágicas as mais difíceis, forçar a mente a seguir por caminhos insólitos. Convocar o fogo e levantá-lo com um comando, convocar as brumas, trazer chuva, tudo isso era simples; mas saber quando trazer chuva ou névoa e quando deixar isso nas mãos dos Deuses não era tão simples. Para outras lições, meu conhecimento da Visão não me ajudou em nada: a sabedoria das ervas e da cura, as longas músicas das quais nem uma palavra poderia ser escrita, pois como a sabedoria dos Grandes poderia ser confiada a algo feito por mãos humanas? Algumas lições eram pura alegria, pois tive permissão para aprender a tocar harpa e fazer o meu próprio instrumento usando madeira sagrada e os intestinos de um animal morto em ritual; outras lições eram um terror.

O mais difícil de tudo talvez fosse olhar para dentro, sob o efeito de drogas que soltavam a mente do corpo, vomitando e com ânsia, enquanto a mente pairava livre, além dos limites do tempo e do espaço, e ler nas páginas do passado e do futuro. Mas sobre isso nada falarei. Por fim, chegou o dia em que fui expulsa de Avalon, vestindo apenas uma camisola e desarmada, a não ser pelo pequeno punhal das sacerdotisas, para voltar – se eu conseguisse. Sabia que se não voltasse me prantearIam como morta, mas os portões jamais se abririam para mim novamente a não ser que eu conseguisse abri-los por força da minha vontade e por meu comando. E, quando as brumas se fecharam ao meu redor, vaguei pelas margens do lago estranho, ouvindo apenas os sinos e o canto triste dos monges. Por fim, atravessei as brumas e a convoquei, os pés sobre a terra e a cabeça entre as estrelas, estirada de horizonte a horizonte, e gritei alto uma grande palavra de poder...

As brumas se abriram e vi diante de mim a mesma costa ensolarada à qual a Senhora havia me trazido sete anos antes, e coloquei os pés na terra firme da minha própria casa, e chorei como havia feito quando chegara ali como uma criança assustada. E então a marca da lua crescente foi colocada entre as minhas sobrancelhas pelas mãos da própria Deusa... Mas isso é um Mistério sobre o qual é proibido escrever. Os que sentiram a testa queimar com o beijo de Ceridwen saberão do que falo.

Foi na segunda primavera depois disso, quando havia sido libertada do silêncio, que Galahad, que já tinha experiência em lutar contra os saxões sob o comando de seu próprio pai, o rei Ban da Bretanha Menor, voltou a Avalon.

12

As sacerdotisas acima de um certo grau faziam turnos para servir a Senhora do Lago, e nessa estação, quando ela estava muito ocupada com os preparativos para as festas do solstício de inverno que se aproximava, uma delas sempre dormia na casinha de taipa, de modo que a Senhora tivesse alguém à sua disposição noite e dia. Era tão cedo que o sol ainda se escondia na névoa na fronteira do horizonte quando Viviane entrou no quarto além do dela, onde sua atendente dormia, e acenou silenciosamente para acordá-la.

A mulher se sentou na cama, colocando sua túnica de pele de cervo sobre o vestido de baixo.

— Diga aos homens da barca para se aprontarem. E peça para minha parente Morgana me servir.

Poucos minutos depois, Morgana fazia uma pausa respeitosa diante da entrada, onde Viviane se ajoelhava para acender o fogo. Ela não fez nenhum som; depois de nove anos de preparação para as artes das sacerdotisas, movia-se tão silenciosa que nenhum passo ou mesmo uma respiração marcava sua passagem. Mas, também, depois de todos aqueles anos, as maneiras das sacerdotisas já lhe eram tão conhecidas que não se surpreendeu quando, assim que ela chegou à porta, Viviane se virou e disse:

— Entre, Morgana.

Diferentemente de seu costume, no entanto, Viviane não convidou sua parente para sentar-se, mas a manteve de pé, observando-a calmamente por um momento.

Morgana não era alta; jamais seria, e nesses anos em Avalon ela havia chegado à sua altura máxima, uma mera polegada a mais que a Senhora. Seu cabelo escuro estava trançado na parte de trás do pescoço e envolto por uma faixa de pele de cervo; ela usava o vestido tingido de azul-escuro e a sobretúnica de pele de cervo de todas as sacerdotisas, e a lua crescente brilhava sombriamente entre suas sobrancelhas. Contudo, por mais tranquila e anônima que fosse, um brilho em seus olhos respondia ao olhar frio de Viviane, e esta sabia, por experiência própria, que, embora pequena e de feitio delicado como ela, quando desejava podia jogar um encanto sobre si mesma que a fazia parecer não apenas alta, mas majestosa. Parecia ter uma idade indefinida, e, Viviane sabia, teria a mesma aparência quando fios brancos começassem a surgir em seu cabelo escuro.

Ela pensou, com uma ponta de alívio, *Não, ela não é bela*, então se perguntou por que isso teria importância. Sem dúvida, Morgana, como todas as jovens, mesmo uma sacerdotisa que havia jurado servir à Deusa por toda a vida preferiria ser bela, e era intensamente infeliz por não sê-lo. Pensou, curvando levemente os lábios: *Quando tiver a minha idade, minha menina, não importará se é ou não bela, pois todos os que conhece acreditarão que você tem grande beleza quando você quiser que acreditem; e, quando não quiser, pode sentar-se e fingir ser apenas uma simples velha que já não tem tais pensamentos.* Ela havia lutado sua própria batalha mais de vinte anos antes, quando vira Igraine se tornando mulher com sua beleza trigueira e castanho-acobreada, pela qual Viviane, ainda jovem, teria trocado a sua alma e todo o seu poder. Às vezes, em um momento de insegurança, ela se perguntava se não teria enviado Igraine para se casar com Gorlois para que não fosse eternamente insultada pela beleza da jovem mulher, a qual zombava de sua seriedade morena. *Mas eu a levei para o amor do homem destinado a ela antes que o círculo de pedras na planície de Salisbury fosse erguido*, pensou.

Percebeu que Morgana ainda estava de pé, quieta, esperando uma palavra sua, e sorriu.

— De fato estou envelhecendo — ela disse. — Eu me perdi, por um momento, em minhas memórias. Você não é a criança que chegou aqui tantos anos atrás; mas há momentos em que me esqueço disso, minha Morgana.

Morgana sorriu, e o sorriso transformou seu rosto, que em repouso era um tanto taciturno. *Como Morgause*, pensou Viviane, *embora não tenham mais nada em comum. É o sangue de Taliesin.*

Morgana disse:

— Acho que você não se esquece de nada, parente.

— Talvez não. Tomou seu desjejum, criança?

— Não. Mas não estou com fome.

— Muito bem. Quero que vá na barca.

Morgana, que havia se acostumado ao silêncio, respondeu apenas com um gesto de respeito e assentimento.

Não era, claro, um pedido de nenhuma maneira incomum; a barcaça de Avalon sempre precisava ser guiada por uma sacerdotisa que soubesse o caminho secreto por entre as brumas.

— É uma missão de família — Viviane afirmou—, pois é meu filho quem está se aproximando da ilha, e pensei que seria bom enviar uma parente para recebê-lo aqui.

Morgana sorriu.

— Balan? O seu irmão de criação, Balin, não vai temer pela sua alma, caso Balan vá além do som dos sinos da igreja?

Uma centelha de humor iluminou os olhos de Viviane, que disse:

— São ambos homens orgulhosos e guerreiros dedicados, e levam vidas irrepreensíveis, mesmo para os padrões dos druidas, sem causar danos nem oprimir ninguém, e sempre buscando reparar injustiças quando as encontram. Não duvido que os saxões os achem quatro vezes mais perigosos quando lutam lado a lado. Na verdade, não têm medo de nada, exceto da mágica maligna daquela feiticeira perversa que é mãe de um deles… — E ela riu como uma jovem, e Morgana a acompanhou. Então, ficando séria, Viviane disse: — Bem, não me arrependo de ter enviado Balan para ser criado no mundo externo. Ele não teve o chamado para se tornar druida, e teria sido um péssimo, e, se está perdido para a Deusa, sem dúvida ela zelará por ele de sua própria maneira, ainda que ele reze para ela com contas e a chame de

Maria, a Virgem. Não, Balan está na costa, lutando contra os saxões ao lado de Uther, e estou contente que seja assim. Falava do meu filho mais novo.

— Pensei que Galahad ainda estivesse na Bretanha Armórica.

— Eu também, mas na noite passada, com a Visão, eu o vi... Ele está aqui. Quando o vi pela última vez, ele tinha doze anos. Cresceu consideravelmente, devo dizer; deve ter agora dezesseis anos ou mais, e está pronto para suas armas, mas não sei ao certo se deve empunhá-las.

Morgana sorriu, e Viviane se lembrou de que quando ela havia chegado ali, uma criança solitária, às vezes tinha permissão para passar seu tempo livre com a única outra criança criada ali, Galahad.

— Ban de Benwick deve estar velho agora — Morgana observou.

— Velho, sim; e ele tem muitos filhos, então o *meu,* entre eles, é apenas mais um dos bastardos desconsiderados do rei. Mas seus meios-irmãos o temem e prefeririam que ele fosse para outro lugar, e um filho do Grande Casamento não pode ser tratado como qualquer outro bastardo — Viviane respondeu à pergunta que não havia sido feita. — O pai dele lhe daria terras e propriedades na Bretanha Armórica, mas me assegurei, antes que ele chegasse aos seis anos, de que seu coração estivesse sempre aqui, no lago. — Ela viu o brilho nos olhos de Morgana e respondeu novamente ao que não foi dito. — É cruel deixá-lo sempre descontente? Talvez. Mas não fui eu a cruel, e sim a Deusa. O destino dele está em Avalon, e eu o vi com a Visão, ajoelhado diante do Cálice Sagrado...

Mais uma vez, com inflexão irônica, Morgana fez o leve gesto de assentimento com o qual uma sacerdotisa sob voto de silêncio teria aquiescido a uma ordem.

De repente Viviane estava com raiva de si mesma. *Eu me sento aqui justificando o que fiz com minha vida, e com a vida dos meus filhos, para uma mocinha! Não devo explicações a ela.* Viviane disse, e sua voz estava fria, com uma súbita distância:

— Vá com a barcaça, Morgana, e traga-o até mim.

Pela terceira vez, o gesto silencioso de assentimento, e Morgana se virou para ir.

— Um momento — disse Viviane. — Você tomará o desjejum aqui conosco quando o trouxer para mim; ele é seu primo e parente também.

Quando Morgana sorriu de novo, Viviane percebeu que estivera tentando fazer a garota sorrir, e surpreendeu-se consigo mesma.

Morgana desceu o caminho para a margem do lago. Seu coração ainda batia mais rápido que o normal; frequentemente, nesses dias, quando falava com a Senhora, raiva e afeição, às quais ela não podia dar voz, se misturavam e faziam coisas estranhas com sua mente. Ela espantava-se consigo mesma, pois havia sido ensinada a controlar suas emoções assim como controlava suas palavras e até seus pensamentos.

Ela se lembrava do Galahad de seus primeiros anos em Avalon: um menino magrelo, moreno e intenso. Não gostava muito dele, mas, porque seu coração ansiava por seu próprio irmãozinho, havia deixado o menino solitário ficar por perto. Então ele fora enviado para ser criado em outro lugar e ela o vira apenas mais uma vez, quando ele tinha doze anos, os olhos, os dentes e os ossos muito grandes e as roupas muito pequenas. Ele tinha adquirido um desprezo profundo por tudo o que fosse feminino, e ela estava ocupada com a parte mais difícil de sua preparação, então dera pouca atenção a ele.

Os homenzinhos morenos que trouxeram a barca se curvaram diante dela em respeito silencioso à Deusa, cuja forma as grã-sacerdotisas deveriam representar, e ela fez um sinal a eles sem falar e tomou seu lugar na proa.

Rápida e silenciosa, a barcaça decorada com panos deslizou para dentro das brumas. Morgana sentiu a umidade se aglutinar em suas sobrancelhas e grudar em seus cabelos; estava com fome e sentia frio até os ossos, mas havia sido ensinada a ignorar isso também. Quando saíram das brumas, o sol havia se levantado na margem ao longe, e lá ela viu um cavalo e seu cavaleiro esperando. A barcaça seguiu com seus lentos golpes de remo para a frente, mas Morgana, em um raro momento de negligência consigo mesma, permaneceu distraída, olhando para o cavaleiro.

Tinha um porte esbelto, o rosto aquilino com uma beleza sombria, destacada por um barrete carmim com uma pena de águia na fita e o grande e amplo manto da mesma cor que caía graciosamente em torno dele. Quando ele desmontou, a graça natural com que se moveu, a graça de um dançarino, fez com que ela perdesse o fôlego. Como pôde ter desejado ser mais clara e arredondada, quando alguém moreno e esguio mostrava tal beleza? Os olhos dele eram escuros também, brilhando com um toque de malícia – que por si só fez com que Morgana soubesse quem ele era, embora não restasse mais nenhum outro traço do menino magrelo com pernas ossudas e pés enormes.

— Galahad — disse, baixando a voz para evitar que ela tremesse, um truque usado por sacerdotisas. — Eu não o teria reconhecido.

Ele se curvou suavemente, o manto rodopiando enquanto se movia; teria Morgana, em algum momento no passado, desprezado aquele gesto, tomando-o por um truque de acrobata? Nele, parecia vir do próprio corpo.

— Senhora — ele disse.

Ele não me reconheceu. Que siga assim.

Por que, neste momento, ela se lembrou das palavras de Viviane? *Sua virgindade é sagrada para a Deusa. Você precisa mantê-la até que a*

Mãe manifeste o desejo dela. Espantada, Morgana percebeu que, pela primeira vez na vida, havia olhado para um homem com desejo. Sabendo que essas coisas não eram para ela, mas que usaria a vida como a Deusa decretasse, sempre olhara para os homens com desdém, como a presa natural da Deusa, na forma de suas sacerdotisas, para ser tomada ou rejeitada conforme parecesse certo no momento. Viviane decidira que neste ano ela não precisaria participar dos rituais das fogueiras de Beltane, dos quais algumas de suas colegas sacerdotisas haviam saído grávidas pela vontade da Deusa, crianças que nasciam ou eram eliminadas com o conhecimento da sabedoria das plantas e drogas que ela havia aprendido – um processo desagradável, que, se não fosse seguido, trazia inevitavelmente o processo ainda mais desagradável e perigoso do nascimento, e crianças enfadonhas que eram criadas ou enviadas para lares adotivos, conforme a Senhora decidisse. Morgana estava feliz de escapar desta vez, sabendo que Viviane tinha outros planos para ela.

Ela fez um gesto para que ele subisse a bordo. *Jamais coloque as mãos em um estranho* – as palavras da velha sacerdotisa que a havia treinado –; *uma sacerdotisa de Avalon deve ser plácida como um visitante do outro mundo.* Ela se perguntou por que havia precisado impedir sua mão de se estender para tocar o pulso dele. E soube, com uma certeza que fez o sangue pulsar forte em suas têmporas, que sob a pele macia dele haveria músculos duros, pulsando com vida, e ansiou por olhá-lo nos olhos novamente. Ela se virou, tentando se controlar.

A voz dele era profunda e musical quando disse:

— Ora, agora que moveu as mãos, eu a reconheci... Tudo o mais em você mudou. Sacerdotisa, você não foi um dia minha parente chamada Morgana? — Os olhos escuros brilharam. — Nada mais é o mesmo de quando eu costumava chamá-la de Morgana das Fadas...

— Fui e sou. Mas os anos passaram — ela disse, virando-se, gesticulando para que os servos silenciosos afastassem a barca da margem.

— Mas a mágica de Avalon nunca muda — ele murmurou, e ela soube que ele não estava falando com ela. — A névoa e os juncos e os gritos das árvores aquáticas... e então a barcaça, como mágica, deslizando da margem silenciosa... Sei que não há nada para mim aqui, mas, ainda assim, de algum jeito sempre volto...

A barca se movia silentemente através do lago. Mesmo agora, anos depois de saber que não era mágica, mas um treinamento intensivo para aquietar os remos, Morgana ainda ficava impressionada com o silêncio místico com que se moviam. Ela se virou para invocar as brumas, consciente do jovem homem atrás dela. Ele estava de pé, equilibrado ao lado de seu cavalo, um braço atravessando a manta da sela, distribuindo seu peso sem se mover, para não balançar nem perder o equilíbrio enquanto o barco se movia e virava. Morgana fazia isso graças ao longo treinamento, mas ele conseguia, aparentemente, por sua própria graça natural.

Ela teve a impressão de sentir os olhos escuros dele como um calor palpável em suas costas conforme foi para a proa e levantou os braços, as longas mangas se arrastando. Respirou fundo, energizando-se para o ato mágico, sabendo que deveria concentrar todas as suas forças, mas sentindo uma raiva intensa de si mesma por sua consciência dos olhos do homem sobre ela.

Deixe-o ver, então! Deixe que ele me tema e me conheça como a Deusa! Ela sabia que alguma parte rebelde sua, havia muito sufocada, gritava: *Não, quero que ele veja a mulher, não a Deusa, nem mesmo a sacerdotisa*, mas outro fôlego profundo e até a memória daquele desejo foram expirados.

Seus braços se elevaram para o arco do céu e baixaram, com as brumas seguindo o movimento de suas mangas, que se arrastavam. A névoa e o silêncio pairavam sombrios ao redor deles. Morgana ficou imóvel, sentindo o calor do corpo do jovem muito perto. Se ela se movesse apenas um pouco, tocaria a mão dele, e sabia qual seria a sensação daquela mão, escaldante contra a dela. Afastou-se com um pequeno rodopio de suas vestes e envolveu-se em distância como se tivesse um véu. E todo o tempo ficou atônita consigo mesma, dizendo em algum lugar de sua mente que era apenas seu primo, o filho de Viviane, que costumava sentar-se em seu colo quando era pequeno e solitário! Deliberadamente invocou a imagem daquele menino desajeitado, coberto de arranhões de espinheiro, mas, quando eles saíram da névoa, os olhos escuros lhe sorriam, e ela sentiu-se tonta.

Claro que estou fraca, ainda não tomei meu desjejum, disse a si mesma, e observou a fome nos olhos de Galahad enquanto ele mirava Avalon. Ela o viu fazendo o sinal da cruz. Viviane ficaria zangada se visse aquilo.

— É de fato a terra do povo das fadas — ele disse baixo —, e você é Morgana das Fadas, como sempre... Mas você é uma mulher agora, e bela, parente.

Ela pensou impacientemente: *Não sou bela, o que ele vê é o encanto de Avalon.* E algo rebelde dentro de Morgana disse: *Quero que ele me ache bela. Eu mesma, não o encanto!* Apertou bem os lábios e soube que parecia severa, ameaçadora, totalmente sacerdotisa de novo.

— Por aqui — ela disse brevemente, e, quando o fundo da barca raspou, silencioso, na margem arenosa, fez um sinal para que os remadores cuidassem do cavalo dele.

— Depois da senhora — ele disse. — Vou cuidar dele eu mesmo. Não é uma sela comum.

— Como desejar — disse Morgana, que parou e observou enquanto ele mesmo tirava a sela do animal. Mas ela estava muito curiosa sobre tudo a respeito dele para ficar em silêncio.

— Pois é de fato uma sela estranha... O que são as longas amarras de couro?

— Os citas as usam, são chamadas de estribos. Meu pai adotivo me levou em peregrinação, e os vi no país deles. Nem mesmo as legiões romanas tinham uma cavalaria igual, pois os citas, com isso, podem controlar e parar seus cavalos em meio ao ataque, e assim conseguem lutar montados, e, mesmo com a armadura leve que usa, um cavaleiro é invencível diante de qualquer soldado a pé. — Ele sorriu, acendendo o rosto intenso, moreno. — Os saxões me chamam de Alfgar, a flecha de elfo que sai da escuridão e acerta sem ser vista. Na corte de Ban, eles adotaram o nome e me chamam de Lancelote, que é o melhor que podem pronunciar. Um dia, terei uma legião de soldados equipados dessa maneira, e os saxões vão precisar tomar cuidado!

— Sua mãe me contou que já é um guerreiro — disse Morgana, esquecendo-se de baixar a voz, e ele sorriu para ela.

— Agora reconheci sua voz, Morgana das Fadas... Como você se atreve a me receber como sacerdotisa, parente? Bem, imagino que seja a vontade da Senhora. Mas prefiro você assim do que solene como a Deusa — ele afirmou com uma malícia familiar, como se tivessem se afastado no dia anterior.

Agarrando-se aos restos de sua dignidade, Morgana disse:

— Sim, a Senhora nos espera, e não devemos nos demorar.

— Ah, sim — ele zombou —, devemos sempre correr para fazer a vontade dela... Imagino que você é uma daquelas que se apressam a levar e trazer e esperar tremendo por cada ordem dela.

A isso, Morgana respondeu apenas:

— Venha por aqui.

— Eu me lembro do caminho — ele disse, e andou silenciosamente ao lado dela em vez de segui-la com o respeito que lhe cabia. — Eu também costumava correr para ela e fazer sua vontade e tremer diante de suas carrancas, até que descobri que ela não era apenas minha mãe, mas se considerava maior que qualquer rainha.

— E ela é — Morgana disse bruscamente.

— Sem dúvida, mas vivi em um mundo no qual homens não vêm e vão ao simples gesto de uma mulher. — Ela viu que ele havia cerrado a mandíbula, e que a malícia havia sumido de seus olhos. — Preferiria ter uma mãe amorosa a uma Deusa severa que exige a cada fôlego que homens vivam ou morram de acordo com sua vontade.

Morgana não encontrou resposta para aquilo. Ela apressou o passo, o que fez com que ele tivesse de correr para acompanhá-la.

Raven, ainda em silêncio – pois havia feito voto de silêncio perpétuo, a não ser quando falava em transe, como uma profetisa –, deixou que entrassem na casa com uma inclinação de cabeça. Enquanto seus olhos se ajustavam à luz fraca, Morgana viu que Viviane, sentada ao lado do fogo, havia decidido receber o filho não com o vestido comum e a túnica de pele de cervo das sacerdotisas: usava um vestido carmim e arrumara o cabelo sobre a testa, com pedras o enfeitando. Mesmo Morgana, que conhecia os truques de encantamento, surpreendeu-se com a magnificência de Viviane. Ela estava como a Deusa recebendo um pedinte em seu santuário subterrâneo.

Morgana percebeu que Galahad havia cerrado a mandíbula e que os nós de seus dedos se sobressaíam, brancos contra os punhos morenos. Ouviu a respiração dele, e imaginou o esforço com o qual ele firmou a voz ao se levantar de uma mesura:

— Minha senhora e mãe, eu a cumprimento.

— Galahad — ela disse. — Venha, sente-se ao meu lado.

Em vez disso, ele sentou-se de frente para ela. Morgana rodeava a porta e Viviane fez um gesto para que ela também se sentasse.

— Esperei para tomar o desjejum com vocês dois. Venham, me acompanhem.

Havia peixe recém-preparado do lago, temperado com ervas e manteiga; pão de cevada ainda quente e frutas frescas, o tipo de comida que Morgana pouco experimentava no alojamento austero das sacerdotisas. Ela e Viviane comeram com parcimônia, mas Galahad comeu de tudo com a fome saudável dos que ainda estavam crescendo.

— Ora, você fez um banquete digno de um rei, mãe.

— Como vai seu pai, e como vai a Bretanha armórica?

— Bem o bastante, embora eu não tenha passado muito tempo lá no último ano. Ele me enviou para uma longa jornada, para aprender, para a corte dele, sobre a nova cavalaria dos citas. Acho que nem os soldados de Roma têm cavaleiros assim agora. Temos rebanhos de cavalos ibéricos... Mas você não se interessaria sobre como vão os haras. Vim para avisar a corte de Pendragon sobre um novo agrupamento dos exércitos saxões; não duvido que ataquem com tudo antes do solstício de verão. Eu gostaria de ter tempo e dinheiro suficientes para treinar uma legião desses cavaleiros!

— Você ama cavalos — Viviane disse, surpresa.

— Isso a surpreende, senhora? Com animais, você sempre sabe precisamente o que pensam, pois não sabem mentir nem fingir serem outra coisa.

— Os caminhos da natureza sempre estarão abertos para você — disse Viviane —, quando voltar a Avalon para a vida de druida.

— Ainda a mesma velha história, senhora? Pensei que lhe tivesse dado minha resposta da última vez que a vi.

— Galahad, você tinha doze anos. Era muito jovem para saber o que é melhor para sua vida.

Ele mexeu a mão impacientemente.

— Ninguém mais me chama de Galahad, a não ser você e o druida que me deu aquele nome. Na Bretanha gaulesa e no campo de batalha, sou Lancelote.

Ela sorriu e disse:

— Acha que me importo com o que dizem os soldados?

— Então me pede que fique sentado em Avalon tocando harpa enquanto lá fora, no mundo real, a batalha se torna questão de vida ou morte, minha senhora?

Viviane parecia zangada.

— Está tentando dizer que este mundo não é real, meu filho?

— É real — afirmou Lancelote, com um movimento impaciente da mão —, mas real de um modo diferente, isolado da luta lá fora. Terra das Fadas, paz eterna... Ah, sim, é meu lar, você se certificou disso, senhora. Mas parece que até o sol brilha diferente aqui. E não é onde as verdadeiras lutas da vida estão acontecendo. Até o Merlim é capaz de perceber isso.

— O Merlim se tornou o que é através dos anos para saber distinguir o real do irreal, e você também deveria fazê-lo. Há guerreiros suficientes no mundo, meu filho. Sua tarefa é ver além do que qualquer um e talvez comandar os guerreiros a ir e vir.

Ele balançou a cabeça.

— Não! Senhora, não diga mais nada, esse caminho não é o meu.

— Você ainda não amadureceu para saber o que quer — Viviane falou categoricamente. — Você nos daria sete anos, como deu ao seu pai, para saber qual o seu caminho na vida?

— Em sete anos — Lancelote sorriu —, espero ver os saxões longe de nossas encostas e espero ter ajudado na expulsão deles. Não tenho tempo para as mágicas e os mistérios dos druidas, senhora, e não escolheria isso de livre vontade. Não, minha mãe, eu lhe peço para me dar sua bênção e me despedir de Avalon, pois, para ser sincero, senhora, irei com ou sem ela. Vivi em um mundo no qual homens não esperam pelo consentimento de uma mulher para ir e vir.

Morgana se encolheu ao ver a palidez da raiva tomar o rosto de Viviane. A sacerdotisa se levantou de sua cadeira, uma mulher pequena que ganhava estatura com sua majestade e sua fúria.

— Você desafia a Senhora de Avalon, Galahad do Lago?

Ele não se encolheu diante dela. Morgana, vendo-o empalidecer sob o bronzeado escuro de sua pele, sabia que por dentro da suavidade e da graça havia uma dureza que competia com a da própria Senhora. Ele disse baixo:

— Se tivesse me pedido isso quando eu ainda ansiava por seu amor e sua aprovação, senhora, eu, sem dúvida, teria feito o que me pedia. Mas não sou uma criança, minha senhora e mãe, e, quanto mais rápido compreender isso, mais rápido estaremos em harmonia e deixaremos de brigar. A vida de druida não é para mim.

— Você tornou-se cristão? — ela perguntou, sibilando de raiva.

Ele suspirou e balançou a cabeça.

— Não de verdade. Até esse consolo me é negado, embora na corte de Ban eu pudesse passar por um quando desejasse. Acho que não tenho fé em nenhum Deus a não ser este. — Ele colocou a mão sobre a espada.

A Senhora se afundou em seu assento, inspirou profundamente e então sorriu.

— Então, você é um homem, e não há como obrigá-lo. Embora eu deseje que fale sobre isso com o Merlim.

Morgana, observando sem ser notada, viu a tensão relaxar nas mãos do jovem rapaz. Pensou: *Ele acha que ela se deu por vencida; ele não a conhece o suficiente para saber que está mais furiosa que nunca.* Lancelote era jovem o bastante para deixar transparecer alívio em sua voz:

— Estou grato por sua compreensão, senhora. E vou por minha própria vontade ouvir os conselhos do Merlim, se for de seu agrado. Mas até os padres cristãos sabem que a vocação para o serviço de Deus é um dom dEle, e não algo que surge por vontade da pessoa. Deus, ou os Deuses, se assim deseja, não me chamou, nem mesmo me deu provas de que Ele, ou Eles, existe.

Morgana pensou nas palavras de Viviane para ela, muitos anos antes: É um fardo pesado demais para quem não o escolheu de livre vontade. Mas pela primeira vez se perguntou: *O que Viviane teria feito se em algum momento durante todos aqueles anos eu tivesse vindo a ela e dito que desejava partir? A Senhora tem certeza demais de que conhece o desejo da Deusa.* Tais pensamentos hereges a perturbaram e ela rapidamente os tirou da mente, repousando os olhos em Lancelote de novo. No início, estivera apenas deslumbrada por sua beleza morena, pela graça de seu corpo. Agora ela via coisas específicas: a penugem da barba que crescia em torno do queixo – ele não tivera tempo, ou vontade, de se barbear à moda romana –; as mãos esguias, finamente traçadas, feitas para cordas de harpa ou armas, mas um pouquinho calejadas ao longo da palma e no interior dos dedos, mais na mão direita que na esquerda. Havia uma pequena cicatriz em um antebraço, uma sutura esbranquiçada que parecia estar ali por muitos anos, e outra, em forma de crescente, na bochecha esquerda. Seus cílios eram longos como os de uma mulher. Mas não tinha a aparência andrógina de muitos rapazes antes que suas barbas crescessem; era como um jovem garanhão. Morgana pensou que jamais havia visto uma criatura tão masculina antes. Porque sua mente havia sido treinada para tais pensamentos, ela pensou: *Não há nada da suavidade da preparação de uma mulher nele, para fazê-lo maleável diante de qualquer mulher. Ele negou o toque da Deusa nele mesmo; um dia, terá problemas com ela...* E novamente sua mente saltou, imaginando o dia em que ela faria o papel de Deusa em um dos grandes festivais, e pensou, sentindo um calor prazeroso em seu corpo: *Gostaria que ele fosse o Deus...* Perdida em seu devaneio, ela não ouviu o que Lancelote e a Senhora estavam dizendo até que escutou Viviane dizer seu nome, e voltou a si como se tivesse vagado por algum lugar no mundo.

— Morgana? — a Senhora repetiu. — Meu filho passou muito tempo longe de Avalon. Leve-o, passe o dia na margem se quiser, e está livre das suas tarefas por um dia. Quando eram crianças, lembro que vocês gostavam disso, de andar pelas margens do lago. Esta noite, Galahad, você jantará com o Merlim e será abrigado entre os jovens sacerdotes que não estão observando voto de silêncio. E amanhã, se ainda o desejar, partirá com a minha bênção.

Ele se curvou profundamente, e saíram.

O sol estava alto, e Morgana percebeu que ela havia perdido as saudações ao amanhecer; bem, tinha permissão da Senhora para se ausentar, e de qualquer forma já não era mais a jovem sacerdotisa para quem perder um serviço desse era caso de penalidades e culpa. Hoje havia planejado supervisionar algumas das jovens na preparação de tintas para mantos rituais – nada que não pudesse esperar mais um dia ou alguns dias.

— Vou à cozinha — ela disse — pegar pão para levarmos conosco. Podemos caçar aves aquáticas, se quiser... Gosta de caçar?

Ele assentiu e sorriu para ela.

— Talvez, se eu trouxer para minha mãe uma ave aquática de presente, ela fique menos zangada comigo. Gostaria de fazer as pazes com ela — ele disse, quase rindo. — Quando brava, ela ainda é apavorante. Antigamente, eu achava que, quando não estava comigo, ela abandonava sua mortalidade e era de fato a própria Deusa. Mas não vou falar dessa maneira da minha mãe... Percebo que você é muito devotada a ela.

— Ela vem sendo devotada a mim como mãe de criação — Morgana disse lentamente.

— E por que não seria? Ela é sua parente, não é? Sua mãe, se me lembro direito, era a esposa do duque da Cornualha e agora do Pendragon... Está certo?

Morgana assentiu. Fazia tanto tempo que mal se lembrava de Igraine e agora às vezes lhe parecia que havia muito não tinha mãe. Aprendeu a viver sem precisar de uma mãe, a não ser a Deusa, e tinha muitas irmãs entre as sacerdotisas, então não tinha necessidade de uma mãe terrena.

— Não a vejo há muitos anos.

— Vi a rainha de Uther apenas uma vez, de longe... Ela era muito bonita, mas parecia fria e distante também. — Lancelote riu, pouco à vontade. — Na corte de meu pai, eu me acostumei com mulheres que se interessam apenas por belos vestidos, joias e seus filhos, e às vezes, se não são casadas, por encontrar um marido... Não sei muito sobre mulheres. Você não é como elas. Você não se parece com nenhuma mulher que eu já tenha conhecido.

Morgana sentiu-se corar. Ela disse baixo, lembrando-lhe:

— Sou uma sacerdotisa como sua mãe...

— Ah, mas você é tão diferente dela quanto a noite é do dia. Ela é grandiosa, terrível e bela, e só se pode amá-la, adorá-la e temê-la, mas você, sinto que é feita de carne e sangue, que é real, apesar de todos esses mistérios à sua volta! Você se veste como uma sacerdotisa e se parece com uma delas, mas, quando olho em seus olhos, vejo uma mulher real, que eu poderia tocar.

Ele riu, intenso, e ela colocou as mãos nas dele e riu de volta.

— Ah, sim, sou real, tão real quanto o chão sob seus pés ou os pássaros naquela árvore...

Caminharam juntos até a beira da água; Morgana o guiava pela pequena trilha, rodeando, cuidadosa, os limites do caminho processional.

— É um lugar sagrado? — ele perguntou. — É proibido subir o Tor, a não ser para sacerdotisas ou druidas?

— É proibido apenas nos grandes festivais — ela disse —, e você certamente pode vir comigo. Posso ir aonde desejar. Não há ninguém no Tor agora, exceto ovelhas pastando. Gostaria de subir?

— Sim. Lembro-me de ter subido uma vez, quando era criança. Pensei que fosse proibido, assim estava certo de que seria punido se alguém soubesse que estive lá. Ainda me lembro da vista lá de cima. E me pergunto se era tão imenso quanto me pareceu quando eu era menininho.

— Podemos subir pelo caminho processional, se desejar. Não é muito íngreme, pois segue ao redor do Tor, mas é mais longo.

— Não. Gostaria de subir direto pela encosta, mas — hesitou — não é muito longo e íngreme para uma garota? Já escalei terrenos mais difíceis, caçando, mas você consegue subir com essa saia longa?

Ela riu e lhe disse que subia com frequência.

— Quanto à saia, estou acostumada com ela, mas, se me atrapalhar, não hesitarei em prendê-la sobre os joelhos.

O sorriso dele foi lento e encantador.

— A maior parte das mulheres que conheço se consideraria recatada demais para mostrar as pernas nuas.

Morgana corou.

— Nunca pensei que recato tivesse muito a ver com pernas à mostra para escalar... Decerto os homens sabem que as mulheres têm pernas como as deles. Não pode ser uma ofensa tão grande ao recato ver o que eles podem imaginar. Sei que alguns padres cristãos dizem isso, mas eles parecem pensar que o corpo humano é obra de algum demônio, e não de Deus, e que ninguém poderia ver o corpo de uma mulher sem entrar em furor para possuí-lo.

Ele desviou os olhos dela, e Morgana percebeu que por baixo da segurança exterior ele ainda era tímido, e isso a agradou. Juntos começaram a subir. Morgana, que era forte e resistente por correr e andar muito, tomou um ritmo que o surpreendeu, e que, depois dos primeiros momentos, ele achou difícil de acompanhar. Pela metade do caminho encosta acima, Morgana fez uma pausa, e foi uma satisfação clara para ela ouvi-lo resfolegar quando seu próprio fôlego ainda era fácil, espontâneo. Ela enrolou as dobras soltas de sua saia em torno da cintura, deixando apenas uma volta cair até os joelhos, e começou a subir a parte mais rochosa e íngreme da encosta. Jamais havia tido a menor hesitação em desnudar as pernas, mas agora, sabendo que ele as observava, não pôde evitar se lembrar de que eram fortes e bem formadas, e se perguntou se ele realmente a considerava impudica. No topo, subiu na borda da colina e sentou-se à sombra do círculo de pedras. Após um minuto ou dois, ele escalou a borda atrás dela e se jogou ao chão, arfando.

Quando ele conseguiu falar de novo, disse:

— Imagino que eu deva estar cavalgando demais, e não andando e escalando o suficiente. Você... você não está nem sem fôlego!

— Bem, estou acostumada a subir até aqui, e nem sempre tomo o caminho processional.

— E na Ilha dos Padres não há nem sombra do círculo de pedras — ele afirmou, apontando.

— Não. No mundo deles só há a igreja e sua torre. Se quiséssemos ouvir com os ouvidos do espírito, poderíamos escutar os sinos da igreja... Aqui são sombras, e, no mundo deles, nós devemos ser sombras. Às vezes, me pergunto se é por isso que eles evitam a igreja e mantêm grandes jejuns e vigílias em nossos dias santos... Porque seria muito estranho sentir em torno deles as sombras do círculo de pedras e talvez até, para os que ainda têm algum resquício da Visão, sentir em torno deles as idas e vindas dos druidas e ouvir o sussurro dos seus hinos.

Lancelote tremeu e pareceu que uma nuvem escondeu o sol por um momento.

— E você, possui a Visão? Consegue enxergar além do véu que separa os mundos?

— Todos têm, mas sou mais treinada para isso do que a maioria das mulheres. Você vê, Galahad?

Ele tremeu de novo e afirmou:

— Peço-lhe para não me chamar por esse nome, prima.

Ela riu e disse:

— Então, embora viva entre cristãos, tem o velho credo do povo das fadas, de que alguém que sabe seu nome verdadeiro pode comandar seu espírito se desejar? Você sabe o *meu* nome, primo. Como gostaria que o chamasse? Lance?

— O que desejar, a não ser o nome que minha mãe me deu. Ainda temo a voz dela quando fala aquele nome em um certo tom. Parece que bebi esse medo nos seios dela...

Morgana se esticou em direção a ele e colocou a ponta dos dedos sobre o ponto entre as sobrancelhas dele, que era sensível à Visão. Ela respirou suavemente sobre o ponto e o ouviu engasgar de assombro, pois o círculo de pedras sobre eles pareceu dissolver-se em sombras. Diante deles, estendia-se agora o novo cimo do Tor, com uma pequena igreja de taipa no pé de uma baixa torre de pedras, na qual havia a pintura grosseira de um anjo.

Lancelote fez rapidamente o sinal da cruz enquanto uma fila de formas vestidas de cinza parecia vir na direção dos dois.

— Eles podem nos ver, Morgana? — A voz dele era um sussurro rouco.

— Talvez alguns possam nos ver como sombras. Uns poucos devem pensar que somos do povo deles, ou que seus olhos estão ofuscados pelo sol e que veem o que não está lá — ela afirmou, segurando o fôlego, pois o que disse era um Mistério que ela de fato não deveria ter dito a alguém não iniciado. Mas nunca havia se sentido tão próxima de alguém em sua vida; sentia que não podia suportar guardar segredos dele, e lhe deu esse presente, dizendo a si mesma que a Senhora o queria para Avalon. Que Merlim ele seria!

Ela ouvia o som baixo de um canto: "Ó Cordeiro de Deus, que tirais os pecados do mundo, Senhor Cristo, mostrai-nos vossa misericórdia"...

Ele estava cantando baixinho enquanto a igreja desapareceu e o círculo de pedras se levantou sobre eles de novo.

Ela disse baixo:

— Por favor. É uma ofensa à Grande Deusa cantar isso aqui; o mundo que ela fez não é maligno, e nenhuma sacerdotisa dela permitirá que um homem cante isso.

— Como deseja.

Ele ficou quieto, e novamente a sombra de uma nuvem passou sobre seu rosto. Sua voz era musical, tão doce que, quando parou de cantar, ela desejou ouvi-la novamente.

— Você toca harpa, Lance? Sua voz é bela como a de um bardo.

— Quando criança, me ensinaram. Depois, recebi só o treinamento comum digno do filho de um nobre. Aprendi apenas a amar tanto a música a ponto de ficar descontente com meus próprios sons.

— É mesmo? Um druida em treinamento precisa ser um bardo antes de ser sacerdote, pois a música é uma das chaves para as leis do universo.

— Isso é uma tentação — suspirou Lancelote —, uma das poucas razões que vejo para abraçar essa vocação. Mas minha mãe me faria ficar em Avalon e tocar a harpa enquanto o mundo desmorona em torno de nós e os saxões e os nortistas selvagens pilham, devastam e queimam... Você já viu uma vila saqueada pelos saxões, Morgana? — Então respondeu à própria pergunta: — Não, não viu, está abrigada aqui em Avalon, fora do mundo em que essas coisas estão acontecendo, mas preciso pensar nelas. Sou um soldado, e me parece que, nestes tempos, defender esta bela terra contra pilhagens e fogo é o único trabalho condizente a um homem.

O rosto dele estava fechado, olhando para coisas terríveis.

— Se a guerra é tão maligna — disse Morgana —, por que não se abrigar dela aqui? Tantos velhos druidas morreram naquela última das grandes mágicas que tiraram este lugar sagrado da profanação, e não temos filhos suficientes para serem treinados no lugar deles.

Ele suspirou.

— Avalon é linda, e, se eu pudesse tornar todos os reinos assim tão pacíficos, ficaria feliz aqui para sempre, passando meus dias tocando harpa, fazendo música e falando com os espíritos das grandes árvores... mas não me parece o trabalho de um homem me esconder aqui em segurança enquanto outros lá fora precisam sofrer. Morgana, não falemos disso agora. Por hoje, eu lhe peço, deixe-me esquecer. O mundo lá fora é cheio de conflitos, e vim aqui para um dia ou dois de paz; você não me daria isso?

A voz dele, profunda e musical, tremeu um pouco, e a dor nela a machucou tão profundamente que pensou por um instante que ia chorar. Ela buscou a mão dele e a apertou.

— Venha — disse. — Você queria saber se a vista era como se lembrava dela...

Afastaram-se do círculo de pedras e olharam para o lago. Água brilhante, ondulando suavemente sob o sol, estendendo-se por toda a volta da ilha; lá embaixo, um pequeno barco, a esta altura não mais largo que um peixe pulando, riscava a superfície. Outras ilhas, indistintas na névoa, levantavam-se como formas obscuras, borradas pela distância e pelo véu mágico que separava Avalon do mundo.

— Não muito longe daqui — ele afirmou —, há um velho forte das fadas no topo de um monte, e a vista das muralhas é tal que de lá é possível ver o Tor e o lago, e há uma ilha no formato de um dragão enrodilhado... — Ele fez um gesto com sua bela mão.

— Conheço o lugar. Fica em uma das velhas linhas mágicas de poder que cruzam a terra; fui levada para lá uma vez para sentir os poderes terrenos. O povo das fadas sabia dessas coisas... Posso senti-las um pouco, sentir a terra e o ar formigando. Você consegue sentir? Você também tem aquele sangue, sendo filho de Viviane.

Ele disse em voz baixa:

— É fácil sentir a terra e o ar formigando com poder nesta ilha mágica. — Ele deu as costas para a vista, dizendo, enquanto bocejava e se estirava: — Aquela escalada me custou mais do esperava; e cavalguei a maior parte da noite. Estou pronto para me sentar ao sol e comer um pouco do pão que você trouxe para nós.

Morgana o levou bem para o centro do círculo de pedras. Se ele fosse sensitivo, como ela pensava, teria consciência do imenso poder que havia ali.

— Deite-se de costas na terra e ela vai preenchê-lo com sua força — afirmou, e deu a ele um pedaço de pão, no qual havia espalhado uma camada grossa de manteiga e mel antes de embrulhá-lo em pele de cervo.

Eles comeram devagar, lambendo o mel dos dedos, e ele buscou a mão dela, tomando-a de modo brincalhão e lambendo um pouco de mel.

— Como você é doce, prima — ele disse, rindo, e ela sentiu o corpo todo vivo com o toque.

Ela pegou a mão dele para retribuir o gesto e subitamente a largou, como se tivesse queimado; para ele, era apenas um jogo, talvez, mas para ela jamais o seria. Morgana se virou, escondendo o rosto em chamas na grama. O poder da terra pareceu fluir através dela, enchendo-a da força da própria Deusa.

— Você é um filho da Deusa — ela por fim disse. — Não sabe nada dos Mistérios dela?

— Muito pouco, embora meu pai tenha me dito uma vez como fui gerado: um filho do Grande Casamento entre o rei e a terra. E então, imagino, ele pensou que eu deveria ser leal à terra da Bretanha Armórica, que é mãe e pai para mim... Estive no centro dos velhos Mistérios, a grande Avenida de Pedras em Carnac, onde um dia havia um templo ancestral; aquele é um lugar de poder, como este. Posso sentir o poder aqui. — Ele se virou e a olhou no rosto: — Você é como a Deusa deste lugar — afirmou como se matutasse. — No velho culto, sei que homens e mulheres se unem sob o poder dela, embora os padres fossem gostar de proibir isso, assim como de destruir todas as rochas ancestrais como estas sobre nós, e as grandes em Carnac... Já destruíram parte delas, mas a tarefa é muito grande.

— A Deusa não permitirá que façam isso — Morgana disse secamente.

— Talvez. — Lancelote esticou-se para tocar o crescente azul na testa dela. — Foi aqui que você me tocou quando me fez ver o outro mundo. Isso tem a ver com a Visão, Morgana, ou é outro de seus Mistérios sobre o qual não deve falar? Bem, não vou questioná-la, então. Mas me sinto como se tivesse sido arrebatado para um daqueles velhos fortes das fadas onde, dizem, cem anos podem se passar em uma noite.

— Não tanto tempo assim — disse Morgana, rindo —, embora seja verdade que o tempo corre de modo diferente aqui. Mas alguns dos bardos, ouvi, ainda podem ir e vir do país dos elfos… Ele se moveu mais para o interior das brumas do que Avalon, é tudo. — E, enquanto falava, ela tremeu.

— Talvez, quando eu voltar para o mundo real, os saxões já terão sido todos derrotados… e ido embora.

— E você choraria por não ter mais razão de viver?

Ele riu e balançou a cabeça, segurando as mãos dela nas dele. Depois de um minuto, disse em voz baixa:

— Você foi, então, às fogueiras de Beltane para servir à Deusa?

— Não — Morgana disse calmamente. — Sou virgem enquanto a Deusa assim desejar; é mais provável que seja guardada para o Grande Casamento… Viviane não me disse seu desejo ou a vontade da Deusa.

Ela baixou a cabeça e deixou os cabelos caírem pelo rosto, sentindo timidez diante dele, como se Lancelote pudesse ler seus pensamentos e perceber o desejo que a tomava como uma chama repentina. Daria a ele a virgindade protegida, caso ele pedisse? Nunca antes a proibição parecera uma dificuldade. Agora era como se uma espada de fogo fosse colocada entre eles. Houve um longo silêncio enquanto nuvens passavam pelo sol, e não se ouviu nenhum som além do barulho de pequenos insetos na grama. Por fim, Lancelote se estendeu para ela e a puxou, pousando um beijo suave, que ardeu como fogo, no crescente em sua testa. E falou com voz suave e intensa:

— Que todos os Deuses juntos proíbam que eu ultrapasse os limites que a Deusa marcou em você, reservando-a para ela, minha querida prima. Eu a considero sagrada como a própria Deusa.

Ele a segurou perto dele; ela sentiu que ele tremia, e uma felicidade tão intensa que chegava a doer invadiu o corpo dela.

Jamais soubera o que era ser feliz, não desde que era uma criança pequena e desatenta; felicidade era algo de que ela se lembrava vagamente antes que sua mãe a tivesse encarregado do peso de cuidar do irmãozinho. E, ali na ilha, a vida havia subido aos espaços livres do espírito, e ela conhecera a exaltação e as delícias do poder, assim como o sofrimento e as dificuldades da dor e das provações; mas jamais a felicidade pura que sentia agora. O sol parecia mais brilhante, as nuvens se moviam pelo céu como grandes asas contra o ar resplandecente e vivaz, cada broto de trevo na grama cintilava com sua própria luz interior, uma luz que parecia emanar dela também. Então se viu espelhada nos olhos de Lancelote, e soube que era bela, e que ele a desejava, e que o amor e o respeito dele por ela eram tão grandes que ele conteria seu anseio. Morgana sentiu que ia explodir de felicidade.

O tempo parou. Ela nadava em deleite. Ele não fez mais do que acariciar sua bochecha com o toque mais gentil e suave, e nenhum deles quis mais. Ela brincou suavemente com as mãos dele, sentindo os calos nas palmas.

Depois de um longo tempo, ele a puxou contra si e estendeu as pontas de seu manto sobre ela. Deitaram-se lado a lado, mal se tocando, deixando o poder do sol, da terra e do ar se mover através de si em harmonia, e ela caiu em um sono sem sonhos, embora ainda estivesse consciente de suas mãos entrelaçadas. Parecia-lhe que um dia, havia muito tempo, tinham se deitado assim, contentes, eternos, em uma perene paz feliz, como se fossem parte das pedras que estavam ali desde sempre; era como se vivenciasse e ao mesmo tempo recordasse estar com ele ali. Mais tarde, despertou e o viu dormindo, e sentou-se memorizando cada traço do rosto dele com uma ternura feroz.

O sol havia baixado do pico quando ele acordou, sorrindo-lhe e espreguiçando-se como um gato. Ainda dentro de sua bolha de felicidade, ela o ouviu dizer:

— Íamos descer para caçar aves aquáticas. Gostaria de fazer as pazes com minha mãe… Estou tão feliz que não posso suportar o pensamento de viver em discordância com qualquer ser vivo hoje, mas talvez os espíritos da natureza nos mandem uma ave cujo destino seja nos proporcionar uma refeição feliz…

Ela riu, apertando a mão dele.

— Eu o levarei para o lugar em que as aves aquáticas caçam e pescam, e, se for a vontade da Deusa, nada pegaremos, então não precisamos nos culpar por perturbar o destino delas. Mas é *muito* cheio de lama, então precisa tirar essas suas botas de montaria, e terei de prender meu vestido de novo. Você atira pedaços de pau, como os pictos, ou pequenas flechas envenenadas, ou as captura e torce seu pescoço?

— Acho que sofrem menos quando são rapidamente capturadas pela rede e seu pescoço é logo quebrado — Lancelote disse com consideração, e ela assentiu.

— Vou buscar uma rede e uma armadilha…

Eles não viram ninguém enquanto desciam o Tor, deslizando em poucos minutos o que havia levado mais de uma hora para subir. Morgana correu para a construção em que as redes e as armadilhas ficavam guardadas e trouxe duas; eles andaram silenciosamente ao longo da margem e encontraram os juncos na beira da ilha. Descalços, entraram na água, escondendo-se nos juncos e estendendo as redes. Estavam na grande sombra do Tor, e o ar estava frio; as aves aquáticas já começavam a descer em grande número para se alimentar. Depois de um momento, uma ave começou a lutar e se debater, os pés presos na armadilha de Morgana, que se moveu rapidamente, pegou a ave e, em segundos, quebrou seu pescoço. Logo Lancelote havia capturado outra, e depois outra; ele as juntou pelo pescoço e as amarrou com um feixe de juncos.

— É o suficiente — afirmou. — É um bom esporte, mas em um dia como hoje prefiro não matar nada sem necessidade, e há uma para minha mãe e duas para o Merlim. Quer uma para você?

Ela balançou a cabeça e respondeu:

— Não como carne.

— Você é tão pequena, imagino que precise de pouca comida. Sou grande e fico com fome rápido.

— Está com fome agora? Ainda é cedo para a maior parte das frutas, mas podemos achar ainda alguns pilritos do inverno...

— Não, agora não; meu jantar será melhor com um pouco de fome.

Eles subiram até a margem, encharcados. Morgana tirou a sobretúnica de pele de cervo e a pôs para secar em um arbusto, pois, do contrário, endureceria, e a saia também, torcendo a água, vestindo apenas sua roupa de baixo de linho cru. Foram até onde haviam deixado os sapatos, mas não os calçaram, apenas se sentaram na grama, de mãos dadas, observando as aves aquáticas nadando, levantando a cauda de repente e mergulhando em busca de pequenos peixes.

— Como é calmo — disse Lancelote. — É como se fôssemos as únicas pessoas vivas em todo o mundo hoje, fora do tempo e do espaço, longe de todas as preocupações e problemas, ou pensamentos de guerra, batalhas, reinos ou luta...

Ela disse, com a voz trêmula ao se dar conta de que esse momento dourado ia acabar:

— Gostaria que este dia durasse para sempre!

— Morgana, você está chorando? — ele perguntou, demonstrando uma repentina solicitude.

— Não — ela disse enfaticamente, expulsando uma única gota rebelde dos cílios, vendo o mundo explodir em um prisma de cores. Jamais fora capaz de chorar; nunca havia derramado uma lágrima de medo ou dor durante todos os anos de provação para tornar-se uma sacerdotisa.

— Prima, parente... Morgana — ele disse, apertando-a contra o peito, acariciando sua face.

Ela se virou e se agarrou nele, afundando o rosto na frente de sua túnica. Ele sentiu calor; ela ouviu a batida firme do coração dele. Depois de um momento, Lancelote se curvou e colocou a mão sob o queixo dela, levantando o rosto, e seus lábios se encontraram. Ele sussurrou:

— Gostaria que você não fosse prometida à Deusa.

— Eu também — ela disse baixo.

— Venha cá... deixe-me abraçá-la assim... juro que não vou... ultrapassar os limites.

Ela fechou os olhos; já não se importava. Seu juramento parecia a muitas léguas e muitos anos de distância, e nem pensar na raiva de Viviane a teria impedido. Anos depois, ela imaginaria o que teria acontecido se tivessem permanecido daquela maneira poucos minutos a mais; sem dúvida, a Deusa, em cujas mãos estavam, teria feito o que desejava com eles. Mas, quando seus lábios se juntaram novamente, Lancelote se enrijeceu um pouco, como se ouvisse algo quase imperceptível.

Morgana afastou-se e sentou-se.

— Morgana, o que é isso?

— Não ouço nada — ela afirmou, esforçando-se para ouvir além do som da água marulhando no lago, do vento farfalhando nos juncos, e o som ocasional de um peixe saltando. E então aquilo veio novamente, como um suspirar suave... como alguém chorando.

— Alguém chora — disse Lancelote, que desdobrou rapidamente as longas pernas para ficar de pé. — Ali... alguém está machucado ou perdido, soa como uma menininha...

Morgana o seguiu rapidamente, descalça, deixando a saia e a túnica nos arbustos. Era possível que uma das sacerdotisas mais jovens tivesse se perdido ali, embora elas não devessem sair da clausura perto da Casa das Donzelas. Ainda assim, jovens eram jovens, e não se podia esperar que não quebrassem as regras; uma das velhas sacerdotisas uma vez disse que a Casa das Donzelas era para menininhas cuja única obrigação na vida era derramar coisas, quebrar coisas e se esquecer das coisas, as regras do dia a dia entre elas, até que tivessem derramado, quebrado e se esquecido de tudo o que podiam, e então davam espaço em suas vidas para um pouco de sabedoria. E agora que Morgana era uma sacerdotisa plena, havia começado a ensinar as jovens, e às vezes ela achava que a velha sacerdotisa estava certa: ela nunca havia sido tão boba e cabeça-oca como as garotas que estavam agora na Casa das Donzelas.

Eles seguiram o som. Estava confuso, agora desaparecendo por minutos, e logo voltando, bem claro. A névoa começava a vir do lago em ondas grossas, e Morgana não tinha certeza de que se tratava de névoa comum, causada pela umidade e pela proximidade do pôr do sol, ou se eram as brumas exteriores do véu em torno do reino mágico.

— Ali — disse Lancelote, mergulhando subitamente na névoa.

Morgana o seguiu e viu vagamente, oscilando entre sombra e realidade, a figura de uma jovem de pé, com água pelos tornozelos, chorando.

Sim, Morgana percebeu, *ela está realmente ali, e,* não, não é nenhuma sacerdotisa. Era muito jovem e de uma beleza estonteante; parecia toda branca e dourada, sua pele pálida como mármore um pouco manchada de coral, os olhos de um azul-celeste bem claro, o cabelo longo e claro brilhando através da névoa como ouro vivo. Usava um vestido branco que tentava, sem sucesso, segurar para fora da água. E, de algum modo, parecia verter lágrimas sem nenhuma distorção no rosto, de modo que, chorando, parecia mais linda que nunca.

Morgana disse:

— Qual é o problema, criança? Está perdida?

Ela os olhou enquanto se aproximavam e sussurrou:

— Quem são vocês? Achei que ninguém pudesse me escutar aqui... Chamei pelas irmãs, mas nenhuma me ouviu, e então a terra começou a se mover, e o que era sólido repentinamente se tornou água, e cá estava eu cercada por juncos e fiquei com medo... Que lugar é este? Nunca o vi antes, e estou no convento há quase um ano agora... — E fez o sinal da cruz.

Morgana logo percebeu o que havia acontecido. O véu havia se afinado, como fazia ocasionalmente em pontos de concentração de poder, e de alguma maneira essa garota tivera sensitividade para percebê-lo. Isso acontecia às vezes, como uma visão momentânea, de modo que alguém pudesse ver o outro mundo como uma sombra ou uma breve visão; mas se mover para *dentro* do outro mundo era algo raro.

A garota deu um passo em direção a eles, mas o solo pantanoso cedeu sob seus pés e ela parou, em pânico.

— Não se mova — Morgana disse gentilmente. — O chão é um pouco inseguro. Conheço os caminhos. Vou ajudá-la a sair, querida.

Mas, quando Morgana se moveu para a frente, com a mão estendida, Lancelote entrou na sua frente, pegou a jovem e a carregou para a terra seca, colocando-a no chão.

— Seus sapatos estão molhados — ele disse, pois chapinhavam quando ela se movia. — Tire-os e pode secá-los aqui.

Ela olhou para ele com espanto; havia parado de chorar.

— Você é muito forte. Nem meu pai é forte assim. E acho que já o vi em algum lugar, não?

— Não sei — disse Lancelote. — Quem é você? Quem é seu pai?

— Meu pai é o rei Leodegranz, mas estou na escola do convento...

A voz dela começou a tremer novamente.

— Onde está ele? Não consigo mais ver o prédio em lugar algum, nem a igreja...

— Não chore — disse Morgana, indo para a frente, e a menina se afastou um pouco.

— Você é do povo das fadas? Você tem o sinal azul na testa. — E novamente levantou a mão e fez o sinal da cruz. — Não — ela disse, em dúvida —, você não pode ser um demônio, não desapareceu quando fiz o sinal da cruz, como as irmãs disseram que todo demônio deve fazer... Mas você é pequena e feia como o povo das fadas...

— Não, é claro que nenhum de nós é um demônio — Lancelote disse com firmeza —, e acho que podemos encontrar para você o caminho de volta para o convento.

Morgana, com o coração afundando, viu que ele agora olhava para a estranha como havia olhado para ela minutos antes, com amor, desejo, quase adoração. Enquanto ele se virava para a prima, dizendo: "Podemos ajudá-la, não podemos?", Morgana se viu como deveria parecer para Lancelote e a estranha donzela dourada: pequena, morena, com o sinal azul bárbaro na testa, as vestes com lama até os joelhos, os braços impudicamente nus e os pés imundos, o cabelo solto. *Pequena e feia como alguém do povo das fadas. Morgana das Fadas.* Assim a tinham provocado desde criança. Ela sentiu uma onda de ódio de si mesma, de nojo de seu corpo pequeno, escuro, seus membros seminus, o couro de cervo enlameado. Puxou a saia úmida do arbusto e a vestiu, repentinamente consciente dos membros nus; enrolou a túnica imunda de pele de cervo por cima. Por um momento, quando Lancelote a olhou, ela sentiu que ele também deveria achá-la feia, bárbara, estranha; essa bela criatura dourada pertencia ao mundo dele.

Ele se aproximou gentilmente e tomou a mão da garota estranha, com uma reverência respeitosa.

— Venha, podemos mostrar a você o caminho de volta.

— Sim — disse Morgana, insípida —, vou mostrar-lhe o caminho. Siga-me de perto, pois o chão é traiçoeiro e você pode se atolar e ficar presa por um bom tempo.

Por um instante furioso, ficou tentada a levá-los para o pântano intransponível – poderia fazê-lo, sabia o caminho – e deixá-los lá para que se afogassem ou vagassem para sempre nas brumas.

Lancelote perguntou:

— Qual é seu nome?

A garota loura disse:

— Meu nome é Gwenhwyfar.

Morgana ouviu Lancelote murmurar:

— Que belo nome, digno da senhora que o leva.

Morgana sentiu uma onda tão grande de ódio que pensou que fosse desmaiar. Sentiu que isso ficaria com ela até a morte e que naquele instante de fato desejava a morte. Toda a cor havia sumido do dia, sugada pela névoa e pelo pântano e pelos juncos sombrios, com toda a sua felicidade.

— Venha — ela repetiu, com a voz dura —, e mostrarei o caminho.

Ao se virar para ir, Morgana os ouviu rindo atrás e se perguntou, em sua onda sombria de ódio, se riam dela. Ouviu a voz feminina de Gwenhwyfar dizendo:

— Mas *você* não pertence a este lugar horrível, pertence? *Você* não se parece com o povo das fadas, não é pequeno e feio.

Não, pensou Morgana, ele era belo, e ela, *pequena e feia*. As palavras queimaram seu coração; ela se esqueceu de que se parecia com Viviane, e que, para ela, Viviane era linda. Ouviu Lancelote dizendo:

— Não, não, eu adoraria voltar com você... adoraria de verdade... mas já me comprometi a jantar com um parente esta noite, e minha mãe já está zangada o suficiente comigo; não quero enraivecer também o velho senhor. Mas não, não sou de Avalon... — E, depois de um minuto: — Não, ela... bem, é prima de minha mãe, ou algo assim, e nos conhecemos desde crianças, isso é tudo.

E agora sabia que ele falava dela. Então, rapidamente, tudo o que tinha acontecido entre eles havia sido reduzido a um laço familiar distante. Lutando ferozmente contra uma onda de lágrimas que fazia sua garganta doer, sabendo que chorar a tornaria mais feia que nunca aos olhos deles, pisou em terra firme.

— Ali fica seu convento, Gwenhwyfar. Tenha cuidado para se manter no caminho, ou você pode se perder na névoa outra vez.

Viu que a garota havia dado a mão a Lancelote. Para Morgana, ele pareceu relutante em soltá-la. A garota disse:

— Obrigada, obrigada!

— É a Morgana que você deve agradecer — Lancelote observou. — É ela que sabe os caminhos para dentro e fora de Avalon.

A menina lançou um olhar tímido para ela. Fez uma reverência polida.

— Eu lhe agradeço, senhora Morgana.

Morgana respirou fundo, envolvendo-se mais uma vez no manto de sacerdotisa, o encanto que podia invocar quando desejava; apesar das vestes imundas e esfarrapadas, dos pés nus, o cabelo que caía em cachos molhados em torno dos ombros, sabia que repentinamente parecia alta e imponente. Ela fez um gesto distante de bênção e se virou, silenciosamente, convocando Lancelote com outro gesto. Sabia, mesmo que não pudesse ver, que o medo e o assombro haviam retornado aos olhos da garota, mas afastou-se silentemente, com o deslizar suave de uma sacerdotisa de Avalon, os passos relutantes de Lancelote seguindo os seus.

Depois de um momento, olhou para trás, mas as brumas haviam se fechado e a garota havia desaparecido com elas. Lancelote perguntou, abalado:

— Como fez isso, Morgana?

— Fiz o quê?

— De repente, parecia tão... tão... como minha mãe. Alta, distante, indiferente e... meio irreal. Como um demônio feminino. Você apavorou a pobre menina, não deveria ter feito isso!

Morgana mordeu a língua com uma raiva repentina. Ela disse em uma voz indiferente e enigmática:

— Primo, sou o que sou. — E se virou, apressando-se a subir o caminho na frente dele. Estava com frio, exausta e doente por dentro; ansiava pela solidão da Casa das Donzelas. Lancelote parecia ter ficado bem para trás, mas ela já não se importava. Ele poderia achar o próprio caminho a partir dali.

13

Na primavera do ano seguinte, atravessando uma tempestade terrível típica de fim de inverno, o Merlim chegou tarde da noite a Avalon. Quando avisaram a Senhora, ela fez cara de assombro.

— Uma noite como esta afogaria até os sapos. O que o traz aqui, num tempo desses?

— Não sei, senhora — respondeu o jovem aprendiz de druida que fora avisá-la. — Ele nem mesmo pediu o barco, veio sozinho pelos caminhos escondidos, e disse que precisa vê-la esta noite antes que a senhora se deite. Mandei roupas secas para ele... Pode imaginar o estado em que as dele estavam. Teria enviado comida e vinho também, mas ele perguntou se poderia jantar com a senhora.

— Diga a ele que é bem-vindo — disse Viviane, mantendo o rosto cuidadosamente neutro; ela aprendera muito bem a arte de esconder os pensamentos. Quando o rapaz se afastou, porém, permitiu-se olhar em espanto e franzir o cenho.

Chamou as criadas e pediu-lhes que não trouxessem seu jantar frugal costumeiro, mas comida e vinho para o Merlim, e também que renovassem o fogo da lareira.

Depois de um tempo, ouviu passos lá fora, e, quando ele entrou, foi diretamente para a frente do fogo. Taliesin estava encurvado agora, cabelo e barba totalmente brancos, e parecia de algum modo incongruente com o manto verde de bardo noviço, curto demais, tanto que seus tornozelos magros saíam da barra da vestimenta. Ela o sentou perto do fogo – ele ainda estava tremendo, ela notou – e colocou ao lado dele um prato de comida e uma taça de vinho, bom vinho de maçã de Avalon, em uma taça entalhada de prata.

Então ela se sentou em seu pequeno banco ali perto e provou o pão e as frutas secas enquanto o observava comer. Depois que ele afastou o prato e passou a bebericar o vinho, ela disse:

— Conte-me tudo, pai.

O velho sorriu para ela e disse:

— Jamais pensei que ouviria você me chamar assim, Viviane. Ou acha que recebi as ordens sagradas da igreja na minha velhice?

Ela balançou a cabeça.

— Não, mas era o amante da minha mãe, que foi Senhora antes de mim, e é pai de duas irmãs minhas. Juntos, servimos à Deusa e a Avalon por mais anos que posso contar, e talvez eu deseje o conforto da voz de um pai esta noite... não sei. Eu me sinto muito velha esta noite, pa... Taliesin. Você me acha muito velha para ser sua filha?

O velho druida sorriu.

— Isso nunca, Viviane. Você não tem idade. Sei qual a sua idade... ou poderia calculá-la, se quisesse... mas parece uma menina para mim. Mesmo agora você teria quantos amantes desejasse, se assim desejasse.

Ela refutou aquilo com um gesto.

— Tenha certeza de que jamais encontrei um homem que tenha significado para mim mais do que necessidade, ou dever, ou uma noite de prazer. E apenas uma vez, creio, outro homem a não ser você chegou perto de ser páreo para mim em força. — Ela riu. — Ainda assim, se eu fosse dez anos mais jovem, como você acha que eu teria me saído no poder como a rainha do Grande Rei e com meu filho no trono?

— Não acho que Galahad... Como é que ele quer ser chamado agora? Lancelote? Não acho que ele seja talhado para ser rei. É visionário, um junco balançado pelo vento.

— Mas se o pai dele tivesse sido Uther Pendragon...

Taliesin balançou a cabeça.

— Ele é um seguidor, Viviane, não um líder.

— Mesmo assim. Isso é por ter sido criado na corte de Ban como bastardo. Se tivesse sido criado como filho de rei...

— E quem teria governado Avalon nesses anos, se você tivesse escolhido uma coroa nas terras cristãs lá fora?

— Se eu governasse ao lado de Uther, não seriam terras cristãs. Pensei que Igraine fosse ter poder sobre ele e que o usaria por Avalon...

Ele voltou a balançar a cabeça.

— Não adianta se afligir por causa da neve do inverno passado, Viviane. É de Uther que venho falar. Ele está morrendo.

Ela levantou a cabeça e o fitou.

— Então já chegou a hora. — Sentiu o coração disparar e continuou: — Ele é muito jovem para morrer...

— Ele lidera seus homens em batalha, quando um homem mais sábio com a mesma idade deixaria isso para seus generais; foi ferido e começou a ter febre. Ofereci meus serviços como curandeiro, mas fui proibido por Igraine, assim como pelos padres. Não poderia ter feito nada, de qualquer modo. A hora dele chegou. Vi isso nos olhos dele.

— Como vai Igraine como rainha?

— Bem como era de esperar — disse o velho druida. — Ela é bela e digna, e devota, e está sempre em luto pelas crianças que perdeu. Teve outro filho no dia de Todos os Santos, e ele viveu apenas quatro dias. E o padre de sua residência a convenceu de que foi punição pelos pecados dela. Nenhum escândalo a manchou desde que se casou com Uther... a não ser o nascimento tão rápido do filho. Mas aquilo foi o suficiente. Perguntei a ela o que faria após a morte de Uther, e, quando parou de chorar por causa disso, ela afirmou que se retiraria a um convento. Ofereci-lhe abrigo em Avalon, onde poderia ficar perto da filha, mas ela disse que não seria adequado para uma rainha cristã.

O sorriso de Viviane endureceu um pouco.

— Jamais pensei que ouviria isso de Igraine.

— Viviane, não deve culpá-la, nem em pensamento, pelo que você mesma arquitetou. Avalon a expulsou quando ela mais precisava; vai repreender a garota por ter encontrado consolo em uma fé mais simples que a nossa?

— Não duvido de que você seja o único homem em toda a Bretanha que chama a Grande Rainha de garota!

— Para mim, Viviane, você também é uma garotinha às vezes: a mesma que subia em meus joelhos e tocava as cordas da minha harpa.

— E agora mal posso tocar. Meus dedos perderam a flexibilidade com os anos.

Ele meneou a cabeça.

— Ah, não, minha querida — disse, mostrando os próprios dedos finos e nodosos. — Perto disso, suas mãos são jovens, e mesmo assim converso através deles diariamente com minha harpa, e você também poderia ter feito isso. Suas mãos escolheram exercer o poder, não a música.

— E o que teria sido da Bretanha se eu não tivesse feito isso? — ela explodiu.

— Viviane — ele afirmou, com um toque de severidade —, eu não a censurei. Apenas falei das coisas como são.

Ela suspirou e pousou o queixo nas mãos.

— Eu disse a verdade quando afirmei que precisava de um pai esta noite. Então o que tememos e planejamos todos esses anos já chegou? E o filho de Uther, meu pai? Está pronto?

— Ele *precisa* estar pronto. Uther não viverá até o solstício de verão. E os corvos já se reúnem, como fizeram quando Ambrósio estava no leito de morte. Quanto ao rapaz... você não o viu?

— De quando em quando, eu o vislumbro no espelho mágico. Parece forte e saudável, mas isso não me diz nada além de que ele terá a aparência de um rei quando chegar a isso. Você o visitou, não?

— A pedido de Uther, visitei-o algumas vezes para ver como estava crescendo. Vi que tinha os mesmos livros em latim e grego que ensinaram a seu filho muito de estratégia e guerra; Heitor é romano até a medula, e as conquistas dos césares e as façanhas de Alexandre são parte de seu próprio ser. Ele é um homem educado e treinou os dois filhos para a guerra. O jovem Cai teve seu batismo de sangue em batalha no ano passado; Artur se exasperou por não poder ir, mas é um filho obediente a Heitor e acatou suas ordens.

— Se ele é tão romano assim — perguntou Viviane —, Artur desejará ser um súdito de Avalon? Pois deve governar as tribos, também, e os pictos, lembre-se.

— Cuidei disso — disse o Merlim —, pois o induzi a encontrar pessoas do povo pequeno, dizendo que eram aliados dos soldados de Uther para defender nossa ilha. Com eles, aprendeu a lançar as flechas de sílica e a se mover silenciosamente pelas urzes e charnecas e... — ele hesitou e então disse expressivo: — ... também sabe caçar cervos e não tem medo de andar entre eles.

Viviane fechou os olhos por um momento.

— Ele é tão jovem...

— A Deusa sempre escolhe o homem mais jovem e forte para liderar seus guerreiros.

Viviane inclinou a cabeça e disse:

— Que assim seja. Ele será testado. Traga-o aqui antes que Uther morra, se puder.

— Aqui? — Merlim balançou a cabeça. — Não até que o teste seja feito. Só então poderemos mostrar a ele o caminho para Avalon e os dois reinos que terá de governar.

Viviane voltou a curvar a cabeça.

— Para a Ilha Dragão, então.

— Será o desafio ancestral? Uther não passou por esse teste em sua coroação...

— Uther era um guerreiro; era suficiente torná-lo senhor do dragão. Esse rapaz é jovem e ainda não teve seu batismo de sangue. Deve ser testado e provar a si mesmo.

— E se ele falhar...

Viviane cerrou os dentes.

— Ele não vai falhar!

Taliesin esperou até que ela o olhasse nos olhos de novo e repetiu:

— E se ele falhar...

Ela suspirou.

— Sem dúvida, Lot está pronto, caso isso aconteça.

— Você deveria ter trazido um dos filhos de Morgause para ser criado aqui em Avalon — disse o Merlim. — Gawaine é um rapaz promissor. Cabeça quente, belicoso... um touro, enquanto o rapaz de Uther é um gamo. Mas há material para rei em Gawaine, creio, e ele também é filho da Deusa... Morgause era filha de sua mãe, e os filhos dela têm sangue real.

— Não confio em Lot — a Senhora disse, veemente. — E confio menos ainda em Morgause!

— Mas Lot tem o apoio dos clãs do norte, e acho que as tribos o aceitariam...

— Mas os aliados de Roma jamais, e então teríamos dois reinos na Bretanha, sempre em guerra, e nenhum deles forte o bastante para segurar os saxões e os nortistas selvagens. Não. Precisa ser o filho de Uther, ele não pode falhar!

— Será de acordo com os desejos da Deusa — o Merlim falou, severo. — Certifique-se de não confundir a sua vontade com a dela.

Viviane cobriu o rosto com as mãos.

— Se ele falhar... se ele falhar, tudo isso terá sido em vão — ela disse ferozmente. — Tudo o que fiz por Igraine, tudo o que fiz por todos os que amo. Pai, você previu que vai falhar?

O velho balançou a cabeça branca, e sua voz era compassiva:

— A Deusa não revela sua vontade para mim, e foi você quem previu que esse menino teria o poder de liderar toda a Bretanha. Faço-lhe uma advertência contra o orgulho, Viviane, de pensar que você sabe o que é melhor para cada homem ou mulher que vive. Você governou bem Avalon...

— Mas estou velha — ela disse, levantando o rosto, e notou o compadecimento nos olhos dele —, e um dia, logo...

O Merlim curvou a cabeça; ele também vivia sob aquela lei.

— Quando essa hora chegar, você saberá; não é agora, Viviane.

— Não — ela disse, lutando contra um desespero repentino, conforme vinha acontecendo nos últimos tempos, um calor em seu corpo, um tormento em sua mente —, quando chegar a hora, quando eu não puder mais ver o que está por vir, então saberei que é hora de passar o governo de Avalon para outra pessoa. Morgana ainda é jovem, e Raven, por quem tenho muito afeto, se dedicou ao silêncio e à voz da Deusa. A hora ainda não chegou, mas se vier rápido demais...

— Quando vier, Viviane, será o momento certo — disse o Merlim. Ele se levantou, alto e trôpego, e Viviane viu que dependia muito da bengala. — Levarei o menino à Ilha Dragão, no degelo da primavera, e veremos se está pronto para se tornar rei. E então você dará a ele a espada e a taça, em sinal de que há uma ligação eterna entre Avalon e o mundo lá fora...

— A espada, ao menos — afirmou Viviane. — A taça, eu não sei.

O Merlim inclinou a cabeça.

— Isso, deixo à sua sabedoria. Você, não eu, é a voz da Deusa. Ainda assim, você não será a Deusa para ele...

Viviane balançou a cabeça.

— Ele encontrará a Mãe quando triunfar, e da mão dela receberá a espada da vitória. Mas primeiro deve provar a si mesmo e encontrar-se com a Virgem Caçadora... — Um lampejo de sorriso atravessou o rosto dela. — E não importa o que aconteça depois disso, não vamos correr riscos como fizemos com Uther e Igraine. Vamos nos assegurar do sangue real, seja qual for o resultado mais tarde.

Depois que o Merlim se foi, Viviane ficou sentada por um longo tempo, vendo figuras no fogo apenas do passado, sem buscar ver através da névoa do tempo em direção ao futuro.

Ela também, havia muitos anos, tantos que não se lembrava da conta exata, entregara sua virgindade ao Deus Cornudo, o Grande Caçador, o senhor da dança espiral viva. Ela pouco pensara na virgem que faria esse papel na celebração de coroação que estava por vir, mas deixou a mente passear pelo passado e pelas outras vezes em que assumiu o papel de Deusa no Grande Casamento...

... nunca havia sido mais do que uma obrigação para ela; às vezes, agradável, às vezes, não, mas sempre sob a ordem, possuída pela Grande Mãe que governara sua vida desde que tinha chegado aqui. Subitamente teve inveja de Igraine, e uma parte isolada de sua mente se perguntou por que invejava uma mulher que havia perdido todos os filhos para a morte ou então os enviado para serem criados longe, e que agora se tornaria viúva e terminaria a vida atrás dos muros de um convento.

O que invejo nela é o amor que conheceu... Não tenho filhas, meus filhos são estranhos para mim... *Jamais amei, ela pensou. Nem soube o que é ser amada. Medo, assombro, reverência, isso me foi dado. Nunca amor. E há momentos em que penso que daria tudo pelo olhar de um ser humano, como o que Uther dera a Igraine no seu casamento.*

Suspirou, desolada, repetindo em voz um pouco alta o que o Merlim havia dito:

— Bem, não adianta se afligir por causa da neve do inverno passado.

Levantou a cabeça, e sua atendente entrou, silenciosa.

— Senhora?

— Traga-me... não — ela disse, mudando de ideia abruptamente. — Deixe a garota dormir. *Não é verdade que jamais amei ou fui amada. Amo Morgana além de qualquer medida, e ela me ama.*

Agora, isso também poderia acabar. Mas isso também seria de acordo com a vontade da Deusa.

14

A mais pálida lâmina de uma lua nova pairava a oeste de Avalon. Morgana subia lentamente, os pés nus percorrendo o caminho em espiral, silenciosa e pálida como a lua virgem. Seu cabelo estava solto, sua única veste sem cinto. Ela sabia que guardas e sacerdotisas a observavam, silenciosos, para que nenhuma pessoa sem autorização perturbasse seu silêncio com uma palavra não consagrada. Atrás da cortina escura de seu cabelo, suas pálpebras estavam fechadas. Ela se movia sem erros pelo caminho, sem precisar enxergar. Raven se movia silenciosamente atrás dela, descalça como Morgana, sem cinto, o cabelo solto encobrindo o rosto.

Subiam sempre, no ocaso que escurecia, com poucas estrelas pálidas no domo cor de índigo acima deles. O círculo de pedras estava acinzentado e repleto de sombras, uma única centelha tênue no centro; não era fogo, mas fogo-fátuo, chamas de bruxa, feitiçaria, brilhando dentro do círculo mágico.

Com a última centelha da lua que se punha, refletida por um segundo no lago brilhante abaixo, uma sacerdotisa virgem se moveu silenciosa na direção delas, apenas uma menina, com um traje de lã sem tingir, o cabelo raspado não mais que uma mecha de escuridão. Ofereceu uma taça a Morgana, que aceitou e bebeu em silêncio, e então a passou para Raven, que sorveu as últimas gotas. Ouro e prata brilhavam na luz que se extinguia. Morgana pegou, de mãos que não viu, a grande espada com cabo em cruz, arfando um pouco com o peso inesperado. Descalça, com frio, mas sem percebê-lo, ela traçou o círculo sob as pedras. Atrás dela, Raven pegou a longa lança e cravou-a no coração do fogo mágico. A luz saltou no pedaço de estopa ali, e ela a carregou, atrás de Morgana, em torno de todo o círculo, uma linha fraca de fogo mágico surgindo em torno da penumbra. Voltando ao centro para a luz mais débil, viram o rosto de Viviane; sem idade, além do tempo, flutuando no meio do ar, sem corpo: o rosto da Deusa, brilhando. Embora Morgana soubesse que o efeito era produzido por uma substância luminosa espalhada na testa e na face em contraste com a escuridão do círculo e das roupas escuras, isso sempre a deixava sem fôlego.

Mãos sem corpo, brilhantes, colocaram algo nas mãos de Morgana, e então nas de Raven. Morgana mordeu o amargor forte, amadeirado, e lutou contra a ânsia de vômito para engoli-lo. O silêncio caiu. Olhos brilhavam no escuro, mas nenhum rosto podia ser visto. Sentiu-se como se estivesse de pé entre multidões que se aglomeravam no topo do Tor, mas não via um único rosto entre eles. Mesmo o rosto sem corpo de Viviane havia desaparecido no escuro. Sentia o calor do corpo de Raven perto do dela, embora elas não se tocassem. Tentou manter a mente quieta, em meditação, entrando no silêncio treinado, sem saber ao certo por que havia sido trazida ali.

O tempo passou; as estrelas se iluminaram contra o céu que escurecia. *Tempo*, pensou Morgana, *o tempo corre diferente em Avalon, ou talvez não exista*. Muitas noites, durante longos anos, ela havia traçado os caminhos em espiral até o topo do Tor, investigando os mistérios do tempo e do espaço dentro do círculo de pedras. Ainda assim, essa noite parecia mais estranha, escura, de alguma maneira mais pesada de mistério; ela jamais havia sido chamada, entre as outras sacerdotisas, para o maior papel no ritual. Sabia que o que tinham lhe dado no banquete mágico era uma erva usada para fortalecer a Visão; isso não diminuía seu poder nem sua mágica.

Depois de um tempo, no escuro, ela começou a ver figuras em sua mente, pequenas figuras coloridas, como se as avistasse de uma grande distância. Viu um rebanho de cervos correndo. Viu novamente a grande escuridão que envolveu a terra quando o sol se foi e um vento gelado soprou, e sentiu medo de que o mundo estivesse acabando; mas as sacerdotisas mais velhas haviam lhe explicado, enquanto se reuniam no pátio, que a Deusa Lua estava apagando o brilho da Deusa, e ela correra para fora alegremente a fim de se juntar à gritaria das mulheres e a afugentar. Mais tarde, explicaram a ela como a lua e o sol se moviam, e por que, de vez em quando, um deles atravessava a superfície do outro; que aquela era a maneira da natureza, e que as crenças do povo sobre o rosto dos Deuses eram símbolos de que essas pessoas, em seu presente estado de evolução, precisavam para visualizar as grandes verdades. Um dia, todos os homens e mulheres saberiam as verdades interiores, mas por ora não precisavam disso.

Ela observou a Visão interior, como havia feito em vida, enquanto os ciclos do ano rodavam várias vezes em torno do grande círculo de pedras; observou o nascimento e a fecundidade e por fim a morte do Deus; viu as grandes procissões subindo a espiral em direção ao bosque de carvalhos, antes que o círculo de pedras tivesse sido erguido ali... O tempo era transparente, deixou de ter significado conforme as pequenas pessoas pintadas vieram, amadureceram e foram podadas, e então as tribos, e depois delas os romanos, e os estranhos altos da costa da Gália, e depois deles... O tempo cessou, e ela viu apenas o movimento de pessoas e o crescimento excessivo do mundo, o gelo veio, recuou e veio de novo, e ela viu os grandes templos de Atlântida agora afundados para sempre entre os oceanos, viu novos mundos se levantarem e se estabelecerem... E silêncio, e, além da noite, as grandes estrelas rodavam e oscilavam...

Ouviu atrás de si um grito assustador e sua pele gelou. Raven gritava, Raven, cuja voz jamais havia ouvido; Raven, que uma vez, quando serviam juntas no templo, agarrou uma lamparina que ia vazar e, ao se queimar com o óleo fervendo, sentou-se afogando seus gritos com as duas mãos enquanto suas queimaduras eram enfaixadas, para não quebrar o voto pelo qual entregara sua voz à Deusa. Ela levaria as cicatrizes para sempre; certa vez, olhando para ela, Morgana havia pensado: *O voto que fiz é algo pequeno perto disso, e ainda assim estive perto de quebrá-lo por um homem moreno de voz melodiosa.*

E agora Raven, na noite sem lua, gritava, um grito alto, sobrenatural, como uma mulher dando à luz. Por três vezes, o grito estridente tremulou sobre o Tor, e Morgana tremeu de novo, sabendo que até os padres da outra ilha que correspondia à sua deveriam acordar em suas celas solitárias e fazer o sinal da cruz ao ouvir aquele berro assombrado que soava entre os mundos.

Depois do grito, silêncio, um silêncio que pareceu a Morgana repleto de respiração, de respiração suspensa, até, dos iniciados ocultos que agora cercavam a terrível solidão habitada apenas pelas três sacerdotisas imóveis. Então, arquejando e engasgando, como se sua voz estivesse havia muito incapacitada pelo silêncio, Raven gritou:

— Ah, sete vezes a Roda, a Roda com treze raios, deu a volta pelos céus... sete vezes a Mãe deu à luz seu filho escuro...

Novamente o silêncio, aprofundando-se com o contraste, exceto pela respiração engasgada da profetisa em transe. Ela gritou:

— Ah... ah... estou queimando... estou queimando... está na hora, está na hora... — E caiu novamente no silêncio coagulado, prenhe de terror. — Eles correm! Correm no cio da primavera, correm... lutam, escolhem seu rei... ah, o sangue, o sangue... e o maior de todos, ele corre, e há sangue na galhada de seu orgulho...

Novamente o silêncio se estendeu, e Morgana, vendo na escuridão, por trás de suas pálpebras, a corrida do gamo na primavera, viu novamente o que vira em um vislumbre quase esquecido em sua bacia de prata: um homem entre os gamos, lutando, batalhando...

— É o filho da Deusa, ele corre, corre... o Cornífero deve morrer... e o Cornífero deve ser coroado... a Caçadora Virgem deve chamar o rei para si, deve oferecer sua virgindade ao Deus... ah, o velho sacrifício, o velho sacrifício... Estou queimando, estou queimando... — E as palavras começaram a engasgar umas sobre as outras e a morrer em um longo grito soluçante. Atrás dela, através dos olhos fechados, Morgana viu Raven cair sem sentidos no chão e ficar ali deitada, ofegando, sua respiração o único som no silêncio que se aprofundava.

Em algum lugar, uma coruja piou uma, duas, três vezes.

Da escuridão, as sacerdotisas vieram, silenciosas e escuras, com brilhos azuis na testa. Levantaram Raven ternamente e a levaram embora. Levantaram Morgana também, e ela sentiu sua cabeça latejante sendo apoiada no peito de uma mulher enquanto a levavam. Então, perdeu os sentidos.

Três dias depois, quando Morgana havia recuperado um pouco de sua força, Viviane mandou chamá-la.

Morgana se levantou e tentou se vestir, mas ainda estava fraca, e aceitou a ajuda de uma das sacerdotisas jovens, grata porque a moça estava sob voto de silêncio e não falou com ela. O longo jejum, a terrível doença causada pelas ervas rituais e a alta tensão do ritual ainda afetavam seu corpo; havia tomado um pouco de sopa na noite passada, e um pouco de pão molhado no leite naquela manhã, mas ainda se sentia doente e vazia depois do longo esforço, e sua cabeça latejava e sua menstruação escura a havia tomado com uma violência que jamais sentira; isso também, ela sabia, deveria ser o efeito das ervas sagradas. Doente e indiferente, desejava que Viviane a tivesse deixado recuperar-se em paz, mas fazia a vontade dela como teria feito a da Deusa, caso a Deusa tivesse descido do céu e dito um desejo em voz alta. Quando estava vestida, e havia trançado o cabelo e o amarrado com uma faixa de pele de cervo, e pintado a lua crescente na testa com tinta azul fresca, seguiu pela trilha até a casa onde a Grã-Sacerdotisa vivia.

Como era agora privilégio seu, entrou sem bater ou anunciar sua presença. De alguma maneira, nessa casa ela sempre visualizava Viviane à sua espera, sentada na cadeira parecida com um trono como se fosse a Deusa em seu trono escuro; nesse dia, porém, Viviane se movia no fundo do cômodo, e o fogo não estava aceso, mas estava frio e escuro. A Senhora usava seu manto simples de lã não tingida com um capuz amarrado sobre o cabelo, e pela primeira vez Morgana percebeu que Viviane era uma sacerdotisa não agora da Donzela ou da Mãe, mas da velha sábia – que era também a Velha Anciã da Morte. O seu rosto parecia enrugado e abatido, e Morgana pensou: *É claro, se os rituais deixaram Raven e a mim, ambas jovens e fortes, doentes, o que devem ter feito com Viviane, que havia envelhecido a serviço de quem servimos?*

Então Viviane se virou e sorriu para ela, um sorriso amoroso, e Morgana sentiu novamente a velha onda de amor e ternura. Mas, como cabia a uma sacerdotisa mais jovem na presença da Senhora, esperou que Viviane falasse primeiro.

Viviane fez um gesto para que ela se sentasse.

— Você se recuperou, criança?

Morgana se deixou cair no banco; mesmo aquela curta caminhada a deixara exausta. Fez que não com a cabeça.

— Eu sei — disse Viviane. — Às vezes, quando não sabem como você vai reagir, eles lhe dão muito. Na próxima vez, não pegue tudo o que lhe for dado, decida quanto pode tomar... O suficiente para lhe dar a Visão, mas não para deixá-la assim tão doente. Tem esse direito, agora; chegou a um estágio no qual a obediência deve ser moderada com seu próprio julgamento.

Por alguma razão, aquelas palavras soaram várias vezes na mente de Morgana: *moderada com seu próprio julgamento, moderada com seu próprio julgamento*. Ela pensou: *Ainda estou doente por causa das drogas que me deram*, e balançou a cabeça impacientemente para afastar aquelas palavras e ouvir Viviane.

— O que entendeu da profecia de Raven?

— Pouco — Morgana confessou. — Sempre foi misterioso para mim. Não tenho certeza das razões por que eu estava lá.

— Em parte, para emprestar sua força a ela; Raven não é forte. Ainda está acamada, e estou preocupada. Ela sabe a quantidade de ervas que pode tomar, mas mesmo aquele pouco pareceu demais; vomitou sangue e está expelindo mais. Mas não vai morrer.

Morgana estendeu a mão para se equilibrar; sentia-se oca, e uma repentina onda de ânsia voltou a tomá-la, deixando-a pálida e zonza. Sem pedir licença, ela se levantou, cambaleou até a porta e vomitou, devolvendo o pão e o leite que engolira naquela manhã. Ouviu Viviane chamar seu nome e, quando acabou e se levantou, agarrada ao batente da porta, com ânsia, viu uma das jovens sacerdotisas atendentes ali com um pano para limpar seu rosto; estava úmido e cheirava a ervas adocicadas. Viviane apoiou seus passos enquanto voltava para dentro e então deu a ela uma pequena taça.

— Beba lentamente — disse.

O líquido queimou sua língua e por um momento exacerbou o sentimento de ânsia; era a bebida forte destilada pelas tribos do norte, que a chamavam de água da vida. Havia provado a bebida apenas uma ou duas vezes. Mas, quando desceu, sentiu um calor forte espalhando-se a partir de seu estômago vazio, e depois de alguns minutos sentia-se melhor, mais firme, quase eufórica.

— Um pouco mais — disse Viviane. — Vai fortalecer seu coração. Sente-se melhor agora?

Morgana assentiu.

— Obrigada.

— Hoje à noite, vai conseguir comer — Viviane afirmou, e, no estado estranho de Morgana, isso soou como uma ordem, como se a Senhora pudesse mandar seu estômago se comportar. — Então. Vamos falar sobre a profecia de Raven. Nos dias de antigamente, muito antes que a sabedoria e a religião dos druidas chegassem aqui, vindas dos templos afundados no continente ocidental, o povo das fadas, do qual somos descendentes, você e eu, minha Morgana, vivia aqui nas margens do mar interno, e, antes que aprendessem a plantar a cevada e colhê-la novamente, viviam de coletar frutas da terra e de caçar cervos. E naqueles dias não havia rei entre eles, mas apenas uma rainha, que era mãe deles, embora ainda não tivessem aprendido a pensar nela como a Deusa. E, como viviam da caça, sua rainha e sacerdotisa aprendeu a chamar os cervos até ela e pedir aos espíritos deles que se sacrificassem e morressem pela vida da tribo. Mas sacrifício é trocado por sacrifício: o cervo morria pela tribo, e um integrante desta deveria morrer pela vida do cervo, ou ao menos correr o risco de que os cervos pudessem, se desejassem, tirar a vida dele em troca da sua. Assim o equilíbrio era mantido. Você entende, minha querida?

Morgana ouviu a expressão incomum de carinho e se perguntou vagamente, em seu estado doente e embriagado: *Ela está me dizendo que serei o sacrifício? Minha vida foi escolhida para a tribo?*

Não importa, fui dada à Deusa para a vida ou para a morte.

— Entendo, mãe. Ao menos acho que sim.

— Então a Mãe da tribo escolhia, todos os anos, seu consorte. E, já que ele havia concordado em dar a vida pela tribo, a tribo dava a ele suas vidas. Mesmo se as crianças de peito estivessem famintas, ele sempre tinha abundância, e todas as mulheres da tribo eram dele para serem tomadas, assim ele, o mais forte e o melhor, seria pai de seus filhos. Além disso, a Mãe da tribo era muitas vezes velha demais para parir, e então ele deveria escolher donzelas também, e nenhum homem entre eles poderia interferir em sua vontade. E então, quando o ano havia passado... todos os anos, naquele tempo... ele colocava a galhada do gamo e vestia um manto de pele de gamo não curtida, para que os animais pensassem que ele era um deles, e ele corria com os rebanhos como se a Mãe Caçadora colocasse um feitiço nele para correr. Mas a essa altura o rebanho havia escolhido seu Gamo-Rei, e às vezes este farejava um estranho e se voltava contra ele. Então o Cornífero morria.

Morgana sentiu novamente o calafrio na espinha que havia sentido quando, no Tor, esse ritual fora encenado diante de seus olhos. *O rei do ano deve morrer pela vida de seu povo*. A droga ainda estava funcionando em sua mente, para que ela visse tudo com tanta clareza?

— Bem, o tempo passou, Morgana — Viviane disse calmamente —, e agora esses velhos rituais já não são necessários, pois a cevada cresce e o sacrifício não tem sangue. Apenas em tempos de grande perigo a tribo demanda um líder assim. E Raven previu que este é um tempo de perigo. Assim, uma vez mais será testado alguém que corre o risco de morrer por seu povo escolhido, para que eles o sigam até a morte. Você já me ouviu falar do Grande Casamento?

Morgana assentiu; dele, havia nascido Lancelote.

— As tribos do povo das fadas, e todas as tribos do norte, receberam um grande líder, e o escolhido será testado pelo ritual ancestral. E se ele sobreviver, o que dependerá, em alguma medida, da força com que a Virgem Caçadora pode encantar os cervos, ele se tornará o Cornífero, o Gamo-Rei, consorte da Virgem Caçadora, coroado com a galhada do Deus. Morgana, eu lhe disse há alguns anos que sua virgindade pertence à Deusa. Agora ela a pede em sacrifício ao Deus Cornífero. Você será a Virgem Caçadora, e a noiva do Cornífero. Você foi escolhida para essa tarefa.

O cômodo estava muito quieto, como se estivessem de novo no centro do círculo de pedras em um ritual. Morgana não se atreveu a quebrar o silêncio. Por fim, sabendo que Viviane esperava por uma palavra de consentimento – quais teriam sido as palavras, tanto tempo antes? É um fardo pesado demais para quem não o escolheu de livre vontade –, curvou a cabeça e sussurrou:

— Meu corpo e minha alma pertencem a ela, para que faça o que desejar. E sua vontade é a vontade dela, mãe. Que assim seja.

15

Desde que fora para lá, Morgana havia deixado Avalon apenas uma ou duas vezes, e somente em viagens curtas para o interior, nas beiras do mar do Verão, para conhecer os locais próximos que, apesar da falta de uso, conservavam seu velho poder.

Tempo e espaço não eram mais assuntos com os quais devesse se preocupar. Ela tinha sido levada da ilha ao amanhecer, em silêncio, coberta com manto e véu para que nenhum olho leigo visse a consagrada, e carregada em uma liteira fechada, assim nem mesmo o sol iluminaria seu rosto. Em menos de um dia de viagem, partindo do claustro da Ilha Sagrada, perdera qualquer consciência de tempo, espaço e direção, perdida em meditações, vagamente consciente do começo do transe mágico. Houve vezes em que lutara contra o início do estado extático. Agora ela o acolhia, abrindo a mente toda para a Deusa, internamente implorando para que viesse a ela, o instrumento, e a possuísse, corpo e alma, para que agisse em todas as coisas como a própria Deusa.

Caía a noite, e uma lua quase cheia apareceu opaca entre as cortinas da liteira. Quando os carregadores pararam, sentiu que ela a banhava em seus raios frios de luar, como o beijo da Deusa, e sentiu-se zonza com o começo do êxtase. Não sabia onde estava, e não se importava. Foi para onde a levaram, passiva, vendada, em transe, sabendo apenas que ia encontrar seu destino.

Dentro de uma casa, foi colocada nas mãos de uma estranha, que lhe trouxe pão e mel, os quais Morgana não tocou – não interromperia o jejum até a refeição ritual –, e água, que ela bebeu, sedenta. Havia uma cama, colocada de modo que a lua caísse sobre ela; a mulher estranha foi fechar as janelas de madeira, e Morgana a impediu com um gesto altivo. Passou boa parte da noite em transe, sentindo o luar como um toque visível. Por fim, dormiu, mas agitadamente, dormindo e acordando como uma viajante inquieta, imagens estranhas oscilando em sua mente: sua mãe, curvando-se sobre o cabelo loiro do intruso Gwydion, os seios brancos e os cabelos acobreados de algum modo proibitivos em vez de acolhedores; Viviane, mas de algum modo ela era um animal sacrificial, e a Senhora de Avalon a levava em uma corda para algum lugar, e ela se ouviu dizer, aflita: *Não precisa puxar, estou indo*; Raven, gritando silenciosamente. Uma grande figura com chifres, meio homem, meio animal, repentinamente puxando uma cortina de lado e entrando em seu quarto. Ela acordou e sentou-se, mas não havia ninguém ali, apenas o luar, e a mulher estranha dormindo silenciosamente ao seu lado. Ela se deitou de novo e dormiu, desta vez profundamente e sem sonhos.

Cerca de uma hora antes de amanhecer, eles a acordaram. Agora, em contraste com a inconsciência em transe do dia anterior, ela estava totalmente acordada e consciente de tudo: o ar frio, as brumas manchadas de rosa onde logo o sol se levantaria, o cheiro forte da pequena mulher morena em suas vestes de pele mal curada. Tudo era nítido e com cores brilhantes, como se saídos da mão da Deusa. As mulheres morenas cochicharam entre elas, sem se atrever a incomodar a sacerdotisa estranha; ela as ouviu, mas conhecia apenas umas poucas palavras da língua.

Depois de um tempo, a mais velha delas, a que a tinha recebido e levado para dentro na noite anterior, com a qual dividira a cama, trouxe-lhe água fresca. Morgana curvou-se para agradecê-la, a saudação, sacerdotisa para sacerdotisa, e depois se perguntou por quê. A mulher era velha; seu cabelo, longo e emaranhado, preso com uma presilha de osso, era quase todo branco, e sua pele morena tinha manchas azuis desbotadas. Suas vestes eram do mesmo couro mal curtido das outras, mas sobre elas usava uma manta de pele de cervo, ainda com pelos, pintada com símbolos mágicos; e em seu pescoço trazia dois colares, um de belas contas de âmbar – a própria Viviane não tinha nada tão fino – e outro de pedaços de chifre alternados com barras de ouro belamente entalhadas. Ela se portava com a autoridade de Viviane, e Morgana sabia que era a Mãe da tribo e sacerdotisa do povo.

Com suas próprias mãos, a mulher começou a preparar Morgana para o ritual. Ela a deixou nua e pintou a sola de seus pés e a palma de suas mãos com tinta azul e renovou a lua crescente em sua testa; em seu peito e em seu ventre, desenhou a lua cheia e, bem acima do pedaço escuro dos pelos pubianos de Morgana, pintou a lua nova. Brevemente, de modo quase indiferente, abriu as pernas da garota e tateou um pouco: Morgana, para lá de envergonhada, sabia por que ela apalpava. Para esse ritual, a sacerdotisa deveria ser virgem. Mas a sacerdotisa tribal não encontraria nada de errado; Morgana era intocada, porém sentiu um súbito momento de medo quase prazeroso, e no mesmo minuto se deu conta de que estava intensamente faminta. Bem, havia sido treinada para ignorar a fome, e depois de um tempo esta desapareceu.

O sol se levantava quando a levaram para fora, vestida com um manto como o da velha mulher, com sinais mágicos pintados: a lua, a galhada do gamo. Ela percebeu a rígida adstringência de seu corpo pintado, e alguma parte de sua mente, muito distante, olhou com assombro e um momento de desdém para esses símbolos de um mistério bem mais antigo que a sabedoria druídica na qual ela havia sido tão cuidadosamente preparada. Aquilo foi momentâneo e logo sumiu; a crença de gerações de sabedoria ancestral investia esse ritual de seu próprio poder e santidade. Viu a casa redonda de pedras atrás dela; do outro lado, havia outra, e de lá levavam um jovem rapaz. Ela não o enxergou claramente; o sol se levantando estava em seus olhos, e ela viu apenas que ele era alto, de cabeleira loura e corpo forte. *Ele não é do próprio povo deles, então?* Mas a ela não cabia perguntas. Os homens da tribo – e especialmente um velho, com os músculos nodosos e desenvolvidos de um ferreiro, enegrecido como sua própria forja – pintavam o corpo do jovem da cabeça aos pés com ísatis azul, cobrindo-o com um manto de peles não curtidas, esfregando o corpo dele com gordura de cervo. Na cabeça, prenderam-lhe uma galhada; a uma palavra baixa de comando, ele balançou a cabeça para se certificar de que ela não se deslocaria, não importasse como se movesse. Morgana olhou para ver o balanço orgulhoso daquela jovem cabeça, e sentiu uma onda de consciência passar por seu corpo, fazendo doer suas panturrilhas, correndo para suas partes secretas.

Esse é o Cornífero, é o Deus, é o consorte da Virgem Caçadora...

Enrolaram seu cabelo em uma guirlanda de bagas vermelhas e a coroaram com as primeiras flores da primavera. O colar precioso de ouro e osso foi tirado com reverência do pescoço da Mãe da tribo e colocado em torno do dela, que sentiu nele o peso da própria mágica. Seus olhos estavam ofuscados pelo sol que se levantava. Colocaram algo em sua mão; um tambor, uma pele esticada sobre uma armação de arco. Como se viesse de outro lugar, ela sentiu a própria mão batendo nele.

Estavam em uma encosta, diante de um vale coberto até a borda de uma floresta densa, vazia e silenciosa, mas dentro ela podia sentir a vida da mata: cervos movendo-se sobre patas delgadas e silenciosas, animais subindo nas árvores, e pássaros em seus ninhos, disparando, movendo-se, repletos da vida do primeiro curso da lua cheia na primavera. Ela se virou por um momento e olhou para trás, para a encosta. Acima deles, entalhada no calcário branco, havia uma figura monstruosa; Morgana não sabia dizer se era homem ou animal, seus olhos estavam embaçados; era um cervo correndo, um homem caminhando, o falo ereto e pleno da maré da primavera?

Ela não podia ver o jovem ao seu lado, apenas a onda de vida nele. Houve um silêncio solene, de espera, em toda a encosta. O tempo cessou, e novamente estava transparente, algo em que ela se movia, se banhava, andava livremente. O tambor estava de novo nas mãos da velha anciã, mas não tinha consciência de tê-lo dado a ela. Seus olhos estavam aturdidos pelo sol quando sentiu a cabeça do Deus entre suas mãos, abençoando-o. Algo no rosto... É claro: antes que essas colinas se levantassem, ela tinha conhecido esse rosto, esse homem, seu consorte, desde antes do começo do mundo... Ela não ouviu suas próprias palavras rituais, apenas a onda de força por trás delas: *Vai e conquista... corre com os gamos...* rápido e forte como as correntes de verão... *para sempre abençoados os pés que te trouxeram aqui...* Ela não tinha consciência do discurso, apenas do poder, de suas mãos abençoando, da força que fluía de seu copo, *através* de seu corpo como se a própria força do sol se derramasse através dela no homem à sua frente. *Agora o poder do inverno se quebrou, e a nova vida da primavera irá contigo e te dará a vitória... vida da Deusa, vida do mundo, sangue da terra nossa Mãe, derramado para o teu povo...*

Levantou as mãos, abençoando a floresta, a terra, sentindo as ondas de poder correndo através de suas mãos como luz visível. O corpo do jovem brilhava como o seu na luz do sol; em torno deles, ninguém se atrevia a falar até que, puxando as mãos de volta com pressa, ela sentiu a onda de poder ser lançada sobre todos eles, liberando o canto que se levantou ao seu redor. Ela não conseguia escutar as palavras, apenas as batidas de poder contidas nelas:

A vida ressurge na primavera, os cervos correm na floresta, e nossas vidas correm com eles. O Gamo-Rei do mundo vai derrubá-los, o Gamo-Rei, o Cornífero, abençoado pela Mãe, vai triunfar...

Ela foi levada ao último nível de tensão, um arco retesado tomado pela flecha de poder que precisava ser lançada. Ela tocou o Cornífero, liberando o poder, e, quando ele passou através deles, todos saíram correndo como o vento encosta abaixo, disparando como se levados pelas próprias marés de primavera. Atrás deles, sentindo que o poder a deixava, Morgana desmoronou e ficou deitada em silêncio na terra, sentindo o frio úmido atravessar seu corpo. Mas não tinha consciência, em transe com a Visão.

Ficou deitada como morta, mas parte dela foi com eles, correu com eles, disparando pela encosta, correndo com os homens da tribo, fluindo atrás do Cornífero. Gritos latidos, como de cães, soavam atrás deles, e parte dela compreendeu que as mulheres gritavam, acelerando a perseguição.

O sol subiu alto no firmamento, a grande Roda da Vida girando nos céus, correndo inutilmente atrás de seu consorte divino, o Filho Negro...

A vida da terra, as marés pulsantes da primavera inundavam e pulsavam nos corações dos homens que corriam. Então, tal como o refluxo segue o fluxo, da encosta ensolarada a escuridão da floresta os envolveu e os engoliu, e, em vez de correr, moviam-se ligeiramente em pés silenciosos, imitando o passo delicado do gamo; eles *eram* os gamos, seguindo a galhada de seu Cornífero, vestindo os mantos que enfeitiçavam os gamos, colares que significavam vida como uma corrente sem fim, viver, alimentar-se, parir e morrer para ser, por sua vez, comido e alimentar as crianças da Mãe.

... segura teus filhos, Mãe, teu Gamo-Rei deve morrer para alimentar a vida do Filho Negro...

A escuridão, a vida interior da floresta envolvendo-os; silêncio, o silêncio dos gamos... Morgana, consciente agora da floresta como a vida, e dos gamos como o coração da floresta, jogou seus poderes e bênçãos através da mata e sobre ela. Uma parte dela estava deitada na encosta ensolarada, em transe, exausta, deixando a vida do sol fluir através de si, corpo e sangue e ser interior, e outra parte correu com os gamos e os homens até que se tornassem um... fundindo-se em um só... as ondas de vida que eram os gamos quietos em seus matagais, as pequenas corças, suaves e delgadas, a vida correndo neles como corria em seu corpo, as ondas de vida que eram os homens, deslizando silenciosos e determinados pelas sombras...

Em algum lugar na floresta, ela sentiu o Gamo-Rei jogar a cabeça para cima, farejando o vento, consciente do cheiro de um inimigo, um dos seus, um da tribo estranha da vida... Ela não sabia se era o Gamo--Rei de quatro patas ou o de duas pernas que ela havia abençoado, eles eram um na vida da Mãe-Terra, e suas sinas estavam nas mãos da Deusa. Galhadas respondiam ao arremesso de galhadas, o fôlego farejador inspirando a vida da floresta, procurando nela estranhos, presas, predadores, rivais, onde não poderia haver nenhum.

Ah, Deusa... Eles saíram, atravessando o matagal, homens disparados atrás deles, apenas mais silenciosos, correndo, correndo... Corram até que o coração palpite como se explodisse no peito, corram até que a vida do corpo soterre todo o conhecimento e o pensamento, corram, procurando e sendo procurados, corram com os gamos que fogem e com os homens que os perseguem, corram com a vida rodopiante do grande sol e as ondas das marés de primavera, corram com o fluxo da vida...

Deitada imóvel, o rosto contra a terra e o sol queimando suas costas, o tempo que se arrastava e então se acelerava em turnos, Morgana começou a ver – e de uma grande distância parecia ter visto isso antes, em visão, algum dia, em algum lugar, havia muito, muito tempo – o jovem alto e musculoso pegando a faca, caindo, caindo entre os gamos, entre os cascos cortantes – ela sabia que gritava alto, e ao mesmo tempo sabia que seu grito ecoava em todos os lugares, tanto que o Gamo-Rei fez uma pausa no meio do ataque, amedrontado com o berro. Houve um momento em que tudo parou, e naquele instante terrível de silêncio ela viu que ele se levantou cambaleando, arfando, atacando com a cabeça baixa, balançando a galhada, travando de frente, lutando contra os gamos com suas mãos fortes e corpo jovem... uma faca cortou de baixo para cima; o sangue se espalhou na terra, e ele sangrava também, o Cornífero, sangue em suas mãos, saindo de um grande corte em seu flanco, o sangue se espalhando sobre a terra, sacrifício derramado para a Mãe para que a vida a alimentasse de sangue... e então o sangue do Gamo-Rei o atingiu em um jorro, quando sua lâmina encontrou o coração, e os homens ao redor dele correram com suas lanças...

Ela o viu sendo carregado de volta, coberto do sangue de seu gêmeo e rival, o Gamo-Rei. Em torno dele, os homenzinhos morenos cortavam, colocando o couro cru e quente sobre os ombros. Voltaram em triunfo, fogos acesos no ocaso que caía, e, quando as mulheres levantaram Morgana, ela viu sem surpresa que o sol se punha e cambaleou, como se também tivesse corrido o dia todo com os caçadores e os gamos.

Então a coroaram de novo com o vermelho do triunfo. O Cornífero foi trazido à sua frente, sangrando, e ela o abençoou e marcou sua testa com o sangue dos gamos. A cabeça dele foi coberta com a galhada que derrotaria o próximo Gamo-Rei; a que o Cornífero havia usado nesse dia, quebrada e lascada, fora jogada ao fogo. Logo subiu o cheiro de carne queimando, e ela se perguntou se era do homem ou do gamo...

Eles os sentaram lado a lado e trouxeram-lhes as primeiras carnes, ainda pingando sangue e gordura. Morgana sentiu que sua cabeça flutuava, o sabor rico da carne dominando-a depois de um longo jejum; temeu por um momento vomitar de novo. Ao seu lado, ele comia esfomeadamente, e ela percebeu, sob as luzes do fogo, que ele tinha mãos belas e fortes... Ela piscou, vendo em um estranho momento de visão dupla, que havia serpentes em torno, e logo elas haviam desaparecido. Ao redor deles, os homens e as mulheres da tribo compartilhavam o banquete ritual, o hino do triunfo cantado em uma língua antiga que Morgana pouco entendia:

Ele triunfou, ele matou...
... o sangue de nossa Mãe foi derramado sobre a terra...
... o sangue do Deus foi vertido sobre a terra...
... ele se levantará e reinará para sempre...
... ele triunfou, ele triunfará para sempre, até o fim do mundo...

A velha sacerdotisa que a havia pintado e adornado naquela manhã levou uma taça de prata aos seus lábios; ela sentiu a bebida forte queimar da garganta para baixo. Fogo, com um forte gosto de mel. Ela já estava bêbada com o sangue da carne; comera carne poucas vezes nos últimos sete anos. Sua cabeça flutuava conforme a levaram, desnudaram e cobriram seu corpo com mais tinta e guirlandas, marcando seus mamilos e a testa com o sangue do gamo abatido.

A Deusa recebe seu consorte e ela o matará novamente no fim dos tempos, dará à luz seu Filho Negro, que derrubará o Gamo-Rei...

Uma menininha, pintada de azul da cabeça aos pés, levando um prato largo, correu pelos campos arados, derrubando gotas escuras enquanto seguia, e Morgana ouviu o grande grito que se levantou atrás dela:

— Os campos foram abençoados; dá-nos comida, ó nossa Mãe!

E, por um instante, uma pequena parte de Morgana, zonza, embriagada e apenas metade em seu corpo, observou friamente que devia ser louca; ela, uma mulher educada e civilizada, princesa e sacerdotisa e parte da linha real de Avalon, instruída por druidas, ali pintada como uma selvagem e cheirando a sangue fresco, suportando essa farsa barbaresca...

Então tudo desapareceu novamente, enquanto a lua cheia, serena e orgulhosa, levantou-se sobre as nuvens que a haviam escondido até então. Nua, banhada pelo luar, Morgana sentiu a luz da Deusa fluindo sobre ela, *através* dela... Já não era Morgana, ela não tinha nome, era sacerdotisa, donzela e mãe... Eles colocaram uma guirlanda de bagas vermelhas na altura de seus quadris; o simbolismo rústico causou-lhe um medo súbito, e ela sentiu todo o peso da virgindade se derramando e correndo através de si como a maré da primavera. Uma tocha se acendeu em seus olhos e ela foi levada para a escuridão, silêncios ecoando acima e em volta, uma caverna. Em torno, nas paredes, ela viu os símbolos sagrados, pintados ali desde o começo dos tempos, o gamo e a galhada, o homem com chifres na testa, a barriga inchada e os seios cheios Daquela Que Dá Vida...

As sacerdotisas deitaram Morgana no leito de pele de gamos. Por um momento, ela sentiu frio e medo, e tremeu, e a testa da velha franziu com compaixão; ela puxou Morgana para seus braços e a beijou nos lábios, e Morgana se agarrou por um segundo à velha, abraçando-a em um repentino terror, como se os braços acolhedores dela fossem os de sua própria mãe... Então a mulher sorriu para ela, beijou-a de novo, tocou seus seios em uma bênção e se afastou.

Ficou ali deitada, sentindo a vida na terra ao redor; ela parecia se expandir, preencher toda a caverna, os pequenos desenhos rabiscados pintados em seus seios e sua barriga, e, acima dela, a grande figura no calcário, homem ou gamo, andava com o falo ereto... A lua invisível fora da caverna inundava seu corpo de luz enquanto a Deusa ressurgia dentro dela, corpo e alma. Ela estendeu os braços e, com um comando, soube que, fora da caverna, sob a luz das fogueiras fecundantes, homens e mulheres, atraídos uns aos outros pelas ondas pulsantes da vida, se uniam. A menininha que havia levado o sangue fertilizador foi arrastada aos braços de um caçador velho e forte, e Morgana a viu brevemente lutar e gritar, ir para baixo do corpo dele, as pernas se abrindo à força irresistível da natureza. Ela viu sem visão, os olhos fechados contra o brilho da tocha, ouvindo os gritos.

Agora ele estava na abertura da caverna, sem a galhada na testa, o cabelo raiado, o corpo pintado de azul e manchado de sangue, a pele branca como o calcário da imensa figura sobre a caverna... O Cornífero, o consorte. Ele se movia atordoado também, nu exceto por uma guirlanda em torno dos quadris, e ela viu a ereção surgindo nele como a da figura de calcário. Ele se ajoelhou ao lado dela, e, sob a luz da tocha, tonta, ela viu que ele não era mais que um garoto, não um dos homenzinhos morenos, mas alto e louro... *Por que escolheram um rei que não é um deles?* O pensamento cruzou sua mente como um raio de luar e desapareceu; ela não pensava.

Está na hora de a Deusa acolher o Cornífero. Ele se ajoelhava na beira do leito de pele de cervo, balançando, piscando com a luz da tocha. Ela se esticou na direção dele, pegou suas mãos e o puxou para ela, sentindo o calor suave e o peso de seu corpo. Precisou guiá-lo. *Eu sou a Grande Mãe que sabe todas as coisas, que é donzela, mãe e sábia, guiando a virgem e seu consorte...* Atordoada, apavorada, exaltada, apenas semiconsciente, ela sentiu a força da vida tomá-los, movendo o corpo sem vontade, movendo o dele também, guiando-o intensamente para dentro dela, até que ambos se movessem sem saber que força os tomava. Ela se ouviu gritar como se fosse de uma grande distância, escutou a voz dele alta e abalada no silêncio, sem saber o que ambos gritavam no momento. A tocha derreteu e se apagou na escuridão enquanto toda a fúria feroz da jovem vida dele explodiu e espirrou no útero dela.

Ele gemeu e caiu sobre ela, inanimado, a não ser pela respiração difícil. Ela o acomodou, tomando o peso dele nos braços, segurando-o com um calor exausto. Ela sentiu que ele beijava seu seio nu. Então, lentamente, de modo exausto, a respiração dele se aquietou até voltar ao normal, e depois de um minuto ela notou que ele dormia nos seus braços. Beijou os cabelos dele e sua face macia com uma ternura selvagem, e então também dormiu.

Quando ela acordou, a noite estava bem avançada; o luar havia entrado na caverna. Estava extremamente cansada, o corpo todo doendo, e apalpou entre as pernas e viu que sangrava. Jogou o cabelo úmido para trás, olhando sob o luar para o pálido corpo espalhado, ainda dormindo o sono de uma longa exaustão, ao lado dela. Era alto, forte e belo, embora sob o luar não conseguisse ver seus traços claramente, e a Visão mágica a tivesse abandonado; havia apenas a luz e o fulgor da lua, não mais o rosto persuasivo da Deusa. Era novamente Morgana, não a sombra da Grande Mãe; era novamente ela mesma, com a mente clara sobre o que havia acontecido.

Pensou em um momento em Lancelote, a quem amava, e a quem havia ansiado dar esse presente. Agora havia acontecido, não com um amante, mas com um estranho sem rosto... Não, ela não devia pensar assim. Ela não era uma mulher, era uma sacerdotisa, e havia dado a força da Virgem ao Cornífero, como havia sido decidido que seria seu destino antes que os muros do mundo fossem erguidos. Havia aceitado seu destino como uma sacerdotisa de Avalon deveria fazer e sentia que algo de importância devastadora acontecera na noite passada.

Sentiu frio e se deitou, cobrindo-se com a manta de pele de cervo. Torceu um pouco o nariz com o ranço; eles a haviam salpicado de ervas, assim ao menos não haveria pulgas. Experiente em calcular o tempo, ela adivinhou que faltava uma hora para amanhecer. Ao seu lado, o rapaz sentiu que ela se mexia e sentou-se, com sono.

— Onde estamos? — ele perguntou. — Ah, sim, eu me lembro. Na caverna. Ora, já está clareando. — Ele sorriu e esticou os braços para ela; Morgana permitiu que a puxasse e beijasse, envolvendo-a em seus braços fortes. — Na noite passada, você era a Deusa — ele murmurou —, mas desperto e descubro que é uma mulher.

Ela riu baixo.

— E você não é o Deus, mas um homem?

— Acho que já fui Deus o suficiente, e, além do mais, isso me parece presunçoso para um homem de carne e osso — ele disse, segurando-a contra ele. — Estou contente em ser apenas um homem.

— Talvez haja o momento de ser Deusa e Deus e o momento de não ser mais que carne e osso.

— Tive medo de você na noite passada. Pensei que era a Deusa, maior que a vida... E você é uma coisinha tão pequena! — De repente, ele piscou e continuou: — Ora, você fala minha língua, nem havia me dado conta... Não é desta tribo, então?

— Sou uma sacerdotisa da Ilha Sagrada.

— E a sacerdotisa é uma mulher — ele disse, com as mãos explorando delicadamente os seios dela, que logo se acenderam em vida e avidez súbitas ao toque. — Você acha que a Deusa se zangaria se eu preferisse a mulher?

Ela riu e respondeu:

— A Deusa conhece as maneiras dos homens.

— E a sacerdotisa dela?

Repentinamente, sentiu-se tímida.

— Não... Eu não conheci nenhum homem antes disso, e não fui eu, mas a Deusa...

Ele disse na penumbra, puxando-a para perto de si:

— Já que o Deus e a Deusa experimentaram prazer, não deveriam o homem e a mulher experimentá-lo também?

As mãos dele estavam ficando mais ousadas, e ela o puxou a seu encontro.

— Parece bem adequado.

Dessa vez totalmente consciente, ela podia saborear isso, a suavidade e a dureza, as jovens mãos fortes e a gentileza surpreendente por trás de sua atitude ousada. Ela riu deliciada com o prazer inesperado, totalmente aberta para ele, sentindo o gozo dele como se fosse o seu próprio. Jamais sentira tamanha felicidade na vida. Exaustos, ficaram deitados, membros enlaçados, acariciando um ao outro em uma fadiga prazerosa.

Por fim, com a luz que aumentava, ele suspirou.

— Virão me buscar logo e há muito mais coisas assim... Serei levado para algum lugar e receberei uma espada, e muitas outras coisas. — Ele sentou-se e sorriu para ela. — Agora gostaria de me lavar e me vestir com roupas adequadas a um homem civilizado, me livrar de todo este sangue e desta tinta azul... Como tudo passa! Ontem à noite, eu nem havia percebido que estava todo manchado de sangue... Veja, você também está coberta com o sangue do gamo, onde me deitei sobre você...

— Acho que quando vierem me buscar vão me banhar e me dar vestes limpas, e a você também, em água corrente.

Ele suspirou com uma melancolia gentil e infantil. Sua voz estava mudando, um barítono incerto; como ele podia ser tão jovem, esse gigante que havia lutado contra o Gamo-Rei e o matado com sua faca de pederneira?

— Não creio que nos encontraremos novamente — ele disse —, pois você é uma sacerdotisa dedicada à Deusa. Mas quero lhe dizer uma coisa. — E ele se curvou e a beijou entre os seios. — Você é minha primeira. Não importa quantas mulheres eu tenha, durante toda a minha vida sempre me lembrarei de você, a amarei e a abençoarei. Eu lhe prometo.

Havia lágrimas no rosto dele. Morgana pegou sua veste e as secou ternamente, aconchegando sua cabeça contra ela.

Com esse gesto, ele pareceu ter parado de respirar.

— Sua voz — ele sussurrou — e o que acabou de fazer... Por que parece que eu a conheço? É porque você é a Deusa, e nela todas as mulheres são a mesma? Não... — Ele se retesou, então se levantou e tomou o rosto dela entre as mãos. Na luz que aumentava, ela viu os traços infantis dele tornando-se as linhas de um homem. Ainda pouco consciente do motivo pelo qual parecia conhecê-lo, ela ouviu seu grito rouco: — Morgana! Você é Morgana! Morgana, minha irmã! Ah, Deus, Virgem Maria, o que fizemos?

Ela lentamente colocou as mãos sobre os olhos.

— Meu irmão — sussurrou. — Ah, Deusa! Irmão! Gwydion...

— Artur... — ele murmurou.

Ela o abraçou com força, e depois de um momento ele soluçava, ainda a segurando.

— Não me surpreende que tive a impressão de que a conhecia desde antes que o mundo fosse feito — ele disse, chorando. — Sempre a amei, e isso... Ah, meu Deus, o que fizemos...

— Não chore — ela falou, impotente —, não chore. Estamos nas mãos daquela que nos trouxe aqui. Não importa. Não somos irmão e irmã aqui, somos homem e mulher diante da Deusa, apenas isso.

E eu não o reconheci. Meu irmão, meu bebê, o que se deitava em meu peito como uma criancinha. Morgana, Morgana, eu lhe disse para cuidar do bebê, enquanto ela se afastava e nos deixava, e ele chorava até dormir em meus braços. E eu não sabia.

— Está tudo bem — ela disse novamente, balançando-o —, não chore, meu irmão, meu amado, meu pequeno, não chore, está tudo bem.

Mas enquanto o acalmava o desespero a tomou.

Por que fez isso conosco? Grande Mãe, Senhora, por quê?

E ela não sabia se estava se dirigindo a Viviane ou à Deusa.

16

POR TODO O LONGO CAMINHO A AVALON, MORGANA DEITOU-SE em sua liteira, o coração palpitando, e aquela questão lhe castigando a mente: por quê? Estava exausta após três dias de jejum e o longo dia do ritual. Sabia vagamente que a noite de banquete e sexo tinha a intenção de liberar aquela força, e eles teriam cumprido sua função, retornando-a ao seu normal, não fosse pelo choque da manhã.

Ela se conhecia o suficiente para saber que, quando o choque e a exaustão passassem, seriam seguidos de raiva, e desejava chegar até Viviane antes que a raiva explodisse, enquanto ainda podia manter o semblante calmo.

Tomaram a rota do lago desta vez e permitiram que ela, a seu próprio pedido, caminhasse parte do caminho; já não era mais a Donzela ritualmente escondida da cerimônia, mas apenas uma das sacerdotisas servas da Senhora do Lago. Voltando com a barcaça através do lago, foi-lhe pedido que convocasse as brumas para formar o portal para Avalon; ela se levantou para fazê-lo de modo quase indiferente, de tanto subestimar esse Mistério como parte de sua vida.

Mas, ao levantar os braços para a invocação, teve um súbito e paralisante momento de dúvida. A mudança dentro dela parecia grande, ainda teria forças para formar o portal? Sua revolta era tão grande que hesitou por um instante, e os homens na barca olharam para ela com uma preocupação educada. Sentiu-se atravessada pelos olhares deles e por um momento de vergonha intensa, como se o que havia acontecido na noite anterior estivesse de algum modo pintado em seu rosto no idioma da luxúria. O som dos sinos da igreja ecoou baixo sobre o lago, e de súbito Morgana havia voltado à infância, ouvindo o padre Columba falar seriamente da castidade como a maior aproximação à santidade de Maria, Mãe de Deus, que por milagre havia dado à luz seu Filho sem uma mancha momentânea do pecado do mundo. Mesmo naquela época, Morgana havia pensado: *Que grande besteira, como uma mulher pode ter um filho sem conhecer um homem?* Mas, ao som dos sinos sagrados, algo dentro dela pareceu se amarfanhar e desaparecer, e ela sentiu lágrimas escorrendo pelo rosto.

— Senhora, está doente?

Ela balançou a cabeça, dizendo com firmeza:

— Não. Senti tontura por um momento.

Respirou fundo. Artur não estava na barca; não, claro que não, havia sido levado pelo Merlim para o Caminho Escondido. *A Deusa é Uma: Maria, a Virgem, a Grande Mãe, a Caçadora... e tenho uma parte em Sua grandeza.* Ela fez um gesto como que para afastar alguma coisa e levantou mais uma vez os braços, logo baixando a cortina de brumas através da qual alcançariam Avalon.

A noite caía, e Morgana, embora estivesse faminta e exausta, foi imediatamente para a casa da Senhora. Mas, à porta, uma sacerdotisa a parou antes que entrasse.

— A Senhora não pode receber ninguém no momento.

— Bobagem — disse Morgana, sentindo o começo da raiva surgir através do entorpecimento misericordioso e esperando segurá-la até que houvesse confrontado Viviane. — Sou parente dela; pergunte se posso vê-la.

A sacerdotisa saiu e retornou rapidamente, dizendo:

— A Senhora disse: "Diga a Morgana que vá imediatamente à Casa das Donzelas, e falarei com ela no momento apropriado".

Por um segundo, a raiva explodiu em Morgana com tal grandeza que ela quase empurrou a mulher do caminho e forçou a entrada na casa de Viviane. Mas o respeito ainda a impedia. Ela não sabia qual a pena para uma sacerdotisa que desafiasse o voto de obediência, mas, através de seu fluxo de raiva, uma vozinha fria e racional disse que ela não gostaria de descobrir isso dessa maneira. Respirou fundo, colocando no rosto a expressão apropriada de uma sacerdotisa, curvou-se obedientemente e foi embora. As lágrimas que havia segurado ao ouvir os sinos da igreja no lago começaram a se libertar, e por um momento desejou, cansada, que pudesse deixá-las cair. Finalmente sozinha na Casa das Donzelas, em seu próprio quarto, poderia chorar se desejasse; mas as lágrimas não vinham, apenas perplexidade, dor e a raiva que não tinha como expressar. Era como se todo o seu corpo e toda a sua alma estivessem presos em um grande nó de angústia.

Passaram-se dez dias até que Viviane a mandasse chamar; a lua cheia que brilhara no triunfo do Cornífero havia minguado no céu até se transformar em uma estilha fraca e moribunda. Quando uma das jovens sacerdotisas trouxe a mensagem de que Viviane requisitava sua presença, Morgana havia dado lugar ao ódio fervilhante.

Ela me manipulou como faria com uma harpa. Essas palavras ecoavam tanto em sua mente que no começo, ao ouvir o som de uma harpa dentro da moradia de Viviane, pensou que era o eco de seus próprios pensamentos amargurados. Então achou que Viviane tocava. Mas em seus anos em Avalon ela aprendera música, e conhecia o som da harpa de Viviane; ela era, na melhor das hipóteses, uma harpista medíocre.

Agora ouvia, imaginando, contra a própria vontade, quem seria o músico. Taliesin? Antes de se tornar o Merlim, ela sabia, ele havia sido o maior dos bardos, renomado em toda a Bretanha. Ela o ouvira tocar com frequência nos dias dos grandes festivais e nos rituais mais solenes; mas agora as mãos dele eram velhas. Sua habilidade não diminuíra, mas mesmo em seu melhor jamais havia feito sons como esses; era um novo harpista, um que ela jamais ouvira tocar antes. E soube, mesmo antes de vê-la, que essa era uma harpa ainda maior do que a que Taliesin tocava, e os dedos do músico estranho falavam às cordas como se as encantassem.

Viviane um dia contara a ela uma antiga lenda de um país distante, a história de um bardo cujas cordas haviam feito o círculo de pedras girar em sua própria dança e as árvores perderem as folhas em luto, e, quando ele foi à terra dos mortos, os severos juízes ali cederam e deixaram que sua amada morta seguisse. Morgana ficou imóvel do lado de fora da porta enquanto tudo o que havia dentro dela desaparecia na música. Repentinamente, sentiu que todo o choro que segurara nos últimos dez dias poderia tomá-la de novo, que sua raiva poderia se dissolver, se ela permitisse, em lágrimas que lavariam tudo, deixando-a fraca como qualquer garota. Abruptamente, empurrou a porta e entrou sem cerimônia.

O Merlim Taliesin estava ali, mas não tocava; suas mãos estavam atentamente juntas em seu colo enquanto ele se curvava para a frente, ouvindo. Viviane também, em suas vestes caseiras, estava sentada, não em seu assento costumeiro, porém mais longe do fogo; havia cedido o lugar de honra ao harpista estranho.

Era um homem jovem, usando o manto verde dos bardos; barbeado rente à moda romana, o cabelo cacheado mais escuro que metal enferrujado. Tinha olhos profundos sob uma testa que parecia quase grande demais para ele, e, embora Morgana por alguma razão esperasse que fossem escuros, em vez disso eram de um inesperado azul penetrante. Ele franziu a testa com a interrupção, suas mãos parando em meio a um acorde.

Viviane também pareceu descontente, mas ignorou a descortesia.

— Venha cá, Morgana, e sente-se ao meu lado. Sei que você gosta de música, e pensei que gostaria de ouvir o bardo Kevin.

— Estava ouvindo do lado de fora.

O Merlim sorriu.

— Venha e escute, então. Ele é novo em Avalon, mas acho que talvez tenha muito a nos ensinar.

Morgana foi para o pequeno assento ao lado de Viviane. A Senhora do Lago disse:

— Minha parente Morgana, senhor; ela também é da linha real de Avalon. Você vê diante de si, Kevin, a que se tornará a Senhora nos anos vindouros.

Morgana fez um movimento espantado; jamais soubera antes que eram esses os planos de Viviane para ela. Mas a raiva abafou seu ímpeto de gratificação. *Ela pensa que basta dizer uma palavra bondosa ou lisonjeira e eu correrei para lamber seus pés como uma cadelinha!*

— Que esse dia esteja muito distante, Senhora de Avalon, e que sua sabedoria continue a nos guiar por um longo tempo — Kevin disse suavemente.

Ele falava a linguagem deles como se houvesse aprendido bem; Morgana percebeu que não era a língua materna dele; havia certa hesitação e certo pensamento antes das palavras, embora o sotaque fosse quase perfeito. Bem, ele tinha ouvido de músico, no fim das contas. Ele tinha, Morgana depreendeu, cerca de trinta anos, talvez mais. Mas não o olhou com muita atenção depois daquela primeira surpresa ligeira que foi o azul dos olhos dele; estava concentrada na grande harpa pousada no joelho do bardo.

Como havia pensado, era um tanto maior até mesmo que a harpa que Taliesin tocava nos grandes festejos. Era feita de uma madeira escura avermelhada, brilhante, totalmente diferente da madeira clara de salgueiro com que as harpas de Avalon eram feitas, e ela se perguntou se era isso que dava o tom sedoso e brilhante ao instrumento. A extremidade curvada fazia uma linha tão graciosa quanto uma nuvem, as cavilhas eram esculpidas em um curioso osso claro, e era pintada e adornada com letras rúnicas estranhas a Morgana, que havia aprendido, como qualquer mulher instruída, a ler e escrever em caracteres gregos. Kevin acompanhou o escrutínio atento dela e pareceu um pouco menos descontente quando disse:

— Você está admirando a minha senhora. — Ele acariciou a madeira escura. — Eu a batizei assim quando foi feita para mim... Foi o presente de um rei. Ela é a única mulher, donzela ou matrona cujas carícias jamais me cansam e de cuja voz eu jamais me enfado.

Viviane sorriu para o harpista.

— Poucos homens podem se gabar de uma amante tão fiel.

O sorriso dele foi um trejeito cínico.

— Ah, como todas as mulheres, ela reage a qualquer mão que a acaricia, mas acho que sabe que sou o melhor em fazê-la vibrar com meu toque, e, sendo lasciva como todas as mulheres, tenho certeza de que ela me ama mais.

Viviane disse:

— Parece-me que não tem boa opinião de mulheres de carne e osso.

— Pois de fato não tenho, senhora. A não ser da Deusa... — Ele pronunciava as palavras com uma cadência fraca, mas não chegava a ser com zombaria. — Estou contente por não ter outra senhora além da Minha Senhora aqui, que nunca me repreende se eu a negligencio, mas é sempre a mesma doce amante.

— Talvez — disse Morgana, levantando os olhos — você a trate melhor do que trata uma mulher de carne e osso, e ela o recompense como merece.

Viviane franziu o cenho, e Morgana soube que havia ultrapassado o limite com essa afirmação ousada. Kevin subitamente levantou os olhos da harpa para os de Morgana. Por um momento, encarou-a, e ela ficou assombrada com a hostilidade amarga dele, a sensação de que ele entendia algo da raiva dela, conhecera a própria raiva e a combatera.

Pareceu que ele ia falar, mas Taliesin acenou com a cabeça para ele, que novamente baixou o rosto sobre a harpa. Morgana notou que ele a tocava de modo diferente do da maioria dos harpistas, que seguravam seus pequenos instrumentos pelo corpo, tocando com a mão esquerda. Ele colocou a harpa entre os joelhos e se curvou para a frente ao tocar. Isso a surpreendeu, mas, quando a música começou a preencher o quarto, como se o luar emanasse das cordas, ela se esqueceu da estranheza disso, viu o rosto dele mudar e ficar mais quieto e distante, sem a ironia de suas palavras. Morgana concluiu que gostava mais dele tocando do que falando.

Não havia outro som na sala, apenas o harpear que a enchia até as vigas, como se os ouvintes tivessem silenciado até a respiração. O som varria tudo o mais, e Morgana baixou o véu sobre o rosto e deixou as lágrimas caírem. Tinha a impressão de que podia ouvir na música o fluxo das marés da primavera, a doce consciência que havia preenchido seu corpo enquanto ela se deitava ao luar naquela noite, esperando a chegada do amanhecer. Viviane se estendeu para ela e, como havia feito quando Morgana era criança, pegou sua mão, gentilmente acariciando os dedos um após o outro. Morgana não conseguia conter suas lágrimas. Ela levou a mão de Viviane aos lábios e a beijou. Pensou, com uma sensação esmagadora de tristeza: *Ora, ela está velha, envelheceu desde que cheguei aqui...* Antes disso, Viviane sempre lhe parecera sem idade, imutável, como a própria Deusa. *Ah, mas também mudei, não sou mais criança... Uma vez ela me disse, quando cheguei aqui, que viria o dia em que eu a odiaria tanto quanto a amava, e não acreditei nela na época...* Morgana lutava contra o choro, com medo de fazer algum som que a denunciasse e, mais do que isso, interrompesse o fluxo de música. *Não, não posso odiar Viviane,* pensou, e toda a raiva se desmanchou em uma tristeza tão grande que por um momento ela pensou que fosse desabar no choro mais intenso. Por ela, pelas mudanças nela mesma, por Viviane, que havia sido tão bela, a própria face da Deusa, e que agora estava mais próxima da Anciã da Morte, e por saber que ela também, como Viviane, com os anos implacáveis, um dia seria a Anciã; pelo dia em que havia subido o Tor com Lancelote e se deitado sob o sol, ansiando pelo toque dele sem saber claramente o que queria; e por algo que a havia deixado irreversivelmente. Não apenas a virgindade, mas a confiança e a convicção que jamais conheceria novamente. E Morgana notou que Viviane também chorava silenciosamente embaixo do véu.

Ergueu o olhar. Kevin estava imóvel, apenas seus dedos vivos sobre as cordas; então a loucura suspirante da música estremeceu em silêncio, ele levantou a cabeça, e os dedos varreram as cordas, puxando-as alegremente em uma música feliz, uma das cantadas pelos plantadores de cevada nos campos, com ritmo dançante, com uma letra longe de decorosa. Desta vez ele cantou. Sua voz era forte e suave, e Morgana, sob o disfarce da música dançante, endireitou-se no assento e começou a observar as mãos dele, empurrando o véu para o lado e planejando enxugar as lágrimas traidoras enquanto o fazia.

Então notou que, com toda a habilidade que possuíam, as mãos dele tinham algo estranhamente errado. Pareciam malformadas de algum jeito, e, observando-as, Morgana notou que um ou dois dedos não tinham a segunda junta, e ele tocava habilmente com os cotocos, e que a mão esquerda não tinha o dedo mindinho; e, ao longo das duas mãos, belas e flexíveis quando ele as movia, havia manchas estranhas. Quando ele baixou a harpa, curvando-se para equilibrá-la, sua manga caiu do pulso e ela viu ali medonhas manchas brancas, como cicatrizes de queimadura ou alguma ferida mutilante sinistra. Agora que ela o via de perto, notou em seu rosto uma fina rede de cicatrizes ao longo do queixo e da mandíbula.

Kevin percebeu que ela o fitava e levantou a cabeça, mirando-a nos olhos de novo e sustentando um olhar duro e raivoso. Morgana desviou o olhar, corando; depois da música que havia tocado sua alma, ela não gostaria de ferir os sentimentos dele.

— Bem — Kevin disse abruptamente —, minha senhora e eu sempre ficamos felizes em cantar para os que amam a voz dela, mas não creio que tenha me chamado apenas para entretê-la, senhora; nem meu senhor Merlim.

— Não apenas — disse Viviane, em sua voz baixa, intensa —, mas você nos ofereceu um deleite do qual me recordarei por muitos anos.

— Eu também — disse Morgana. Ela sentia-se tímida diante dele agora, pelo seu atrevimento de antes. Ainda assim, inclinou-se para a frente para olhar mais de perto a grande harpa e disse: — Nunca havia visto uma feita dessa maneira.

— Acredito que não — disse Kevin —, pois a mandei fazer de acordo com meu projeto. O harpista que me ensinou minha arte levantou as mãos horrorizado, como se eu tivesse blasfemado contra seus Deuses, e jurou que faria apenas um barulho profano, que serviria para assustar os inimigos e nada mais, como as grandes harpas de guerra, duas vezes mais altas que um homem, que eram levadas em carretas para cima das colinas na Gália e deixadas lá ao vento para fazer sons fantasmagóricos; dizem que até as legiões romanas ficavam assustadas. Bem, toquei uma daquelas harpas de guerra, e um rei agradecido permitiu que eu tivesse uma harpa feita exatamente como quisesse...

Taliesin interrompeu:

— Ele fala a verdade — disse a Viviane —, embora eu não tenha acreditado quando ouvi pela primeira vez... Que homem e que mortal poderia tocar um daqueles monstros?

— Eu toquei — disse Kevin —, e então o rei ordenou que fizessem a minha senhora. Tenho uma menor, com o mesmo formato, mas não é tão boa.

— É realmente bela — disse Morgana. — Do que são feitas as cavilhas? Ossos de foca?

Ele negou com a cabeça e respondeu:

— São feitas, segundo ouvi, dos dentes de um grande animal que vive nos países quentes ao sul. Sei apenas que o material é fino e suave, e ao mesmo tempo sólido e resistente. É mais caro que ouro, embora menos chamativo.

— Você não a segura de um modo que eu já tenha visto tocarem uma harpa...

— Não — disse Kevin, com seu sorriso torto. — Tenho pouca força nos braços e precisei experimentar qual posição era melhor. Vi que você olhava minhas mãos. Quando eu tinha seis anos, a casa em que vivia foi queimada pelos saxões, e fui tirado tarde demais. Ninguém pensou que eu fosse viver, mas surpreendi a todos, e, uma vez que não conseguia andar nem lutar, me colocaram em um canto e decidiram que, com minhas mãos defeituosas — ele as estendeu de modo bastante objetivo —, talvez eu pudesse aprender a fiar e a tecer com as mulheres. Mas tinha pouca disposição para isso, e então um dia um harpista veio e, em troca de um prato de sopa, dispôs-se a entreter um defeituoso. Quando ele me mostrou as cordas, tentei tocar. E toquei algo parecido com música, e então ele ganhou seu sustento naquele inverno e no outro me ensinando a tocar e a cantar, e disse que podia me ajudar a ganhar meu sustento com música. E assim por dez anos não fiz nada além de sentar-me em um canto e tocar, até que minhas pernas ficaram fortes o suficiente para que eu reaprendesse a andar. — Ele encolheu os ombros e puxou um pedaço de pano de trás de si, envolvendo a harpa nele e deslizando-a para dentro de uma cobertura de couro bordada com sinais. — E então me tornei o harpista de uma vila, e depois, de um rei. Quando o velho rei morreu, como seu filho não apreciava música, achei melhor sair do reino antes que ele começasse a cobiçar o ouro de minha harpa. Então cheguei à ilha dos druidas, onde estudei para ser bardo, e por fim fui enviado a Avalon, e aqui me encontro — ele completou, encolhendo os ombros mais uma vez. — Mas ainda não me disse por que me pediu para encontrá-lo, senhor Merlim, nem as senhoras.

— Porque — disse o Merlim — sou velho, e os acontecimentos que serão desencadeados a partir desta noite podem não dar resultados plenos por outra geração. E, quando isso acontecer, terei partido.

Viviane se curvou para a frente e disse:

— Teve um Aviso, pai?

— Não, minha querida. Não desperdiçaria a Visão com coisas como essa; não consultamos os Deuses para saber se vai nevar no próximo inverno. E, assim como você trouxe Morgana, eu trouxe o bardo Kevin, para que alguém mais jovem que eu saiba o que pode acontecer quando eu tiver partido. Então ouça minhas notícias: Uther Pendragon agoniza em Caerleon, e onde o leão cai as aves de rapina se reúnem. Temos notícia de que há um grande exército se reunindo na região de Kent, onde o povo do tratado decidiu que agora é a hora de se insurgirem e tomarem o resto da Bretanha de nós. Buscaram mercenários do continente, no norte da Gália, para se juntarem a eles enquanto vencem nosso povo e desfazem as conquistas de Uther. Esta é a hora de todos os nossos povos lutarem juntos sob o estandarte que trabalhamos tantos anos para levantar. Não há muito tempo: eles devem ter seu rei e agora. Não há mais uma lua a perder, ou cairão sobre nós. Lot quer o trono, mas os sulistas não o seguirão. Há outros: o duque Marcos da Cornualha, Uriens da Bretanha Menor, mas nenhum deles é capaz de conseguir apoio fora de suas próprias terras, e bem podemos terminar como o burro que morreu de fome entre dois fardos de feno sem saber qual comer primeiro... Devemos ter o filho de Pendragon agora, mesmo ele sendo tão jovem.

— Nunca soube que o Pendragon tinha um filho — disse Kevin. — Ou ele reconheceu aquele que sua mulher teve do duque da Cornualha, logo depois que se casaram? Uther devia ter uma pressa indecorosa de se casar, se não podia esperar nem mesmo até que ela tivesse a criança para levá-la para a cama...

Viviane levantou a mão e disse:

— O jovem príncipe é filho de Uther, ninguém deve duvidar disso, nem duvidará disso quando o vir.

— É mesmo? Então Uther fez bem em escondê-lo — disse Kevin —, por ser seu filho com a mulher de outro homem...

Viviane fez um gesto para que ele se calasse.

— Igraine é minha irmã, e é da linhagem real de Avalon. Esse filho de Uther e Igraine é aquele cuja vinda foi prevista, o rei que foi e que será. Já usou a galhada e foi coroado pelas tribos...

— Que rei na Bretanha aceitará um rapaz de dezessete anos como Grande Rei? — Kevin perguntou ceticamente. — Poderia ser valente como o lendário Cuchulain, e mesmo assim desejariam um guerreiro com maior habilidade.

— Quanto a isso, foi treinado para a guerra e para o trabalho do filho de um rei — disse Taliesin —, embora não saiba que tem sangue real. Mas acho que a última lua cheia deu a ele um sentido de destino. Uther foi honrado como nenhum rei antes de seu tempo; esse rapaz Artur levará seu Estado a alturas ainda maiores. Eu o vi no trono. A questão não é se vão aceitá-lo, mas o que podemos fazer para que ele assuma com toda a majestade do Grande Rei, para que todos os reis em guerra se juntem contra os saxões em vez de lutarem uns contra os outros!

— Descobri uma maneira de fazer isso — disse Viviane —, e na lua nova isso será feito. Tenho uma espada para ele, uma espada lendária, jamais usada por um herói vivente. — Ela fez uma pausa por um instante e então disse devagar: — E, por essa espada, obterei dele um juramento. Deve jurar ser verdadeiro a Avalon, não importa o que os cristãos façam. Então talvez a maré mude, e Avalon retorne das brumas, e serão os monges e o Deus morto deles que irão para dentro das sombras e das brumas, enquanto Avalon brilhará de novo na luz do mundo externo.

— Um plano ambicioso — disse Kevin —, mas se o Grande Rei da Bretanha jurar lealdade a Avalon...

— Isso vem sendo planejado desde antes do nascimento dele.

Taliesin disse lentamente:

— O rapaz foi criado como cristão. Fará tal juramento?

— Que realidade tem a conversa sobre Deus para um rapaz, em comparação com uma espada lendária para liderar seu povo e a fama de grandes feitos? — Viviane encolheu os ombros. — Seja qual for o resultado, fomos longe demais para parar agora; estamos todos comprometidos. Em três dias, será lua nova, e nessa hora auspiciosa ele terá a espada.

Não havia muito mais a dizer. Morgana permaneceu quieta, ouvindo, tanto excitada quanto chocada. Havia passado muito tempo em Avalon, pensou, tempo demais escondida entre as sacerdotisas com suas mentes em coisas sagradas e a sabedoria secreta. Havia se esquecido de que existia um mundo lá fora. De alguma maneira, jamais tomara consciência de fato de que Uther Pendragon, o marido de sua mãe, era o Grande Rei de toda a Bretanha, e que seu irmão também o seria um dia. *Mesmo*, ela pensou com uma pitada daquele novo cinismo, *com a mancha de dúvida no nascimento dele.* Talvez os reis rivais até recebessem bem um candidato que não era leal a nenhuma das partes, um filho do Pendragon, belo e modesto, que poderia servir de símbolo em torno do qual todos se unissem. Um candidato a Grande Rei que já havia sido aceito pelas tribos, pelos pictos e por Avalon... E então Morgana se retraiu, lembrando-se da parte que tivera naquilo tudo. Isso trouxe sua raiva de volta. E, quando Taliesin e Kevin se levantaram para ir embora, ela lembrou por que quisera, dez dias antes, quando tudo ainda estava fresco em sua mente, confrontar Viviane.

A harpa de Kevin, em sua bolsa de couro ornamentada, era difícil de ser carregada, por ser muito maior que as harpas comuns. Quando segurava o peso dela, ele parecia desajeitado, um joelho duro e um pé que se arrastava. *Feio*, ela pensou, *um homem feio e grotesco; mas, quando toca, quem acha isso? Há mais coisas a respeito desse homem do que qualquer um de nós sabe.* E então se lembrou do que Taliesin havia dito; ela sabia que olhava para o próximo Merlim da Bretanha, assim como Viviane dissera que ela seria a próxima Senhora do Lago. O pronunciamento não lhe trouxe júbilo, apesar de que, se Viviane houvesse dito aquilo antes daquela jornada que mudara sua vida, Morgana teria ficado orgulhosa e entusiasmada. Agora isso parecia obscurecido por aquilo que lhe acontecera.

Com meu irmão, meu irmão. Não importava quando éramos sacerdote e sacerdotisa, Deus e Deusa, unindo-nos sob o poder do ritual. Mas na manhã em que acordamos e fomos homem e mulher juntos... aquilo foi real, aquilo foi um pecado.

Viviane estava de pé na porta, observando os dois partirem.

— Para um homem com tais ferimentos, ele se move bem. É uma sorte para o mundo que tenha sobrevivido a eles e não tenha terminado pedindo esmolas na rua ou tecendo tapetes de juncos no mercado. Uma habilidade como essa não deveria ficar escondida na obscuridade, nem mesmo na corte de um rei. Voz e mãos como essas pertencem aos Deuses.

— Ele é talentoso, certamente — disse Morgana —, mas me pergunto: é sábio? O Merlim da Bretanha não deve ser apenas talentoso, mas sábio também. E... virtuoso.

— Isso eu deixo para Taliesin. O que deve acontecer acontecerá; não é escolha minha.

E repentinamente a raiva de Morgana transbordou:

— Está de fato reconhecendo que há algo na face desta terra que não seja escolha sua, senhora? Pensei que considerasse que sua vontade é a da Deusa, que somos todos marionetes para servi-la!

— Não deve falar assim, minha criança — disse Viviane, olhando para ela, espantada. — Não pode querer ser tão insolente comigo.

Se Viviane tivesse respondido suas palavras com arrogância, teria transformado a raiva de Morgana em explosão; sua gentileza a deixou perplexa. Ela disse:

— Viviane, *por quê?* — E sentiu, com vergonha, que as lágrimas subiriam de novo para sufocá-la.

Agora a voz de Viviane estava fria:

— Terei deixado você tempo demais entre os cristãos, no fim das contas, com toda aquela conversa deles de pecado? Pense, criança. Você é da linha real de Avalon; ele também. Eu poderia tê-la dado a um plebeu? Ou feito isso com o Grande Rei?

— E acreditei em você quando disse... acreditei que era obra da Deusa...

— Pois era — Viviane falou gentilmente, sem entender —, mas, mesmo assim, não poderia entregá-la a alguém que não a merecesse, minha Morgana. — A voz dela era terna. — Ele era tão jovem quando vocês se separaram... Achei que jamais a reconheceria. Sinto que você o tenha reconhecido, mas, no fim das contas, você saberia, cedo ou tarde. E ele não precisa saber por um longo tempo.

Morgana disse, enrijecendo o corpo para conter a raiva:

— Ele já sabe. Ele sabe. E ficou mais horrorizado que eu.

Viviane suspirou.

— Bem, não há nada que possamos fazer a respeito disso agora. O que está feito está feito. E, neste momento, a esperança da Bretanha é mais importante que os seus sentimentos.

Morgana virou as costas e não esperou para ouvir mais.

17

A lua estava escura no céu; nessas ocasiões, conforme era dito às jovens sacerdotisas na Casa das Donzelas, a Deusa escondia o rosto da humanidade aconselhando-se com os céus e os Deuses que ficavam atrás dos Deuses que conhecemos. Viviane também se mantinha reclusa no escuro da lua, sua privacidade guardada por duas jovens sacerdotisas.

Ela passou a maior parte do dia na cama, deitada, de olhos fechados, imaginando se era, afinal, o que Morgana pensava: embriagada pelo poder, acreditando que tudo estava a seu comando para fazer como achasse melhor.

O que fiz, ela pensou, *foi para salvar esta terra e seu povo da rapinagem e da destruição, de um retorno ao barbarismo, de um saque maior que o de Roma pelos godos.*

Ansiava por mandar chamar Morgana, faminta da velha proximidade das duas. Se a garota de fato viesse a odiá-la, seria o preço mais pesado que jamais teria pago por um ato seu. Morgana era o único ser humano que havia amado completamente. *Ela é a filha que eu devia à Deusa. Mas o que está feito está feito e não pode ser revertido. A linhagem real de Avalon não deve ser contaminada pelo sangue plebeu.* Pensou em Morgana com uma esperança triste de que um dia a jovem entenderia; mas, entendesse ou não, Viviane sabia que havia feito o que precisava, e apenas isso.

Dormiu pouco naquela noite, tendo sonhos caóticos e visões, pensando nos filhos que havia distanciado dela, no mundo lá fora, no qual o jovem Artur cavalgara ao lado do Merlim; teria chegado a tempo de ver o pai moribundo? Havia seis semanas, Uther Pendragon jazia doente em Caerleon, piorando e melhorando; mas parecia improvável que fosse viver muito mais.

Como o amanhecer se aproximava, ela se levantou e se vestiu, tão silenciosamente que nem a sacerdotisa que a servia se perturbou. Será que Morgana dormia, na Casa das Donzelas, ou também estava desperta, com o peito pesado ou chorando? Morgana jamais havia chorado diante dela até aquele dia em que a harpa de Kevin tocara o coração de ambas, e mesmo então escondera as lágrimas.

O que está feito está feito! Não posso poupá-la. Mas desejo de todo o coração que as coisas tivessem sido diferentes...

Saiu silenciosamente para o jardim atrás da casa. Os pássaros acordavam; flores de macieira, suaves e perfumadas, desprendiam-se das árvores que deram o nome a Avalon.

Darão frutos no tempo certo, como o que faço agora dará frutos em sua própria estação. Mas eu nunca mais darei flores ou frutos. O fardo dos anos pesava em sua mente. *Envelheço; mesmo agora, a Visão falha às vezes, a Visão que me foi dada para guiar esta terra.*

Sua própria mãe não tinha vivido tanto. Chegaria a hora – de fato, estava quase ali – em que precisaria entregar seu fardo e seu cargo sagrado, passando o governo real de Avalon para a próxima Senhora, ficando atrás dela, nas sombras, como sábia, ou a própria Anciã da Morte.

Morgana não está pronta. Ainda vive no tempo do mundo, e ainda estremece e chora pelo que não pode ser evitado. Sua mente repassou o grupo de sacerdotisas, jovens e velhas, em Avalon. Não havia ninguém a quem pudesse confiar o governo dessa terra. Morgana um dia chegaria a essa estatura; mas não no momento. Raven... Raven poderia ter aquela força. Mas havia dado a voz aos Deuses; era destinada para a loucura divina do além-mundo, não para prover aconselhamento sóbrio e julgamento neste mundo. Mas o que seria da Bretanha se ela, Viviane, morresse antes que Morgana atingisse seus poderes plenos?

O céu sobre ela ainda estava escuro, embora a névoa a oeste clareasse com a aurora. Observou a luz aumentando; as nuvens vermelhas se formaram rapidamente, torcendo-se no formato de um dragão, espiralando ao longo de todo o horizonte. Então uma grande estrela cadente flamejou através do céu, empalidecendo a formação do grande dragão; seu brilho cegou Viviane por um momento e, quando ela voltou a enxergar, o dragão havia desaparecido, e as nuvens mutantes estavam brancas com o sol que subia.

Viviane sentiu arrepios percorrendo sua espinha. Um presságio desse não era visto duas vezes na vida: toda a Bretanha devia estar atenta a ele. *Assim se vai Uther*, pensou. *Adeus ao dragão que estendeu as asas sobre nossas costas. Agora os saxões cairão sobre nós.*

Ela suspirou e, sem aviso, houve uma ondulação no ar, e um homem surgiu à sua frente no jardim. Viviane estremeceu, mas não com o medo que uma mulher caseira teria de um intruso – ela não temia nenhum homem vivo –, mas porque fazia tempo que não recebia um verdadeiro Aviso desse tipo. Uma visão que se impunha a ela, sem ser convocada, deveria ter um grande poder.

Poder como o da estrela cadente, um presságio que nunca havia visto ao longo de minha vida...

Por um momento, ela não reconheceu o homem; a doença devastadora havia tornado grisalho o cabelo louro, encolhido os ombros largos e encarquilhado a espinha; a pele estava amarelada, e os olhos, fundos de dor. Ainda assim, Uther Pendragon parecia, como sempre, maior que a maioria dos homens; e, embora houvesse pouco barulho no jardim cercado, ela ouvia os pássaros piando através da voz dele – sim, e via as árvores floridas através do seu corpo –; parecia que ele lhe falava como sempre, de modo duro, sem afeto.

Então, Viviane, nós nos encontramos pela última vez. Há um laço entre nós, não que eu o desejasse; não fomos amigos, cunhada. Mas acredito em sua visão, pois tudo o que disse sempre se tornou verdade. E você é a única que fará com que o próximo Grande Rei da Bretanha tome o que é dele por direito.

Ela viu que ao longo do peito dele havia a marca de um grande ferimento. Como é que Uther Pendragon, moribundo em Caerleon, havia morrido de um ferimento, e não de sua longa doença?

Morri como um guerreiro deve morrer; as tropas do tratado quebraram novamente a palavra, e meus exércitos não poderiam enfrentá-las até que me fiz ser carregado até o campo de batalha. Eles então foram para cima, mas Aesc, o chefe saxão – não vou conceder àquele selvagem o título de rei – os atravessou e matou três homens da minha guarda; e eu o matei antes que seu guarda-costas pudesse me matar. Mas vencemos a batalha. A próxima será para meu filho. Se ele chegar ao trono.

Viviane ouviu-se dizer alto, através do silêncio:

— Artur é rei pela velha linhagem real de Avalon. Ele não precisa do sangue Pendragon para tomar seu lugar de direito como Grande Rei.

Mas isso, que teria feito o Uther em vida explodir de raiva, apenas despertou nele um sorriso irônico, e pela última vez ela pareceu ouvir a voz dele.

Não duvido de que seja preciso mais que sua mágica, cunhada, para fazer os reis da Bretanha enxergarem isso. Você pode desdenhar do sangue de Pendragon, mas é ele que o Merlim deve invocar para colocar Artur em meu trono.

E então, diante de seus olhos, a forma de Uther Pendragon se desfez, e na frente dela se achava outro homem, que Viviane havia visto apenas em sonhos. E, em um momento abrasador, ela soube por que nenhum homem jamais lhe fora mais do que uma obrigação, ou um caminho para o poder, ou uma noite de prazer; por um momento, estava em uma terra alagada antes que o círculo de pedra no Tor fosse erguido, e nos braços usava serpentes douradas... O crescente desbotado queimava como uma grande lua com chifres em sua testa, e ela o *conheceu*, com um conhecimento além do tempo e do espaço... Gritou alto, um grande lamento de luto por tudo o que jamais havia conhecido nesta vida, e a agonia de uma perda jamais imaginada até aquele momento. Então o jardim ficou vazio, e os pássaros piavam desapercebidamente no silêncio úmido da névoa que cobria o sol nascente.

E muito longe, em Caerleon, Igraine, sabendo-se viúva, chora por seu amor... Agora lhe cabe chorar por ele... Viviane se apoiou contra o tronco orvalhado de uma grande árvore e se contorceu em uma tristeza inesperada. Ele jamais a havia conhecido. Não gostava dela, jamais confiara nela até o momento de sua morte, quando o disfarce mortal de uma vida caiu. *Deusa, seja misericordiosa... Toda uma vida se passou e eu jamais o conheci... Foi-se embora, de novo... Eu o reconhecerei quando voltarmos a nos encontrar ou seremos cegos um ao outro de novo, ignorando-nos como dois estranhos?* Mas não houve resposta, apenas silêncio, e Viviane não conseguia nem mesmo chorar.

Igraine vai chorar por ele... eu não consigo...

Logo se recompôs. Não era hora de ficar lamentando um amor como um sonho dentro de outro; o tempo começou a se mover para ela novamente, e relembrou a Visão com um leve desalento. Ela não sentia dor pelo morto agora, ou nada além de exasperação; deveria saber que ele daria um jeito de morrer no momento mais inconveniente possível, antes que tivesse tempo de proclamar seu filho como Grande Rei aos régulos rivais, todos lutando pela coroa. Por que não havia ficado em Caerleon, por que havia cedido ao orgulho que o levou a aparecer uma vez mais no campo de batalha? Teria ao menos visto o filho? Teria o Merlim chegado a tempo?

O Aviso se fora de vez; não havia como convocá-lo de novo e perguntar-lhe coisas mundanas. Uther de fato viera a ela no momento de sua morte, e era bom que Igraine jamais soubesse disso. Mas ele desaparecera.

Viviane olhou para o céu. Ainda não havia sinal da lua crescente. Talvez pudesse ver algo em seu espelho. Deveria chamar Raven? Não, não havia razão para isso, e ela poderia não concordar em quebrar seu silêncio por uma visão de coisas no mundo externo. Morgana? Não queria encarar os olhos dela.

Ela vai viver toda a vida como eu, com um coração morto dentro do corpo?

Respirou longamente, estremecendo, e começou a sair do jardim. Ainda estava muito úmido e frio; o nascer do sol ainda se escondia na névoa. Não viu ninguém enquanto caminhava rapidamente por seu caminho secreto até o Poço Sagrado, onde se inclinou para beber, jogando o cabelo para trás, colocando as mãos em concha na água. Então foi ao espelho d'água. Ela servia o santuário ali havia tanto tempo que começara a subestimar seu poder de visão; mas agora, de modo pouco característico, ela rezou.

Deusa, não tire o poder de mim, ainda não, não por mais um pouco de tempo. Mãe, você sabe que não peço isso por mim, apenas para que esta terra permaneça segura até que possa colocá-la nas mãos que preparei para protegê-la.

Por um momento, viu apenas ondas na água do poço e fechou os punhos como se pudesse forçar uma visão. Então, lentamente, imagens começaram a se formar: viu o Merlim caminhando pela extensão das terras em seus métodos obscuros, ora como druida e bardo, como convém ao Mensageiro dos Deuses, ora como um velho pedinte ou mascate, ou um simples harpista. O rosto começou a mudar, e ela viu o bardo Kevin, ora vestindo os mantos brancos do Mensageiro de Avalon, ora as vestes de um nobre, confrontando padres cristãos... E havia uma sombra atrás da cabeça dele, ele estava envolto em sombras, a sombra do bosque de carvalhos, a sombra da cruz; ela o viu com a taça sagrada das insígnias dos druidas... Viu o jovem Artur, a testa ainda manchada com o sangue do gamo que havia vencido e matado, e Morgana rindo, coroada com flores, seu rosto marcado com sangue... Ela não queria ver isso, e desejou intensamente desviar os olhos, mas não se atrevia a interromper o fluxo de visões. Viu uma vila romana, e Artur entre dois rapazes; um era seu Lancelote, seu filho mais novo, e imaginou que o mais velho fosse o irmão de criação de Artur, Cai, o filho de Heitor... Viu Morgause cercada por seus filhos; um a um, eles se ajoelharam aos pés de Artur. Então viu a barcaça de Avalon, enfeitada de panos pretos como uma mortalha, e Morgana na proa, mas ela estava mais velha... mais velha, e chorando.

Impacientemente, Viviane passou a mão pela superfície da água. Não era hora de ficar ali buscando orientação em visões que pareciam não ter significado para o momento. Desceu o morro em direção à sua casa e convocou as sacerdotisas que a serviam.

— Vistam-me — disse secamente — e mandem um Aviso ao Merlim; ele deve ir a Caerleon e trazer o jovem Artur para mim aqui antes que a lua fique mais um dia no céu. Não há tempo a perder.

18

Mas Artur não chegou a Avalon com a lua nova.

Morgana, na Casa das Donzelas, viu a lua nova surgir, mas não quebrou o jejum de sua fase escura. Sentia fraqueza e sabia que, se comesse, apenas vomitaria. Bem, talvez isso fosse de esperar. Sentia-se assim às vezes quando sua menstruação estava para começar; depois, ficaria melhor. Mais tarde, naquele dia, sentiu-se melhor e bebeu um pouco de leite e comeu um bocado de pão; e naquela tarde Viviane mandou chamá-la.

— Uther está morto em Caerleon. Se acha que precisa ver sua mãe...

Por pouco tempo, Morgana considerou a possibilidade, mas por fim balançou a cabeça.

— Eu não tinha afeto por Uther, e Igraine sabe bem disso. Que a Deusa permita que seus padres conselheiros a confortem melhor que eu.

Viviane suspirou. Parecia cansada e desgastada, e Morgana se perguntou se ela também sentia-se doente em consequência do período estressante da obscuridade da lua. Viviane disse:

— Sinto dizer isso, mas temo que esteja certa. Eu teria permitido que fosse, se necessário. Haveria tempo para seu retorno a Avalon antes que... — ela se conteve. Então disse: — Você sabe que Uther, em sua vida, conseguiu evitar invasões dos saxões com constantes batalhas; não tivemos mais que poucas luas de paz. Agora, receio que piore; eles podem chegar às portas de Avalon. Morgana, você é uma sacerdotisa plena, viu as armas sagradas...

Morgana respondeu com um sinal, e Viviane assentiu e disse:

— Chegará o dia em que aquela espada precisará ler levantada para defender Avalon e toda a Bretanha também.

Morgana pensou: *Por que ela me diz isso? Sou uma sacerdotisa, não uma guerreira; não posso empunhar a espada em defesa de Avalon.*

— Você se lembra da espada.

Descalça, gelada, traçando o círculo com o peso da espada em sua mão, ouvindo Raven, a silenciosa, gritar aterrorizada...

— Eu me lembro.

— Então tenho uma missão para você. Quando aquela espada é levada para a batalha, deve ser cercada de toda a mágica de que dispomos. Você deve fazer uma bainha para a espada, Morgana, e colocar nela cada feitiço que souber, para que aquele que a use em batalha não perca sangue. Pode fazer isso?

Havia me esquecido, pensou Morgana, *que poderia haver uma tarefa para uma sacerdotisa, assim como para um guerreiro*. E, com seu truque de seguir os pensamentos, Viviane disse:

— E você também terá um papel na batalha para defender nosso país.

— Que assim seja — disse Morgana, imaginando por que Viviane, que era a grã-sacerdotisa de Avalon, não tomou para si a tarefa. Viviane não lhe deu resposta, mas disse:

— Para isso, deve trabalhar com a espada diante de si; venha, e Raven vai servi-la, dentro do silêncio da mágica.

Embora tentasse se lembrar de que era apenas um recipiente de poder, e não o poder em si, que este vinha da Deusa, Morgana era jovem o bastante para sentir-se exaltada quando era conduzida em silêncio ao lugar sagrado onde trabalhos do tipo eram feitos e cercada de sacerdotisas que precisariam antecipar cada necessidade sua, para que ela não quebrasse o silêncio que reuniria o poder necessário para lançar feitiços. A espada foi colocada em um pano de linho diante de Morgana; ao lado, o cálice baixo, feito de prata, adornado com contas de ouro em torno da borda. Estava cheio de água do Poço Sagrado; não para ser bebida – havia comida e bebida reservadas para ela –, mas para que pudesse ver nela as coisas necessárias para o trabalho que tinha à frente.

No primeiro dia, cortou, usando a própria espada, um forro de pele fina de corça. Era a primeira vez que tinha ferramentas boas para trabalhar, e apreciou a agulha de ferro especial que havia recebido para costurar a bainha; sentiu um orgulho que reconheceu ser infantil ao espetar o dedo uma ou duas vezes sem soltar nem mesmo um grito momentâneo. Não conseguiu evitar perder o fôlego de puro prazer quando viu o inestimável pedaço de veludo do vermelho mais profundo, tingido com cores que, uma vez lhe disseram, eram tão valiosas que uma onça dele custava o mesmo que uma propriedade e homens trabalhando na terra por um ano. Ele iria por cima do couro de corça, e nele deveria bordar, com os fios sedosos e dourados que lhe providenciaram, os símbolos e encantos mágicos.

Passou o primeiro dia fazendo as formas da bainha de couro de corça e do veludo para cobri-la; e, antes de dormir, em meditação profunda sobre o que deveria fazer, quase em transe, fez um pequeno corte no braço e espalhou o sangue no couro de corça.

Deusa! Grande Corvo! Sangue foi vertido sobre esta bainha para que nenhum outro precise ser derramado sobre ela quando for levada em batalha.

Ela dormiu intermitentemente, sonhando que se achava sobre uma grande colina com vista para toda a Bretanha e costurava feitiços, tramando-os como luz no tecido da própria terra. Abaixo dela, o Gamo-Rei corria, e um homem subiu rapidamente a colina e tirou a espada de suas mãos...

Acordou com um sobressalto, pensando: *Artur! É Artur quem levará a espada, ele é o filho de Pendragon...* E, deitada na escuridão, pensou que era por isso que Viviane lhe pedira para fazer a bainha mágica da espada que ele levaria como símbolo de todo o seu povo. Fora Artur quem havia derramado o sangue de sua virgindade, e era ela, também da linhagem sagrada de Avalon, quem deveria fazer a bainha encantada da segurança dele, protegendo o sangue real.

Durante todo aquele dia, em silêncio, ela trabalhou, olhando para o cálice, deixando as imagens se levantarem, parando de tempo em tempo para esperar pela inspiração no fluxo meditativo; trabalhou a lua com chifres, para que a Deusa sempre zelasse pela espada e guardasse o sangue sagrado de Avalon. Estava tão envolta no silêncio mágico que cada objeto em que seus olhos pousavam, cada movimento de suas mãos consagradas, transformava-se em poder para o encanto; às vezes, parecia que uma luz visível seguia seus dedos enquanto sucedia a lua com chifres com uma lua cheia, e então com a lua escura, pois todas as coisas precisam seguir suas estações. Então, por saber que um Grande Rei na Bretanha deveria governar uma terra cristã, e porque quando os primeiros seguidores de Cristo chegaram à Bretanha procuraram druidas, trabalhou em um símbolo de cristãos e druidas em amizade, a cruz dentro do círculo com três asas. Traçou no veludo vermelho os símbolos dos elementos mágicos, da terra, do ar, da água e do fogo, depois a figura do cálice de bordas baixas à sua frente, no qual visões se moviam e se entrelaçavam, indo e vindo da escuridão: o bastão e o prato de terra, a serpente da cura, as asas da sabedoria e a espada flamejante do poder... Havia momentos em que parecia que a agulha e a linha se moviam através de sua própria carne ou da carne do solo, perfurando terra e céu e seu próprio sangue e corpo... Sinal sobre sinal e símbolo sobre símbolo, cada um deles marcado com seu sangue e a água do Poço Sagrado. Trabalhou durante três dias ao todo, dormindo pouco, comendo apenas alguns bocados de frutas secas, bebendo somente a água do poço. Havia momentos em que, de uma grande distância dentro de sua própria mente, ela parecia olhar seus dedos trabalhando sem nenhuma escolha consciente, os feitiços tecendo-se sozinhos, sangue e osso da terra, sangue de sua virgindade, força do Gamo-Rei que havia morrido e derramado seu sangue, para que o campeão não precisasse morrer...

No anoitecer do terceiro dia, terminou, cada centímetro da bainha coberto com símbolos entrelaçados, alguns que ela nem mesmo reconhecia; teriam vindo diretamente das mãos da Deusa através das suas? Levantou-a e deslizou a espada para dentro dela; pesou-a em suas mãos. Então disse alto, quebrando o silêncio ritual:

— Está pronta.

Agora que a longa tensão havia sido quebrada, ela percebeu que estava exausta, abalada e doente. O uso ritual e prolongado da Visão podia fazer isso; havia, sem dúvida, interrompido sua menstruação também, pois o fluxo em geral chegava no período sem lua. Acreditava-se que isso era sorte, pois as sacerdotisas se recolhiam durante esse período, e era o mesmo da reclusão ritual da lua escura, quando a própria Deusa se guardava para proteger a fonte de poder.

Viviane veio e pegou a bainha. Não conteve um pequeno grito de assombro quando a olhou, e de fato parecia até mesmo a Morgana, que conhecia as próprias mãos e a havia feito, que era algo repleto de mágica, que ultrapassava o trabalho humano. Viviane a tocou apenas brevemente antes de embrulhá-la em um longo pano de seda branco.

— Você trabalhou bem — ela disse.

E Morgana pensou, a mente girando: *Como ela acha que pode me julgar? Também sou uma sacerdotisa, fui além dos ensinamentos dela...* E ficou chocada com os próprios pensamentos.

Viviane tocou o rosto dela com gentileza:

— Vá dormir, minha querida; você se esgotou neste grande trabalho.

Morgana dormiu longa e profundamente, sem sonhos; mas, depois da meia-noite, acordou com o barulho feroz de sinos de alarme e sinos de igreja, um terror da infância: *Os saxões estão aqui! Levantem-se e peguem as armas!*

Pareceu-lhe que havia acordado com um sobressalto, e não estava na Casa das Donzelas, mas em uma igreja, e na pedra do altar havia uma série de armas; e em cavaletes próximos jazia um homem vestindo armadura, coberto com uma mortalha. Sobre a cabeça dela, o Aviso ainda badalava e clamava, capaz de acordar os mortos... Não, pois o cavaleiro morto não se agitou, e, com uma súbita prece por perdão, ela pegou a espada... e acordou totalmente agora, com a luz no seu quarto e o silêncio. Nem mesmo os sinos da igreja da outra ilha penetravam sua câmara de chão de pedra. Havia sonhado com os sinos, o cavaleiro morto, e a capela com círios acesos, as armas no altar, a espada, tudo isso. *Como fui ver aquilo? A Visão jamais me chega sem ser desejada... Foi apenas um sonho, então?*

Mais tarde naquele dia, ela foi convocada; com a mente consciente, lembrou-se de algumas das visões que, entrevistas, flutuaram em sua mente enquanto fazia a bainha com a espada diante de si. Caída na terra em uma estrela cadente, uma grande explosão de luz; arrastada, ainda fumegando, para ser forjada por ferreiros pequenos e escuros que viviam na greda antes que o círculo de pedra fosse levantado; poderosa, uma arma para um rei, quebrada e reforjada dessa vez em uma lâmina longa em forma de folha, trabalhada e temperada com sangue e fogo, endurecida... *Uma espada forjada três vezes, jamais arrancada do útero da terra, e assim duas vezes sagrada...*

Haviam dito a ela o nome da espada: Excalibur, que significava aço cortado. Espadas de ferro de meteorito eram raras e preciosas; essa bem podia valer o preço de um reino.

Viviane pediu-lhe que se cobrisse com o véu e viesse. Enquanto desciam lentamente a encosta, Morgana viu a figura alta de Taliesin, o Merlim, e o bardo Kevin ao lado movendo-se em seu andar hesitante e grotesco. Parecia mais desajeitado e feio que nunca, tão fora de lugar quanto uma vela de sebo em um candelabro fino de prata. E ao lado deles... Morgana paralisou, reconhecendo aquele corpo esguio e musculoso, aquele cabelo brilhante dourado e prateado.

Artur. Ela decerto sabia que a espada era para ele. O que seria mais natural do que vir recebê-la?

Ele é um guerreiro, um rei. O irmãozinho que eu segurava no colo. Parecia irreal para ela. Mas através daquele Artur, e do rapaz de rosto solene que agora andava entre os dois druidas, ela enxergou alguns traços do jovem que levara os cornos do Cornífero; quieto e sério como ele estava, ela viu o balanço da galhada, a desesperada luta mortal, e como havia ido até ela manchado do sangue do gamo, não uma criança, mas um homem, um guerreiro, um rei.

Com um sussurro do Merlim, ele ajoelhou-se diante da Senhora do Lago. O seu rosto era reverente. *Não, é claro*, ela pensou, *ele não havia visto Viviane antes, só a mim, e na escuridão.*

Mas ele viu Morgana em seguida, e ela notou, por suas feições, que o jovem a reconheceu. Fez uma reverência para ela também – *ao menos*, ela pensou, *onde foi criado lhe ensinaram modos condizentes com o filho de um rei* – e murmurou:

— Morgana.

Ela curvou a cabeça. Artur a havia reconhecido mesmo com o véu. Talvez ela devesse se ajoelhar para o rei. Mas uma Senhora de Avalon não dobrava os joelhos para nenhum poder humano. O Merlim se ajoelharia, e também Kevin, caso lhe pedissem; Viviane, jamais, pois não era apenas a sacerdotisa da Deusa, mas a incorporava dentro dela de uma maneira que sacerdotes de Deuses masculinos jamais saberiam ou entenderiam. E Morgana também jamais se ajoelharia de novo.

A Senhora do Lago estendeu a mão para ele, pedindo que se levantasse.

— Fez uma longa jornada — ela disse — e está exausto. Morgana, leve-o para minha casa e sirva alguma comida antes que façamos isso.

Ele sorriu então, não o rei sendo coroado, não o Escolhido, mas apenas um rapaz com fome.

— Agradeço, senhora.

Dentro da casa de Viviane, ele agradeceu às sacerdotisas que lhe trouxeram comida e se atirou sobre ela, esfaimado. Quando havia saciado a fome, perguntou a Morgana:

— Você também mora aqui?

— A Senhora vive sozinha, mas é atendida pelas sacerdotisas que a servem em turnos. Morei aqui com ela quando foi minha vez de servi-la.

— Você, filha de uma rainha! *Servindo*?

Ela disse de modo austero:

— Precisamos servir antes de comandar. Ela mesma serviu quando era jovem, e nela eu sirvo a Deusa.

Ele pensou um pouco e disse por fim:

— Não conheço essa Grande Deusa. O Merlim me disse que a Senhora era sua... nossa... parente.

— Ela é irmã de Igraine, nossa mãe.

— Pois então é minha tia — disse Artur, experimentando as palavras na língua como se não se encaixassem bem. — Tudo isso é tão estranho para mim. De alguma maneira, sempre tentei pensar em Heitor como meu pai e em Flavilla como minha mãe. É claro que eu sabia que havia algum segredo; e, como Heitor não falava sobre isso comigo, pensei que fosse algo vergonhoso, que eu era um bastardo ou pior. Não me lembro de Uther, meu pai; nada. Nem da minha mãe, na verdade, embora às vezes, quando Flavilla me castigava, eu sonhasse que morava em outro lugar, com uma mulher que me acariciava e então me afastava... Igraine, nossa mãe, você se parece com ela?

— Não, ela é alta, ruiva.

Artur suspirou.

— Então acho que não me lembro dela. Pois nos meus sonhos era sempre alguém como você... *era* você... — Ele se deteve, sua voz tremia.

Terreno perigoso, pensou Morgana, *não nos atrevemos a falar sobre aquilo*. Ela disse, tranquila:

— Coma outra maçã; elas crescem aqui na ilha.

— Obrigado. — Ele pegou uma maçã e a mordeu. — É tudo tão novo e estranho. Tantas coisas aconteceram comigo desde... desde... — A sua voz falhou. — Penso em você o tempo todo. Não consigo evitar. É verdade o que eu disse, Morgana, que por toda a minha vida me lembrarei de você, pois foi a primeira, e devo sempre pensar em você e amá-la...

Ela sabia que deveria dizer algo duro e doloroso. Em vez disso, disse palavras bondosas, mas distantes.

— Não deve pensar em mim dessa maneira. Para você, não sou uma mulher, mas uma representante da Deusa que foi a você, e é blasfêmia lembrar de mim como se fosse uma mulher mortal. Esqueça-me e lembre-se da Deusa.

— Eu tentei... — Ele parou de falar, fechando os punhos, então disse, sério: — Você está certa. É assim que devo pensar nisso... apenas mais uma das coisas estranhas que me aconteceram desde que me mandaram buscar na casa de Heitor. Coisas misteriosas, mágicas. Como a batalha com os saxões... — Ele estendeu o braço, puxando a túnica para mostrar uma atadura com uma grossa camada de resina de pinheiro já escurecida. — Fui ferido lá. Só que foi como um sonho, minha primeira batalha. O rei Uther... — Ele olhou para baixo e engoliu em seco. — Cheguei tarde demais. Não o conheci. Estava sendo velado na igreja e vi-o morto, suas armas colocadas no altar... Disseram-me que era o costume, que quando um cavaleiro valente morre suas armas devem velá-lo. E então, mesmo quando o padre cantava "Nunc Dimittis", soaram todos os sinos de alarme, houve um ataque saxão... Os vigias correram para dentro da igreja e tomaram as cordas do sino das mãos do monge que tocava o dobre de finados para soarem o alarme e todos os homens do rei pegaram suas armas e correram para fora. Eu não tinha espada, apenas meu punhal, mas tomei a lança de um dos soldados. Minha primeira batalha, mas então Cai… meu irmão de criação, Cai, filho de Heitor, disse-me que havia deixado sua espada em seu alojamento e que eu deveria correr e pegá-la para ele. E eu soube que era apenas uma maneira de me manter fora de batalha; Cai e meu pai adotivo disseram que eu ainda não estava pronto para o batismo de sangue. Mas, em vez de correr de volta ao alojamento, entrei na igreja e peguei a espada do rei do féretro de pedra… Bem — ele se defendeu —, ele lutou contra os saxões com ela por vinte anos, com certeza ficaria feliz que ela lutasse novamente, em vez de jazer sem uso em uma pedra velha! Então corri e a estava entregando para Cai enquanto nos reuníamos para o ataque quando vi o Merlim, e ele disse na maior voz que já ouvi: "Onde você arranjou essa espada, menino?". Fiquei com raiva porque me chamou de *menino* depois do que eu havia feito na Ilha Dragão; disse a ele que era uma espada para lutar contra os saxões, não para ficar sobre velhas pedras, e, quando Heitor chegou e me viu com a espada nas mãos, ele e Cai se ajoelharam diante de mim, simples assim! Eu me senti tão estranho… Disse a ele: "Pai, por que está se ajoelhando, por que faz meu irmão se ajoelhar assim? Ah, levante-se, isso é terrível", e então o Merlim disse naquela voz espantosa: "Ele é o rei, é certo que fique com a espada". E então os saxões chegaram à muralha… ouvimos suas trompas… e não havia mais tempo para falar sobre espadas ou qualquer outra coisa; Cai pegou a lança e eu me agarrei à espada e lá fomos nós. Não me lembro muito da batalha, acho que nunca lembramos. Cai se feriu: um ferimento feio na perna. Depois, quando o Merlim estava atando meu braço, ele me disse quem eu realmente era. Quem havia sido meu pai. E Heitor veio e se ajoelhou e disse que seria um bom cavaleiro para mim, como havia sido para meu pai e para Ambrósio, e fiquei tão envergonhado… E a única coisa que ele me pediu foi que tornasse Cai meu camarista quando tivesse uma corte. E é claro que eu disse que ficaria feliz com isso… afinal, ele é meu irmão. Quero dizer, sempre vou pensar nele como meu irmão. Houve muito alarde por causa da espada, mas o Merlim disse a todos os reis que o destino me fizera pegá-la da pedra, e eles o escutaram.

Ele sorriu, e Morgana sentiu uma onda de amor e pena com sua confusão.

Os sinos que a haviam acordado… ela os havia visto, mas sem saber o que via.

Baixou os olhos. Sempre haveria uma ligação entre eles agora. Será que qualquer golpe que o atingisse sempre seria assim, uma espada em seu coração nu?

— E agora parece que vou receber outra espada — disse Artur. — Não tinha nenhuma e de repente tenho duas, especiais! — Ele suspirou e disse quase melancolicamente: — Não sei o que tudo isso tem a ver com ser rei.

Por mais que já tivesse visto Viviane nos mantos de Grã-Sacerdotisa de Avalon, Morgana jamais se acostumara com a visão. Ela notou que Artur olhava para uma e para a outra, e viu a semelhança espelhada nos olhos dele. O rapaz estava em silêncio, impressionado mais uma vez. *Ao menos*, pensou Morgana, sentindo um enjoo vazio novamente, *não o fizeram seguir o jejum mágico*. Talvez ela devesse ter comido com ele, mas pensar em comida a deixava enjoada. Um trabalho mágico prolongado poderia causar aquilo; não era de admirar que Viviane fosse tão macilenta.

— Venham — disse Viviane, liderando o caminho: a Senhora de Avalon, em sua terra, precedia até mesmo um rei. Andou da casa ao longo das margens do lago até dentro da construção em que viviam os sacerdotes.

Artur caminhava, silencioso, ao lado de Morgana, e por um instante ela quase esperou que ele estendesse a mão, como fazia quando era bem pequeno, e agarrasse a sua... Mas agora aquela mãozinha que ela havia segurado era a mão de um guerreiro, maior que a dela, endurecida pelo treino com a espada e outras armas. Atrás de Artur e Morgana, vinha o Merlim, e, ao lado dele, Kevin.

Eles desceram uma escadaria estreita, e o cheiro úmido do subterrâneo os cercou. Morgana não viu ninguém acender uma luz, mas subitamente havia um pequeno brilho na escuridão, e uma luz pálida lampejou em torno do grupo. Viviane parou de modo tão abrupto que eles se chocaram nela, e por um instante Morgana se surpreendeu ao sentir um corpo simplesmente suave e pequeno, de uma mulher comum, não uma imagem remota da Deusa. A Senhora estendeu o braço e pegou o pulso de Artur em sua pequena mão morena; nem mesmo chegou perto de abarcá-lo.

— Artur, filho de Igraine de Avalon e do Pendragon, rei por direito de toda a Bretanha — ela disse —, contemple as coisas mais sagradas em sua terra.

A luz brilhou no ouro e nas joias da taça e do prato, a longa lança, o vermelho e os fios prateados e dourados da bainha. Viviane retirou da bainha a lâmina longa e escura. Tenuemente, pedras brilharam no seu punho.

— A espada das Insígnias Sagradas dos druidas — Viviane disse, com calma. — Prometa-me agora, Artur Pendragon, rei da Bretanha, que quando assumir sua coroa tratará com justiça druidas e cristãos e que será guiado pela magia sagrada dos que o levaram ao trono.

Artur buscou a espada, os olhos arregalados; Morgana enxergou nos olhos dele: ele sabia que tipo de espada era essa. Viviane fez um gesto rápido para impedi-lo.

— É fatal tocar as coisas sagradas sem preparação. Artur, jure. Com essa espada em sua mão, não há chefe tribal ou rei, pagão ou cristão, que se oponha a você. Mas esta não é a espada para um rei que ouve apenas os padres cristãos. Se não jurar, pode partir agora, com as armas que obtiver de seus seguidores cristãos, e o povo que busca as orientações de Avalon o seguirá apenas quando pedirmos. Ou fará o juramento e terá a lealdade dele por meio das armas sagradas de Avalon? Escolha, Artur.

Ele a olhou, franzindo um pouco a testa, a luz fraca brilhando em seu cabelo, que parecia quase branco. E disse:

— Só pode haver um governante nesta terra; eu não devo receber ordens de Avalon.

— Nem dos padres que o tornariam um peão do Deus morto deles — Viviane disse baixo. — Mas não o exortaremos. Escolha se vai ou não aceitar esta espada, ou a recuse e governe em seu próprio nome, desprezando a ajuda dos Velhos Deuses.

Morgana percebeu que aquilo o fez pensar no dia em que correra entre os gamos e os Velhos Deuses lhe deram a vitória, para que fosse aclamado rei daquele povo, o primeiro a consagrá-lo. Artur disse rapidamente:

— Que Deus não permita que eu despreze... — E parou, engolindo em seco. — O que eu devo jurar, senhora?

— Apenas isto: tratar com justiça todos os homens, sejam ou não seguidores do Deus dos cristãos, e sempre reverenciar os Deuses de Avalon. Pois não importa o que os cristãos digam, Artur Pendragon, e o que eles possam chamar de Deus deles, todos os Deuses são um só, e todas as Deusas são uma só Deusa. Jure apenas ser fiel a essa verdade e não se prender a um e desprezar o outro.

— Você viu — disse o Merlim, sua voz profunda ressoando no silêncio — que eu verdadeiramente reverencio o Cristo e me ajoelhei no altar e participei da refeição sagrada deles.

— Pois é verdade, meu senhor Merlim — disse Artur, agitado. — E você, acredito, é o conselheiro em quem devo confiar mais do que em qualquer outro. Você me pede para fazer o juramento, então?

— Meu senhor e rei — disse Taliesin —, você é jovem para esse governo, e talvez seus padres e bispos pretendam dominar a consciência até de um rei. Mas não sou padre; sou um druida. Digo apenas que verdade e sabedoria não são propriedade especial de um padre. Pergunte à sua própria consciência, Artur, se seria errado prometer tratar com justiça todos os homens e quaisquer Deuses que reverenciem, em vez de jurar lealdade a apenas um.

Artur disse em voz baixa:

— Bem, então farei o juramento e receberei a espada.

— Ajoelhe-se — disse Viviane —, em sinal de que um rei não é mais que um homem, e uma sacerdotisa, mesmo a grã-sacerdotisa, não é mais que uma mulher, mas que os Deuses estão acima de todos nós.

Artur se ajoelhou. A luz em seu cabelo louro, pensou Morgana, era como uma coroa. Viviane colocou a espada nas mãos dele, que se fecharam em torno do punho. Ele respirou profundamente.

— Tome esta espada, meu rei — disse Viviane —, e use-a com justiça. Esta espada não foi feita com ferro pilhado do corpo da terra, nossa mãe; é sagrada, forjada com metal que caiu dos céus, há tanto tempo que nem mesmo a tradição dos druidas tem a conta certa dos anos, pois foi feita antes que houvesse druidas nestas ilhas.

Artur se levantou, a espada na mão.

— Do que a senhora mais gostou? — perguntou Viviane. — Da espada ou da bainha?

Artur olhou com admiração para a bainha ricamente trabalhada, no entanto disse:

— Sou um guerreiro, minha senhora. A bainha é bela, mas gosto mais da espada.

— Ainda assim — disse Viviane —, mantenha a bainha sempre com você; foi tecida com toda a magia de Avalon. Enquanto levar essa bainha, mesmo se for ferido, não perderá sangue o suficiente para colocar sua vida em perigo; foi feita com feitiços para estancar sangue. É uma coisa rara e preciosa, e mágica.

Ele sorriu e disse, quase rindo com o fim da longa tensão:

— Gostaria de tê-la comigo quando recebi esta ferida lutando contra os saxões; sangrei como uma ovelha no matadouro!

— Ainda não era rei, meu senhor. Mas agora a bainha mágica vai protegê-lo.

— Mesmo assim, meu rei — disse a voz melodiosa do bardo Kevin, nas sombras atrás do Merlim —, não importa quanto confie na bainha, eu o aconselho a conseguir mestres de armas e não parar de treinar!

Artur riu enquanto prendia a espada e a bainha na cintura.

— Não duvide disso nunca, senhor. Meu pai adotivo me ensinou a ler com um velho padre que lia para mim em um dos Evangelhos como o Diabo tentou ao Senhor Jesus, dizendo que Deus havia dado a ele anjos para protegê-lo; e Jesus disse que não se devia tentar a Deus. E um rei não é mais que carne e osso: lembre-se, peguei minha primeira espada de onde Uther jazia morto. Não acho que tentarei a Deus dessa maneira, senhor druida.

De algum modo, com a espada das Insígnias Sagradas presa na cintura, Artur parecia mais alto, mais impressionante. Morgana podia vê-lo com a coroa e o manto de rei, sentado em seu trono alto... e por um momento pareceu que o pequeno cômodo estava cheio de outros homens, obscuros, armados, ricamente vestidos, nobres, bem perto à sua volta, seus Companheiros... e então sumiram, e ele era apenas um jovem rapaz de novo, sorrindo incertamente, ainda desconfortável em sua posição.

Eles se viraram e saíram da capela subterrânea. Mas, antes que deixassem completamente o cômodo, Artur se virou por um momento para olhar as outras insígnias, nas sombras. Sua incerteza era perceptível em seu rosto, a questão quase visível: *Fiz o que era certo, estou blasfemando contra o Deus que fui ensinado a venerar como o* Único*?*

— Sabe qual meu maior desejo, meu senhor e rei? — A voz de Taliesin era baixa e gentil.

— Qual, senhor Merlim?

— Que um dia... não agora, pois a ilha ainda não está preparada para isso, nem os seguidores de Cristo... que um dia druidas e padres cultuem juntos; que dentro de cada grande igreja deles a Eucaristia sagrada seja celebrada com aquela taça e aquele prato lá embaixo, levando o pão e o vinho deles, em sinal de que todos os Deuses são só Um.

Artur fez o sinal da cruz e disse quase em um sussurro:

— Amém, senhor Merlim, e que o Santo Jesus torne isso possível nestas ilhas um dia.

Morgana sentiu uma comichão que subia e descia por seus braços e se ouviu dizer, sem saber que falava, até que a Visão se expressasse através dela:

— Esse dia virá, Artur, mas não como você pensa. Tenha cuidado sobre como fará que esse dia aconteça, pois pode ser um sinal de que seu trabalho está concluído.

Artur disse em voz abafada:

— Caso esse dia chegue, senhora, então de fato será um sinal de que fiz o que deveria quando subi ao trono, e ficarei satisfeito com isso.

— Cuidado com o que fala — disse o Merlim, muito suavemente —, pois de fato as palavras que dizemos lançam uma sombra do que virá, e, quando as falamos, fazemos com que aconteçam, meu rei.

Morgana piscou quando saíram à luz do sol. Ela vacilou e Kevin estendeu a mão para apoiá-la.

— Está doente, minha senhora?

Ela balançou a cabeça impacientemente, desejando que o embotamento em seus olhos desaparecesse. Artur a fitou, preocupado. Mas então estavam todos à luz do sol, e a mente dele voltou para os assuntos mais imediatos.

— Serei coroado em Glastonbury, na Ilha dos Padres. Se puder deixar Avalon, a senhora irá?

Viviane sorriu para ele e disse:

— Creio que não. Mas o Merlim irá com você. E Morgana assistirá à sua coroação, se ambos assim desejarem — ela completou, e Morgana se perguntou por que a Senhora falava assim, e por que sorria. — Morgana, minha filha, irá com eles na barca?

Morgana fez uma reverência. Ela ficou de pé na proa enquanto o barco se movia para a margem, levando agora apenas Artur e o Merlim, e, quando se aproximou da beira, viu vários homens armados esperando por ele. Percebeu o assombro nos olhos de todos quando a barcaça drapeada de Avalon apareceu subitamente das brumas; reconheceu um dos homens. Lancelote não havia mudado desde aquele dia, dois anos antes, apenas estava mais alto, mais belo, vestido ricamente de vermelho-escuro, segurando um escudo e uma espada.

Ele também a reconheceu e fez uma reverência.

— Prima — disse.

— Conhece minha irmã, a senhora Morgana, duquesa da Cornualha, sacerdotisa de Avalon? — disse Artur. — Morgana, este é meu amigo mais querido, nosso primo.

— Já nos conhecemos.

Lancelote se curvou sobre a mão dela, e novamente, em meio ao enjoo desconfortável, Morgana sentiu um ímpeto repentino daquele anseio que jamais realmente a abandonara.

Eu e ele fomos feitos um para o outro; eu deveria ter tido coragem naquele dia, embora isso fosse significar a quebra de um voto... Percebeu nos olhos dele que ele se lembrava, na ternura com que tocou a mão dela.

Então ela suspirou, levantou os olhos e foi apresentada aos outros.

— Meu irmão de criação, Cai — disse Artur.

Cai era grande e moreno, romano até a medula, e ela se deu conta, quando ele falou com Artur com deferência e afeto naturais, que Artur de fato tinha dois chefes fortes para liderar seus exércitos. Os outros reis foram apresentados como Bedwyr, Lucan e Balin, cujo nome fez Morgana, e também o Merlim, levantarem os olhos em surpresa: era o irmão de criação do filho mais velho de Viviane, Balan. Balin tinha o cabelo loiro e ombros largos; trajava vestes esfarrapadas, mas se movia tão graciosamente quanto seu meio-irmão Lancelote. As vestes eram pobres, mas suas armas e sua armadura eram brilhantes e cuidadas, e pareciam bem usadas.

Morgana estava contente em deixar Artur com seus cavaleiros; mas primeiro ele levantou cerimoniosamente a mão dela aos lábios e a beijou.

— Venha à minha coroação se puder, irmã.

19

Poucos dias depois, Morgana partiu, com algumas pessoas de Avalon, para a coroação de Artur. Nunca, em todos os seus anos em Avalon – exceto pelo breve momento durante o qual abriu as brumas para permitir que Gwenhwyfar encontrasse seu convento –, havia botado o pé na terra da Ilha dos Padres, Ynis Witrin, a Ilha de Vidro. Tinha a impressão de que o sol brilhava com uma severidade curiosa, diferente dos raios de sol enevoados e suaves de Avalon. Teve de se recordar de que para quase todas as pessoas da Bretanha esse era o mundo real, e a terra de Avalon era apenas um sonho encantado, como se fosse o próprio reino das fadas. Para ela, apenas Avalon era real, e isto aqui não passava um sonho adverso do qual, por alguma razão, ela não acordava.

Em todo o espaço diante da igreja, tendas e pavilhões coloridos pareciam ter brotado como cogumelos estranhos. Para Morgana, era como se os sinos das igrejas tocassem dia e noite, hora após hora, um tinir que oprimia seus nervos. Artur a cumprimentou, e pela primeira vez ela encontrou Heitor, o bom cavaleiro e guerreiro que havia criado seu irmão, e sua mulher, Flavilla.

Para essa empreitada no mundo exterior, seguindo o conselho de Viviane, Morgana havia deixado de lado os mantos azuis das sacerdotisas de Avalon e a sobretúnica de pele de cervo pintada e colocado um vestido simples de lã negra, com anáguas de linho brancas e um véu branco sobre o cabelo trançado. Logo percebeu que parecia uma matrona; entre as mulheres da Bretanha, as jovens donzelas usavam o cabelo solto e vestidos tingidos em cores brilhantes. Todos a tomaram por uma das mulheres do convento de Ynis Witrin, perto da igreja, no qual as irmãs usavam vestes sombrias; Morgana nada disse para corrigi-los. Nem Artur, embora tenha levantado as sobrancelhas e sorrido para ela.

Para Flavilla, ele disse:

— Mãe adotiva, devo fazer muitas coisas... Os padres querem falar comigo sobre minha alma, e os reis de Orkney e de Gales do Norte querem uma audiência. Poderia levar minha irmã até nossa mãe?

Até nossa mãe, pensou Morgana; *mas aquela mãe se tornou uma estranha para nós dois*. Ela procurou em sua mente alguma alegria por aquela reunião, mas não encontrou. Igraine deixara de bom grado que seus dois filhos fossem levados, a filha de seu primeiro e triste casamento, o filho ilegítimo de seu segundo; que tipo de mulher poderia ser? Morgana percebeu que estava endurecendo a mente e o coração contra a primeira visão de Igraine. *Nem mesmo*, pensou ela, *me lembro do rosto dela.*

Ainda assim, quando viu Igraine, percebeu que a teria reconhecido em qualquer lugar.

— Morgana! — Ela havia se esquecido, ou apenas se recordava em sonhos, de como a voz de Igraine era rica e afetuosa. — Minha filha querida! Você é uma mulher crescida, e eu sempre a vejo em meu coração como uma pequena donzela... Parece tão cansada e sem dormir... Toda essa cerimônia foi pesada para você, Morgana?

Morgana beijou a mãe, sentindo novamente lágrimas sufocando a garganta. Igraine era linda, e ela, novamente as palavras de uma semimemória inundaram sua mente, *pequena e feia como o povo das fadas*. Será que Igraine também a achava feia?

— Mas o que é isso? — As mãos suaves de Igraine tocaram o crescente em sua testa. — Pintada como o povo das fadas... Isso é conveniente, Morgana?

A voz de Morgana era dura.

— Sou uma sacerdotisa de Avalon, e uso a marca da Deusa com orgulho.

— Coloque seu véu sobre ela então, minha filha, ou ofenderá a abadessa. Vai ficar comigo no convento.

Morgana endureceu a mandíbula. Se a abadessa fosse a Avalon, esconderia sua cruz por temer ofender a mim ou à Senhora?

— Não desejo ofender *você*, mãe, mas não seria adequado para mim ficar hospedada dentro dos muros de um convento; a abadessa não gostaria, tampouco a Senhora, e estou sob as ordens da Senhora e vivo conforme suas leis.

O pensamento de morar dentro daqueles muros mesmo pelas três noites da coroação, chamada para ir e vir, dia e noite, pelo tinir infernal daqueles sinos, gelou o sangue dela.

Igraine pareceu preocupada.

— Bem, será como deseja. Talvez possa se hospedar com minha irmã, a rainha de Orkney. Você se lembra de Morgause?

— Ficaria feliz em receber minha parente Morgana — disse uma voz suave, e Morgana olhou para cima a fim de ver a imagem de sua mãe como ela se lembrava de sua infância: imponente, ricamente vestida com sedas brilhantes, usando joias e com os cabelos trançados em forma de coroa sobre a testa.

— Ora, você era só uma menininha, e agora está adulta, uma sacerdotisa!

Morgana foi envolta em um abraço caloroso e perfumado.

— Bem-vinda, minha parente, sente-se aqui comigo. Como vai nossa irmã Viviane? Ouvimos grandes coisas sobre ela, que é a força em movimento por trás de todos os grandes eventos que levaram o filho de Igraine ao trono. Nem mesmo Lot venceria alguém apoiado pelo Merlim, pelo povo das fadas e todas as tribos e todos os romanos. E então seu irmãozinho será rei! Você virá à corte, Morgana, e o aconselhará, como Uther deveria ter feito com a Senhora do Lago?

Morgana riu, relaxando no abraço de Morgause.

— Um rei fará o que lhe parece melhor, é a primeira coisa que todos os que se aproximam dele devem saber. Imagino que Artur seja parecido o suficiente com Uther para aprender isso sem muitas lições.

— Sim, não há muitas dúvidas sobre a paternidade dele agora, depois de toda a falação que houve na época — disse Morgause, e respirou fundo em um rápido remorso. — Não, Igraine, você não deve chorar novamente... Deveria ser uma alegria para você, não tristeza, que seu filho seja tão parecido com o pai e aceito em toda a Bretanha por ter jurado governar todas as terras e povos.

Igraine piscou; ela havia, pensou Morgana, chorado muito nos últimos dias. Então disse:

— Estou feliz por Artur — mas sua voz se engasgou e ela não conseguiu mais falar.

Morgana acariciou o braço da mãe, mas sentiu-se impaciente; sempre, sempre, até onde alcançava sua memória, sua mãe não pensava nos filhos, apenas em Uther, Uther... Mesmo agora, quando ele estava morto e jazia em sua cova, sua mãe deixaria os filhos de lado pela memória do homem que havia amado o suficiente para se esquecer de todo o resto. Com alívio, ela se virou de novo para Morgause.

— Viviane disse que você teve filhos...

— Verdade — disse Morgause —, embora a maioria deles ainda seja muito jovem para poder estar aqui entre as mulheres. Mas o mais velho está conosco para jurar lealdade ao rei. Se Artur morrer em batalha, e nem mesmo Uther estava imune a esse destino, meu Gawaine é o parente mais próximo, a não ser que *você* já tenha um filho, Morgana... não? As sacerdotisas de Avalon adotaram a castidade como as freiras, então, para que você, nessa idade, não tenha dado um filho nem uma filha à Deusa? Ou teve o mesmo destino de sua mãe e perdeu muitos filhos no parto? Perdoe-me, Igraine... não quis lembrar-lhe...

Igraine lutou contra as lágrimas e disse:

— Não vou chorar contra a vontade de Deus; tenho mais do que muitas mulheres. Tenho uma filha que serve à Deusa para a qual fui criada e um filho que amanhã receberá a coroa de seu pai. Meus outros filhos estão no seio de Cristo.

Em nome da Deusa, pensou Morgana, *que maneira de pensar em um Deus, com todas as gerações de mortos se agarrando a ele!* Sabia que era apenas um modo de falar, um conforto para uma mãe triste, mas a blasfêmia da ideia a perturbava. Lembrou-se de que Morgause lhe havia feito uma pergunta e balançou a cabeça.

— Não, não tenho filhos, Morgause... Até este ano, em Beltane, eu me mantive virgem para a Deusa. — Ela parou abruptamente; não deveria dizer mais.

Igraine, que era mais cristã do que Morgana teria acreditado, ficaria horrorizada com o pensamento do ritual no qual ela havia feito o papel de Deusa para seu próprio irmão.

E, então, um segundo horror tomou conta de Morgana, pior que o primeiro, tanto que sentiu uma onda de enjoo com ele. Tudo havia acontecido na lua cheia, e, embora a lua tivesse minguado e crescido e minguado de novo, seu sangramento da escuridão da lua não chegara, nem sequer havia mostrado sinal de que o faria. Ficara aliviada por não ter esse incômodo durante a coroação e pensara que era uma reação ao grande ato mágico; nenhuma outra explicação havia passado por sua mente até este momento.

Um ritual de renovação e fertilidade das plantações e da terra, e do útero das mulheres da tribo. Ela sabia disso. Ainda assim, fora tão cega e orgulhosa que pensara que talvez a sacerdotisa, a Deusa, pudesse ser isenta do propósito do ritual. E havia visto outras jovens sacerdotisas ficarem enjoadas e pálidas após esses rituais, até que começassem a florescer com sua própria fruta que amadurecia; havia visto as crianças nascerem, havia trazido algumas à luz com suas próprias mãos treinadas de sacerdotisa. E, mesmo assim, nem uma vez, em sua cegueira estúpida, entrara em sua mente que ela também poderia ter voltado do ritual com um útero pesado.

Viu os olhos atentos de Morgause sobre ela e intencionalmente respirou fundo e bocejou para encobrir seu silêncio.

— Viajei desde o raiar do dia — ela disse — e não tomei meu desjejum. Estou com fome.

Igraine se desculpou e mandou suas criadas buscarem pão e cerveja de cevada, que Morgana se forçou a comer, embora a comida a deixasse levemente enjoada, e agora ela sabia o motivo.

Deusa! Mãe Deusa! Viviane sabia que isso poderia acontecer, e ainda assim não me poupou! Sabia o que deveria ser feito, e o mais rápido possível; no entanto, não poderia ser feito durante os três dias da coroação de Artur, pois não tinha acesso às raízes e ervas que podia encontrar em Avalon, e, além disso, não se atreveria a ficar doente agora. Sentiu-se encolher diante da violência e da doença que isso significava, mas ainda assim deveria ser feito, e sem demora, ou no meio do inverno daria à luz um filho do filho de sua própria mãe. Além disso, Igraine não poderia saber nada sobre isso; a ideia seria para ela algo maligno além da imaginação. Morgana se forçou a comer, falar de banalidades e fofocar como qualquer mulher.

Mas sua mente não descansou enquanto falava. Sim, o linho fino que ela usava havia sido tecido em Avalon, não havia linho como esse em nenhum outro lugar, talvez fosse o linho do lago, que crescia mais forte, com fibras mais longas, e mais branco que em qualquer lugar. Mas em seu coração ela pensava: *Artur, ele jamais poderá saber, já carrega peso suficiente em seu peito no momento de sua coroação. Se puder carregar esse fardo e me manter em silêncio para aliviar seu coração, eu o farei.* Sim, havia sido ensinada a tocar harpa – ora, que bobagem, mãe, pensar que é errado que uma mulher faça música. Mesmo que uma das Escrituras dissesse que as mulheres deveriam manter o silêncio na igreja, era chocante pensar que os ouvidos de Deus poderiam ser ofendidos pela voz de uma mulher cantando-lhe louvores; a própria Mãe dele não levantou a voz para cantar louvores quando soube que teria um filho do Espírito Santo? Então, quando Morgana tomou a harpa nas mãos e cantou para sua mãe, sob o refrão havia desespero, pois ela sabia tão bem quanto Viviane que seria a próxima Senhora de Avalon e que devia à Deusa ao menos uma filha. Era ímpio se livrar de uma criança concebida no Grande Casamento. Mas que outra coisa poderia fazer? A Mãe do Deus cristão havia sentido júbilo no Deus que dera a ela um filho; já Morgana só podia encolerizar-se em uma amargura silenciosa contra o Deus que tinha tomado a forma de seu irmão desconhecido... Estava acostumada a viver a vida em dois níveis de uma vez, mas mesmo assim o esforço deixou seus lábios pálidos e sua voz cansada, e ficou aliviada quando Morgause a interrompeu:

— Morgana, sua voz é linda, espero ouvi-la em minha própria corte. E, Igraine, espero vê-la muitas vezes antes do final das festas de coroação, mas preciso voltar para ver como estão cuidando do meu bebê. Não tenho muito apreço por sinos de convento e por muita reza, e Morgana parece cansada com a viagem. Acho que vou levá-la para minhas tendas e fazer com que se deite um pouco, assim estará disposta pela manhã para ver Artur coroado.

Igraine mal se preocupou em esconder seu alívio.

— Sim, preciso ir à missa do meio-dia — ela disse. — Vocês sabem, as duas, que, quando Artur for coroado, devo morar no convento em Tintagel, na Cornualha. Artur me pediu para ficar com ele, mas logo, espero, terá sua própria rainha, e não precisará mais de mim.

Sim, insistiriam para que Artur se casasse, e logo. Morgana se perguntou qual desses reis menores conseguiria a honra de ser o sogro do rei. *E meu filho poderia ter sido o herdeiro de uma coroa... Não. Não, não vou nem pensar nisso.*

E a amargura e a raiva voltaram a tomar conta dela, como que a sufocando. Por quê, por que Viviane havia feito isso com ela? Colocar tudo isso em movimento, para que eles dois, Artur e Morgana, encenassem uma farsa de Deuses e Deusas... Seria apenas isso?

Igraine beijou e abraçou as duas, prometendo voltar a vê-las depois. Enquanto Morgause e Morgana andavam em direção ao agrupamento brilhante de pavilhões, a tia lhe disse:

— Igraine está tão mudada que eu não a teria reconhecido... Quem imaginaria que se tornaria tão devota? Sem dúvida, vai terminar seus dias como o terror de toda uma irmandade de freiras, e, embora eu o diga com pesar, devo me alegrar por não ser uma delas. Eu não tenho vocação para o convento.

Morgana se forçou a sorrir e dizer:

— Não, imagino que não; o casamento e a maternidade parecem ter lhe caído bem. Você floresceu como uma rosa silvestre, tia.

Morgause sorriu, lânguida.

— Meu marido é bom para mim, e ser rainha me cai bem. Ele é nortista, então não acha errado aconselhar-se com uma mulher como acham esses tolos romanos. Espero que Artur não tenha sido estragado ao viver em uma casa romana... Isso pode tê-lo tornado um guerreiro poderoso, mas, se ele desprezar as tribos, não vai governar. Mesmo Uther tinha a sabedoria de reconhecer isso e ser coroado na Ilha Dragão.

— Artur também foi — foi tudo o que Morgana conseguiu dizer.

— Verdade, ouvi algo sobre isso, e acho que ele foi sensato. Quanto a mim, sou ambiciosa: Lot busca meus conselhos, e tudo vai bem em nossas terras. Os padres ficam muito amargurados comigo e dizem que não fico no meu lugar como convém a uma mulher... Sem dúvida, pensam que sou algum tipo de feiticeira ou bruxa maligna, pois não me sento modestamente fiando e tecendo. Mas Lot não dá grande importância aos padres, embora seu povo seja cristão... Para dizer a verdade, a maioria deles não se importa se o Deus desta ilha é o Cristo branco, ou a Deusa, ou o Cornífero, ou o Deus Cavalo dos saxões, desde que suas plantações cresçam e suas barrigas estejam cheias. Acho isso ótimo: uma terra governada por padres é uma terra cheia de tiranos na terra e no céu. Uther se inclinou um pouco demais nessa direção nos últimos anos, se quer saber. Que a Deusa permita que Artur tenha mais juízo.

— Ele jurou tratar com justiça os Deuses de Avalon, antes de Viviane lhe entregar a espada dos druidas.

— Ela lhe entregou? Agora me pergunto o que a levou a essa ideia. Mas chega de Deuses e reis e tudo isso... Morgana, o que a aflige? — E, como Morgana não respondeu, perguntou: — Acha que não sei reconhecer uma mulher grávida quando vejo uma? Igraine não percebeu, mas agora ela só tem olhos para a própria dor.

— Bem, pode ser o caso — Morgana se forçou a dizer suavemente —, fui aos rituais de Beltane.

Morgause riu e disse:

— Se foi sua primeira vez, pode passar uma lua ou mais sem ter certeza, mas boa sorte para você. Já passou dos seus melhores anos para ter filhos; na sua idade, eu tinha três. Não aconselho que conte a Igraine... Ela é muito cristã para aceitar um filho para a Deusa, agora. Bem, imagino que todas as mulheres envelheçam a seu tempo. Viviane também deve estar velha agora. Eu não a vejo desde o nascimento de Gawaine.

— Ela me parece a mesma de sempre.

— E no entanto não veio à coroação de Artur. Bem, podemos nos virar sem ela. Mas não acho que ela ficaria feliz em passar muito tempo nos bastidores. Um dia, não duvido, decidirá ver o caldeirão da Deusa, em vez da taça comunal do banquete de amor dos cristãos, em nosso altar na corte, e não vou chorar quando esse dia chegar.

Morgana sentiu um arrepio profético quando imaginou a figura do padre de batina levantando a taça dos Mistérios diante do altar de Cristo; e claramente viu diante dos olhos Lancelote, ajoelhado, uma luz em seu rosto como jamais havia visto... Ela balançou a cabeça para espantar a Visão indesejada.

O dia da coroação de Artur amanheceu brilhante. Chegaram pessoas durante toda a noite, vindas dos cantos da Bretanha, para ver o Grande Rei ser coroado na Ilha dos Padres. Havia multidões do povo pequeno e escuro; homens da tribo vestidos com peles e panos axadrezados, adornados com pedras de cores baças do norte, ruivos e altos e barbados; e, mais que todos, os povos romanos das terras civilizadas. E havia homens altos, louros, de ombros largos, anglos e saxões das tropas do tratado que haviam se assentado ao sul, em Kent, e vieram renovar a aliança quebrada. As encostas estavam repletas de gente; nem nos festivais de Beltane, Morgana havia visto tantas pessoas em um só lugar, e se sentiu acuada.

Ela tinha um lugar privilegiado, com Igraine, Lot, Morgause e seus filhos, e a família de Heitor. O rei Lot, esguio, moreno e charmoso, curvou-se diante de sua mão, a abraçou e fez um grande estardalhaço ao chamá-la de "parente" e "sobrinha", mas Morgana, olhando além do sorriso superficial, viu a amargura soturna nos olhos de Lot. Ele havia planejado e feito intrigas para impedir esse dia. Agora seu filho Gawaine seria proclamado o herdeiro mais próximo de Artur; isso satisfaria sua ambição, ou ele continuaria a trabalhar para minar a autoridade do Grande Rei? Morgana o observou bem e descobriu que não gostava dele.

Então os sinos tocaram, e um grito ecoou pelas encostas diante da planície onde ficava a igreja, e da porta dela saiu andando um jovem esguio, o sol refletindo em seu cabelo brilhante. *Artur*, pensou Morgana. *O jovem rei deles, como um herói saído de uma lenda, com aquela grande espada na mão.* Embora não pudesse ouvir as palavras de onde estava sentada, ela viu o padre colocar na cabeça dele o fino diadema de ouro de Uther.

Artur ergueu a espada e disse algo que ela não conseguiu ouvir. Mas foi repetido boca a boca, e, quando ouviu, Morgana sentiu a mesma empolgação que sentira ao vê-lo voltar triunfante e coroado da vitória sobre o Gamo-Rei.

"Para todos os povos da Bretanha", ele havia dito, "minha espada para sua proteção e minha mão para a justiça".

O Merlim, em seus mantos brancos oficiais, foi para a frente; ao lado do venerável bispo de Glastonbury, ele parecia ameno e gentil. Artur curvou-se brevemente para ambos, tomando cada um deles pela mão. *A Deusa o fez pensar nisso*, pensou Morgana, e logo ouviu Lot dizer a mesma coisa:

— Muito inteligente aquilo, colocar o Merlim e o bispo lado a lado, em sinal de que será aconselhado por ambos!

Morgause disse:

— Não sei quem o ensinou, mas, creia em mim, o filho de Uther não é nenhum tolo.

— É nossa vez — disse Lot, levantando-se, estendendo a mão para Morgause. — Vamos, senhora; não se preocupe com aquele velho grupo de barbas grisalhas e de padres. Não me envergonho de confessar que você se senta ao meu lado como uma igual em todas as coisas. Uma pena que Uther não tenha feito a mesma coisa com sua irmã.

Morgause deu um sorriso torto.

— Talvez seja nossa grande sorte que Igraine não tenha tido a força de vontade para insistir nisso.

Morgana se levantou, movida por um súbito impulso, e foi para a frente com eles. Lot e Morgause se moveram com cortesia para que ela tivesse precedência. Embora não se ajoelhasse, Morgana baixou a cabeça levemente.

— Trago os respeitos de Avalon, meu senhor Artur, e daqueles que servem à Deusa.

Ela ouviu os padres murmurando atrás de si e viu Igraine entre as irmãs de mantos negros do convento. Ouviu-a, como se sua mãe tivesse falado: *Ousada, atrevida, ela era teimosa mesmo quando criança.* E se forçou a não ouvir. Era uma sacerdotisa de Avalon, não uma daquelas galinhas domésticas de Deus!

— Eu a saúdo, por você e por Avalon, Morgana. — Artur a pegou pela mão e a colocou perto dele. — Eu a honro como a única outra filha de minha mãe, e duquesa da Cornualha por seu próprio direito, querida irmã.

Ele soltou a mão dela, e Morgana baixou a cabeça para evitar um desmaio, pois sua vista ficou borrada e sua cabeça flutuou. *Por que devo me sentir assim agora? Culpa de Artur. Não, não dele, culpa da Deusa. É a vontade dela, não a nossa.*

Lot deu um passo adiante, ajoelhando-se diante de Artur, que fez com que ele se levantasse.

— Bem-vindo, caro tio.

O mesmo caro tio, pensou Morgana, *que, se não estou enganada, o teria visto morrer com alegria quando criança.*

— Lot de Orkney, defenderá nossas costas dos nortistas e virá em meu auxílio se as costas da Bretanha forem ameaçadas?

— Sim, parente, eu juro.

— Então ordeno que mantenha o trono de Orkney e Lothian em paz, e jamais o reclamarei ou lutarei por ele contra você — disse Artur, inclinando-se ligeiramente para beijar Lot na face. — Que você e sua senhora reinem bem e por muito tempo no norte, parente.

Lot, levantando-se, disse:

— Peço permissão para apresentar um cavalheiro para sua companhia; peço que o torne um de seus Companheiros, senhor Artur. Meu filho Gawaine...

Gawaine era grande, alto e de porte forte, uma versão masculina de Igraine e da própria Morgause. Cachos ruivos coroavam sua cabeça, e, embora não fosse muito mais velho que Artur – na verdade, pensou Morgana, devia ser um pouco mais jovem, pois Morgause não havia se casado com Lot até o nascimento de Artur –, já era um jovem gigante, com um metro e oitenta e três de altura. Gawaine se ajoelhou diante de Artur, que fez com que ele se levantasse e o abraçou.

— Bem-vindo, primo. É com felicidade que o torno o primeiro de meus Companheiros; espero que se junte a nós e seja acolhido pelos meus amigos mais queridos — ele disse, e fez um gesto com a cabeça para os três jovens ao lado. — Lancelote, Gawaine é nosso primo. Este é Cai, e este, Bedwyr; são meus irmãos de criação. Agora eu tenho Companheiros, como o tal Alexandre dos gregos.

Morgana passou o dia todo observando reis de toda a Bretanha jurarem fidelidade ao trono do Grande Rei e prometerem acompanhá-lo em guerra e defender suas costas. O louro rei Pellinore, senhor do País do Lago, veio se ajoelhar diante de Artur e pedir para sair antes mesmo do fim do banquete.

— O quê, Pellinore? — disse Artur, rindo. — Você, que pensei que seria meu partidário mais ferrenho aqui, vai me abandonar tão cedo?

— Recebi notícias de minha terra, senhor, de que um dragão está atacando lá, e jurei persegui-lo até matá-lo.

Artur o abraçou e deu a ele um anel de ouro.

— Não manterei nenhum rei longe de seu povo quando precisam dele. Vá e certifique-se de matar o dragão, então, e traga-me a cabeça dele quando o tiver matado.

O pôr do sol se aproximava quando, por fim, todos os reis e nobres presentes terminaram de jurar lealdade a seu Grande Rei. Artur não era mais que um rapaz, mas atravessou a longa tarde com cortesia incansável, falando com cada pessoa que se aproximava como se fosse a primeira. Apenas Morgana, treinada em Avalon para ler rostos, percebeu os traços de cansaço. Mas enfim acabou, e os servos começaram a trazer o banquete.

Morgana esperava que Artur se sentasse entre o círculo de jovens que havia nomeado seus Companheiros; fora um dia longo, ele era jovem, e cumprira seu dever com profunda atenção o dia todo. Em vez disso, porém, sentou-se entre os bispos e reis mais velhos do conselho de seu pai. Morgana ficou feliz em ver que o Merlim estava entre eles; afinal, Taliesin era avô de Artur, embora ela não tivesse certeza de que este soubesse disso. Quando terminou de comer (e empanturrou-se como um rapaz ainda em crescimento), ele se levantou e começou a abrir caminho entre os convidados.

Em sua túnica branca simples, e adornado apenas com o fino diadema de ouro, destacou-se entre os reis e nobres com vestes brilhantes como um cerdo branco na floresta escura. Seus Companheiros foram para o seu lado: o imenso e jovem Gawaine, e Cai, moreno, com traços romanos, de águia, e um sorriso sardônico – quando ele chegou mais perto, Morgana viu que tinha uma cicatriz no canto da boca, ainda vermelha e inflamada, que repuxava seu rosto em um feio olhar malicioso. Era uma pena; provavelmente fora belo antes daquilo. Lancelote, ao lado dele, era bonito como uma garota – não; tinha algo feroz, masculino e belo, talvez como um felino selvagem. Morgause olhou para ele com cobiça.

— Morgana, quem é aquele belo rapaz, o que está do lado de Cai e Gawaine, aquele de vermelho?

Morgana riu.

— Seu sobrinho, tia; é filho de Viviane, Galahad. Mas os saxões lhe deram o nome de Flecha de Elfo, e na maioria das vezes é chamado de Lancelote.

— Quem teria imaginado que Viviane, tão feia, teria um filho tão belo! Seu filho mais velho, Balan... bem, *ele* não é bonito; é rústico, forte e sincero, confiável como um velho cão, mas é como Viviane. Ninguém poderia dizer que ela é bela!

As palavras cortaram o coração de Morgana. *Dizem que sou como Viviane; todos me acham feia, então? Aquela garota dissera, pequena e feia como o povo das fadas.* Ela afirmou com frieza:

— Acho que Viviane é muito bonita.

Morgause riu entre dentes.

— É fácil perceber que foi criada em Avalon, que é ainda mais isolada que muitos conventos. Não acho que saiba o que os homens acham belo em uma mulher.

— Pois veja — disse Igraine, apaziguadora —, há outras virtudes além da beleza. Esse Lancelote tem os olhos da mãe, e ninguém jamais negou que os olhos de Viviane sejam belos; ela tem tanto charme que ninguém sabe ou se importa se é bonita ou não; ela agrada a todos com seus belos olhos e sua voz. A beleza não está apenas no porte real, em uma pele clara e em cachos de ouro, Morgause.

— Ah, você também não conhece o mundo, Igraine — disse Morgause. — É uma rainha, e todos acham que uma rainha é bela. E casou-se com um homem que amava. A maioria de nós não tem tanta sorte, e é um conforto saber que outros homens admiram nossa beleza. Se tivesse passado toda a vida com o velho Gorlois, você também ficaria feliz por ter um rosto branco e um belo cabelo, e se esforçaria para ofuscar as mulheres que não têm nada além de charme, olhos bonitos e uma voz doce. Homens são como bebês: veem apenas a primeira coisa que querem, um peito cheio...

— Irmã! — exclamou Igraine, e Morgause disse, com um sorriso irônico:

— Ah, bem, foi fácil para você ser virtuosa, irmã, já que o homem que amou era rei. A maioria de nós não tem tanta sorte.

— Você não ama Lot depois de todos esses anos, Morgause?

Morgause encolheu os ombros.

— Amor é uma diversão para a alcova e o inverno. Lot pede meu conselho sobre todas as coisas e deixa o governo de sua casa em minhas mãos em tempos de guerra. E, sempre que há uma pilhagem de ouro, joias ou roupas finas, sou a primeira a escolher. Assim, sou grata a ele, e meu marido nunca teve o menor motivo para desconfiar que cria o filho de outro homem. Mas isso não significa que deva me fazer de cega quando um jovem tem belos traços ou os ombros de um touro novo, ou lança um olhar para sua rainha.

Não duvido, pensou Morgana, levemente nauseada, *que para Morgause isso pareça uma grande virtude e que ela considere a si mesma uma rainha muito virtuosa.* Pela primeira vez em muitos anos, sentiu-se confusa, sabendo que virtude não poderia ser definida de modo tão simples. Os cristãos valorizavam a castidade sobre todas as outras virtudes, enquanto em Avalon a maior delas era dar seu corpo ao Deus ou à Deusa em união com todo o fluxo da natureza; para cada um dos dois lados, a virtude do outro era o pior pecado e ingratidão ao seu próprio Deus. Se um deles estava certo, o outro era necessariamente maligno. Parecia-lhe que os cristãos rejeitavam as coisas mais sagradas sob o céu, e, para eles, ela não seria considerada muito mais que uma prostituta. Se falasse das fogueiras de Beltane como uma obrigação sagrada com a Deusa, até mesmo Igraine, que fora criada em Avalon, olharia e pensaria que algum demônio falava através dela.

Voltou a olhar os jovens se aproximando: Artur, loiro e de olhos cinza; Lancelote, esguio, gracioso; e o imenso e ruivo Gawaine, que ficava acima dos outros como um touro ao lado de belos cavalos espanhóis. Artur se curvou para sua mãe.

— Minha senhora. — Ele se recompôs. — Mãe, o dia foi longo para a senhora?

— Não mais do que para você, meu filho. Senta-se conosco?

— Por um momento, mãe.

Enquanto se sentava, Artur, embora tivesse comido bem, distraidamente pegou um punhado de doces que Morgana havia tirado do prato dela. Isso fez com que ela percebesse novamente o quanto Artur ainda era jovem. Ainda mastigando pasta de amêndoas, ele disse:

— Mãe, você gostaria de se casar de novo? Se quiser, encontrarei o mais rico, e o mais bondoso, dos reis para se casar com você. O rei Uriens de Gales do Norte é viúvo; não tenho dúvidas de que ficaria feliz em ter uma boa esposa.

Igraine sorriu e disse:

— Obrigada, querido filho. Mas, depois de ter sido casada com o Grande Rei, não quero ser a esposa de um homem de menor posição. E eu amava seu pai; não desejo substituí-lo.

— Bem, mãe, que seja como deseja, só temi que pudesse sentir-se sozinha.

— É difícil sentir-se sozinha em um convento, filho, com outras mulheres. E Deus está lá.

Morgause disse:

— Eu preferiria viver em uma ermida na floresta do que em uma casa cheia de senhoras falantes! Se Deus está lá, deve ser difícil para ele conseguir dar uma palavra!

Por um momento, Morgana viu a mãe jovial de sua infância, quando Igraine respondeu:

— Imagino que, como ocorre com qualquer marido dominado pela mulher, ele passe mais tempo ouvindo suas noivas do que falando com elas... Mas se alguém presta atenção suficiente na voz de Deus ela nunca está distante. Será que você já esteve quieta o bastante para escutá-lo, Morgause?

Rindo, Morgause fez um gesto, como um lutador que demonstra ter sido atingido.

— E quanto a você, Lancelote? — ela perguntou, sorrindo de modo sedutor. — Já está comprometido ou mesmo casado?

Ele riu e balançou a cabeça.

— Ah, não, tia. Sem dúvidas, meu pai, o rei Ban, gostaria de encontrar uma esposa para mim. Mas por ora desejo seguir meu rei e servi-lo.

Artur, sorrindo para o amigo, pousou a mão no seu ombro.

— Com meus dois primos fortes aqui, estou tão bem guardado, não tenho dúvida, quanto qualquer um dos velhos césares!

Igraine disse suavemente:

— Artur, acho que Cai está enciumado; diga-lhe algo bondoso.

E Morgana, ouvindo isso, olhou para Cai, de aparência emburrada, com sua cicatriz. Difícil para ele, depois de anos pensando que Artur fosse o filho de criação desconsiderado de seu pai, ser agora suplantado pelo irmão mais novo – um irmão mais novo tornado rei – e encontrá-lo cercado por dois novos amigos a quem este dera seu coração.

— Quando essa terra estiver em paz — disse Artur —, encontraremos esposas e castelos para todos vocês, sem dúvida. Mas você, Cai, manterei comigo como meu camarista.

— Estou contente com isso, irmão de criação... Perdão, devo dizer, meu senhor e rei...

— Não — disse Artur, virando-se para abraçar Cai. — Deus me castigue se alguma vez eu exigir que você, irmão, me chame desse modo!

Igraine engoliu em seco.

— Artur, quando fala assim, às vezes me parece que ouço a voz do seu pai.

— Gostaria, pelo meu próprio bem, senhora, de tê-lo conhecido melhor. Mas sei também que um rei nem sempre pode fazer o que quer, nem uma rainha.

Ele levantou a mão de Igraine e a beijou, e Morgana pensou: *Então ele já aprendeu isso sobre o ofício de rei.*

— Imagino — disse Igraine — que já começaram a lhe dizer que deve se casar.

— Ah, creio que sim — disse Artur, dando de ombros. — Todo rei, imagino, tem uma filha que gostaria de casar com o Grande Rei. Acho que vou perguntar ao Merlim com quem devo me casar. — Os olhos dele buscaram os de Morgana, e por um momento pareceram conter uma vulnerabilidade terrível. — Afinal, não sei muito sobre as mulheres.

Lancelote disse alegremente:

— Pois então devemos encontrar para você a mulher mais bela do reino, e de mais alta linhagem.

— Não — Cai disse lentamente. — Como Artur diz, muito sensatamente, que todas as mulheres são iguais para ele, encontre uma com o maior dote.

Artur riu.

— Vou deixar isso a seu encargo então, Cai, e não duvido de que me casarei tão bem quanto fui coroado. Sugiro que se aconselhe com o Merlim e não duvide de que Sua Santidade o Arcebispo vai querer dar sua opinião sobre o assunto. E quanto a você, Morgana? Devo encontrar-lhe um marido ou será uma das damas de companhia da minha rainha? Quem terá posição mais alta no reino do que a filha de minha mãe?

Morgana recuperou a voz:

— Meu senhor e rei, estou contente em Avalon. Peço que não se preocupe em me encontrar um marido.

Nem mesmo, ela pensou ferozmente, *nem mesmo se eu estiver grávida. Nem mesmo então!*

— Que assim seja, irmã, e disso não duvido. Sua Santidade terá algo a dizer sobre isso... Ele acha que as mulheres de Avalon são feiticeiras malignas ou harpias, todas elas. — Morgana não respondeu, e Artur olhou de volta quase com culpa para os outros reis e conselheiros. O Merlim o olhava, e ele disse: — Vejo que gastei todo o tempo que me permitem com minha mãe, minha irmã e meus Companheiros; devo voltar ao negócio de ser rei de novo. Madame. — Ele se curvou para Igraine e mais formalmente para Morgause, mas, ao se aproximar de Morgana, inclinou-se para a frente e a beijou na face. Ela endureceu.

Mãe, Deusa, que confusão fizemos. Ele diz que sempre vai me amar e me desejar, e isso é a única coisa que não deve fazer! Se ao menos Lancelote se sentisse assim... Ela suspirou, e Igraine veio e tomou sua mão.

— Você está cansada, filha. Passar tanto tempo sob o sol esta manhã a deixou exausta. Tem certeza de que não gostaria de voltar comigo para o convento, onde é tão silencioso? Não? Bem, então, Morgause, leve-a para sua tenda, se desejar.

— Sim, cara irmã, vá descansar.

Ela observou os jovens se afastando, Artur diplomaticamente ajustando o passo ao andar travado de Cai.

Morgana voltou com Morgause à tenda; estava cansada, mas tinha de se manter alerta e cortês enquanto Lot falava de algum plano que Artur havia mencionado: lutar montado a cavalo com táticas de ataque que poderiam derrubar bandos de invasores saxões e soldados a pé, a maioria deles sem treinamento de batalha.

— O menino é um mestre da estratégia — disse Lot. — Isso pode dar certo; afinal, foram bandos de pictos e escotos, e as tribos, lutando em tocaias, que desmoralizaram as legiões, assim me disseram... Os romanos estavam muito acostumados a lutar segundo as regras e contra inimigos que se apresentavam à luta. Soldados a cavalo sempre terão vantagem sobre qualquer um a pé; as unidades de cavalaria romana, me disseram, eram sempre as que obtinham as maiores vitórias.

Morgana se lembrou de Lancelote falando com paixão de suas teorias de luta. Se Artur dividia aquele entusiasmo e desejava trabalhar com Lancelote para formar unidades de cavalaria, então poderia chegar de fato o tempo em que todas as hordas saxãs seriam expulsas dessa terra. A paz reinaria, maior que os lendários duzentos anos da Pax Romana. E, se Artur levasse a espada de Avalon e as insígnias dos druidas, então de fato o tempo vindouro poderia ser um reino de maravilhas... Viviane falara uma vez de Artur como um rei saído das lendas, levando uma espada lendária. *E a Deusa poderá governar novamente esta terra, não o Deus morto dos cristãos, com seu sofrimento e morte...* Ela se rendeu a devaneios, acordando para a realidade apenas quando Morgause balançou levemente seu ombro.

— Ora, minha querida, está quase dormindo, vá para a cama; não se sinta presa por nós. — E pediu às próprias criadas que ajudassem Morgana a tirar as vestes, lavar os pés e trançar os cabelos.

Morgana dormiu longa e profundamente, sem sonhos, atingida subitamente pelo cansaço de muitos dias. Quando acordou, mal sabia onde estava ou o que havia acontecido, apenas que sentia muito enjoo e precisava sair da tenda para vomitar. Quando se levantou, com a cabeça zumbindo, Morgause estava lá, uma mão firme e bondosa para ajudá-la a voltar para dentro. Então Morgana se lembrou da mais tenra infância, Morgause sendo intermitentemente bondosa e mordaz. Agora enxugava a testa suada de Morgana com uma toalha molhada e sentava-se ao lado dela, dizendo às criadas que trouxessem à sua parente uma taça de vinho.

— Não, não quero, vou ficar enjoada de novo...

— Beba — Morgause disse, severa — e tente comer este pedaço de pão, está duro e não vai deixá-la enjoada... Você precisa de alguma coisa na barriga nesta época. — Ela riu. — De fato, é algo em sua barriga que está lhe causando todo esse problema.

Humilhada, Morgana desviou os olhos dela.

A voz de Morgause ficou novamente bondosa.

— Vamos lá, menina, todas nós passamos por isso. Então está grávida... e daí? Não é a primeira nem a última. Quem é o pai, ou não deveria perguntar? Vi você olhando para o belo filho de Viviane... É ele o sortudo? Quem poderia culpá-la? Não? Um filho das fogueiras de Beltane, então? Foi o que pensei. E por que não?

Morgana fechou os punhos contra a vivacidade bem-intencionada de Morgause.

— Não vou ter a criança; quando voltar a Avalon, sei o que fazer.

Morgause olhou para ela perturbada.

— Ah, minha querida, isso é necessário? Em Avalon, eles receberiam bem um filho do Deus, e você é da linha real de Avalon. Não vou dizer que nunca fiz o mesmo... Eu disse que tive cuidado para jamais dar à luz um filho que não fosse de Lot, o que não significa que dormi sozinha todo o tempo em que ele estava fora guerreando. Bem, por que eu deveria? Não acho que ele sempre se deita sozinho! Uma velha parteira me disse uma vez, e ela conhecia bem seu ofício, devo dizer, que uma mulher jamais deveria se livrar da primeira criança que concebe, pois, se o fizer, pode machucar o útero e não terá outra.

— Sou uma sacerdotisa, e Viviane está envelhecendo; não quero que isso interfira nos meus deveres no templo.

Mesmo enquanto falava, sabia que escondia a verdade; havia mulheres em Avalon que trabalhavam até os últimos meses de gravidez, e então outras mulheres alegremente dividiam suas tarefas, para que ela pudesse descansar antes do parto; e, depois, tinham até tempo para amamentar seus filhos antes que fossem enviados para serem criados fora. De fato, algumas das meninas foram criadas pelas sacerdotisas, como Igraine havia sido. A própria Morgause fora criada até os doze anos em Avalon como filha adotiva de Viviane.

Morgause olhou para ela com astúcia.

— Sim, acho que todas as mulheres se sentem assim quando levam um bebê no útero pela primeira vez: encurraladas, zangadas, algo que não podem mudar e de que têm medo. Sei que foi assim com Igraine, e comigo; imagino que aconteça com todas as mulheres. — Seus braços se estenderam e envolveram Morgana, puxando-a para perto. — Mas, querida criança, a Deusa é bondosa. Enquanto esse bebê cresce rapidamente dentro de você, ela colocará amor por ele em seu coração, mesmo se não goste nada do homem que o colocou ali. Criança, eu me casei com quinze anos, com um homem muito mais velho; e, no dia em que descobri que estava grávida, estava pronta para me jogar no mar... Pareceu-me o fim da minha juventude, o fim da minha vida. Ah, não chore — ela completou, acariciando o cabelo macio de Morgana. — Logo vai sentir-se melhor. Não tenho nenhum apreço por andar por aí com uma barriga grande e urinar feito um bebê de fraldas o dia inteiro, mas esse tempo passa, e um bebê no seio nos dá tanto prazer quanto o parto nos é doloroso. Tive quatro e gostaria de ter outro... Quis tanto que um de meus filhos fosse uma filha. Se prefere não criar seu bebê em Avalon, eu o criarei para você... O que acha?

Morgana respirou profundamente, soluçando, levantando a cabeça do ombro de Morgause.

— Sinto muito... chorei sobre seu belo vestido.

Morgause deu de ombros.

— Se nada pior acontecer, está tudo bem. Vê? O enjoo passa e se sentirá bem pelo resto do dia. Acha que Viviane a dispensaria para me fazer uma visita? Pode voltar a Lothian conosco, se quiser. Você não conhece Orkney, e uma mudança lhe faria bem.

Morgana lhe agradeceu, mas disse que precisava voltar a Avalon e que, antes de ir, devia visitar Igraine.

— Não aconselharia que fizesse confidências a ela — disse Morgause. — Ficou tão devota que você ficaria chocada ou pensaria que é seu dever ficar.

Morgana sorriu fracamente; não tinha a intenção de dizer nada a Igraine nem a ninguém. Antes que Viviane soubesse, não haveria mais nada para ela saber. Estava grata pelo conselho de Morgause, e por sua boa vontade e por sua orientação, mas não tinha a intenção de acatá-lo. Disse energicamente a si mesma que a escolha era seu privilégio: era uma sacerdotisa, e o que fizesse deveria ser moderado de acordo com seu próprio julgamento.

Durante toda a despedida de Igraine, que foi tensa – e interrompida, mais de uma vez, pelos malditos sinos chamando as freiras para seus deveres –, ela pensou que Morgause era mais como a mãe da qual se lembrava do que a própria Igraine. Esta havia ficado velha, dura e devota, Morgana pensou antes de se despedir com alívio. Voltar a Avalon, ela sabia, significava voltar para casa; agora não possuía mais nenhum outro lar no mundo.

Mas e se Avalon não lhe fosse mais um lar?

20

Era ainda manhã cedo quando Morgana escapou em silêncio da Casa das Donzelas para o pântano selvagem atrás do lago. Rodeou o Tor e entrou em um pedaço de floresta; com sorte, conseguiria achar o que queria ali sem vagar para dentro das brumas.

Sabia do que precisava: uma raiz, a casca de um arbusto e duas ervas. Todas podiam ser encontradas em Avalon. Poderia tê-las pegado da despensa da Casa das Donzelas, mas teria de explicar por que as desejava, e evitou isso. Não queria nem a provocação nem a empatia das outras mulheres; melhor encontrar os itens sozinha. Sabia algo do conhecimento das ervas e do ofício de parteira. Não precisava se colocar à mercê de qualquer outra pessoa por esse motivo.

Uma das ervas que desejava crescia no jardim de Avalon; ela a colheu sem ser notada. Para as outras, precisaria ir mais longe, e atravessou uma distância considerável antes de notar que ainda não havia entrado nas brumas. Olhando à volta, percebeu que entrara em uma parte de Avalon que não conhecia, e isso era um completo absurdo. Vivia em Avalon havia dez anos ou mais, conhecia cada subida e outeiro, cada caminho e quase cada árvore. Era impossível que estivesse perdida em Avalon, e mesmo assim era verdade; tinha entrado em um trecho mais fechado de floresta, onde as árvores eram velhas e mais próximas do que qualquer uma que tivesse visto, e havia arbustos, ervas e árvores nos quais jamais botara os olhos.

Seria possível que de alguma maneira tivesse vagado por meio das brumas sem saber e agora estava no continente em torno do lago e da ilha? Não; retraçou mentalmente cada passo de sua jornada. Não tinha encontrado nevoa. De todo modo, Avalon era quase uma ilha, e, se tivesse ultrapassado suas fronteiras, sairia na água do lago. Havia o caminho escondido, quase seco, para cavalos, mas não estava perto dele.

Até mesmo no dia em que ela e Lancelote haviam encontrado Gwenhwyfar nas brumas, estavam cercados por pântanos, não por uma floresta. Não, não estava na Ilha dos Padres, e, a não ser que de algum modo houvesse desenvolvido a capacidade mágica de andar sobre o lago sem nadar, tampouco estava no continente. Não estava em nenhuma parte de Avalon. Olhou para cima buscando orientar seu rumo pelo sol, mas não o via em lugar nenhum; era dia alto, porém a luz era como uma radiância suave no céu, parecendo vir de todos os lugares ao mesmo tempo.

Morgana começou a sentir o frio do medo. Não estava em nenhuma parte do mundo que conhecia. Era possível que dentro da mágica druida que havia removido Avalon do próprio mundo houvesse outro país desconhecido, um mundo em torno ou além de Avalon? Mirando as árvores grossas, os velhos carvalhos e aveleiras, fetos e salgueiros, soube que não estava em um lugar conhecido. Havia um único carvalho nodoso, de velhice incalculável, que ela não poderia ter deixado de notar e conhecer. Certamente, uma árvore tão velha e venerável seria marcada como sagrada pelos druidas.

— Pela Deusa! Onde estou?

Onde quer que estivesse, simplesmente não poderia ficar ali. Ou vagaria até uma parte do mundo que lhe era familiar, encontrando algum marco, e então seguiria para onde desejasse, ou chegaria a um lugar onde as brumas tinham início e, assim, conseguiria voltar para casa.

Ela se moveu lentamente pela floresta que se espessava. Parecia haver uma clareira adiante, para a qual se dirigiu. Era cercada de aveleiras, nenhuma das quais, ela soube instintivamente, havia sido tocada, sequer pelo metal da faca de um druida, para cortar as varinhas de adivinhação capazes de encontrar água, tesouros escondidos ou coisas venenosas. Havia um bosque de aveleiras na ilha, mas ela conhecia as árvores de lá; cortara ali sua própria varinha de divinação, anos antes, quando começara a aprender tais coisas. Esse não era o lugar. Na borda do bosque, viu uma pequena área com uma das ervas que queria. Bem, poderia pegá-las agora, e assim tirar algo de bom do fato de ter chegado até ali. Aproximou-se e se ajoelhou, dobrando a saia de modo a acolchoar os joelhos para trabalhar, e começou a cavar buscando a raiz.

Por duas vezes, enquanto cavava a terra, teve a impressão de estar sendo observada, aquela comichão nas costas que ocorria a todos os que haviam vivido entre coisas selvagens. Mas quando levantou os olhos, embora houvesse uma sombra de movimento nas árvores, não viu ninguém a observando.

Na terceira vez, esperou quanto pôde antes de levantar os olhos, dizendo a si mesma que não havia ninguém ali. Arrancou a erva da terra e começou a tirar a raiz, murmurando o feitiço indicado para esse propósito, uma prece para que a Deusa restaurasse a vida do arbusto arrancado, para que, enquanto esse arbusto era tomado, outros crescessem em seu lugar. Mas a sensação de ser observada ficou mais forte, e por fim Morgana levantou os olhos. Quase invisível na borda das árvores, em uma sombra, uma mulher a observava.

Não era uma das sacerdotisas; não era ninguém que Morgana tivesse visto antes. Usava um vestido verde-acinzentado sombrio, a cor das folhas do salgueiro quando ficam velhas e empoeiradas no fim do verão, e um tipo de manto escuro. Havia um pequeno brilho de ouro em sua garganta. Num primeiro olhar, Morgana pensou que fosse do povo pequeno e escuro com o qual ela aguardara a morte do Gamo-Rei. Mas os modos da mulher a tornavam um tanto diferente daquela gente pequena e perseguida; ela se portava como uma sacerdotisa ou rainha. Morgana não tinha ideia de sua idade, mas os olhos profundos e as rugas em torno deles lhe diziam que não era jovem.

— O que está fazendo, Morgana das Fadas?

Um calafrio percorreu sua espinha. Como aquela mulher sabia seu nome? Morgana, escondendo o medo com a habilidade de uma sacerdotisa, disse:

— Se sabe meu nome, senhora, decerto pode ver o que faço.

Sem se abalar, desviou o olhar dos olhos escuros que a encaravam e continuou a descascar a raiz. Então olhou para cima, com a esperança de que a mulher estranha tivesse desaparecido tão rapidamente quanto havia chegado, porém ela ainda estava lá, observando com serenidade o trabalho de Morgana. Ela disse, os olhos agora pousados nas mãos enlameadas de Morgana, na unha que havia quebrado ao cavar:

— Sim, vejo o que está fazendo e o que pretende fazer. Por quê?

— O que tem com isso?

— A vida é preciosa para o meu povo, embora não tenhamos facilidade para procriar e morrer como o seu. Mas me espanta que você, Morgana, da linha real do Povo Antigo, e assim minha parente distante, deseje se livrar do único filho que terá.

Morgana engoliu em seco. Ela se levantou, consciente das mãos sujas, cobertas de terra, segurando a raiz semidescascada, a saia amarrotada por ter se ajoelhado na terra pantanosa – uma guardadora de gansos diante de uma grã-sacerdotisa. E disse desafiadoramente:

— Por que diz isso? Ainda sou jovem. Por que acha que, se me livrar dessa criança, não terei uma dúzia de outras?

— Havia me esquecido de que o sangue das fadas se diluiu, e a Visão chega a você mutilada, incompleta. Digamos o suficiente: eu vi. Pense duas vezes, Morgana, antes de recusar o que a Deusa lhe presenteou do Gamo-Rei.

De súbito, Morgana começou a chorar de novo. Ela gaguejou:

— Eu não quero! Eu não queria! Por que a Deusa fez isso comigo? Se você vem da parte dela, pode me responder isso, então?

A mulher estranha a olhou com tristeza.

— Não sou a Deusa, Morgana, nem emissária dela. Meu povo não conhece Deuses nem Deusas, mas apenas o seio de nossa mãe que está sob nossos pés e acima de nossa cabeça, de quem viemos e para quem vamos quando nosso tempo se esgota. Assim, celebramos a vida e choramos ao vê-la sendo colocada de lado. — Deu um passo à frente e pegou a raiz da mão de Morgana. — Você não quer isso. — E a jogou de lado no chão.

— Qual o seu nome? — Morgana gritou. — Que lugar é este?

— Você não conseguiria dizer meu nome em sua língua — disse a senhora, e em seguida Morgana se perguntou em que língua falavam. — Quanto a este lugar, é o bosque de aveleiras, e é o que é. Leva para a minha casa, e o caminho lá embaixo — ela apontou — vai para a sua casa, em Avalon.

Morgana seguiu com os olhos o dedo que apontava. Sim, havia um caminho; poderia jurar que ele não estava ali quando entrara no bosque.

A senhora ainda estava perto dela. Exalava um cheiro estranho, não o odor forte de um corpo sujo como acontecera com as velhas sacerdotisas tribais, mas uma fragrância curiosa, indefinível, como alguma erva ou folha desconhecida, um cheiro distinto, suave, quase amargo. Como as ervas rituais para a Visão, o cheiro fez com que Morgana sentisse que havia algum encanto em seus olhos, para que enxergasse mais do que normalmente, como se tudo fosse novo e limpo, e não as coisas comuns do dia a dia.

A senhora disse em uma voz baixa e hipnotizante:

— Pode ficar comigo se desejar; eu a farei dormir para que tenha a criança sem dor, e ficarei com ela, por sua vida vigorosa, e ela viverá mais do que viveria com a sua gente. Pois vejo o destino dela em seu mundo: tentará fazer o bem, e, como muitos de seu povo, causará danos. Mas, se ficar com o meu povo, viverá muitos e muitos anos... você poderia dizer que quase para sempre... talvez um mago ou feiticeira entre nós, vivendo com as árvores e o que jamais foi domado pelo homem. Fique aqui, pequena; dê-me o bebê que não quer dar à luz, e então volte ao seu povo, sabendo que ele estará feliz e que nada de mau lhe acontecerá.

Morgana sentiu um calafrio súbito e mortal. Sabia que essa mulher que a confrontava não era totalmente humana; ela mesma tinha uma mancha desse sangue de elfo ancestral – *Morgana das Fadas*, o velho nome com que Lancelote a provocava. Libertou-se da mão da mulher das fadas e correu, correu em direção ao caminho que ela havia apontado, correu selvagemente, como se fosse perseguida por um demônio. Atrás dela, a mulher gritou:

— Então tire a criança, ou a estrangule ao nascer, Morgana das Fadas, pois seu povo tem o seu próprio destino, e o que acontece com o filho do Gamo-Rei? O rei deve morrer e ser derrubado, por sua vez...

Mas a voz dela desapareceu conforme Morgana mergulhava nas brumas, correndo, tropeçando, prendendo-se nos espinheiros e caindo ao escapar, em pânico, até que atravessasse a névoa, chegasse ao sol, que brilhava, e ao silêncio, e percebesse que estava novamente nas conhecidas margens de Avalon.

A lua estava novamente escura no céu. Avalon estava coberta por brumas e pela névoa do verão, mas Viviane era sacerdotisa havia tantos anos que sabia as mudanças da lua como se elas ocorressem nas marés de seu próprio sangue. Andou pelo chão da casa silenciosamente e depois de um tempo disse a uma das sacerdotisas:

— Traga-me a harpa.

Mas, quando se sentou com a harpa de madeira clara de salgueiro sobre o joelho, apenas tocou as cordas preguiçosamente, sem vontade ou inclinação para fazer música.

Quando a noite começou a clarear perto da manhã, Viviane se levantou e pegou uma pequena lanterna. A sacerdotisa que a servia veio rapidamente do cômodo interior no qual dormia, mas Viviane balançou a cabeça sem dizer nada e fez um gesto para que voltasse à cama. Ela desceu, quieta como uma aparição, o caminho até a Casa das Donzelas e entrou na ponta dos pés, andando mais silenciosamente do que qualquer gato.

No cômodo em que Morgana dormia, aproximou-se da cama e olhou para o rosto dela, tão parecido com o seu. Morgana, adormecida, tinha o rosto da menininha que havia chegado a Avalon tantos anos antes e que havia encontrado seu caminho até o ponto mais íntimo do coração de Viviane. Sob os cílios escuros, havia áreas escuras como hematomas, e as bordas das pálpebras estavam vermelhas, como se tivesse chorado antes de dormir.

Segurando a lanterna no alto, olhou demoradamente para sua jovem parente. Amava Morgana de um modo como jamais havia amado Igraine, ou Morgause, que amamentara em seus seios; como jamais havia amado qualquer homem com quem tivesse dividido a cama por uma noite ou por uma temporada. Nem mesmo Raven, a quem ensinava a ser sacerdotisa desde que esta tinha sete anos de idade, havia amado dessa maneira. Apenas uma vez sentira um amor assim intenso, essa dor interior como se cada respirar do ser amado fosse uma agonia: pela filha que dera à luz em seu primeiro ano como sacerdotisa jurada, que vivera parcos seis meses e a quem, chorando pela última vez, Viviane enterrara antes de completar quinze anos. Do momento em que colocaram aquela filha em seus braços até o último suspiro da frágil criança, cada respiração de Viviane fora dada em um tipo de delírio combinado de amor e dor, como se a criança amada fosse parte de seu próprio corpo, como se cada momento de felicidade ou sofrimento dela fosse seu. Aquilo ocorrera havia muito tempo, e Viviane sabia que a mulher que ela tinha nascido para ser havia sido enterrada dentro do bosque de aveleiras em Avalon. A mulher que se afastou sem lágrimas daquela pequena cova era uma pessoa totalmente diferente, que se alheava de qualquer emoção humana. Boa, sim; contente, até feliz, às vezes; mas não a mesma mulher. Havia amado seus filhos, mas desde o momento em que nasceram se resignara à ideia de dá-los a mães de criação.

Havia se permitido amar um pouco Raven... mas houve momentos em que Viviane sentiu no fundo de seu coração que sua filha morta tinha sido enviada de volta a ela pela Deusa na forma da filha de Igraine.

Agora ela chora, e é como se cada lágrima queimasse em meu coração. Deusa, você me deu esta criança para amar, e ainda assim devo cedê-la a esse tormento... Toda a humanidade sofre, a própria Terra chora sob o tormento de seus filhos. Em nosso sofrimento, Mãe Ceridwen, nós nos tornamos mais próximos de ti... Viviane levou a mão aos olhos, balançando a cabeça, para que cada lágrima desaparecesse sem deixar traços. *Ela também está destinada ao que deve ser; seu sofrimento ainda nem começou.*

Morgana se agitou e se virou de lado, e Viviane, subitamente temerosa de que ela acordasse e que precisasse confrontar mais uma vez a acusação daqueles olhos, de pronto saiu do quarto na ponta dos pés e voltou silenciosamente aos próprios aposentos.

Deitou-se na cama e tentou dormir, mas não fechou os olhos. Uma vez, perto da manhã, viu uma sombra se mover ao longo da parede, e na escuridão percebeu um rosto; era a Anciã da Morte, esperando por ela, na forma de uma velha vestida de trapos e farrapos de sombra.

Mãe, veio me buscar?

Ainda não, minha filha e outro eu, espero aqui para que se lembre de que eu a espero, como espero todos os outros mortais...

Viviane piscou, e, quando abriu novamente os olhos, o canto do quarto estava vazio e escuro. *Certamente não preciso ser lembrada de que ela me aguarda agora...*

Deitou-se em silêncio, esperando, como havia sido treinada, até que o alvorecer entrasse no quarto. Então, aguardou até que tivesse se vestido, embora não fosse quebrar o jejum da lua escura até que o crescente pudesse ser visto no céu naquela noite. Chamou a sacerdotisa que a atendia e disse:

— Traga a senhora Morgana até mim.

Quando Morgana chegou, notou que a jovem havia se vestido com os trajes de uma sacerdotisa do mais alto grau, o cabelo para cima, trançado, a pequena faca em forma de foice pendendo de seu cordão preto. A boca de Viviane se moveu em um sorriso seco, e, depois que haviam se cumprimentado e Morgana se sentara ao seu lado, disse:

— Por duas vezes, a lua escureceu; diga-me, Morgana, o Cornífero do bosque vivificou seu útero?

Morgana olhou para ela, o olhar de um pequeno ser assustado em uma armadilha. Então a jovem disse, raivosa e desafiadora:

— Você me disse que eu deveria usar meu próprio julgamento; eu tirei a criança.

— Não, você não o fez — disse Viviane, firmando a voz em um completo distanciamento. — Por que mente para mim? Ordeno que não.

— Eu o farei!

Viviane sentiu o poder na garota; por um momento, enquanto Morgana se levantava rapidamente do banco, teve a impressão de que ela havia ficado alta e imponente. Mas esse era um truque das sacerdotisas, e Viviane o conhecia.

Ela me superou, não posso mais impressioná-la. De qualquer modo, ela disse, reunindo toda a sua velha autoridade:

— Você *não* o fará. O sangue real de Avalon não pode ser desperdiçado.

Morgana caiu subitamente no chão, e, por um instante, Viviane temeu que ela fosse começar a soluçar sem controle.

— Por que fez isso comigo, Viviane? Por que me usou dessa maneira? Pensei que me amasse!

O rosto dela estava retorcido, embora não chorasse.

— A Deusa sabe, criança, que eu te amo como jamais amei nenhum ser humano na terra — Viviane disse com firmeza, apesar da dor lancinante em seu coração. — Mas, quando eu a trouxe aqui, disse: chegará o tempo em que você poderá me odiar tanto quanto me amava então. Sou a Senhora de Avalon; não dou justificativas para o que faço. Faço o que devo fazer, nada além, e você fará o mesmo quando chegar o dia.

— Esse dia jamais chegará — gritou Morgana —, pois, aqui e agora, digo que você me iludiu e brincou comigo como um títere pela última vez! Nunca mais… nunca!

Viviane manteve a voz firme, a voz de uma sacerdotisa treinada que manteria a calma ainda que o céu desabasse sobre ela.

— Tome cuidado ao me amaldiçoar, Morgana; palavras soltas em raiva têm uma maneira maligna de voltar quando menos desejamos.

— Amaldiçoá-la; não pensei nisso — disse Morgana rapidamente. — Mas não serei mais um brinquedo seu. Quanto à criança pela qual você moveu céus e terras para vir à luz, não a terei aqui em Avalon, para que se alegre com o que fez.

— Morgana — disse Viviane, estendendo a mão para a jovem.

Mas Morgana deu um passo para trás. E disse, no silêncio:

— Que a Deusa a trate do mesmo jeito como você me tratou, senhora.

Sem dizer mais nada, ela se virou e saiu do quarto, antes de ser dispensada. Viviane sentou-se congelada, como se as palavras de despedida de Morgana fossem de fato uma maldição.

Quando finalmente conseguiu pensar com clareza, convocou uma das sacerdotisas; o dia já estava avançado, e a lua, o pedaço mais fino de um crescente, estava visível, fina e ladeada de prateado, a oeste no céu.

— Diga à minha parente, senhora Morgana, que venha ter comigo; não dei a ela a permissão para se retirar.

A sacerdotisa saiu, mas não voltou por um longo tempo; já estava escuro, e Viviane havia ordenado às outras atendentes que lhe trouxessem comida para quebrar seu longo jejum, quando a primeira voltou.

— Senhora — ela disse, e se curvou; seu rosto estava branco.

A garganta de Viviane se apertou, e por algum motivo ela se lembrou de como, havia muito tempo, uma sacerdotisa em profundo desespero após o nascimento de um filho que não queria se enforcara com seu cinto em uma das árvores do bosque de carvalhos. *Morgana! Foi esse o Aviso que a Anciã da Morte veio me dar? Ela tiraria a própria vida?* Ela disse através dos lábios secos:

— Ordenei que me trouxesse a senhora Morgana.

— Senhora, não posso.

Viviane se levantou, seu rosto estava terrível; a jovem sacerdotisa recuou tão rapidamente que tropeçou na saia.

— O que aconteceu com a senhora Morgana?

— Senhora — a jovem disse, gaguejando —, ela... ela não estava no quarto. Perguntei em todos os lugares. Encontrei... encontrei isto no cômodo. — Ela estendeu o véu e a túnica de pele de cerdo, o crescente de prata e a pequena faca em formato de foice que Morgana havia recebido em sua iniciação. — E me disseram na margem que ela chamou a barca e partiu para o continente. Pensaram que ia por ordens suas.

Viviane respirou profundamente e pegou a faca e o crescente da sacerdotisa. Olhou para a comida sobre a mesa, e uma terrível sensação de fraqueza a tomou; sentou-se e rapidamente comeu um pouco de pão e bebeu uma taça de água do Poço Sagrado. Então disse:

— Não é culpa sua, sinto muito por ter falado rispidamente com você.

Ela ficou de pé, segurando a pequena faca de Morgana, e, pela primeira vez na vida, enquanto olhava para a própria mão, viu o pulsar da veia e pensou em como poderia facilmente passar a faca ali e observar a vida jorrar. *Então a Anciã da Morte teria vindo para mim, e não para Morgana. Se ela precisa de sangue, que seja o meu.* Mas Morgana havia deixado a faca; não se enforcaria nem cortaria os pulsos. Havia, sem dúvida, ido até a mãe para ser confortada e aconselhada. Voltaria um dia, e, se não voltasse, estava nas mãos da Deusa.

Quando Viviane ficou novamente sozinha, saiu da casa e, sob o pálido bruxuleio da lua recém-nascida, subiu o caminho até seu espelho.

Artur foi coroado rei, ela pensou; *tudo o que planejei nos últimos vinte anos aconteceu. E ainda assim estou sozinha e pesarosa. Que seja como a Deusa deseja comigo, mas permite-me ver novamente o rosto de minha filha, minha única filha, antes que eu morra; permite-me saber que tudo irá bem com ela. Mãe, em teu nome.*

Mas a face do espelho mostrou apenas silêncio, e sombras, e, atrás e através de tudo, uma espada nas mãos de seu próprio filho, Balan.

Os pequenos remadores morenos não olharam duas vezes para mim; estavam acostumados com as idas e vindas de Viviane nas vestes que escolhia, e o que uma sacerdotisa decidisse fazer estava bem aos olhos deles. Nenhum se atreveu a falar comigo, e, quanto a mim, mantive o rosto resolutamente voltado ao mundo exterior.

Poderia ter saído discretamente de Avalon pelo caminho escondido. Tomando a barcaça, Viviane saberia com certeza que eu havia ido... mas eu temia admitir, até a mim mesma, o medo que me manteve longe do caminho oculto, de que meus passos não me levassem ao continente, mas àquele país desconhecido em que flores e árvores estranhas cresciam intocadas pela humanidade, e o sol jamais brilhava, e aos olhos zombeteiros da mulher do povo das fadas que viu minha alma claramente. Ainda trazia as ervas, amarradas em um pequeno bolso preso à minha cintura, mas, à medida que o barco se movia em remadas silenciosas através das brumas do lago, desamarrei o bolso e o deixei cair na água. Algo pareceu brilhar sob a superfície do lago, como uma sombra... um brilho de ouro, talvez joias; mas desviei o olhar, sabendo que os remadores esperavam que eu levantasse as brumas.

Avalon estava atrás de mim, eu havia renunciado a ela; a ilha jazia bela sob o sol nascente, mas não me voltei para olhar pela última vez para o Tor ou para o círculo de pedras.

Não seria um peão para Viviane, dando um filho ao meu irmão por algum propósito secreto da Senhora do Lago. De algum modo, jamais duvidei de que seria um filho. Se eu houvesse acreditado que daria à luz uma filha, teria ficado em Avalon, dando à Deusa a filha que devia ao seu santuário. Nunca, em todos os anos desde então, deixei de lamentar que a Deusa tenha me dado um filho, em vez de uma filha para servi-la no templo e no bosque.

E então disse as palavras mágicas pela última vez, como então acreditava. As brumas se afastaram, e chegamos às margens do lago. Eu me senti como se acordasse de um longo sonho. Havia perguntado, ao olhar para Avalon pela primeira vez: "Isso é real?", e lembrei-me do que Viviane havia me respondido: "É mais real do que qualquer outro lugar". Mas não era mais real. Olhei para os juncos sombrios e pensei: apenas isto é real, e os anos de Avalon não são mais que um sonho que vai desvanecer e sumir quando eu acordar.

A chuva caía; as gotas respingavam friamente no lago. Coloquei meu manto pesado sobre a cabeça e pisei na margem real, observando por um momento enquanto o barco desaparecia de novo dentro das brumas, e então me virei resolutamente.

Nunca tive dúvidas quanto ao meu destino. Não para a Cornualha, embora minha alma toda ansiasse pelas terras de minha infância, os longos braços de rocha esticando-se para dentro do mar escuro, os vales profundos e sombreados entre penhascos de ardósia, o amado e semiesquecido litoral de Tintagel. Igraine teria me recebido lá. Mas ela estava contente dentro dos muros do convento, e parecia-me bom que ficasse ali sem ser perturbada. Tampouco pensei em ir até Artur, embora não tivesse dúvida de que ele teria tido pena de mim e me dado abrigo.

A Deusa tinha os caminhos dela conosco. Senti um pouco do arrependimento compartilhado pelo que havia acontecido naquela manhã – o que fizemos como Deusa e Deus fora ordenado por ritual, mas o que havia acontecido no alvorecer, aquilo fora por nós mesmos. Mas também aquilo havia acontecido como a Deusa desejara. Só a humanidade fazia essas distinções de sangue e parentesco; as bestas nada sabiam disso, e, no fim das contas, homens e mulheres são bestas. Mas por bondade a Artur, que havia sido criado como cristão, ele jamais deveria saber que tivera um filho no que chamaria de pecado grave.

Quanto a mim, não fui criada ou dominada por padres. A criança agora em meu útero – decidi com firmeza – não fora obra de homem mortal algum. Fora-me dada pelo Gamo-Rei, o Cornífero, como era lícito para o primogênito de uma sacerdotisa jurada.

Então voltei meus passos para o norte, sem temer a longa jornada pelas charnecas e montanhas que me levariam por fim ao reino de Orkney e à minha parente Morgause.

LIVRO DOIS

A GRANDE RAINHA

1

Bem ao norte, na terra em que Lot era rei, a neve caía pesadamente sobre as colinas, e, mesmo ao meio-dia, muitas vezes não havia mais do que uma forte cerração e uma luz crepuscular. Nos raros dias em que o sol brilhava, os homens podiam sair para caçar, mas as mulheres ficavam presas no castelo. Morgause, girando seu fuso com má vontade – ela ainda odiava fiar, mas o quarto estava muito escuro para qualquer trabalho mais refinado –, sentiu uma corrente gelada vinda da porta aberta e olhou para cima. Ela disse, numa leve repreensão:

— Está muito frio para isso, Morgana. Você reclamou do frio o dia todo, mas agora quer nos transformar em gelo?

— Não reclamei — disse Morgana. — Eu disse alguma coisa? O quarto está tão abafado quanto uma latrina, e a fumaça cheira mal. Só quero respirar! — Ela fechou a porta e voltou para perto do fogo, esfregando as mãos e tremendo. — Estou sentindo frio desde o meio do verão.

— Não duvido disso — disse Morgause. — O pequeno passageiro aí dentro rouba todo o calor de seus ossos: ele está aquecido e contente, mas sua mãe treme. É sempre assim.

— Ao menos o alto inverno já passou, a luz está chegando mais cedo e permanecendo até mais tarde — disse uma das criadas de Morgause. — E talvez em mais duas semanas você já esteja com seu bebê nos braços...

Morgana não respondeu, mas ficou de pé, tremendo, perto do fogo, roçando as mãos como se estivessem doloridas. Morgause pensou que a garota parecia um fantasma de si mesma, o rosto fino e marcado em uma magreza cadavérica, as mãos ossudas como as de um esqueleto em contraste com a grande barriga saliente. Ela tinha grandes olheiras, e as pálpebras dos olhos estavam vermelhas, como se machucadas por um choro prolongado; mas, em todas as luas que Morgana havia passado naquela casa, Morgause jamais a tinha visto derramar uma lágrima que fosse.

Gostaria de consolá-la, mas como posso fazer isso, se ela não chora?

Morgana usava um vestido velho de Morgause, uma bata azul-escura gasta e desbotada, comprida demais para a jovem. Ela parecia desajeitada, quase desmazelada, e Morgause se exasperava porque a sobrinha não havia se dado ao trabalho nem de pegar agulha e linha e encurtar um pouco o vestido. Os tornozelos estavam tão inchados que se avolumavam sobre os sapatos; isso era por haver apenas peixe salgado e vegetais silvestres para comer nessa época do ano. Todos eles sentiam necessidade de comida fresca, que não era fácil de se encontrar nesse clima. Bem, talvez os homens tivessem alguma sorte na caçada e ela pudesse fazer com que Morgana comesse um pouco da carne fresca. Depois de ficar grávida quatro vezes, Morgause conhecia a quase inanição dos últimos meses de gestação. Uma vez, ela se lembrava, quando estava grávida de Gawaine, entrara na sala de laticínios e comera um pouco da argila que estava armazenada ali para reformar o cômodo. Uma velha parteira lhe havia dito que, quando uma grávida não consegue evitar comer coisas estranhas assim, a criança está faminta e ela deve alimentá-la, independentemente de sua própria vontade. Talvez no dia seguinte houvesse ervas frescas perto do riacho da montanha – isso é algo que qualquer grávida deseja, em especial numa época como essa, o fim do inverno.

O belo cabelo escuro de Morgana também estava embaraçado, preso em uma trança frouxa – parecia que não o penteava nem refazia a trança havia semanas. Saiu de perto da lareira, pegou um pente que estava na prateleira, pôs no colo um dos cãezinhos de Morgause e começou a penteá-lo. Morgause pensou: *Seria melhor se penteasse o próprio cabelo*, mas manteve a calma. Morgana estava tão irritadiça nos últimos tempos que não adiantava dizer nada a ela. *Mas é natural agir assim tão perto do parto*, Morgause pensou, observando as mãos ossudas da jovem puxando o pente através do pelo embaraçado. O cachorrinho latia e gemia, e Morgana o consolou com uma voz mais suave do que ela usava com qualquer humano esses dias.

— Não pode demorar muito agora, Morgana — disse Morgause, gentilmente. — Até a Candelária você já terá dado à luz, com certeza.

— Já está mais do que na hora.

Morgana fez um afago final no cachorro e o colocou no chão.

— Pronto, agora você está decente para ficar entre as senhoras, cãozinho... Como está bonito, com o pelo todo macio!

— Vou atiçar o fogo — disse uma das criadas, cujo nome era Beth, colocando de lado o fuso e jogando a roca em uma cesta de lã. — Os homens certamente chegarão em breve, já está escuro. — Ela foi em direção à lareira, tropeçou em um graveto solto e quase caiu sobre o fogo. — Gareth, seu diabinho, pode limpar essa sujeira?

Ela jogou o graveto na lareira, e Gareth, de cinco anos, que estava empurrando os gravetos pelo cômodo e conversando com eles em voz baixa, soltou um grito zangado: os gravetos eram soldados de seu exército!

— Bem, Gareth, é noite, e seus soldados precisam ir para as tendas — disse Morgause, rapidamente.

Emburrado, o menininho empurrou a coleção de pequenos gravetos para um canto, mas colocou um ou dois cuidadosamente na dobra de sua túnica. Eram os mais grossos, que Morgana, anteriormente, havia esculpido em figuras grosseiras de homens com elmo e armadura e de túnicas tingidas de vermelho com suco de frutas silvestres.

— Você me fará outro cavaleiro romano, Morgana?

— Não agora, Gareth — ela disse. — Minhas mãos doem com o frio. Talvez amanhã.

Ele se aproximou com um muxoxo, parando de pé perto dos joelhos dela, e perguntou:

— Quando terei idade suficiente para ir caçar com o papai e Agravaine?

— Ainda vai levar alguns anos, acho — disse Morgana, sorrindo. — Não vai acontecer até que você seja alto o bastante para não se perder num monte de neve!

— Mas eu sou grande! — disse ele, esticando-se. — Olhe, quando está sentada, sou mais alto que você, Morgana! — Ele chutou a cadeira, inquieto. — Não tem nada para fazer aqui!

— Bem — disse Morgana —, eu sempre digo que posso ensiná-lo a fiar, assim você não precisa ficar à toa.

Ela pegou a roca que Beth havia deixado e a estendeu para ele, mas o menino fez uma careta e recuou.

— Vou ser cavaleiro! Cavaleiros não precisam fiar!

— É uma pena — disse Beth, amarga. — Talvez não usassem tantos mantos e tantas túnicas se soubessem quão trabalhoso é fiá-los!

— Mas houve um cavaleiro que fiava, assim diz a lenda — afirmou Morgana, estendendo os braços para o menininho. — Venha aqui. Ou melhor, sente-se no banco, Gareth, você está muito pesado agora para que eu o carregue como meu bebê de colo. Antigamente, antes de os romanos chegarem, havia um cavaleiro chamado Aquiles, que tinha sido amaldiçoado. Uma velha feiticeira disse à mãe dele que Aquiles morreria em batalha, então ela o vestiu com saias e o escondeu entre as mulheres, onde ele aprendeu a fiar e tecer e fazer tudo o que as mulheres fazem.

— E ele morreu em batalha?

— Sim, morreu, pois, quando a cidade de Troia foi sitiada, convocaram todos os cavaleiros e guerreiros para tomá-la, e Aquiles também foi, e ele era o melhor de todos os cavaleiros. Dizem que ofereceram a ele a escolha entre viver em segurança, morrer velho em sua cama e ser esquecido e viver uma vida curta e morrer jovem em grande glória. Ele escolheu a glória, e até hoje os homens ainda contam sua história nas sagas. Ele lutou com um cavaleiro de Troia chamado Hector... Heitor, em nossa língua...

— Foi o mesmo *sir* Heitor que criou nosso rei Artur? — perguntou o menininho, de olhos arregalados.

— Com certeza não, pois isso aconteceu há muitos séculos, mas pode ter sido um de seus antepassados.

— Quando eu estiver na corte e for um dos Companheiros de Artur — disse Gareth, com os olhos arregalados —, serei o melhor lutador na guerra e vencerei todos os prêmios nos jogos. Mas o que aconteceu com Aquiles?

— Eu não me lembro... Faz muito tempo que ouvi a história, na corte de Uther — disse Morgana, colocando a mão nas costas como se sentisse dor ali.

— Conte-me sobre os cavaleiros de Artur, Morgana. Você realmente viu Lancelote? Eu o vi no dia da coroação do rei. Ele matou algum dragão? Diga, Morgana...

— Não a perturbe, Gareth, ela não está bem — disse Morgause. — Vá até a cozinha e veja se podem lhe dar um pouco de pão.

O menino parecia emburrado, mas pegou seu cavaleiro de madeira e saiu, falando com o graveto em voz baixa:

— Então, *sir* Lancelote, vamos sair e matar todos os dragões no lago...

— Esse só fala em guerra e luta — disse Morgause, impacientemente —, e no seu precioso Lancelote, como se não fosse o bastante ter Gawaine longe com Artur guerreando! Espero que, quando Gareth tenha idade, esta terra esteja em paz!

— Estará em paz — disse Morgana, distraidamente —, mas não fará diferença, pois ele morrerá pelas mãos de seu amigo mais querido...

— O quê? — gritou Morgause, encarando-a, mas os olhos da jovem estavam vazios e sem foco. Morgause a chacoalhou gentilmente e perguntou: — Morgana! Morgana, você está doente?

Morgana piscou e balançou a cabeça.

— Desculpe, o que me disse?

— O que eu lhe disse? Eu é que lhe pergunto: o que você *me* disse? — Morgause sentiu uma comichão na pele com o olhar de sofrimento no rosto de Morgana. Acariciou as mãos da jovem, considerando suas palavras terríveis como um delírio. — Acho que deve estar sonhando de olhos acordados. — Não queria pensar que Morgana poderia ter tido um momento da Visão. — Você precisa se cuidar melhor, Morgana, quase não come, não dorme...

— A comida me deixa enjoada — disse Morgana, suspirando. — Gostaria que fosse verão, assim poderia comer um pouco de frutas. Na noite passada, sonhei que comia as maçãs de Avalon... — A voz dela tremeu, e baixou a cabeça para que Morgause não visse as lágrimas pendendo em seus cílios; mas fechou os punhos e segurou o choro.

— Estamos todos fartos de peixe salgado e toucinho defumado — disse Morgause —, mas, se Lot teve uma boa caça, você logo vai comer um pouco da carne fresca.

Ela se lembrou do fato de que Morgana havia sido treinada em Avalon para ignorar fome, sede e fadiga; no entanto, agora que estava grávida, deveria relaxar um pouco essa austeridade. Mas ela se orgulhava de suportar tudo sem reclamar.

— Você foi preparada para ser sacerdotisa, Morgana, endurecida para jejuar, mas seu filho não pode aguentar fome e sede, e você está magra demais...

— Não zombe de mim! — disse Morgana, com raiva, mostrando a imensa barriga inchada.

— Mas suas mãos e seu rosto estão puro osso — disse Morgause. — Não pode se privar assim de comida, você tem um filho na barriga e precisa levá-lo em consideração!

— Levarei o bem-estar dele em conta quando ele levar o meu — disse Morgana, levantando-se abruptamente, mas Morgause pegou as mãos dela e a puxou para baixo.

— Querida criança, sei exatamente o que você está passando, tive quatro filhos, lembra-se? Esses últimos dias são piores que todos os longos meses juntos!

— Eu deveria ter tido a sensatez de me livrar dele quando ainda havia tempo!

Morgause abriu a boca para dar uma resposta afiada, mas apenas suspirou e disse:

— É tarde demais para dizer o que deveria ou não ter feito. Mais dez dias e isso terá acabado.

Morgause tirou o próprio pente das dobras da túnica e começou a desemaranhar a trança embaraçada de Morgana.

— Deixe assim — disse Morgana, inquieta, afastando a cabeça do pente. — Eu mesma penteio amanhã. Estive muito esgotada para pensar nisso. Mas, se está realmente farta de olhar para mim toda desalinhada deste jeito, dê-me o pente!

— Sente-se quieta, *lennavan* — disse Morgause. — Não se lembra de quando era garotinha em Tintagel e chorava para que eu penteasse seu cabelo porque sua ama... como era o nome dela?... ah, sim, lembrei-me: Gwennis, era isso... ela puxava seu cabelo com muita força e você dizia: "Deixe a tia Morgause me pentear?".

Ela passou o pente pelos nós, alisando mecha por mecha, e acariciou a cabeça de Morgana com afeição.

— Você tem um lindo cabelo.

— Escuro e grosso como a crina de um pônei no inverno!

— Nada disso, fino como a lã de uma ovelha negra e brilhante como seda — disse Morgause, ainda acariciando as mechas escuras. — Fique quieta, vou trançá-lo para você. Sempre quis ter uma filha, para poder vesti-la com roupas finas e trançar seu cabelo assim... mas a Deusa só me mandou filhos, então você deve ser minha filhinha só por um tempinho agora, enquanto precisa de mim...

Ela puxou a cabeça morena de Morgana contra o peito, e a jovem ficou ali, tremendo com as lágrimas que não podia derramar.

— Ah, não, não, minha pequena, não chore, não vai demorar muito, não chore. Você não está cuidando bem de si mesma, precisa de cuidado materno, minha menininha...

— É só que... está tão escuro aqui... eu sinto falta do sol...

— No verão, temos luz do sol mais que suficiente, fica claro até meia--noite — disse Morgause —, e por isso temos tão pouca luz no inverno. — Morgana ainda estremecia com soluços inconsoláveis, e Morgause a abraçou forte, balançando-a levemente. — Calma, pequena, *lennavan*, sei como se sente. Tive Gawaine na época mais sombria do inverno. Era um dia escuro de tempestade como hoje, e eu só tinha dezesseis anos e estava muito assustada, sabia tão pouco sobre parir um filho. Na época, desejei ter sido sacerdotisa em Avalon, ou ter ficado na corte de Uther, qualquer lugar que não fosse aqui. Lot estava fora guerreando, eu odiava meu corpo imenso, ficava enjoada o tempo todo, minhas costas doíam e me sentia completamente sozinha, só com mulheres desconhecidas. Você acredita que, naquele inverno, mantive minha boneca velha na cama em segredo e a abraçava e chorava até dormir todas as noites? Eu era um bebê! Ao menos você é adulta, Morgana.

Morgana disse, engasgada:

— Sei que sou muito velha para me comportar assim... — E se aninhou no colo de Morgause, enquanto a tia alisava e acariciava seu cabelo.

— E agora o mesmo bebê que dei à luz antes de ficar adulta está longe lutando contra os saxões — ela disse —, e você, que segurei no colo como uma boneca, está prestes a ter um bebê. Ah, sim, sabia que havia notícias que precisava lhe contar. A esposa do cozinheiro, Marged, deu à luz a criança dela, é por isso que o mingau estava todo encaroçado esta manhã. Mas o que importa é que há uma ama de leite pronta para quando seu bebê chegar. Embora, na verdade, não duvide que queira amamentá-lo você mesma quando o vir. — Morgana fez um gesto de repulsa, e Morgause sorriu. — Eu também me sentia assim antes que cada filho meu nascesse, mas, quando olhava o rosto deles pela primeira vez, não conseguia tirá-los de meus braços. — Ela sentiu a jovem se encolher. — Que foi, Morgana?

— Minhas costas doem. Eu tenho ficado muito tempo sentada, é só isso — respondeu, levantando-se inquieta e vagando pelo quarto, as mãos apertando a base das costas.

Morgause apertou os olhos, pensativa. Sim, a barriga protuberante da moça havia baixado nos últimos dias, não podia demorar mais muito tempo. Precisaria renovar a palha da sala das mulheres e falar com as parteiras para que estivessem prontas.

Os homens de Lot haviam encontrado um cervo nas colinas. Depois de limpo e sem pele, o aroma da carne que subia do grande fogo tomou conta de todo o castelo, e nem mesmo Morgana recusou uma fatia do fígado cru, pingando sangue – por costume, esse alimento era separado para as grávidas.

Morgause podia vê-la fazendo uma careta de repulsa, como ela mesma fizera quando coisas assim lhe foram dadas em suas gestações, mas Morgana, como Morgause havia feito, engoliu o pedaço de fígado com avidez, o corpo exigindo a nutrição ainda que a mente se revoltasse. Mais tarde, porém, quando a carne foi cozida e estava sendo fatiada e servida, ela a recusou com um gesto. Morgause pegou uma fatia e a colocou no prato de Morgana.

— Coma — ordenou. — Você vai me obedecer, Morgana. Não pode privar você mesma e seu filho de alimento dessa maneira.

— Não consigo — disse Morgana, em voz baixa. — Eu vomitaria. Guarde um pouco e vou tentar comer depois.

— O que foi?

Morgana baixou a cabeça e sussurrou:

— Não consigo comer carne de cervo. Comi em Beltane quando... e agora até o cheiro me dá ânsia.

A criança foi concebida em Beltane, nas fogueiras rituais. O que a perturba tanto? Essa memória deveria ser prazerosa, pensou Morgause, sorrindo com a lembrança da licenciosidade de Beltane. Ela se perguntou se a moça havia caído nas mãos de algum homem especialmente bruto e passado por algo parecido com um estupro, o que explicaria sua raiva pela gravidez e seu desespero com ela. Ainda assim, o que estava feito não podia ser mudado, e Morgana tinha idade suficiente para saber que nem todos os homens eram brutos, mesmo se tivesse uma vez caído nas mãos de um que não era gentil e nem habilidoso com mulheres.

Morgause pegou uma fatia do pão de aveia e a molhou no molho da carne no prato.

— Coma isso, então. De alguma forma você vai ingerir os benefícios da carne — ela disse —, e fiz para você chá com bagas de roseira; é azedo e vai lhe cair bem. Eu me lembro de como desejava coisas azedas quando estava grávida.

Morgana a obedeceu, e Morgause achou que seu rosto ganhou um pouco de cor. Ela fez uma careta pelo azedume da bebida, mas bebeu sedenta, apesar disso.

— Não gostei — ela disse —, mas, que estranho, não consigo parar de beber.

— Seu filho deseja isso — disse Morgause, seriamente. — Os bebês no útero sabem o que é bom para eles e exigem isso de nós.

Lot, sentado à vontade entre dois de seus caçadores, sorriu amigavelmente para a cunhada.

— Um animal velho e magro, mas um bom jantar para o fim do inverno — ele disse —, e estou feliz por não termos capturado uma corça prenha. Avistamos duas ou três delas, mas disse para meus homens deixá-las em paz e até chamei os cães de volta. Quero que as corças tenham suas crias com tranquilidade e percebi que está chegando a hora, muitas delas estão prenhas. — Ele bocejou e disse ao pequeno Gareth, que tinha o rosto engordurado e brilhante por causa da carne: — Logo você será grande o suficiente para caçar conosco. Você e o pequeno duque da Cornualha, sem dúvida.

— Quem é o duque da Cornualha, pai? — Gareth perguntou.

— Ora, o bebê de Morgana — respondeu Lot, sorrindo, e Gareth olhou para a jovem grávida.

— Não vejo nenhum bebê. Onde está seu bebê, Morgana?

Morgana riu, pouco à vontade.

— Daqui a um mês eu o mostro a você.

— A donzela da primavera vai trazê-lo para você?

— Pode-se dizer que sim — disse Morgana, sorrindo, apesar de aquele não ser seu desejo.

— Como um bebê pode ser um duque?

— Meu pai era o duque da Cornualha e sou sua única filha dentro do casamento. Quando Artur começou a reinar, ele deu Tintagel de volta a Igraine; e o castelo vai passar dela para mim e meus filhos, se eu tiver algum.

Morgause, olhando para a jovem, pensou: *O filho dela está mais próximo do trono do que meu próprio Gawaine. Sou irmã germana de Igraine, e Viviane é só meia-irmã dela, então Gawaine é um parente mais próximo que Lancelote. Mas o filho de Morgana será sobrinho de Artur. Eu me pergunto se ela alguma vez já pensou nisso.*

— Certamente, então, Morgana, seu filho é duque da Cornualha...

— Ou duquesa — disse Morgana, sorrindo novamente.

— Não, posso dizer pela barriga, baixa e ampla, que será um homem — disse Morgause. — Tive quatro e observei todas as minhas criadas quando estavam grávidas... — Ela sorriu com malícia para Lot e disse: — Meu marido leva muito a sério aquela velha inscrição que diz que um rei deve ser um pai para seu povo!

— Acho correto que meus filhos legítimos com minha rainha tenham muitos irmãos postiços — disse Lot, afável. — Dizem que, sem irmãos, estamos desguardados, e meus filhos são muitos. Venha, parente, você tocará a harpa e cantará para nós?

Morgana empurrou os restos do pão de aveia embebido no molho da carne e disse:

— Comi demais para cantar. — Ela franziu o cenho e voltou a andar pelo salão. Morgause viu mais uma vez que apertava as costas com as mãos. Gareth foi e se enfiou nas saias dela.

— Cante para mim. Cante aquela música sobre o dragão, Morgana.

— É muito longa para esta noite, e você precisa ir dormir — ela disse. Mas foi a um canto, pegou a pequena harpa que ficava ali e sentou-se em um banco. Tocou poucas notas ao acaso, baixou-se para ajustar uma das cordas, e então começou uma música barulhenta que os exércitos cantavam quando bebiam.

Lot se juntou ao refrão, assim como seus homens, suas vozes roucas ecoando até as vigas enfumaçadas do telhado.

Os saxões vieram no escuro da noite,
Enquanto todo o povo dormia,
Mataram todas as mulheres, pois...
Preferem estuprar as cabritas!

— Você não aprendeu essa música em Avalon, parente — disse Lot, rindo, enquanto Morgana se levantava para colocar a harpa no lugar.

— Cante de novo — provocou Gareth. Ela, porém, balançou a cabeça negativamente.

— Meu fôlego está muito curto para cantar — ela disse. Então baixou a harpa e pegou o fuso, mas, depois de um momento ou dois, deixou-o de lado e voltou a andar pelo salão.

— O que a aflige, garota? — perguntou Lot. — Está impaciente como um urso enjaulado.

— Minhas costas doem quando fico sentada — ela disse —, e a carne que minha tia me fez comer me deu dor de barriga.

Ela pôs as mãos nas costas e se dobrou subitamente, como se sentisse uma cólica. Então soltou um grito e Morgause viu quando sua bata comprida ficou escura e molhada, encharcando-a até os joelhos.

— Ah, Morgana, você se molhou — gritou Gareth. — Você já é muito grande para molhar as roupas... eu levaria umas palmadas de minha ama por isso!

— Quieto, Gareth — disse Morgause, bruscamente, e correu para Morgana, que estava dobrada, em pé, o rosto vermelho de vergonha e assombro.

— Está tudo bem, Morgana — ela disse, levando-a pelo braço. — Dói aqui? E aqui? Imaginei que sim. Você está em trabalho de parto, não percebeu? — Mas como a moça poderia perceber? Era seu primeiro filho, e ela nunca foi de ouvir a conversa das mulheres, então não reconheceria os sinais. Deve ter sentido as primeiras dores por boa parte do dia. Morgause chamou Beth e disse: — Leve a duquesa da Cornualha ao salão das mulheres e chame Megan e Branwen. Desamarre o cabelo dela; ela não pode ter nada atado ou preso nela ou em suas roupas. — E completou, acariciando o cabelo de Morgana: — Gostaria de ter sabido disso antes, quando trancei seu cabelo hoje mais cedo... Logo vou descer e ficar com você, Morgana. — Morgause observou a moça sair, apoiando-se pesadamente no braço da ama, e então disse a Lot: — Preciso ir e ficar com ela. É sua primeira vez, e ficará assustada, pobre menina.

— Não há pressa — disse Lot, preguiçosamente. — Se é o primeiro filho dela, ficará em trabalho de parto por toda a noite, e você terá tempo para apertar a mão dela. — Ele deu um sorriso amigável para a mulher e disse: — Você está com pressa de trazer o rival de nosso Gawaine ao mundo?

— O que você quer dizer com isso? — ela perguntou, em voz baixa.

— Apenas isto: que Artur e Morgana são filhos do mesmo útero, e o filho *dela* está mais próximo do trono que o nosso.

— Artur é jovem — disse Morgause, friamente —, e tem tempo para ter uma dúzia de filhos. Por que acha que ele precisa de um herdeiro?

Lot encolheu os ombros.

— O destino é volúvel — ele disse. — Artur tem uma vida encantada em batalha, e não duvido que a Senhora do Lago tenha algo a ver com isso, maldita seja... E, para além disso, Gawaine é muito leal ao seu rei. Mas o destino pode virar as costas para Artur, e, se esse dia chegar, gostaria de saber que Gawaine é o mais próximo do trono. Pense bem, Morgause, a vida de um bebê é incerta. Você pode fazer bem em suplicar à sua Deusa que o pequeno duque da Cornualha não respire mais que uma vez.

— Como eu poderia fazer isso com Morgana? Ela é como uma filha para mim!

Lot acariciou com afeto o queixo de sua mulher e disse:

— Você é uma mãe amorosa, Morgause, e eu não gostaria que fosse diferente. Mas duvido que Morgana esteja muito ansiosa para ter um filho nos braços. Eu a ouvi dizer que desejava ter se livrado da criança...

— Ela estava doente e esgotada — disse Morgause, cheia de raiva. — Você acha que eu não disse o mesmo, quando estava exausta de arrastar uma barriga enorme por aí? Toda mulher diz coisas assim nas últimas luas da gravidez.

— Ainda assim, se o filho de Morgana nascer morto, não acho que ela sentiria muito pesar. E nem você deveria sentir…

Morgause defendeu a parente.

— Ela é boa para nosso Gareth, fez brinquedos e jogos para ele e contou a ele muitas lendas. Tenho certeza de que, da mesma maneira, vai ser uma boa mãe para seu próprio filho.

— Mesmo assim, não é do nosso interesse, ou do nosso filho, que Morgana pense no filho *dela* como herdeiro de Artur. — Ele colocou os braços em torno da esposa. — Veja, querida, eu e você temos quatro filhos, e, sem dúvida, quando forem adultos, estarão em pé de guerra... Lothian não é um reino tão grande assim! Mas, se Gawaine fosse o Grande Rei, então haveria reinos para todos.

Ela assentiu lentamente. Lot não tinha afeto por Artur, assim como não tivera por Uther, mas não havia imaginado que ele fosse tão cruel assim.

— Você está me pedindo para matar o filho dela quando ele nascer?

— Ela é nossa parente e minha hóspede — disse Lot —, e, portanto, sagrada. Não invocaria a maldição que recai sobre quem mata um rei. Apenas disse: a vida dos recém-nascidos é frágil, a não ser que eles sejam muito bem-cuidados, e, se Morgana tiver um parto difícil, pode ser que ninguém tenha oportunidade de cuidar do bebê.

Morgause cerrou os dentes e virou as costas para Lot.

— Devo ir ver minha sobrinha.

Atrás dela, Lot sorria.

— Pense bem no que eu lhe disse, minha esposa.

Lá embaixo, na pequena sala, o fogo havia sido aceso para as mulheres; uma chaleira de mingau fervia na lareira, pois seria uma longa noite. A palha havia sido renovada. Morgause havia se esquecido, como ocorre com as mulheres felizes com os filhos, do pavor do parto, mas a visão da palha seca fez com que ela cerrasse os dentes e sentisse um arrepio lhe descer pela espinha. Morgana havia sido vestida com um manto largo. Seu cabelo, solto, descia por suas costas. Ela andava para lá e para cá no quarto, apoiando-se no braço de Megan. Tudo tinha um ar de festividade, e de fato o era para as outras mulheres. Morgause se aproximou de sua sobrinha e segurou seu braço:

— Venha, caminhe um pouco comigo, e Megan pode ir preparar as faixas para seu bebê — ela disse. Morgana a olhou, e ela pensou que os olhos da jovem eram como os de um animal selvagem em uma armadilha, esperando pela mão do caçador que cortará sua garganta.

— Vai demorar, tia?

— Bem, agora você não deve pensar no que vem adiante — disse Morgause, ternamente. — Pense, se quiser, que esteve em trabalho de parto durante boa parte do dia, e então tudo será mais rápido agora.

Mas consigo mesma pensou: *Não será fácil para ela, tão pequena e relutante em ter esse filho. Sem dúvida tem uma noite longa e dura pela frente...*

Então se lembrou de que Morgana tinha a Visão, e que era inútil mentir para ela. Acariciou o rosto pálido da moça.

— Não importa, criança, vamos cuidar bem de você. É sempre demorado quando é o primeiro filho, pois eles detestam sair de seus ninhos confortáveis. Mas faremos tudo o que nos for possível. Alguém trouxe uma gata para o quarto?

— Uma gata? Sim, está aqui, mas por quê, tia? — perguntou Morgana.

— Porque, pequena, se já viu uma gata tendo filhotes, saberá que ela tem seus gatinhos ronronando, não gritando de dor, e então talvez o prazer dela em parir a ajudará a sentir menos dor — disse Morgause, acariciando a criaturinha peluda. — É um tipo de mágica do parto que talvez vocês não conheçam em Avalon. Sente-se agora, descanse um pouco e pegue a gata no colo.

Ela observou Morgana acariciando a gata em um momento de trégua, mas então, novamente, a jovem se dobrou com cólicas fortes, e Morgause pediu que ela se levantasse outra vez e continuasse andando.

— Quanto mais conseguir aguentar, mais rápido vai ser — disse.

— Estou cansada, tão cansada... — disse Morgana, gemendo um pouco.

Você estará ainda mais cansada antes disso acabar, pensou Morgause, mas ela apenas se aproximou da jovem e colocou os braços em torno dela.

— Aqui. Apoie-se em mim, criança...

— Você se parece tanto com minha mãe... — afirmou Morgana, abraçando Morgause, o rosto contorcido como se estivesse a ponto de chorar. — Queria que minha mãe estivesse aqui... — E então mordeu o lábio, como se estivesse arrependida de seu momento de fraqueza, e começou a andar lentamente, para um lado e para o outro do cômodo apinhado.

As horas se arrastaram lentamente. Algumas das mulheres dormiam, mas havia muitas para se revezar e ficar andando com Morgana, que ficava cada vez mais assustada e pálida com o passar do tempo. O sol nasceu, e as parteiras ainda não haviam dito que Morgana deveria se deitar na palha, embora ela estivesse tão cansada que já tropeçava e mal conseguia colocar um pé diante do outro. Em um momento, disse que sentia frio e colocou seu manto quente de pele sobre si; em outro, arrancou o manto de cima do corpo, dizendo que estava queimando de tanto calor. Repetidamente, sentia ânsias e vomitava, chegando a verter nada além de bile verde. Mas parecia não conseguir parar de sentir ânsia, embora a tivessem forçado a tomar bebidas quentes de ervas, as quais engoliu cheia de sede. Mas então começava a sentir ânsia de vômito novamente, e Morgause, observando-a, com mente cheia com o que Lot lhe havia dito, perguntou-se se faria alguma diferença o que fizesse ou deixasse de fazer... Morgana talvez não sobrevivesse ao parto.

Por fim, quando ela já não conseguia mais andar, deixaram que se deitasse, arfando e mordendo os lábios por causa das dores recorrentes. Morgause se ajoelhou ao lado dela, segurando sua mão enquanto as horas passavam. Bem depois do meio-dia, Morgause perguntou a ela, em voz baixa:

— Ele era... o pai da criança... muito maior que você? Às vezes, quando um bebê demora tanto assim para nascer, significa que a criança puxou ao pai e é grande demais para a mãe.

Ela se perguntou, como já havia feito antes, quem era o pai daquela criança. Havia visto Morgana olhando para Lancelote na coroação de Artur. Se ela estivesse grávida de Lancelote, aquilo bem poderia explicar por que Viviane havia ficado tão enraivecida a ponto de a pobre moça precisar fugir de Avalon... Em todos aqueles meses, Morgana nada dissera sobre as razões que a fizeram deixar o templo, e nem sobre seu filho, nada além do fato de que havia sido concebido nas fogueiras de Beltane. Viviane era tão afetuosa com Morgana, não teria permitido que tivesse um filho de qualquer um...

Mas e se Morgana, rebelando-se contra o destino escolhido, houvesse tomado Lancelote como amante ou o seduzido para o bosque em Beltane? Isso explicaria por que a sacerdotisa escolhida por Viviane para ser sua sucessora como Senhora do Lago fugira de Avalon.

Mas Morgana disse apenas:

— Não vi seu rosto. Ele veio até mim como o Cornífero. — E Morgause soube, com seu próprio traço tênue da Visão, que a jovem mentia. Mas por quê?

As horas se arrastavam. A certo momento, Morgause foi ao salão principal, onde os homens de Lot jogavam com ossos. Lot assistia sentado, com uma das criadas mais novas da esposa no colo, a mão brincando casualmente com os seios dela. Quando entrou, a mulher olhou para cima, apreensiva, e começou a escorregar do joelho dele, mas Morgause deu de ombros.

— Fique onde está. Não precisamos de você entre as parteiras, e esta noite, ao menos, devo ficar com minha sobrinha. Também não quero discutir com você por causa de um lugar na cama dele hoje, mas amanhã pode ser diferente.

A jovem baixou a cabeça, enrubescendo. Lot disse:

— Como Morgana está se saindo, querida?

— Nada bem — disse Morgause. — Nunca foi tão difícil para mim. — Então ela gritou, em fúria: — Você desejou que minha sobrinha jamais se levantasse da cama do parto?

Lot balançou a cabeça.

— Você é a dona dos feitiços e magias deste reino. Não quero mal a Morgana. Deus sabe, isso seria um desperdício doloroso de uma bela mulher, e Morgana é bela, apesar de sua língua afiada! Embora ela seja do seu lado da família, não é, querida, e isso adiciona um tempero...

Morgause sorriu afetuosamente para Lot. Seja qual fosse o brinquedo bonito que ele escolhesse para sua cama – e a garota em seu colo era apenas mais um –, sabia que ela mesma e o marido se entendiam bem.

— Onde está Morgana, mãe? — perguntou Gareth. — Ela disse que hoje ia esculpir outro cavaleiro para mim!

— Ela está doente, filho.

Morgause respirou fundo, com o peso da ansiedade caindo sobre ela novamente.

— Mas ficará bem logo — disse Lot —, e você terá um priminho para brincar. Ele deve ser seu irmão de criação e seu amigo. Há um ditado que diz que os laços de sangue duram por três gerações, mas os de criação por sete. E, como o filho de Morgana será os dois para você, será ainda mais que seu próprio irmão.

— Ficaria feliz em ter um amigo — disse Gareth. — Agravaine zomba de mim e me chama de bebê tolo, dizendo que sou velho demais para brincar com cavaleiros de madeira!

— Bem, o filho de Morgana será seu amigo quando crescer um pouco — disse Morgause. — No começo, ele será como um filhotinho, com os olhos fechados, mas daqui a um ano ou dois terá idade suficiente para brincar com você. A Deusa escuta as preces das crianças, filho, então deve rezar para que a Deusa o ouça e dê a Morgana um filho forte e saudável, e não venha para ela como a Anciã da Morte... — E de repente ela começou a chorar. Com assombro, Gareth observou sua mãe chorando, e Lot disse:

— Ela está tão mal assim, querida?

Morgause assentiu. Mas não havia razão para apavorar a criança. Enxugou os olhos com as vestes.

Gareth olhou para cima e disse:

— Por favor, querida Deusa, dê um filho forte à minha prima Morgana, assim poderemos crescer e virar cavaleiros juntos.

Contra a vontade, Morgause riu e acariciou o rostinho rechonchudo do filho.

— Tenho certeza de que a Deusa ouvirá uma prece como essa. Agora preciso voltar para o lado de Morgana.

Sentiu os olhos de Lot sobre si enquanto saía do salão e se lembrou do que ele havia lhe dito antes – que seria melhor para todos se o filho de Morgana não sobrevivesse.

Ficarei contente se Morgana sair disso viva, pensou, e, quase pela primeira vez, arrependeu-se de ter aprendido tão pouco das grandes mágicas de Avalon, agora que precisava de algum feitiço ou encantamento que pudesse aplacar o sofrimento de Morgana. Estava sendo difícil, apavorantemente difícil, para a garota. Nenhum dos partos que tivera havia sido assim...

Morgause voltou ao salão das mulheres. As parteiras fizeram Morgana se ajoelhar na palha, para ajudar a criança a deslizar para fora do útero, mas ela estava jogada entre elas como uma coisa inanimada, então duas delas precisaram mantê-la ereta. Ela gritava agora, quase sufocando, e então mordeu os lábios para evitar os gritos, tentando ser corajosa. Morgause ajoelhou-se diante da sobrinha na palha manchada de sangue; estendeu as mãos, e Morgana as agarrou, olhando-a quase sem reconhecê-la.

— Mãe! — ela gritou. — Mãe, eu sabia que viria...

Então o rosto dela agitou-se novamente, e Morgana jogou a cabeça para trás, a boca torta com gritos sem som. Megan, então, disse:

— Segure-a, minha senhora. Não, fique atrás dela, assim, levante um pouco o corpo dela. — E Morgause, pegando Morgana por baixo dos braços, sentiu a garota tremendo, com ânsia de vômito e soluçando enquanto lutava e se esforçava, cegamente, para se livrar de tudo aquilo. Não era mais capaz de ajudá-las ou de deixar que fizessem o que precisavam, agora Morgana gritava a cada vez que a tocavam. Morgause fechou os olhos, sem querer ver, segurando o corpo frágil em convulsão de Morgana com toda a força. Ela gritou novamente:

— Mãe! Mãe! — Mas Morgana não sabia se chamava Igraine ou a Deusa. Então caiu para trás nos braços de Morgause, quase inconsciente. Houve um cheiro forte de sangue no quarto, e Megan segurou algo de aparência escura e enrugada.

— Veja, senhora Morgana — ela disse —, teve um belo menino. — E então se curvou sobre ele, soprando dentro da pequena boca. Ouviu-se um som cortante, revoltado, o choro de um bebê que grita com fúria contra o mundo frio ao qual chegou.

Mas Morgana seguia desmaiada nos braços de Morgause, extremamente cansada, e não conseguia nem abrir os olhos para ver o filho.

O bebê fora lavado e enfaixado; Morgana havia engolido um copo de leite quente com mel e ervas contra o sangramento e agora estava deitada com sono, exausta, sem conseguir se mover, até que Morgause se inclinou para beijá-la na testa.

Ela viveria e se recuperaria, embora Morgause jamais tivesse visto uma mulher sofrer tanto e ainda assim sobreviver, parindo uma criança viva. E a parteira disse que, após tudo o que precisaram fazer para que o bebê nascesse, era improvável que Morgana tivesse outro filho. O que, Morgause pensou, não era um grande problema. Ela percebia agora que seus próprios partos, que não haviam sido fáceis, não chegaram nem perto disso.

Ela pegou a criança enfaixada, olhando para seus pequenos traços. Parecia respirar bem, embora às vezes, quando uma criança não chorava imediatamente ao nascer e era preciso soprar em sua boca, a respiração pudesse falhar novamente mais tarde e ela morrer. Mas ele era um bebê rosado e saudável, até as pequenas unhas eram róseas. Cabelo escuro, perfeitamente liso, penugem morena nos bracinhos e perninhas – sim, esse era das fadas, como a própria Morgana. Poderia, de fato, ser filho de Lancelote, portanto duas vezes mais próximo do trono de Artur.

A criança deveria ir de uma vez para uma ama de leite. E, então, Morgause hesitou. Sem dúvida, quando estivesse um pouco descansada, Morgana desejaria segurar e amamentar seu filho; sempre acontecia assim, não importa quão difícil tivesse sido o parto. E, quanto mais difícil o parto, parecia que mais alegria a mãe tinha em amamentar o bebê; quanto mais sofrimento, maior o amor e deleite quando a criança ia para o seio.

E então ela pensou, contra a própria vontade, nas palavras de Lot. *Se quero ver Gawaine no trono, essa criança está no caminho dele*. Não quis escutar quando Lot disse isso, mas com a criança nas mãos não podia deixar de pensar que não seria algo tão maligno se a criança fosse sufocada pela ama ou fraca demais para mamar. E, se Morgana jamais o pegasse ou o amamentasse, não sentiria tanta dor, se por fim fosse a vontade da Deusa que ele não sobrevivesse...

Eu só quero poupá-la da dor...

Aquele era o filho de Morgana, e provavelmente de Lancelote, ambos da velha linhagem real de Avalon... Se algo acontecesse com Artur, o povo aceitaria essa criança em seu trono.

Mas ela nem mesmo tinha certeza de que era filho de Lancelote.

E, embora Morgause tivesse tido quatro filhos, Morgana era a menininha de que ela havia cuidado como se fosse uma boneca e carregado no colo. Ela a lavara, penteara seus cabelos e comprara presentes para ela. Poderia fazer isso com o filho de Morgana? Quem poderia dizer que Artur não teria uma dúzia de filhos com sua rainha, fosse ela quem fosse?

Mas um filho de Lancelote... Sim, o filho de Lancelote ela poderia abandonar à morte sem escrúpulos. Lancelote não era um parente mais próximo de Artur do que Gawaine, mas ainda ele era o preferido do rei, que o consultava para tudo. Da mesma forma que ela mesma havia sempre ficado na sombra de Viviane, a irmã desconsiderada, deixada de lado como Grande Rainha – jamais perdoara Viviane por escolher Igraine para Uther –, o leal Gawaine ficaria sempre à sombra do mais espalhafatoso Lancelote. Se ele havia brincado com Morgana, ou a desonrado, tinha ainda mais razões para odiá-lo.

Pois não havia razão para que Morgana tivesse o filho bastardo de Lancelote em segredo e tristeza. Teria Viviane pensado que seu precioso filho era bom demais para Morgana? Morgause testemunhara a garota chorar em segredo por todos esses longos meses; estaria doente de amor e abandono?

Viviane, maldita seja, usa vidas como ossos que são atirados em um jogo! Ela jogou Igraine nos braços de Uther sem pensar em Gorlois, reivindicou Morgana para Avalon e agora vai destruir a vida da garota também?

Se ela ao menos pudesse ter certeza de que era o filho de Lancelote...

Assim como havia se arrependido, quando Morgana estava em trabalho de parto, de não saber o suficiente de magia para facilitar o nascimento, agora se arrependia de saber tão pouco de encantamentos. Ela não tivera, quando morava em Avalon, o interesse nem a persistência de estudar a sabedoria druida. Mas ainda assim, como fora criada por Viviane, havia aprendido uma coisa ou outra com as sacerdotisas que a mimavam. De modo espontâneo e bondoso, como alguém que faz a vontade de uma criança, haviam mostrado a ela mágicas e encantamentos simples.

Bem, agora ela os usaria. Fechou as portas dos aposentos e acendeu um fogo novo; cortou três fios de cabelo da cabeça sedosa da criança, e, curvando-se sobre Morgana adormecida, cortou alguns fios dela também. Furou o dedo da criança com sua agulha, embalando-o depois para silenciar o choro irregular. Então, jogando ervas secretas no fogo, com os cabelos e o sangue, sussurrou uma palavra que haviam lhe ensinado e olhou para as chamas.

E prendeu o fôlego em silêncio enquanto as chamas rodopiaram, cessaram e, por um instante, um rosto olhou para ela – um rosto jovem, coroado de cabelos louros, sob a sombra de uma galhada que escurecia os olhos azuis que eram como os de Uther...

Morgana havia dito a verdade quando falara que ele havia chegado até ela como o Deus Cornífero. Mas, ainda assim, havia mentido... Morgause deveria saber, fizeram o Grande Casamento para Artur, então, antes de sua coroação. Viviane havia planejado isso também, uma criança nascida das duas linhagens reais?

Ouviu um pequeno som atrás dela e, quando olhou para cima, viu que Morgana havia se esforçado para ficar de pé e estava ali parada, apoiada na cama, o rosto branco como se estivesse morta.

Seus lábios mal se moveram; apenas aqueles olhos escuros, fundos em sua cabeça com o sofrimento, iam do fogo aos instrumentos mágicos diante da lareira.

— Morgause — ela disse —, jure para mim. Se você me ama, jure para mim que não vai falar nada sobre isto para Lot ou qualquer outra pessoa! Jure, ou vou amaldiçoá-la com todas as maldições que sei!

Morgause colocou a criança no berço e se voltou para Morgana, pegando-a pelo braço e levando-a até a cama.

— Venha, deite-se, descanse, pequena... Precisamos falar sobre isso. Artur? Por quê? Foi coisa de Viviane?

Morgana repetiu, ainda mais agitada:

— Jure que não falará nada! Jure que jamais falará disso de novo! Jure! Jure!

Os olhos dela brilhavam selvagemente. Morgause, olhando para ela, temeu que ela fosse ficar febril.

— Morgana, criança...

— Jure! Ou eu a amaldiçoo pelo vento e pelo fogo, mar e pedra...

— Não — Morgause a interrompeu, pegando suas mãos para tentar acalmá-la. — Eu juro, eu juro.

Ela não queria ter jurado. Pensou: *Deveria ter me recusado, preciso falar sobre isso com Lot...* Mas já era tarde demais, havia jurado. E, além disso, Morgause não queria ser amaldiçoada por uma sacerdotisa de Avalon.

— Deite-se quieta agora — ela disse, baixo. — Você precisa dormir, Morgana.

A jovem fechou os olhos, e Morgause sentou-se acariciando a mão dela e pensando. *Gawaine é um dos homens de Artur, aconteça o que acontecer. Lot não teria vantagens com Gawaine no trono. Esse... Não importa quantos filhos Artur possa ter, esse é seu primogênito. Artur foi criado como cristão e dá muita importância em ser um rei dos cristãos; acharia que esse filho do incesto é uma vergonha. É bom saber um segredo ruim de um rei. Até mesmo sobre Lot, embora eu goste dele, assegurei-me de saber certos detalhes de seus pecados e depravações.*

A criança no berço acordou e chorou. Morgana, como todas as mães quando uma criança chora, abriu os olhos com o barulho. Estava demasiado fraca para se mexer, mas sussurrou:

— Meu bebê, esse é meu bebê? Morgause, quero segurar meu bebê.

Morgause se curvou e começou a colocar o embrulho enfaixado nos braços de Morgana. Mas, por um momento, hesitou, se Morgana segurasse o bebê, desejaria amamentá-lo, o amaria, se preocuparia com seu bem-estar. Mas se ele fosse dado a uma ama de leite antes que visse seu rosto... Bem, nesse caso ela não sentiria muita coisa por ele, e o bebê seria de fato filho de seus pais de criação. Era bom que o primogênito de Artur, o filho que ele não se atreveria a reconhecer, sentisse grande lealdade por Lot e Morgause como seus verdadeiros pais; e que os filhos de Lot, em vez de qualquer filho que Artur pudesse vir a ter quando se casasse, fossem os irmãos dessa criança.

Lágrimas corriam fracamente pelo rosto de Morgana. Ela implorou:

— Dê-me o meu bebê, Morgause, deixe-me segurá-lo, eu o quero...

Morgause disse ternamente, mas de modo implacável:

— Não, Morgana. Você não está forte o suficiente para segurá-lo e amamentá-lo, e... — Morgause buscou rapidamente uma mentira na qual a garota, sem experiência em maternidade, acreditaria. — E se você segurá-lo, mesmo apenas uma vez, ele não vai mamar na ama de leite. Então, precisa ser levado a ela agora mesmo. Pode segurá-lo quando ficar um pouco mais forte e ele estiver se alimentando bem.

E, embora Morgana tivesse começado a chorar e estendido os braços, soluçando, Morgause levou a criança para fora do quarto. *Agora*, ela pensou, *esse será o filho adotivo de Lot, e sempre teremos uma arma contra o Grande Rei. E assim já me assegurei de que Morgana, quando ficar bem, não ligará para ele e ficará contente em deixá-lo para ser criado por mim.*

2

GWENHWYFAR, FILHA DO REI LEODEGRANZ, SENTAVA-SE NO muro alto do jardim fechado, agarrando-se às pedras com as duas mãos, observando os cavalos no cercado lá embaixo.

Atrás dela havia o cheiro doce de ervas de cozinha e temperos, as ervas da destilaria que a mulher de seu pai usava para preparar remédios. O jardim era um de seus lugares favoritos, talvez o único local ao ar livre de que Gwenhwyfar realmente gostasse. Ela se sentia mais segura dentro de casa, de modo geral, ou quando fechada em segurança – os muros em torno do jardim da cozinha faziam com que ele se tornasse quase tão seguro quanto o interior do castelo. Ali em cima, sobre o muro, ela podia ver o vale, e ele era tão grande, espalhando-se para além do que a vista alcançava... Gwenhwyfar voltou o olhar para a segurança do jardim por um momento, pois suas mãos começavam a formigar, dormentes, de novo, e sua respiração se prendeu na garganta. Ali, no muro que cercava o jardim, ela se sentia segura. Se voltasse a sentir o pânico sufocante, poderia virar e descer para o jardim e estaria totalmente protegida de novo.

A mulher de seu pai, Alienor, uma vez havia lhe dito, exasperada, algo como "Protegida do *quê*, criança? Os saxões jamais vêm aqui tão a oeste. De onde estamos, sobre a colina, podemos vê-los a três léguas de distância, caso venham. É a visão a distância que temos aqui que nos protege, pelos céus!".

Gwenhwyfar jamais pudera explicar. Mas, colocado assim, parecia sensato. Como ela poderia dizer à prática e sensata Alienor que era o próprio peso de todo aquele céu e as terras vastas que a assustavam? Não havia nada de *que* ter medo, e era tolice ficar amedrontada.

Mas isso não a impedia de ofegar, respirar com dificuldade e sentir a dormência subindo da barriga pela garganta e as mãos suadas perdendo a sensibilidade. Estavam todos irritados com ela: o padre da residência dizendo que não havia nada lá fora além das boas terras verdes de Deus e o pai dela gritando que não queria mais saber dessas bobagens de mulher em casa. Por fim, aprendera a jamais murmurar isso em voz alta. Apenas no convento alguém a entendeu. Ah, o querido convento, onde se sentira à vontade como um rato em sua toca, nunca, nunca tendo de ir lá fora, a não ser para o jardim fechado da clausura. Gostaria de voltar para lá, mas agora era uma mulher adulta, e sua madrasta tinha crianças pequenas e precisava de Gwenhwyfar.

Pensar em casamento também a assustava. Mas devia ter sua própria casa, onde poderia fazer o que quisesse e seria a senhora; e ninguém se atreveria a zombar dela!

Lá embaixo, os cavalos corriam, mas os olhos de Gwenhwyfar estavam fixos no homem esbelto de vermelho, com cachos escuros escondendo sua testa bronzeada, que se movia entre eles. Era tão ligeiro quanto os próprios cavalos; ela podia entender o nome que seus inimigos saxões lhe deram: Flecha de Elfo. Alguém havia sussurrado a ela que ele tinha sangue de fadas. Lancelote do Lago, ele se chamava, e ela o havia visto no lago mágico, naquele dia terrível em que havia se perdido, na companhia da horrível mulher das fadas.

Lancelote havia capturado o cavalo que desejava; um ou dois homens de seu pai gritaram em aviso, e Gwenhwyfar respirou em terror, querendo berrar de desespero. Aquele cavalo nem mesmo o rei cavalgava, apenas um ou dois de seus melhores treinadores. Lancelote, rindo, fez um gesto de desdém para o aviso; deixou o treinador se aproximar e segurar o cavalo enquanto colocava a sela nele. Ela podia apenas ouvir sua voz risonha.

— O que adiantaria cavalgar um palafrém de senhoras, que qualquer um pode montar com uma rédea de palha trançada? Quero que você veja:

com os couros presos assim, posso controlar seu cavalo mais selvagem e torná-lo um corcel de batalhas! Aqui, desse jeito...

Deu um puxão em uma fivela em algum lugar debaixo do cavalo e então montou com uma só mão. O cavalo empinou; Gwenhwyfar observou de boca aberta enquanto ele se debruçou sobre o cavalo, forçando-o a baixar, mantendo-o sob controle e fazendo com que andasse calmamente. O animal vivaz se inquietava, pisando de lado, e Lancelote fez um gesto para que um dos soldados do rei lhe desse uma lança longa.

— Agora vejam — gritou. — Imaginem que aquele fardo de palha ali é um saxão vindo sobre mim com uma daquelas espadas grandes e sem corte deles... — E soltou o cavalo, que seguiu batendo os cascos ao longo do pasto. Os outros cavalos se espalharam quando ele avançou sobre o fardo de palha, empalando-o com a lança longa, e então, tirando a espada da bainha enquanto rodopiava, freando o cavalo a meio galope, girando a arma em torno de si em grandes círculos. Até o rei recuou quando ele trovejou até eles. Lancelote fez o animal parar diante do rei, deslizou da sela e curvou-se. — Meu senhor! Peço permissão para treinar seus homens e soldados, para que possa liderá-los em batalha quando os saxões voltarem, para derrotá-los como na floresta de Celidon no último verão. Conseguimos vitórias, mas um dia haverá uma batalha poderosa, que decidirá de uma vez por todas se romanos ou saxões governarão esta terra. Estamos treinando todos os cavalos que conseguimos, mas os seus são melhores que os que podemos comprar ou criar.

— Não jurei lealdade a Artur — disse o pai dela. — Uther era outra história; era um soldado experiente e homem de Ambrósio. Artur é pouco mais que um menino...

— Ainda acredita nisso, depois de todas as batalhas que ele venceu? — perguntou Lancelote. — Ele está no trono há mais de um ano agora, é seu Grande Rei, senhor. Tenha jurado ou não, cada batalha que ele luta contra os saxões o protege, também. Homens e cavalos... não é pedir muito.

Leodegranz assentiu.

— Aqui não é lugar para discutir a estratégia de um reino, *sir* Lancelote. Vi o que você consegue fazer com o meu cavalo. Ele é seu, meu hóspede.

Lancelote se curvou e agradeceu formalmente ao rei Leodegranz, mas Gwenhwyfar viu os olhos dele brilharem como os de um menino feliz. Ela se perguntou qual seria a idade dele.

— Venha para o meu salão — disse o pai dela —, beberemos juntos e lhe farei uma oferta.

Gwenhwyfar desceu do muro e correu através do jardim para dentro da cozinha, onde a mulher de seu pai estava supervisionando as criadas que faziam assados.

— Senhora, meu pai virá com Lancelote, emissário do Grande Rei. Eles desejarão comida e bebida.

Alienor dirigiu um olhar surpreso a ela.

— Obrigada, Gwenhwyfar. Vá e arrume-se. Depois pode servir o vinho. Estou muito ocupada.

Gwenhwyfar correu para seus aposentos, colocou seu melhor vestido sobre a túnica simples que vestia e pendurou um fio de contas de coral no pescoço. Desfez as tranças nos cabelos louros, deixando-os soltos e ondulados pelo trançado apertado. Então colocou o diadema de ouro de donzela que usava e foi para baixo, compondo os passos, movendo-se levemente. Sabia que o azul do vestido a favorecia mais que qualquer outra cor, por mais cara que fosse a tintura.

Pegou uma bacia de bronze, encheu-a com água aquecida da chaleira que pendia perto do fogo e espalhou folhas de rosa nela. Foi ao salão quando o pai e Lancelote entravam. Baixou a bacia, pegou os mantos deles e os pendurou nos cabides, depois voltou e ofereceu a eles água aromatizada para lavarem as mãos. Lancelote sorriu, e ela soube que ele a havia reconhecido.

— Não nos encontramos na Ilha dos Padres, senhora?

— Você conhece minha filha, senhor?

Lancelote assentiu com a cabeça, e Gwenhwyfar disse, na voz mais tímida – tinha descoberto, havia muito tempo, que desagradava ao pai caso falasse de modo ousado:

— Pai, ele me mostrou o caminho para o convento quando me perdi.

Leodegranz sorriu para ela de modo indulgente.

— Minha pequena cabeça de vento, se dá três passos além da própria porta perde-se. Bem, *sir* Lancelote, o que acha dos meus cavalos?

— Eu lhe disse: são melhores que qualquer um que possamos comprar ou criar — respondeu. — Temos alguns dos reinos mouros abaixo da Espanha e os cruzamos com os pôneis das terras altas, então conseguimos cavalos robustos e que suportam nosso clima, além de serem ligeiros e valentes. Mas o número que conseguimos é limitado. Você tem mais que o suficiente, e posso mostrar como treiná-los para levá-los em batalha...

— Não — interrompeu o rei. — Sou um velho. Não desejo aprender novos métodos de batalha. Eu me casei quatro vezes, mas todas as minhas esposas anteriores deram à luz garotas doentes que morreram antes de desmamarem, às vezes antes de serem batizadas. Tenho filhas; quando a mais velha se casar, seu marido vai liderar meus homens em batalha, e pode treiná-los como desejar. Diga ao seu Grande Rei para vir aqui, e discutiremos a questão.

Lancelote disse, de maneira um pouco rígida:

— Sou primo e capitão de meu senhor Artur, e nem mesmo eu digo a ele para ir e vir.

— Suplique a ele, então, para visitar um velho que não quer sair de perto da própria lareira — disse o rei, com certa secura. — Se ele não vier por mim, talvez venha para ver como vou dispor de meus cavalos e dos homens armados para cavalgá-los.

Lancelote fez uma mesura.

— Não tenho dúvida de que ele virá.

— Basta disso, então. Sirva-nos um pouco de vinho, filha — disse o rei, e Gwenhwyfar aproximou-se timidamente e derramou vinho em suas taças. — Agora saia, minha menina, assim meu hóspede e eu podemos conversar.

Gwenhwyfar, dispensada, esperou no jardim até que um servo saiu e pediu o cavalo e a armadura do senhor Lancelote. O cavalo em que ele havia vindo até ali foi trazido à porta, e ela observou da sombra do muro até que ele saísse cavalgando. Então saiu e ficou ali esperando. O coração dela havia disparado – ele pensaria que ela era ousada demais? Mas ele a viu e sorriu, e aquele sorriso apoderou-se de seu coração.

— Não tem medo desse cavalo grande e selvagem?

Lancelote balançou a cabeça e respondeu:

— Minha senhora, não creio que tenha nascido um cavalo que eu não possa cavalgar.

Ela disse quase sussurrando:

— É verdade que controla cavalos com sua mágica?

Ele jogou a cabeça para trás em um riso ecoante.

— De maneira alguma, senhora, não tenho mágica. Gosto de cavalos e entendo como eles são e o jeito como suas mentes trabalham... é só isso. Pareço um feiticeiro?

— Mas dizem que você tem sangue de fadas — ela disse, e o riso dele ficou sério. Lancelote, então, respondeu:

— Minha mãe de fato é da velha raça que governava estas terras antes que os romanos chegassem, ou mesmo os homens das tribos do norte. Ela é sacerdotisa da Ilha de Avalon e uma mulher muito sábia.

— Vejo que não deseja falar mal de sua mãe — disse Gwenhwyfar —, mas as irmãs em Ynis Witrin disseram que as mulheres de Avalon são bruxas malvadas que servem aos demônios...

Ele balançou a cabeça.

— Não é verdade. Não conheço bem minha mãe, pois fui criado em outro lugar. Eu a temo tanto quanto a amo. Mas posso lhe dizer que não é uma mulher má. Ela levou meu senhor Artur ao trono e deu a ele a espada para enfrentar os saxões... Isso lhe parece maléfico? Quanto à mágica dela, somente os ignorantes dizem que ela é uma feiticeira. Acho bom que uma mulher seja sábia.

Gwenhwyfar baixou a cabeça.

— Não sou sábia, sou muito tola. Até mesmo com as irmãs, aprendi apenas o suficiente para ler o livro da missa, o que disseram que era tudo o que eu precisava aprender, e as outras coisas que as mulheres aprendem: cozinhar, lidar com ervas e plantas medicinais e tratar de feridas...

— Para mim, isso tudo seria um mistério muito maior que treinar cavalos, algo que você pensa ser mágica — disse Lancelote, com seu sorriso aberto. Então se inclinou sobre seu cavalo e tocou o rosto dela. — Se Deus for bom e os saxões esperarem algumas luas, eu a verei novamente quando voltar com o séquito do Grande Rei. Reze por mim, senhora.

Ele foi embora, e Gwenhwyfar ficou observando, com o coração disparado, mas dessa vez a sensação era quase prazerosa. Ele voltaria, ele *queria* voltar. E seu pai havia dito que ela se casaria com alguém que pudesse liderar cavalos e homens em batalha. Quem melhor que o primo e capitão de cavalaria do Grande Rei? Será que seu pai pensava, então, em casá-la com Lancelote? Sentiu-se corando de deleite e felicidade. Pela primeira vez, enxergou-se como uma mulher bela, ousada e corajosa.

Dentro do salão, porém, seu pai disse:

— Um belo homem, esse Flecha de Elfo, e bom com os cavalos, mas bonito demais para ser considerado por qualquer coisa mais que isso.

Gwenhwyfar disse, surpresa com a própria ousadia:

— Se o Grande Rei fez dele seu primeiro capitão, deve ser o melhor dos lutadores!

Leodegranz encolheu os ombros.

— É primo do rei e não poderia ficar sem um posto em seus exércitos. Ele tentou ganhar seu coração ou... — ele continuou, com uma careta que a amedrontou — sua virgindade?

Ela sentiu que corava de novo e estava irremediavelmente com raiva de si mesma.

— Não, é um homem honrado, e não disse a mim nada além do que poderia ter dito em sua presença, pai.

— Bem, não coloque nenhuma ideia nessa sua cabeça de vento — disse Leodegranz, asperamente. — Pode almejar mais alto, pois ele não passa de um dos bastardos do rei Ban com alguma sabe Deus quem, alguma mulher de Avalon!

— A mãe dele é a Senhora de Avalon, a grã-sacerdotisa do Povo Antigo, e ele mesmo é filho de um rei...

— Ban de Benwick! Ban tem meia dúzia de filhos legítimos — disse o pai. — Por que se casar com o capitão de um rei? Se tudo acontecer conforme planejado, você se casará com o próprio Grande Rei!

Gwenhwyfar se encolheu, dizendo:

— Teria medo de ser Grande Rainha!

— Você tem medo de tudo, de todo modo — disse seu pai, brutalmente. — É por isso que precisa de um homem para tomar conta de você, e é melhor que seja o rei do que seu capitão!

Viu os lábios da filha tremerem e disse, novamente ameno:

— Calma, calma, minha menina, não chore. Acredite que eu sei o que é melhor para você. É para isso que estou aqui, para cuidar de você e conseguir um bom casamento com um homem digno de cuidar da minha pequena cabeça de vento.

Se ele tivesse brigado com ela, Gwenhwyfar poderia se apegar à sua rebeldia. *Mas como,* pensou ela, desvairadamente, *posso reclamar do melhor dos pais, que tem apenas meus melhores interesses em seu coração?*

3

Certo dia no começo da primavera, no ano seguinte à coroação de Artur, sentada em seu claustro, a senhora Igraine se inclinava sobre um conjunto de toalhas de altar bordadas.

Por toda a vida amara aquele trabalho fino, mas, quando era jovem, e depois, na época em que era casada com Gorlois, havia se ocupado – como todas as mulheres – em tecer e costurar as roupas da família. Quando era rainha de Uther, com vários criados, conseguira dedicar-se a bordados finos e a tecer bainhas e fitas em seda. E ali, no convento, colocara sua habilidade a serviço de uma boa causa. Se não fosse assim, ela teria de fazer como várias das freiras, tecendo apenas os vestidos simples de lã que todas elas, inclusive Igraine, vestiam, ou o suave, mas aborrecido, linho branco para véus, coifas e toalhas de altar. Apenas duas ou três das irmãs sabiam tecer com seda ou fazer bordados finos, e, entre elas, Igraine era a mais habilidosa.

Igraine estava um pouco perturbada. Mais uma vez, quando se sentou com seu bastidor pela manhã, pensou ter ouvido o grito e se agitou olhando ao seu redor antes que pudesse se conter. Teve a impressão de que Morgana gritava "Mãe!", um grito de agonia e desespero. Mas o claustro estava silencioso em torno dela, e, depois de um momento, fez o sinal da cruz e voltou ao trabalho.

Ainda assim, afastou resolutamente a tentação. Havia muito tempo, renunciara à Visão como obra de um demônio; ela não se envolveria mais com feitiçarias. Não achava que Viviane em si fosse má, mas os velhos Deuses de

Avalon com certeza se aliaram ao demônio, ou não poderiam manter suas forças em uma terra cristã. E havia dado a filha àqueles velhos Deuses.

No fim do último verão, Viviane havia lhe enviado uma mensagem dizendo: "Se Morgana está com você, diga a ela que tudo está bem". Preocupada, Igraine havia enviado uma resposta dizendo que não via Morgana desde a coroação de Artur, e pensava que ela ainda estava segura em Avalon. A madre superiora do convento ficou consternada ao pensar em um mensageiro de Avalon para uma de suas senhoras; e, mesmo quando Igraine explicou que era uma mensagem de sua irmã, ela seguiu desgostosa e disse com firmeza que não podia haver trocas, nem mesmo de mensagens, com aquele lugar ímpio.

Igraine, naquela ocasião, havia ficado profundamente perturbada – se Morgana deixara Avalon, devia ter tido uma desavença com Viviane. Era inédito que uma sacerdotisa jurada do mais alto nível deixasse a ilha, a não ser a serviço de Avalon. Morgana sair sem o conhecimento e a permissão da Senhora era algo tão incomum que aquela informação gelava seu sangue. Para onde poderia ter ido? Teria fugido com algum amante, estaria vivendo uma vida sem lei, sem os ritos tanto de Avalon quanto da igreja? Estaria com Morgause? Jazia morta em algum lugar? Apesar de rezar continuamente por sua filha, Igraine rejeitava a tentação constante de usar a Visão.

Ainda assim, por grande parte do inverno, teve a impressão de que Morgana havia passado ao seu lado. Não a sacerdotisa pálida e sombria que vira na coroação, mas a menininha que havia sido o único consolo, naqueles anos desesperados e solitários na Cornualha, para a esposa-criança e mãe-criança assustada que fora. A pequena Morgana, de vestido cor de açafrão com fitas, uma criança séria, de olhos escuros, em seu manto vermelho; a Morgana que carregava o irmãozinho nos braços – seus dois filhos dormindo, a cabeça morena e a dourada juntas em um travesseiro. Ela se perguntou quão frequentemente havia negligenciado Morgana depois de se unir ao seu amado Uther e ter dado a ele um filho e herdeiro de seu trono. Morgana não havia sido feliz na corte de Uther e nem gostava muito dele. E fora por esse motivo, assim como pelo apelo de Viviane, que havia permitido que fosse criada em Avalon.

Mas agora se sentia culpada. Teria se precipitado ao enviar a filha para longe, para que pudesse dedicar toda a sua atenção a Uther e aos filhos *dele*? Contra sua vontade, um velho ditado de Avalon ecoou em sua mente: *A Deusa não dá seus presentes a quem os rejeita*. Ao enviar seus dois filhos para longe – um para ser criado por outra família (para a própria segurança dele, ela recordou a si mesma, lembrando-se de Artur no chão, branco como morto, depois de cair do garanhão) e a outra a Avalon –, será que havia plantado ela mesma a semente da perda? A Deusa não desejou dar a ela outro filho uma vez que deixara os primeiros irem embora por vontade própria? Havia discutido isso com seu confessor, mais de uma vez, e ele havia lhe assegurado que fora bom enviar Artur para longe, pois todos os meninos devem sair de casa cedo ou tarde. No entanto, ele também dissera que não deveria ter enviado Morgana a Avalon. Se a menina estava infeliz na corte de Uther, deveria ter sido mandada para uma escola em um convento.

Havia pensado, depois de saber que Morgana não estava em Avalon, em mandar um mensageiro para a corte do rei Lot, para saber se ela estava lá. Mas então o inverno chegou de verdade, e todo dia era uma nova batalha contra o frio, frieiras na pele e a umidade perversa em todos os lugares. Até as irmãs passavam fome no inverno, dividindo a comida que tinham com mendigos e camponeses.

E uma vez, nas semanas mais duras do inverno, pensou ter escutado a voz de Morgana gritando por ela em angústia: "Mãe! Mãe!". *Morgana está sozinha e apavorada. Será que Morgana está morrendo? Onde, oh, Deus, onde?* Seus dedos prenderam a cruz que ela, como todas as irmãs do convento, usava no cinto. *Senhor Jesus, proteja-a e guarde-a, Maria, Mãe divina, mesmo ela sendo uma pecadora e feiticeira. Apiede-se dela, Jesus, assim como apiedou-se da dama de Magdala, que era pior que ela...*

Consternada, percebeu que uma lágrima havia pingado no belo trabalho que fazia, podendo manchá-lo. Enxugou os olhos com o véu de linho e afastou o bastidor do bordado, apertando os olhos para ver melhor – ah, estava ficando velha, com a visão um pouco borrada de vez em quando. Ou seriam as lágrimas que embotaram sua vista?

Ela se curvou sobre o bordado novamente, mas o rosto de Morgana parecia estar à sua frente, e ela ouvia, em sua imaginação, aquele grito desesperado, como se a alma de Morgana estivesse sendo arrancada de seu corpo. Ela mesma havia gritado daquela maneira, chamando a mãe da qual mal podia se lembrar, quando Morgana nascera... Todas as mulheres que davam à luz gritavam por suas mães? Ela foi tomada pelo terror. Morgana naquele inverno desesperado, dando à luz em algum lugar desconhecido... Morgause havia feito uma brincadeira assim na coroação de Artur, dizendo que Morgana estava enjoadiça com a comida como se fosse uma mulher grávida. Contra a vontade, Igraine se pegou contando nos dedos. Sim, se aquilo fosse a verdade, Morgana teria dado à luz sua criança no auge do inverno. E agora, mesmo naquela primavera suave, ela parecia ouvir novamente aquele grito. Ansiava por ir até sua filha, mas onde, onde?

Houve um passo atrás dela e uma tosse hesitante, e uma das jovens criadas no convento disse:

— Senhora, há visitantes no cômodo externo. Um deles é um clérigo, o arcebispo em pessoa!

Igraine colocou o bordado de lado. Por fim, não estava manchado. *As lágrimas que as mulheres derramam não deixam marcas no mundo,* pensou com amargura.

— Por que o arcebispo, entre todos os viventes, deseja me ver?

— Ele não me disse, senhora, e não creio que tenha dito à madre superiora tampouco — disse a menina, não sem desejar fofocar por um minuto —, mas a senhora não enviou presentes à igreja na época da coroação do Grande Rei?

Igraine havia enviado, mas não achava que o arcebispo viria ali para falar de uma caridade passada. Talvez quisesse algo mais. Os padres raramente eram ambiciosos para si mesmos, mas todos os padres, em especial os de igrejas ricas, ambicionavam ouro e prata para seus altares.

— Quem são os outros? — perguntou, sabendo que a jovem garota ansiava por falar.

— Senhora, eu não sei, mas sei que a madre superiora queria proibir um deles porque... — os olhos dela se arregalaram — é mago e feiticeiro, assim disse ela, e também druida!

Igraine se levantou.

— É o Merlim da Bretanha, pois ele é meu pai, e não é nenhum mago, criança, mas sim um estudioso treinado nas artes dos sábios. Mesmo os padres da igreja dizem que os druidas são homens bons e nobres, e rezam com eles em harmonia, uma vez que eles reconhecem Deus em todas as coisas e Cristo como um dos muitos profetas dele.

A garotinha fez uma pequena reverência, reconhecendo a correção, enquanto Igraine colocava o bordado de lado e ajustava o véu suavemente em torno do rosto.

Quando saiu no cômodo externo, viu não apenas o Merlim e um homem estranho, austero, com as vestes escuras que os clérigos começavam a adotar para distingui-los dos leigos, mas também um terceiro homem que ela mal reconheceu, mesmo quando ele se virou. Por um momento, era como se ela olhasse para o rosto de Uther.

— Gwydion! — ela exclamou, e rapidamente se corrigiu: — Artur. Perdoe-me, eu me esqueci.

Ela teria se ajoelhado diante do Grande Rei, mas ele logo se antecipou e a impediu.

— Mãe, jamais se ajoelhe em minha presença. Eu a proíbo.

Igraine se curvou para o Merlim e o arcebispo de aparência austera e circunspecta.

— Esta é minha mãe, rainha de Uther — disse Artur, e o arcebispo respondeu esticando os lábios no que Igraine supôs que fosse um sorriso. — Mas agora ela tem uma honra maior que a realeza, sendo uma noiva de Cristo.

Dificilmente uma noiva, pensou Igraine, *apenas uma viúva que se refugiou nesta casa*. Mas ela não falou nada, apenas inclinou a cabeça.

Artur disse:

— Senhora, este é Patrício, arcebispo da Ilha dos Padres, agora chamada de Glastonbury, que chegou aqui recentemente.

— Sim, pela vontade de Deus — afirmou o arcebispo —, expulsei todos os magos malignos da Irlanda, e venho para expulsá-los de todas as terras cristãs. Em Glastonbury, encontrei um bando de padres corruptos, tolerando entre eles até mesmo a adoração comum com os druidas, pelo que nosso Senhor, que morreu por nós, teria chorado lágrimas de sangue!

Taliesin, o Merlim, disse com sua voz suave:

— Pois então seria mais duro que o próprio Cristo, irmão? Pois ele, eu me lembro, foi muito repreendido por se associar a párias, pecadores e mesmo coletores de impostos, e também a senhoras como Madalena, quando prefeririam que fosse um nazareno como João Batista. E no final, até quando estava pendurado em sua cruz, moribundo, ele prometeu ao ladrão que naquela mesma noite eles se encontrariam no Paraíso, não é verdade?

— Acho que muitas pessoas se julgam capazes de ler as Sagradas Escrituras e caem em erros como esse — disse Patrício, severamente. — Os que presumem conhecimento vão aprender, eu acredito, a escutar seus padres para enfim conhecerem as interpretações verdadeiras.

O Merlim sorriu gentilmente.

— Não posso acompanhá-lo nesse desejo, irmão. Sou dedicado à crença de que é vontade de Deus que todos os homens devam se esforçar para adquirir sabedoria por si mesmos, e não procurando respostas com outra pessoa. Bebês talvez precisem ter sua comida mastigada para eles por uma ama, mas homens podem se abeberar e se alimentar da sabedoria sozinhos.

— Vamos, vamos! — interrompeu Artur, com um sorriso. — Não aceitarei controvérsias entre meus dois conselheiros mais queridos. A sabedoria do senhor Merlim é indispensável para mim. Foi ele quem me colocou no trono.

— Senhor — respondeu o arcebispo —, foi Deus quem o colocou lá.

— Com a ajuda do Merlim — disse Artur —, e jurei a ele que sempre ouviria seus conselhos. Você teria me repudiado, padre Patrício? — Ele falou o nome com o sotaque das terras do norte, onde havia sido criado. — Venha, mãe, sente-se aqui, vamos conversar.

— Primeiro, deixe-me pedir vinho para refrescá-los após a longa cavalgada até aqui.

— Obrigada, mãe, e, se desejar, mande um pouco também para Cai e Gawaine, que cavalgaram comigo até aqui. Eles não permitiram que eu viesse sem escolta. Insistiram em fazer para mim o serviço de camareiros e cavalariços, como se eu não pudesse levantar um dedo sozinho. Posso me virar como qualquer soldado, apenas com a ajuda de um ou dois cavalariços comuns, mas eles não permitem...

— Seus Companheiros terão o melhor — disse Igraine, e foi pedir que vinho e comida fossem servidos aos estranhos e a todo o seu séquito. Logo depois foi trazido vinho aos convidados, e Igraine o serviu.

— E como vão as coisas com você, meu filho?

Observando-o, ele aparentava ser dez anos mais velho que o rapaz de constituição franzina que fora coroado no último verão. Havia crescido, aparentemente, metade do comprimento de uma mão, e seus ombros estavam mais largos. Havia uma sutura vermelha em seu rosto, que já estava se fechando, limpa, graças a Deus. Bem, nenhum soldado poderia escapar a vida toda de uma ferida ou duas.

— Como você vê, mãe, estive lutando, mas Deus me poupou — ele disse. — E agora venho em missão de paz. Mas como está aqui?

— Ah, nada acontece aqui — ela respondeu, após lhe dar um sorriso. — Mas tive notícias de Avalon de que Morgana deixou a ilha. Ela está em sua corte?

Ele balançou a cabeça.

— Ora, não, mãe, mal tenho uma corte digna desse nome — ele disse. — Cai cuida do meu castelo, precisei obrigá-lo a isso. Ele preferia ir comigo para a guerra, mas ordenei que ficasse e mantivesse minha casa segura. E dois ou três dos velhos cavaleiros de meu pai, velhos demais para cavalgar, estão lá com suas mulheres e filhos mais novos. Morgana está na corte de Lot... Gawaine me contou, quando seu irmão, o jovem Agravaine, veio pedir para lutar em meus exércitos. Disse que Morgana foi fazer companhia à mãe dele. Ele a viu apenas uma vez ou duas, mas disse que ela estava bem e parecia bem-disposta. Ela toca harpa para Morgause e supervisiona a despensa de temperos. Acho que Agravaine estava encantado com ela.

Um olhar doloroso passou pelo rosto dele, e Igraine se espantou com isso, mas nada disse.

— Graças a Deus, Morgana está segura entre parentes. Eu estava temendo por ela.

Agora não era hora, com certeza não com clérigos presentes, para perguntar se Morgana havia tido um filho.

— Quando Agravaine veio para o sul?

— Foi no começo do outono, não foi, senhor Merlim?

— Creio que sim.

Então Agravaine não saberia de nada. Ela mesma havia visto Morgana e não percebera. Se de fato isso havia acontecido com Morgana, se não fosse uma fantasia de sua imaginação.

— Bem, mãe, vim falar de assuntos de mulher. Acho que eu deveria me casar. Não tenho herdeiros além de Gawaine.

— Isso não me agrada — disse Igraine. — Lot vem esperando por isso por todos estes anos. Não dê as costas para o filho dele.

Os olhos de Artur se inflamaram de raiva.

— Nem mesmo minha mãe pode falar assim de meu primo Gawaine! Ele é um Companheiro jurado e o amo como o irmão que nunca tive, até como amo Lancelote! Se Gawaine desejasse meu trono, ele precisaria apenas ter relaxado sua vigilância por cinco minutos, e eu teria o pescoço partido, e não esse corte no rosto, e ele *seria* o Grande Rei! Eu confiaria minha vida e minha honra a ele!

Igraine ficou espantada com a veemência dele.

— Então fico feliz de que tenha um seguidor tão leal e confiável, meu filho. — E acrescentou, com um sorriso cáustico: — Deve ser realmente uma tristeza para Lot que os filhos dele o amem tanto!

— Não sei o que fiz para que me queiram tão bem, mas é o que se dá, e por isso me considero abençoado.

— Sim — disse Taliesin —, Gawaine será fiel e leal até a morte e além dela, Artur, se Deus quiser.

— O homem não pode presumir saber a vontade de Deus — afirmou o arcebispo de modo austero.

Taliesin o ignorou e disse:

— Mais confiável ainda que Lancelote, Artur, embora me entristeça dizer isso.

Artur sorriu, e Igraine pensou, com uma pontada no coração: *Ele tem todo o charme de Uther, também pode inspirar grande lealdade em seus seguidores! Como é parecido com o pai!* E, então, ele disse:

— Vou censurar até mesmo ao senhor, meu avô Merlim, se falar assim de meu amigo mais querido. Também a Lancelote eu confiaria minha vida e minha honra.

— Ah, sim, sua vida você pode confiar a ele, tenho certeza... — o Merlim respondeu com um suspiro. — Não estou certo de que ele não cederá no teste final, mas certamente o ama e protegeria sua vida acima da dele.

— Gawaine é um bom cristão, mas não tenho certeza sobre Lancelote — disse Patrício. — Chegará o dia, tenho certeza, em que todas essas pessoas que se denominam cristãs sem sê-lo serão reveladas como os adoradores do demônio que de fato são. Quem não aceita a autoridade da Santa Igreja sobre a vontade de Deus é como Cristo diz: "Você que não é a meu favor é contra mim". Ainda assim, em toda a Bretanha há aqueles que são pouco melhores que os pagãos. Em Tara, lidei com gente assim, quando acendi as fogueiras para a Páscoa em uma de suas colinas profanas, e os druidas do rei não ficaram contra mim. Mesmo assim, mesmo na sagrada Ilha de Glastonbury, onde José de Arimateia caminhou, encontro os próprios padres venerando um poço sagrado. Isso é paganismo! Vou fechá-lo mesmo que precise apelar para o bispo de Roma em pessoa!

Artur sorriu e disse:

— Não imagino que o bispo de Roma tenha a menor ideia do que se passa na Bretanha.

— Padre Patrício — afirmou Taliesin gentilmente —, você faria um grande desserviço às pessoas dessa terra se fechasse o poço sagrado deles. É um presente de Deus...

— É parte de um culto pagão. — Os olhos do arcebispo brilharam com o fogo austero dos fanáticos.

— Vem de Deus — insistiu o velho druida —, pois não há nada neste universo que não venha de Deus, e pessoas simples precisam de sinais e símbolos simples. Se veneram Deus nas águas que fluem de sua graça, como isso pode ser maléfico?

— Deus não pode ser venerado em símbolos feitos pelo homem...

— Nisso, concordamos totalmente, meu irmão — disse o Merlim —, pois parte da sabedoria dos druidas se baseia em dizer que Deus, que está além de tudo, não pode ser venerado em qualquer morada feita por mãos humanas, apenas sob o céu dele. E ainda assim vocês constroem igrejas e as adornam ricamente com ouro e prata. Portanto, onde está o mal em beber das fontes sagradas que Deus fez e abençoou com visão e cura?

— O demônio dá a você o conhecimento de coisas como essa — afirmou Patrício, severamente, e Taliesin riu.

— Ah, mas Deus faz as dúvidas, e o diabo também, e no final dos tempos todos se voltarão a ele e obedecerão à sua vontade.

Artur interrompeu antes que Patrício pudesse responder:

— Meus bons senhores, não viemos aqui para discutir teologia!

— Sim, é verdade — disse Igraine, aliviada. — Estávamos falando de Gawaine e do outro filho de Morgause... Agravaine, é isso? E de seu casamento.

— Uma vez que os filhos de Lot me têm afeição, e Lot, não duvido, anseia por ter seu herdeiro comigo para reinar, é uma pena que Morgause não tenha uma filha, assim eu poderia ser seu genro e ele saberia que seu neto seria meu herdeiro.

— Isso seria apropriado — disse Taliesin —, pois são ambos da linha real de Avalon.

Patrício franziu a testa e disse:

— Morgause não é irmã de sua mãe, senhor Artur? Casar-se com a filha dela seria pouco melhor do que dormir com sua própria irmã!

Artur pareceu perturbado. Igraine disse:

— Concordo. Mesmo que Morgause tivesse uma filha, isso não deveria ser nem mesmo cogitado.

Artur disse, lastimosamente:

— Acharia mais fácil gostar de uma irmã de Gawaine. A ideia de me casar com uma estranha não me agrada muito, e não acho que a garota ficaria feliz também!

— Acontece com todas as mulheres — disse Igraine, e ela se surpreendeu ao ouvir a si mesma. Ainda estaria amargurada pelo que era seu passado remoto? — Casamentos devem ser arranjados por aqueles que têm uma cabeça melhor do que a de qualquer jovem donzela.

Artur suspirou. Então disse:

— O rei Leodegranz me ofereceu sua filha... eu sempre me esqueço do nome dela... e também como dote cem de seus melhores homens e, ouça isso, mãe, cada um deles com um dos bons cavalos que ele cria, para que Lancelote possa treiná-los. Esse era um dos segredos dos césares, que suas melhores coortes lutassem a cavalo. Antes deles, ninguém além dos citas usou cavalos, a não ser para transportar suprimentos e às vezes enviar mensagens. Mas se eu tivesse quatrocentos homens que lutassem como uma cavalaria... Bem, mãe, nesse caso eu poderia expulsar os saxões de volta para seu litoral ganindo como os próprios cães deles!

Igraine riu.

— Isso não me parece razão para se casar, meu filho. Cavalos podem ser comprados, e homens, contratados.

— Mas — Artur respondeu — Leodegranz não quer vendê-los. Acho que ele tem em mente, em troca desse dote, e esse, sem dúvida, é um dote real, criar laços de parentesco com o Grande Rei. Não que ele seja o único, mas ofereceu mais do que qualquer um oferecerá. O que eu gostaria de lhe pedir, mãe, pois não desejo enviar nenhum mensageiro para dizer ao rei que aceito a filha dele e que a embrulhe como um pacote para enviá-la à minha corte, é que você vá até lá e dê minha resposta ao rei. E, depois disso, acompanhe a filha dele até minha corte...

Igraine estava prestes a concordar, mas então se lembrou de que fizera votos naquele lugar.

— Não pode enviar um de seus homens de confiança, Gawaine ou Lancelote?

— Gawaine é um depravado. Não tenho certeza de que o quero perto de minha noiva — disse Artur, rindo. — Que seja Lancelote.

O Merlim afirmou de modo sombrio:

— Igraine, sinto que deveria ir.

— Ora, avô — afirmou Artur. — Os charmes de Lancelote são tamanhos que teme que minha noiva o ame em vez de mim?

Taliesin suspirou. Igraine disse rapidamente:

— Irei, se a abadessa deste lugar permitir que eu saia.

A madre superiora, pensou ela, não poderia recusar que ela saísse para ir ao casamento do filho. E ela percebeu que, depois de anos sendo rainha, não era fácil sentar-se quietamente atrás das paredes e esperar notícias dos grandes acontecimentos na terra. Esse talvez fosse o destino de toda mulher, mas ela o evitaria o máximo possível.

4

Gwenhwyfar sentiu a conhecida náusea apertando o estômago. Começou a imaginar se, antes que partissem, teria de correr imediatamente para a latrina. O que faria se a necessidade a atingisse depois que tivesse montado e saído cavalgando? Olhou para Igraine, alta e composta, como a madre superiora de seu antigo convento. Igraine parecera boa e maternal na primeira visita, um ano antes, quando o casamento havia sido arranjado. Agora, vinda para acompanhar Gwenhwyfar para suas núpcias, parecia severa e exigente, sem esboçar um traço do terror que tomava a noiva. Como poderia estar tão calma? Gwenhwyfar se arriscou, com voz baixa, espiando os cavalos e a liteira à espera:

— Você não tem medo? É tão longe...

— Medo? Ora, não — disse Igraine. — Estive em Caerleon muitas vezes, e não é como se os saxões estivessem nas estradas em guerra dessa vez. Viajar no inverno é problemático, com lama e chuva, mas é melhor que cair nas mãos dos bárbaros.

Gwenhwyfar sentiu choque e vergonha tomando conta dela e fechou os punhos, olhando para os sapatos de viagem feios e resistentes.

Igraine se esticou e pegou a mão dela, alisando os pequenos dedos.

— Esqueci que jamais saiu de casa antes, a não ser para o convento. Esteve em Glastonbury, não?

Gwenhwyfar assentiu e disse:

— Gostaria que estivesse voltando para lá...

Sentiu os olhos agudos de Igraine sobre ela por um momento e desanimou; talvez a senhora soubesse que estava infeliz por se casar com o filho dela e tivesse passado a não gostar dela. Mas Igraine apenas disse, segurando a mão dela com firmeza:

— Eu também não estava feliz quando fui levada para ser casada com o duque da Cornualha, não estava feliz até segurar minha filha nos braços. Mas eu mal havia completado meus quinze anos. Você já tem quase dezoito, não tem?

Segurando a mão de Igraine, Gwenhwyfar sentiu um pouco menos de pânico; mas mesmo assim, quando saiu dos portões, parecia que o céu sobre ela era uma vasta ameaça, intimidador, baixo, repleto de nuvens de chuva. O caminho diante da casa era um mar de lama pisoteado pelos cavalos. Agora eles estavam arrumados em ordem de cavalgada, com mais homens, Gwenhwyfar teve a impressão, que já vira juntos em toda a sua vida, gritando e chamando um ao outro, os cavalos relinchando e o pátio cheio de confusão. Mas Igraine segurou firmemente a mão dela, e Gwenhwyfar, encolhendo-se, seguiu ao seu lado.

— Estou grata por ter vindo me acompanhar, senhora.

Igraine sorriu.

— Tenho interesse no mundo à minha volta. Gosto da oportunidade de viajar além dos muros do convento. — Ela deu uma passada larga para evitar uma pilha de esterco de cavalo que fumegava em meio à lama. — Cuidado onde pisa, aqui, criança... Veja, seu pai separou esses dois belos pôneis para nós. Você gosta de cavalgar?

Gwenhwyfar balançou a cabeça e sussurrou:

— Pensei que poderia viajar numa liteira...

— Ora, você pode, se quiser — disse Igraine, olhando para ela, com surpresa —, mas acredito que vai ficar muito cansada dela. Quando minha irmã Viviane saía em viagem, costumava usar culotes de homens. Encontrei um par para você, embora na minha idade seja pouco decente.

Gwenhwyfar ficou vermelha.

— Eu não poderia usá-los — disse, tremendo —, é proibido a uma mulher colocar roupas de homem, assim diz a Sagrada Escritura...

Igraine riu.

— O Apóstolo parecia conhecer pouco das terras do norte. Era quente onde ele vivia — ela disse —, e ouvi dizer que os homens no país onde Nosso Senhor viveu nada sabiam sobre culotes, mas usavam longas túnicas como alguns homens romanos faziam e ainda fazem. Acho que isso quer dizer apenas que as mulheres não devem usar as vestimentas de um homem em particular, e não que não devem usar roupas feitas no estilo masculino. E, certamente, minha irmã Viviane é a mais modesta das mulheres. É uma sacerdotisa de Avalon.

Os olhos de Gwenhwyfar estavam arregalados.

— Ela é uma bruxa, senhora?

— Não, não, é uma sábia, conhecedora de ervas e remédios, e tem a Visão, mas fez votos de jamais ferir um homem ou um animal. Ela nem come carne — respondeu Igraine. — Vive de modo tão austero quanto qualquer abadessa. Olhe — ela disse, e apontou —, ali está Lancelote, o chefe dos Companheiros de Artur. Ele veio para nos escoltar e levar os homens e os cavalos.

Gwenhwyfar sorriu, sentindo um rubor se espalhando por seu rosto. Ela disse:

— Conheço Lancelote, ele veio para mostrar ao meu pai o que poderia fazer com os cavalos.

— Sim — afirmou Igraine. — Ele cavalga como um daqueles centauros de que os antigos falavam: metade cavalo, metade homem!

Lancelote desceu de seu cavalo. Suas bochechas estavam tão vermelhas do frio quanto o manto romano que ele usava; o colarinho estava virado para cima, cobrindo um pouco do rosto. Fez uma reverência para as senhoras.

— Senhora — disse a Igraine —, estão prontas para cavalgar?

— Creio que sim. A bagagem da princesa já está na carroça, acho — respondeu Igraine, olhando para a carroça volumosa carregada até o alto e coberta com peles. Ali havia uma armação de cama e móveis, uma grande cômoda entalhada, um tear grande e um pequeno, panelas e chaleiras.

— Sim. Espero que não atole em toda essa lama — disse Lancelote, olhando para a canga de bois que a puxava. — Não é com essa carroça que me preocupo, mas sim com a outra: o presente de casamento do rei para Artur — ele completou, sem entusiasmo, olhando para uma segunda carroça, ainda muito maior. — Seria melhor construir em Caerleon uma mesa para a casa do rei, se Uther já não tivesse deixado mesas e móveis suficientes... Não que eu tenha má vontade de levar seu mobiliário de noiva, minha senhora — ele disse, com um sorriso rápido para Gwenhwyfar que fez as bochechas dela brilharem —, mas uma mesa, como se meu senhor Artur não tivesse móveis suficientes para seu salão?

— Ah, mas essa mesa é um dos tesouros de meu pai — afirmou Gwenhwyfar. — É um prêmio de guerra de um dos reis de Tara, onde meu avô lutou com ele e levou sua melhor mesa de banquete... É redonda, assim um bardo pode sentar-se no centro e cantar para eles, ou os servos podem passar servindo vinho ou cerveja. E, quando recebia outros reis, não precisava colocar um deles num lugar mais elevado que outro. Por isso meu pai pensou que era adequado para um Grande Rei, que também deve sentar seus nobres Companheiros sem dar preferência a um ou a outro.

— É de fato o presente de um rei — disse Lancelote, educadamente —, mas são necessárias três juntas de bois para puxá-la, senhora, e só Deus sabe de quantos marceneiros e carpinteiros precisaremos para montá-la quando chegarmos lá; então, em vez de viajar no ritmo dos cavalos, temos que ir no passo do boi mais lento. Ah, bem, o casamento não pode começar antes que chegue lá, senhora. — Ele ergueu a cabeça, para ouvir alguém que o chamava, e gritou: — Vou em um minuto, homem! Não posso estar em todos os lugares ao mesmo tempo! — Então se curvou e disse: — Senhoras, preciso colocar esse exército em marcha! Posso ajudá-las com seus cavalos?

— Acho que Gwenhwyfar prefere viajar na liteira — disse Igraine.

Lancelote disse, com um sorriso:

— Ora, é como se o sol se escondesse atrás de uma nuvem... mas faça como quiser, senhora. Espero que brilhe entre nós outro dia, talvez.

Gwenhwyfar sentiu-se prazerosamente envergonhada, como sempre acontecia quando Lancelote fazia seus belos discursos. Nunca sabia se ele estava falando a sério ou brincando com ela. Subitamente, enquanto ele se afastava, sentiu medo outra vez. Os cavalos erguendo-se em torno dela, as hordas de homens indo e vindo… Era realmente um grande exército, como Lancelote havia dito, e ela, não mais que uma peça de mobília desconsiderada, quase um prêmio de guerra. Em silêncio, deixou que Igraine a ajudasse a entrar na liteira, que era coberta por almofadas e um tapete de pele, e enrodilhou-se num canto.

— Devo deixar as cortinas da liteira abertas, assim teremos um pouco de luz e ar? — perguntou Igraine, ajeitando-se confortavelmente nas almofadas.

— Não! — respondeu Gwenhwyfar, em uma voz engasgada. — Eu... eu me sinto melhor com elas fechadas.

Encolhendo os ombros, Igraine fechou as cortinas. Ela olhou para fora por uma fresta, observando primeiro os cavaleiros saindo, as carroças entrando em fila. Um dote real, de fato, todos esses homens. Cavaleiros armados, com armas e equipamentos, para serem adicionados aos exércitos de Artur… Era quase como o que ouvira ser uma legião romana.

A cabeça de Gwenhwyfar estava apoiada nos travesseiros, o rosto branco e os olhos fechados.

— Está doente? — perguntou Igraine, espantada.

Gwenhwyfar balançou a cabeça.

— É apenas... tão grande. Eu.... eu estou com medo — sussurrou a garota.

— Medo? Mas minha querida... — Igraine logo parou de falar. Depois de um momento, finalmente disse: — Bem, logo você se sentirá melhor.

Gwenhwyfar, com os braços cruzados sobre os olhos, mal notou quando a liteira começou a se mover. Havia se colocado em um estado sonolento no qual podia manter o pânico a distância. Para onde ela ia, sob aquele céu imenso cobrindo tudo, sobre as charnecas extensas e através de tantas colinas? O nó de pânico em seu estômago ficava cada vez mais apertado. Em torno dela, ouvia os sons de cavalos e homens, um exército em marcha. Ela era uma mera parte de tudo aquilo, em meio aos equipamentos de cavalos e homens com seus apetrechos e uma mesa. Era apenas uma noiva com seus pertences, roupas, vestidos e joias, um tear e uma chaleira e alguns pentes e cardas para fiar linho. Não era ela mesma, não havia nada para ela, era apenas propriedade de um Grande Rei que não havia nem mesmo se dado ao trabalho de ir ver a mulher que lhe enviavam com todos os cavalos e acessórios. Era outra égua, uma égua parideira, dessa vez para a reprodução do Grande Rei, para, com sorte, providenciar-lhe um filho real.

Pensou que fosse se asfixiar com a raiva que a sufocava. Mas não, não deveria ficar zangada, não era decoroso ficar assim tão brava. A madre superior havia lhe dito no convento que era tarefa de mulher se casar e ter filhos. Ela quis ser freira, ficar no convento e aprender a ler e fazer belas letras com sua caneta e pincel, mas isso não era adequado a uma princesa; deveria obedecer à vontade do pai dela como se fosse a vontade de Deus. As mulheres tinham de ter um cuidado especial em fazer a vontade de Deus porque fora por meio de uma mulher que a humanidade havia caído no pecado original, e cada uma deveria ter consciência de que era sua tarefa se redimir daquele pecado original no Éden. Nenhuma delas poderia ser realmente boa a não ser Maria, a Mãe de Cristo. Todas as outras eram más, jamais haviam tido a chance de ser qualquer coisa além de más. Essa era a punição por ser como Eva, pecadora, cheia de raiva e rebeldia contra a vontade de Deus. Sussurrou uma prece e mergulhou novamente em um estado de semiconsciência.

Igraine, resignando-se a viajar atrás de cortinas fechadas, embora ansiasse por ar fresco, perguntou-se o que havia de errado com a moça. Gwenhwyfar não havia dito uma palavra contra o casamento – bem, ela mesma, Igraine, tampouco havia se rebelado contra seu casamento com Gorlois –, e ao se lembrar da criança raivosa e aterrorizada que fora, sentiu empatia pela garota. Mas por que Gwenhwyfar se encolhia atrás de cortinas em vez de ir de cabeça erguida ao encontro de sua nova vida? Do que tinha medo? Será que Artur parecia tal monstro? Não era como se fosse se casar com um velho, com três vezes a idade dela. Artur era jovem, pronto para honrá-la e respeitá-la.

Naquela noite, dormiram em uma tenda erguida cuidadosamente em um local seco, ouvindo os ventos e a chuva sussurrando e caindo. Igraine acordou uma vez à noite por conta dos gemidos de Gwenhwyfar.

— Qual o problema, criança? Está doente?

— Não, senhora. Acha que Artur vai gostar de mim?

— Não há por que não gostar — respondeu Igraine, gentilmente. — Você certamente sabe que é bela.

— Sou? — Na voz suave dela, isso soou apenas ingênuo, não o pretexto inseguro ou tímido para receber um elogio ou encorajamento, que teria sido dito em outro tom. — A senhora Alienor disse que meu nariz era grande demais e que eu tinha sardas como uma guardadora de vacas.

— A senhora Alienor — Igraine repreendeu a si mesma antes de dizer algo deselegante. Alienor não era muito mais velha que Gwenhwyfar, e havia tido quatro filhos em seis anos. — Acho que ela talvez tenha a vista um pouco ruim. Você é de fato bela. Tem o cabelo mais bonito que já vi.

— Não creio que Artur ligue para beleza — disse Gwenhwyfar. — Ele nem mesmo mandou perguntar se eu era vesga, perneta ou tinha lábios leporinos.

— Gwenhwyfar — disse Igraine, gentilmente —, toda mulher se casa por seu dote, mas um Grande Rei deve, também, casar-se de acordo com o pedido de seus conselheiros. Acha que ele não fica acordado à noite perguntando-se o que a sorte lhe terá reservado? E que não a saudará com alegria e gratidão por lhe trazer beleza, bom temperamento e aprendizado também? Ele se resignou a aceitar o que fosse preciso, mas será o mais feliz quando descobrir que você não tem... o que era?... lábios leporinos ou marcas de bexiga ou olhos vesgos. Ele é jovem e não tem muita experiência com mulheres. E Lancelote, tenho certeza, disse a ele que você é bela e virtuosa.

Gwenhwyfar soltou a respiração.

— Lancelote é primo de Artur, não é?

— Sim. Ele é filho de Ban de Benwick e de minha irmã, que é a grã-sacerdotisa de Avalon. Ele nasceu do Grande Casamento. Você sabe algo sobre isso? Na Bretanha Menor, algumas pessoas exigem os ritos pagãos — explicou Igraine. — Até mesmo Uther, quando foi feito Grande Rei, foi levado à Ilha Dragão e coroado lá nos antigos ritos, embora não pedissem que ele se casasse com a terra. Na Bretanha, isso é feito pelo Merlim, então ele é sacrificado pelo rei, se for necessário...

— Não sabia que esses velhos ritos pagãos ainda eram conhecidos na Bretanha — disse Gwenhwyfar. — Artur também foi... foi coroado assim?

— Se foi — disse Igraine —, ele não me disse. Talvez as coisas tenham mudado agora, e ele está contente com que o Merlim seja apenas seu principal conselheiro.

— Conhece o Merlim, senhora?

— Ele é meu pai.

— Ele é? — Gwenhwyfar a mirou no escuro. — É verdade que, quando Uther Pendragon foi até a senhora, antes de seu casamento com ele, assumiu as aparências de seu então marido Gorlois pelas artes mágicas do Merlim, para que se deitasse com ele pensando que era o duque da Cornualha, e que era ainda uma esposa casta e fiel?

Igraine piscou um pouco, surpresa. Ela havia ouvido rumores de conversas de que havia tido o filho de Uther com uma pressa indecorosa, mas essa história nunca havia escutado.

— Dizem isso?

— Às vezes, senhora. Há histórias de bardos sobre isso.

— Bem, não é verdade — respondeu Igraine. — Ele usou o manto e o anel de Gorlois, que havia tomado dele quando lutaram. Gorlois era um traidor do Grande Rei e estava condenado à morte. Mas, seja qual for a história que contam, eu sabia perfeitamente que era Uther, e não outro.

A garganta de Igraine se fechou. Mesmo agora, parecia que Uther ainda estava vivo em algum lugar, longe, em campanha.

— A senhora amava Uther? Não era, então, a mágica do Merlim?

— Não — disse Igraine. — Eu o amava, embora ache que, no início, ele escolheu se casar comigo apenas porque eu era da antiga linhagem real de Avalon. Então, veja só, um casamento feito pelo bem do reino pode se tornar feliz. Eu amava Uther e desejo a você a mesma boa sorte que tive. Espero que você e meu filho venham a se amar daquela maneira.

— Também espero.

Gwenhwyfar agarrou novamente a mão de Igraine. Para esta, os dedos pareciam pequenos e suaves, fáceis de esmagar, diferentes dos seus, fortes e competentes. Não era uma mão para cuidar de bebês e de homens feridos, mas para trabalhos finos de agulha ou rezas. Leodegranz deveria ter deixado sua filha para o convento, e Artur, buscado uma noiva em outro lugar. As coisas iriam como Deus havia ordenado. Ela sentia pena do medo de Gwenhwyfar, mas também sentia pena de Artur, com uma noiva tão infantil e relutante.

Ainda assim, sentia que não havia sido melhor quando fora enviada a Gorlois. Talvez a força da garota aumentasse com os anos.

Com os primeiros raios do sol, o acampamento foi desmontado, em preparação para a marcha do dia que os levaria a Caerleon. Gwenhwyfar parecia branca e fraca e, quando tentou levantar-se, virou-se para o lado e teve ânsia de vômito. Por um momento, Igraine entreteve uma suspeita pouco caridosa, mas logo a deixou de lado. A garota, enclausurada e tímida, estava doente de medo, nada mais.

— Eu disse que a liteira lhe causaria náuseas — afirmou Igraine, bruscamente. — Hoje você deve montar em seu cavalo e tomar um pouco de ar fresco, ou chegará ao seu casamento com o rosto pálido em vez de rosado. — E completou, em pensamento, para si mesma: *E se eu tiver de viajar de cortinas fechadas mais um dia certamente vou enlouquecer; seria de fato um casamento inesquecível, com a noiva doente e a mãe do noivo delirando.* — Venha, se for se levantar e cavalgar, Lancelote irá junto para conversar com você e animá-la um pouco.

Gwenhwyfar trançou o cabelo e até elaborou a posição do véu. Comeu pouco, mas deu uns goles na bebida de cevada e pôs um pouco de pão no bolso, dizendo que comeria depois, durante a cavalgada.

Lancelote estava ocupado por ali desde o raiar do sol. Até que Igraine sugeriu:

— Você deve cavalgar com a minha senhora. Ela está chorosa, nunca ficou longe de casa.

Os olhos de Lancelote se acenderam. Ele sorriu e disse:

— Será um prazer, senhora.

Igraine viajou atrás dos jovens, feliz pela solidão de seus próprios pensamentos. Como eram belos: Lancelote tão moreno e vivaz, Gwenhwyfar toda branca e dourada. Artur era loiro, também, os filhos deles seriam deslumbrantes. Percebeu que estava ansiosa para ser avó. Seria agradável ter crianças pequenas por perto, para agradá-las e brincar com elas, mas crianças que não eram suas, e pelas quais não precisaria preocupar-se ou afligir-se. Cavalgava em um agradável devaneio; havia se acostumado a devanear um bocado no convento. Olhando para os jovens cavalgando lado a lado, ela viu que a moça se sentava ereta no cavalo, tinha um pouco de cor na face e sorria. Igraine fizera bem em trazê-la ao ar livre.

Mas então viu como os dois se olhavam.

Meu Deus! Uther me olhava assim quando eu era esposa de Gorlois, como se ele estivesse faminto e eu fosse uma iguaria fora de seu alcance... O que pode sair disso se eles se amam? Lancelote é honrado, e Gwenhwyfar, eu juraria, virtuosa, então qual pode ser o resultado disso a não ser infelicidade? Mas logo ela se repreendeu por suas suspeitas. Eles cavalgavam a uma distância decente um do outro, não tentavam tocar as mãos, sorriam porque eram jovens e era um belo dia. Gwenhwyfar seguia para seu casamento, e Lancelote trazia cavalos e homens a seu rei, seu primo, seu amigo. *Por que não estariam felizes e não falariam um com o outro alegremente? Sou uma velha de mente maligna.* Mas ainda assim se sentia perturbada.

Qual será o resultado disso? Meu Deus, seria traição rezar por um momento pela Visão? E então se perguntou se havia alguma maneira honrada de Artur sair desse casamento? O Grande Rei casar-se com uma mulher cujo coração já havia dono, *isso* realmente seria uma tragédia. A Bretanha estava repleta de donzelas prontas para amá-lo e com quem ele poderia se casar. Mas o dote já estava pago, a noiva havia deixado a casa do pai, os reis súditos e os vassalos estavam se reunindo para ver seu jovem soberano se casar.

Igraine decidiu falar com o Merlim. Como principal conselheiro de Artur, talvez ele pudesse impedir esse casamento. Mas será que poderia fazê-lo sem guerra e ruína? Seria uma pena, também, que Gwenhwyfar fosse rejeitada publicamente na presença de toda a Bretanha. Não, era tarde demais, o casamento precisava acontecer como destinado. Igraine suspirou e cavalgou com a cabeça baixa, seu dia ensolarado agora sem nenhuma beleza. Ela disse a si mesma, raivosa, que todas as suas dúvidas e seus medos eram sem sentido. Tudo aquilo não passava de imaginação de velha ociosa ou fantasias enviadas pelo diabo para tentá-la a usar a Visão a que tinha renunciado, tornando-se novamente uma ferramenta de feitiçaria e perversidade.

Mesmo assim, enquanto cavalgava, seus olhos se voltavam para Gwenhwyfar, Lancelote e o clima quase visível que parecia flutuar entre eles, uma aura de avidez, desejo e anseio.

Chegaram a Caerleon pouco antes do pôr do sol. O castelo ficava sobre uma colina, lugar de um antigo forte romano, e havia ainda construções de pedra romanas no lugar. *Parecia-se bastante*, pensou Igraine, *com o que devia ter sido no tempo dos romanos*. Por um momento, vendo as encostas cobertas de tendas e pessoas, ela se perguntou, atordoadamente, se a cidade estava sitiada, mas então percebeu que todas aquelas pessoas deveriam ter vindo para o casamento do Grande Rei. Ao ver a multidão, Gwenhwyfar ficou pálida e apavorada. Lancelote tentava organizar a longa coluna enlameada com algum vestígio de dignidade, e Gwenhwyfar baixou o véu sobre o rosto e cavalgou silenciosamente ao lado de Igraine.

— É uma pena que a vejam exausta e cansada pela viagem — concordou Igraine —, mas, veja, ali está Artur para nos receber.

A garota estava tão fatigada que mal levantou a cabeça. Artur, em uma longa túnica azul, sua espada na bainha vermelha preciosamente trabalhada balançando na lateral de seu corpo, havia parado para falar por um momento com Lancelote, na frente da coluna. Então, os homens e cavaleiros que se aglomeravam foram abrindo caminho enquanto o rei andava entre eles, em direção a Igraine e Gwenhwyfar.

Ele se curvou para a mãe e disse:

— Fez uma boa jornada, senhora?

Mas levantou o rosto para Gwenhwyfar, e Igraine viu seus olhos se arregalarem com a beleza dela e quase podia ler os pensamentos da jovem.

Sim, acho que sou bela, Lancelote pensa que sim, ficará meu senhor Artur satisfeito comigo?

Artur ofereceu a mão para oferecer-lhe apoio enquanto ela desmontava. A garota cambaleou um pouco, e ele então estendeu os dois braços para ela.

— Minha senhora e esposa, bem-vinda ao meu lar e à minha casa. Que você seja feliz aqui, e que este dia seja tão jubiloso para você quanto é para mim.

Gwenhwyfar sentiu a vermelhidão surgindo em suas bochechas. Sim, Artur era belo, ela disse a si mesma fervorosamente, com cabelo loiro e olhos acinzentados sérios e firmes. Como ele parecia diferente da vivacidade frenética e maliciosa de Lancelote! E como ele a olhava de modo diverso: Lancelote a mirava como se ela fosse a estátua da Virgem no altar da igreja, mas Artur a olhava sobriamente, com cautela, como se fosse uma estranha e ele ainda não tivesse certeza se era amiga ou inimiga.

— Obrigada, meu marido e senhor — disse ela. — Como pode ver, trouxe o dote prometido de homens e cavalos...

— Quantos cavalos? — ele perguntou, rapidamente. Gwenhwyfar ficou confusa. O que sabia ela sobre os preciosos cavalos dele? Ele precisava deixar tão claro que eram os cavalos, e não ela, que esperava nesse negócio de casamento? Então se endireitou – era mais alta que alguns homens, e, para uma mulher, tinha uma boa altura – e disse com dignidade:

— Não sei, meu senhor Artur, não os contei. Deve perguntar ao seu capitão da cavalaria. Tenho certeza de que o senhor Lancelote sabe o número exato, até a última égua e o último potrinho ainda mamando.

Ah, boa garota, pensou Igraine, vendo a cor subir ao rosto pálido de Artur com a repreensão. Ele sorriu, penosamente.

— Perdoe-me, minha senhora, ninguém espera que se preocupe com tais coisas. Tenho certeza de que Lancelote me dirá tudo no momento oportuno. Pensava também nos homens que vieram com você... Parece-me apropriado que eu os receba como meus novos súditos, além de receber minha senhora e rainha.

Por um minuto, Artur pareceu quase tão jovem quanto era. Olhou em volta para o aglomerado de homens, cavalos, carroças, bois e vaqueiros e estendeu as mãos, com impotência. Então, voltou-se a Gwenhwyfar:

— Nessa barafunda toda, duvido que me ouviriam, de qualquer modo. Permita-me conduzi-la aos portões do castelo. — Tomou a mão dela e a levou pelo caminho, buscando os lugares mais secos. — Temo que este seja um lugar velho e desolado. Era o baluarte de meu pai, mas nunca vivi aqui após ter idade suficiente para me recordar. Talvez no futuro, se os saxões nos deixarem em paz por um tempo, possamos encontrar um lugar mais adequado para nosso lar, mas, para o momento, este castelo deve servir.

Enquanto ele a levava pelos portões, Gwenhwyfar estendeu a mão e tocou a parede. Eram pedras romanas grossas e firmes, empilhadas em um muro bem alto, que se levantavam como se estivessem ali desde o começo do mundo. Ali, tudo parecia seguro. Ela correu o dedo quase amorosamente pelo muro.

— O lugar é lindo. Tenho certeza de que estarei segura... quer dizer, de que serei feliz aqui.

— Espero que sim, senhora... Gwenhwyfar — disse Artur, usando o nome dela pela primeira vez e pronunciando-o com um estranho sotaque. Ela se perguntou onde ele havia sido criado. — Sou muito jovem para estar à frente de todos esses homens... todos esses homens e todos esses reinos. Ficarei feliz em ter uma parceira. — Ela ouviu a voz dele tremer como se estivesse com medo... Mas o que um homem poderia temer nesse mundo? Ele, então, continuou: — Lot, rei de Orkney, que é meu tio por afinidade, pois é casado com a irmã de minha mãe, Morgause, disse que sua mulher o representa muitíssimo bem quando ele viaja ou se ausenta para ir à guerra ou ao conselho. Desejo honrá-la da mesma maneira, senhora, e permitir que reine ao meu lado.

O pânico novamente apertou o estômago de Gwenhwyfar. Como ele podia esperar isso dela? Como uma mulher estaria em posição de reinar? Que lhe importavam os bárbaros selvagens, esses homens das tribos nortistas ou suas mulheres bárbaras? Ela disse, em uma vozinha trêmula:

— Jamais aspirei chegar a tanto, meu senhor e rei.

— Artur, meu filho, o que está pensando? — disse Igraine com firmeza. — Esta garota viajou por dois dias e está exausta! Agora não é hora de traçar estratégias para os reinos, com a lama da estrada ainda nos sapatos! Eu suplico, leve-nos aos seus camareiros e haverá tempo amanhã para que você conheça sua noiva!

A pele de Artur, pensou Gwenhwyfar, era mais clara que a dela, e pela segunda vez o via corar como uma criança repreendida.

— Sinto muito, mãe. E também peço desculpas a minha senhora. — Ele levantou o braço, fazendo um sinal, e um jovem moreno e esguio, com cicatrizes no rosto e um acentuado claudicar, veio bambeando na direção delas.

— Meu irmão de criação e meu camareiro, Cai — disse Artur. — Cai, esta é Gwenhwyfar, minha senhora e rainha.

Cai se curvou diante dela com um sorriso e disse:

— Ao seu dispor.

— Como pode ver — disse Artur —, minha senhora trouxe seus pertences e sua mobília. Senhora, eu lhe dou as boas-vindas à sua própria casa. Dê a Cai as ordens que lhe parecerem corretas sobre onde colocar suas coisas. Por enquanto, peço sua permissão para me retirar. Devo cuidar dos homens, cavalos e equipamentos.

Curvou-se profundamente diante ela, e Gwenhwyfar teve a impressão de que havia uma expressão de alívio no rosto dele. A moça se perguntou se ele havia se desapontado com ela ou se o único interesse dele nesse casamento era realmente o dote de cavalos e homens, como havia pensado anteriormente. Bem, havia se preparado para aquilo, mas, ainda assim, uma recepção mais pessoal teria sido agradável. Percebeu que o jovem moreno com cicatrizes que Artur havia chamado de Cai esperava por suas ordens. Ele era gentil e deferente, ela percebeu que não precisava temê-lo.

Gwenhwyfar suspirou, esticando o braço novamente para tocar os muros fortes em torno dela como se para se reassegurar e acalmar sua voz, para que soasse como uma rainha ao falar:

— Nas carroças maiores, *sir* Cai, há uma mesa de banquete irlandesa. É o presente de casamento de meu pai para meu senhor Artur. É um troféu de guerra, muito antigo e valioso. Peça que seja montada no maior salão de banquetes de Artur. Mas, antes disso, por favor peça que preparem um quarto para minha senhora Igraine e que alguém a sirva esta noite.

Ela se surpreendeu consigo mesma, achou que soara de fato como uma rainha. Tampouco Cai pareceu relutante em aceitá-la como uma. Ele se curvou e disse:

— Isso será feito imediatamente, minha senhora e rainha.

5

Durante toda a noite grupos de viajantes se reuniram diante do castelo. O dia mal havia nascido quando Gwenhwyfar foi olhar a encosta da colina que levava ao castelo, totalmente coberta de cavalos, tendas e multidões de homens e mulheres.

— Parece um festejo — ela disse a Igraine, com quem dividira a cama na última noite solteira, e a senhora sorriu.

— Quando o Grande Rei toma uma esposa, criança, é um dos principais festejos nesta ilha. Veja, aqueles homens são seguidores de Lot de Orkney. — E ela pensou, mas não disse em voz alta: *Talvez Morgana esteja com eles.* Quando era jovem, dizia cada pensamento que cruzava sua mente, mas agora não mais.

Como era estranho, pensou Igraine, que, em seus anos férteis, a mulher fosse ensinada a pensar só nos filhos. Se pensava nas filhas, era apenas para saber que, quando crescidas, elas iriam para as mãos de outro, pois estavam sendo criadas para formar outra família. Será que era pelo fato de Morgana ser sua primogênita que a sentia sempre mais próxima de seu coração? Artur havia voltado fisicamente depois de uma longa ausência, crescera tão longe dela que não havia mais possibilidade de atravessar aquela distância. Mas com Morgana – ela descobrira isso na coroação de Artur – estava presa a um vínculo da alma que jamais seria partido. Era porque Morgana e ela partilhavam a mesma herança de Avalon? Então era por isso que todas as sacerdotisas ansiavam por ter uma filha que seguisse seus passos e jamais se afastasse?

— Há tanta gente — disse Gwenhwyfar. — Não sabia que havia tanta gente em toda a Bretanha.

— E você será a Grande Rainha de todos eles. É assustador, eu sei — afirmou Igraine. — Eu também me senti assustada quando me casei com Uther.

E, por um momento, teve a impressão de que Artur havia escolhido mal sua rainha. Gwenhwyfar tinha beleza, sim, um bom temperamento e estudo, mas uma rainha precisa ser capaz de tomar seu lugar na dianteira da corte. Talvez Gwenhwyfar fosse muito tímida e retraída para isso.

Quando colocado nos termos mais simples, a rainha é a senhora do rei, não apenas anfitriã e governanta da sua casa, pois isso qualquer camareiro poderia fazer. Mas, assim como a sacerdotisa de Avalon, a rainha é um símbolo de todas as realidades da vida, um lembrete de que a vida era mais que lutar e guerrear por domínio. Um rei, quando tudo estava dito e feito, lutava pela proteção daqueles que não eram capazes de lutar por si mesmos, as mulheres grávidas, as crianças pequenas e os velhos, homens de idade e avós. Entre as tribos, de fato, as mulheres mais fortes haviam lutado ao lado dos homens – existira, antigamente, uma escola de batalha mantida por mulheres –, mas desde o começo da civilização era tarefa dos homens caçar comida e manter invasores longe do lar onde suas mulheres grávidas, criancinhas e velhos estavam abrigados; e era trabalho da mulher manter esse lar seguro para todos eles. Do mesmo modo que o rei se juntava à grã-sacerdotisa na cerimônia do casamento com a terra, em um sinal de que ele traria força a seu reino, a rainha, em uma união similar com o rei, criava um símbolo de força central por trás de todos os exércitos e as guerras: o lar e ponto central nos quais os homens concentravam suas forças...

Igraine balançou a cabeça impacientemente. Toda essa coisa de símbolos e verdades interiores era adequada, talvez, para uma sacerdotisa de Avalon, mas ela, Igraine, havia sido rainha sem nenhum pensamento do tipo, e haveria tempo suficiente para que Gwenhwyfar pensasse nessas coisas quando fosse velha e já não precisasse delas! Nesses dias civilizados, uma rainha não era uma sacerdotisa para os moradores do vilarejo, responsável por cuidar de seus campos de cevada; e nem mesmo o rei era o grande caçador que corria entre os gamos!

— Vamos, Gwenhwyfar, Cai chamou as criadas para servi-la, mas, como mãe de seu marido, é adequado que eu a vista para seu casamento, já que sua mãe não pode estar aqui para prepará-la neste dia.

A jovem parecia um anjo quando pronta; seu cabelo fino pairava como ouro fiado no sol, quase ofuscando a radiância da guirlanda de ouro que ela havia colocado. Seu vestido era tecido com um material branco, fino como teia de aranha. Gwenhwyfar disse a Igraine, com um orgulho tímido, que o tecido havia sido comprado de um país distante, ainda mais longe que Roma, e que era mais caro que ouro. O pai dela arranjara um corte para o altar de pedras de sua igreja e um pedacinho para envolver uma relíquia sagrada, e dera outro pedaço a ela, para que o transformasse em seu vestido de casamento. Havia ainda um pouco mais para uma túnica de festa para Artur, e esse era o presente de casamento dela para ele.

Lancelote veio para levá-las à missa que precederia o casamento. Depois, o dia todo poderia ser passado com festas e folia. Ele estava resplandecente no manto vermelho que havia usado antes, mas estava vestido para cavalgar.

— Vai nos deixar, Lancelote?

— Não — disse ele, sobriamente, mas olhava apenas para Gwenhwyfar. — Como um dos entretenimentos de hoje, os novos cavaleiros e a cavalaria de Artur vão exibir o que sabem fazer, e eu sou um dos cavaleiros que mostrarão esses jogos a você esta tarde. Artur acredita que é hora de mostrar seus planos a seu povo.

E novamente Igraine viu aquele olhar desesperançado, transfixado, nos olhos dele ao fitar Gwenhwyfar, e também o brilho do sorriso da garota ao olhá-lo. Agora ela não podia ouvir o que eles diziam um ao outro, mas não tinha dúvidas de que era algo inocente. Mas eles não precisavam de palavras. Igraine sentiu de novo a consciência desesperadora de que isso não traria nada de bom, apenas infelicidade.

Andaram pelos corredores e, enquanto seguiam, eram acompanhados de serviçais e nobres, todos os que se reuniam para a missa. Nos degraus da capela juntaram-se a eles dois jovens que usavam, como Lancelote, longas penas negras em seu chapéu. Cai, ela se lembrou, também usava uma. Era algum distintivo dos Companheiros de Artur?

— Onde está Cai, irmão? — perguntou Lancelote. — Ele não deveria estar aqui para acompanhar minha senhora até a igreja?

Um dos recém-chegados, um homem grande e robusto, que, na opinião de Gwenhwyfar, parecia-se, de alguma forma, com Lancelote, disse:

— Cai e Gawaine estão vestindo Artur para o casamento. Na verdade, pensei que estaria com eles, vocês três são como irmãos para Artur. Ele me enviou em seu lugar, como parente da senhora Igraine... Senhora — disse ele a Igraine, curvando-se —, é possível que não me reconheça. Sou o filho da Senhora do Lago. Meu nome é Balan, e este é nosso irmão de criação, Balin.

Gwenhwyfar acenou com cortesia para eles. Ela pensou: *Pode esse Balan grande e bruto ser verdadeiramente irmão de Lancelote? É como se um touro se dissesse irmão do mais fino dos garanhões do sul!* Balin, seu irmão de criação, era baixo e tinha o rosto avermelhado, com o cabelo tão amarelo quanto o de um saxão, e barbado também como um saxão. Ela, então, disse:

— Lancelote, se é seu desejo estar com meu senhor e rei...

— Acho que deve ir encontrá-lo, Lancelote — disse Balan, com um riso. — Como todos os homens que vão se casar, Artur está louco de nervosismo. Nosso senhor pode lutar como o próprio Pendragon no campo de batalha, mas, nesta manhã, enquanto é arrumado para sua noiva, não parece mais do que o rapaz que é!

Pobre Artur, pensou Gwenhwyfar, *esse casamento é uma provação maior para ele do que para mim. Pelo menos não tenho nada a fazer além de obedecer ao desejo de meu pai e rei!* Uma onda de diversão a tomou e rapidamente parou e pensou: *Pobre Artur, teria de aceitá-la pelo bem de seu reino, mesmo se ela fosse velha, feia ou bexiguenta. Era apenas outra de suas obrigações penosas, como liderar seus homens em batalhas contra os saxões. Ao menos ele sabia o que esperar dos inimigos!* Ela disse, gentilmente:

— Meu senhor Lancelote, gostaria de estar ao lado de meu senhor Artur?

Os olhos dele lhe disseram claramente que não queria deixá-la. Ela havia se tornado, em apenas um dia ou dois, exímia em ler essas mensagens não faladas. Nunca havia trocado com Lancelote uma palavra que não pudesse ser gritada na presença de Igraine e de seu pai e de todos os bispos da Bretanha reunidos. Mas pela primeira vez ele parecia dividido por desejos conflitantes.

— A última coisa que desejo é sair de seu lado, senhora, mas Artur é meu amigo e meu primo...

— Deus proíba que eu algum dia me interponha entre parentes — ela disse, e estendeu a pequena mão para que ele a beijasse. — Por este casamento, você também é meu parente leal e meu primo. Vá até meu senhor e diga a ele... — Ela hesitou, assombrada com a própria ousadia. *Seria decoroso dizer isso?* Que Deus os ajude todos, dentro de uma hora ela seria esposa de Artur, o que importava se soava ousada demais, quando dizia palavras de preocupação genuína com seu próprio senhor? — Diga que devolvo a ele com felicidade seu capitão mais leal e que o espero com amor e obediência, senhor.

Lancelote sorriu. Parecia que aquele sorriso havia tocado um ponto em um lugar profundo dentro dela, pois sentiu a própria boca se mover com a dele. Como podia sentir-se como se fosse parte de Lancelote? Sua vida inteira parecia ter sido filtrada no toque dos lábios dele em seus dedos. Ela engoliu em seco e subitamente soube o que sentia. Apesar das suas mensagens zelosas de amor e obediência para Artur, achou que venderia a alma para poder voltar no tempo e dizer ao seu pai que só se casaria com Lancelote. Isso era algo tão real quanto o sol em torno dela e a grama sob seus pés, tão real – ela engoliu em seco novamente –, tão real quanto Artur, agora sendo vestido para o casamento, para o qual ela deveria ir à santa missa para se preparar.

É uma dessas piadas cruéis de Deus que eu não soubesse o que sentia até ser tarde demais? Ou é alguma artimanha maldosa do demônio para me seduzir contra minhas obrigações com meu pai e meu marido? Ela não ouviu o que Lancelote disse, estava consciente apenas de que a mão dele havia soltado a dela e de que ele havia se virado de costas e agora se afastava. Ela mal ouviu as palavras educadas dos dois irmãos de criação, Balin e Balan. Qual deles era, afinal, filho da sacerdotisa do Lago? Balan, irmão de Lancelote, mas tão diferente dele quanto um corvo de uma grande águia.

Percebeu que Igraine falava com ela.

— Eu a deixo com os Companheiros, querida. Desejo falar com o Merlim antes da missa.

Gwenhwyfar percebeu tardiamente que Igraine esperava por sua permissão para ir. Seu posto de Grande Rainha já era uma realidade. Ela mal ouviu as próprias palavras para Igraine quando a mulher se afastou.

Igraine cruzou o pátio, murmurando desculpas para as pessoas que empurrava, tentando alcançar Taliesin através da multidão. Todos vestiam roupas brilhantes de festa, mas ele usava seu costumeiro manto cinza e sombrio.

— Pai...

— Igraine, criança. — Taliesin a olhou, e Igraine achou reconfortante que o velho druida falasse com ela como teria falado quando tinha catorze anos. — Pensei que estaria cuidando da nossa noiva. Como ela é bonita! Artur encontrou um tesouro para si. Ouvi dizer que ela é inteligente, também, e estudada, e que também é devota, o que agradará o bispo.

— Pai — Igraine pediu, baixando a voz, para que ninguém na multidão pudesse ouvi-la —, há algum jeito honrado de Artur evitar este casamento?

Taliesin piscou, consternado.

— Não, creio que não. Não quando tudo está pronto para uni-los após a missa. Deus nos ajude, fomos todos iludidos, ela é estéril, ou não é casta, ou... — O Merlim balançou a cabeça em desalento. — A não ser que seja secretamente uma leprosa, ou esteja de fato grávida de outro homem, não há nenhuma maneira de impedir isso. E, mesmo assim, não há como evitar escândalo ou ofensa, ou ainda tornar Leodegranz um inimigo. Mas por que pergunta, Igraine?

— Creio que ela seja virtuosa. Mas vi como ela olha para Lancelote, e ele para ela. Pode haver outro resultado que não infelicidade quando a noiva está apaixonada por outro, este outro sendo o amigo mais querido do noivo?

O Merlim olhou para ela atentamente; seus velhos olhos eram perceptivos como sempre.

— Ah, é assim, é? Sempre achei que nosso Lancelote era muito bonito e charmoso para seu próprio bem. Mas ainda assim, é um rapaz honrado. Isso pode ser nada além de fantasias juvenis, e, quando o par de noivos consumar o casamento, esquecerão disso, ou pensarão nisso apenas com uma ponta de tristeza, como algo que poderia ter acontecido.

— Em nove entre dez casos diria que você está certo — disse Igraine —, mas você não os viu, e eu, sim.

O Merlim suspirou novamente.

— Igraine, Igraine, não digo que esteja errada, mas, quando tudo acabar, o que podemos fazer a respeito? Leodegranz ficaria insultado a ponto de declarar guerra a Artur, e ele já tem desafios o suficiente contra seu reinado. Ou você não soube do rei lá do norte que mandou avisar Artur de que havia arrancado as barbas de onze reis para fazer um manto e que Artur deveria enviar a ele um tributo, ou então viria arrancar a barba dele também?

— E o que Artur fez?

— Ora — disse o Merlim —, mandou dizer ao rei que, quanto a sua barba, era ainda rala e não ajudaria no manto dele; mas que, se a desejasse, podia vir e tentar pegá-la, se encontrasse um caminho entre os corpos dos saxões mortos. Também enviou a ele a cabeça de um dos saxões, pois havia acabado de voltar de uma incursão de ataque, e disse que a barba *daquele homem* era melhor para forrar um manto do que a de um amigo que preferia lutar a seu lado. E por fim disse que enviaria um presente ao rei, mas não arrecadou nenhum tributo de seus amigos e nada pagou. Então isso tudo deu em nada. Mas, como pode ver, Artur não pode se dar ao luxo de ter mais inimigos, e Leodegranz seria um terrível. É melhor que se case com a garota, e acho que eu diria o mesmo ainda que ele tivesse pego a moça na cama com Lancelote... O que não aconteceu e não deve acontecer.

Igraine percebeu que torcia as mãos juntas.

— Então, o que devemos fazer?

O Merlim tocou o rosto dela muito levemente.

— Faremos o que sempre fizemos, Igraine. O nosso dever é seguir as ordens dos Deuses. E faremos isso da melhor maneira que pudermos. Nenhum de nós embarcou neste caminho para sua própria felicidade, minha criança. Você, que foi criada em Avalon, sabe disso. Não importa o que fizermos tentando moldar nossos destinos, o fim está sempre com os Deuses... Ou, como o bispo sem dúvidas preferiria, com Deus. Quanto mais velho fico, mais tenho certeza de que não faz diferença quais palavras usamos para dizer as mesmas verdades.

— A Senhora não ficaria feliz em ouvi-lo dizer tais palavras — disse um homem moreno, de rosto fino, atrás dele, vestindo uma túnica escura que podia ser tanto de padre quanto de druida. Taliesin virou um pouco para trás e sorriu.

— Ainda assim, Viviane sabe que são verdadeiras, como eu sei. Igraine, acho que você não conhece nosso mais novo chefe dos bardos. Eu o trouxe aqui para cantar e tocar no casamento de Artur. Kevin, senhora.

Kevin fez uma profunda mesura. Igraine notou que ele andava com o apoio de uma bengala entalhada, e sua harpa, dentro do estojo, era carregada por um menino de doze ou treze anos. Muitos bardos e harpistas que não eram druidas eram cegos ou aleijados – era raro que um homem fisicamente capaz tivesse tempo livre para aprender tais artes nesses tempos de guerra, mas normalmente os druidas escolhiam entre os que tinham o corpo tão bom quanto a mente. Era raro que um homem com qualquer deformidade fosse admitido aos ensinamentos dos druidas, pois achava-se que os Deuses haviam marcado suas falhas internas dessa maneira. Mas seria indesculpavelmente grosseiro tocar nesse assunto. Ela podia apenas imaginar que seus dons eram tamanhos que ele havia sido aceito, apesar de tudo.

Kevin distraíra a mente de Igraine de seu propósito, mas, quando voltou a pensar naquilo, percebeu que Taliesin estava certo. Não havia jeito de impedir esse casamento sem escândalo e, provavelmente, sem guerra. Dentro da construção de taipa que era a igreja, as luzes brilhavam e o sino havia começado a soar. Igraine foi até a igreja. Taliesin se ajoelhou implacavelmente; o mesmo fez o rapaz carregando a harpa de Kevin, mas o bardo se manteve de pé. Por um momento Igraine se perguntou se, não sendo um cristão, ele desafiava as obrigações, como Uther parecera fazer um dia. Mas então, convenceu-se, vendo a dificuldade de seu andar, que ele provavelmente tinha a perna dura e não conseguia dobrar o joelho. Ela viu o bispo olhando na direção dele, franzindo o cenho.

— Ouçam as palavras de Jesus Cristo Nosso Senhor — começou o bispo. — Pois onde dois ou três estão reunidos em meu nome, ali estou eu no meio deles, e o que pedirem em meu nome será feito...

Igraine se ajoelhou, baixando o véu em torno do rosto, mas estava consciente, apesar disso, da presença de Artur, que entrara na igreja com Cai, Lancelote e Gawaine, vestindo uma fina túnica branca e um manto azul, com nenhum ornamento além do diadema de sua coroação e a bainha, vermelha e adornada com joias, de sua grande espada. Parecia que, sem precisar dos olhos, ela podia ver Gwenhwyfar, em seu frágil vestido branco, assim como Artur, toda pálida e dourada, ajoelhada entre Balin e

Balan. Lot, grisalho e magro, ajoelhou-se entre Morgause e um de seus filhos mais jovens; e atrás dele era como se uma harpa emitisse uma nota alta e proibida em meio ao canto do padre. Ela levantou a cabeça, cautelosamente, e tentou ver, sabendo quem estava ajoelhada ali. O rosto e a forma de Morgana se escondiam atrás de Morgause.

Ainda assim, parecia-lhe que podia *senti-la* ali, como uma nota dissonante em uma harmonia do serviço sagrado. Depois de todos esses anos, estaria ela lendo mentes novamente? De qualquer modo, o que fazia uma sacerdotisa de Avalon na igreja? Quando Viviane visitou sua casa e de Uther, nos anos de seu casamento, a sacerdotisa havia ou se ausentado do serviço divino ou comparecido, ouvindo e observando com a atenção educada e grave que teria dado a uma criança brincando de banquete com seus bonecos. Mas agora podia ver Morgana: ela havia mudado, estava mais magra e mais bela, usando simplesmente um vestido de fina lã escura, com uma coifa branca na cabeça. Ela não fazia nada; estava apenas ajoelhada com a cabeça e os olhos baixos, o retrato da atenção respeitosa. Ainda assim, até o padre, aparentemente, podia sentir a perturbação e a impaciência emanando dela. Ele parou duas vezes e olhou para ela, embora não pudesse acusá-la de fazer nada que não fosse apropriado e decoroso, e então, depois de um instante, continuou com a missa.

Mas a atenção de Igraine também havia sido distraída. Ela tentou mantê-la no serviço sagrado, murmurou as respostas apropriadas, mas não conseguia pensar nas palavras do padre, nem em seu filho que se casava, nem em Gwenhwyfar, que estava, podia sentir, com os olhos sob a proteção do véu em busca de Lancelote ao lado de Artur. Nesse momento, Igraine só conseguia pensar em sua filha. Quando a missa terminasse, e com ela o casamento, iria vê-la e saber para onde havia ido e o que havia sucedido com ela.

Então, levantando os olhos por apenas um momento, enquanto o ajudante do padre lia alto a história das bodas de Caná, ela se voltou para Artur e percebeu que os olhos dele, também, estavam fixos em Morgana.

6

Sentada entre as damas de Morgause, Morgana ouvia silenciosamente a missa, a cabeça baixa e no rosto a máscara educada de respeito. Por dentro, estava impaciente. *Que absurdo. Como se uma casa construída pelas mãos do homem pudesse ser convertida, pelas palavras de algum padre, em um lugar de moradia para o Espírito que não era, definitivamente, obra humana.* A mente dela corria desregradamente. Já estava cansada da corte de Morgause; mas agora estava de volta à principal linha de eventos, e era como se tivesse sido atirada da água de uma lagoa estagnada ao canal de um rio caudaloso. Sentia-se viva novamente. Mesmo em Avalon, tão calma e isolada como era, tinha a sensação de estar em contato com o fluxo da vida. Mas entre as mulheres de Morgause sentia-se ociosa, inerte, inútil. Agora se movia novamente, depois de ter ficado tanto tempo parada depois do nascimento de seu filho. Pensou por um momento em seu filhinho, Gwydion. Ele mal a conhecia; quando ela tentava pegá-lo e acariciá-lo, ele lutava e se esforçava para ir para a mãe de criação. Até mesmo agora, a memória dos bracinhos dele enroscados em seu pescoço fez com que se sentisse fraca e arrependida, mas ela afastou esse pensamento. Ele nem sabia que era seu filho, cresceria pensando que era um dos filhos de Morgause. Morgana estava de acordo com isso, mas não conseguia sufocar a tristeza relutante.

Bem, ela imaginou que todas as mulheres sentissem esse arrependimento quando precisavam deixar seus filhos; mas todas as mulheres precisavam suportar isso, a não ser as que ficavam em casa contentes em cuidar de seus bebês, como qualquer mãe de criação ou criada, deixando de lado seus trabalhos maiores. Se até uma pastora precisava deixar seus bebês para cuidar de seus rebanhos, que dizer de uma rainha ou sacerdotisa? Até Viviane abriu mão dos filhos. Assim como Igraine.

Artur parecia másculo e belo; havia crescido e os ombros estavam mais largos. Não era mais o rapaz esguio que viera encontrá-la com sangue de cervo no rosto. *Lá* havia existido poder, não essas conversas brandas sobre os feitos do Deus deles que havia se intrometido por aí, transformando água em vinho, o que seria de qualquer modo blasfêmia aos dons da Deusa. Ou a lenda significava que, ao juntar homem e mulher no casamento, o fermento do Espírito transformaria a união em algo sagrado, como no Grande Casamento? Pelo bem de Artur, esperava que fosse assim com essa mulher, não importava quem fosse. Morgana podia ver, de onde se ajoelhava atrás de Morgause, apenas uma nuvem de cabelo claro dourado, coroada com um dourado ainda mais reluzente de uma coroa de casamento, e uma veste branca de um tecido fino e precioso. Artur levantou os olhos para sua noiva, mas seu olhar pousou em Morgana. Ela viu o rosto dele mudar e pensou, com a agitação da consciência: *Então ele me reconheceu. Não posso ter mudado tanto quanto ele mudou. Ele cresceu de menino para homem, mas eu... eu já era uma mulher, e não mudei tanto assim.*

Esperava que a noiva de Artur o amasse, e que ele também a amasse. Em sua mente soavam as palavras desoladas de Artur: *Por toda a minha vida sempre me lembrarei de você, e a amarei e a abençoarei.* Mas não deveria ser assim. Ele precisava esquecer aquilo e ver a Deusa apenas em sua esposa. Ali estava Lancelote atrás dele. *Como os anos poderiam ter mudado Artur, deixando-o tão sério, enquanto Lancelote permanecia inalterado?* Não, ele havia mudado também: parecia triste, havia uma longa cicatriz em seu rosto, uma linha que entrava pelos cabelos. Cai estava mais magro e encurvado, mancando de modo mais pronunciado; ele olhava para Artur como um cão devotado admira o seu mestre. Morgana olhou a seu redor para ver se Viviane havia vindo assistir ao casamento de Artur, como fizera em sua coroação, mas a Senhora do Lago não estava ali. Estava o Merlim, sua cabeça acinzentada abaixada no que parecia uma reza, e de pé, atrás dele – uma sombra alta com o bom senso de não dobrar o joelho para essa palhaçada ridícula –, estava o bardo Kevin; bom para ele!

A missa estava sendo concluída. O bispo, um homem alto de aparência ascética e com uma cara azeda, pronunciava as palavras de despedida. Nesse momento, até Morgana baixou a cabeça. Viviane a tinha ensinado a demonstrar, ao menos no exterior, respeito às manifestações da fé do outro, uma vez que, como ela disse, toda fé pertencia aos Deuses. A única cabeça que não havia baixado em toda a igreja era a de Kevin, orgulhosamente ereta. Morgana desejou ter a coragem de se levantar e ficar ao lado dele, de cabeça em pé. Por que Artur era tão reverente? Ele não havia feito o juramento solene de tratar Avalon tão bem quanto os padres? Chegaria o dia em que ela, ou Kevin, teria de lembrar Artur de seus votos? Com toda a certeza aquele anjo de igreja branco e devoto com quem se casava não ajudaria em nada. Deveriam ter casado Artur com uma mulher de Avalon. Não seria a primeira vez que uma sacerdotisa jurada se uniria a um rei. A ideia a balançou, e ela reprimiu seu mal-estar com a imagem de Raven como Grande Rainha. Ao menos ela teria a virtude cristã do silêncio... Morgana baixou a cabeça e mordeu o lábio, subitamente temendo soltar uma risada alta.

A missa terminou e as pessoas começaram a ir em direção à porta. Artur e seus Companheiros ficaram onde estavam e, com um gesto de Cai, Lot e Morgause se aproximaram dele, com Morgana movendo-se logo atrás. Ela viu que Igraine, o Merlim e o harpista silencioso também não se retiraram. Levantou os olhos e encontrou os da mãe. Ela sabia, graças a algo tão intenso quanto a Visão, que, se não fosse pela presença do bispo, estaria agora apertada nos braços de Igraine. Corou um pouco, desviando-se dos olhos ansiosos da mãe.

Havia pensado o mínimo possível em Igraine, consciente de que, na presença dela, deveria esconder a única coisa que sua mãe jamais poderia descobrir: quem era o pai de seu filho. Uma vez, naquela longa e desesperada luta da qual mal podia se lembrar, pensou ter gritado alto, como uma criança, chamando a mãe, mas nunca tivera certeza disso. Ainda temia qualquer contato com Igraine, que um dia tivera a Visão e conhecia os costumes de Avalon. Morgana conseguiria deixar de lado todo o seu treinamento quando criança e também sua culpa, mas Igraine a repreenderia pelo que não havia, por fim, sido sua escolha?

Lot foi se ajoelhar diante de Artur, e ele, com seu rosto jovem, sério e bondoso, levantou o homem e o beijou nas duas bochechas.

— Estou feliz que tenha podido vir ao meu casamento, tio. Estou feliz por ter um amigo e parente tão fiel para defender minha costa norte, e seu filho Gawaine é meu amigo querido e Companheiro mais próximo. E, tia, eu lhe devo muitos agradecimentos por me dar seu filho como um Companheiro tão leal.

Morgause sorriu. *Ela ainda é muito bela*, pensou Morgana, *bem mais que Igraine.*

— Bem, senhor, logo terá mais motivos para me agradecer, pois tenho filhos mais novos que não falam de nada além de quando poderão vir servir ao Grande Rei.

— Serão bem-vindos, como o irmão mais velho deles — disse Artur, com cortesia, e olhou para além de Morgause, para onde Morgana se ajoelhava.

— Bem-vinda, irmã. Em minha coroação, fiz-lhe uma promessa que agora devo cumprir. Venha.

Artur estendeu a mão para ela. Morgana se levantou, sentindo a força e a tensão da mão dele na sua. Ele não a fitou nos olhos, mas a conduziu além dos outros para onde a mulher vestida de branco se ajoelhava em sua nuvem de cabelos dourados.

— Minha senhora — ele disse, gentilmente, e por um momento Morgana não soube a quem Artur se dirigia. Ele olhou de uma para a outra, e, quando Gwenhwyfar se levantou, seus olhos encontraram os de Morgana em um momento de reconhecimento, surpresos.

— Gwenhwyfar, esta é minha irmã Morgana, duquesa da Cornualha. É meu desejo que ela esteja entre suas primeiras damas de companhia, pois tem a mais alta posição entre elas.

Morgana viu Gwenhwyfar umedecer os lábios com sua pequena língua rosada, como se fosse um gatinho.

— Meu senhor e rei, a senhora Morgana e eu já nos conhecemos.

— O quê? De onde? — perguntou Artur, sorrindo.

Morgana disse com a mesma rigidez:

— Foi quando ela estava na escola em um convento em Glastonbury, meu senhor. Ela se perdeu nas brumas e parou por engano na costa de Avalon.

Como naquele dia distante, parecia subitamente que algo nebuloso e sombrio, como cinzas, havia coberto e sufocado o dia tão bonito. Morgana se sentiu, apesar de seu vestido fino e decente e do véu lindamente tecido, como uma criatura terrena, medonha e nanica, diante da brancura etérea e do dourado precioso de Gwenhwyfar. Durou apenas um momento, e então Gwenhwyfar foi para a frente e a abraçou, beijando-a na bochecha como era adequado a uma parente. Morgana, retribuindo o abraço, sentiu que Gwenhwyfar era frágil como vidro precioso, diferente de sua solidez de madeira nodosa. Percebeu que estava se encolhendo para trás, tímida e dura, para que não sentisse Gwenhwyfar se afastando *dela*. Seus lábios pareciam grossos contra a suavidade de pétala de rosa do rosto da outra garota.

— Dou as boas-vindas à irmã de meu senhor e marido, minha senhora da Cornualha — disse Gwenhwyfar, suavemente. — Posso chamá-la de Morgana, irmã?

Morgana respirou fundo e murmurou:

— Como for de seu agrado, minha senhora.

E, após dizer isso, soube que soara indelicada, mas não sabia o que poderia ter dito no lugar. De pé ao lado de Artur, viu Gawaine olhando-a com um leve franzir na testa. Lot era cristão apenas por ser conveniente, mas Gawaine era genuinamente devoto, em seu jeito grosseiro. O olhar de desaprovação dele enrijeceu as costas de Morgana, mas ela tinha tanto direito quanto ele de estar ali. Seria curioso ver alguns desses Companheiros obstinados de Artur perderem a compostura em torno de uma fogueira de Beltane! Bem, Artur havia jurado honrar o povo de Avalon, assim como os cristãos que pudessem ainda se juntar à sua corte. Talvez fosse por isso que ela mesma estivesse ali.

— Espero que sejamos amigas, senhora — disse Gwenhwyfar. — Eu me lembro de quando você e meu senhor Lancelote me mostraram o caminho, no momento em que estava perdida naquelas brumas terríveis. Ainda tremo com a lembrança daquele lugar pavoroso — ela disse, e levantou os olhos para Lancelote, que estava atrás de Artur. Morgana, em sintonia com o clima entre eles, seguiu os olhos dela e se perguntou por que Gwenhwyfar se dirigia a ele. Mas logo percebeu que ela não podia evitar aquilo, era como se estivesse presa por fios aos olhos de Lancelote... E ele olhava para Gwenhwyfar como um cão faminto olha para um osso suculento. Se Morgana tivesse de encontrar essa preciosa criatura rosada e branca novamente na presença de Lancelote, era realmente bom para ambos que fosse quando Gwenhwyfar estava para se casar com outra pessoa. Ela sentiu a mão de Artur ainda na dela, e isso também a perturbou. Aquele laço também seria quebrado quando levasse Gwenhwyfar para a cama. Ela se tornaria a Deusa para Artur, e ele não olharia mais para Morgana daquela maneira que tanto a perturbava. Era irmã de Artur, não amante. Não era mãe do filho dele, mas do filho do Cornífero, e assim deveria ser.

Mas também não rompi esse laço. É verdade que fiquei doente depois que meu filho nasceu e não tive vontade de cair feito uma maçã madura na cama de Lot, então banquei a Senhora Castidade sempre que Lot me via. Olhou para Lancelote, esperando flagrar um olhar entre ele e Gwenhwyfar.

Ele sorriu, mas olhou além dela. Gwenhwyfar pegou a mão de Morgana e estendeu a outra mão para Igraine.

— Logo vocês serão minha irmã e minha mãe — ela disse —, pois não tenho nenhuma delas viva. Venham e fiquem ao meu lado enquanto somos unidos em casamento, mãe e irmã.

Por mais que seu coração pudesse estar fechado aos charme de Gwenhwyfar, Morgana sentiu-se tocada com aquelas palavras espontâneas, e ela voltou a pressionar os dedinhos quentes da garota. Igraine se esticou além de Gwenhwyfar para tocar a mão de Morgana, e esta, então, disse:

— Não tive tempo de cumprimentá-la como se deve, minha mãe. — E soltou a mão de Gwenhwyfar por um momento para beijar Igraine. Ela pensou, enquanto por um momento as três se abraçaram brevemente: *Todas as mulheres são, de fato, irmãs sob a Deusa.*

— Então vamos — disse o Merlim, agradavelmente. — Vamos ver esse casamento assinado e testemunhado, e então podemos seguir para os festejos e folias.

Morgana achou que o bispo parecia sombrio, mas logo ele continuou, de modo amigável:

— Agora que nossos espíritos estão todos elevados e em caridade, vamos de fato nos divertir como deve fazer o povo cristão em um dia de tão bom agouro.

De pé ao lado de Gwenhwyfar na cerimônia, Morgana sentiu que a garota tremia. Sua mente se voltou para o dia da caça de gamos. Ao menos ela fora estimulada e exaltada pelo ritual, mas mesmo assim tinha sentido medo, havia se agarrado à velha sacerdotisa. Subitamente, com um impulso de bondade, desejou que pudesse dar a Gwenhwyfar, que fora criada em um convento e nada sabia da antiga sabedoria, algumas das instruções que dera às sacerdotisas mais jovens. Então, a garota saberia como deixar as correntes vitais do sol e do verão e da terra e da vida fluírem por ela. E poderia verdadeiramente se tornar a Deusa para Artur, e ele, por sua vez, o verdadeiro Deus para ela. Dessa modo, o casamento não seria uma forma vazia, mas sim uma união interior verdadeira em todos os níveis da vida... Morgana quase se pegou buscando as palavras, mas então se lembrou de que Gwenhwyfar era cristã e que não lhe agradeceria por tais ensinamentos. Suspirou, frustrada, sabendo que não deveria falar nada.

Levantou os olhos para Lancelote, e, por um momento, ele sustentou o olhar dela. Morgana, então, lembrou-se daquele momento repleto de sol no

Tor, quando deveriam ter se unido como homem e mulher, Deusa para Deus... Sabia que ele também se recordava. Mas ele baixou os olhos e se virou para o outro lado, fazendo o sinal da cruz, como o padre havia acabado de fazer.

A cerimônia simples havia acabado. Morgana assinou seu nome como testemunha no contrato de casamento, notando como sua mão era suave e fluida perto da assinatura espalhafatosa de Artur e da letra desajeitada e infantil de Gwenhwyfar – será que as freiras de Glastonbury tinham tão pouco estudo? Também assinaram: Lancelote, Gawaine, o rei Bors da Bretanha Armórica, Lot, Heitor e o rei Pellinore, cuja irmã era mãe de Gwenhwyfar. Pellinore estava acompanhado de uma filha jovem, a quem fez um gesto solene para vir à frente.

— Minha senhora e rainha, esta é minha filha, Elaine, sua prima. Peço que aceite os serviços dela.

— Ficarei feliz em ter a companhia dela entre minhas senhoras — disse Gwenhwyfar, sorrindo. Morgana pensou que a filha de Pellinore era bem parecida com Gwenhwyfar, rosada e dourada, embora um pouco menos brilhante que a radiância da noiva, e vestindo apenas linho simples tingido com açafrão, o que apagava o dourado acobreado de seu cabelo.

— Qual o seu nome, prima? E qual a sua idade?

— Elaine, minha senhora, e tenho treze anos. — Ela fez uma profunda cortesia, tão profunda que cambaleou, e Lancelote a pegou para equilibrá-la. Ela corou e escondeu o rosto atrás do véu. Lancelote sorriu de modo indulgente, e Morgana sentiu uma pontada nauseante de ciúme. Ele não olharia para ela, apenas para esses anjos pálidos brancos e dourados; sem dúvida ele também a achava pequena e feia. E, naquele momento, toda a sua bondade com Gwenhwyfar se transformou em raiva, e ela teve de virar o rosto.

Gwenhwyfar tinha de passar as próximas horas recebendo, ao que parecia, cada rei de toda a Bretanha, e sendo apresentada a suas esposas, irmãs e filhas. Quando chegou a hora de se sentar para o banquete, além de Morgana, Elaine, Igraine e Morgause, ela teve de demonstrar cortesia e gentileza a Flavilla, mãe de criação de Artur e mãe de *sir* Cai; à rainha de Gales do Norte, que tinha o mesmo nome dela, Gwenhwyfar, mas era morena e de aparência romana; e a mais meia dúzia de outras. Ela sussurrou para Morgana:

— Não sei como vou me lembrar de todos esses nomes! Devo apenas me dirigir a elas como "minha senhora" e esperar que não saibam por quê?

Morgana sussurrou de volta, momentaneamente partilhando do tom divertido na voz dela.

— Essa é uma das vantagens de ser Grande Rainha, senhora, ninguém jamais se atreverá a perguntar por quê! Não importa o que disser, vão concordar! Ou, se discordarem, jamais se atreverão a dizê-lo!

Gwenhwyfar riu um pouco.

— Mas você precisa me chamar pelo meu nome, Morgana, não apenas por "senhora". Quando você diz "senhora", olho em volta procurando alguma dama velha e robusta, como dama Flavilla ou a rainha do rei Pellinore!

O banquete finalmente começou. Morgana tinha mais apetite agora do que na coroação de Artur. Sentou-se entre Gwenhwyfar e Igraine e comeu com vontade; os costumes moderados de Avalon pareciam um passado distante. Até comeu um pouco de carne, embora não tenha gostado, e, uma vez que não havia água na mesa e a cerveja era mais para os criados, bebeu vinho, de que realmente não gostava. O vinho a deixou um pouco zonza, embora não fosse tão ardente quanto as fortes bebidas de cevada, comuns na corte de Orkney, as quais detestava e de maneira nenhuma bebia.

Depois de um tempo, Kevin foi à frente para tocar sua música e a conversa morreu. Morgana, que jamais escutara uma harpa tão refinada desde que saíra de Avalon, ouviu, deixando o passado ir embora. Ela subitamente ansiava por Viviane. Mesmo quando levantou os olhos e viu Lancelote – que, como Companheiro mais próximo de Artur, estava sentado mais perto dele que qualquer outro, até mesmo que o próprio Gawaine, seu herdeiro, e compartilhava seu prato –, pensou nele apenas como uma companhia daqueles anos no lago.

Viviane, e não Igraine, é minha mãe de verdade, e foi por ela que gritei... Ela baixou a cabeça, sufocando lágrimas que não sabia como derramar.

A música terminou, e ela ouviu a voz opulenta de Kevin.

— Temos outra musicista aqui — ele disse. — Senhora Morgana, poderia cantar para nós?

Como soube que eu ansiava por tocar harpa?, ela se perguntou, e então disse a ele:

— Seria um prazer tocar sua harpa, senhor. Mas há anos não manejo um belo instrumento, apenas uma harpa improvisada na corte de Lot.

— O quê? — disse Artur, soando descontente. — Minha irmã cantar para toda essa gente como se fosse um músico contratado?

Kevin ficou ofendido, e não sem razão, pensou Morgana. Com uma raiva súbita, ela se levantou de seu assento, dizendo:

— O que o Mestre Harpista de Avalon concorda em fazer fico honrada em seguir! Na música, servimos apenas aos Deuses!

Pegou a harpa da mão dele e se sentou em um banco. Era maior que sua própria harpa, e, por um momento, suas mãos se atrapalharam nas cordas. Ela então encontrou a posição correta e suas mãos começaram a se mover com segurança, tocando uma canção nortista que havia ouvido na corte de Lot. Logo estava grata pelo vinho, que limpara sua garganta. Ouviu a própria voz, rica e doce – havia saído forte como nunca, embora não tivesse notado até aquele momento. Sua voz era contralto, profunda e forte, treinada pelos bardos em Avalon, e ela estava orgulhosa de si mesma outra vez. *Gwenhwyfar pode ser bela, mas tenho a voz de um bardo.*

Até Gwenhwyfar se aproximou dela quando havia terminado, para dizer:

— Sua voz é muito bela, irmã. Você aprendeu a cantar bem assim em Avalon?

— Pois sim, senhora, a música é sagrada... não aprendeu a tocar harpa em seu convento?

Gwenhwyfar se encolheu e então respondeu:

— Não, é impróprio para uma mulher levantar a voz diante do Senhor...

Morgana riu e disse:

— Vocês cristãos gostam demais da palavra "impróprio", especialmente quando se trata de mulheres. Se música é uma coisa maligna, então ela também o é para os homens; mas, se é benéfica, as mulheres não deveriam fazer tudo o que fosse possível de coisas boas para compensar seu suposto pecado no início do mundo?

— Ainda assim, não me permitiriam. Uma vez apanhei por apenas encostar em uma harpa — disse Gwenhwyfar, melancolicamente. — Mas você pôs um feitiço sobre nós, e só posso pensar que essa mágica é boa.

Kevin disse:

— Todos os homens e todas as mulheres de Avalon aprendem alguma coisa de música, mas poucos têm o dom da senhora Morgana. Uma bela voz é algo de nascença, não se pode treinar. E, se é um dom de Deus, então me parece arrogante desdenhar e ter qualquer opinião ruim sobre ele, independentemente de se é dado a um homem ou a uma mulher. Não podemos acreditar que Deus se enganou ao dar tal dom a uma mulher. E, como Deus não se engana, então devemos aceitá-lo onde estiver.

— Não posso discutir teologia com um druida — disse Heitor —, mas, se tivesse uma filha nascida com um dom assim, eu consideraria uma tentação, como se ela sempre fosse tentada a ir além do lugar designado para as mulheres. Não dizem que Maria, a Mãe de nosso Senhor, tenha cantado ou dançado...

— Sabemos que quando o Espírito Santo desceu sobre ela — disse o Merlim suavemente — ela levantou a voz e cantou: "Minha alma engrandece o Senhor", mas ela disse o texto em grego: "*Megal 'ynei h ¯e psych' ¯e mou tòn K' yrion*".

Apenas Heitor, Lancelote e o bispo reconheceram as palavras em grego, embora Morgana também já as tivesse ouvido mais de uma vez. O bispo disse firmemente:

— Mas ela cantou apenas na presença de Deus. Somente de Maria Madalena diz-se que cantou ou dançou diante de homens, o que aconteceu antes que nosso Redentor salvasse sua alma para Deus, pois fazia parte de seu comportamento perverso.

— O rei Davi cantava e tocava harpa, como sabemos — disse Igraine com uma ponta de malícia. — Você crê que ele bateria em qualquer uma de suas esposas ou filhas por tocarem harpa?

— Maria de Magdala, e me atenho à história — ponderou Morgana —, tocava harpa e dançava, mas mesmo assim foi salva, e não nos dizem em lugar algum que Jesus disse a ela que se sentasse docilmente e ficasse quieta! Se ela derramou bálsamo precioso na cabeça de Jesus e ele não permitia aos seus Companheiros que a repreendessem, deve ter apreciado outros dons dela também! Os Deuses dão o seu melhor, e não o pior, ao homem!

— Se essa é a forma de religião conhecida aqui na Bretanha — disse Patrício rigidamente —, precisamos muito conclamar concílios como fez nossa igreja!

Ele franziu o cenho, e Morgana, já se arrependendo das palavras impetuosas, baixou a cabeça – era pouco apropriado criar uma disputa entre Avalon e a igreja no casamento de Artur. *Mas por que ele próprio* não disse*ra nada?* De repente, todos começaram a falar juntos, Kevin tomou novamente a harpa e começou a tocar uma música animada e os servos passaram com iguarias frescas que já ninguém mais queria.

Depois de um tempo, Kevin pousou a harpa, e Morgana, como teria feito em Avalon, serviu um pouco de vinho e se ajoelhou para oferecê-lo a ele. Kevin sorriu e o pegou, fazendo um gesto para que ela se levantasse e se sentasse ao seu lado.

— Senhora Morgana, eu lhe agradeço.

— É minha obrigação e minha honra servir um bardo dessa forma, Mestre Harpista. Veio recentemente de Avalon? Minha parente Viviane está bem?

— Bem, mas bastante envelhecida — disse ele discretamente. — E, acho, sentindo muito sua falta... A senhora deveria voltar.

Morgana sentiu novamente uma onda de desespero. Ela desviou os olhos dele e disse:

— Não posso voltar, mas me dê notícias de casa, por favor.

— Se deseja mais notícias de Avalon, terá de ir até lá. Faz um ano que não vou a Avalon, desde que fui solicitado a dar notícias de todo o reino para a Senhora... Taliesin está velho demais para ser Mensageiro dos Deuses.

— Bem — disse Morgana —, terá algo a contar a ela sobre este casamento.

— Direi a ela que a senhora está viva e bem — disse Kevin —, já que ela sempre lamenta sua ausência. Ela não tem mais a Visão para ver por si mesma. E falarei sobre o filho mais novo dela, que é o principal Companheiro de Artur. De fato — disse ele, com os lábios se curvando em um sorriso sarcástico —, ao observá-lo junto de Artur, acho que ele é como o discípulo mais jovem de Cristo que se debruçou no peito do Senhor durante a ceia...

Morgana não conseguiu reprimir uma risadinha.

— O bispo ali mandaria chicoteá-lo por blasfêmia, sem dúvida, se ouvisse o que diz.

— Bem, ali está Artur sentado, como Jesus com seus apóstolos, defendendo o cristianismo para toda a ilha — disse Kevin. — E, quanto ao bispo, é apenas um ignorante.

— O quê, só por que ele não tem ouvido para música? — Morgana não havia se dado conta de como sentira falta de conversar com pessoas de seu nível. Morgause e a conversa de suas mulheres era tão pequeno, tão preso a insignificâncias...

— Eu diria que qualquer homem que não tem ouvido para música é realmente um asno ignorante, uma vez que sem ela não fala, zurra — respondeu Kevin —, mas acho que é mais do que isso. Isso é hora para um casamento?

Morgana havia passado tanto tempo longe de Avalon que por um momento não entendeu do que falava, mas ele logo apontou para o céu.

— A lua está minguando. É mau agouro para um casamento, e o senhor Taliesin disse isso a eles. Mas o bispo queria que fosse realizado um pouco depois da lua cheia, assim todas as pessoas teriam luz para viajar de volta para casa, e também porque é época do festejo de um dos santos deles... não sei exatamente qual! O Merlim falou com Artur também, para avisá-lo de que esse casamento não lhe traria nenhuma alegria... também não sei bem por quê. Mas não havia um modo honroso de evitá-lo, ao que parece, tudo já havia ido longe demais.

Morgana soube instintivamente o que o velho druida queria dizer; ela também havia visto a maneira como Gwenhwyfar olhava para Lancelote. Teria sido um lampejo da Visão que fizera com que ela evitasse Gwenhwyfar naquele dia em Avalon?

Ela tirou Lancelote de mim para sempre naquele dia, pensou Morgana, e então, lembrando-se de que tinha estado sob juramento de manter a castidade para a Deusa, espantou-se consigo mesma. Será que teria quebrado seu juramento por causa dele? Baixou a cabeça envergonhada, quase temendo, por um momento, que Kevin pudesse ler seus pensamentos.

Viviane havia dito a ela que uma sacerdotisa deveria dosar tudo com seu próprio julgamento. Fora um instinto certo, com ou sem juramento, que a havia levado a desejar Lancelote. *Eu teria feito melhor, até mesmo por Avalon, se tivesse Lancelote naquela época. Então a rainha de Artur teria vindo a ele com o coração intocado, pois Lancelote teria formado aquele laço místico comigo, e o filho que eu tivesse seria da linhagem real de Avalon...*

Mas eles tinham outros planos para ela, e, na destruição causada por eles, ela havia deixado Avalon para sempre, pois tinha tido um filho que acabara com qualquer esperança de um dia dar uma filha à Deusa, para seu templo. Depois de Gwydion, Morgana não poderia carregar outra vida. Se tivesse acreditado em seu próprio instinto e julgamento, Viviane teria ficado enraivecida, mas ao menos eles teriam encontrado uma esposa apropriada para Artur, de algum modo...

Ao fazer o que era certo, fiz o errado. Ao obedecer às ordens de Viviane, colaborei com o desastre desse casamento, pois estou certa de que será uma ruína...

— Senhora Morgana — disse Kevin gentilmente —, você parece perturbada. Posso fazer qualquer coisa para ajudá-la?

Morgana balançou a cabeça, evitando de novo as lágrimas. Ela se perguntou se Kevin sabia que havia sido dada a Artur na coroação. Não aceitaria a piedade dele.

— Não é nada, senhor druida. Talvez compartilhe dos seus medos sobre esse casamento celebrado na lua minguante. Estou preocupada com meu irmão, nada além disso. E sinto pena da mulher com quem se casou.

E, ao proferir tais palavras, soube que eram verdadeiras. Mesmo com todo o temor que sentia de Gwenhwyfar, não sem uma pitada de rancor, sabia que tinha pena dela, casando-se com um homem que não a amava e amando um homem com quem não poderia se casar.

Se eu tomar Lancelote de Gwenhwyfar, então farei um serviço ao meu irmão, e à mulher dele também, pois, se eu puder levá-lo para longe, ela então vai se esquecer dele. Havia sido treinada em Avalon para examinar seus próprios motivos, mas agora se retraía internamente, pois não estava sendo honesta consigo mesma. Se tomasse Lancelote de Gwenhwyfar, não o faria pelo bem de seu irmão ou do reino, mas puramente porque o desejava.

Para o bem de outra pessoa, e não pensando em interesses próprios, você pode usar sua mágica. Mas tome cuidado para não iludir a si mesma. Ela conhecia diversos feitiços de amor. *Seria para o bem de Artur e seria bom para o reino*, ela disse a si mesma repetidamente, mas a consciência implacável de sacerdotisa seguiu dizendo: *Você não deve fazer isso. É proibido usar sua mágica para fazer o universo cumprir sua vontade.*

Mesmo assim ela tentaria, mas precisava fazer isso sozinha, sem nada além de suas artimanhas femininas. Relembrou a si mesma que Lancelote a havia desejado uma vez, sem a ajuda de mágica, então certamente poderia fazer com que a desejasse de novo!

Gwenhwyfar estava cansada de banquetear. Havia comido mais do que gostaria, e, embora tivesse bebido apenas uma taça de vinho, sentia-se muito quente e colocou o véu para trás, abanando-se. Artur, que tinha ido falar com muitos de seus convidados, movia-se lentamente em direção à mesa onde a esposa se sentava com as senhoras, e finalmente chegou até ela. Com ele, estavam Lancelote e Gawaine. As mulheres deslizaram nos bancos para abrir espaço, e Artur sentou-se ao lado de Gwenhwyfar.

— Este é o primeiro momento que tenho para falar com você, minha esposa.

Ela estendeu a pequena mão para ele e disse:

— Entendo. Isso parece mais um conselho do que uma festa de casamento, meu marido e meu senhor.

Ele riu um tanto pesarosamente.

— Todos os acontecimentos da minha vida agora parecem ser assim. Um rei nada faz de modo privado. Bem — ele corrigiu, sorrindo, vendo o rubor que se espalhou pelo rosto dela —, *quase* nada... Acho que haverá algumas exceções, minha esposa. A lei exige que nos vejam sendo colocados juntos na cama, mas o que acontece depois disso não é da conta de ninguém além da nossa, espero.

Ela baixou os olhos, sabendo que ele a havia visto enrubescer. Mais uma vez, em meio à vergonha, percebeu que o havia esquecido novamente, que havia observado Lancelote e pensado, com a doçura sonolenta de um sonho, como desejava ter se casado com ele naquele dia – que destino execrável a tornara uma Grande Rainha? Os olhos do Companheiro do rei pousavam nela com um olhar faminto, e ela não se atrevia a fitá-lo. Ela o viu desviar os olhos dela mesmo antes que uma sombra caísse sobre eles e a senhora Morgana aparecesse a seu lado; Artur abriu espaço para a irmã.

— Sente-se conosco, minha irmã, há sempre lugar para você aqui — ele disse, a voz tão lânguida que Gwenhwyfar se perguntou por um momento se ele havia bebido demais. — Quando o banquete já estiver desanimado, podemos preparar mais alguma coisa para diversão dos convidados, talvez algo mais excitante que a música do bardo, por mais bela que seja. Não sabia que você era cantora, minha irmã. Sabia que era feiticeira, mas não que também era musicista. Será que enfeitiçou a todos nós?

— Espero que não — disse Morgana, rindo —, ou jamais me atreveria a cantar de novo... Qual é aquela velha saga sobre o bardo que você cantou até levar gigantes malvados para dentro de um círculo de pedras, e lá estão eles, frios e petrificados, até hoje?

— Essa eu nunca ouvi — disse Gwenhwyfar —, embora em meu convento houvesse uma lenda que dizia que as pessoas malvadas que zombavam de Cristo enquanto ele ia para a cruz foram transformadas, por um santo, em corvos que voam por aí mundo afora gritando e berrando zombarias para sempre... E também há outra lenda de um santo que transformou um círculo de feiticeiras, em seu ritual maligno, em um círculo de pedras.

— Se eu tivesse prazer em estudar filosofia em vez de ser um guerreiro ou conselheiro — disse Lancelote preguiçosamente —, acho que tentaria descobrir quem construiu o círculo de pedras e por quê.

Morgana riu.

— Isso é sabido em Avalon. Viviane poderia lhe dizer, se quisesse.

— Mas — disse Lancelote — o que as sacerdotisas e os druidas dizem pode não ser mais verdadeiro que suas fábulas pias de freiras, Gwenhwyfar... Perdoe-me, devo dizer minha senhora e rainha. E Artur, perdoe-me também, eu não quis desrespeitar sua senhora, mas a chamava pelo nome quando era mais jovem e não ainda uma rainha...

Mas Morgana sabia que ele simplesmente buscava uma desculpa para pronunciar o nome dela em voz alta.

Artur bocejou e disse:

— Meu caro amigo, se minha senhora não se importa, eu também não me importo. Deus proíba que eu seja o tipo de marido que deseja manter a esposa presa em uma cela longe de todos os seres humanos. Um marido que não consegue manter o apreço e a fidelidade da esposa provavelmente não os merece.

Ele se esticou e pegou a mão de Gwenhwyfar.

— Penso que este banquete está longo demais. Lancelote, quanto tempo até que os cavaleiros estejam prontos?

— Acho que logo estarão — disse Lancelote, desviando deliberadamente seu olhar de Gwenhwyfar. — Meu senhor e rei deseja que eu vá conferir?

Morgana pensou: *Ele está se torturando, não suporta olhar Gwenhwyfar com Artur, não suporta deixá-la sozinha com ele.* Então ela disse, intencionalmente fazendo piada com uma verdade:

— Creio, Lancelote, que nosso casal deseja alguns momentos para conversar a sós. Por que não os deixamos aqui e vamos ver se os cavaleiros estão prontos?

— Meu senhor — disse Lancelote. E, quando Gwenhwyfar abriu a boca para protestar, falou asperamente: — Dê-me permissão para ir.

Artur consentiu, e Morgana pegou a mão dele. Ele se deixou ser levado, mas ela o viu virando a cabeça no meio do caminho, como se não pudesse tirar os olhos da rainha. O coração dela estava apertado. Mas, ao mesmo tempo, parecia não suportar a dor dele, e faria qualquer coisa para tirá-lo dali. Dessa forma, ela também não precisaria vê-lo olhando para Gwenhwyfar. Atrás dela, ouviu Artur dizer:

— Até ontem à noite não tinha ideia de que o destino, ao me mandar uma noiva, havia me enviado uma tão bela.

— Mas não foi o destino, meu senhor — respondeu Gwenhwyfar —, foi meu pai.

Antes que Morgana pudesse ouvir a resposta de Artur, já estavam fora do alcance do ouvido.

— Eu me lembro — disse Morgana — de que uma vez, há muitos anos, em Avalon, você falou da cavalaria como a chave da vitória sobre os saxões... isso e um exército disciplinado, como o dos romanos. Imagino que seja esse seu plano para esses cavaleiros.

— É verdade que os venho treinando. Não imaginei que uma mulher se lembraria de um ponto de estratégia militar, prima.

Morgana riu.

— Eu vivo com medo dos saxões, como qualquer outra mulher nestas ilhas. Uma vez passei por uma vila que havia sido atacada por um bando, e absolutamente todas as mulheres, de menininhas de cinco anos a avós de noventa sem dentes e sem cabelos, haviam sido estupradas. Qualquer coisa que ofereça a esperança de nos livrarmos deles de uma vez por todas é importante para mim, talvez mais do que para homens e soldados, que precisam temer apenas a morte.

— Não tinha pensado nisso — disse Lancelote, sobriamente. — Os soldados de Uther Pendragon não deixavam de esquadrinhar as terras atrás de mulheres dispostas, nem os de Artur, mas em geral não há estupro. E havia me esquecido, Morgana, de que você foi preparada em Avalon e com frequência pensa em coisas que significam pouco ou nada para outras mulheres. — Lancelot olhou para cima e apertou a mão dela na dele. — Havia me esquecido das harpas de Avalon. Pensei que odiava aquele lugar, que nunca desejaria regressar para lá. Mas ainda assim, às vezes, alguma coisinha me leva de volta até ali. O som de uma harpa, a luz do sol nas pedras do círculo, o aroma de maçãs e o som das abelhas sob o sol, peixes mergulhando no lago, os gritos das aves aquáticas ao pôr do sol...

— Você se lembra — perguntou ela em voz baixa — do dia em que subimos o Tor?

— Lembro — respondeu ele. E, com súbita amargura, continuou: — Gostaria que você não estivesse prometida à Deusa naquele dia.

— Tenho desejado isso há quase tanto tempo quanto posso me lembrar — disse Morgana em voz baixa. A voz dela subitamente parou, e Lancelote olhou com apreensão nos olhos dela.

— Morgana, Morgana... parente, eu nunca a vi chorar antes.

— Você é como tantos homens, tem medo das lágrimas de uma mulher?

Ele balançou a cabeça e passou os braços pelos ombros dela.

— Não — ele confessou, em voz baixa —, elas as fazem parecer muito mais reais, muito mais vulneráveis... Mulheres que nunca choram é que me assustam, porque sei que são mais fortes que eu, e sempre tenho um pouco de medo do que vão fazer. Sempre tive medo de... Viviane.

Ela sentiu que ele quase dissera "minha mãe", mas havia evitado as palavras.

Passavam sob a verga baixa dos estábulos, havia uma longa fila de cavalos amarrados ali e o dia já ia escurecendo. Havia um cheiro agradável de feno e palha. Do lado de fora, Morgana viu homens se movendo de um lado para o outro, erguendo pilhas de feno, ajeitando bonecos de couro empalhados e selando seus cavalos.

Alguém viu Lancelote e gritou:

— O Grande Rei e suas senhorias estarão logo prontos para nós, senhor? Não queremos sair com os cavalos e mantê-los parados, pois ficam inquietos.

— Logo — gritou Lancelote de volta.

O soldado atrás do cavalo revelou ser Gawaine.

— Ah, prima — ele disse a Morgana. — Lance, não a traga aqui, este não é lugar para uma senhora, algumas dessas bestas danadas ainda não foram domadas. Ainda está decidido a pegar aquele garanhão branco?

— Estou decidido a deixá-lo preparado para ser montado por Artur em batalha na próxima vez, ainda que tenha de quebrar o pescoço para isso!

— Não brinque com essas coisas — disse Gawaine.

— Quem disse que estou brincando? Se Artur não puder cavalgá-lo, eu mesmo o montarei em batalha, e vou mostrá-lo nesta tarde em honra à rainha!

— Lancelote — disse Morgana —, não arrisque o pescoço por isso. Gwenhwyfar não sabe diferenciar um cavalo de outro, ficaria tão impressionada com você montando um cavalinho de pau de um lado ao outro do pátio quanto com os feitos de um centauro!

O olhar que ele lançou para ela era, por um momento, quase desdenhoso, mas Morgana podia lê-lo claramente: *Como ela poderia entender minha necessidade de me mostrar incólume no dia de hoje?*

— Vá e sele seu cavalo, Gawaine, e diga ao povo no campo que estaremos prontos em meia hora — disse Lancelote —, e pergunte a Cai se ele quer começar.

— Não me diga que Cai vai montar, co'aquela perna aleijada dele? — perguntou um dos homens, que falava com um sotaque esquisito.

Gawaine se virou para o estranho e disse ferozmente:

— E por isso você o recrimina? Esse é único exercício militar em que as pernas não fazem diferença, e desse modo ele não está preso à cozinha ou aos caramanchões das damas...

— Nã-nã, entendo o que diz — disse o soldado estranho, e se virou para selar o próprio cavalo.

Morgana tocou a mão de Lancelote e ele olhou para ela, a malícia de volta aos olhos dele. *Aqui*, ela pensou, *resolvendo as coisas, arriscando o próprio pescoço e fazendo algo por Artur, ele se esquece do amor e fica feliz de novo. Se ele pudesse apenas se manter ocupado aqui, não precisaria sonhar com Gwenhwyfar ou nenhuma outra mulher.* Então, ela lhe pediu:

— Mostre-me esse cavalo perigoso que vai montar.

Ele a deixou passar entre as filas de corcéis amarrados. Ela viu o focinho pálido e prateado, a longa crina como fios de linho. Era um cavalo grande, do tamanho do próprio Lancelote, na altura dos ombros. A criatura jogou a cabeça, e a bufada foi como a de um dragão soltando fogo.

— Que beleza — disse Lancelote, pousando a mão ao longo do focinho do cavalo. Ele andou um pouco para o lado e se afastou do animal. Então, disse a Morgana: — Treinei pessoalmente este aqui a usar freio e estribo. Foi meu presente de casamento para Artur, que não gosta de domar cavalos para seu próprio uso. Prometi que estaria pronto no dia do casamento, para que o montasse, e manso como um animal de estimação.

— Um presente atencioso.

— Não, a única coisa que eu poderia dar — disse Lancelote. — Não sou rico e, de qualquer maneira, ele não precisa de joias ou ouro, já está cheio dessas coisas. Este era o presente que só eu poderia dar a ele.

— Um presente seu, de fato — Morgana disse, e pensou: *Como ele ama Artur... É por isso que está tão atormentado. Não é seu desejo por Gwenhwyfar que o atormenta, mas sim o fato de ele amar Artur da mesma maneira. Se fosse apenas um devasso como Gawaine, eu não teria nem pena dele; Gwenhwyfar é virtuosa, e eu teria prazer em vê-lo sendo rejeitado por ela.*

Então, ela disse:

— Gostaria de montá-lo. Não tenho medo de nenhum cavalo.

Ele riu.

— Morgana, você não tem medo de nada, tem?

— Ah, não é bem assim, meu parente — ela disse, subitamente séria. — Temo muitas coisas.

— Bem, não sou tão destemido quanto você, tenho medo da batalha, dos saxões e de ser morto antes de experimentar tudo o que há na vida. E assim nunca me atrevo a evitar qualquer desafio... E receio que tanto Avalon quanto os cristãos estejam errados sobre a existência dos Deuses ou do Céu ou mesmo da vida após a morte, e assim, quando morrer, acho que perecerei para sempre. Por isso, temo morrer antes de ter saboreado meu quinhão da vida.

— Não me parece que tenha muitas coisas ainda para experimentar — disse Morgana.

— Ah, mas eu tenho, Morgana, há tantas coisas pelas quais anseio e, sempre que deixo de fazer uma, eu me arrependo tão amargamente e me pergunto se é fraqueza ou tolice que me impede de fazer o que desejo... — disse ele, e virou-se subitamente, colocando, com avidez, os braços em torno de Morgana, puxando-a para perto.

Está em desespero, ela pensou, amargamente. *Não sou eu quem ele quer, isto é apenas um momento para se esquecer de que Artur e Gwenhwyfar estarão um nos braços do outro esta noite.* As mãos dele se moveram com uma destreza distante, treinada, sobre os seios dela. Ele apertou os lábios nos dela, e ela podia sentir todo o corpo enrijecido dele contra o seu. Morgana ficou nos braços dele, imóvel, sentindo languidez e um anseio que aumentava e que chegava a doer. Ela mal tinha consciência de seus pequenos movimentos para encaixar o corpo contra o dele. Sua boca se abriu sob os lábios dele e as mãos dele passearam sobre seu corpo. Mas, quando ele se moveu com ela em direção a uma das pilhas de feno, protestou de modo fraco.

— Meu querido, você está louco, há meia centena de soldados e cavaleiros de Artur enxameando este estábulo...

— Você se importa? — ele sussurrou. E ela murmurou, tremendo de excitação:

— Não. Não! — E permitiu que ele a deitasse. No fundo da mente, em amargura, estava um pensamento: *Uma princesa, duquesa da Cornualha, uma sacerdotisa de Avalon, derrubada no estábulo como uma pastora, sem nem poder usar as fogueiras de Beltane como desculpas.* Mas ela afastou isso de sua mente e deixou as mãos dele se moverem sobre ela como queriam, sem resistir. *Melhor isso do que partir o coração de Artur.* Não sabia se esse era seu próprio pensamento ou o do homem cujo corpo de alguma forma estava sobre o seu, cujas mãos ferozes e furiosas lhe deixavam marcas. Os beijos dele eram quase selvagens, adentrando a boca dela com furor. Sentiu que ele puxava seu vestido e se moveu para afrouxá-lo.

E então houve vozes e agitação, gritaria, um barulho como o de marteladas e um grito assustado. De súbito, uma dúzia de vozes gritava:

— Capitão! Senhor Lancelote! Onde está ele? Capitão!

— Aqui, eu acho... — Um dos jovens soldados correu entre as filas de cavalos. Xingando de modo selvagem em voz baixa, Lancelote se postou entre Morgana e o jovem soldado, enquanto ela afundava o rosto no véu e se encolhia, já seminua, para que não fosse vista em meio à palha.

— Maldição! Não posso me ausentar nem por um momento...

— Ah, senhor, venha rápido, um dos cavalos estranhos... Havia uma égua no cio, e dois dos garanhões começaram a brigar, e acho que um deles quebrou uma perna...

— Inferno e seus demônios!

Lancelote vestia rapidamente as roupas, levantando-se acima do rapaz que os havia interrompido.

— Já estou indo...

O jovem havia visto Morgana. Ela esperou, em um momento de horror, que não a tivesse reconhecido. Aquilo seria de fato motivo para fofocas na corte. *Não tão ruim quanto o que não sabem... que eu tive um filho com meu próprio irmão.*

— Interrompi algo, senhor? — disse o jovem, tentando espiar em torno de Lancelote, quase rindo. Morgana pensou, desconsolada: *O que isso acarretará para a reputação dele? Ou ser flagrado no feno é considerado crédito para um homem?* Lancelote nem respondeu, apenas empurrou o rapaz, fazendo com que quase caísse.

— Vá e encontre Cai e o ferrador, e leve-os com você. — Voltou rapidamente, como um furacão, e beijou Morgana, que havia de algum modo se levantado. — Deus! De todos os malditos... — Ele a pressionou com força contra seu corpo, com dedos ávidos, e beijou-a com tanta força que ela sentiu que a marca do beijo estava fervendo, vermelha, em seu rosto. — Deuses! Hoje à noite... Prometa! Prometa!

Ela não conseguia falar. Podia apenas consentir, zonza e entorpecida, com seu corpo inteiro gritando pelo cumprimento do que havia sido interrompido. E, então, viu Lancelote correr para longe. Depois de um minuto ou dois, um rapaz foi até ela com deferência e se curvou; e, enquanto os soldados voltaram a correr de uma lado para o outro, em algum lugar, soou um grito terrível, quase humano, de um animal moribundo.

— Senhora Morgana? Sou Griflet. O senhor Lancelote me enviou para acompanhá-la de volta aos pavilhões. Ele me disse que havia trazido a senhora aqui embaixo para ver os cavalos que está treinando para o senhor meu rei, mas que a senhora havia escorregado e caído no feno, e que ele estava tentando ver se havia se machucado quando começaram a gritar por ele... quando se deu a briga com o cavalo do rei Pellinore. E ele pede que a senhora lhe dê licença e volte ao castelo...

Bem, Morgana pensou, ao menos isso explicava suas vestes amassadas e manchadas de feno e o cabelo e o lenço na cabeça repletos de palha. Ela não precisava aparecer diante de Gwenhwyfar e da mãe parecendo a mulher das Escrituras, a que foi flagrada em adultério. O jovem Griflet estendeu a mão, e ela se apoiou nela firmemente, dizendo:

— Acho que torci o tornozelo. — E mancou por todo o caminho até o castelo. Se ela tivesse caído e se machucado gravemente, isso certamente explicaria o feno. Parte dela estava feliz pelo pensamento rápido de Lancelote; outra, desolada, pois queria que ele a aceitasse e a protegesse.

Artur havia ido com Cai aos estábulos, aflito com o incidente com os cavalos. Morgana deixou que Gwenhwyfar se alvoroçasse e que Igraine mandasse buscar água fria e linho para enfaixar seu tornozelo. Também aceitou um lugar ao lado da mãe, na sombra, quando os homens e os cavalos saíram para demonstrar seus exercícios. Artur fez um pequeno discurso sobre a nova legião de Caerleon, que reviveria a glória dos dias de Roma e salvaria o interior. Seu pai de criação, Heitor, sorria. Então uma dúzia de cavaleiros saiu, demonstrando as novas habilidades, com as quais os cavalos podiam parar no meio do galope, serem restringidos, darem voltas e cavalgarem juntos.

— Depois disso — declarou Artur grandiosamente —, ninguém dirá novamente que cavalos não servem para nada além de puxar carroças! — Ele sorriu para Gwenhwyfar. — O que acha de meus cavaleiros, minha senhora? Eu os batizei com o antigo nome romano équites, que se refere aos nobres que podiam possuir e equipar seus próprios cavalos.

— Cai monta tão bem quanto um centauro — disse Igraine a Heitor, e o velho sorriu com prazer. — Artur, você nunca fez nada mais bondoso do que dar a Cai um de seus melhores cavalos.

— Cai é um soldado e um amigo muito bom para murchar em casa — disse Artur, categoricamente.

— Ele não é seu irmão de criação? — perguntou Gwenhwyfar.

— É. Ele se feriu em sua primeira batalha, e temia ter de ficar com as mulheres em casa para sempre depois disso — respondeu Artur. — Um destino assustador para um lutador. Mas sobre um cavalo ele luta tão bem quanto qualquer outro soldado.

— Vejam — exclamou Igraine —, a legião destruiu todos aqueles alvos. Nunca vi cavalgarem assim!

— Acho que nada poderia aguentar aquele ataque — disse o rei Pellinore. — Que pena Uther Pendragon não ter vivido para ver isso, meu rapaz... Quero dizer, meu senhor e rei, peço desculpas por minha falha...

— O amigo de meu pai pode me chamar como deseja, querido Pellinore! — disse Artur, calorosamente. — Mas o crédito deve ser dado a Lancelote, meu amigo e capitão.

Gaheris, filho de Morgause, curvou-se em uma mesura diante de Artur.

— Meu senhor, posso ir aos estábulos ver os cavalos sendo desarreados?

Era um menino inteligente, de aparência alegre, de uns catorze anos.

— Pode — disse Artur. — Quando ele virá se juntar a Gawaine e Agravaine ao nosso lado, tia?

— Este ano, talvez, se seus irmãos conseguirem lhe ensinar artes marciais e o mantiverem por perto — disse Morgause, e então levantou a voz: — Não! Não você, Gareth! — E tentou alcançar o menino rechonchudo de seis anos. — Gaheris, traga-o de volta aqui!

Artur estendeu-lhe as mãos, rindo.

— Não se preocupe com isso. Os meninos correm para os estábulos como as pulgas aos cães. Contaram-me que montei no garanhão de meu pai quando mal tinha seis anos! Eu não me lembro disso, foi pouco antes de me enviarem para ser criado por Heitor — ele disse, e Morgana subitamente tremeu, recordando-se de uma criança de cabelo loiro que jazia como morta e algo como um vulto em uma vasilha de água... Não, aquilo já havia passado.

— Seu tornozelo a incomoda muito, irmã? — perguntou Gwenhwyfar, solícita. — Venha, encoste-se em mim...

— Gawaine tomará conta dele — disse Artur, desatentamente. — Acho que é o melhor homem para treinar jovens cavaleiros.

— Melhor que o senhor Lancelote? — perguntou Gwenhwyfar.

Morgana pensou: *Ela só quer dizer o nome dele. Mas fui eu quem ele desejou há pouco tempo, e hoje à noite será tarde demais... melhor que partir o coração de Artur. Contarei a Gwenhwyfar se for preciso.*

— Lancelote? — disse Artur. — É nosso melhor cavaleiro, embora muito intrépido para o meu gosto. Os rapazes o adoram, é claro... Veja, ali está seu pequeno Gareth, tia, seguindo-o como um filhote... E farão qualquer coisa por um elogio dele. Mas ele não é tão bom para ensinar os rapazes como Gawaine. Lancelote é muito exibicionista. Gawaine vai devagar e com calma e faz com que aprendam a arte passo a passo, e eles nunca se machucam por descuido. Gawaine é certamente meu melhor mestre de armas... Veja, ali está Lancelote no cavalo que está treinando para mim... — Ele deu uma gargalhada, e Igraine disse:

— Aquele diabrete!

Pois Gareth havia subido como um macaco pela sela de couro, e Lancelote, rindo, puxou o garoto para a sua frente e saiu em um galope rápido, correndo diretamente morro acima em direção ao local coberto onde o cortejo real se sentava. Eles correram em uma velocidade perigosa, tanto que até Artur abriu a boca e Igraine deu um passo para trás, com o rosto branco. Lancelote parou o cavalo, fazendo com que ele empinasse no ar, e o fez virar.

— Seu cavalo, senhor Artur — ele disse, com um meneio, segurando as rédeas com uma das mãos —, e seu primo. Tia Morgause, pegue esse malandrinho e esquente seu traseiro! — ele completou, deixando Gareth deslizar quase para o colo dela. — Ele poderia ter morrido sob as patas dos garanhões daquele jeito!

Gareth não ouviu uma palavra da reprimenda de Morgause, apenas olhava fixamente para Lancelote, com os olhos azuis arregalados de veneração.

— Quando ficar mais velho — disse Artur, rindo, mirando um soco de brincadeira na criança —, eu o tornarei um cavaleiro e você sairá para vencer gigantes e invasores malvados e também para resgatar belas moças.

— Ah, não, meu senhor Artur — disse a criança, com os olhos ainda presos ao cavalo branco que Lancelote cavalgava para lá e para cá. — O senhor Lancelote fará de mim um cavaleiro, e iremos juntos em uma missão.

Heitor riu e disse:

— O jovem Aquiles encontrou seu Pátroclo, ao que parece.

— Fui totalmente ofuscado — disse Artur, com benevolência. — Até minha nova esposa não consegue tirar os olhos de Lancelote, e implora a ele para chamá-la por seu nome cristão... E agora o pequeno Gareth prefere ser feito cavaleiro por *ele*! Se Lance não fosse meu amigo mais próximo, eu estaria louco de ciúme.

Pellinore observava o cavaleiro a meio galope indo de uma lado para o outro, e então disse:

— Aquele dragão amaldiçoado ainda está se escondendo em um lago nas minhas terras e saindo para matar meus rendeiros ou as vacas deles. Se eu tivesse um cavalo desses que enfrentam a luta... Acho que vou treinar um cavalo de batalha e ir atrás dele de novo. Da última vez eu mal saí vivo.

— Um dragão, senhor? — perguntou o pequeno Gareth. — Ele soltava fogo?

— Não, rapaz, mas tinha um fedor horrível e fazia barulho como se seis matilhas de cães uivassem dentro de sua barriga — respondeu Pellinore, e Heitor disse:

— Dragões não soltam fogo, meu rapaz. Isso vem do costume antigo de chamar uma estrela cadente de dragão, pois têm uma longa cauda de fogo... É possível que tenham existido dragões que *um dia* soltaram fogo, mas não na memória de nenhum vivente.

Morgana não escutava, embora se perguntasse quanto da história de Pellinore era real e quanto era exagero apenas para impressionar a criança. Os olhos dela estavam em Lancelote, exercitando o cavalo.

Artur disse a Gwenhwyfar:

— Jamais poderia treinar um cavalo assim... Lancelote o está preparando para a batalha para mim. Há dois meses era selvagem como um dos dragões de Pellinore. Olhe para ele agora!

— Ele ainda me parece selvagem — disse Gwenhwyfar. — Mas tenho medo até do cavalo mais manso.

— Um cavalo para ser montado em batalha não pode ser dócil como um palafrém de senhoras — disse Artur. — Ele precisa ter atitude... Deus do céu! — ele gritou, levantando-se de repente. De algum lugar veio um borrão branco, algum tipo de ave, um ganso talvez, havia voado bem debaixo dos cascos do cavalo. Lancelote, galopando relaxado, com menos vigilância, foi lançado quando o cavalo empinou, com um relincho frenético. O cavaleiro lutou por controle, mas deslizou quase para baixo dos cascos; semiconsciente, conseguiu rolar um pouco mais para longe.

Gwenhwyfar gritou; Morgause e as outras mulheres ecoaram o grito, enquanto Morgana, esquecendo-se de que supostamente tinha um tornozelo machucado, ficou de pé e correu na direção de Lancelote, arrastando-o para longe dos cascos do cavalo. Artur também disparou para os arreios do cavalo, agarrando-os e arrastando o animal à força para longe de onde Lancelote jazia inconsciente. Morgana se ajoelhou ao lado dele, logo examinando sua têmpora, onde um hematoma já escurecia e uma gota de sangue se misturava com terra.

— Ele está morto? — gritou Gwenhwyfar. — Ele está morto?

— Não — disse Morgana, com aspereza. — Tragam um pouco de água e as faixas de linho restantes. Acho que ele quebrou o pulso, pois amorteceu a queda com ele para não quebrar o pescoço! E sofreu uma pancada na cabeça... — Ela se curvou, pousando a orelha sobre o peito dele, sentindo-o morno, subindo e descendo com a respiração. Pegou a bacia de água fria que a filha de Pellinore havia lhe dado e limpou a testa dele com um pouco de linho.

— Alguém capture aquele ganso e torça bem seu pescoço... E dê também uma boa surra no menino que cuida deles. O senhor Lancelote poderia ter quebrado a cabeça ou ferido o cavalo do Grande Rei.

Gawaine veio e levou o cavalo de volta às cocheiras. A quase tragédia havia esmorecido os festejos, e um por um os convidados começaram a voltar para seus próprios pavilhões e alojamentos. Morgana atou a cabeça de Lancelote e seu punho quebrado, misericordiosamente terminando a tarefa de colocar o braço na tala antes que ele acordasse e gemesse e o apertasse em agonia. Então, conversando com a governanta, pediu a Cai que pegasse umas ervas que o fariam dormir e fez com que o colocassem na cama. Ela ficou todo o tempo com Lancelote, embora ele não a reconhecesse e apenas gemesse e olhasse ao redor com olhos que se recusavam a ficar em foco.

A certo momento ele a olhou e murmurou:

— Mãe... — E o coração dela se apertou. Depois de um tempo, ele caiu em um sono profundo e agitado, mas, ao acordar, finalmente a reconheceu.

— Morgana? Prima? O que aconteceu?

— Você caiu de um cavalo.

— Um cavalo? Que cavalo? — perguntou, confuso, e, quando ela lhe contou, ele disse com segurança:

— Isso é ridículo. Eu não caio de cavalos. — E logo voltou a dormir.

Morgana sentou-se ao lado dele, deixando-o apertar sua mão, e sentiu que seu coração se partiria. As marcas dos beijos dele ainda estavam em sua boca e em seus seios doloridos, mas aquele momento havia passado, e ela sabia disso. Mesmo se ele se lembrasse, não a desejaria. Na realidade, jamais a desejara, a não ser para mitigar a agonia de pensar em Gwenhwyfar e em seu amor por seu rei e primo.

Estava escurecendo; lá longe, no castelo, ela ouviu som de música novamente – Kevin tocava harpa. Havia risos, cantoria e festa. Subitamente a porta se abriu, e o próprio Artur, com uma tocha na mão, entrou.

— Irmã, como vai Lancelote?

— Ele vai viver. Sua cabeça é muito dura para quebrar — ela disse, com impertinência.

— Queríamos que você estivesse entre as testemunhas quando a noiva fosse colocada na cama, uma vez que testemunhou o contrato de casamento — disse Artur. — Mas imagino que Lancelote não deva ser deixado sozinho, e não desejaria que ficasse aos cuidados de um camareiro, nem mesmo Cai. Ele tem sorte de você estar aqui. Vocês são irmão de criação, não são?

— Não — disse Morgana, com uma raiva inesperada.

Artur foi à beira da cama e pegou a mão inerte de Lancelote. O homem ferido gemeu, acordou e olhou para cima, piscando.

— Artur?

— Estou aqui, meu amigo — disse Artur, e Morgana pensou que jamais havia ouvido uma voz masculina tão terna.

— Seu cavalo... está bem?

— O cavalo está bem. Mas dane-se o cavalo — disse Artur. — Se você tivesse morrido, de que me serviria um cavalo? — Ele estava quase chorando.

— Como foi que... isso tudo aconteceu?

— Um maldito ganso voou para debaixo das patas do cavalo. O menino que guarda os gansos está escondido. Acho que sabe que será espancado quase até a morte!

— Não faça isso — disse Lancelote. — Ele é apenas uma pobre criatura estúpida, sem juízo completo. Ele não tem culpa se os gansos são mais inteligentes que ele e que um escapou. Prometa-me, Gwydion.

Morgana ficou surpresa por ele ter usado o antigo nome. Artur apertou a mão dele e se curvou para beijá-lo no rosto, cuidadosamente evitando o lado machucado.

— Prometo, Galahad. Agora, durma.

Lancelote apertou a mão dele com força.

— Quase estraguei sua noite de casamento, não foi? — ele disse, com algo que Morgana reconheceu como sua própria ironia.

— Sim, quase... Minha noiva chorou tanto por *sua* causa que me pergunto o que ela faria se *eu* tivesse quebrado a cabeça — disse Artur, rindo.

— Artur, mesmo sendo você o rei, precisa deixá-lo em paz — disse Morgana com firmeza.

— Certo — disse Artur, e se endireitou. — Vou mandar o Merlim examiná-lo amanhã. Mas ele não pode ser deixado sozinho esta noite...

— Eu fico aqui com ele — disse ela, brava.

— Bem, se está certa disso...

— Volte para Gwenhwyfar. Sua noiva espera por você!

Artur suspirou, acuado. Depois de um momento, afirmou:

— Não sei o que dizer a ela. Ou o que fazer.

Isso é ridículo! Ele espera que eu ensine a ele ou à *sua noiva como se comportar na noite de núpcias?* Diante do olhar de Artur, Morgana baixou os próprios olhos, e então disse, muito gentilmente:

— Artur, é simples. Apenas faça como a Deusa comandar.

Parecia uma criança aflita. Por fim, Artur disse, roucamente, lutando com as palavras:

— Ela... ela não é a Deusa. É só uma garota, e está... está assustada. — Depois de um momento, deixou escapar: — Morgana, você não sabe que eu ainda...

Ela não suportaria o que ele poderia dizer.

— *Não!* — ela disse violentamente, levantando a mão para que ele fizesse silêncio. — Artur, lembre-se de ao menos uma coisa: para ela, você sempre será o Deus. Vá até ela como o Cornífero...

Artur fez o sinal da cruz e tremeu. Enfim, sussurrou:

— Deus me perdoe. Essa é a punição... — E se calou. Os dois irmãos ficaram se olhando por um momento, sem conseguir falar. Então ele afirmou: — Morgana, não tenho o direito... Mas você pode me dar um beijo?

— Meu irmão... — Ela suspirou, ficou na ponta dos pés e o beijou na testa. Então fez na cabeça dele o sinal da Deusa. — Seja abençoado — ela sussurrou. — Artur, agora vá até ela, vá para sua noiva. Eu lhe prometo, prometo em nome da Deusa, tudo correrá bem, eu juro.

Ele engoliu em seco e ela viu os músculos de sua garganta se moverem. Por fim, ele desviou os olhos dela e murmurou:

— Deus a abençoe, irmã.

A porta se fechou atrás dele.

Morgana se jogou em uma cadeira e ficou ali, imóvel, observando o sono de Lancelote, atormentada pelas imagens em sua mente. O rosto de Lancelote sorrindo para ela sob o sol na colina. Gwenhwyfar, atolada na água, as saias ensopadas, apertando a mão de Lancelote. O Deus Cornífero, com seu rosto manchado de sangue de cervo, abrindo a cortina na entrada da caverna. A boca frenética de Lancelote em seus seios – isso ocorrera havia apenas algumas horas?

— Ao menos — ela murmurou, intensamente —, ele não vai passar a noite de núpcias de Artur sonhando com Gwenhwyfar.

Ela se deitou na beira da cama e pressionou cuidadosamente o corpo contra o do homem ferido. E ficou ali deitada em silêncio, sem nem mesmo chorar, afundada em uma tristeza desesperadora, muito profunda para lágrimas. Mas Morgana não fechou os olhos naquela noite, lutando contra a Visão, lutando contra sonhos, esforçando-se pelo silêncio e pela ausência entorpecente que aprendera em Avalon.

E longe dali, na ala mais distante do castelo, Gwenhwyfar deitava-se acordada, olhando com ternura e repleta de culpa para o cabelo de Artur brilhando sob o luar, seu peito subindo e descendo com a respiração silenciosa. As lágrimas caíram lentamente por seu rosto.

Quero tanto amá-lo, ela pensou, e então rezou:

— Oh, Deus, santa Virgem Maria, ajude-me a amá-lo como eu devo, ele é meu rei e senhor e é bom, merece alguém que o amará mais do que eu posso.

Em torno dela, ao que parecia, a noite respirava tristeza e desespero.

Mas por quê, ela se perguntou. *Artur está feliz. Não tem nenhum motivo para me repreender. De onde vem essa tristeza que paira no ar?*

7

Em um dia no fim do verão, a rainha Gwenhwyfar estava sentada com várias de suas damas no salão em Caerleon. A tarde estava muito quente, e a maioria delas fingia fiar ou cardar as últimas lãs da primavera, mas os fusos se moviam lentamente. Até mesmo a rainha, que era a melhor costureira entre elas, havia parado de dar pontos na toalha fina de altar que fazia para o bispo.

Morgana colocou de lado a lã cardada para ser fiada e suspirou. Nessa estação do ano ela sempre ficava com saudade de casa, ansiando pelas brumas que subiam do mar sobre os penhascos em Tintagel... Ela não as via desde a infância.

Artur e seus homens, com a legião de Caerleon, haviam viajado para a costa sul para examinar o novo forte que os saxões do exército do tratado haviam construído ali. O verão não trouxera invasões, e bem poderia ser que os saxões, com exceção dos que haviam feito um tratado com Artur e viviam em paz nas terras de Kent, tivessem desistido de vez da Bretanha. Dois anos da legião de cavaleiros de Artur haviam reduzido as lutas contra os saxões a exercícios de verão esporádicos; mas ele havia aproveitado a estação mais quieta para fortificar todas as defesas do litoral.

— Estou com sede de novo — disse Elaine, a filha de Pellinore. — Minha senhora, posso pedir que enviem mais jarras de água?

— Chame Cai, ele cuidará disso — disse Gwenhwyfar.

Morgana pensou: *Ela cresceu bastante! Transformou-se de uma criança tímida e assustada em uma verdadeira rainha.*

— Deveria ter se casado com Cai quando o rei assim desejou, senhora Morgana — disse Elaine, voltando de sua incumbência e sentando-se ao lado dela no banco. — Ele é o único homem com menos de sessenta anos neste castelo, e a esposa dele jamais ficaria sozinha por metade do ano.

— Pode ficar com ele, se desejar — disse Morgana, amigavelmente.

— Ainda me pergunto por que não quis — disse Gwenhwyfar, como se fosse um velho agravo. — Teria sido tão apropriado... Cai, o irmão de criação do rei, que o tem na mais alta conta, e você, irmã de Artur e duquesa da Cornualha por próprio direito, agora que a senhora Igraine jamais deixa o convento.

Drusilla, filha de um dos reis menores do leste, abafou o riso.

— Diga-me, se a irmã e o irmão do rei se casam, como não é isso um incesto?

— Meia-irmã e irmão de criação, sua tola — disse Elaine. — Mas conte-me, senhora Morgana, foram apenas a perna manca e as cicatrizes que a impediram? Cai não é um homem belo, certamente, mas seria um bom marido.

— Você não me engana — respondeu Morgana, fingindo um bom humor que não sentia... *Essas mulheres só pensam em casamento?* — Você não dá nenhuma importância para minha felicidade com Cai, apenas desejava um casamento para quebrar a monotonia do verão. Mas não seja tão ambiciosa. *Sir* Griflet casou-se com Meleas na última primavera, e isso deveria ser o suficiente por ora.

Ela olhou para Meleas, cujo vestido já começava a ficar apertado por causa da gravidez, e disse:

— Você vai até ter um bebê para mimar e brincar.

— Mas está solteira há muito tempo, senhora Morgana — disse Alienor de Galis. — E não poderia esperar um partido melhor do que o irmão de criação do próprio rei!

— Não tenho pressa de me casar, e Cai estava tão interessado em mim quanto eu nele.

Gwenhwyfar riu.

— É verdade. Ele tem uma língua quase tão ferina quanto a sua e um gênio difícil... A mulher dele vai precisar de mais paciência do que santa Brígida, e você, Morgana, para tudo tem uma resposta afiada pronta.

— E além disso, se ela fosse se casar, teria de fiar para a família — disse Meleas. — Como sempre, Morgana está escapando de sua cota de fiar.

O próprio fuso dela começou a rodar de novo e caiu lentamente em direção ao chão.

Morgana encolheu os ombros.

— É verdade que prefiro cardar lã, mas esse trabalho já foi todo feito — disse, e relutantemente pegou o fuso do chão.

— Mas você é quem fia melhor entre nós — disse Gwenhwyfar. — Seu fio é sempre uniforme e nunca se quebra. O meu se destrói só com o olhar.

— Sempre tive habilidade com as mãos. Talvez esteja apenas cansada de fiar, já que minha mãe me ensinou quando eu era tão jovem — Morgana admitiu, e começou, relutantemente, a passar o fio entre os dedos.

Aquilo ela verdade; ela odiava fiar e fugia disso quando podia. Girando, enrolando o fio nos dedos, o corpo imóvel, apenas os dedos torcendo enquanto o fuso ia girando e girando, para baixo e para cima, girando e girando entre as mãos... Era fácil demais entrar em transe. As mulheres falavam das pequenas coisas do dia, Meleas e seu enjoo matinal, uma mulher que havia chegado da corte de Lot com histórias da depravação dele. *Eu poderia contar muita coisa se quisesse, nem a sobrinha da mulher dele escapou de suas mãos depravadas. Precisei de todo o meu engenho e de toda a minha língua afiada para ficar longe de sua cama. Ele não se importa, donzela ou matrona, duquesa ou a moça do leite, desde que use saias...* Torcer o fio, torcer novamente e observar o fuso girando, girando. Gwydion deve ser um menino grande agora, três anos, pronto para uma espada de brinquedo e cavaleiros de madeira como os que havia feito para Gareth, em vez de gatinhos de estimação e jogos de ossos. Ela se lembrava do peso de Artur em seu colo quando era uma menina aqui em Caerleon, na corte de Uther... Que sorte que Gwydion não se parecia com o pai, pois uma pequena réplica de Artur na corte de Lot teria realmente gerado muita maledicência. Mas, cedo ou tarde, alguém ainda juntaria os pontos e chegaria à resposta certa... Morgana levantou a cabeça raivosamente. Era muito fácil entrar em transe fiando, mas ela devia fazer sua parte, precisavam de fios para tecer no inverno, e as damas estavam fazendo uma toalha de banquete... Cai não era o único homem com menos de sessenta anos no castelo; havia o bardo Kevin, que viera trazer notícias do País do Verão... Como o fuso se movia lentamente em direção ao chão... Torcer, torcer o fio, como se seus dedos tivessem vida própria, separada de sua própria vida... Até mesmo em Avalon ela odiava fiar... Em Avalon, entre as sacerdotisas, tentou fazer mais que sua parte entre as vasilhas de tingimento para evitar a fiação que tanto detestava, que fazia sua mente vagar enquanto os dedos se moviam... Enquanto o fio girava, era como a dança espiral em torno do Tor, circulando e circulando, enquanto o mundo girava em torno do sol no céu, embora o povo ignorante pensasse que era o contrário... As coisas nem sempre eram o que aparentavam, é bem possível que o fuso gire em torno do fio, enquanto o fio gira em torno de si mesmo de novo e de novo, rodando como uma serpente... como o dragão no céu... Se ela fosse um homem e pudesse viajar com a legião de Caerleon, não precisaria sentar-se e fiar, fiar, girando e girando... Mas até a legião de Caerleon rodava em torno dos saxões, e os saxões em torno dela, girando e girando, como o sangue circulava em suas veias, sangue vermelho fluindo, fluindo... e derramando-se sobre a lareira...

Morgana só ouviu o próprio grito depois que ele havia quebrado o silêncio no salão. Ela derrubou o fuso, que rolou pela mancha de sangue que se espalhava, vermelho, jorrando sobre a lareira...

— Morgana! Irmã, você espetou o dedo no fuso? O que a aflige?

— Sangue na lareira — gaguejou Morgana. — Veja, bem diante do trono do rei, mortos ali como uma ovelha abatida diante do rei...

Elaine a chacoalhou. Zonza, Morgana passou a mão diante dos olhos. Não havia sangue, apenas o rastejar lento do sol da tarde.

— Irmã, o que viu? — perguntou Gwenhwyfar, gentilmente.

Mãe Deusa! Aconteceu de novo! Morgana tentou retomar o ritmo normal de sua respiração.

— Nada, não foi nada. Devo ter adormecido e sonhei por um momento.

— Você não viu nada? — Calla, a esposa gorda do despenseiro, olhou avidamente para Morgana. Ela se lembrou da última vez, havia mais de um ano, quando entrara em transe ao fiar e previra que o cavalo favorito de Cai quebraria a pena no estábulo e precisaria ser degolado.

Morgana disse impacientemente:

— Não, nada além de um sonho... Na noite passada sonhei que comia pato e não experimento um desde a Páscoa! Todos os sonhos precisam ser um presságio?

— Se vai profetizar, Morgana — provocou Elaine —, deveria nos dizer algo sensato, como, por exemplo, quando os homens voltarão, assim poderemos esquentar o vinho, se Meleas deve fazer cueiros para um menino ou uma menina ou ainda quando a rainha ficará grávida!

— Cale-se, sua besta — silvou Calla, pois os olhos de Gwenhwyfar haviam se enchido de lágrimas. A cabeça de Morgana doía depois do transe indesejado. Parecia que pequenas luzes se arrastavam diante de seus olhos, minhocas claras e brilhantes que cresciam e se espalhavam por todo o seu campo de visão. Ela sabia que deveria deixar as provocações de lado, mas, exatamente quando esse conhecimento cruzava sua mente, explodiu:

— Estou tão cansada dessa velha piada! Não sou nenhuma maga de aldeia para me meter com feitiços para gravidez, poções de amor, profecias e encantamentos. Sou uma sacerdotisa, não uma bruxa!

— Vamos, vamos — disse Meleas, pacificamente. — Deixem Morgana em paz. Esse sol é o bastante para fazer qualquer um ver coisas que não existem. Mesmo que ela tenha visto sangue derramado na lareira, pode bem ser apenas que algum serviçal sem juízo venha a derrubar um assado malpassado ali, derramando, assim, o molho vermelho! Aceita água, senhora? — Ela foi até o balde de água, mergulhou a concha e a ofereceu para Morgana, que bebeu com sede. — Ouvi que a maioria das profecias não dá em nada... Mas alguém bem poderia perguntar a ela quando o pai de Elaine vai finalmente capturar e matar o dragão que persegue estação atrás de estação.

Previsivelmente, a distração funcionou. Calla brincou:

— Se é que algum dia existiu mesmo um dragão, e o rei Pellinore não estava apenas buscando uma desculpa para sair de casa quando ficava cansado do lar!

— Se eu fosse homem e me casasse com essa mulher de Pellinore — disse Alienor —, eu bem poderia preferir um dragão que não consigo encontrar a um que dorme comigo em minha cama.

— Diga-me, Elaine — perguntou Meleas —, há mesmo um dragão ou seu pai o persegue apenas porque é mais simples do que cuidar das vacas? Os homens não precisam fiar quando estão em guerra, mas, quando há paz, podem ficar cansados dos viveiros de aves e dos pastos, imagino.

— Nunca vi o dragão — disse Elaine. — Deus me livre. Mas *alguma coisa* pega as vacas de tempos em tempos, e uma vez vi uma grande trilha de gosma nos campos e senti o fedor; e havia lá uma vaca devorada, coberta de gosma pestilenta. Não era obra de um lobo e nem mesmo de um carcaju.

Vacas desaparecendo — brincou Calla. — O povo das fadas, que acredito não ser muito cristão, bem que poderia, vez ou outra, roubar uma vaca quando não há cervos.

— E, falando em vacas — disse Gwenhwyfar, com firmeza —, acho que preciso perguntar a Cai se há uma ovelha ou um cabrito para o abate. Precisamos de carne. Se os homens voltarem esta noite ou amanhã, não poderemos alimentar todos eles com mingau e pão com manteiga! E até a manteiga está começando a estragar neste calor. Venha comigo, Morgana. Gostaria que sua Visão pudesse nos dizer se vai chover! Todas vocês, tirem os fios e a lã dos bancos ali e guardem os trabalhos. Elaine, querida, leve meu bordado para meus aposentos e cuide para que nada o manche. — E, quando foram em direção ao corredor, ela disse, em voz baixa: — Você realmente viu sangue, Morgana?

— Eu sonhei — repetiu Morgana, teimosamente.

Gwenhwyfar a olhou duramente, mas, às vezes, havia afeto verdadeiro entre as duas, e ela não insistiu no assunto.

— Se você viu, que Deus permita que seja sangue saxão e que seja derramado bem longe deste lar. Venha, vamos perguntar a Cai sobre o rebanho para abate. Não é estação de caça, e não desejo que os homens saiam para caçar quando chegarem. — Ela bocejou. — Gostaria que o calor desse uma trégua. Ainda podemos ter uma tempestade, pois o leite havia azedado esta manhã. Preciso dizer às criadas para fazer coalhada com ele e não jogá-lo para os porcos.

— Você é uma dona de casa notável, Gwenhwyfar — disse Morgana, ironicamente. — Eu não teria pensado nisso. Mas o cheiro de coalhada empesteia tanto a sala de laticínios... Acho que preferiria engordar bem os porcos.

— Estão gordos o bastante com este clima, todas as bolotas maduras — disse Gwenhwyfar, olhado de novo para o céu. — Veja, é um relâmpago?

Morgana seguiu os olhos dela, vendo o risco de luz cruzando o céu.

— Sim. Os homens chegarão molhados e com frio. Precisamos esquentar o vinho para eles — disse, distraidamente, e então estremeceu, enquanto Gwenhwyfar piscava.

— Agora realmente acredito que tem a Visão. Certamente não ouço cascos ou um aviso da torre de vigia — disse Gwenhwyfar. — De qualquer modo, direi a Cai para se certificar de que haverá carne para esta noite.

E ela andou pelo pátio, enquanto Morgana ficou de pé, apertando com a mão a cabeça, que doía.

Isso não é bom. Em Avalon, ela aprendera a controlar a Visão, não deixar que surgisse de repente, quando não estava preparada... Logo seria mesmo uma bruxa de aldeia, mascateando feitiços e profetizando o sexo dos bebês e os novos amantes para as moças, tudo isso por conta do puro tédio ante a mesquinhez da vida entre as mulheres. A conversa a entediava e fazia com que se concentrasse em fiar, e fiar a fazia entrar em transe. *Um dia, sem dúvida, vou me rebaixar o suficiente para dar a Gwenhwyfar os encantos que ela deseja para ter um filho de Artur... Esterilidade* é um fardo pesado para uma rainha, e apenas uma vez nestes dois anos ela deu algum sinal de estar grávida.

Ainda assim, achava a companhia de Gwenhwyfar e de Elaine suportáveis; a maioria das outras mulheres jamais pensava em nada além da refeição seguinte ou do próximo carretel fiado. Gwenhwyfar e Elaine tinham alguma instrução, e algumas vezes, sentada à vontade entre elas, podia quase se imaginar pacificamente entre as sacerdotisas da Casa das Donzelas.

A tempestade começou pouco antes do pôr do sol – caiu granizo, que retiniu no pátio e quicou nas pedras, e uma chuva torrencial; e, quando a torre de vigia avisou que havia cavaleiros a caminho, Morgana não teve dúvidas de que se tratava de Artur e de seus homens. Gwenhwyfar ordenou que acendessem tochas para iluminar o pátio, e pouco depois os muros de Caerleon estavam abarrotados de homens e cavalos. Gwenhwyfar conferiu com Cai e ele havia abatido não um cabrito, mas sim ovelhas, então havia carne assando e caldo quente para os homens. A maior parte da legião acampou no pátio externo e no campo, e, como qualquer comandante, Artur conferiu as instalações dos homens e os estábulos para os cavalos antes de entrar no pátio, onde Gwenhwyfar o esperava.

Ele estava com a cabeça enfaixada sob o elmo e se apoiava um pouco no braço de Lancelote, mas logo se adiantou às perguntas ansiosas dela.

— Uma batalha... Invasores jutos ao longo do litoral. Os saxões das tropas do tratado já haviam expulsado a maior parte deles quando chegamos ali. Ah! Sinto o cheiro de cordeiro... Mas isso é mágica, já que não sabia que viríamos?

— Morgana me disse que você viria, e há vinho quente também — disse Gwenhwyfar.

— Ora, é uma bênção para um homem faminto ter uma irmã com o dom da Visão — disse Artur, com um sorriso jovial para Morgana, e ela sentiu a cabeça doer ainda mais e os nervos ficarem à flor da pele. Ele a beijou e virou-se novamente para Gwenhwyfar.

— Você está ferido, meu marido, deixe-me ver isso...

— Não, não, não é nada. Nunca perco muito sangue, você sabe disso, não enquanto levar comigo esta bainha — ele disse —, mas como está você, depois de tantos meses? Eu havia pensado...

Os olhos dela lentamente se encheram de água.

— Estava novamente enganada. Ah, meu senhor, dessa vez eu tinha tanta certeza, tanta...

Ele pegou a mão dela, incapaz de expressar seu desapontamento diante da dor de sua mulher.

— Bem, certamente devemos pedir a Morgana que lhe dê um encantamento — disse ele. Mas observou, com o rosto momentaneamente adquirindo um ar de tristeza, quando Meleas recebeu Griflet com um beijo de esposa, empinando a jovem barriga inchada para a frente, cheia de orgulho. — Ainda não estamos velhos, minha Gwenhwyfar, temos tempo — completou.

Na realidade, pensou Gwenhwyfar, *não sou tão jovem assim. A maioria das mulheres que conheço, a não ser por Morgana e Elaine, que ainda não se casaram, tinham belos meninos e meninas já aos vinte anos. Igraine teve Morgana quando tinha quinze, e Meleas não tem mais que catorze e meio!* Ela tentou parecer calma e despreocupada, mas a culpa a corroía por dentro. O que mais uma rainha deveria fazer para seu senhor... Sua principal obrigação era lhe dar um filho, e ela ainda não havia cumprido esse dever, embora rezasse por isso até que os joelhos doessem.

— Como vai, minha senhora? — Lancelote fez uma mesura diante dela, sorrindo, e ela estendeu a mão para que ele a beijasse. — Uma vez mais voltamos para casa e está mais bela que nunca. É a única dama cuja beleza jamais se apaga. Começo a achar que Deus ordenou que fosse desse jeito, assim, enquanto todas as outras mulheres envelhecem e ficam gordas e desgastadas, ficará cada vez mais bela.

Ela sorriu para ele e se sentiu reconfortada. Talvez fosse bom que não estivesse grávida e feia... viu que ele olhou para Meleas com um leve sorriso desdenhoso e sentiu que não suportaria estar feia diante de Lancelote.

Artur parecia maltrapilho, como se tivesse dormido com a mesma túnica amassada durante toda a campanha e se enrolado, na lama, na chuva e no mau tempo, em seu manto fino e desgastado. Mas Lancelote parecia descansado e fresco, seu manto e sua túnica bem escovados, como se tivesse se vestido para uma festa de Páscoa: o cabelo aparado e bem penteado, o cinto de couro brilhante, e até as penas de águia do barrete estavam de pé, secas e lisas. *Ele se parece mais com um rei do que o próprio Artur*, pensou Gwenhwyfar.

Enquanto as criadas serviam pratos de carne e pão, Artur puxou Gwenhwyfar para seu lado.

— Venha sentar-se entre mim e Lancelote, Gwen, e vamos conversar... Parece-me que se passou tanto tempo desde que ouvi uma voz que não seja rouca e máscula ou senti o perfume do vestido de uma mulher. — Ele passou a mão pela trança dela. — Venha também, Morgana, sente-se ao meu lado. Estou cansado de campanhas e quero ouvir conversas triviais, não as do acampamento! — Ele mordeu um pedaço de pão com avidez faminta. — E é bom comer pão recém-assado. Também estou farto de pão duro de exército e carne passada!

Lancelote se virou para sorrir para Morgana.

— E você, como está, parente? Há alguma notícia do País do Verão ou de Avalon? Se houver, há outra pessoa aqui que anseia por saber: meu irmão Balan, que viajou conosco.

— Não tenho notícias de Avalon — disse Morgana, sentindo que Gwenhwyfar a observava... Ou será que olhava para Lancelote? — Não vejo Balan há muitos anos; imagino que ele tenha notícias mais recentes que as minhas.

— Ele está ali — disse Lancelote, fazendo um gesto em direção aos homens no salão. — Artur pediu que ele viesse jantar conosco como meu parente, e seria bondade sua, Morgana, levar a ele uma taça de vinho da mesa superior. Como todos os homens, ele anseia por receber as boas-vindas de uma mulher, mesmo que de uma parente, e não namorada.

Morgana pegou um dos copos, um chifre revestido de madeira, que estava na mesa superior, e pediu a um servo para despejar vinho nele. Então ela o levantou nas mãos e deu a volta na mesa, entre os cavaleiros. Estava agradavelmente consciente da deferência deles, mesmo sabendo que olhariam daquela maneira para qualquer mulher bem-criada e bem--vestida depois de tantos meses de campanha; aquilo não era nenhum elogio particular à sua beleza. Ao menos Balan, que era seu primo, quase um irmão, não olharia para ela com olhos famintos.

— Eu o saúdo, meu primo. Lancelote, seu irmão, enviou um pouco de vinho da mesa do rei.

— Por favor, dê um gole antes, senhora — ele disse, e piscou. — Morgana, é você? Eu mal a reconheci, você ficou tão bonita. Sempre penso em você com as vestes de Avalon, mas de fato se parece com minha mãe. Como vai a Senhora?

Morgana colocou o copo nos lábios – aquilo era mera cortesia, talvez vinda de um tempo em que os presentes ao rei eram provados diante de um convidado, quando se utilizavam para o envenenamento de reis rivais. Ela entregou o copo a ele, que deu um longo gole antes de olhá-la de novo.

— Esperava receber de você notícias de Viviane, parente. Não vou a Avalon há muitos anos — ela disse.

— Sim, soube que estava na corte de Lot — ele afirmou. — Você se desentendeu com Morgause? Ouvi dizer que é fácil uma mulher se desentender com ela...

Morgana balançou a cabeça.

— Não, mas quis me afastar o suficiente para ficar longe da cama de Lot, e isso *não* é fácil. Nem a distância entre Orkney e Caerleon é suficiente.

— Então veio para a corte de Artur como dama de companhia da rainha dele — disse Balan. — Essa é uma corte mais decorosa que a de Morgause, ouso dizer. Gwenhwyfar cuida bem de suas damas e arranja bons casamentos para elas também... Vejo que a senhora de Griflet está grávida de seu primeiro filho. Ela não encontrou um marido para você, parente?

Morgana se forçou a dizer alegremente:

— Está me fazendo uma proposta, *sir* Balan?

Ele riu.

— Você é uma parente muito próxima, Morgana, do contrário aceitaria sua oferta. Mas ouvi dizer que Artur quis casá-la com Cai, e me pareceu uma boa união, uma vez que deixou Avalon.

— Cai estava tão interessado em mim quanto eu nele — ela respondeu, abruptamente —, e jamais disse que não voltarei a Avalon, mas apenas no dia em que Viviane mandar me chamar.

— Quando era menino — disse Balan, e, por um momento, com os olhos escuros dele repousando sobre ela, Morgana pensou que realmente podia ver a semelhança com Lancelote nesse homem grande e bruto —, eu pensava mal da Senhora... de Viviane, que ela não me amava como uma mãe deveria. Mas hoje penso diferente. Como sacerdotisa, ela não teria tempo para criar um filho. E então me colocou nas mãos de alguém que só fazia isso e me deu meu irmão de criação Balin... Ah, sim, quando menino eu me sentia culpado por isso também, por gostar mais de Balin do que de nosso Lancelote, que é minha carne e meu sangue. Mas agora sei que Balin é meu verdadeiro irmão de coração, e Lancelote, embora eu o admire pelo grande cavaleiro que é, sempre será um estranho para mim. E também — continuou Balan, sério —, quando Viviane me enviou para ser criado pela dama Priscilla, colocou-me em um lar em que pude conhecer o verdadeiro Deus e Cristo. Parece-me estranho que, se tivesse vivido em Avalon, com meus próprios parentes, eu hoje seria um pagão, assim como Lancelote...

Morgana sorriu um pouco e disse:

— Bem, nisso não posso compartilhar sua gratidão, pois acho que a Senhora não fez bem em deixar o próprio filho abandonar os Deuses dela. Mas até mesmo Viviane muitas vezes me disse que um homem deve seguir a religião e o conselho espiritual que mais lhe agradam, sejam os dela sejam os de outra pessoa. Se eu fosse verdadeiramente cristã e devota, sem dúvida ela teria me deixado viver seguindo a fé que tem força em meu coração. Mas ainda assim, embora tenha sido criada até os onze anos por Igraine, que era uma boa cristã, acho que talvez tenha sido determinado que eu visse as coisas espirituais conforme elas vêm da Deusa.

— Balin saberia discutir isso melhor que eu — disse Balan —, pois é mais devoto que eu e também um melhor cristão. Eu provavelmente deveria lhe dizer o que disseram os padres, que há apenas uma fé verdadeira na qual homens e mulheres devem confiar. Mas você é minha parente, sei que minha mãe é uma boa mulher, então tenho fé em que Cristo levará em conta a bondade dela no dia final. Quanto ao resto, não sou padre e não vejo por que não deva deixar esses assuntos para os homens da Igreja que realmente os estudaram. Amo Balin, mas ele deveria ter sido padre, não guerreiro, se é tão sensível a respeito de sua fé e de sua consciência. — Ele olhou para a mesa da corte e afirmou: — Diga-me, irmã de criação, você o conhece melhor que eu... O que acha que pesa tanto no coração de nosso irmão Lancelote?

Morgana inclinou a cabeça e disse:

— Se eu soubesse, Balan, não contaria um segredo que não é meu.

— Está certa em dizer para que eu cuide da minha própria vida — disse Balan —, mas odeio vê-lo triste, e é assim que ele se sente. Pensei mal de nossa mãe, como disse anteriormente, por ter me mandado para longe de casa tão jovem, mas ela me deu uma mãe de criação amorosa e um irmão da minha idade, criado sempre ao meu lado, e um verdadeiro lar. Mas ela não foi tão feliz com Lancelote. Ele nunca se sentiu em casa, nem em Avalon e nem na corte de Ban de Benwick, onde era tratado com indiferença, como sendo apenas mais um bastardo do rei... Viviane realmente agiu mal com ele, e gostaria que Artur lhe desse uma esposa, assim ele finalmente teria um lar.

— Bem — disse Morgana, divertidamente —, se o rei desejar me casar com Lancelote, só precisa marcar o dia.

— Você e Lancelote? Não são parentes muito próximos para isso? — Balan perguntou, e pensou por um instante. — Não, acho que não. Igraine e Viviane eram apenas meias-irmãs, e Gorlois e Ban de Benwick não têm nenhum parentesco. Embora o povo da Igreja diga que a família de criação deve ser tratada como parente de sangue quando se trata de casamento... Bem, Morgana, brindarei ao seu casamento com prazer no dia em que Artur a entregar para o meu irmão e pedir que o ame e cuide dele como Viviane nunca fez! E nenhum de vocês precisaria sair da corte, já que você é a dama predileta da rainha, e Lancelote, o melhor amigo do rei. Espero que isso aconteça! — Os olhos dele a fitaram com uma preocupação bondosa, e ele disse: — Mas você já passou da idade de ser dada em casamento por Artur.

E por que o rei deveria me dar, como se eu fosse um de seus cavalos ou cães?, Morgana se perguntou, mas logo afastou esse pensamento. Ela tinha vivido muito tempo em Avalon, às vezes se esquecia de que os romanos haviam feito essa lei, de que mulheres eram bens dos homens da família. O mundo havia mudado, e não adiantava se rebelar contra o que não podia ser alterado.

Logo depois ela começou a rodear a grande mesa que fora o presente de casamento de Gwenhwyfar a Artur. O grande salão ali em Caerleon, mesmo sendo amplo, não tinha espaço suficiente, então, em um ponto, ela precisou subir nos bancos que ficavam presos entre a mesa e a parede para passar pela grande curva. Os rapazes que serviam a todos também precisavam se esgueirar ao levar taças e pratos fumegantes.

— Kevin não está aqui? — perguntou Artur. — Então Morgana terá de cantar para nós... Estou ansioso por harpas e todas as coisas dos homens civilizados. Não me surpreende que os saxões passem todo o tempo guerreando. Ouvi o uivo calamitoso de seus cantores, e eles não têm motivos para ficar em casa!

Morgana pediu a um dos ajudantes de Cai no castelo para pegar a harpa em seus aposentos. Ao retornar, o rapaz precisou contornar o banco e acabou perdendo o equilíbrio; apenas a rapidez de Lancelote, que se esticou para dar apoio ao ajudante e à harpa, impediu que o instrumento caísse.

Artur franziu o cenho.

— Fico muito contente de que meu sogro tenha me enviado essa enorme mesa redonda — ele disse —, mas não há um cômodo grande o suficiente para ela em Caerleon. Quando os saxões forem expulsos de vez, acho que devo construir um salão apenas para ela!

— Então nunca será construído — riu Cai. — Dizer "quando os saxões forem expulsos de vez" é como dizer "quando Jesus voltar" ou "quando o inferno congelar" ou ainda "quando nascerem framboesas nas macieiras de Glastonbury".

— Ou quando o rei Pellinore capturar seu dragão — riu Meleas.

Artur sorriu.

— Não deve caçoar do dragão de Pellinore — ele disse —, pois há notícias de que foi visto de novo, e ele saiu para capturá-lo e matá-lo dessa vez... Ele chegou até a perguntar ao Merlim se ele sabia algum feitiço para capturar dragões!

— Ah, sim, foi visto... como um ogro nas colinas, transformado em pedra sob a luz do dia, ou no círculo de pedras dançando em noite de lua cheia — disse Lancelote. — Sempre há quem veja aquilo que deseja. Alguns veem santos e milagres, outros, dragões ou o velho povo das fadas. Mas eu nunca conheci um vivente que tivesse visto um dragão ou uma fada.

Morgana se recordou, contra a sua vontade, do dia em Avalon em que havia ido buscar raízes e ervas e se perdeu nas terras estranhas em que a mulher das fadas havia falado com ela e tentado criar seu filho... O que, de fato, ela havia visto? Teria sido apenas a fantasia doente de uma mulher grávida?

— Você diz isso tendo sido criado como Lancelote do Lago? — ela perguntou, baixo. Lancelote se virou para ela e respondeu:

— Às vezes isso me parece irreal... Não é assim com você, irmã?

— Tem razão, mas às vezes tenho saudade de Avalon... — afirmou ela.

— Sim, eu também, parente — disse ele. Nunca, desde a noite do casamento de Artur, em palavra ou olhar, ele deu a entender que tinha por ela qualquer sentimento além dos de um companheiro e irmão de criação. Morgana pensara que tinha aceitado a dor disso, mas ela a atingiu com força renovada quando os olhos belos e escuros dele encontraram os dela com tanta bondade.

Cedo ou tarde, essa situação deverá ser vista da maneira como analisou Balan: os dois são solteiros, a irmã do rei e seu melhor amigo...

— Bem, quando os saxões forem expulsos de vez — disse Artur.— E não riam como se fosse um evento fabuloso, pois isso agora pode acontecer, e acho que eles têm essa consciência. Nesse dia, então, vou construir um castelo para mim e um grande salão, com espaço suficiente até para esta mesa. Já escolhi o lugar: um forte sobre a colina que estava lá bem antes do tempo dos romanos, de frente para o lago e perto do reino de seu pai, Gwenhwyfar. Você conhece o lugar, onde o rio deságua no lago...

— Conheço — ela disse. — Quando criança, fui até lá um dia colher morangos. Havia um velho poço em ruínas, e encontramos flechas de sílica. O Povo Antigo que vivia ali acabou por deixar suas flechas.

Que estranho, pensou Gwenhwyfar, lembrar-se de que houve um tempo em que gostava de ir lá fora, sob o céu alto e imenso, sem se preocupar se havia um muro ou a segurança de um lugar cercado. Agora, ficava enjoada e zonza se fosse além dos muros, onde não pudesse vê-los ou tocá-los. Às vezes sentia um nó no estômago até quando atravessava o pátio, e precisava correr para tocar a segurança do muro.

— É um lugar fácil de fortificar — disse Artur —, embora eu espere que, quando acabarmos com os saxões, tenhamos mais descanso e paz nesta ilha.

— Um desejo ignóbil para um guerreiro, irmão — disse Cai. — O que fará em tempos de paz?

— Chamarei o bardo Kevin para fazer música, e vou treinar meus próprios cavalos e montá-los por prazer — disse Artur. — Meus Companheiros criarão os filhos sem colocar uma espada em cada mãozinha antes que ela esteja totalmente crescida! E não precisarei me preocupar com que sejam aleijados ou mortos antes de serem adultos. Cai, não seria melhor se você não precisasse ter sido enviado para a guerra antes que fosse velho o suficiente para se proteger? Às vezes sinto que é errado que você, e não eu, tenha sido aleijado, só porque Heitor queria me manter seguro para Uther!

Ele olhou com preocupação e afeto para o irmão de criação, e Cai sorriu de volta para ele.

— E manteremos as artes da guerra vivas fazendo jogos — disse Lancelote —, como faziam no tempo dos antigos, e o vencedor receberá uma coroa com folhas de louro... Aliás, o que é louro, Artur? Cresce aqui nestas ilhas? Ou apenas na terra de Aquiles e Alexandre?

— O Merlim pode lhe dizer isso — disse Morgana, quando Artur pareceu perplexo. — Também não sei, mas, com ou sem louro, há plantas suficientes para fazer coroas para os vencedores de seus jogos.

— E daremos guirlandas aos harpistas também — disse Lancelote. — Cante para nós, Morgana.

— Sim, é melhor eu cantar para vocês agora — disse Morgana —, pois não acho que, quando vocês homens fizerem seus jogos, deixarão mulheres cantar.

Ela pegou a harpa e começou a tocar. Estava sentada perto de onde estivera naquela tarde quando vira sangue derramado na lareira do rei... Aquilo realmente aconteceria ou era apenas fantasia? Ora, realmente, ela deveria achar que ainda possuía a Visão? O poder nunca vinha, a não ser nesses transes indesejáveis...

Começou a cantar um lamento antigo que ouvira em Tintagel, sobre uma pescadora que havia visto barcos varridos pelo mar. Sabia que os prendia com sua voz e, no silêncio do salão, começou a cantar velhas canções das ilhas, que havia escutado na corte de Lot: uma lenda de uma mulher-foca que saíra do mar para encontrar um amante mortal, canções sobre as pastoras solitárias, canções para se ouvir durante o trabalho de fiar e cardar linho. Mesmo quando sua voz ficou cansada, pediram por mais, mas ela levantou a mão em protesto.

— Chega. Realmente não consigo mais cantar. Estou rouca como um corvo.

Logo depois, Artur chamou os criados para apagar as tochas no salão e iluminar o caminho dos hóspedes até seus aposentos. Era uma das tarefas de Morgana cuidar para que as damas solteiras da rainha fossem para a cama em segurança no grande quarto atrás dos aposentos da própria Gwenhwyfar, no lado oposto do castelo àquele em que ficavam os soldados e guerreiros. Mas ela ficou ali por um momento, observando Artur e Gwenhwyfar, que davam boa-noite a Lancelote.

— Eu disse às mulheres para prepararem a melhor cama de hóspedes para você, Lancelote — afirmou Gwenhwyfar. Ele riu e balançou a cabeça.

— Sou um soldado, é minha obrigação conferir se os cavalos e os homens estão acomodados em segurança antes de ir dormir.

Artur riu, o braço em torno da cintura de Gwenhwyfar, e disse:

— Precisamos casá-lo, Lancelote, assim não passará as noites com tanto frio. Eu o fiz capitão da cavalaria, mas não precisa dormir entre os soldados!

Gwenhwyfar sentiu uma dor dentro do peito quando olhou nos olhos de Lancelote. Pareceu-lhe que podia quase ler os pensamentos dele, que ele diria alto novamente, como dissera uma vez: *Meu coração está tão tomado por minha rainha que não há espaço para qualquer outra mulher...* Ela prendeu a respiração, e Lancelote apenas suspirou e lhe sorriu. Gwenhwyfar pensou: *Não, sou uma mulher casada, uma cristã, é pecado até pensar tais coisas. Devo fazer penitência.* E então, com a garganta tão fechada que não podia engolir, sentiu o pensamento vir espontaneamente. *Ter de ficar separada do homem que amo já é penitência suficiente...* E ofegou tão alto que Artur a olhou com surpresa.

— O que foi, meu amor, machucou-se?

— Um... um alfinete me espetou — ela disse, e desviou os olhos, fingindo buscar o alfinete nas dobras do vestido. Viu Morgana observando-a e mordeu o lábio. *Ela está sempre me observando... e tem a Visão. Será que conhece todos os meus pensamentos pecaminosos? É por isso que me olha com tanto desdém?*

Morgana, porém, jamais havia lhe demonstrado nada além da bondade de uma irmã. E quando estivera grávida, no primeiro ano de seu casamento – quando teve febre e perdeu o bebê com cinco meses –, não suportava qualquer outra dama ao seu lado, e Morgana cuidou dela quase como uma mãe. Por que, agora, era tão ingrata?

Lancelote desejou-lhes boa-noite novamente e se retirou. Gwenhwyfar tinha a consciência quase dolorida do braço de Artur em torno de sua cintura, do anseio franco nos olhos dele. Bem, estiveram separados por um longo tempo. Mas ela sentiu um súbito ressentimento. Nem uma vez, desde aquela época, fiquei grávida. Será que ele não pode nem me dar um filho?

Ah, mas certamente aquilo era culpa dela. Uma das parteiras havia lhe dito que era como uma doença das vacas que fazia com que deitassem fora as crias antes do nascimento, repetidamente, e que às vezes era contraída também pelas mulheres, que não conseguiam carregar a criança por mais de um mês ou dois, no máximo três. De alguma maneira, por falta de cuidado, deve ter contraído aquela doença, talvez entrando na sala de laticínios na hora errada ou bebendo o leite de uma vaca que havia abortado o bezerro, e, assim, a vida do filho e herdeiro de seu senhor fora condenada, e tudo isso havia sido provocado por ela própria... Devastada pela culpa, seguiu Artur para seus aposentos.

— É mais que uma simples brincadeira, Gwen — disse Artur, sentando-se para tirar as perneiras de couro. — Precisamos casar Lancelote. Viu como todos os rapazes correm para ele, e como ele é bom com eles? Lancelote deveria ter filhos. Já sei, Gwen! Vamos casá-lo com Morgana!

— Não!

A palavra escapou antes que ela pudesse pensar, e Artur a olhou, espantado.

— O que há de errado com você? Não parece a escolha perfeita? Minha querida irmã e meu melhor amigo? E os filhos deles, veja, seriam os herdeiros mais próximos de nosso trono, se Deus não nos mandar filhos... Não, não, não chore, meu amor — ele pediu, e Gwenhwyfar soube, envergonhada e humilhada, que seu rosto havia se retorcido com o choro. — Não tive a intenção de censurá-la, meu amor, filhos virão quando a Deusa desejar, mas apenas ela sabe quando os teremos ou se os teremos. E, embora eu tenha afeto por Gawaine, não desejo colocar um filho de Lot no trono se eu morrer. Morgana é filha de minha mãe, e Lancelote é meu primo...

— Certamente não importa a Lancelote se ele terá filhos ou não — disse Gwenhwyfar. — Ele é o quinto ou sexto filho do rei Ban, e ainda por cima bastardo.

— Nunca pensei que ouviria de você, entre todas as pessoas, uma censura ao meu parente e amigo mais querido por causa de seu nascimento

— afirmou Artur. — E ele não é qualquer bastardo, é filho do bosque e do Grande Casamento...

— Libertinagens pagãs! Se eu fosse o rei Ban, limparia meu reino de toda a imundície de feitiçarias como essa, e você deveria fazer o mesmo!

Artur se virou, inquieto, entrando sob a coberta da cama.

— Lancelote teria poucos motivos para me amar se eu expulsasse a mãe dele deste reino. E jurei honrar Avalon, pela espada que me deram na minha coroação.

Gwenhwyfar olhou para a grande espada Excalibur, que estava pendurada sobre a beirada da cama dentro de sua bainha mágica coberta de símbolos místicos que pareciam brilhar em um prateado pálido, como se estivesse zombando dela. Por fim, apagou a vela e se deitou ao lado do marido, dizendo:

— Nosso Senhor Jesus o protegeria melhor do que qualquer encantamento maligno desses. *Você* não precisou ter nada com as Deusas e seus feitiços antes de ser rei, precisou? Sei que tais coisas eram feitas nos tempos de Uther, mas esta agora é uma terra cristã.

Artur se virou, incomodado, e disse:

— Há muitas pessoas nesta terra, o Povo Antigo que vivia aqui muito antes da chegada dos romanos... Não podemos tirar-lhes seus Deuses. E o que aconteceu antes de minha coroação... bem, isso não a afeta, minha Gwenhwyfar.

— Os homens não podem servir a dois mestres — afirmou Gwenhwyfar, surpresa com a própria ousadia. — Gostaria que fosse um rei totalmente cristão, meu senhor.

— Devo lealdade a todo o meu povo — disse Artur —, não apenas aos que seguem Cristo...

— Parece-me — afirmou Gwenhwyfar — que são esses os seus inimigos, não os saxões. A verdadeira batalha de um rei cristão é apenas contra os que não seguem Cristo.

Artur riu daquilo, incomodado.

— Agora você soa como o bispo Patrício. Ele preferiria que convertêssemos os saxões ao cristianismo em vez de usar a espada, assim poderíamos viver em paz com eles. De minha parte, penso como os padres que estiveram aqui nos velhos tempos, que foram solicitados a enviar missionários aos saxões... E você sabe o que eles disseram, minha esposa?

— Não, nunca ouvi...

— Disseram que não enviariam missionários aos saxões para que não corressem o risco de terem de conviver com eles em paz, diante do trono de Deus. — Artur riu com gosto, mas Gwenhwyfar não sorriu, e depois de um tempo ele suspirou. — Bem, pense nisso, minha Gwenhwyfar. Parece-me o melhor casamento possível: meu amigo mais querido e minha irmã. Então ele passaria a ser meu irmão, e os filhos dele, meus herdeiros... — Na escuridão, os braços dele a enlaçaram, e ele completou: — Mas agora eu e você precisamos nos esforçar para acabar com a necessidade de outros herdeiros, a não ser aqueles que você mesma vai me dar.

— Que Deus permita — sussurrou Gwenhwyfar, indo para os braços dele e tentando tirar tudo de sua mente que não fosse Artur, ali em seus braços.

Morgana, demorando-se depois de instalar as moças para dormir, ficou ao lado da janela, inquieta. Elaine, que dividia a cama com ela, murmurou:

— Venha dormir, Morgana, já é tarde e você deve estar exausta.

Ela balançou a cabeça e disse:

— Acho que a lua afetou meu sangue esta noite... Não estou com sono.

Ela não queria se deitar e fechar os olhos. Mesmo se não tivesse a Visão, era sua imaginação que a atormentaria. Em torno dela, os homens recém-chegados se juntavam a suas mulheres, e ela pensou, com um sorriso sarcástico no escuro, é como Beltane, em Avalon... Até os soldados que não eram casados, ela tinha certeza, haviam encontrado de algum jeito mulheres para essa noite. Todos, desde o rei e sua mulher até os cavalariços, deitavam-se nos braços de alguém, exceto as donzelas da rainha. Gwenhwyfar achava que era seu dever proteger a castidade delas, como Balan havia dito. *E sou protegida junto das donzelas da rainha.*

Aquela situação com Lancelote, no casamento de Artur, não havia dado em nada, embora não fosse culpa deles. *E Lancelote ficou longe da corte o máximo que podia... Sem dúvida, para não ver Gwenhwyfar nos braços de Artur! Mas ele está aqui agora...* E, assim como ela, estava sozinho naquela noite, entre soldados e cavaleiros, certamente sonhando com a rainha, com a única mulher no reino que ele não podia ter. Pois sem dúvida todas as outras mulheres na corte, casadas ou solteiras, desejavam tê-lo, como ela. Não fosse a falta de sorte no casamento de Artur, ela o teria tido; e, honrado como era, se a tivesse engravidado, ele teria se casado com ela.

Não que fosse provável que eu concebesse, com os danos que sofri no nascimento de Gwydion... Mas eu não precisava dizer isso a ele. E poderia tê-lo feito feliz, mesmo se não pudesse dar a ele um filho. Houve um tempo em que ele me desejava, antes de ver Gwenhwyfar, e depois, também... Não fosse aquele infortúnio, eu teria feito com que ele a esquecesse em meus braços...

E não sou tão indesejável assim... Quando estava cantando, naquela noite, muitos dos cavaleiros me olhavam com desejo...

Poderia fazer Lancelote me desejar...

— Você não vem para a cama, Morgana? — disse Elaine, impacientemente.

— Ainda não. Acho que vou andar um pouco ao ar livre — disse Morgana, embora isso fosse proibido para as damas da rainha, e Elaine se encolheu, com aquela timidez que tanto irritava Morgana. Ela se perguntou se Elaine havia pegado isso da rainha, como uma doença ou uma nova moda de usar o véu.

— Você não tem medo, com todos os homens acampados por aí?

Morgana riu.

— Bem, acha que não estou cansada de me deitar sozinha? — Mas ela viu que a brincadeira ofendera Elaine, e disse, de modo mais gentil: — Eu sou a irmã do rei. Ninguém me tocaria sem minha permissão. Você realmente acha que sou tão tentadora que nenhum homem poderia resistir a mim? Tenho vinte e seis anos, não sou uma jovem virgem e delicada como você, Elaine.

Morgana se deitou, sem se despir, ao lado de Elaine. Na escuridão e no silêncio, como ela havia temido, sua imaginação – ou seria a Visão? – criava imagens: Artur com Gwenhwyfar, homens com mulheres em todo o castelo, unidos em amor ou pura luxúria.

E Lancelote, será que ele também estava sozinho? A memória a atacou novamente, mais intensa que a imaginação, e ela se lembrou daquele dia, sol forte na colina, os beijos de Lancelote que primeiro fizeram correr aquela consciência pungente por seu corpo, e depois a amargura do arrependimento por estar comprometida. E então, quando Artur se casou com Gwenhwyfar, e ele havia chegado perto de rasgar as roupas dela e a possuir nos estábulos... Ele realmente a desejara naquela ocasião...

Agora, nítida como a Visão, a imagem veio à sua mente, Lancelote andando pelo pátio, sozinho, o rosto vazio graças à frustração e à solidão. *Não usei a Visão ou minha mágica para atraí-lo com um propósito egoísta... Veio a mim espontaneamente...*

Movendo-se sem fazer barulho, para não acordar a jovem, ela se livrou do braço de Elaine e deslizou da cama. Havia tirado apenas os sapatos; curvou-se para colocá-los e então saiu do quarto, movendo-se tão silenciosamente quanto uma aparição de Avalon.

Se é um sonho nascido de minha própria imaginação, se ele não estiver lá, caminharei um pouco sob o luar para esfriar minha febre e voltarei para a cama, sem nenhum prejuízo. Mas a imagem persistia em sua mente, e sabia que Lancelote estava lá sozinho, acordado como ela.

Ele também era de Avalon. *As marés do sol também correm em suas veias...* Morgana, saindo silenciosamente pela porta, sem chamar a atenção do vigia sonolento, olhou para o céu. A lua crescente brilhava no chão de pedras perto dos estábulos. Não, não aqui, um pouco mais para lá...

Por um momento, Morgana pensou: *Ele não está aqui, foi um sonho, uma fantasia minha.* Quase se virou para voltar para a cama, repentinamente tomada pela vergonha. Se o vigia a encontrasse ali, todo mundo saberia que a irmã do rei se esgueirava pela casa, sem dúvida envolvida em libertinagens, enquanto o povo honesto dormia...

— Quem é? Fique de pé, mostre-se! — A voz era baixa e rouca. Era a voz de Lancelote. Subitamente, apesar de seu júbilo, Morgana sentiu medo. Sua Visão era verdadeira, mas e agora? Lancelote logo levou a mão à espada; ele parecia muito alto e magro nas sombras.

— Morgana — ela disse, baixo, e ele afastou a mão da arma.

— Prima, é você?

Ela saiu das sombras, e o rosto dele, perturbado e atento, suavizou-se quando a viu.

— Está tão tarde! Você veio me procurar? Há algum problema lá dentro? Artur, a rainha...

Até neste momento ele pensa apenas na rainha, pensou Morgana, sentindo um formigar na ponta dos dedos e nas panturrilhas, uma mistura de raiva e excitação. Ela respondeu:

— Não, tudo está bem, até onde sei. Não estou informada dos segredos dos aposentos reais!

Ele enrubesceu na escuridão e desviou os olhos dela.

— Eu não conseguia dormir... — disse ela. — E como me pergunta o que faço aqui enquanto você mesmo não está na cama? Ou Artur o nomeou vigilante noturno?

Ela podia sentir que Lancelote sorria.

— Assim como não o fez com você. Estava inquieto enquanto tudo ao meu redor dormia... Acho que talvez a lua tenha afetado meu sangue.

Era a mesma frase que havia usado com Elaine, e de algum modo isso lhe pareceu um bom agouro, um sinal de que a mente deles estava em sintonia e que um respondeu ao chamado do outro como uma harpa silenciosa vibra quando uma nota é tocada em outra.

Lancelote continuou, falando baixo na escuridão ao lado dela:

— Fico inquieto em noites assim, pensando em tantas noites de batalha...

— E gostaria de voltar à batalha, como todos os soldados?

Ele suspirou.

— Não. Embora talvez não seja digno de um soldado sonhar com a paz.

— Não penso dessa maneira — disse Morgana, em voz baixa. — Para que fazer guerra se não for para que a paz possa chegar ao nosso povo? Se um soldado gosta demais de seu trabalho, então se torna apenas uma arma para matar. O que trouxe os romanos para nossa ilha pacífica a não ser o amor pela conquista e pela batalha?

Lancelote sorriu.

— Seu pai foi um desses romanos, prima. O meu também.

— Ainda assim prefiro as tribos pacíficas, que não queriam mais do que cultivar a cevada em paz e adorar a Deusa. Sou do povo da minha mãe... e da sua.

— Sim, mas aqueles heróis poderosos dos quais falávamos antes, Aquiles, Alexandre e outros, todos consideravam a guerra e a batalha a ocupação apropriada para um homem, e mesmo agora, nestas ilhas, todos os homens pensam primeiro na batalha, e a paz lhes parece apenas um interlúdio calmo e feminino. — Ele suspirou. — São pensamentos pesados... Não me espanta que o sono esteja distante de nós, Morgana. Nesta noite eu daria todas as grandes armas já forjadas e todas as músicas galantes sobre Aquiles e Alexandre por uma maçã dos ramos de Avalon...

Ele virou a cabeça. Morgana deslizou a mão para dentro da dele.

— Eu também, primo.

— Não sei por que sinto saudade de Avalon, não morei lá por muito tempo — disse Lancelote, pensativo. — E mesmo assim acho que é o lugar mais belo de toda a terra, se realmente estiver nesta terra. A velha mágica druida, acho, tirou-a deste mundo, porque tudo era muito belo para nós, homens imperfeitos, e agora deve ser como um sonho do céu, impossível... — Então se lembrou com um risinho: — Meu confessor não gostaria de me ouvir dizendo isso!

Morgana riu baixo.

— Tornou-se cristão, então, Lance?

— Não um bom cristão, temo — respondeu. — Mas a fé deles me parece tão boa e simples, gostaria de poder crer nela. Eles dizem: "acredite no que não viu, professe o que não sabe, isso é mais virtuoso do que acreditar no que viu". Até Jesus, eles dizem, quando ressuscitou dos mortos, repreendeu um homem que teria enfiado o dedo nas chagas de Cristo para ver se não era um fantasma ou espírito, pois era mais abençoado acreditar sem ter provas.

— Mas tornaremos a nascer — disse Morgana, muito baixo —, e isso acontecerá muitas vezes mais. Não nascemos uma só vez e vamos para o céu ou o inferno, mas vivemos de novo e de novo até nos juntarmos aos Deuses.

Lancelote baixou a cabeça. Agora que os olhos dela haviam se acostumado com a luz fraca do luar, podia vê-lo claramente, a linha delicada da têmpora se curvando para dentro no olho, a curva longa e estreita do queixo, a escuridão suave de suas sobrancelhas e seu cabelo encaracolado sobre elas. Novamente a beleza dele fez seu coração doer. Ele disse:

— Eu havia me esquecido de que é uma sacerdotisa e que acredita...

As mãos deles estavam unidas levemente. Ela sentiu a dele se agitar e, então, a soltou.

— Às vezes não sei no que acredito. Talvez tenha passado muito tempo longe de Avalon.

— Também não sei no que acredito — disse ele —, mas vi tantos homens morrerem, também mulheres e criancinhas, nesta guerra tão longa... Parece que venho lutando desde que cresci o suficiente para pegar uma espada. E, quando os vejo morrer, acho que a fé é uma ilusão e que a verdade é que todos morremos como os animais morrem. E, então, tudo acaba ali, como grama cortada e a neve do ano passado.

— Mas essas coisas também voltam — sussurrou Morgana.

— Voltam? Ou essa é uma ilusão? — A voz dele soava amarga. — Acho que talvez não haja significado em nada disso... Toda essa conversa de Deuses e da Deusa são fábulas para confortar crianças. Ah, Deus, Morgana, por que estamos falando assim? Você deveria ir descansar, prima, e eu também.

— Irei se quiser — ela respondeu, e, quando se virou, a felicidade a tomou, pois a mão dele pegou a dela.

— Não, não... Quando fico sozinho, sou vítima dessas fantasias e dúvidas desgraçadas, e, se elas insistem em me perturbar, prefiro dizê-las em voz alta, assim posso escutar as tolices que são. Fique comigo, Morgana...

— O quanto quiser — ela sussurrou, e sentiu lágrimas nos olhos. Ela se esticou e colocou o braço em torno da cintura dele. Os braços fortes de Lancelote se apertaram em torno dela, mas logo se soltaram, de modo arrependido.

— Você é tão miúda, eu havia me esquecido de como é pequena... Eu poderia quebrá-la com minhas mãos, prima... — As mãos dele foram para os cabelos dela, que estavam presos em um coque solto debaixo do véu. Ele os acariciou e entrelaçou uma ponta em seus dedos. — Morgana, Morgana, às vezes me parece que você é uma das poucas coisas em minha vida que é totalmente boa... Como alguém do velho povo das fadas de que falam nas lendas, a elfa que vem de uma terra desconhecida para dar uma mensagem de beleza e esperança a um mortal e então parte de novo para as ilhas do oeste para nunca mais ser vista...

— Mas eu não vou partir — ela sussurrou.

— Não.

De um lado do pátio de pedras havia um bloco no qual às vezes os homens se sentavam, esperando por seus cavalos. Lancelote a puxou até ali e disse:

— Sente-se aqui ao meu lado. — Então hesitou. — Não, isto não é lugar para uma dama. — E começou a rir. — Nem o estábulo, naquele dia... Você se recorda, Morgana?

— Pensei que tivesse se esquecido, depois que aquele cavalo endiabrado o derrubou...

— Não deveria chamá-lo de endiabrado. Ele salvou a vida de Artur em batalha mais de uma vez, e o rei pensa que é um anjo da guarda — disse Lancelote. — Ah, aquele foi um dia deplorável. Eu teria sido injusto com você, prima, tomá-la daquela maneira. Desejei muito lhe pedir desculpas e ouvi-la me perdoar e dizer que não tem raiva de mim...

— Raiva? — Ela olhou para ele e sentiu-se subitamente zonza pela emoção intensa. — Raiva? Apenas, talvez, daqueles que nos interromperam...

— É verdade? — A voz dele era suave. Tomou o rosto dela entre as mãos e se curvou, deliberadamente, pousando os lábios sobre os dela. Morgana se deixou apoiar suavemente contra ele, abrindo a boca sob seus lábios. Estava totalmente barbeado, à moda romana, e ela sentiu a suavidade um pouco espinhosa do rosto dele contra sua bochecha, a doçura morna da língua dele explorando sua boca. Ele a puxou para mais perto, quase a levantando do chão, num murmúrio baixo. O beijo continuou até que ela finalmente, com relutância, precisou mover a boca para respirar, e ele riu baixo, um som maravilhoso.

— Então cá estamos de novo... Parece que estivemos aqui antes, e desta vez cortarei a cabeça de qualquer um que nos interromper. Mas por que ficamos aqui nos beijando no estábulo, como um serviçal e a rameira da cozinha? E agora, Morgana? Para onde devemos ir?

Ela não sabia. Aparentemente não havia um lugar seguro para eles. Não podia levá-lo para seu quarto, onde dormia com Elaine e quatro das damas de Gwenhwyfar, e o próprio Lancelote havia dito que preferia dormir entre os soldados. Algo no fundo de sua mente dizia que não era essa a maneira de fazer aquilo. A irmã do rei e seu melhor amigo não poderiam sair buscando um monte de feno. O modo certo, se eles realmente se queriam, era esperar o amanhecer e pedir a Artur permissão para se casarem...

Ainda assim, em seu coração, em um lugar escondido, para que não precisasse ver, ela sabia que isso não era o que Lancelote realmente queria. Em um momento de paixão, ele poderia desejá-la de verdade, mas nada além disso. E, por um momento de paixão, ela o prenderia em um compromisso vitalício? O costume dos festivais tribais era mais honesto; homens e mulheres se uniam com as marés da lua e do sol em seu sangue, como era vontade da Deusa, e depois de tudo, apenas se quisessem compartilhar uma casa e criar filhos, pensava-se em casamento. Mas ela também sabia em seu coração que não desejava realmente se casar com Lancelote ou com qualquer outro, embora ela achasse que, para o bem dele, de Artur e até mesmo o de Gwenhwyfar, seria melhor tirá-lo da corte.

Mas aquele foi um pensamento fugidio. Ela estava tonta com a proximidade, o som do coração dele batendo contra seu rosto. Naquele momento, Lancelote a queria; não havia no coração dele nenhum pensamento sobre Gwenhwyfar ou qualquer outra além dela.

Que seja conforme a vontade da Deusa, homem e mulher...

— Eu sei — ela sussurrou, e pegou a mão dele. Atrás dos estábulos e da forja havia um caminho que levava ao pomar. A grama era farta e suave, e às vezes, nas tardes bonitas, as mulheres se sentavam ali.

Lancelote estendeu o manto na grama. Em torno deles havia o indefinível perfume de maçãs verdes e grama, e Morgana pensou: *É quase como se estivéssemos em Avalon.* Com aquele seu truque de capturar os pensamentos dela, ele murmurou:

— Achamos um canto de Avalon esta noite. — E a puxou para perto. Ele retirou seu véu, acariciando seu cabelo, mas parecia não ter pressa, abraçando-a suavemente, e de quando em quando se curvando para beijá-la na bochecha ou na testa. — A grama está seca, não caiu orvalho. É provável que chova antes de amanhecer — ele murmurou, acariciando os ombros e as pequenas mãos dela. Morgana sentiu a mão dele, com calos causados pelo manejo da espada, duras, tão duras que ficou perplexa ao se lembrar de que ele era quatro anos mais jovem que ela. Morgana havia ouvido a história; ele nascera quando Viviane achava que já havia passado da idade de ter filhos. Os longos dedos dele podiam abarcar a mão dela inteira e escondê-la. Ele brincava com os dedos dela, com os anéis, levando a mão ao peitilho de seu vestido, desamarrando-o. Sentiu-se zonza, abalada, a paixão passando por ela como a maré que sobe e inunda a praia, como se tivesse submergido e se afogado nos beijos dele. Lancelote murmurou algo que não pôde ouvir, mas ela não perguntou o que dissera, estava além de escutar palavras.

Ele precisou ajudá-la a tirar o vestido. Os trajes usados na corte eram mais elaborados que as túnicas simples que vestia como sacerdotisa, e ela se sentia desajeitada, estranha. Será que ele gostaria dela? Seus seios pareciam tão moles e caídos, ficaram assim depois do nascimento de Gwydion. Morgana se lembrou de como eram quando Lancelote a tocou pela primeira vez, pequenos e duros.

Mas ele não parecia notar nada, acariciando seus seios, tomando os mamilos entre os dedos e então, gentilmente, entre os lábios e os dentes. Então ela perdeu de vez a razão, nada existia no mundo além do toque de Lancelote, o pulsar da consciência de seus próprios dedos correndo pela maciez dos ombros dele, as costas, a suavidade fina e escura dos pelos ali... De algum modo, havia imaginado que os pelos do peito de um homem seriam sempre grossos e rijos, mas não era assim com ele, eram suaves e sedosos como o cabelo dela, em pequenos anéis finos. Em um torpor, lembrou-se de que sua primeira vez fora com um jovem de não mais de dezessete anos que mal sabia do que se tratava, e teve de guiá-lo, mostrar-lhe o que fazer... E para ela fora a única vez, então chegava quase virgem a Lancelote... Em um laivo de culpa, desejou que aquela *fosse* verdadeiramente sua primeira vez, assim seria uma lembrança tão boa para ela. Era assim que deveria ter sido... Moveu o corpo contra o dele, apertando-o em súplica, gemendo, não conseguia esperar nem mais um minuto...

Parecia que ele ainda não estava pronto, embora ela estivesse toda viva para ele, o corpo fluindo com o pulso da vida e o desejo nela. Ela se mexeu contra ele, ávida, a boca faminta, suplicante. Sussurrou o nome dele, agora implorando, quase com medo. Ele continuou a beijá-la gentilmente, as mãos se movendo para acariciá-la e acalmá-la, mas Morgana não queria ser acalmada agora, seu corpo gritava pela conclusão, era anseio, agonia. Ela tentou falar, implorar a ele, mas tudo o que saiu foi um gemido soluçante.

Lancelote a apertou conta o corpo gentilmente, ainda a acariciando.

— Calma, não, calma, Morgana, espere. Não quero machucá-la nem ferir sua honra, jamais pense que... Aqui, deite-se ao meu lado, deixe-me abraçá-la, eu a deixarei satisfeita... — E, em desespero e confusão, ela deixou que ele fizesse como queria, mas, enquanto seu corpo gritava pelo prazer que sentia, uma raiva curiosa crescia dela. E o fluxo da vida entre dois corpos, macho e fêmea, as marés da Deusa subindo e empurrando-os? De algum modo lhe parecia que ele impedia essa maré e fazia zombaria com seu desejo por ele, um jogo e uma farsa. E ele não parecia se importar, parecia-lhe que era como deveria ser, para que os dois sentissem prazer... como se nada importasse além de seus corpos, como se não houvesse uma união maior de toda a vida. Para a sacerdotisa, criada em Avalon e em sintonia com as grandes marés da vida e da eternidade, essa cópula cuidadosa, sensual e deliberada parecia quase uma blasfêmia, uma recusa em se entregarem, de uma vez por todas, à vontade da Deusa.

E então, nas profundezas da mistura de prazer e humilhação, ela começou a perdoá-lo. Ele não havia sido criado como ela em Avalon, mas sim jogado da criação para a corte e depois para o campo militar. Era um soldado quase desde que tinha idade suficiente para levantar uma espada, sua vida havia sido passada no campo, talvez ele não soubesse, talvez estivesse acostumado com mulheres que davam a ele apenas um momento de relaxamento para seu corpo ou que queriam apenas brincar de fazer amor e nada além disso... Ele havia dito: "Não quero machucá-la nem ferir sua honra", como se realmente acreditasse que poderia haver algo errado ou desonroso nesse desfecho. Agora, exausto, ele havia se virado um pouco para o lado, mas ainda a tocava, brincando com ela, passando os dedos entre os pelos finos de suas coxas, beijando seu pescoço e seus seios. Ela fechou os olhos, segurando-se nele, com raiva e desolada. Bem, talvez não fosse mais do que ela merecia, bancando a prostituta ao procurá-lo assim, talvez não fosse mais do que merecido que ele a tratasse como uma... E ela estava tão apaixonada que havia deixado que ele a tomasse dessa maneira; ela permitiria que ele fizesse qualquer coisa que desejasse, sabendo que, se pedisse por mais, perderia até mesmo isso. Mas ela ainda ansiava por ele com um desejo incontrolável, que jamais seria totalmente satisfeito. E a verdade era que ele não a queria... Em seu coração, ainda ansiava por Gwenhwyfar ou por alguma mulher que poderia ter sem dar mais de si do que esse toque vazio de peles, uma mulher que se contentaria em se entregar e pedir nada além de prazer. Através do anseio e da avidez de seu amor, corria uma fina linha de desprezo, e essa era a maior agonia de todas, o fato de que ela sempre o amaria da forma como o amou naquele momento de desejo desesperado.

Ela se sentou, puxando o vestido para si, prendendo-o sobre os ombros com dedos trêmulos. Ele também se sentou, observando-a, estendendo as mãos para ajudá-la a ajustar as vestes. Depois de um longo tempo, ele disse, com tristeza:

— Cometemos um erro, minha Morgana, eu e você. Está brava comigo?

Ela não conseguia falar, a garganta estava fechada de dor. Por fim, disse, forçando a voz para formar as palavras:

— Não, não brava. — E ela sabia que levantaria a voz e gritaria com ele, exigindo o que ele não podia lhe dar, e nem a mulher nenhuma, possivelmente.

— Você é minha prima, minha parente... Mas não lhe fiz mal nenhum — ele disse, e sua voz tremia. — Ao menos não tenho isso para me culpar... Eu não a desonraria diante de toda a corte de jeito nenhum... Acredite em mim, prima, eu lhe tenho muito afeto...

Ela não podia conter os soluços agora.

— Lancelote, eu lhe imploro, em nome da Deusa, não fale assim... A que mal se refere? Estava de acordo com o costume da Deusa, era o que ambos desejavam...

Ele fez um gesto de aflição.

— Você, falando assim da Deusa e de coisas pagãs, quase me mete medo, parente. Eu desejo me manter longe do pecado, mas ainda assim olhei para você com luxúria e perversidão, sabendo que era errado. — Ele vestiu as roupas com mãos trêmulas. Por fim, disse, quase engasgando: — O pecado me parece mais capital do que é... Gostaria que você não se parecesse tanto com a minha mãe, Morgana...

E aquilo foi como um soco no rosto, um soco cruel e traiçoeiro, e ela não conseguiu dizer nada. Então, por um instante, parecia que toda a fúria da Deusa enraivecida a havia possuído e ela se sentiu se levantando e crescendo, sabia que era o encanto da Deusa caindo sobre ela, como havia feito na barca de Avalon. Miúda e insignificante como era, ela se flagrou avançando para cima dele, e viu o poderoso cavaleiro, o capitão da cavalaria do rei, encolher-se, pequeno e assustado, como são todos os homens na visão da Deusa.

— Você… você é um tolo desprezível, Lancelote. Você não é digno sequer de ser amaldiçoado!

Então ela se virou e fugiu dele, deixando-o sentado ali com os culotes vestidos pela metade, observando-a com perplexidade e vergonha. Ela sentiu o coração disparar. Metade dela queria gritar com ele, bem alto como uma ave marinha; mas a outra metade queria desmoronar e chorar em agonia, em desespero, implorando pelo amor mais profundo que ele havia lhe negado e rejeitado, recusando-a como sua Deusa... Fragmentos de pensamentos cintilavam em sua mente, lembrava-se de uma velha lenda da Deusa, que, surpresa diante da rejeição de um homem, fizera com que ele fosse despedaçado por cães que corriam caçando com ela... E havia a tristeza por ter sonhado com tudo isso por esses longos anos, e tudo era pó e cinzas para ela.

Um padre diria que isso era a punição por meu pecado. Ouvi tais coisas, muitas vezes, do padre da casa de Igraine antes de ser criada em Avalon. Será que sou mais do que acho no coração? E novamente lhe pareceu que seu coração se partiria com a ruína e o desastre de seu amor.

Em Avalon isso jamais aconteceria; aqueles que chegavam à Deusa dessa maneira jamais teriam recusado o poder dela... Morgana andou para cima e para baixo, um fogo feroz queimando suas veias, sabendo que ninguém poderia entender como se sentia a não ser outra sacerdotisa da Deusa. *Viviane*, ela pensou com saudade, *Viviane entenderia, ou mesmo Raven, ou qualquer uma de nós criada na Casa das Donzelas... o que eu fiz durante todos esses anos, longe da minha Deusa?*

Morgana fala...

Três dias depois recebi permissão de Artur para deixar sua corte e viajar até Avalon. Disse-lhe apenas que estava sentindo falta da ilha e de Viviane, minha mãe de criação. E em todos aqueles dias não falei com Lancelote, a não ser pequenas cortesias do dia a dia quando não podíamos evitar nos encontrarmos. Mesmo nessas ocasiões notei que ele não me olhava nos olhos, e senti raiva e vergonha, e fiz o possível para não ficar face a face com ele.

Então peguei um cavalo e fui para leste, em direção às montanhas; e não voltei a Caerleon por muitos anos e nem soube nada do que se passou na corte de Artur... Mas essa é uma história para outra ocasião.

8

No verão do ano seguinte, os saxões começaram a se agrupar perto do litoral, e Artur e seus homens passaram o ano todo reunindo um exército para a batalha que sabiam que viria. Artur liderou seus homens em guerra e expulsou os saxões, mas a batalha e a vitória decisivas não se deram como ele esperava. Os saxões foram bastante afetados, e levariam mais de um ano para se recuperar, mas Artur não tinha homens e cavalos suficientes para derrotá-los de maneira definitiva como desejava. Nessa batalha, ele acabou se ferindo. A princípio não parecia nada sério, mas o ferimento supurou e inflamou, e ele precisou passar boa parte do outono de cama. As primeiras lufadas de neve caíram sobre os muros de Caerleon antes que ele pudesse andar um pouco pelo pátio, apoiando-se em uma bengala, com o corpo marcado por cicatrizes que o acompanhariam até a cova.

— Só poderei voltar a montar um cavalo lá pela primavera — ele observou sombriamente para Gwenhwyfar, que estava ao seu lado no muro do pátio, bem embrulhada em seu manto azul.

— Pode ser — disse Lancelote —, mas talvez leve um pouco mais de tempo, meu senhor, se o frio afetar a ferida antes que esteja totalmente curada. Entre, eu lhe peço... Veja, há neve no manto de Gwenhwyfar.

— E em sua barba, Lance, ou são os primeiros fios brancos? — perguntou Artur, brincando, e Lancelote riu.

— Ambos, imagino... Nisso você tem uma vantagem sobre mim, meu rei, sua barba é tão loura que os fios brancos não vão aparecer quando chegarem. Aqui, venha, segure meu braço.

Artur o teria dispensado, mas Gwenhwyfar disse:

— Pegue o braço dele, Artur, você vai arruinar todo o nosso bom trabalho para curá-lo se cair, e as pedras estão escorregadias, com essa neve derretendo assim que chega ao chão.

Artur suspirou e se apoiou no braço do amigo.

— Agora tive uma amostra do que deve ser ficar velho. — Gwenhwyfar se aproximou e pegou o outro braço, e ele riu. — Você vai me amar e me segurar assim quando minha barba estiver realmente grisalha e eu precisar de uma bengala como o Merlim?

— Mesmo quando tiver noventa anos, meu senhor — disse Lancelote, rindo com ele. — Posso visualizar bem, Gwenhwyfar segurando-o por um braço e eu pelo outro, os três cambaleando em velhos passos até seu trono, pois todos nós teremos mais ou menos noventa anos! — Abruptamente, Lancelote ficou sério e disse: — Estou muito preocupado com Taliesin, meu senhor, ele fica cada vez mais fraco e seus olhos estão ruins. Ele não deveria voltar a Avalon e descansar em paz pelo resto de seus anos?

— Sem dúvida deveria — disse Artur. — Mas ele diz que não vai me deixar sozinho, com apenas os padres como conselheiros.

— Que melhores conselheiros poderia ter além dos padres, meu senhor? — exaltou-se Gwenhwyfar. Ela se ressentia da palavra pagã *Avalon*. Pensar que Artur havia jurado proteger seus costumes pagãos a assustava.

Chegaram ao salão, onde a lareira estava acesa, e Artur fez um gesto de irritação quando Lancelote o ajudou a se sentar.

— Sim, coloque o velho perto do fogo e dê a ele seu mingau quente... Eu me espanto de que tenham permitido que eu usasse sapatos e meias em vez de um camisolão!

— Meu caro senhor — começou Gwenhwyfar, mas Lancelote pousou a mão no ombro dela.

— Não se aflija, parente, todos os homens são assim, rabugentos, quanto estão doentes. Ele não sabe quanto é afortunado, sendo cuidado por belas mulheres, recebendo comidas saborosas, roupas de cama limpas e esses mingaus quentes que despreza... Já caí ferido em um campo de batalha, fui cuidado por um velho amargo, manco demais para lutar, fiquei deitado em meu próprio excremento, pois não podia me virar e ninguém veio me ajudar, e não recebi nada além de cerveja amarga e pão duro para embeber nela. Pare de resmungar, Artur, ou tentarei fazer com que seja cuidado de modo masculino, como convém a um verdadeiro soldado.

— Sim, é bem capaz de fazê-lo — disse Artur, com um sorriso afetuoso para o amigo. — Você não tem muito medo de seu rei, príncipe Galahad... — Ele pegou a concha de chifre das mãos da mulher e começou a comer a mistura de vinho quente com pão e mel dentro. — Sim, está saboroso e me aquece... Tem temperos dentro, não tem? Os mesmos que me pediu para enviar de Londinium.

Cai se aproximou deles e esperou que Artur parasse de falar. Só então, perguntou:

— Como vai o ferimento depois de uma hora caminhando, meu senhor? Ainda dói muito?

— Não tanto quanto da última vez, e isso é tudo o que posso dizer — afirmou Artur. — Essa foi a primeira vez que soube o que é sentir medo de verdade, medo de que pudesse morrer com meu trabalho ainda por terminar.

— Deus não permitiria isso — disse Gwenhwyfar.

Artur acariciou a mão dela.

— Eu disse isso a mim mesmo, mas uma voz interior seguiu afirmando que esse era o grande pecado do orgulho, temer que eu ou qualquer outro não pudesse ser poupado da vontade de Deus... Pensei muito sobre essas coisas enquanto ficava deitado sem poder colocar o pé no chão.

— Não vejo muita coisa que tenha deixado por terminar, a não ser pela vitória final contra os saxões, meu senhor — disse Cai —, mas agora deve ir para a cama, está exausto do passeio ao ar livre. — Quando Artur estava deitado, Cai tirou as roupas dele, examinou o grande ferimento, que ainda purgava nos curativos, e disse: — Vou pedir às mulheres que coloquem ataduras quentes sobre isso de novo... A caminhada deve ter forçado o ferimento. Mas é bom que ele não tenha se aberto enquanto caminhava. — Quando as mulheres trouxeram as chaleiras fervendo e misturaram as compressas de ervas e água fervente, deitando sobre a ferida ataduras tão quentes que fizeram Artur rugir, Cai disse: — Eu sei que dói, mas mesmo assim você teve sorte, Artur. Se aquela espada o tivesse acertado um pouco mais para o lado, Gwenhwyfar teria ainda mais motivos para se lamentar, e você ficaria conhecido em todos os lugares como o rei capado, como naquela velha lenda! Você não conhece essa história? O rei é ferido na coxa e, enquanto seus poderes desaparecem, também a terra vai à míngua, até que chegue um jovem que a possa torná-la fértil novamente...

Gwenhwyfar tremeu, e Artur disse impacientemente, contorcendo-se de dor sob o calor da compressa:

— Essa não é uma lenda para ser contada a um homem ferido!

— Imagino que o tornará mais consciente de sua boa fortuna, de que sua terra não vai minguar nem ficar estéril — disse Cai. — Pela Páscoa, ouso dizer, o útero da rainha poderá levar vida novamente, se tiverem sorte...

— Que Deus permita — disse Artur, mas Gwenhwyfar se retraiu e se virou para o outro lado. Uma vez mais ela havia concebido, e uma vez mais tudo havia corrido mal, tão rápido que mal soubera que estivera grávida. Seria sempre assim com ela? Era estéril ou era castigo de Deus por não ter se esforçado para tornar o marido um cristão melhor?

Uma das mulheres tirou as bandagens para trocá-las, mas Artur estendeu a mão para Gwenhwyfar.

— Não, deixe que minha senhora faça isso, as mãos dela são mais delicadas — ele disse, e Gwenhwyfar pegou o pano fumegante, tão quente que queimou seus dedos, mas ela aceitou a dor como penitência. Era culpa dela, tudo culpa dela. Ele deveria mandá-la embora por ser estéril e tomar uma esposa que poderia lhe dar um filho. Ter se casado com ela fora um erro. Ela já tinha dezoito anos à época do casamento, e agora já passara de seus anos mais férteis. Talvez...

Se ao menos Morgana estivesse aqui, eu suplicaria a ela que me desse aquele feitiço que poderia me tornar fértil...

— Parece-me agora que precisamos das artes curativas de Morgana — ela disse. — A ferida de Artur não está melhorando como deveria, e ela é uma notável mestre das artes da cura, como a própria Senhora do Lago. Por que não enviamos uma mensagem a Avalon pedindo que uma delas venha?

Cai franziu o cenho para ela e disse:

— Não acho que seja necessário. A ferida de Artur vai bem. Já vi coisa bem pior se curar completamente.

— Ainda assim, ficaria feliz em ver minha boa irmã — disse Artur —, ou minha velha amiga e benfeitora, a Senhora do Lago. Mas, pelo que Morgana me disse, não creio que verei as duas juntas...

— Enviarei uma mensagem a Avalon pedindo que minha mãe venha, se desejar, Artur — disse Lancelote. — Mas foi para Gwenhwyfar que ele olhou, e os olhos deles se encontraram por um momento. Nesses meses de convalescença de Artur, parecia que Lancelote estava sempre ao lado de Gwenhwyfar, tamanha fortaleza que ela não saberia o que fazer sem ele. Naqueles primeiros dias, quando ninguém acreditava que Artur sobreviveria, Lancelote zelara com ela, incansável, e o amor dele por Artur fizera com que Gwenhwyfar se envergonhasse de seus pensamentos. *Ele é primo de Artur, está tão próximo do trono quanto Gawaine, filho da própria irmã de Igraine. Se algo acontecer com Artur, então ele será o rei de que precisamos... Nos velhos tempos, o rei não era mais que o marido da rainha...*

— Devemos, então, pedir que a Senhora Viviane venha? — perguntou Gwenhwyfar.

— Apenas se você desejar ver a Senhora — disse Artur, com um suspiro. — Acho que agora tudo de que preciso é um pouco mais de paciência, como me aconselhou o bispo da última vez em que conversamos. Realmente Deus foi bondoso comigo, por eu não ter ficado incapacitado depois do ataque dos saxões, e, se ele seguir me abençoando, cavalgarei quando eles voltarem. Gawaine está reunindo os homens do norte, para Lot e Pellinore, não está?

— Sim — Lancelote sorriu. — Ele disse a Pellinore que o dragão dele terá de esperar até darmos um jeito no inimigo principal... ele trará todos os seus homens e virá quando for chamado. E Lot também virá, embora esteja velho... Ele não vai perder nenhuma chance de que o trono acabe nas mãos de um de seus filhos.

E acabará mesmo sendo dos filhos dele, se eu não der um filho a Artur, pensou Gwenhwyfar; parecia que cada palavra dita, sobre qualquer assunto, era uma flecha, um insulto direcionado ao seu coração por falhar na principal obrigação de uma rainha. Artur gostava dela, poderiam ter sido felizes, se ela pudesse se sentir livre da culpa de sua falta de filhos por ao menos um segundo. Quase chegou a pensar, por um momento, que o ferimento era oportuno, pois assim ele não pensaria em se deitar com mulher nenhuma, e ela não seria criticada; podia cuidar dele, paparicá-lo e tê-lo para si como raramente acontecia com a esposa de um homem que não pertencia verdadeiramente a ela, mas sim a um reino. Podia amá-lo, e tirar um pouco a culpa de sua mente. Quando ele a tocasse, podia pensar no amor deles, e não só em seu medo e em sua esperança desiludida: *Dessa vez ele por fim me engravidará? E, se engravidar, tudo vai correr bem comigo ou abortarei a preciosa esperança do reino?* Ela havia cuidado dele, dia e noite, como uma mãe faz com o filho doente, e, quando ele começou a ficar mais forte, sentara-se ao lado dele, conversando e cantando – embora não tivesse a voz doce de Morgana. Ela mesma foi à cozinha e preparou pratos que despertassem o apetite de um homem doente, para que engordasse após ter definhado com a terrível doença no começo do verão.

Mas de que adianta todo o meu zelo se não sou capaz de lhe dar um herdeiro?

— Gostaria que o bardo Kevin estivesse aqui, ou mesmo Morgana — disse Artur. — Seria bom ouvir um pouco de música... Não temos mais bons menestréis na corte agora.

— Kevin voltou para Avalon — afirmou Lancelote. — O Merlim me disse que ele tomaria parte em trabalhos sacerdotais por lá, tão secretos que não poderia me dizer mais que isso... Surpreende-me que os padres permitam que esses mistérios druidas continuem existindo em uma terra cristã.

Artur deu de ombros.

— Não dou ordens à consciência de nenhum homem, seja rei ou não.

Gwenhwyfar disse, severamente:

— Deus será adorado como ele deseja, Artur, e não como os homens decidem, e por isso nos enviou Cristo.

— Mas ele não o enviou a esta terra — disse Artur —, e, quando são José veio a Glastonbury e fincou seu cajado no solo e ele floriu, foram os druidas que o acolheram, e ele não se recusou a tomar parte em seus cultos.

— O bispo Patrício diz que isso é uma lenda maligna e herética — insistiu Gwenhwyfar — e que os padres que cultuam com os druidas deveriam deixar o sacerdócio e ser expulsos, como ele expulsou os próprios druidas!

— Ele não fará isso durante minha vida — disse Artur, com firmeza. — Eu jurei proteger Avalon. — Ele sorriu e estendeu a mão para onde a grande espada Excalibur pendia em sua bainha de veludo vermelho. — E você tem motivos para ser grata a essa mágica, Gwenhwyfar. Se eu não tivesse esta bainha comigo, nada teria me salvado. Mesmo assim, cheguei perto de sangrar até morrer, e apenas a mágica dela estancou o sangramento. Eu não seria pior que um ingrato se traísse a boa vontade deles?

— Você crê nisso? — perguntou Gwenhwyfar. — Coloca mágica e feitiçaria acima da vontade de Deus?

— Pois sim, querida —disse Artur, tocando o cabelo louro dela —, você acredita que o homem pode fazer algo além da vontade de Deus? Se esta bainha de fato me impediu de sangrar até a morte, então não poderia ser vontade de Deus que eu morresse. Tenho a impressão de que minha fé é mais próxima de Deus do que a sua, se você teme que algum mago pode ser capaz de desfazer a vontade dEle. Todos estamos nas mãos de Deus.

Gwenhwyfar olhou rapidamente para Lancelote; havia um sorriso no rosto dele, e por um momento parecia que o capitão zombava do rei e da rainha, mas logo o sorriso desapareceu, e ela pensou que não deveria ter sido nada além de uma pequena sombra.

— Bem, se deseja música, Artur, acredito que Taliesin virá tocar para você. Embora ele esteja envelhecendo e sua voz não seja boa para cantar, suas mãos ainda têm grande habilidade com a harpa.

— Mande chamá-lo então — Artur disse, e riu. — Dizem nas Escrituras que o velho rei Saul chamava seu jovem harpista para tocar e acalmar sua mente, mas cá estou eu, um jovem rei que precisa que seu velho harpista toque e alegre sua alma!

Lancelote foi buscar o Merlim, e, depois que ele chegou com sua harpa, sentaram-se durante um longo tempo ouvindo a música.

Gwenhwyfar se lembrou de Morgana tocando e cantando naquele mesmo lugar. *Gostaria que ela estivesse aqui, para me dar um feitiço... Mas não antes que meu senhor esteja totalmente recuperado...*

E, então, olhando através do fogo para Lancelote, ela se sentiu afundar no próprio corpo. Ele estava sentado em um banco, inclinado para trás ouvindo a música, as mãos atrás da cabeça e as longas pernas estendidas em direção ao fogo. Os outros homens se aglomeravam perto para ouvir a harpa. Elaine, a filha de Pellinore, havia sido ousada a ponto de se sentar no banco ao lado de Lancelote, mas ele não prestava atenção nela.

Lancelote faria bem em se casar. Devo me apressar e escrever ao rei Pellinore pedindo que dê a mão de Elaine a Lancelote. É minha prima e se parece comigo, e já está em idade de se casar. Mas Gwenhwyfar sabia que não o faria. Por fim, disse a si mesma que haveria tempo suficiente para pensar nisso quando Lancelote dissesse a eles que desejava se casar.

Se Artur não se recuperar... Ah, não, jamais pensarei nisso...

Ela fez o sinal da cruz em segredo, mas o pensamento já a tinha acometido. Fazia tempo que não se deitava com Artur, e era provável que ela não pudesse dar um filho a ele, de qualquer jeito... Ela se pegou imaginando como seria deitar-se com Lancelote. Poderia *ele* lhe dar o filho que desejava? E se ela o tomasse como amante? Sabia que havia mulheres que faziam tais coisas... Morgause não guardava segredo sobre isso; agora que havia passado da idade de ter filhos, suas libertinagens eram tão escandalosas quanto a devassidão de Lot. Ela sentiu o rosto corando e esperou que ninguém tivesse percebido, enquanto observava as mãos de Lancelote pousadas imóveis em seu colo e se perguntava como seriam suas carícias – não, ela não podia ousar pensar nisso.

Quando as mulheres arrumam amantes, precisam tomar cuidado para não engravidar, para não terem um filho que poderia desgraçá-las ou envergonhar seus maridos, mas se eu realmente for estéril não haverá problemas... Essa seria minha boa sorte... Em nome de Deus, como ela, uma mulher casta e cristã, podia ter pensamentos tão malignos? Já havia pensado nisso outra vez, e, quando se confessou, o padre dissera apenas que era normal que seus pensamentos se voltassem para tais coisas com o marido doente há tanto tempo; não deveria sentir-se culpada, mas rezar muito, cuidar de seu marido e pensar apenas que era ainda mais difícil para *ele*. E Gwenhwyfar achou que o conselho era bom, sensível e amável, mas sentiu que o padre não havia entendido tudo: ela era uma pecadora e seus pensamentos, malignos e imundos. Pois, se tivesse entendido, certamente a teria criticado severamente e lhe dado uma penitência pesada, e assim ela teria se sentido melhor e mais livre...

Lancelote jamais a censuraria por ser estéril...

Ela percebeu que alguém havia dito seu nome e levantou a cabeça em confusão, como se seus pensamentos estivessem abertos para todos.

— Não, chega de música, meu senhor Merlim — disse Artur. — Veja, escurece, e minha senhora está quase dormindo em seu assento. Ela está exausta de tanto cuidar de mim, decerto... Cai, peça aos homens para servirem o jantar. Eu irei para a cama e comerei um pouco de carne lá.

Gwenhwyfar se levantou, foi até Elaine e pediu que a garota que tomasse seu lugar no salão, pois ela acompanharia seu senhor. Cai foi instruir os serviçais, e Lancelote ficou para ajudar Artur enquanto ele mancava, com a ajuda de sua bengala, até seus aposentos. Lancelote ajudou a colocar Artur na cama com o mesmo cuidado de uma enfermeira.

— Se ele precisar de qualquer coisa durante a noite, peça que me chamem, você sabe onde eu durmo — ele disse baixo para Gwenhwyfar. — Posso levantá-lo com mais facilidade do que qualquer um...

— Ah, não, não, acho que agora não será necessário — ela disse —, mas agradeço.

Ele era muito alto ao lado dela. Pousou a mão suavemente em seu rosto e disse:

— Se quiser dormir com suas damas, eu fico e cuido dele. Você parece precisar de uma longa noite de sono sem interrupções. É como a mãe amamentando que não consegue descansar até que o bebê durma a noite toda sem acordar. Posso cuidar de Artur, não há necessidade de você ficar ao lado dele agora! Posso ficar com ele aqui no quarto.

— Você é muito bom comigo — ela respondeu —, mas prefiro ficar perto dele.

— Mas por favor me avise se ele precisar de mim. Não tente levantá-lo sozinha — disse Lancelote —, prometa-me, Gwenhwyfar.

Como seu nome soava doce nos lábios dele; mais doce do que quando ele dizia "minha rainha" ou "minha senhora".

— Prometo, meu amigo.

Ele se curvou e apenas roçou um beijo suave na testa dela.

— Você parece tão exausta — ele disse. — Vá para a cama e durma bem.

A mão dele permaneceu por um momento no rosto dela, e, quando a tirou, Gwenhwyfar sentiu que sua bochecha ficaria fria e dolorida longe do toque dele. Ela então se deitou ao lado de Artur.

Por um tempo, pensou que ele dormia. Mas por fim ele disse na escuridão:

— Ele vem sendo um bom amigo para nós, não é mesmo, minha esposa?

— Nem um irmão seria mais bondoso.

— Cai e eu fomos criados como irmãos, e eu o amo, mas é verdade o que dizem sobre a força do sangue. O parentesco verdadeiro traz uma proximidade que não havia imaginado até conhecer alguém do meu próprio sangue...

Artur se virou na cama, incomodado, suspirando.

— Gwenhwyfar, há algo que quero lhe dizer...

Ela ficou amedrontada, o coração disparado. Será que ele havia visto que Lancelote a havia beijado na testa e ia acusá-la de infidelidade?

— Prometa-me que não vai chorar de novo, não consigo suportar quando isso acontece — disse ele. — Juro que não tenho intenção de censurá-la, mas estamos casados há muitos anos, e nesse tempo você teve esperança de estar grávida apenas duas vezes... Não, não, eu lhe imploro, não chore, deixe-me falar — ele pediu. — Pode ser que não seja culpa sua, mas minha. Eu tive outras mulheres, como fazem todos os homens, mas, embora eu jamais tenha escondido minha identidade, em todos esses anos nenhuma mulher, e nenhum de seus parentes, veio até mim para dizer que tive um filho bastardo. É possível que eu seja o problema. Talvez a minha semente não tenha vida, e por isso, quando você engravida, a criança nem sequer consegue vingar...

Ela baixou a cabeça, deixando uma mecha de cabelo esconder o rosto. Ele havia acusado a si mesmo também?

— Minha Gwenhwyfar, ouça-me: é preciso haver um herdeiro para este reino. Se algum dia você der uma criança ao trono, tenha certeza de que jamais lhe farei perguntas. No que me concerne, qualquer criança que você tenha será considerada minha e criada como meu herdeiro.

Ela pensou que o calor em seu rosto a faria explodir. Artur pensava que ela era capaz de traí-lo?

— Nunca, eu jamais poderia fazer isso, meu senhor e rei...

— Você conhece os costumes de Avalon... Não, minha esposa, não me interrompa, deixe-me falar... De acordo com os costumes de Avalon, quando um homem e uma mulher se unem para isso a criança é considerada filha do Deus. Gwenhwyfar, eu gostaria muito que Deus nos enviasse um filho, não importa quem Deus queira como pai, você entende o que eu digo? E se aquele que cumprir a vontade do céu fosse meu amigo mais querido e meu parente mais próximo eu o abençoaria, e abençoaria também o filho que nascesse. Não, não, não chore, não direi mais nada — ele falou, estendendo os braços para ela, deixando que se recostasse em seu ombro. — Não mereço que me ame tanto, minha esposa.

Depois de um tempo ele dormiu, mas Gwenhwyfar ficou acordada, as lágrimas correndo por seu rosto. *Ah, não,* ela pensou, *meu amor, meu querido senhor, sou eu que não mereço seu amor, e agora você praticamente me deu permissão para traí-lo.* De repente, e pela primeira vez na vida, teve inveja de Artur e Lancelote. Eram homens, viviam em atividade, deviam sair pelo mundo e arriscar a vida ou coisa pior em batalha, mas ao menos estavam livres dessas decisões aterrorizantes. O que ela fizesse, sempre que tomasse qualquer decisão, por menor que fosse, qualquer coisa mais importante do que cabrito ou carne seca para o jantar, teria então aquele enorme peso em sua alma, o peso de que da sua decisão pudesse depender o destino de reinos. Agora era sua própria escolha, e não apenas o desejo de Deus, que ela desse um herdeiro ao reino, que podia ter o sangue de Artur Pendragon... ou não. Como ela, uma mulher, poderia tomar tal decisão? Gwenhwyfar puxou a coberta de pele sobre a cabeça e se enrodilhou.

Naquela noite mesmo ela havia se sentado e observado Lancelote ouvindo o harpista, e o pensamento havia entrado em sua mente. Ela o amava havia tempo, mas agora começou a perceber que o desejava. Em seu coração e seus pensamentos, não era melhor que Morgause, que bancava a prostituta quando queria, com os cavaleiros de seu marido e até mesmo, de acordo com as histórias maledicentes que eram cochichadas, belos pajens e serviçais. Artur era tão bom, terminara por gostar muito dele; havia encontrado segurança ali, em Caerleon. Seria insuportável se o povo em torno do castelo e no interior começasse a cochichar maledicências sobre ela como faziam com Morgause.

Gwenhwyfar desejava ser boa, manter a alma limpa e a virtude intacta, mas também era importante para ela que o povo notasse sua virtude e pensasse que era uma rainha boa e imaculada. Ela não sabia nada de ruim, por exemplo, sobre Morgana, que havia vivido ao lado dela por três anos e, ao que tudo indicava, era tão virtuosa quanto ela. Ainda assim havia rumores de que Morgana era uma bruxa, por ter vivido em Avalon e por ter alguma instrução e conhecimento sobre ervas que curavam e sobre avisos. Além disso, o povo da corte e do interior cochichava que Morgana estava em conluio com o povo das fadas ou o demônio. E até ela mesma, conhecendo Morgana como conhecia, às vezes se perguntava como o que tanta gente dizia poderia ser totalmente mentira.

E no dia seguinte ela deveria encarar Lancelote e fazer seus trabalhos ao lado de Artur, sabendo que ele havia praticamente lhe dado permissão... Como poderia olhar nos olhos de Lancelote de novo? Ele tinha o sangue de Avalon, era filho da Senhora do Lago, podia ser que ele também soubesse ler pensamentos. Talvez ele pudesse olhar em seus olhos e saber o que ela estava pensando.

E então uma raiva, tão violenta que a assustou, passou por seu corpo trêmulo como uma onda. Gwenhwyfar, deitada ali, raivosa e com medo, pensou que jamais se atreveria a sair do castelo novamente, com medo do que pudesse fazer. Todas as mulheres da corte desejavam Lancelote, até mesmo a própria Morgana. Ela havia visto a cunhada olhando para ele, e por esse motivo, muito tempo antes, quando Artur disse que eles deveriam se casar, Gwenhwyfar ficara aflita, apesar de estar certa de que Lancelote achava Morgana ousada demais. Ela achava também que eles pudessem ter se desentendido, pois nos últimos dias antes de Morgana ir embora para Avalon havia percebido que eles se falavam menos que o normal e não se olhavam.

Sentia falta de Morgana, era verdade, mas no fim das contas estava feliz por ela não estar na corte, e não pretendia enviar mensageiros a Tintagel para ter notícias dela, se estivesse lá. Imaginava-se repetindo a Morgana o que Artur havia acabado de dizer; morreria de vergonha e, ainda assim, suspeitava que Morgana riria dela. A cunhada com certeza diria que era uma escolha dela tomar ou não Lancelote como amante, ou talvez dissesse que a decisão era mesmo de Lancelote.

E então sentiu como se uma chama quente passasse por ela, como o fogo do inferno, ao imaginar que Lancelote pudesse recusá-la. Diante disso, sim, certamente morreria de vergonha. Não sabia como suportaria olhar de novo para Lancelote, ou para Artur, ou mesmo para qualquer uma de suas damas que não tivesse passado por uma tentação dessa. Teria vergonha de falar disso até aos padres, pois eles saberiam que Artur era menos cristão do que deveria. Como poderia suportar sair novamente do castelo ou deixar o espaço seguro e protegido daquele quarto e daquela cama? *Ali* nada de errado poderia acontecer a ela ou prejudicá-la.

Sentia-se um pouco doente. No dia seguinte diria isso às damas, e elas pensariam, como pensaria Lancelote, que ela estava exausta de cuidar de Artur dia e noite. Continuaria a ser, como sempre fora, uma rainha boa e virtuosa e uma cristã, jamais poderia nem mesmo pensar em ser outra coisa. Artur estava angustiado com seu ferimento e sua longa inatividade, isso era tudo. Quando estivesse bem e são, jamais poderia pensar em uma coisa daquela, e sem dúvida ficaria grato por ela não ter escutado sua insensatez e por ter livrado a ambos de um pecado tão terrível.

Mas, quando estava prestes a cair em um sono exausto, lembrou-se de algo que uma de suas damas dissera havia muito tempo, dias antes de Morgana deixar a corte. Dissera que Morgana deveria dar a ela um feitiço... Bem, realmente devia. Se Morgana tivesse lançado sobre ela um feitiço para que não tivesse escolha a não ser amar Lancelote, então ficaria livre daquela terrível decisão... *Quando Morgana voltar*, ela pensou, *falarei sobre isso com ela.* Mas Morgana deixara a corte havia quase dois anos e poderia jamais retornar.

9

Estou ficando muito velha para essas jornadas, pensou Viviane, enquanto cavalgava pela chuva do fim de inverno, a cabeça baixa, o manto apertado em torno do corpo. E então o ressentimento aflorou: *Essa tarefa, a esta altura, já deveria ser de Morgana, pois é ela quem deverá ser a Senhora em Avalon depois de mim.*

Taliesin lhe havia dito, quatro anos antes, que Morgana estivera em Caerleon para o casamento de Artur e ali permanecera como dama de companhia de Gwenhwyfar. *A Senhora do Lago servindo a uma rainha?*

Como Morgana ousava renunciar dessa maneira ao seu caminho verdadeiro e designado? E, ainda assim, quando enviara uma mensagem a Caerleon dizendo que Morgana deveria voltar a Avalon, o mensageiro voltara informando que Morgana havia deixado a corte... E todos pensavam que teria seguido para Avalon.

Mas ela não está em Avalon. Nem em Tintagel, com Igraine, nem na corte de Lot em Orkney. Para onde então ela poderia ter ido?

Alguma coisa ruim poderia ter acontecido a ela em uma de suas jornadas solitárias. Poderia ter sido capturada por um desses saqueadores ou homens sem senhor que assolavam o país; poderia ter perdido a memória ou sido estuprada, assassinada, jogada em uma vala em algum lugar, e seus ossos jamais seriam encontrados... *Ah, não,* pensou Viviane, *se algo de ruim tivesse ocorrido com ela, eu certamente teria visto no espelho. Ou ainda com a Visão...*

De todo modo, não podia dar nada por certo. A Visão nela agora era errática, das últimas vezes que havia tentado ver além, era comum não lhe aparecer nada além de uma névoa cinza enlouquecedora diante dos olhos, o véu do desconhecido que ela não ousava perfurar. E o destino de Morgana estava escondido em algum lugar dentro daquele véu.

Deusa, ela rezou, como havia feito tantas vezes antes, *Mãe, eu lhe dei minha vida, traga minha filha de volta para mim enquanto ainda estou viva...* Mas mesmo enquanto falava sabia que não haveria resposta, apenas chuva cinza como o véu do desconhecido, a resposta da Deusa escondida no céu implacável.

Havia ficado tão exausta quando fizera essa mesma jornada há meio ano? Parecia-lhe que antes sempre cavalgara de modo leve, como uma garota, e que agora o sacudir de seu burro chacoalhava cada osso de seu corpo magro, enquanto o frio se infiltrava e a mordia com pequenos dentes gelados.

Um de seus acompanhantes se virou e disse:

— Senhora, vejo a fazenda lá embaixo. Estaremos lá antes do pôr do sol, ao que parece.

Viviane agradeceu ao homem, tentando não transparecer a satisfação que sentia. Ela não poderia demonstrar fraqueza diante de seus acompanhantes.

Gawan a encontrou no curral estreito enquanto ela desmontava do burro, apoiando-a para que não pisasse no monturo.

— Bem-vinda, Senhora — disse ele —, como sempre, é um prazer vê-la. Meu filho Balin e seu filho estarão aqui amanhã... Enviei um mensageiro a Caerleon pedindo que viessem.

— É tão grave assim, velho amigo? — perguntou Viviane, e Gawan assentiu. Ele disse:

— Você mal a reconhecerá, Senhora. Definhou totalmente, e se come ou bebe é sempre muito pouco, ela diz que é como se um fogo queimasse seus órgãos vitais. Não deve durar muito mais agora, nem mesmo com todos os seus remédios.

Viviane assentiu e suspirou.

— Temi que fosse assim — ela disse. — Quando essa doença toma conta de alguém, nunca afrouxa as garras. Talvez eu possa lhe oferecer algum conforto.

— Que Deus permita — disse Gawan —, pois os remédios que deixou da última vez têm tido pouco efeito agora. Ela acorda e chora como uma criancinha durante a noite, quando pensa que eu e as criadas não a ouvimos. Não tenho nem coragem de rezar para que ela seja poupada de mais sofrimento, Senhora.

Viviane suspirou novamente. Quando estivera ali da última vez, havia meio ano, deixara seus remédios mais fortes e quase desejou que Priscilla pegasse uma febre no outono e morresse rapidamente, antes que os medicamentos perdessem o efeito. Havia pouco mais que pudesse fazer. Permitiu que Gawan a acompanhasse para dentro da casa e a instalasse diante da lareira e que a criada lhe servisse uma cumbuca de sopa quente de uma caldeira perto do fogo.

— Cavalgou muito debaixo de chuva, senhora — disse ele. — Sente-se e descanse; verá minha mulher depois do jantar... Às vezes ela dorme um pouco neste horário.

— Se ela puder descansar ao menos por algum tempo será uma bênção, e não a perturbarei — afirmou Viviane, apertando as mãos geladas em torno da cumbuca de sopa e soltando o corpo no banco sem encosto. Uma das criadas tirou suas botas e seu manto, outra veio com uma toalha aquecida para secar seus pés, e Viviane, puxando a saia para permitir que os joelhos magros sentissem o calor do fogo, descansou por um minuto em um conforto desatento, esquecendo-se de sua incumbência sombria. Então, ouviu-se um choro tênue vindo de um dos aposentos internos, e a criada logo voltou para ali sua atenção e estremeceu, dizendo:

— É a senhora, pobrezinha, deve ter acordado. Esperava que fosse dormir até que o jantar estivesse pronto. Devo ir vê-la.

— Também irei — disse Viviane, e seguiu a mulher. Gawan estava sentado ao lado do fogo, e ela viu o olhar de pavor no rosto dele enquanto aquele choro tênue morria.

Desde que Priscilla havia ficado doente, Viviane sempre achara nela algum traço de sua antiga beleza robusta, alguma semelhança com a jovem alegre que havia criado seu filho Balan. Agora, rosto, lábios e o cabelo definhado tinham o mesmo tom cinza-amarelado, e até os olhos azuis pareciam desbotados, como se a doença tivesse sugado toda a cor da mulher. Quando viera da última vez, Priscilla se ocupava de seus afazeres uma parte do dia; mas agora via que ela estivera presa à cama por meses... Meio ano havia feito muita diferença. Antes, os remédios e os preparados de ervas haviam trazido conforto e uma recuperação parcial. Agora, Viviane sabia, não havia mais como ajudar.

Por um momento os olhos desbotados vagaram sem foco pelo quarto, os lábios se movendo levemente sobre a mandíbula afundada. Então Priscilla viu Viviane, piscou um pouco e disse em um sussurro:

— É a senhora?

Viviane foi até o lado dela e tomou cuidadosamente sua mão definhada. Ela disse:

— Lamento encontrá-la tão doente. Como vai, minha querida amiga?

Os lábios exangues e rachados se retraíram em um esgar que Viviane, por um momento, pensou ser um movimento de dor. Mas logo percebeu que a intenção dela era sorrir.

— Não sei como poderia estar mais doente — sussurrou. — Acho que Deus e a Mãe dele se esqueceram de mim. Mas estou feliz em vê-la novamente e espero viver o suficiente para rever meus queridos filhos e abençoá-los... — Ela suspirou, cansada, tentando mover um pouco o corpo. — Minhas costas doem tanto por ficar aqui deitada, mas cada vez que me tocam é como se eu fosse atravessada por facas. E tenho muita sede, mas não me atrevo a beber nada por medo da dor...

— Eu lhe darei o maior conforto que puder — disse Viviane, e, explicando aos criados o que queria, fez curativos nas feridas abertas pelo longo tempo na cama e lavou sua boca com uma loção refrescante; assim, mesmo se não bebesse água, não ficaria tão seca. Depois, sentou-se ao lado dela, tomando sua mão, sem perturbar a enferma com palavras. Um pouco depois de escurecer, um barulho soou no pátio, e Priscilla, sobressaltando-se novamente, os olhos febris na luz da lanterna, gritou:

— São meus filhos!

E de fato eram eles: logo em seguida Balan e seu irmão de criação, Balin, filho de Gawan, entraram no quarto, encurvando-se por causa do teto baixo.

— Mãe — disse Balan, curvando-se para beijar a mão de Priscilla, e só então se virou para Viviane, diante de quem fez uma mesura. — Minha senhora.

Viviane esticou a mão e tocou o rosto do filho mais velho. Não era tão bonito quanto Lancelote; era um homem grande e robusto, mas seus olhos eram belos e escuros como os dela ou os de Lancelote. Balin era menor, um rapaz vigoroso, de olhos cinza. Era apenas dez dias mais velho que Balan. Parecia-se com Priscilla no passado, de cabelos louros e rosto corado.

— Minha pobre mãe — murmurou ele, acariciando a mão de Priscilla —, mas agora a senhora Viviane veio ajudá-la, e você ficará boa logo, não é? Está tão magra, mãe, deve tentar comer mais e ficar forte e boa novamente...

— Não — sussurrou ela —, não ficarei boa de novo até cear com Jesus no céu, filho querido.

— Ah, não, mãe, não deve dizer isso — gritou Balin.

E Balan, encarando Viviane, suspirou. E, então, disse com uma voz tão baixa que nem Priscilla nem o filho podiam ouvir:

— Ele não consegue entender que ela está morrendo, minha senhora... minha mãe. Ele sempre insiste em que ela pode se recuperar. Eu realmente esperava que ela morresse no outono, quando todos contraímos a febre, mas ela sempre foi tão forte...

Balan abanou a cabeça, e seu pescoço grosso estava avermelhado. Viviane viu as lágrimas em seus olhos, mas ele as limpou rapidamente. E um pouco depois ela disse que todos deveriam sair do quarto e deixar a doente descansar novamente.

— Diga adeus aos seus filhos, Priscilla, e os abençoe — ela afirmou, e os olhos da mulher se iluminaram um pouco.

— Gostaria que fosse realmente um adeus, antes que piore ainda mais... Não desejo que eles me vejam como estava nesta manhã — murmurou, e Viviane viu o terror em seus olhos. Ela se debruçou sobre Priscilla e disse delicadamente:

— Acho que posso prometer acabar com sua dor, minha querida, se é assim que deseja seu fim.

— Por favor — sussurrou a moribunda, e Viviane sentiu a mão de Priscilla apertar a sua como uma garra, em súplica.

— Eu a deixarei com seus filhos, então — disse Viviane, gentilmente —, pois os dois são seus filhos, minha querida, ainda que você tenha dado à luz apenas um deles.

Foi para o outro cômodo e lá encontrou Gawan.

— Traga-me meus alforjes — ela pediu, e, quando isso foi feito, procurou em um bolso por um momento. Depois, virou-se para ele.

— Ela está reconfortada por um momento agora, mas há pouco mais que possa ser feito, a não ser dar um fim em seu sofrimento. Acho que é isso o que ela deseja.

— Não há esperança, então? Nenhuma?

— Não. Não há mais nada para ela além de sofrimento, e não posso pensar que seu Deus queira que ela sofra mais.

— Ela disse muitas vezes — afirmou Gawan, abalado — que desejava ter tido a coragem de se atirar no rio quando ainda podia caminhar até lá...

— É hora, então, de ela partir em paz — disse Viviane, baixo —, mas gostaria que soubesse que o que eu fizer será vontade dela...

— Senhora — respondeu Gawan —, sempre lhe tivemos confiança, e minha mulher lhe tem afeto e estima. Não peço mais que isso. Se os sofrimentos dela terminarem aqui, sei que ela a abençoará.

Mas o rosto dele estava torcido de dor. Ele seguiu Viviane para o aposento interno novamente, onde Priscilla falava baixo com Balin. Ela, então, soltou a mão do filho, que foi chorando para o lado do pai. A seguir, Priscilla estendeu a mão magra para Balan e disse em sua voz trêmula:

— Você sempre foi um bom filho para mim, meu rapaz. Sempre cuide de seu irmão de criação, e peço que reze pela minha alma.

— Rezarei, minha mãe — Balan disse, e se curvou para abraçá-la, mas ela soltou um gritinho trêmulo de dor e medo quando ele se aproximou dela, e então ele apenas tomou suas mãos debilitadas e as apertou com os dedos.

— Agora tenho um remédio para você, Priscilla — disse Viviane. — Dê boa-noite e durma...

— Estou tão exausta — sussurrou a moribunda —, ficarei feliz em dormir... Abençoada seja, Senhora, e sua Deusa também...

— Em nome dela, que é misericordiosa — murmurou Viviane, e segurou a cabeça de Priscilla para que ela pudesse engolir.

— Tenho medo de beber. É amargo, e, sempre que engulo qualquer coisa, sinto dor — sussurrou Priscilla.

— Eu lhe juro, minha irmã, que quando tiver bebido isso não haverá mais dor nenhuma — disse Viviane, com firmeza, e inclinou a taça para a enferma. Priscilla engoliu e levantou a mão fraca para tocar o rosto de Viviane.

— Dê-me um beijo de adeus também, senhora — ela disse, mais uma vez com aquele sorriso terrivelmente adoentado, e Viviane pousou os lábios na testa cadavérica.

Eu trouxe vida e agora venho como a Anciã da Morte... Mãe, faço por ela apenas o que gostaria que fizessem por mim um dia, Viviane pensou, e estremeceu novamente, levantando os olhos até encontrar o olhar carrancudo de Balin.

— Venha — ela disse, baixo —, deixe que ela descanse.

Eles foram para o outro cômodo. Gawan ficou para trás, segurando a mão da esposa. Era certo, pensou Viviane, que ele ficasse com ela.

As criadas haviam servido o jantar, e Viviane tomou seu lugar, comeu e bebeu, pois estava cansada depois da longa viagem.

— Vocês vieram da corte de Artur em Caerleon até aqui em apenas um dia, meus meninos? — ela perguntou, e então sorriu... Esses "meninos" agora já eram homens!

— Sim, viemos de Caerleon — disse Balan —, e que viagem horrível no frio e na chuva!

Ele se serviu de peixe salgado e espalhou manteiga no pão, e então deu o prato de madeira a Balin.

— Não está comendo nada, meu irmão.

Balin deu de ombros.

— Não tenho vontade de comer enquanto nossa mãe jaz daquela maneira. Mas graças a Deus agora a senhora chegou, e ela logo ficará bem novamente, não ficará? Seus remédios fizeram muito bem a ela da última vez, foi como um milagre, e agora ela vai melhorar, não vai?

Viviane o fitou – seria possível que ele não entendesse? Ela disse baixo:

— O melhor desfecho é que ela possa encontrar o Deus dela agora, Balin.

Ele a olhou, o rosto vermelho e abalado.

— Não! Ela não deve morrer — gritou. — Senhora, diga-me que vai ajudá-la, que não a deixará morrer...

Viviane disse severamente:

— Não sou seu Deus, e a vida e a morte não estão em minhas mãos, Balin. Gostaria que ela permanecesse nesse sofrimento por muito mais tempo?

— Mas a senhora é treinada em toda a sabedoria mágica — protestou Balin, raivosamente. — Por que veio, se não para curá-la novamente? Ouvi dizer agora há pouco que poderia acabar com a dor dela...

— Só há uma cura para a doença que atacou sua mãe — disse Viviane, pousando a mão compadecida no ombro de Balin —, e isso é misericordioso.

— Balin, pare com isso — disse Balan, colocando a grande mão calosa na do irmão de criação. — Você realmente gostaria que ela sofresse mais?

Mas Balin levantou a cabeça e encarou Viviane.

— Então a senhora usou seus truques de feitiçaria para curá-la quando isso era uma honra para sua Deusa maligna — gritou ele — e agora que não tem o que ganhar com isso vai deixá-la morrer...

— Fique calmo, homem — disse Balan, e agora a voz dele estava rouca e tensa. — Você não viu? Nossa mãe a abençoou e se despediu dela com um beijo, era o que ela desejava...

Mas Balin continuava a encarar Viviane, e então levantou as mãos como se fosse atingi-la.

— Judas! — ele gritou. — Você também traiu com um beijo... — E ele se virou e correu em direção ao cômodo interno. — O que você fez? Assassina! Assassina imunda! Pai! Pai, isso é assassinato e feitiçaria maligna!

Gawan, pálido, apareceu na porta dos aposentos, gesticulando ansiosamente por silêncio, mas Balin o empurrou para o lado e entrou no quarto. Viviane o seguiu e viu que Gawan já havia fechado os olhos da morta.

Balin também viu e se voltou para ela, gritando incoerentemente:

— Assassinato! Traição! Feitiçaria! Bruxa imunda, assassina!

Gawan abraçou o filho para contê-lo. Então disse:

— Não vai falar dessa maneira com alguém que teve o amor e a confiança de sua mãe sobre o corpo dela!

Mas Balin gritava e delirava, esforçando-se para alcançar Viviane. Ela tentou falar, aquietá-lo, mas ele não escutava. Por fim ela foi para a cozinha e se sentou junto ao fogo.

Balan foi até ela e tomou suas mãos, dizendo:

— Sinto muito que ele esteja reagindo dessa maneira, minha senhora. Ele está fora de si, e, quando o choque passar, será tão grato à senhora como eu sou... Pobre mãezinha, ela sofreu tanto… Mas agora isso terminou, e eu a abençoo também. — Ele baixou a cabeça, tentando não soluçar alto. — Ela era... era como uma mãe para mim também.

— Eu sei, meu filho, eu sei — murmurou Viviane, acariciando a cabeça dele como se fosse o menininho desajeitado que fora havia mais de vinte anos. — É certo que chore por sua mãe adotiva, seria insensível se não o fizesse. — E ele desmoronou e soluçou, ajoelhando-se ao lado dela, o rosto enterrado no colo dela.

Balin entrou e ficou de pé ao lado deles, o rosto desfigurado pela fúria.

— Mesmo sabendo que ela matou nossa mãe, Balan, você vem aqui ser consolado por ela?

Balan levantou a cabeça, engolindo os soluços.

— Ela fez a vontade de nossa mãe. Você é tão tolo que não consegue perceber... Mesmo com a ajuda de Deus nossa mãe não poderia viver mais duas semanas. Como você pode se ressentir por ela ter sido poupada de seu último sofrimento?

Mas Balin apenas chorava desoladamente:

— Minha mãe, minha mãe está morta!

— Fique calmo, ela era minha mãe também, minha mãe de criação — disse Balan, raivoso, e então seu rosto se suavizou. — Ah, irmão, irmão, eu também sofro, por que devemos brigar? Venha, beba um pouco de vinho, o sofrimento dela acabou e ela está com Deus... É melhor rezar por ela do que nos desentendermos dessa maneira. Venha, irmão, venha, coma e descanse, você também está exausto.

— Não — gritou Balin —, não vou descansar sob o teto que abriga a feiticeira imunda que matou minha mãe!

Gawan chegou, pálido e raivoso, e acertou Balin na boca. Ele disse:

— Paz! A Senhora de Avalon é nossa hóspede e nossa amiga! Não vai manchar a hospitalidade desta casa com essas palavras blasfemas! Sente-se, meu filho, e coma, ou dirá palavras que causarão arrependimento em todos!

Mas Balin fixou os olhos nele como um animal selvagem.

— Não comerei nem descansarei sob este teto enquanto debaixo dele estiver aquela... aquela mulher.

— Você se atreve a insultar minha mãe? — Balan o intimou.

— Estão todos contra mim, então? — gritou Balin. — Irei embora deste teto que abriga a assassina de minha mãe!

Ele virou as costas e saiu correndo da casa. Viviane se afundou em uma cadeira, Balan veio oferecer-lhe o braço, e Gawan, servir-lhe uma taça de vinho.

— Beba, senhora, e aceite minhas desculpas pelo meu filho — disse. — Ele está fora de si, mas logo voltará ao normal.

— Devo ir atrás dele, pai, por temer que ele se machuque? — perguntou Balan, mas Gawan abanou a cabeça.

— Não, não, filho, fique aqui com a sua mãe. Palavras não o ajudarão agora.

Tremendo, Viviane deu um gole em seu vinho. Ela também estava tomada de tristeza por Priscilla e pelos tempos de juventude que viveram juntas, cada uma com um bebê nos braços. Priscilla havia sido tão bela e alegre... Elas riram juntas e brincaram com seus bebês, e agora ela jazia morta depois de uma doença que a consumira, e a própria mão de Viviane havia segurado a taça de sua morte. Ter feito a vontade de Priscilla aliviava sua consciência, mas não embotava sua tristeza.

Fomos jovens juntas, e agora ela jaz morta e eu estou velha, velha como a própria Anciã da Morte. E aqueles belos bebês que brincavam em torno de nossos pés... um deles está grisalho e o outro me mataria se pudesse, como uma bruxa imunda e assassina... Viviane tinha a impressão de que seus ossos chacoalhavam com um pesar gelado. Estava perto do fogo, mas ainda assim tremia e não conseguia se aquecer. Apertou o xale em torno do corpo, e Balan veio levá-la para o melhor assento, colocou uma almofada atrás de suas costas e uma taça de vinho aquecido em suas mãos.

— Ah, você também a amava — disse ele. — Não se preocupe com Balin, senhora, ele vai recuperar a razão com o tempo. Quando conseguir pensar claramente de novo, saberá que o que fez foi uma grande misericórdia para nossa mãe... — Ele interrompeu a fala, o rubor subindo lentamente por suas mandíbulas fortes. — A senhora está com raiva de mim, por eu ainda pensar na mulher que acabou de morrer como minha mãe?

— Você está certo — disse Viviane, bebendo o vinho quente e acariciando a mão dura do filho. Um dia, aquela mão havia sido tão pequena e suave que conseguia abarcá-la com a sua própria, como um botão de rosa. Mas agora a mão de Viviane se perdia na dele. — A Deusa sabe, ela era mais mãe para você do que jamais fui.

— Sim, eu deveria saber que entenderia — disse Balan. — Morgana me disse o mesmo na última vez em que a vi na corte de Artur.

— Morgana? Ela está agora na corte de Artur, meu filho? Ela estava lá quando você veio?

Balan abanou a cabeça, pesarosamente.

— Não, a última vez que a vi foi há anos, senhora. Ela foi embora da corte de Artur, deixe-me pensar, antes do grande ferimento de Artur... Ora, já se completarão três anos no meio do verão. Pensei que ela estivesse com a senhora em Avalon.

Viviane balançou a cabeça negativamente e se apoiou no braço da cadeira alta.

— Não vejo Morgana desde o casamento de Artur. — E então pensou que talvez ela tivesse ido para outro país. Perguntou a Balan: — E seu irmão Lancelote? Está na corte ou voltou para a Bretanha Menor?

— Ele não fará isso, acredito, enquanto Artur estiver vivo — disse Balan —, embora ele não fique muito na corte agora... — E Viviane, com um fragmento da Visão, ouviu as palavras não ditas por Balan, que não desejava espalhar fofocas ou escândalo: *Quando Lancelote está na corte, os homens reparam que ele nunca tira os olhos da rainha Gwenhwyfar, e duas vezes se recusou a casar quando Artur quis lhe arranjar casamento.* Balan continuou, apressadamente: — Lancelote disse que vai deixar todas as coisas em ordem no reino de Artur, então está sempre pelas terras, já matou mais bandidos saqueadores e bandos de invasores que qualquer outro Companheiro de Artur. Dizem que ele é como uma legião inteira, senhora. — E Balan levantou a cabeça e olhou para ela pesarosamente. — Seu filho mais novo, mãe, é um grande cavaleiro, como o velho Alexandre das lendas. Há quem diga que é ainda melhor que o próprio Artur. Eu não trouxe tal glória à senhora.

— Todos nós fazemos as coisas de que os Deuses nos incumbem, meu filho — afirmou Viviane gentilmente. — Estou feliz de que você não tenha rancor de seu irmão por ele ser melhor cavaleiro que você.

Balan fez que não com a cabeça.

— Ora, seria como ter rancor de Artur por eu não ser o rei, mãe — ele disse. — E Lancelote é modesto e bom para todos os homens, e devoto como uma donzela... Não sabia que ele se tornou cristão, senhora?

Viviane balançou a cabeça.

— Não me surpreende — disse ela, com um traço de escárnio que não sabia que estaria em sua voz até ter falado. — Seu irmão sempre temeu as coisas que não consegue entender, e a fé de Cristo é adequada a escravos que pensam que são pecadores e humildes... — Então parou e disse: — Sinto muito, meu filho. Não quis menosprezar sua fé. Sei que é a sua também.

Balan piscou e sorriu.

— Agora ocorreu um milagre, o fato de a senhora ter pedido perdão por algo que disse!

Viviane mordeu o lábio.

— É assim que realmente me vê, filho?

Ele assentiu.

— Sim, a senhora sempre me pareceu a mais orgulhosa das mulheres, e pensei que era certo que fosse exatamente como é — afirmou ele.

Viviane zombou de si mesma por ter chegado a isso apenas para conseguir obter uma palavra de aprovação do filho. Ela, então, procurou um novo assunto.

— Você disse que Lancelote já recusou dois casamentos? Pelo que você acha que ele espera? Ele quer um dote maior do que o oferecido por qualquer moça?

Mais uma vez ela pareceu ouvir os pensamentos de Balan: *Ele não pode ter aquela que gostaria, pois é casada com o rei dele...* mas seu filho disse apenas:

— Ele diz que não tem intenção de se casar com ninguém e brinca que gosta mais de seu cavalo do que de qualquer mulher que não possa cavalgar com ele em batalha... Faz piada dizendo que um dia se casará com uma das guerreiras saxãs. Ninguém consegue superá-lo em batalhas nem nos jogos que Artur promove em Caerleon. Às vezes, ele luta em desvantagem, sem usar o escudo ou trocando de cavalo com outro, para não ficar sempre na frente. Balin uma vez o desafiou para uma corrida e ganhou, mas não aceitou o prêmio porque descobriu que a cilha do cavalo de Lancelote havia se partido.

— Então Balin também é um cavaleiro cortês e bom?

— Ah, sim, mãe, não deve julgar meu irmão pelo que aconteceu esta noite — disse Balan, avidamente. — Quando ele disputou com Lancelote, eu não sabia para qual deles torcer. Lancelote ofereceu o prêmio a ele, dizendo que havia ganhado de modo justo, já que não havia perdido o controle do cavalo... Mas Balin não o aceitou, e ficaram lá discutindo polidamente, como dois heróis das sagas antigas que Taliesin nos contava quando éramos crianças!

— Então você pode se orgulhar de ambos os seus irmãos — disse Viviane, e a conversa tomou outros rumos, e depois de um tempo ela pediu licença ao filho dizendo que ajudaria a preparar o corpo. Mas quando entrou nos aposentos viu que todas as mulheres estavam espantadas com ela, e que um padre também viera da vila. Ele a recebeu de modo bastante educado, mas Viviane podia perceber, por suas palavras, que ele pensava que ela fosse uma freira de um dos conventos próximos. De fato, seu vestido escuro de viagem a fazia parecer uma, e ela não teve vontade de corrigi-lo naquele momento. Então, quando pediram que ela fosse para a melhor cama de hóspedes, ela concordou e por fim dormiu. Mas tudo o que havia conversado com Balan parecia ir e vir em sua mente; em seus sonhos, pensou ter visto Morgana através de uma névoa cinza que se dissipava, correndo para uma floresta de árvores estranhas, coroada com flores que nunca vira em Avalon. E, então, disse para si mesma, ainda no sonho e depois novamente ao despertar: *não posso demorar mais, preciso procurá-la com a Visão, ou o que me resta da Visão.*

Na manhã seguinte, Viviane compareceu ao enterro de Priscilla. Balin havia voltado e ficou perto da cova chorando. Depois que o funeral havia acabado e as outras pessoas tinham entrado na casa para beber cerveja, ela se aproximou dele e disse gentilmente:

— Não vai me abraçar e trocar o perdão comigo, filho? Acredite em mim, eu partilho de sua dor. Fomos amigas por toda a vida, a dama Priscilla e eu, do contrário jamais teria deixado que ela criasse meu próprio filho. Sou a mãe de seu irmão de criação. — Ela estendeu os braços, mas o rosto de Balin ficou duro e frio, e ele deu de costas e se afastou.

Gawan pediu que ficasse ali e descansasse por um dia ou dois, mas Viviane pediu que trouxessem seu burro; ela afirmou que precisava voltar a Avalon, e viu que Gawan, embora sua hospitalidade fosse sincera, ficara aliviado. Se alguém contasse ao padre quem ela era, poderia causar um embaraço pelo qual ele não gostaria de passar durante a ceia após o funeral de sua mulher. Balan, também, perguntou:

— Gostaria que eu fosse até Avalon com a senhora? Pode haver salteadores e malfeitores na estrada.

— Não — ela respondeu, estendendo a mão para ele e sorrindo. — Não aparento carregar ouro, e os homens que me acompanham são da tribo... Podemos nos esconder nas colinas em caso de ataque. Também não sou nenhuma tentação para homens que estejam atrás de uma mulher. — Ela riu e continuou: — E, com Lancelote fiel à missão de matar todos os salteadores, o país logo será como dizem que era antes, um lugar em que uma virgem de quinze anos com uma bolsa de ouro podia ir de norte a sul sem que um homem a atacasse! Fique aqui, meu filho, chore por sua mãe e faça as pazes com seu irmão de criação. Não deve brigar com ele por minha causa, Balan.

E então ela estremeceu como se subitamente sentisse frio, pois uma imagem havia tomado sua mente, e lhe pareceu que era um duelo de espadas e que seu filho sangrava de um grande ferimento...

— O que foi, senhora? — ele perguntou, em voz baixa.

— Nada, meu filho, apenas me prometa que não vai se desentender com seu irmão Balin.

Ele baixou a cabeça.

— Não vou, mãe. E direi a ele o que falou agora, assim ele vai pensar que a senhora também não guarda rancor dele.

— Pela Senhora, eu não guardo — disse Viviane, mas ela ainda se sentia gelada, embora o sol de inverno esquentasse suas costas. — Que ela o abençoe, meu filho, e também a seu irmão, embora eu duvide que ele deseje a bênção de qualquer Deus além do dele. Você aceita a bênção da Senhora, Balan?

— Aceito — ele disse, curvando-se para beijar a mão de Viviane. Depois acompanhou-a com os olhos enquanto ela ia embora.

Ela disse a si mesma, enquanto viajava para Avalon, que certamente o que vira era fruto de seu cansaço e medo; e, de qualquer jeito, Balan era um dos Companheiros de Artur, e não era possível evitar que ele se ferisse nessa guerra com os saxões. Mas a imagem persistiu em sua mente, a de que Balan e seu irmão de criação brigariam em seu nome, até que por fim ela fez um gesto severo de afastamento e não desejou ver mais o rosto do filho até que ele estivesse novamente em carne e osso na sua frente!

Também estava preocupada com Lancelote. Ele já havia passado da idade de se casar. Ainda assim, havia vários outros homens que não desejavam mulheres e buscavam como companhia apenas irmãos e camaradas de armas, e ela se perguntava com frequência se o filho de Ban era um deles. Bem, Lancelote deveria escolher o próprio caminho; ela havia concordado com isso quando ele deixou Avalon. Se ele professava grande devoção à rainha, sem dúvida era para que seus camaradas não zombassem dele como amante de garotos.

Mas ela tirou os filhos da mente. Nenhum deles era tão próximo de seu coração quanto Morgana, e Morgana... onde ela estava? Essa dúvida já a havia deixado inquieta antes, mas agora, após ouvir as notícias de Balan, ela temia pela vida de Morgana. Antes do dia acabar, enviaria mensageiros de Avalon a Tintagel, onde vivia Igraine, e ao norte, para a corte de Lot, onde Morgana poderia ter ido para ficar com o filho... Ela tinha visto o jovem Gwydion uma vez ou duas, em seu espelho, mas havia prestado pouca atenção nele, pois estava bem. Morgause era boa com todas as crianças, tendo os seus próprios filhos, e havia tempo suficiente para se preocupar com Gwydion quando ele chegasse à idade de sair de lá. Quando, então, ele rumaria para Avalon...

Com sua disciplina irretocável, conseguiu afastar até Morgana da mente e viajar para Avalon com um humor condizente com o de uma sacerdotisa que havia acabado de fazer o papel de Anciã da Morte para sua amiga mais antiga – sóbria, de fato, mas sem muita dor, pois a morte era apenas o começo de uma nova vida.

Priscilla era cristã. Ela acreditava que agora estaria com seu Deus no céu. *Mesmo assim ela também renasceria neste mundo imperfeito, buscando a perfeição dos Deuses, repetidamente... Balan e eu nos despedimos como estranhos, e assim deve ser. Não sou mais a Mãe e não devo sentir mais tristeza do que quando deixei de ser a Donzela para ela...* Ainda assim seu coração estava cheio de rebeldia.

Havia realmente chegado a hora de abrir mão do governo de Avalon, para que uma mulher mais jovem pudesse ser a Senhora do Lago, e ela, apenas uma das sábias, oferecendo conselhos, mas sem deter aquele poder amedrontador. Ela já tinha consciência de que estava perdendo a Visão. Mas não abriria mão de seu poder até que pudesse colocá-lo nas mãos da pessoa que ela mesma havia preparado para recebê-lo. Viviane tivera a sensação de que poderia esperar até que Morgana superasse sua amargura e voltasse a Avalon.

Mas se algo aconteceu a Morgana... E, mesmo que esse não seja o caso, terei o direito de continuar como Senhora, uma vez que estou perdendo a Visão?

Por um instante, quando chegou ao lago, estava tão molhada e sentia tanto frio que, quando os tripulantes do barco se viraram para que ela chamasse as brumas, não conseguia se lembrar do encantamento. *De fato, é mais do que hora de transferir meus poderes...* Então, as palavras de poder voltaram à sua mente e ela as pronunciou, mas passou boa parte daquela noite acordada, amedrontada.

Quando a manhã chegou, ela estudou o céu. A lua estava escurecendo, e não seria bom consultar o espelho nessa época. *Seria, de alguma maneira, útil para aquele espelho novamente, agora que a Visão me abandonou?* Com toda a sua disciplina, ela se forçou a não dizer nada sobre isso às sacerdotisas que a serviam. Porém, mais tarde, naquele dia, ela se encontrou com outras sábias e perguntou a elas:

— Há alguém na Casa das Donzelas que ainda é virgem e jamais foi ao bosque ou às fogueiras?

— Há a filhinha de Taliesin — disse uma das mulheres.

Por um momento Viviane ficou confusa. Igraine havia crescido, sido casada e enviuvado e era mãe do Grande Rei de Caerleon; Morgause também era casada e mãe de vários filhos. Então pensou melhor e disse:

— Não sabia que ele tinha uma filha na Casa das Donzelas.

Ela pensou no tempo em que nenhuma garota era levada à Casa das Donzelas sem o seu conhecimento. Era ela testava cada uma delas em termos da Visão e da aptidão para a sabedoria druida. Mas nos últimos anos havia deixado isso de lado.

— Diga-me. Quantos anos ela tem? Qual o nome dela? Quando chegou aqui?

— O nome dela é Niniane — disse a velha sacerdotisa. — É filha de Branwen... Lembra-se dela? Branwen disse que Taliesin havia gerado essa filha nas fogueiras de Beltane. Parece que foi há pouco, mas ela já deve ter onze ou doze anos, talvez um pouco mais. Foi criada em algum lugar no norte, mas chegou aqui há cinco ou seis estações. É uma boa menina, obediente, e agora que já não há tantas donzelas enviadas para cá não podemos nos dar ao luxo de escolher, Senhora! Não há nenhuma agora como Raven ou sua menina Morgana. Aliás, onde está Morgana agora, Senhora? Ela deveria voltar para nós.

— Ela de fato deveria voltar — disse Viviane, e sentiu vergonha por não saber o paradeiro de Morgana. Nem mesmo se estava viva ou morta. *Como tenho a insolência de ser a Senhora de Avalon se não sei nem o nome de minha sucessora, nem quem vive na Casa das Donzelas?* Mas se a tal Niniane era filha de Taliesin e de uma sacerdotisa de Avalon, deveria ter a Visão. E, mesmo se não tivesse, Viviane poderia forçá-la a ver, se ainda fosse virgem.

Ela, então, pediu à sábia:

— Arranje para que enviem Niniane até mim daqui a três dias, antes do anoitecer. — Embora visse várias questões nos olhos da velha sacerdotisa, ela percebeu com alguma satisfação que ainda era inquestionavelmente a Senhora de Avalon, pois ela nada perguntou.

Niniane foi até ela antes do pôr do sol, no fim da reclusão da lua escura; Viviane, sem dormir, havia passado boa parte da noite se questionando. Sabia que relutava em deixar sua posição de autoridade, mas, se pudesse deixá-la nas mãos de Morgana, o faria sem arrependimentos. Ela brincou com a pequena faca em forma de foice que Morgana abandonara quando fugira de Avalon, mas logo colocou-a de lado e levantou o rosto para olhar para a filha de Taliesin.

A velha sacerdotisa, assim como eu, perdeu a noção do tempo; com certeza ela tem mais do que onze ou doze anos. A garota tremia com assombro, e Viviane se lembrou de como Morgana também havia tremido quando a vira pela primeira vez como Senhora de Avalon. Ela perguntou gentilmente:

— Você é Niniane, certo? Quem são seus pais?

— Sou filha de Branwen, Senhora, mas não sei o nome de meu pai. Ela disse apenas que fui concebida em Beltane.

Bem, aquilo era razoável.

— Quantos anos tem, Niniane?

— Completarei catorze este ano.

— E esteve nas fogueiras, criança?

A menina balançou a cabeça. Então disse:

— Não fui chamada para ir.

— Você tem a Visão?

— Creio que apenas um pouco, Senhora — ela disse, e Viviane suspirou e afirmou:

— Bem, veremos, criança. Venha comigo. — E a levou para fora de sua casa isolada, subindo pelo caminho até o Poço Sagrado. A garota era mais alta que ela, esguia e loura, com olhos cor de violeta... não era diferente de Igraine naquela idade, pensou Viviane, embora o cabelo de Igraine fosse mais para o ruivo que para o dourado. Subitamente pareceu que podia ver Niniane coroada e vestida como a Senhora, e balançou a cabeça impacientemente, para afastar a imagem indesejada. Com certeza era apenas um delírio passageiro...

Levou Niniane até a lagoa e parou por um momento para observar o céu. Estendeu a foice que havia sido dada a Morgana quando ela se tornara sacerdotisa e disse em voz baixa:

— Olhe no espelho, minha criança, e veja onde aquela que um dia carregou isto vive agora.

Niniane olhou para ela de modo hesitante e disse:

— Senhora, eu disse, tenho apenas um pouco da Visão.

Viviane subitamente entendeu: a garota tinha medo de falhar.

— Não importa. Verá com a Visão que um dia foi minha. Não tenha medo, criança, apenas olhe no espelho.

O silêncio se fez enquanto Viviane observava a garota de cabeça baixa. Na superfície da lagoa parecia que apenas o vento se mostrava e eriçava a superfície, como sempre. Então Niniane disse em uma voz baixa, divagante:

— Ah, veja... Ela dorme nos braços do rei cinza... — E ficou quieta.

O que isso quer dizer? Viviane não podia concluir nada daquelas palavras. Ela gostaria de gritar com Niniane, forçar a Visão nela, mas controlou-se, com o maior esforço de sua vida, para ficar quieta, sabendo que mesmo sua agitação poderia embotar a Visão da donzela. Ela disse, num tom um pouco mais forte que um sussurro:

— Diga-me, Niniane, você vê o dia em que Morgana vai voltar a Avalon?

Novamente o silêncio vazio. Uma pequena brisa – o vento da aurora – soprava, e novamente a ondulação foi e voltou na superfície vítrea da água. Por fim, Niniane disse suavemente:

— Ela está de pé na barca... Seu cabelo está todo grisalho agora... — E novamente ficou imóvel, suspirando como se sentisse dor.

— Vê algo mais, Niniane? Fale, diga-me...

Dor e terror atravessaram o rosto da garota, e ela sussurrou:

— Ah, a cruz... a luz me queima, o caldeirão entre as mãos dela... Raven! Raven, você nos deixará agora? — Ela respirou profundamente com choque e desespero e então caiu no chão, desmaiada.

Viviane permaneceu imóvel, as mãos apertadas, e então, com um longo suspiro, curvou-se para levantar a garota. Molhou a mão na lagoa e espirrou água no rosto inerte de Niniane. Depois de um momento a menina abriu os olhos, olhou apavorada para Viviane e começou a chorar.

— Sinto muito, Senhora, não consegui ver nada — ela gemeu.

Então ela falou, mas não se lembra de nada do que viu. Eu bem poderia tê-la poupado disso, foi inútil. Não havia razão para zangar-se com a garota – ela havia feito o que lhe fora ordenado. Viviane afastou o cabelo loiro da testa de Niniane e disse gentilmente:

— Não chore, minha criança. Não estou brava com você. Sua cabeça dói? Venha descansar.

A Deusa dá seus dons conforme deseja. Mas por que, Mãe de todos, você me envia instrumentos imperfeitos para fazer sua vontade? Você tirou de mim o poder de fazer sua vontade; por que então me tirou aquela que deverá servi-la quando eu não estiver mais aqui? Niniane, as mãos pousadas na testa, desceu lentamente o caminho para a Casa das Donzelas, e, depois de um tempo, Viviane a seguiu.

As palavras de Niniane não eram mais que devaneios? Ela achava que não – tinha certeza de que a garota havia visto *alguma coisa*. Mas Viviane não conseguia desvendar o que Niniane vira, e as poucas vezes em que a menina tentou explicar em palavras as coisas não fizeram sentido para Viviane. E agora Niniane já havia se esquecido de tudo, não havia mais como questioná-la.

Ela dorme dos braços do rei cinza. Aquilo significava que Morgana estava deitada nos braços da morte?

Morgana voltaria, então? Niniane dissera apenas: *Ela está de pé na barca...* então Morgana voltaria a Avalon. *Seu cabelo está todo grisalho agora.* Então o retorno não se daria logo, caso acontecesse. Aquilo, ao menos, era inequívoco.

A cruz. A luz me queima. Raven, Raven, o caldeirão entre as mãos dela. Isso certamente não era mais que delírio, uma tentativa de exprimir uma visão tênue em palavras. Raven levaria o caldeirão, a arma mágica da água e da Deusa... Sim, Raven tinha poder para segurar a Grande Insígnia. Viviane se sentou de frente para a parede de seu quarto, pensando se isso significava que, agora que Morgana não estava mais entre elas, Raven deveria receber o poder da Senhora do Lago. Parecia-lhe a única maneira de interpretar as palavras da garota. Mas, mesmo assim, não estava certa de que era isso que significavam.

Não importa o que eu faça agora, estou no escuro... Bem poderia ter chamado Raven, que teria me respondido apenas com silêncio!

Mas se Morgana de fato fora para os braços da morte, ou se nunca mais retornasse para Avalon, não havia outra sacerdotisa apta a assumir tal importância. Raven havia dado a voz à Deusa em profecia... Seu santuário ficaria abandonado porque Raven escolhera o caminho silencioso?

Viviane sentou-se sozinha em sua casa, mirando a parede, ponderando as palavras crípticas de Niniane repetidamente em seu coração. Em certo momento ela se levantou e trilhou o caminho silencioso para mirar novamente as águas imóveis, mas elas estavam cinza, cinza como o céu implacável. Mas, de repente, de fato lhe pareceu que algo se movia ali, e Viviane sussurrou:

— Morgana? — E olhou profundamente para o silêncio da lagoa.

Mas o rosto que a olhou não era o de Morgana – era imóvel, sereno como a própria Deusa, coroada com palha...

É *o meu reflexo que vejo, ou o da Anciã da Morte?*

Por fim, cansada, ela se virou.

Isso eu sei desde que comecei a trilhar o caminho – chega um dia em que há apenas desespero, quando você tenta rasgar o véu do santuário e grita para ela e sabe que não responderá, pois não está ali, porque nunca esteve, não há Deusa além de você mesma, e você está sozinha na zombaria dos ecos de um santuário vazio...

Não há ninguém ali, nunca houve ninguém, e toda a Visão não passa de sonhos e ilusões...

Enquanto descia, exausta, a colina, viu que a lua nova estava no céu. Mas isso agora não queria dizer nada para ela, a não ser que o silêncio ritual e a reclusão tivessem acabado.

O que eu faço com essa zombaria de uma Deusa? O futuro de Avalon está em minhas mãos, e Morgana se foi, e estou sozinha com velhas e crianças e meninas despreparadas... Sozinha, totalmente sozinha! Estou velha e exausta, e minha morte me espera...

Dentro de sua casa, as mulheres acenderam o fogo, e uma taça de vinho aquecido fumegava ao lado de sua cadeira costumeira, para que ela quebrasse o jejum da lua escura. Ela se jogou, cansada, e uma das sacerdotisas que a serviam veio silenciosamente tirar seus sapatos e colocar um xale quente sobre seus ombros.

Não há ninguém além de mim. Mas ainda tenho minhas filhas, não estou totalmente sozinha.

— Obrigada, minhas crianças — ela disse, com um afeto inabitual, e uma delas curvou a cabeça timidamente sem falar. Viviane não sabia o nome da garota: *Por que sou assim tão negligente?* Porém, imaginou que ela estivesse sob voto de silêncio no momento. A segunda disse, suavemente:

— É nosso privilégio servi-la, mãe. Deseja descansar?

— Ainda não — disse Viviane, e então falou num impulso: — Vá e peça para que a sacerdotisa Raven venha me assistir.

Pareceu ter passado um longo tempo antes que, com passos silenciosos, Raven entrasse no cômodo. Viviane a cumprimentou curvando a cabeça, e ela se aproximou, fez uma mesura e, seguindo o gesto de Viviane, foi sentar-se diante dela. Viviane passou-lhe a taça, ainda cheia pela metade de vinho quente, e Raven bebeu, sorrindo em agradecimento, e depois a colocou de lado.

Por fim Viviane suplicou:

— Minha filha, você quebrou seu silêncio uma vez antes que Morgana nos deixasse. Agora eu a procuro e não consigo encontrá-la. Não está em Caerleon, nem em Tintagel, nem com Lot e Morgause em Lothian... Eu estou envelhecendo e não há ninguém para servir... Pergunto a você como perguntaria ao oráculo da Deusa: Morgana voltará?

Raven ficou em silêncio. Por fim, balançou a cabeça, e Viviane perguntou:

— Isso significa que ela não voltará? Ou que você não sabe?

Mas a jovem sacerdotisa fez um gesto estranho de questionamento e impotência.

— Raven — disse Viviane —, você sabe que devo deixar meu cargo, e não há outra pessoa para ocupá-lo, ninguém com o velho treinamento de uma sacerdotisa, ninguém que tenha chegado tão longe... só você. Se Morgana não voltar para nós, terá de ser a Senhora do Lago. Você jurou fazer silêncio e o cumpriu fielmente. Agora é hora de deixar isso de lado e tirar das minhas mãos a custódia deste lugar... Não há outro jeito.

Raven balançou a cabeça. Ela era uma mulher alta, de porte delicado, e Viviane pensou que já não era mais jovem. Certamente tinha dez anos a mais que Morgana – deveria estar chegando perto dos quarenta anos. *E chegou aqui tão pequena que seus seios ainda não tinham despontado.* Seu cabelo era longo e escuro, e seu rosto, moreno pálido, olhos grandes sob sobrancelhas grossas e escuras. Ela parecia cansada e austera.

Viviane cobriu o rosto com as mãos e disse em voz rouca, entre lágrimas que não poderia derramar:

— Eu... não posso, Raven.

Depois de um momento, o rosto coberto, ela sentiu um toque suave na bochecha. Raven havia se levantado e estava curvada sobre Viviane. Ela não falou, apenas abraçou Viviane fortemente e a segurou por um momento, e Viviane, sentindo o calor da mulher mais jovem contra ela, começou a soluçar, e sentiu que ia começar a chorar e chorar sem parar. Mas, por fim, quando Viviane fez silêncio de pura exaustão, Raven a beijou no rosto e foi embora silenciosamente.

10

Certa vez, Igraine dissera a Gwenhwyfar que a Cornualha ficava no fim do mundo. Assim, parecia a Gwenhwyfar que lá poderiam não existir coisas como saxões salteadores ou um Grande Rei, ou ainda uma Grande Rainha. Mas ali, naquele convento distante na Cornualha, embora em um dia claro ela pudesse olhar para o mar e ver a silhueta acentuada do castelo de Tintagel, Igraine e ela não eram mais que duas senhoras cristãs. Gwenhwyfar pensou, surpresa consigo mesma: *Estou feliz por ter vindo.*

Contudo, quando Artur lhe havia pedido que fosse, ela ficara com medo de deixar os muros de Caerleon. A jornada lhe parecera um longo pesadelo, até mesmo a viagem rápida e confortável pela estrada romana ao sul. Quando a deixaram e começaram a cruzar as charnecas elevadas e expostas, Gwenhwyfar havia se encolhido em pânico dentro da liteira, mal podendo dizer o que mais a aterrorizava: o céu aberto lá no alto ou os extensos gramados, sem árvores, em que as rochas subiam, frias e duras, como os ossos da própria terra. Então, por um tempo, não se via nenhuma criatura viva a não ser corvos, que circulavam lá em cima a espera de que algo morresse no chão, ou, lá longe, um dos pôneis selvagens das charnecas, parando para jogar a cabeça desgrenhada para trás antes de disparar.

Mas nesse convento distante na Cornualha tudo era quieto e pacífico. Um sino de tom suave marcava as horas, e rosas cresciam no jardim murado do claustro e se enroscavam nas fendas do muro de tijolos em ruínas. Um dia havia sido um grande casarão romano. As irmãs haviam retirado o assoalho do salão porque, diziam, retratava alguma cena pagã escandalosa – Gwenhwyfar estava curiosa para saber o que era, mas ninguém lhe disse, e ela tinha vergonha de perguntar. Nos cantos do salão havia belos e pequenos golfinhos e peixes raros; e no centro foram colocados tijolos comuns. Ela às vezes sentava-se ali durante as tardes com as irmãs e costurava, enquanto Igraine descansava.

Igraine estava morrendo. Dois meses antes uma mensagem havia chegado a Caerleon. Artur fora chamado ao norte, em Eboracum, para verificar a fortificação do muro romano, mas ele não pudera ir, e nem mesmo Morgana estava lá. E, uma vez que Artur não poderia se fazer presente, e não era esperado que Viviane, em sua idade, pudesse fazer a longa viagem, Artur havia implorado para que Gwenhwyfar fosse e ficasse com sua mãe. Depois de muita persuasão, ela concordara.

Gwenhwyfar sabia pouco sobre cuidar de doentes. Seja qual fosse a doença que havia se apoderado de Igraine, ao menos era indolor, mas ela estava sem fôlego e não podia andar muito sem tossir e resfolegar. A irmã que cuidava dela disse que era congestão nos pulmões, mas ela não tossia sangue, não tinha febre e nem vermelhidão no rosto. Os lábios dela estavam pálidos, as unhas, azuis, e os tornozelos incharam tanto que mal podia andar. Aparentava estar muito cansada para falar e ficava na cama a maior parte do tempo. Não parecia tão doente para Gwenhwyfar, mas a irmã disse que ela de fato estava morrendo e que não passaria de uma semana.

Era a melhor parte do verão, e naquela manhã Gwenhwyfar havia trazido uma rosa branca do jardim do convento e a colocado no travesseiro de Igraine. A mãe de Artur havia se esforçado para ficar de pé na noite anterior e ir às orações, mas naquela manhã estava tão cansada e sem forças que não conseguia se levantar. Ainda assim, sorriu para Gwenhwyfar e disse em sua voz ofegante:

— Obrigada, filha querida. — Ela levou a flor ao rosto, aspirando delicadamente as pétalas. — Sempre quis rosas em Tintagel, mas o solo lá era tão pobre que pouca coisa crescia. Morei lá por cinco anos e nunca desisti de tentar fazer algo parecido com um jardim.

— Quando foi me buscar para o casamento, você viu o jardim em minha casa... — disse Gwenhwyfar, com uma pontada de saudade daquele jardim murado distante.

— Eu me recordo de como era bonito... Lembrou-me Avalon. As flores são muito belas lá, nos pátios da Casa das Donzelas. — Ela ficou em silêncio por um momento. — Foi enviada uma mensagem a Morgana em Avalon?

— A mensagem foi enviada, mãe. Mas Taliesin disse que Morgana não estava em Avalon — disse Gwenhwyfar. — Sem dúvida está com a rainha Morgause em Lothian, e nestes dias leva muito tempo para um mensageiro ir e vir.

Igraine suspirou profundamente e voltou a tossir. Gwenhwyfar ajudou-a a se sentar ereta. Depois de um tempo, Igraine murmurou:

— Mesmo assim a Visão deveria ter feito Morgana vir até mim... Você iria se soubesse que sua mãe estava morrendo, não iria? Sim, pois você veio, e nem mesmo sou sua mãe. Por que será que Morgana não veio?

Para ela não faz diferença que eu tenha vindo, pensou Gwenhwyfar, não sou eu quem ela quer aqui. Não há ninguém que se importe se *estou aqui ou em qualquer outro lugar.* Teve a impressão de que o próprio coração estava ferido. Mas Igraine olhava-a ansiosamente, e então ela disse:

— Talvez Morgana não tenha recebido nenhuma mensagem. Talvez tenha ido a um convento, em um lugar qualquer, se tornado cristã e renunciado à Visão.

— Pode ser... Foi o que fiz quando me casei com Uther — murmurou Igraine. — Mas mesmo assim, de vez em quando, a Visão vinha sem que eu desejasse, e acho que se Morgana estivesse doente ou morrendo eu saberia. — A voz dela estava aflita. — Tive a Visão antes de vocês se casarem... Diga-me, Gwenhwyfar, você ama meu filho?

Gwenhwyfar evitou os olhos claros e cinzentos da mulher doente. Tinha dúvidas sobre se Igraine podia ver dentro de sua alma.

— Eu o amo e sou sua fiel rainha, senhora.

— Sim, acredito que seja... E vocês são felizes juntos? — Igraine segurou as mãos delgadas de Gwenhwyfar nas suas por um momento e sorriu de repente. — Ora, claro que devem ser. E serão ainda mais felizes, já que por fim conseguiu conceber um filho dele.

Gwenhwyfar abriu a boca e encarou Igraine. Por fim, disse:

— E-e-eu não sabia.

Igraine sorriu novamente, um sorriso tão terno e radiante que Gwenhwyfar pensou: *Sim, acredito que quando jovem era tão bela a ponto de Uther deixar de lado toda a cautela e ir atrás dela com feitiços e magias.*

— Acontece com frequência, embora você não seja mais tão jovem... Estou surpresa de que não tenha um filho ainda.

— Não foi por falta de vontade, nem de rezar por isso, senhora — disse Gwenhwyfar, tão abalada que mal sabia o que falava. Estaria a velha rainha delirando? Seria muito cruel brincar com um assunto como esse. — Como... o que a faz pensar que eu... estou grávida?

— Eu me esqueci, você não tem a Visão — disse Igraine. — Apesar do fato de ela ter me abandonado há muito tempo, e de eu mesmo ter renunciado a ela, às vezes, como lhe disse, a Visão chega de surpresa, e nunca deixa dúvidas. — Gwenhwyfar começou a chorar, e Igraine, perturbada, esticou a mão magra e a colocou sobre a da jovem. — Ora, o que é isso, eu lhe dou boas notícias e você chora, criança?

Agora ela vai achar que não quero um filho, e não suporto que ela pense mal de mim... Gwenhwyfar disse com voz trêmula:

— Apenas duas vezes em todos esses anos de casada tive motivos para achar que estava grávida, e carreguei a criança por apenas um mês ou dois. Diga-me, senhora... — Sua garganta se fechou e ela não se atreveu a dizer as palavras que pensava: *Diga-me, Igraine, terei essa criança, você me viu com o filho de Artur ao seio?* Mas o que seu padre pensaria dessa concessão à feitiçaria?

Igraine acariciou a mão dela e respondeu:

— Gostaria de poder dizer mais, porém a Visão vai e volta como quer. Deus permita que tudo saia bem, minha querida. Pode ser que eu não consiga ver mais porque, quando o bebê tiver nascido, não estarei aqui para vê-lo... Não, não, criança, não chore — ela pediu. — Estou pronta para deixar esta vida desde que vi Artur se casar. Eu gostaria de ver seu filho, segurar um bebê de Morgana em meus braços, se isso um dia acontecer, mas Uther se foi e meus filhos estão todos bem. Pode ser que Uther esteja me esperando além da morte, ou ainda os filhos que perdi no parto. Mas se não estiverem... — ela encolheu os ombros, e continuou: — eu jamais saberei.

Os olhos de Igraine se fecharam, e Gwenhwyfar pensou: *Ela ficou cansada por minha culpa.* Então, ficou ali sentada até que a velha senhora pegasse no sono e depois se levantou e foi silenciosamente para o jardim.

Sentia-se entorpecida. Realmente não havia imaginado que poderia estar grávida. Dessa vez, havia imaginado apenas que o esgotamento da viagem havia atrasado sua menstruação... Nos primeiros três anos de casamento, a cada vez que havia um atraso, pensava estar grávida. No ano em que Artur se ausentara pela primeira vez, na ocasião da batalha da floresta de Celidon e na longa campanha que a precedeu, e depois, quando estava ferido, fraco demais para tocá-la, o mesmo aconteceu. Por fim, concluiu que seu fluxo mensal era inconstante – não era possível acompanhá-lo pela lua, pois às vezes dois ou três meses podiam se passar sem nem sinal dele.

Mas agora que Igraine havia falado ela se perguntou por que não havia cogitado essa possibilidade. Jamais lhe ocorreu duvidar da rainha. Porém algo dentro de Gwenhwyfar insistia em lembrar-lhe: *A feitiçaria e todas essas coisas são do demônio, e não há lugar para isso nesta casa de mulheres santas.* Mas outra voz questionava: *Como pode ser considerado maligno isso que ela acaba de me dizer?* Era como quando o anjo havia predito a Maria, a Virgem, o nascimento de seu filho... E por um momento Gwenhwyfar foi tomada pelo espanto diante de sua própria pretensão; e então começou a rir baixinho da incongruência da ideia de Igraine, velha e moribunda, no papel de um anjo de Deus.

Naquele momento, o sino tocou no claustro para as rezas, e Gwenhwyfar, embora fosse uma hóspede, sem essa obrigação, virou-se e foi para a capela das irmãs, ajoelhando-se em seu lugar de costume entre os visitantes. Mas ouviu pouco do serviço, pois todo o seu coração e toda a sua mente estavam envoltos na prece mais fervorosa de toda a sua vida.

Ela chegou, a resposta para todas as minhas preces. Ah, obrigada, Senhor e Cristo e Nossa Senhora Abençoada!

Artur estava errado. Não era ele quem falhava. Não havia necessidade...

E novamente foi tomada pela vergonha paralisante que havia sentido quando ele lhe dissera aquilo, praticamente dando permissão para que o traísse... *E que mulher má eu fui, que cheguei mesmo a pensar nessa possibilidade...* Mas agora, em meio à sua maldade, Deus a havia recompensado quando ela menos merecia. Gwenhwyfar levantou a cabeça e começou a cantar o "Magnificat" com o resto das pessoas, com tanto fervor que a abadessa levantou a cabeça e a olhou severamente.

Elas não sabem por que estou tão agradecida, não sabem o quanto eu tenho a agradecer...

Mas não sabem também como fui má, pois estava pensando aqui, neste lugar santo, naquele que amo...

E então, mesmo em seu júbilo, a dor voltou de repente: *Agora ele vai me ver gorda com o filho de Artur e vai me achar feia e jamais me olhará novamente com amor e desejo*. E, apesar do júbilo em seu coração, sentiu-se pequena, cerceada e triste.

Artur me deu permissão, e poderíamos ter tido um ao outro, ao menos uma vez, mas agora nunca... nunca... nunca...

Levou as mãos ao rosto e chorou atrás delas, silenciosamente, e já não se preocupava com o olhar da abadessa.

Naquela noite, a respiração de Igraine estava tão ruim que sequer conseguia baixar a cabeça para repousar. Precisava sentar-se bem ereta, apoiada por muitas almofadas, para conseguir respirar, e ela chiava e tossia sem cessar. A abadessa havia lhe dado um gole de alguma bebida que limparia seus pulmões, mas aquilo apenas a deixou nauseada, ela disse, e por isso se recusou a beber mais.

Gwenhwyfar sentou-se ao lado dela, cochilando de vez em quando, mas alerta a qualquer movimento da enferma, para dar a ela um gole de água e acomodar seus travesseiros para que pudesse ter um pouco de conforto. Havia apenas uma pequena lanterna no quarto, mas o luar estava brilhante, e a noite, tão quente que a porta para o jardim permanecia aberta. E em meio a tudo havia o som abafado do mar sempre presente, além do jardim, batendo nas rochas.

— Estranho — Igraine murmurou em uma voz distante —, jamais pensei que viria aqui para morrer... Eu me lembro de como me senti triste, sozinha, quando cheguei a Tintagel, como se tivesse vindo ao fim do mundo. Avalon era tão bela, tão linda, tão cheia de flores...

— Há flores aqui — disse Gwenhwyfar.

— Mas não como as flores de meu lar. É tão estéril aqui, tão rochoso — ela disse. — Você já foi à ilha, criança?

— Fui à escola no convento de Ynis Witrin, senhora.

— É tudo tão lindo na ilha... E quando viajei para cá, através das charnecas, era tão alto, estéril e deserto que eu tive medo... — Igraine fez um movimento fraco em direção dela, e Gwenhwyfar pegou sua mão, alarmada com a frieza dela. — Você é uma boa menina — disse —, para vir de tão longe, enquanto meus próprios filhos não o fizeram. Eu me lembro de como detesta viajar, e veio agora para um lugar tão distante mesmo estando grávida.

Gwenhwyfar esfregou as mãos geladas dela entre as suas.

— Não se canse falando, mãe.

Igraine fez um pequeno som como um riso, mas ele se perdeu em um ataque de chiados.

— Você acha que isso faz diferença agora, Gwenhwyfar? Agi mal com você... No dia em que se casou, fui até Taliesin perguntar a ele se havia alguma maneira honrosa de Artur evitar o casamento.

— Eu... não sabia. Mas por quê?

Pareceu-lhe que Igraine hesitou antes de responder, mas não podia ter certeza, talvez a mulher estivesse apenas com dificuldade para falar.

— Não sei dizer. Talvez tenha pensado que você não seria feliz com meu filho. — Ela lutou novamente contra um ataque de tosse, tão forte que parecia que jamais fosse recuperar o fôlego.

Quando ela havia se aquietado um pouco, Gwenhwyfar disse:

— Agora você não deve falar mais, mãe... Quer que eu chame um padre?

— Ao diabo com todos os padres — disse Igraine, claramente. — Não quero nenhum deles perto de mim... Ah, não fique tão chocada, criança! — Ela ficou imóvel por um momento, então continuou: — Você pensava que eu era devota a ponto de me retirar para um convento em meus últimos anos. Mas, na realidade, para onde mais eu poderia ir? Viviane me receberia em Avalon, mas não consegui me esquecer de que foi ela quem me casou com Gorlois... Além daquele muro fica Tintagel, que é como uma prisão.... E, para mim, foi realmente um cárcere. Ainda assim, era o único lugar que poderia considerar meu. E achei que havia conquistado isso por tudo o que aguentei ali... — Outra luta longa e silenciosa para respirar. Por fim, disse: — Gostaria que Morgana tivesse vindo me ver... Ela tem a Visão, deveria saber que estou morrendo...

Gwenhwyfar viu que havia lágrimas nos olhos de Igraine. Ela, então, disse gentilmente, esfregando as mãos geladas, que agora pareciam tensas como garras frias:

— Tenho certeza de que ela viria se soubesse, querida mãe.

— Mas eu não tenho tanta certeza... Eu a enviei para as mãos de Viviane, mesmo sabendo como Viviane pode ser cruel. Mesmo consciente de que ela usaria Morgana tão impiedosamente como me usou, para o bem desta terra e por seu amor pelo poder — sussurrou Igraine. — Mas eu a enviei porque achei que fosse o melhor a fazer. Para mim aquela era uma escolha entre dois males, então pensei que ficaria melhor em Avalon, nas mãos da Deusa, do que nas mãos dos padres de preto que a ensinariam a pensar que era maléfica simplesmente por ser mulher.

Gwenhwyfar estava profundamente consternada. Roçou as mãos geladas entre as suas e renovou os tijolos quentes sob os pés de Igraine; mas os pés também estavam frios como gelo, e, quando a nora os esfregou, Igraine disse que não podia senti-los.

Sentiu que deveria perguntar novamente:

— Agora que seu fim se aproxima, não quer falar com um dos padres de Cristo, mãe querida?

— Eu já disse que não — afirmou Igraine —, ou então, depois de todos esses anos em que fiquei em silêncio para ter paz em casa, poderia finalmente lhes dizer o que realmente acho deles... Eu amava Morgana o suficiente para enviá-la para Viviane, para que ao menos ela escapasse desses padres... — A respiração dela começou a chiar novamente. — Artur — ela disse, por fim. — Ele nunca foi meu filho... Era filho de Uther... apenas uma esperança de sucessão, nada mais. Eu amava Uther e lhe dei filhos porque significava muito para ele ter um para sucedê-lo. Nosso segundo filho, o que morreu logo após seu cordão umbilical ser cortado, acho que aquele eu poderia ter amado por mim, assim como amava Morgana... Diga-me, Gwenhwyfar, meu filho a censurou por ainda não ter dado um herdeiro a ele?

Gwenhwyfar baixou a cabeça, sentindo os olhos arder com as lágrimas.

— Não, ele vem sendo muito bom para mim, jamais me censurou. Ele me disse certa vez que nunca havia tido um filho com nenhuma mulher, embora tenha conhecido várias, e que então talvez a culpa não fosse minha.

— Se Artur a ama por você mesma, então ele é uma joia inestimável entre os homens — disse Igraine —, e é melhor que possa fazê-lo feliz... Eu amava Morgana porque ela era tudo o que eu tinha para amar. Eu era jovem e triste... Você não pode imaginar como fui infeliz naquele inverno em que a tive, sozinha e longe de casa, ainda sem ser totalmente adulta. Temi que ela nascesse como um monstro, por causa de todo o ódio que senti enquanto estava grávida, mas ela era a coisinha mais linda, solene e esperta, como uma verdadeira criança das fadas. Apenas amei Morgana e Uther... Onde está ela, Gwenhwyfar? Onde está ela, que não vem ver sua mãe no leito de morte?

Gwenhwyfar disse de modo condoído:

— Sem dúvida ela não sabe que está doente...

— Mas ela tem a Visão! — gritou Igraine, movendo-se inquieta em seu travesseiro. — Onde ela pode estar que não vê que estou morrendo? Ah, percebi que ela estava muito aflita, até na coroação de Artur, e mesmo assim não disse nada, eu não quis saber, senti que já tinha sofrido o suficiente e nada falei quando ela precisou de mim... Gwenhwyfar, diga-me a verdade! Morgana teve um filho em algum lugar, sozinha e longe de todos os que a amam? Ela contou isso a você? Ela só pode me odiar, para não vir me ver mesmo quando estou morrendo, só porque não falei de meus medos a respeito dela na coroação de Artur? Ah, Deusa, eu deixei a Visão de lado para ter paz em minha casa, uma vez que Uther era um seguidor do Cristo... Mas conceda-me a possibilidade de ver onde está minha criança, minha filha...

Gwenhwyfar a segurou imóvel e disse:

— Agora você precisa ficar quieta, mãe... Deve ser como Deus deseja. Você não pode invocar a Deusa dos demônios aqui...

Igraine sentou-se bem ereta. Apesar de seu rosto doente e inchado e dos lábios azulados, ela olhou para a jovem de tal maneira que Gwenhwyfar subitamente se lembrou: *Ela também é a Grande Rainha desta terra.*

— Você não sabe o que diz — afirmou Igraine, com orgulho, pena e desdém. — A Deusa está acima de todos os seus outros Deuses. As religiões podem nascer e sumir, como descobriram os romanos e como os cristãos, sem dúvida, descobrirão, mas ela está acima de todos. — Ela deixou Gwenhwyfar baixá-la sobre os travesseiros e gemeu: — Gostaria que meus pés ficassem aquecidos... Sim, sei que há tijolos quentes neles, mas não consigo senti-los. Uma vez li num livro antigo que Taliesin me dera que um estudioso foi obrigado a beber cicuta. Taliesin diz que sempre mataram os sábios. Assim como o povo das terras do sul colocou Cristo na cruz, esse homem sábio e santo foi forçado a beber cicuta porque a plebe e os reis disseram que ele ensinava uma falsa doutrina. E, quando estava moribundo, ele disse que o frio subia de seus pés, e então morreu... Não bebi cicuta, mas é como se o tivesse feito... E agora o frio está chegando ao meu coração...

Ela tremeu e ficou imóvel, e por um momento Gwenhwyfar pensou que ela tivesse parado de respirar. Mas não, o coração ainda batia lentamente. No entanto, Igraine não voltou a falar. Ficou deitada em seus travesseiros, ofegante, até que, pouco antes do amanhecer, sua respiração difícil cessou.

11

Igraine foi enterrada ao meio-dia, após um solene serviço religioso. Gwenhwyfar ficou ao lado da cova, as lágrimas correndo pelo rosto enquanto o corpo amortalhado era colocado dentro da terra aberta. Ainda assim, não conseguia prantear de fato a morte da sogra. A vida dela ali havia sido uma mentira, ela não era uma cristã verdadeira. Se o que acreditavam fosse verdade, Igraine estaria agora queimando no inferno. E Gwenhwyfar não podia suportar aquilo, quando pensava em toda a bondade que Igraine dedicara a ela.

Seus olhos ardiam pela falta de sono e pelas lágrimas. O céu baixo, que ecoava seu temor vago, estava pesado. Era como se a qualquer momento uma forte chuva pudesse despencar sobre eles. Ali dentro dos muros do convento ela estava segura, mas logo teria de deixar a segurança daquele lugar e viajar por dias pelas charnecas altas, com a ameaça inquietante daquele céu aberto em todos os lugares pairando sobre ela e seu filho... Gwenhwyfar, tremendo, colocou as mãos sobre a barriga, como em um desejo fútil de proteger da ameaça daquele céu o ser que ali estava.

Por que estou sempre com medo? Igraine era uma pagã perdida nas artimanhas do diabo, mas eu estou segura, convoco Cristo para me salvar. O que há para temer sob o céu de Deus?

Mas o fato era que ela sentia medo, o mesmo medo sem motivo que com tanta frequência a acometia. *Eu não devo temer. Sou a Grande Rainha de toda a Bretanha. A* única outra pessoa a carregar *esse título agora dorme sob a terra.... Sou a Grande Rainha e levo comigo o filho de Artur. Por que eu deveria temer qualquer coisa no mundo de Deus?*

As freiras terminaram seu hino, saindo de perto da cova. Gwenhwyfar tremeu novamente, apertando o manto. Agora deveria tomar muito cuidado consigo mesma, comer bem, descansar bastante, certificar-se de que nada desse errado como antes. Secretamente, contava nos dedos. Pensava se teria sido na última vez antes que viajasse... Mas não, suas regras não haviam vindo por mais de dez domingos. Ela simplesmente não poderia dizer com certeza. Ainda assim, era certo que seu filho nasceria perto da Páscoa. Sim, era uma boa época. Lembrava-se de quando sua dama, Meleas, havia tido seu filho, no auge do inverno, e o vento havia uivado lá fora como todos os demônios esperando para roubar a alma da criança recém-nascida, então Meleas desejou apenas que o padre fosse à ala das mulheres para batizar seu bebê quase antes do primeiro choro.

Gwenhwyfar estava feliz por não ter que dar à luz nos dias mais escuros do inverno. Entretanto, para ter o tão desejado filho, ela se contentaria em dar à luz até mesmo na noite do solstício de inverno!

Um sino tocou, e então a abadessa foi até Gwenhwyfar. Ela não se curvou – o poder do tempo, certa vez ela dissera, não significava nada ali –, mas Gwenhwyfar era, afinal de contas, a Grande Rainha, então a abadessa inclinou a cabeça com grande cortesia e disse:

— Ficará conosco aqui, minha senhora? Ficaríamos imensamente honradas em tê-la aqui o tempo que desejar.

Ah, se eu pudesse ficar! É tão pacífico aqui...

Mas, então, Gwenhwyfar disse, com visível pesar:

— Não posso. Devo retornar a Caerleon.

Ela não podia demorar para dar a Artur a boa notícia, a notícia do filho dele...

— O Grande Rei precisa ser avisado da... da morte de sua mãe — ela disse. Então, sabendo o que a mulher queria ouvir, completou rapidamente: — Esteja certa de que direi a ele como a senhora a tratou com bondade. Ela teve tudo o que poderia desejar nos últimos dias de sua vida.

— Foi nosso prazer. Todas nós amávamos a senhora Igraine — disse a velha freira. — Seu acompanhante será avisado e deverá estar pronto para viajar com a senhora amanhã cedo, se Deus quiser e enviar bom tempo.

— Amanhã? Por que não hoje? — Gwenhwyfar perguntou, e então se questionou se aquela pressa não poderia soar insultante. Ela não havia percebido que estava tão ansiosa para contar a Artur a novidade, para terminar de vez com a censura silenciosa de que ela era estéril. Pousou a mão no braço da abadessa e disse: — Você deve rezar bastante para mim agora e para o nascimento seguro do filho do Grande Rei.

— É verdade, senhora? — O rosto envelhecido da abadessa se enrugou com o prazer de ser a confidente da rainha. — De fato rezaremos para a senhora. Dará prazer a todas as irmãs pensar que somos as primeiras a rezar pelo nosso novo príncipe.

— Presentearei seu convento...

— Os presentes de Deus e as rezas não devem ser comprados com ouro — disse a abadessa, altivamente, mas ela parecia satisfeita.

No cômodo perto do aposento de Igraine, onde havia dormido as últimas noites, sua criada estava ocupava, colocando roupas e objetos em alforjes. Quando Gwenhwyfar entrou, ela olhou para cima e resmungou:

— Não é apropriado para a dignidade de uma Grande Rainha, senhora, viajar com apenas uma serva! Ora, a esposa de qualquer cavaleiro teria o mesmo. Deveria conseguir outra nas casas aqui, e também uma senhora para lhe fazer companhia!

— Peça a uma das mulheres leigas que a ajude, então — disse Gwenhwyfar. — Mas viajaremos mais rapidamente se estivermos em menor número.

— Ouvi no pátio que há saxões chegando à costa sul — murmurou a mulher. — Em breve não será seguro viajar para qualquer lugar neste país!

— Não seja tola — disse Gwenhwyfar. — Os saxões do sul são obrigados por um tratado a manter a paz dentro das terras do Grande Rei. Eles sabem do que as legiões de Artur são capazes, certamente descobriram na floresta de Celidon. Acha que querem dar mais trabalho aos corvos? De qualquer modo, logo estaremos de volta a Caerleon, e no final do verão a corte se mudará para Camelot, no País do Verão. Os romanos defenderam aquele forte contra todos os bárbaros. Jamais foi tomado. Neste momento, *sir* Cai está lá, construindo um grande salão para abrigar a Távola Redonda de Artur, para que todos os Companheiros e reis possam comer juntos.

Como ela esperava, a mulher se distraiu.

— É perto de seu antigo lar, não é, senhora?

— Sim. Do ponto mais alto de Camelot, é possível olhar pela água e ver à distância de um disparo de flecha a ilha do reino de meu pai.

De fato, fui até lá uma vez na infância — ela disse, lembrando-se de como, quando era pequena, antes mesmo de ir à escola com as freiras em Ynis Witrin, havia sido levada às ruínas do velho forte romano. Havia pouca coisa lá na época, a não ser pela velha muralha, e o padre não se furtou a fazer disso uma lição sobre como as glórias humanas desapareciam...

Sonhou naquela noite que estava em um lugar alto em Camelot, mas as brumas envolviam a costa, e assim a ilha parecia nadar em um mar de nuvens. Do outro lado, podia ver o Tor de Ynis Witrin, coroado com um círculo de pedras, embora ela soubesse bem que aquele círculo havia sido derrubado pelos padres havia uma centena de anos. E, por algum truque da Visão, parecia que Morgana estava no Tor e ria e zombava dela, coroada com uma guirlanda de juncos. E então Morgana estava ao lado dela em Camelot, e elas miravam todo o País do Verão, até a Ilha dos Padres. Olhavam para baixo, para seu velho lar, onde seu pai, Leodegranz, era rei, e também para a Ilha Dragão, envolta em névoa. Mas Morgana vestia túnicas estranhas e uma coroa dupla alta. Além disso, estava posicionada de tal maneira que Gwenhwyfar não podia realmente *vê-la*, embora soubesse que estava ali. Ela disse: "Sou Morgana das Fadas e lhe darei todos estes reinos como Grande Rainha se você se ajoelhar diante de mim e me adorar".

Gwenhwyfar acordou com um sobressalto, o riso zombeteiro de Morgana em seus ouvidos. O quarto estava vazio e silencioso, a não ser pelo ronco pesado de sua criada em um catre no chão. Gwenhwyfar fez o sinal da cruz e deitou-se para dormir novamente. Mas, quando estava quase adormecendo, pareceu-lhe que olhava para as águas claras e iluminadas pela lua de um lago e, em vez da própria face, o reflexo era do rosto pálido de Morgana. Ela parecia distante e estava coroada com juncos como as bonecas da colheita que alguns camponeses ainda faziam. E, então, Gwenhwyfar teve novamente de se sentar e fazer o sinal da cruz antes que pudesse se compor para dormir.

Pareceu-lhe que fora acordada muito cedo, mas a realidade era que ela havia sido muito insistente para que saíssem assim que o sol nascesse. Podia ouvir a chuva batendo no telhado enquanto colocava o vestido à luz da lanterna, mas se ficassem por causa da chuva continuariam ali por mais um ano. Sentia-se lenta e enjoada, mas agora sabia que havia um bom motivo para isso e secretamente acariciou seu estômago ainda sem nenhuma protuberância, como se para reassegurar a si mesma que aquilo era real. Não tinha fome, mas comeu obedientemente um pouco de pão e frios... Tinha uma longa viagem pela frente. E, se não se importasse em cavalgar sob a chuva, ao menos era menos provável que saqueadores ou saxões saíssem de casa.

Amarrava o capuz de seu manto mais quente quando a abadessa entrou em seu aposento. Após algumas palavras formais de agradecimento pelos ricos presentes que Gwenhwyfar havia dado em seu próprio nome e no de Igraine, a abadessa chegou ao motivo real de sua visita de despedida.

— Quem reina agora na Cornualha, senhora?

— Ora, não tenho certeza — afirmou Gwenhwyfar, tentando se lembrar. — Sei que o Grande Rei deu Tintagel a Igraine quando ele se casou, para que ela tivesse um lugar seu, e imagino que, depois dela, deve reinar a senhora Morgana, filha de Igraine com o velho duque Gorlois. Mas não sei quem está lá agora como castelão.

— Nem eu — disse a abadessa. — Algum serviçal ou cavaleiro da senhora Igraine, imagino. É por isso que vim lhe falar, senhora... O castelo de Tintagel é valioso e deveria ser ocupado, ou haverá guerra nesta parte do país também. Se a senhora Morgana for casada e vier morar aqui, tudo ficará bem, imagino... Eu não conheço a senhora, mas, se é filha de Igraine, imagino que seja uma boa mulher e uma boa cristã.

Imagina errado, pensou Gwenhwyfar, e novamente era como se ela ouvisse o riso zombeteiro de seu sonho. Mas não falaria mal de uma parente de Artur para uma estranha.

— Leve minha mensagem para o rei Artur, senhora — disse a abadessa —, que ele deveria providenciar alguém para morar em Tintagel. Ouvi um rumor que correu pelo interior dizendo que Gorlois morreu deixando um filho bastardo, e tinha também outros parentes. E alguns deles poderiam lutar para conquistar esta terra novamente. Quando Igraine morava aqui, todo o povo sabia que ele estava sob o domínio de Artur, mas agora seria bom se o Grande Rei mandasse um de seus melhores cavaleiros para lá, talvez casado com a senhora Morgana.

— Darei o seu recado a Artur — afirmou Gwenhwyfar, e, enquanto partia, ponderava sobre isso. Ela sabia pouco sobre assuntos de Estado, mas lembrava-se de que houve caos antes que Uther subisse ao trono, e outra vez quando ele morreu sem deixar herdeiros. Imaginava que algo assim poderia acontecer se a Cornualha fosse deixada sem alguém para governar ou manter a lei. Morgana era rainha da Cornualha e deveria ir para lá assumir o seu reinado. E então se lembrou de que Artur havia dito uma vez que seu amigo mais querido deveria se casar com sua irmã. Já que Lancelote não era rico e não tinha terras, seria a coisa certa se viessem reinar juntos na Cornualha.

E agora que vou ter o filho de Artur seria melhor mandar Lancelote para longe da corte, assim poderia nunca mais olhar para o rosto dele e pensar nele de um jeito que nenhuma mulher casada e boa cristã deveria. Mas não conseguia suportar a ideia de ver Lancelote casado com Morgana. Existira um dia uma mulher tão má como ela nesse mundo mau? Ela cavalgava com o rosto escondido no manto, sem ouvir a conversa dos cavaleiros que a acompanhavam, mas depois de um tempo percebeu que passavam por uma vila que havia sido queimada. Um dos cavaleiros pediu permissão a ela para parar por um instante e foi procurar sobreviventes. Algum tempo depois, ele voltou com uma aparência sombria.

— Saxões — ele afirmou aos outros, mas segurou a língua quando viu que a rainha escutava. — Não fique com medo, senhora, eles se foram, mas devemos viajar o mais rápido possível para avisar Artur disso. Se lhe dermos um cavalo mais rápido, consegue acompanhar nosso ritmo?

Gwenhwyfar sentiu o fôlego prender-se na garganta. Haviam saído de um dos vales profundos, e o céu se arqueava alto sobre eles, ameaçador – ela sentia-se como um pequeno animal deve sentir-se na grama quando a sombra de um gavião se precipita sobre ele. Ela disse, e ouviu sua voz tremular como a de uma garotinha:

— Não posso cavalgar mais rápido agora. Estou grávida do filho do Grande Rei e não me atrevo a colocá-lo em perigo.

Novamente parecia que o cavaleiro – era Griflet, marido de sua dama de companhia, Meleas – havia engolido suas palavras, ajeitando a mandíbula com um estalo. Ele por fim disse, disfarçando a impaciência:

— Então, senhora, seria bom se a acompanhássemos até Tintagel, ou alguma outra grande casa nesta área, ou mesmo de volta ao convento, assim poderemos correr para chegar a Caerleon antes do amanhecer. Se está grávida, certamente não pode cavalgar durante a noite! Permite que um de nós a acompanhe, com sua criada, de volta a Tintagel ou para o convento?

Eu gostaria muito de estar cercada por muros novamente, ainda mais se há saxões por estas terras, mas não devo ser tão covarde. Artur deve saber sobre seu filho. Ela disse teimosamente:

— Um de vocês pode cavalgar até Caerleon e o resto viajar no meu passo? Ou então contratar um mensageiro para levar a mensagem rapidamente?

Griflet parecia ter vontade de praguejar:

— Não poderia confiar em um mensageiro contratado nestas terras agora, senhora, e há poucos de nós mesmo para um país pacífico, quase não somos suficientes para protegê-la. Bem, será como deve ser, sem dúvida os homens de Artur já receberam a notícia.

Ele se virou, a mandíbula pálida e cerrada, e parecia tão bravo que Gwenhwyfar quis chamá-lo de volta e concordar com o que ele havia proposto; mas ela repetiu a si mesma firmemente que não devia ser tão covarde. Agora que teria o filho real, deveria se comportar como uma rainha e cavalgar com coragem.

E se eu estivesse em Tintagel e o interior repleto de saxões, ficaria lá até que a guerra terminasse e todo o país estivesse novamente em paz, e isso poderia demorar... E, se Artur nem sabe que estou grávida, poderia se contentar em me deixar morando ali para sempre. Por que desejaria uma rainha estéril em seu novo palácio em Camelot? É provável que ouça os conselhos daquele velho druida que me odeia, Taliesin, que é seu avô, e me deixe de lado por alguma mulher que possa lhe dar um fedelho vigoroso a cada dez luas ou algo assim... Mas tudo ficará bem, assim que Artur souber da boa notícia...

Parecia-lhe que o vento gelado varria as charnecas e seus próprios ossos. Depois de um tempo, pediu a eles que parassem novamente e preparassem a liteira, para que ela viajasse dentro dela, pois o movimento do cavalo a sacudia demasiadamente. Griflet parecia zangado, e por um momento pensou que ele se esqueceria de sua cortesia e a xingaria, mas ele deu as ordens, e ela se acomodou com gratidão na liteira, feliz pelo ritmo lento e pelas cortinas que escondiam o céu apavorante.

Antes do anoitecer, a chuva parou por um tempo e o sol surgiu, baixo e oblíquo sobre a charneca sombria.

— Vamos armar as tendas aqui — disse Griflet. — Aqui na charneca ao menos podemos ver ao longe. Amanhã devemos chegar à velha estrada romana, e aí conseguiremos viajar mais rápido. — E então baixou a voz e disse algo aos outros cavaleiros que Gwenhwyfar não podia escutar, mas ela se encolheu, sabendo que ele estava zangado com o ritmo lento que os forçava a adotar. Mas todos sabiam que uma mulher grávida tinha mais chances de abortar se andasse em um cavalo rápido, e ela já tinha abortado duas vezes – será que *queriam* que ela perdesse o filho de Artur dessa vez também?

Ela dormiu mal dentro da tenda, deitada sobre o chão duro, seu manto e os cobertores úmidos, o corpo magro dolorido por não estar acostumado a cavalgar.

Mas passado algum tempo ela dormiu, apesar da chuva forte que gotejava dentro da tenda, e foi despertada pelo som de cavaleiros e um grito. Era a voz de Griflet, rouca e dura.

— Quem vem lá! Pare!

— É você, Griflet? Reconheço sua voz — veio um grito do escuro. — É Gawaine, e procuro seu grupo. A rainha está com vocês?

Gwenhwyfar jogou o manto sobre a camisola e saiu da tenda.

— É você, primo? O que faz aqui?

— Esperava encontrá-la ainda no convento — disse Gawaine, descendo do cavalo. Atrás dele, no escuro, estavam outras formas. Eram mais quatro ou cinco dos homens de Artur, embora Gwenhwyfar não pudesse distinguir o rosto deles.

— Já que está aqui, senhora, imagino que a rainha Igraine tenha deixado esta vida...

— Ela morreu na noite que passou — afirmou Gwenhwyfar, e Gawaine suspirou.

— Bem, é a vontade de Deus — disse ele. — Mas a região está em armas, senhora... Já que está aqui, e tão adiantada em sua viagem, imagino que deva continuar até Caerleon. Se ainda estivesse no convento, tinha ordens de acompanhá-la, além das irmãs que quisessem proteção, para o castelo de Tintagel, e pedir que ficasse ali até que a região estivesse em segurança.

— E agora você pode poupar a viagem — afirmou Gwenhwyfar, com irritação, mas Gawaine balançou a cabeça. Ele disse:

— Já que minha mensagem é inútil, e imagino que as irmãs desejarão se proteger dentro dos muros do convento, devo seguir até Tintagel com o aviso de que todos os homens leais a Artur venham imediatamente. Os saxões estão se reunindo perto da costa com mais de cem navios, os faróis enviaram sinais. A legião está em Caerleon, e todos os homens estão se reunindo. Quando o aviso chegou a Lothian, fui imediatamente me juntar a Artur; e ele me enviou a Tintagel para espalhar o aviso por lá. — Ele respirou fundo e continuou: — Nem o próprio Merlim é mais mensageiro que eu nesses dez dias.

— Eu disse à rainha — afirmou Griflet — que ela deveria ficar em Tintagel, mas agora é tarde demais para voltar para lá! E com exércitos se reunindo nas estradas... Gawaine, talvez você devesse acompanhar a rainha de volta a Tintagel.

— Não — disse Gwenhwyfar de maneira clara. — Devo retornar agora, não tenho medo de viajar para onde preciso.

Ainda mais que, se Artur enfrentaria uma guerra novamente, desejaria ainda mais as boas notícias que ela levava. Gawaine balançava a cabeça impacientemente.

— Não posso me atrasar para acompanhar o passo de nenhuma mulher, a não ser que seja a Senhora do Lago, que pode cavalgar num dia a mesma distância que um homem! Mas a senhora não é boa amazona... Não, não digo isso para deixá-la zangada, ninguém espera que monte como um cavaleiro, mas eu não posso atrasar...

— E a rainha está grávida e precisa viajar no ritmo mais lento — Griflet disse a ele com igual impaciência. — Alguns de seus cavaleiros mais lentos poderiam acompanhar a rainha, Gawaine, e assim eu posso ir com você a Tintagel.

Gawaine sorriu e disse:

— Sem dúvida deseja estar no centro dos acontecimentos, Griflet, mas você recebeu essa tarefa, e ninguém o inveja por isso. Você poderia me arranjar um copo de vinho e um pouco de pão? Vou viajar durante a noite, para chegar a Tintagel no nascer do sol. Tenho uma mensagem para Marco, que é o duque da guerra da Cornualha. Ele deve trazer seus cavaleiros. Essa pode ser a grande batalha prevista por Taliesin, na qual pereceremos ou expulsaremos os saxões de vez desta terra! Mas todos os homens devem vir e lutar ao lado de Artur.

— Até alguns dos soldados do tratado ficarão com Artur agora — afirmou Griflet. — Continue a viajar se precisa, Gawaine, e que Deus o acompanhe. — Os dois cavaleiros se abraçaram.

— Vamos nos encontrar de novo quando Deus quiser, meu amigo.

Gawaine fez uma mesura para Gwenhwyfar. Ela lhe estendeu a mão e disse:

— Um momento... Minha parente Morgause está bem?

— Como sempre, senhora.

— E minha cunhada Morgana? Ela está segura na corte de Morgause, então?

Gawaine pareceu surpreso.

— Morgana? Não, senhora, não vejo minha parente Morgana há vários anos. Certamente ela não visitou Lothian, ou minha mãe teria dito — ele respondeu, com cortesia, apesar da impaciência. — Agora devo ir embora.

— Que Deus o acompanhe — ela disse, e ficou observando enquanto as batidas dos cascos dos cavalos soavam pela noite. Então se dirigiu a Griflet: — Já está tão perto do amanhecer, há alguma razão para tentar dormir um pouco mais ou devemos levantar acampamento e seguir para Caerleon?

Griflet pareceu satisfeito.

— Tem razão, pouco se poderia dormir nesta chuva — ele disse —, e se pode viajar, senhora, ficaria contente em estar na estrada. Deus sabe o que teremos de atravessar até chegar a Caerleon.

Mas, enquanto o sol se levantava sobre as charnecas, era como se viajassem por uma terra já silenciada pela guerra. Era a época em que os fazendeiros deveriam estar nos campos, mas, embora tivessem passado por várias fazendas isoladas, nenhuma ovelha pastava, nenhum cão latia, nenhuma criança viera vê-los; e mesmo ao longo da estrada romana não havia um só viajante. Gwenhwyfar, tremendo, percebeu que havia se espalhado a notícia para que o país se levantasse para a guerra, e quem não poderia fazer nada se fechou atrás das portas para se esconder dos exércitos de ambos os lados.

Viajar neste ritmo colocará meu filho em risco? Mas agora isso parecia uma escolha entre males: colocar a si mesma e seu filho com Artur em perigo com essa viagem forçada ou se atrasar na estrada e talvez cair nas mãos dos exércitos saxões? Ela decidiu que Griflet não teria mais motivos para reclamar de que ela os havia atrasado. Mas enquanto cavalgava, sem desejar se refugiar dentro da liteira, para que ele não a acusasse novamente de atrasos, parecia que o medo pairava em todos os lugares em torno dela.

O pôr do sol estava próximo, e já sentiam que havia sido um longo dia quando avistaram a torre de vigia que Uther havia construído em Caerleon. O grande estandarte vermelho do Pendragon flutuava nas alturas, e Gwenhwyfar fez o sinal da cruz quando passaram abaixo dele.

Agora que todos os homens cristãos enfrentariam os bárbaros, era condizente que um símbolo de uma fé antiga do demônio servisse para convocar os exércitos de um rei cristão? Uma vez ela tinha falado sobre isso com Artur, mas ele respondera que havia jurado a seu povo que governaria como o Grande Dragão, do mesmo modo para cristãos e não cristãos, sem favorecimento, e rira, esticando os braços com as serpentes bárbaras tatuadas em toda a sua extensão. Ela sentiu repugnância daquelas serpentes, símbolos que nenhum cristão deveria levar, mas ele fora teimoso.

— Eu as levo em sinal da coroação, quando recebi o lugar de Uther nesta terra. E não falaremos mais sobre isso, senhora.

E nada que ela tinha dito pôde forçá-lo a discutir o assunto ou ouvir o que um padre teria a dizer sobre isso.

— O sacerdócio é uma coisa; o reinado é outra, minha Gwenhwyfar. Gostaria que partilhasse tudo comigo, mas, como não deseja dividir essa opinião, não vou falar do assunto com você. E, quanto aos padres, isso não é da conta deles. Deixe isso de lado, eu lhe peço.

A voz dele estava firme, mas não zangada. Ainda assim ela havia baixado a cabeça e se calado. Mas agora, enquanto cavalgava sob o estandarte do Pendragon, ela tremia. *Se nosso filho reinará em uma terra cristã, é adequado que um estandarte druida tremule sobre o castelo de seu pai?*

Cavalgaram lentamente através dos exércitos acampados na planície diante de Caerleon. Alguns dos cavaleiros, que a conheciam bem, saíram e fizeram uma saudação para sua rainha, e ela sorriu e acenou. Passaram sob o estandarte de Lot e através dos homens de Lothian, com lanças e machados longos, envoltos nos panos grosseiramente tingidos que vestiam. Sobre o acampamento deles tremulava o estandarte de Morrigán, o Grande Corvo da guerra. Gaheris, irmão de Gawaine, saiu daquele acampamento e se curvou para ela, e andou ao lado do cavalo de Griflet enquanto subiam em direção ao castelo.

— Meu irmão o encontrou, Griflet? Ele tinha uma mensagem para a rainha.

— Ele nos encontrou quando já tínhamos viajado um dia — disse Gwenhwyfar —, e era mais fácil continuar até aqui.

— Irei com vocês ao castelo. Todos os Companheiros escolhidos de Artur estão convidados para jantar com o rei — disse Gaheris. — Gawaine ficou bravo por ter sido enviado com mensagens, mas ninguém consegue cavalgar tão rápido quanto meu irmão. Sua senhora está aqui, Griflet, mas ela está se arrumando e preparando a criança para ir ao novo castelo... Artur diz que todas as mulheres devem ir, pois podem ser defendidas mais facilmente lá, e assim pode reduzir o número de homens que ficarão a cargo de defendê-las.

Para Camelot! O coração de Gwenhwyfar apertou – ela havia cavalgado todo o caminho desde Tintagel para trazer a notícia do filho deles, e agora ele a enviaria a Camelot?

— Não conheço aquele estandarte — disse Griflet, olhando para uma águia dourada esculpida de modo realista em um mastro. Parecia bastante antigo.

— É o estandarte de Gales do Norte. Uriens está aqui, com seu filho Avalloch. Uriens diz que seu pai tomou esse estandarte dos romanos, mais de cem anos atrás. Pode até ser verdade! Os homens das colinas de Uriens são lutadores fortes, embora eu não diga isso quando eles podem me ouvir.

— E de quem é *aquele* estandarte? — perguntou Griflet, mas dessa vez, embora Gaheris tenha se virado para falar, foi a própria Gwenhwyfar quem respondeu.

— Aquele é o estandarte de meu pai, Leodegranz, azul com a cruz dourada.

Ela mesma, quando era uma jovem donzela no País do Verão, havia ajudado as damas de sua mãe a bordá-lo para o rei. Dizia-se que seu pai havia escolhido a imagem após ouvir a história de que um dos imperadores de Roma havia visto o sinal da cruz no céu antes de uma de suas batalhas. *Deveríamos agora lutar sob esse símbolo, e não sob as serpentes de Avalon!* Ela estremeceu, e Gaheris a olhou incisivamente e disse:

— Sente frio, senhora? Devemos ir ao castelo, Griflet, sem dúvida Artur estará esperando por sua rainha.

— Deve estar cansada de cavalgar, minha rainha — disse Griflet, olhando bondosamente para ela. — Mas logo estará nas mãos de suas damas.

E, enquanto se aproximavam das portas do castelo, vários Companheiros de Artur que ela conhecia acenavam e a chamavam de modo amistoso e informal. *Nesta época, no ano que vem*, ela pensou, *sairão para saudar seu príncipe.*

Um homem grandalhão, de movimentos incertos e andar desajeitado, vestindo armadura de couro e capacete de aço, entrou no caminho de seu cavalo – era como se ele tivesse tropeçado, embora se curvasse para Gwenhwyfar, e ela percebesse que ele havia se colocado em seu caminho daquela maneira deliberadamente.

— Senhora, minha irmã — ele disse —, não me conhece?

Gwenhwyfar franziu o cenho e o mirou. Depois de um momento, então, o reconheceu.

— É você...

— Meleagrant — ele disse. — Vim para lutar ao lado de nosso pai e de seu marido, minha irmã.

Griflet disse, com um sorriso amistoso:

— Não sabia que seu pai tinha um filho, minha rainha. Mas todos são bem-vindos para lutar sob o estandarte de Artur...

— Talvez possa falar ao rei, seu marido, em meu favor, minha irmã — disse Meleagrant. Gwenhwyfar, olhando para ele, sentiu um leve enjoo percorrer seu corpo. Ele era um homem enorme, quase um gigante, e, como muitos homens grandes, parecia malformado, como se um lado do corpo de alguma maneira tivesse crescido mais que o outro. Um olho era certamente maior que o outro e também era vesgo. Mas ainda assim, tentando ser justa, Gwenhwyfar pensou que a deformidade do homem não era culpa dele e que não sabia nada de fato sobre ele. Mas era arrogante que a chamasse de irmã na frente de todos esses homens, e agora ele havia pegado sua mão sem permissão e ia beijá-la. Ela a fechou e a puxou de volta. Tentando firmar a voz, disse:

— Quando você merecer, Meleagrant, decerto meu pai falará de você a Artur e ele o fará um de seus cavaleiros. Sou apenas uma mulher e não tenho autoridade para lhe prometer tal coisa. Meu pai está aqui?

— Está com Artur dentro do castelo — disse Meleagrant, taciturno —, e eu aqui fora com os cavalos, como um cão!

Gwenhwyfar disse com firmeza:

— Não creio que você tenha direito a mais que isso, Meleagrant. Ele deu a você um posto a seu lado, pois sua mãe um dia foi uma de suas favoritas...

— Todos os homens do país sabem tão bem quanto minha mãe que sou o filho do rei, seu único filho vivo! — disse Meleagrant asperamente. — Irmã, fale em meu favor com nosso pai!

Ela puxou a mão, resistindo aos repetidos esforços dele para pegá-la.

— Deixe-me ir, Meleagrant! Meu pai diz que você não é filho dele, como posso dizer qualquer outra coisa? Nunca conheci sua mãe... Esse assunto é entre você e meu pai!

— Mas você precisa ouvir — disse Meleagrant, com urgência, puxando a mão dela, e Griflet se enfiou entre eles.

— Ora, ora, amigo, você não pode falar com a rainha dessa maneira, ou Artur verá sua cabeça num prato na hora do jantar! Tenho certeza de que nosso senhor e rei lhe dará o que é certo, e, se você lutar bem por ele nesta batalha, sem dúvida ele ficará feliz em tê-lo entre seus Companheiros. Mas não pode perturbar a rainha dessa maneira!

Meleagrant se virou para encará-lo, elevando-se sobre Griflet até que este, embora fosse um jovem alto e atlético, parecesse uma criança. O gigante, então, disse:

— Vai me dizer o que posso falar para minha própria irmã, papagaiozinho?

Griflet colocou a mão na espada e disse:

— Recebi a tarefa de acompanhar minha rainha, companheiro, e cumprirei a tarefa que me foi dada por Artur. Saia do meu caminho ou o forçarei!

— Você e quem mais? — escarneceu Meleagrant, com uma careta feia.

— Eu, por exemplo — disse Gaheris, indo rapidamente para o lado de Griflet. Como Gawaine, ele era um homem grande e corpulento, que daria dois do esbelto Griflet.

— E também eu — disse Lancelote, da escuridão atrás deles, andando rapidamente em direção ao cavalo de Gwenhwyfar. Nesse momento, ela poderia ter chorado de alívio. Ele nunca lhe parecera tão belo como agora; e, embora fosse esbelto e de porte delicado, algo em sua presença fez Meleagrant recuar.

— Este homem a está perturbando, senhora Gwenhwyfar?

Ela engoliu em seco e assentiu, e descobriu, para seu desgosto, que não conseguia falar. Meleagrant disse com arrogância:

— E quem é você, companheiro?

— Cuidado — disse Gaheris —, não conhece o senhor Lancelote?

— Sou o capitão da cavalaria de Artur — disse Lancelote, em sua voz relaxada. — E o campeão da rainha. Tem algo a me dizer?

— Meu assunto é com minha irmã — disse Meleagrant, mas Gwenhwyfar disse, de modo alto e estridente:

— Não sou irmã dele! Esse homem diz ser filho de meu pai porque sua mãe foi uma das mulheres do rei por um tempo. Ele não é filho de meu pai, mas um palhaço plebeu que pertence a uma fazenda, embora meu pai tenha sido bom o bastante para lhe dar um lugar em sua casa!

— É melhor você sair de nosso caminho — afirmou Lancelote, observando Meleagrant com desdém, e era fácil perceber que este sabia quem era Lancelote e não desejava disputar com ele.

Ele foi para o lado, dizendo em uma voz grosseira:

— Você se arrependerá disso um dia, Gwenhwyfar. — Mas ele abriu espaço, com uma expressão furiosa, e os deixou passar.

Lancelote estava vestido de acordo com seu costumeiro gosto exigente, de túnica e manto vermelhos; o cabelo cuidadosamente aparado e penteado, o rosto bem barbeado. Suas mãos pareciam tão brancas e macias quanto as de Gwenhwyfar, embora ela soubesse que eram duras e fortes como aço. Estava mais belo do que nunca. E havia chegado bem a tempo de salvá-la de um encontro horrível com aquele que se dizia seu irmão. Ela sorriu – não conseguia evitar; era como se algo tivesse se revirado dentro dela.

Não, não posso olhá-lo dessa maneira agora, serei mãe do filho de Artur...

— Você não desejaria passar pelo grande salão em roupas enlameadas de montaria... — disse Lancelote. — Choveu durante a maior parte de sua jornada? Permita-me levá-la, com sua criada, à porta lateral, de onde poderá seguir diretamente aos seus aposentos para se refrescar. Assim, saudará meu senhor Artur no salão quando estiver com roupas novas, seca e aquecida... Você está tremendo! O vento está frio para você, Gwenhwyfar?

Ele há muito tinha o privilégio de chamá-la pelo nome, sem as formalidades de "minha rainha" ou "senhora", mas nunca seu nome havia soado tão doce em seus lábios.

— Você é, como sempre, muito atencioso comigo — ela disse, e deixou que ele levasse seu cavalo.

— Griflet, vá e diga a nosso rei que a rainha está segura em seus aposentos — afirmou Lancelote. — E você também, Gaheris, sei que está ansioso para estar com os Companheiros. Levarei minha senhora em segurança.

Na porta, Lancelote a ajudou a desmontar, e Gwenhwyfar tinha consciência apenas do toque das mãos dele. Ela baixou os olhos e não olhou para ele.

— O grande salão está cheio com os Companheiros de Artur — ele disse —, e é tudo uma grande confusão... A Távola Redonda foi levada há três dias, em três carroças, para Camelot, e Cai foi junto para montá-la no novo salão. Agora um cavaleiro foi chamar Cai de volta, e também outros homens que possam cavalgar do País do Verão...

Ela o olhou amedrontada.

— Gawaine nos contou sobre a chegada dos saxões... É realmente a guerra que Artur temia?

— É o que sabíamos que aconteceria há anos, Gwen — ele disse, baixo. — É para isso que Artur veio treinando suas legiões, e eu, trabalhando com as tropas montadas. Quando isso tudo acabar, talvez teremos a paz pela qual esperamos por toda a minha vida e a de Uther.

Repentinamente ela jogou os braços em torno dele.

— Você pode ser morto — ela sussurrou. Era a primeira vez que ela tinha coragem de fazer algo assim. Ficou apertada contra ele, com o rosto em seu ombro, e os braços dele a envolveram. Mesmo em meio ao medo, sentiu a doçura de ser abraçada por ele daquela maneira. Ele disse, com a voz trêmula:

— Todos sabíamos que isso aconteceria em um dia próximo, minha querida. Por nossa sorte, tivemos anos para nos preparar, e temos Artur para nos liderar... Você ao menos sabe que grande líder ele é e como todos nós o estimamos? Ele é jovem, mas é o maior dos grandes reis que tivemos desde muito antes do tempo dos romanos, e com Artur para nos liderar certamente expulsaremos os saxões daqui, e o resto será de acordo com a vontade de Deus, Gwenhwyfar. — Ele acariciou o ombro dela gentilmente, dizendo: — Pobre garota, está tão cansada, deixe-me levá-la para a companhia de suas damas.

Mas ela sentia as mãos dele tremendo e, subitamente, envergonhou-se por ter se jogado nos braços dele como se fosse uma das mulheres que seguem os acampamentos!

Nos próprios aposentos dela havia confusão: Meleas colocando roupas em caixas, Elaine supervisionando as criadas. Esta última, quando viu a rainha, aproximou-se e abraçou Gwenhwyfar, gritando:

— Parente, ficamos tão preocupadas com você nas estradas... Esperávamos que recebesse a mensagem antes de deixar o convento e permanecesse em segurança em Tintagel...

— Não — disse Gwenhwyfar —, Igraine morreu. Gawaine nos encontrou quando já havíamos passado um dia na estrada, e, além disso, meu lugar é ao lado de meu marido.

— Senhora, Griflet voltou com vocês? — perguntou Meleas.

Gwenhwyfar assentiu.

— Ele me acompanhou até aqui. Você o verá no jantar, imagino... Ouvi Gaheris dizer que todos os Companheiros de Artur haviam sido convidados para jantar com o rei...

— Se é que se pode considerar isso um jantar — disse Meleas. — É mais como engolir rações de soldados... Este lugar está como um acampamento e ficará ainda pior. Mas Elaine e eu fizemos nosso melhor para manter tudo em ordem.

Meleas era uma jovem robusta e sorridente, mas agora parecia preocupada e cansada.

— Guardei todos os seus vestidos e as coisas de que pode precisar neste verão em caixas, para que esteja pronta para viajar para Camelot pela manhã. O rei disse que iríamos todas de uma vez, e está tudo quase pronto para ser ocupado, graças ao trabalho feito por Cai. Mas nunca pensei que iríamos assim, nessa pressa e quase sitiadas.

Não, pensou Gwenhwyfar. *Cavalguei por todos esses dias e não vou cavalgar mais. Meu lugar é aqui, e meu filho tem o direito de nascer no castelo de seu pai. Não serei novamente mandada para lá e para cá como uma peça de bagagem ou selaria!* Então, ela disse:

— Fique calma, Meleas, talvez não haja tanta pressa assim. Mande alguém buscar água para me lavar e pegue para mim um vestido que não esteja encharcado e desalinhado pela lama e pela viagem. E quem são todas essas mulheres?

As mulheres eram esposas de certos Companheiros e reis vassalos de Artur, que iriam com elas para Camelot. Seria mais fácil se viajassem todas em comboio, e assim estariam a salvo dos saxões.

— É perto de sua casa — disse Elaine, como se isso fosse acabar com toda a relutância de Gwenhwyfar. — Pode visitar a mulher de seu pai e seus irmãozinhos e irmãzinhas. Ou, enquanto Leodegranz estiver guerreando, sua madrasta poderá morar conosco em Camelot.

Isso não seria um prazer para nenhuma de nós, pensou Gwenhwyfar, e então sentiu vergonha de si mesma. Teve vontade de acabar com tudo aquilo com poucas palavras: *Estou grávida, não posso viajar*, mas quis evitar o turbilhão de perguntas que sabia que se seguiria. Artur deveria ser o primeiro a saber.

12

Quando Gwenhwyfar entrou no grande salão, que parecia vazio e estéril sem a grande Távola Redonda e todo o esplendor dos estandartes, tapeçarias e adereços, Artur estava sentado em uma mesa de cavaletes no meio do cômodo, perto do fogo, cercado de uma dúzia de seus Companheiros, enquanto outros se aglomeravam por perto. Ela estivera tão ansiosa para lhe contar a novidade, mas não poderia anunciá-la diante da corte inteira! Deveria esperar até aquela noite, quando estivessem sozinhos no quarto; era o único momento em que o tinha totalmente para si mesma. Mas, quando ele desviou os olhos de seus Companheiros e a viu, levantou-se e foi abraçá-la.

— Gwen, minha querida! — ele disse. — Tinha esperança de que a mensagem de Gawaine a mantivesse em segurança em Tintagel...

— Está zangado por eu ter voltado?

Ele balançou a cabeça.

— Não, é claro que não. Então as estradas ainda estão seguras, e você teve sorte. Mas imagino que isso signifique que minha mãe...

— Ela morreu há dois dias e foi enterrada dentro dos muros do convento, e eu saí imediatamente para trazer-lhe a notícia. E agora você me censura por eu não ter permanecido na segurança de Tintagel por causa dessa guerra!

— Não é censura, minha querida esposa — ele disse gentilmente —, mas preocupação com a sua segurança. Mas *sir* Griflet cuidou bem de você, percebo. Venha sentar-se conosco.

Ele a levou para um banco e sentou-a ao seu lado. Os pratos de prata e cerâmica haviam desaparecido. Ela imaginou que também haviam sido enviados para Camelot e se perguntou o que teria acontecido com o belo prato vermelho de fabricação romana que sua madrasta lhe dera de presente de casamento. As paredes estavam nuas, e o lugar, despojado, e os homens comiam em vasilhas simples de madeira, do tipo grosseiro que se vendia nos mercados. Ela disse, molhando um pedaço de pão no prato:

— Este lugar parece ter sido varrido por uma batalha!

— Achei que tudo devesse ser enviado antes para Camelot, e então soubemos dos rumores sobre a chegada dos saxões, e tudo está uma confusão. Seu pai está aqui, meu amor, decerto você vai querer cumprimentá-lo.

Leodegranz estava sentado em um lugar próximo, embora não no círculo em torno de Artur. Ela se aproximou e o beijou, sentindo seus ombros ossudos sob as mãos; o pai sempre havia sido um homem grande para ela, grande e imponente, e agora subitamente parecia velho e debilitado.

— Eu disse ao meu senhor Artur que ele não deveria tê-la enviado em viagem pelo interior agora — ele disse. — Ah, sim, sem dúvida foi uma boa intenção de Artur querer enviá-la ao leito de morte da mãe dele, mas ele também tinha responsabilidade com a própria esposa, e Igraine tinha uma filha solteira que deveria ter ido ficar com a mãe... Onde está a duquesa da Cornualha e por que *ela* não foi?

— Não sei onde está Morgana — disse Artur. — Minha irmã é uma mulher adulta e senhora de si mesma. Ela não precisa de minha permissão para estar aqui ou ali.

— Ah, é sempre assim com um rei — Leodegranz disse queixosamente —, ele é senhor de todos, a não ser das mulheres da família. Alienor é a mesma coisa, eu tenho três filhas que ainda não têm idade para se casar, mas acham que mandam na minha casa! Você as verá em Camelot, Gwenhwyfar. Eu as mandei para lá por segurança, e a mais velha, Isotta, tem idade suficiente... Você gostaria de tomá-la como dama de companhia, sua própria meia-irmã? E, já que não tenho filhos vivos, quero que peça a Artur para casá-la com um de seus cavaleiros, quando ela tiver idade.

Gwenhwyfar balançou a cabeça espantada ao pensar em Isotta, sua meia-irmã, com idade suficiente para vir à corte. Bem, ela tinha quase sete anos quando Gwenhwyfar se casara. Agora, devia ser uma menina crescida de doze ou treze anos. Elaine não era mais velha que isso quando fora trazida a Caerleon. Sem dúvida, se ela pedisse, Artur daria Isotta a um de seus melhores cavaleiros, Gawaine, talvez, ou possivelmente, já que Gawaine seria o rei de Lothian um dia, a Gaheris, que era primo do próprio rei. Ela disse:

— Tenho certeza de que Artur e eu encontraremos alguém para minha irmã.

— Lancelote ainda não se casou — Leodegranz sugeriu —, nem o duque Marco da Cornualha. No entanto, seria mais adequado se Marco se casasse com a senhora Morgana e eles juntassem suas pretensões; assim ela teria alguém para conservar o castelo e defender suas terras. E, embora eu saiba que ela é uma das damas da Senhora do Lago, por certo o duque Marco poderia domá-la.

Gwenhwyfar sorriu ao pensar em Morgana casada resignadamente com alguém considerado adequado. E então ficou zangada. Por que Morgana podia fazer o que quisesse? Nenhuma outra mulher tinha permissão de fazer a própria vontade; até mesmo Igraine, que era mãe do rei, havia se casado de acordo com o que seus parentes mais velhos consideraram bom. Artur deveria exercer sua autoridade e casar adequadamente Morgana, antes que ela desgraçasse todos eles! Convenientemente, Gwenhwyfar reprimiu a memória de que, quando Artur falara em casar Morgana com seu amigo Lancelote, ela havia desaprovado a ideia. *Ah, fui egoísta... Não posso tê-lo para mim e não quero que ele tenha uma esposa.* Não, disse a si mesma, ela deveria ficar feliz em ver Lancelote casado se a moça fosse apropriada e virtuosa!

Leodegranz afirmou:

— Pensei que a duquesa da Cornualha estivesse entre suas damas...

— Ela estava — disse Gwenhwyfar —, mas nos deixou há alguns anos para morar com sua parente e não voltou.

E novamente lhe ocorreu: onde estaria Morgana? Não em Avalon, não em Lothian com Morgause, não em Tintagel com Igraine... Ela poderia estar na Bretanha Menor, ou em peregrinação a Roma, ou no país das fadas, ou no próprio inferno, pelo que Gwenhwyfar sabia. Isso não poderia continuar: Artur tinha o direito de saber onde sua parente mais próxima morava, agora que a mãe dele estava morta! Mas certamente Morgana teria ido ao leito de morte da mãe se pudesse.

Voltou ao seu lugar ao lado de Artur. Lancelote e o rei desenhavam com as pontas dos punhais nas tábuas de madeira diante deles, enquanto comiam distraidamente do mesmo prato. Mordendo os lábios – ela realmente deveria ter ficado em Tintagel, não fazia diferença para Artur se estava ali ou não –, quis se retirar a um banco com suas damas, mas Artur olhou para ela e sorriu, estendendo-lhe o braço.

— Não, minha querida, não tive a intenção de afastá-la... Eu realmente preciso falar com o capitão da minha cavalaria, mas há lugar para você, também.

Ele ordenou a um dos criados:

— Traga outro prato de carne para minha senhora. Lancelote e eu arruinamos este prato... Há pão recém-assado em algum lugar, se sobrou algo, embora sem Cai a cozinha esteja um caos.

— Creio que comi o suficiente — afirmou Gwenhwyfar, apoiando-se um pouco em seu ombro, e ele a acariciou despreocupadamente. Ela sentiu a presença quente e sólida de Lancelote do outro lado, e sentiu-se segura entre eles. Artur se curvou para a frente, uma das mãos ainda acariciando seu cabelo, a outra segurando o punhal com o qual desenhava.

— Veja, poderíamos levar os cavalos por este caminho? Poderíamos viajar rápido e deixar as carroças com provisões e bagagens para ir pelas terras planas, mas os homens a cavalo podem cortar caminho e seguir rapidamente... Cai vem fazendo seus homens assarem pão de munição para os exércitos e armazenando-os por três anos, desde a batalha da floresta de Celidon. É provável que cheguem aqui... — Ele apontou para um ponto no mapa grosseiro que havia feito. — Leodegranz, Uriens, venham aqui dar uma olhada nisso...

O pai dela veio, e com ele outro homem, esguio, moreno e bem-vestido, embora o cabelo estivesse ficando grisalho, e o rosto, enrugado.

— Rei Uriens — disse Artur —, eu o cumprimento como amigo meu e de meu pai. Conhece minha senhora, Gwenhwyfar?

Uriens fez uma mesura. A voz dele era agradável e melodiosa.

— É um prazer falar com a senhora. Quando este país estiver mais calmo, levarei minha esposa, se me autorizar, para apresentá-la à senhora em Camelot.

— Será um prazer — respondeu Gwenhwyfar, sentindo que sua voz parecia insincera; ela nunca havia aprendido a falar esses lugares-comuns de cortesia de modo convincente.

— Não será neste verão, temos outro trabalho a fazer — afirmou Uriens. Ele se inclinou sobre o mapa grosseiro de Artur. — No tempo de Ambrósio, levamos um exército por este caminho... não tínhamos muitos cavalos, a não ser com as carroças com bagagens, mas é possível subir com eles e cortar caminho por aqui. É preciso evitar os pântanos ao ir para o sul do País do Verão...

— Esperava não ter de subir pelas colinas rochosas — disse Lancelote.

Uriens balançou a cabeça.

— Com esse grande número de cavalos, é melhor.

— Naquelas colinas, os cavalos escorregam na pedra e quebram as pernas — argumentou Lancelote.

— Isso é melhor, *sir* Lancelote, que homens, cavalos e carroças todos atolados... melhor as colinas que os pântanos — respondeu Uriens. — Olhe, aqui fica o velho muro romano...

— Não consigo ver sobre tanto rabisco — Lancelote afirmou impacientemente. Foi à lareira e tirou um graveto longo, apagou o fogo na ponta e começou a desenhar no chão com o carvão. — Vejam, aqui fica o País do Verão, e aqui os lagos e o muro romano... Nós temos, digamos, trezentos cavalos, e aqui duzentos...

— Tantos assim? — perguntou Uriens, incrédulo. — As legiões de César não tinham mais que isso!

— Há sete anos, treinamos cavalos e soldados montados para usá-los — disse Lancelote.

— Eu lhe agradeço, primo querido — afirmou Artur.

Lancelote se virou e sorriu.

— Eu lhe agradeço, meu rei, que teve a visão de perceber o que poderíamos fazer com eles.

— Alguns soldados ainda não sabem lutar montados — disse Uriens. — Quanto a mim, lutei bem o bastante liderando os homens a pé...

— E isso é bom — afirmou Artur, gentil —, pois não temos cavalos para todos os homens que querem lutar montados, nem selas, estribos e arreios para todos, embora eu tenha feito cada seleiro do reino trabalhar o mais rápido possível e mantido o esforço de levantar com taxas dinheiro suficiente para pagar por tudo isso, enquanto achavam que eu fosse um tirano avarento. — Ele riu, acariciando as costas de Gwenhwyfar, dizendo: — Por todo esse tempo, mal tive ouro suficiente para comprar sedas para os bordados de minha rainha! Foi tudo para cavalos, seleiros e ferreiros! — Subitamente a alegria desapareceu, e ele ficou sério, quase franzindo o cenho. — E agora é o maior teste de tudo o que fizemos e tudo o que podemos fazer; desta vez, os saxões vieram em abundância, meus amigos. Se não conseguirmos detê-los, com menos da metade dos homens deles, apenas os corvos e os lobos serão alimentados neste país!

— Essa é a vantagem das cavalarias — Lancelote disse gravemente. — Homens armados e montados podem enfrentar cinco, dez, talvez vinte vezes o número deles. Veremos, e, se calculamos corretamente, deteremos os saxões de uma vez por todas. Senão... bem, morreremos defendendo nossos lares e as terras que amamos, e nossas mulheres e crianças.

— Sim — afirmou Artur em voz baixa —, é o que faremos. Para o que mais trabalhamos desde que aguentamos uma espada pela primeira vez, Galahad?

Ele sorriu seu sorriso raro e doce, e Gwenhwyfar pensou, com uma pontada de dor: *Ele nunca sorri para mim assim. Mas, quando ouvir o que tenho para dizer, então...*

Por um momento, Lancelote respondeu ao sorriso e então suspirou.

— Recebi uma notícia de meu meio-irmão Lionel, o filho mais velho de Ban. Ele disse que sairia navegando em três dias. Não — ele parou, contando nos dedos —, ele já está no mar, o mensageiro se atrasou. Ele tem quarenta navios e espera desviar as naus dos saxões, ou tantas quanto conseguir, para as pedras, ou para o sul da costa da Cornualha, onde não podem desembarcar os soldados. Então, quando ele aportar, levará seus homens para onde estamos nos reunindo. Eu deveria enviar um mensageiro com um lugar para o encontro. — Ele apontou para o mapa improvisado nas pedras.

Houve uma pequena agitação de vozes na porta do aposento, e um homem alto, magro, ficando grisalho, caminhou por entre os bancos e as mesas de cavalete. Gwenhwyfar não via Lot de Lothian desde antes da batalha da floresta de Celidon.

— Ora, vejo o salão de Artur como nunca pensei que veria, despojado, sem sua Távola Redonda... Ora, Artur, primo, brincando de jogo de ossos no chão com seus colegas de escola?

— A Távola Redonda já foi para Camelot, parente — disse Artur, levantando-se —, com o resto de meus móveis e as coisas das mulheres. Você vê aqui um acampamento de armas esperando apenas pelo nascer do sol para enviar as últimas mulheres para Camelot. A maioria das mulheres e crianças já foi.

Lot curvou-se para Gwenhwyfar e disse em sua voz tranquila:

— Ora, então o salão de Artur realmente ficará desolado. Mas é seguro que as mulheres e crianças viajem com o país se preparando para a guerra?

— Os saxões ainda não penetraram muito no interior — disse Artur —, e não há perigo se forem todos de uma vez. Preciso ordenar a quinze de meus homens, e esse é um trabalho ingrato, que fiquem longe do campo e protejam Camelot. A rainha Morgause ficará bem onde está, em Lothian... Fico feliz de que minha irmã esteja com ela!

— Morgana? — Lot balançou a cabeça. — Ela não saiu de Lothian há muitos anos! Ora, ora, ora. Eu me pergunto, para onde terá ido? E com quem? Sempre pensei que havia mais naquela jovem do que jamais percebi! Mas por que vai para Camelot, meu senhor Artur?

— É fácil de ser defendido — disse Artur. — Cinquenta homens podem protegê-lo até a volta de Cristo. Se eu deixasse as mulheres aqui em Caerleon, precisaria tirar duzentos homens ou mais da batalha. Não sei por que meu pai fez de Caerleon seu reduto... Esperava que estivéssemos com toda a corte em Camelot antes que os saxões chegassem; precisariam marchar pela extensão da Bretanha para chegar até nós, e poderíamos enfrentá-los no campo que escolhêssemos. Se os conduzíssemos para os pântanos e lagos do País do Verão, onde a terra nunca é a mesma por dois anos seguidos, então a lama e os charcos poderiam fazer um pouco do trabalho do arco e flecha e do machado para nós, e o povo pequeno de Avalon acabaria com eles com suas flechas de sílica.

— Farão isso de qualquer maneira — disse Lancelote, levantando-se após ficar de joelhos estudando o mapa nas pedras. — Avalon já enviou trezentos homens, e mais virão, eles dizem. E o Merlim afirmou, na última vez que falei com ele, que tinham enviado cavaleiros para suas terras também, meu lorde Uriens, para que o Povo Antigo venha lutar ao nosso lado. Então temos a legião, soldados montados lutando na planície, cada cavaleiro em armadura e armado com lanças, equivalente a uma dúzia ou mais de saxões. E temos multidões de soldados a pé, arqueiros e espadachins que podem lutar nas colinas e nos vales. E muitos homens da tribo, com lanças e machados, e o Povo Antigo, que pode lutar em emboscadas e derrubar homens com suas flechas de sílica sem serem vistos. Acho que assim poderemos enfrentar cada saxão de toda a Gália e do litoral do continente!

— E teremos de fazer exatamente isso — disse Lot. — Luto contra os saxões desde os tempos de Ambrósio, assim como Uriens aqui, e nunca tivemos de enfrentar nada como o exército que vem contra nós agora.

— Desde que fui coroado, sabia que esse dia chegaria... a Senhora do Lago me disse quando me deu Excalibur. E agora ela está avisando todo o povo de Avalon para se reunir sob o estandarte do Pendragon.

— Estaremos todos lá — disse Lot.

Mas Gwenhwyfar estremeceu, e Artur disse solicitamente:

— Minha querida, você viajou o dia todo, e o dia anterior, e deve partir novamente com o nascer do dia. Devo chamar suas damas de companhia para acomodá-la na cama?

Ela balançou a cabeça, torcendo as mãos juntas no colo.

— Não, não estou cansada, não... Artur, não me parece adequado que os pagãos de Avalon, governados por feitiçaria, lutem do lado de um rei cristão! E quando você os reúne sob aquele estandarte pagão...

Lancelote disse gentilmente:

— Minha rainha, gostaria que o povo de Avalon permanecesse sentado vendo suas casas caírem nas mãos dos saxões? A Bretanha é a terra deles também; lutarão como nós, para proteger nossa terra dos bárbaros. E o Pendragon é o rei jurado deles.

— É disso que não gosto — respondeu Gwenhwyfar, tentando firmar a voz para não soar como uma garotinha subindo o tom no conselho dos homens. *Afinal*, disse a si mesma, *Morgause foi aceita como conselheira de Lot, e Viviane jamais se furtou de falar sobre assuntos de Estado!* — Não gosto que nós e o povo de Avalon tenhamos de lutar do mesmo lado. Essa batalha deveria ser a resistência dos homens civilizados, seguidores de Cristo, descendentes de Roma, contra os que não reconhecem nosso Deus. O Povo Antigo é tão inimigo nosso quanto os saxões, e esta não será uma terra realmente cristã até que todo aquele povo tenha morrido ou fugido para suas colinas, e seus Deuses demônios com eles! E não me agrada, Artur, que você levante um estandarte pagão como seu. Você deveria lutar, como Uriens, sob a cruz de Cristo, assim poderemos distinguir amigos de adversários!

Lancelote parecia chocado.

— Também sou seu inimigo, Gwenhwyfar?

Ela balançou a cabeça e respondeu:

— Você é cristão, Lancelote.

— Minha mãe é a mesma Senhora do Lago maligna que você condena por sua feitiçaria, e eu mesmo fui criado em Avalon, e o Povo Antigo é o meu povo. Meu próprio pai, que é um rei cristão, também fez o Grande Casamento com a Deusa por sua terra. — Lancelote parecia rígido e raivoso.

Artur pousou a mão no punho de Excalibur, em sua bainha de veludo vermelho e ouro. A visão da mão dele sobre os símbolos mágicos da bainha, e as serpentes em torno de seu pulso, fez Gwenhwyfar desviar os olhos. Ela disse:

— Como Deus nos dará a vitória se não nos livrarmos de todos os símbolos da feitiçaria e lutarmos sob a cruz?

— Pois há alguma razão no que a rainha diz — afirmou Uriens, conciliador —, mas levo minhas águias no nome dos meus antepassados e de Roma.

— Eu lhe ofereço o estandarte da cruz, meu senhor Artur, se desejar — disse Leodegranz —, pois o levará com justiça, em atenção à sua rainha.

Artur balançou a cabeça. Apenas o grande rubor em seu rosto demonstrou a Gwenhwyfar que ele estava bravo.

— Jurei lutar sob o estandarte real do Pendragon e assim farei, ou morrerei. Não sou um tirano. Quem desejar pode levar a cruz de Cristo em seu escudo, mas o estandarte do Pendragon permanece como o símbolo de que todo o povo da Bretanha, cristãos, druidas, o Povo Antigo também, deve lutar junto. Assim como o dragão está acima de todos os animais, o Pendragon está acima de todas as pessoas! Todas, eu digo!

— E as águias de Uriens e o Grande Corvo de Lothian lutarão ao lado do dragão — disse Lot, levantando-se. — Gawaine não está aqui, Artur? Eu gostaria de falar com meu filho. Pensei que estivesse sempre ao seu lado!

— Sinto tanta falta dele quanto você, tio — respondeu Artur. — Não sei a quem recorrer sem Gawaine em minha retaguarda, mas precisei enviá-lo com uma mensagem a Tintagel, pois ninguém consegue cavalgar tão rápido.

— Ah, você tem muitos para protegê-lo — Lot afirmou de modo amargo. — Vejo que Lancelote nunca está a mais de três passos de você, pronto para preencher o lugar vazio.

Lancelote corou, mas ele disse suavemente:

— É sempre assim, parente, todos os Companheiros de Artur lutam uns com os outros para ter a honra de estar mais perto do rei, e, quando Gawaine está aqui, até Cai, que é irmão de criação de Artur, e eu, que sou o paladino da Rainha, precisamos ficar em um lugar mais distante.

Artur se virou de novo para Gwenhwyfar e disse:

— Agora você realmente deve descansar, minha rainha. Este conselho pode continuar noite adentro, e você precisa estar pronta para viajar quando o sol nascer.

Gwenhwyfar apertou as mãos. *Desta vez, apenas desta vez, que eu tenha coragem de falar...* Ela afirmou claramente:

— Não. Não, meu senhor, não viajarei ao nascer do dia, nem para Camelot nem para qualquer lugar na face da Terra.

O rosto de Artur corou novamente, demonstrando a ela que estava zangado.

— Pois como assim, senhora? Não pode se atrasar quando há guerra no país. Eu lhe daria de boa vontade um dia ou dois para descansar antes de viajar, mas devemos nos apressar para deixar todas vocês em segurança antes que os saxões cheguem. Eu lhe digo, Gwenhwyfar, quando a manhã chegar, seu cavalo e suas coisas estarão prontas. Se não pode cavalgar, pode ir em uma liteira ou ser carregada em uma cadeira, mas vai viajar.

— Não vou — ela disse impetuosamente. — E você não pode me obrigar, a não ser que me amarre no cavalo!

— Que Deus não permita que eu tenha de fazer isso. Mas o que é isso, senhora? — Artur estava perturbado, mas tentou manter a voz leve e bem-humorada. — Ora, todas aquelas legiões de homens lá fora obedecem às minhas ordens, terei um motim no meu próprio lar, e provocado pela minha própria esposa?

— Seus homens todos podem obedecer às suas ordens — ela disse em desespero. — Eles não têm a minha razão para permanecer aqui! Ficarei com apenas uma criada e uma parteira, meu senhor, mas não viajarei a lugar algum, nem até as margens do rio, antes do nascimento de nosso filho!

Pronto, eu disse... aqui, diante de todos estes homens...

Ouvindo-a, Artur compreendeu, mas, em vez de parecer exultante, mostrou-se apenas espantado. Balançou a cabeça e então falou:

— Gwenhwyfar — e parou.

Lot riu e disse:

— Está grávida, senhora? Ora, meus parabéns! Mas isso não precisa impedi-la de viajar. Morgause estava todos os dias na sela, até ficar grande demais para que seu cavalo conseguisse carregá-la. E ninguém diria que a senhora está grávida. Nossas parteiras dizem que ar fresco e exercícios são saudáveis para mulheres grávidas, e, quando minha égua favorita está prenhe, eu a cavalgo até seis semanas antes que ela tenha o potro!

— Não sou uma égua — disse Gwenhwyfar friamente —, e já perdi duas crianças. Você me exporia novamente a isso, Artur?

— Mas você não pode ficar aqui. Este lugar não pode ser defendido apropriadamente — disse Artur, perturbado —, e precisamos marchar com o exército a qualquer momento! Nem é justo pedir a suas damas que fiquem com você e se arrisquem a ser capturadas pelos saxões. Estou certo de que não lhe fará mal, querida esposa, havia mulheres grávidas entre as que foram para Camelot na semana passada... E não pode ficar aqui quando todas as suas damas se forem, será um acampamento de soldados armados, nada mais, minha Gwen!

Gwenhwyfar olhou para suas damas.

— Nenhuma de vocês ficará com sua rainha?

— Eu ficarei com você, prima, se Artur permitir — afirmou Elaine.

— Eu ficarei, se meu senhor não se importar, embora nosso filho já esteja em Camelot — disse Meleas.

— Não, Meleas, você deve ficar com seu filho — disse Elaine. — Sou parente dela e posso aguentar tudo o que ela tiver que aguentar, até viver em um acampamento armado com os homens. — Ela caminhou até o lado de Gwenhwyfar, segurando sua mão. — Mas você não poderia viajar em uma liteira? Camelot é bem mais seguro.

Lancelote se levantou e foi até Gwenhwyfar. Ele se curvou sobre a mão dela e disse em voz baixa:

— Minha senhora, eu lhe imploro que vá com as outras mulheres. O interior poderá estar totalmente arruinado em uma questão de dias, quando os saxões chegarem. Em Camelot, estará perto das terras de seu pai. Minha própria mãe vive em Avalon, a um dia de viagem; ela é uma curandeira e parteira notável, e tenho certeza de que cuidaria da senhora ou mesmo lhe faria companhia depois que o bebê nascer. Se eu enviar uma mensagem à minha mãe para encontrá-la em Camelot, a senhora iria?

Gwenhwyfar baixou a cabeça, lutando para não chorar. *Uma vez mais, devo fazer o que mandam, como qualquer mulher, não importa o que eu quero!* Agora até mesmo Lancelote havia se juntado a eles para conseguir que ela fizesse o que mandavam. Ela se lembrou da viagem do País do Verão até ali – mesmo com Igraine ao seu lado, ficara apavorada –, e por todo aquele dia havia cruzado as terríveis charnecas no caminho de Tintagel; agora ela estava segura entre paredes e parecia-lhe que jamais desejaria sair de seu abrigo.

Talvez, quando estivesse mais forte, quando seu filho estivesse seguro em seus braços, então, talvez, ela se atreveria a fazer aquela viagem, mas não agora... E Lancelote poderia lhe oferecer como presente a companhia daquela feiticeira maligna da mãe dele! Como ele podia pensar que ela permitiria que uma feiticeira assim chegasse perto de seu filho? Artur poderia se contaminar com promessas e ligações com Avalon, mas seu filho jamais seria tocado por aquela maldade pagã.

— É bondade sua, Lancelote — ela teimou —, mas não irei a lugar algum até o nascimento de meu filho.

— Mesmo se fosse levada a Avalon? — perguntou Artur. — Você e nosso filho estariam mais seguros lá do que em qualquer outro lugar neste mundo.

Ela tremeu e fez o sinal da cruz.

— Que Deus e a Virgem Maria não permitam! — sussurrou. — Preferiria ir ao próprio país das fadas!

— Gwenhwyfar, me escute — começou ele com urgência e então suspirou, derrotado, e ela soube que havia vencido. — Faça como quiser. Se o perigo da viagem lhe parece maior que o de ficar aqui, que Deus não permita que eu a force a viajar...

Gaheris disse raivosamente:

— Artur, vai permitir que ela faça isso? Eu lhe digo, deveria amarrá-la no cavalo e enviá-la, queira ela ou não! Meu rei, vai ouvir assim os desvarios de uma mulher?

Artur balançou a cabeça, exausto.

— Paz, primo. É fácil perceber que você não é casado. Gwenhwyfar, faça como desejar. Elaine pode ficar com você, e uma das criadas, uma parteira e seu padre, mas só. Todo o resto deve viajar ao nascer do dia. E agora deve ir para seus aposentos, Gwen, não tenho mais tempo para isso!

E Gwenhwyfar, levantando obedientemente o rosto para o beijo respeitoso dele, não tinha a sensação de que havia conseguido uma vitória.

As outras mulheres partiram com o nascer do sol. Meleas implorou para ficar com a rainha, mas Griflet não permitiu.

— Elaine não tem marido nem filho — ele afirmou. — Deixe que ela fique. Mas, se eu fosse o rei Pellinore, não permitiria que minha filha ficasse, com ou sem rainha. A senhora *deve* ir.

E Gwenhwyfar teve a impressão de que o olhar que ele lhe dirigiu foi de desdém.

Artur deixou claro a ela que a parte principal do castelo agora era o acampamento do exército e que ela deveria ficar em seus aposentos com Elaine e as criadas. A maior parte de seus móveis havia sido enviada a Camelot; uma cama foi trazida do quarto de hóspedes, e ela dormia com Elaine. Artur passava as noites no acampamento com os homens, mandando pedir notícias dela uma vez por dia, e ela raramente o via.

No começo, ela pensava todos os dias que os veria marchar para a batalha com os saxões, ou que a guerra chegaria até eles ali, mas os dias se seguiram, e então as semanas, e ela não teve nenhuma notícia. Cavaleiros solitários e mensageiros iam e vinham, e Gwenhwyfar via mais soldados chegando, mas, enclausurada em seus aposentos e no pequeno jardim atrás, ouvia apenas fragmentos de notícias que a criada e a parteira traziam, mas muito truncadas, a maioria boatos. O tempo passava vagarosamente; ela sentia enjoos pela manhã e não desejava fazer nada além de ficar na cama, embora mais tarde se sentisse bem e andasse no jardim inquietamente, sem nada para fazer a não ser criar na mente imagens dos saxões saqueadores vindos do litoral e pensar em seu filho... Ela gostaria de costurar roupas de bebê, mas não tinha lã para fiar, e o tear grande já havia sido levado.

No entanto, ela tinha o tear pequeno, sedas, lã fiada e material para bordar que havia levado a Tintagel, e começou a planejar tecer um estandarte... Uma vez, Artur lhe prometera que, quando ela lhe desse um filho, poderia pedir a ele qualquer presente que pudesse lhe dar, e ela pensou em pedir naquele dia para deixar de lado o estandarte pagão do Pendragon e hastear a cruz de Cristo. Aquilo tornaria cristã toda a terra governada pelo Grande Rei, e a legião de Artur um exército santo sob a proteção da Virgem Maria.

Seria um belo estandarte, como o planejava: azul, com fios de ouro e sua preciosa seda tingida de vermelho para o manto da Virgem. Ela não tinha outra ocupação, então costurava de manhã até a noite, e, com Elaine para ajudá-la, o trabalho crescia rapidamente em seus dedos. *E em cada ponto deste estandarte colocarei minhas preces para que Artur esteja em segurança, e esta terra seja cristã de Tintagel até Lothian...*

Uma tarde, o Merlim veio visitá-la, o venerável Taliesin. Ela hesitou; era certo que ficasse perto daquele velho pagão e adorador do demônio nessa época, quando carregava o filho de Artur, que um dia seria o rei daquela terra cristã? Mas, ao ver os olhos bondosos do velho, se lembrou de que ele era pai de Igraine e seria bisavô de seu filho.

— Que o Eterno a abençoe, Gwenhwyfar — ele disse, estendendo os braços em uma bênção. Ela fez o sinal da cruz e se perguntou se ele ficaria ofendido, mas ele parecia ter visto isso simplesmente como uma troca de bênçãos. — Como vai, senhora, neste confinamento? — Ele olhou pelo quarto. — Ora, você está encarcerada aqui! Estaria melhor em Camelot, ou Avalon, ou na ilha em Ynis Witrin... Você foi à escola lá com as freiras, não foi? E ali, ao menos teria ar fresco e exercícios! Este quarto parece um estábulo!

— Tomo ar suficiente no jardim — disse Gwenhwyfar, resolvendo que a roupa de cama deveria ser arejada naquele mesmo dia, e que a criada deveria refrescar e varrer o quarto, que estava cheio das coisas delas; era muito pequeno para quatro mulheres.

— Então, minha filha, não deixe de caminhar todos os dias ao ar fresco, mesmo se estiver chovendo; o ar é remédio para todos os males. Bem posso acreditar que esteja entediada aqui. Não, criança, não vim para censurá-la — ele completou gentilmente. — Artur me deu a feliz notícia, e eu me alegro por você, como todos. E eu especialmente... Não são muitos os homens que vivem o suficiente para ver o rosto de seus bisnetos. — O velho rosto vincado dele parecia emanar benevolência. — Se há qualquer coisa que eu possa fazer por você, basta ordenar. Estão mandando comida fresca e adequada, ou apenas as rações dos soldados?

Gwenhwyfar assegurou-a de que tinha tudo o que podia desejar – todo dia, uma cesta das melhores provisões chegava a ela –, embora não tenha dito a ele que tinha pouco desejo de comida.

Ela contou ao Merlim sobre a morte de Igraine, e que ela havia sido enterrada em Tintagel, e que o último ato da mulher fora revelar a ela sobre sua gravidez. Não disse muito sobre a Visão, mas perguntou, mirando o velho com olhos perturbados:

— Senhor, sabe onde vive Morgana, que não foi nem mesmo ao leito de morte da mãe?

Ele balançou a cabeça lentamente.

— Sinto muito, não sei.

— Mas é um escândalo que Morgana não diga aos parentes para onde foi!

— Pode ser que, como algumas sacerdotisas de Avalon, ela tenha saído em uma missão mágica, ou se isolado para buscar clarividência — arriscou Taliesin, também parecendo perturbado. — Nesse caso, eu não seria avisado, mas acho que, se ela estivesse em Avalon, onde minha própria filha mora como sacerdotisa, eu saberia. Não sei. — Suspirou e disse: — Morgana é uma mulher adulta e não precisa da permissão de nenhum homem para ir e vir.

Seria bem feito para Morgana, pensou Gwenhwyfar, se ela sofresse por causa de sua própria teimosia e do jeito ímpio com que fazia sua própria vontade! Fechou os punhos e não respondeu ao druida, olhando para baixo para que ele não visse sua raiva... Ele gostava dela; não queria que ele tivesse outra opinião. Ele não percebeu, pois Elaine mostrava-lhe a bandeira.

— Veja, é assim que passamos nossos dias aprisionadas, bom pai.

— O trabalho vai rápido — disse o Merlim, sorrindo. — Vejo que não há tempo livre aqui... Como é que seus padres dizem? O diabo sempre encontra serviço para os ociosos... Vocês não deixaram espaço para que o diabo faça seu trabalho aqui, estão ocupadas como abelhas, vocês duas. Já posso perceber o belo desenho.

— E, enquanto o fazia, eu rezava — Gwenhwyfar disse desafiadoramente. — Em cada ponto, entremeei uma reza para que Artur e a cruz de Cristo triunfem sobre os saxões e seus Deuses pagãos. Não vai me censurar, senhor Merlim, por fazer isso enquanto pede a Artur para lutar sob a bandeira pagã?

O Merlim disse de modo brando:

— As preces nunca são desperdiçadas, Gwenhwyfar. Acha que não sabemos nada sobre preces? Quando Artur recebeu sua grande espada Excalibur, estava guardada em uma bainha na qual uma sacerdotisa colocou preces e encantos para segurança e proteção, e ela jejuou e rezou todo o tempo nos cinco dias que passou trabalhando nela. E decerto você deve ter notado que, apesar de se ferir, ele perde pouco sangue.

— Quero que ele seja protegido por Cristo, não por feitiçaria — disse Gwenhwyfar acaloradamente, e o velho sorriu e falou:

— Deus é um e só há um Deus... Tudo o mais é a maneira como os ignorantes buscam colocar os Deuses em uma forma que possam entender, como a imagem de sua Virgem ali, senhora. Nada ocorre no mundo sem a bênção do Uno, que nos dá vitória ou derrota de acordo com as ordens de Deus. O dragão e a Virgem são igualmente sinais do apelo do homem a algo superior a nós.

— Mas não ficaria zangado se a bandeira do Pendragon fosse rasgada e o estandarte da Virgem fosse içado sobre nossa legião? — Gwenhwyfar perguntou com desprezo.

Ele se aproximou dela, estendendo a mão enrugada para acariciar as sedas brilhantes.

— Algo assim tão belo — disse gentilmente — e feito com tanto amor, como eu poderia condenar? Mas há aqueles que amam sua bandeira do Pendragon da mesma maneira que você ama a cruz de Cristo... Negaria a eles suas coisas sagradas, senhora? Os que são de Avalon, druidas, sacerdotes e sacerdotisas, saberão que o estandarte é apenas um símbolo, e que um símbolo é nada, enquanto a realidade é tudo. Mas o povo pequeno não, ele não vai entender, e deve ter o dragão como o símbolo da proteção do rei.

Gwenhwyfar pensou no povo pequeno de Avalon e das colinas distantes de Gales, que veio trazendo machados de bronze e até mesmo flechinhas de sílica, os corpos grosseiramente pintados. Tremeu de horror de que aquele povo tão selvagem fosse lutar ao lado de um rei cristão.

O Merlim a viu estremecer e interpretou mal o motivo.

— Está úmido e frio aqui — disse. — Precisa tomar mais sol. — Mas então percebeu a verdadeira causa do tremor. Colocou o braço em torno da mulher ao lado dele e disse gentilmente: — Querida criança, precisa lembrar-se: este país é de todos, sejam quais forem seus Deuses, e não lutamos contra os saxões porque não cultuam nossos Deuses, mas porque desejam queimar e devastar nossas terras e pegar tudo o que temos. Lutamos para defender a paz nestas terras, senhora, cristãos e pagãos da mesma maneira, e é por isso que tantos vieram para o lado de Artur. Gostaria que ele fosse um tirano que escraviza a alma dos homens a seu próprio Deus, algo que nem mesmo os césares ousaram fazer?

Mas Gwenhwyfar apenas estremeceu, e Taliesin disse que precisava ir, mas que ela deveria avisá-lo caso precisasse de qualquer coisa.

— O bardo Kevin está no castelo, senhor Merlim? — perguntou Elaine.

— Sim, creio que sim... Deveria ter pensado nisso. Pedirei a ele que venha e toque harpa para as senhoras enquanto estão enclausuradas aqui.

— Gostaríamos de recebê-lo — Elaine falou —, mas eu estava pensando se poderíamos pegar emprestada a harpa dele... ou a sua, senhor druida?

Ele hesitou e disse:

— Kevin não emprestaria sua harpa... A Minha Senhora é uma amante ciumenta. — Sorriu e continuou: — Quanto à minha, foi consagrada aos Deuses, e não posso deixar que outra pessoa a toque. Mas a senhora Morgana não levou a sua harpa quando partiu; está nos aposentos dela. Devo pedir que a tragam para cá, senhora Elaine? Sabe tocá-la?

— Não muito bem, mas sei o suficiente para não estragar a harpa, e isso daria a nossas mãos algo para fazer quando estivermos cansadas de costurar.

— As *suas* — disse Gwenhwyfar. — Sempre considerei inapropriado para uma mulher tocar harpa.

— Que seja inapropriado, então — disse Elaine —, mas acho que ficarei louca aqui se não tiver nada para fazer, e não haveria ninguém para me observar mesmo que eu dançasse nua como Salomé diante de Herodes!

Gwenhwyfar riu e então pareceu escandalizada. O que o Merlim pensaria? Mas o velho riu com gosto.

— Pedirei que lhe tragam a harpa de Morgana, senhora, e poderá praticar seu passatempo inapropriado... Embora eu não veja nada de errado em fazer música!

Naquela noite, Gwenhwyfar sonhou que Artur estava ao lado dela, mas que as serpentes nos pulsos dele tinham criado vida e rastejavam sobre seu estandarte, deixando-o todo frio com sua baba e pestilento...

Acordou arfando e sentindo enjoos, e naquele dia não teve forças para sair da cama. Artur veio visitá-la naquela tarde e ficou ao seu lado, angustiado.

— Não acho que este confinamento lhe faça bem — ele disse. — Gostaria que estivesse em segurança em Camelot! Recebi um aviso dos reis da Bretanha Menor: encurralaram trinta navios saxões nos rochedos, e precisamos sair em dez dias. — Ele mordeu o lábio. — Gostaria que isso tudo estivesse acabado, e que estivéssemos todos em segurança, em Camelot. Reze a Deus, Gwen, para que cheguemos lá a salvo. — Sentou-se ao lado dela na cama. Gwenhwyfar pegou sua mão, mas um dos dedos tocou as serpentes em seu pulso e ela o retirou com um arquejo de repulsa. — O que foi, Gwen? — Artur sussurrou, tomando-a nos braços. — Minha pobre garota, ficar fechada aqui a deixou doente... Era o que eu temia!

Ela lutou para controlar as lágrimas.

— Eu sonhei... eu sonhei... Ah, Artur — ela suplicou, sentando-se na cama e jogando as cobertas para trás —, não suporto pensar nisso, que deixará aquele dragão imundo cobrir tudo, como em meu sonho... Olhe o que fiz para você! — Descalça, ela o puxou com as duas mãos até o tear. — Veja, está quase terminado, eu poderia deixá-lo pronto em três dias...

Ele colocou o braço em torno dela e a apertou.

— Gostaria que isso não significasse tanto para você, Gwenhwyfar. Sinto muito. Eu o levarei ao lado do estandarte do Pendragon, se desejar, mas não posso abandonar a promessa que fiz.

— Deus vai puni-lo se mantiver uma promessa que fez ao povo pagão e não a ele — ela gritou. — Vai punir nós dois...

Ele afastou as mãos que o seguravam e disse:

— Minha pobre garota, você está doente e infeliz, e não é de surpreender, neste lugar. E agora, lamentavelmente, é tarde demais para tirá-la daqui; mesmo se quisesse ir, pode haver bandos de saxões no caminho até Camelot. Tente ficar calma, meu amor. — Artur foi em direção à porta.

Ela correu atrás dele, segurando-o pelo braço.

— Você não está com raiva?

— Raiva? Quando você está doente e exaurida? — Ele a beijou na testa. — Mas não falemos sobre isso novamente, Gwenhwyfar. Agora devo ir, espero um mensageiro que pode chegar a qualquer momento. Mandarei Kevin vir tocar para você. A música dele vai animá-la.

Ele a beijou novamente e saiu, e Gwenhwyfar voltou ao estandarte e começou a trabalhar nele em um frenesi.

Kevin veio mais tarde naquele dia, arrastando o corpo malformado com uma bengala; sua harpa estava presa sobre um braço, dando a ele mais que nunca o ar de um corcunda monstruoso na silhueta contra a porta. Gwenhwyfar teve a impressão de que ele franziu o nariz em aversão, e de repente pôde ver o aposento pelos olhos dele, atulhado dos apetrechos diários de quatro mulheres, o ar não muito fresco. Ele levantou a mão na bênção druida e Gwenhwyfar se encolheu. Aceitava isso do venerável Taliesin, mas feito por Kevin o gesto a encheu de pavor, como se ele fosse enfeitiçá-la, e a seu bebê, com bruxarias pagãs; secretamente fez o sinal da cruz e se perguntou se ele havia visto.

Elaine foi até ele e disse educadamente:

— Deixe-me ajudá-lo com sua harpa, Mestre Harpista.

Ele encolheu os ombros, como se fosse para afastá-la, embora sua voz suave de cantor fosse perfeitamente cortês:

— Eu lhe agradeço, mas ninguém pode tocar em Minha Senhora. Se eu a carrego em minhas próprias mãos, enquanto mal consigo me arrastar com uma bengala, não acha que há um motivo, senhora?

Elaine baixou a cabeça como uma criança repreendida e disse:

— Não fiz por mal, senhor.

— Claro que não, como poderia saber? — ele disse e se retorceu dolorosamente, ou ao menos assim pareceu a Gwenhwyfar, para tirar a harpa do ombro e colocá-la no chão.

— Está confortável, Mestre Harpista? Gostaria de uma taça de vinho para amaciar a voz antes de cantar? — perguntou Gwenhwyfar, e ele aceitou educadamente. Então, notando a bandeira da cruz no tear, disse a Elaine:

— Você é filha do rei Pellinore, não é, senhora? Está tecendo um estandarte para seu pai levar em batalha?

Gwenhwyfar disse rapidamente:

— As mãos de Elaine trabalharam tão bem quanto as minhas, mas o estandarte é para Artur.

A voz profunda dele era desinteressada, como se estivesse admirando as primeiras tentativas de uma criança fiando.

— É bonito, e dará uma bela decoração de parede para Camelot quando for para lá, senhora, mas tenho certeza de que Artur levará o estandarte do Pendragon, como fez seu pai antes dele. Mas as senhoras não apreciam falar de batalhas. Devo tocar aqui?

Colocou as mãos nas cordas e começou a tocar; Gwenhwyfar ouvia enfeitiçada, e suas criadas se esgueiraram até a porta para ouvir também, sabendo que partilhavam de um presente real. Ele tocou por um longo tempo enquanto a noite caía, e, enquanto ouvia, Gwenhwyfar foi transportada para outro mundo, onde não havia diferença entre pagão e cristão, guerra e paz, mas apenas importava o espírito humano, flamejando na escuridão como uma tocha eternamente acesa. Quando as notas da harpa finalmente pararam, ela não conseguia falar, e viu que Elaine chorava no silêncio.

Depois de um tempo, Gwenhwyfar disse:

— As palavras não podem descrever o que nos proporcionou, Mestre Harpista. Posso dizer apenas que sempre me lembrarei disso.

O sorriso torto de Kevin pareceu por um instante zombar da emoção dela e da sua própria, e ele disse:

— Senhora, na música, aquele que dá recebe tanto quanto aquele que ouve. — Ele se virou para Elaine e completou: — Vejo que está com a harpa da senhora Morgana. Então sabe que o que digo é verdade.

Ela assentiu, mas disse:

— Sou a pior das iniciantes em música. Adoro tocar, mas ninguém tem prazer em me ouvir... Sou grata às minhas companheiras pela tolerância enquanto luto com as notas.

— Isso não é verdade, sabe que gostamos de ouvi-la — disse Gwenhwyfar, e Kevin sorriu e disse:

— Talvez a harpa seja o único instrumento que não soa mal, não importa quanto seja mal tocada... Eu me pergunto, será por isso que é dedicada aos Deuses?

Gwenhwyfar apertou os lábios; ele precisava estragar o prazer desse momento falando de seus Deuses infernais? O homem era, afinal, um sapo malformado; sem sua música, não teria permissão para sentar-se em nenhuma mesa respeitável. Ela havia ouvido em algum lugar que ele não era nada além do filho enjeitado de um camponês. Não o ofenderia, afinal ele viera para proporcionar a elas o prazer da música, mas desviou os olhos; que Elaine falasse com ele, se desejasse. Gwenhwyfar se levantou e foi para a porta.

— Está tão quente aqui quanto o bafo do inferno — disse irritadamente, abrindo a porta.

Cruzando o céu, que agora escurecia, lanças flamejantes de luz saíam do norte. Seu grito atraiu Elaine, as criadas e até Kevin, que guardava a harpa ternamente em sua capa e se arrastou pelo quarto.

— Ah, o que é isso, e o que significa? — ela gritou.

— O povo do norte diz que é o brilho das lanças no país dos gigantes; quando é visto na Terra, prenuncia uma grande batalha — disse Kevin em voz baixa. — E com certeza é o que enfrentamos agora: uma batalha em que a legião de Artur, senhora, pode determinar, com a ajuda de todos os Deuses, se viveremos como homens civilizados ou voltaremos à escuridão para sempre. Deveria ter ido para Camelot, senhora Gwenhwyfar. Não é correto que o Grande Rei tenha de se preocupar agora com mulheres e bebês.

Ela se voltou para ele, exaltada:

— O que sabe de mulheres e bebês, ou de batalhas, druida?

— Pois essa não será minha primeira batalha, minha rainha — ele afirmou tranquilamente. — Recebi Minha Senhora de um rei que me presenteou por ter tocado suas harpas de guerra para sua vitória. Acha que deveria ter ido me recolher em segurança com as donzelas e os eunucos de saia que são os padres cristãos? Não eu, senhora. Nem Taliesin, velho como é, foge da batalha.

Um silêncio se fez, e sobre eles as luzes do norte reluziam e flamejavam.

— Com sua permissão, minha rainha, preciso encontrar meu senhor Artur e falar com ele e com o senhor Merlin sobre o presságio dessas luzes para a batalha que se aproxima.

Gwenhwyfar sentiu como se uma faca afiada corresse por sua barriga. Até esse pagão deformado poderia ficar com Artur agora, e ela, sua esposa, tinha de se esconder ali, fora de vista, embora levasse no ventre a esperança de seu reino! Havia pensado que, se algum dia levasse um filho de Artur, ele então lhe daria importância e lhe demostraria um grande respeito, em vez de tratá-la como a mulher inútil que fora forçado a aceitar como parte de um dote de cavalos! Mas ali estava ela, jogada de novo em um canto porque ele não podia se livrar dela, e até seu belo estandarte era devolvido, indesejado.

Kevin disse com rápida preocupação:

— Minha rainha, está doente? Senhora Elaine, ajude-a!

Ele estendeu a mão para Gwenhwyfar, mas era deformada, o punho retorcido, e ela viu a serpente enrolada em torno dele, tatuada ali em azul... Recuou bruscamente e o golpeou, mal sabendo o que fazia, e Kevin, que não tinha muita firmeza nos pés, perdeu o equilíbrio e caiu pesadamente no chão de pedra.

— Fique longe de mim — ela gritou, ofegante. — Não me toque com suas serpentes malignas... Pagão, condenado ao inferno, não pouse suas serpentes imundas em meu bebê...

— Gwenhwyfar! — Elaine correu para ela, mas, em vez de ajudá-la, curvou-se de maneira solícita sobre Kevin e estendeu a mão para que ele se levantasse. — Senhor druida, não a amaldiçoe, ela está doente e não sabe o que faz...

— Ah, não sei? — berrou Gwenhwyfar. — Você acha que não sei como vocês todos olham para mim? Como uma tola, como se eu fosse surda, muda e cega... E quer me acalmar com palavras bondosas enquanto vai, pelas costas dos padres, reivindicar Artur para a impiedade pagã, você que nos entregaria na mão de feiticeiros malignos... Saia daqui, para que meu bebê não nasça deformado por olhar para seu rosto repugnante...

Kevin fechou os olhos e apertou as mãos retorcidas, mas se virou em silêncio e começou arduamente a levantar a harpa sobre o ombro. Tateou por sua bengala; Elaine a passou para ele, e Gwenhwyfar a ouviu sussurrar:

— Perdoe-a, senhor druida, ela está doente e não sabe...

A voz musical de Kevin era dura:

— Sei bem disso, senhora. Acha que nunca ouvi, antes disso, palavras doces assim de uma mulher? Sinto muito, apenas quis proporcionar-lhes algum prazer — ele afirmou, e Gwenhwyfar, com a cabeça escondida nas mãos, ouviu o som de sua bengala e de seus pés trôpegos enquanto ele se arrastava penosamente.

Mas mesmo depois que ele havia ido embora ela continuou encolhida, com os braços sobre a cabeça. Ah, ele a havia amaldiçoado com aquelas serpentes abomináveis, ela podia senti-las estocando e mordendo seu corpo, as lanças de luzes flamejantes acima a empalavam, as luzes brilhando em seu cérebro... Ela gritou, escondeu o rosto nas mãos e caiu, contorcendo-se, como se as lanças a atravessassem... Voltou um pouco a si quando ouviu Elaine gritar:

— Gwenhwyfar! Prima, olhe para mim, fale comigo! Ah, que a Virgem Santa nos ajude... Mande chamar a parteira! Olhe, o sangue...

— Kevin — berrou Gwenhwyfar —, Kevin amaldiçoou meu filho. — Ela se levantou freneticamente, açoitada por dores, batendo os punhos contra a parede de pedra. — Ah, Deus, me ajude, mande chamar o padre, o padre, talvez ele possa tirar essa maldição. — E, ignorando os jatos de água e sangue que agora sentia empapando suas coxas, se arrastou até a bandeira que havia tecido, fazendo repetidamente o sinal da cruz em um frenesi, antes que tudo se apagasse em escuridão e pesadelo.

Só dias depois ela compreendeu que estivera perigosamente doente, que quase havia sangrado até a morte quando perdera a criança de quatro meses, fraca e pequena demais para respirar.

Artur. Agora ele certamente me odeia, eu não consegui nem mesmo carregar o filho dele até o nascimento... Kevin, foi Kevin quem me amaldiçoou com suas serpentes... Ela se perdia em sonhos malignos com serpentes e lanças, e uma vez, quando Artur veio ao seu lado e tentou segurar sua cabeça, ela afastou-se em um sobressalto, aterrorizada com as serpentes que pareciam se contorcer nos punhos dele.

Mesmo quando já estava fora de perigo, ela não recuperou as forças; continuou deitada em uma apatia triste, imóvel, com lágrimas escorrendo pelo rosto. Não tinha forças nem para enxugá-las. Não, era tolice pensar que Kevin a havia amaldiçoado, deveria ser uma loucura de seu delírio... Não era a primeira criança que havia abortado, e, se alguém tinha culpa, era ela mesma, por ficar ali quando poderia ter comida e ar fresco, exercício e a companhia de suas damas.

Seu padre foi vê-la e também concordou que era loucura pensar que Kevin a amaldiçoara... Deus não usaria as mãos de um sacerdote pagão para castigá-la.

— Não deve se apressar em colocar a culpa nos outros — ele disse severamente. — Se há culpa de alguém, deve ser sua. Há algum pecado não confessado em sua consciência, senhora Gwenhwyfar?

Não confessado? Não. Pois havia muito tempo ela confessara seu amor por Lancelote e fora absolvida, e lutara para manter seus pensamentos apenas em seu legítimo senhor. Não, não poderia ser isso... E, ainda assim, falhara.

— Não pude persuadir... não fui forte o bastante para persuadir Artur a deixar de lado suas serpentes pagãs e o estandarte do Pendragon — ela disse, com voz fraca. — Deus castigaria meu filho por isso?

— Só a senhora sabe o que está em sua consciência. E não fale em castigo à criança... *Ele* está no seio de Cristo... Quem está sendo castigado é a senhora, e Artur, se é que existe castigo — ele completou, de modo afetado —, o que não cabe a mim dizer.

— O que posso fazer para me redimir? O que posso fazer para que Deus dê a Artur um filho para a Bretanha?

— Realmente fez tudo o que podia para assegurar que a Bretanha tenha um rei cristão? Ou segura as palavras que sabe que não deve falar porque deseja agradar ao seu marido? — o padre perguntou de maneira austera.

E, quando ele se foi, ela ficou deitada olhando para a bandeira. Todas as noites, agora, sabia que as luzes do norte queimavam no céu, num presságio da grande batalha que se aproximava; porém uma vez um imperador romano vira o sinal da cruz no céu e o destino de toda a Bretanha fora alterado. Se ela pudesse trazer um sinal assim para Artur...

— Venha, me ajude a me levantar — disse à criada. — Preciso terminar esse estandarte para que Artur o leve na batalha.

Naquela noite, Artur foi visitá-la em seus aposentos, bem quando ela dava os últimos pontos na bandeira e as mulheres acendiam as lanternas.

— Como está agora, minha querida? Fico feliz em vê-la novamente de pé, e bem o suficiente para trabalhar — ele disse, e a beijou. — Minha querida, não deve sofrer tanto... Nenhuma mulher poderia dar à luz um bebê saudável sob essa tensão, com a batalha para começar a qualquer momento... Eu deveria realmente tê-la mandado para Camelot. Ainda somos jovens, minha Gwenhwyfar, e Deus pode nos mandar muitas crianças. — Mas ela viu o aspecto vulnerável de seu rosto e soube que ele compartilhava sua tristeza.

Ela pegou a mão dele e o levou para o lado dela, no banco onde estava sentada diante do estandarte.

— Não é belo? — ela perguntou, e se sentiu como uma criança implorando por um elogio.

— É muito bonito. Pensei que jamais veria um trabalho tão fino como este — ele pousou a mão na bainha vermelha trabalhada de Excalibur, que nunca saía de seu lado —, mas o seu é ainda mais belo.

— E fiz preces para você e seus Companheiros em cada ponto — ela disse, em súplica. — Artur, ouça-me, você não acha que Deus nos puniu porque sente que não somos merecedores de dar outro rei a este reino, eu e você, a não ser que juremos servi-lo fielmente, não nos costumes pagãos, mas da nova maneira, sob Cristo? Todas as forças do mal pagão estão aliadas contra nós, e devemos lutar contra elas com a cruz.

Ele pousou a mão sobre a dela e disse:

— Vamos, amor, isso é tolice. Você sabe que sirvo a Deus tão bem quanto posso...

— Mas ainda hasteia aquela bandeira pagã de serpentes sobre seus homens — ela gritou, e ele balançou a cabeça em desespero.

— Querida, não posso quebrar o juramento feito à Senhora de Avalon, que me colocou em meu trono...

— Foi Deus, e mais ninguém, quem o colocou em seu trono — ela disse seriamente. — Ah, Artur, se você me ama, faça isso, se você deseja que Deus nos dê outra criança! Você não vê que ele nos puniu levando nosso filho para ele?

— Não deve dizer isso — ele falou de modo firme. — Pensar que Deus faria isso é tolice supersticiosa. Vim dizer-lhe que os saxões por fim estão se reunindo, e devemos nos mover para enfrentá-los no monte Badon! Gostaria que você estivesse bem o suficiente para viajar até Camelot, mas não é possível, ainda não...

— Ah, eu sei bem, sou só um fardo para você — ela exclamou amargamente. — Nunca fui mais do que isso para você... Uma pena não ter morrido com meu filho.

— Não, não, não deve falar isso — ele afirmou com ternura. — Estou confiante em que com minha boa espada Excalibur e todos os meus Companheiros nós triunfaremos. E você deve rezar por nós dia e noite, minha Gwenhwyfar. — Ele se levantou e completou: — Não sairemos antes do raiar do dia. Tentarei vir e me despedir de você esta noite antes de partirmos, e seu pai também, e Gawaine, e talvez Lancelote... Ele lhe enviou seus cumprimentos, Gwenhwyfar; ficou muito perturbado quando soube que você estava tão doente. Pode falar com eles se vierem?

Ela baixou a cabeça e disse amargamente:

— Farei a vontade de meu rei e senhor. Sim, que eles venham, embora eu me pergunte por que você pede as minhas preces... Eu não consigo nem persuadi-lo a deixar de lado aquele estandarte pagão e hastear a cruz de Cristo... E sem dúvida Deus conhece o seu coração, já que ele não permite que parta para a batalha sabendo que um filho seu reinará nesta terra, pois ainda não se resolveu a fazer dela uma terra cristã...

Ele parou e soltou sua mão, e ela sentiu que a olhava. Então ele se curvou, colocou a mão sob o queixo da esposa e o levantou para fitá-la. Disse em voz baixa:

— Minha querida senhora, meu querido amor, em nome de Deus, você acredita nisso?

Ela assentiu, sem conseguir falar, limpando o nariz na manga do vestido como uma criança.

— Eu lhe digo, querida senhora, diante de Deus, não acredito que ele trabalhe dessa maneira nem que importe tanto qual bandeira levamos. Mas se isso lhe importa tanto… — ele fez uma pausa e engoliu em seco. — Gwenhwyfar, não suporto vê-la em tamanha angústia. Se eu levar a bandeira de Cristo e da Virgem em batalha sobre meus soldados, deixará de sofrer e rezará para Deus por mim com todo o seu coração?

Ela olhou para ele, transformada, o coração cheio de alegria selvagem. Ele realmente faria isso por ela?

— Oh, Artur, eu tenho rezado, tenho rezado…

— Então — disse Artur, com um suspiro —, eu juro a você, Gwenhwyfar, levarei apenas seu estandarte do Cristo e da Virgem na batalha, e nenhum outro sinal será levantado sobre minha legião. Que assim seja, amém.

Ele a beijou, mas Gwenhwyfar notou que ele parecia bastante triste. Ela apertou as mãos dele e as beijou, e pela primeira vez pareceu que as serpentes em seus pulsos não eram nada além de meras figuras desbotadas e que realmente estivera louca para pensar que elas tinham poder de fazer mal a ela ou ao seu filho.

Artur chamou seu escudeiro, que estava na porta do quarto, para pegar cuidadosamente o estandarte e içá-lo sobre o acampamento.

— Vamos partir ao amanhecer — ele disse — e todos devem ver a bandeira da minha senhora com a Virgem Santa e a cruz hasteada sobre a legião de Artur.

O escudeiro pareceu surpreso.

— Senhor, meu senhor, e o estandarte do Pendragon?

— Leve-o ao despenseiro e peça que o guarde em qualquer lugar — disse Artur. — Marcharemos sob a bandeira de Deus.

O escudeiro fez o que lhe fora pedido, e Artur sorriu para Gwenhwyfar, mas havia pouca felicidade naquele sorriso.

— Virei vê-la ao anoitecer, com seu pai e alguns de nossos parentes. Vamos jantar aqui, e pedirei que meus ajudantes tragam comida para todos nós. Elaine não terá de se preocupar em servir tanta gente. Até lá, minha querida esposa. — E partiu.

Por fim, o jantar foi realizado em um dos salões pequenos, pois os aposentos de Gwenhwyfar não poderiam abrigar confortavelmente tantas pessoas. Gwenhwyfar e Elaine colocaram os melhores vestidos que haviam ficado em Caerleon e arrumaram os cabelos com fitas; era empolgante ter um tipo de festejo depois do confinamento sombrio das últimas semanas. O banquete, embora na verdade não fosse muito melhor que as rações do exército, foi colocado sobre mesas de cavalete. A maioria dos velhos conselheiros de Artur havia sido mandada para Camelot, entre eles o bispo Patrício, mas Taliesin, o Merlim, fora convidado para jantar, bem como o rei Lot, o rei Uriens de Gales, o duque Marco da Cornualha e o meio-irmão mais velho de Lancelote, Lionel da Bretanha Menor, filho mais velho e herdeiro de Ban. Lancelote também estava lá, e encontrou um momento para ir ao lado de Gwenhwyfar e beijar sua mão, olhando em seus olhos com uma ternura sem esperanças.

— Está recuperada, minha senhora? Estava preocupado com você.

Sob a proteção das sombras, ele a beijou, apenas um roçar leve de lábios macios contra sua têmpora.

O rei Leodegranz também foi, com cara feia e estardalhaço, beijá-la na testa.

— Sinto muito por sua doença, minha querida, e sinto que tenha perdido seu bebê, mas Artur deveria tê-la mandado para Camelot em uma liteira... É o que eu teria feito com Alienor, se ela teimasse comigo — ele ralhou. — E agora, veja, você não ganhou nada ao ficar!

— Não deve censurá-la — disse Taliesin, com gentileza —, ela já sofreu o suficiente, meu senhor. Se Artur não a censura, não cabe a seu pai fazê-lo.

Com tato, Elaine mudou de assunto.

— Quem é o duque Marco, ali?

— É um primo de Gorlois da Cornualha, que morreu antes que Uther subisse ao trono — disse Lancelote. — Ele pediu a Artur que, se vencermos no monte Badon, receba a Cornualha casando-se com nossa parente Morgana.

— Aquele velho? — disse Gwenhwyfar, chocada.

— Acho que seria bom entregar Morgana a um homem mais velho... Ela não tem o tipo de beleza que atrai os jovens — disse Lancelote. — Mas ela é inteligente e educada, e o duque Marco não a quer para si mesmo, mas para seu filho Drustan, que é um dos melhores cavaleiros da Cornualha. Artur o tornou um de seus Companheiros agora, na véspera da batalha. Embora seja provável, se Morgana não voltar à corte, que Drustan se case com a filha do velho rei bretão Hoell — ele riu. — Fofocas da corte sobre casamentos... Não há mais nada para se falar?

— Bem — disse Elaine com ousadia —, quando nos falará sobre o *seu* casamento, *sir* Lancelote?

Ele inclinou a cabeça de modo galante e disse:

— No dia em que seu pai me oferecê-la, senhora Elaine, não recusarei o pedido dele. Mas é provável que seu pai a queira casada com um homem mais rico. E, uma vez que minha senhora aqui já está casada — ele se curvou para Gwenhwyfar, mas ela viu a tristeza em seus olhos —, não tenho pressa em me casar.

Elaine enrubesceu e baixou os olhos. Artur disse:

— Pedi a Pellinore que se juntasse a nós, mas ele quis ficar no campo com seus homens, ordenando a marcha. Algumas das carroças já estão se movendo. Veja — ele apontou para a janela. — As lanças do norte brilham sobre nós novamente!

— O harpista Kevin não deveria estar conosco? — perguntou Lancelote.

— Pedi para ele que viesse, se desejasse — afirmou Taliesin —, mas ele disse que preferia não ofender a rainha com sua presença. Vocês se desentenderam, Gwenhwyfar?

Ela baixou os olhos e afirmou:

— Falei duramente com ele enquanto estava doente e sentia muita dor. Se encontrá-lo, senhor druida, pode dizer a ele que peço seu perdão?

Com Artur ao seu lado e sua bandeira sobre o acampamento dele, ela sentia amor e compaixão por todos, até pelo bardo.

— Creio que ele sabe que falou na amargura de seu próprio tormento — disse Taliesin gentilmente, e Gwenhwyfar se perguntou o que o druida mais jovem havia dito a ele.

A porta se abriu de modo abrupto, e Lot e Gawaine entraram no cômodo.

— Ora, o que é isso, meu senhor Artur? — reclamou Lot. — O estandarte do Pendragon que juramos seguir não está mais hasteado sobre o acampamento, e há grande descontentamento entre as tribos... Diga-me: o que fez?

Artur parecia pálido sob a luz das tochas.

— Nada mais que isto, primo: somos um povo cristão e vamos lutar sob o estandarte de Cristo e da Virgem.

Lot franziu o cenho para ele.

— Os arqueiros de Avalon falam em deixá-lo, Artur. Hasteie sua bandeira de Cristo, se sua consciência assim pede, mas levante o estandarte do Pendragon ao seu lado, com as serpentes da sabedoria, ou verá seus homens espalhados, e não unidos como estiveram durante toda essa espera abominável! Você jogaria fora toda essa boa vontade? O povo picto, com suas flechas de sílica, matou muitos saxões antes disso e matará novamente. Eu lhe suplico, não lhes tire sua bandeira e perca a lealdade deles dessa maneira!

Artur sorriu desconfortavelmente.

— Como aquele imperador que viu o sinal no céu e disse: "Com este sinal venceremos", assim nós também venceremos. Você, Uriens, que leva as águias de Roma, conhece essa história.

— De fato conheço, meu rei — disse Uriens —, mas é prudente denegar o povo de Avalon? Assim como eu, meu senhor Artur, você leva as serpentes nos punhos, como símbolo de uma terra mais antiga que a cruz.

— Mas será uma nova terra se conseguirmos a vitória — disse Gwenhwyfar —, e, se não conseguirmos, não terá mais importância.

Lot se virou enquanto ela falava e a olhou com aversão.

— Deveria saber que isso era coisa sua, minha rainha.

Gawaine andou inquietamente para a janela e olhou para baixo, para o acampamento.

— Eu os vejo movendo-se perto de suas fogueiras, o povo pequeno... de Avalon e de suas terras, rei Uriens. Artur, primo — e ele foi até o rei —, eu lhe imploro, como o mais velho de seus companheiros, coloque a bandeira do Pendragon no campo para aqueles que desejam segui-la.

Artur hesitou, mas, vendo os olhos brilhantes de Gwenhwyfar, sorriu para ela e disse:

— Eu prometi. Se sairmos vivos da batalha, nosso filho reinará em uma terra unida sob a cruz. Não forçarei a consciência de nenhum homem, mas é como está escrito na Sagrada Escritura: "Eu e a minha casa serviremos ao Senhor".

Lancelote respirou fundo e se afastou de Gwenhwyfar.

— Meu senhor e rei, lembro-lhe que sou Lancelote do Lago, e honro a Senhora do Lago. Em nome dela, meu rei, que foi sua amiga e benfeitora, eu lhe suplico este favor: deixe-me levar o estandarte do Pendragon na batalha. Dessa maneira, seu juramento será mantido, e ainda assim não terá renegado Avalon.

Artur hesitou. Gwenhwyfar balançou a cabeça imperceptivelmente, e Lancelote olhou para Taliesin. Interpretando o silêncio como consentimento, Lancelote estava para sair do cômodo quando Lot disse:

— Artur, não! Há conversa suficiente agora sobre Lancelote ser seu favorito e herdeiro. Se ele levar o Pendragon na batalha, pensarão que você o designou para levar seu estandarte, e haverá divisão no reino, seu grupo sob a cruz e o de Lancelote sob o Pendragon.

Lancelote se voltou violentamente contra Lot:

— *Você* carrega seu próprio estandarte, assim como Leodegranz, Uriens, o duque Marco da Cornualha. Por que eu não deveria levar o estandarte de Avalon?

— Mas o estandarte do Pendragon é a bandeira de toda a Bretanha unida sob o Grande Dragão — disse Lot, e Artur suspirou e concordou.

— Devemos lutar sob *uma* bandeira, e é a da cruz. Sinto muito negar-lhe qualquer coisa, primo — disse Artur, buscando a mão de Lancelote —, mas não poderei permitir isso.

Lancelote ficou parado, os lábios comprimidos, visivelmente segurando a raiva, e então foi até a janela. Lot, atrás dele, disse:

— Ouvi entre os meus homens do norte: eles dizem que essas são as lanças dos saxões que enfrentaremos, e que os cisnes selvagens gritam, e que os corvos esperam por nós...

Gwenhwyfar apertava fortemente a mão de Artur. Ela disse em voz baixa:

— Com esse símbolo, você vencerá... — E ele apertou sua mão.

— Mesmo que todas as forças do inferno, e não apenas os saxões, estivessem juntas contra nós, senhora, com meus Companheiros ao meu lado não posso falhar. E tendo você comigo, Lancelote — disse Artur, e se moveu para puxá-lo para mais perto dos dois.

Por um momento, Lancelote permaneceu imóvel, seu rosto ainda zangado, mas então ele disse, com um profundo suspiro:

— Que assim seja, rei Artur. Mas... — Hesitou, e Gwenhwyfar, que estava bem perto dele, pôde sentir o estremecimento que percorreu os membros dele. — Não sei o que dirão quando souberem disto em Avalon, meu senhor e meu rei.

E por um momento fez-se silêncio total no cômodo, enquanto as luzes, as lanças de chamas do norte, brilhavam sobre eles.

Então Elaine fechou as cortinas, escondendo os presságios, e chamou alegremente:

— Venham tomar seus assentos para o jantar, meus senhores. Pois, se irão para a batalha ao raiar do dia, não devem sair sem comer, e fizemos nosso melhor para vocês!

Mas repetidamente, enquanto comiam, enquanto Lot, Uriens e o duque Marco falavam de estratégia e posicionamento de soldados, Gwenhwyfar observou os olhos escuros de Lancelote, e eles estavam cheios de tristeza e temor.

13

Quando Morgana deixou a corte de Artur em Caerleon, pedindo permissão apenas para visitar Avalon e sua mãe de criação, manteve seus pensamentos em Viviane. Daquele modo, não precisava pensar no que havia acontecido entre ela e Lancelote. Sempre que deixava a mente se desviar para isso, era como uma queimadura com o ferro quente da vergonha; oferecera-se a ele com toda a honestidade, da maneira antiga, e ele não quisera nada dela a não ser brincadeiras infantis que eram um escárnio à sua feminilidade. Não sabia se estava com raiva dele ou de si mesma, por ele ter brincado com ela ou por tê-lo desejado...

De vez em quando, arrependia-se das palavras duras que dissera a ele. Por que ela o havia insultado? Ele era como a Deusa o fizera, nem pior, nem melhor. Mas, em outros momentos, enquanto viajava para o leste, sentia que a culpa era dela; a velha provocação de Gwenhwyfar, *pequena e feia como o povo das fadas*, escaldava sua mente. Se ela tivesse mais a oferecer, se fosse bonita como Gwenhwyfar... se tivesse se contentado com o que ele tinha a oferecer... E então sua mente se virava para o lado oposto novamente; ele a insultara, e a Deusa, por intermédio dela... Assim atormentada, cavalgou pelas terras verdes das colinas. E depois de um tempo seus pensamentos começaram a se voltar para o que a aguardava em Avalon.

Havia deixado a Ilha Sagrada sem permissão. Renunciara à sua condição de sacerdotisa, deixando para trás até o pequeno punhal em forma de foice de sua iniciação; e nos anos desde então havia sempre usado o cabelo cobrindo a testa, para que ninguém visse o crescente azul tatuado ali. Agora, em uma das vilas, trocara um pequeno anel dourado que trazia por um pouco da tinta azul que as mulheres da tribo usavam e renovara o sinal desbotado.

Tudo o que me aconteceu é consequência de ter repudiado os votos que fiz à Deusa... E então se lembrou do que Lancelote dissera em seu desespero, que não havia Deuses nem Deusa, mas que essas eram as formas que a humanidade dava, aterrorizada, ao que não entendia racionalmente.

Mas, mesmo se fosse verdade, isso não diminuía sua culpa. Pois se a Deusa tomava a forma que pensavam, ou era apenas outro nome para os grandes mistérios da natureza, ela ainda havia abandonado o templo e o modo de vida e o pensamento com os quais se comprometera, e havia abandonado as grandes marés e os ritmos da terra. Havia ingerido alimentos proibidos a uma sacerdotisa, tomado a vida de animais, pássaros e plantas sem agradecer àquela parte da Deusa que era sacrificada em seu próprio benefício, vivera negligentemente, entregara-se a um homem sem buscar saber o desejo da Deusa em suas marés solares, por mero prazer e depravação – não, não podia esperar que retornasse e tudo fosse como antes. Enquanto viajava pelas colinas, através das plantações amadurecendo e da chuva fertilizante, ela tinha consciência, com uma dor cada vez maior, do quanto havia se afastado dos ensinamentos de Viviane e de Avalon.

A diferença é mais profunda do que pensei. Mesmo aqueles que cultivam a terra, quando são cristãos, adotam um modo de vida distante da terra; dizem que o Deus deles lhes deu domínio sobre todas as coisas que crescem e cada animal no campo. Enquanto nós, que vivemos nas encostas e nos pântanos, florestas e campos distantes, sabemos que o domínio da natureza não é nosso, mas é ela quem nos domina, do momento em que a luxúria desperta nas virilhas de nossos pais e o desejo no útero de nossas mães, para que sejamos gerados, sob os domínios dela, até quando crescemos no útero e somos dados à luz no tempo dela, às vidas das plantas e dos animais que precisam ser sacrificados para nos alimentar e nos vestir e nos dar forças para viver... tudo, tudo isso está sob o domínio da Deusa, e, sem a misericórdia benéfica dela, nenhum de nós poderia respirar, vivo, e tudo seria estéril e morreria. E mesmo quando chega a hora da esterilidade e da morte, para que outros tomem nosso lugar nesta terra, isso também é obra dela, ela que não é apenas a Senhora Verde da terra frutífera, mas também a Senhora Negra da semente que jaz escondida sob a neve, do corvo e do falcão que trazem a morte aos que são lentos, e dos vermes que trabalham em silêncio para destruir o que já cumpriu seu tempo, até mesmo a Nossa Senhora do apodrecimento e da destruição e morte no final...

Com tudo isso na memória, Morgana por fim percebeu que o que acontecera com Lancelote, afinal, nada fora além de algo pequeno; o grande pecado não estava nele, mas em seu próprio coração, por ter se afastado da Deusa. Qual a importância do que os padres consideravam bom, ou virtuoso, ou pecaminoso, ou vergonhoso? A ferida em seu orgulho fora apenas uma depuração saudável.

A Deusa se ocupará de Lancelote em seu próprio tempo, de sua própria maneira. Não cabe a mim dizer. Naquele momento, Morgana pensou que o melhor que poderia acontecer era jamais botar os olhos em seu primo novamente.

Não; não era de esperar que ela pudesse voltar ao seu posto de sacerdotisa escolhida... Mas Viviane poderia se apiedar dela e deixá-la retificar seus pecados contra a Deusa. Naquele momento, sentiu que poderia ficar feliz vivendo em Avalon, mesmo como uma serva ou trabalhadora humilde nos campos. Sentia-se como uma criança doente, apressando-se para deitar a cabeça no colo da mãe e chorar... Mandaria buscar seu filho para ser criado em Avalon, entre os sacerdotes, e jamais se afastaria novamente dos ensinamentos que aprendera...

E então, quando avistou o Tor, erguendo-se, verde e inconfundível, sobre as colinas que os separavam, lágrimas rolaram por seu rosto. Estava voltando para casa, para seu lugar e para Viviane, e se postaria no centro do círculo de pedras e rezaria para a Deusa, para que seus erros pudessem ser reparados, para que pudesse voltar ao lugar do qual seu próprio orgulho e obstinação a haviam afastado.

Parecia que o Tor brincava de esconde-esconde com ela, ora visível, erguendo-se entre os montes como um falo ereto, ora escondido entre colinas menores, e então desaparecendo entre a neblina úmida; mas por fim ela atingir as margens do lago aonde chegara com Viviane tantos anos atrás.

As águas que se acinzentavam no sol do fim da tarde estendiam-se vazias diante dela. Contra a luz vermelha no céu, os juncos estavam escuros e nus, e a costa da Ilha dos Padres era apenas visível, levantando-se na névoa do pôr do sol. Mas nada se mexia, nada se agitava na água, embora ela tivesse enviado totalmente sua mente e seu coração em um esforço apaixonado para alcançar a Ilha Sagrada, para convocar a barca... Por uma hora, ficou ali, imóvel, e então a escuridão se fechou, e ela soube que havia falhado.

Não... a barca não viria para ela, nem essa noite nem nunca mais. Viria para uma sacerdotisa, para a querida filha adotiva, a escolhida de Viviane; não para uma fugitiva que vivera em cortes seculares e fizera sua própria vontade por quatro anos. Uma vez antes, na época de sua iniciação, havia sido afastada de Avalon, e o teste para que pudesse ser considerada sacerdotisa ou não era apenas este: que voltasse sem ajuda.

Não podia chamar a barca; temia, em sua própria alma, gritar alto a palavra de poder que a convocaria através das brumas. Não poderia comandá-la, ela, que havia perdido o direito de ser chamada de filha de Avalon. Enquanto a cor desaparecia da água e os últimos resquícios da luz do sol se dissipavam na névoa do anoitecer, Morgana olhava de maneira lúgubre em direção à costa distante. Não, ela não se atrevia a chamar a barca; mas havia outro caminho para Avalon, em torno do outro lado do lago, onde poderia atravessar pelo caminho escondido do pântano e lá encontrar o acesso ao mundo oculto. Dolorida de solidão, ela começou a ladear a margem, levando seu cavalo. A presença próxima do grande animal na penumbra e sua respiração resfolegante atrás dela eram um vago conforto. Se tudo falhasse, poderia passar a noite na margem do lago; não seria a primeira que passava sozinha a céu aberto. E pela manhã encontraria o caminho. Lembrou-se daquela jornada solitária, disfarçada, para a corte de Lot no norte distante, anos atrás. Estava desacostumada à dureza, graças à boa vida e ao luxo da corte, mas poderia adaptar-se novamente a ela se precisasse.

Tudo era muito silencioso: sem o som dos sinos da Ilha dos Padres, sem os cantos do convento, sem gritos de pássaros; era como se ela se movesse por um país encantado. Morgana encontrou o lugar que procurava. Escurecia, e cada arbusto e árvore parecia assumir uma forma sinistra; alguns, de algo estranho, outros, de monstro, outros, de dragão. Mas Morgana estava recuperando os hábitos mentais que possuía quando morava em Avalon; não havia nada ali que faria mal a ela, se ela não fizesse o mal.

Começou a entrar no caminho escondido. Na metade dele, deveria se mover entre as brumas; de outra maneira, o caminho a levaria para o jardim da cozinha dos monges, atrás do claustro. Concentrou-se para parar de pensar na escuridão que aumentava e colocar a mente em silêncio meditativo, fixando-a no seu destino. Assim, a cada passo era como se fizesse um feitiço, trilhando a dança espiral Tor acima, em direção ao círculo de pedras... Ela se movia silenciosamente, os olhos semicerrados, colocando cada pé com cuidado. Sentia o frio das brumas perto agora.

Viviane não havia pensado que seria um grande mal que ela se deitasse com seu meio-irmão e tivesse um filho com ele... um filho nascido da velha linhagem real de Avalon, mais rei que o próprio Artur. Se tivesse tido um filho assim com Lancelote, então a criança poderia ser criada em Avalon, preparada para se tornar um dos maiores druidas. Agora, o que seria de seu filho? Por que havia deixado Gwydion nas mãos de Morgause? Morgana pensou: *Sou uma mãe desnaturada; deveria ter mandado buscar meu filho*. Mas não tinha desejado olhar no rosto de Artur e contar a ele sobre a existência da criança. Não gostaria que os padres e as damas da corte olhassem para ela e dissessem: "Essa é a mulher que teve um filho com o Cornífero na velha tradição pagã das tribos que pintam o rosto, usam chifres e correm com os cervos, como animais"... O rapaz estava bem o suficiente onde se encontrava, a corte de Artur não era lugar para ele, e o que Morgana faria com um menininho de três anos correndo atrás dela? De Artur?

Mas houve ocasiões em que pensou nele, lembrou-se das noites em que ele havia sido trazido a ela, alimentado e cheiroso, quando se sentou com ele nos braços, cantando para ele, sem pensar em nada, o corpo todo tomado por uma felicidade irracional... Em que outro momento havia sido tão feliz? *Só uma vez*, ela pensou, *quando Lancelote e eu nos deitamos sob o sol no Tor, quando caçamos aves aquáticas nas margens do lago...* E então, piscando, percebeu que àquela altura deveria ter ido mais longe, atravessado as brumas e entrado no terreno sólido de Avalon.

E realmente as áreas pantanosas tinham desaparecido; havia árvores ao redor dela, e o caminho sob seus pés era firme, e ela tampouco havia chegado ao jardim e aos anexos dos padres. Deveria estar no campo atrás da Casa das Donzelas, que levava ao bosque; agora precisava pensar no que diria quando fosse encontrada, nas palavras para provar ao povo de Avalon que tinha o direito de estar ali. Ou não tinha? De algum modo, parecia um pouco menos escuro; talvez a lua estivesse subindo; faltavam três ou quatro dias para a lua cheia, logo haveria luz suficiente para encontrar o caminho. Não era de esperar que cada árvore ou arbusto fosse o mesmo de quando havia vivido ali e conhecia cada passo de cada caminho. Morgana apertou as rédeas do cavalo, repentinamente com medo de se perder nas trilhas um dia conhecidas.

Não, na verdade estava ficando mais claro; podia ver as árvores e os arbustos distintamente agora. Se a lua estava subindo, por que não a via sobre as árvores? Havia de algum modo virado, enquanto caminhava com os olhos semicerrados, e saído do caminho que atravessava as brumas e os mundos? Se ao menos pudesse ver algum ponto de referência conhecido! Não havia nuvens agora; ela via o céu, e até as brumas haviam desaparecido, mas não conseguia distinguir estrelas.

Será que passara muito tempo longe de tais coisas? Não via nenhum sinal da lua que subia, embora ela devesse estar no céu havia muito...

E então foi como se água fria corresse por suas costas e fizesse seu sangue mover-se feito gelo dentro dela. Naquele dia em que fora procurar ervas e raízes para tirar a criança de dentro de si... Havia vagado novamente para aquele país encantado que não era nem o mundo da Bretanha nem o mundo secreto para onde a mágica dos druidas havia levado Avalon, aquele país mais velho e escuro, onde não havia sol nem estrelas...?

Ordenou ao coração disparado que se acalmasse; apertou as rédeas do cavalo e se encostou contra o flanco quente, suado, sentindo a solidez dos músculos e dos ossos, ouvindo o leve resfolegar, real e definido, sob seu rosto. Certamente, se ficasse um pouco quieta e refletisse, encontraria o caminho... Mas o medo crescia nela.

Não posso voltar. Não posso voltar a Avalon, não sou digna disso, não consigo encontrar meu caminho através das brumas... No dia da provação da iniciação, sentira isso por um momento, mas havia afastado o medo com firmeza.

Mas naquela época eu era mais jovem e inocente. Jamais havia traído a Deusa ou os ensinamentos secretos, jamais havia traído a vida...

Morgana lutou para controlar os fluxos crescentes de pânico. O medo era a pior coisa. O medo a colocaria à mercê de qualquer infortúnio que ocorresse. Até os animais selvagens podiam farejar o medo no corpo e atacavam, ao passo que fugiam dos corajosos. Era por isso que os homens mais valentes podiam correr entre os cervos em segurança, desde que o medo não fosse farejado em sua pele... Era por isso, ela se perguntou, que esfregavam no corpo a pintura azul acre de ísatis, porque cobria o cheiro do medo? Talvez o homem, ou a mulher, verdadeiramente corajoso era aquele cuja mente não formasse imagens do que *poderia* acontecer se as coisas dessem errado.

Não havia nada ali para causar-lhe mal, ainda que tivesse ido parar no país das fadas. Uma vez antes havia estado lá, mas a mulher que zombara dela não representara perigo ou ameaça. Eles eram ainda mais antigos que os druidas, mas também viviam sua vida e costumes segundo a vontade e as regras da Deusa, e poderia até ser que um deles a guiasse para seu caminho. Então, de qualquer maneira, não havia nada a temer: o pior que poderia acontecer era não encontrar ninguém e passar uma noite solitária entre as árvores.

Então ela viu luz; era uma das luzes da Casa das Donzelas? Se fosse, bem, logo estaria em casa, e, se não fosse, poderia perguntar o caminho a quem encontrasse. Se tivesse vagado para a Ilha dos Padres e encontrasse um deles, este poderia temer que ela fosse uma mulher do povo das fadas. Imaginou se, de tempos em tempos, essas mulheres vinham tentar os padres; era razoável que aqui, bem no santuário da Deusa, algum padre com mais imaginação que os outros fosse capaz de sentir o pulso do lugar, entender que seu modo de viver era uma negação das forças da vida que corriam no pulsar do próprio mundo. Eles negavam a vida em vez de afirmá-la, desde a vida do coração e da natureza até a que corria nas raízes do encontro entre homem e mulher...

Se eu fosse a Senhora de Avalon, nas noites de lua nova e crescente enviaria as donzelas aos claustros dos padres para mostrar a eles que a Deusa não pode ser negada ou escarnecida, que eles são homens, e que as mulheres não são invenções do suposto diabo deles, mas que a Deusa faria com que seguissem suas leis... sim, em Beltane ou no solstício de verão...

Ou esses padres loucos pediriam às donzelas que fossem embora e pensariam que eram demônios que vieram tentar os fiéis? E por um momento pensou que podia ouvir a voz do Merlim: *Deixe que todos os homens sejam livres para servir ao Deus que preferem...*

Até mesmo, ela pensou, *um Deus que negava a própria vida da terra*? Mas sabia o que Taliesin teria dito: *Mesmo assim.*

Então ela percebeu a forma de uma tocha por entre as árvores, chamas amarelas e vermelhas saindo de uma longa haste. O brilho cegou seus olhos por um momento, e então viu o homem que segurava a tocha. Era pequeno e moreno, nem padre nem druida. Vestia uma tanga de pele de cervo malhada e um tipo de manto escuro sobre os ombros nus; era como um dos pequenos homens da tribo, apenas mais alto. O cabelo era escuro e longo, e usava uma guirlanda de folhas coloridas nele; folhas de outono, embora a vegetação ainda não tivesse mudado de cor. E de alguma maneira aquilo assustou Morgana. Mas a voz dele era aveludada e suave, como se falasse em um dialeto ancestral:

— Bem-vinda, irmã; foi surpreendida pela noite? Venha por aqui. Deixe-me levar seu cavalo, eu conheço os caminhos.

Era como se, ela pensou, estivesse sendo esperada.

Como se tivesse entrado em um sonho, Morgana o seguiu. O caminho ficou mais sólido sob os pés e mais fácil de seguir, e a luz da tocha afastava a obscuridade enevoada. Ele levava o cavalo, mas de quando em quando se virava para ela e sorria. Então ele estendeu a mão e tomou a sua, como se levasse uma criança pequena. Os dentes dele eram muito brancos, e os olhos, escuros sob o brilho da tocha, eram alegres.

Havia mais luzes agora; em algum momento, ela não sabia bem quando, ele havia dado seu cavalo a outro e a conduzido para dentro de um círculo de luzes; ela não se lembrava de ter adentrado uma construção, mas estava em um grande salão onde homens e mulheres se banqueteavam, com guirlandas na cabeça. Alguns tinham coroas de folhas de outono, mas também havia mulheres com guirlandas das primeiras flores da primavera, os pequenos ervados brancos que se escondiam sob as folhas antes mesmo do fim da neve. Em algum lugar, uma harpa tocava.

Seu guia ainda estava ao seu lado. Ele a levou em direção à mesa alta e ali, de algum modo sem surpresa, ela reconheceu a mulher que havia visto antes, usando nos cabelos uma guirlanda de juncos torcidos. Os olhos acinzentados da mulher pareciam atemporais e sábios, como se pudesse ler e ver todas as coisas.

O homem acomodou Morgana em um banco e colocou uma caneca em suas mãos. Era de um metal que não conhecia... A bebida dentro dela era doce e suave e tinha gosto de turfa e urze. Ela a tomou com sede e percebeu que havia bebido rápido demais depois de seu longo jejum; sentiu-se tonta. Então se lembrou da velha história: se fosse parar no país das fadas, jamais deveria beber ou comer o que oferecessem... Mas aquilo era apenas uma velha lenda, nada mais, eles não lhe fariam mal.

— Que lugar é este? — perguntou ela.

— Este é o castelo Chariot, e você é bem-vinda aqui, Morgana, rainha da Bretanha — respondeu a senhora.

Ela balançou a cabeça.

— Não, não, não sou rainha. Minha mãe foi Grande Rainha; eu sou a duquesa da Cornualha, nada além disso.

A mulher sorriu.

— É a mesma coisa. Você está cansada e viajou por muito tempo. Coma e beba, irmãzinha, e amanhã a guiaremos para onde deseja ir. Agora é hora de festejar.

Havia frutas em seu prato, e pão, um pão escuro e macio de um grão que não conhecia, mas parecia ter experimentado antes... Ela viu que o homem que a havia trazido até ali tinha braceletes de ouro nos braços, que se retorciam como cobras vivas... Ela esfregou os olhos, perguntando-se se sonhava, e quando olhou novamente era apenas um bracelete, ou talvez uma tatuagem, como a que Artur recebera em sua coroação. E às vezes, quando olhava para ele, as tochas flamejavam de modo que parecia haver a sombra de uma galhada em sua testa; e a senhora tinha uma coroa e adereços de ouro, mas de quando em quando parecia ser apenas uma coroa de juncos, e ela tinha um colar de conchas no pescoço, as pequenas conchas que se partiam como os genitais femininos e que eram consagradas à Deusa. Ela sentou-se entre eles e em algum lugar uma harpa tocava, uma música ainda mais doce que as das harpas de Avalon...

Não estava mais cansada. A bebida de gosto doce havia clareado sua mente da fadiga e da tristeza. Mais tarde, alguém colocou uma harpa em suas mãos e ela também tocou e cantou; sua voz jamais soara tão suave, límpida e doce. Ela entrou em um sonho enquanto tocava, onde parecia que todos os rostos em torno tinham o semblante de alguém que havia conhecido em outro lugar... Parecia que andava nas praias de uma ilha ensolarada e tocava uma harpa curiosamente curvada; e houve um momento em que se sentou em um grande pátio de pedra e um druida sábio vestindo longos robes estranhos os ensinava com bússolas e um localizador de estrelas, e havia músicas e sons que podiam abrir uma porta trancada ou levantar um círculo de pedras, e ela aprendeu todos eles, e foi coroada com uma serpente dourada...

A senhora disse que era hora de descansar; no dia seguinte, alguém a guiaria, com seu cavalo. Ela dormiu aquela noite em um quarto fresco com folhas penduradas; ou eram tapeçarias que agora pareciam se torcer e mudar, contando histórias sobre tudo o que havia se passado? Ela se viu, também, tecida na tapeçaria, com a harpa na mão, com Gwydion no colo, e então com Lancelote. Ele brincava com seu cabelo e segurava sua mão, e ela pensou que havia algo de que deveria se lembrar, alguma razão para estar zangada com Lancelote; mas não conseguia se recordar do que era.

Quando a senhora disse que aquela noite era de festejo e que deveria ficar ali por mais um dia ou dois e dançar com eles, ela não objetou... Passara-se tanto tempo, parecia, desde que havia dançado e se divertido. Mas, quando pensou em qual festejo seria, não conseguiu se lembrar bem... Com certeza, o equinócio ainda não havia chegado, nem ela podia ver a lua ou o sol para calcular sozinha como fora ensinada.

Colocaram uma guirlanda de flores em sua cabeça, flores coloridas de verão, pois, disse a senhora, ela não era uma donzela inexperiente. Era uma noite sem estrelas, e Morgana se preocupava por não conseguir ver a lua, como não havia visto o sol durante o dia. Havia se passado um dia, ou dois, ou três? Às vezes, o tempo parecia não importar; ela comia quando sentia fome, dormia quando estava cansada, sozinha, ou deitada em uma cama, macia como grama, com uma das damas da senhora. Uma vez, para sua surpresa, ela flagrou a donzela – sim, ela se parecia um pouco com Raven – passando os braços em torno de seu pescoço e beijando-a, e ela retribuiu os beijos sem surpresa ou vergonha. Era como em um sonho, em que coisas estranhas parecem totalmente possíveis, e ela se surpreendeu com isso, apenas um pouco, mas de alguma maneira não parecia importar, ela vivia em um sonho encantado. Às vezes, se perguntava o que havia acontecido com seu cavalo, mas quando pensava em seguir viagem a senhora dizia que ainda não devia pensar nisso, eles desejavam que ficasse com eles... Certa vez, anos depois, quando tentava se recordar do que havia acontecido com ela dentro do castelo Chariot, lembrou-se de que havia se deitado no colo da senhora e mamado nela, e não lhe pareceu nem um pouco estranho que ela, uma mulher adulta, se deitasse no colo da mãe e fosse beijada e afagada como um bebê. Mas certamente aquilo não fora mais que um sonho, quando estava zonza com o vinho forte de gosto doce...

E às vezes lhe parecia que a senhora *era* Viviane, e se perguntava: *Terei ficado doente, estarei febril e sonhando todas estas coisas estranhas?* Saiu com as damas da senhora e com elas procurou ervas e raízes, e a estação não parecia ter importância. E nos festejos – foi na mesma noite ou em outra? – dançou ao som das harpas, e novamente tocou harpa para a dança, e a música que fez soava tanto alegre quanto melancólica.

Uma vez, quando procurava frutas e flores para guirlandas, seu pé tropeçou em algo: os ossos brancos de algum animal. Em torno do pescoço dele, havia um fragmento de couro, e nele um resto de pano vermelho. Era algo parecido com a bolsa em que havia colocado suas coisas quando saiu de Caerleon. O que, ela se perguntou, havia acontecido com seu cavalo, estaria seguro nos estábulos ali? Não havia visto estábulos no castelo das fadas, mas imaginou que estivessem em algum lugar. No momento, bastava dançar, cantar, deixar o tempo passar, encantado...

Certa vez, o homem que a trouxera ali a levou para o lado da roda de dança. Ela jamais soube o nome dele. Como, se não via nem o sol nem a lua, as marés solares e as lunares poderiam pulsar nela tão violentamente?

— Você carrega um punhal — ele disse —, deve tirá-lo de si, não consigo suportá-lo.

Ela desamarrou as correias de couro que prendiam o punhal em sua cintura e jogou-os longe, sem ver onde caíram. Então ele se aproximou, deixando cair os cabelos escuros sobre os dela; a boca dele tinha gosto doce, de frutas silvestres e da bebida forte de urze. Ele soltou as roupas dela. Morgana havia se acostumado com o frio; não lhe importava que estivesse frio ali sobre a grama, que estivesse nua sob o corpo dele. Ela o tocou; era quente, seu corpo era quente, seu membro viril, forte e quente, as mãos abrindo as coxas dela, fortes e ávidas. O corpo todo dela o recebeu, faminto como o de uma virgem; ela se moveu com ele e sentiu o ritmo das marés pulsantes da terra em torno de si.

Então sentiu medo... Não queria que ele a engravidasse, havia ficado tão mal quando Gwydion nascera, outra criança com certeza a mataria. Mas, quando tentou falar, ele colocou a mão gentilmente sobre sua boca, e ela soube que ele podia ler seus pensamentos.

— Não tenha medo disso, doce senhora, não são as marés certas para isso... É tempo de prazer, e não de gestação — ele disse suavemente, e ela se entregou.

E, sim, havia uma galhada fazendo sombra na testa dele: novamente se deitava com o Cornífero; e era como se as estrelas caíssem na floresta em torno deles, ou eram apenas vaga-lumes?

Uma vez, vagava pela floresta com as damas, chegou a uma lagoa e se curvou sobre ela, e, mirando profundamente, viu o rosto de Viviane olhando para ela das águas. O cabelo dela estava ficando grisalho agora, repleto de fios brancos, e havia rugas que jamais vira antes. Os lábios dela se abriram; parecia que a chamava, e Morgana se perguntou: *Há quanto tempo estou aqui? Quatro ou cinco dias, decerto, talvez uma semana. Preciso partir. A senhora disse que alguém me guiaria para as margens de Avalon...*

E foi até a senhora e lhe disse que precisava ir embora. Mas a noite caía; com certeza, no dia seguinte haveria tempo suficiente...

Uma vez mais, na água, pensou ver Artur, seus exércitos se reunindo... Gwenhwyfar parecia cansada e, de alguma forma, mais velha; ela segurava a mão de Lancelote enquanto ele se despedia dela e a beijava nos lábios. *Sim*, pensou Morgana, com amargura, é de jogos assim que ele gosta. Gwenhwyfar gostaria disso, ter todo o amor e toda a devoção dele e jamais colocar sua honra em perigo... Mas era fácil afastá-los também.

E então uma noite acordou sobressaltada, ouvindo um grande grito em algum lugar, e por um momento pensou estar no Tor, no centro do círculo de pedras, ouvindo o grito horripilante ecoar pelos mundos, a voz que ouvira apenas uma vez desde que ficara adulta, aquela voz rouca e enferrujada, embotada pela falta de uso, a voz de Raven, que quebrava seu silêncio apenas quando os Deuses tinham uma mensagem que não se atreviam a deixar a nenhum outro...

Ah, o Pendragon traiu Avalon, o dragão voou... O estandarte do dragão não flutua mais contra os guerreiros saxões... Chorem, chorem, se a Senhora tirar os pés de Avalon, pois certamente não voltará... E o som de choro, de soluços na repentina escuridão...

E silêncio. Morgana sentou-se na luz acinzentada, a mente subitamente clara pela primeira vez desde que chegara a esse país.

Estive aqui por tempo demais, ela pensou, *o inverno chegou. Agora preciso partir, agora, antes que este dia acabe... Não, nem mesmo posso dizer isso, o sol não nasce nem se põe aqui... Devo ir agora, de uma vez.* Ela sabia que devia pedir seu cavalo; e então se lembrou: seu cavalo estava morto havia muito tempo nessa floresta. Em um pavor súbito, pensou: *Há quanto tempo estou aqui?*

Procurou seu punhal e se recordou de que o havia jogado longe. Colocou seu vestido – ele parecia desbotado. Não se lembrava de tê-lo lavado, nem sua roupa de baixo, mas mesmo assim não pareciam muito sujos. Perguntou-se, de repente, se estaria louca.

Se eu falar com a senhora, ela outra vez suplicará para que eu não vá...

Morgana trançou os cabelos... Por que os havia deixado soltos, ela, uma mulher adulta? E desceu pelo caminho que, ela sabia, a levaria para Avalon.

Morgana fala...

Até hoje, nunca soube quantos dias e noites passei no país das fadas... Até mesmo agora minha mente se embota quando tento calcular. Por mais que tente, não creio que tenha sido menos que cinco e mais que treze. Nem tenho certeza de quanto tempo se passou no mundo lá fora, nem em Avalon, enquanto estive lá, mas, porque a humanidade registra melhor a passagem do tempo que o povo das fadas, sei que se passaram cerca de cinco anos.

Talvez, e penso mais nisso à medida que envelheço, o que chamamos de passagem do tempo ocorra apenas porque adquirimos o hábito, arraigado em nosso sangue e em nossos ossos, de contar as coisas: os dedos de um recém-nascido, o nascer e o pôr do sol, pensamos com tanta frequência em quantos dias faltam ou quantas estações antes que nosso milho esteja pronto para a colheita ou nossa criança cresça no útero e nasça, ou que algum encontro muito desejado aconteça; e observamos tais coisas pelo correr do ano e do sol, como o primeiro dos segredos sacerdotais. No país das fadas, eu nada sabia da passagem do tempo, e então, para mim, ele não passou. Pois quando saí de lá descobri que já existiam mais rugas no rosto de Gwenhwyfar e que a bela juventude de Elaine havia começado a se embotar um pouco; mas minhas próprias mãos não haviam emagrecido, meu rosto estava intocado por rugas, e, embora em nossa família os cabelos ficassem grisalhos rápido – Lancelote, aos dezenove anos, já tinha alguns fios brancos –, meu cabelo estava negro e intocado pelo tempo como a asa de um corvo.

Passei a acreditar que, uma vez que os druidas retiraram Avalon do mundo da contagem e dos registros constantes, isso começou a acontecer lá também. O tempo não corre em Avalon sem medida, como a passagem de um sonho, como acontece no país das fadas. Ainda assim, o tempo realmente começou a se arrastar um pouco. Vemos a lua e o sol da Deusa lá, e calculamos os rituais no círculo de pedras, e então o tempo nunca nos abandona totalmente. Mas ele não corre paralelo ao tempo de outros lugares, embora se possa pensar que, se os movimentos do sol e da lua fossem conhecidos, o tempo passaria como no mundo lá fora... mas não é assim. Nos últimos anos, poderia passar um mês em Avalon e descobrir, quando partisse, que uma estação inteira havia se passado lá fora. E com frequência, perto do fim desses anos, assim o fiz, pois não tinha paciência de ver o que acontecia no mundo lá fora; e, quando o povo notava que eu sempre permanecia jovem, então mais do que nunca me chamavam de fada ou de bruxa.

Mas isso foi muito, muito tempo depois.

Pois quando ouvi Raven naquele grito apavorante que se moveu no espaço entre os mundos, alcançando minha mente mesmo onde eu estava, no sonho atemporal do mundo das fadas, eu parti... mas não para Avalon.

14

No mundo lá fora, a luz do sol brilhava forte através das sombras instáveis das nuvens sobre o lago, e, ao longe, sinos de igreja ecoavam no ar. Contra aquele som, Morgana não se atrevia a levantar a voz para gritar a palavra de poder que convocaria a barca nem a assumir a forma da Deusa.

Olhou para si mesma na superfície espelhada do lago. Quanto tempo, ela se perguntava, havia se demorado no país das fadas? Com a mente livre de encantamentos, sabia, mesmo podendo contabilizar apenas dois ou três dias, que havia vivido lá tempo suficiente para seu belo vestido preto se desgastar e rasgar na parte que se arrastava pelo chão; em algum lugar, havia perdido ou jogado fora seu punhal, não tinha certeza do que fizera. Agora, lembrava-se de algumas das coisas que aconteceram com ela como sonho ou loucura, e seu rosto ardia de vergonha. Mas misturadas a tudo isso estavam memórias da música mais doce que ouvira no mundo ou em Avalon, ou em qualquer outro lugar, a não ser quando estivera na fronteira do país da Morte, quando seu filho nascera... Naquele dia, quase desejara cruzá-la, ainda que só para ouvir a música. Lembrava-se do som da própria voz cantando com a harpa das fadas: jamais havia cantado ou tocado tão bem. Gostaria de voltar e ficar para sempre. E quase se virou para retornar, mas a memória do grito medonho de Raven a perturbou.

Artur, traindo Avalon e o juramento pelo qual havia recebido a espada e sido levado ao lugar mais sagrado dos druidas. E perigo para Viviane, caso ela saísse de Avalon... Lentamente, tentando juntar as coisas na mente, Morgana se lembrou. Ela havia saído de Caerleon – parecia que fazia apenas alguns dias – no fim do verão. Não chegara a Avalon, e agora parecia que jamais iria para lá... Olhou com tristeza para a igreja no topo do Tor. Se pudesse se esgueirar para Avalon atrás da ilha... Mas os caminhos a levaram apenas para o país das fadas.

Em algum lugar, então, havia perdido o punhal e o cavalo; agora se lembrou de ver um osso descarnado e tremeu. Então notou: a igreja do Tor parecia diferente, os padres deveriam ter feito construções, e certamente não poderiam ter feito algo tão grande em um mês, ou mesmo dois... *Preciso encontrar um jeito*, pensou, apertando as mãos em um pavor repentino, *de descobrir quantas luas se passaram enquanto eu vagava com as damas da senhora, ou tinha prazer com o homem das fadas que me levou para lá...*

Mas não, não poderia ter sido mais que duas ou no máximo três noites... Ela pensava desenfreadamente, sem saber que era o começo de uma confusão que cresceria infinitamente e jamais ficaria totalmente resolvida em sua mente. E agora, quando pensava naquelas noites, sentia medo e vergonha, tremendo com a lembrança do prazer que jamais havia conhecido, nos braços do homem das fadas. E, ainda assim, agora que estava longe do encantamento, isso parecia algo vergonhoso, feito em um sonho. E as carícias que havia dado e recebido das damas das fadas, algo que jamais teria sonhado sem um encantamento daquele – alguma coisa acontecera, também, com a senhora... E agora que pensou nisso, a senhora era bem parecida com Viviane, e Morgana sentiu vergonha também... No país das fadas, havia sido como se ela tivesse ansiado por tais coisas por toda a vida, mas no mundo externo jamais teria ousado fazê-las nem mesmo sonhado com elas.

Apesar do sol quente, estava tremendo. Não sabia que época do ano seria, mas havia trechos de neve não derretida nas bordas do lago, escondendo-se entre os juncos. *Em nome da Deusa, é possível que tenha se passado o inverno e que a primavera esteja chegando novamente?* E, se havia se passado tempo suficiente no mundo externo para que Artur pudesse planejar trair Avalon, então deveria ser mais tempo do que ela se atrevia a pensar.

Perdera o cavalo e o punhal e tudo o mais que levava consigo. Os sapatos também estavam gastos, ela não tinha comida e estava sozinha nas margens de uma região inamistosa, longe de qualquer lugar em que era conhecida como a irmã do rei. Bem, passara fome antes disso. Uma sombra de sorriso atravessou seu rosto. Havia grandes casas e conventos nos quais talvez pudesse conseguir pão como uma mendiga. Voltaria para a corte de Artur, e talvez em algum lugar chegasse a uma vila onde precisariam dos serviços de uma parteira, assim poderia trocar sua habilidade por pão.

Deu um último olhar saudoso para as margens do outro lado do lago. Ela se atreveria a fazer uma tentativa final de falar a palavra de poder que poderia levá-la a Avalon? Se pudesse falar com Raven, talvez descobrisse exatamente quais perigos ameaçavam acontecer... Abriu a boca para gritar a palavra e recuou. Não podia enfrentar Raven também; Raven, que seguia as leis de Avalon tão meticulosamente, que não havia feito nada para trazer vergonha às suas vestes de sacerdotisa. Como enfrentar os olhos claros de Raven com as memórias do que havia feito no mundo externo e no país das fadas? Ela as leria em sua mente em um instante... Por fim, com a imagem das margens do lago e do pináculo da igreja borrando-se com suas lágrimas, virou as costas para Avalon e foi buscar a estrada romana que levava ao sul, passando pelas minas até Caerleon.

Passara três dias na estrada antes de encontrar outro viajante. Na primeira noite, dormira na cabana abandonada de um pastor, sem jantar, abrigada do vento, mas nada além disso. No segundo dia, chegara a uma grande fazenda onde todos haviam saído, menos um guardador de gansos com atraso mental; ele permitira que ela se esquentasse no fogo lá dentro, e, como ela tirou um espinho de seu pé, ele lhe deu um pedaço de seu pão. Ela já havia caminhado mais com menos para comer.

Então chegou mais perto de Caerleon e ficou chocada ao encontrar duas cruzes queimadas e plantações apodrecendo no campo... Era como se os saxões tivessem passado por aquele caminho! Entrou em uma das casas, que parecia ter sido saqueada, pois restava pouco; mas em um dos quartos encontrou um manto velho e desbotado, esfarrapado demais, imaginou, até para ser levado por saqueadores, abandonado ao fugirem do local. Mas era lã quente, e Morgana se envolveu nele, embora isso a fizesse ficar mais parecida que nunca com uma mendiga; havia sofrido mais com o frio do que com a fome. Perto do anoitecer, algumas aves cacarejaram no pátio abandonado; galinhas eram criaturas dominadas pelo hábito, ainda não haviam aprendido que não podiam ir ali para serem alimentadas. Morgana pegou uma delas e torceu seu pescoço, e, na lareira arruinada, avivou o fogo; se tivesse sorte, ninguém veria a fumaça saindo das ruínas, ou, se alguém visse, pensaria que se tratava apenas de fantasmas. Espetou a galinha e a assou em um graveto de madeira verde sobre o fogo. A carne era tão velha e dura que mesmo seus dentes fortes tiveram dificuldade em mastigá-la, mas Morgana estava com fome havia tanto tempo que não se importou, e chupou os ossos como se fossem da ave assada mais refinada. Encontrou couro em uma das construções exteriores, na qual havia um tipo de forja ou ferraria; tinham levado todas as ferramentas e sobras de metal, mas havia alguns pedaços de couro jogados, e Morgana embrulhou o que havia restado da galinha neles. Teria remendado os sapatos também, mas não tinha faca. Bem, talvez chegasse a uma vila onde pudesse pedir emprestada uma por poucos minutos. Que loucura a fizera jogar fora seu punhal?

Faltavam vários dias para a lua cheia, e, quando ela saiu da fazenda em ruínas, havia gelo nos degraus de pedra e uma lua crescente diurna brilhava no céu. Enquanto cruzava a soleira da porta com sua bolsa de couro cheia de carne e um pedaço grosso de madeira apertado na mão, cortado e deixado ali, sem dúvida, por algum pastor, ouviu uma galinha cacarejando em algum lugar em um anúncio frenético e procurou o ninho e comeu o ovo cru ainda quente do corpo da ave, então se sentiu plenamente alimentada e reconfortada.

O vento era intenso e frio, e ela andava em um bom ritmo, feliz pelo manto, roto e puído. A manhã estava bem avançada, e começava a pensar em sentar-se perto da estrada e comer um pouco da ave, quando ouviu cascos atrás dela na estrada, ultrapassando-a.

Seu primeiro pensamento foi continuar seu caminho; ela cuidava de seus próprios afazeres e tinha tanto direito de estar na estrada quanto qualquer outro viajante. Então, lembrando-se das ruínas da fazenda, pensou melhor e foi para o lado da estrada, escondendo-se atrás de um arbusto. Não havia como dizer que tipo de gente viajava pelas estradas agora, com Artur ocupado demais mantendo a paz contra os saxões para ter tempo de levar paz ao interior e proteção às estradas. Se o viajante parecesse inofensivo, poderia pedir-lhe notícias; do contrário, ficaria ali escondida até que ele estivesse fora de vista.

Era um cavaleiro solitário, envolto em um manto cinza, montado em um cavalo alto e magro; cavalgava sozinho, sem criados ou mula de carga. Não, mas ele trazia um grande embrulho atrás de si. Não, também não era isso; o corpo dele estava encurvado sobre a sela, e ela soube quem o homem deveria ser e saiu de seu esconderijo.

— Harpista Kevin! — ela disse.

Ele freou o cavalo; o animal era bem treinado e não empinou nem foi para o lado. Olhou para ela, de cara feia, a boca torcida em um sorriso desdenhoso... Ou eram as suas cicatrizes?

— Não tenho nada para você, mulher. — E então parou. — Pela Deusa! É a senhora Morgana... O que faz aqui, senhora? Ouvi no ano passado que estava em Tintagel com sua mãe antes que ela morresse, mas quando a Grande Rainha foi para o sul, para o funeral, ela disse que não, que a senhora não estivera ali...

Morgana cambaleou e estendeu a mão para se apoiar no cajado.

— Minha mãe... morta? Eu não soube...

Kevin desmontou, firmando-se no flanco do cavalo até ajeitar a bengala.

— Sente-se aqui, senhora... Não soube? Onde, em nome da Deusa, esteve? O aviso chegou até a Viviane, em Avalon, mas agora ela é velha e frágil demais para partir.

Mas onde eu estava, pensou Morgana, *eu não soube. Pode ser que quando vi o rosto de Viviane na lagoa da floresta ela me chamava para me avisar, e eu não soube.* Seu coração se torceu de dor; ela e Igraine haviam se distanciado uma da outra; haviam se separado logo após ela ter feito onze anos e ido para Avalon, mas agora isso a rasgava de angústia, como se fosse a mesma garotinha que havia chorado quando deixou a casa de Igraine. Ah, minha mãe, e eu não soube de nada... Ela se sentou na beira da estrada, as lágrimas rolando pelo rosto.

— Como ela morreu? Você sabe?

— Do coração, creio; foi há um ano, na primavera. Acredite em mim, senhora, ouvi apenas que foi uma morte natural e esperada na idade dela.

Por um momento, Morgana não conseguiu controlar a voz para falar; e, com a dor, havia terror, pois ela claramente ficara fora do mundo mais tempo do que pensara ser possível... Kevin disse: "Há um ano, na primavera". Então mais de uma primavera havia se passado enquanto ela permanecera no país das fadas! Pois quando deixara a corte de Artur, no verão, Igraine não estava nem mesmo doente! Não era uma questão de quantos meses havia ficado fora, mas de quantos anos!

E ela poderia fazer Kevin lhe dizer sem revelar a ele onde havia estado?

— Há vinho em meu alforje, senhora, posso oferecê-lo, mas precisa pegá-lo sozinha... Não caminho bem na maior parte do tempo. Parece magra e pálida, também sente fome? E como a encontro na estrada, vestida — Kevin franziu o cenho, com aversão — pior que qualquer mendiga?

Morgana procurou em sua mente o que poderia dizer.

— Eu vivi... em solidão e longe do mundo. Não vi nem falei com ninguém nem sei por quanto tempo. Perdi a conta até das estações.

E isso era verdade, pois o povo do país das fadas, seja lá o que fosse, não era humano.

— Posso acreditar — disse Kevin. — Creio até que não soube da grande batalha...

— Percebi que essa região foi toda queimada...

— Oh, *isso* foi há três anos — disse Kevin, e Morgana estremeceu. — Alguns soldados do tratado quebraram seu juramento e atravessaram essa região, saqueando e queimando. Artur sofreu um grande ferimento e ficou de cama por meio ano. — Ele viu o rosto perturbado de Morgana e interpretou mal sua preocupação. — Ah, ele está bem agora, mas durante todo aquele tempo não botou o pé no chão... Imagino que ele sentiu falta de seus poderes curativos, senhora Morgana. Então, Gawaine liderou todos os homens de Lot, do norte, e tivemos paz por três anos. E agora, no verão passado, houve uma grande batalha no monte Badon... Lot morreu nessa batalha... Sim, *foi* uma vitória, daquelas que os bardos cantarão por cem anos — disse Kevin. — Não creio que tenha restado um chefe saxão vivo em toda a terra da Cornualha até Lothian, a não ser aqueles que consideram Artur seu rei. Não acontecia nada assim desde os tempos dos césares. E agora toda a terra está sob a paz de Artur.

Morgana havia se levantado e ido até os alforjes. Ela encontrou o odre de vinho, e Kevin disse:

— Pegue também o pão e o queijo. Está perto do meio-dia e comerei aqui com a senhora.

Quando ela o havia servido e aberto seu rolo de couro com os restos da galinha, oferecendo-a a ele, Kevin balançou a cabeça.

— Obrigado, mas não como carne agora, fiz votos... Eu me espanto em vê-la comendo carne, senhora Morgana, uma sacerdotisa de seu nível...

— Era isso ou jejuar — disse Morgana, e contou como havia encontrado a galinha. — Mas não observo essa proibição desde que deixei Avalon. Eu como as coisas que são colocadas diante de mim.

— Para mim, faz pouca diferença, carne, peixe ou cereais, embora os cristãos deem grande importância a isso... Ao menos Patrício, que é o bispo de Artur agora. Antes disso, os confrades que viviam conosco em Avalon costumavam repetir uma frase do Cristo deles, segundo a qual não é o que entra na boca do homem que o contamina, mas o que sai dela, e assim o homem deve comer com humildade de todos os presentes de Deus. E ouvi Taliesin dizer o mesmo. Mas quanto a mim... E decerto a senhora sabe que, em um certo nível dos Mistérios, o que é ingerido faz muito efeito sobre a mente... Não me atrevo a comer carne agora, me deixa mais bêbado que vinho demais!

Morgana assentiu: também havia tido aquela experiência. Quando estivera bebendo as ervas sagradas, não podia comer nada além de um pouco de pão e frutas; até queijo ou lentilhas cozidas eram muito fortes e a deixavam doente.

— Mas para onde vai agora, senhora Morgana?

E, quando ela respondeu, ele a encarou como se estivesse louca.

— Para Caerleon? Por quê? Não há nada lá... Ou talvez a senhora não saiba, embora ache difícil de acreditar... Artur deu o castelo a um de seus cavaleiros que o serviu bem naquela batalha. E no dia de Pentecostes mudou toda a sua corte para Camelot… Vai fazer um ano neste verão que ele vive lá. Taliesin não gostou que ele tenha aberto sua corte em um dia santo católico, mas ele fez isso para agradar sua rainha… Ele a escuta sobre todas as coisas. — Morgana surpreendeu um leve esgar no rosto dele. — Mas, se a senhora não soube da batalha, é provável que não saiba que Artur traiu o povo de Avalon e as tribos.

Morgana parou a taça enquanto a levava aos lábios. Ela disse:

— É por isso que vim, Kevin. Ouvi que Raven havia quebrado seu silêncio e profetizado coisas semelhantes…

— Foi mais que profecia — disse o bardo. Ele esticou a perna com desconforto, como se ficar sentado por muito tempo em uma posição o machucasse.

— Artur traiu… O que ele fez? — A respiração de Morgana falhou. — Ele não os entregou nas mãos dos saxões?

— Então a senhora *não* soube. As tribos juraram seguir a bandeira do Pendragon, como juraram na coroação dele e na de Uther, antes dele… E o povo pequeno do tempo anterior às tribos veio também, com seus machados de bronze e machadinhas e flechas de sílica… Como o povo das fadas, eles não suportam ferro frio. Todos, todos os que juraram seguir o Grande Dragão… E Artur os traiu: ele dispensou o estandarte do dragão, embora tenhamos implorado que deixasse Gawaine ou Lancelote levá-lo no campo de batalha. Mas ele jurou que levantaria apenas sua bandeira da cruz e da Santa Virgem no campo do monte Badon. E assim fez.

Morgana o olhou horrorizada, lembrando-se da coroação de Artur. Nem mesmo Uther havia se comprometido daquela maneira com o povo de Avalon! E Artur havia traído *aquele* juramento? Ela sussurrou:

— E as tribos não o abandonaram?

Kevin disse com grande raiva:

— Algumas chegaram perto disso; parte do Povo Antigo das colinas galesas realmente partiu quando a cruz foi hasteada, o rei Uriens não conseguiu impedir isso. Quanto ao resto… bem, soubemos naquele dia que os saxões nos tinham entre a cruz e a caldeirinha. Poderíamos seguir Artur e seus cavaleiros para a batalha, ou viver depois sob o domínio dos saxões, pois era a grande batalha que fora profetizada. E ele levou a espada sagrada Excalibur, das Insígnias Sagradas. Como se a própria Deusa soubesse que estaria pior se a terra fosse dominada pelos saxões. Então ele lutou, e a Deusa lhe deu a vitória.

Kevin ofereceu o odre de vinho a Morgana e, como ela a recusou com um gesto de cabeça, ele bebeu o restante.

— Viviane teria vindo de Avalon para acusá-lo de perjúrio — ele afirmou —, mas reluta em fazê-lo diante de todo o povo. Então estou indo para Camelot, para relembrá-lo de seu juramento. Se ele não me ouvir, Viviane prometeu que ela mesma irá a Camelot, no dia em que todas as pessoas apresentam suas petições, pois Artur jurou que ele mesmo as ouvirá e julgará, no dia de Pentecostes. E então, ela disse, se colocará diante dele como um requerente comum e cobrará o juramento, e o lembrará do que acontece com aquele que falta com a palavra.

— Que a Deusa permita que a Senhora do Lago jamais tenha que se humilhar tanto.

— Eu também gostaria de falar com ele com dureza, não com palavras brandas, mas não cabe a mim escolher. A senhora me ajuda a me levantar? Acho que meu cavalo consegue levar dois. Se não conseguir, quando chegarmos a uma cidade, precisaremos lhe arrumar um cavalo. Eu deveria ser tão galante como o grande Lancelote e deixar que montasse o meu, mas... — Ele apontou para o corpo aleijado.

Morgana se levantou e disse:

— Eu sou forte, posso caminhar. Se formos barganhar qualquer coisa na cidade, precisamos conseguir sapatos e uma faca para mim. Não tenho uma só moeda comigo, mas lhe pagarei quando puder.

Kevin encolheu os ombros.

— A senhora é minha irmã de votos em Avalon... O que eu tenho é seu, assim é a regra. Não se fala de pagamento entre nós.

Morgana sentiu-se enrubescer de vergonha de que Kevin lhe lembrasse o que ela havia jurado. *Eu estive fora deste mundo, na verdade.*

— Deixe-me ajudá-lo a montar seu cavalo. Ele fica parado?

Ele sorriu e disse:

— Se não ficasse, teria pouca serventia para mim ao viajar por essas estradas, já que vou sozinho! Vamos... Gostaria de chegar amanhã a Camelot.

Em uma cidade aninhada nas colinas, encontraram um sapateiro para arrumar os sapatos estragados de Morgana e um velho punhal de bronze; o homem que os vendeu disse que não havia escassez dessas coisas na região desde a grande batalha. Kevin comprou-lhe um manto decente também, dizendo que os trapos que ela havia encontrado na fazenda mal serviriam como manta de sela. Mas a parada os atrasou, e, quando voltaram à estrada, começou a nevar forte, e escureceu mais cedo.

— Deveríamos ter ficado naquela cidade — disse Kevin. — Eu poderia ter trocado música por um jantar e uma cama para nós. Sozinho, eu poderia dormir sob uma sebe ou no abrigo de um muro, enrolado em meu manto. Mas não uma senhora de Avalon.

— O que o faz pensar que nunca dormi assim? — perguntou Morgana.

Ele riu.

— Para mim, senhora, parece que andou dormindo assim demais ultimamente! Mas não importa o quanto fizermos o cavalo andar rápido, não chegaremos a Camelot esta noite. Devemos buscar abrigo em algum lugar.

Depois de um tempo, através da neve que caía rápido, conseguiram distinguir a forma de uma construção abandonada. Nem Morgana pôde entrar totalmente ereta; provavelmente havia sido um estábulo, mas estava vazio fazia tanto tempo que não havia nem mesmo odor, e o telhado de colmo estava quase todo no lugar. Prenderam o cavalo e entraram engatinhando, com Kevin fazendo um gesto para que ela estendesse o velho manto esfarrapado sobre o chão, e cada um se enrolou em seu manto, deitando-se lado a lado. Mas fazia tanto frio que, por fim, ouvindo os dentes de Morgana batendo, Kevin disse que deviam estender os dois mantos sobre eles e se deitarem perto um do outro para se aquecerem.

— Se não ficar enojada por estar tão perto do meu corpo deformado — disse ele, e Morgana ouviu raiva e dor em sua voz.

— Do que é deformado em você, harpista Kevin, apenas sei que, com suas mãos quebradas, você faz música melhor que eu, ou mesmo Taliesin, com mãos inteiras — disse Morgana, movendo-se grata para o calor dele. E por fim ela sentiu que podia dormir, com a cabeça pousada na curva do ombro dele.

Ela havia caminhado o dia todo e estava exausta; dormiu pesadamente, mas acordou quando a luz começou a se infiltrar pelas rachaduras da parede. Sentiu-se dolorida por causa do chão duro e, enquanto olhava para as paredes de barro, sentiu uma onda de horror. Ela, Morgana, princesa de Avalon, duquesa da Cornualha, deitada ali em um abrigo de animais, expulsa de Avalon... Voltaria algum dia? E viera de lugares piores, do castelo Chariot, no país das fadas, fora de todo o conhecimento tanto da cristandade quanto do paganismo, além das portas do próprio mundo... Ela, que havia sido criada tão delicadamente por Igraine, irmã do Grande Rei, educada pela Senhora do Lago, aceita pela Deusa... Agora, jogara tudo isso fora. Mas não, não havia jogado fora, havia lhe sido tomado quando Viviane a enviara para a coroação e ela engravidara do próprio irmão.

Igraine está morta, minha mãe está morta, e não posso voltar a Avalon, não neste mundo... E então Morgana começou a chorar desesperadamente, abafando os soluços no material áspero do manto.

A voz de Kevin era suave e rouca na penumbra.

— Chora por sua mãe, senhora Morgana?

— Por minha mãe... e por Viviane... e, talvez, sobretudo por mim.

Morgana nunca soube ao certo se disse as palavras em voz alta. Os braços de Kevin a envolveram, e ela deixou a cabeça pender contra o peito dele e chorou e chorou, até não conseguir mais.

Ele disse, depois de um longo tempo, ainda acariciando seu cabelo:

— A senhora disse a verdade, não me evita.

— E como poderia — ela disse, aninhando-se mais perto —, quando tem sido tão bom para mim?

— As mulheres não pensam assim. Mesmo quando fui para as fogueiras de Beltane, ouvi... pois algumas pessoas pensam que, porque minhas pernas e meus braços são aleijados, também sou surdo e mudo... ouvi mais de uma vez até mesmo as donzelas da Deusa sussurrarem às suas sacerdotisas que as colocassem longe de mim, assim não haveria chance de que eu as procurasse no momento de nos afastarmos das fogueiras...

Morgana sentou-se, consternada.

— Se eu fosse essa sacerdotisa, teria expulsado essa mulher das fogueiras, porque ela ousou questionar a forma como o Deus poderia se apresentar a ela... O que fez, Kevin?

Ele deu de ombros.

— Em vez de interromper o ritual ou sujeitar alguma mulher a essa escolha, saí tão discretamente que ninguém soube. Nem mesmo o Deus jamais poderia mudar a maneira como elas me veem ou o que pensam de mim. Antes de ser proibido pelos votos de druida de ter relações com mulheres que vendem o corpo por ouro, eu não podia pagar para que uma mulher me aceitasse. Talvez devesse buscar ser padre entre os cristãos, os quais, ouvi, ensinam aos seus sacerdotes o segredo de viver sem mulheres. Ou talvez devesse desejar que os saqueadores que quebraram minhas mãos e meu corpo tivessem também me castrado, assim não faria diferença. Sinto muito... não deveria falar disso. Mas eu me pergunto se consentiu em se deitar ao meu lado por pensar que meu corpo encurvado não era o de um homem, e não pensava em mim como um...

Morgana o ouviu perplexa com a agonia da amargura em suas palavras, com os ferimentos causados à sua masculinidade. Sabia da consciência que vivia nas mãos dele, a emoção rápida do músico. Mesmo diante da Deusa, poderiam as mulheres enxergar apenas um corpo deformado? Ela se recordou de como havia se jogado nos braços de Lancelote, e da ferida em seu orgulho, que, sabia, jamais cessaria de sangrar.

Deliberadamente, Morgana se curvou e beijou seus lábios, puxou a mão dele para si e beijou as cicatrizes ali.

— Jamais duvide, para mim você é um homem, e a Deusa me motivou a fazer isso.

Deitou-se novamente, virando-se para ele.

Ele a olhou intensamente na luz que aumentava. Por um momento, estremeceu com o que viu em seu rosto; será que pensava que tinha pena dele? Não: ela dividia a consciência de sua dor, o que era outra coisa. Ela o olhou diretamente nos olhos... Se o rosto dele não estivesse tão esgotado pela amargura, tão torcido pelo sofrimento, poderia ser belo; seus traços eram delicados, os olhos bem escuros e gentis. O destino havia aleijado seu corpo, mas não seu espírito: nenhum covarde teria aguentado as provações dos druidas.

Sob o manto da Deusa, como toda mulher é minha irmã, filha e mãe, então todo homem deve ser como meu pai, amante e filho... Meu pai morreu antes que eu pudesse me recordar dele, e não vejo meu filho desde que foi desmamado... Mas, para este homem, darei o que a Deusa me impele a dar... Morgana beijou uma das mãos cobertas de cicatrizes novamente e a colocou dentro do vestido, sobre seu seio.

Ele era inexperiente, o que lhe pareceu estranho para um homem daquela idade. *Mas como*, perguntou-se Morgana, *poderia ser diferente?* E então pensou: *Esta é a primeira vez, na verdade, que faço isso por minha vontade, e o presente é simplesmente recebido assim como foi oferecido.* Isso curou algo dentro dela. Estranho que fosse com um homem que mal conhecia, e por quem sentia apenas bondade. Mesmo em sua inexperiência, ele foi generoso e gentil, e ela sentiu uma grande e indizível ternura crescer dentro de si.

— É estranho — ele por fim disse, em uma voz baixa, contemplativa. — Eu sabia que era sábia, e uma sacerdotisa, mas de algum modo nunca pensei que fosse bela.

— Bela? Eu? — ela riu, mas estava grata por parecer assim a ele naquele momento.

— Senhora Morgana, diga-me... Por onde esteve? Eu não perguntaria, mas, seja o que for, pesa em seu coração.

— Eu não sei... — ela deixou escapar. Não pensou que contaria a ele. — Fora do mundo, talvez. Tentava ir para Avalon, mas não consegui chegar até lá, o caminho está fechado para mim, creio. Já por duas vezes estive... num outro lugar. Outro país, uma terra de encantamentos, uma terra onde o tempo fica imóvel e não existe, e não há nada além de música... — E ficou em silêncio; o harpista pensaria que era louca?

Ele passou o dedo ao longo do canto do olho dela. Estava frio, e haviam afastado os mantos; ele gentilmente a envolveu com eles novamente.

— Uma vez, também estive lá e ouvi a música deles... — ele disse em uma voz meditativa —, e naquele lugar eu não era aleijado, e as mulheres não zombavam de mim... Um dia, quando tiver perdido o meu medo da loucura, voltarei para lá... Eles me mostraram os caminhos ocultos e disseram que deveria voltar por causa de minha música... — E novamente a voz dele deu lugar a um longo silêncio.

Morgana tremeu e desviou o olhar dele.

— É melhor nos levantarmos. Se nosso pobre cavalo não tiver congelado durante a noite, chegaremos hoje a Camelot.

— Se chegarmos juntos — Kevin disse em voz baixa —, pensarão que vem comigo de Avalon. Não é da conta deles onde esteve... A senhora é uma sacerdotisa, e sua consciência não está sob o controle de nenhum homem vivente, nem mesmo dos bispos ou do próprio Taliesin.

Morgana desejou ter um vestido decente para usar; chegaria à corte de Artur com as vestes de uma mendiga. Bem, isso não podia ser evitado. Kevin a observou enquanto arrumava os cabelos, e depois lhe estendeu a mão, e ela o ajudou a se levantar, de modo prático; mas viu que ele tinha novamente um olhar amargo. Estava protegido por mil cercas de reserva e ódio. Quando engatinhavam para fora, ele tocou a mão dela.

— Eu não lhe agradeci, senhora Morgana...

Ela sorriu.

— Ah... se há agradecimentos, são mútuos, meu amigo, ou você não percebeu?

Por um momento, os dedos cobertos de cicatrizes apertaram os dela... E então foi como uma chama, viu o rosto devastado dele em um círculo de fogo, contorcido pelos gritos, e tudo em torno dele em fogo... fogo... Ela endureceu e puxou a mão, olhando para ele com horror.

— Senhora Morgana! — ele gritou. — O que foi?

— Nada, nada, uma dor no pé — ela mentiu, e evitou sua mão quando ele a estendeu para ampará-la. *Morte! Morte por fogo! O que isso significa? Nem o pior dos traidores tinha essa morte... Ou ela havia visto apenas o que acontecera com ele quando ficara deformado, ainda criança?* Breve como fora, o momento de Visão a deixara abalada, como se ela mesma tivesse dito a palavra que o levaria à morte.

— Vamos — ela disse quase bruscamente. — Vamos partir.

15

GWENHWYFAR JAMAIS DESEJARA METER-SE COM A VISÃO; a Escritura Sagrada não dizia que nenhum homem sabia o que o futuro podia trazer? Ainda assim, ela pouco pensara em Morgana no último ano, não desde que moveram a corte para Camelot, mas naquela manhã acordara lembrando-se de um sonho que havia tido com ela; um sonho em que Morgana tomava sua mão, levava-a para as fogueiras de Beltane e pedia a ela que se deitasse com Lancelote ali. Quando despertou, riu-se da loucura daquele sonho. Por certo, os sonhos eram enviados pelo demônio, pois, em todos aqueles em que recebia tais conselhos malignos que nenhuma esposa cristã deveria acatar frequentemente, era Morgana quem os dava.

Bem, ela foi embora desta corte, não preciso pensar nela de novo nunca mais... Não, não desejo mal a ela, desejo que se arrependa de seus pecados e encontre paz em um convento... Mas um bem longe daqui. Agora que Artur havia abandonado seus costumes pagãos, Gwenhwyfar sentia que poderia até ser feliz, se não fosse por esses sonhos em que Morgana a levava a fazer coisas vergonhosas. E agora o sonho a assombrava enquanto ela trabalhava na toalha de altar que estava fazendo para a igreja; a assombrava tão profundamente que parecia maligno trabalhar em uma cruz com fio dourado enquanto pensava em Lancelote. Baixou o fio e sussurrou uma prece, mas seus pensamentos continuaram, sem trégua. Artur, quando implorara a ele no Natal, havia lhe prometido que acabaria com as fogueiras de Beltane no interior; achava que ele já o teria feito se o Merlim não o tivesse proibido. Mas seria difícil alguém não amar o velho, pensou Gwenhwyfar, pois ele era tão bom e gentil; se fosse católico, seria melhor que qualquer padre. Taliesin dissera que não era justo tirar do povo a simples consciência de uma Deusa que cuidava de seus campos, de suas colheitas e da fertilidade de seus animais e de suas mulheres. Certamente esse povo pouco podia pecar, com toda a labuta no campo para cultivar sua colheita e conseguir pão suficiente para afastar a morte; não deveria esperar que o diabo se preocupasse com essas pessoas, se houvesse um diabo. Mas Gwenhwyfar dissera:

— Imagino que pense que não cometem nenhum pecado quando vão às fogueiras de Beltane e ali fazem rituais lascivos e pagãos e se deitam com homens que não são seus maridos...

— Deus sabe que eles têm pouca alegria em suas vidas — Taliesin respondera tranquilamente. — Não considero errado que quatro vezes ao longo de um ano inteiro, quando as estações mudam, eles se divirtam e façam o que lhes dá prazer. Não teria muitos motivos para amar um Deus que considerasse tais coisas malignas. *Você* as considera malignas, minha rainha?

E ela considerava; qualquer mulher cristã deveria pensar assim, ir aos campos, dançar nua e se deitar ali com o primeiro homem que lhe fosse enviado... Era impudico, vergonhoso e maligno. Taliesin balançou a cabeça, suspirando.

— Ainda assim, minha rainha, ninguém pode ser o mestre da consciência de outra pessoa. Ainda que considere maligno e vergonhoso, supõe saber o que é certo para outro? Mesmo os sábios não sabem tudo, e talvez os Deuses tenham mais propósitos do que nós, com nosso pequeno conhecimento, podemos ver.

— Se eu soubesse distinguir o certo do errado, como sei, e como os padres nos ensinaram, como Deus nos ensinou nas Sagradas Escrituras, então eu deveria temer o castigo de Deus se eu *não* fizesse leis que impedissem meu povo de pecar? — perguntou Gwenhwyfar. — Deus cobraria de *mim*, creio, se eu permitisse que o mal se instalasse em meu reino, e, se eu fosse o rei, já teria acabado com isso.

— Então, senhora, posso dizer apenas que é sorte desta terra que não seja o rei. Um rei deve proteger seu povo de intrusos, invasores, e liderá-lo em sua defesa; um rei deve ser o primeiro a se colocar entre sua terra e todo o perigo, como um fazendeiro defende seus campos de qualquer ladrão. Mas não é obrigação dele ditar o que acontece no íntimo de seus corações.

Mas ela discutiu ainda mais calorosamente com ele.

— O rei é o protetor de seu povo, e qual o benefício de proteger seus corpos se ele permite que suas almas sigam costumes malignos? Veja, senhor Merlim, sou uma rainha, e mães nesta terra me enviam suas filhas para me servirem e serem educadas nos costumes da corte, entende? Bem, que tipo de rainha eu seria se deixasse a filha de outra mulher se comportar de maneira impudica e ficar grávida, ou, como fez a rainha Morgause, segundo soube, se deixasse as donzelas irem à cama do rei, se ele as desejasse? As mães me confiam suas filhas porque sabem que as protegerei...

— É diferente que lhe confiem moças ainda jovens demais para saberem a própria vontade e que seja para elas como a mãe a criá-las de modo correto. Mas um rei governa homens adultos.

— Deus não disse que há uma lei para a corte e outra para o povo! Ele deseja que todos os homens obedeçam a seus mandamentos. E imagine se não existissem as leis? O que acha que aconteceria a esta terra se minhas senhoras fossem aos campos e se comportassem de modo tão indecoroso? Como tais coisas podem ser permitidas onde se podem ouvir os sinos das igrejas?

Taliesin sorriu. Ele disse:

— Não creio, mesmo que não houvesse lei contra isso, que iria às fogueiras de Beltane, minha senhora. Percebi que não gosta muito de sair ao ar livre.

— Tive o benefício de receber ensinamentos cristãos e conselhos sacerdotais e prefiro não ir — ela disse bruscamente.

— Mas, Gwenhwyfar — ele disse com muita gentileza, os olhos azuis desbotados olhando para ela entre as rugas e marcas do rosto —, pense nisto: imagine que fosse feita uma lei contra isso, e que sua consciência lhe dissesse que a coisa certa a fazer era se entregar de corpo e alma à Deusa, em reconhecimento de que ela está acima de todos nós. Se sua Deusa desejasse que fizesse isso, então, cara senhora, permitiria que uma lei proibindo as fogueiras de Beltane a impedisse? Pense, cara senhora: há menos de duzentos anos… E o bispo Patrício não lhe disse isso?… Era estritamente contra as leis aqui no País do Verão que qualquer um adorasse Cristo, pois assim tirariam dos Deuses de Roma o que lhes era justamente devido. E houve cristãos que escolheram morrer no lugar de fazer algo tão pequeno, colocar uma pitada de incenso diante de um dos ídolos deles… Sim, vejo que conhece a história. Gostaria que seu Deus fosse um grande tirano como qualquer imperador romano?

— Mas meu Deus é real, e eles são apenas ídolos feitos pelo homem — disse Gwenhwyfar.

— Não, não mais que a imagem da Virgem Maria que Artur levou para a batalha, uma imagem para levar consolo às mentes dos fiéis. É estritamente proibido para mim, um druida, ter qualquer representação de qualquer Deus, pois me ensinaram, em várias vidas, que não preciso de uma… Posso pensar em meu Deus e ele está comigo. Mas os que nascem apenas uma vez não conseguem fazer isso, então precisam de sua Deusa em pedras redondas e lagos, como seu povo simples precisa da figura da Virgem Maria e da cruz que alguns de seus cavaleiros levam nos escudos para que saibam que são cristãos.

Gwenhwyfar sabia que havia alguma falha nesse argumento, mas não podia debater com o Merlim; de qualquer modo, ele era apenas um velho, e um pagão.

Quando eu tiver dado um filho a Artur… Uma vez, ele me disse que eu poderia pedir-lhe qualquer coisa que pudesse me dar, e, quando esse momento chegar, pedirei a ele que proíba as fogueiras de Beltane e das colheitas.

Gwenhwyfar lembrou-se dessa conversa meses depois, na manhã de seu sonho. Sem dúvida, Morgana a teria aconselhado a fazer isso, ir com Lancelote para as fogueiras… Artur disse que não lhe faria perguntas se ela lhe desse um filho, havia praticamente lhe dado permissão para ter Lancelote como amante… Ela sentiu o rosto queimando enquanto se curvava sobre a cruz; não era digna de tocá-la. Enrolou a toalha do altar em um pedaço de pano mais grosso. Trabalharia nela quando estivesse mais tranquila.

O passo irregular de Cai soou na porta do quarto.

— Minha senhora — ele disse —, o rei me enviou para lhe perguntar se poderia vir ao campo de armas. Há algo que ele deseja lhe mostrar.

Gwenhwyfar acenou com a cabeça para suas damas.

— Elaine, Meleas, venham comigo. As outras podem vir ou ficar aqui trabalhando, como desejarem.

Uma das mulheres, que era idosa e tinha pouca visão, escolheu ficar e seguir fiando; as outras, ansiosas por uma chance de sair à luz do sol, seguiram Gwenhwyfar.

Durante a noite, havia nevado, mas o inverno tinha perdido a força, e agora a neve derretia rapidamente sob o sol. Pequenas folhas dos bulbos cresciam entre a grama; em um mês, seria um campo de flores. Quando viera para Camelot, seu pai Leodegranz lhe enviara seu jardineiro predileto para escolher os vegetais e ervas que cresceriam melhor no lugar. Mas o topo da colina havia sido fortificado bem antes do tempo dos romanos, e havia algumas ervas crescendo; Gwenhwyfar fizera com que ele as colocasse todas no jardim de sua cozinha, e, quando encontraram um trecho em que as flores silvestres cresciam, ela pediu a Artur que fosse deixado para ela, e ele construíra o campo de armas mais adiante.

Ela olhou timidamente enquanto cruzavam os gramados. Era tão aberto ali, tão perto do céu; Caerleon ficava perto da terra. Ali em Camelot, nos dias chuvosos, era como estar em uma ilha de brumas e névoa – como Avalon –, mas nos dias de tempo bom, como esse, o lugar era alto e exposto, para que comandasse todo o país em torno, e na beira do cume da colina ela divisava quilômetros e quilômetros de montes e florestas...

Era como estar perto demais do céu; certamente não era correto que seres humanos, meros mortais, vissem tão longe, mas Artur dissera que, mesmo com o país em paz, o castelo do rei deveria ser difícil de ser alcançado.

Não foi Artur quem veio encontrá-la, mas Lancelote. Ele havia ficado ainda mais belo, ela pensou. Agora que não precisava manter o cabelo sempre curto para usar o elmo de guerra, ele o deixara crescer, os cachos caindo em torno dos ombros. Usava uma barba curta, da qual ela gostava, embora Artur o provocasse por isso e dissesse que ele era vaidoso. O rei mantinha o cabelo curto como o de um soldado, e era barbeado diariamente por seus camareiros, com o mesmo cuidado com que penteavam seu cabelo.

— Senhora, o rei a espera — disse Lancelote, e tomou seu braço para acompanhá-la até os assentos que Artur havia construído perto das grades de madeira da arena de exercícios.

Artur se curvou para ela, agradecendo a Lancelote com um sorriso ao tomar a mão de Gwenhwyfar.

— Aqui, Gwen, sente-se ao meu lado. Eu a trouxe aqui para mostrar-lhe algo especial. Olhe para lá...

Ela viu que um grupo de cavaleiros mais jovens e alguns dos rapazes que serviam a casa do rei simulavam uma batalha no campo: divididos em dois grupos, lutavam com ripas de madeira e grandes escudos.

— Veja — disse Artur —, olhe o grandão com a camisa rasgada cor de açafrão. Ele não lhe lembra alguém?

Gwenhwyfar olhou para o rapaz, seguindo seu trabalho habilidoso com a espada e o escudo; ele se adiantou aos outros, atacou com fúria, derrubando-os, acertou um rapaz com um golpe tão forte na cabeça que o deixou estirado, sem sentidos, fez com que outro saísse cambaleando com um ataque feroz no escudo. Era apenas um rapazinho: seu rosto rosado tinha a penugem do começo de uma barba, então ele ainda parecia um querubim. Porém, tinha mais de um metro e oitenta de altura, e era grande e tinha ombros largos como um touro.

— Luta como um demônio — afirmou Gwenhwyfar —, mas quem é ele? Creio tê-lo visto pela corte...

— É aquele rapazinho que veio à corte e não quis dizer o nome — disse Lancelote, ao lado deles —, então você o enviou a Cai para ser ajudante na cozinha. É aquele que chamavam de "Belo" porque suas mãos eram tão finas e brancas. Cai fez todo tipo de piada grosseira sobre estragá-las virando os espetos e lavando vegetais. Nosso Cai tem uma língua ferina.

— Mas o rapaz jamais respondeu a ele — disse Gawaine roucamente, do outro lado de Artur. — Ele poderia quebrar Cai com as mãos, mas, quando os outros rapazes o encorajaram a bater nele... Uma vez, Cai fez alguma piada maliciosa sobre seus pais, dizendo que ele deve ter nascido na pobreza e ser filho de ajudantes de cozinha, já que tem habilidade natural para essas coisas... Belo apenas olhou e disse que não seria decente acertar um homem que havia sido aleijado a serviço de seu rei.

Lancelote disse ironicamente:

— Isso seria pior para Cai que apanhar até perder os sentidos, creio. Cai pensa que não serve para nada além de virar espetos e servir pratos. Um dia, Artur, deve encontrar uma missão para Cai, ainda que seja apenas ir atrás de pistas do dragão do velho Pellinore.

Elaine e Meleas esconderam o riso com as mãos. Artur disse:

— Ora, ora, farei isso. Cai é muito bom e leal para ficar assim amargurado. Você sabe que eu quis dar-lhe Caerleon, mas ele não aceitou. Disse que seu pai lhe pediu para que me servisse com suas próprias mãos enquanto vivesse, e que viria cuidar de Camelot. Mas esse menino... Você o chamou de Belo, Lance? Ele não lhe lembra alguém, minha senhora?

Ela observou o rapaz, agora atacando o último que sobrara do grupo oponente, seu cabelo longo e loiro voando ao vento. Tinha a testa alta e larga e o nariz grande, e suas mãos, segurando a arma, eram suaves e brancas; e então olhou para além de Artur, para o nariz e os olhos azuis escondidos sob um tufo de cabelos ruivos, e disse:

— Ora, ele se parece com Gawaine! — disse, como se fosse algo chocante.

— Deus nos ajude, é parecido — disse Lancelote, rindo —, e nunca percebi, e eu o vejo com frequência. Eu lhe dei aquela camisa cor de açafrão, ele não tinha nem isso...

— E outras coisas também — disse Gawaine. — Quando perguntei a ele se tinha tudo de que precisava para a estação, ele me contou sobre seus presentes. Foi um ato nobre ajudar o rapaz, Lance.

Artur se virou para ele e disse, surpreso:

— Ele é um de seus filhos, então, Gawaine. Não sabia que tinha um...

— Não, meu rei. Ele é meu... Meu irmão mais novo, Gareth. Mas ele não me deixou contar.

— E você nunca *me* disse, primo? — disse Artur em tom de censura. — Guarda segredos de seu rei?

— Não é isso — protestou Gawaine, incomodado, e seu rosto grande e retangular corou, fazendo com que o cabelo e as bochechas cor de tijolo ficassem com o mesmo tom; parecia estranho a Gwenhwyfar que um homem tão grande e bruto corasse como uma criança. — Isso jamais, meu rei, mas o menino me implorou para não dizer nada... Ele disse que você me favorecia por ser seu primo, mas que se fosse cair nas graças da corte de Artur e do grande Lancelote... ele disse isso, Lance, *o grande Lancelote*... queria que fosse pelo que havia feito, e não por seu nome e seu nascimento.

— Isso é tolice — disse Gwenhwyfar, mas Lancelote sorriu.

— Não, foi uma coisa honrada. Com frequência, desejei que tivesse a inteligência e a coragem de fazer o mesmo, em vez de ser tolerado porque, afinal das contas, era o bastardo de Ban e não precisava ganhar nada por mérito... Foi por isso que sempre me esforcei tanto para ser sempre corajoso nas batalhas, assim ninguém poderia dizer que eu não havia conquistado minha posição.

Artur colocou a mão gentilmente no pulso de Lancelote e disse:

— Jamais precisará temer isso, meu amigo, todos os homens sabem que você é o melhor cavaleiro e o mais próximo de meu trono. Mas Gawaine — então, se virou para o homem ruivo —, eu não o favoreci por ser meu parente e herdeiro, mas apenas porque é leal e firme, e salvou minha vida uma dúzia de vezes. Houve quem me dissesse que meu herdeiro não deveria ser meu guarda-costas, pois se fizesse seu dever muito bem jamais chegaria ao trono, mas muitas e muitas vezes tive a chance de ficar feliz por ter um parente tão leal em minha retaguarda. — Ele colocou o braço em torno dos ombros de Gawaine. — Então este é seu irmão, e eu não sabia.

— Nem eu sabia quando ele chegou à corte — disse Gawaine. — Quando o vi pela última vez, em sua coroação, ele era um menininho que não chegava à altura do punho da minha espada. E agora... Bem, você pode ver. — Ele fez um gesto para o rapaz. — Mas um dia eu o vi na cozinha e pensei que, talvez, fosse um bastardo da família. Deus sabe que Lot tem vários deles... Eu o reconheci, e então Gareth me implorou para não revelar sua identidade, para que pudesse conquistar sua fama sozinho.

— Bem, um ano sob os ensinamentos duros de Cai tornariam qualquer filhinho da mamãe em um homem — disse Lancelote —, e ele se comportou como um homem, Deus sabe.

— Fico admirado de que você não o tenha reconhecido, Lancelote... Ele quase causou sua morte no casamento de Artur — Gawaine falou amigavelmente. — Ou não se lembra de tê-lo entregado para nossa mãe e pedido que ela lhe desse uma boa surra para que não entrasse mais sob as patas dos cavalos...

— E cheguei perto de arrebentar a cabeça bem depois... Sim, eu me lembro agora — disse Lancelote, rindo. — Então é o mesmo malandrinho! Ele é muito superior aos outros rapazes, deveria praticar as armas com os homens e os cavaleiros. Agora parece que será um dos melhores. Tenho sua permissão, meu senhor?

— Faça como quiser, meu amigo.

Lancelote soltou sua espada e disse:

— Segure-a para mim, senhora. — E a deu a Gwenhwyfar. Pulou a cerca, pegou uma das ripas de madeira com as quais os rapazes praticavam e correu em direção ao menino grande e louro.

— Você é grande demais para esses camaradas, moleque... Venha aqui agora e tente o mesmo com alguém mais próximo do seu tamanho!

Gwenhwyfar pensou, com um súbito temor: *Mais próximo do seu tamanho?* Mas Lancelote não era um homem grande, não era muito mais alto que ela, e o jovem Belo era quase uma cabeça maior que ele! Por um momento, de frente para o capitão da cavalaria do rei, o rapaz hesitou, mas Artur fez um gesto de encorajamento, e o rosto dele se iluminou com uma alegria violenta. Ele atacou Lancelote, levantando sua arma de brinquedo para um golpe, e ficou desconcertado quando a baixou e Lancelote não estava sob ela; Lancelote havia escapado dele, girado e dado um golpe em seu ombro. Ele havia puxado a arma para trás quando ela desceu, de modo que ela apenas tocou o rapaz, mas rasgou a camisa dele. Gareth se recuperou rapidamente, aparou no ar o golpe seguinte de Lancelote, que escorregou na grama molhada e quase caiu, tocando os joelhos no chão diante do rapaz.

Belo recuou. Lancelote ficou de pé, gritando:

— Tolo! Imagine se eu fosse um grande guerreiro saxão... — E, com o lado da espada, atingiu o rapaz com um grande golpe nas costas que o jogou longe, a espada se agitando desordenadamente; ele caiu e ficou deitado, um tanto atordoado.

Lancelote correu para lá e se curvou sobre ele, sorrindo.

— Não quis machucá-lo, garoto, mas você precisa aprender a se proteger melhor que isso. — Ele estendeu o braço. — Aqui, apoie-se em mim.

— O senhor me concedeu uma honra — disse o rapaz, o rosto corando — e realmente me fez bem sentir sua força.

Lancelote apertou a mão no ombro dele.

— Que sempre possamos lutar lado a lado, e não como inimigos, Belo — ele disse e voltou para junto do rei.

O rapaz pegou sua espada e voltou para seus companheiros, que se amontoaram em torno dele e o provocaram.

— Então, Belo, você chegou perto de derrubar o capitão da cavalaria do rei em uma luta...

Artur sorriu enquanto Lancelote pulava a cerca de volta.

— Foi uma cortesia sua, Lance. Ele dará um belo cavaleiro... assim como o irmão — disse Artur, assentindo para Gawaine. — Parente, não lhe conte que sei quem ele é... Suas razões para esconder seu nome foram honradas. Mas diga-lhe que o vi e que o tornarei cavaleiro no dia de Pentecostes, quando qualquer um pode me apresentar uma petição, se ele postar-se diante de mim e me pedir uma espada condizente com seu nível.

O rosto de Gawaine se iluminou. Agora, Gwenhwyfar pensou, qualquer um que visse os dois adivinharia a relação, pois o sorriso deles era igual.

— Eu lhe agradeço, meu senhor e rei. Que ele possa lhe servir tão bem quanto eu.

— Ele dificilmente conseguiria — Artur disse com afeição. — Tenho muita sorte com meus amigos e Companheiros.

Gwenhwyfar pensou que Artur realmente inspirava amor e devoção em todos; era o segredo de seu reinado, pois, embora tivesse habilidade na batalha, não era em si um grande lutador; mais de uma vez, nas batalhas simuladas nas quais os homens se divertiam e mantinham a forma para a luta, ela havia visto Lancelote, e até o velho Pellinore, tirá-lo do cavalo ou derrubá-lo. Artur jamais ficava zangado ou com o orgulho ferido, mas sempre dizia bondosamente que estava feliz por ter guerreiros tão bons para protegê-lo, e amigos melhores que seus inimigos.

Em seguida, os meninos pegaram suas armas de prática e partiram. Gawaine foi falar com o irmão, mas Artur puxou Gwenhwyfar em direção ao muro fortificado. Camelot ficava em uma colina alta e larga, com o topo plano como uma grande cidade, e sobre todo o monte, do lado de dentro dos muros, haviam construído o castelo e o povoado. Artur levou Gwenhwyfar para seu ponto de observação favorito, onde podia ficar sobre a muralha e avistar todo o amplo vale. De onde estavam, ela enxergava a ilha do lar de sua infância, as terras do rei Leodegranz, e, um pouco ao norte, a ilha que, naquela distância, serpenteava como um dragão adormecido.

— Seu pai está envelhecendo e não tem um filho — disse Artur. — Quem vai reinar depois dele?

— Não sei... É provável que ele peça a você que indique alguém como regente em meu lugar — disse Gwenhwyfar; uma de suas irmãs havia morrido no parto, longe, em Gales, e outra morrera durante um cerco ao castelo. E a segunda mulher de seu pai não havia lhe dado um filho vivo, então Gwenhwyfar era a herdeira do reino. Mas como poderia ela, uma mulher, protegê-lo dos que cobiçavam a terra? Olhou para além das terras do pai e perguntou:

— Seu pai, o Pendragon, também foi coroado na Ilha Dragão?

— Assim me disse a Senhora do Lago, e ele jurou sempre proteger a velha religião e Avalon... Assim como eu fiz — disse Artur melancolicamente, e ficou olhando para a Ilha Dragão.

Ela se perguntou qual absurdo pagão enchia a cabeça dele.

— Mas, quando você se voltou para o Deus verdadeiro, ele lhe deu a maior das vitórias, e você expulsou os saxões desta ilha para sempre.

— É bobagem dizer isso. Acho que nenhuma terra pode estar segura o tempo todo, mas apenas quando Deus assim deseja...

— Deus lhe deu toda esta terra, Artur, para que você governe como um rei cristão. É como o profeta Elias, cuja história o bispo me contou: quando saiu com os padres de Deus e encontrou os sacerdotes de Baal, e cada um invocou seu Deus, como o Deus Único era o maior e Baal, apenas um ídolo, este não respondeu a eles. Se houvesse algum poder nos costumes de Avalon, por que Deus e a Virgem lhe teriam dado tal vitória?

— Meus exércitos expulsaram os saxões, mas posso ser punido depois por quebrar meu juramento — disse Artur. Gwenhwyfar odiava quando rugas de tristeza e medo surgiam no rosto dele.

Ela caminhou um pouco em direção ao sul, forçando a vista. Dali, se alguém olhasse bem, era possível ver a ponta da Igreja de São Miguel, que ficava sobre o Tor; a igreja que havia sido construída porque Miguel era o senhor do submundo, lutando para manter no inferno os Deuses dos pagãos. Mas, às vezes, a imagem ficava borrada diante de seus olhos, então ela via o Tor coroado com um círculo de pedras. As freiras em Glastonbury lhe haviam dito que fora assim no velho tempo ruim dos pagãos, e que os padres trabalharam para derrubar as pedras e jogá-las longe. Imaginava que, por ser uma pecadora, tinha esse vislumbre do paganismo. Um dia, sonhara que ela e Lancelote estavam deitados sob o círculo de pedras, e que ele havia recebido dela o que jamais lhe dera...

Lancelote. Ele era tão bom, jamais a havia pressionado para obter mais do que uma mulher cristã e casada poderia dar sem desonra... Mesmo assim, estava escrito o que o próprio Cristo havia dito: "Aquele que olha para uma mulher com luxúria já cometeu adultério em seu coração"... Então, ela pecara com Lancelote, e não havia mitigação, estavam os dois condenados. Tremeu e desviou os olhos do Tor, pois parecia que Artur podia ler seus pensamentos. Ele havia pronunciado o nome de Lancelote...

— Você não acha, Gwen? Está mais do que na hora de Lancelote se casar.

Ela forçou a voz a ficar calma.

— No dia em que ele lhe pedir uma esposa, meu senhor e rei, deve atendê-lo.

— Mas ele não vai pedir. Ele não deseja me deixar. A filha de Pellinore daria uma boa esposa para ele, e é sua prima, não acha que serviria? Lancelote não é rico, Ban teve muitos bastardos para dar muita coisa para qualquer um deles. Seria uma boa união para os dois.

— Sim, você está certo. Elaine o segue com os olhos da mesma maneira que os meninos do pátio, ansiosos por uma palavra gentil ou mesmo um olhar.

Embora seu coração doesse, talvez fosse melhor se Lancelote se casasse, ele era bom demais para ficar atado a uma mulher que podia lhe dar tão pouco; e então ela poderia retificar seu pecado com uma promessa firme de não pecar mais, algo que não conseguia fazer quando ele estava por perto.

— Bem, falarei sobre isso novamente com Lancelote. Ele diz que não pretende se casar, mas o farei entender que isso não significa um exílio da corte. Não seria bom para mim, e para os meus, que nossos filhos um dia tivessem os filhos de Lancelote para acompanhá-los?

— Que Deus permita que esse dia chegue — Gwenhwyfar afirmou, e fez o sinal da cruz. Eles ficaram juntos no alto, olhando para o País do Verão, que se estendia adiante.

— Há um cavaleiro na estrada — disse Artur, olhando para o caminho que levava ao castelo; então, quando ele se aproximou: — É o harpista Kevin, vindo de Avalon. E desta vez ao menos teve o bom senso de viajar com um servo.

— Não é um servo — disse Gwenhwyfar, seus olhos aguçados pousando na forma esguia atrás de Kevin. — É uma mulher. Estou chocada... Pensei que os druidas fossem como os padres e ficassem longe das mulheres.

— Pois alguns deles o fazem, querida, mas ouvi Taliesin dizer que aqueles que não estão nos níveis mais elevados podem se casar e frequentemente se casam. Talvez Kevin tenha tomado uma esposa, ou talvez esteja apenas na companhia de alguém que vinha para cá. Mande uma de suas mulheres dizer a Taliesin que ele está aqui, e outra para a cozinha... Se teremos música esta noite, é adequado que tenhamos algo como um banquete para celebrar! Vamos andar por esse caminho e dar-lhe as boas-vindas; um harpista com a habilidade de Kevin é digno de ser recebido pelo próprio rei.

Quando chegaram aos grandes portões, eles já estavam abertos, e o próprio Cai se adiantou para receber o grande harpista em Camelot.

Kevin curvou-se para o rei, mas os olhos de Gwenhwyfar estavam na figura esguia e malvestida atrás dele.

Morgana se curvou e disse:

— Então voltei à sua corte, meu irmão.

Artur a abraçou.

— Bem-vinda de volta, minha irmã... faz tanto tempo — ele disse, e seu rosto permaneceu contra o dela. — Agora que nossa mãe se foi, nós, que somos parentes, devemos ficar juntos. Não vá para longe de mim de novo, irmã.

— Não pensava nisso.

Gwenhwyfar foi abraçá-la também, sentindo o corpo ossudo e magro da outra mulher em seus braços.

— Parece estar viajando há muito tempo, minha irmã.

— É verdade, venho de muito longe — respondeu Morgana, e Gwenhwyfar seguiu segurando a mão dela enquanto iam para dentro.

— Por onde andou? Ficou tanto tempo longe... quase pensei que jamais voltaria — disse Gwenhwyfar.

— Eu mesma quase pensei isso — afirmou Morgana. Mas, Gwenhwyfar notou, ela não disse onde estivera.

— As coisas que deixou conosco... Sua harpa, seus vestidos, todas essas coisas ficaram em Caerleon. Amanhã mandarei buscá-las o mais rápido que o mensageiro puder viajar — disse Gwenhwyfar, enquanto a levava para o quarto onde dormiam as mulheres. — Até lá, se desejar, lhe emprestarei um vestido... Você viajou por muito tempo, irmã, e parece ter dormido dentro de um estábulo. Foi atacada por ladrões e teve suas coisas roubadas?

— De fato, tive má sorte na estrada — disse Morgana —, e se me enviar alguém para me ajudar a me banhar e a me vestir eu a abençoo. Também peço emprestado um pente, grampos para o meu cabelo e uma camisola.

— Meus vestidos ficarão compridos em você — afirmou Gwenhwyfar —, mas podemos encurtá-los com alfinetes até que suas roupas cheguem. Eu lhe darei pente, grampos e camisola com prazer, e sapatos também... Parece que foi até Lothian e voltou com esses! — Acenou para uma de suas criadas e pediu: — Traga o vestido vermelho, e o véu que combina com ele, e uma camisola, meus outros sapatos de casa e meias... escolha tudo para que a irmã de meu senhor vista-se de acordo com sua posição. E peça que preparem um banho e convoquem a presença de uma banhadora. — Olhou com desdém para o vestido que Morgana tirava e disse: — Se essa roupa não puder ser propriamente limpa e arejada, é melhor dá-la a uma das mulheres da sala de laticínios!

Quando Morgana apareceu na mesa do rei, usava o vestido vermelho, que dava cor à sua pele e lhe caía bem; pediram que ela cantasse, mas ela se recusou, dizendo que, com Kevin por perto, ninguém ouviria o chilrear de um tordo quando ao lado havia um rouxinol.

No dia seguinte, Kevin buscou uma audiência privada com Artur, e ele, o rei e Taliesin ficaram fechados por horas, e até o jantar foi levado para eles ali; mas Gwenhwyfar jamais soube sobre o que falaram, já que Artur contava-lhe pouco sobre os assuntos de Estado. Sem dúvida, estavam zangados com ele por ter escolhido renunciar ao juramento que fizera a Avalon, mas cedo ou tarde teriam de aceitar isso: ele era um rei cristão. E Gwenhwyfar tinha outras coisas com que se preocupar.

Naquela primavera, houve febre na corte, e algumas de suas mulheres a contraíram; então, até que a Páscoa passasse, Gwenhwyfar não teve tempo de pensar em mais nada. Jamais acreditou que ficaria feliz com a presença de Morgana, mas ela sabia muito sobre ervas e cura, e a rainha pensou que foi devido ao conhecimento dela que não houve mortes na corte; nas terras em torno, ela ouviu, muitos morreram, embora em sua maioria fossem crianças pequenas e velhos. Sua pequena meia-irmã Isotta contraiu a febre, mas a mãe dela soube e não a deixou permanecer na corte. Foi enviada de volta à ilha, e, mais tarde naquele mês, Gwenhwyfar soube que ela havia morrido. Sentiu a perda da menina, pois havia se afeiçoado a ela e esperava casá-la com um dos Companheiros de Artur quando ficasse mais velha.

Lancelote também adoeceu com a febre, e Artur ordenou que ele ficasse no castelo e fosse cuidado pelas próprias damas de Gwenhwyfar. Enquanto ainda havia o risco de que contraísse a febre, ela não se aproximou dele. Tinha esperanças de que estivesse grávida novamente, mas não foi o caso; foram apenas esperanças e ilusões. Quando Lancelote começou a se recuperar, ela passou a vê-lo com frequência e sentava-se ao seu lado.

Morgana também ia, para tocar harpa, quando ele não conseguia sair da cama. Um dia, observando-os enquanto falavam de Avalon, Gwenhwyfar flagrou o olhar de Morgana e pensou: *Ora, ela ainda o ama!* Ela sabia que Artur ainda tinha esperança disso, de um casamento entre Morgana e Lancelote, e ela observou, doente de ciúme, enquanto ele a ouvia tocando harpa.

A voz dela é tão doce; ela não é bela, mas é tão inteligente e instruída... Há muitas mulheres belas, Elaine é bela, e Meleas, e a filha do rei Royns, e até mesmo Morgause é bela, mas por que Lancelote deveria se importar com isso? E observou a gentileza das mãos de Morgana enquanto o levantava e lhe dava os remédios de ervas e bebidas para baixar a temperatura. Gwenhwyfar não era boa com enfermos, não tinha habilidade; sentava-se muda enquanto Morgana falava, ria e divertia o doente.

Estava ficando escuro, e por fim Morgana disse:

— Não consigo mais ver as cordas da harpa e estou rouca como um corvo... Não consigo mais cantar. Deve beber seu remédio, Lancelote, e então enviarei seu criado para prepará-lo para a noite...

Com um sorriso sarcástico, Lancelote pegou a taça que ela colocou em sua mão.

— Suas bebidas são refrescantes, parente, mas, ugh!, o gosto delas...

— Beba — Morgana ordenou, rindo. — Artur o colocou sob minhas ordens enquanto estiver doente...

— Sim, e não duvido que, se me recusasse, me bateria e me mandaria para a cama sem jantar, enquanto se beber meu remédio como um bom menino devo ganhar um beijo e um bolo de mel.

Morgana riu.

— Você ainda não pode comer bolo de mel, mas pode tomar seu belo mingau. Mas se beber seu remédio receberá um beijo, e assarei um bolo de mel quando você estiver bom o suficiente para comê-lo.

— Sim, mãe — respondeu Lancelote, franzindo o nariz.

Gwenhwyfar percebeu que Morgana não gostou da brincadeira, mas, quando ele esvaziou a taça, ela se curvou sobre ele, o beijou suavemente na testa e puxou as cobertas até seu queixo, como a mãe ajeita o filho no berço.

— Pronto, bom menino, agora vá dormir — ela disse, rindo, mas o riso soou amargo para Gwenhwyfar, e Morgana saiu.

Gwenhwyfar ficou ao lado da cama de Lancelote e disse:

— Ela está certa, meu querido, você deve dormir.

— Estou cansado de Morgana estar sempre certa — disse Lancelote. — Sente-se aqui comigo um pouco, meu amor...

Ele raramente ousava falar assim com ela, mas Gwenhwyfar sentou-se em sua cama e permitiu que segurasse sua mão. Logo depois, Lancelote a puxou para o lado dele e a beijou; ela ficou deitada na beira da cama e deixou que ele a beijasse repetidamente, mas depois de um longo tempo ele suspirou, cansado, e não protestou quando ela se levantou.

— Meu amor, isso não pode continuar assim. Você precisa me dar permissão para deixar a corte.

— O quê? Para caçar o dragão favorito de Pellinore? Ora, o que Pellinore fará nos períodos de folga, então? É sua caçada favorita — disse Gwenhwyfar, brincando, mas com dor no coração.

Lancelote pegou os dois braços dela, puxando-a para baixo.

— Não brinque com isso, Gwen... Você sabe, e eu sei, e, Deus nos ajude, acho que até Artur sabe, que eu só amei você, e sempre amarei, desde que a vi na casa de seu pai. E, se devo permanecer verdadeiro a meu rei e amigo, então devo ir embora desta corte e jamais vê-la novamente...

— Eu não o seguraria, se sentir que precisa ir — disse Gwenhwyfar.

— Como já fui antes — ele disse violentamente. — A cada vez que fui para a guerra, metade de mim desejava que eu caísse nas mãos dos saxões e não voltasse mais para um amor sem esperanças... Que Deus me perdoe, houve vezes em que odiei meu rei, a quem jurei amar e servir, e então pensei que nenhuma mulher deveria romper a amizade que havia entre nós dois, e jurei que não pensaria mais em você, a não ser como esposa de meu rei. Mas agora não há mais guerras, e devo me sentar aqui dia após dia e olhar para você ao lado dele no trono, e pensar em você na cama dele, sua esposa feliz e contente...

— Pensa que estou mais feliz e contente que você? — ela perguntou, a voz trêmula. — Ao menos pode escolher entre ir e ficar, mas fui dada a Artur sem nem mesmo me perguntarem "aceita ou não?". Nem posso me levantar e ir embora da corte quando as coisas não estão de acordo com meu desejo, mas devo ficar aqui, entre estas paredes, e fazer o que se espera de mim... E, se você pode ir, não posso lhe dizer que fique. E, se ficar, não posso lhe dizer que vá! Pelo menos você é livre para ir ou ficar, conforme for do seu agrado.

— Acha que há felicidade para mim, ficando ou indo embora? — perguntou Lancelote, e por um momento ela pensou que ele fosse chorar. Então ele se controlou e disse: — Amor, o que quer que eu faça? Que Deus não permita que eu lhe cause mais infelicidade. Se eu for embora, então é seu dever ser uma boa esposa para Artur, nem mais, nem menos. Se eu ficar... — Ele parou de falar.

— Se pensa que seu dever é partir, então você deve ir. — E lágrimas caíram por seu rosto, embaçando sua visão.

Ele falou, e sua voz estava tensa, como se tivesse sido ferido mortalmente:

— Gwenhwyfar... — Era raro ele pronunciar seu nome. Era sempre *minha senhora*, ou *minha rainha*, ou, quando falava com ela em tom de brincadeira, era sempre *Gwen*. Quando ouviu dizê-lo seu nome agora, ela teve a impressão de jamais ter escutado um som mais doce. — Gwenhwyfar. Por que chora?

Agora ela devia mentir, e bem, pois não podia dizer honradamente a verdade. Ela respondeu:

— Porque... — Parou e então, com uma voz sufocada, afirmou: — Por que não sei como vou viver se você for embora.

Ele engoliu em seco, tomou a mão dela entre as dele e disse:

— Ora, então, meu amor... Não sou um rei, mas meu pai me deu uma pequena propriedade na Bretanha continental. Você iria comigo para longe desta corte? Não sei... Mas talvez isso fosse mais honroso do que ficar aqui na corte de Artur e fazer amor com a esposa dele...

Ele me ama, então, pensou Gwenhwyfar, *ele me deseja, essa é a maneira mais honrosa...* Mas o pânico a invadiu. Ir embora sozinha, para tão longe, mesmo com Lancelote... E então veio o pensamento do que todos diriam sobre ela, se fosse tão desonrada...

Ele permaneceu segurando a mão dela. E disse:

— Jamais poderíamos voltar, você sabe... jamais. E é provável que fôssemos excomungados, nós dois; isso significaria pouco para mim, pois não sou tão cristão assim. Mas você, minha Gwenhwyfar... — Ela colocou o véu sobre o rosto e chorou, reconhecendo a covarde que era. — Gwenhwyfar, eu não a levaria ao pecado...

— Já pecamos, você e eu — ela disse amargamente.

— E, se os padres estão certos, seremos condenados por isso — Lancelote afirmou penosamente —, e mesmo assim jamais tive de você mais que esses beijos... Tivemos todo o mal e toda a culpa, mas nada do prazer que se diz vir do pecado. E não tenho tanta certeza de que acredito nos padres... Que tipo de Deus vai por aí toda noite, feito um vigia noturno, espiando aqui e ali como uma fofoqueira velha da vila para ver se algum homem dorme com a esposa do vizinho...

— O Merlim disse algo assim — Gwenhwyfar afirmou em voz baixa. — E às vezes isso me parece sensato, e então novamente me pergunto se é obra do diabo para me levar ao mal...

— Ah, não me fale do diabo — ele disse, e a puxou novamente para o seu lado. — Minha querida, irei embora se desejar, ou ficarei, mas não consigo suportar vê-la tão infeliz...

— Não sei o que quero — ela chorou e deixou que ele a abraçasse, soluçando. Por fim, ele murmurou:

— Já pagamos por nossos pecados... — E sua boca cobriu a dela. Tremendo, Gwenhwyfar se rendeu ao beijo, as mãos ávidas dele buscando seus seios. Ela quase esperou que dessa vez ele não se contentasse com isso, mas houve um som no corredor, e Gwenhwyfar se ergueu em pânico repentino. Estava sentada na beira da cama quando o escudeiro de Artur entrou no quarto. Ele tossiu e disse:

— Meu senhor? A senhora Morgana me disse que estava pronto para descansar. Com sua permissão, minha senhora?

Morgana de novo, maldita! Lancelote riu e soltou a mão de Gwenhwyfar.

— Sim, e, não duvido, minha senhora está cansada. Promete vir me ver amanhã, minha rainha?

Gwenhwyfar ficou grata e ao mesmo tempo com raiva de que a voz dele soasse tão calma. Virou as costas para a luz que o serviçal carregava; sabia que seu véu e seu vestido estavam amassados, o rosto marcado pelo choro e o cabelo desmanchado. Como devia estar sua aparência?

O que o homem pensaria que estiveram fazendo? Colocou o véu sobre o rosto e se levantou.

— Boa noite, *sir* Lancelote. Kerval, cuide bem do amigo querido de meu rei. — E saiu, esperando desesperadamente conseguir chegar ao seu próprio quarto antes de voltar a chorar. *Ah, Deus, como... como me atrevo a rezar para Deus para pecar mais? Deveria rezar para ficar livre da tentação, mas não consigo!*

16

Um dia ou dois antes da noite de Beltane, o harpista Kevin foi novamente à corte de Artur. Morgana ficou feliz em vê-lo; fora uma primavera longa e cansativa. Lancelote havia se recuperado da febre e ido para Lothian, ao norte, e Morgana pensara que deveria ir até lá também, para ver como seu filho estava; mas não queria ir na companhia de Lancelote, nem ele a desejava como companheira de viagem; pensou: *Meu filho está bem onde está, e o verei em outra ocasião.*

Gwenhwyfar estava triste e calada; nos anos em que Morgana estivera ausente, a rainha havia se transformado de uma mulher infantil, alegre, em uma pessoa silenciosa, pensativa, mais devota do que era razoável. Morgana suspeitava de que ela ansiava por Lancelote, e, conhecendo-o, pensou, com um toque de desdém, que ele nem deixaria a mulher em paz nem a levaria totalmente ao pecado. E Gwenhwyfar era um bom parco para ele: não cederia nem desistiria de Lancelote. Ela se perguntou o que Artur pensava, mas seria necessária uma coragem maior do que a dela para perguntar ao rei.

Morgana recebeu Kevin e lhe deu as boas-vindas da corte, e pensou consigo mesma que não seria improvável que participassem juntos de Beltane. As marés do sol corriam quentes em seu sangue, e, se ela não podia ter o homem que desejava (e sabia que ainda era Lancelote que a atraía), bem poderia tomar um amante que encontrava deleite *nela*; era bom ser querida e desejada. E, diferentemente de Artur e Lancelote, Kevin falava à vontade com ela sobre as questões de Estado. Ela pensou, com um momento de arrependimento amargo, que, se tivesse ficado em Avalon, agora seria consultada sobre todas as grandes questões de seu tempo.

Bem, era tarde demais para isso; o que estava feito estava feito. Então cumprimentou Kevin no grande salão e fez com que lhe servissem comida e vinho, uma tarefa que Gwenhwyfar dera a ela com felicidade, já que a rainha gostava de ouvir Kevin tocando harpa, mas não suportava vê-lo. Então Morgana o serviu e falou com ele sobre Avalon.

— Viviane está bem?

— Bem, e ainda decidida a vir para Camelot no dia de Pentecostes, e isso é bom, pois Artur mal me ouviu. Embora tenha prometido não proibir as fogueiras de Beltane este ano, ao menos.

— Faria pouco bem a ele proibi-las, mas Artur tem problemas mais imediatos, também. — Ela fez um gesto e continuou: — Além daquela janela, quase à vista do ponto mais alto do castelo, está a ilha do reino de Leodegranz... Você soube?

— Um viajante que encontrei ao acaso me disse que ele estava morto e que não deixou um filho. Sua senhora Alienor morreu com seu último filho, poucos dias depois da morte do rei. A febre foi cruel naquele reino.

— Gwenhwyfar não quis viajar até lá para o enterro. Teve poucas lágrimas para derramar... Seu pai não foi amoroso. Artur a teria consultado sobre colocar um regente lá... Ele diz que, agora que o reino é dela, se tiverem um segundo filho, este deveria ficar com ele. Mas hoje parece improvável que Gwenhwyfar tenha ao menos um.

Kevin assentiu lentamente.

— Sim, ela abortou uma criança antes da batalha do monte Badon e ficou muito doente. Desde então, não ouvi nem rumores de que estava grávida. Quantos anos tem a Grande Rainha?

— Acho que tem ao menos vinte e cinco agora — respondeu Morgana, mas não tinha certeza; havia vivido muito tempo no país das fadas.

— É velha demais para um primeiro filho, embora eu não duvide que, como qualquer mulher estéril, ela reze por um milagre. Do que sofre a rainha para que não conceba?

— Não sou parteira. Ela me parece saudável, mas já gastou seus joelhos de tanto rezar, e não há sinal de gravidez.

— Bem, os Deuses têm seus desejos, mas precisaremos da misericórdia deles com esta terra se o Grande Rei morrer sem deixar um filho! E agora não há a ameaça externa dos saxões para impedir os reis rivais da Bretanha de se enfrentarem e deixarem esta terra em pedaços. Jamais confiei em Lot, mas ele está morto, e Gawaine é o homem mais leal de Artur, então há pouco a temer de Lothian, a não ser que Morgause encontre um amante com ambição de ser Grande Rei.

— Lancelote foi para lá, mas deve voltar rapidamente — afirmou Morgana, e Kevin completou:

— Viviane também quer ir a Lothian por algum motivo, embora todos nós consideremos que ela esteja velha demais para uma viagem como essa.

Ora, então ela verá meu filho... O coração de Morgana deu um pulo, e um aperto como dor, ou choro, se fez em sua garganta. Kevin pareceu não notar.

— Não encontrei Lancelote na estrada — ele disse. — Decerto tomou outro caminho, ou ficou para cumprimentar a mãe, ou talvez — e sorriu maliciosamente — continuou por lá para participar dos festejos de Beltane. Isso daria alegria a todas as mulheres de Lothian, se ele se demorasse ali. Morgause não deixaria um petisco tão tenro escapar de suas garras...

— Ela é irmã da mãe dele, e acho que Lance é muito bom cristão para isso. Ele tem coragem suficiente para enfrentar os saxões em batalha, mas pouca coragem para *essa* batalha.

Kevin levantou as sobrancelhas.

— Ah, é mesmo? Não duvido que fale por experiência, mas, por educação, digamos que seja fruto da Visão! Mas Morgause bem gostaria de ver o melhor cavaleiro de Artur ser rebaixado por um escândalo; assim Gawaine ficaria mais próximo do trono. E a senhora é apreciada por todos os homens: não é muito velha e ainda é bela, o cabelo ruivo como sempre, sem um fio branco...

— Ah — disse Morgana de modo cáustico —, eles vendem hena egípcia nos mercados de Lothian.

— E a cintura dela é fina, e dizem que pratica artes mágicas para encantar homens, mas isso é apenas fofoca. Ouvi que ela reinou bem em Lothian. Você não gosta muito dela, Morgana?

— Gosto. Ela é minha parente e foi boa comigo — respondeu Morgana, e ia dizer: "Ela criou meu filho", mas isso abriria caminho para perguntar-lhe se tinha notícias de Gwydion, então ela parou. Não podia confessar isso nem mesmo para Kevin. Em vez disso, afirmou: — Mas não gosto que minha parente Morgause seja falada em toda a Bretanha como se fosse uma prostituta.

— Não é tão ruim assim — respondeu Kevin, rindo, e colocou de lado a taça de vinho. — Se a senhora tem uma queda por homens bonitos, não será a primeira nem a última. E agora Morgause é viúva, ninguém pode censurá-la por quem se deita em sua cama. Mas não devo deixar o Grande Rei esperando. Deseje-me sorte, Morgana, pois trago más notícias para meu rei, e você conhece o destino guardado nos velhos tempos aos que traziam ao rei notícias que ele não queria ouvir!

— Artur não é desse tipo. Mas, se não é segredo, que más notícias traz?

— Nenhuma notícia, pois já foi dito mais de uma vez que Avalon não aceitará que ele governe como um rei cristão, seja qual for sua fé pessoal. Ele não deverá permitir que os padres impeçam o culto à Deusa nem toquem nos bosques de carvalho. E, se o fizer, então terei de dar a ele o recado da Senhora: a mão que lhe entregou a espada sagrada dos druidas pode girá-la em sua mão para que ela o golpeie.

— Não será agradável ouvir isso, mas talvez faça com que ele se lembre de seu juramento.

— Sim, e Viviane ainda tem uma arma que pode usar — respondeu Kevin, mas, quando Morgana lhe perguntou qual era, ele não disse mais nada.

Depois que ele se afastou, Morgana sentou-se pensando na noite que viria. Haveria música no jantar, e mais tarde... Bem, Kevin era um amante prazeroso, gentil e ansioso para agradá-la, e ela estava cansada de dormir sozinha.

Ainda estava sentada no salão quando Cai entrou para anunciar que outro cavaleiro havia chegado:

— Um parente seu, senhora Morgana. Posso recebê-lo e lhe oferecer vinho?

Morgana concordou. Teria Lancelote voltado tão rápido? Mas o viajante era Balan.

Ela mal sabia quem era a princípio: estava mais pesado, tão gordo que ela imaginou que precisasse de um cavalo maior para carregar seu peso. Mas ele a reconheceu imediatamente.

— Morgana! Saudações, parente! — Ele se sentou ao lado dela, pegando a taça que lhe oferecia.

Ela disse a ele que Artur estava falando com Kevin e o Merlim, mas que o veria no jantar, e pediu-lhe notícias.

— Apenas que um dragão foi visto novamente no norte — respondeu Balan —, e não, não é fantasia como a do velho Pellinore... Vi os rastros onde ele esteve e falei com duas pessoas que o viram. Não estavam mentindo nem contando uma história para se divertirem ou darem importância a si mesmos; temiam por sua vida. Disseram que o animal saiu do lago e pegou o criado deles... Mostraram-me o sapato do homem.

— O... sapato, parente?

— Ele o perdeu quando foi pego, e não gostei de tocar a... gosma que o cobria. Vou pedir a Artur meia dúzia de cavaleiros para darem um fim nisso comigo.

— Você deve pedir a Lancelote, se ele voltar — disse Morgana da maneira mais leve possível. — Ele precisará de prática contra dragões. Acho que Artur está tentando casar Lancelote com a filha de Pellinore.

Balan olhou para ela intensamente.

— Não invejo a garota que terá meu irmão mais novo como marido. Ouvi que seu coração já tem dono... Ou talvez eu não deva falar...

— Você não deve falar.

Balan encolheu os ombros.

— Que assim seja. Artur então não tem nenhum motivo especial para desejar encontrar uma noiva para Lancelote bem longe da corte. Não sabia que havia voltado à corte, parente. Você parece bem.

— E como vai seu irmão de criação?

— Balin estava bem na última vez que o vi, embora ainda não goste de Viviane. Mesmo assim, não há razão para crer que ele guarde rancor pela morte de nossa mãe. Ele se enfureceu e jurou vingança, na época, mas teria de ser louco para de fato ainda pensar tais coisas. De todo modo, se ainda pensar dessa maneira, não falou disso quando esteve aqui no Pentecostes, há um ano. É o novo costume de Artur, talvez você não saiba... Não importa para onde formos em toda a Bretanha, todos os seus antigos Companheiros devem se reunir no Pentecostes e jantar em sua mesa. Nessa ocasião, ele também sagra novos Companheiros como cavaleiros e aceita a petição de qualquer um, por mais humilde que seja...

— Sim, soube disso — afirmou Morgana, e um lampejo de desconforto passou por ela.

Kevin havia falado sobre Viviane... Disse a si mesma que era apenas perturbação com a ideia de que uma mulher da idade de Viviane viesse até ali, como uma requerente comum. Como dissera Balan, seria preciso ser louco para guardar pensamentos de vingança depois de todo esse tempo.

Naquela noite, houve a bela música e o canto de Kevin; e, mais tarde, Morgana escapou dos aposentos onde dormia com as damas solteiras de Gwenhwyfar, silenciosa como um fantasma – ou uma sacerdotisa treinada em Avalon – e foi para o aposento onde Kevin dormia. Saiu de lá antes do nascer do sol, bem contente, mas uma coisa que Kevin dissera a deixara preocupada, embora tivessem outras coisas para falar além de Artur. Ele lhe contara:

— Artur não quis me escutar. Ele me disse que o povo da Inglaterra é cristão, e, embora não fosse perseguir qualquer homem por seguir os Deuses de sua preferência, ainda assim apoiaria os padres e a Igreja, já que eles haviam apoiado seu trono. E mandou um recado para a Senhora de Avalon dizendo que, se ela quisesse a espada de volta, teria de vir tomá-la.

Mesmo depois de ter voltado para a própria cama, Morgana ficou acordada. Fora a espada lendária que havia feito com que tantos homens das tribos e do norte fossem fiéis a Artur; e fora o juramento dele a Avalon que trouxera a fidelidade do povo moreno pré-romano. Agora, ao que parecia, Artur estava mais longe daquele juramento do que jamais estivera.

Ela poderia falar com ele. Mas não, ele não a ouviria; era uma mulher, e sua irmã, e sempre pairava entre eles a memória daquela manhã após a coroação, de modo que eles jamais puderam conversar livremente como teriam feito antes. E não levava a autoridade de Avalon; ela mesma a jogara fora.

Poderia ser que Viviane o fizesse perceber a importância de manter seu juramento. Entretanto, por mais que dissesse isso a si mesma, Morgana demorou muito para fechar os olhos e adormecer.

17

Antes mesmo de se levantar da cama, Gwenhwyfar sentiu a luz forte do sol através das cortinas: o verão havia chegado. E então Beltane. Toda a plenitude do paganismo: tinha certeza de que muitos de seus criados e criadas escapariam da corte naquela noite, quando as fogueiras de Beltane fossem acesas na Ilha Dragão em honra à Deusa deles, para se deitarem nos campos... Algumas das criadas sem dúvida voltariam para casa com os úteros cheios com o filho do Deus. *E eu, uma esposa cristã, não consigo ter um filho para meu querido senhor...*

Virou-se na cama e ficou observando o sono de Artur. Ah, sim, ele era seu querido senhor, e tinha afeto por ele. Artur a havia tomado como parte de um dote, e sem vê-la; ainda assim, a amara e a honrara. Não era culpa dela não poder cumprir o primeiro dever de uma rainha e dar-lhe um filho para seu reino.

Lancelote... Não, ela havia jurado para si mesma, quando ele partira da corte pela última vez, que não pensaria mais nele. Ainda ansiava por ele, de coração, corpo e alma, mas prometera ser uma esposa fiel a Artur; nunca mais Lancelote teria dela nem mesmo as brincadeiras que faziam os dois desejarem mais... Era brincar com o pecado, mesmo se não acontecesse nada pior.

Beltane. Bem, talvez, como mulher cristã e rainha de uma corte cristã, fosse sua obrigação promover banquetes e jogos para que todas as pessoas dali pudessem se divertir sem causar danos à alma. Sabia que Artur mandara avisar que haveria jogos e práticas de armas, com prêmios, no Pentecostes, como havia feito todos os anos desde que a corte viera para Camelot, e havia gente suficiente ali para que algum esporte fosse disputado naquele dia também, e ela ofertaria uma taça de prata. E haveria música de harpa e danças, e faria com as mulheres o que às vezes elas faziam de brincadeira: ofereceria uma fita para aquela que em uma hora fiasse mais ou fizesse o maior pedaço de tapeçaria. Sim, deveria haver diversão inocente, para que ninguém entre sua gente lamentasse a proibição das festas na Ilha Dragão. Sentou-se e começou a se vestir; precisava falar com Cai.

No entanto, embora ela tivesse se ocupado durante toda a manhã, e Artur tivesse ficado feliz quando ela falara sobre isso e considerado o melhor artifício, tanto que ele e Cai passaram a manhã conversando sobre os prêmios que ofereceriam aos melhores na espada e na montaria, sim, e deveria haver um prêmio, talvez um manto, para o melhor entre os meninos, ainda assim, dentro de seu coração, um pensamento a corroía. É o dia *em que os Deuses ancestrais exigem que a fertilidade seja honrada, e eu, eu ainda sou estéril.* E então, uma hora antes do meio-dia, no momento em que os trompetes seriam tocados para reunir os homens diante do campo de armas para começar o esporte, Gwenhwyfar procurou Morgana, ainda sem saber ao certo o que diria a ela.

Morgana havia se incumbido da sala de tingimento da lã fiada e estava ainda encarregada das mulheres da rainha que faziam bebidas. Ela sabia como impedir que a cerveja se estragasse quando era fermentada, e como destilar bebidas fortes para remédios, e como fazer perfumes com pétalas de flores que eram melhores que os trazidos do estrangeiro, mais caros que ouro. Havia algumas mulheres no castelo que acreditavam que eram artes mágicas, mas Morgana dizia que não, que apenas havia sido educada sobre as propriedades das plantas, flores e grãos. Qualquer mulher, disse Morgana, poderia fazer o que ela fazia, se tivesse habilidade nas mãos e desejasse empregar seu tempo e se dar ao trabalho necessário para isso.

Gwenhwyfar a encontrou com seu vestido de festa amarrado no alto e o cabelo coberto por um pano, cheirando um lote de cerveja que havia estragado nos tonéis.

— Jogue-a fora — ela disse. — A levedura deve ter esfriado e azedou. Podemos começar outro lote amanhã... Há bastante para hoje, mesmo com os festejos da rainha, seja o que for que botou isso na cabeça dela.

— Não está disposta para os festejos, irmã? — perguntou Gwenhwyfar.

Morgana se virou.

— Não, na verdade, e me espanto com que *você* esteja, Gwen... Pensei que na ocasião de Beltane você se voltaria apenas para rezas e jejuns devotos, mesmo que fosse apenas para mostrar que não está entre os que se divertem em honra à Deusa das plantações e dos campos.

Gwenhwyfar corou; nunca sabia se Morgana estava zombando dela.

— Talvez Deus tenha ordenado isso, que as pessoas se divirtam em honra da chegada do verão, e não há necessidade de se falar da Deusa... Ah, não sei o que pensar... Você acredita que a Deusa dá vida às plantações, aos campos e aos úteros das ovelhas, novilhas e mulheres?

— Assim me ensinaram em Avalon, Gwen. Por que pergunta isso agora?

Morgana tirou o pano com o qual cobrira o cabelo e Gwenhwyfar subitamente a achou bonita. Morgana era mais velha que ela, e já deveria ter passado dos trinta; mas não parecia nem um pouco mais velha do que quando Gwenhwyfar a vira pela primeira vez... Não era de admirar que todos os homens pensassem que era feiticeira! Usava um vestido finamente tecido com lã azul-escura, bastante simples, mas havia trançado fitas coloridas nos cabelos, que estavam enrolados na altura das orelhas e presos com um grampo dourado. Perto dela, Gwenhwyfar sentia-se estúpida como uma galinha, uma simples dona de casa, ainda que fosse a Grande Rainha da Bretanha, e Morgana, apenas uma duquesa pagã.

Morgana sabia tanto, e ela era tão ignorante... Não sabia mais do que escrever seu nome e ler um pouco do Evangelho. Enquanto Morgana tinha habilidades em todas as artes acadêmicas, sabia ler e escrever, e, sim, sabia as tarefas domésticas também: fiar, tecer e bordar finamente, e tingir, e fazer cerveja, sim, e a sabedoria das ervas e mágica também. Por fim, Gwenhwyfar gaguejou:

— Minha irmã... Disseram isso em tom de brincadeira, mas... É verdade que você sabe todo tipo de feitiços e encantamentos para fertilidade? Eu... Eu não posso viver mais com isso, que cada dama da corte observe o que eu como para ver se estou grávida ou tome nota do quanto aperto meu cinto! Morgana, se de fato sabe esses feitiços como dizem, minha irmã, eu imploro... Você usaria essas artes para mim?

Comovida e perturbada, Morgana pousou uma mão no braço de Gwenhwyfar.

— Em Avalon, é verdade, dizia-se que tais e tais coisas podem ajudar se uma mulher não engravida quando deveria, mas, Gwenhwyfar... — Ela hesitou, e Gwenhwyfar sentiu o rosto queimando de vergonha. Por fim, continuou: — Eu não sou a Deusa. Pode ser que seja a vontade dela que você e Artur não tenham filhos. Você realmente tentaria mudar a vontade dos Deuses com encantamentos e feitiços?

Gwenhwyfar disse violentamente:

— Até mesmo Cristo no jardim rezou: "Se queres, afasta de mim este cálice"...

— Mas ele também disse, Gwen: "Todavia não se faça a minha vontade, mas a tua" — Morgana lhe recordou.

— Eu me espanto com que saiba tais coisas...

— Vivi na casa de Igraine por onze anos, Gwenhwyfar, e ouvi a pregação do Evangelho tanto quanto você.

— Ainda assim, não consigo entender como pode ser a vontade de Deus que o reino seja novamente destruído pelo caos se Artur morrer — respondeu Gwenhwyfar, que ouviu a própria voz se elevar, afiada e raivosa. — Todos esses anos, fui fiel... Sim, eu sei que você não acredita, imagino que pense o que todas as mulheres da corte pensam, que traí meu senhor pelo amor de Lancelote, mas não é verdade, Morgana, juro que não é verdade...

— Gwenhwyfar, Gwenhwyfar! Não sou seu confessor! Jamais a acusei!

— Mas acusaria, se pudesse, e acho que tem ciúme — disse Gwenhwyfar, no calor do momento, e então gritou em arrependimento: — Ah, não, não! Não, não quero discutir com você, Morgana, minha irmã... Ah, não, vim implorar sua ajuda... — Sentiu lágrimas caindo de seus olhos. — Não fiz nada de errado, fui uma esposa boa e fiel, cuidei da casa de meu senhor e me esforcei para trazer honra a esta corte, rezei por ele e tentei fazer a vontade de Deus, não falhei em meu dever, e apesar disso... apesar disso, e de toda a minha lealdade e de minha obediência... não consegui cumprir minha parte no acordo. Qualquer prostituta na rua, cada seguidora dos acampamentos dos soldados, passeia por aí exibindo sua barriga grande, sua fertilidade, e eu... eu não tenho nada, nada...

Ela soluçava violentamente, as mãos no rosto.

A voz de Morgana soou confusa, mas terna, e ela estendeu os braços e puxou Gwenhwyfar para si.

— Não chore, não chore... Gwenhwyfar, olhe para mim, é tanta tristeza assim não ter um filho?

Gwenhwyfar lutou para controlar o choro. E disse:

— Não consigo pensar em mais nada, dia e noite...

Depois de um longo tempo, Morgana disse:

— Sim, percebo que é duro para você. — Parecia que realmente podia ouvir os pensamentos de Gwenhwyfar: *Se eu tivesse um filho, não pensaria dia e noite nesse amor que tenta minha honra, pois todos os meus pensamentos seriam dedicados ao filho de Artur.* — Eu gostaria de poder ajudá-la, irmã, mas não desejo mexer com encantos e feitiços. Somos ensinados em Avalon que as pessoas simples podem precisar de tais coisas, mas que as sábias não se metem com elas, apenas aguentam a sorte que os Deuses lhes enviaram.

E, enquanto falava, sentiu-se uma hipócrita; ela se lembrava da manhã em que saíra para buscar raízes e ervas para evitar que tivesse o filho de Artur. *Aquilo* não fora se render à vontade da Deusa!

Mas também não havia ido até o fim...

E então Morgana se perguntou, com um cansaço repentino: eu, que não queria um filho, e que cheguei perto da morte ao dá-lo à luz, tive o meu; Gwenhwyfar, que anseia por um noite e dia, segue com o útero e os braços vazios. É essa a bondade da vontade dos Deuses?

Ainda assim, sentiu-se forçada a dizer:

— Gwenhwyfar, gostaria que tivesse isto em mente: feitiços muitas vezes funcionam da maneira que você não desejaria. O que a faz acreditar que a Deusa a que sirvo pode lhe enviar um filho quando seu Deus, que supostamente é maior que todos os Deuses, não pode?

Aquilo soou como blasfêmia, e Gwenhwyfar sentiu vergonha de si mesma. Ainda assim, pegou-se pensando e dizendo alto, em uma voz que a sufocava enquanto falava:

— Acho que talvez Deus não se importe com as mulheres... Todos os seus padres são homens, e repetidamente as Escrituras nos dizem que as mulheres são tentadoras e más... Talvez seja por isso que ele não me escute. E por isso eu recorreria à Deusa... Deus não se importa... — E voltou a chorar tempestuosamente. — Morgana — ela gritou —, se não pode me ajudar, juro que irei esta noite à Ilha Dragão no barco, subornarei meus criados para me levarem até lá, e, quando as fogueiras forem acesas, também irei implorar à Deusa que me dê o dom de ter um filho... Eu juro, Morgana, que farei isso...

E ela se viu à luz das fogueiras, andando em torno das chamas, afastando-se para ser tomada por um homem estranho e sem rosto, deitada em seus braços. O pensamento fez todo o seu corpo se retesar com dor e com um prazer meio envergonhado.

Morgana ouviu com um horror crescente. *Ela jamais faria isso, perderia a coragem no último minuto... Eu estava assustada, até mesmo eu, e sempre soube que minha virgindade seria dada ao Deus.* Mas então, ouvindo o total desespero na voz da cunhada, pensou: *Sim, ela talvez fosse capaz; e, se o fizesse, se odiaria por toda a vida.*

Não havia outro som no cômodo além do soluçar de Gwenhwyfar. Morgana esperou até que ela se aquietasse um pouco e disse:

— Irmã, farei por você o que posso. Artur pode lhe dar um filho, você não precisa ir às fogueiras de Beltane ou procurar em outro lugar. Jamais poderá falar em voz alta que eu lhe disse isso, prometa-me, e não me faça perguntas. Mas Artur teve um filho.

Gwenhwyfar a encarou.

— Ele me disse que não teve filhos...

— Pode ser que ele não saiba. Eu mesma vi a criança. Está sendo criada na corte de Morgause.

— Ora, então ele já tem um filho, e se eu não lhe der um...

— Não! — disse Morgana rapidamente, a voz dura. — Eu lhe disse... Jamais poderá falar sobre isso, a criança não pode ser reconhecida por ele. Se você não lhe der um filho, o reino deve ir para Gawaine. Gwenhwyfar, não me faça mais perguntas, pois não lhe direi mais que isso... Se você não tem filhos, não é culpa de Artur.

— Nem mesmo concebi desde a última colheita, e foram apenas três vezes em todos estes anos — Gwenhwyfar engoliu em seco, enxugando o rosto no véu. — Se eu me oferecer à Deusa, ela será misericordiosa comigo...

Morgana suspirou.

— Pode ser que sim. Você não pode ir à Ilha Dragão. Pode conceber, eu sei; talvez um pequeno feitiço possa ajudá-la a segurar a criança até o nascimento. Mas eu lhe aviso novamente, Gwenhwyfar: encantamentos não fazem sua mágica como os homens e as mulheres desejam, mas seguem suas próprias leis, e essas leis são tão estranhas quanto o passar do tempo no país das fadas. Não tente me culpar, Gwenhwyfar, se o encantamento tiver outro resultado que não seja o que você acha que deveria ter.

— Se ele me der a menor chance de ter um filho com meu senhor...

— Isso ele deverá fazer — disse Morgana, e se virou, com Gwenhwyfar a seguindo como uma criança sendo guiada pela mãe.

O que seria o encantamento, perguntou-se Gwenhwyfar, e o que ele faria, e por que Morgana parecia tão estranha e solene, como se fosse a própria Grande Deusa? Mas, disse a si mesma, respirando fundo, aceitaria o que fosse, se o feitiço pudesse dar-lhe o que mais desejava.

Uma hora depois, quando os trompetes foram soprados e Morgana e Gwenhwyfar estavam sentadas lado a lado na beira do campo, Elaine se inclinou para elas e disse:

— Olhem! Quem é aquele cavalgando para o campo ao lado de Gawaine?

— É Lancelote — disse Gwenhwyfar, sem fôlego. — Ele voltou para casa.

Ele estava mais belo que nunca. Sofrera um corte vermelho no rosto, que deveria ter ficado feio, mas que lhe dava a beleza feroz de um gato selvagem. Ele cavalgava como se fosse parte do próprio cavalo, e Gwenhwyfar ouvia a conversa de Elaine sem de fato escutar, os olhos fixos no homem.

Amarga, amarga a ironia disso. Por que agora, quando estou resolvida e jurei não pensar mais nele, jurei cumprir meu dever prometido ao meu senhor e rei... Em torno de seu pescoço, abaixo do torque dourado que Artur lhe dera quando fizeram cinco anos de casamento, ela sentiu o peso do feitiço de Morgana, costurado em uma pequena bolsa entre seus seios. Ela não sabia, não quisera saber, o que Morgana havia colocado nela.

Por que agora? Eu esperava que, quando ele voltasse para casa no Pentecostes, eu já estaria levando a criança de meu senhor, e ele não me olharia mais, já que ficaria muito claro que estava resolvida a honrar meu casamento.

Mas, contra a sua vontade, ela se lembrou das palavras de Artur: "Se você me der um filho, eu não farei perguntas... Você entende o que eu digo?". Gwenhwyfar havia entendido bem demais o que ele queria dizer. O filho de Lancelote poderia ser herdeiro do trono. Essa nova tentação estaria sendo oferecida a ela, agora, porque já havia caído em grave pecado ao se meter com a feitiçaria de Morgana e feito ameaças ferozes e impudicas na esperança de forçar Morgana a ajudá-la?

Eu não me importo, se assim puder dar um filho ao meu rei... Se um Deus me condenaria por isso, de que ele me serve? Assustou-se com a própria blasfêmia, mas tinha sido blasfêmia, também, pensar em ir às fogueiras de Beltane...

— Vejam, Gawaine caiu, nem ele conseguiu aguentar o galope de Lancelote — disse Elaine ansiosamente. — E Cai também! Como Lancelote pôde derrubar um homem aleijado?

— Não seja mais tola do que *precisa*, Elaine — disse Morgana. — Você acha que Cai agradeceria a Lancelote por poupá-lo? Se Cai entrou nesses jogos, certamente pode correr o risco de receber um ferimento! Ninguém pediu a ele que competisse.

Desde o momento em que Lancelote entrou na arena, a vitória estava decidida. Houve protestos bem-humorados entre os Companheiros quando eles o viram.

— É inútil para qualquer um de nós entrar nas competições quando Lancelote está aqui — disse Gawaine, rindo, o braço em torno do primo. — Você não poderia ter ficado longe mais um dia ou algo assim, Lance?

Lancelote também ria, o rosto bastante enrubescido. Pegou a taça dourada e a jogou no ar.

— Sua mãe também me pediu para ficar na corte dela para Beltane. Eu não vim aqui para privá-lo do prêmio, não preciso de prêmios. Gwenhwyfar, minha senhora — ele gritou —, pegue isso e me dê em troca a fita que usa no pescoço. A taça pode ir para o altar ou para a mesa da rainha!

Envergonhada, Gwenhwyfar colocou a mão na garganta e na fita em que havia atado o feitiço de Morgana.

— *Isto* não posso lhe dar, meu amigo... — Mas ela fuçou na manga que havia bordado com pequenas pérolas. — Tome isto como uma gentileza para meu campeão. Quanto aos prêmios... Bem, darei prêmios a todos vocês. — Ela fez um gesto para Gawaine e Gareth, que haviam chegado depois de Lancelote na disputa.

— Um ato gracioso — disse Artur, levantando-se em seu lugar, enquanto Lancelote pegou a seda bordada e a beijou, e então a prendeu em torno de seu elmo. — Mas meu lutador mais valente ainda precisa ser honrado. Vai sentar-se conosco na mesa alta, Lancelote, e nos dizer tudo o que lhe aconteceu desde que deixou a corte.

Gwenhwyfar pediu licença para ela e suas damas se retirarem a fim de se prepararem para o banquete. Elaine e Meleas falavam sobre a coragem de Lancelote, sua corrida, sua generosidade em abrir mão de todos os prêmios. Gwenhwyfar podia apenas pensar no olhar que ele lhe dera quando havia pedido a fita em seu pescoço. Olhou para cima e deu com o sorriso sombrio e enigmático de Morgana. *Não posso nem mesmo rezar pedindo paz de espírito. Perdi o direito de rezar.*

Por toda a primeira hora do banquete, ela se moveu para lá e para cá a fim de se certificar de que todos os convidados tinham sido instalados e servidos de modo apropriado. Na hora em que tomou seu lugar na mesa alta, muitos já estavam bêbados, e lá fora estava muito escuro. Os criados trouxeram tochas e lanternas, prendendo-as nas paredes, e Artur disse, animado:

— Veja, minha senhora, estamos acendendo nossas próprias fogueiras de Beltane dentro do castelo!

Morgana havia se sentado perto de Lancelote. O rosto de Gwenhwyfar latejava com o calor e o vinho que bebera; ela virou o rosto para não vê-los. Lancelote disse, com um grande bocejo:

— Ora, é de fato Beltane, eu havia me esquecido.

— E Gwenhwyfar preparou esses festejos para que ninguém da nossa gente se sentisse tentado a escapar para os velhos ritos — disse Artur. — Há vários modos de se conseguir algo... Se eu proibisse as fogueiras, então seria um tirano...

— E — disse Morgana, em sua voz baixa — infiel a Avalon, meu irmão.

— Mas se minha senhora torna mais prazeroso para meu pessoal sentar-se em nosso banquete do que sair aos campos para dançar em torno das fogueiras, então nosso propósito é alcançado de modo mais simples!

Morgana encolheu os ombros. Para Gwenhwyfar, parecia que ela se divertia secretamente. Ela havia bebido pouco; talvez fosse a única pessoa totalmente sóbria à mesa do rei.

— Você esteve viajando por Lothian, Lancelote... Eles mantêm os ritos de Beltane lá? — perguntou Morgana.

— Assim diz a rainha — respondeu Lancelote —, mas ela bem poderia estar brincando comigo... Não vi nada que indicasse que a rainha Morgause não é a mais cristã das senhoras. — Mas pareceu a Gwenhwyfar que ele olhou incomodado para Gawaine enquanto falava. — Preste atenção no que digo, Gawaine, não disse nada contra a senhora de Lothian, não tenho querelas com você ou os seus...

Mas a única resposta foi um ronco suave, e o riso de Morgana foi tenso. Ela disse:

— Veja, ali está Gawaine dormindo com a cabeça na mesa! Eu também gostaria de pedir notícias de Lothian, Lancelote... Não acho que alguém criado lá pode se esquecer tão rápido dos fogos de Beltane. As marés do sol correm no sangue de qualquer um criado em Avalon, como eu, a rainha Morgause... Não é assim, Lancelote? Artur, você se lembra da coroação na Ilha Dragão? Há quantos anos... nove, dez...

Artur pareceu descontente, embora tenha falado com gentileza:

— Isso foi há muitos anos, como você diz, irmã, e o mundo muda a cada estação. Acho que o tempo para tais coisas já passou, a não ser, talvez, para os que vivem do campo e das plantações e precisam invocar a Deusa para abençoá-los... Taliesin diria o mesmo, e eu não o desmentiria. Mas acho que esses velhos rituais pouco têm a ver com pessoas como nós, que moram em castelos e cidades e ouviram a palavra de Cristo. — Ele levantou a taça de vinho, bebeu o restante, e falou com a ênfase dos embriagados: — Deus nos dará tudo o que desejarmos, tudo o que seja certo termos, sem a necessidade de invocar os velhos Deuses, não é, Lance?

Gwenhwyfar sentiu os olhos de Lancelote sobre ela por um momento antes que ele dissesse:

— Qual de nós tem tudo o que pode desejar, meu rei? Nenhum rei, e nenhum Deus, pode conceder isso.

— Mas eu quero que meus... meus súditos tenham tudo o que necessitam — Artur repetiu com voz grossa. — E também a minha rainha, nos dando nossas próprias fogueiras de Bel-Beltane aqui...

— Artur — Morgana falou gentilmente —, você está bêbado.

— Ora, e por que não? — ele perguntou a ela belicosamente. — Em meu próprio banquete e em meu pró... próprio lar... E para que lutei contra os saxões por tantos anos? Para me sentar em minha própria Távola Redonda e desfrutar de... de paz, boa cerveja e vinho, e boa música... Onde está o harpista Kevin? Não terei música em meu banquete?

— Não tenho dúvida de que ele foi adorar a Deusa em suas fogueiras e tocar sua harpa na Ilha Dragão — disse Lancelote, rindo.

— Ora, isso é traição — Artur falou com a voz pastosa. — E outra razão para que eu proíba as fogueiras de Beltane, para que eu tenha música...

Morgana riu e disse alegremente:

— Não pode comandar a consciência de outra pessoa, meu irmão. Kevin é um druida e tem o direito de oferecer sua música à sua própria Deusa se o desejar. — Ela pousou o queixo nas mãos, e Gwenhwyfar pensou que parecia um gato lambendo o creme dos bigodes. — Mas acho que ele já festejou Beltane de sua própria maneira... Decerto foi para sua cama, pois todos aqui estão bêbados demais para distinguir entre a música dele e a minha, e a gaita de foles de Gawaine! Mesmo dormindo, ele toca a música de Lothian — ela completou, e um ronco particularmente forte de Gawaine cortou o silêncio; ela gesticulou para um dos camareiros, que se aproximou de Gawaine e o persuadiu a se levantar. Ele se curvou grogue para Artur e saiu cambaleando do salão.

Lancelote levantou sua taça e bebeu o conteúdo.

— Também tive música e banquete suficientes, acho... Viajei desde o raiar do dia, já que queria chegar para os jogos de hoje, e logo pedirei licença para ir para minha cama, Artur.

Gwenhwyfar aferiu a bebedeira dele por aquele *Artur* espontâneo; em público, ele sempre tinha muito cuidado para falar formalmente com ele como "meu senhor" ou "meu rei", e apenas quando estavam sozinhos dizia "primo" ou "Artur".

Mas de fato, tão tarde no banquete, havia pouca gente sóbria o bastante para notar, e era como se estivessem os dois sozinhos. Artur nem respondeu a Lancelote; havia escorregado um pouco em sua cadeira alta, e seus olhos estavam semicerrados. Bem, pensou Gwenhwyfar, ele mesmo havia dito que era seu próprio banquete e seu próprio lar, e, se um homem não podia ficar bêbado em sua própria casa, por que havia lutado por tantos anos para tornar seguros seus festejos?

E, se Artur estivesse bêbado demais esta noite para recebê-la em sua cama, por fim... Ela sentiu a fita em sua garganta, na qual pendia o encantamento, e seu peso quente entre seus seios. É Beltane; ele não poderia ter ficado sóbrio para isso? *Se tivesse sido chamado para uma daquelas velhas festas pagãs, teria se lembrado*, ela pensou, e seu rosto ardeu com a falta de decoro do pensamento. *Devo estar bêbada também!* Olhou raivosamente para Morgana, calma e sóbria, brincando com as fitas de sua harpa. Por que Morgana sorria daquela maneira?

Lancelote se inclinou em sua direção e disse:

— Acho que nosso senhor e rei já teve o bastante de festejos e vinho, minha rainha. Dispense os servos e Companheiros, senhora, e vou procurar o camareiro de Artur para ajudar a colocá-lo na cama.

Lancelote se levantou. Gwenhwyfar percebeu que também estava bêbado, mas ele se portava bem, apenas andando com um pouco mais de cuidado do que de costume. Conforme começou a passar entre os convidados para desejar-lhes boa-noite, ela sentiu sua própria cabeça girar e os passos trôpegos. Vendo o sorriso enigmático de Morgana, ouviu as palavras da maldita feiticeira: *Não tente me culpar, Gwenhwyfar, se o encantamento tiver outro resultado que não seja o que você acha que deveria ter...*

Lancelote voltou, passando pelos convidados que deixavam o salão.

— Não consigo encontrar o criado de meu senhor... Alguém na cozinha disse que foram todos para as fogueiras na Ilha Dragão... Gawaine ainda está aqui, ou Balan? São os únicos grandes e fortes o bastante para carregar nosso senhor e rei para a cama...

— Gawaine está bêbado demais para carregar a si mesmo — disse Gwenhwyfar —, e não vi Balan. E com certeza *você* não pode carregá-lo, pois ele é mais alto e pesado que você...

— Ainda assim, vou tentar — disse Lancelote, rindo, e curvou-se ao lado de Artur.

— Vamos, primo... Gwydion! Não há ninguém para carregá-lo para a cama, eu lhe darei meu braço. Aqui, levante-se, aqui está, meu valente companheiro — ele disse, como se falasse com uma criança, e Artur reabriu os olhos e ficou de pé, cambaleando. Os passos de Lancelote também não estavam nada firmes, pensou Gwenhwyfar, enquanto seguia os homens; não que os seus próprios estivessem... Que bela visão deveria ser aquela, se algum servo estivesse sóbrio o suficiente para notar: o Grande Rei, a Grande Rainha e o chefe da cavalaria do rei cambaleando para a cama na noite de Beltane, bêbados demais para que seus pés os levassem...

Mas Artur ficou um pouco mais sóbrio quando Lancelote o fez adentrar no quarto; ele foi até um jarro de água no canto, espirrou um pouco no rosto e bebeu outro tanto.

— Obrigado, primo — ele disse, a voz ainda lenta e bêbada. — Minha senhora e eu temos muito por que agradecer-lhe, isso é certo, e sei que você nos estima...

— Deus é minha testemunha disso — respondeu Lancelote, mas olhou para Gwenhwyfar com algo parecido com desespero. — Devo buscar um de seus criados, primo?

— Não, fique por um momento — afirmou Artur. — Há algo que gostaria de lhe dizer, e, se não encontrar coragem para isso na bebida, jamais o direi sóbrio. Gwen, você pode se virar sem suas criadas? Não quero que isso seja levado para além destes aposentos por línguas ociosas. Lancelote, venha aqui e sente-se ao meu lado. — E, sentando-se na beira da cama, estendeu a mão para o amigo. — Você também, querida... Agora, ouçam-me, os dois. Gwenhwyfar não tem um filho, e vocês acham que não vi como olham um para o outro? Eu falei sobre isso uma vez com Gwen, mas ela é muito pudica e devota, e não quis me ouvir. Mas agora, em Beltane, quando toda a vida nesta terra parece gritar com procriação e fertilidade... Como posso dizer isso? Há um velho ditado entre os saxões: um amigo é aquele a quem você emprestaria sua esposa favorita e sua espada favorita...

O rosto de Gwenhwyfar queimava; ela não conseguia olhar para nenhum dos homens. Artur continuou lentamente:

— Um filho seu, Lance, seria herdeiro de meu reino, e é melhor isso do que ir para os filhos de Lot... Ah, sim, o bispo Patrício diria que é um pecado grave, sem dúvida, como se o Deus dele fosse alguma velha dama de companhia que passasse a noite espiando para ver quem dorme na cama de quem... Acho que é um pecado maior não tomar providências para que um filho herde meu reino. Então cairíamos no grande caos que ameaçou acontecer quando Uther subiu ao trono... Meu amigo, meu primo, o que você diz?

Gwenhwyfar viu Lancelote umedecer os lábios com a língua e sentiu a secura da própria boca. Por fim, ele respondeu:

— Não sei o que dizer, meu rei, meu amigo, meu primo. Deus sabe... Não há outra mulher neste mundo. — E a voz dele parou; olhou para Gwenhwyfar, que parecia não suportar o anseio nu nos olhos dele. Por um momento, ela pensou que desmaiaria e estendeu a mão para se firmar na cabeceira da cama.

Ainda estou bêbada, ela pensou, *estou sonhando isso, não posso ter ouvido meu marido dizer o que penso ter ouvido...* E ela sentiu uma explosão agonizante de vergonha. Não podia viver e deixar que falassem dela daquela maneira.

Os olhos de Lancelote não haviam se movido dos dela.

— Isso é para minha... para minha senhora decidir.

Artur estendeu os braços para ela. Ele havia tirado as botas e a rica túnica que usara no banquete; em sua roupa de baixo, ele se parecia muito com o rapaz com quem ela se casara, anos atrás. Ele disse:

— Venha aqui, Gwen. — E a puxou para seu colo. — Você sabe que a amo... Você e Lancelote, acho, são as pessoas que mais amo no mundo, a não ser...

Ele engoliu em seco e parou, e Gwenhwyfar pensou repentinamente: *Pensei apenas em meu próprio amor, não pensei em Artur. Ele me tomou sem me ver, sem me desejar, e me mostrou amor e me honrou como rainha. Mas nunca pensei que, assim como amo Lancelote, pode existir alguém que Artur ama e não pode ter... Não sem pecado ou traição. Eu me pergunto se é por isso que Morgana zomba de mim, ela conhece os amores secretos de Artur... ou os pecados dele...*

Mas Artur continuou deliberadamente:

— Acho que jamais teria tido a coragem de dizer isto, se não fosse por Beltane... Por muitos milhares de anos, nossos antepassados fizeram essas coisas, sem vergonha, bem diante de nossos Deuses e pela vontade deles. E, escutem-me, meus queridos, se estou aqui com vocês, minha Gwenhwyfar, e uma criança resultar disso, então você poderá jurar sem faltar com a verdade que ela foi concebida em sua cama marital, e nenhum de nós jamais precisará saber ao certo... Meu amor, você não consentirá?

Gwenhwyfar não conseguia respirar. Muito lentamente, ela estendeu a mão e a pousou na de Lancelote. E sentiu o toque de Artur em seu cabelo enquanto Lancelote se curvou para a frente e a beijou na boca.

Sou casada há muitos anos e agora estou assustada como qualquer virgem, ela pensou, e então se lembrou das palavras de Morgana quando esta colocara o encantamento em seu pescoço. *Cuidado com o que pede, Gwenhwyfar, pois a Deusa pode atender seu pedido...*

Naquele momento, pensara que Morgana queria dizer apenas que, se ela rezava por um filho, então bem poderia morrer no parto. Agora sabia que era algo mais sutil, pois acontecera que ela teria Lancelote, e sem culpa, com o desejo e a permissão de seu marido... E, em um lampejo de consciência, pensou: *Era isso o que eu queria, afinal de contas; depois de todos esses anos, é certo que sou incapaz de dar à luz, que não terei nenhuma criança, mas ao menos terei isto...*

Com as mãos trêmulas, ela soltou o vestido. Parecia que o mundo inteiro havia se reduzido a isso, essa consciência perfeita de si mesma, de seu próprio corpo doendo de desejo, uma avidez que jamais pensara que pudesse sentir. A pele de Lancelote era tão suave... Ela pensara que todos os homens fossem como Artur, peludos e queimados de sol, mas o corpo dele era macio como o de uma criança. Ah, mas ela amava os dois, amava Artur ainda mais por ele ser generoso o suficiente para dá-la dessa maneira... Ambos a abraçavam agora, e ela fechou os olhos e estendeu o rosto para ser beijada, sem saber ao certo qual homem pousou os lábios sobre os seus. Mas foi a mão de Lancelote que acariciou seu rosto e desceu por seu pescoço nu, onde estava a fita.

— Ora, o que é isso, Gwen? — ele perguntou, a boca contra a dela.

— Nada — ela disse —, nada. Uma porcaria que Morgana me deu.

Ela a arrancou e a jogou em um canto, afundando novamente nos braços de seu marido e de seu amante.

LIVRO TRÊS

O GAMO-REI

1

Naquela estação em Lothian parecia que o sol pouco descansava. A rainha Morgause ainda despertava quando a luz vinha se infiltrar pelas cortinas; tão cedo que as gaivotas ainda mal faziam barulho. Mas já havia luz suficiente para distinguir o corpo musculoso e peludo do jovem que dormia ao seu lado... Um privilégio do qual ele havia usufruído a maior parte do inverno. Fora um dos escudeiros de Lot e havia deitado olhares de desejo sobre a rainha mesmo antes da morte dele. E, na escuridão mortal do inverno, era pedir muito que ela dormisse sozinha nos aposentos frios do rei.

Não que Lot tenha sido um ótimo rei, pensou, apertando os olhos contra a luz que se intensificava. *Mas seu reinado foi longo, desde antes de Uther Pendragon subir ao trono, e o povo estava acostumado com ele; há gente de meia-idade que não chegou a conhecer outro rei. Ele estava no trono,* pensou, *quando o jovem Lochlann nasceu...*

Bem, no que diz respeito a isso, ela também. Mas aquele pensamento era menos confortável, e Morgause se desvencilhou dele.

Gawaine teria sucedido o pai, mas ele mal visitara sua terra natal desde a coroação de Artur, e o povo não o conhecia. Ali em Lothian, já que havia paz na terra, as tribos estavam satisfeitas por serem governadas por sua rainha, com o filho Agravaine ao lado caso precisassem de um líder na guerra. Desde tempos imemoriais uma rainha havia governado o povo, como a Deusa fizera com os Deuses, e em geral todos ficavam satisfeitos com que fosse assim.

Mas Gawaine permanecia ao lado de Artur... Não o abandonou nem quando Lancelote viera para o norte antes de Beltane – de acordo com ele, para verificar se os faróis na costa haviam sido consertados, evitando que os navios fossem levados aos rochedos. Mas Morgause imaginou que, na realidade, o real motivo daquela viagem fosse para que olhos a serviço de Artur vissem o que acontecia em Lothian, se havia alguém ali em discordância com o governo do Grande Rei.

Foi quando soube, então, da morte de Igraine – a notícia não havia chegado ali antes. Ela e Igraine não foram amigas quando jovens; sempre invejara a beleza da irmã mais velha e jamais a perdoara por ter sido escolhida por Viviane para Uther Pendragon. Morgause pensava que teria dado uma Grande Rainha melhor que aquela tola, tão dócil, devota e amorosa. Pois quando tudo fora dito e feito, quando a lanterna se apagava, os homens não eram tão diferentes um do outro, e todos eram ridiculamente fáceis de serem controlados, dependentes daquilo que uma mulher poderia lhes oferecer. Ela própria havia governado muito bem por trás do trono de Lot; e teria feito ainda melhor com Uther, pois não se envolveria de modo tão estúpido com os padres.

Ainda assim, quando soube da partida de Igraine, sofreu sinceramente a perda e desejou que tivesse ido a Tintagel antes da morte dela. Tinha tão poucas amigas mulheres agora...

A maioria de suas criadas havia sido escolhida por Lot por causa de sua beleza e disponibilidade para o rei, e ele preferia mulheres que não pensavam muito ou conversavam com inteligência. Morgause era, ele havia dito uma vez, o suficiente naquele aspecto. Ele a consultava sobre todas as coisas e respeitava sua inteligência, mas, quando ela lhe deu quatro filhos reais, voltou-se ao que naturalmente preferia ter em sua cama: mulheres bonitas e com pouco juízo. Morgause jamais se ressentiu dos prazeres de seu marido e tinha até ficado contente por ser poupada de mais filhos. Se desejasse bebês para brincar, podia recorrer a seu filho de criação, Gwydion. E, para além disso, as mulheres de Lot estavam sempre grávidas; o menino tinha muitos companheiros de brincadeira com sangue real!

Lochlann se agitou ao seu lado, murmurou algo e a puxou para seus braços ainda sonolentos. Morgause desistiu de pensar, pelo menos por ora. Sentira saudade dele, já que, durante a estadia de Lancelote na corte, ela enviara Lochlann para dormir entre os jovens rapazes. Apesar de que, por toda a diferença que isso teria feito para Lancelote, ela bem poderia tê-lo deixado ficar em sua cama ou dormido com o cachorro! Bem, mas agora ele estava ali novamente; Lot jamais havia se ressentido de sua diversão, assim como Morgause não se ressentira das mulheres dele.

Mas quando a excitação havia diminuído, e Lochlann descera as escadas para a privada externa, Morgause pensou subitamente que sentia a falta de Lot. Não que ele tivesse sido particularmente bom nesse tipo de atividade... Já era velho quando se casaram. Mas, quando *aquilo* terminava, ele e ela costumavam ter conversas inteligentes, e Morgause percebeu que sentia saudade dos anos em que acordavam juntos, ficavam na cama e falavam sobre o que seria feito e o que tinha acontecido no reino ou em toda a Bretanha.

Quando Lochlann voltou, o sol já estava ficando forte, e o ar, cheio de vida com os gritos das gaivotas. Ela podia ouvir pequenos sons no andar de baixo, e de algum lugar vinha o cheiro de pão sendo assado. Ela o puxou para si, deu nele um beijo rápido e disse:

— Você precisa ir embora, meu querido. Quero você fora daqui quando Gwydion vier. Ele é um menino crescido agora e está começando a notar as coisas.

Lochlann riu.

— *Aquele* menino nota tudo desde que saiu dos braços da ama. Enquanto Lancelote esteve aqui, notou cada movimento dele, até mesmo em Beltane. Mas não acho que deva se preocupar: ele não tem idade suficiente para pensar *naquilo*.

— Não tenho tanta certeza — Morgause afirmou, e acariciou o rosto dele. Gwydion nunca dizia nem fazia nada até ter certeza de que não ririam dele por ser muito jovem. Dono de si como era, nunca suportou que lhe dissessem que era jovem demais para qualquer coisa. Aos quatro anos, teve um acesso de raiva quando ouviu que não podia ir procurar ninhos de pássaros nos penhascos e quase sofreu uma queda mortal tentando acompanhar os meninos mais velhos. Morgause lembrava-se daquela ocasião e de outras similares, quando dissera a ele para nunca mais fazer isso ou aquilo de novo, e o menino imobilizara o rostinho moreno, dizendo: "Sim, é claro que farei, e você não pode me impedir"; a única resposta possível fora: "Não, você não fará, ou eu mesma vou lhe dar uma surra". Não que tivesse importância se ela o surraria ou não, isso servia apenas para deixá-lo ainda mais petulante. Talvez desse resultado se ela estivesse disposta a bater nele até deixar o menino sem sentidos. Uma vez, tendo perdido a paciência, assustara-se consigo mesma com a força com que havia espancado a criança indefesa. Nenhum de seus filhos, nem mesmo o sempre teimoso Gareth, fora tão desafiador. Gwydion fazia o que queria, e, quando ficou mais velho, ela adotou métodos mais sutis: "Não pode, ou farei sua aia tirar suas calças e surrá-lo com uma vara de espinheiro na frente de todo o povo da casa, como se fosse um bebê de quatro ou cinco anos". Aquilo funcionou por um tempo, pois o jovem Gwydion era muito ciente de sua dignidade. Mas agora já não havia mais como impedi-lo, ele fazia o que queria, independentemente de qualquer coisa. Seria necessário um homem muito forte para surrá-lo com a força necessária, e ele sempre encontrava um jeito de fazer com que qualquer um que o ofendesse se arrependesse disso, cedo ou tarde.

Imaginou que o menino ficaria mais vulnerável quando começasse a se importar com o que as moças pensavam dele. Era moreno e descendia do povo das fadas, como Morgana, e era belo como Lancelote. Era possível que sua aparente indiferença às mulheres fosse a mesma de Lancelote. Pensou naquilo por um instante, sentindo uma pontada de humilhação. Lancelote... Ele era o homem mais belo que vira em muitos anos, e ela havia deixado claro a ele que nem mesmo a rainha estava fora de seu alcance... Mas Lancelote fingiu não entender e continuou sempre a chamá-la de "tia". Podia-se pensar, pela maneira como ele a tratava, que Morgause era de fato velha, gêmea de Viviane, e não jovem o suficiente para ser filha dela!

Morgause começou a tomar o desjejum na cama, enquanto falava com suas mulheres sobre o que deveria ser feito naquele dia. Trouxeram-lhe um pouco do pão fresco, e, naquela época do ano, havia bastante manteiga na sala de laticínios. Enquanto se demorava, apoiada nas almofadas, Gwydion entrou no quarto.

— Bom dia, mãe de criação — ele disse. — Saí e lhe trouxe algumas frutas silvestres. E também há creme na despensa. Se quiser, buscarei para você.

Ela olhou para as frutas silvestres orvalhadas em uma tigela de madeira.

— Foi muito atencioso de sua parte, filho adotivo — disse, sentando-se na cama para dar-lhe um abraço. Quando ele era apenas um pouco mais novo, entrava sob suas cobertas em ocasiões como essa, e ela lhe dava pão quente e mel. No inverno, aninhava-o em seus cobertores de pele, como qualquer caçula mimado. Ela sentia falta da sensação do corpinho quente contra o seu, mas tinha consciência de que ele já estava realmente grande demais para isso agora.

Ele se endireitou, alisando o cabelo, já que odiava ficar desarrumado. Morgana também era assim, sempre havia sido uma menininha organizada.

— Saiu cedo, meu amor — observou —, e fez tudo isso só para sua velha mãe de criação? Não, não quero creme. Não quer que eu fique gorda como uma porca velha, quer?

Ele inclinou a cabeça para o lado, como um passarinho, e olhou para Morgause, ponderando.

— Não faria diferença — respondeu. — Mesmo se ficasse gorda, ainda seria linda. E há mulheres nesta corte... Mara, por exemplo, que não é mais gorda que você, mas todos os homens, e também as outras mulheres, a chamam de Mara Gorda. De algum modo você não aparenta seu tamanho, porque quando alguém a olha tudo o que vê é sua beleza. Então coma o creme se quiser, mãe de criação.

Uma resposta tão certeira vinda de uma criança! Ele realmente estava começando a se transformar em um homem, embora fosse ficar como Agravaine, não muito alto: um membro do povo antigo, enfim. E, é claro, perto do gigante Gareth, sempre pareceria uma criança, mesmo quando tivesse vinte anos! Havia lavado o rosto e escovado com muito cuidado o cabelo, que também fora aparado recentemente.

— Como está bonito, meu amor — ela disse, enquanto os pequenos dedos dele investiam precisamente para pegar uma frutinha do prato. — Você mesmo cortou seu cabelo?

— Não — ele respondeu. — Fiz o camarista cortá-lo. Disse que estava cansado de me parecer com o cachorro. Lot estava sempre com o cabelo bem cortado e bem barbeado, e Lancelote também, durante todo o tempo que passou aqui. Gosto de ter a aparência de um cavalheiro.

— E sempre tem, meu querido — disse Morgause, olhando para a pequena mão morena segurando as frutinhas. Tinha arranhões de espinheiros e os nós sujos e encardidos como a mão de qualquer menino ativo, mas ela notou também que ele a havia esfregado bastante e que as unhas não estavam sujas ou quebradas, mas cuidadosamente aparadas. — Mas por que vestiu a túnica de festa esta manhã?

— Vesti a túnica de festa? — ele perguntou, o rostinho moreno inocente. — Sim, acho que vesti. Bem... — Gwydion fez uma pausa, e ela soube que, fosse qual fosse seu motivo, e é claro que tinha uma boa razão, ela jamais saberia. Por fim, ele afirmou calmamente: — Molhei a outra com orvalho enquanto pegava as frutas silvestres para você, senhora. — E então, disse de repente: — Pensei que eu fosse odiar *sir* Lancelote, mãe. Gareth sempre falou dele como se fosse um deus. — E Morgause se lembrou de que, embora não chorasse diante dela, Gwydion ficara arrasado quando Gareth partira para a corte de Artur. Também havia sentido falta dele: Gareth era a única pessoa que tinha alguma influência real sobre Gwydion e podia fazê-lo obedecer suas ordens só com uma única palavra. Desde que fora embora, não havia um vivente a quem Gwydion ouvisse. — Pensei que seria um tolo cheio de si — afirmou Gwydion —, mas não era nada disso. Ele me falou mais sobre faróis do que até mesmo Lot sabia, acho eu. E disse que, quando eu for mais velho, deveria ir para a corte de Artur e, se for bom e honrado, ser sagrado cavaleiro. — Os olhos escuros profundos consideraram aquilo. — Todas as mulheres disseram que me pareço com ele... Elas me perguntaram uma coisa, e fiquei bravo por não saber a resposta. Mãe de criação — disse, e curvou-se para a frente, o cabelo escuro e macio caindo solto sobre a testa, dando ao rostinho composto uma vulnerabilidade incomum —, diga-me a verdade: Lancelote é meu pai? Pensei que poderia ser por isso que Gareth gostava tanto dele...

E você não é o primeiro a fazer essa pergunta, meu amor, ela pensou, acariciando o cabelo macio do menino. A puerilidade incomum no rosto dele enquanto fazia a pergunta tornou a voz de Morgause mais gentil que o normal.

— Não, meu pequeno. Dentre todos os homens do reino, Lancelote não poderia ser seu pai, fiz questão de perguntar. Durante todo o ano em que você foi gerado, ele esteve na Bretanha Menor, lutando ao lado do pai dele, o rei Ban. Também já tive essa dúvida, mas se parece com ele porque Lancelote é primo de sua mãe, assim como é meu sobrinho.

Gwydion a examinou com ceticismo, e Morgause quase podia ler seus pensamentos: *Ele acha que, mesmo se eu soubesse que Lancelote era seu pai, jamais diria algo diferente do que acabei de dizer*. Por fim, ele afirmou:

— Talvez um dia deva ir a Avalon, em vez de à corte de Artur. Minha mãe mora lá agora, mãe de criação?

— Não sei.

Morgause franziu o cenho... Mais uma vez, esse seu filho adotivo estranhamente adulto a fizera falar com ele como se fosse um homem. Gwydion fazia isso com bastante frequência. Percebeu que, agora que Lot estava morto, o menino era a única pessoa na casa com quem falava de vez em quando de adulto para adulto! Ah, sim, Lochlann era homem o suficiente na cama, à noite, mas nunca tinha muito mais a dizer que um dos pastores ou até mesmo as criadas.

— Saia agora, Gwydion, meu amor, vou me vestir.

— Por que deveria sair? — perguntou ele. — Sei bem qual a sua aparência desde que eu tinha cinco anos.

— Mas agora está mais velho — disse ela, com aquela velha sensação de desamparo. — Não é apropriado que fique aqui enquanto me visto.

— Dá muita importância ao que é apropriado, mãe de criação? — perguntou ele, inocentemente, os olhos pousados na depressão na almofada onde Lochlann se deitara, e Morgause sentiu o súbito fluxo de frustração e raiva. Ele podia enredá-la nesses argumentos como se fosse adulto, ou até mesmo um druida! Então, respondeu bruscamente:

— Não preciso lhe dar explicações sobre o que faço, Gwydion!

— E eu disse que precisava? — Os olhos dele estavam cheios de inocência ferida. — Mas, se estou mais velho, então preciso saber mais sobre as mulheres do que quando era bebê, não é? Quero ficar e conversar.

— Ah, fique se quiser — ela respondeu —, mas vire-se de costas, não o quero olhando para mim, senhor Indecência!

Ele se virou obedientemente, mas, quando ela se levantou e fez um sinal para que sua criada trouxesse seu vestido, disse:

— Não, coloque seu vestido azul, mãe de criação, aquele que acabou de ser tecido, e seu manto cor de açafrão.

— Agora vai me aconselhar sobre o que devo vestir? O que é isso?

— Gosto de vê-la vestida como uma dama refinada e uma rainha — ele respondeu, persuasivamente. — E peça para arrumarem seu cabelo para o alto, com a espiral de ouro, sim, mãe de criação? Para me agradar?

— Ora, quer que me vista tão bem quanto para um festejo do solstício de verão, para me sentar cardando lã em meus melhores trajes? Minhas damas ririam de mim, criança!

— Deixe que riam — insistiu Gwydion. — Não usaria suas roupas mais finas para me agradar? E quem sabe o que pode acontecer antes que o dia acabe? Poderá ficar feliz com isso.

Morgause, rindo, cedeu.

— Ah, como desejar... Se quer que eu me vista para um festejo, que seja... Teremos nosso próprio festejo aqui, então! E agora imagino que as criadas da cozinha devam assar bolos de mel para essa festa imaginária... — *Uma criança, no final das contas*, pensou, *age dessa maneira para conseguir doces. Mas, já que ele me trouxe frutas silvestres, por que não agradá-lo?* — Bem, Gwydion, devo mesmo pedir que assem bolos de mel para o jantar?

Ele se virou. O vestido de Morgause ainda estava desamarrado, e ela viu os olhos dele permanecerem por um minuto em seus seios brancos. *Não tão criança assim, então.* Mas ele disse:

— Sempre fico feliz em comer um bolo de mel, mas talvez haja peixe para ser assado também no jantar.

— Se vamos comer peixe — ela afirmou —, terá de trocar sua túnica novamente e ir pescar você mesmo. Os homens estão ocupados semeando.

Ele respondeu rapidamente:

— Pedirei a Lochlann para ir. Será como um feriado para ele. Ele merece um, não merece, mãe de criação? Está feliz com ele, não está?

Morgause pensou: *Idiotice! Não vou corar diante de um menino dessa idade!*

— Se quiser mandar Lochlann pescar, meu querido, então mande. Acredito que ele possa ser dispensado hoje.

E imaginou que gostaria muito de saber o que realmente se passava na mente de Gwydion, com sua túnica de festa e sua insistência em que usasse seu melhor vestido e providenciasse um bom jantar. Chamou sua criada e disse:

— Mestre Gwydion gostaria de um bolo de mel. Cuide disso.

— Ele terá seu bolo — respondeu a criada, com um olhar indulgente para o menino. — Olhe seu belo rosto, é como um anjo.

Anjo. Essa é a última coisa de que o chamaria, pensou Morgause; mas instruiu a criada a pentear seu cabelo para o alto, com a espiral de ouro. Ela provavelmente jamais saberia o que Gwydion tinha em mente.

O dia passou lentamente como de costume. Morgause perguntava-se às vezes se Gwydion tinha a Visão, mas ele nunca havia demonstrado nenhum dos sinais, e, quando uma vez ela lhe perguntara diretamente sobre o assunto, agiu como se não soubesse do que ela estava falando. E, então, ela pensou que, se ele tivesse o poder, certamente já o teria flagrado se exibindo sobre isso.

Ah, bem. Por alguma razão obscura de criança, Gwydion queria um festejo e a persuadiu a fazer que isso acontecesse. Sem dúvida, com Gareth longe, ele ficava solitário o tempo todo, pois tinha pouco em comum com os outros filhos de Lot. Não tinha a paixão de Gareth por armas e coisas de cavaleiros, nem, até onde ela sabia, o dom de Morgana para a música, embora sua voz fosse clara e às vezes ele tomasse uma pequena flauta de Pã como as dos pastores e tocasse uma música estranha, de som lúgubre. Mas era a mesma paixão que havia acometido Morgana, que, se pudesse, passava o dia todo feliz com sua harpa.

Ainda assim, ele tinha uma mente ágil e atenta. Lot havia feito arranjos para que um padre instruído de Iona viesse morar em sua casa por três anos para ensinar o menino a ler; havia pedido ao padre que também ensinasse Gareth, enquanto estivesse por ali, mas o garoto não queria saber de seu livro. Esforçava-se obedientemente com as letras e o latim, mas não ia além de Gawaine – nem da própria Morgause, na verdade – na dedicação aos símbolos escritos ou à língua misteriosa dos velhos romanos. Agravaine tinha a mente ágil, mantinha todos os registros e contas das propriedades, tinha dom para os números; mas Gwydion absorvia cada bocado de conhecimento, ao que parecia, tão rapidamente quanto eram colocados diante dele. Em um ano ele sabia ler tão bem quanto o próprio padre e falava latim como se fosse um dos velhos césares renascido, tanto que, pela primeira vez, Morgause se perguntou se não havia alguma verdade, no fim das contas, no que os druidas diziam: que nascemos várias vezes, aprendendo mais a cada vida.

É um filho que traria orgulho a seu pai, pensou Morgause. *E Artur não tem outro filho com sua rainha. Um dia... Sim, um dia contarei um segredo a Artur, e então terei a consciência do rei em minhas mãos.* O pensamento a entretinha imensamente. Surpreendia-se de que Morgana jamais tivesse usado aquele poder que tinha sobre Artur. Poderia tê-lo forçado a negociar um casamento com seu rei vassalo mais rico, obter joias e vantagens... Mas Morgana não dava importância a essas coisas, apenas para sua harpa e para as bobagens que os druidas falavam. Ao menos ela, Morgause, faria melhor uso desse poder inesperado em suas mãos.

Sentou-se no salão, vestida em suas roupas finas inabituais, cardando a lã da tosa da primavera e tomando decisões: Gwydion precisava de um novo manto. Ele estava crescendo muito rápido e seu manto velho, que já estava na altura dos joelhos, certamente não serviria para o frio do inverno. E o garoto, sem dúvida, cresceria ainda mais rápido este ano. Talvez devesse cortar o manto de Agravaine para dá-lo a Gwydion e fazer um novo para o filho? Gwydion, em sua túnica de festa cor de açafrão, veio e aspirou o ar de modo apreciativo enquanto o aroma do bolo de mel, rico em temperos, começou a entrar no cômodo, mas não ficou por ali pedindo que cortassem a iguaria e dessem a ele um pedaço mais cedo, como teria feito alguns meses antes. Ao meio-dia, disse:

— Mãe, levarei um pedaço de pão e queijo e sairei para andar pelas divisas. Agravaine disse que eu deveria ir ver se as cercas estão em ordem.

— Não com seus sapatos de festa.

— Certamente não. Irei descalço — respondeu Gwydion, soltando as sandálias e as deixando ao lado dela perto da lareira; prendeu a túnica no cinto, para que ficasse bem acima dos joelhos, pegou um pedaço de pau grosso e saiu, enquanto Morgause franzia o cenho para ele. Não era uma tarefa da qual Gwydion se incumbisse em geral, não importando o que Agravaine quisesse! O que havia com esse menino hoje?

Lochlann voltou depois do meio-dia com um grande peixe, tão pesado que Morgause sequer conseguia levantá-lo; ela o examinou com prazer: alimentaria todos os que comiam à mesa alta e haveria sobras por pelo menos três dias. Limpo, temperado com ervas, estava pronto para o forno quando Gwydion entrou, com mãos e pés lavados e o cabelo penteado, e calçou novamente as sandálias. Olhou para o peixe e sorriu.

— Sim, de fato será como um festejo — disse, com satisfação.

— Andou por todas as cercas, irmão de criação? — perguntou Agravaine, vindo de um dos estábulos onde estivera cuidando de um pônei doente.

— Andei, e a maior parte está em boas condições — respondeu Gwydion —, mas bem no topo das colinas ao norte, no lugar em que deixamos as ovelhas no último outono, há um grande buraco nas cercas, de onde todas as pedras caíram. Deve enviar homens para consertá-las antes de colocar ovelhas para pastar lá, e, quanto às cabras, fugiriam antes que pudesse falar qualquer coisa!

— Subiu até lá sozinho? — Morgause fez cara feia para ele, alarmada. — Você não é uma cabra. Poderia ter caído e quebrado uma perna na ravina, e ninguém tomaria conhecimento por dias! Eu já lhe disse várias vezes: se for subir nas colinas, leve um dos pastores com você!

— Tive minhas razões para ir sozinho — respondeu Gwydion, enrijecendo a boca de modo teimoso — e vi o que queria ver.

— O que poderia ver que vale o risco de algum ferimento e de ficar lá deitado sozinho por dias? — perguntou Agravaine, contrariado.

— Eu nunca caí — respondeu Gwydion —, e, se tivesse caído, quem sofreria com isso seria eu. O que você tem com isso, se eu corro meus próprios riscos?

— Sou seu irmão mais velho e o governante desta casa — afirmou Agravaine —, e vai me demonstrar respeito, ou eu o forçarei a fazê-lo aos socos!

— Talvez, se socasse a própria cabeça até abrir, poderia enfiar um pouco de juízo nela — retrucou Gwydion, atrevidamente —, pois certamente nunca vai brotar ali sozinho...

— Seu pequeno...

— Vamos, fale — gritou Gwydion—, zombe de meu nascimento; não sei o nome de meu pai, mas sei quem é o *seu*, e entre os dois prefiro a minha situação!

Agravaine deu um passo pesado em direção a ele, mas Morgause se levantou rapidamente e colocou Gwydion atrás dela.

— Não provoque o menino, Agravaine.

— Se ele sempre pode correr para debaixo de suas saias, mãe, como ainda se espanta de que eu não consiga ensiná-lo a ser obediente? — perguntou Agravaine.

— Seria preciso um homem melhor que você para me ensinar isso — disse Gwydion, e Morgause recuou com a amargura na voz dele.

— Quieto, menino, quieto. Não fale assim com seu irmão — ela o advertiu, e Gwydion afirmou:

— Sinto muito, Agravaine, não deveria ter sido grosseiro com você.

Ele sorriu, os olhos grandes e belos sob os cílios escuros, a imagem de uma criança arrependida. Agravaine rosnou:

— Estou apenas pensando em seu bem-estar, malandrinho. Acha que quero que quebre cada osso do corpo? E por que enfiou na cabeça que deveria subir as colinas sozinho?

— Bem — disse Gwydion —, de outro modo você não saberia sobre os buracos nas cercas, e poderia colocar ovelhas ou até cabras para pastar ali, e perder todas. E eu nunca rasgo minhas roupas... Rasgo, mãe?

Morgause riu, pois era verdade; Gwydion era muito cuidadoso com suas roupas. Havia meninos assim. Bastava a Gareth vestir uma túnica e ela estaria amassada, manchada e suja antes que a usasse por uma hora, enquanto Gwydion havia subido as colinas altas com sua roupa de festa cor de açafrão e era como se a tivesse recebido da lavadeira naquele momento. Ele olhou para Agravaine em sua bata de trabalho e disse:

— Mas você não está vestido para sentar-se à mesa com a mãe em suas roupas finas. Vá colocar sua túnica boa, irmão. Ou vai se sentar para o jantar usando sua velha bata, como um fazendeiro?

— Não recebo ordens de um pequeno tratante como você — rosnou Agravaine, mas foi em direção aos seus aposentos, e Gwydion sorriu com uma secreta satisfação. Ele disse:

— Agravaine deveria arrumar uma mulher, mãe. Ele é mal-humorado feito um touro na primavera, e, além disso, você não precisaria tecer e remendar as roupas dele.

Morgause se divertia.

— Você tem razão. Mas não quero outra rainha sob este teto. Nenhuma casa é grande o suficiente para ser governada por duas mulheres.

— Então deveria encontrar para ele uma mulher bem estúpida, que não seja muito bem-nascida — afirmou Gwydion —, assim ela ficará feliz de que lhe diga o que fazer, pois terá medo de cometer um engano entre os nobres. A filha de Niall seria uma boa opção... É muito bonita, e a família é rica, mas não muito, porque boa parte do gado e das ovelhas morreu naquele inverno pesado há seis anos. Mas ainda assim, teria um bom dote, pois Niall teme que ela não se case. A garota teve sarampo aos seis anos, e sua visão não é boa, e ela não é muito inteligente, tampouco. Pode fiar e tecer bem, mas não tem visão ou inteligência para muito mais, então não vai se importar muito se Agravaine a mantiver sempre grávida.

— Ora, ora, mas que estadista você já é — disse Morgause, cáustica. — Agravaine devia nomeá-lo um de seus conselheiros, você é tão sábio... — E, consigo mesma, pensou: *Sim, ele está certo, falarei com Niall amanhã.*

— Ele poderia se sair pior — afirmou Gwydion, com seriedade. — Porém, não estarei aqui para isso, mãe. Queria lhe contar o que vi quando subi nas colinas... Mas aqui está o caçador Donil, ele pode lhe dizer.

E, de fato, o grande caçador já entrava no salão, curvando-se diante de Morgause.

— Minha senhora — disse —, há cavaleiros na estrada aproximando-se do casarão... Uma liteira drapeada como a barca de Avalon, e com eles um corcunda com uma harpa e servos com as vestes da ilha. Estarão aqui em meia hora.

Avalon! Então Morgause viu o sorriso secreto de Gwydion e soube que ele estivera pronto para isso. *Mas ele jamais falou sobre ter a Visão! Que criança não se vangloriaria disso, caso a tivesse?* E subitamente o pensamento de que ele tivesse escondido isso, tido mais prazer com que seu conhecimento fosse secreto, lhe pareceu assombroso, tanto que por um momento ela se encolheu, quase com medo do filho adotivo. E percebeu que ele o notou e não ficou descontente.

Tudo o que ele disse foi:

— Não é uma sorte termos bolo de mel e peixe assado e estarmos todos vestidos com nossos melhores trajes para poder fazer as honras a Avalon, mãe?

— Sim — disse Morgause, fitando o filho adotivo. — Muita sorte de fato, Gwydion.

Enquanto estava no pátio da frente para dar as boas-vindas aos cavaleiros, Morgause flagrou-se recordando o dia em que Viviane e Taliesin foram ao castelo distante de Tintagel. Taliesin, imaginava, há muito não poderia fazer viagens assim, se é que ainda estava vivo. Contudo, ela teria recebido notícias se ele tivesse morrido. E Viviane não cavalgava mais usando botas e culotes como um homem, viajando rápido, sem se importar com os outros.

Gwydion estava quieto ao seu lado. Vestindo sua túnica cor de açafrão, o cabelo escuro cuidadosamente penteado para trás, parecia-se muito com Lancelote.

— Quem são esses visitantes, mãe?

— Imagino que sejam a Senhora do Lago e o Merlim da Bretanha, o Mensageiro dos Deuses — respondeu Morgause.

— Você me disse que minha mãe era uma sacerdotisa de Avalon — afirmou Gwydion. — A vinda deles tem algo a ver comigo?

— Ora, ora, não me diga que há algo que você não saiba — disse Morgause, abruptamente, e então cedeu. — Não sei por que vieram, meu querido. Não tenho a Visão. Mas bem pode ser. Quero que sirva o vinho e ouça para aprender, mas não diga nada a não ser que lhe dirijam a palavra.

Aquilo, pensou, seria difícil para seus próprios filhos. Gawaine, Gaheris e Gareth eram barulhentos e curiosos, e fora difícil educá-los nas maneiras da corte. *Meus filhos são como grandes cães amigáveis*, pensou, *enquanto Gwydion é como um gato, quieto, encantador, precavido e vigilante. Morgana, quando criança, havia sido assim... Viviane não fizera bem ao afastar Morgana, mesmo se estivesse com raiva dela por ter um filho... E por que isso deveria importar a Viviane? Ela mesma tivera filhos, inclusive aquele execrável Lancelote, que causou tanto estrago no reino de Artur que até aqui chegaram histórias de como a rainha o favorece.*

E, então, Morgause se perguntou por que ela mesma acreditava que Viviane não quisera que Morgana tivesse esse filho? Sabia que a sobrinha tinha se desentendido com Avalon, mas talvez tivesse sido por iniciativa própria, e não da Senhora.

Estava afundada em seus pensamentos quando Gwydion tocou seu braço e murmurou, em meio-tom:

— Seus convidados, mãe.

Morgause fez uma profunda reverência diante de Viviane, que aparentava ter encolhido. Antes, sempre tivera uma aparência atemporal, mas agora parecia ter murchado, com o rosto enrugado e os olhos fundos. Mas tinha o mesmo belo sorriso, e sua voz era baixa e doce como sempre.

— Ah, é bom vê-la, irmãzinha — ela disse, puxando Morgause por um abraço. — Faz quanto tempo? Não gosto nem de pensar nos anos! Como parece jovem, Morgause! Dentes tão belos, e o cabelo brilhante como sempre. Você conheceu o harpista Kevin no casamento de Artur, antes que se tornasse o Merlim da Bretanha.

Kevin também parecia ter envelhecido, ficado mais recurvado e retorcido, como um carvalho antigo. *Bem*, ela pensou, *isso parece ser condizente com a posição de um dos druidas, que costumam ter uma daquelas árvores como companhia, de fato.* Morgause sentiu a boca se mover em uma pequena onda de satisfação.

— Bem-vindo, Mestre Harpista... Ou, melhor dizendo, senhor Merlim. Como vai o nobre Taliesin? Ainda na terra dos vivos?

— Está vivo — respondeu Viviane, enquanto outra mulher saía da liteira. — Mas está velho e frágil agora, e não fará novamente uma jornada dessa. — E, então, disse: — Esta é a filha de Taliesin, filha dos bosques de carvalho, Niniane. Então, é sua meia-irmã, Morgause.

Morgause ficou um pouco espantada enquanto a jovem se aproximou e a abraçou, dizendo em uma voz doce:

— Fico feliz em conhecê-la, irmã.

Niniane parecia tão *jovem*! Tinha cabelo claro, loiro-acobreado, e olhos azuis sob cílios longos e sedosos. Viviane disse:

— Niniane viaja comigo, agora que estou velha. É a única, além de mim, do velho sangue real vivendo em Avalon.

Niniane estava vestida como uma sacerdotisa; seu cabelo louro fora trançado baixo sobre a testa, mas a lua crescente azul recentemente pintada, a marca da sacerdotisa, podia ser claramente vista. Falava com a voz empostada de uma sacerdotisa, cheia de poder; mas parecia jovem e fraca ao lado de Viviane.

Morgause tentou se recordar do fato de que era a anfitriã e esses eram seus convidados. Mas a verdade era que se sentia como uma criada da cozinha diante das duas sacerdotisas e do druida. Então, lembrou a si mesma, com raiva, que as duas mulheres eram suas próprias meias-irmãs, e, quanto ao Merlim, era apenas um velho corcunda!

— Sejam bem-vindos a Lothian e ao meu salão. Este é meu filho Agravaine, que governa aqui enquanto Gawaine está longe, na corte de Artur. E este é meu filho de criação, Gwydion.

O menino se curvou graciosamente para os hóspedes ilustres, mas soltou apenas um murmúrio educado de saudação.

— É um rapaz belo e já crescido — disse Kevin. — É este, então, o filho de Morgana?

Morgause levantou as sobrancelhas.

— Há alguma utilidade em negá-lo a quem tem a Visão, senhor?

— A própria Morgana me contou, quando soube que eu vinha para Lothian — disse Kevin, e uma sombra cruzou seu rosto.

— Então Morgana está morando outra vez em Avalon? — perguntou Morgause, e Kevin balançou a cabeça. Viu que Viviane também parecia aflita.

— Morgana está na corte de Artur — respondeu Kevin.

Viviane então disse, apertando os lábios:

— Ela tem trabalho a fazer no mundo aqui fora. Mas voltará a Avalon no tempo devido. Há um lugar esperando por ela, o qual ela deve tomar.

— É da minha mãe que fala, senhora? — perguntou Gwydion, em voz baixa.

Viviane olhou diretamente para o garoto, e de súbito ela parecia alta e imponente. *E o velho truque das sacerdotisas*, pensou Morgause, *mas Gwydion jamais o vira antes.* E a Senhora do Lago, então, disse, com sua voz repentinamente tomando todo o pátio:

— Por que me pergunta, criança, quando sabe muito bem a resposta? Zomba da Visão, Gwydion? Tenha cuidado. Eu o conheço melhor do que pensa, e há ainda algumas coisas nesse mundo que você não sabe!

Gwydion recuou, de boca aberta, e logo se transformou em uma simples criança precoce novamente. Morgause levantou as sobrancelhas; então ainda havia alguém e algo com o poder de assustá-lo! Ele não tentou se desculpar nem se explicar com sua eloquência costumeira.

Morgause tomou a iniciativa novamente, dizendo:

— Entrem. Tudo está preparado para recebê-los, minhas irmãs, senhor Merlim.

Olhou para a toalha vermelha que havia colocado na mesa elevada, as taças e as louças finas, e pensou: *Mesmo aqui no fim do mundo, nossa corte não é nenhum chiqueiro!* Conduziu Viviane para seu próprio assento e acomodou o harpista Kevin ao lado dela. Niniane tropeçou ao subir no estrado, e Gwydion surgiu rapidamente, com a mão pronta para escorá-la e uma palavra educada.

Ora, ora, enfim nosso Gwydion está começando a notar uma mulher bonita. Trata-se apenas de boas maneiras ou de um desejo de agradar por ter sido censurado por Viviane? Tinha plena consciência de que jamais saberia a resposta.

O peixe fora assado à perfeição, a carne rosada se desprendendo delicadamente da espinha, e havia bolo de mel suficiente para a maior parte das pessoas da casa comerem um pouco. Ela também pedira mais cerveja de cevada, para que cada um dos presentes no salão pudesse ter também algo extra em sua refeição. Havia bastante pão recém-assado e leite e manteiga em abundância, assim como queijo de ovelha. Viviane comeu com parcimônia, como sempre, mas elogiou prontamente a comida.

— Colocou uma mesa realmente digna de uma rainha. Eu não seria mais bem recebida em Camelot. Não esperava uma recepção como esta, vindo sem aviso como fiz — disse.

— Esteve em Camelot? Viu meus filhos? — perguntou Morgause, mas Viviane balançou a cabeça, e sua testa se encrespou em uma careta.

— Não, ainda não. Embora deva ir até lá no que Artur agora chama, como os próprios padres da igreja, de Pentecostes — ela respondeu, e por algum motivo Morgause sentiu um leve frio na espinha; mas, com os convidados ali, não tinha tempo de pensar nisso.

— Eu vi seus filhos na corte, senhora — disse Kevin. — Gawaine sofreu um pequeno ferimento no rosto em monte Badon, mas cicatrizou bem e fica coberto por sua barba... Ele começou a usar uma barba curta como as dos saxões, não porque deseja se parecer com eles, mas por não conseguir se barbear diariamente sem cortar o topo da cicatriz. É capaz que lance uma nova moda na corte! Não vi Gaheris, que está no sul fortificando a costa. Gareth será feito Companheiro na festa de Artur no Pentecostes. Ele é um dos maiores e um dos homens de mais confiança na corte, embora *sir* Cai ainda o perturbe e o chame de "Belo" por causa de seu rosto bonito.

— Ele já deveria ter se tornado um dos Companheiros de Artur! — disse Gwydion, enciumado, e Kevin olhou com mais bondade para o menino.

— Então está com inveja da honra de seu parente, meu garoto? Realmente ele merece ser um Companheiro, e é tratado de acordo com sua posição. Mas Artur desejou honrá-lo em sua primeira grande festa em Camelot, então ele será feito Companheiro com toda a cerimônia que o rei pode lhe oferecer. Pode ficar sossegado, Gwydion, Artur conhece bem o valor dele, assim como o de Gawaine. E ele é um dos Companheiros mais jovens do rei.

Então, ainda mais timidamente, Gwydion perguntou:

— Conhece minha mãe, Mestre Harpista? A senhora M-Morgana?

— Sim, rapaz, eu a conheço bem — respondeu Kevin gentilmente, e Morgause pensou que aquele homenzinho feio ao menos falava com uma voz bela e intensa. — É uma das mais belas damas na corte de Artur, e uma das mais graciosas, também. Além disso, toca harpa tão bem quanto um bardo.

— Ora, vamos — disse Morgause, os lábios se abrindo em um sorriso, divertida com a devoção óbvia na voz do harpista. — É bom contar uma história para entreter uma criança, mas a verdade também deve ser dita. Morgana, bonita? Ela é feia como um corvo! Igraine era bela quando jovem, todos os homens sabiam disso, mas Morgana não se parece nem um pouco com ela.

A voz de Kevin era respeitosa, mas também divertida.

— Há um velho ditado na sabedoria dos druidas... A beleza não está num belo rosto, mas sim no interior. Morgana é realmente muito bela, rainha Morgause, embora a beleza dela não se pareça com a sua mais do que um salgueiro se parece com um narciso. E ela é a única pessoa na corte a cujas mãos eu confio Minha Senhora.

Ele fez um gesto para sua harpa, que havia sido desembrulhada e colocada ao seu lado, e, aproveitando o ensejo, Morgause perguntou a Kevin se ele poderia tocar uma música para eles.

Kevin tomou a harpa e cantou, e por um tempo o salão ficou totalmente silencioso, a não ser pelas notas do instrumento e a voz do bardo. Enquanto ele cantava, as pessoas no salão abaixo chegaram tão perto quanto podiam para ouvi-lo. Quando ele terminou, Morgause dispensou as pessoas da casa, embora permitisse que Lochlann ficasse ali, sentado em silêncio perto da lareira, e disse:

— Também gosto muito de música, Mestre Harpista, e você nos deu um prazer do qual me lembrarei por muito tempo. Mas não fizeram essa longa viagem de Avalon para as terras do norte para que eu pudesse ter um banquete com um harpista, acredito. Peço que me digam por que vieram tão inesperadamente.

— Não tão inesperadamente — respondeu Viviane, com um pequeno sorriso —, pois os encontrei com suas melhores roupas, prontos para nos receber com vinho, peixe assado e bolos de mel. Foi avisada de minha chegada, e, já que nunca teve mais do que um vislumbre da Visão, posso apenas imaginar que outra pessoa daqui a avisou.

Ela, então, dirigiu um olhar irônico para Gwydion. Morgause assentiu e disse:

— Mas ele não me disse o motivo, apenas me pediu para preparar tudo para um festejo, e pensei que fosse apenas um capricho de criança.

Gwydion estava perto do assento de Kevin quando ele havia começado a embrulhar sua harpa e perguntou hesitantemente, estendendo a mão:

— Posso tocar as cordas?

— Pode — disse Kevin, suavemente.

Gwydion puxou uma corda ou duas, dizendo:

— Nunca vi uma harpa tão bela.

— Nem jamais verá. Acho que não há outra tão bela por aí, nem mesmo em Gales, onde há todo um colégio de bardos — respondeu Kevin. — Minha Senhora me foi dada de presente por um rei e jamais deixa meu lado. E, como muitas mulheres — ele completou, curvando-se com cortesia para Viviane —, só fica mais bela com o passar dos anos.

— Gostaria que minha voz ficasse mais bela à medida que envelheço — disse Viviane, com bom humor —, mas a Mãe Negra não quis assim. Apenas os filhos imortais dela cantam melhor com o passar dos anos. Que Minha Senhora jamais cante com menos beleza do que agora.

— Aprecia música, mestre Gwydion? Sabe tocar alguma coisa na harpa?

— Não tenho sequer uma harpa para tocar — respondeu Gwydion. — Coll, que é o único harpista na corte, ficou com os dedos tão duros que raramente encosta nas cordas. Estamos sem música há dois anos. Mas toco um pouco a flauta pequena, e Aran, que era o flautista de Lot na guerra, me ensinou a tocar alguma coisa na flauta de chifre de alce... Ela fica ali. Ele foi com o rei Lot para monte Badon e, assim como ele, não voltou.

— Traga-me a flauta — disse Kevin, e, quando Gwydion a trouxe de onde estava pendurada na parede, ele a limpou com um pano, soprou a poeira de dentro dela e então colocou-a nos lábios e posicionou os dedos torcidos na fileira de furos no chifre. Tocou uma melodia dançante e depois colocou o instrumento de lado, dizendo:

— Tenho pouca habilidade com ela, meus dedos não são rápidos o bastante. Bem, Gwydion, se gosta de música, vão ensinar-lhe em Avalon... Deixe-me ouvi-lo tocar um pouco esse chifre.

A boca de Gwydion estava seca: Morgause o viu umedecer os lábios com a língua. O garoto pegou o instrumento de madeira e chifre nas mãos e soprou, cuidadosamente. Então, começou a tocar uma melodia lenta, e Kevin, depois de um momento, assentiu.

— Já é o suficiente — disse. — Afinal, você é filho de Morgana... Seria estranho se não tivesse nenhum dom. Poderemos ensinar-lhe muita coisa. Pode ter as características de um bardo, mas é mais provável que tenha mais aptidão para ser sacerdote e druida.

Gwydion piscou e quase deixou a flauta cair da mão; ele a pegou na parte inferior da túnica.

— Um bardo? O que quer dizer com isso? Fale claramente!

Viviane o encarou:

— No tempo certo, Gwydion. Você nasceu para ser druida e descende de duas linhas reais. Receberá os ensinamentos ancestrais e a sabedoria secreta em Avalon, e um dia poderá portar o dragão.

Ele engoliu em seco, e Morgause observou-o assimilar as informações. Ela bem podia imaginar que a ideia de sabedoria secreta atrairia Gwydion mais do que qualquer coisa que pudessem ter oferecido a ele. O garoto gaguejou:

— Você disse... *duas* linhagens reais...

Viviane fez que não com a cabeça quando Niniane tentou responder. Então, disse apenas:

— Tudo será esclarecido quando for o tempo apropriado, Gwydion. Se você se tornar druida, a primeira coisa que deve aprender é o momento de ficar em silêncio e não fazer perguntas.

Ele a olhou mudo, e Morgause pensou: *Todo o trabalho deste dia valeu a pena para ver Gwydion por uma única vez impressionado a ponto de perder as palavras!* Bem, ela não estava surpresa; Niniane era bela, e parecia-se muito com Igraine quando jovem, ou com ela mesma, apenas com cabelo louro em vez de ruivo.

Viviane, então, disse em voz baixa:

— Isto é o que posso lhe dizer agora: a mãe da mãe de sua mãe era a Senhora do Lago, e de uma longa linhagem de sacerdotisas. Igraine e Morgause também têm o sangue do nobre Taliesin, assim como você. Muitas das linhagens reais dessas ilhas, entre os druidas, foram preservadas em você, e, se for digno, um grande destino o espera. Mas deve realmente ser digno dele... Apenas sangue real não faz um rei, mas sim a coragem, a sabedoria e a sagacidade. Eu lhe digo, Gwydion, que aquele que leva o dragão pode ser mais rei do que aquele que se senta em um trono, pois o trono pode ser conquistado pela força das armas, ou por astúcia, ou, como fez Lot, por ter nascido na cama certa e ter sido gerado pelo rei certo. Mas o Grande Dragão pode ser conquistado apenas pelos próprios esforços, não nesta vida apenas, mas nas que se passaram antes. E isto que lhe conto aqui é um mistério.

— E-eu não entendo! — disse Gwydion.

— É claro que não! — A voz de Viviane era incisiva. — Como eu disse, é um mistério, e muitos druidas sábios estudaram por muitas vidas para entender menos que isso. Não quis dizer que deve entender, mas sim ouvir e aprender a obedecer.

Gwydion engoliu em seco e baixou a cabeça. Morgause viu Niniane sorrir para ele, e o menino respirou fundo, como se recebesse um indulto, e sentou-se aos pés dela, ouvindo em silêncio, por uma vez sem tentar dar uma resposta ou uma explicação petulante. Morgause pensou: *Talvez seja do treinamento dos druidas que ele precisa!*

— Então vieram me dizer que criei o filho de Morgana por tempo suficiente e que chegou a hora de ele ser levado a Avalon e educado nos ensinamentos dos druidas. Mas não teriam viajado em pessoa por esse longo caminho para me dizer isso... Poderiam ter enviado qualquer druida menor para levar o menino sob sua custódia. Soube por anos que não condizia a um filho de Morgana terminar seus dias entre pastores e pescadores. E onde mais além de Avalon seu destino estaria? Eu lhe peço, diga-me o que mais motivou essa viagem... Ah, sim, há mais, vejo no rosto de vocês que há mais.

Kevin abriu a boca para falar, mas Viviane disse bruscamente:

— Por que lhe contaria todos os meus pensamentos, Morgause, quando busca tornar tudo em vantagens para você e seus filhos? Mesmo agora, Gawaine é o mais próximo do trono não por causa de sangue, mas pelo amor de Artur. E quando Artur se casou com Gwenhwyfar, previ que ela não teria filhos. Pensei que fosse provável que ela morresse no parto, então não desejei me meter na felicidade de Artur, pois contava que poderíamos arrumar uma mulher mais adequada para ele depois. Mas deixei que tudo fosse longe demais, e agora ele não quer se afastar de

Gwenhwyfar, mesmo ela sendo estéril, e você não vê nisso nada além de uma oportunidade para o avanço de seu próprio filho.

— Não deveria supor que ela seja estéril, Viviane. — O rosto de Kevin estava marcado por uma expressão amarga. — Ela estava grávida antes de monte Badon e carregou a criança por cinco meses completos... Poderia muito bem ter chegado ao parto. Acho que abortou por causa do calor, do confinamento no castelo e de seu próprio medo dos saxões... E foi a pena que sentiu dela, acredito eu, que fez com que Artur traísse Avalon e deixasse de lado o estandarte do dragão.

— Então, não foi apenas pela falta de filhos, rainha Morgause, que Gwenhwyfar causou tanto mal a Artur — afirmou Niniane. — Ela é uma criatura dos padres e já o influenciou demais. Se algum dia tiver um filho que viva até ficar adulto, as coisas ficariam ainda piores.

Morgause sentiu que estava prestes a sufocar.

— Gawaine...

— Gawaine é cristão como Artur — disse Viviane, duramente. — Deseja apenas agradar ao rei em todas as coisas!

— Não sei se Artur tem um grande comprometimento com o Deus cristão ou se é tudo para agradar Gwenhwyfar e por pena dela — completou Kevin.

— Um homem que desrespeita um juramento por causa de uma mulher serve para reinar? — questionou Morgause, desdenhosa. — Artur então é um perjuro?

— Eu o ouvi dizer que, já que Cristo e a Virgem Maria lhe deram a vitória em monte Badon, não os colocará de lado agora — respondeu Kevin. — E também o escutei dizer, quando falou com Taliesin, que a Virgem Maria era como a Grande Deusa, e que foi ela quem lhe deu a vitória para salvar esta terra... E que o estandarte do Pendragon era de seu pai, Uther, e não dele...

— Ainda assim — disse Niniane —, não tinha o direito de abandoná-lo. Fomos nós de Avalon que colocamos Artur em seu trono, e ele nos deve isso.

— Que importa qual bandeira se agita sobre o exército de um rei? — perguntou Morgause, com impaciência. — Os soldados precisam de algo para inspirar a imaginação deles.

— Como sempre, você ignora o mais importante — respondeu Viviane. — É o que vive na imaginação e nos sonhos deles que devemos controlar de Avalon, ou a luta contra Cristo estará perdida, e a alma deles será escrava de uma fé falsa! O símbolo do dragão deve estar sempre diante deles, para que a humanidade busque realizações, e não fique só pensando em pecado e em pagar penitência!

— Não sei... — disse Kevin devagar. — Talvez seja bom que existam esses mistérios menores para os tolos, e assim os sábios podem receber os ensinamentos secretos. Talvez a humanidade tenha facilidade demais para chegar a Avalon e por esse motivo não lhe dê valor.

— Gostaria que eu ficasse sentada vendo Avalon se perdendo mais ainda nas brumas, tanto quanto o país das fadas? — indagou Viviane.

— O que digo, Senhora — respondeu Kevin, com deferência, mas firme —, é que pode ser tarde demais para impedir isso... Avalon sempre estará lá para os homens que buscam o caminho, por todas as eras e além delas. Se não conseguem encontrar o caminho para Avalon, talvez seja um sinal de que não estão prontos.

— Ainda assim — retrucou Viviane, com a voz dura —, hei de manter Avalon no mundo, ou morrerei tentando!

Fez-se silêncio no salão, e Morgause percebeu que estava gelada. Ela, então, disse:

— Avive o fogo, Gwydion. — E passou o vinho. — Você aceita, irmã? E você, Mestre Harpista? — Niniane se serviu do vinho, mas Gwydion continuou sentado, imóvel, como se estivesse sonhando ou em outro estado de consciência. Morgause disse: — Gwydion, faça o que mandei. — Mas Kevin estendeu a mão e lhe pediu que ficasse quieta. Ele sussurrou:

— O menino está em transe. Gwydion, fale...

— É tudo sangue — ele sussurrou —, sangue... Derramado como o sangue do sacrifício nos altares ancestrais, sangue derramado no trono...

Niniane tropeçou, e o resto do vinho, vermelho-sangue, caiu em cascata sobre Gwydion e o colo de Viviane. Ela se levantou, alarmada, e Gwydion piscou e se chacoalhou como um cachorrinho. Ele disse, confuso:

— O que... Ah, sinto muito... Deixe-me ajudá-la. — Ele pegou o odre da mão de Niniane. — Ugh, isso parece sangue derramado, deixe-me pegar um pano na cozinha. — E correu como qualquer menino ativo.

— Bem, aqui está seu sangue — afirmou Morgause, com aversão. — Meu Gwydion também se perderá em sonhos e visões doentias?

Limpando o vinho grudento do vestido, Viviane disse:

— Não menospreze o dom de outra pessoa por não ter a Visão, Morgause!

Gwydion voltou com o pano, mas, ao se abaixar para limpar o vinho, tropeçou. Morgause pegou o pano de suas mãos e pediu que uma das criadas viesse secar a mesa e a lareira. Ele parecia doente, mas, em vez de tentar exagerar isso para ganhar sua atenção como em geral fazia, virou-se rapidamente, como se estivesse envergonhado. Ela ansiava por tomá-lo nos braços e acalentá-lo, essa criança que havia sido seu último bebê quando os outros haviam crescido e partido. Mas, então, sabendo que ele não lhe agradeceria por isso, ficou calma, olhando para suas mãos marcadas. Niniane estendeu a mão para ele, também, mas foi Viviane quem o chamou, os olhos severos e firmes.

— Fale a verdade: há quanto tempo tem a Visão?

Ele baixou os olhos e respondeu:

— Não sei, não sabia que nome dar a isso. — Ele ficou inquieto, recusando-se a olhar para ela.

— E você a escondeu por orgulho e amor pelo poder, não foi? — disse Viviane calmamente. — Agora ela o dominou, e você precisará tomar o controle. Espero que tenhamos chegado a tempo e que não seja muito tarde. Está zonzo? Sente-se aqui, então, e fique quieto.

Para assombro de Morgause, Gwydion sentou-se quieto aos pés das duas sacerdotisas. Depois de um momento, Niniane colocou a mão na cabeça dele, e o menino se encostou nela.

Viviane se voltou novamente para Morgause e afirmou:

— Como já lhe disse antes, Gwenhwyfar não terá um filho de Artur, mas ele não se afastará dela. Ainda mais por ser cristã, já que a religião deles proíbe que um homem deixe sua mulher.

Morgause deu de ombros e disse:

— Que tem isso? Ela abortou uma vez, ou talvez mais de uma vez. E já não é mais uma mulher tão jovem. A vida é incerta para as mulheres.

— Sim, Morgause — respondeu Viviane —, uma vez você tentou se aproveitar da incerteza da vida para que seu próprio filho ficasse mais perto do trono, não foi? Eu aviso você, minha irmã, não se meta naquilo que foi decretado pelos deuses!

Morgause sorriu.

— Pensei, Viviane, que tivesse me dado um sermão há muito tempo... Ou terá sido Taliesin? Algo sobre como nada acontece a não ser pela vontade dos deuses. Se Artur tivesse morrido antes de chegar ao trono de Uther, então não duvido que os deuses teriam encontrado outra pessoa para servi-los.

— Não vim aqui discutir teologia com você, garota infeliz — disse Viviane, com raiva. — Pensa que, se fosse por minha vontade, teria deixado em suas mãos a vida ou a morte da linhagem real de Avalon?

Morgause respondeu com uma zanga suave:

— Mas a Deusa não desejou que você fizesse sua própria vontade, assim me parece, Viviane. Estou cansada dessa conversa sobre uma velha profecia... Se os Deuses existem, do que não tenho certeza, não posso crer que se rebaixariam a ponto de se intrometer nas questões dos homens. Nem esperaria pelos Deuses para fazer o que vejo claramente que deve ser feito: quem pode dizer que a Deusa não trabalha por meio da minha mão, assim como de outra? — Morgause viu que Niniane estava chocada... Sim, era outra tola como Igraine, acreditando em toda essa conversa de Deuses. — Quanto à linhagem real de Avalon, você vê que eu a criei muito bem.

— Ele de fato parece forte e muito saudável — disse Viviane —, mas pode garantir que não lhe causou uma falha interior, Morgause?

Gwydion levantou a mão e disse abruptamente:

— Minha mãe de criação foi boa para mim. A senhora Morgana não se importou muito com a criação de seu filho... Não veio nem uma vez aqui perguntar se eu estava vivo ou morto!

Kevin afirmou severamente:

— Pedimos que falasse apenas quando alguém lhe dirigisse a palavra, Gwydion. E você não sabe nada sobre as razões ou os propósitos de Morgana.

Morgause olhou incisivamente para o bardo pequeno e aleijado. *Será que Morgana fez confidências a esse aborto infeliz enquanto tive de arrancar o segredo dela à força com feitiços e a Visão?* Ela sentiu uma onda de raiva, e Viviane disse:

— Basta. Você o criou bem enquanto lhe convinha, Morgause, mas noto que não se esqueceu de que ele está mais próximo do trono do que Artur estava nessa idade, e mais próximo ainda que seu filho Gawaine! Quanto a Gwenhwyfar, vi que terá alguma parte no destino de Avalon: ela não pode ser totalmente desprovida da Visão, pois uma vez atravessou as brumas e foi para a costa de Avalon. Talvez, se receber um filho, e ficar claro que foi pela vontade e pelas artes de Avalon... — ela olhou para Niniane — ela seja capaz de o conceber... Se aceitar ter uma feiticeira poderosa ao seu lado para evitar que aborte a criança.

— É tarde demais para isso — afirmou Kevin. — Foi por causa dela que Artur traiu Avalon e deixou de lado o estandarte do dragão. A verdade é, acredito eu, que ela não tem o juízo no lugar.

— A verdade é — disse Niniane — que você guarda rancor dela, Kevin. Mas por quê?

O harpista baixou os olhos e fitou as mãos torcidas e cobertas de cicatrizes. Por fim, disse:

— É verdade. Nem em pensamentos consigo tratar Gwenhwyfar com justiça... Não sou mais que humano. Mas, mesmo se gostasse dela, diria que não é rainha para um rei que deve governar de Avalon. Não sentiria pesar se ela sofresse algum acidente ou infortúnio. Pois, se desse um filho a Artur, ela pensaria que teria sido apenas pela bondade de Deus, mesmo se a própria Senhora do Lago ficasse ao lado dela na cama. Não consigo deixar de rezar para que ela não tenha essa boa sorte.

Morgause abriu seu sorriso felino.

— Gwenhwyfar pode querer ser mais cristã que o próprio Cristo — afirmou —, mas conheço algo das Escrituras deles, pois Lot trouxe um padre de Iona para cá a fim de ensinar os meninos. A Sagrada Escritura diz que aquele que deixar a esposa está condenado, a não ser que ela tenha cometido adultério. E até aqui em Lothian ouvimos que a rainha não é assim tão casta. Artur frequentemente está fora nas guerras, e todos os homens sabem como ela olha para o seu filho com bons olhos, Viviane.

— Você não conhece Gwenhwyfar — afirmou Kevin. — Ela é mais devota que o normal, e Lancelote é tão amigo de Artur que creio que o rei não faria nada contra eles, a não ser que pegasse os dois na cama diante de toda a corte.

— Até isso pode ser arranjado — respondeu Morgause. — Gwenhwyfar é bonita demais para pensar que as outras mulheres gostam dela. Com certeza alguém poderia fazer um escândalo, para forçar a mão de Artur.

Viviane fez uma careta de repúdio.

— Que mulher trairia outra dessa maneira?

— Eu trairia, se estivesse convencida de que seria para o bem do reino — respondeu Morgause.

— Eu não — respondeu Niniane —, e Lancelote é honrado, e o amigo mais próximo de Artur. Duvido que traísse o rei por Gwenhwyfar. Se desejamos que ela seja abandonada, devemos procurar outra maneira.

— Mas há um porém — disse Viviane, soando cansada. — Ao que sabemos, Gwenhwyfar não fez nada de errado. Não podemos tirá-la do lado de Artur enquanto cumprir sua parte no acordo: ser uma esposa totalmente dedicada a seu rei. Se um escândalo for feito, deve haver alguma verdade nele. Avalon tem compromisso com a verdade.

— Mas e se houvesse um escândalo verdadeiro? — perguntou Kevin.

— Então ela precisaria responder a ele — respondeu Viviane. — Eu não terei parte em acusações falsas.

— Ela tem, ao menos, outro inimigo — disse Kevin, pensativamente. — Leodegranz, do País do Verão, morreu há pouco tempo, assim como sua jovem mulher e o filho mais novo que tinha com ela, e Gwenhwyfar é rainha lá agora; mas Leodegranz tem um parente, que afirma ser filho dele, embora eu não acredite nisso... Entretanto, acho que ele gostaria de poder se declarar rei pelo velho costume das tribos: dormindo com a rainha.

— É bom que não tenham esse costume na corte cristã de Lot, não é? — disse Gwydion, mas falou com a voz tão baixa que podiam fingir que não o escutaram. Morgause, então, pensou: *Ele está zangado por ser ignorado, apenas isso. Ficarei com raiva porque um filhote me morde com seus dentinhos?*

— De acordo com os velhos costumes — afirmou Niniane, as belas sobrancelhas se franzindo em pequenas rugas —, Gwenhwyfar não é efetivamente casada se não tiver um filho de seu marido. Se outro puder tomá-la de Artur...

— Sim, essa é a questão — disse Viviane, rindo. — Artur pode manter sua esposa pela força das armas. E ele o faria, não duvido. — Então ficou séria: — A única coisa da qual podemos ter certeza é que Gwenhwyfar continuará estéril. Se conceber novamente, há feitiços para assegurar que não segure a criança até o nascimento, ou mesmo além das primeiras semanas de gestação. E, quanto ao herdeiro de Artur... — Ela fez uma pausa e olhou para Gwydion, ainda sentado como uma criança sonolenta, a cabeça descansando no ombro de Niniane. — Ali está o filho da linhagem real de Avalon... e do Grande Dragão.

Morgause segurou o fôlego. Nunca antes, em todos esses anos, havia lhe ocorrido que Morgana tivesse engravidado do meio-irmão por algo além de um grande infortúnio. Agora via a complexidade do plano de Viviane e estava estarrecida com a ousadia dele: colocar um filho de Avalon *e* de Artur na sucessão do trono.

O que será do Gamo-Rei quando o jovem gamo crescer? Por um momento, Morgause não sabia se o pensamento era seu ou se havia chegado à sua mente como um eco das duas sacerdotisas de Avalon diante dela. Sempre tinha esses momentos incompletos e perturbadores da Visão, embora nunca tivesse controle sobre quando eles viriam, ou, na verdade, nunca se importasse com isso.

Os olhos de Gwydion estavam arregalados; ele se curvou para a frente, com a boca aberta.

— Senhora — ele disse, sem fôlego —, é verdade... que eu, que eu sou o filho do... do Grande Rei?

— Sim — respondeu Viviane, com a boca contraída —, embora os padres jamais o aceitem. Para eles é o pecado dos pecados que um filho tenha um filho com a filha de sua mãe. Colocaram-se em uma posição mais santa que a da própria Deusa, que é mãe de todos nós, mas é assim.

Kevin se virou e, lenta e dolorosamente, com o corpo aleijado, ajoelhou-se diante de Gwydion e disse:

— Meu príncipe e senhor, filho da linhagem real de Avalon e do Grande Dragão, estamos aqui para levá-lo a Avalon, onde poderá ser preparado para seu destino. Pela manhã deverá estar pronto para partir.

2

"Pela manhã deverá estar pronto para partir..."

Era como o terror de um sonho que falassem assim abertamente sobre o que mantive em segredo durante todos esses anos, mesmo quando ninguém pensou que eu pudesse sobreviver após seu nascimento... Poderia ter morrido sem ninguém saber que tive um filho de meu próprio irmão. Mas Morgause arrancou o segredo de mim, e Viviane sabia... Era um velho ditado: três só poderiam guardar um segredo se dois deles estivessem em suas covas... Viviane havia planejado isso, ela me usara da mesma forma que havia feito com Igraine! Mas o sonho começava a se dissipar agora, está turvo como se estivesse sob a água. Lutei para mantê-lo, para ouvi-lo, mas parecia que Artur estava lá, puxava a espada e avançava sobre Gwydion, e a criança pegava Excalibur de sua bainha...

Em um pulo, Morgana sentou-se em seu quarto, em Camelot, agarrando a coberta. *Não*, pensou si mesma, *isso não passou de um sonho, apenas um sonho. Nem sei quem vai suceder Viviane em Avalon. Bem, sem dúvida Raven, não essa mulher loura tão parecida com a minha mãe que vejo repetidamente em meus sonhos. E quem sabe se tal mulher anda pela face da Terra ou por Avalon, ou se não passa de um sonho confuso sobre minha mãe? Não me lembro de ninguém parecida com ela na Casa das Donzelas... Eu deveria estar lá. Eu é que deveria estar ao lado de Viviane, mas joguei isso fora por vontade própria...*

— Veja — disse Elaine, da janela. — Há cavaleiros chegando, e ainda faltam três dias inteiros para o grande festejo de Artur!

As outras mulheres no cômodo se aglomeraram em torno de Elaine, olhando para o campo diante de Camelot, onde já havia tendas e pavilhões erguidos. Elaine disse:

— Vejo o estandarte de meu pai. Ali vem ele cavalgando, com meu irmão Lamorak ao lado... Ele agora já tem idade suficiente para ser um dos Companheiros de Artur. Eu me pergunto se Artur vai escolhê-lo.

— Ele não tinha idade para lutar em monte Badon, tinha? — perguntou Morgana.

— Não, mas lutou assim mesmo, como todo homem com idade para segurar uma espada, e todo menino também — disse Elaine, com orgulho.

— Então não duvido que Artur o fará um de seus Companheiros, mesmo se for apenas para agradar a Pellinore — disse Morgana. A grande batalha de monte Badon faria um ano no dia de Pentecostes, e Artur havia jurado sempre fazer dessa data um dia para grandes festejos e para saudar todos os seus velhos Companheiros. No Pentecostes também receberia todos os peticionários e faria justiça. E todos os reis vassalos de reinos distantes viriam diante do Grande Rei renovar seus votos de lealdade.

— Deve ir ajudar a rainha a se vestir — disse Morgana a Elaine —, e eu também preciso ir. Se teremos um grande festejo em apenas três dias, há muito que preparar!

— *Sir* Cai vai cuidar de tudo isso — protestou Elaine.

— Sim, vai cuidar da alimentação e da acomodação das multidões — respondeu Morgana, alegremente —, mas sou eu quem deve providenciar flores para o salão, cuidar do polimento das taças de prata, e é provável que tenha de preparar os bolos de amêndoas e os doces também... Gwenhwyfar terá outras coisas em mente.

E realmente Morgana estava feliz em ter tanta coisa a fazer para os três dias de festejos. Ao menos tirava sua mente do medo e do terror de seu sonho. Naqueles dias, sempre que Avalon lhe vinha à mente em sonho, afastava o pensamento em desespero... não soube que Kevin havia ido a Lothian. *Não*, pensou consigo mesma, *e ainda não sei, aquilo foi apenas um sonho.* Mas uma vez, durante aquele dia, quando encontrou o velho Taliesin no pátio, curvou-se diante dele e, quando ele estendeu a mão para abençoá-la, ela disse timidamente:

— Pai...

— Sim, minha cara criança?

Há dez anos, pensou Morgana, *teria ficado zangada por Taliesin sempre falar comigo como se eu fosse uma criança de sete anos que poderia subir em seu colo e puxar sua barba.* Mas agora, de um modo obscuro, isso a reconfortava.

— Kevin, o Merlim, virá para o Pentecostes?

— Ora, não sei, criança — respondeu Taliesin, com um sorriso bondoso. — Ele foi para o norte, para Lothian. Mas sei que ele gosta de você e voltará assim que puder. Acho que nada poderia mantê-lo longe desta corte enquanto estiver aqui, pequena Morgana.

Todo mundo nesta corte sabe que fomos amantes? Com certeza fui mais discreta que isso. Morgana disse de modo irritado:

— É fofoca conhecida nesta corte que o harpista Kevin vá e venha de acordo com meus pedidos, quando isso nem mesmo é verdade?

Taliesin sorriu novamente e respondeu:

— Cara criança, jamais tenha vergonha de amar. E significou muito para Kevin que alguém tão bondosa, graciosa e bela como você...

— Zomba de mim, avô?

— Por que deveria, pequena? Você é a filha de minha querida filha, e lhe quero bem, e sabe que a considero a mais bela e talentosa das mulheres. E Kevin, sem dúvida, pensa o mesmo ou ainda mais, e é a única nesta corte, além de mim, e a única das mulheres, que pode falar com ele sobre música de igual para igual. Se não sabe que para Kevin o sol se levanta e se põe conforme você chega ou vai embora, então é a única nesta corte que o desconhece. E você merece que ele a transforme no brilho de seus dias e noites. O Merlim da Bretanha não está proibido de se casar, se desejar. Ele não é de linhagem real, mas tem um coração nobre, e um dia será o Grande Druida, se não lhe faltar coragem. E, no dia em que ele quiser sua mão, não creio que Artur ou mesmo eu a negaria.

Morgana baixou o rosto e olhou para o chão. *Ah*, pensou, *como seria pertinente se eu me importasse com Kevin da mesma maneira que ele se importa comigo. Eu o estimo, gosto dele, e tenho prazer em dividir a cama com ele, mas casamento? Não*, pensou, *não, não, nem por toda a devoção dele.*

— Não desejo me casar, avô.

— Bem, deve fazer somente aquilo que deseja, criança — disse Taliesin, gentilmente. — Você é uma dama e uma sacerdotisa. Mas já não é mais tão jovem, e uma vez que abandonou Avalon... Não, não é minha intensão censurá-la, mas pensei que seria bom se desejasse se casar e ter sua própria casa. Não gostaria que passasse todos os seus dias como dama de companhia de Gwenhwyfar. Quanto ao harpista Kevin, sem dúvida estará aqui se puder, mas não é capaz de viajar tão rápido quanto os outros homens. É bom que não o despreze pela enfermidade do corpo dele, cara criança.

Quando Taliesin se foi, Morgana seguiu para a destilaria, pensando profundamente. Desejou que pudesse de fato amar Kevin como Taliesin pensava.

Por que sou amaldiçoada com esse sentimento por Lancelote? Durante todo o tempo em que ela preparou a água com aroma de rosas para lavar a mão dos convidados e dar sabor aos confeitos, pensou nisso. Bem, quando Kevin estava ali, ao menos não tinha motivos para desejar Lancelote. *Não que me fizesse algum bem desejá-lo*, pensou ironicamente. *O desejo precisa ser recíproco, ou é inútil.* Decidiu, então, que quando Kevin voltasse à corte o receberia como ele desejava.

Sem dúvida, eu poderia ter um destino pior do que me casar com ele... Eu certamente já perdi Avalon... Pensarei nisso depois. E, de fato, meu sonho era verdadeiro nesse ponto, Kevin estava em Lothian... E eu pensando que a Visão havia me abandonado...

Kevin retornou a Camelot na véspera de Pentecostes; durante todo o dia o povo foi chegando a Camelot e às terras vizinhas, pois o evento na verdade eram dois: a feira da colheita e a da primavera. Seria a maior festa já realizada na região. Morgana recebeu Kevin com um beijo e um abraço que fizeram os olhos do harpista brilhar e o levou a um quarto de hóspedes, onde tirou seu manto e seus sapatos de viagem e os mandou, por um dos rapazes, para serem limpos, e trouxe fitas para lhe enfeitar a harpa.

— Ora, Minha Senhora ficará esplêndida como a rainha — disse Kevin, sorrindo para ela. — Você não guarda rancor de sua única rival, Morgana, meu amor? — Ele jamais a chamara assim antes, e ela se aproximou, passando o braço em torno da cintura dele. Kevin disse docemente: — Senti sua falta. — E deitou o rosto contra os seios dela por um instante.

— E eu também senti a sua, meu querido — ela respondeu —, e, quando todos tiverem ido descansar esta noite, eu o provarei a você... Por que acha que dei um jeito para que tivesse um quarto de hóspedes só para si, quando até os Companheiros mais queridos de Artur terão de dormir juntos, quatro em cada aposento, e às vezes até mesmo dois em uma só cama?

— Pensei que fosse para que ninguém mais precisasse dividir o quarto comigo — afirmou ele.

— E assim será pela dignidade de Avalon — disse Morgana —, embora até Taliesin divida seus aposentos com o bispo...

— Não admiro o gosto dele — afirmou Kevin. — Preferiria ser alojado nos estábulos com os burros!

— Gostaria que o Merlim da Bretanha fosse alojado em um quarto para si próprio, mesmo não sendo maior que uma baia para um daqueles burros — disse Morgana. — Mas é grande o suficiente para você e Minha Senhora, e — sorriu e olhou diretamente para a cama — para mim, ouso dizer.

— Sempre será bem-vinda, e, se Minha Senhora ficar enciumada, eu a virarei para a parede. — Ele a beijou, abraçando-a apertado, com toda a força de seus braços duros. Logo a seguir, soltou-a e continuou: — Achei que gostaria de saber: fui com seu filho para Avalon. É um menino bem crescido e inteligente, e tem um pouco de seu dom para a música.

— Sonhei com ele outra noite — ela afirmou. — Em meu sonho, tocava uma flauta... como a de Gawaine.

— Então sonhou a verdade — respondeu Kevin. — Gosto bastante dele, e o rapaz tem a Visão. Ele será educado em Avalon para ser druida.

— E depois?

— E depois? Ah, minha querida — disse Kevin —, depois as coisas seguirão seu curso. Mas não duvido que será um bardo e um sábio notável... Não precisa temer por ele em Avalon. — Kevin tocou-lhe o ombro gentilmente e concluiu: — Ele tem seus olhos.

Ela gostaria de ter perguntado mais, mas acabou por mudar o assunto.

— O festejo só terá início amanhã — disse —, mas nesta noite os amigos e Companheiros mais próximos de Artur foram convidados para um jantar. Gareth será sagrado cavaleiro pela manhã, e Artur, que ama Gawaine como se fosse um irmão, decidiu homenageá-lo com uma festa de família.

— Gareth é um bom homem e um bom cavaleiro — respondeu Kevin —, e ficarei satisfeito em homenageá-lo. Não aprecio muito a rainha Morgause, mas seus filhos são bons homens e bons amigos para Artur.

Mesmo sendo uma festa de família, havia muitos parentes próximos para sentar à mesa de Artur na véspera de Pentecostes: Gwenhwyfar e sua parente Elaine, e o pai dela, o rei Pellinore, e seu irmão, Lamorak; Taliesin e Lancelote, e três de seus meios-irmãos – Balan, filho da Senhora do

Lago, e Bors e Lionel, ambos filhos de Ban da Bretanha Menor. Gareth estava ali, e, como sempre, Gawaine ficou atrás de Artur na mesa. O rei havia protestado quando entraram no salão:

— Sente-se ao nosso lado esta noite, Gawaine. Você é meu parente e rei de Orkney por seu próprio direito, e não gosto que fique atrás de meu lugar como um serviçal!

— Tenho orgulho de ficar em pé e servir ao meu senhor e rei, senhor — respondeu Gawaine, bruscamente, e Artur inclinou a cabeça.

— Você me faz me sentir como aqueles velhos césares — reclamou. — Preciso ser protegido noite e dia até em meu próprio salão?

— Pela dignidade do trono, senhor, é mesmo como aqueles césares, e mais — insistiu Gawaine.

Artur riu, de modo impotente, e disse:

— Nada posso negar aos que foram meus Companheiros.

— Então — disse Kevin a Morgana, em um sussurro, enquanto se sentavam lado a lado —, não é *orgulho* ou arrogância, mas sim o simples desejo de agradar a seus Companheiros...

— Eu realmente acredito que sim — respondeu baixo Morgana. — Isso é do que mais gosta, acredito, sentar-se em seu próprio salão e observar a paz que conseguiu; sejam quais forem seus defeitos, Artur realmente ama o domínio da ordem e o reino da lei.

Mais tarde, Artur fez um gesto pedindo silêncio a todos, chamando o jovem Gareth até ele.

— Esta noite vai velar suas armas na igreja — disse —, e pela manhã, antes da missa, o cavaleiro que escolher o fará um de meus Companheiros. Serviu-me bem e honradamente, jovem como é. Se desejar, eu mesmo o tornarei cavaleiro, mas entenderei se quiser que seu irmão lhe dê essa honra.

Gareth usava uma túnica branca; seu cabelo era como uma auréola dourada encaracolada em torno do rosto. Ele parecia quase uma criança, um garoto alto que se erguia até um metro e oitenta, os ombros como os de um jovem touro. O rosto tinha uma leve penugem dourada, fina demais para ser barbeada. Ele gaguejou um pouco, em sua ansiedade:

— Senhor, eu lhe peço... Não quero ofendê-lo, e nem mesmo ofender meu irmão, mas, meu senhor e rei, se ele quiser, poderia ser sagrado cavaleiro por Lancelote?

Artur sorriu.

— Ora, se Lancelote assim desejar, eu não faço nenhuma objeção.

Morgana se lembrou de um menininho tagarelando sobre Lancelote para um cavaleiro de madeira pintada que esculpira para ele. *Quantas pessoas*, perguntou-se, *viram um sonho de infância tornar-se realidade?* Lancelote disse com seriedade:

— Ficarei honrado, primo. — E o rosto de Gareth se iluminou como se uma tocha tivesse sido colocada diante dele. Então Lancelote se virou para Gawaine e afirmou, com uma cortesia meticulosa:

— Mas é você quem deve me dar permissão, primo. Faz o papel de pai para esse rapaz, e não usurparia seu direito...

Gawaine olhou desajeitadamente para os dois, e Morgana viu Gareth morder o lábio – só agora, talvez, entendera que aquilo poderia ser uma ofensa a seu irmão, e que o rei lhe dera a honra de torná-lo cavaleiro por suas próprias mãos, uma honra que recusara. Que infantil era, apesar de sua grande força e altura e da habilidade precoce com as armas!

Gawaine respondeu grosseiramente:

— Quem gostaria de ser feito cavaleiro por mim se Lancelote se prontifica a fazer isso?

Lancelote passou os braços em torno de cada um deles e disse:

— Você também me dá uma grande honra, ambos me dão. Bem, vamos, menino — disse, soltando Gareth —, vá até suas armas, vou velá-las com você depois da meia-noite.

Gawaine observou enquanto o rapaz saiu trotando, em seu caminhar desajeitado, e então disse:

— Você deveria ser um daqueles velhos gregos, como conta a saga que lemos quando crianças. Como era o nome dele... Ah, sim, Aquiles, cujo verdadeiro amor era o jovem cavaleiro Pátroclo, e nenhum dos dois dava a mínima para as belas damas da corte de Troia... Deus sabe que cada rapaz nesta corte o venera como herói. Uma pena que não dê importância para a moda grega no amor!

O rosto de Lancelote se avermelhou.

— Você é meu primo, Gawaine, e pode me dizer coisas assim. Mas não toleraria isso de nenhuma outra pessoa, nem mesmo em tom de brincadeira.

Gawaine riu alto novamente.

— Sim, uma brincadeira... Para alguém que professa devoção apenas à nossa casta rainha...

— Como ousa! — começou Lancelote, virando-se para ele e pegando seu braço com força suficiente para lhe quebrar o punho. Gawaine lutou, mas Lancelote, apesar de ser menor, torceu o braço dele para trás, rugindo de ódio como um lobo raivoso.

— Ei! Sem brigas no salão do rei! — Cai se enfiou desajeitadamente entre os dois, e Morgana disse, rapidamente:

— Ora, Gawaine, o que dirá para todos aqueles padres que professam devoção à Virgem Maria acima de tudo na Terra? Acha que todos eles têm uma devoção carnal escandalosa ao Cristo deles? E realmente ouvimos que o Senhor Jesus jamais se casou, e que mesmo entre seus doze escolhidos houve um que se reclinou sobre o peito dele na ceia...

Gwenhwyfar deu um grito chocado.

— Morgana, cale-se! Que brincadeira blasfema!

Lancelote soltou Gawaine, que ficou esfregando o hematoma no braço. Artur, então, se virou para eles com uma expressão fechada.

— Vocês são como crianças, primos, discutindo e brigando. Devo mandá-los para tomar uma surra de Cai na cozinha? Vamos, façam as pazes. Não ouvi a brincadeira, mas, seja lá o que for, Lance, não pode ter sido tão sério!

Gawaine riu de modo grosseiro e afirmou:

— Fiz uma brincadeira, Lance. Muitas mulheres o perseguem, eu sei, para que o que disse tenha qualquer vestígio de verdade. — E Lancelote encolheu os ombros e sorriu, como um pássaro com as penas eriçadas.

Cai riu.

— Todos os homens da corte invejam seu belo rosto, Lance — disse, e esfregou a cicatriz que repuxava sua boca em um esgar. — Mas isso pode não ser uma grande vantagem, não é, primo?

Tudo se dissolveu em risos bem-humorados. Mas, mais tarde, ao atravessar a corte, Morgana viu Lancelote ainda andando perturbado e nervoso.

— O que foi, parente, o que o aflige?

Ele suspirou e então respondeu:

— Gostaria de poder deixar esta corte.

— Mas minha senhora não permitirá que vá.

— Nem mesmo a você, Morgana, falarei sobre a rainha — ele respondeu, rigidamente, e foi a vez de ela suspirar.

— Não sou a guardiã de sua consciência, Lancelote. Se Artur não o censura, quem sou eu para dizer uma palavra de reprovação?

— Você não entende! — ele afirmou ferozmente. — Ela foi dada a Artur como uma mercadoria, parte de uma negociação de cavalos, porque o pai dela desejava parentesco com o Grande Rei como parte do preço! Ainda assim, ela é leal demais para murmurar...

— Eu não disse uma palavra contra ela, Lancelote — Morgana o lembrou. — Você ouve acusações de si mesmo, não de meus lábios.

Ela pensou que poderia fazer com que ele a desejasse, mas essa consciência tinha um gosto amargo. Uma vez Morgana havia entrado nesse jogo, e, sob o desejo, ele a temia, assim como temia a própria Viviane. Ele a temia no limite do ódio exatamente por causa daquele desejo. Se o rei ordenasse, ele a teria, mas logo o desejo se transformaria em puro ódio.

Conseguiu olhar diretamente para ela e disse:

— Você me amaldiçoou, e... creia... sou um maldito.

E subitamente a velha raiva se derreteu por completo. Ele era o que era, não havia o que fazer. Morgana, então, apertou a mão dele.

— Primo, não se perturbe com isso. Foi há muitos, muitos anos, e não creio que exista qualquer Deus ou Deusa que escutaria as palavras de uma jovem raivosa que pensava ser desprezada. E eu não era mais do que isso.

Ele respirou fundo e começou a caminhar novamente. Por fim, disse:

— Eu poderia ter matado Gawaine esta noite. Fico feliz que tenha nos repreendido, mesmo com aquela brincadeira blasfema. Venho tentando lidar com isso por toda a minha vida. Quando era menino na corte de Ban, era mais belo que Gareth é hoje, e na corte da Bretanha Menor, assim como em qualquer outro lugar, um rapaz assim precisa se proteger com mais cuidado do que qualquer donzela. Mas nenhum homem percebe ou acredita nisso, a não ser que o problema o atinja. Do contrário, só pensa que é apenas uma brincadeira levemente vulgar feita sobre outras pessoas. Houve um tempo em que pensei assim, também, e depois pensei que jamais poderia ser de outra maneira... — Houve um longo silêncio, enquanto ele olhava de modo sombrio para as pedras do pátio. — E então me atirei em experimentos com mulheres, qualquer mulher... Deus me perdoe, até com você, que foi criada pela minha mãe e dedicou a virgindade à Deusa... Mas poucas mulheres conseguiam me excitar minimamente, até que eu a vi... — E Morgana ficou feliz por ele não ter dito o nome de Gwenhwyfar. — E desde aquele momento nunca houve outra mulher. Com ela, sei que sou totalmente homem.

— Mas ela é a mulher de Artur — disse Morgana.

— Deus! Deus! — Lancelote se virou e bateu a mão contra a parede. — Pensa que isso não me atormenta? Ele é meu amigo. Se Gwenhwyfar fosse casada com qualquer outro homem nesta Terra, eu a teria levado comigo para a minha propriedade. — Morgana viu os músculos do pescoço dele se moverem no momento em que engolia em seco. — Não sei o que será de nós. E Artur precisa de um herdeiro para seu reino. O destino de toda a Bretanha é mais importante que nosso amor. Eu amo os dois, e por isso estou atormentado, Morgana, atormentado!

Os olhos dele eram ferozes. Por um momento Morgana pensou ter visto um toque de loucura neles. Mesmo depois, ela se perguntaria: *Havia algo, qualquer coisa, que eu pudesse ter dito ou feito naquela noite?*

— Amanhã — disse Lancelote —, pedirei a Artur que me envie em uma missão difícil. Acabar de uma vez com o dragão de Pellinore ou derrotar os nortistas selvagens além do muro romano. Não me importo com o que seja, Morgana, qualquer coisa, qualquer coisa para me tirar daqui. — E por um momento, ouvindo na voz dele uma tristeza além das lágrimas, Morgana quis abraçá-lo e acalentá-lo em seu peito, como um bebê.

— Acho que cheguei perto de matar Gawaine esta noite, se não tivesse nos parado — continuou Lancelote. — Mas ele estava apenas brincando, teria morrido de horror se soubesse... — Ele desviou os olhos e por fim disse, em um sussurro: — Não sei se o que ele disse é verdade. Deveria pegar Gwenhwyfar e ir embora daqui, antes que isso se torne um escândalo em todas as cortes do mundo, pois amo a mulher do meu rei. Mas ainda assim... ainda assim é Artur que não consigo deixar... Já cheguei até mesmo a pensar se não a amo apenas porque assim fico mais perto *dele.*

Morgana estendeu a mão para impedir que ele continuasse. Havia coisas que não suportava saber. Mas Lancelote nem percebeu.

— Não, não, preciso dizer isso a alguém, ou morrerei com isso entalado na garganta. Morgana, sabe como me deitei com a rainha pela primeira vez? Eu a amava havia muito tempo, desde que a vi pela primeira vez em Avalon, mas pensei que viveria e morreria sem concretizar minha paixão. Artur era meu amigo e eu não o trairia. E ela, ela... você não deve pensar jamais que ela me tentou! Mas... mas foi vontade de Artur — ele completou. — Aconteceu em Beltane — E ele contou para ela, enquanto Morgana congelou, pensando apenas: *Então foi assim que o encantamento funcionou... Preferia que a Deusa tivesse me deixado leprosa a tê-lo dado a Gwenhwyfar!* — Mas você não sabe de tudo — ele sussurrou. — Enquanto nos deitamos juntos... nunca, nunca tive algo tão... tão... — ele engoliu em seco e se atrapalhou para colocar em palavras o que Morgana não conseguia suportar ouvir. — Eu... eu toquei Artur, eu o toquei. Eu a amo, oh, Deus, eu a amo, não se engane, mas se ela não fosse a mulher de Artur, se não fosse por... duvido até que *ela...* — Ele não conseguiu terminar a frase e Morgana permaneceu totalmente imóvel, chocada além das palavras. Era essa então a vingança da Deusa? Que ela, que amava sem esperanças esse homem, se tornasse confidente tanto dele quanto da mulher que ele amava, que fosse o depósito de todos os medos secretos sobre os quais ele não podia falar com mais ninguém, das paixões incompreensíveis de sua alma...

— Lancelote, não deveria me dizer tais coisas, não para mim. Diga para algum homem... Taliesin... um padre...

— O que sabe um padre sobre isso? — ele perguntou, desesperado. — Nenhum homem, creio eu, já se sentiu assim. Deus sabe que escuto bastante o que os homens desejam, não falam de outra coisa, e de quando em quando algum homem revela algo estranho que pode desejar, mas nunca, nunca nada tão estranho e maligno como esse meu desejo. Sou um *maldito* — ele gritou. — Essa é a minha punição por desejar a mulher de meu rei, ser aprisionado nessa servidão... Mesmo Artur, se soubesse, me odiaria e desprezaria. Ele sabe que amo Gwenhwyfar, mas isso nem mesmo ele poderia perdoar, e Gwenhwyfar... quem sabe se ela, até mesmo ela, não me odiaria e desprezaria...

A voz dele foi se sufocando até o silêncio.

Morgana pôde apenas dizer as palavras que lhe ensinaram em Avalon:

— A Deusa sabe o que está no coração dos homens, Lancelote. Ela o consolará.

— Mas isso é desdenhar da Deusa — sussurrou Lancelote, horrorizado. — E quanto ao homem que vê a mesma Deusa no rosto da mãe que o deu à luz... Não posso me voltar a *ela*... Estou quase tentado a me jogar aos pés do Cristo. Os padres dizem que ele pode perdoar qualquer pecado, por mais maldito que seja, assim como disse palavras de perdão àqueles que o crucificaram...

Morgana respondeu incisivamente que jamais havia visto nenhum sinal de que os padres fossem tão ternos e clementes com os pecadores.

— Sim, sem dúvida está certa — disse Lancelote, olhando de modo sombrio para as pedras. — Não há ajuda em nenhum lugar, até que eu morra em batalha ou saia daqui para me jogar no caminho de um dragão. — Ele cutucou com o sapato um pequeno tufo de grama que crescia entre as pedras do pátio. — E, sem dúvida, pecado, bondade e maldade são mentiras ditas por padres e homens, e a verdade é apenas que crescemos e morremos e definhamos como esta grama aqui — ele se virou. — Bem, compartilharei a vigília de Gareth, conforme prometi. Ele ao menos me ama de modo inocente, como um irmão mais novo ou meu filho. Eu deveria ter medo de me ajoelhar diante do altar, se acreditasse em uma palavra do que os padres dizem, maldito como sou. Mas ainda assim, como desejo que houvesse um Deus que fosse capaz de me perdoar e me fizesse saber que estou perdoado...

Ele se virou para ir embora, mas Morgana pegou a manga bordada da túnica de festa que ele vestia.

— Espere. Que história é essa de vigília na igreja? Não sabia que os Companheiros de Artur haviam se tornado tão devotos.

— Artur pensa com frequência em sua coroação na Ilha Dragão — afirmou Lancelote —, e uma vez disse que os romanos, com seus muitos deuses, e o velho povo pagão, tinham algo de que precisávamos na vida. Quando os homens assumiam uma grande obrigação, deveriam fazê-lo em meio a orações, e manter em mente seu grande significado e sua dedicação. E então falou com os padres, e eles transformaram isso em um ritual. Assim, quando um novo Companheiro sem experiência em batalha, na qual ele é provado pelo confronto com a própria morte, ou quando um homem sem batismo de sangue se junta aos Companheiros, há esta prova especial: velar e rezar durante a noite toda ao lado de suas armas, e pela manhã confessar todos os seus pecados e ser absolvido, para só então ser sagrado cavaleiro.

— Ora, então é um tipo de iniciação nos Mistérios que Artur quer oferecer a eles. Mas ele não é nenhum criador de Mistérios para concedê-los a outro ou prover iniciação, e tudo é confundido com o nome do Deus Cristo deles. Em nome da Mãe, vão tomar até os Mistérios?

Lancelote respondeu defensivamente:

— Ele consultou Taliesin e ele aprovou. — E Morgana ficou espantada de que um dos mais altos druidas comprometesse os Mistérios de tal forma. Mas houve um tempo, assim dissera Taliesin, em que druidas e cristãos adoravam juntos. — E o que se passa na alma do homem — disse Lancelote — não se resume a ser cristão, pagão ou druida. Se Gareth enfrenta o mistério em seu coração, e isso o torna um homem melhor em sua alma, de que importa de onde isso vem? Se vem da Deusa, do Cristo ou daquele Nome que os Druidas não podem falar? Ou mesmo da própria bondade dentro dele?

— Ora, você argumenta como o próprio Taliesin — disse Morgana, de modo ácido.

— Sim, conheço as palavras. — A boca de Lancelote se torceu em uma amargura terrível. — Que Deus, qualquer Deus, queira que eu possa encontrar em meu coração alguma fé ou algum consolo assim!

Morgana pôde apenas dizer:

— Também quero isso a você, primo. Rezarei por isso.

— Mas rezará para quem? — Lancelote perguntou, e foi embora, deixando Morgana bastante perturbada.

Não era meia-noite ainda. Na igreja, onde Gareth e agora Lancelote faziam vigília, podia ver as velas acesas. Baixou a cabeça, lembrando-se da noite em que ela mesma havia feito vigília, a mão indo automaticamente para o flanco para tocar a pequena faca em forma de crescente que não pendia mais ali havia muitos anos.

E joguei isso fora. Quem sou eu para falar sobre profanar os Mistérios?

Então o ar subitamente se agitou e girou como um redemoinho diante dela, e Morgana sentiu que se afundaria ali, pois Viviane estava diante dela sob o luar.

Estava mais velha e mais magra. Seus olhos eram como duas grandes brasas vivas sob as sobrancelhas alinhadas, o cabelo já estava quase todo branco. O seu olhar para Morgana parecia estar tomado de tristeza e ternura.

— Mãe — ela gaguejou, sem saber se falava com Viviane ou com a Deusa. E então a imagem ondulou, e Morgana soube que Viviane não estava ali. Aquele era um Aviso, nada além disso.

— Por que veio? O que quer de mim? — Morgana sussurrou, ajoelhando-se, sentindo a agitação das vestes de Viviane no vento noturno.

Na testa dela havia uma coroa de juncos como a da rainha do país das fadas. A aparição estendeu a mão, e Morgana pôde sentir o crescente desbotado queimando em sua testa.

O vigia noturno caminhava pela corte, a luz de sua lanterna brilhava, e Morgana se ajoelhava sozinha, olhando para o nada. Apressadamente, ficou de pé antes que o homem pudesse vê-la.

De repente, havia perdido todo o desejo de ir para a cama de Kevin. Ele estaria esperando por Morgana, mas, se ela não fosse, jamais pensaria em censurá-la. Esgueirou-se silenciosamente através dos corredores até o quarto onde dormia com as damas solteiras de Gwenhwyfar e para a cama que dividia com a jovem Elaine.

Pensei que a Visão tivesse me abandonado. Mas Viviane veio até mim e me estendeu a mão. Isso significa que Avalon precisa de mim ou que, assim como Lancelote, estou perdendo o juízo?

3

Quando Morgana acordou, tudo em torno do castelo já despertava para a algazarra e a agitação de um dia de festa. O Pentecostes. No pátio voavam estandartes, e as pessoas entravam e saíam dos portões, os criados preparavam listas para os jogos, pavilhões brotavam em toda a área de Camelot e nas encostas das colinas, como se fossem flores ao mesmo tempo belas e estranhas.

Não havia tempo para sonhos e visões. Gwenhwyfar mandou chamá-la para arrumar seu cabelo – nenhuma mulher em Camelot era tão hábil com as mãos como Morgana, e ela havia prometido à rainha que naquela manhã arrumaria seu cabelo em uma trança especial com quatro mechas que ela mesma usava nos grandes festejos. Enquanto penteava e separava o cabelo fino e sedoso de Gwenhwyfar para trançá-lo, Morgana olhou de esguelha para a cama da qual sua cunhada havia se levantado. Artur já tinha sido vestido por seus criados e havia saído. Os pajens e camareiros arrumavam as cobertas, levando a roupa suja para ser lavada e estendendo vestidos para serem escolhidos por Gwenhwyfar.

Morgana pensou: *Eles dividiram aquela cama, todos três, Lancelote, Gwenhwyfar e Artur.* Uma história como essa não era algo totalmente desconhecido; lembrou-se de um episódio no país das fadas que não ficava claro em sua mente. Lancelote estava atormentado, e ela não fazia ideia do que Artur achava disso tudo. Enquanto suas pequenas mãos se moviam rapidamente no cabelo de Gwenhwyfar, perguntou-se como a cunhada se sentia. Subitamente, sua própria mente se inundou de imagens eróticas, memórias daquele dia na Ilha Dragão em que Artur, despertando, a puxara em seus braços, da noite em que se deitara com Lancelote no campo. Baixou os olhos e continuou torcendo o cabelo fino.

— Está apertando muito — reclamou Gwenhwyfar.

— Desculpe — disse Morgana de modo seco, e se esforçou para que as mãos a relaxassem. Artur era só um menino naquela época, e ela, uma donzela. Lancelote... Teria ele dado a Gwenhwyfar o que lhe negara, ou a rainha se contentava com aquelas carícias infantis? Por mais que Morgana tentasse, não conseguia tirar da mente as imagens odiosas que a assombravam, mas seguiu trançando calmamente, mascarando suas aflições em uma expressão serena. — Pronto, assim não vai soltar... dê-me o grampo de prata — disse, apertando as tranças.

Gwenhwyfar se observou, encantada, no espelho de cobre que era um de seus tesouros.

— Está lindo, querida irmã, muito obrigada — disse, virando-se e abraçando impulsivamente Morgana, que ficou rígida em seus braços.

— Não precisa me agradecer. É mais fácil trançar o cabelo de outra pessoa que o meu — respondeu Morgana. — Espere, este grampo está escapando. — E o recolocou. Gwenhwyfar resplandecia, linda, e Morgana a abraçou, pousando o rosto por um momento no da rainha. Parecia suficiente, por um segundo, tocar aquela beleza, como algo que pudesse penetrar nela, transferindo-lhe um pouco daquele brilho e encanto. Então, lembrou-se novamente do que Lancelote lhe dissera e pensou: *Não sou melhor que ele. Também acalento desejos estranhos e perversos, quem sou eu para zombar de alguém?*

Sentiu inveja da rainha, rindo feliz enquanto pedia a Elaine para ir até suas arcas procurar taças para serem dadas como prêmio aos vencedores dos jogos. Gwenhwyfar era simples e aberta, jamais se torturava com esses pensamentos sombrios; seus pesares eram simples, os pesares e os problemas de qualquer mulher, temor pela segurança do marido, angústia pela falta de filhos. Apesar de todo o resultado do amuleto, não havia sinal de gravidez. *Se um homem não consegue engravidá-la, é provável que dois não possam,* pensou Morgana, maliciosamente.

Gwenhwyfar sorria.

— Vamos descer? Ainda não cumprimentei os hóspedes. O rei Uriens veio de Gales do Norte com seu filho adulto. Gostaria de ser rainha de Gales, Morgana? Soube que Uriens pedirá ao rei uma noiva entre as mulheres do castelo...

Morgana riu.

— Acha que seria uma boa rainha para ele porque provavelmente não lhe darei um filho para disputar o trono com Avalloch?

— É verdade que passou da idade para um primeiro filho — disse Gwenhwyfar —, mas ainda espero que eu possa dar um herdeiro ao meu senhor e rei. — Ela não sabia que Morgana tinha um filho, e jamais deveria saber.

Ainda assim, aquilo a aborreceu.

Artur deveria saber que tem um filho. Ele se culpa por não poder dar um filho a Gwenhwyfar. Deveria saber para sua própria paz de espírito. E se eu vier a morrer e Gwenhwyfar jamais tiver uma criança, então ao menos o rei tem um filho. Ninguém precisa saber que a mãe é sua própria irmã. Gwydion é da linha real de Avalon. E agora tem idade suficiente para ser enviado para lá e se tornar um druida. Sem dúvida eu deveria ter ido lá para ver seu rosto, muito tempo atrás...

— Ouçam — disse Elaine —, as trombetas soam no pátio. Alguém importante está aqui, e precisamos nos apressar. Haverá missa na igreja esta manhã.

— E Gareth será feito cavaleiro — observou Gwenhwyfar. — É uma pena que Lot não tenha vivido para ver seu filho caçula ser sagrado cavaleiro...

Morgana deu de ombros e disse:

— Ele não tinha prazer na companhia de Artur, nem o rei na dele.

Então o protegido de Lancelote realmente se tornaria um dos Companheiros, ela pensou; e depois se lembrou do que Lancelote lhe dissera sobre o ritual e a vigília antes da sagração, uma paródia dos Mistérios. É minha tarefa falar a Artur sobre sua obrigação com Avalon? Ele levou a imagem da Virgem para a batalha de monte Badon, deixou de lado o estandarte do dragão e agora entregou um dos grandes Mistérios aos padres cristãos. Preciso me aconselhar com Taliesin...

— Precisamos descer — disse Gwenhwyfar, e prendeu suas bolsas na cintura e as chaves no cinto. Parecia bela e imponente com o penteado trançado, em seu vestido cor de açafrão. Elaine usava um vestido tingido de verde e Morgana, sua veste vermelha. Desceram as escadas e se reuniram em frente à igreja. Gawaine saudou a parente Morgana e se curvou diante da rainha. Atrás dele viu um rosto familiar e franziu um pouco a testa, tentando lembrar onde havia visto antes aquele cavaleiro: alto, robusto, barbado, quase tão louro quanto um saxão ou um nortista, e então se lembrou: era Balin, o irmão de criação de Balan. Curvou-se para ele friamente. Era um tolo tacanho e estúpido, mas mesmo assim estava ligado por laços sagrados de parentesco a Viviane, que era sua parente mais próxima e querida.

— Meus cumprimentos, *sir* Balin.

Ele fez uma pequena careta, mas lembrou-se das boas maneiras. Usava uma sobreveste puída e esfarrapada; claramente havia viajado por um longo tempo e ainda não tivera tempo de se vestir.

— Vai à missa, senhora Morgana? Renunciou aos demônios de Avalon e deixou aquele lugar maligno, aceitando nosso Senhor e Salvador Cristo, senhora?

Morgana achou a questão ofensiva, mas não disse nada. Com um sorriso cuidadoso, afirmou:

— Vou à missa para ver nosso parente Gareth ser sagrado cavaleiro. — Conforme esperava, isso desviou o pensamento de Balin.

— O irmãozinho de Gawaine. Eu e Balan o conhecemos menos que os outros — ele disse. — É difícil pensar nele como um homem. Em minha mente, é sempre o menininho que assustou os cavalos no casamento de Artur e quase matou Galahad.

Morgana se lembrou de que aquele era o nome verdadeiro de Lancelote. Sem dúvida o devoto Balin era orgulhoso demais para usar qualquer outro. Balin se curvou para ela e entrou na igreja. Morgana, caminhando ao lado de Gwenhwyfar, franziu a teste e observou. Havia um brilho de fanatismo em seu rosto, e ficou feliz por Viviane não estar ali, embora os dois filhos da Senhora estivessem presentes — Lancelote e Balan —, e certamente poderiam prevenir qualquer problema.

A igreja fora decorada com flores, e as pessoas, em suas vestes brilhantes de festa, também pareciam flores amontoadas. Gareth usava um manto branco de linho, e Lancelote, de vermelho, ajoelhava-se ao lado dele. *Belo e sério*, pensou Morgana, *o louro e o moreno, o branco e o vermelho*. Então, outra comparação lhe ocorreu: Gareth feliz e inocente, e Lancelote, triste e atormentado. Ainda assim, enquanto se ajoelhava, ouvindo o padre ler a história do Pentecostes, ele parecia calmo e composto, diferente do homem torturado que pouco antes havia derramado sua alma para ela.

— Tendo-se completado o dia de Pentecostes, estavam todos reunidos no mesmo lugar. De repente, veio do céu um ruído como o agito de um vendaval impetuoso, que encheu toda a casa onde se encontravam. Apareceram-lhes, então, línguas como de fogo, que se repartiram e pousaram sobre cada um deles. E todos foram tomados pelo Espírito Santo e começaram a falar em outras línguas, conforme o Espírito lhes concedia se exprimirem. Achavam-se então em Jerusalém judeus piedosos vindos de todas as nações que há debaixo do céu. Com o ruído que se produziu, a multidão se alvoroçou e ficou perplexa, pois cada qual os ouvia falar em seu próprio idioma. Estupefatos e surpresos, diziam: "Não são, acaso, galileus todos esses que estão falando? Como é, pois, que os ouvimos falar, cada um de nós, no próprio idioma em que nascemos? Partos, medos e elamitas; habitantes da Mesopotâmia, da Judeia e da Capadócia, do Ponto e da Ásia, da Frigia e da Panfília, e visitantes romanos, judeus, cretenses e árabes, nós os ouvimos apregoar em nossas próprias línguas as maravilhas de Deus!". Estavam todos estupefatos. E, atônitos, perguntavam uns aos outros: "O que vem a ser isto?". Outros, porém, zombavam: "Estão cheios de vinho doce!". Pedro, então, de pé, junto com os Onze, levantou a voz e assim lhes falou: "Homens da Judeia e todos vós, habitantes de Jerusalém, tomai conhecimento disto e prestai ouvidos às minhas palavras. Estes homens não estão embriagados como pensais, pois esta é apenas a terceira hora do dia. O que está acontecendo é o que foi dito por intermédio do profeta: 'Sucederá nos últimos dias, como diz o Senhor, que derramarei do meu Espírito sobre toda carne. Vossos filhos e vossas filhas profetizarão, vossos jovens terão visões e vossos velhos sonharão'".

Morgana, ajoelhando-se em silêncio em seu lugar, pensou: *Ora, foi a Visão que desceu sobre eles, mas nada entenderam. E também nem tiveram a preocupação de entender; para eles, isso apenas provou que o Deus deles era maior que os outros Deuses.* Agora, o padre falava dos últimos dias do mundo, sobre como Deus derramaria seus dons de visão e profecia, mas ela se perguntava se algum desses cristãos sabia como tais dons eram tão banais, no final das contas. Qualquer um poderia dominar esses poderes quando entendesse que poderia usá-los de maneira adequada. Mas isso não incluía tentar maravilhar o povo comum com milagres tolos! Os druidas usavam seus poderes para o bem de maneira discreta, não para arrebanhar multidões!

Quando os fiéis se aproximaram do altar para compartilhar o pão e o vinho, Morgana balançou a cabeça e recuou, embora Gwenhwyfar tentasse levá-la para a frente; mas ela não era cristã e não fingiria ser.

Depois, fora da igreja, observou a cerimônia em que Lancelote tirou a espada e tocou Gareth com ela, com sua voz forte e musical soando clara e solene.

— Levante-se, Gareth, Companheiro de Artur, e agora irmão de todos nós aqui e de cada cavaleiro de sua companhia. Não se esqueça de defender seu rei e de viver em paz com todos os cavaleiros de Artur e todas as pessoas pacíficas de toda parte, mas lembre-se sempre de guerrear contra o mal e defender os que precisam de proteção.

Morgana se lembrou de Artur recebendo Excalibur das mãos da Senhora. Ela o olhou e se perguntou se ele também se lembrava disso, e se era por isso que ele havia instituído esse compromisso solene e cerimonial, para que os jovens sagrados cavaleiros também pudessem ter algum ritual do qual se lembrar. Talvez não fosse, afinal de contas, um simulacro dos Mistérios sagrados, mas sim uma tentativa de preservá-los da melhor maneira que podia... Mas por que realizar esse ritual na igreja? Chegaria o dia em que o recusaria a quem não fosse cristão? Durante o serviço, Gareth e seu primo e patrono Lancelote foram os primeiros a receber a sagrada comunhão, antes mesmo que o rei. Isso não era colocar essa ordem de cavaleiros na igreja como um rito cristão, um de seus sacramentos? Lancelote não tinha o direito de fazer isso; não era qualificado para outorgar os Mistérios a outra pessoa. Isso era uma profanação ou uma tentativa honesta de trazer os Mistérios para o coração e a alma de todos na corte? Morgana não sabia dizer.

Depois da missa, houve um intervalo antes dos jogos. Morgana cumprimentou Gareth e deu a ele seu presente, um belo cinto de couro tingido no qual podia carregar sua espada e seu punhal. E ele, então, se curvou para beijá-la.

— Ah, você cresceu, pequenino... Duvido que sua mãe fosse capaz de reconhecê-lo!

— Acontece com todos nós, cara prima — respondeu Gareth, sorrindo. — Não duvido que não reconhecesse seu próprio filho!

Então ele foi cercado pelos outros cavaleiros empurrando-se e aglomerando-se para recebê-lo e cumprimentá-lo. Artur apertou-lhe as mãos e lhe falou de um modo que fez sua pele clara resplandecer.

Morgana viu que Gwenhwyfar a observava atentamente.

— Morgana, o que Gareth disse, *seu filho*?

Morgana respondeu bruscamente:

— Se nunca lhe contei, cunhada, é porque respeitei sua religião. Tive um filho para a Deusa, dos rituais de Beltane. Ele está sendo criado na corte de Lot; não o vejo desde que foi desmamado. Está contente, ou vai espalhar meu segredo por toda parte?

— Não — respondeu Gwenhwyfar, empalidecendo. — Que tristeza deve ser para você ter sido separada de seu bebê! Sinto muito, Morgana. Não contarei nem mesmo a Artur, pois ele também é cristão e ficaria chocado.

Você não sabe o quanto ele ficaria chocado, pensou Morgana, sombriamente. Seu coração disparou. Seria possível confiar em Gwenhwyfar? Agora muitas pessoas já sabiam de seu segredo!

O trompete soou para o começo dos jogos; Artur havia concordado em não participar, pois ninguém queria atacar o rei, mas um lado da batalha simulada seria liderado por Lancelote, por ser o campeão do rei, e o outro coube, por sorteio, a Uriens de Gales do Norte, um homem robusto já bem além da meia-idade, mas ainda forte e musculoso. A seu lado estava seu segundo filho, Accolon. Quando ele tirou as luvas e revelou os pulsos, Morgana notou que em torno deles enrolavam-se serpentes azuis tatuadas. Era um iniciado na Ilha Dragão!

Gwenhwyfar havia brincado, sem dúvida, sobre casá-la com o velho Uriens. Mas Accolon – *ali* estava um homem de fato; talvez, exceto por

Lancelote, o mais belo jovem na pista. Morgana se pegou admirando as habilidades dele com as armas. Ágil e corpulento, movia-se com a facilidade natural de um homem acostumado com tais exercícios e a manusear armas desde garoto. Cedo ou tarde, Artur desejaria casá-la; se ele a oferecesse a Accolon, será que deveria dizer não?

Depois de um tempo sua atenção começou a vagar. A maioria das outras mulheres havia perdido o interesse há muito nos jogos e falava sobre os boatos que tinham ouvido; algumas jogavam dados em seus assentos cobertos; e apenas poucas assistiam com animação, tendo apostado fitas, grampos ou pequenas moedas em seus maridos, irmãos ou namorados.

— Não vale a pena fazer apostas — disse uma delas, descontente —, pois todas nós sabemos que Lancelote vai vencer no final das contas. Ele sempre vence.

— Está dizendo que ele vence injustamente? — perguntou Elaine, com uma ponta de ressentimento, e a mulher estranha respondeu:

— De jeito nenhum. Mas ele deveria, nesses jogos, ficar de lado, já que ninguém consegue vencê-lo.

Morgana riu.

— Vi o jovem Gareth ali, o irmão de Gawaine, jogá-lo de cabeça na terra — disse —, e ele não se chateou. Mas, se quiser uma disputa, aposto uma fita de seda vermelha que Accolon ganhará um prêmio, mesmo disputando com Lancelote.

— Fechado — disse a mulher.

Morgana se levantou de seu assento e disse:

— Não gosto de assistir a homens se baterem por esporte. Já houve lutas demais, e estou cansada até do som. — Ela fez um gesto para Gwenhwyfar e perguntou: — Irmã, posso voltar ao salão para ver se tudo está em ordem para o banquete?

Gwenhwyfar assentiu, dando-lhe permissão, e Morgana desceu por trás dos assentos e se dirigiu para o pátio principal. Os grandes portões estavam abertos e protegidos apenas por uns poucos homens que não desejaram ver as batalhas simuladas. Morgana começou a seguir em direção ao castelo e nunca soube que intuição a enviou de volta aos portões, ou por que ficara observando dois cavaleiros que chegavam, atrasados para os primeiros festejos. Mas, quando se aproximaram um pouco mais, sua pele se arrepiou com um pressentimento, e ela, então, começou a correr. E, no momento em que eles atravessaram os portões, ela já chorava.

— Viviane — gritou, e então parou, com medo de se jogar nos braços da tia. Em vez disso, ajoelhou-se no chão poeirento e baixou a cabeça.

A voz suave e familiar, inalterada, assim como havia ouvido em seus sonhos, disse gentilmente:

— Morgana, minha criança querida, é você! Como ansiei por encontrá-la por todos esses anos. Venha, venha, querida, jamais precisa se ajoelhar diante de mim. — Morgana levantou o rosto, mas tremia muito para se levantar. Viviane, com o rosto envolto em véus cinzentos, curvou-se sobre a sobrinha. Estendeu a mão, e Morgana a beijou, e então puxou-a para mais perto para um abraço. — Querida, faz tanto tempo — ela disse, e Morgana lutou inutilmente para segurar o choro. — Estive tão preocupada com você — afirmou Viviane, apertando forte a mão da sobrinha enquanto caminhavam em direção à entrada. — De tempos em tempos eu a via no lago, mas estou velha, só consigo usar a Visão muito raramente. Mas sabia que estava viva, que não havia morrido no parto, nem longe além-mar... Ansiava por ver seu rosto, pequena.

A voz dela era terna, como se jamais tivesse existido qualquer desentendimento entre elas, e Morgana foi inundada pela velha afeição.

— Todo o povo da corte está nos jogos. O filho mais novo de Morgause foi feito cavaleiro e Companheiro nesta manhã — contou. — Acho que devia saber que estava a caminho... — E então ela se lembrou do momento da Visão, na noite passada; de fato, ela *sabia*. — E por que veio, Mãe?

— Acho que soube que Artur traiu Avalon — respondeu Viviane. — Kevin falou com ele em meu nome, em vão. Então vim para me colocar diante de seu trono e pedir justiça. Em nome de Artur, os reis menores estão proibindo o antigo culto, os bosques estão sendo espoliados, mesmo nas terras em que a rainha de Artur reina por herança, e ele não fez nada...

— Gwenhwyfar é religiosa demais — murmurou Morgana, e sentiu seus lábios se enrijecerem em desdém; tão devota, mas ainda assim levando o primo e campeão do marido para a cama, com a aprovação do próprio rei tão religioso! Mas uma sacerdotisa de Avalon não espalhava segredos de alcova caso eles fossem de seu conhecimento.

Parecia que Viviane lia seus pensamentos, pois, em seguida, disse:

— Não, Morgana, mas chegará um tempo em que um conhecimento secreto poderá me servir como arma para forçar Artur a cumprir o que jurou ser seu dever. *Um* trunfo, realmente, tenho contra ele, mas, para seu bem, criança, não o usarei diante da corte. Diga-me... — E olhou em volta. — Não, aqui não. Leve-me para onde possamos conversar em segredo e deixe que eu me lave e me arrume de modo apropriado para ficar diante de Artur em seu grande festejo.

Morgana a levou para os aposentos que dividia com as damas de Gwenhwyfar, que estavam todas nos jogos. E como os servos também haviam ido, então ela mesma pegou água para Viviane se lavar, e também um pouco de vinho, e ajudou a tia a trocar as roupas empoeiradas e gastas pela viagem.

— Conheci seu filho em Lothian — disse Viviane.

— Kevin me contou. — A velha dor apertou seu coração. Viviane tinha conseguido o que queria dela, afinal: um filho de duas linhagens reais para Avalon. — Fará dele um druida para Avalon?

— É muito cedo para dizer o que ele traz em si — respondeu Viviane. — Temo que tenha ficado tempo demais sob os cuidados de Morgause. Mas, de qualquer modo, será criado em Avalon, leal aos velhos Deuses. Assim, se Artur trair seu juramento, podemos lembrá-lo de que há um filho do sangue do Pendragon para tomar seu lugar. Não teremos um rei transformado em apóstata e tirano, forçando aquele deus dos escravos, do pecado e da vergonha pela goela de nosso povo! Fomos nós que o colocamos no trono de Uther, e podemos tirá-lo se for preciso, e ainda mais rapidamente se houver alguém da velha linhagem real de Avalon, um filho da Deusa, para tomar o lugar dele. Artur é um bom rei, relutaria em fazer tais ameaças contra ele, mas, se preciso for, eu o farei. A Deusa comanda minhas ações.

Morgana encolheu os ombros. Seria seu filho o instrumento da morte do pai? Ela desviou decididamente o rosto da Visão.

— Não acho que Artur trairá Avalon dessa maneira.

— Que a Deusa não permita que ele o faça — respondeu Viviane —, mas, ainda assim, os cristãos não aceitariam um filho nascido daquele ritual. Devemos manter um lugar próximo do trono para Gwydion, para que ele possa ser o herdeiro de seu pai, e um dia teremos outra vez um rei nascido de Avalon. Os cristãos, perceba isso, Morgana, pensariam que seu filho é fruto do pecado, mas diante da Deusa ele é da realeza mais pura de todas, pois tem mãe e pai nascidos na linhagem dela. E isso é algo sagrado, não maligno. E ele precisa pensar assim sobre si mesmo, não pode ser contaminado pelos padres que lhe diriam que sua concepção e seu nascimento foram vergonhosos. — Então olhou Morgana diretamente nos olhos. — *Você* ainda acha que é vergonhoso?

Morgana baixou a cabeça.

— Sempre foi capaz de ler meu coração, parente.

— A culpa é de Igraine — disse Viviane — e minha, que a deixei na corte de Uther por sete anos. No dia em que soube que havia nascido para ser sacerdotisa, deveria tê-la tirado de lá. Você é uma sacerdotisa de Avalon, cara criança, por que jamais voltou? — Ela se virou, o pente nas mãos, seu longo cabelo desbotado caindo pelo rosto.

Morgana sussurrou, as lágrimas abrindo caminho por seus olhos apertados:

— Não consigo. Não consigo, Viviane. Eu tentei, mas não consegui encontrar o caminho.

E toda a humilhação e a vergonha caíram sobre ela, que chorou.

Viviane baixou o pente e apertou Morgana contra o peito, abraçando-a, acalentando-a e acalmando-a como a uma criança.

— Querida, minha menina querida, não chore, não chore... se eu soubesse, criança, teria ido até você. Não chore agora. Eu mesma a levarei de volta, iremos juntas quando tiver dado minha mensagem a Artur. Eu a levarei comigo antes que ele coloque na cabeça que deve casá-la com algum asno cristão... Sim, sim, criança, você voltará para Avalon... E nós iremos juntas... — Ela enxugou o rosto molhado de Morgana com o próprio véu. — Vamos, agora me ajude a me vestir para ficar diante de meu parente, o Grande Rei...

Morgana respirou fundo.

— Sim, deixe-me trançar seu cabelo, mãe. — Ela tentou rir. — Pela manhã arrumei o cabelo da rainha.

Viviane a afastou e disse, com grande raiva:

— Artur colocou você, sacerdotisa de Avalon e princesa por seu próprio direito, como criada da rainha dele?

— Não, não — respondeu Morgana rapidamente. — Sou tão honrada quanto a própria rainha. Arrumei o cabelo de Gwenhwyfar hoje por amizade. Ela também poderia fazer o meu, ou amarrar meu vestido, como as irmãs fazem.

Viviane suspirou com alívio.

— Não toleraria vê-la desonrada. Você é mãe do filho de Artur. Ele precisa ao menos honrá-la como tal, assim como a filha de Leodegranz...

— Não! — gritou Morgana. — Não, eu lhe imploro. Artur não pode saber, não diante de toda a corte... Ouça-me, mãe, esse povo é cristão. Você seria capaz de me envergonhar diante de todos eles?

Viviane respondeu implacavelmente:

— Deve aprender a não se envergonhar de coisas sagradas!

— Mas os cristãos têm poder sobre todas estas terras — respondeu Morgana —, e você não pode mudar o modo como pensam apenas com algumas palavras. — E em seu coração se perguntava: teria a idade avançada de Viviane afetado seu juízo? Não havia jeito de simplesmente proclamar que as velhas leis de Avalon fossem instauradas novamente e que duzentos anos de cristianismo fossem derrocados. Os padres a expulsariam da corte como louca e continuariam como antes. Viviane deveria conhecer o suficiente sobre governar de modo prático para saber disso! E, de fato, a mulher assentiu e disse:

— Você está certa, devemos trabalhar lentamente. Mas Artur, ao menos, precisa ser lembrado de sua promessa de proteger Avalon, e falarei com ele em segredo, um dia, sobre a criança. Não podemos proclamar isso em voz alta entre os ignorantes.

Então, Morgana a ajudou a arrumar o cabelo e a colocar os trajes majestosos de sacerdotisa de Avalon para um grande cerimonial. E não demorou muito até ouvirem sons dizendo que os jogos haviam acabado. Sem dúvida, os prêmios seriam distribuídos dentro do castelo dessa vez, no banquete; e ela se perguntou se Lancelote havia ganhado todos novamente em honra de seu rei. *Ou*, pensou amargamente, *em honra de sua rainha? Se é que aquilo poderia ser chamado de honra...*

Elas se viraram para deixar os aposentos e, enquanto saíam, Viviane tocou a mão dela gentilmente.

— Voltará comigo para Avalon, não voltará, cara criança?

— Se Artur permitir que eu vá...

— Morgana, você é uma sacerdotisa de Avalon, e não precisa pedir permissão, nem mesmo ao Grande Rei, para ir e vir como deseja. Um Grande Rei é um líder de batalha, não é dono da vida de seus súditos, nem mesmo de seus reis vassalos, como se fosse um daqueles tiranos do leste que pensam que o mundo e a vida de todos os homens e mulheres lhes pertencem. Direi a ele que preciso de você em Avalon, e veremos qual será a resposta.

Morgana sentiu-se sufocar com lágrimas não derramadas. *Ah, voltar a Avalon, ir para casa...* Mas, mesmo ao segurar a mão de Viviane, não podia acreditar que realmente iria para lá depois daquele dia. Mais tarde ela diria, "eu sabia, eu sabia", e reconheceria o desespero e o agouro que a tomaram com aquelas palavras, mas naquele momento tinha certeza de que era apenas seu próprio medo, o sentimento de que não era digna do que havia jogado fora.

Então desceram para o grande salão de Artur para a festa de Pentecostes.

Morgana reparou que Camelot estava como nunca havia visto e talvez jamais visse novamente. A grande Távola Redonda, presente de casamento de Leodegranz, estava instalada em um salão digno de sua majestade; sedas e estandartes pendiam nas paredes, e um truque no arranjo fazia com que todos os olhos se dirigissem para onde Artur se sentava, o trono posicionado na extremidade do salão. Naquele dia, trouxera sua rainha e Gareth para sentarem-se com ele, e todos os cavaleiros e Companheiros estavam reunidos em um círculo, os Companheiros com trajes finos, suas armas reluzindo, e as damas com vestidos de tons vivos como flores. Um atrás do outro, os reis menores iam se ajoelhar diante de Artur e levar presentes; Morgana observou o rosto dele, grave, solene, gentil. Olhou de esguelha para Viviane – com certeza deveria ver que Artur havia se transformado em um bom rei, não um que pudesse ser julgado apressadamente, nem mesmo por Avalon e os druidas. Mas quem era ela para sopesar as causas entre Artur e Avalon? Sentiu o antigo tremor de inquietação dos dias em Avalon, quando estava sendo ensinada a abrir a mente para a Visão que a usaria como seu instrumento, e flagrou-se desejando, sem entender o motivo: *Gostaria que Viviane estivesse a cem léguas daqui!*

Olhou para os Companheiros: Gawaine, de cabelo avermelhado e forte como um grande cão, sorrindo para seu irmão que acabara de ser sagrado cavaleiro; Gareth, brilhando como ouro recém-fundido; Lancelote, moreno e belo, parecendo estar com os pensamentos em algum lugar do outro lado do mundo; e Pellinore, grisalho e gentil, sendo servido por sua filha, Elaine.

E então um homem que não era um dos Companheiros foi até o trono de Artur. Morgana jamais o vira antes, mas percebeu que Gwenhwyfar o reconheceu e se retraiu.

— Sou o único filho vivo do rei Leodegranz — ele disse — e irmão de sua rainha, Artur. Exijo que reconheça minha reivindicação ao País do Verão.

— Você não faz exigências nesta corte, Meleagrant — respondeu Artur, de modo ameno. — Vou considerar seu pedido e me aconselhar com minha rainha, e pode ser que eu consinta em nomeá-lo regente dela. Mas não posso tomar nenhuma decisão agora.

— Então é possível que eu não espere por sua decisão! — gritou Meleagrant. Era um homem grande, que fora ao banquete levando não apenas uma espada e um punhal, mas também um grande machado de batalha de bronze; vestia peles e couros mal curtidos e parecia selvagem e sinistro como qualquer bandoleiro saxão. Seus dois guardiões pareciam ainda mais rufiões que ele próprio.

— Sou o único filho vivo de Leodegranz.

Gwenhwyfar se inclinou para a frente e sussurrou para Artur. O rei afirmou:

— Minha senhora me diz que seu pai sempre negou que o havia gerado. Tenha certeza de que vamos analisar a questão, e, se sua reivindicação for justa, nós a admitiremos. No momento, *sir* Meleagrant, peço que confie em meu julgamento e se junte a mim no banquete. Levaremos o caso a nossos conselheiros e lhe faremos justiça.

— Dane-se o banquete — respondeu Meleagrant, furioso. — Não vim aqui para comer doces, olhar para as mulheres e assistir a homens brincando feito garotos! Eu lhe digo, Artur, sou o rei daquelas terras, e se ousar questionar minha reivindicação será pior para você... e também para sua senhora!

Ele colocou a mão no cabo de seu grande machado de batalha, mas Cai e Gareth apareceram imediatamente, prendendo os braços do homem para trás.

— Nenhuma arma será levantada no salão do rei — esbravejou Cai enquanto Gareth arrancava o machado da mão dele e o colocava aos pés do trono de Artur.

— Vá para seu lugar, homem, e coma sua carne. Haverá ordem na Távola Redonda, e quando nosso rei diz que lhe fará justiça, espere a boa vontade dele!

Eles o viraram com violência, mas Meleagrant se livrou das mãos deles e disse:

— Ao inferno com seu banquete, ao inferno com sua justiça, então! E ao inferno com sua Távola Redonda e todos os seus Companheiros!

Deixou o machado e se virou, batendo os pés ao longo do salão. Cai deu um passo para ir atrás dele, e Gawaine começou a se levantar, mas Artur fez um gesto para que ele se sentasse novamente.

— Deixe que ele vá — Artur disse. — Trataremos dele na hora apropriada. Lancelote, como campeão da minha rainha, pode caber a você lidar com aquele usurpador grosseiro.

— Será um prazer, meu rei — respondeu Lancelote, sobressaltando-se como se estivesse semiadormecido; Morgana, porém, suspeitava que ele não tinha a menor ideia sobre o que havia acabado de aceitar fazer. Os arautos na porta ainda proclamavam que todos os homens deviam se aproximar para a justiça do rei; houve um breve interlúdio cômico, quando um fazendeiro entrou e contou como ele e seu vizinho haviam brigado por causa de um pequeno moinho na fronteira de suas propriedades.

— E não pudemos entrar em acordo, senhor — disse, torcendo o chapéu de lã grossa entre as mãos —, então chegamos à conclusão de que o rei havia trazido a segurança a este país para que pudéssemos ter um moinho, e por isso eu disse que viria aqui, senhor, para ver o que nos diria, e, sendo assim, acataremos sua decisão, seja ela qual for.

Entre risos bem-humorados, a questão foi decidida; mas Morgana notou que apenas Artur não riu, mas ouviu com seriedade, deu seu julgamento, e, quando o homem havia agradecido e ido embora, com muitas mesuras e agradecimentos, só então ele se permitiu sorrir.

— Cai, cuide para que deem algo de comer àquele homem, ele fez uma longa caminhada até aqui — Artur suspirou. — Quem é o próximo buscando justiça? Deus permita que seja algo mais apropriado para minha resolução... Será que virão agora pedir meu conselho sobre criação de cavalos ou algo do tipo?

— Isso mostra o que pensam do rei deles, Artur — disse Taliesin. — Mas deve dizer para que procurem os senhores locais, e assim deixar que os reis vassalos também sejam responsáveis pela justiça em seu nome. — Ele levantou a cabeça para ver o próximo requerente. — Mas esse caso deve ser mais digno da atenção de um rei, afinal, é uma mulher, e não duvido que esteja realmente enfrentando problemas.

Artur fez um sinal para que ela se aproximasse: uma mulher jovem, segura de si, altiva, com maneiras cortesãs. Não trazia acompanhante além de um anão feio, com menos de um metro, mas de ombros largos e musculosos, levando uma espécie de machado curto e poderoso.

Ela se curvou para o rei e contou sua história. Servia a uma senhora que ficara, como tantas outras depois dos anos de guerra, sozinha no mundo; suas propriedades se localizavam no norte, perto do velho muro romano que se estendia por milhas, com fortes arruinados e castelos, em sua maioria agora decrépitos e caindo aos pedaços. Mas uma gangue de cinco irmãos, todos malfeitores, tinha fortificado novamente cinco dos castelos e assolava toda a região. E, agora, um deles, que havia decidido se intitular Cavaleiro Vermelho das Terras Vermelhas, havia sitiado a pobre senhora, e os irmãos dele eram ainda piores.

— Cavaleiro Vermelho! — riu Gawaine. — Conheço esse cavalheiro. Lutei contra ele quando vim em direção ao sul da minha última visita às terras de Lot e mal saí vivo. Artur, seria bom enviar um exército para acabar com esses homens e tirá-los de lá... Não há lei naquela parte do mundo.

Artur franziu o cenho e assentiu, mas o jovem Gareth se levantou de seu assento.

— Meu senhor Artur, o lugar fica nos limites das terras de meu pai. O senhor me prometeu uma missão. Mantenha a promessa, meu rei, e me envie para ajudar essa senhora a defender suas terras contra esses homens vis!

A jovem olhou para Gareth, que tinha o rosto imberbe reluzente e vestia túnica de seda branca que havia sido escolhida para o ritual da sagração, e começou a rir.

— Você? Ora, é uma criança. Não sabia que o Grande Rei estava recrutando meninos muito crescidos para servir sua mesa!

Gareth corou como um menino. Realmente havia levado a taça de Artur ao rei — era um serviço para meninos bem-nascidos, criados na corte, sempre feito nos grandes festejos. Gareth ainda não havia se lembrado de que isso não era mais sua obrigação, e Artur, que gostava do rapaz, não o tinha reprovado.

A mulher se empertigou.

— Meu senhor e rei, vim pedir por um ou mais de seus grandes cavaleiros, que tenham reputação em batalha e que sejam capazes de amedrontar o Cavaleiro Vermelho. Gawaine, Lancelote ou Balin, um dos que são conhecidos como grandes lutadores contra os saxões. Vai permitir que seu menino de cozinha zombe de mim, senhor?

— Meu Companheiro Gareth não é um menino de cozinha, madame — disse Artur. — Ele é irmão de *sir* Gawaine e promete ser um cavaleiro tão bom quanto seu irmão, ou ainda melhor. Realmente prometi a ele a primeira missão que pudesse lhe dar com honra e o enviarei com a senhora. Gareth — afirmou, gentilmente —, eu o encarrego de ir com esta senhora para protegê-la contra os perigos da estrada, e, quando chegar às terras dela, ajude-a a organizar o povo na defesa contra esses vilões.

Se precisar de reforços, pode me enviar um mensageiro, mas sem dúvida ela tem homens suficientes para o combate. Eles precisam apenas de alguém com conhecimento e habilidade estratégicos, e isso você aprendeu com Cai e Gawaine. Madame, eu lhe dou um bom homem para ajudá-la.

Ela não ousou responder ao rei, mas fez uma careta feroz para Gareth, que respondeu ao rei com formalidade:

— Obrigado, meu senhor Artur. Farei com que esses patifes que perturbam o interior temam a Deus.

Ele se curvou para Artur e se voltou para a senhora, mas ela havia se virado e saído intempestivamente do salão.

— Ele é jovem demais para tudo isso, senhor — disse Lancelote, em voz baixa. — Não deveria enviar Balan, Balin ou alguém com mais experiência?

Artur balançou a cabeça e respondeu:

— Realmente creio que Gareth possa fazer isso, e prefiro que nenhum de meus Companheiros seja favorecido. Deve ser o suficiente para a senhora saber que um deles está indo ajudar seu povo. — Artur se inclinou para trás e fez um sinal para que Cai servisse seu prato. — Fazer justiça é um trabalho que dá fome. Não há mais requerentes?

— Há um, meu senhor Artur — respondeu Viviane, em voz baixa, levantando-se de seu lugar entre as damas da rainha. Morgana começou a se levantar para auxiliá-la, mas ela fez um gesto para que ficasse onde estava. Parecia mais alta do que realmente era, pois se mantinha bem ereta. E parte daquilo era encanto, o encanto de Avalon... O cabelo, todo branco, estava trançado no alto da cabeça; no flanco, pendia a pequena faca em forma de foice das sacerdotisas; e, na testa, resplandecia a marca da Deusa, a lua crescente e brilhante.

Artur a observou por um momento, surpreso, e então a reconheceu e fez um gesto para que se aproximasse.

— Senhora de Avalon, faz tempo desde que honrou esta corte com sua presença. Venha sentar-se ao meu lado, parente, e diga-me como posso servi-la.

— Honrando Avalon, como jurou fazer — respondeu Viviane. A voz dela era muito clara e baixa, mas, sendo a voz treinada de uma sacerdotisa, podia ser ouvida até nos cantos mais distantes do salão. — Meu rei, eu lhe peço que olhe agora para a espada que carrega e pense naqueles que a colocaram em suas mãos, e em sua promessa...

Alguns anos mais tarde, quando tudo o que se sucedeu naquele dia havia sido bastante falado, nem mesmo duas pessoas entre as centenas naquele salão concordavam sobre o que havia acontecido primeiro. Morgana viu Balin se levantar de seu lugar e correr para a frente, notou a mão de alguém pegar o grande machado que Meleagrant havia deixado encostado no trono, e então houve uma confusão e um berro. Logo depois, ela ouviu seu próprio grito enquanto o machado descia, rodopiando. Mas não viu o golpe, apenas o cabelo branco de Viviane ficar subitamente vermelho de sangue enquanto ela se contorcia e caía sem nem mesmo ter a chance de soltar um grito.

E o salão foi imediatamente tomado por brados e berros; Lancelote e Gawaine seguravam Balin, que lutava para se libertar; Morgana pegou o próprio punhal e avançou, mas Kevin a impediu com força, segurando seu punho com os dedos torcidos.

— Morgana, Morgana, não. Já é tarde demais — ele disse, com a voz enrouquecida pelos soluços. — Ceridwen! Mãe Deusa! Não, não, não olhe para ela agora, Morgana...

Ele tentou virá-la, mas Morgana ficou congelada, como se tivesse se transformado em pedra, ouvindo Balin uivar obscenidades a plenos pulmões.

— Olhem o senhor Taliesin! — disse Cai, abruptamente.

O velho havia deslizado em seu assento, desmaiando. Cai se curvou e o levantou, e então, murmurando um pedido de desculpas para Artur, pegou a taça do rei e derramou o vinho pela garganta do druida. Kevin soltou Morgana e manquejou desajeitadamente até o lado do velho, curvando-se sobre ele. Morgana pensou: *Devo ir até ele*, mas era como se seus pés estivessem grudados no chão, não conseguia dar um só passo. Fitou o velho desmaiado, para que não precisasse olhar de novo para aquela horrível poça vermelha no chão, empapando as túnicas, o cabelo e o longo manto de sua tia. No último instante, Viviane pegara sua própria faca em forma de foice. Estava em sua mão agora, manchada de seu próprio sangue... E havia tanto sangue, tanto... Seu crânio... seu crânio havia sido partido ao meio, e havia sangue, sangue no trono, derramado como se fosse o de um animal sacrificado, ao pé do trono de Artur...

Artur finalmente conseguiu falar:

— Seu desgraçado — disse roucamente —, o que fez? Isso é assassinato, assassinato a sangue-frio diante do trono de seu rei...

— Assassinato? — disse Balin, com sua voz grossa e áspera. — Sim, ela era a assassina mais imunda deste reino e merecia morrer duas vezes. Livrei seu reino de uma feiticeira maligna e perversa, meu rei!

Artur parecia mais raivoso do que tomado pelo sofrimento.

— A Senhora do Lago era minha amiga e benfeitora! Como se atreve a falar assim de minha parente, que ajudou a me colocar no trono?

— Invoco o próprio senhor Lancelote como testemunha de que ela causou a morte de minha mãe — disse Balin —, uma cristã boa e devota, chamada Priscilla, e mãe de criação do próprio irmão dele, Balan! E ela assassinou minha mãe, eu lhe digo, por meio de suas feitiçarias malignas. — O rosto dele se contorceu. O grande homem chorava como uma criança. — Ela assassinou minha mãe, e eu a vinguei como um bom cavaleiro deve fazer!

Lancelote fechou os olhos horrorizado, o rosto contorcido, porém não chorou.

— Meu senhor Artur, a vida deste homem me pertence! Deixe-me vingar minha mãe...

— E a irmã de minha mãe — disse Gawaine.

— E da minha — completou Gaheris.

O transe congelado de Morgana terminou. Ela gritou:

— Não, Artur! Deixe-o *comigo*! Ele assassinou a Senhora diante de seu trono, deixe que uma mulher de Avalon vingue o sangue de Avalon... Olhe como o senhor Taliesin jaz ali abalado, é como se ele tivesse assassinado também nosso avô...

— Irmã, irmã — Artur estendeu a mão para Morgana. — Não, irmã, não, dê-me seu punhal...

Morgana balançou a cabeça, com o punhal ainda na mão. Taliesin subitamente se levantou para tirá-lo dela com seus dedos trêmulos.

— Não, Morgana. Sem mais sangue derramado aqui. A Deusa sabe, é suficiente. O sangue dela foi derramado como sacrifício a Avalon neste salão...

— Sacrificada! Sim, sacrificada a Deus, pois ele derrubará todas essas feiticeiras malignas e seus Deuses! — gritou Balin, em frenesi. — Deixe-me dar cabo daquela ali também, meu senhor Artur, e purgar esta corte de toda a linha maldita de feiticeiros...

O homem lutava tão violentamente que Lancelote e Gawaine mal podiam contê-lo e fizeram um sinal para Cai, que veio ajudá-los a colocar Balin no chão, ainda lutando, diante do trono.

— Quieto! — disse Lancelote, torcendo a cabeça dele. — Se tocar no Merlim ou em Morgana, cortarei sua cabeça, não importa o que Artur diga. Sim, meu senhor Artur, e morrerei por suas mãos por isso depois, se essa for sua vontade! — O rosto dele estava marcado pela angústia e pelo desespero.

— Meu senhor rei — uivou Balin —, eu lhe imploro, permita que eu acabe com todos esses magos e feiticeiras, em nome do Cristo que odeia todos eles...

Lancelote golpeou Balin com força na boca, e o homem ofegou e se calou, com sangue escorrendo do lábio partido.

— Com sua permissão, meu senhor. — Lancelote desamarrou seu rico manto e gentilmente cobriu o corpo pálido e ensanguentado da mãe.

Artur parecia respirar melhor agora que o cadáver estava fora de vista. Apenas Morgana continuou observando com os olhos arregalados o amontoado sem vida agora coberto com o manto vermelho que Lancelote havia usado nos festejos.

"Sangue. Sangue aos pés do trono do rei. Sangue derramado na lareira..." Em algum lugar, Morgana parecia ouvir Raven gritando.

— Acudam a senhora Morgana, ela vai desmaiar — disse Artur, em voz baixa, e ela sentiu mãos a levando gentilmente para um assento e alguém colocando uma taça em seus lábios. Fez menção de afastá-la, mas então pareceu escutar Viviane dizendo: *Beba. Uma sacerdotisa precisa manter sua força e sua vontade.* Bebeu obedientemente, ouvindo a voz de Artur, grave e solene.

— Balin, sejam quais forem suas razões... Não, chega, já ouvi o que disse... Sem mais uma palavra... Você ou está louco ou é um assassino frio. Não importa o que diga, matou minha parente e usou sua arma diante de seu Grande Rei no Pentecostes. Ainda assim, não permitirei que o matem onde está... Lancelote, baixe sua espada.

Lancelote colocou a espada de volta na bainha.

— A sua vontade é uma ordem, meu senhor. Mas, se não punir esse assassino, peço permissão para deixar sua corte.

— Ah, ele será punido, acredite. — O rosto de Artur estava sombrio. — Balin, está são o bastante para me ouvir? Então esta é sua sentença: está banido para sempre desta corte. Deixe que o corpo dessa senhora seja preparado e colocado em um esquife, e eu o encarrego de levá-lo a Glastonbury, contar a história dessa morte ao arcebispo e cumprir a penitência que ele lhe impuser. Você falou de Deus e de Cristo, mas nenhum rei cristão permite que uma vingança particular seja feita pelo poder de uma espada diante de seu trono de justiça. Ouviu o que disse, Balin, homem que um dia foi meu cavaleiro e Companheiro?

Balin baixou a cabeça. Seu nariz havia sido quebrado pelo golpe de Lancelote; pingava sangue de sua boca, e falou com voz rouca através de um dente quebrado.

— Ouço, meu senhor rei. Eu irei. — E sentou-se, com a cabeça curvada.

Artur fez um gesto para os servos e disse:

— Peço que tragam alguém para remover o pobre corpo...

Morgana se soltou das mãos que a seguravam e se ajoelhou ao lado de Viviane.

— Meu senhor, eu lhe peço, permita que eu a prepare para o funeral... — E lutou para conter as lágrimas que não ousava derramar. Essa não era Viviane, essa coisa largada e sem vida, a mão como uma garra encolhida ainda segurando o punhal em forma de foice de Avalon. Pegou o punhal, beijou-o e prendeu-o em seu próprio cinto. Isso, e apenas isso, guardaria.

Grande Mãe misericordiosa, eu sabia que jamais poderíamos voltar juntas a Avalon...

Morgana não choraria. E, então, sentiu Lancelote ao seu lado, que murmurou:

— Graças a Deus Balan não está aqui... Perder a mãe e o irmão de criação em um momento de loucura... Mas, caso ele estivesse, isso talvez não tivesse acontecido! Existe algum Deus ou alguma misericórdia?

O coração dela doeu pela angústia de Lancelote. Ele havia temido e odiado sua mãe, mas também a venerava, como a própria face da Deusa. Uma parte dela queria puxar Lancelote em seus braços e deixá-lo chorar; mas a outra estava cheia de raiva. Ele desafiara a mãe, como se atrevia a sofrer por ela agora?

Taliesin estava ajoelhado ao lado deles, e disse, em sua velha voz instável:

— Deixe-me ajudá-los, crianças. É meu direito. — E foram para o lado enquanto ele baixou a cabeça para murmurar uma antiga prece de passagem.

Artur se levantou.

— Não haverá mais banquete hoje. Tivemos muita tragédia para um festejo. Aqueles que ainda estão com fome podem terminar suas refeições e sair em silêncio.

Ele foi lentamente para onde jazia o corpo. Pousou a mão gentilmente no ombro de Morgana; e ela, em sua infelicidade atordoada, sentiu o toque do rei. Podia ouvir os outros convidados saindo em silêncio do salão, um após o outro, e, através do ruído, o som suave de uma harpa; apenas um par de mãos na Bretanha tocava daquela maneira. Por fim, se desmanchou em lágrimas enquanto a harpa de Kevin tocava uma elegia para a Senhora, e, com aquele som, Viviane, sacerdotisa de Avalon, foi lentamente carregada do grande salão de Camelot. Morgana, caminhando ao lado do esquife, voltou-se apenas uma vez para olhar o salão, a Távola Redonda, e a figura solitária de Artur, inclinado, sozinho ao lado do harpista. E em meio a todo o seu pesar e desespero ela pensou: *Viviane jamais disse a Artur a mensagem de Avalon. Este é o salão de um rei cristão, e agora não há ninguém que diga o contrário. Como Gwenhwyfar se regozijaria, se soubesse disso.*

As mãos dele estavam estendidas; talvez estivesse rezando. Viu as serpentes tatuadas nos pulsos dele e pensou no jovem gamo e no rei recém-coroado que havia ido até ela com o sangue do Gamo-Rei no rosto e nas mãos, e por um momento pensou que podia ouvir a voz zombeteira da rainha das fadas. E então não havia outro som além do lamento angustiado da harpa de Kevin e Lancelote chorando ao seu lado enquanto levavam Viviane para seu descanso.

Morgana fala...

Segui o corpo de Viviane saindo do grande salão da Távola Redonda. Eu chorava pela segunda vez, de acordo com o que podia lembrar.

E ainda assim, naquela noite, me desentendi com Kevin.

Juntamente com as mulheres da rainha, preparei o corpo de Viviane para o funeral. Gwenhwyfar enviou suas mulheres e também linho, especiarias e uma mortalha de veludo, mas não foi ajudar pessoalmente. E isso foi bom. Uma sacerdotisa de Avalon deve ser levada para o descanso por outras sacerdotisas. Senti falta de minhas irmãs da Casa das Donzelas; mas ao menos nenhuma mão cristã a tocou. Depois de preparado, Kevin veio velar o corpo.

— Pedi que Taliesin fosse descansar. Tenho essa autoridade agora, como Merlim da Bretanha. Ele está muito velho e frágil. É um milagre que seu coração não tenha falhado hoje. Temo que não vá viver muito mais que ela. Balin está quieto agora — completou. — Acho que talvez tenha consciência do que fez... Mas com certeza foi o ato de um surto de loucura. Está pronto para ir com o corpo até Glastonbury e cumprir a penitência dada pelo arcebispo.

Olhei para ele indignada.

— E você aceitou isso? Que ela caia nas mãos da igreja? Não me importo com o que acontecer com aquele assassino — disse —, mas Viviane deve ser levada para Avalon.

Contraí a garganta para não chorar mais. Deveríamos ter ido juntas para Avalon...

— Artur ordenou — disse Kevin, em voz baixa — que ela seja enterrada diante da igreja em Glastonbury, num lugar onde todos possam vê-la.

Balancei a cabeça, incrédula. Todos os homens estavam loucos naquele dia?

— Viviane deve ficar em Avalon — disse —, onde todas as sacerdotisas da Mãe são enterradas desde o começo dos tempos. E ela era a Senhora do Lago!

— Ela também era amiga e benfeitora de Artur — disse Kevin —, e ele quer que seu túmulo seja um local de peregrinação. — Ele fez um gesto com a mão para que eu não falasse. — Não, escute-me, Morgana.

Há razão no que ele diz. Nunca houve um crime tão grave no reinado de Artur. Ele não pode esconder o túmulo dela onde não possa ser visto e seja esquecido. Deve ser enterrada num lugar em que todos os homens vejam a justiça do rei, e a justiça da Igreja.

— E você permitirá isso!

— Minha querida Morgana — ele disse, gentilmente —, não cabe a mim permitir ou recusar. Artur é o Grande Rei, e neste reino sua vontade é cumprida.

— E Taliesin não se importa? Ou é por isso que o mandou descansar, para tirá-lo do seu caminho enquanto comete essa blasfêmia com a conivência do rei? Permitirá que Viviane seja enterrada com um funeral e ritos cristãos? Ela, que era a Senhora do Lago, enterrada por esse povo que aprisiona seu Deus entre paredes de pedra? Viviane me escolheu para sucedê-la como Senhora do Lago, e eu proíbo que isso aconteça, está me ouvindo?

— Morgana — disse Kevin em voz baixa. — Ouça-me, querida. Viviane morreu sem nomear sua sucessora...

— Você estava lá no dia em que ela disse que havia me escolhido...

— Mas você não estava em Avalon quando ela morreu, e havia renunciado àquele lugar — disse Kevin, e as palavras dele caíram sobre minha cabeça como chuva fria, e, então, estremeci. Ele olhou para o esquife e para o corpo de Viviane, que jazia coberto nele. Nada que eu pudesse fazer poderia preparar aquele rosto para ser visto em sua morte. — Viviane morreu sem nomear uma sucessora para seu lugar, e então cabe a mim, como Merlim da Bretanha, declarar o que será feito. E, se essa é a vontade de Artur, então apenas a Senhora do Lago, e me perdoe, minha querida, por dizê-lo, mas não há uma Senhora do Lago agora, poderia se opor ao que eu digo. Vejo que o rei tem razão no que deseja. Viviane levou a vida toda para trazer o reinado pacífico da lei a esta terra...

— Ela veio censurar Artur por ter abandonado Avalon! — gritei em desespero. — Morreu sem terminar sua missão, e agora você quer que ela seja enterrada em solo cristão, sob o som dos sinos da igreja, para que triunfem sobre ela na morte, assim como em vida?

— Morgana, Morgana, minha pobre menina! — Kevin estendeu as mãos para mim, as mãos deformadas que tantas vezes me acariciaram. — Eu também a amava, acredite em mim! Mas ela está morta. Foi uma grande mulher, dedicou a vida a esta terra. Acha que importa a ela agora onde sua casca vazia será colocada? Ela se foi para o que a aguarda após a morte, e, conhecendo-a, sei que só pode ser algo bom. Acha que ela sentiria rancor por ter seu corpo enterrado no local onde pode melhor servir ao propósito que perseguiu por toda a vida: ver a justiça do rei triunfando sobre todo o mal na terra?

Sua voz profunda, cuidadosa e musical era tão eloquente que hesitei por um momento. Viviane havia partido; só os próprios cristãos davam importância a um chão consagrado ou não, como se toda a terra, que é o seio da Mãe, não fosse sagrada. Quis cair nos braços dele e chorar pela única mãe que conhecera, pela destruição de minhas esperanças de voltar para Avalon ao lado dela, chorar por tudo que havia jogado fora e pela ruína de minha vida...

Mas o que ele disse em seguida me causou um sobressalto de horror.

— Viviane era velha — afirmou — e vivia em Avalon, protegida do mundo real. Eu tive de viver, com Artur, no mundo em que as batalhas são vencidas e as decisões, determinadas. Morgana, minha querida, ouça-me. É tarde demais para exigir que Artur mantenha a promessa com Avalon como a fez originalmente. O tempo passa, o som dos sinos das igrejas recobre esta terra, e o povo está contente com que seja assim. Quem somos nós para dizer que não é a vontade dos Deuses que está por trás deles? Queiramos ou não, esta é uma terra cristã, e nós, que honramos a memória de Viviane, não faremos bem em dizer a todos os homens que ela veio aqui para fazer exigências impossíveis ao rei.

— Exigências impossíveis? — Arranquei minhas mãos das dele. — Como ousa?

— Morgana, escute a razão...

— Razão não, traição! Se Taliesin ouvisse isso...

— Falo o que ouvi o próprio Taliesin dizer — ele afirmou delicadamente. — Viviane não viveu para desfazer o que havia conquistado: a criação de uma terra de paz... Se é chamada cristã ou druida, não importa; a vontade da Deusa será soberana, seja qual for o nome que os homens possam dar a ela. Quem é você para dizer que não era a vontade da Deusa que Viviane fosse atingida antes que pudesse espalhar novamente discórdia em uma terra que alcançou a paz e um compromisso bem-sucedido? Eu lhe digo, essa terra não será novamente destroçada pela discórdia, e, se Viviane não tivesse sido morta por Balin, eu mesmo teria me pronunciado contra seu pedido, e acho que Taliesin teria feito o mesmo.

— Como se atreve a falar por Taliesin?

— O próprio Taliesin me nomeou Merlim da Bretanha — respondeu Kevin —, e então deve ter confiado em mim para agir em nome dele quando não pudesse falar por si mesmo.

— Agora vai dizer que se tornou cristão! Por que não usa um rosário e um crucifixo?

Ele respondeu com uma voz tão gentil que eu poderia ter chorado.

— Acha que faria muita diferença, Morgana, se eu o fizesse?

Eu me ajoelhei diante dele, como havia feito um ano antes, e pousei sua mão retorcida em meu peito.

— Kevin, eu te amei. E em nome desse amor eu lhe peço: seja fiel agora a Avalon e à memória de Viviane! Venha comigo hoje à noite. Não vá em frente com essa farsa, mas me acompanhe até Avalon, onde a Senhora do Lago será enterrada com as outras sacerdotisas da Deusa...

Ele se curvou sobre mim; podia sentir a ternura angustiada em suas mãos deformadas.

— Não posso, Morgana. Minha querida, por que não se acalma e ouve a voz da razão no que digo?

Eu me levantei, livrando-me de suas mãos fracas, e, levantando os braços, invoquei o poder da Deusa. Ouvi minha voz soando com o poder de uma sacerdotisa.

— Kevin! Em nome daquela que veio até você, em nome da condição humana que ela lhe deu, eu lhe imponho obediência! Sua lealdade não é com Artur ou com a Bretanha, mas apenas com a Deusa e com seus votos! Vamos, saia deste local! Venha comigo para Avalon levando o corpo de Viviane!

Eu podia ver nas sombras o brilho da Deusa em torno de mim; por um momento, Kevin se ajoelhou, tremendo, e sei que em outra ocasião ele teria obedecido. E, então, não sei o que aconteceu – talvez tenha passado um pensamento por minha mente: *Não, não sou digna, não tenho o direito... Abandonei Avalon, deixei-a de lado, e com que direito então acho que posso dar ordens ao Merlim da Bretanha?* O feitiço se quebrou; Kevin fez um gesto violento e abrupto, levantando-se desajeitadamente.

— Mulher, você não tem autoridade sobre mim! Você, que renunciou a Avalon, com que direito pretende dar ordens ao Merlim? Você é que deveria se ajoelhar diante de mim! — Ele, então, me empurrou com as duas mãos. — Não me tente mais!

Depois disso, ele se virou e foi embora mancando, as sombras fazendo movimentos deformados e ondulantes na parede enquanto ele saía dos aposentos. Eu o vi indo embora, mas estava abalada demais até para chorar.

Quatro dias depois, Viviane foi enterrada, com todos os ritos da Igreja, na Ilha Sagrada de Glastonbury. Mas não fui até lá.

Jurei que jamais poria os pés na Ilha dos Padres.

Artur sentiu uma tristeza sincera pela morte de Viviane e construiu em sua homenagem um grande túmulo e um monumento de pedras, jurando que um dia ele e Gwenhwyfar seriam enterrados ao lado dela.

Quanto a Balin, o arcebispo Patrício determinou que fizesse uma peregrinação a Roma e à Terra Santa; mas, antes que ele pudesse partir para o exílio, Balan soube por Lancelote do que havia acontecido e o perseguiu, e os irmãos de criação lutaram um com o outro, e Balin foi morto com um só golpe. Mas Balan teve complicações em seus ferimentos e não sobreviveu um dia inteiro. Então Viviane – assim disseram quando uma música foi feita sobre isso – foi vingada; mas como se ela jaz em um túmulo cristão?

E eu... eu pude saber quem havia sido escolhida como Senhora do Lago no lugar dela, pois não podia voltar a Avalon.

Não era digna de Lancelote, não era digna de Kevin... Não pude fazê-lo cumprir sua verdadeira obrigação com Avalon...

Deveria ter ido implorar a Taliesin, mesmo de joelhos, para me levar de volta a Avalon, para que eu pudesse me redimir de minhas falhas e retornar ao templo da Deusa...

Mas antes que o verão acabasse Taliesin também se foi. Acho que ele jamais soube ao certo que Viviane estava morta, porque, mesmo depois de ela ter sido enterrada, falava dela como se fosse chegar logo e voltar com ele para Avalon; e falava também de minha mãe, como se estivesse viva e fosse uma garotinha na Casa das Donzelas. E no fim do verão ele morreu em paz e foi enterrado em Camelot, e até o bispo lamentou a morte de um homem tão sábio e instruído.

No inverno depois disso, soubemos que Meleagrant havia se instalado como rei no País do Verão. E, quando a primavera chegou – e Artur estava fora em uma missão no sul e Lancelote fora cuidar do castelo do rei em Caerleon –, Meleagrant enviou um mensageiro sob uma bandeira de trégua pedindo que sua irmã Gwenhwyfar fosse falar com ele sobre o governo daquelas terras que ambos reivindicavam.

4

— Eu me sentiria mais seguro, e creio que meu senhor, o rei, ficaria mais feliz, se Lancelote estivesse aqui para viajar com a senhora — disse Cai, sobriamente. — No Pentecostes, aquele homem tirou a arma aqui no salão diante do rei e não quis esperar pela justiça dele. Sendo seu irmão ou não, não gosto que viaje até ele acompanhada apenas de sua dama e de seu camareiro.

— Ele não é meu irmão — disse Gwenhwyfar. — A mãe dele foi amante do rei por um tempo, mas ele a deixou porque a encontrou com outro homem. Ela alegou, e talvez tenha dito ao filho, que Leodegranz era o pai dele. Mas o rei nunca reconheceu isso. Se ele fosse um homem honrado, e digno da confiança de meu senhor, talvez pudesse ser meu regente, como qualquer outro. Contudo, não permitirei que ele se beneficie dessa mentira.

— Então confiará sua segurança a ele, Gwenhwyfar? — perguntou Morgana, calmamente.

Gwenhwyfar olhou para Cai e Morgana, balançando a cabeça. Por que a cunhada parecia tão calma e sem medo? Ela nunca tinha medo de nada, jamais era tocada por qualquer emoção por trás daquele rosto calmo, impossível de ser decifrado? Racionalmente, sabia que Morgana, assim como todos os mortais, deveria às vezes sofrer com dor, medo, pesar e raiva – mas ainda assim vira de fato emoção no rosto dela apenas duas vezes, e fora há muito tempo; uma vez quando havia entrado em transe e sonhado com sangue na lareira – tendo gritado de medo –, e a segunda quando Viviane fora assassinada ali diante dos olhos dela, e Morgana desmaiara.

— Não confio nele em nada, pois sei o impostor ganancioso que é — respondeu Gwenhwyfar. — Mas pense, Morgana, a reivindicação dele é toda baseada no fato de ser meu irmão. Se me fizer o menor insulto, ou não me tratar como sua irmã honrada, sua reivindicação se provará falsa. Então ele não ousará fazer nada além de me receber como sua honrada irmã e rainha, entende?

Morgana encolheu os ombros.

— Eu não confiaria nele nem quanto a isso.

— Sem dúvida, como o Merlim, você tem a feitiçaria para saber o que pode acontecer se eu o fizer.

— Não é preciso feitiçaria para saber que um vilão é um vilão, e não é nenhum conhecimento sobrenatural que faz com que eu não entregue minha bolsa ao patife mais próximo — disse Morgana, de modo indiferente.

Não importava o que Morgana dissesse, Gwenhwyfar sempre se sentia impelida a fazer precisamente o oposto; sempre sentira que Morgana a considerava uma tola, sem juízo nem para amarrar os sapatos. Será que a cunhada pensava que ela, Gwenhwyfar, não podia resolver uma questão de Estado enquanto Artur estava ausente? Ainda assim, mal conseguia olhá-la de frente desde aquele Beltane um ano antes, quando havia implorado à cunhada um encantamento contra sua esterilidade. Morgana lhe dissera que encantamentos frequentemente funcionam de maneira não desejada... Agora, sempre que olhava para Morgana, pensava que ela também deveria estar se lembrando daquilo.

Deus está me punindo; talvez por ter me metido com feitiçaria, ou ainda por aquela noite maldita. E, como sempre, quando permitia que a mais tênue memória daquela noite entrasse em sua mente, sentiu o corpo todo ser tomado por uma mistura de deleite e vergonha. Ah, era fácil dizer que os três estavam bêbados, ou apoiar-se na desculpa de que o que havia acontecido naquela noite tivera o consentimento de Artur, na verdade, o incentivo. Ainda assim, era um pecado grave: adultério.

Desde aquela noite, ansiava por Lancelote, dia após dia; mas eles mal tinham podido se encarar. Ela não conseguia olhá-lo nos olhos. Será que ele a odiava por ser uma mulher indecente, adúltera? Ele deveria desprezá-la. Ainda assim, ansiava por ele com um terrível desespero.

Depois daquele Pentecostes, Lancelote mal havia permanecido na corte. Ela nunca havia achado que Lancelote se importava muito com a mãe ou com Balan, mas ele sofreu profundamente pela morte de ambos. Estava longe da corte por todo aquele tempo.

— Gostaria — disse Cai — que Lancelote estivesse aqui. Quem deveria acompanhar a rainha em uma missão dessa a não ser o cavaleiro que Artur nomeou campeão e protetor da rainha?

— Se Lancelote estivesse aqui — respondeu Morgana —, muitos de nossos problemas acabariam, pois ele cuidaria de Meleagrant com umas poucas palavras. Mas não adianta falar do que não pode acontecer. Gwenhwyfar, devo acompanhá-la e protegê-la?

— Em nome de Deus — disse Gwenhwyfar —, não sou uma criança que não pode dar um passo sem a companhia de uma ama! Levarei meu camareiro, *sir* Lucan, e Bracca, para dormir ao pé de minha cama e me ajudar a arrumar meu cabelo e a colocar o vestido, caso eu fique lá por mais de uma noite. Preciso de algo mais que isso?

— Ainda assim, Gwenhwyfar, deve levar uma escolta condizente com sua posição. Ainda há Companheiros de Artur aqui na corte.

— Levarei Heitor — disse a rainha. — Ele é o pai de criação de Artur, tem origem nobre, e é um veterano de muitas guerras do rei.

Morgana balançou a cabeça com impaciência.

— O velho Heitor e Lucan, que perdeu um braço na batalha de monte Badon. Por que não leva também Cai e o Merlim, para ter por perto todos os velhos e aleijados? Deve levar uma escolta de bons guerreiros que podem protegê-la, Gwenhwyfar, caso esse homem queira prender a rainha para pedir resgate, ou algo ainda pior.

Gwenhwyfar repetiu pacientemente:

— Se ele não me tratar como irmã, sua exigência é inválida. E que homem seria uma ameaça para a própria irmã?

— Não sei se Meleagrant é assim bom cristão — respondeu Morgana —, mas, se não tem medo dele, Gwenhwyfar, então conhece-o melhor que eu. Sem dúvida pode arranjar uma escolta de veteranos desastrados para ir com você, que seja. Pode oferecer sua prima Elaine a ele em casamento, para tornar a reivindicação ao trono ainda mais válida, e colocá-lo como regente em seu lugar...

Gwenhwyfar estremeceu, lembrando-se do homem grande e bruto vestido de peles e couro mal curtidos.

— Elaine é uma senhora bem criada. Eu não a daria para alguém assim — disse. — Vou falar com ele. Se me parecer um lutador honesto, que manterá a paz no reino, e se jurar lealdade a meu senhor Artur, então poderá reinar na ilha. Tampouco gosto de todos os Companheiros de Artur, e um homem pode ser um rei honesto mesmo não sendo alguém adequado para se sentar com as senhoras e conversar no salão.

— Espanto-me de que diga isso — respondeu Morgana. — Ao ouvi-la tecer elogios ao meu parente Lancelote, pensei que acreditasse que nenhum homem pode ser cavaleiro se não for belo e não tiver maneiras de cortesão.

Gwenhwyfar não discutiria novamente com Morgana.

— Ora, irmã, gosto de Gawaine, e ele é um nortista grosseiro que tropeça nos próprios pés e mal tem uma palavra a dizer a qualquer mulher. Pelo que sei, Meleagrant também pode ser uma joia bruta, e é por isso que vou até lá, para julgar por mim mesma.

Assim, na manhã seguinte, Gwenhwyfar saiu com sua escolta de seis cavaleiros, Heitor, o veterano Lucan, sua criada e um pajem de nove anos. Não visitava o lar de sua infância desde o dia em que partira com Igraine para se casar com Artur. Não era longe: umas poucas léguas para baixo da colina e depois seguindo em direção às margens do lago, que naquela estação estava secando e se transformando em pântano, com gado pastando nos campos de verão e grama verdejante repleta de botões-de-ouro, dentes-de-leão e prímulas. Na margem, dois barcos estavam à espera, levando os estandartes de seu pai. Isso era arrogância, que Meleagrant os usasse sem permissão, mas afinal de contas era possível que o homem realmente acreditasse ser herdeiro de Leodegranz. E isso poderia até mesmo ser verdade; talvez seu pai tivesse mentido a respeito do filho indesejado.

Chegara a essas mesmas margens, a caminho de Caerleon, havia tantos anos... Como era jovem e inocente na época! Lancelote estivera ao seu lado, mas o destino a havia dado a Artur. Deus sabe que tentara ser uma boa esposa para ele, embora o próprio Deus lhe tivesse negado filhos. E então o desespero a tomou novamente enquanto olhava para os barcos à espera. Poderia dar seis ou sete filhos a seu marido, e viria um ano de peste, varíola ou febre da garganta, e todos morreriam... Coisas assim já haviam acontecido antes. Sua própria mãe tivera quatro filhos, mas nenhum viveu até os cinco anos, e o filho de Alienor morrera ao mesmo tempo que ela. E também Morgana... Ela tivera um filho para o Deus maligno das bruxas, e, até onde sabia, *aquele* filho havia vivido e se desenvolvido, enquanto ela, uma esposa cristã fiel, não recebia a graça de um filho, e logo estaria velha demais para isso.

Meleagrant em pessoa estava no embarcadouro, curvando-se e dando-lhe as boas-vindas como a uma irmã honrada, gesticulando para seu próprio barco, o menor dos dois. Gwenhwyfar jamais soube, mesmo depois, como havia se separado de sua escolta, a não ser pelo pequeno pajem.

— Os servos de minha senhora irão no outro barco, eu mesmo serei sua escolta aqui — disse Meleagrant, pegando seu braço com um excesso de familiaridade do qual ela não gostava. No entanto, devia se comportar com diplomacia, e não irritá-lo. No último minuto, em um pânico repentino, fez um gesto para *sir* Heitor.

— Quero que meu camareiro venha comigo também — ela insistiu, e Meleagrant sorriu, seu grande rosto grosseiro se avermelhando.

— Como minha irmã e rainha desejar — disse, e deixou que Heitor e Lucan subissem no barco menor com ela. Ele se alvoroçou, estendendo um tapete para que ela se sentasse, e os remadores saíram pelo lago. Estava raso e tomado por mato; em algumas estações, o local ficava totalmente seco. E subitamente, quando Meleagrant se sentava ao seu lado, Gwenhwyfar foi tomada por um ataque do velho terror; seu estômago se agitou, e por um momento pensou que fosse vomitar. Segurou-se no assento com as duas mãos. Meleagrant estava próximo demais dela; Gwenhwyfar, então, se afastou dele o máximo que as dimensões do assento permitiam. Teria se sentido mais segura se Heitor estivesse próximo; sua presença era serena e paternal. Notou o grande machado que Meleagrant levava preso ao cinto – era como aquele que havia deixado perto do trono, o que Balin pegara para assassinar Viviane... Meleagrant disse, aproximando-se tanto que seu hálito pesado a deixou enjoada:

— Está zonza, minha irmã? Com certeza não é o movimento do barco que a aflige, está tão calmo...

Ela se afastou dele, lutando por autocontrole. Estava sozinha ali a não ser por dois velhos, no meio do lago, com nada em torno dela além de água, plantas e o horizonte repleto de juncos... Por que havia vindo? Por que não estava em seu próprio jardim murado em Camelot? Não havia segurança ali, estava a céu aberto, e se sentia enjoada, nua e exposta.

— Logo estaremos na margem — disse Meleagrant —, e se desejar descansar antes de resolvermos nossa questão, irmã, os aposentos da rainha estão preparados para você.

O barco raspou na margem. O velho caminho ainda estava ali, notou Gwenhwyfar, a velha trilha estreita e sinuosa até o castelo, e o velho muro onde havia sentado naquela tarde observando Lancelote correr entre os cavalos. Sentia-se confusa, como se aquilo tivesse acontecido no dia anterior e ela ainda fosse aquela jovem tímida. Estendeu o braço furtivamente e tocou o muro, sentindo sua firmeza e sua solidez, e passou pelo portão com alívio.

O velho salão parecia menor do que quando vivia ali; havia se acostumado com os grandes espaços em Caerleon e, depois, em Camelot. O velho trono de seu pai estava coberto por peles como as que Meleagrant usava, e uma grande pele de urso negro estava ao pé do assento. Tudo parecia descuidado, as peles rasgadas e gordurosas, o salão desarrumado, com um cheiro azedo, de suor. Ela torceu o nariz, mas sentia um alívio tão grande por estar entre paredes que não se importou. Perguntou-se onde sua escolta estaria.

— Vai descansar e se lavar, minha irmã? Devo levá-la aos seus aposentos?

Ela sorriu e disse:

— Não devo ficar aqui tempo suficiente para chamá-los de meus, embora realmente gostaria de lavar a poeira das mãos e tirar meu manto. Pode enviar alguém para chamar minha criada? Deveria ter uma esposa se pensa em ser regente aqui, Meleagrant.

— Há tempo suficiente para isso — ele respondeu. — De todo modo, eu lhe mostrarei os aposentos que preparei para a minha rainha.

Ele a levou para cima das escadas. Também estavam malcuidadas e abandonadas; Gwenhwyfar, franzindo a testa, não considerava uma boa ideia escolhê-lo como regente. Se ele tivesse se mudado para o castelo e o restaurado, instalado uma esposa e bons criados para mantê-lo bem, com decoração nova e boa limpeza, e soldados bem-vestidos, bem – mas seus homens pareciam ainda mais vis que ele próprio, e ainda não havia visto nenhuma mulher por ali. Uma leve apreensão começava a dominá-la; talvez não tivesse sido muito sensato ir até lá sozinha, sem insistir que sua escolta a acompanhasse a cada passo do caminho...

Virou-se nas escadas e disse:

— Gostaria que meu camareiro me acompanhasse, e quero que minha criada seja enviada imediatamente!

— Como a minha senhora deseja.

Ele riu. Seus dentes pareciam muito compridos, amarelos e manchados. Ela pensou: *É como um animal selvagem...* e se encostou contra a parede, aterrorizada. Ainda assim, tirou forças de alguma reserva interior para dizer com firmeza:

— Agora, por favor. Chame *sir* Heitor, ou irei direto de volta para o salão até que minha criada chegue. Não é apropriado que a rainha de Artur fique sozinha na companhia de um estranho...

— Nem na companhia de um irmão? — perguntou Meleagrant, mas Gwenhwyfar, abaixando-se sob seu braço estendido, viu que Heitor havia entrado no salão à sua procura e chamou:

— Pai de criação! Acompanhe-me, por favor. E peça a *sir* Lucan para encontrar minha criada!

O velho subiu lentamente as escadas atrás deles, passando por Meleagrant, e Gwenhwyfar estendeu o braço para se apoiar nele. Meleagrant não parecia contente com isso. Chegaram ao topo das escadas, indo para os aposentos um dia ocupados por Alienor; Gwenhwyfar dormia em um quartinho atrás do dela. Meleagrant abriu a porta. Dentro havia um ar estagnado com odor de mofo, e ela hesitou. Talvez devesse insistir para ir logo para baixo, cuidar dos assuntos que viera discutir; mal poderia se lavar ou descansar bem em um quarto sujo e abandonado como aquele...

— Não você, velho — disse Meleagrant, virando-se subitamente e empurrando Heitor das escadas com força. — Minha senhora não precisa de seus serviços agora.

Heitor tropeçou, perdendo o equilíbrio, e naquele momento Meleagrant a empurrou para dentro do quarto e bateu forte a porta atrás dela. Ela ouviu o ferrolho e caiu de joelhos; quando se levantou, estava sozinha no aposento, e por mais que batesse na porta não ouvia ruído algum lá fora.

Então Morgana estava certa. Teriam assassinado sua escolta? Haviam matado Heitor e Lucan? O quarto em que Alienor havia dado à luz seus filhos, vivido e depois morrido, era frio e úmido; havia apenas uns trapos de lençóis de linho na grande cama, e a palha cheirava mal. A velha cômoda de Alienor estava ali, mas os entalhes estavam engordurados e cheios de sujeira, e as gavetas estavam vazias. A lareira estava entupida de cinzas, como se não acendessem o fogo ali havia anos. Gwenhwyfar bateu na porta e gritou até que suas mãos e sua garganta ficassem doloridas; estava com fome e exausta, e enjoada com o cheiro e a sujeira daquele lugar. Mas não conseguia mover a porta, e a janela era muito pequena para servir como saída – além de ficar a três metros e meio do chão no lado de fora. Estava aprisionada. Pela janela, podia ver apenas um curral abandonado com uma só vaca que vagava e mugia de vez em quando.

As horas se arrastavam. Gwenhwyfar tinha de aceitar duas coisas: não conseguiria sair do quarto por seus próprios esforços e não poderia atrair a atenção de qualquer pessoa que pudesse vir e soltá-la. Os homens de escolta haviam sumido, não sabia se estavam mortos ou aprisionados, mas, de qualquer modo, não poderiam vir em seu socorro. Sua criada e o pajem provavelmente estavam mortos, com certeza fora de alcance. Estava ali, e sozinha, a mercê de um homem que provavelmente a usaria como refém para conseguir algum tipo de concessão de Artur.

Entretanto, ainda acreditava que sua vida estava a salvo. Como havia dito a Morgana, todas as reivindicações dele residiam no fato de ser o único filho vivo de seu pai; bastardo, mas ainda de sangue real. No entanto, quando pensou em seu riso predatório e sua presença enorme, ficou apavorada; ele poderia facilmente abusar dela ou tentar forçá-la a reconhecê-lo como regente daquelas terras.

O dia se arrastava; o sol se movia lentamente pela pequena abertura da janela, através do quarto, até que por fim começou a escurecer. Gwenhwyfar entrou no pequeno cômodo atrás dos aposentos de Alienor que havia sido seu quando criança; sua mãe também havia vivido ali. O espaço confinado e escuro, que não era maior que um armário, dava uma sensação confortável de segurança; quem poderia lhe fazer mal ali? Não importava que estivesse sujo, com ar viciado e palha, mofada; subiu na cama e se enrolou em seu manto. Então voltou ao quarto exterior e tentou empurrar a pesada cômoda entalhada de Alienor contra a porta. Descobriu que tinha muito medo de Meleagrant, e ainda mais de seus soldados que mais pareciam bandidos.

Certamente ele não deixaria que a machucassem; o único poder de barganha que tinha era sua segurança. Artur o mataria, disse a si mesmo, Artur o mataria se ele lhe fizesse o menor insulto ou mal.

Mas então perguntou-se, em sua infelicidade, se Artur realmente se importaria com ela? Embora ele tivesse sido um marido bom e amoroso por todos esses anos e a tratasse com todas as honras, poderia não lamentar o fato de se livrar de uma esposa que não lhe dava um filho – uma esposa que, além do mais, estava apaixonada por outro homem e não conseguia esconder isso dele.

Se eu fosse Artur, não faria nada contra Meleagrant; apenas diria a ele que, agora que havia me aprisionado, poderia ficar comigo, pelo bem que isso lhe faria.

O que Meleagrant queria? Se ela, Gwenhwyfar, estivesse morta, não haveria mais ninguém com uma sombra de reivindicação ao trono do País do Verão; havia alguns sobrinhos e sobrinhas jovens, de suas irmãs, mas moravam longe e provavelmente não conheciam essas terras ou não se importavam com elas. Talvez ele simplesmente tivesse a intenção de assassiná-la ou deixá-la ali para morrer de fome. A noite se arrastava. Num dado momento, ouviu alguns homens e cavalos se movendo no curral abaixo; foi à pequena janela e espiou, mas viu apenas uma ou duas tochas fracas, e, embora gritasse com sua garganta dolorida, ninguém levantou os olhos ou deu o mínimo sinal de ter notado.

Uma vez, tarde da noite, quando estava em um cochilo breve e repleto de pesadelos, acordou sobressaltada, pensando ter ouvido Morgana chamando seu nome; sentou-se ereta na palha suja da cama, olhando para a escuridão pesada, mas estava sozinha.

Morgana, Morgana. Se pode me ver com sua feitiçaria, diga a meu senhor quando ele voltar para casa que Meleagrant mente, que caí em uma armadilha... E então se perguntou se Deus ficaria zangado com ela por invocar a feitiçaria de Morgana para libertá-la? E começou a rezar baixo, até que a monotonia de suas preces a fez dormir novamente.

Dessa vez dormiu pesadamente, sem sonhos, e quando acordou, com a boca seca, percebeu que o dia já estava adiantado e seguia aprisionada naqueles aposentos vazios e imundos. Sentia fome e sede, e estava enjoada com o cheiro do lugar, não apenas de mofo e palha suja, mas também com o odor do canto que precisara usar como latrina. Quanto tempo a deixariam ali sozinha? A manhã passou, e Gwenhwyfar já não tinha nem mesmo força ou coragem para rezar.

Estava sendo punida, então, por sua culpa, por não dar valor suficiente ao que tinha tido? Havia sido uma esposa fiel para Artur, mas desejara outro homem. Havia se metido com a feitiçaria de Morgana. E, então, pensou em desespero: *Se estou sendo castigada por meu adultério com Lancelote, pelo que fui punida quando era ainda a esposa fiel de Artur?*

Mesmo se Morgana pudesse ver, com sua mágica, que estava aprisionada, será que ela se daria ao trabalho de ajudar Gwenhwyfar? Morgana não tinha razões para gostar dela; na verdade, quase certamente a desprezava.

Será que havia alguém que realmente se importava? E por que alguém se importaria com o que lhe acontecera?

Havia passado do meio-dia quando, por fim, ouviu passos nas escadas. Ficou de pé, enrolando-se bem em seu manto, e afastou-se da porta. Quem entrou foi Meleagrant, e, ao vê-lo, afastou-se ainda mais.

— Por que fez isso comigo? — perguntou. — Onde está minha criada, meu pajem, meu camareiro? O que fez com a minha escolta? Acha que Artur vai permitir que governe estas terras depois de ter insultado a rainha dele?

— Não é mais a rainha dele — disse Meleagrant, em voz baixa. — Quando fizer o que quero com você, ele não vai querê-la de volta. Nos dias antigos, senhora, o consorte da rainha era o rei das terras, e, se eu a prender aqui e lhe fizer filhos, ninguém vai se opor ao meu direito de governar.

— Você não fará filhos em mim — disse Gwenhwyfar, com um riso melancólico. — Sou estéril.

— Arre! Casou-se com um maldito rapazinho imberbe — ele retrucou, e então acrescentou algo que Gwenhwyfar não entendeu por completo, apenas que se tratava de algo inimaginavelmente sujo.

— Artur vai matá-lo — ela afirmou.

— Deixe que ele tente. Atacar uma ilha é mais difícil do que se pensa — respondeu Meleagrant —, e talvez ele nem se importe em tentar, uma vez que teria de levá-la de volta com ele.

— Não posso me casar com você, tenho marido — disse ela.

— Nenhum homem em meu reino se importará com isso — afirmou Meleagrant. — Muitos estavam irritados com as regras dos padres, e expulsei cada um daqueles malditos! Governo de acordo com as velhas leis, e serei rei pela lei que diz que seu homem deve reinar aqui...

— Não — sussurrou ela, e então se afastou, mas ele a alcançou e a puxou para perto.

— Você não é como eu gosto — ele observou, brutalmente. — Magrela, feia, pálida... Prefiro uma mulher com mais carne nos ossos. Mas é a filha do velho Leodegranz, a não ser que sua mãe fosse mais fogosa do que imagino. Assim sendo...

Ele a puxou para si. Ela lutou, soltou um braço e deu um golpe forte no rosto dele.

Meleagrant gritou quando o cotovelo de Gwenhwyfar atingiu seu nariz. E a pegou pelo braço e chacoalhou com força; então a acertou na mandíbula com o punho fechado. Ela sentiu algo estalar e o gosto do sangue irrompendo em sua boca. O homem bateu nela várias vezes com os punhos; levantava os braços, apavorada, para se proteger dos golpes, mas ele continuou com a surra.

— Agora —gritou ele — isso acabou, vai descobrir quem é seu verdadeiro senhor...

Agarrou-a pelo pulso e o torceu.

— Ah, não, não, por favor, por favor, não me machuque... Artur, Artur vai matá-lo...

Ele respondeu apenas uma obscenidade, torceu seu pulso e a jogou na palha imunda da cama, ajoelhando-se ao lado dela e arrancando as roupas. Ela se contorceu, guinchando; apanhou novamente e ficou imóvel, encolhida em um canto da cama.

— Tire o vestido — ordenou.

— Não — gritou ela, amontoando as roupas em torno de si. Ele se esticou, torcendo seu pulso, e a segurou enquanto deliberadamente rasgava o vestido da cintura para baixo.

— Agora vai tirá-lo ou precisarei rasgar cada pedaço?

Tremendo, soluçando, Gwenhwyfar puxou o vestido para cima da cabeça, sabendo que deveria lutar, mas também com medo demais dos punhos e dos golpes dele para resistir. Quando terminou, ele a puxou para baixo na palha imunda, abrindo suas pernas com a mão bruta. Ela lutou apenas um pouco, sentindo imenso pavor de suas mãos, enjoada com o hálito sujo, o imenso corpo peludo e o grande falo que se enfiou dolorosamente dentro dela, empurrando até ela sentir que seria partida ao meio.

— Não se esquive de mim dessa maneira, maldita! — gritou ele, penetrando violentamente; ela gritou de dor e apanhou de novo. Ficou deitada imóvel, soluçando, e deixou que ele fizesse o que queria. Parecia que aquilo ia durar para sempre, o corpanzil indo e vindo sem parar, até sentir que ele estremecia e penetrava com uma força agonizante; então saiu de cima dela, rolou um pouco para o lado, e Gwenhwyfar buscou fôlego, puxando as roupas em torno de si. Ele se levantou, amarrando o cinto, e lhe fez um sinal.

— Não vai me deixar ir? — ela implorou. — Eu prometo... eu prometo...

Meleagrant sorriu ferozmente.

— Por que deveria? — perguntou. — Não, aqui está e aqui vai ficar. Precisa de algo? Um vestido para substituir esse?

Ela se levantou, chorando, exausta, envergonhada, enjoada. Por fim disse, com a voz trêmula:

— Eu... posso beber água e... e comer algo? E... — começou a chorar mais forte que nunca, envergonhada — ter um penico?

— O que minha senhora desejar — respondeu Meleagrant, sarcasticamente, e foi embora, trancando-a novamente.

Mais tarde naquele dia, uma velha encarquilhada lhe trouxe um pouco de carne assada gordurenta, um naco de pão de cevada e jarros de água e cerveja. Também trouxe uns cobertores e um penico.

— Se levar uma mensagem a meu senhor Artur, dou-lhe isto — disse Gwenhwyfar, e tirou um pente de ouro do cabelo. O rosto da velha se iluminou com a visão do ouro, mas desviou os olhos, assustada, e se esgueirou para fora do quarto. Gwenhwyfar novamente se derramou em lágrimas.

Por fim recuperou um pouco da calma, comeu, bebeu e tentou se lavar um pouco. Sentia-se enjoada e dolorida, mas o pior era a sensação de ter sido usada, envergonhada e emporcalhada de modo indelével.

Seria verdade o que Meleagrant disse, que Artur não a desejaria de volta agora que havia sido maculada de modo irredimível? Era bem possível... Se ela fosse homem, tampouco iria querer algo que Meleagrant tivesse usado...

Não, mas não era justo. Ela própria não havia feito nada de errado, fora enganada e encurralada, usada contra a vontade.

Ah, mas não é mais do que mereço... Eu, que não sou uma esposa fiel, pois amo outro homem... Sentiu-se doente de culpa e vergonha. Mas, depois de um tempo, começou a recuperar a compostura e considerar o apuro em que se encontrava.

Estava ali no castelo de Meleagrant, o velho castelo de seu pai. Havia sido estuprada e feita refém, e Meleagrant proclamara sua intenção de assegurar o reino pelo direito de ser seu consorte. Não deveria considerar que Artur permitisse que o fizesse; não importava o que pensasse dela pessoalmente: por sua própria honra como Grande Rei teria de entrar em guerra contra Meleagrant. Não seria fácil, mas também não era impossível recapturar uma ilha. Não sabia nada sobre com que Meleagrant lutava, a não ser, ela pensou, com um raro lampejo de humor negro, contra uma mulher indefesa, que espancara até a submissão. Mas não deveria considerar, também, que ele pudesse enfrentar o Grande Rei que derrotara totalmente os saxões em monte Badon.

E então deveria encará-lo e contar a ele o que lhe acontecera. Matar-se seria mais simples. Independentemente do que tivesse de enfrentar a partir de então, não conseguia se imaginar diante de Artur, dizendo a ele como Meleagrant a tratara... *Deveria ter lutado contra ele com mais força; Artur, em batalha, enfrentou a morte, uma vez sofreu um grande ferimento que o deixou de cama por um ano, e eu... eu parei de lutar depois de uns poucos socos e tapas...* Desejava ter um pouco da feitiçaria de Morgana; ela o transformaria em um porco! Mas Morgana jamais teria caído nas mãos dele, teria adivinhado que era uma armadilha; e teria usado seu pequeno punhal, também – poderia não matá-lo, mas ele teria perdido o desejo, e talvez a habilidade, de violentar qualquer mulher!

Havia comido e bebido tudo o que conseguira, se lavado e limpado seu vestido imundo com uma escova.

Novamente o dia começava a minguar. Não podia esperar que sentissem sua falta, que alguém viesse resgatá-la antes que Meleagrant começasse a se vangloriar do que havia feito, proclamando-se o consorte da filha do rei Leodegranz. Viera por sua própria vontade e apropriadamente acompanhada de dois Companheiros de Artur... Apenas depois que Artur retornasse do litoral sul, e então só depois de uma semana ou dez dias, quando Gwenhwyfar não tivesse voltado no dia combinado, ele começaria a suspeitar que as coisas não estavam bem.

Morgana, por que não a escutei? Você me disse que se tratava de um vilão... Por um momento, pareceu ver o rosto pálido de sua cunhada, calmo, com um leve ar de zombaria, tão claramente que esfregou os olhos. Estaria Morgana rindo dela? Não, aquilo era um truque da luz, já havia desaparecido.

Gostaria que ela pudesse me ver por meio de sua mágica... Talvez pudesse enviar alguém... Não, não faria isso, ela me odeia, riria de meu infortúnio... E, então, lembrou-se: Morgana ria e zombava, mas, quando se tratava de um perigo real, ninguém era mais bondoso. Cuidara dela após um aborto e havia se disposto, ainda que sob protestos, a ajudá-la com um encantamento. Talvez Morgana não a odiasse, no final das contas. Talvez sua zombaria fosse uma defesa contra o próprio orgulho de Gwenhwyfar, seu desdém pelas feiticeiras de Avalon.

O crepúsculo começava a desfocar os móveis do quarto. Deveria ter pensado em pedir algum tipo de luz. Agora, aparentemente, passaria uma segunda noite aprisionada ali, e Meleagrant poderia retornar... E esse pensamento fez com que se sentisse doente de horror; ainda estava dolorida por causa do tratamento brutal que recebera dele, a boca inchada, hematomas escurecendo em seus ombros e, imaginava, também em seu rosto. E, embora enquanto estava ali sozinha pudesse pensar com calma em maneiras de lutar contra ele ou até afastá-lo, ela sabia, com o corpo tomado pelo horror, que quando ele a tocasse se encolheria de pavor e o deixaria fazer o que quisesse, para evitar mais golpes... Tinha tanto medo, tanto medo de que ele a machucasse de novo...

E como Artur poderia perdoá-la do fato de não ter sido totalmente espancada até a submissão, mas sim cedido como uma covarde depois da ameaça de uns poucos socos e tapas... Como poderia aceitá-la de volta como sua rainha e continuar a amá-la quando havia permitido que outro homem a tomasse?

Ele não se importara quando ela e Lancelote... Ele havia tomado parte naquilo... Se tivesse sido pecado, não era totalmente dela, havia feito o desejo do marido...

Ah, sim, e Lancelote era o parente e amigo mais querido dele...

De repente, Gwenhwyfar ouviu uma confusão no pátio e foi até a janela para espiar, mas só conseguia ver o mesmo canto do curral e a mesma vaca que mugia. Em algum lugar havia barulho, gritaria e o ruído de armas se chocando, mas estava fora do alcance de sua visão, e o som era abafado pelas paredes e escadas; poderia ser apenas aqueles bandidos de Meleagrant lutando, ou até mesmo – *Ah, não! Que Deus não permita!* – assassinando sua escolta. Tentou esticar o pescoço para poder enxergar além da abertura da janela, mas não havia nada para ver.

Houve um som do lado de fora do quarto. A porta se abriu, e Gwenhwyfar, virando-se, apreensiva, viu Meleagrant, com uma espada na mão. Ele fez um gesto com a arma.

— Entre naquele cômodo interno — ele ordenou. — Entre e não faça um só barulho, madame, ou será pior para você.

Isso significa que alguém veio me resgatar? Meleagrant parecia desesperado, e Gwenhwyfar sabia que não conseguiria nenhuma informação dele. Ela recuou, lentamente, obedecendo-lhe. Ele, então, a seguiu, com a mão na espada, e Gwenhwyfar estremeceu, seu corpo inteiro se retraindo na expectativa do golpe... Ele a mataria agora ou a manteria refém para poder escapar?

Nunca soube do plano dele. A cabeça de Meleagrant explodiu subitamente em um jato de sangue e cérebro; ele desmoronou com uma estranha lentidão, e Gwenhwyfar também caiu, quase desmaiando, mas, antes que atingisse o chão, estava nos braços de Lancelote.

— Minha senhora, minha rainha... Ah, minha amada...

Apoiou Gwenhwyfar contra o corpo, segurando-a, e então, semidesmaiada, ela soube que ele cobria seu rosto de beijos. Não esboçou nenhum protesto; era como um sonho. Meleagrant jazia em seu sangue no chão, e a espada estava onde havia caído. Lancelote precisou levantá-la sobre o corpo estendido antes de colocá-la no chão.

— Como... Como soube? — ela gaguejou.

— Morgana — ele respondeu, sucintamente. — Quando cheguei a Camelot, ela disse que havia tentado fazer com que você esperasse até que eu estivesse ali. Achava que era uma armadilha. Peguei um cavalo e vim atrás de você com meia dúzia de homens. Encontrei sua escolta aprisionada na floresta perto daqui, amarrada e amordaçada... Depois que os libertei, não foi difícil. Sem dúvida, Meleagrant pensou que estava em segurança.

Agora Lancelote havia se afastado o suficiente para ver os hematomas em seu rosto e seu corpo, seu vestido rasgado e o lábio partido que havia inchado. Ele os tocou com dedos trêmulos.

— Agora me arrependo por ele ter morrido tão rápido — disse. — Gostaria de me deliciar fazendo-o sofrer como você sofreu... Ah, meu pobre amor, minha querida, foi usada de modo tão cruel...

— Você não sabe — ela sussurrou —, você não sabe... — E estava novamente soluçando, agarrada a ele. — Você veio, você veio, pensei que ninguém viria, que ninguém iria me querer agora, que ninguém nem me tocaria novamente, agora que estou tão envergonhada...

Ele a abraçou, beijando-a repetidamente em um frenesi de ternura.

— Envergonhada? Você? Não, a vergonha é dele, dele, ah, e ele pagou por ela... — ele sussurrou entre os beijos. — Pensei que a havia perdido para sempre, ele poderia tê-la matado, mas Morgana disse que não, que você estava viva...

Até naquele minuto Gwenhwyfar teve um momento de medo e ressentimento – Morgana sabia como havia sido humilhada, violentada? Oh, Deus, Morgana era a última que precisava saber! Gwenhwyfar não suportaria!

— *Sir* Heitor? *Sir* Lucan...

— Lucan está bem; Heitor não é jovem, e sofreu um choque grave, mas não há razão para acreditar que não viverá — disse Lancelote. — Deve descer, minha amada, para que a vejam; devem saber que a rainha deles está viva.

Gwenhwyfar olhou para o vestido rasgado e tocou o rosto machucado com as mãos hesitantes. Ela disse, com a voz presa na garganta:

— Posso ter um pouco de tempo para me arrumar de modo adequado? Não quero que vejam... — E não conseguiu terminar.

Lancelote hesitou e então assentiu. Ele disse:

— Sim. Deixe que pensem que ele não ousou insultá-la. É melhor assim. Vim sozinho, sabendo que podia enfrentar Meleagrant; os outros estão lá embaixo. Deixe-me olhar os outros aposentos. Um homem assim não viveria aqui sem uma mulher.

Ele saiu por um momento, e ela mal podia suportar que estivesse longe de seus olhos. Afastou-se do corpo de Meleagrant no chão, olhando para o homem como se fosse a carcaça de um lobo morto por algum pastor, sem nem mesmo sentir aversão ao sangue.

Depois de um momento Lancelote voltou.

— Há um quarto ali que está limpo, e há cômodas com algumas vestes... acho que era o antigo aposento do rei. — Ele a levou pelo corredor. O quarto havia sido varrido, e a palha da grande cama estava limpa e fresca, e havia lençóis e cobertas, e peles não muito limpas, mas também não repugnantes. Havia uma cômoda entalhada que ela reconheceu, e dentro dela encontrou três vestidos, um deles vira em Alienor e os outros foram feitos para uma mulher mais alta. Pegando-os, através de uma nuvem de lágrimas, pensou: *Estes devem ter sido de minha mãe. Gostaria de saber por que meu pai jamais os deu para Alienor.* E então pensou: *Nunca conheci bem meu pai. Não sei que tipo de homem foi, era apenas meu pai.* E aquilo lhe pareceu tão triste que sentiu vontade de chorar novamente.

— Colocarei este — disse, e então soltou um riso fraco. — Se conseguir me virar sem uma criada para me vestir...

Lancelote tocou o rosto dela gentilmente.

— Eu a vestirei, minha senhora.

Começou a ajudá-la a tirar o vestido. E então o rosto de Lancelote se retorceu, e ele a levantou nos braços, vestida pela metade como estava.

— Quando penso nisso, naquele animal a tocando... — ele afirmou, com o rosto apertado contra o peito dela. — E eu, que a amo, mal me atrevo a pousar a mão em você...

E toda a fidelidade dela havia dado nisso; Deus a recompensara por sua virtude e autocontrolc colocando-a nas mãos de Meleagrant para ser estuprada e brutalizada! E Lancelote, que lhe oferecera amor e ternura, que se afastara escrupulosamente para não trair seu parente, precisou testemunhar isso! Ela se virou nos braços dele, abraçando-o.

— Lancelote — sussurrou —, meu amor, meu querido, tire de mim a memória do que foi feito comigo... vamos ficar aqui por mais um instante...

Os olhos dele se encheram de lágrimas; deitou-a gentilmente na cama, acariciando-a com as mãos trêmulas.

Deus não me recompensou por minha virtude. O que me faz pensar que ele possa me castigar? E então um pensamento a apavorou: *Talvez não exista nenhum Deus nem nenhum dos Deuses em que as pessoas acreditam. Talvez seja tudo uma grande mentira dos padres, para que possam dizer à humanidade o que fazer, o que não fazer, no que acreditar e dar ordens até mesmo ao rei.* Ela se levantou, puxando Lancelote para si, a boca machucada buscando a dele, suas mãos passeando por todo o amado corpo, dessa vez sem medo e sem vergonha. Já não se importava nem sentia constrangimento. Artur? Artur não a protegera do estupro. Havia sofrido o que precisava sofrer, e agora, ao menos, teria isso. Fora por causa de Artur que se deitara com Lancelote pela primeira vez, e agora o faria unicamente por seu próprio desejo.

Saíram do castelo de Meleagrant duas horas depois, lado a lado, estendendo as mãos entre os cavalos para que se tocassem enquanto cavalgavam, e Gwenhwyfar já não se importava; olhava diretamente para Lancelote, a cabeça altiva com alegria e contentamento. Ele era seu verdadeiro amor, e jamais se daria ao trabalho de esconder isso de novo de qualquer homem.

5

Nas margens de Avalon, as sacerdotisas caminhavam *lentamente em torno da costa repleta de juncos com tochas nas mãos... eu deveria estar entre elas, mas havia alguma razão pela qual não poderia ir... Viviane ficaria zangada comigo por não estar lá, mas era como se estivesse em uma margem distante, sem poder dizer a palavra que me levaria a elas...*

Raven andava lentamente, o rosto pálido enrugado como jamais havia visto, uma longa mecha branca na têmpora... o cabelo estava solto; era possível que ainda fosse virgem, intocada a não ser pelo Deus? Suas vestes brancas se moviam no mesmo vento que fazia as tochas tremularem. Onde estava Viviane, onde estava a Senhora? O barco sagrado estava na costa das terras eternas, mas ela não iria mais para o lugar da Deusa... e quem era aquela usando o véu e a grinalda da Senhora?

Eu jamais a vira antes, a não ser em sonhos...

O cabelo grosso, sem cor, do tom do trigo maduro, estava trançado como uma coroa baixa em sua testa; mas pendurada em sua cintura, onde a faca em forma de foice das sacerdotisas deveria estar... Oh, Deusa! Blasfêmia! Pois ao lado de seu vestido claro pendia um crucifixo de prata. Lutei contra amarras invisíveis para correr até lá e arrancar aquela coisa blasfema, mas Kevin entrou entre nós e segurou minhas mãos nas dele, que se agitavam como serpentes deformadas... E então ele se retorcia entre minhas mãos e as serpentes me rasgavam com suas presas...

— Morgana! O que foi? — Elaine chacoalhou o ombro de sua companheira de cama. — O que foi! Você gritava enquanto dormia...

— Kevin — ela murmurou, e então se sentou. O cabelo solto, negro como um corvo, movendo-se em torno dela como água escura. — Não, não era você, mas ela tinha cabelos claros como os seus, e um crucifixo...

— Estava sonhando, Morgana — disse Elaine. — Acorde!

Morgana piscou e encolheu os ombros, em seguida respirou fundo e olhou para Elaine com sua compostura de sempre.

— Sinto muito... um sonho ruim — disse, mas seus olhos ainda pareciam assombrados. Elaine se perguntou que sonhos perseguiam a irmã do rei; certamente seriam ruins, pois havia vindo daquela ilha maligna de bruxas e feiticeiras... Ainda assim, Morgana jamais lhe parecera má. Como poderia uma mulher ser tão boa quando cultuava demônios e recusava Cristo?

Virou-se para o outro lado e disse:

— Precisamos nos levantar, prima. O rei voltará hoje, assim disse o mensageiro da noite passada.

Morgana assentiu e saiu da cama, tirando a camisola; Elaine desviou os olhos modestamente. A outra parecia não ter vergonha. Jamais havia ouvido que todo o pecado entrara naquele mundo através do corpo de uma mulher? Agora estava desavergonhadamente nua, fuçando em sua cômoda atrás de uma roupa de festa, e Elaine se virou e começou a se vestir.

— Apresse-se, Morgana, devemos ir encontrar a rainha...

Morgana riu.

— Sem tanta pressa, parente, devemos dar tempo para que Lancelote esteja bem longe. Gwenhwyfar não lhe agradeceria por fazer um escândalo.

— Morgana, como pode dizer algo assim? Depois do que aconteceu, não é nada além de bom senso que Gwenhwyfar tenha medo de ficar sozinha durante a noite e queira que seu campeão durma à sua porta... E, de fato, foi sorte que Lancelote tenha chegado a tempo de salvá-la de algo pior...

— Não seja mais tola do que *precisa*, Elaine — respondeu Morgana, impaciente. — Acredita mesmo nisso?

— Você, é claro, sabia melhor das coisas através de sua magia — irritou-se Elaine, falando tão alto que as outras mulheres que dormiam no quarto viraram a cabeça para ouvir sobre o que a prima da rainha e a irmã do rei brigavam. Morgana baixou a voz e disse:

— Creia em mim, não quero escândalo, assim como você. Gwenhwyfar é minha cunhada, e Lancelote também é meu parente. Deus sabe que Artur não deve censurar Gwenhwyfar pelo que aconteceu com Meleagrant. Pobre coitada, não foi culpa dela, e sem dúvida é preciso reconhecer que Lancelote chegou a tempo de resgatá-la. Mas não duvido que Gwenhwyfar dirá a Artur, ao menos em segredo, como Meleagrant a usou. Não, Elaine, eu vi como ela estava quando Lancelote a trouxe de volta da ilha, e ouvi o que ela disse. Ela tinha medo de que aquele cão dos infernos a tivesse engravidado!

O rosto de Elaine ficou branco como o de um cadáver.

— Mas ele é irmão dela — sussurrou. — Há algum homem capaz de cometer um *pecado como esse*?

— Ah, Elaine, em nome de Deus, como você é tola! — disse Morgana. — É um *pecado como esse* que considera o pior de tudo?

— E você dizia... que Lancelote dividiu a cama com ela enquanto o rei estava longe...

— Não me surpreendo, nem acho que tenha sido a primeira vez — respondeu Morgana. — Tenha bom senso, Elaine, acharia isso ruim? Depois do que Meleagrant fez com ela, não me surpreenderia se Gwenhwyfar nunca mais desejasse ser tocada por um homem, e pelo bem dela fico feliz com a possibilidade de Lancelote ser capaz de curar essa ferida. E agora talvez Artur a coloque de lado, para que possa arrumar um filho de alguma outra maneira.

Elaine disse, olhando para ela:

— Talvez Gwenhwyfar vá para um convento. Uma vez me disse que jamais foi tão feliz quanto em seu convento em Glastonbury. Mas eles a aceitariam se tivesse sido amante do capitão da cavalaria do marido? Ah, Morgana, estou tão envergonhada dela!

— Isso não tem nada a ver com *você* — retrucou Morgana. — Então, por que se importa?

Elaine disse, surpreendendo a si mesma com sua explosão:

— Gwenhwyfar tem marido, é mulher do Grande Rei, e seu marido é o rei mais bondoso e honrado que já governou estas terras! Não tinha necessidade de buscar amor em outro lugar! Ainda assim, como Lancelote pode ir atrás de outra mulher se a rainha lhe estende a mão?

— Bem — disse Morgana —, talvez agora ela e Lancelote saiam da corte. Lancelote tem propriedades na Bretanha Menor, e eles se amam há muito tempo, embora eu acredite que, até esse percalço, tenham vivido como cristãos.

Silenciosamente, ela se desculpou pela mentira; o que Lancelote havia lhe dito em agonia ficaria para sempre nas profundezas de seu coração.

— Mas então Artur seria motivo de chacota de todos os reis cristãos nessas ilhas — disse Elaine, com astúcia. — Se a rainha fugisse de suas terras com o melhor amigo e capitão de sua cavalaria, seria chamado de corno ou coisa pior.

— Não creio que Artur se importará com o que digam dele... — Morgana começou a dizer, mas Elaine balançou a cabeça.

— Não, Morgana, mas ele precisa se importar. Os reis menores devem respeitá-lo, só assim se juntarão a ele caso haja necessidade. E como podem fazer isso se ele permite que sua mulher viva abertamente em pecado com Lancelote? Sim, sei que fala desses poucos dias. Mas podemos ter certeza de que vai ficar nisso? Meu pai é amigo e vassalo de Artur, mas acho que até ele zombaria de um rei que não consegue controlar a própria mulher e se perguntaria como alguém assim pode controlar um reino.

Morgana deu de ombros e disse:

— O que podemos fazer, a não ser matar o par culpado?

— Que conversa! — respondeu Elaine, estremecendo. — Não, mas Lancelote precisa ir embora da corte. Você é parente dele, não pode fazê-lo entender isso?

— Pobre de mim — disse Morgana —, temo que tenha pouca influência sobre meu parente nesse sentido.

E dentro dela sentia como se algo frio a tivesse mordido.

— Se Lancelote se casasse — disse Elaine, e subitamente parecia ter tomado coragem. — Se fosse casado comigo! Morgana, você conhece encantos e feitiços, não pode me dar um feitiço para desviar os olhos de Lancelote para mim? Também sou filha de um rei, e com certeza tão bela quanto Gwenhwyfar, e não tenho marido!

Morgana riu amargamente.

— Meus feitiços, Elaine, podem fazer coisas piores do que simplesmente não surtirem efeito. Pergunte a Gwenhwyfar um dia como um feitiço assim se voltou contra ela! Mas, Elaine — disse, subitamente séria —, você verdadeiramente tomaria esse caminho?

— Acho que, se ele se casasse comigo — respondeu Elaine —, perceberia que não sou menos digna de seu amor que Gwenhwyfar.

Morgana colocou a mão sob o queixo da jovem e levantou seu rosto.

— Ouça, minha criança — ela começou, e Elaine sentiu que os olhos escuros da feiticeira vasculhavam sua alma. — Elaine, não será fácil. Você disse que o ama, mas amor na boca de uma donzela não é mais que capricho. Realmente acha que sabe que tipo de homem ele é? Esse capricho pode durar por todos os anos de um casamento? Se quer apenas se deitar com ele... *isso* eu posso conseguir facilmente. Mas, quando o encanto tiver passado, ele pode odiá-la por tê-lo enganado. E então, como fica?

Elaine disse, gaguejando:

— Mesmo assim... mesmo assim correria o risco. Morgana, meu pai me ofereceu a outros homens, mas me prometeu que jamais me forçaria a nada. Eu lhe digo, se não puder me casar com Lancelote, irei para um convento por toda a vida, juro... — O corpo todo da garota tremia, mas ela não chorava. — Mas por que deveria recorrer a você, Morgana? Como todas nós, como a própria Gwenhwyfar, *você* gostaria de ter Lancelote, como marido ou amante, e a irmã do rei pode escolher por si mesma...

Então, por um instante, Elaine pensou que sua vista a enganava, pois nos olhos frios da feiticeira havia lágrimas. Algo na voz dela fez os olhos da moça arderem também.

— Ah, não, criança, Lancelote não me aceitaria, mesmo se Artur pedisse. Creia em mim, Elaine, você não seria feliz com Lancelote.

Elaine respondeu:

— Não acho que as mulheres sejam felizes no casamento... Apenas as jovens pensam assim, e já não sou mais tão jovem. Mas uma mulher precisa se casar em algum momento, e preferiria que fosse com Lancelote. — Então ela explodiu: — Não acho que conseguiria fazer algo desse tipo. Por que zomba de mim? Seus encantos e seus feitiços são todos tolices, então?

Esperava que Morgana se irritasse com ela, defendendo sua prática, mas ela suspirou, balançou a cabeça e disse:

— Não tenho muita fé em feitiços e talismãs de amor, já lhe disse isso antes. Eles servem para concentrar a vontade dos ignorantes. A prática de Avalon é algo bem diferente e não deve ser invocada levianamente só porque uma moça prefere se deitar com um homem a fazer isso com outro.

— Ah, é sempre assim com a arte dos sábios — disse Elaine, com desdém. — Eu poderia fazer isto ou aquilo, mas não vou porque não seria certo me meter no trabalho dos Deuses, ou as estrelas não estão num modo propício, ou então...

Morgana suspirou pesadamente.

— Parente, posso dar-lhe Lancelote como marido, se é o que verdadeiramente deseja. Não acho que isso a fará feliz, mas você é esperta, disse que não espera felicidade do casamento... Creia em mim, Elaine, só desejo ver Lancelote bem casado e longe desta corte e da rainha. Artur é meu irmão, e não quero que a vergonha se abata sobre ele, como vai acontecer cedo ou tarde. Mas deve se lembrar de que foi você quem me pediu isso. Não quero lamúrias quando as coisas ficarem amargas.

— Juro que vou suportar tudo o que acontecer se puder tê-lo como marido — respondeu Elaine. — Mas por que faria isso por mim, Morgana? É só por despeito em relação a Gwenhwyfar?

— Creia nisso se quiser, ou creia que amo Artur demais para ver um escândalo destruir o que ele conquistou aqui — Morgana disse firmemente —, e lembre-se, Elaine, os talismãs raramente funcionam como desejado...

Quando os Deuses já estavam decididos, o que importava o que qualquer mortal fizesse, mesmo com talismãs e feitiços? Viviane havia colocado Artur no trono... Mas a Deusa fez sua própria vontade, e não a de Viviane, pois negou a Artur filhos com sua rainha. E quando ela, Morgana, buscara remediar o que a Deusa havia deixado de fazer, o resultado daquele encanto jogou Gwenhwyfar e Lancelote juntos nesse amor escandaloso.

Bem, *aquilo* ao menos ela poderia remediar, certificando-se de que Lancelote fizesse um casamento honrado. E Gwenhwyfar, também, estava aprisionada; talvez ficasse até mesmo feliz se algo terminasse com aquele impasse.

A boca de Morgana se torceu em algo que não era bem um sorriso.

— Saiba, Elaine, que existe um ditado sábio: "Cuidado com o que pede em suas preces, pois isso pode lhe ser concedido". Posso lhe dar Lancelote como marido, mas pedirei um presente em troca.

— O que posso lhe dar que achará valioso, Morgana? Não liga para joias, pelo que percebi...

— Não quero joias nem riquezas — retrucou Morgana —, apenas isto. Você terá filhos com Lancelote, pois vi o filho dele... — Ela parou, sentindo a pele se arrepiar ao longo da espinha, como quando tinha a Visão. Os olhos de Elaine estavam arregalados de espanto. Quase podia ouvir os pensamentos dela: É verdade, então, Lancelote será meu marido e darei filhos a ele...

Sim, é verdade, embora eu não soubesse disso até falar... Se eu trabalhar de acordo com a Visão, então não me meterei com o que deveria ser deixado para a Deusa, e o caminho ficará claro para mim.

— Nada direi sobre seu filho — afirmou Morgana, com firmeza. — Ele deve fazer seu próprio destino... — E balançou a cabeça para clarear a estranha escuridão da Visão. — Peço apenas que me dê sua primeira filha para ser educada em Avalon.

Os olhos de Elaine se arregalaram.

— Em feitiçaria?

— A própria mãe de Lancelote era Grã-Sacerdotisa de Avalon — respondeu Morgana. — Não terei uma filha para a Deusa. Se por meio de meus feitos você der a Lancelote o filho que todo homem deseja, deverá me jurar, jurar por seu próprio Deus, que enviará sua filha para ser criada por mim.

O quarto parecia tomado por um silêncio ressonante. Por fim, Elaine disse:

— Se tudo isso acontecer, e eu tiver um filha de Lancelote, então juro que entregarei essa criança a você e a Avalon. Juro em nome de Cristo. — E fez o sinal da cruz.

Morgana assentiu.

— E em troca eu juro que ela será como a filha que jamais terei para a Deusa, e que ela vingará um grande erro...

Elaine piscou.

— Um grande erro? Do que fala, Morgana?

Morgana oscilou um pouco; o silêncio havia se quebrado. Tinha consciência do som da chuva do lado de fora da janela, e de um frio nos aposentos. Franziu a testa e disse:

— Não sei, minha mente divagou. Elaine, isso não pode ser feito aqui. Deve pedir licença para ir visitar seu pai e se assegurar de que eu seja convidada para lhe fazer companhia. Farei com que Lancelote esteja lá. — Ela respirou profundamente e se virou para pegar o vestido. — E, quanto a Lancelote, creio que agora demos a ele tempo suficiente para ter saído dos aposentos da rainha. Vamos, Gwenhwyfar nos espera.

E realmente, quando Elaine e Morgana encontraram a rainha, não havia sinal da presença de Lancelote ou de qualquer outro homem. Mas por um momento, quando Elaine não conseguia ouvir a conversa com clareza, Gwenhwyfar olhou diretamente nos olhos de Morgana, e esta pensou que jamais tinha visto uma amargura tão terrível.

— Você me despreza, não, Morgana?

Por fim, pensou Morgana, *Gwenhwyfar fez a pergunta que esteve em seus pensamentos durante todas essas semanas. Teve vontade de dar uma resposta afiada: Se o faço, não é porque você me desprezou primeiro?* Mas disse tão gentilmente quanto pôde:

— Não sou seu confessor, Gwenhwyfar, e é você, não eu, que professa a crença em um Deus que a condenará por dividir a cama com um homem que não é seu marido. Minha Deusa é mais delicada com as mulheres.

— Ele deveria ter sido meu marido — explodiu Gwenhwyfar, e então se segurou, e disse: — Artur é seu irmão, para você ele nunca está errado...

— Eu não disse isso — Morgana não podia suportar a infelicidade no rosto da jovem. — Gwenhwyfar, minha irmã, ninguém a acusou...

Mas a rainha se virou. E afirmou entre os dentes cerrados:

— Não, e tampouco quero sua pena, Morgana.

Queira ou não, você a terá, pensou Morgana, mas não o disse; não era uma curandeira para cutucar velhas feridas e fazê-las sangrar.

— Está pronta para o desjejum, Gwenhwyfar? O que vai escolher para comer?

Cada vez mais, nesta corte, uma vez que não há guerra, é como se eu fosse serva da rainha, e ela, mais nobre que eu. Morgana pensou com decepção que aquele era um jogo que todos jogavam, mas ela não guardava ressentimentos de Gwenhwyfar por isso. No entanto, havia nobres neste reino que poderiam se ressentir; e ela tampouco gostava que Artur tivesse aceitado isso, que agora que não havia guerras a serem travadas imaginasse que seus velhos Companheiros devessem ser seus atendentes pessoais, muito embora pudessem ser reis ou senhores em seu próprio direito. Em Avalon, havia servido Viviane voluntariamente, pois ela era a representante viva da Deusa, e sua sabedoria e seus poderes mágicos a colocavam quase acima dos humanos. Mas também sabia que os mesmos poderes estavam disponíveis para ela se trabalhasse com seriedade para obtê-los; e chegaria o dia em que também seria objeto da mesma reverência se assumisse os poderes da Deusa.

Mas para um guerreiro e líder das terras, ou para sua consorte, não, tais poderes não eram adequados a não ser na própria guerra, e ela se zangava com o fato de Artur manter sua corte dessa maneira, tomando para si um poder que deveria pertencer apenas aos maiores druidas e sacerdotisas. *Artur ainda leva a espada de Avalon, e, se não cumprir seu juramento com a ilha, eles a reivindicarão de suas mãos.*

E então Morgana teve a impressão de que o quarto em torno de si ficava imóvel e parecia se abrir, como se tudo estivesse muito longe; ainda podia ver Gwenhwyfar, com a boca meio aberta para falar, mas ao mesmo tempo parecia poder enxergar através do corpo dela, como se estivesse no país das fadas. Tudo parecia ao mesmo tempo distante, pequeno e se agigantando sobre ela, e houve um profundo silêncio dentro de sua cabeça. Nele, viu as paredes de um pavilhão, e Artur dormindo com Excalibur nas mãos, fora da bainha. E, então, ela se curvou sobre ele; não podia pegar a espada, mas, com a pequena adaga em forma de foice de Viviane, cortou os cordões que prendiam a bainha à cintura de Artur; estava velha, agora, o veludo puído e o metal precioso dos bordados apagado e manchado. Morgana tomou a bainha nas mãos e então estava nas margens de um grande lago, ouvindo o barulho do movimento dos juncos à sua volta.

— Eu disse que não, não quero vinho, cansei de vinho no desjejum — observou Gwenhwyfar. — Talvez Elaine possa encontrar leite na cozinha... Morgana? Está desfalecendo?

Morgana piscou e olhou para Gwenhwyfar. Voltou a si lentamente, tentando focar os olhos. Nada daquilo era verdade, não cavalgava loucamente nas margens de um lago com a bainha nas mãos... Ainda assim, aquele lugar parecia o país das fadas, como se visse tudo através da água que ondulava, e era como um sonho que tivera uma vez... Se ao menos pudesse se lembrar... E, mesmo enquanto dizia às outras mulheres que estava bem, prometendo ir à sala dos laticínios para ver se havia leite fresco caso não houvesse nenhum na cozinha, sua mente ainda a levava pelos labirintos do sonho... Se ao menos pudesse lembrar exatamente com o que havia sonhado, tudo ficaria bem...

Mas quando desceu e saiu ao ar fresco, frio mesmo no verão, não tinha mais a impressão de que esse mundo poderia a qualquer momento se transformar no mundo das fadas. Sua cabeça doía como se tivesse sido partida ao meio, e durante todo o dia ficou refém daquele estranho feitiço de seu devaneio. Se ao menos pudesse se lembrar... Havia jogado Excalibur no lago, era isso, para que a rainha das fadas não a pegasse... Não, também não era isso... E sua mente começava de novo a tentar desenrolar o estranho caminho obsessivo de seu sonho.

Depois do meio-dia, quando o sol pendia para a tarde, ouviu trompetes anunciando a chegada de Artur e sentiu a agitação que percorria todo o castelo de Camelot. Com as outras mulheres, correu para a parte mais elevada e observou o séquito real cavalgando em direção a elas, os estandartes voando. Gwenhwyfar tremia ao seu lado. Embora a rainha fosse mais alta que ela, Morgana tinha a impressão, talvez por causa das mãos finas e pálidas e da fragilidade dos ombros estreitos, de que Gwenhwyfar era apenas uma criança, nervosa com alguma travessura imaginária pela qual deveria ser punida. Ela, então, tocou a manga de Morgana com a mão trêmula.

— Irmã... meu senhor precisa mesmo saber? Tudo acabou, e Meleagrant está morto. Não há razão para que Artur declare guerra contra ninguém. Por que ele não deveria pensar que meu senhor Lancelote me encontrou a tempo... a tempo de prevenir? — A voz dela era apenas um fraco som agudo, como o de uma menininha, e não conseguia dizer as palavras com clareza.

— Irmã — disse Morgana —, é você quem decide se diz ou não.

— Mas... e se ele ouvir em outro lugar...

Morgana suspirou. Gwenhwyfar não podia dizer de uma vez o que queria dela?

— Se Artur ouvir qualquer coisa que o perturbe, não será de mim, e ninguém mais tem o direito de lhe dizer. Mas também se deve considerar que ele não pode acusá-la por ter sido aprisionada e espancada até se submeter.

E então teve consciência da voz de um padre, como se a ouvisse, dizendo a Gwenhwyfar – *agora ou quando era criança?* – que nenhuma mulher havia sido violentada, a não ser quando havia tentado algum homem a fazê-lo, como Eva levou nosso primeiro antepassado, Adão, a pecar. Mas as Santas Virgens mártires de Roma haviam preferido morrer a entregar sua castidade... E era *isso* que fazia Gwenhwyfar tremer. Em algum lugar de sua mente, por mais que tentasse esquecer ou sufocar a consciência nos braços de Lancelote, realmente acreditava que fora sua culpa, que merecia a morte pelo pecado de ter vivido para ser violentada. E, como não havia morrido antes, Artur tinha o direito de matá-la por isso... Nenhum consolo jamais silenciaria aquela voz na mente dela.

Sente essa culpa por causa de Meleagrant, para que não tenha de sentir nenhuma pelo que fez com Lancelote...

Gwenhwyfar tremia ao seu lado, apesar do sol quente.

— Gostaria que ele tivesse chegado e que já pudéssemos entrar. Veja, há falcões voando no céu. Tenho medo de falcões, sempre temo que venham me atacar...

— Receio que eles a achariam um petisco muito grande e duro, irmã — disse Morgana, amigavelmente.

Servos levantavam os grandes portões, abrindo-os para a passagem do séquito real. *Sir* Heitor ainda mancava pesadamente por causa da noite que havia passado aprisionado no frio, mas foi para a frente ao lado de Cai, e este, guardião do castelo, se curvou diante de Artur.

— Bem-vindo ao seu lar, meu senhor e rei.

Artur desmontou e foi abraçar Cai.

— Esta é uma recepção muito formal para minha casa, meu querido Cai. Está tudo bem aqui?

— Tudo está bem *agora*, meu senhor — disse Heitor —, mas novamente tem motivos para ficar muito agradecido ao seu capitão.

— Verdade — disse Gwenhwyfar, aproximando-se, a mão pousada suavemente na de Lancelote. — Meu senhor e rei, Lancelote me salvou de uma armadilha feita por um traidor e de um destino que nenhuma mulher cristã deveria sofrer.

Artur pegou a mão de sua rainha e a de seu capitão da cavalaria.

— Estou, como sempre, agradecido a você, meu caro amigo, assim como está minha mulher. Vamos, falaremos disso a sós.

E, movendo-se entre eles, subiu os degraus que levavam ao castelo.

— Imagino que tipo de mentiras vai correr para despejar em seus ouvidos: aquela rainha casta e seu melhor cavaleiro...

Morgana ouviu as palavras, ditas em voz baixa e de modo bem claro por alguém na multidão, embora não pudesse dizer de onde vieram. Pensou: *Talvez a paz não seja uma bênção total; sem uma guerra e sem as preocupações que ela traz, não há nada para fazerem na corte além de espalharem cada boato e escândalo.*

Mas se Lancelote fosse embora da corte o escândalo seria mitigado. E decidiu que faria de uma vez o que pudesse para conseguir aquilo.

Naquela noite, no jantar, Artur pediu a Morgana para trazer sua harpa e cantar para eles.

— Parece que há muito não ouço sua música, irmã — ele disse, puxando-a para perto e beijando-a. Havia muito tempo que não fazia isso.

— Ficarei feliz em cantar — ela respondeu —, mas quando Kevin voltará à corte?

Pensou com amargura na discussão deles. Jamais, jamais o perdoaria por sua traição a Avalon! Mas, mesmo contra sua vontade, sentia falta dele e pensava com tristeza no tempo em que haviam sido amantes.

Estou cansada de me deitar sozinha, é só isso...

Mas isso a fez pensar em Artur e em seu filho em Avalon... Se Gwenhwyfar deixasse a corte, decerto ele se casaria novamente; mas isso não parecia provável naquele momento. E se Gwenhwyfar jamais tivesse um filho, então não deveria o filho *deles* ser reconhecido como herdeiro do pai? Ele tinha sangue duplamente real, o sangue do Pendragon e o de Avalon... Igraine estava morta, e o escândalo não poderia atingi-la.

Sentou-se em um banco com entalhes dourados perto do trono, a harpa no chão aos seus pés; Artur e Gwenhwyfar sentaram-se perto um do outro, de mãos dadas. Lancelote se esparramou no chão ao lado de Morgana, observando a harpa, mas de quando em quando ela via os olhos dele se moverem para Gwenhwyfar e estremeceu com o terrível anseio neles; como podia expor assim seu coração para qualquer observador? E então Morgana soube que apenas ela podia ver o coração dele; para todos os outros, era apenas um cortesão olhando respeitosamente para sua rainha, rindo e brincando com ela como um amigo privilegiado de seu marido.

E enquanto suas mãos se moviam pelas cordas, o mundo novamente parecia se distanciar, pequeno e remoto, mas ao mesmo tempo imenso e estranho, as coisas perdendo suas formas reais; sua harpa, por exemplo, parecia tanto um brinquedo de criança como algo monstruoso, uma coisa imensa e disforme que chegava a sufocá-la. Ela se sentia como se estivesse no alto, sentada em um trono em algum lugar, olhando, por entre sombras que vagavam, para um jovem com cabelo escuro, com um diadema estreito em torno da testa, e, enquanto o observava, a dor aguda do desejo percorreu seu corpo: Ela o encarou, e era como se uma mão tocasse suas partes mais íntimas, excitando-a e despertando nela uma sensação de desejo e sofreguidão... Sentiu os dedos vacilando nas cordas, havia sonhado com algo... Um rosto ondulando, um jovem sorrindo para ela, não, não era Lancelote, mas outro... Não, tudo não passava de sombras...

A voz clara de Gwenhwyfar irrompeu:

— Acudam a senhora Morgana — disse —, minha irmã está desmaiando!

Sentiu os braços de Lancelote segurando-a e olhou para os olhos escuros dele. Era como no seu sonho, o desejo percorrendo seu corpo, derretendo-a... Não, ele tinha sonhado aquilo. Não era real. Botou as mãos na testa em confusão.

— Foi a fumaça, a fumaça da lareira...

— Aqui, dê um gole nisso.

Lancelote colocou uma taça em seus lábios. Que loucura era essa? Ele mal a tocara e sentia-se doente de desejo; pensava ter esquecido isso havia muito tempo, que todo esse sentimento tivesse se extinguido ao longo dos anos... No entanto, ainda assim, o toque dele, gentil e impessoal, despertou de novo nela um desejo feroz. Seria ele o homem de seu sonho, então?

Ele não me deseja, não deseja nenhuma mulher além da rainha, pensou, e olhou para além dele, para a lareira, onde não havia fogo nesse verão, e uma coroa de folhas verdes de louro se enlaçava para impedir que a abertura vazia ficasse muito feia e enegrecida. Bebeu o vinho que Lancelote lhe oferecia.

— Sinto muito... Estive um pouco zonza o dia todo — afirmou, lembrando-se da manhã. — Deixe que outra pessoa pegue a harpa, não consigo mais tocar...

— Com sua permissão, meus senhores, vou cantar! — Lancelote tomou a harpa e completou: — É uma lenda de Avalon que ouvi na infância. Acho que foi escrita pelo próprio Taliesin, embora ele possa ter se inspirado em uma canção mais antiga.

Começou a cantar uma antiga balada sobre a rainha Arianrhod, que tinha pisado em um riacho e engravidado: a rainha amaldiçoara o filho no nascimento, dizendo que ele não teria um nome até que ela lhe desse um, e o menino a enganou para que fizesse isso, e ela rogou-lhe uma praga dizendo que jamais teria uma esposa, de carne e osso ou do país das fadas, e então ele mesmo fez para si uma mulher com flores...

Morgana se sentou e ficou ali ouvindo, ainda envolvida em seu sonho, e teve a impressão de que o rosto moreno de Lancelote estava tomado por um terrível sofrimento, e enquanto ele cantava sobre a mulher de flores, Blodeuwedd, os olhos dele se demoraram por um instante na rainha. Mas então ele se virou para Elaine e cantou cortesmente sobre como o cabelo da mulher de flores era feito de belos lírios dourados, seu rosto feito de pétalas da flor da macieira, e suas vestes eram das cores das flores que nascem nos campos no verão, azul, vermelho e amarelo...

Morgana ficou em silêncio, sentada em seu lugar, apoiando a cabeça dolorida na mão. Mais tarde, Gawaine trouxe uma flauta de suas terras do norte e começou a tocar um lamento selvagem e triste, reproduzindo os gritos de aves marinhas. Lancelote veio se sentar ao lado de Morgana, tomando gentilmente sua mão.

— Sente-se melhor agora, parente?

— Ah, sim, isso já aconteceu antes — respondeu Morgana. — É como se eu tivesse caído em um sonho e visse tudo através de sombras. — Mas, ainda assim, pensou que não era bem aquilo dizia.

— Minha mãe me disse algo parecido uma vez — disse Lancelote, e Morgana percebeu o tamanho da tristeza e do cansaço dele com aquilo; jamais havia falado com ela, ou com qualquer outra pessoa, até onde sabia, sobre sua mãe ou seus anos em Avalon. — Ela parecia acreditar que era uma coisa que acontecia juntamente com a Visão. Uma vez disse que era como se fosse arrastada ao país das fadas e olhasse de lá como prisioneira, embora eu não saiba se ela algum dia estivera no país das fadas ou se era apenas modo de falar...

Mas eu estive, pensou Morgana, *e não é a mesma coisa, não exatamente... É como tentar se lembrar de um sonho que se desvaneceu...*

— Eu mesmo senti algo parecido — afirmou Lancelote. — Acontece em um momento em que não consigo ver com clareza, mas sim como se todas as coisas estivessem muito distantes e não fossem reais... E a sensação é a de que não vou conseguir tocá-las, não sem antes cruzar uma distância exaustiva... Talvez seja algo no sangue de fada que temos. — Ele suspirou e esfregou os olhos. — Eu costumava provocá-la com isso, quando você era pequena, lembra-se? Eu a chamava de Morgana das Fadas e você ficava brava...

Ela assentiu.

— Recordo-me bem, parente — respondeu, pensando que, mesmo com toda a exaustão em seu rosto, as rugas marcadas e os fios brancos nos cachos de seu cabelo, para ela Lancelote ainda era mais belo e mais amado do que qualquer homem que conhecesse. Piscou com força. As coisas eram assim e assim deveriam ser: ele a amava como a uma parente, nada mais do que isso.

Novamente teve a impressão de que o mundo se movia atrás de uma barreira de sombras; não importava o que fizesse. Este mundo não era mais real que o reino das fadas. Até a música soava distante e longínqua; Gawaine havia tomado a harpa e cantava uma lenda que ouvira entre os saxões, sobre um monstro que vivia em um lago e sobre como um dos heróis deles havia mergulhado e arrancado um braço desse monstro, e então enfrentado a mãe da criatura em seu covil maligno...

— Uma história sombria e aterradora — ela disse baixo para Lancelote. E ele sorriu e respondeu:

— A maior parte das lendas dos saxões são assim. Não há muito mais que guerra, derramamento de sangue e heróis habilidosos em batalhas na cabeça bronca deles...

— Mas agora viveremos em paz com eles, ao que parece — disse Morgana.

— Sim. Assim será. Posso viver com os saxões, mas não com o que eles chamam de música... Embora as lendas deles sejam interessantes o suficiente para uma longa noite diante da lareira. — Ele suspirou e continuou, de modo quase inaudível: — Acho que talvez não tenha nascido para ficar sentado diante de uma lareira...

— Gostaria de sair em batalha novamente?

Ele balançou a cabeça.

— Não, mas estou cansado da corte.

Morgana viu os olhos dele se movendo para onde Gwenhwyfar estava sentada ao lado de Artur, sorrindo enquanto ouvia a canção de Gawaine.

Ele suspirou novamente, um som que parecia ter sido arrancado das profundezas de sua alma.

— Lancelote — ela disse, em um tom baixo e urgente —, precisa ir embora daqui ou será destruído.

— Sim, destruído de corpo e alma — ele respondeu, olhando para o chão.

— Nada sei sobre sua alma. Deve perguntar a um padre sobre isso...

— Gostaria de poder fazer isso! — retrucou Lancelote, com violência reprimida. Ele bateu o punho suavemente no chão ao lado da harpa, fazendo com que as cordas ressoassem um pouco. — Gostaria de acreditar que há um Deus como o que os cristãos dizem existir...

— Você *precisa* ir, primo. Saia em alguma missão, como Gareth, para matar malfeitores que sequestram terras, matar dragões ou o que quiser, mas precisa ir!

Ele viu a garganta dele se mexer enquanto engolia em seco.

— E quanto a *ela*?

Morgana disse em voz baixa:

— Acredite ou não, também sou amiga dela. Não acha que ela também tem uma alma a ser salva?

— Ora, você me aconselha tão bem quanto qualquer padre. — O sorriso dele era amargo.

— Não é preciso ser padre para saber quando dois homens, e também uma mulher, estão presos em uma armadilha e não conseguem escapar — disse Morgana. — Seria fácil culpá-la por tudo. Mas eu também sei o que é um amor impossível... — Ela parou e desviou o olhar do rosto dele, sentindo um calor escaldante subir pelo rosto. Não tivera a intenção de revelar tanto.

A música terminou, e Gawaine botou a harpa de lado, dizendo:

— Depois dessa história sombria, precisamos de algo leve, talvez uma canção de amor, e deixo isso para o galante Lancelote.

— Fiquei muito tempo na corte cantando canções de amor — afirmou Lancelote, levantando-se e se virando para Artur. — Agora que está aqui novamente, meu senhor, e pode cuidar de tudo pessoalmente, peço que me envie em alguma missão.

Artur sorriu para o amigo.

— Já quer ir embora tão cedo? Não posso segurá-lo se deseja ir embora, mas para onde iria?

Pellinore e seu dragão. Morgana, com os olhos baixos, vendo a chama do fogo passar por seus olhos, formou as palavras na mente com toda a força que encontrou, tentando introduzi-las na mente de Artur. Lancelote disse:

— Pensei em ir atrás de um dragão...

Os olhos de Artur brilharam de malícia.

— Bem poderia ir, então, acabar com o dragão de Pellinore. As histórias aumentam a cada dia, e os homens têm medo de ir até aquela região! Gwenhwyfar me disse que Elaine pediu permissão para fazer uma visita à sua casa. Pode acompanhar a senhora até lá, e peço que não volte até que o dragão de Pellinore esteja morto!

— Ai de mim — protestou Lancelote, rindo —, quer me exilar da corte para sempre? Como posso matar um dragão que não passa de sonho?

Artur riu.

— Que você jamais encontre um dragão pior que esse, meu amigo! Bem, eu o encarrego de acabar de vez com o tal dragão, ainda que seja rindo e fazendo uma balada sobre isso!

Elaine se levantou e fez uma reverência ao rei:

— Com sua licença, meu senhor, posso pedir que a senhora Morgana vá me visitar por um tempo também?

Morgana disse, sem olhar para Lancelote:

— Gostaria de ir com Elaine, senhor, se sua senhora puder me dispensar. Há ervas e plantas medicinais naquela região que conheço pouco e gostaria de aprender sobre elas com as mulheres de lá. Preciso delas para remédios e encantos.

— Bem— respondeu Artur —, pode ir se deseja. Mas ficaremos solitários aqui sem vocês todos. — Ele deu seu sorriso raro e gentil para Lancelote. — Minha corte não é a mesma sem o melhor de meus cavaleiros. Mas não vou segurá-lo aqui contra sua vontade, nem minha rainha gostaria que o fizesse.

Não tenho tanta certeza disso, pensou Morgana, observando Gwenhwyfar se esforçando para manter o rosto calmo. Artur havia passado muito tempo longe; estava ansioso para ficar a sós com a esposa. Gwenhwyfar lhe diria honestamente que amava outro ou se resignaria a ir para a cama dele e continuar com o fingimento?

E, por um instante bizarro, Morgana se viu como a sombra da rainha... *De alguma maneira nossos destinos se entrelaçaram...* Ela, Morgana, tivera um filho de Artur, o que Gwenhwyfar tanto desejava; e a rainha tinha o amor de Lancelote, pelo qual daria sua alma... É do feitio do Deus dos cristãos fazer tais disparates: ele não gosta de amantes. Ou será que é a Deusa que brinca cruelmente conosco?

Gwenhwyfar acenou para Morgana e disse:

— Parece doente, irmã. Ainda está zonza?

Morgana assentiu. *Não devo odiá-la. Ela é uma vítima, como eu...*

— Ainda estou um pouco cansada. Logo descansarei.

— E amanhã — disse Gwenhwyfar — você e Elaine vão levar Lancelote para longe de nós.

As palavras foram ditas de modo leve, como uma brincadeira, mas Morgana parecia ver o interior de Gwenhwyfar, onde ela lutava contra uma raiva e um desespero parecidos com os seus. *Ah, nossos destinos foram embaraçados pela Deusa, e quem pode lutar contra o desejo dela...* Mas endureceu o coração contra o desespero da outra e disse:

— De que vale o campeão da rainha se ele não sai para lutar pelo que lhe parece bom? Você o seguraria na corte, longe de conquistar honras, minha irmã?

— Nenhum de nós quer isso — afirmou Artur, surgindo atrás da rainha e envolvendo a cintura dela com o braço. — Já que, pela boa vontade de meu amigo e campeão, minha rainha está aqui a salvo em meu retorno. Boa noite, minha irmã.

Morgana observou os dois se afastando e, depois de um momento, sentiu a mão de Lancelote em seu ombro. Ele não disse nada, apenas ficou em silêncio olhando para Artur e Gwenhwyfar. E, enquanto ela ficava ali quieta, soube que, se fizesse um simples gesto, poderia ter Lancelote naquela noite. Em seu desespero, agora que via a mulher que amava voltando para o marido, e um marido que ele amava tanto a ponto de não poder levantar um dedo para tomá-la dele, ele se voltaria para Morgana se ela quisesse.

E ele é honrado demais para não se casar comigo depois...

Não. Talvez Elaine o aceitasse nesses termos, mas não eu. Ela não tem malícia. Ele não chegaria a odiá-la como decerto me odiaria.

Gentilmente tirou a mão de Lancelote de seu ombro.

— Estou muito cansada, primo. Também vou para a cama. Boa noite, meu querido. Abençoado seja. — E, ciente da ironia daquilo, disse: — Durma bem —, mesmo sabendo que isso não aconteceria. Bom, mas isso seria ideal para o plano que havia traçado.

Mas ela também passou a maior parte daquela noite acordada, lamentando amargamente sua capacidade de prever as coisas. *O orgulho*, pensou com tristeza, é *um frio companheiro de cama.*

6

Em Avalon, o Tor se levantava, coroado pelo círculo de *pedras, e na noite de lua escura a procissão subia lentamente, com tochas. Na frente seguia uma mulher com cabelos claros trançados em uma larga coroa baixa sobre a testa; vestia branco, com a faca em forma de foice pendendo em seu cinto. Sob a luz das tochas bruxuleantes, parecia buscar Morgana onde ela estava nas sombras do lado de fora do círculo, e seus olhos inquiriam. Onde está você, que deveria estar em meu lugar? Por que demora? Seu lugar é aqui...*

O reino de Artur está escapando do domínio da Senhora, e você está permitindo isso. Ele já recorre aos padres para todas as coisas, enquanto você, que deveria ficar no lugar da Deusa para ele, não se move. Ele leva a espada das Insígnias Sagradas; será você quem o forçará a viver de acordo com ela, ou a tomará das mãos dele e o derrubará? Lembre-se, Artur tem um filho, que deve crescer até a maturidade em Avalon, para que o rei possa passar o reino da Deusa para ele...

E então parecia que Avalon se dissipou, e Artur apareceu em uma batalha desesperada, com Excalibur na mão. Logo depois ele caiu, atravessado por outra espada, e atirou Excalibur no lago para que não chegasse às mãos de seu filho...

Onde está Morgana, que foi preparada pela Senhora para este dia? Onde está ela, que deveria estar no lugar da Deusa nesta hora?

E onde está o Grande Corvo?

De repente, pareceu-me que uma revoada de corvos girava sobre minha cabeça, mergulhando e bicando meus olhos, descendo em círculos até mim, gritando alto com a voz de Raven:

— Morgana! Morgana, por que nos abandonou, por que me traiu?

— Não consigo — gritei —, não sei o caminho... — Mas o rosto de Raven se transformou na face acusatória de Viviane e depois na sombra da Velha Anciã da Morte...

Nesse momento, Morgana despertou, sabendo que estava em um quarto iluminado pelo sol na casa de Pellinore. As paredes eram rebocadas de branco, pintadas no velho estilo romano. Do lado de fora, a distância, podia ouvir o crocitar de um corvo em algum lugar e estremeceu.

Viviane nunca teve escrúpulos de interferir na vida dos outros quando isso significava o bem de Avalon ou do reino. Nem ela deveria ter. Ainda assim, havia protelado a ação enquanto os dias de sol se seguiam. Lancelote passava os dias nas colinas perto do lago, procurando o dragão – *como se realmente existisse um*, pensou Morgana, desdenhosamente –, e as noites ao lado da lareira, trocando canções e lendas com Pellinore e cantando para Elaine, sentado aos pés dela. Elaine era bela e inocente, parecida com sua prima Gwenhwyfar, embora cinco anos mais jovem. Morgana deixava os dias passarem, certa de que eles todos veriam a lógica daquilo: que Lancelote e Elaine deveriam se casar.

Não, disse a si mesma amargamente, *se algum deles tivesse a sensatez de perceber qualquer lógica ou razão, reconheceriam que Lancelote deveria ter se casado comigo há anos. Agora já é hora de agir.*

Elaine se virou na cama que dividiam e abriu os olhos; sorriu e se aconchegou ao lado de Morgana. *Ela confia em mim*, pensou Morgana, dolorosamente, *pensa que a ajudo a conquistar Lancelote por amizade. Se a odiasse, não poderia fazer-lhe tanto mal.* Mas disse em voz baixa:

— Agora Lancelote já teve tempo suficiente para sentir a perda de Gwenhwyfar. Sua hora chegou, Elaine.

— Dará a Lancelote um amuleto ou uma poção de amor?

Morgana riu.

— Tenho pouca confiança em amuletos de amor, mas esta noite haverá algo no vinho dele que o deixará pronto para qualquer mulher. Hoje à noite você não dormirá aqui, mas em um pavilhão perto da floresta, e Lancelote receberá uma mensagem dizendo que Gwenhwyfar veio para cá e mandou chamá-lo. E então irá até você, no escuro. Não posso fazer mais que isso. Deve estar pronta para ele...

— Ele pensará que sou Gwenhwyfar — ela piscou, engolindo em seco. — Bem, então...

— Ele pode pensar que é Gwenhwyfar por pouco tempo — disse Morgana, com firmeza —, mas logo saberá que não. Você é virgem, não é, Elaine? — O rosto da moça ficou vermelho, mas ela assentiu. — Bem, depois da poção que darei a Lancelote, ele não conseguirá se conter — afirmou Morgana —, a não ser que você entre em pânico e tente lutar para afastá-lo. Eu lhe aviso, não será muito prazeroso, já que é virgem. Quando eu começar, não poderei voltar atrás, então diga agora quando deseja que eu comece.

— Terei Lancelote como marido, e que Deus não permita que eu volte atrás antes de ser sua esposa legítima.

Morgana suspirou.

— Que assim seja. Você conhece o perfume que Gwenhwyfar usa...

— Conheço, mas não gosto muito, é forte demais para mim.

Morgana assentiu.

— Eu o preparo para ela. Sabe como tenho conhecimento sobre essas coisas. Quando for para a cama no pavilhão, deve perfumar o corpo e os lençóis com ele. Isso vai levar a mente dele até Gwenhwyfar e excitá-lo com a memória...

A jovem torceu o nariz com desagrado.

— Parece injusto...

— É injusto — retrucou Morgana. — Decida-se. O que estamos fazendo é desonesto, Elaine, mas também há algo de bom nisso. O reino de Artur não poderá durar muito se o rei for sabidamente um corno. Quando estiver casada por um tempo, já que é tão parecida com Gwenhwyfar, sem dúvida espalharão por aí que era você quem Lancelote amava durante todo o tempo. — Ela deu a Elaine um frasco de perfume. — Agora, se tem um criado em que pode confiar, peça a ele que prepare um espaço que Lancelote não veja até esta noite...

— Até o padre aprovaria, não duvido — disse Elaine —, já que o estou afastando do adultério com uma mulher casada e estou livre para me casar...

Morgana sentiu que o próprio sorriso era leve e tenso.

— Bom para você, se consegue apaziguar sua consciência dessa maneira... Alguns padres diriam que a finalidade é tudo o que importa, e, sejam quais forem os meios empregados, são para o bem...

Elaine continuava de pé diante de Morgana, como uma criança durante a lição.

— Bem, então vá, Elaine — disse —, vá e mande Lancelote sair mais uma vez atrás daquele dragão. Preciso preparar meu feitiço.

Ela os observou enquanto dividiam a taça e o prato no desjejum. *Lancelote gosta de Elaine*, pensou, *gosta como se ela fosse um cãozinho amigável. Não será cruel com ela depois que estiverem casados.*

Viviane havia sido impiedosa da mesma maneira, não tivera escrúpulos em mandar um irmão para a cama da própria irmã... A memória afligia Morgana penosamente, como um dente dolorido. Isso também era para o bem do reino, pensou, e quando foi colher as ervas e plantas medicinais, para imergi-las em vinho na poção que daria a Lancelote, tentou fazer uma prece à Deusa que juntava o homem e a mulher no amor, ou no simples desejo, como o cio dos animais.

Deusa, sei o bastante sobre desejo... pensou, e firmou as mãos, picando as ervas e jogando-as no vinho. *Senti o desejo dele, embora ele não fosse capaz de me dar exatamente o que eu queria...*

Ela se sentou, observando a fervura lenta das ervas no vinho; pequenas bolhas subiam, partiam-se lentamente e soltavam essências agridoces que fumegavam em torno dela. O mundo parecia muito pequeno e distante, e seu braseiro, apenas um brinquedo de criança, cada bolha que subia no vinho era grande o suficiente para que Morgana flutuasse dentro dela... Seu corpo todo doía com um desejo que sabia que jamais seria saciado. Podia sentir que entrava num estado no qual uma mágica poderosa poderia ser feita...

Parecia estar dentro e fora do castelo ao mesmo tempo; uma parte dela estava nas colinas, seguindo o estandarte do Pendragon que Lancelote às vezes levava consigo: um grande dragão vermelho que se retorcia... Mas tinha a consciência de que não havia dragões, ao menos não esse tipo de dragão, e o de Pellinore certamente era apenas uma brincadeira, um sonho, tão irreal quanto o estandarte que voava em algum lugar distante ao sul, ou nas paredes de Camelot, um dragão inventado por algum artista especialmente para o estandarte, como os desenhos que Elaine desenhava para sua tapeçaria. E Lancelote certamente sabia disso. Perseguindo o dragão, estava apenas desfrutando de um passeio agradável de verão nas colinas, seguindo um sonho e uma fantasia, aproveitando o tempo para sonhar com os braços de Gwenhwyfar... Morgana olhou para o líquido borbulhante no pequeno braseiro e colocou, gota por gota, um pouco mais de vinho na mistura, para que não evaporasse. Ele sonharia com Gwenhwyfar, e naquela noite haveria uma mulher em seus braços usando o perfume dela. Mas primeiro Morgana lhe daria essa poção, que o colocaria à mercê do desejo dentro dele, impedindo-o de parar quando descobrisse que não tinha em seus braços uma mulher experiente e sua amante, mas sim uma virgem amedrontada... Por um momento, Morgana sentiu pena de Elaine, pois o que preparava com sangue-frio era certamente algo parecido com um estupro. Por mais que desejasse Lancelote, ela era virgem e não tinha uma ideia real da diferença entre seus sonhos românticos a respeito dos beijos dele e o que realmente a aguardava – ser tomada por um homem drogado demais para perceber a diferença entre as mulheres. Não importava o que significasse para Elaine, ou com que coragem ela fosse suportar aquilo, dificilmente seria um episódio romântico.

Dei minha virgindade ao Gamo-Rei, mas aquilo foi diferente. Desde a infância eu sabia o que me aguardava, e havia sido ensinada e criada no culto à Deusa que juntava homem e mulher em amor ou desejo. Mas Elaine havia sido criada como cristã e ensinada a pensar naquela força de vida como o pecado original pelo qual a humanidade fora condenada à morte...

Por um momento, pensou que deveria procurar Elaine, tentar prepará-la, encorajá-la a pensar naquilo da mesma maneira que as sacerdotisas eram ensinadas a fazê-lo: uma grande força da natureza, limpa e sem pecado, para ser recebida como uma corrente da vida, arrastando os participantes em sua torrente... Mas Elaine acharia aquilo um pecado ainda pior. Bem, então teria de pensar o que quisesse; talvez seu amor por Lancelote fosse capaz de fazê-la atravessar aquela experiência sem danos.

Morgana voltou os pensamentos para as ervas e o vinho fervente, e ao mesmo tempo, de algum modo, parecia que cavalgava pelas colinas... Não era um bom dia para um passeio, o céu estava escuro e carregado de nuvens, o vento soprava um pouco, as colinas estavam sombrias e desnudas. Lá embaixo, o grande braço de mar que formava o lago parecia acinzentado e insondável, como um metal recém-forjado. A superfície do lago começou a borbulhar um pouco ou era apenas o líquido em seu braseiro? Bolhas escuras subiram e espalharam um odor pestilento, e então viu, levantando-se da água lentamente, um pescoço comprido e estreito, coroado com uma cabeça de cavalo e crina, um longo corpo sinuoso se contorcendo em direção à margem... Levantando, rastejando, deslizando o corpo todo para a terra.

Os cães de Lancelote corriam por ali e dispararam em direção à água, latindo freneticamente. Ela o ouviu chamá-los, exasperado; parou subitamente e olhou em direção ao lago, paralisado e sem acreditar no que seus olhos viam. Então Pellinore soprou sua corneta de caça chamando os outros, e Lancelote fincou as esporas no cavalo, a lança apoiada na sela, e desceu a colina em grande velocidade, pronto para o ataque. Um dos cães deu um grito lastimoso, que a seguir se transformou em silêncio, e Morgana, em sua estranha observação distante, viu a trilha curiosamente viscosa, onde metade do corpo partido do cão jazia carcomido pelo visgo escuro.

Pellinore o atacava, e ela ouviu Lancelote gritar, avisando-o para não cavalgar diretamente para o grande animal... era negro e se parecia com um grande verme em tudo, menos aquele arremedo de cabeça e crina de cavalo. Lancelote cavalgou em direção a ele, evitando a cabeça oscilante, enfiando a longa lança diretamente no corpo. Um uivo selvagem chacoalhou a costa, um grito enlouquecido de Banshee... Ela viu a grande cabeça indo para a frente e para trás. Lancelote saltou do cavalo, que recuava e resistia, e correu em direção ao monstro. A cabeça oscilou para baixo, e Morgana estremeceu ao ver a grande boca se abrir. Então a espada de Lancelote perfurou o olho do dragão, e houve um grande jato de sangue e uma substância negra e pestilenta, como as bolhas se levantando do vinho...

O coração de Morgana batia violentamente. Ela se recostou e bebeu um pouco do vinho não diluído do odre. Havia sido um sonho maligno ou realmente vira Lancelote matar o dragão no qual jamais acreditara? Ela descansou ali por um tempo, dizendo a si mesma que havia sonhado, e então se forçou a se levantar para adicionar um pouco de erva-doce à mistura, pois o gosto forte disfarçaria o das outras ervas. E deveria ter carne forte e salgada para o jantar, para que todos tivessem sede e bebessem bastante vinho, em especial Lancelote. Pellinore era um homem religioso... O que pensaria se todo o povo do seu castelo saísse no cio? Não, ela precisava ter certeza de que apenas Lancelote beberia a mistura temperada, e talvez, por misericórdia, devesse dar um pouco para Elaine também...

Colocou o vinho preparado em um odre e o separou. Então ouviu um grito, e Elaine entrou correndo em seu cômodo.

— Ah, Morgana, venha imediatamente, precisamos de seu trabalho com ervas medicinais. Papai e Lancelote mataram o dragão, mas os dois sofreram queimaduras...

— Queimaduras? Que absurdo é esse? Acredita realmente que dragões voam e vomitam fogo?

— Não, não — disse Elaine, com impaciência —, mas a criatura cuspiu sobre eles um tipo de visgo que queima como fogo. Você precisa vir para fazer curativos...

Incrédula, Morgana olhou para o céu lá fora. O sol estava a um pouco mais de um palmo de distância do horizonte no oeste; havia ficado ali sentada a maior parte do dia. Então foi logo pedindo às criadas linho para as ataduras.

Pellinore tinha uma grande queimadura ao longo de um dos braços. Sim, realmente parecia-se muito com uma queimadura; o tecido de sua túnica fora corroído, e ele urrava em agonia enquanto ela derramava um bálsamo curativo sobre o ferimento. O flanco de Lancelote fora levemente queimado, e a substância havia corroído o couro de uma de suas botas, restando apenas uma fina substância parecida com gelatina cobrindo a perna. Ele disse:

— Preciso limpar bem minha espada. Se isso pode acabar com o couro da minha bota, imagine o que teria feito com minha perna... — E estremeceu.

— E todos pensavam que meu dragão era apenas uma fantasia — afirmou Pellinore, levantando a cabeça e bebendo o vinho que a filha lhe trouxera. — E graças a Deus tive o juízo de banhar o braço no lago, ou aquele visgo teria corroído meu braço da mesma maneira que dissolveu meu pobre cão. Viu o corpo dele, Lancelote?

— Do cão? Sim — respondeu Lancelote —, e espero jamais ver uma morte daquela de novo... Mas poderá refutar a descrença todos quando pendurar a cabeça do dragão sobre seu portão...

— Não posso — disse Pellinore, fazendo o sinal da cruz. — Não havia ossos na criatura, era toda mole como uma larva ou uma minhoca... e já se desfez em visgo. Tentei cortar a cabeça, mas o próprio ar parecia consumi-la... Não acho que era um animal de fato, mas algo vindo diretamente do inferno!

— De todo modo, está morto — afirmou Elaine —, e você fez o que o rei lhe pediu, acabar de uma vez com o dragão de meu pai.

Ela beijou o pai, fazendo um terno pedido de desculpas:

— Perdoe-me, senhor, também pensei que seu dragão fosse apenas fantasia...

— Quisera Deus que fosse — respondeu Pellinore, fazendo novamente o sinal da cruz. — Preferia ser motivo de zombaria daqui até Camelot a enfrentar uma *coisa* daquela de novo! Gostaria de pensar que não existem mais animais desses. Gawaine contou histórias sobre as criaturas que vivem nos lagos de lá... — Ele fez um sinal para que o criado trouxesse mais vinho. — Acho que será bom me embebedar esta noite, ou verei aquele animal em pesadelos pelo próximo mês!

Será que isso seria bom?, Morgana se perguntou. Não, o castelo todo estar bêbado não seria bom para seus planos. Ela disse:

— Deve ouvir o que digo, se vou cuidar de seus ferimentos, *sir* Pellinore. Não pode beber mais, e precisa deixar que Elaine o leve para cama, com tijolos quentes nos pés. Perdeu um pouco de sangue, e deve se alimentar de sopa quente e leite com especiarias, mas não beba mais vinho.

Ele resmungou, mas a ouviu, e quando Elaine o levou para o quarto, com os criados, Morgana ficou sozinha com Lancelote.

— Então — ela disse —, como vai celebrar a morte de seu primeiro dragão?

Ele levantou a taça e respondeu:

— Rezando para que seja meu último. Realmente achei que minha hora havia chegado. Prefiro enfrentar uma horda inteira de saxões apenas com um machado!

— Que a Deusa permita que não tenha mais encontros como esse — disse Morgana, e encheu a taça dele com o vinho temperado com ervas. — Fiz isso para você, é medicinal e vai aliviar seus ferimentos. Preciso ver se Elaine instalou Pellinore em segurança para a noite...

— Mas vai voltar, parente? — ele perguntou, segurando-a levemente pelo pulso. Ela então percebeu que o vinho já tinha começado a funcionar. *E, mais que o vinho,* pensou, *um encontro com a morte também deixa um homem pronto para a cópula...*

— Voltarei, prometo. Mas agora preciso ir — disse, e a amargura tomou conta dela.

Então me rebaixei tanto que eu o teria assim drogado, sem saber exatamente o que faz? Elaine o terá dessa maneira... por que isso é melhor para ela? Mas ela o quer como marido, para o bem ou para o mal. Eu não. Sou uma sacerdotisa, e sei que essa coisa que arde em mim não é da Deusa, mas sim algo profano... Sou tão fraca que aceitarei as roupas e os amantes descartados de Gwenhwyfar também? E, enquanto seu desprezo gritava não, a fraqueza em todo o seu corpo gritava sim, e ficou enojada de si mesma enquanto caminhava pelo corredor até o quarto do rei Pellinore.

— Como vai seu pai, Elaine? — perguntou Morgana, e então se perguntou por que sua voz estava tão firme.

— Aquietou-se agora, acho que vai dormir.

Morgana assentiu.

— Agora precisa ir para o local escolhido, e em algum momento nesta noite Lancelote irá encontrá-la. Não se esqueça do perfume de Gwenhwyfar...

Elaine estava muito pálida, os olhos azuis em chamas. Morgana a pegou pelo braço e estendeu a ela um odre com um pouco do vinho com ervas. E então disse, com a voz trêmula:

— Beba isso primeiro, criança.

Elaine levou o odre aos lábios e bebeu.

— É doce, com ervas... É uma poção de amor?

O sorriso de Morgana era apenas um esgar.

— Pode acreditar nisso, se quiser.

— Estranho, queimou minha boca, e agora me queima por dentro... Morgana, isso é veneno? Você não... você não me odeia porque serei a esposa de Lancelote, não é?

Morgana puxou a moça para perto, deu-lhe um abraço e um beijo. O corpo morno em seus braços de algum modo a excitou; se era ternura ou desejo, ela não sabia.

— Odiá-la? Não, não, prima, eu lhe juro, não queria *sir* Lancelote como marido nem mesmo se ele me implorasse de joelhos... Aqui, termine o vinho, querida... Perfume o corpo, aqui e aqui... Lembre-se do que ele quer de você. É você quem pode fazer com que ele se esqueça da rainha. Agora vá, criança, espere por ele... — E novamente puxou Elaine para si e a beijou. — Que a Deusa a abençoe.

Tão parecida com Gwenhwyfar. Acho que Lancelote já está um pouco apaixonado por ela, estou apenas completando a obra...

Ela respirou profundamente, tremendo, recompondo-se para voltar ao salão, onde estava Lancelote. Ele não hesitara em servir-se de mais vinho de ervas, e levantou os olhos embriagados quando ela entrou.

— Ah, Morgana... parente — Ele a puxou para o lado dele. — Beba comigo...

— Não, não agora. Ouça-me, Lancelote, trago-lhe uma mensagem...

— Uma mensagem, Morgana?

— Sim — ela respondeu. — A rainha Gwenhwyfar veio para cá visitar sua parente e está dormindo no pavilhão além do gramado. — Ela pegou o punho dele e o puxou para a porta. — E ela lhe enviou uma mensagem: não quer perturbar suas criadas, então deve ir muito silenciosamente até onde ela dorme. Fará isso?

Podia ver a névoa de bebedeira e a paixão nos olhos escuros dele.

— Não tinha visto nenhum mensageiro. Ah, Morgana, não sabia que você me queria bem...

— Não sabe quanto, primo.

Quero que se case bem e pare com esse amor sem esperanças e infeliz por uma mulher que só pode lhe trazer desonra e desespero...

— Vá — ela disse, gentilmente —, sua rainha o espera. Se duvida de mim, esse sinal foi mandado para você.

Ela estendeu-lhe um lenço; era de Elaine, mas ele não perceberia, e havia sido quase empapado com o perfume de Gwenhwyfar.

Ele o levou aos lábios.

— Gwenhwyfar — sussurrou. — Onde, Morgana, onde?

— No pavilhão. Termine o vinho...

— Beberá em minha honra?

— Mais tarde — ela disse, com um sorriso. Ele tropeçou um pouco;

apoiou-se nela, e seus braços a enlaçaram. O toque dele a excitou, mesmo sendo leve. *Desejo*, ela disse a si mesma ferozmente, *cio animal, isso não é nada abençoado pela Deusa...* Ela lutou para manter a calma. Ele estava tão drogado que não se importaria de possuí-la agora, de modo insensato, da mesma forma que faria com Gwenhwyfar, Elaine... — Vá, Lancelote, não deve deixar sua rainha esperando.

Ela o viu desaparecer nas sombras perto do pavilhão. Entraria silenciosamente. E Elaine estaria deitada lá, a luz da lanterna sobre seu cabelo dourado tão parecido com o da rainha, mas em uma penumbra tão forte que ele não poderia distinguir seus traços ou seu corpo, e a cama estaria com o cheiro do perfume de Gwenhwyfar. Ela se atormentou imaginando, enquanto se virava para caminhar pelo longo cômodo vazio, como o corpo esguio dele deslizaria para baixo das cobertas e como ele tomaria Elaine nos braços e a cobriria de beijos. *Se a tolinha tiver o bom senso de ficar de boca fechada e não disser nada até que ele acabe...*

Deusa! Afaste de mim a Visão, não me deixe ver Elaine nos braços dele... Contorcendo-se, atormentada, Morgana não sabia se era a própria imaginação ou a Visão que a torturava com a consciência do corpo nu de Lancelote e do toque das mãos dele. Como ela os sentia claramente na memória... Voltou ao salão onde os servos limpavam as mesas e disse abruptamente:

— Dê-me vinho.

Assustado, o homem lhe serviu uma taça. *Agora vão pensar que sou também uma bêbada, além de bruxa.* Não se importava. Bebeu o vinho e pediu mais. De algum jeito ele cortava a Visão, a libertava de sua consciência de Elaine, assustada e extasiada, presa sob o corpo bruto e exigente de Lancelote...

Inquieta, como um gato à espreita, ela caminhava pelo salão, com vislumbres da Visão indo e vindo. Quando julgou que era a hora, respirou fundo, reunindo forças para o que sabia que precisava fazer. O criado que dormia atravessado na porta do rei acordou assustado enquanto Morgana se curvava para despertá-lo.

— Senhora, não pode perturbar o rei a esta hora...

— É sobre a honra da filha dele.

Morgana pegou uma tocha do suporte na parede e a segurou para cima; podia sentir como parecia a ele, alta e terrível, sentindo-se fundir na forma imperativa da Deusa. Ele se afastou, aterrorizado, e ela entrou facilmente.

Pellinore estava deitado em sua cama alta, remexendo-se inquieto com a dor de sua ferida. Ele também acordou assustado, olhando para o rosto pálido de Morgana segurando a tocha no alto.

— Precisa vir rápido, meu senhor — ela disse, a voz suave e tensa com sua própria paixão controlada. — É uma traição de sua hospitalidade... Achei certo que soubesse. Elaine...

— O que tem Elaine?

— Ela não está dormindo em nossa cama — disse Morgana. — Venha rápido, meu senhor.

Havia sido prudente em não permitir que ele bebesse. Ela não teria conseguido acordá-lo se estivesse dormindo pesadamente por causa do vinho. Pellinore, perplexo, incrédulo, jogou uma roupa por cima do corpo, gritando pelas criadas de sua filha. Morgana teve a impressão de que a seguiam escadas abaixo e para fora, como se fossem o corpo do dragão se contorcendo. Formavam uma procissão, com ela e Pellinore como a cabeça da serpente. E, então, ela afastou a cortina de seda do pavilhão, segurando a tocha no alto e observando com um triunfo cruel enquanto o rosto ultrajado do rei se iluminava. Elaine estava deitada com os braços em torno do pescoço de Lancelote, sorrindo, feliz. Lancelote, despertando sob a luz da tocha, olhou em torno chocado, tomando consciência do que se passava, o rosto aflito com a traição. Mas não disse uma palavra.

Pellinore gritou:

— Agora terá de reparar a situação, seu infeliz depravado, que seduziu minha filha...

Lancelote enterrou o rosto nas mãos. Disse através delas, com a voz estrangulada:

— Vou... reparar a situação... meu senhor Pellinore.

Então levantou o rosto e mirou diretamente os olhos de Morgana. Ela sustentou o olhar, sem titubear, mas foi como se uma espada atravessasse seu corpo. Antes disso, ao menos ele a amava como parente.

Bem, era melhor que ele a odiasse, pois tentaria odiá-lo também. Mas diante do rosto de Elaine, envergonhado, e ainda assim sorrindo, sentiu vontade de gritar e implorar que eles a perdoassem.

Morgana fala...

Lancelote se casou com Elaine no Dia da Transfiguração. Lembro-me pouco da cerimônia, a não ser do rosto da noiva, feliz e sorridente. Até o dia em que Pellinore terminara os arranjos do casamento, a jovem já sabia que levava o filho de Lancelote na barriga, e, embora ele parecesse infeliz, magro e pálido de desespero, era terno com Elaine e sentia orgulho do ventre que crescia. Lembro-me também de Gwenhwyfar, o rosto marcado por um longo choro, e o olhar de ódio inextinguível que me lançou.

— Jura que isso não é coisa sua, Morgana?

Olhei-a diretamente nos olhos.

— Ressente-se de que sua parente tenha um marido para si, assim como tem o seu?

Ela não pôde me enfrentar com aquilo. E mais uma vez disse a mim mesma, ferozmente: se ela e Lancelote tivessem sido honestos com Artur, se tivessem fugido juntos da corte para viver em outro reino, então o rei poderia ter tomado outra esposa e ter um herdeiro, e eu não teria me intrometido nessa história.

Mas, a partir daquele dia, Gwenhwyfar me odiou; e aquilo foi o que mais lamentei, pois, de um modo estranho, eu a amava. Gwenhwyfar nunca pareceu odiar sua parente; enviou a Elaine um rico presente e uma taça de prata quando o filho dela nasceu, e quando Elaine batizou o menino com o nome de Galahad, como o pai dele, ela nomeou a si mesma madrinha e disse que ele seria o herdeiro do reino se ela não conseguisse dar um filho a Artur. Em algum momento naquele ano ela de fato anunciou que estava grávida, mas, de novo, aquilo deu em nada, e acho que era apenas seu desejo de ter uma criança, uma fantasia.

O casamento de Elaine não era pior do que a maioria. Naquele ano, Artur teve de enfrentar uma guerra na costa norte, e Lancelote ficou pouco tempo em casa. Como muitos maridos, passava seu tempo na guerra, voltando para casa duas ou três vezes ao ano para cuidar de suas terras – Pellinore os havia presenteado com um castelo –, para receber os novos mantos e as camisas que Elaine tecia e bordava para ele – após se casar, Lancelote sempre se vestia tão bem quanto o próprio rei – e para beijar o filho, e depois as filhas, e dormir com a mulher uma vez, talvez duas, antes de partir novamente.

Elaine sempre parecia feliz. Não sei se era verdadeiramente feliz, sendo uma daquelas mulheres que encontra a maior alegria na casa e nos filhos, ou se queria mais que isso. Entretanto, cumpriu bravamente o trato que fizera.

Quanto a mim, vivi na corte por dois anos ou mais. E então, no Pentecostes do segundo ano, quando Elaine estava grávida de sua segunda criança, Gwenhwyfar teve sua vingança.

7

Como em todos os anos, o dia de Pentecostes marcava o grande festejo de Artur. Gwenhwyfar estava acordada desde os primeiros raios de sol. Naquele dia, todos os Companheiros que lutaram ao lado de Artur estariam na corte, e nesse ano Lancelote também estaria ali...

No ano anterior, ele não viera. Enviou um aviso de que estava na Bretanha Menor, atendendo a um pedido do pai, o rei Ban, que buscava acabar com problemas em seu reino; mas Gwenhwyfar sabia em seu coração o motivo de Lancelote não ter aparecido, pois ele havia escolhido ficar longe dela e de seu rei.

Não se tratava de não conseguir perdoar o casamento dele com Elaine. Morgana e seu despeito é que haviam causado aquilo. Morgana, que não podia ter Lancelote para si mesma e não deixaria que nada a impedisse de separá-lo de quem ele realmente amava. Em vez de vê-lo em seus braços, supunha, Morgana preferiria vê-lo no inferno ou no túmulo.

Gwenhwyfar havia percebido que Artur também sentia muito a falta de Lancelote. Embora ele se sentasse no trono em Camelot e distribuísse justiça para todos os tipos de homem, era amado. Bem mais amado que qualquer rei antes dele sobre quem Gwenhwyfar tivesse ouvido falar. Ela percebia que ele sempre se lembrava dos dias de batalha e conquista; imaginava que todos os homens fossem daquele jeito. Artur levaria para o túmulo as cicatrizes que recebera em suas grandes batalhas. Quando lutavam ano após ano para trazer paz à terra, ele falava como se desejasse apenas tempo para sentar-se em Camelot e desfrutar de seu castelo. Agora, nunca ficava tão feliz quanto nas ocasiões em que podia reunir alguns de seus velhos Companheiros em torno dele e falar sobre aqueles dias malignos nos quais havia saxões, jutos e nortistas selvagens por todos os lugares.

Ela olhou para Artur dormindo. Sim, e ele ainda era o mais belo e o melhor de todos os seus velhos Companheiros. Às vezes pensava que ele tinha o rosto mais belo mesmo que o de Lancelote, embora fosse injusto compará-los; um tão moreno e o outro tão louro. E afinal de contas eram primos, tinham o mesmo sangue... Como, ela se perguntava, Morgana fazia parte daquele parentesco? Talvez ela de fato fosse uma criança trocada pelas fadas; não uma humana, mas uma mulher deixada pelo maligno povo das fadas para fazer maldades entre os humanos... Uma sacerdotisa educada em modos não cristãos. Artur também fora manchado por aquela origem, embora Gwenhwyfar tivesse conseguido que ele fosse com frequência à missa e se considerasse cristão. Morgana tampouco gostava daquilo.

Bem, lutaria até o fim para salvar a alma de Artur! Ela o amava muito, era o melhor marido que uma mulher poderia ter tido, mesmo se não fosse um Grande Rei, mas apenas um simples cavaleiro. Com certeza a loucura que a atingira acabara havia muito tempo. Era certo e apropriado que pensasse com bondade no primo de seu marido. Ora, fora pela própria vontade de Artur que acabara nos braços de Lancelote pela primeira vez. E agora tudo tinha acabado e era passado, e havia se confessado e fora absolvida. O padre lhe dissera que era como se o pecado jamais tivesse existido, e agora precisava se esforçar para esquecer.

Ainda assim, não conseguia evitar se lembrar um pouco daquilo, naquela manhã em que Lancelote viria para a corte com a mulher e o filho... Ele era um homem casado, e com a prima dela. Agora não era apenas parente de seu marido, mas seu também. Poderia cumprimentá-lo com um beijo, e isso não seria pecado.

Artur se virou, como se os pensamentos dela pudessem perturbá-lo, e sorriu para Gwenhwyfar.

— É dia de Pentecostes, querida — ele disse —, e todos os nossos parentes e amigos estarão aqui. Quero vê-la sorrir.

Ela sorriu para ele, que a puxou para perto, beijando-a e circulando seus seios com os dedos.

— Tem certeza de que o que faremos hoje não vai ofendê-la? Não quero que ninguém pense que tenha menos importância para mim — ele afirmou, ansiosamente. — Você não é velha, Deus ainda pode nos abençoar com filhos se for a vontade dele. Mas os reis vassalos exigiram isso de mim... A vida nunca é certa, então preciso nomear um herdeiro. Quando nosso primeiro filho nascer, meu amor, então será como se este dia jamais tivesse existido, e tenho certeza de que o jovem Galahad não sentirá rancor por passar o trono para o primo, mas o servirá da mesma maneira que Gawaine fez comigo...

Isso talvez seja verdade, pensou Gwenhwyfar, rendendo-se aos carinhos gentis do marido. Havia coisas assim na Bíblia: como o caso da mãe de João Batista, que era prima da Virgem. Deus abrira o útero dela muito depois que tinha passado da idade de ter filhos, e ela, Gwenhwyfar, ainda não tinha sequer trinta anos... Ora, Lancelote uma vez dissera que sua mãe era mais velha que isso quando ele nasceu. Talvez dessa vez, após todos esses anos, saísse da cama do marido levando de novo a semente do filho dele no corpo. E agora que aprendera não apenas a submeter-se a ele como uma boa esposa, mas a sentir prazer com o toque dele, com a virilidade dentro dela, com certeza estava mais receptiva e pronta para conceber e dar à luz.

Sem dúvida fora tudo para o bem quando, três anos antes, pensara estar grávida de Lancelote, mas algo havia dado errado... Ficou por três meses sem as regras, e disse a uma ou duas de suas damas que estava grávida; e então, depois de mais de três meses, quando já deveria sentir os primeiros movimentos, mais uma vez tudo dera em nada... Mas agora, com esse novo afeto que sentia desde que despertara, *dessa* vez tudo sairia como desejava. E Elaine não se vangloriaria e triunfaria sobre ela novamente... Agora ela poderia fazer isso, sendo a mãe do herdeiro do rei, mas seria apenas por pouco tempo, porque Gwenhwyfar seria a mãe do filho do rei...

Ela disse algo parecido mais tarde, quando se vestiam, e Artur a olhou, perturbado:

— A mulher de Lancelote é cruel ou desdenhosa com você, Gwen? Pensei que você e sua prima fossem boas amigas...

— Ah, somos — disse Gwenhwyfar, piscando para conter as lágrimas —, mas é sempre assim com as mulheres... As que têm filhos pensam que são melhores que as estéreis. A mulher do guardador de porcos, no leito do parto, sem dúvida pensa com desdém e pena na rainha que não pode dar ao seu senhor nem mesmo um simples filho.

Artur se aproximou e beijou a parte de trás do pescoço dela.

— Não, querida, não chore. Prefiro você a qualquer mulher que já pudesse me ter dado uma dúzia de filhos.

— Fala a verdade? — perguntou Gwenhwyfar, com um tom de desdém na voz. — Mas eu era só algo que meu pai lhe deu junto com cem cavaleiros, só parte de uma barganha... E você me aceitou obedientemente para ficar com os cavalos... Mas, no fim das contas, fui um mau negócio.

Ele levantou os olhos azuis e a encarou, incrédulo.

— Veio acreditando nisso e guardando rancor de mim por todos esses anos, minha Gwen? Mas decerto sabe que, desde o primeiro momento em que vi seu rosto, tornou-se a pessoa que mais amo! — respondeu, passando o braço em torno da mulher. Ela estava rígida, lutando contra as lágrimas, e ele a beijou no canto do olho. — Gwenhwyfar, Gwenhwyfar, Gwenhwyfar, como pode pensar... Você é minha mulher, minha amada, minha esposa querida, e nada neste mundo poderia nos separar. Se quisesse apenas uma égua reprodutora para me dar filhos, Deus sabe que poderia ter tido muitos!

— Mas não tem — ela retrucou, ainda dura e fria nos braços dele. — Por minha própria vontade, criaria seu filho como seu herdeiro. Mas achou que não era digna de gerar *seu* filho. E foi você quem me empurrou para os braços de Lancelote...

— Ah, minha Gwen — disse Artur, com o rosto pesaroso de uma criança castigada. — Ainda guarda ressentimento de mim por isso, por aquela velha loucura? Eu estava bêbado, e me pareceu que gostava de Lancelote... Pensei em lhe dar prazer, e, se realmente não tivesse filhos por minha culpa, então poderia ter um de alguém tão próximo de mim que chamaria, em sã consciência, de minha herdeira a criança que resultasse daquela noite. Mas, principalmente, fiz aquilo porque estava bêbado...

— Algumas vezes — ela afirmou, com o rosto duro como pedra —, tive a impressão de que você amava mais Lancelote que a mim. Pode dizer sinceramente que foi para me dar prazer, ou foi para o prazer dele, a quem amava mais que todos?

Ele deixou cair o braço do pescoço dela como se tivesse sido picado.

— É pecado, então, amar meu parente e pensar no prazer dele também? É verdade, amo vocês dois...

— Nas Escrituras Sagradas falam daquela cidade que foi destruída por pecados como esse — respondeu Gwenhwyfar.

Artur ficou branco como a camisa.

— Amo meu parente Lancelote com toda a honra, Gwen. O próprio rei Davi escreveu sobre seu primo Jônatas: "A tua amizade me era mais cara do que o amor das mulheres", e Deus não o castigou. É assim com camaradas de batalha. Ousa dizer que um amor assim é pecado, Gwenhwyfar? Eu o confesso diante do trono de Deus — ele parou, sem conseguir forçar mais palavras pela garganta seca.

Gwenhwyfar ouviu a própria voz falhar com histeria.

— Pode jurar que quando o trouxe para nossa cama... Naquela noite eu vi, você o tocou com mais amor do que o que jamais dera à mulher que meu pai lhe impôs... Quando me levou a esse pecado, pode jurar que não era seu próprio pecado, e toda a sua conversa não era mais que um disfarce para esse mesmo pecado que trouxe o fogo do céu sobre a cidade de Sodoma?

Ele a encarou, ainda mortalmente pálido.

— Decerto está louca, minha senhora. Naquela noite da qual fala, eu estava bêbado, não sei o que pode ter achado que viu. Era Beltane, e a força da Deusa estava em todos nós. Acho que todas as suas preces e pensamentos sobre o pecado viraram sua mente, minha Gwen.

— Nenhum cristão diria isso!

— E essa é uma das razões pelas quais não gosto de me dizer cristão! — ele gritou de volta para ela, perdendo, por fim, a paciência. — Estou cansado de toda essa conversa de pecado! Se eu tivesse me afastado de você... e sim, eu fui aconselhado a fazer isso, mas não quis porque a amava... e tivesse tomado outra mulher...

— E então você preferiu me compartilhar com Lancelote, e tê-lo também...

— Diga isso de novo — ele afirmou em voz bem baixa — e, minha mulher ou não, vou matá-la, minha Gwenhwyfar!

Mas agora ela soluçava histericamente e não conseguia se conter.

— Você diz que desejava um filho, e assim me levou a cometer um pecado que Deus não perdoaria... Cometi um pecado, e Deus me castigou com a esterilidade, não foi você quem me levou a cometer esse pecado? E, mesmo agora, é o filho de Lancelote que é seu herdeiro. E ainda ousa dizer que não é Lancelote a quem mais ama, quando faz do filho dele seu herdeiro, e não nosso próprio? Quando não me dá seu filho para criar...

— Deixe-me chamar suas damas, Gwenhwyfar — disse Artur, respirando profundamente. — Você está fora de si. Eu lhe juro, não tenho filhos, ou, se tenho, é alguma criança concebida sem intenção nos meus dias de batalha, e a mulher não me conhecia, nem sabia quem eu era. Nenhuma mulher em lugar algum perto de minha posição jamais veio até mim dizer que teve um filho meu. Sendo pecado ou não, não acredito que nenhuma mulher teria vergonha de admitir que teve um filho com um Grande Rei sem herdeiros. E não tomei nenhuma mulher contra a vontade, nem cometi adultério com a esposa de qualquer homem. O que é essa conversa louca sobre um filho meu que gostaria de criar como herdeiro? Eu lhe digo, não tenho nenhum. Muitas vezes me perguntei se alguma doença na infância, ou aquele ferimento que sofri, poderia ter me emasculado, pois jamais tive um filho.

— Mas isso é uma mentira! — retrucou Gwenhwyfar, com raiva. — Morgana me pediu para não falar sobre isso, mas há muito tempo implorei a ela um encantamento para ajudar com a minha esterilidade. Estava desesperada, e disse que me deitaria com outro homem, já que era provável que você não fosse ter um filho. E naquela época Morgana me jurou que você *podia* ter filhos, que vira um filho seu sendo criado na corte de Lot de Lothian, mas me fez prometer que não falaria sobre isso...

— Criado na corte de Lothian... — disse Artur, e então apertou o peito, como se sentisse uma dor horrível ali. — Oh, Deus misericordioso... — ele sussurrou. — E eu nunca soube...

Gwenhwyfar foi atingida por um súbito terror.

— Não, não, Artur, Morgana mente! Sem dúvida era apenas malícia dela, foi ela quem tramou o casamento de Lancelote com Elaine, porque tinha inveja... Não, sem dúvida ela mentiu para me atormentar...

Artur disse em uma voz distante:

— Morgana é uma sacerdotisa de Avalon. Ela não mente. Acho, Gwenhwyfar, que precisamos perguntar sobre isso. Mande chamar Morgana...

— Não, não — implorou Gwenhwyfar. — Sinto muito por ter falado... Eu estava fora de mim e delirando, como você disse... Ah, meu querido senhor e marido, meu rei e meu senhor, arrependo-me de cada palavra que disse! Eu imploro, me perdoe, eu imploro.

Ele passou os braços em torno dela.

— Há motivos para que me perdoe também, minha querida senhora. Agora percebo que lhe fiz um grande mal. Mas, quando você planta vento, deve colher a tempestade, não importa o que ela possa destruir... — Ele a beijou gentilmente na testa. — Mande chamar Morgana.

— Ah, meu senhor, ah, Artur, eu imploro... Prometi a ela que jamais lhe falaria sobre isso...

— Bem, agora já quebrou sua promessa — retrucou Artur. — Eu lhe pedi para não falar, mas você não me ouviu, e agora o que foi dito não pode ser retirado. — Ele foi para a porta dos aposentos e disse ao camareiro: — Procure a senhora Morgana e peça que ela venha até nós, o mais rápido possível.

Quando o homem havia saído, Artur chamou a criada de Gwenhwyfar, e a rainha ficou dura como uma pedra enquanto a mulher a vestia com suas roupas de festa e trançava seu cabelo. Bebeu água quente e vinho, mas sua garganta estava fechada. Havia dito algo imperdoável.

Mas se é verdade que de manhã ele me impregnou com um filho... E uma dor estranha percorreu seu corpo por dentro, até o útero. *Poderia algo vingar e crescer em tamanha amargura?*

Depois de um tempo, Morgana entrou nos aposentos, em um vestido vermelho-escuro, com o cabelo trançado com fitas de seda vermelha. Vestira-se bem para os festejos e parecia viva e resplandecente.

E eu, apenas uma árvore estéril, pensou Gwenhwyfar. *Elaine tem o filho de Lancelote; Morgana, que não tem marido e não deseja um, bancou a prostituta e teve um filho de alguém, e Artur teve um filho com alguma mulher desconhecida, mas eu... Eu não tenho nenhum.*

Morgana aproximou-se e a beijou. E Gwenhwyfar ficou rígida entre os braços dela. Então, Morgana virou-se para Artur e disse:

— Pediu que viesse ver vocês, meu irmão?

Artur respondeu:

— Sinto muito por perturbá-la tão cedo, irmã. Mas, Gwenhwyfar — ele disse —, agora deve repetir na minha presença e na de Morgana o que disse. Não admito que espalhem difamações secretas em minha corte.

Morgana olhou para Gwenhwyfar e viu as marcas de lágrimas em torno de seus olhos avermelhados.

— Caro irmão — ela disse —, sua rainha não está bem. Está grávida de novo? E, seja o que for que ela tenha lhe dito, bem, há um ditado muito verdadeiro: palavras duras não quebram ossos.

Artur olhou friamente para Gwenhwyfar, e Morgana recuou. Aquele não era o irmão que conhecia bem. Aquele era o rosto severo do Grande Rei quando se sentava em seu salão para fazer justiça.

— Gwenhwyfar — ele afirmou —, não só como seu marido, mas como seu rei, ordeno: repita diante de Morgana o que disse pelas costas dela, e o que ela lhe disse: que eu tinha um filho sendo criado na corte de Lothian...

É verdade, pensou Gwenhwyfar naquele segundo. *Nunca antes, a não ser quando Viviane foi assassinada diante de seus olhos, vi o rosto de Morgana sem demonstrar calma e serenidade, o rosto de uma sacerdotisa... É verdade, e de algum modo isso a afeta profundamente... Mas por quê?*

— Morgana — disse Artur. — Diga-me: é verdade? Eu tenho um filho?

O que isso tem a ver com Morgana? Por que ela desejaria que isso fosse escondido até mesmo de Artur? Ela poderia desejar que suas próprias depravações fossem escondidas, mas por que esconderia de Artur que ele tem um filho? E então um vislumbre da verdade a atingiu, e ela perdeu o fôlego.

Morgana pensou: *Uma sacerdotisa de Avalon não mente. Mas fui expulsa de Avalon, e, por essa razão, a não ser que tudo isso seja por nada, devo mentir, e mentir bem e rapidamente...*

— Quem foi? — exigiu Gwenhwyfar, com raiva. — Uma das sacerdotisas prostitutas de Avalon que se deita com homens em pecado e luxúria em seus festejos demoníacos?

— Você não sabe nada de Avalon — disse Morgana, lutando para manter a voz firme. — Suas palavras são como o vento, sem significado.

Artur a pegou pelo braço e disse:

— Morgana, minha irmã... — E ela pensou, por um momento, que choraria. Assim como havia chorado nos braços dele, naquela manhã, quando descobriu como Viviane havia enganado os dois...

Sua boca estava seca e seus olhos ardiam. Ela afirmou:

— Falei sobre seu filho apenas para consolar Gwenhwyfar, Artur. Ela temia que você não pudesse engravidá-la...

— Gostaria que tivesse falado para *me* consolar — disse Artur, o sorriso dele era apenas um esgar em sua boca. — Por todos esses anos acreditei que não podia gerar um filho, nem para salvar meu reino... Morgana, agora precisa me dizer a verdade.

Morgana respirou fundo. No silêncio total dentro do quarto, podia ouvir um cão latindo além das janelas, e algum pequeno inseto fazendo barulho em algum lugar. Por fim, disse:

— Em nome da Deusa, Artur, uma vez que você quer que isso seja dito, afinal... Tive um filho do Gamo-Rei dez luas depois de sua coroação na Ilha Dragão. Morgause o está criando, e ela me jurou que jamais lhe contaria. Agora você ouviu de mim. Que isso acabe aqui.

Artur estava pálido como a morte. Ele a apertou nos braços, e ela podia sentir como ele estremecia. Lágrimas corriam de seu rosto, e ele não fez nenhum esforço para impedi-las ou enxugá-las.

— Ah, Morgana, Morgana, minha pobre irmã... Sabia que havia lhe causado um grande mal, mas jamais sonhei que fosse tanto...

— Quer dizer que isso é verdade? — gritou Gwenhwyfar. — Que essa meretriz devassa é tão indigna que praticou suas artes de prostituição com o próprio irmão?

Artur se virou para ela, o braço ainda em torno de Morgana. Disse em uma voz que ela jamais havia ouvido antes:

— Cale-se! Não diga uma palavra contra minha irmã. Isso não foi causado por ela, e nem é dela a culpa!

Ele respirou profundamente, tremendo, e Gwenhwyfar teve tempo para ouvir suas próprias palavras horríveis.

— Minha pobre irmã — disse Artur novamente. — E carregou esse fardo sozinha, sem nem colocar a culpa em mim, isso não era certo... Não, Gwenhwyfar — ele afirmou, seriamente, voltando-se para ela novamente —, não é o que pensa. Foi em minha coroação, e nenhum de nós reconheceu o outro... Estava escuro, e não nos víamos desde que eu era pequeno o suficiente para ser carregado no colo por Morgana. Ela não era para mim mais do que uma sacerdotisa da Mãe, e eu, para ela, apenas o Cornífero, e quando percebemos quem éramos era tarde demais, o mal havia se consumado — ele continuou, e era como se ele forçasse a voz além das lágrimas. Ele abraçou Morgana, gritando: — Morgana, Morgana, você deveria ter me contado!

— E novamente você só pensa nela — gritou Gwenhwyfar. — Não em seu próprio pecado, maior de todos... Ela é sua irmã, filha do útero de sua própria mãe, e por algo assim Deus vai castigá-lo...

— Ele realmente me castigou — disse Artur, abraçando Morgana. — Mas o pecado foi inconsciente, sem desejo de fazer mal.

— Talvez seja por isso — vacilou Gwenhwyfar — que ele o castigou com a esterilidade, e agora, se você se arrepender e cumprir penitência...

Morgana se desvencilhou gentilmente de Artur. Gwenhwyfar observou, com tanta raiva que já não conseguia mais falar, enquanto ela enxugava as lágrimas do irmão com seu lenço, um gesto quase inconsciente, o gesto de uma mãe ou irmã mais velha, com nenhum indício da devassidão que a cunhada gostaria de ver. Ela, então, disse:

— Gwenhwyfar, você pensa muito em pecado. Não pecamos, eu e Artur. Pecado é o desejo de fazer o mal. Nós nos unimos pela vontade da Deusa, pelas forças da vida, e, se uma criança nasceu disso, então foi feita por amor, não importa o que nos uniu. Artur não pode reconhecer um filho gerado com sua irmã, é verdade. Mas não é o primeiro rei a ter um bastardo cuja existência não pode admitir. O menino é saudável e está bem, e seguro em Avalon. A Deusa, ou, a esse respeito, seu Deus, não é um demônio vingativo, buscando castigar alguém por algum pecado imaginário. O que aconteceu entre mim e Artur não deveria ter acontecido, tampouco eu ou ele teríamos buscado isso, mas o que está feito está feito... A Deusa não a castigaria com a esterilidade por causa dos pecados de outra pessoa. Pode culpar Artur por sua falta de filhos, Gwen?

— Eu o culpo! — gritou Gwenhwyfar. — Ele pecou e Deus o puniu, por incesto, por ter tido um filho com a própria irmã, e por servir à Deusa, aquele demônio de abominações imundas e devassidão... Artur — ela gritou —, diga-me que vai cumprir penitência, que vai, neste dia santo, dizer ao bispo o seu pecado, e aceitará a penitência que ele lhe determinar. Só assim Deus poderá perdoá-lo e talvez pare de nos castigar!

Artur, perturbado, moveu os olhos da irmã para Gwenhwyfar. E Morgana disse:

— Penitência? Pecado? Realmente acredita que seu Deus é um velho maldoso que espreita por aí para ver quem se deita com a mulher de outro homem?

— Eu confessei os *meus* pecados — gritou Gwenhwyfar —, cumpri minha penitência e fui absolvida, não é pelos *meus* pecados que Deus nos castiga! Diga que o fará, Artur! Quando Deus lhe deu a vitória em monte Badon, jurou que colocaria o velho estandarte do dragão de lado e governaria como um rei cristão, mas deixou esse pecado inconfesso. Agora faça penitência por ele também, e deixe que Deus lhe dê a vitória deste dia como fez em monte Badon... Fique livre de todos os seus pecados e me dê um filho que possa reinar em Camelot depois de você!

Artur se virou e se apoiou na parede, cobrindo o rosto com as mãos. Morgana teria ido até ele, mas Gwenhwyfar gritou:

— Fique longe dele, você! Vai tentá-lo a cometer mais pecados? Não fez o suficiente, você e esse demônio imundo que chama de sua Deusa; você e aquela bruxa velha maligna que Balin matou com razão por suas feitiçarias pagãs?

Morgana fechou os olhos, e o aspecto de seu rosto dava a impressão de que estava prestes a chorar. Então suspirou e disse:

— Não posso ouvi-la amaldiçoar minha religião, Gwenhwyfar. Jamais amaldiçoei a sua, lembre-se disso. Deus é Deus, não importa como seja chamado, e é sempre bom. Acho que é pecado acreditar que Deus possa ser cruel ou vingativo, e você o torna mais malvado que o pior de seus padres. Peço que considere bem o que faz antes de colocar Artur na mão de um padre dessa maneira.

Virou-se, com os drapeados vermelhos se movendo silenciosamente em torno dela, e deixou os aposentos.

Artur se voltou para Gwenhwyfar ao ouvir Morgana partindo. Por fim disse, com mais gentileza do que jamais havia falado com ela, mesmo quando estavam nos braços um do outro:

— Meu caro amor...

— Pode me chamar assim? — ela disse amargamente, e se virou. Ele a seguiu, pousando uma mão em seu ombro e virando-a de frente para ele.

— Minha cara senhora e rainha, causei-lhe tamanho mal?

— Até mesmo agora — ela respondeu, tremendo —, mesmo agora, tudo em que consegue pensar é no mal que causou a Morgana...

— Deveria estar feliz com o que causei à minha própria irmã? Juro, não a reconheci até que tudo tivesse acabado, e então, quando o fiz, foi ela quem me reconfortou, como se eu fosse o menininho que costumava se aconchegar em seu colo... Acho que se ela tivesse se voltado contra mim e me acusado, como tinha todo o direito de fazer, eu teria partido e me afogado no lago. Mas jamais pensei no que poderia ter acontecido com ela... Eu era tão jovem, e havia todos aqueles saxões, e todas as batalhas... — Ele estendeu as mãos, de modo impotente. — Tentei fazer como ela me pediu... Tentei deixar isso para trás, lembrar que o que fizemos aconteceu na ignorância. Ah, imagino que tenha sido um pecado, mas não escolhi pecar...

Ele parecia tão infeliz que, por um momento, Gwenhwyfar se sentiu tentada a dizer o que ele queria ouvir, que realmente não tinha feito nada de errado; tomá-lo em seus braços e consolá-lo. Mas não se moveu. Nunca, nunca Artur havia buscado consolo nela, nem havia reconhecido que lhe fizera algum mal. Até mesmo agora, tudo o que ele podia fazer era insistir em que o pecado que os deixara sem filhos não era pecado. A preocupação dele era apenas com o mal que havia feito àquela maldita feiticeira da sua irmã! Ela disse, chorando novamente e furiosa, pois sabia que ele pensaria que ela chorava de tristeza, e não de raiva:

— Acha que fez mal apenas para Morgana?

— Não posso ver como tenha prejudicado qualquer outra pessoa — ele respondeu teimosamente. — Gwenhwyfar, isso aconteceu antes que eu a visse pela primeira vez!

— Mas casou-se comigo com esse grande pecado inconfesso, e até agora se apega a ele, quando o que deveria fazer era se confessar e cumprir sua penitência, para finalmente se libertar de seu castigo...

Ele, então, disse, exausto:

— Minha Gwenhwyfar, se seu Deus puniria um homem por um pecado que não sabia que estava cometendo, ele então reduziria o castigo porque eu o conto a um padre, e rezo as preces que ele me dá, e não sei mais o quê... Devo passar um tempo apenas a pão e água e o que mais?

— Se você se arrepender de verdade...

— Oh, Deus, acha que não me arrependi? — Artur explodiu. — Eu me arrependi a cada vez que olhei para Morgana nos últimos doze anos! Mas acha que meu arrependimento se tornaria maior se me confessasse diante de um desses padres que não quer nada de mim além de ter poder sobre um rei?

— Pensa só em seu orgulho — respondeu Gwenhwyfar raivosamente —, e orgulho também é pecado. Se apenas se humilhasse, Deus o perdoaria!

— Se o seu Deus é assim, não quero o perdão dele! — Os punhos de Artur estavam fechados. — Preciso governar este reino, minha Gwen, e não posso fazer isso se me ajoelhar diante de algum padre e aceitar o que ele escolher como minha penitência! E preciso pensar em Morgana, já a chamam de feiticeira, prostituta e bruxa! Não tenho o direito de confessar um pecado que traria desprezo e vergonha pública à minha irmã!

— Morgana também tem uma alma a ser salva — disse Gwenhwyfar —, e se as pessoas deste reino perceberem que seu rei pode colocar seu orgulho de lado e se preocupar com sua alma, arrepender-se humildemente de seus pecados, isso as ajudaria a salvar a alma delas também e daria méritos a você até mesmo no céu.

Ele disse, suspirando:

— Ora, você argumenta tão bem quanto qualquer conselheiro, Gwenhwyfar. Não sou padre, e não me preocupo com a alma do meu povo...

— Como ousa dizer isso? — ela gritou. — Um rei está acima de todos os seus súditos, a vida deles está em suas mãos, então também está a alma deles! Deveria ser o primeiro em piedade, como é em bravura no campo de batalha! O que você pensaria de um rei que envia seus soldados para a batalha e se senta em segurança, fora de vista, observando-os de longe?

— Não pensaria boa coisa — disse Artur, e Gwenhwyfar, sabendo que agora o tinha, afirmou:

— Então, o que pensaria de um rei que vê seu povo buscar piedade e virtude, mas ao mesmo tempo diz que não precisa se preocupar com seus próprios pecados?

Artur suspirou.

— Por que se importa tanto com isso, Gwenhwyfar?

— Porque não consigo suportar o pensamento de que sofrerá no fogo do inferno... E porque, se você se libertar de seu pecado, Deus pode parar de nos castigar com a falta de filhos.

Ela engasgou, por fim, e começou a chorar novamente. Artur passou os braços em torno dela e ficou de pé, com a cabeça da rainha pousada em seu ombro. Ele disse gentilmente:

— Realmente acredita nisso, minha rainha?

Ela se lembrou: uma vez, quando ele havia se recusado a levar o estandarte da Virgem para a batalha, falara com ela dessa maneira. E então ela havia triunfado e o trouxera para Cristo, e Deus lhe dera a vitória. Mas na época não sabia que ele tinha esse pecado inconfesso na alma. Ela assentiu com a cabeça contra ele e o ouviu suspirar.

— Então realmente lhe causei mal, também, e devo reparar isso de algum modo. Mas não vejo como seja certo que Morgana seja humilhada por isso.

— Sempre Morgana — disse Gwenhwyfar, em um ataque de raiva. — Não permitirá que ela sofra, aos seus olhos ela é perfeita... Diga-me, então, é certo que eu sofra pelo pecado que ela e você cometeram? Você a ama tão mais que a mim que vai me deixar seguir sem filhos até o fim dos meus dias, para que aquele pecado fique em segredo?

— Mesmo se fiz mal, minha Gwen, Morgana não tem culpa...

— Ela tem culpa, sim — inflamou-se Gwenhwyfar —, pois segue aquela antiga Deusa, e os padres dizem que ela é a mesma velha serpente do diabo que nosso Senhor expulsou do Jardim do Éden! Até mesmo agora Morgana se apega àqueles rituais imundos e pagãos dela... Deus nos diz, sim, que os pagãos que não ouviram a palavra de Deus podem ser salvos, mas e quanto a Morgana, que foi criada em uma casa cristã e depois se voltou para os costumes imundos da feitiçaria de Avalon? E, durante todos esses anos nesta corte, ela ouviu a palavra de Cristo, e não dizem que aquele que ouve a palavra de Cristo e não se arrepende nem crê nele certamente será condenado? E as mulheres, especialmente, precisam se arrepender, já que foi através de uma mulher que o pecado chegou pela primeira vez ao mundo. — Gwenhwyfar soluçava tão forte que mal podia falar.

Artur, enfim, disse:

— O que quer que eu faça, Gwenhwyfar?

— Neste dia santo de Pentecostes — ela respondeu, enxugando os olhos e tentando controlar seus soluços —, quando o espírito de Deus desce sobre o homem, irá à missa e tomará o sacramento com esse grande pecado em sua alma?

— Creio... creio que não posso — disse Artur, com a voz falhando. — Se realmente acredita nisso, Gwenhwyfar, não vou negá-lo a você. Vou me arrepender o tanto que puder de algo que não consigo achar que é pecado e cumprirei a penitência que o bispo me der. — O sorriso dele era apenas um esgar atormentado. — Espero, pelo seu bem, meu amor, que esteja certa sobre a vontade de Deus.

E Gwenhwyfar, até enquanto o abraçava, chorando de gratidão, teve um momento terrível de medo e dúvida. Lembrava-se de quando estivera na casa de Meleagrant, certa de que todas as suas preces não poderiam salvá-la. Deus não recompensara sua virtude, e, quando Lancelote a encontrou, havia jurado a si mesma que jamais se esconderia nem se arrependeria, porque um Deus que não recompensava sua virtude certamente não a castigaria por seu pecado. De qualquer maneira, Deus não se importava...

Mas Deus realmente a castigara. Tirara Lancelote dela e o dera para Elaine. Então, apesar de todo o perigo em que pusera sua alma, ela não tinha nada... Havia se confessado e feito penitência, mas ainda assim Deus a castigara. E agora sabia que poderia não ser totalmente culpa sua, que sofria também pessoas consequências do pecado de Artur, o pecado que ele cometera com a irmã. Mas, se fossem ambos libertados do pecado, se ele fizesse penitência por aquele grande pecado inconfesso e se humilhasse, sem dúvida Deus o perdoaria também...

Artur beijou o topo de sua cabeça e acariciou seu cabelo. Então se afastou, e Gwenhwyfar sentiu-se fria e perdida quando ele tirou os braços dela, como se não estivesse ali em segurança entre paredes, mas lá fora, sob o imenso céu aberto, atordoante, repleto de terror. Ela se moveu na direção do rei novamente, para se refugiar em seus braços, mas ele havia se sentado em uma cadeira, exausto, derrotado, a mil léguas de distância.

Por fim, ele levantou a cabeça e disse, com um suspiro que parecia ter sido arrancado das profundezas de seu ser:

— Mande chamar o padre Patrício.

8

Quando Morgana deixou Artur e Gwenhwyfar em seus aposentos, pegou um manto e saiu ao ar livre, sem se preocupar com a chuva. Foi para as ameias e andou por ali, sozinha; as tendas dos seguidores e Companheiros de Artur, dos reis vassalos e convidados, apinhavam-se no espaço no cume do monte que era Camelot, e mesmo sob a chuva os estandartes e as bandeiras esvoaçavam brilhantes. Mas o céu estava escuro, e nuvens baixas e grossas quase tocavam o topo da colina; andando, inquieta, Morgana pensou que o Espírito Santo poderia ter escolhido um dia mais bonito para descer sobre seu povo — e especialmente sobre Artur.

Ah, sim. Gwenhwyfar não daria descanso a Artur até que ele se colocasse nas mãos dos padres. E o que seria dos votos que fizera a Avalon?

E, mesmo assim, se fosse o destino de Gwydion que um dia ele ocupasse o trono do pai, se *aquilo* era o que o Merlim havia planejado... Nenhum homem escapa de seu destino. Morgana pensou com tristeza: *Nenhuma mulher, tampouco*. Taliesin, que conhecia todos os tipos de música e velhas lendas, um dia lhe contara uma história sobre um antigo povo que vivia ao sul da Terra Santa ou em algum lugar perto dali, sobre um homem que nascera sob a maldição de que mataria o pai e se casaria com a mãe. Os pais ouviram a maldição e o abandonaram para que morresse, mas ele foi criado por estranhos, e um dia, encontrando o pai, sem saber quem era, desentendeu-se com ele, o matou e se casou com a viúva do homem; então, a maneira que encontraram para evitar a maldição fez com que ela se concretizasse — se ele tivesse sido criado na casa de seu pai, não teria feito o que fez na ignorância dos fatos...

Ela e Artur fizeram o que fizeram na ignorância também; ainda assim, a mulher das fadas amaldiçoara seu filho: "Livre-se do bebê, ou o mate assim que sair do útero; o que será do Gamo-Rei quando o jovem gamo crescer?". E teve a impressão de que tudo à sua volta se tornava cinza e estranho, como se tivesse entrado nas brumas de Avalon, e havia um zumbido esquisito em seu cérebro.

Parecia haver um terrível som de metal e batidas no ar em torno dela que a ensurdecia. Não, eram os sinos da igreja, soando para a missa. Ouvira que o povo das fadas não suportava o som dos sinos das igrejas, e que por esse motivo foram para as colinas distantes e lugares ocos. Tinha a impressão de que *não* poderia ir à missa e sentar-se em silêncio, como normalmente fazia, ouvindo com atenção educada porque as damas da rainha precisavam dar o exemplo para todos os outros. Pensou que as paredes a sufocariam, e o resmungar dos padres e a fumaça do incenso a deixariam louca; melhor ficar ali na chuva limpa. Agora pensou em colocar o capuz do manto de lã sobre a cabeça; as fitas em seu cabelo estavam molhadas, provavelmente estragadas. Mexeu nelas, e a tinta vermelha saiu em seus dedos; eram mal tingidas, apesar de caras.

Mas a chuva estava amainando um pouco, e as pessoas começavam a se mover nos espaços entre as tendas.

— Não haverá jogos de batalha hoje — disse uma voz atrás dela —, ou pediria uma dessas fitas que está jogando fora para levar como uma bandeira de honra, senhora Morgana.

Morgana piscou, tentando se recompor. Era um jovem esguio e moreno, com olhos escuros; havia algo de familiar nele, mas não conseguia se lembrar.

— Não se lembra de mim, senhora? — disse ele, censurando-a. — E me disseram que apostou uma fita em minha vitória em uma batalha simulada dessas há um ano ou dois... Ou seriam três?

Agora se lembrava dele; era o filho do rei Uriens de Gales do Norte. Accolon, era esse seu nome; e apostara com uma das damas da rainha que dizia que nenhum homem poderia enfrentar Lancelote... Jamais soube do resultado da aposta; foi naquele Pentecostes em que Viviane fora assassinada.

— Realmente me lembro de você, *sir* Accolon, mas aquele festejo de Pentecostes, deve se recordar, terminou em um assassinato brutal, o da minha mãe de criação...

Ele se arrependeu imediatamente.

— Então devo pedir seu perdão por tê-la feito se lembrar de uma ocasião tão triste. Imagino que teremos muitas batalhas e combates simulados antes de irmos novamente embora, agora que não há batalhas no país... meu senhor Artur deseja saber que suas legiões ainda têm capacidade de nos defender.

— Não parece provável que seja necessário — ela respondeu. — Até os selvagens do norte se voltam para outros lugares atualmente. Sente falta dos dias de batalha e glória?

Ele tinha, pensou ela, um belo sorriso.

— Lutei em monte Badon — ele disse. — Foi minha primeira batalha, e quase a última. Acho que prefiro as batalhas simuladas e os torneios. Lutarei se for necessário, mas é melhor lutar de brincadeira contra amigos que não têm desejo de matar, com belas senhoras nos admirando. Na batalha de verdade, senhora, não há ninguém para admirar a galhardia, e, de fato, pouca galhardia, apesar de toda a conversa sobre coragem...

Enquanto conversavam, tinham se aproximado da igreja; e agora, os sons dos sinos quase sufocavam a voz dele. *Uma voz agradável, musical*, ela pensou. Morgana se perguntou se ele tocava harpa. Ela se afastou abruptamente do som dos sinos.

— Não vai à missa do dia santo, senhora Morgana?

Ela sorriu e olhou para os punhos dele, onde serpentes se enrolavam. Passou levemente o dedo sobre elas.

— Você vai?

— Não sei. Pensei que deveria ir ver os amigos... Não, acho que não — ele respondeu sorrindo para ela —, já que agora há uma dama com quem conversar.

— Não teme por sua alma? — ela disse, colocando ironia na voz.

— Ah, meu pai é religioso o bastante para nós dois. Não tem uma esposa agora, e sem dúvida deseja analisar o terreno para sua nova conquista. Ele escutou bem o Apóstolo e sabe que é melhor casar do que arder, e arde com mais frequência do que seria digno para um homem da idade dele...

— Perdeu sua mãe, *sir* Accolon?

— Sim, antes de ser desmamado; e minhas madrastas também, uma, duas, três — disse Accolon. — Meu pai tem três filhos vivos e certamente não precisa de mais herdeiros, mas é religioso demais para levar uma mulher solteira para a cama, então precisa se casar novamente. E até meu irmão mais velho é casado e tem um filho.

— Você nasceu quando seu pai já estava na velhice?

— Na meia-idade. Não sou tão jovem. Se não tivesse ocorrido uma guerra na minha juventude, eu poderia ter sido destinado a Avalon e ao conhecimento dos sacerdotes. Mas meu pai se tornou cristão na velhice.

— Mas você leva as serpentes.

Ele assentiu.

— E conheço alguma coisa da sabedoria deles, embora não o suficiente para me contentar. Nesses dias não há muito para um filho mais novo fazer. Meu pai me falou que também buscaria uma mulher para mim nesse encontro — ele disse, com um sorriso. — Gostaria que fosse filha de um homem menos importante, senhora.

Morgana sentiu-se corar como uma menina.

— Ah, sou velha demais para você — respondeu —, e sou apenas a meia-irmã do rei pelo primeiro casamento da mãe dele. Meu pai foi o duque Gorlois, o primeiro homem que Uther Pendragon matou como traidor...

Houve um breve silêncio antes que Accolon dissesse:

— Nestes dias é perigoso, talvez, carregar as serpentes... Ou será, quando os padres ficarem mais poderosos. Quando Artur subiu ao trono, ouvi que tinha o apoio de Avalon, que o Merlim deu a ele a espada das Insígnias Sagradas. Mas agora ele tornou esta corte cristã. Meu pai me disse que temia que Artur fosse levar esta terra de volta ao domínio druida, mas parece que não o fez...

— É verdade — ela disse, e por um momento a raiva a sufocou. — Ainda assim, ele carrega a espada druida...

Ele a olhou mais de perto.

— E a senhora usa o crescente de Avalon.

Morgana corou. Todas as pessoas haviam entrado na igreja, e as portas estavam fechadas.

— Começou a chover mais forte. Senhora Morgana, ficará encharcada, vai se resfriar. Deve entrar. Mas virá sentar-se ao meu lado no banquete hoje?

Ela hesitou, sorrindo. Certamente Artur e Gwenhwyfar não buscariam sua companhia na mesa elevada, especialmente naquele dia.

Ela, que deve se lembrar de como foi ser vítima da luxúria de Meleagrant... deveria me culpar, ela que buscou conforto nos braços do amigo mais querido de seu marido? Ah, não, não foi estupro, nada parecido, mas ainda assim fui dada ao Cornífero sem ninguém perguntar se era o que eu desejava... não foi desejo que me levou à cama de meu irmão, mas obediência à vontade da Deusa...

Accolon ainda esperava por sua resposta, o rosto voltado para ela, ansioso. *Se eu desejasse, ele me beijaria, me imploraria pelo favor de uma simples carícia.* Sabia disso, e o pensamento reconfortava seu orgulho. Sorriu para ele, um sorriso que o deslumbrou.

— Certamente irei, se pudermos nos sentar longe de seu pai...

E então lhe ocorreu: *Artur havia olhado para ela daquela maneira. É o que Gwenhwyfar teme. Ela sabe o que eu não sabia, que, se estendesse minha mão para Artur, poderia fazê-lo ignorar qualquer coisa que ela dissesse; Artur gosta mais de mim. Não sinto desejo por Artur, quero-o apenas como um irmão querido, mas ela não sabe disso. Teme que eu faça um gesto e, com as artes secretas de Avalon, o seduza novamente.*

— Peço que entre e troque seu... seu vestido — disse Accolon, com seriedade, e Morgana sorriu para o rapaz e apertou-lhe a mão.

— Nós nos veremos no banquete.

Durante todo o serviço do dia santo, Gwenhwyfar sentara-se sozinha, lutando para se controlar. O arcebispo havia dito o sermão costumeiro de Pentecostes, falando da descida do Espírito Santo, e ela pensou: *Se Artur ao menos se arrependesse de todos os seus pecados e se tornasse cristão, então agradeceria ao Espírito Santo por descer sobre nós dois hoje.* Deixou os dedos passarem secretamente sobre a barriga; naquele dia se deitaram juntos — era possível que, na época da Candelária, tivesse nos braços o herdeiro do reino... Olhou através da igreja para onde Lancelote se ajoelhava ao lado de Elaine. Podia ver, com inveja, que a cintura da moça já estava aumentando novamente. Outro filho, ou filha. *E agora Elaine se exibe, ao lado do homem que amei tanto por tanto tempo, com o filho que eu deveria ter tido... Bem, devo baixar a cabeça e ser humilde, não vai doer se fingir que acredito que o filho dela sucederá Artur no trono... Ah, sou uma pecadora, eu disse a Artur que deveria se humilhar, e sou cheia de orgulho.*

A igreja estava lotada, como sempre na missa desse dia santo. Artur parecia pálido e derrotado; falara com o bispo, mas não houve tempo para uma conversa mais longa antes da missa. Ela se ajoelhou ao lado dele e sentiu que era um estranho, mais do que quando havia se deitado pela primeira vez na cama dele, aterrorizada pelo que estava por vir.

Deveria ter mantido a paz com Morgana...

Por que me sinto culpada? Foi Morgana quem pecou. Eu me arrependi de meus pecados, os confessei e fui absolvida...

Morgana não estava na igreja, sem dúvida não teve a ousadia de ir sem se confessar à missa, onde seria exposta pelo que era — incestuosa, pagã, bruxa, feiticeira.

O serviço parecia durar para sempre, mas por fim a bênção foi dada, e as pessoas começaram a sair da igreja. Por um momento, viu-se ao lado de Elaine e Lancelote; ele colocara o braço de modo protetor em torno da esposa, para que ela não fosse empurrada. Gwenhwyfar levantou os olhos para eles, para que não precisasse olhar para a barriga inchada de Elaine.

— Faz tempo desde que os vi pela última vez na corte — disse.

— Ah, há muito que fazer no norte — respondeu Lancelote.

— Espero que não haja mais dragões — disse Artur.

— Graças a Deus, não há — afirmou Lancelote, sorrindo. — Espero que meu primeiro encontro com um dragão tenha sido o último... Deus me perdoe por ter zombado de Pellinore quando ele falava do animal! E, agora que não há saxões para matar, imagino que nossos Companheiros devam ir atrás de dragões, bandidos e saqueadores, e todos os males que atormentam o povo.

Elaine sorriu timidamente para Gwenhwyfar.

— Meu marido é como todos os homens... todos prefeririam ir para a batalha, mesmo contra dragões, a ficar em casa e desfrutar da paz que lutaram tanto para conseguir! Artur é assim?

— Creio que ele já tem batalhas suficientes aqui na corte, aonde todos os homens vêm atrás dele buscando justiça — disse Gwenhwyfar, sem fazer caso daquilo. — Quando esse chegará? — perguntou, olhando para o corpo inchado de Elaine. — Acha que será outro filho ou uma filha?

— Espero que seja outro filho, não quero filhas — respondeu Elaine —, mas será como Deus quiser. Onde está Morgana? Não veio à igreja? Está doente?

Gwenhwyfar sorriu com desdém.

— Acho que sabe como Morgana é boa cristã.

— Mas ela é minha amiga — respondeu Elaine —, e não importa que seja má cristã, eu a amo e rezarei por ela.

Pois deveria, pensou Gwenhwyfar, amargamente. *Ela fez seu casamento para me magoar.* Teve a impressão de que os olhos azuis de Elaine pareciam sentimentais demais, a voz dela, falsa. Pensou que se ficasse ali por mais um segundo ouvindo a moça, a estrangularia. Pediu licença, e depois de um momento Artur a seguiu. Ele disse:

— Esperava que Lancelote ficasse conosco por algumas semanas, porém ele partirá para o norte de novo. Mas ele disse que Elaine poderia ficar, se você desejar. Ela está perto de seu confinamento para dar à luz, e ele não gostaria que voltasse sozinha. Talvez Morgana sinta falta de sua amiga, também. Bem, vocês mulheres devem decidir isso entre si — ele se virou, e seu rosto era sombrio quando a olhou. — Preciso encontrar o arcebispo. Ele disse que falaria comigo logo depois da missa.

Ela teve vontade de se agarrar nele, impedi-lo, segurá-lo com as duas mãos, mas tudo fora longe demais para isso.

— Morgana não estava na igreja — ele afirmou. — Diga-me, Gwenhwyfar, disse algo para ela?

— Não falei uma palavra com ela, nem boa, nem má — disse Gwenhwyfar, de modo estridente. — Sobre onde ela está, não me importo. Gostaria que estivesse no inferno!

Artur abriu a boca, e por um momento ela pensou que fosse repreendê-la, e de um modo perverso, ansiava por sua raiva. Mas ele apenas suspirou e baixou a cabeça. Não suportava vê-lo tão derrotado, como um cachorro que havia apanhado.

— Gwen, eu lhe peço, não brigue mais com Morgana. Ela já foi machucada demais. — E então, como se estivesse envergonhado do pedido, ele se virou abruptamente e se afastou dela, indo para onde estava o arcebispo cumprimentando seu rebanho. Quando Artur se aproximou, ele se curvou, pediu licença aos outros, e os dois andaram juntos através da multidão.

Dentro do castelo havia muito a fazer: receber convidados no salão, falar com os homens que eram Companheiros de Artur havia muitos anos, explicando que o rei tinha negócios a tratar com um de seus conselheiros — isso não era mentira, pois Patrício era realmente um dos conselheiros de Artur — e chegaria mais tarde. Por um tempo, todos ficaram ocupados cumprimentando velhos amigos, contando histórias sobre o que havia acontecido em suas casas e vilas, falando sobre casamentos celebrados, filhas comprometidas e filhos que se tornaram adultos, quais bebês haviam nascido, quais ladrões foram mortos e quais estradas foram construídas, de modo que o tempo passou, e a ausência de Artur mal foi notada. Mas por fim as recordações amainaram e as pessoas no salão começaram a murmurar. A comida esfriaria, Gwenhwyfar sabia, mas não era possível começar o banquete do rei sem que ele estivesse presente. Ordenou que vinho e sidra fossem servidos, sabendo que na hora em que a comida chegasse muitos hóspedes estariam bêbados demais para se importar. Viu Morgana na ponta da mesa, rindo e conversando com um homem que Gwenhwyfar não reconheceu, mas que tinha as serpentes de Avalon em torno dos punhos; ela praticaria suas libertinagens de sacerdotisa para seduzi-lo também, como fizera com Lancelote antes dele e com o Merlim? A devassidão de Morgana era tamanha que não podia deixar nenhum homem escapar de suas garras.

Quando Artur finalmente chegou, andando lenta e pesadamente, Gwenhwyfar estava sufocada de angústia; jamais o vira daquela maneira, exceto quando esteve ferido e perto da morte. Ela subitamente sentiu que ele tinha sido atingido de maneira mais profunda do que poderia imaginar, em sua alma, e por um momento se perguntou se Morgana estivera certa em poupá-lo daquele conhecimento. Não. Como sua esposa devotada, o que fizera era para assegurar ao marido a sanidade de sua alma e sua salvação final; o que era uma pequena humilhação perto daquilo?

Ele havia tirado suas roupas de festa e vestia uma túnica simples, sem adornos; tampouco havia colocado o diadema que usava nessas ocasiões. Seu cabelo dourado parecia sem brilho e grisalho. Quando o viram entrar, todos os seus Companheiros começaram a aplaudi-lo e aclamá-lo com entusiasmo; ele ficou de pé solenemente, sorrindo, e por fim levantou a mão.

— Sinto por tê-los deixado esperando — disse. — Peço que me perdoem e comecem a comer.

Sentou-se em seu lugar, suspirando. Os criados começaram a passar com tigelas fumegantes e pratos, e os trinchadores, a usarem suas facas. Gwenhwyfar deixou que um deles colocasse algumas fatias de pato assado em seu prato, mas apenas brincou com a comida. Depois de um tempo, ousou levantar os olhos para Artur. Em meio à abundância de carnes da festa, ele tinha no prato apenas um pouco de pão, sem manteiga, e em sua taça havia apenas água.

Ela protestou:

— Mas não está comendo nada...

O sorriso dele era irônico.

— Não é nada contra a comida. Tenho certeza de que está boa como sempre, meu amor.

— Não é certo jejuar em um dia de festa...

Ele fez uma careta.

— Bem, se quer saber — disse, impacientemente —, o bispo considera meu pecado tão grave que não pode absolvê-lo com uma penitência comum, e já que era o que você queria de mim, bem... — Ele estendeu as mãos de modo exausto. — E assim venho ao feriado de Pentecostes de camisa, sem minhas roupas finas, e tenho muitos jejuns e rezas pela frente até ter finalmente cumprido a penitência. Mas seu desejo foi respeitado, Gwenhwyfar.

Ele pegou a taça e bebeu água, determinadamente, e ela soube que ele não queria que dissesse mais nada.

Mas ela não havia desejado *isso*... Gwenhwyfar retesou o corpo inteiro, para não chorar novamente; todos os olhos estavam sobre eles, e decerto era escandaloso o suficiente o fato de o rei jejuar em seu próprio grande festejo. Lá fora, a chuva castigava o telhado. Havia um estranho silêncio no salão. Por fim, Artur levantou a mão e pediu música.

— Que Morgana cante para nós... ela é melhor que qualquer menestrel!

Morgana! Morgana! Sempre Morgana! Mas o que Gwenhwyfar podia fazer? A cunhada, notou, havia tirado o vestido brilhante que usara pela manhã e vestia roupas escuras e sóbrias como as de uma freira. Não parecia uma prostituta agora, sem as fitas brilhantes; veio, pegou a harpa e sentou-se perto da mesa do rei para cantar.

Como parecia ser o que Artur desejava, houve um pouco de riso e alegria, e, quando Morgana terminou, outra pessoa pegou a harpa, e depois outra. Havia muito movimento de uma mesa para outra, gente conversando, cantando e bebendo.

Lancelote veio na direção deles, e Artur fez um gesto para que ele se sentasse ao seu lado, como nos velhos dias, no banco. Os servos traziam grandes pratos de doces e frutas, maçãs assadas no creme e vinho, todo tipo de iguaria fina e delicada. Sentaram-se falando sobre nada específico; e Gwenhwyfar sentiu-se feliz por um momento: era como nos velhos tempos, quando eram todos amigos, e havia amor entre todos... Por que não podia ter permanecido sempre daquela maneira?

Depois de um tempo, Artur se levantou e disse:

— Acho que vou falar com alguns dos Companheiros mais velhos. Minhas pernas são jovens, e alguns deles estão ficando tão velhos e grisalhos. Pellinore... ele não parece que poderia enfrentar um dragão. Acho que até uma boa luta com o cãozinho de estimação de Elaine seria difícil para ele agora.

— Desde que Elaine se casou, é como se ele não tivesse mais nada a fazer na vida — disse Lancelote. — Homens assim frequentemente morrem logo depois que chegam a essa conclusão. Espero que não seja o caso dele. Gosto de Pellinore e espero que fique conosco por muito tempo. — Ele sorriu timidamente. — Nunca senti que tinha um pai, embora Ban tenha sido bom comigo, a seu modo. E agora, pela primeira vez, tenho um parente que me trata como um filho. Também não tive irmãos, até que fiquei adulto e os filhos de Ban, Lionel e Bors, vieram para a corte. Cheguei à idade adulta quase sem falar a língua deles. E Balan tinha outras preocupações.

Artur mal havia sorrido desde que viera dos aposentos do bispo, mas estava sorrindo agora.

— Um primo não conta tanto quanto um irmão, então, Galahad?

Lancelote se esticou e pegou o punho dele.

— Deus me castigue se eu me esquecer disso, Gwydion.

Ele levantou os olhos para Artur, e por um momento Gwenhwyfar pensou que o rei fosse abraçá-lo; no entanto ele se afastou e baixou a mão. Lancelote o olhou, perplexo, mas Artur rapidamente se levantou.

— Ali estão Uriens e Marco da Cornualha. Eles também estão ficando velhos... Vão ver que seu rei não é orgulhoso demais para falar com eles neste dia. Sente-se aqui com Gwenhwyfar, Lance, que hoje seja como nos velhos tempos.

Lancelote fez o que ele pediu, sentando-se no banco ao lado de Gwenhwyfar. Por fim, perguntou:

— Artur está doente?

Gwenhwyfar balançou a cabeça.

— Acho que tem uma penitência a cumprir e está ruminando sobre isso.

— Bem, certamente Artur não pode ter um grande pecado na alma — disse Lancelote —, ele é um dos homens mais corretos que conheço. Eu me orgulho de que ainda seja meu amigo... Não mereço, eu sei, Gwen.

Olhou para ela com tanta tristeza que Gwenhwyfar quase chorou. Por que ela não poderia ter amado os dois sem pecado? Por que Deus ordenara que uma mulher só tenha um marido? Estava ficando tão má quanto Morgana se podia pensar em algo assim!

Ela tocou a mão dele e perguntou:

— Está feliz com Elaine, Lancelote?

— Feliz? Que homem vivente está feliz? Apenas faço o melhor que posso.

Ela olhou para as mãos dele. Por um momento, esqueceu-se de que aquele homem fora seu amante e lembrou-se apenas de que havia sido seu amigo.

— Desejo que seja feliz. Realmente desejo.

Por um momento, a mão dele se fechou sobre a dela.

— Eu sei, minha querida. Não queria ter vindo hoje. Eu a amo e amo Artur, mas já se foi o tempo em que me contentava em ser o capitão da cavalaria dele e... — Sua voz vacilou, então completou: — E campeão da rainha.

Ela disse subitamente, olhando para cima, a mão sobre a dele:

— Às vezes, tem a impressão de que não somos mais jovens, Lancelote?

Ele assentiu e suspirou.

— Sim. Tenho.

Morgana havia tomado a harpa novamente e cantava. Lancelote disse:

— A voz dela é bela como sempre. Eu me lembro de minha mãe cantando. Não cantava tão bem quanto Morgana, mas tinha a mesma voz suave, baixa...

— Morgana está mais jovem que nunca — disse Gwenhwyfar, com inveja.

— É assim com aqueles que têm o sangue antigo, parecem sempre jovens, até o dia que subitamente ficam velhos — afirmou Lancelote; então, curvando-se para dar um suave beijo no rosto dela, disse abruptamente: — Nunca pense que é menos bela que Morgana, minha Gwen. É só uma beleza diferente.

— Por que diz isso?

— Amor, não suportaria se estivesse infeliz...

— Não acho que sei o que significa isto... ser feliz — disse ela.

Por que Morgana está tão inalterada? O que destruiu minha vida, e a de Artur, não pesa sobre ela, está ali rindo e cantando, e o cavaleiro com serpentes nos pulsos ficou encantado por ela.

Logo depois, Lancelote disse que deveria voltar para Elaine e deixou Gwenhwyfar. Quando Artur voltou, havia Companheiros e velhos seguidores vindo até ele para concessões, para entregar-lhe presentes e recordar seus serviços. Depois de um tempo, Uriens de Gales do Norte se aproximou, corpulento e grisalho, mas ainda com todos os dentes; ele liderava seus homens em batalha quando era necessário. O homem disse:

— Vim lhe pedir um favor, Artur. Quero me casar novamente, e gostaria de me aliar à sua casa. Ouvi que Lot de Lothian está morto, e peço a permissão para me casar com a viúva dele, Morgause.

Artur precisou sufocar o riso.

— Ah, em relação a isso, meu amigo, deve pedir a permissão de *sir* Gawaine. Lothian é dele agora, e sem dúvida ele ficaria feliz em casar a mãe, mas com certeza a senhora tem idade suficiente para seguir suas próprias ideias. Não posso mandar que ela se case... seria como mandar minha própria mãe se casar!

Gwenhwyfar teve uma súbita inspiração. Seria a solução perfeita – o próprio Artur disse que, se o segredo deles se espalhasse pela corte, Morgana poderia ser desprezada ou desonrada. Ela tocou a manga de Artur e disse em voz baixa:

— Artur, Uriens é um aliado valioso. Disse-me que as minas de ferro e chumbo de Gales são tão preciosas para nós como eram para os romanos... e você tem uma parente cujo casamento depende da sua decisão.

Ele a olhou, assustado, e disse:

— Uriens é tão velho!

— Morgana é mais velha que você — ela retrucou —, e, uma vez que ele tem tantos filhos crescidos e netos, não se importará muito se ela não lhe der filhos.

— Isso é verdade — respondeu Artur, franzindo o cenho —, e me parece uma boa união.

Ele levantou a cabeça para Uriens e disse:

— Não posso ordenar que a senhora Morgause se case de novo, mas minha irmã, a duquesa da Cornualha, não é casada.

Uriens se curvou.

— Não pretendia lhe pedir tanto, meu rei, mas se sua irmã desejar ser rainha em minhas terras...

— Não obrigarei nenhuma mulher a se casar contra a própria vontade — disse Artur —, mas perguntarei a ela. — Ele fez um gesto para um de seus pajens. — Peça à senhora Morgana para vir falar comigo depois de terminar de cantar.

Os olhos de Uriens pousaram sobre Morgana, o vestido preto dando palidez à sua pele.

— Ela é muito bonita, sua irmã. Qualquer homem ficaria contente em ter uma mulher assim.

Enquanto Uriens ia para seu lugar, Artur disse, atenciosamente, observando Morgana se aproximar:

— Ela está solteira há muito tempo. Deve querer ter seu próprio lar, onde será a senhora, em vez de sempre servir outra mulher. E é muito culta para muitos jovens. Uriens ficará feliz porque é graciosa e cuidará bem da casa dele. Mas gostaria que ele não fosse tão velho...

— Acho que ela ficará mais feliz com um homem mais velho — respondeu Gwenhwyfar. — Não é uma jovenzinha fútil.

Morgana se aproximou e se curvou diante deles. Em público, sempre estava sorridente e impassível, e Gwenhwyfar, ao menos uma vez, estava grata por isso.

— Irmã — disse Artur —, recebi uma proposta de casamento para você. E, depois desta manhã — ele baixou a voz —, acho que seria bom se não morasse na corte por um tempo.

— Realmente ficaria feliz em ir embora daqui, irmão.

— Ora, então — respondeu Artur — o que acha de viver em Gales do Norte? Ouvi dizer que é um lugar desolado, mas não mais que Tintagel, certamente...

Para a surpresa de Gwenhwyfar, Morgana corou como uma menina de quinze anos.

— Não fingirei que estou surpresa, irmão.

Artur riu.

— Ora, ele não me disse que havia falado com você, aquele dissimulado.

Morgana corou e brincou com a ponta da trança. *Ela não aparenta nem um pouco a idade que tem*, pensou Gwenhwyfar.

— Pode dizer a ele que ficaria feliz em morar em Gales do Norte.

Artur disse gentilmente:

— A diferença de idade não a incomoda?

O rosto dela estava rosado.

— Se não incomoda a ele, a mim também não.

— Então, que assim seja — disse Artur, e fez um gesto para Uriens, que veio, sorrindo. — Minha irmã me disse que gostaria de ser rainha de Gales do Norte, meu amigo. Não vejo razão para não celebrarmos logo o casamento, talvez no domingo.

Ele levantou a taça e pediu às pessoas reunidas:

— Façam um brinde a um casamento, meus amigos, entre a senhora Morgana da Cornualha, minha querida irmã, e meu bom amigo, o rei Uriens de Gales do Norte.

Pela primeira vez o dia se parecia com uma festa de Pentecostes, quando soaram aplausos, clamores e gritos de congratulações. Morgana estava imóvel como pedra.

Mas ela concordou com isso, disse que ele havia lhe falado... Gwenhwyfar pensou, e então se lembrou do rapaz que estava flertando com Morgana. Era o filho de Uriens... Accolon, era esse o nome. Mas com certeza ela não esperava que ele pedisse sua mão; Morgana era mais velha que ele! *Deveria ter sido Accolon. Será que ela fará uma cena?*, perguntou-se Gwenhwyfar.

E então, com outra onda de ódio: *Agora Morgana vai saber o que é ser dada em casamento a um homem que não ama!*

— Então também será uma rainha, irmã — disse ela, pegando a mão de Morgana. — Serei sua dama de honra.

Mas, apesar de todas as palavras doces, Morgana a olhou diretamente nos olhos, e Gwenhwyfar soube que não a enganara.

Que assim seja. Ao menos ficaremos livres uma da outra. E não haverá mais fingimento de amizade entre nós.

Morgana fala...

Para um casamento destinado a terminar como o meu terminou, começou bem o suficiente, imagino. Gwenhwyfar me deu um belo casamento, considerando como me odiava; tive seis damas de honra, e quatro delas eram rainhas. Artur me deu joias finas e valiosas – nunca liguei muito para joias, não me acostumei a usá-las em Avalon, embora tivesse umas poucas peças que haviam sido de Igraine. Agora ele me deu várias outras pedras de nossa mãe, e outras que foram pilhadas dos saxões. Eu teria protestado, mas

Gwenhwyfar me lembrou de que Uriens esperaria ver sua mulher vestida ricamente, conforme uma rainha, então encolhi os ombros e permiti que ela me cobrisse com as joias, como se fosse uma boneca. Eu me lembrava de ter visto Igraine usando uma das peças, um colar de âmbar, quando era bem pequena, mas nunca mais depois; uma vez havia visto a caixa de joias da mãe, quando era bem jovem, e ela disse que as recebera como presente de Gorlois e que um dia seriam minhas, mas, antes que eu tivesse idade suficiente para usá-las, era uma sacerdotisa em Avalon e não precisava de joias. Agora eram minhas, como tantas outras coisas que eu dissera que jamais usaria.

A única coisa que pedi – para atrasarem o casamento até que pudesse avisar Morgause, minha única parente viva – não me foi concedida. Talvez achassem que eu fosse recuperar o juízo e protestar dizendo que quando concordei em me casar e viver em Gales do Norte tinha Accolon em mente, e não o velho rei. Tenho certeza de que Gwenhwyfar, ao menos, sabia. Imaginei o que Accolon pensaria de mim; eu praticamente me comprometera com ele, e, antes que anoitecesse, fora publicamente prometida ao pai dele! Não tive a oportunidade de perguntar.

Mas, afinal de contas, imagino que Accolon quisesse uma noiva de quinze anos, não de trinta e quatro. Uma mulher que havia passado dos trinta – assim dizia a maioria das mulheres – deveria se contentar com um homem que fora casado várias vezes e a desejava por suas ligações familiares, ou por sua beleza e suas posses, ou talvez como mãe para seus filhos. Bem, minhas ligações familiares não podiam ser melhores. Quanto ao resto – eu tinha joias o bastante, mas mal podia me imaginar como mãe de Accolon ou quaisquer outros filhos que o velho pudesse ter. Avó das crianças dos filhos dele, talvez. Lembrei-me com um sobressalto de que a mãe de Viviane fora avó mais jovem do que eu era agora; tivera Viviane aos treze anos, e a filha de Viviane nascera antes que ela fizesse catorze.

Falei a sós com Uriens apenas uma vez durante os três dias que se passaram entre o Pentecostes e o nosso casamento. Talvez esperasse que ele, um rei cristão, me recusasse ao saber; ou talvez mesmo agora quisesse uma mulher jovem que pudesse lhe dar filhos. Tampouco quis que ele me tomasse sob falsos pretextos e me acusasse depois, e sabia a grande importância que esses cristãos davam a uma esposa intocada; imagino que isso tenha vindo dos romanos, com seu grande orgulho da família e culto à virgindade.

— Já passei há muito dos trinta anos, Uriens, e não sou donzela — disse. Não conhecia nenhuma maneira educada ou graciosa de dizer tais coisas.

Ele se aproximou e tocou o pequeno crescente azul na minha testa. Agora estava desbotada; eu a podia ver no espelho que fora um dos presentes de Gwenhwyfar. A de Viviane havia desbotado, também, quando fui para Avalon, mas ela costumava pintá-la com tinta azul.

— A senhora era princesa de Avalon, uma das donzelas da Senhora do Lago, e foi como donzela até o Deus, não foi assim?

Assenti. Uriens disse:

— Algumas pessoas do meu povo ainda praticam isso, e não faço grandes esforços para acabar com esse costume. Os camponeses acham que está muito bem que os reis e as pessoas importantes, que podem pagar padres e gente assim para rezar e evitar que terminem no inferno, sigam os caminhos de Cristo, mas seria difícil para eles se os Antigos, que vêm sendo adorados em nossas colinas desde tempos imemoriais, não recebessem o que lhes é devido. Accolon pensa a mesma coisa, mas agora tanto poder está indo para as mãos dos padres que é preciso evitar ofendê-los também. Quanto a mim, não me importo se Deus está sentado em um trono no céu, ou qual Deus é adorado pelo meu povo, desde que meu reino esteja em paz. Um dia usei a galhada. E juro que jamais a censurarei, senhora Morgana.

Ah, Mãe Deusa, eu pensei, isso é grotesco, é loucura, está zombando de mim... eu poderia ter feito um casamento feliz com Accolon, afinal de contas. Mas ele era jovem e desejaria uma esposa jovem... Eu disse a Uriens:

— Há mais uma coisa que deve saber. Tive um filho do Cornífero.

— Disse que não a censurarei por nada no passado, senhora Morgana...

— Não entende. Fiquei tão doente quando a criança nasceu que certamente jamais terei outra.

Um rei, pensei, um rei vai desejar uma noiva fértil, ainda mais que seu filho mais jovem...

Ele acariciou minha mão. Creio que, na verdade, tentava me consolar.

— Tenho filhos suficientes — disse. — Não preciso de outros. Filhos são uma coisa boa, mas tive meu quinhão deles, e mais.

Pensei: ele é tolo, ele é velho... mas é bondoso. Se ele professasse uma loucura de desejo por mim, teria ficado enojada, mas posso viver com bondade.

— Sofre por seu filho, senhora Morgana? Se desejar, posso mandar buscá-lo e criá-lo em minha corte, e juro a você que nem ele nem a senhora ouviriam uma palavra de censura, e ele seria educado de maneira decente, como convém ao filho da duquesa da Cornualha e rainha de Gales do Norte.

A bondade fez com que lágrimas brotassem em meus olhos.

— O senhor é muito bom — eu disse —, mas ele está bem onde está, em Avalon.

— Bem, se mudar de ideia, me avise — ele respondeu. — Ficaria feliz com outro menino na casa, e ele teria a idade certa, creio, para brincar com meu filho mais novo, Uwaine.

— Pensei que Accolon fosse seu filho mais novo, senhor.

— Não, não, Uwaine tem apenas nove anos. A mãe dele morreu quando ele nasceu... não acreditaria que um velho como eu pudesse ter um filho de apenas nove anos, acreditaria?

Ora, sim, acreditaria, pensei, com um sorriso irônico, os homens têm tanto orgulho de sua capacidade de fazer filhos, como se fosse preciso uma grande habilidade. Como se qualquer gato não pudesse fazer o mesmo! A mulher ao menos precisava carregar uma criança em seu corpo durante a maior parte do ano e sofrer para dá-la à luz, e assim tem alguma razão para se orgulhar, enquanto homens fazem sua tarefa sem pensar ou sem nenhum trabalho!

Mas eu disse, tentando fazer uma brincadeira:

— Quando eu era jovem, senhor, havia um ditado em minha região: um marido de quarenta pode não ser pai, mas um de sessenta com certeza será.

Fora algo deliberado. Se ele ficasse tenso e ofendido com a vulgaridade daquilo, saberia como deveria tratá-lo no futuro, e tomaria cuidado para sempre falar com ele de maneira modesta e quieta. Em vez disso, ele riu com gosto e disse:

— Acho que poderemos nos dar muito bem, minha querida. Já enjoei de estar casado com moças jovens que não sabem rir. Espero que fique contente em se casar com um velho como eu. Meus filhos riem de mim porque me casei de novo depois que Uwaine havia nascido, mas, para ser sincero, senhora Morgana, um homem se acostuma a ser casado, e não gosto de viver só. E quando minha última esposa morreu com a febre de verão... Bem, é verdade que gostaria de um parentesco por casamento com seu irmão, mas também me sinto solitário. E entendo que a senhora, que não se casou por muitos anos além da idade esperada, pode não achar tão ruim ter uma casa e um marido, mesmo se ele não for jovem e belo. Não sei se foi consultada a respeito desse casamento, mas espero que não fique tão infeliz.

Ao menos, pensei, não espera que eu fique loucamente entusiasmada com a grande honra de me casar com ele. Poderia ter dito que não faria diferença — não fui verdadeiramente feliz desde que deixei Avalon, e, tendo em vista que ficaria infeliz onde estivesse, ao menos seria melhor ficar longe da malícia de Gwenhwyfar. Não podia mais fingir ser sua parente e amiga leal, e aquilo me entristecia de algum modo, porque houve um tempo em que realmente fomos amigas, e quem mudou não fui eu. Certamente não tinha vontade de roubar Lancelote dela; mas como lhe explicaria que, embora o tivesse desejado um dia, também o desprezava, e não o queria como marido nem de presente? Ah, sim, se Artur nos tivesse casado antes que se casasse com Gwenhwyfar — mas mesmo então seria tarde demais. Sempre fora tarde demais depois daquela tarde sob o círculo de pedras. Se tivesse permitido que ele me tomasse naquela ocasião, então nada disso teria acontecido... Mas o que está feito está feito, e eu não sabia quais planos Viviane tinha para mim; e por fim eles me levaram a esse casamento com Uriens.

Nossa primeira noite foi como havia esperado. Ele me acariciou e se mexeu sobre mim por pouco tempo, resfolegando e arfando, e então subitamente acabou, afastou-se e dormiu. Não tendo esperado nada melhor, não fiquei desapontada, nem particularmente triste em me aconchegar na curva de seu braço; ele gostava que eu ficasse ali, e, embora depois das primeiras semanas pouco se deitasse comigo, gostava de me ver em sua cama e às vezes me abraçava por horas, falando sobre isso ou aquilo, e mais, ouvindo o que eu dizia. Diferentemente dos romanos do sul, esses homens das tribos jamais desprezavam os conselhos de uma mulher, e por isso, ao menos, eu era grata por ele ouvir o que eu dizia e nunca desconsiderar minha opinião como apenas um conselho de mulher.

Gales do Norte era uma bela região, com grandes colinas e montanhas que me lembravam de Lothian. Mas enquanto Lothian era escarpada e desnuda, as terras de Uriens eram verdes e férteis, exuberantes de árvores e flores, o solo era rico, e as plantações iam bem. Construíra seu castelo em um dos vales mais belos. Seu filho Avalloch, e a mulher e os filhos dele, aconselhavam-se comigo sobre tudo, e seu filho mais novo, Uwaine, me chamava de "mãe". Soube o que era criar um filho, cuidar de todas as preocupações diárias com uma criança em crescimento, subindo em árvores e quebrando ossos, ficando maior que as roupas ou as rasgando nas florestas, sendo mal-educada com seus tutores ou indo caçar quando deveria estar fazendo a lição; o padre que ensinava Uwaine a escrever se desesperava, mas ele era o orgulho e a alegria de seu mestre de armas. Por mais que fosse desordeiro, eu o amava; ele me servia durante o jantar e frequentemente se sentava no salão para me ouvir tocando harpa — como todo o povo daquela região, ele tinha ouvido para música e voz limpa e afinada; e, como todos na corte, a família de Uriens preferia fazer música a contratar menestréis. Depois de um ano ou dois, comecei a pensar em Uwaine como meu filho, e é claro que ele não se lembrava da própria mãe. Por mais que fosse rebelde, era sempre gentil comigo; meninos daquela idade não são fáceis de controlar, mas havia momentos de ternura, depois de dias de grosserias ou silêncio, quando ele subitamente vinha sentar-se perto de mim no salão e cantar enquanto eu tocava harpa, ou me trazer flores silvestres ou uma pele de lebre mal curtida, e algumas vezes, tímido e desajeitado como uma jovem cegonha, ele se curvava e roçava a boca no meu rosto. Naquela época, muitas vezes desejei ter meus próprios filhos, que pudessem ser criados por mim. Havia pouco mais o que fazer naquela corte tranquila, longe das guerras e dos problemas do sul.

E então, quando estava casada com Uriens havia um ano, Accolon voltou para casa.

9

Era verão nas colinas. O pomar no jardim da rainha estava coberto de flores brancas e cor-de-rosa. Morgana, andando sob as árvores, sentiu uma pontada de saudade correr por seu sangue, lembrando-se da primavera em Avalon e das árvores cobertas por aquelas nuvens brancas e rosadas. O ano caminhava para o solstício de verão; Morgana fez os cálculos e percebeu pesarosamente que por fim os efeitos de metade da vida em Avalon se dissipavam – as marés já não corriam em seu sangue.

Não, preciso mentir para mim mesma? Não é que tenha me esquecido, ou que as marés já não corram em meu sangue, é que não me permito mais senti-las. Morgana se analisou desapaixonadamente: o vestido caro e sóbrio, apropriado para uma rainha. Uriens havia lhe dado todos os vestidos e joias de sua última esposa, e ela tinha também as joias de Igraine; o marido gostava de vê-la cheia de joias dignas de uma rainha.

Alguns reis matam seus prisioneiros, ou os escravizam em suas minas; se agrada ao rei de Gales do Norte cobrir a sua prisioneira de joias e desfilar com ela ao seu lado, e chamá-la de rainha, por que não?

Ainda assim, sentia totalmente o fluxo do verão. Abaixo dela, na encosta, podia ouvir um fazendeiro encorajando os bois com pequenos gritos. No dia seguinte seria solstício de verão.

No domingo seguinte, um padre carregaria tochas para circular um campo em procissão com seus acólitos, cantando salmos e bênçãos. Os barões e cavaleiros ricos, que eram todos cristãos, haviam persuadido o povo de que isso era mais apropriado para um país cristão do que os velhos costumes, segundo os quais as pessoas acendiam fogueiras nos campos e invocavam a Senhora no velho culto. Morgana desejava, e não pela primeira vez, que tivesse sido apenas uma das sacerdotisas, e não uma descendente da grande linhagem real de Avalon.

Eu ainda estaria ali, pensou, *uma delas, fazendo o trabalho da Senhora... Não aqui, como um marinheiro náufrago, perdido em uma terra estrangeira...* Virou-se abruptamente e andou através do jardim florido, os olhos baixos, recusando-se a seguir olhando para as flores das macieiras.

A primavera sempre volta, e o verão segue, com sua fecundidade. Mas sou tão solitária e estéril quanto uma daquelas virgens cristãs trancadas entre as paredes de um convento. Lutou contra as lágrimas que de algum modo sempre pareciam estar prontas para cair naqueles dias e foi para dentro. Atrás dela, o sol poente espalhava vermelho sobre os campos, mas Morgana não olhou. Ali tudo era cinza e estéril. *Cinza e estéril como eu.*

Uma de suas damas a cumprimentou quando entrou pela porta.

— Minha senhora, o rei voltou e gostaria de vê-la em seus aposentos.

— Sim, imagino que sim — disse Morgana, mais para si mesma do que respondendo à mulher. Uma dor de cabeça lhe comprimia a testa, e por um momento não conseguiu respirar nem se forçar a entrar na escuridão do castelo que, durante todo o inverno gelado, havia se fechado em torno dela como uma armadilha. Então disse a si mesma para não ser extravagante, cerrou os dentes e entrou nos aposentos de Uriens, onde o encontrou semivestido e deitado nas pedras do chão, esticado, com o criado esfregando suas costas.

— Cansou-se de novo — ela disse, sem completar: *já não é jovem para percorrer suas terras desse jeito.* Ele fora a uma cidade próxima para saber sobre uma disputa de terras. Morgana sabia que ele desejaria que ela se sentasse ao lado dele e ouvisse suas histórias sobre tudo o que havia escutado no interior. Sentou-se em sua própria cadeira perto dele e ouviu desatentamente o que ele lhe dizia.

— Pode ir, Berec — ele disse ao homem. — Minha senhora pegará minhas roupas para mim.

Depois que o homem saiu, Uriens perguntou:

— Morgana, pode esfregar meus pés? Suas mãos são melhores que as dele.

— Certamente. Mas terá de sentar-se na cadeira.

Ele esticou as mãos, e Morgana lhe deu um impulso para cima. Ela colocou um banquinho sob os pés dele e se ajoelhou ao lado, friccionando os velhos pés magros e calosos até que o sangue subiu à superfície, e pareciam novamente vivos; então pegou um frasco e começou a esfregar um de seus óleos de ervas nos dedos nodosos do rei.

— Precisa pedir botas novas ao sapateiro — observou. — A rachadura nas velhas fará um ferimento aqui, vê onde está a bolha?

— Mas as velhas me servem tão bem, e botas novas são tão duras — ele protestou.

Morgana disse:

— Faça como quiser, meu senhor.

— Não, não, você está certa, como sempre — ele respondeu. — Amanhã direi ao sapateiro para vir tirar as medidas de meus pés para um par novo.

Morgana, colocando de lado o frasco de óleo de ervas e pegando um par de velhos sapatos macios, pensou: *Será que ele sabe que esse pode ser seu último par de botas e por isso está relutante? Não queria pensar no que a morte do rei significaria para ela. Não queria desejar a morte dele — sempre fora bondoso com ela. Morgana deslizou as pantufas macias nos pés dele e se levantou, limpando as mãos em uma toalha.*

— Está melhor assim, meu senhor?

— Maravilhoso, minha querida, obrigado. Ninguém cuida de mim como você — ele respondeu. Morgana suspirou. Quando usasse as botas novas, teria mais problemas nos pés; elas seriam, como ele havia previsto, duras, e isso deixaria seus pés doloridos como estavam agora. Talvez devesse parar de cavalgar e ficar em casa, sentado em sua cadeira, mas não faria isso.

— Deveria pedir a Avalloch que viajasse para cuidar desses casos — disse Morgana. — Ele deve aprender a governar seu povo.

O filho mais velho de Uriens tinha a idade dela. Havia esperado muito para governar, e parecia achar que o rei viveria para sempre.

— Correto, correto, porém, se eu não for, pensarão que seu rei não se importa com eles — respondeu Uriens. — Mas talvez, quando as estradas estiverem ruins no próximo inverno, eu faça isso...

— Você deveria — ela respondeu. — Se sofrer ferimentos do frio novamente, pode perder o uso das mãos.

— A verdade é, Morgana — ele disse, dando-lhe seu sorriso afável —, que sou um velho, e não há nada que possa ser feito a respeito disso. Acha que teremos porco assado no jantar?

— Sim — ela respondeu —, e algumas das primeiras cerejas. Tenho certeza disso.

— Você é uma dona de casa notável, minha querida — ele disse, e pegou o braço dela enquanto saíam do quarto. Morgana pensou: *Ele acha que está sendo gentil ao dizer isso.*

Os moradores de Uriens estavam reunidos para a refeição da noite: Avalloch acompanhado por sua mulher, Maline, e seus filhos pequenos; Uwaine, esbelto e moreno, com seus três irmãos de criação, e o padre que era tutor deles; e, abaixo deles, na mesa longa, os soldados e suas senhoras e os criados superiores. Enquanto Uriens e Morgana tomavam seus assentos e ela fazia sinal para que os criados trouxessem a comida, o menino mais novo de Maline começou a gritar e pedir:

— Vovó! Quero me sentar no colo da vovó! Quero que a vovó me dê comida!

Maline — uma jovem esbelta, pálida, de cabelos louros, em um estado avançado de gravidez— franziu o cenho e disse:

— Não, Conn, sente-se bonitinho e fique quieto!

Mas o menino já havia ido para os joelhos de Morgana, e ela riu e o levantou. *Sou uma avó improvável*, pensou, *Maline é quase tão velha quanto eu*. Mas os netos de Uriens gostavam dela, que abraçou o menininho, sentindo prazer com a pressão da cabecinha cacheada em sua cintura, os dedinhos sujos se agarrando a ela. Cortou pedaços de porco com a faca e os deu a Conn em seu próprio prato, e então cortou para ele um pedaço de pão em formato de porco.

— Viu, agora você tem mais porco para comer — disse, limpando os dedos engordurados, e voltou a atenção à própria refeição. Morgana comia pouca carne, mesmo agora; molhava o pão no molho, mas só isso. Logo havia acabado, enquanto os demais ainda comiam; ela se recostou em sua cadeira e começou a cantar baixo para Conn, que se aninhou contente em seu colo. Depois de um tempo, percebeu que todos a escutavam e foi baixando a voz.

— Por favor, continue cantando, mãe — pediu Uwaine, mas ela balançou a cabeça negativamente.

— Não, estou cansada. Escutem, ouvi algo no pátio?

Ela se levantou e fez sinal para que um dos serviçais iluminasse o caminho até a porta. Segurando a tocha bem alto, ele ficou atrás dela, e Morgana viu o cavaleiro entrar no pátio maior. O serviçal prendeu a tocha em um dos suportes na parede e se apressou para ajudar o cavaleiro a desmontar.

— Meu senhor Accolon!

Ele entrou, a capa vermelha rodopiando atrás de si como um rio de sangue.

— Senhora Morgana — ele disse, com uma inclinação profunda —, ou devo dizer senhora minha mãe?

— Por favor, não — respondeu Morgana, impacientemente. — Entre, Accolon, seu pai e seus irmãos ficarão felizes em vê-lo.

— A senhora, não?

Ela mordeu os lábios, subitamente se perguntando se choraria. Respondeu:

— Você é o filho de um rei, como eu sou filha de um. Devo lembrá-lo de como esses casamentos são arranjados? Não foi culpa minha, Accolon, e, quando conversamos, não tinha ideia... — Parou, e ele a olhou, e então se curvou sobre a mão dela.

Ele falou tão baixo que nem o criado pôde ouvir:

— Pobre Morgana. Acredito em você. Paz entre nós, então... mãe?

— Só se não me chamar de mãe — ela respondeu, com um fiapo de sorriso. — Não sou *tão* velha. Já me basta Uwaine. — E então, enquanto entravam no salão, Conn se levantou e novamente começou a chamar pela "vovó!". Morgana riu sem vontade e voltou para pegar o menino. Tinha consciência dos olhos de Accolon sobre si; baixou os seus para a criança em seu colo, ouvindo silenciosamente enquanto Uriens cumprimentava o filho.

Accolon se aproximou formalmente para abraçar o irmão e se curvar diante da cunhada; ajoelhou-se e beijou a mão do pai e então se virou para Morgana. Ela disse brevemente:

— Dispense-me de mais cortesias, Accolon, minhas mãos estão cobertas de gordura de porco, estava segurando o bebê, e ele faz sujeira para comer.

— Como deseja, madame — respondeu Accolon, indo para a mesa e pegando o prato que uma das criadas lhe trouxera. Mas, enquanto ele comia e bebia, ela ainda tinha consciência dos olhos dele.

Tenho certeza de que ele ainda está zangado comigo. Pediu minha mão pela manhã, e, à noite, eu era prometida ao pai; sem dúvida acha que sucumbi à ambição – por que se casar com o filho do rei se poderia se casar o próprio rei?

— Não — ela disse com firmeza, dando uma pequena sacudida em Conn —, se quiser ficar no meu colo, precisa parar quieto e não apalpar meu vestido com as mãos engorduradas.

Da última vez que ele me viu, eu estava vestida de vermelho e era irmã do rei, considerada bruxa... Agora sou uma avó com uma criança suja no colo, supervisionando o serviço de casa e ralhando com meu velho marido para que ele não use as botas remendadas que ferem seus pés. Morgana tinha uma consciência aguda de cada fio de cabelo branco, de cada ruga em seu rosto. *Em nome da Deusa, por que deveria me importar com o que Accolon pensa de mim?* Mas ela se importava, e sabia disso; estava acostumada com os jovens a olhando e a admirando, e agora se sentia velha, feia, indesejável. Jamais se considerara uma beldade, mas antes disso sempre havia sido uma das pessoas jovens, e agora se sentava entre matronas que envelheciam. Silenciou a criança novamente, pois Maline pedira notícias da corte de Artur a Accolon.

— Não há notícias de grandes feitos — disse Accolon. — Acho que esses dias acabaram em nossas vidas. A corte de Artur está tranquila, e o rei ainda faz penitência por algum pecado desconhecido... Não bebe vinho nem nos dias de festa.

— A rainha demonstrou algum sinal de que dará um herdeiro a ele? — perguntou Maline.

— Nenhum — respondeu Accolon —, embora uma de suas damas tenha me dito antes dos jogos que achava que a rainha pudesse estar grávida.

Maline se voltou para Morgana e disse:

— Conheceu bem a rainha, não, sogra?

— Conheci — respondeu Morgana —, e, quanto a esse rumor, bem, Gwenhwyfar sempre pensa que está grávida se suas regras atrasam um dia.

— O rei é um tolo — afirmou Uriens. — Deveria se livrar dela e tomar uma mulher que lhe desse um filho. Lembro-me muito bem do caos nesta terra quando pensaram que Uther morreria sem um filho. Agora a sucessão deveria ser firmemente estabelecida.

Accolon disse:

— Ouvi dizer que o rei nomeou um de seus primos como seu herdeiro, o filho de Lancelote. Não gosto disso. Lancelote é filho de Ban de Benwick, e não queremos um estrangeiro como Grande Rei governando nossa gente.

Morgana disse com firmeza:

— Lancelote é filho da Senhora de Avalon, da velha linhagem real.

— Avalon! — exclamou Maline, com desdém. — Esta é uma terra cristã. O que é Avalon para nós hoje?

— Mais do que pensa — retrucou Accolon. — Soube que parte do povo do interior, que se lembra do Pendragon, não está contente com uma corte cristã como a de Artur, e não se de esqueça que ele, antes de sua coroação, jurou ficar com o povo de Avalon.

— Sim — disse Morgana —, e leva a grande espada das Insígnias Sagradas de Avalon.

— Os cristãos não parecem censurá-lo por isso — afirmou Accolon —, e agora me lembro de uma notícia da corte: o rei Edric dos saxões se tornou cristão, foi ser batizado, com todo o seu séquito, em Glastonbury, ajoelhou-se diante de Artur e fez um juramento como sinal de que todas as terras saxãs o aceitavam como Grande Rei.

— Artur? Rei dos saxões? As surpresas jamais terminam! — disse Avalloch. — Sempre o ouvi dizer que trataria os saxões na ponta da espada!

— Mas mesmo assim lá estava o rei saxão, ajoelhado na igreja de Glastonbury, e Artur ouviu seu juramento e o tomou pela mão — afirmou Accolon. — Talvez ele case a filha do saxão com o filho de Lancelote e termine com toda essa luta. E o Merlim estava sentado entre os conselheiros de Artur e parecia um bom cristão como qualquer um deles!

— Gwenhwyfar deve estar feliz agora — disse Morgana. — Ela sempre disse que Deus havia dado a Artur a vitória em monte Badon porque ele levou o estandarte da Virgem Maria. E depois a ouvi dizer que Deus poupou a vida de Artur para que ele pudesse trazer os saxões para a igreja.

Uriens encolheu os ombros e disse:

— Acho que não confiaria em um saxão atrás de mim com um machado mesmo se ele usasse a mitra de um bispo!

— Nem eu — respondeu Avalloch —, mas se os chefes saxões estão rezando e fazendo penitência por suas almas, ao menos não estão queimando nossas vilas e abadias. E quanto à penitência e ao jejum... o que acha que Artur tem na consciência *dele*? Quando me juntei ao seu exército, não estava entre seus Companheiros e não o conheci muito bem, mas ele me pareceu um homem extraordinariamente bom, e uma penitência dessa duração significa um pecado maior que o comum. Senhora Morgana, que é irmã dele, sabe?

— Sou irmã dele, não seu confessor. — Morgana sabia que sua voz era incisiva e ficou em silêncio.

— Qualquer homem que guerreou por quinze anos entre os saxões deve ter mais coisas na consciência do que deseja dizer — afirmou Uriens —, mas poucos têm a consciência de pensar nisso quando a batalha acaba. Todos nós vimos assassinatos, saques, sangue e matanças de inocentes. Mas não haverá mais batalhas pelo resto de nossa vida, queira Deus, e, tendo feito nossa paz com os homens, temos tempo de fazer a paz com Deus.

Então Artur ainda faz penitência, e aquele velho arcebispo Patrício ainda tem a hipoteca de sua alma! Eu me pergunto: qual o prazer de Gwenhwyfar com isso?

— Fale-nos mais sobre a corte — pediu Maline. — E quanto à rainha? O que vestia?

Accolon riu e respondeu:

— Não sei nada sobre roupas de mulheres. Algo branco, com pérolas. Marhaus, o grande cavaleiro irlandês, as trouxe para ela como presente do rei da Irlanda. E a prima dela, Elaine, ouvi dizer, teve uma filha com Lancelote... Ou foi no ano passado? Ela já tinha um filho, acho, que foi escolhido como herdeiro de Artur. E há um escândalo na corte do rei Pellinore... Parece que seu filho, Lamorak, foi em missão para Lothian, e agora quer se casar com a viúva de Lot, a velha rainha Morgause...

Avalloch deu um risinho.

— O rapaz deve estar louco. Morgause tem pelo menos cinquenta anos, talvez mais!

— Quarenta e cinco — disse Morgana. — É dez anos mais velha que eu.

E ela se perguntou por que cutucava a própria ferida... *Quero que Accolon perceba minha idade, avó dos netos de Uriens...?*

— Realmente está louco — comentou Accolon —, cantando baladas, carregando a liga da dama e sandices do tipo.

— Acho que essa liga poderia servir como cabresto de cavalo, a esta altura — disse Uriens, e Accolon balançou a cabeça.

— Não... Já vi a senhora de Lot; ainda é uma bela mulher. Não é uma garota, mas parece ainda mais bela por isso. O que me pergunto é o que uma mulher pode querer com um garoto inexperiente como aquele. Lamorak não tem mais de vinte anos.

— Ou o que um rapaz como aquele pode querer com a velha senhora? — insistiu Avalloch.

— Talvez — disse Uriens, com um riso lascivo — a senhora seja bem treinada no esporte entre os travesseiros. Embora mal se possa pensar que tenha aprendido isso sendo casada com o velho Lot por todos esses anos! Sem dúvida, teve outros professores...

Maline corou e pediu:

— Por favor! Essa conversa é adequada para um lar cristão?

Uriens respondeu:

— Se não fosse, nora, duvido que sua liga tivesse ficado tão larga.

— Sou uma mulher casada — disse Maline, vermelha.

Morgana afirmou abruptamente:

— Se ser um lar cristão significa não poder falar do que não se tem vergonha de fazer, que a Senhora me proíba que me considere cristã um dia!

— Ainda assim — disse Avalloch —, talvez não seja bom nos sentarmos no jantar contando histórias nada agradáveis sobre a parente da senhora Morgana.

Accolon respondeu:

— A rainha Morgause não tem marido para ficar ofendido, e uma mulher da idade dela é dona do próprio nariz. Sem dúvida seus filhos estão felizes por ela se contentar com um amante e não se casar com o rapaz! Ela também não é duquesa da Cornualha?

— Não — disse Morgana —, Igraine se tornou duquesa da Cornualha depois que Gorlois foi morto por traição ao Pendragon. Gorlois não tinha um filho, e, uma vez que Uther deu Tintagel a Igraine como presente de casamento, imagino que agora pertença a mim.

Então, Morgana foi subitamente tomada pela saudade daquela terra de que pouco se lembrava, a silhueta lúgubre do castelo e dos penhascos contra o céu, os declives repentinos em vales escondidos, o eterno barulho do mar abaixo do castelo... *Tintagel! Meu lar! Não posso voltar para Avalon, mas não estou sem casa... A Cornualha é minha.*

— E, sob a lei romana — completou Uriens —, suponho que, como seu marido, minha querida, eu seja o duque da Cornualha.

Morgana novamente sentiu um surto violento de raiva. *Só quando eu estiver morta e enterrada*, pensou. *Uriens não se importa com a Cornualha, apenas que Tintagel, como eu, seja propriedade dele, levando a marca de sua posse! Gostaria de ir para lá, viver lá sozinha como Morgause em Lothian, senhora de mim mesma, sem ninguém para me dar ordens...* Uma imagem lhe veio à mente: os aposentos da rainha em Tintagel, e ela parecia muito pequena, brincando com um velho fuso no chão... *Se Uriens ousar reclamar um acre da Cornualha, eu lhe darei sete palmos e terra entre os dentes!*

— Agora me conte as notícias desta terra — disse Accolon. — A primavera atrasou... Vejo que os fazendeiros só estão indo agora para os campos.

— Mas quase terminaram de arar — respondeu Maline —, e no domingo vão abençoar os campos...

— E estão escolhendo a Virgem da Primavera — completou Uwaine. — Estive na vila e os vi escolhendo uma entre as garotas bonitas. Você não estava aqui no ano passado, mãe — ele disse a Morgana. — Escolhem a mais bela de todas para ser a Virgem da Primavera, e ela anda em procissão pelos campos quando os padres vão benzê-los... Há dançarinos pelos campos carregando uma imagem feita com palha da cevada da última colheita. O padre Eian não gosta disso, mas não sei por quê, é tão bonito...

O padre tossiu e disse de modo constrangido:

— A bênção da igreja deveria ser suficiente. Por que precisaríamos de mais do que a palavra de Deus para fazer os campos brotarem e florescerem? A imagem de palha que carregam é uma lembrança dos dias ruins de antigamente, quando homens e animais eram queimados vivos, para que a vida deles tornasse os campos férteis, e a Virgem da Primavera é uma lembrança de... Bem, não falarei diante de crianças *daquele* costume maligno e idólatra!

— Houve um dia — disse Accolon, falando diretamente para Morgana — em que a rainha da terra era a Virgem da Primavera, e também a Dama da Colheita, e *ela* cumpria aquela função nos campos, para que tivessem vida e fertilidade.

Morgana viu nos punhos dele a sombra azul desbotada das serpentes de Avalon.

Maline fez o sinal da cruz e afirmou de maneira afetada:

— Graças a Deus vivemos entre pessoas civilizadas.

Accolon retrucou:

— Duvido que fosse chamada para aquela função, cunhada.

— Não — disse Uwaine, sem tato como qualquer garoto —, ela não é bonita o suficiente. Mas nossa mãe é, não é, Accolon?

— Fico feliz que ache minha rainha bonita — disse Uriens, de modo afobado —, mas o passado é o passado. Não queimamos gatos e ovelhas vivos nos campos, nem matamos o bode expiatório do rei para espalhar seu sangue por lá, e já não é necessário que a rainha abençoe os campos daquela maneira.

Não, pensou Morgana. *Agora tudo é estéril, temos padres com suas cruzes proibindo que as fogueiras da fertilidade sejam acesas — é um milagre que a Senhora não arruíne os campos de cereais, já que está zangada por negarem seu quinhão...*

Logo depois, todos da casa foram dormir; Morgana, a última a se recolher, foi supervisionar as trancas e os trincos, e então seguiu, com uma pequena lanterna na mão, para conferir se Accolon fora instalado em uma boa cama – Uwaine e seus irmãos de criação agora ocupavam o quarto que fora dele quando morava ali, ainda garoto.

— Está tudo bem com você aqui?

— Tudo o que poderia desejar — respondeu Accolon —, a não ser uma senhora para agraciar meus aposentos. Meu pai é um homem afortunado. E a senhora merece ser a esposa de um rei, não do filho mais novo de um rei.

— Precisa me provocar sempre? — ela explodiu. — Eu lhe disse; não me deram escolha!

— Estava comprometida *comigo*!

Morgana sabia que a cor estava sumindo de seu rosto. Ela apertou os lábios como pedra.

— O que está feito é fato consumado, Accolon.

Ela levantou a lanterna e se virou. Ele disse atrás dela, quase uma ameaça:

— Não foi consumado entre nós, senhora.

Morgana não disse nada; apressou-se pelo corredor até os aposentos que dividia com Uriens. Sua criada estava pronta para ajudá-la a tirar o vestido, mas dispensou a mulher. Uriens sentou-se na beirada da cama, gemendo.

— Até essas pantufas são duras demais para os meus pés. Ah, é bom descansar!

— Então descanse bem, meu senhor.

— Não — ele disse, e a puxou para o seu lado. — Então, amanhã os campos serão abençoados... e talvez devêssemos estar gratos por viver em uma terra civilizada, e que o rei e a rainha não precisem mais abençoar os campos dormindo juntos em público. Mas, na véspera disso, querida senhora, talvez devêssemos ter nossa própria bênção, em particular, em nossos aposentos. O que me diz?

Morgana suspirou. Havia sido muito cuidadosa com o orgulho de seu marido velho; jamais o fizera sentir-se menos homem por seu uso ocasional e desajeitado de seu corpo. Mas Accolon despertara nela uma memória angustiada de seus anos em Avalon — as tochas levadas ao alto do Tor, a fogueiras de Beltane acesas e as donzelas esperando nos campos arados... E naquela noite teve de ouvir um padre desprezível zombando do que, para ela, era mais do que sagrado. Agora até Uriens, parecia, zombava disso.

— Diria que é melhor deixar de lado uma bênção como a que poderíamos dar. Sou velha e estéril, e você também não é um rei que possa dar muita vida aos campos!

Uriens a fitou. Durante todo o ano de seu casamento, jamais havia lhe dito uma palavra dura. Ficou espantado demais até para censurá-la.

— Não duvido que esteja certa — ele disse em voz baixa. — Bem, então, deixaremos isso para os jovens. Venha para a cama, Morgana.

Mas quando ela se deitou ao lado dele ficou quieta, e, depois de um momento, ele passou um braço tímido por seus ombros. Agora Morgana se arrependia das palavras duras... Sentia-se fria e sozinha, mordeu os lábios para não chorar, mas, quando Uriens falou com ela, fingiu que dormia.

O dia do solstício de verão amanheceu brilhante e belo; Morgana, acordando cedo, percebeu que não importava o quanto dissesse a si mesma que as marés do sol já não corriam em seu sangue, havia algo dentro dela que fluía pesadamente com o verão. Enquanto se vestia, olhou desapaixonadamente para a forma adormecida do marido.

Tinha sido uma tola. Por que aceitara a palavra de Artur de modo submisso, temendo envergonhá-lo diante dos outros reis? Se ele não podia manter seu trono sem a ajuda de uma mulher, poderia ser porque não merecia mantê-lo. Era um traidor de Avalon, um apóstata; havia-o colocado nas mãos de outro apóstata. E ainda assim aceitara docilmente o que planejaram para ela.

Igraine permitiu que sua vida fosse usada para a política deles. E algo em Morgana, morto ou adormecido desde que fugira de Avalon, levando Gwydion no útero, de repente despertou e se agitou, movendo-se lentamente como um dragão adormecido, um movimento tão secreto e oculto quanto os primeiros chutes de um bebê no útero; algo que dizia baixo e claramente dentro dela: *Se não permiti que Viviane, a quem amava, me usasse dessa maneira, por que deveria baixar a cabeça obedientemente e me deixar ser usada para os propósitos de Artur? Sou a rainha de Gales do Norte e a duquesa da Cornualha, onde o nome de Gorlois ainda significa algo, e pertenço à linhagem real de Avalon.*

Uriens gemeu, levantando-se pesadamente.

— Oh, Deus, cada músculo meu dói, e os dedos dos pés parecem ter dor de dente. Cavalguei para muito longe ontem. Morgana, pode esfregar minhas costas?

Ela começava a responder furiosamente: *Você tem uma dúzia de criados pessoais, e sou sua mulher, não sua escrava*, e então se conteve; em vez disso, sorriu e disse:

— Sim, é claro. — E pediu ao pajem que buscasse seus frascos de óleos de ervas. Deixava-o pensar que ainda seguia cordata com tudo; curar era parte do trabalho de uma sacerdotisa. Se era a menor parte, ainda assim lhe dava acesso aos planos e pensamentos dele. Esfregou as costas do rei e passou um bálsamo em seus pés doloridos, ouvindo os mínimos detalhes da disputa de terras que ele havia saído para solucionar no dia anterior.

Para Uriens, qualquer mulher poderia ser rainha; ele quer apenas um rosto sorridente e mãos bondosas para mimá-lo. Bem, ele o terá, enquanto isso servir aos meus propósitos.

— E agora parece que teremos um belo dia para a bênção das plantações. Nunca chove no dia do solstício de verão — disse Uriens. — A Senhora brilha em seus campos quando eles são consagrados a ela... É o que costumavam dizer quando eu era jovem e pagão, que o Grande Casamento não podia ser consumado sob a chuva.

Ele riu.

— Mas me lembro de uma vez, quando eu ainda era muito jovem, choveu nos campos por dez dias, e eu e a sacerdotisa poderíamos ser confundidos com porcos chafurdando na lama!

Contra a vontade, Morgana sorriu; a imagem que ele causara em sua mente era ridícula.

— Mesmo no ritual, a Deusa faz sua brincadeira — respondeu ela —, e um de seus nomes é a Grande Porca, e somos todos seus porquinhos.

— Ah, Morgana, aqueles eram bons tempos — disse Uriens, e então seu rosto se retesou. — É claro que foi há muito tempo... Agora o que o povo quer de seus reis é dignidade. Aqueles dias acabaram para sempre.

Acabaram? Eu me pergunto. Mas Morgana não disse nada. Ocorreu-lhe que Uriens, quando era mais jovem, poderia ter sido um rei forte o bastante para resistir à maré do cristianismo que tomava a terra. Se Viviane tivesse tentado com mais afinco colocar no trono um rei que não estivesse totalmente preso ao comando dos padres... Mas, é claro, quem poderia ter previsto que Gwenhwyfar fosse religiosa além do razoável? E por que o Merlim não fizera nada?

Se o Merlim da Bretanha e o povo sábio de Avalon nada fizeram para impedir essa onda que afogava a terra e levava embora todos os antigos deuses e costumes, por que deveria culpar Uriens, que, afinal de contas, era só um velho e queria paz? Não havia motivos para torná-lo um inimigo. Se ele estivesse contente, não se importaria com o que ela fizesse... E ela ainda não sabia o que pretendia fazer. Mas sabia que seus dias de obediência silenciosa tinham acabado.

— Gostaria de tê-lo conhecido naquela época — disse ela, e deixou-o beijá-la na testa.

Se tivesse me casado com ele assim que cheguei à idade para isso, Gales do Norte poderia jamais ter se tornado uma terra cristã. Mas agora é tarde demais. Há os que não se esqueceram de que o rei leva as serpentes de Avalon nos braços, não importa quanto estejam desbotadas. E ele se casou com alguém que era uma grã-sacerdotisa da Senhora.

Poderia ter feito o trabalho dela melhor aqui do que em todos aqueles anos na corte de Artur, à sombra de Gwenhwyfar. Ocorreu a Morgana que Gwenhwyfar teria se contentado com um marido como Uriens, a quem poderia manter dentro de sua própria esfera, em vez de um como Artur, vivendo toda uma vida da qual ela não fazia parte.

E houve um tempo, também, em que Morgana tinha influência sobre Artur — a influência da mulher que ele tomara ao se transformar em homem, que tinha, para ele, o rosto da Deusa. Mas, por tolice e orgulho, deixara que ele caísse nas mãos de Gwenhwyfar e dos padres. Agora, quando era tarde demais, começara a entender a intenção de Viviane.

Entre nós, poderíamos ter governado esta terra; teriam chamado Gwenhwyfar de Grande Rainha, mas ela teria Artur apenas em corpo; ele seria meu de coração, alma e mente. Ah, que tola fui... Eu e ele poderíamos ter governado... por Avalon! Agora Artur é uma criatura dos padres. E ainda carrega a grande espada das Insígnias dos Druidas, e o Merlim da Bretanha nada faz para impedi-lo.

Devo retomar o trabalho que Viviane deixou inacabado...

Oh, Deusa, eu me esqueci de tanta coisa...

E então parou, estremecendo com a própria ousadia. Uriens fizera uma pausa em sua história. Morgana havia parado de esfregar os pés dele; e o rei a olhou questionando, e ela disse apressadamente:

— Tenho certeza de que fez a coisa certa, meu caro marido. — E espalhou um pouco mais de bálsamo perfumado nas mãos. Não tinha a menor ideia do que ele dissera, mas Uriens sorriu e continuou com sua história, e Morgana voltou novamente para seus pensamentos.

Ainda sou uma sacerdotisa. É estranho como de repente esteja certa disso novamente, depois de todos esses anos, quando até os sonhos com Avalon terminaram.

Ponderou sobre o que Accolon havia dito a eles. Elaine tivera uma filha. Ela mesma não poderia dar uma filha a Avalon, mas, como Viviane havia feito, levaria uma filha de criação. Ajudou Uriens a se vestir, desceu com ele e foi ela mesma pegar pão recém-assado para o rei na cozinha, além de um pouco de cerveja nova e espumante. Ela o serviu, passando mel em seu pão. Deixe-o pensar que era a mais amorosa de suas súditas, apenas sua esposa doce e obediente. Não significava nada para ela, mas ter a confiança dele poderia significar muito um dia, para que pudesse fazer o que quisesse.

— Até no verão meus velhos ossos doem... Morgana, acho que irei para Aquae Sulis, no sul, para me banhar nas águas de lá. Quando os romanos estavam aqui, construíram um grande banho, e parte dele ainda está de pé, é um antigo santuário. As grandes piscinas estão obstruídas, e, quando os saxões vieram, levaram boa parte das belas obras e derrubaram a estátua da Deusa, mas a nascente ainda está lá, intacta... borbulhando em nuvens de vapor, dia após dia, ano após ano, das forjas do centro da Terra. É uma visão incrível! E lá há piscinas quentes onde um homem pode botar de molho toda a exaustão de seus ossos. Não vou para lá há dois ou três anos, mas devo ir novamente, agora que a região está tranquila.

— Não vejo por que não deveria ir — concordou ela —, agora que há paz na terra.

— Gostaria de ir comigo, minha querida? Podemos deixar meus filhos cuidando de tudo aqui, e o antigo santuário lhe interessaria.

— Gostaria de ver o santuário — disse ela, com sinceridade. Pensou nas águas geladas e perenes do Poço Sagrado de Avalon, borbulhando inexauríveis, eternas, sem nascente, frias, claras... — Mas não sei se seria bom deixar tudo nas mãos de seu filho. Avalloch é um tolo. Accolon é inteligente, mas é só o filho mais novo... Não sei se o povo o escutaria. Talvez seja melhor se eu ficasse aqui, Avalloch se aconselharia com o irmão mais novo.

— Uma ideia excelente, minha querida — respondeu Uriens, animadamente —, e de qualquer modo seria uma viagem longa para você. Se estiver aqui não terei a menor hesitação em deixar tudo para os jovens... Direi a eles que precisam pedir seu conselho para tudo.

— E quando vai partir?

Não seria de todo ruim, pensou Morgana, se soubessem que Uriens não hesitava em deixar o reino em suas mãos.

— Amanhã, talvez. Ou mesmo hoje, depois da bênção das plantações. Pode pedir que arrumem minhas coisas?

— Tem certeza de que pode percorrer uma distância tão longa? Não é uma viagem fácil, nem mesmo para um jovem...

— Ora, ora, minha querida, ainda não estou velho demais para cavalgar — ele respondeu, franzindo um pouco o cenho —, e tenho certeza de que as águas me farão bem.

— Tenho certeza de que farão. — Morgana se levantou, deixando o desjejum quase intocado. — Deixe-me chamar seu criado e preparar tudo para sua partida.

Ficou ao lado dele durante a longa procissão pelos campos, em uma pequena colina sobre a vila, observando os dançarinos saltando como bodes novos. Ela se perguntou se algum deles sabia ao menos o significado das varinhas verdes fálicas ali, com guirlandas brancas e vermelhas, e a garota bonita com os cabelos fluindo, que andava, serena e indiferente, entre eles. Ela era jovem e viçosa, ainda não tinha catorze anos; seu cabelo, loiro-acobreado, descia até meio caminho entre a cintura e os joelhos; e usava um vestido tingido de verde que parecia bem velho. Algum deles sabia o que observavam, ou viam a incongruência da procissão do padre que os seguia, dois meninos de preto carregando velas e cruzes, e o clérigo entoando preces em seu latim sofrível? Morgana falava a língua melhor que ele!

Esses padres odeiam tanto a fertilidade e a vida, é um milagre que o que chamam de bênção não deixe os campos estéreis...

Foi como uma resposta de sua própria mente quando uma voz falou suavemente atrás dela.

— Eu me pergunto, senhora, se alguém além de nós realmente sabe o que está observando.

Accolon pegou o braço dela por um momento para ajudá-la a passar por um trecho acidentado da terra arada, e ela viu novamente as serpentes azuis e renovadas nos punhos dele.

— O rei Uriens sabe e tentou se esquecer — disse Morgana. — Isso me pareceu uma blasfêmia pior do que não saber de nada.

Esperou que aquilo fosse enfurecê-lo; de certa maneira, havia pedido isso. Com as mãos fortes de Accolon em seu braço, sentiu o forte desejo, o impulso interior... Ele era jovem, um homem viril, enquanto ela era a mulher envelhecida de seu velho pai. E os olhos dos súditos de Uriens estavam neles, e os da família, e os do padre da casa! Não podia nem mesmo falar livremente, deveria tratá-lo com um distanciamento frio: seu enteado! Se Accolon dissesse algo bondoso ou compassivo, gritaria, arrancaria os cabelos, arranharia o rosto e a carne...

Mas Accolon apenas disse, com uma voz que não poderia ser ouvida a mais de um metro de distância:

— Talvez seja suficiente para a Senhora que *nós* saibamos, Morgana. A Deusa não nos falhará enquanto apenas um adorador lhe der o que é devido.

Por um momento, Morgana se virou e olhou para Accolon. Os olhos dele estavam sobre ela, e, embora as mãos que a tocavam fossem cuidadosas, corteses, distantes, parecia que um calor corria delas para todo o seu corpo. De súbito se assustou e tentou se afastar.

Sou a esposa de seu pai e, de todas as mulheres, a que lhe é mais proibida. Nesta terra cristã, sou mais proibida para ele do que era para Artur.

Então uma memória de Avalon aflorou em sua mente, algo em que não pensara em uma década: um dos druidas, ensinando a sabedoria secreta às sacerdotisas, dissera: "Se quer que a mensagem dos Deuses dirija sua vida, olhe para o que continua se repetindo; pois essa é a mensagem enviada pelos Deuses, a lição cármica que deve aprender nesta encarnação. Ela volta repetidamente até que a torne parte de sua alma e de seu espírito permanente".

O que voltou para mim repetidamente?

Cada homem que desejara era próximo demais dela por parentesco — Lancelote, filho de sua mãe adotiva; Artur, filho de sua própria mãe; e agora o filho de seu marido...

No entanto, são próximos demais em parentesco apenas pelas leis feitas pelos cristãos que buscam governar esta terra... Governar em uma nova tirania; não apenas fazer as leis, mas governar a mente, o coração e a alma. Estou vivendo toda a tirania dessa lei, então, como sacerdotisa, devo saber como ela deve ser derrubada?

Morgana percebeu que suas mãos, ainda apertadas nas de Accolon, tremiam. Ela afirmou, tentando organizar os pensamentos dispersos:

— Realmente acredita que a Deusa suprimiria a vida dela da Terra se o povo que vive aqui não lhe desse mais seu quinhão?

Era o tipo de observação que poderia ter sido feita, de sacerdotisa para sacerdote, em Avalon. Morgana sabia, tão bem quanto qualquer um, que a verdadeira resposta a essa questão era que os Deuses eram o que eram e faziam sua vontade sobre a Terra independentemente de que os homens reconhecessem ou não suas obras, de um jeito ou de outro. Mas Accolon disse, com um curioso lampejo animal de seus dentes brancos em um sorriso:

— Portanto precisamos nos assegurar, senhora, de que ela sempre receba seu quinhão, para que não falte vida ao mundo.

E então ele se dirigiu a ela usando um nome que jamais era dito a não ser por um sacerdote a uma sacerdotisa em um ritual, e Morgana sentiu o coração bater tão forte que ficou zonza.

Para que não falte vida ao mundo. Para que não falte vida dentro de mim... Ele me chamou em nome da Deusa...

— Quieto — ela disse, perturbada. — Não é hora nem lugar para esta conversa.

— Não?

Haviam chegado à beira do terreno acidentado. Ele soltou sua mão da de Morgana e, de algum modo, ela a sentiu fria sem o toque dele. Diante deles os dançarinos mascarados balançavam suas varas fálicas e saltavam, e a Virgem da Primavera, com o longo cabelo soprado e embaraçado pelo vento, andava em torno do círculo de dançarinos, trocando um beijo com cada um deles — um beijo ritualizado, formal, em que os lábios mal tocavam o rosto. Uriens acenou impacientemente para que Morgana fosse para seu lado; ela se moveu duramente, sentindo que as partes que Accolon havia segurado em seu pulso eram o ponto de calor em seu corpo gelado.

Uriens disse, irritadiço:

— Cabe a você, querida, distribuir essas coisas aos dançarinos que nos divertiram hoje.

Ele fez um gesto para um criado, que encheu as mãos de Morgana com doces e frutas cristalizadas; ela as jogou para os dançarinos e espectadores, que os disputaram, rindo e empurrando. *Sempre uma zombaria das coisas sagradas... Uma lembrança do dia em que o povo disputava pedaços de carne e o sangue do sacrifício... Que o rito seja esquecido, mas não transformado em uma zombaria dessa maneira!* Repetidamente encheu as mãos com os doces e os jogou para a multidão. Não viam nada além no ritual do que os dançarinos que os divertiam; todos se esqueceram? A Virgem da Primavera se aproximou de Morgana, rindo e corada com um orgulho inocente; Morgana agora percebeu que, embora ela fosse bela, seus olhos eram rasos, e as mãos, grossas e atarracadas do trabalho no campo. Era apenas uma camponesa bonita tentando realizar o trabalho de uma sacerdotisa, sem a menor ideia do que fazia; era tolice se aborrecer com ela.

Ainda assim é uma mulher, fazendo o trabalho da Mãe da melhor maneira que aprendeu; não era culpa dela não ter sido treinada em Avalon para fazer o grande trabalho. Morgana não sabia exatamente o que era esperado dela, mas, enquanto a garota se ajoelhou por um momento à sua frente, assumiu a postura quase esquecida de uma sacerdotisa na bênção e sentiu por um instante a velha consciência de que algo a cobria de sombra, acima dela, além... Colocou as mãos na testa da garota, sentiu o fluxo momentâneo de poder entre elas, e o rosto estúpido da moça se transfigurou por um instante. *A Deusa trabalha nela, também*, pensou Morgana, e então viu o rosto de Accolon; ele a olhava com espanto e admiração. Vira aquele olhar antes, quando ela baixara das brumas de Avalon... E a consciência do poder a tomou, como se repentinamente tivesse renascido.

Estou viva novamente. Depois de todos esses anos, sou novamente uma sacerdotisa, e foi Accolon que trouxe isso de volta para mim...

E então a tensão do momento se desfez, e a garota se afastou, tropeçando e fazendo uma reverência desajeitada para a comitiva real. Uriens distribuiu moedas para os dançarinos e deu uma contribuição maior para o padre da vila para acender velas na igreja, e depois a comitiva real foi para casa. Morgana andava calmamente ao lado de Uriens, o rosto como uma máscara, mas por dentro fervilhava de vida. Seu enteado Uwaine se aproximou e andou ao lado dela.

— Foi mais bonito que o normal este ano, mãe. Shanna é tão bonita... A Virgem da Primavera, filha do ferreiro Euan. Mas você, mãe, quando a abençoava, estava tão linda... Você deveria ter sido a Virgem da Primavera...

— Ora, veja bem — ela repreendeu o menino, rindo. — Realmente acha que poderia me vestir de verde, com o cabelo solto, e dançar por todos os campos arados daquele jeito? E não sou nenhuma donzela!

— Não — disse Uwaine, observando-a com um longo olhar —, mas você parecia a Deusa. O padre Eian diz que a Deusa era na verdade um demônio que veio para impedir que o povo servisse ao bom Cristo, mas sabe o que acho? Que a Deusa estava aqui para ser adorada pelo povo antes que ensinassem as pessoas a adorar a santa mãe de Cristo.

Accolon andava ao lado deles. Ele disse:

— A Deusa existia antes de Cristo, e não fará mal se pensar nela como Maria, Uwaine. Deve sempre servir à Senhora, não importa sob qual nome. Mas não o aconselho a falar muito sobre isso com o padre Eian.

— Ah, não — respondeu o menino, com os olhos arregalados. — Ele não gosta de mulheres, nem mesmo quando são Deusas.

— Imagino o que pensa das rainhas — murmurou Morgana. Quando chegaram ao castelo, ela foi cuidar das coisas da viagem do rei Uriens e, na confusão do dia, deixou as novas percepções em segundo plano, sabendo que mais tarde precisaria analisar tudo com mais seriedade.

Uriens viajou depois do meio-dia, com seus soldados e um ou dois jovens servos, despedindo-se de Morgana ternamente com um beijo, aconselhando o filho Avalloch a ouvir Accolon e a rainha sobre todas as coisas. Uwaine estava emburrado; queria ir com o pai, o qual adorava, mas Uriens não queria se dar ao trabalho de levar uma criança na comitiva. Morgana teve de consolá-lo, prometendo-lhe algo especial enquanto o pai estivesse fora. Mas por fim tudo ficou tranquilo, e Morgana pôde sentar-se diante da lareira no grande salão — Maline fora colocar as crianças na cama — e pensar em tudo o que lhe havia acontecido naquele dia.

Havia penumbra lá fora, a longa noite do solstício de verão. Morgana pegara o fuso e a roca, mas apenas fingia fiar, girando-a de vez em quando e produzindo um pouco de fio; detestava fiar como sempre, e uma das poucas coisas que pedira a Uriens foi que empregasse duas mulheres a mais na fiação, para que pudesse ficar livre da odiada tarefa; em troca, tecia o dobro do que lhe cabia. Não *ousava* fiar; isso a faria entrar naquele estranho estado entre o sono e a vigília, e temia o que poderia ver. Agora apenas girava o fuso de vez em quando, para que nenhum dos criados a visse sentada com as mãos desocupadas... Não que alguém tivesse o direito de censurá-la, ocupava-se de manhã até tarde...

O cômodo escurecia, poucas réstias vermelhas do sol que se punha ainda brilhavam, escurecendo os cantos com o contraste. Morgana apertou os olhos, pensando no sol avermelhado se pondo sobre o círculo de pedras do Tor, nas sacerdotisas andando em fila atrás da tocha vermelha, entrando nas sombras... Por um momento, o rosto de Raven cintilou diante dela, silencioso, enigmático, e parecia que ela abria os lábios mudos e dizia seu nome... Rostos flutuavam diante dela na penumbra: Elaine, com o cabelo solto enquanto a luz da tocha a flagrava na cama de Lancelote; Gwenhwyfar, raivosa e triunfante em seu casamento; o rosto calmo e imóvel da mulher estranha com cabelo louro trançado, a mulher que vira apenas em sonhos, a Senhora de Avalon... Raven novamente, assustada, suplicante... Artur, levando uma vela em penitência enquanto andava entre seus súditos... Ah, mas os padres jamais ousariam forçar o rei a fazer penitência pública, ousariam? E então viu a barca de Avalon, drapeada de panos negros para um funeral, e seu próprio rosto como um reflexo nas brumas, espelhado ali, com três outras mulheres vestidas de preto como a barca, e um homem ferido branco e imóvel em seu colo...

A luz vermelha de uma tocha brilhou pelo cômodo escuro, e uma voz disse:

— Está tentando fiar no escuro, mãe?

Confusa pela luz, Morgana olhou para cima e disse, irritada:

— Já disse para não me chamar assim!

Accolon colocou a tocha no suporte e foi sentar-se aos seus pés.

— A Deusa é Mãe de todos nós, senhora, e eu a reconheço como tal...

— Está zombando de mim? — perguntou Morgana, agitada.

— Não faço zombarias.

Enquanto Accolon se ajoelhava perto dela, os lábios dele tremiam.

— Vi seu rosto hoje. Eu zombaria *daquilo*... usando *isto*? — Ele estendeu os braços, e, por um truque de luz, as serpentes azuis em seus pulsos pareciam se contorcer e levantar a cabeça pintada. — Senhora, Mãe, Deusa... — Os braços tatuados dele envolveram sua cintura, e ele enterrou a cabeça em seu colo.

Accolon murmurou:

— Seu rosto é o rosto da Deusa para mim...

Como se estivesse se movendo num sonho, Morgana estendeu as mãos para ele, curvando-se para beijar sua nuca, onde o cabelo suave se encaracolava. Parte dela se perguntava, assustada: *O que estou fazendo? É só porque ele me chamou em nome da Deusa, de sacerdote para sacerdotisa? Ou é só porque quando ele me toca, fala comigo, eu me sinto mulher e viva novamente depois de todo esse tempo em que me senti velha, estéril, meio morta nesse casamento com um homem morto e uma vida morta?*

Accolon levantou o rosto e a beijou nos lábios. Morgana, rendendo-se ao beijo, sentiu que derretia, que se abria, um estremecimento, meio de dor, meio de prazer, correndo através dela enquanto o encontro de línguas despertava lembranças por todo o seu corpo... Tanto, tanto tempo, esse longo ano em que seu corpo estivera morto, jamais se permitindo despertar, para não tomar consciência do que Uriens fazia... Pensou, desafiadora: *Sou uma sacerdotisa, meu corpo é meu para ser dado em homenagem à Deusa! O que fiz com Uriens era o pecado, a submissão à luxúria! Isto é verdadeiro e sagrado...*

As mãos dele estremeceram em seu corpo; mas, quando ele falou, a voz era baixa e prática.

— Acho que todos no castelo estão em suas camas. Sabia que estaria aqui esperando por mim...

Por um momento Morgana se ressentiu da certeza dele; então baixou a cabeça. Eles estavam nas mãos da Deusa, e ela não negaria o fluxo que a carregava, como um rio; por muito, muito tempo, havia apenas rodopiado em água parada, e agora era purificada na corrente da vida novamente.

— Onde está Avalloch?

Ele riu brevemente.

— Foi para a vila deitar-se com a Virgem da Primavera... É um de nossos costumes que o padre da vila *não* conhece. Sempre, desde que nosso pai ficou velho e nos tornamos adultos, vem sendo assim, e Avalloch não acha incompatível com seu dever como cristão ser um pai para seu povo, ou para quantos forem possíveis, como o próprio Uriens quando era jovem. Avalloch sugeriu que tirássemos a sorte para ver quem teria o privilégio, e comecei a fazer isso, mas então me lembrei de suas mãos abençoando a moça, e soube onde estava minha verdadeira homenagem...

Ela murmurou, um pouco em protesto:

— Mas Avalon está tão distante...

Ele disse, com o rosto contra o peito dela:

— Mas está em todos os lugares...

— Que assim seja — sussurrou Morgana, e então se levantou. Ela o puxou para cima e fez meia-volta em direção às escadas, então parou. Não, não ali; não havia uma cama naquele castelo que pudessem dividir honradamente. E a máxima druida retornou à sua mente: *Pode o que nunca foi feito ou criado pelo homem ser adorado sob um teto feito por mãos humanas?*

Para fora, então, para dentro da noite. Quando pisaram no pátio vazio, uma estrela cadente atravessou o firmamento, tão rapidamente que por um instante Morgana teve a impressão de que os céus haviam girado e que a Terra se movera sob seus pés... Então a estrela desapareceu, deslumbrando os olhos deles. *Um presságio. A Deusa saúda meu retorno a ela...*

— Venha — ela sussurrou, segurando a mão de Accolon, e o levou para o jardim, onde os fantasmas brancos das flores flutuavam na escuridão e caíam em torno deles. Ela estendeu o manto sobre a grama, como um círculo mágico sob o céu; ergueu as mãos e sussurrou:

— Venha.

A sombra escura do corpo dele sobre ela obscureceu o céu e as estrelas.

Mesmo enquanto estávamos deitados juntos sob o céu naquele solstício de verão, sabia que o que fizemos não era tanto amor quanto um ato mágico de poder apaixonado; que as mãos dele, o toque de seu corpo, eram minha reconsagração como sacerdotisa, e que aquilo era a vontade dela. Cega como estive naquele momento, ouvi em torno de nós na noite de verão o som de murmúrios, e sabia que não estávamos sozinhos.

Ele teria me segurado em seus braços, mas me levantei, impulsionada pelo poder que me dominava naquela hora, levantei as mãos para o céu, baixando-as lentamente, os olhos fechados, a respiração suspensa na tensão do poder... E apenas quando o ouvi resfolegar em admiração me aventurei a abrir os olhos, para ver seu corpo rodeado pela mesma luz tênue que contornava o meu.

Está feito, e ela está comigo... Mãe, sou indigna de tua visão. Mas agora ela voltou. Segurei o fôlego para conter um choro desenfreado. Após todos esses anos, após minha própria traição e falta de fé, ela voltou para mim e sou novamente uma sacerdotisa. Um brilho pálido de luar me mostrou, na borda do campo onde estávamos, embora não visse nem uma sombra, o brilho dos olhos de algum animal na sebe. Não estávamos sós, o povo pequeno das colinas sabia onde estávamos e o que se urdira ali, e veio ver a consumação que não acontecia desde que Uriens ficara velho e o mundo se tornara cinza e cristão. Ouvi o eco de um sussurro reverente e respondi em uma língua da qual sabia menos que uma dúzia de palavras, audível apenas onde eu estava e onde Accolon ainda se ajoelhava em reverência.

— Está feito; então, que assim seja!

Eu me curvei e o beijei na testa, repetindo:

— Está feito. Vá, meu querido; abençoado seja.

Ele teria ficado, eu sei, se eu fosse a mulher com quem ele tinha ido ao jardim; mas diante da sacerdotisa ele se afastou em silêncio, sem questionar a palavra da Deusa.

Não dormi naquela noite. Sozinha, andei pelo jardim até amanhecer, e já sabia, tremendo de medo, o que deveria ser feito. Não sabia como, ou se, sozinha poderia fazer o que havia começado, mas, como me tornara sacerdotisa havia tantos anos e depois renunciara a isso, deveria retraçar meus passos por minha conta. Naquela noite recebi uma grande graça; entretanto sabia que não haveria mais sinais para mim e nenhuma ajuda me seria dada até que voltasse a ser, sozinha, sem auxílio, a sacerdotisa que fora treinada para ser.

Ainda trazia na testa, desbotada, sob a coifa de dona de casa que Uriens queria que usasse, o sinal da graça dela, mas isso não me ajudaria agora. Olhando para as estrelas que desapareciam, não sabia se o sol nascente me surpreenderia em minha vigília; as marés do sol deixaram de correr em meu sangue por metade de minha vida, e já não sabia o lugar preciso a leste no horizonte para onde deveria me voltar para saudar o sol nascente. Não sabia mais nem como as marés da lua corriam com os ciclos do meu corpo... Afastara-me tanto do treinamento de Avalon. Sozinha, com nada além de uma lembrança que se apagava, deveria de algum modo recapturar todas as coisas que um dia conheci como parte de mim mesma.

Antes do amanhecer, entrei silenciosamente e, movendo-me no escuro, encontrei o único símbolo que tinha de Avalon — o pequeno punhal em forma de foice que havia tirado do corpo de Viviane, um punhal semelhante ao que eu carregara como sacerdotisa e abandonara em Avalon ao fugir de lá. Então o prendi silenciosamente em torno da minha cintura, sob minhas vestes externas; ele jamais deixaria meu flanco novamente e seria enterrado comigo.

Eu o usava assim, escondido ali, a única lembrança que podia guardar daquela noite. Nem renovei a pintura do crescente em minha testa, em parte por causa de Uriens — pois ele faria perguntas —, e em parte porque ainda não era digna de carregá-lo; não usaria o crescente como ele usava as serpentes desbotadas nos braços, um ornamento e um lembrete quase esquecido do que ele um dia fora e não era mais. Nos meses seguintes, e quando eles se prolongaram em anos, parte de mim se movia como uma boneca pintada pelas tarefas que ele exigia de mim — fiar e tecer, fazer remédios de ervas, cuidar das necessidades do filho e do neto, ouvir sua conversa, bordar-lhe panos finos e cuidar dele na doença... Tudo isso eu fazia sem pensar muito, com a superfície do pensamento e o corpo dormente nas vezes em que ele me possuía de modo breve e repugnante.

Todavia o punhal estava ali para ser tocado repetidamente e me reassegurar enquanto reaprendia a contar as marés do equinócio ao solstício e novamente de volta ao equinócio... Contá-las dolorosamente em meus dedos como uma criança ou uma sacerdotisa noviça; foram anos antes que pudesse senti-las correndo em meu sangue de novo, ou saber a diferença mínima de onde no horizonte a lua ou o sol se levantariam ou desapareceriam para as saudações que reaprendi a fazer. De novo, tarde da noite, enquanto toda a casa dormia, eu estudava as estrelas, deixando que a influência delas se movesse em meu sangue enquanto rodavam e oscilavam ao meu redor, até que eu me tornasse apenas o ponto de articulação na Terra imóvel, centro da dança que girava em torno e sobre mim, os movimentos em espiral das estações. Levantava-me cedo e dormia tarde para encontrar tempo de vagar pelas colinas, sob o pretexto de buscar raízes e ervas para fazer remédios, e lá procurava as velhas linhas de força, trançando-as das pedras a lagos... Era um trabalho cansativo, e levei anos até conhecer umas poucas delas perto do castelo de Uriens.

Mas mesmo naquele primeiro ano, quando lutava contra a memória que se apagava, tentando recapturar o que aprendera tantos anos antes, eu sabia que minhas vigílias não eram solitárias. Jamais estava desacompanhada, embora nunca visse mais do que vira naquela primeira noite: o brilho de um olho no escuro, uma centelha de movimento no canto dos meus olhos... Eram raramente vistos, mesmo aqui nos morros distantes, em qualquer lugar na vila e no campo; viviam sua própria vida secretamente nas colinas e florestas abandonadas para onde fugiram quando os romanos chegaram. Mas sabia que estavam ali, que o povo pequeno que jamais perdera a Deusa de vista zelava por mim.

Um dia, nas colinas distantes, encontrei um círculo de pedras, não grande como o que havia no Tor em Avalon, nem o maior que um dia fora o Templo do Sol nas grandes planícies de calcário; ali as pedras não passavam da altura do ombro, mesmo para mim (que não sou alta), e o círculo não era maior que a altura de um homem grande. Um pequeno bloco de pedra, com manchas desbotadas e coberto de líquen, estava meio enterrado no mato no centro. Eu o retirei da hera e do líquen e, sempre que podia pegar comida sem ser vista na cozinha, deixava para o povo dela coisas que sabia que raramente encontravam — um naco de pão de cevada, um pouco de queijo, um bocado de manteiga. E uma vez, quando fui até lá, encontrei bem no centro das pedras uma guirlanda de flores perfumadas que sabia que cresciam nos limites do país das fadas; secas, jamais desbotariam. Na próxima vez que levei Accolon para os campos, quando a lua estava cheia, eu a usei presa na testa quando chegamos àquela união solene que varria o indivíduo e nos tornava apenas Deusa e Deus, afirmando a vida inesgotável do cosmo, o fluxo de poder entre macho e fêmea como entre a Terra e o céu. Depois disso, jamais fiquei desacompanhada além de meu próprio jardim. Sabia que não adiantava procurá-los diretamente, mas estavam ali, e eu sabia que estariam se precisasse deles. Não fora em vão que recebi aquele velho nome, Morgana das Fadas... E agora eles me reconheciam como sua sacerdotisa e rainha.

Fui ao círculo de pedras, andando à noite, quando a lua cheia perto do equinócio de inverno pairava baixa no céu e a estação tornava-se mais fria na véspera do Dia dos Mortos. Ali, embrulhada em meu manto e tremendo noite adentro, mantive vigília, jejuando; a neve caía do céu quando me levantei e comecei a voltar para casa, mas, ao sair do círculo, tropecei em uma pedra que não estava ali quando eu chegara, e, baixando a cabeça, vi um padrão formado por pedras brancas.

Curvei-me, movendo uma pedra para formar o próximo número mágico da sequência – as marés haviam mudado, e agora estávamos sob as estrelas de inverno. Então fui para casa, tremendo, contar uma história de que havia sido surpreendida pela noite nas colinas e dormira em uma cabana de pastor abandonada – Uriens ficara assustado com a nevasca e enviara dois homens para me procurar. A neve, caindo forte nas encostas, me manteve dentro de casa pela maior parte do inverno, mas eu soube quando as tempestades dariam uma trégua e arrisquei uma jornada até o círculo no solstício de inverno, sabendo que as pedras estariam limpas... A neve nunca cai dentro dos grandes círculos, eu sabia, e imaginei que aconteceria a mesma coisa nos círculos menores, onde a mágica ainda era praticada.

E ali, bem no meio do círculo, vi um pequeno embrulho – um pedaço de couro atado com um cordão. Meus dedos estavam recuperando a velha habilidade e não se atrapalharam enquanto eu o desamarrei e rolei o conteúdo na palma da mão. Pareciam um par de sementes secas, mas eram pequenos cogumelos que cresciam muito raramente perto de Avalon. Não serviam como alimento, e a maioria das pessoas os considerava venenosos, pois causavam vômitos, diarreias e fluxos de sangue; porém, se ingeridos com parcimônia, em jejum, podiam abrir as portas da Visão... Era um presente mais valioso que ouro. Não nasciam naquelas terras, e só podia adivinhar como o povo pequeno fora longe para buscá-los. Deixei a comida que havia trazido, carnes secas, frutas e um favo de mel, mas não como pagamento; o presente era de valor inestimável. Sabia que me trancaria em meus aposentos no solstício de inverno buscando a Visão a que havia renunciado. Com as portas da visão assim abertas, eu poderia buscar e desafiar a própria presença da Deusa, implorando para proferir novamente o que havia abjurado. Não tinha medo de ser expulsa outra vez. Ela que me enviara esse presente para que eu buscasse mais uma vez sua presença.

E me curvei até o chão em agradecimento, sabendo que minha prece fora ouvida, e minha penitência, cumprida.

10

A neve começava a derreter nas colinas, e as primeiras flores silvestres apareciam nos vales, quando a Senhora do Lago foi chamada à barca para receber o Merlim da Bretanha. Kevin parecia pálido e exausto, o rosto abatido, os membros retorcidos se arrastando com mais relutância que nunca, e se escorava em um grosso cajado. Niniane notou, os olhos escondendo a pena que sentia, que ele havia sido forçado a deixar que um serviçal carregasse Minha Senhora, e fingiu que não via, sabendo que aquilo deveria ter sido um grande golpe no orgulho do bardo. Ela retardou os próprios passos no caminho em direção à sua casa e lá o recebeu, reuniu suas mulheres para avivar o fogo, e mandou buscar vinho, do qual ele tomou apenas um gole simbólico, e depois se curvou de modo sério em agradecimento.

— O que o traz aqui tão cedo no ano, Venerável? — perguntou ela. — Veio de Camelot?

Ele fez que não cabeça e disse:

— Estive lá durante parte do inverno e conversei bastante com os conselheiros de Artur, mas no começo da primavera fui para o sul em uma missão, até os soldados do tratado... Devo dizer agora, creio, os reinos saxões. E acho que sabe o que vi ali, Niniane. Isso foi coisa de Morgause ou sua?

— Nenhuma das duas — ela respondeu em voz baixa. — Foi uma escolha do próprio Gwydion. Ele sabia que deveria ganhar alguma experiência em batalha, com ou sem ensinamentos druidas... Houve druidas guerreiros antes. E Gwydion escolheu ir para os reinos saxões ao sul, aliados de Artur, mas lá não estaria sob os olhos do Grande Rei. Ele não queria, por razões que você conhece tão bem quanto eu, que Artur o visse.

Depois de um momento ela completou:

— Não juraria que Morgause não influenciou a escolha dele. Ele a ouve quando busca o conselho de alguém.

— É verdade? — Kevin levantou as sobrancelhas. — Sim, imagino que seja... ela é a única mãe que conheceu. E Morgause governou o reino de Lot tão bem quanto qualquer homem, e ainda governa, mesmo com seu novo parceiro.

— Não soube que ela tem um novo parceiro — afirmou Niniane. — Não consigo ver tão bem quanto Viviane o que acontece nos reinos.

— Sim, ela tinha a Visão para ajudá-la — disse Kevin —, e donzelas com a Visão quando a dela começou a falhar. Não tem nem um pouco, Niniane?

— Tenho... um pouco — ela respondeu, hesitante. — Mas ela falha de quando em quando. — E ficou em silêncio por um momento, mirando as pedras do chão. Por fim, disse: — Acho... que Avalon está... está se afastando mais das terras dos homens, senhor Merlim. Qual é a estação no mundo lá fora?

— Dez dias após o equinócio, Senhora — disse Kevin.

Niniane respirou fundo.

— E celebrei a data há apenas sete dias. É como pensei. As terras estão se afastando. Agora, não mais que poucos dias em cada lua, mas temo que logo estaremos tão longe das marés do sol e da lua quanto o reino das fadas do qual falam... É ainda mais difícil convocar as brumas e sair desta terra.

— Eu sei — afirmou Kevin. — Por que acha que vim no reponto da maré? — Ele deu seu sorriso torto e disse:

— Deveria ficar feliz... Não vai envelhecer como as mulheres do mundo externo, Senhora, ficará jovem.

— Isso não me conforta — respondeu Niniane, encolhendo os ombros. — Mas não há ninguém no mundo externo cujo destino me preocupe, a não ser...

— Gwydion — afirmou Kevin. — Pensei que fosse assim. Mas há alguém cujo destino deveria preocupá-la também...

— Artur em seu palácio? Ele renunciou a nós — disse Niniane —, e Avalon não dará mais ajuda a ele...

— Não falo de Artur — respondeu Kevin —, nem ele busca a ajuda de Avalon, não agora. Mas... — ele hesitou — ouvi do povo das colinas... que há um rei novamente em Gales, e uma rainha.

— Uriens? Niniane riu, um riso debochado. — Ele é mais velho que aquelas próprias colinas, Kevin! O que ele pode fazer para aquele povo?

— Não falei de Uriens — afirmou Kevin. — Esqueceu-se? Morgana está lá, e o povo antigo a aceitou como sua rainha. Ela os protegerá, até contra Uriens, enquanto viver. Não lembra que o filho de Uriens foi instruído aqui e usa as serpentes nos pulsos?

Niniane ficou em silêncio por um momento, imóvel. Por fim, disse:

— Havia me esquecido disso. Ele não era o filho mais velho, então achei que jamais governaria...

— O filho mais velho é um tolo — respondeu Kevin —, embora os padres o considerem um bom sucessor de seu pai, e, do ponto de vista deles, realmente é... Religioso e simples, não vai interferir na igreja deles. Os padres não confiam no segundo filho, Accolon, porque ele usa as serpentes. Desde que Morgana foi para lá, ele se lembrou disso e a serve como sua rainha. E, para o povo das colinas, ela também é rainha, não importa quem esteja sentado no trono à moda romana. Para eles, o rei é aquele que morre anualmente entre os gamos, mas a rainha é eterna. No fim, pode ser que Morgana fará o que Viviane deixou por fazer.

Niniane podia ouvir, com uma surpresa distante, a amargura na própria voz.

— Kevin, desde que Viviane morreu e me colocaram aqui, não se passa um dia em que me permitam esquecer que não sou ela, que depois dela não sou nada. Até Raven me segue com aqueles grandes olhos silenciosos que sempre dizem: "Você não é Viviane, não pode fazer o trabalho que ela levou a vida para fazer". Sei bem disso, que fui escolhida apenas porque sou a última que leva o sangue de Taliesin e porque não havia mais ninguém, não sou da linhagem real da rainha de Avalon! Não, não sou Viviane, e não sou Morgana, mas servi fielmente aqui neste lugar, ainda que jamais tenha buscado isso e que tenha obrigatoriamente herdado o posto por causa do sangue de Taliesin. Fui fiel aos meus votos, isso não é nada para ninguém?

— Senhora — disse Kevin, gentilmente —, Viviane era uma sacerdotisa do tipo que não vem a este mundo mais que uma vez em cem anos, mesmo em Avalon. E o reinado dela foi longo, governou por trinta e nove anos, e poucos de nós se lembram do tempo anterior a ela. Qualquer sacerdotisa que precisassee seguir os passos dela se sentiria menor em comparação. Não há nada pelo que deva se censurar. Foi fiel aos seus votos.

— E Morgana não foi — retrucou Niniane.

— É verdade. Mas ela é do sangue real de Avalon e deu à luz o herdeiro do Gamo-Rei. Não cabe a nós julgá-la.

— Você a defende porque foi amante dela — explodiu Niniane, e Kevin levantou a cabeça. Ela não havia percebido; em seu rosto escuro e retorcido, seus olhos eram azuis, como o centro de uma chama. Ele disse em voz baixa:

— Deseja brigar comigo, Senhora? Isso terminou há muitos anos, e na última vez em que vi Morgana ela me chamou de traidor e coisas piores, e me expulsou de sua presença com palavras tão duras que nenhum homem com sangue nas veias poderia perdoar. Acha que gosto dela demais? Mas não cabe a mim nem a você julgá-la. Você é a Senhora do Lago. Morgana é minha rainha, e rainha de Avalon. Faz seu trabalho no mundo como você faz o seu aqui... Enquanto eu, aonde os Deuses me levam. E nesta primavera eles me levaram às terras dos pântanos, onde, na corte de um saxão leal a Artur, vi Gwydion.

Em seu longo treinamento, Niniane fora ensinada a manter o rosto impassível; mas sabia que Kevin, que havia recebido o mesmo treinamento, percebia que ela o fazia com esforço, e sentiu que, de algum modo, aqueles olhos penetrantes dele podiam ler o que se passava dentro dela. Queria pedir notícias dele, mas, em vez disso, apenas afirmou:

— Morgause me disse que ele sabe alguma coisa de estratégia e não é nenhum covarde em batalha. Como ele se saiu, então, entre aqueles bárbaros que preferem estourar cérebros com suas grandes clavas a usá-los em suas cortes? Sabia que ele havia ido para os reinos saxões no sul porque um deles desejava para a corte um druida que pudesse ler e escrever e soubesse algo sobre números e elaborar mapas. E ele me disse que queria ter experiência em batalha sem ser visto por Artur, então imagino que conseguiu o que desejava. Ainda que haja paz na terra, sempre há lutas entre aquele povo... os saxões não cultuam um deus da guerra e das batalhas?

— Mordred, é como chamam Gwydion, que dizer "Mau Conselho" na língua deles. É um elogio, significa que são maus para aqueles que lhes causariam danos. Dão um nome para cada hóspede, como chamam Lancelote de Flecha de Elfo.

— Entre os saxões, um druida, ainda que jovem, deve parecer mais sábio do que é, em contraste com todos aqueles cabeças-duras! E Gwydion é inteligente! Mesmo quando era menino podia pensar em uma dúzia de respostas para tudo!

— Inteligente ele é — respondeu Kevin, lentamente —, e sabe bem como fazer com que seja amado, percebi isso. Ele me recebeu como se fosse seu tio favorito na infância, dizendo como era bom ver um rosto familiar de Avalon, abraçando-me, dando-me muita importância... como se gostasse de mim.

— Sem dúvida, sentia-se solitário e você foi como uma lufada de ar vinda de casa — disse Niniane, mas Kevin franziu o cenho e bebeu um pouco de vinho, então o deixou de lado e tornou a esquecê-lo. Ele perguntou:

— Até onde Gwydion foi em seu treinamento mágico?

— Ele usa as serpentes — respondeu Niniane.

— Isso pode significar muito ou pouco — afirmou Kevin. — Deveria saber disso... — E, embora as palavras fossem inocentes, Niniane sentiu a mordacidade delas; uma sacerdotisa que levava o crescente na testa poderia ser uma Viviane... ou apenas ela mesma. Ela disse:

— Ele deve voltar no solstício de verão para ser feito rei de Avalon, aquele Estado que Artur traiu. E agora que ele é adulto...

— Ele não está pronto para ser rei — advertiu Kevin.

— Duvida da coragem dele? Ou da lealdade...

— Ah... coragem — disse Kevin, fazendo um gesto de desdém. — Coragem e inteligência... Mas é no coração dele que não confio e não consigo ver. E ele não é Artur.

— É bom para Avalon que ele não seja — explodiu Niniane. — Não precisamos de mais apóstatas que juram lealdade a Avalon e abandonam seu juramento ao povo das colinas! Os padres podem colocar um religioso hipócrita no trono, que servirá ao Deus que achar mais oportuno no momento...

Kevin levantou a mão retorcida em um gesto tão imponente que Niniane se calou.

— Avalon não é o mundo! Não temos a força e os exércitos nem a astúcia, e Artur é amado além da medida. Não em Avalon, admito, mas em toda a extensão destas ilhas, onde Artur criou a paz que valorizam. Neste momento, qualquer voz que se levantar contra ele será silenciada.

Artur é amado, é o próprio espírito da Bretanha. E, mesmo se não fosse assim, o que fazemos em Avalon tem pouco peso no mundo externo. Como notou, estamos nos perdendo nas brumas.

— Então precisamos mais ainda agir rápido, derrubar Artur e colocar no trono da Bretanha um rei que restabelecerá Avalon para o mundo e para a Deusa...

— Eu me pergunto às vezes se isso pode ser feito, se passamos nossa vida dentro de um sonho sem nada de real — afirmou Kevin, baixo.

— Você diz isso? Você, o Merlim da Bretanha?

— Estive na corte de Artur, e não protegido em uma ilha que se afasta cada vez mais do mundo externo — respondeu Kevin, gentilmente. — Este é meu lar, e eu morreria por ele, como jurei... Mas foi com a Bretanha que celebrei o Grande Casamento, Niniane, não apenas com Avalon.

— Mas, se Avalon morrer — disse Niniane —, a Bretanha ficará sem coração e também morrerá, pois a Deusa terá retirado sua alma de toda a terra.

— Crê nisso, Niniane? — Kevin suspirou novamente e disse: — Estive em todos os cantos desta terra, sob todo tipo de clima, em todos os tempos... Merlim da Bretanha, falcão da Visão, mensageiro do Grande Corvo... e vejo agora outro coração na terra, e ele brilha de Camelot.

Ele ficou em silêncio. Depois de um longo tempo, Niniane afirmou:

— Foi isso que disse a Morgana para que ela o chamasse de traidor?

— Não, foi outra coisa — ele respondeu. — Niniane, não conhecemos os costumes e as vontades dos Deuses como pensamos. Eu lhe digo, se tentarmos derrubar Artur, esta terra cairá em um caos pior que aquele de quando Ambrósio morreu e Uther precisou lutar por sua coroa. Acha que Gwydion pode lutar como Artur lutou por esta terra? Os Companheiros de Artur se enfileirariam contra qualquer homem que se levantasse contra seu rei e herói... ele é como um Deus para eles e nunca está errado.

— Nunca desejamos que Gwydion enfrentasse o pai e lutasse com ele pela coroa... Apenas queremos que um dia, quando Artur souber que não tem herdeiros, volte-se para o filho que vem da linhagem real de Avalon e jurou lealdade à ilha e aos verdadeiros Deuses. E para esse fim ele deve ser proclamado Gamo-Rei em Avalon, para que existam vozes, quando Artur buscar um herdeiro, que falem por ele. Ouvi dizer que Artur escolheu o filho de Lancelote como herdeiro, uma vez que a rainha é estéril. Mas o filho de Lancelote é apenas uma criança pequena, e Gwydion já é um homem feito. Se acontecesse alguma coisa com Artur agora, não acha que escolheriam Gwydion, um homem adulto, um guerreiro e um druida, em vez de uma criança?

— Os Companheiros de Artur não seguiriam um estranho, ainda que fosse duas vezes mais guerreiro e druida. É mais provável que nomeiem Gawaine regente do filho de Lancelote até que ele tenha idade para reinar. E os Companheiros são cristãos, a maioria deles, e rejeitariam Gwydion por causa de seu nascimento... Incesto é um pecado grave entre eles.

— Não sabem nada das coisas sagradas.

— Concordo. Precisam de tempo para se acostumarem à ideia, e ainda não é agora. Mas, se Gwydion não pode ser reconhecido como filho de Artur, devem saber que a sacerdotisa Morgana, que é irmã do rei, tem um filho, e que esse filho está mais próximo do trono do que o de Lancelote. E neste verão haverá guerra novamente...

— Pensei — disse Niniane — que Artur tivesse conseguido a paz.

— Aqui na Bretanha, sim. Mas há um homem na Bretanha Menor que pretende reivindicar toda a Bretanha como seu império...

— Ban? — perguntou Niniane, espantada. — Ele fez seu juramento há muito tempo... Celebrou o Grande Casamento antes que nosso Lancelote nascesse. É velho demais para entrar em guerra com Artur.

— Ban está velho e débil — disse Kevin. — Seu filho Lionel reina em seu lugar, e o irmão de Lionel, Bors, é um dos Companheiros de Artur e venera Lancelote como seu herói. Nenhum deles perturbaria o governo de Artur. Mas há alguém que o fará. Chama-se Lúcio, e de algum modo conseguiu as antigas águias romanas e se proclamou imperador. E vai desafiar Artur.

Arrepiada, Niniane perguntou:

— Isso é uma Visão?

— Morgana me explicou uma vez — disse Kevin, com um sorriso —, que não é necessária a Visão para saber que um bandido é um bandido. Não é necessária a Visão para saber que um homem ambicioso fará um desafio que aumentará sua ambição. Há aqueles que podem pensar que Artur está ficando velho porque seu cabelo já não é mais dourado como antes e porque ele não leva mais a bandeira do dragão. Mas não o subestime, Niniane. Eu o conheço, você, não. Ele não é nenhum tolo!

— Acho — disse Niniane — que você gosta demais dele para um homem que jurou destruir.

— Gostar dele? — Kevin deu um sorriso sem vontade. — Sou o Merlim da Bretanha, o mensageiro do Grande Corvo, e me sento ao lado dele no conselho. Artur é um homem fácil de ser amado. Mas fiz votos à Deusa. — Novamente a risada breve. — Acho que minha sanidade depende disso: que sei que o que convém a Avalon deve, ao longo dos anos, convir à Bretanha. Você vê Artur como o inimigo, Niniane. Eu ainda o vejo como o Gamo-Rei, protegendo sua manada e suas terras.

Niniane disse em um sussurro trêmulo:

— E o que será do Gamo-Rei quando o jovem gamo crescer?

Kevin apoiou a cabeça nas mãos. Parecia velho, doente e esgotado.

— Esse dia ainda não chegou, Niniane. Não tente empurrar Gwydion tão rápido a ponto de causar sua destruição apenas porque ele é seu amante.

E ele se levantou e saiu mancando do cômodo sem olhar para trás, deixando Niniane amuada e raivosa.

Como esse infeliz sabia disso?

E pensou consigo mesma: *Não fiz os votos das freiras cristãs! Se escolho levar um homem para minha cama, isso cabe a mim... Mesmo se esse homem fosse meu aluno e apenas um menino quando chegou aqui!*

Nos primeiros anos, ele havia entrado em seu coração, um menino solitário, perdido e desamparado, sem ninguém para amá-lo, importar-se com ele ou imaginar como ele andava... Morgause foi a única mãe ele que conheceu, e fora separado dela também. Como Morgana podia ter deixado para trás um filho como esse, inteligente, belo e sábio, e nunca procurar saber como ele ia ou vir vê-lo com os próprios olhos? Niniane nunca tivera filhos, embora tivesse pensado, às vezes, que, se voltasse de Beltane com o útero cheio, gostaria de dar uma filha à Deusa. Mas isso jamais acontecera, e ela nunca se rebelou contra seu destino.

Porém, naqueles primeiros anos ela permitiu que Gwydion encontrasse o caminho até seu coração. Então ele se foi, como os homens devem fazer, tendo passado da idade dos ensinamentos das sacerdotisas, para ser ensinado entre os druidas, aprender as artes da guerra. Voltou, após um ano em Beltane, e Niniane achou que fora por astúcia que ele se aproximara dela no ritual das fogueiras e ambos se retiraram juntos...

Eles, contudo, não se separaram ao final daquela estação; e sempre que, depois disso, em suas idas e vindas, algo o trazia a Avalon, ela deixava claro que o desejava, e ele não dissera não. *Sou a mais próxima de seu coração*, pensou, *eu o conheço melhor... O que Kevin sabe sobre ele?*

Agora chegara a hora em que ele deveria voltar a Avalon e passar por sua provação como Gamo-Rei...

Ela voltou seus pensamentos àquilo: onde encontraria uma virgem para ele? *Há tão poucas mulheres na Casa das Donzelas que estejam ao menos um pouco preparadas para esse grande ofício*, pensou, e subitamente seus pensamentos se encheram de dor e medo.

Kevin estava certo. Avalon está se afastando, morrendo; poucos vêm buscar os ensinamentos antigos, e não há ninguém para manter os rituais...

Até que um dia não haverá absolutamente ninguém... E outra vez sentiu o formigamento quase dolorido no corpo que a acometia de vez em quando, no lugar da Visão.

Gwydion chegou a Avalon poucos dias antes de Beltane. Niniane o cumprimentou formalmente na barca, e ele se curvou para ela em reverência diante das donzelas e do povo reunido da ilha; mas, quando estavam sozinhos, pegou-a nos braços e a beijou, rindo, até que ambos perdessem o fôlego.

Os ombros dele se alargaram, e havia uma sutura vermelha em seu rosto. Estivera lutando, ela podia perceber; ele já não tinha mais a aparência serena de sacerdote e estudioso.

Meu amante e meu filho. É por isso que a Grande Deusa não tem marido, como no costume romano, mas apenas filhos... Não somos todos filhos dela? E eu, que estou no lugar dela, devo sentir que meu amante é meu filho também, pois todos os que amam a Deusa são filhos dela.

— E as terras estão agitadas com isso — ele disse —, aqui em Avalon e entre o povo antigo das colinas, porque na Ilha Dragão escolherão novamente seu rei... Foi por isso que me chamou aqui, não foi?

Às vezes, ela pensou, *ele consegue ser irritante como uma criança arrogante.*

— Não sei, Gwydion. A hora pode não ser adequada, e as marés podem não ser propícias. Nem mesmo consigo encontrar nesta casa alguém para fazer o papel de Virgem da Primavera para você.

— Mas será nesta primavera — ele disse baixo — e neste Beltane, pelo que vi.

A boca dela se curvou um pouco enquanto disse:

— Então viu a sacerdotisa que o receberá no ritual quando tiver conquistado a galhada, supondo que a Visão não o leve por engano à morte?

Enquanto ele a olhava, ela pensou que o rapaz havia ficado mais belo, o rosto frio e composto, escurecido pela paixão escondida.

— Vi, Niniane. Não sabe que era você?

Ela então respondeu, sentindo repentinamente os ossos gelarem:

— Não sou virgem. Por que zomba de mim, Gwydion?

— Ainda assim, foi você quem vi — ele respondeu —, e sabe disso tão bem quanto eu. Nela, a Donzela, a Mãe e a Anciã se encontram e se mesclam. É velha e jovem conforme lhe agradar, Virgem, Besta, Mãe e o rosto da Morte no relâmpago, fluindo, preenchendo-se e voltando novamente à virgindade...

Niniane baixou a cabeça e disse:

— Não, Gwydion, não pode ser...

— Sou o consorte dela — ele respondeu, implacavelmente — e vencerei. Não é hora para uma virgem... os padres dão muito valor a essa bobagem. Eu a invoco como Mãe para me dar o que me é devido e minha vida.

Niniane sentiu-se como se tentasse resistir a uma maré implacável que a levaria embora. Ela disse, hesitante:

— Assim sempre foi, na corrida dos gamos. Embora a Mãe o envie, ele retorna para a Donzela...

Mas havia razão no que ele dizia. Certamente era melhor ter no ritual uma sacerdotisa que sabia o que fazia em vez de uma criança mal treinada que chegara recentemente ao templo, cuja única qualificação era ainda não ter idade suficiente para sentir o chamado da fogueira de Beltane. Gwydion falava a verdade: a Mãe sempre se renova, Mãe, Anciã e novamente Donzela, como a lua que se esconde no céu escuro.

Ela baixou a cabeça e disse:

— Que assim seja. Fará o Grande Casamento com a terra e comigo em nome dela.

Mas, quando ficou sozinha novamente, estava apavorada. Como havia concordado com aquilo? O que era, em nome da Deusa, esse poder em Gwydion, que fazia com que todos se dobrassem à sua vontade?

É essa, então, sua herança de Artur, o sangue do Pendragon? E ela se sentiu gelada de novo.

O que será do Gamo-Rei? Morgana sonhava...

Beltane, e os gamos correndo pelas colinas... A vida da floresta percorrendo seu corpo, como se cada parte da mata fosse parte da vida dentro de si mesma... Ele estava caído entre os cervos, o gamo correndo, o homem nu com a galhada presa na testa, e os chifres golpeavam repetidamente, o cabelo escuro empapado de sangue... Mas ele ficou de pé, atacando, uma faca brilhando na luz do sol entre as árvores. O Gamo-Rei caiu, e o som de seus urros enchia a floresta de gritos de desespero.

Quando estava na caverna escura, e os sinais pintados ali também foram pintados em seu corpo, ela e a caverna eram uma só coisa, e em torno dela as fogueiras de Beltane brilhavam, centelhas subindo para o céu – havia gosto de sangue fresco em sua boca, e agora a entrada da caverna fora sombreada pela galhada... Não deveria ser lua cheia, ela não deveria ver tão claramente que seu corpo nu não era o de uma virgem, mas que os seios eram suaves, cheios e rosados como ficaram quando seu filho nasceu, quase como se pingassem leite, e certamente sua virgindade fora testada para este ritual... O que lhe diriam, que não fora como a Virgem da Primavera para o Gamo-Rei?

Ele se ajoelhou ao seu lado e ela levantou os braços, recebendo-o no ritual e em seu corpo, mas os olhos dele eram escuros e assombrados. As mãos dele sobre ela eram ternas, frustrantes, brincando com o prazer enquanto negavam a ela o rito de poder... Não era Artur, não, esse era Lancelote, Gamo-Rei, que deveria derrubar o velho gamo, consorte da Virgem da Primavera, mas ele a olhou, os olhos atormentados pela mesma dor que atingia todo o corpo dela por dentro, e disse: Gostaria que você não fosse tão parecida com minha mãe, Morgana...

Aterrorizada, o coração disparado, Morgana acordou em seu quarto, Uriens dormindo ao seu lado, roncando. Ainda presa da mágica assustadora do sonho, balançou a cabeça em confusão para afastar o terror.

Não, Beltane já passou... Havia celebrado o ritual com Accolon, como sabia que faria, não estivera deitada na caverna, esperando pelo Gamo-Rei... E por que, perguntou-se, por que esse sonho com Lancelote deveria vir agora, por que não sonhara com Accolon, se o tornara sacerdote e Senhor de Beltane, e seu amante? Por que, depois de tantos anos, a lembrança da recusa e do sacrilégio deveria atingi-la por dentro, em sua alma?

Ela tentou se recompor para dormir novamente, mas o sono não vinha, e permaneceu acordada, abalada, até que o sol fez penetrar os raios do começo do verão em seus aposentos.

11

Gwenhwyfar terminara por odiar o dia de Pentecostes, quando, a cada ano, Artur mandava avisar a todos os seus velhos Companheiros que deveriam vir a Camelot para renovar sua camaradagem. Com a crescente paz na terra e a dispersão dos velhos Companheiros, a cada ano menos deles vinham, e mais tinham amarras com suas próprias casas, famílias e propriedades. E Gwenhwyfar ficava feliz, pois essas reuniões de Pentecostes traziam de volta à sua mente aqueles dias em que Artur não era um rei cristão, mas sim carregava o odiado estandarte do Pendragon. No Pentecostes, ele pertencia a seus Companheiros, e ela não tinha nenhuma importância em sua vida.

Ela estava de pé atrás de Artur agora, enquanto ele selava as duas dúzias de cópias que seus escribas haviam feito, para cada um dos reis vassalos e muitos de seus velhos Companheiros.

— Por que envia um aviso especial para que venham neste ano? Com certeza os que não têm outros negócios a tratar virão sem seu chamado.

— Mas isso não é suficiente este ano — respondeu Artur, voltando-se para sorrir para ela, que percebeu que ele estava ficando grisalho, embora seu cabelo fosse tão louro que ninguém pudesse notar, a não ser que estivesse bem perto. — Quero assegurá-los de que os jogos e as batalhas simuladas farão com que todos os homens percebam que a legião de Artur ainda é muito capaz de lutar.

— Acha que alguém duvida disso? — perguntou Gwenhwyfar.

— Talvez não. Mas há esse Lúcio na Bretanha Menor... Bors mandou me avisar, e, assim como todos os reis vassalos vieram em minha ajuda quando os saxões e nortistas queriam dominar esta ilha, jurei ir ajudá-los. Imperador, ele se intitula, de Roma!

— E ele tem algum direito de ser imperador? — perguntou Gwenhwyfar.

— Precisa perguntar? Bem menos que eu, com certeza — disse Artur. — Não há um imperador de Roma há mais de cem anos, minha esposa. Constantino foi imperador e usou púrpura; em seguida, Magno Máximo, que atravessou o canal para tentar se tornar imperador, porém ele nunca mais voltou à Bretanha, e só Deus sabe o que lhe aconteceu ou onde morreu. Na sequência, Ambrósio Aureliano lutou com nosso povo contra os saxões, e depois, Uther, e imagino que um deles poderia ter se intitulado imperador, ou eu, mas fico contente em ser Grande Rei da Bretanha. Quando era menino, li um pouco sobre a história de Roma, e não é novidade que algum impostor arrivista consiga de algum jeito a lealdade de uma legião ou duas e proclame seu direito de usar a púrpura. Todavia, aqui na Bretanha é preciso mais de um estandarte de águia para tornar alguém imperador. Senão Uriens seria imperador desta terra! Eu pedi que ele viesse, parece que faz muito tempo que não vejo minha irmã.

Gwenhwyfar não respondeu àquilo, não diretamente. Ela encolheu os ombros.

— Não quero ver esta terra tocada novamente pela guerra, dilacerada pela matança...

— Nem eu — disse Artur. — Acho que qualquer rei prefere a paz.

— Não estou tão certa disso. Alguns de seus homens nunca param de falar dos velhos dias, quando lutavam da manhã até a noite contra os saxões. E agora não querem que esses mesmos saxões se tornem cristãos, não importa o que digam seus bispos...

— Não acho que seja o fim dos dias de guerra o que lamentam — respondeu Artur, sorrindo para sua rainha —, acho que é o tempo em que éramos todos jovens e havia proximidade entre todos nós. Nunca sente falta daqueles anos, minha esposa?

Gwenhwyfar sentiu-se corar. De fato, ela se lembrava bem... Aqueles dias em que Lancelote fora seu campeão, e se amavam... Isso não era modo de uma rainha cristã pensar, e ainda assim não conseguia se conter.

— Realmente sinto, meu marido. E, como você diz, talvez seja apenas saudade da minha própria juventude. Não sou jovem — disse, suspirando.

Ele então pegou a mão de Gwenhwyfar e respondeu:

— Você é tão bela para mim, minha querida, quanto no dia em que nos deitamos juntos pela primeira vez. — E ela sabia que era verdade. Mas se forçou a ficar calma, a não corar. *Não sou jovem*, pensou, *não é apropriado que pense naqueles dias em que era nova e sinta falta deles, porque naquele tempo era uma pecadora e adúltera. Agora me arrependi e fiz as pazes com Deus, e até Artur cumpriu sua penitência por seu pecado com Morgana.* Ela se forçou a ser prática, como condizia à rainha de toda a Bretanha.

— Imagino que teremos mais visitantes que nunca, então, no Pentecostes. Preciso conversar com Cai e *sir* Lucan para saber onde acomodá-los, e como faremos o banquete. Bors virá da Bretanha Menor?

— Virá, se puder — disse Artur —, embora Lancelote tenha me mandado uma mensagem nesta semana pedindo permissão para ir ajudar seu irmão Bors se ele estiver sitiado lá. Pedi que ele viesse para cá, pois é possível que tenhamos de ir todos. Agora que Pellinore morreu, Lancelote é rei lá como marido de Elaine, enquanto o filho deles é pequeno. E Agravaine virá por Morgause de Lothian, e Uriens, ou talvez um de seus filhos. Uriens está maravilhosamente bem preservado para sua idade, mas não é imortal. Seu filho mais velho é um pouco tolo, mas Accolon é um de meus antigos Companheiros, e Uriens tem Morgana para aconselhá-lo.

— Isso não me parece certo — respondeu Gwenhwyfar —, pois o Santo Apóstolo disse que as mulheres precisam se submeter a seus maridos, mas ainda assim Morgause governa Lothian, e Morgana é mais que uma auxiliar de seu rei em Gales do Norte.

— Deve se lembrar, minha senhora — afirmou Artur —, de que sou da linhagem real de Avalon. Não sou rei apenas por ser filho de Uther Pendragon, mas porque sou filho de Igraine, que era filha da antiga Senhora do Lago. Gwenhwyfar, desde tempos imemoriais a Senhora governou esta terra, e o rei não era mais que seu consorte em tempos de guerra. Mesmo nos dias de Roma as legiões tratavam com o que chamavam de "rainhas vassalas", que governavam as tribos, e algumas delas eram guerreiras poderosas. Nunca ouviu falar sobre a rainha Boadiceia? Ela que, quando suas filhas foram estupradas pelos homens da legião, e a própria rainha foi açoitada como rebelde contra Roma, levantou um exército e quase expulsou todos os romanos destas costas.

Gwenhwyfar disse amargamente:

— Espero que a tenham matado.

— Ah, mataram, e ultrajaram seu corpo. Mesmo assim foi um sinal de que os romanos não poderiam esperar a conquista sem aceitar que, nestas terras, a Senhora governa... Cada governante da Bretanha, até meu pai, Uther, levou o título que os romanos cunharam para um líder guerreiro sob o comando de uma rainha: *dux bellorum*, duque da guerra. Uther, e eu depois dele, chegamos ao trono como *dux bellorum* da Senhora de Avalon, Gwenhwyfar. Não se esqueça disso.

Gwenhwyfar disse impacientemente:

— Pensei que tivesse acabado com isso, que se considerasse um rei cristão e tivesse cumprido penitência por sua servidão ao povo das fadas daquela ilha maligna...

Artur respondeu com igual impaciência:

— Minha vida pessoal e minha religião são uma coisa, Gwenhwyfar, mas as tribos me apoiam porque carrego *isto*! Bateu a mão em Excalibur, no cinto em seu flanco, dentro da bainha vermelha. — Sobrevivi à guerra graças à mágica desta espada...

— Sobreviveu à guerra porque Deus o poupou para cristianizar esta terra — retrucou Gwenhwyfar.

— Um dia, talvez. Ainda não chegou a hora, senhora. Em Lothian, os homens estão contentes em viver sob o governo de Morgause, e Morgana é rainha na Cornualha e em Gales do Norte. Se houvesse chegado o tempo de essas terras serem governadas por Cristo, então clamariam por um rei, e não uma rainha. Governo esta terra como ela é, Gwenhwyfar, não como os bispos gostariam que fosse.

Gwenhwyfar teria discutido mais, entretanto viu a impaciência nos olhos dele e se aquietou.

— Talvez com o tempo até os saxões e as tribos caiam aos pés da cruz. Chegará o dia, disse o bispo Patrício, em que Cristo será o único rei entre os cristãos, reis, rainhas e seus servos. Que Deus o faça chegar logo. — E fez o sinal da cruz. Artur riu.

— Servo de Cristo serei pela minha própria vontade — disse ele —, mas não de seus padres. Contudo, não tenho dúvida de que o bispo Patrício estará entre os convidados, e poderá recebê-lo tão bem quanto desejar.

— Uriens virá de Gales do Norte — afirmou Gwenhwyfar —, Morgana também, certamente. E da terra de Pellinore, Lancelote?

— Ele virá — respondeu Artur —, embora creia que, se deseja ver sua prima Elaine de novo, precise ir até lá visitá-la: Lancelote me disse que ela está novamente para dar à luz.

Gwenhwyfar estremeceu. Sabia que Lancelote passava pouco tempo com sua mulher, mas Elaine dera a ele o que ela não podia ter: filhos.

— Qual a idade do filho de Elaine? Ele será meu herdeiro, deveria ser criado nesta corte — disse Artur.

Gwenhwyfar respondeu:

— Ofereci isso a ela quando o menino nasceu, mas Elaine disse que, mesmo se ele fosse se tornar rei um dia, deveria ser criado para ser um homem simples e modesto. Você também foi criado como filho de um homem simples, e isso não o prejudicou.

— Bem, talvez ela esteja certa — afirmou Artur. — Gostaria de ver um dia o filho de Morgana. Ele deve ser adulto agora... Já se passaram dezessete anos. Sei que ele não pode ser meu sucessor, os padres não aceitariam, mas é o único filho que tive, e gostaria de ao menos uma vez botar os olhos nele e dizer... Não sei o que diria a ele. Mas gostaria de vê-lo uma vez.

Gwenhwyfar lutou contra a resposta furiosa que brotou em seus lábios; não ganharia nada com uma nova discussão. Ela disse apenas:

— Ele está bem onde está.

Ela falava a verdade, e, depois que o disse, soube que era verdade; estava feliz por o filho de Morgana ser criado naquela ilha de feitiçarias, aonde nenhum rei cristão iria. Educado *lá*, era mais certo que nunca que nenhuma reviravolta do destino o colocaria no trono depois de Artur – cada vez mais, os padres e o povo dessa terra desconfiavam da feitiçaria de Avalon. Criado na corte, poderia ser que alguma pessoa inescrupulosa começasse a pensar que o filho de Morgana era um sucessor mais legítimo que o de Lancelote.

Artur suspirou.

— Ainda assim, é difícil para um homem saber que tem um filho e jamais o viu — disse. — Talvez, um dia... — Mas ele levantou e depois baixou os ombros em resignação. — Sem dúvida você está certa, querida. E quanto à festa de Pentecostes? Sei que fará dela, como sempre, um dia memorável.

E assim fizera, pensou Gwenhwyfar naquela manhã, olhando a vastidão de tendas e pavilhões. O grande campo de jogos de guerra havia sido limpo e rodeado de cordas e estandartes, e as bandeiras de cinquenta reis vassalos e mais de uma centena de cavaleiros se moviam vivamente no vento do verão nas alturas. Era como se um exército estivesse acampado ali.

Procurou o estandarte de Pellinore, o dragão branco que havia adotado depois de terem matado o dragão no lago. Lancelote estaria ali... Passara-se mais de um ano desde que o vira, em um encontro formal diante de toda a corte. Fazia muitos anos desde que estivera sozinha com ele, mesmo por apenas um minuto; no dia anterior ao casamento dele com Elaine, viera vê-la sozinho para se despedir.

Ele também fora vítima de Morgana; não a tinha traído, foram ambos vítimas de um truque cruel que Morgana fez com eles. Quando lhe contou o que acontecera, chorou, e ela cultivava a lembrança dessas lágrimas como o maior elogio que ele lhe fizera. Afinal, quem havia visto Lancelote chorar?

— Eu juro, Gwenhwyfar, ela me colocou em uma armadilha... Morgana me enviou a mensagem falsa e um lenço com seu perfume. Acho que também me drogou, ou colocou algum feitiço sobre mim. — Chorando, ele olhara nos olhos dela, que chorou também. — Além disso, Morgana contou alguma mentira a Elaine, também, dizendo que eu estava apaixonado por ela... E estávamos os dois lá juntos. No começo pensei que fosse você, era como se eu estivesse sob o efeito de algum feitiço. E depois, quando percebi que era Elaine quem tinha nos braços, ainda não consegui me conter. Então apareceram todos lá, com tochas. O que eu poderia fazer, Gwen? Havia tirado a virgindade da filha de meu anfitrião, e Pellinore estaria dentro de seu direito se tivesse me matado na hora, ali mesmo na cama dela... — Lancelote gritou, e então, com a voz falhando, concluiu: — Preferia ter me lançado sobre a espada dele em vez disso...

Ela lhe perguntou:

— Você não gosta de Elaine, então? — Gwenhwyfar sabia que era algo indesculpável, mas não poderia viver sem aquela garantia. No entanto, enquanto Lancelote podia desnudar sua própria infelicidade para ela, não falou sobre Elaine; disse, apenas, de modo tenso, que nada daquilo era culpa da moça, e que ele tinha a obrigação, por honra, de tentar fazê-la feliz o máximo que pudesse.

Bem, estava consumado, Morgana conseguira o que queria. Gwenhwyfar veria Lancelote e o receberia como parente de seu marido, nada mais do que isso. A outra loucura havia acabado, estava no passado, mas ela o veria, e isso era melhor que nada. Tentou afastar esses pensamentos concentrando-se no banquete. Dois bois estavam sendo assados – será que seriam suficientes? – e havia um grande javali selvagem que fora caçado há uns dias, além de dois porcos de uma fazenda próxima sendo preparados em um poço. O cheiro já era tão bom que um grupo de crianças famintas estava ali perto, atraídas pelo aroma das carnes. E havia centenas de pães de centeio, muitos dos quais seriam dados para o povo que vinha se aglomerar nas beiradas do campo para assistir ao que os nobres faziam, os reis, cavaleiros e Companheiros. E havia também maçãs sendo assadas com creme, e uma fartura de nozes, bolos de mel, docinhos para as senhoras, além de coelhos e pequenas aves cozidas no vinho... Se o banquete não fosse um sucesso, com certeza não seria pela falta de comida boa e abundante!

Eles se reuniram um pouco depois do meio-dia, e uma longa fila de nobres e senhoras ricamente vestidos entrou no grande salão e foi levada a seus lugares apropriados. Os Companheiros, como de costume, foram direcionados a seus assentos na grande mesa redonda de banquete, a qual, embora grande, já não conseguia acomodar todos eles.

Gawaine, que sempre fora mais próximo de Artur, apresentou sua mãe, Morgause. Ela estava de braços dados com um jovem que Gwenhwyfar não reconheceu por um momento; estava esbelta como sempre, o cabelo ainda farto, trançado e enfeitado com joias. Ela se curvou diante de Artur, que fez um sinal para que se levantasse e a abraçou.

— Bem-vinda, tia, à minha corte.

— Ouvi dizer que monta apenas cavalos brancos — disse Morgause —, e então trouxe um do país dos saxões. Tenho um filho de criação lá que o enviou como presente.

Gwenhwyfar viu a mandíbula de Artur se retesar, e ela também podia adivinhar quem deveria ser esse filho de criação. Mas ele apenas disse:

— Um presente verdadeiramente digno de um rei, tia.

— Não pedi que trouxessem o cavalo para o salão, como me disseram que é o costume nas terras dos saxões — afirmou Morgause, alegremente. — Não creio que a senhora de Camelot queira ver seu salão, decorado para os convidados, transformado em um estábulo! E, sem dúvida, seus criados já têm muito que fazer, Gwenhwyfar!

Ela abraçou a rainha; Gwenhwyfar foi envolvida em uma onda morna, e, de perto, podia ver que o rosto de Morgause estava pintado, os olhos brilhantes delineados com *kohl*, mas isso não a deixava menos bela.

— Obrigada por sua tolerância, senhora Morgause... — disse Gwenhwyfar. — Não seria a primeira vez que um belo cavalo ou cão é trazido diante de meu senhor e rei aqui no salão, e sei que foi por cortesia, mas não duvido que seu cavalo estará esperando lá fora um tanto contente... Não acho que a hospitalidade de Camelot significa muito até mesmo para o mais fino cavalo. Ele preferiria jantar em sua baia! Embora Lancelote costumasse nos contar uma história sobre um romano que alimentava seu cavalo com vinho em um cocho de ouro e lhe dava honrarias e guirlandas de louro...

O belo jovem ao lado de Morgause riu e disse:

— Eu me lembro disso. Lancelote contou essa história no casamento de minha irmã. Era o imperador Calígula, o Deus, que nomeou seu cavalo favorito um de seus senadores, e, quando morreu, o imperador seguinte disse algo como: "Ao menos o cavalo não deu maus conselhos nem cometeu assassinato". Mas não faça o mesmo, meu senhor Artur, não temos cadeiras para acomodar um Companheiro assim, se achar adequado nomear seu garanhão como um deles!

Artur riu com gosto e pegou o jovem pela mão, dizendo:

— Não farei isso, Lamorak.

E, com um sobressalto, Gwenhwyfar percebeu quem aquele rapaz ao lado de Morgause deveria ser: o filho de Pellinore. Sim, ouvira rumores sobre isso: que Morgause havia tornado o jovem seu favorito diante de toda a sua corte... Como aquela mulher poderia dividir a cama com um homem jovem o bastante para ser seu filho? Ora, Lamorak agora tinha apenas vinte e cinco anos! Olhou com horror fascinado e inveja secreta para Morgause. *Ela parece tão jovem, ainda é tão bela, apesar de toda a pintura, e faz o que quer, sem se importar com as possíveis críticas dos homens!* Então, disse com a voz tranquila:

— Gostaria de se sentar ao meu lado, parente, e deixar os homens com sua conversa?

Morgause apertou a mão de Gwenhwyfar.

— Obrigada, prima. Venho tão raramente à corte, fico feliz em me sentar entre as senhoras e fofocar sobre quem se casou, quem tomou um amante e todas as novas modas em vestidos e fitas! Fico tão ocupada em Lothian governando o reino que tenho pouco tempo para as coisas femininas, e é um luxo e um prazer para mim desfrutar delas na sua companhia.

Ela acariciou a mão de Lamorak e, quando pensou que ninguém notava, roçou a testa dele com um beijo furtivo.

— Eu o deixo com os Companheiros, meu querido.

Seu perfume forte, o cheiro morno em suas fitas e nas dobras de seu vestido, quase deixou Gwenhwyfar zonza no tempo em que a rainha de Lothian ficou sentada ao lado dela no banco. Gwenhwyfar disse:

— Se fica tão ocupada com as questões de Estado, prima, por que não encontra uma mulher para Agravaine e o deixa governar no lugar de seu pai? Assim pode abrir mão do governo de Lothian. Com certeza o povo lá não pode estar feliz sem um rei...

O riso de Morgause era afável e alegre.

— Ora, então terei de viver sem me casar, já que naquelas terras o marido da rainha é rei, e isso não me seria nem um pouco conveniente! E Lamorak é muito jovem para assumir esse posto, embora tenha outras obrigações nas quais seu desempenho é bastante satisfatório...

Gwenhwyfar ouvia com uma aversão fascinada; como uma mulher da idade de Morgause podia se prestar a esse papel com um homem tão jovem? Ainda assim, os olhos dele seguiam Morgause como se ela fosse a mulher mais bela e fascinante do mundo. Ele mal olhou para Isotta da Cornualha, que agora se curvava diante do trono ao lado de seu velho marido, o duque Marco da Cornualha. Isotta era tão bela que um pequeno murmúrio percorreu todo o salão quando chegou; alta e esguia, com o cabelo da cor de uma moeda nova de cobre. Mas sem dúvida Marco pensara mais no ouro irlandês que ela usava no pescoço e no fecho de seu manto, e também nas pérolas irlandesas trançadas em seus cabelos, do que no tesouro de sua beleza. *Isotta era*, pensou

Gwenhwyfar, *a mulher mais bela que já vira*. Perto de Isotta, Morgause parecia muito pintada, exagerada, mas ainda assim Lamorak não tinha olhos para mais nada além dela.

— Sim, Isotta é bela — disse Morgause —, mas dizem que na corte do duque da Cornualha ela está mais interessada no herdeiro dele, Drustan, do que no velho Marco. E quem pode culpá-la? Mas ela é modesta e discreta, provavelmente vai ter o bom senso de dar ao velho um filho... Embora possa se dar melhor com o jovem Drustan em tal ofício — Morgause riu. — Ela não parece uma mulher muito feliz em seu leito marital. Ainda assim, não imagino que Marco queira dela muito mais que um filho para a Cornualha. Marco quer apenas isso, creio, antes de declarar que a Cornualha pertence a quem a mantém, e não a Morgana, que a herdou de Gorlois. Aliás, onde está minha parente Morgana? Estou ansiosa para abraçá-la!

— Está ali com Uriens — disse Gwenhwyfar, olhando para onde o rei de Gales do Norte esperava para se aproximar do trono.

— Artur teria feito melhor em casar Morgana na Cornualha — afirmou Morgause. — Mas acho que ele pensou que Marco era muito velho para ela. Embora ele bem pudesse tê-la casado com o jovem Drustan... A mãe dele era parente de Ban da Bretanha Menor, e ele é um primo distante de Lancelote e quase tão belo quanto ele, não é, Gwenhwyfar? — Ela sorriu alegremente e concluiu: — Ah, mas me esqueci, você é uma senhora muito religiosa, jamais olha para a beleza de nenhum homem além da de seu marido. Bem, é fácil para você ser virtuosa quando casada com alguém tão jovem, belo e galante como Artur!

Gwenhwyfar achou que a conversa de Morgause a deixaria louca. Essa mulher não pensava em outra coisa? Morgause disse:

— Imagino que deva dizer umas palavras de cortesia a Isotta... ela chegou há pouco tempo à Bretanha. Ouvi dizer que fala pouco a nossa língua, apenas a da Irlanda. Mas também soube que, em sua terra, era uma notável mestra nas artes das ervas e da cura, tanto que, quando Drustan lutou com o rei irlandês Marhaus, ela o curou quando ninguém pensou que pudesse viver, e assim ele é seu fiel cavaleiro e campeão... Ou ao menos ele *disse* que era essa a razão — Morgause seguiu falando —, embora Isotta seja tão bela, isso não me espantaria... Talvez devesse apresentá-la a Morgana, ela também é uma grande mestra do conhecimento das ervas e encantamentos de cura. Teriam muito que conversar, e acho que Morgana sabe um pouco da língua irlandesa. E minha sobrinha também é casada com um homem com idade para ser seu pai... Realmente acho que essa não foi uma boa decisão de Artur!

Gwenhwyfar respondeu rigidamente:

— Morgana se casou com Uriens com seu próprio consentimento. Não acha que Artur casaria sua querida irmã sem antes consultá-la!

Morgause quase bufou:

— Morgana é tão cheia de vida que não acredito que esteja contente na cama de um velho — disse —, e, se eu tivesse um enteado tão belo como Accolon, sei bem que *eu não estaria!*

— Venha, convide a senhora da Cornualha para se sentar conosco — disse Gwenhwyfar, para botar um fim nas fofocas de Morgause. — E Morgana, também, se desejar.

Morgana estava seguramente casada com Uriens. O que importava a Gwenhwyfar se ela tivesse feito papel de tola ou colocasse sua alma imortal em perigo bancando a prostituta com esse ou aquele homem?

Uriens, com Morgana e seus dois filhos mais novos, fora cumprimentar Artur, que pegou o velho rei pelas duas mãos, chamando-o de "cunhado", e beijou Morgana nos dois lados do rosto.

— Mas veio me oferecer um presente, Uriens? Não preciso de presentes de um parente, sua afeição já é o suficiente — ele disse.

— Não apenas oferecer-lhe um presente, mas pedir-lhe um favor — respondeu Uriens. — Peço que faça meu filho Uwaine cavaleiro de sua Távola Redonda e o receba como um de seus Companheiros.

Artur sorriu para o jovem moreno e esguio que se ajoelhou diante dele.

— Qual sua idade, Uwaine?

— Quinze, meu senhor e rei.

— Bem, então, levante-se, *sir* Uwaine — pediu Artur, graciosamente. — Pode manter vigília esta noite ao lado de suas armas, e amanhã um de meus Companheiros o sagrará cavaleiro.

— Com sua permissão — disse Gawaine —, posso conferir essa honra a meu primo Uwaine, senhor Artur?

— Quem melhor que você, meu primo e amigo? — respondeu Artur. — Se concorda com isso, Uwaine, que assim seja. Eu o recebo voluntariamente como meu Companheiro por seus próprios méritos e porque é enteado de minha querida irmã. Arranjem um lugar para ele aqui na mesa, homens. E você, Uwaine, prepare-se para lutar em minha companhia amanhã nas batalhas simuladas.

Uwaine gaguejou:

— Obrigado, meu r-rei.

Artur sorriu para Morgana.

— Agradeço-lhe por este presente, minha irmã.

— É um presente para mim também, Artur — respondeu Morgana. — Uwaine é como um filho de verdade para mim.

Gwenhwyfar pensou, com crueldade, que Morgana aparentava a idade que tinha; seu rosto tinha rugas sutis, e havia mechas brancas no cabelo negro, embora seus olhos escuros continuassem belos como sempre. E ela havia falado de Uwaine como seu filho e o olhara com orgulho e afeição. *Mas seu próprio filho deve ser ainda mais velho...*

E então Morgana, maldita seja, tem dois filhos, e eu não tenho nem um de criação!

Morgana, sentada ao lado de Uriens, tinha consciência dos olhos de Gwenhwyfar sobre ela. *Como ela me odeia! Até mesmo agora, quando não posso lhe fazer nenhum mal!* Ainda assim, não odiava a cunhada; havia até deixado de guardar ressentimentos pelo casamento com Uriens, sabendo que, de um jeito obscuro, isso lhe trouxera de volta o posto de sacerdotisa de Avalon. *Ainda assim, se não fosse por Gwenhwyfar, estaria casada com Accolon neste momento, e, da maneira que é, estamos à mercê de algum serviçal que poderia nos espionar ou nos delatar a Uriens em troca de recompensa...* Ali em Camelot deveriam ser muito discretos, pois nada impediria Gwenhwyfar de lhe causar problemas.

Pensou também que não deveria ter vindo. Mas Uwaine queria que ela o visse sendo sagrado cavaleiro, e era a única mãe que ele conhecera.

Uriens não poderia, afinal de contas, viver para sempre – embora às vezes, nos anos que se arrastavam, pensasse que ele decidira rivalizar com o velho rei Matusalém –, e duvidava que até os guardadores de porcos estúpidos de Gales do Norte aceitariam Avalloch como rei. Se pudesse ao menos ter um filho de Accolon, então ninguém questionaria que ele, ao seu lado, faria um bom reinado.

Ela teria arriscado, pois Viviane, afinal de contas, tinha quase sua idade quando deu à luz Lancelote, e ela tinha vivido o tempo suficiente para ver o filho crescer. Mas a Deusa não havia lhe enviado nem mesmo a esperança de conceber, e, para ser honesta, não desejava isso. Uwaine lhe bastava como filho, e Accolon não a havia censurado pela falta deles. Sem dúvida achava que ninguém acreditaria de verdade que fosse filho de Uriens, embora Morgana não duvidasse que poderia persuadir o velho marido a reconhecer a criança como sua. Ele a amava em todos os aspectos, e ela compartilhava a cama dele com certa frequência... frequência demais para seu gosto.

Ela disse para Uriens:

— Deixe-me fazer seu prato. O porco assado é forte demais para você, vai deixá-lo doente. Alguns daqueles pães de trigo, talvez, embebidos no molho, e aqui está uma bela perna de coelho.

Ela acenou para o serviçal carregando uma bandeja de frutas e escolheu algumas groselhas e cerejas para o marido.

— Aqui, sei que gosta disso.

— Você é boa demais para mim, Morgana — ele disse, e ela acariciou seu braço. Valia a pena todo o tempo que gastava paparicando-o, cuidando de sua saúde, bordando-lhe belos tecidos e camisas, e ainda, de vez em quando, encontrando com discrição uma jovem para sua cama e dando-lhe uma dose de um de seus remédios de ervas que permitiria a ele algo próximo de uma virilidade normal; Uriens estava convencido de que ela o adorava e jamais questionava sua devoção ou negava qualquer pedido seu.

O banquete estava terminando – pessoas se moviam pelo salão, beliscando bolos e doces, pedindo vinho e cerveja, parando para falar com parentes e amigos que viam apenas uma ou duas vezes por ano. Uriens ainda mastigava suas groselhas quando Morgana pediu licença para ir falar com suas parentes.

— Como desejar, minha querida — ele murmurou. — Deveria ter cortado meu cabelo, minha esposa, todos os Companheiros usam cabelo curto...

Ela acariciou os cabelos escassos dele e disse:

— Ah, não, meu querido, acho que assim fica melhor para sua idade. Não quer ficar parecido com um menino de escola ou um monge. — E, pensou consigo mesma: *Restou tão pouco de seu cabelo que, se eu o cortar curto, sua careca brilharia como um farol!* — Veja, o nobre Lancelote ainda usa o cabelo comprido, solto, e também Gawaine e Gareth... Ninguém os chamaria de velhos!

— Tem razão, como sempre — disse Uriens, convencido. — Imagino que seja adequado para um homem maduro. Fica bem para um rapaz como Uwaine cortar o cabelo curto. — E Uwaine, realmente, havia cortado o cabelo rente à nuca, seguindo a nova moda. — Noto que o cabelo de Lancelote está ficando grisalho também. Nenhum de nós é mais jovem, minha querida.

Você era avô quando Lancelote nasceu, pensou Morgana, irritada, mas apenas murmurou que nenhum deles era jovem como haviam sido dez anos antes – uma verdade que ninguém poderia contestar. E, então, se afastou pensando: *Lancelote ainda é o homem mais belo que já vi. Perto dele, mesmo Accolon parecia perfeito demais, os traços muito precisos. Havia fios grisalhos em seu cabelo, sim, e também na barba suavemente aparada; mas seus olhos brilhavam com o mesmo velho sorriso.*

— Bom dia, prima.

Ela ficou surpresa com seu tom cordial. *Ainda assim*, pensou, é *verdade o que Uriens disse, nenhum de nós é mais jovem, e já não há muitos que se lembram da época de nossa juventude.* Ele a abraçou, e ela sentiu a barba sedosa dele contra o rosto.

— Elaine não está aqui? — perguntou Morgana.

— Não, ela me deu outra filha há três dias. Esperava que a criança já tivesse nascido, e ela voltasse à forma o suficiente para viajar para o Pentecostes, mas a nossa grande e bela menina não se apressou para chegar. Esperávamos que ela nascesse há três semanas!

— Quantos filhos tem agora, Lance?

— Três. Galahad é um meninão de sete anos, e Nimue tem cinco. Não os vejo com muita frequência, mas suas aias dizem que são inteligentes e rápidos para a idade, e Elaine quis batizar a mais nova de Gwenhwyfar, em homenagem à rainha.

— Acho que irei para o norte visitá-la — disse Morgana.

— Ela ficará feliz em vê-la, tenho certeza. Fica solitária lá — disse Lancelote. Morgana não achava que Elaine ficaria nem um pouco feliz em vê-la, mas aquilo era entre as duas. Lancelote olhou para a plataforma aonde Gwenhwyfar havia levado Isotta da Cornualha para se sentar ao seu lado enquanto Artur falava com o duque Marco e seu sobrinho.

— Conhece Drustan, ali? É um bom harpista, embora não como Kevin, é claro.

Morgana balançou a cabeça.

— Kevin vai tocar neste festejo?

— Não o vi — respondeu Lancelote. — A rainha não gosta dele. A corte ficou cristã demais para isso, embora Artur lhe dê valor como conselheiro e também como músico.

— Também se tornou cristão? — perguntou ela bruscamente:

— Gostaria de ter me tornado — ele disse, suspirando do fundo do coração. — Aquela fé me parece muito simples... Basta crer que Cristo morreu por nossos pecados, e pronto. Mas sei demais sobre a verdade, sobre como a vida funciona. Vida após vida nas quais nós, e apenas nós, podemos descobrir as causas que colocamos em movimento e reparar os danos que causamos. Não é lógico que um homem, por mais santo e abençoado que fosse, pudesse expiar todos os pecados que todos os homens cometeram em todas as suas vidas. O que mais explicaria por que alguns têm tudo e outros tão pouco? Não, isso não passa de um truque cruel dos padres para fazer os homens acreditarem que eles têm a atenção de Deus e podem perdoar pecados em seu nome... Ah, realmente gostaria que isso fosse verdade. E alguns padres são homens bons e sinceros.

— Mas jamais conheci um que tivesse a metade do conhecimento de Taliesin ou fosse tão bom quanto ele — disse Morgana.

— Taliesin era uma grande alma — respondeu Lancelote. — Talvez uma vida servindo aos Deuses não possa trazer tanto conhecimento, e ele é um dos grandes que os serviu por centenas de anos. Perto dele, Kevin parece tão apto a ser o Merlim quanto meu filhinho a tomar o trono de

Artur e liderar os soldados em batalha. E Taliesin teve a grandeza de não brigar com os padres, sabendo que serviam ao Deus deles da melhor maneira que podiam, e talvez depois de muitas vidas aprenderiam que esse mesmo Deus era muito maior do que pensavam. E sei que ele respeitava a força deles de viver em castidade.

— Aquilo me parece blasfêmia e uma negação da vida — disse Morgana —, e sei que Viviane teria pensado a mesma coisa. — *Por que*, ela se perguntou, *estou aqui discutindo religião com Lancelote, entre todos os homens?*

— Viviane, como Taliesin, veio de outro mundo e outra época — afirmou Lancelote. — Eram gigantes naqueles dias, e agora temos de nos virar com o que temos. Você se parece muito com ela, Morgana. — Ele deu um meio sorriso pesaroso, que torceu o coração de Morgana; ela se lembrou de que ele lhe dissera algo assim antes... *Não, isso também devia ter sido um sonho, mas não podia lembrar-se de tudo...* Então, ele continuou: — Vejo que está aqui com seu marido e seu belo enteado... Ele será um mérito aos Companheiros. Sempre lhe desejei felicidade, Morgana, e por muitos anos você parecia infeliz, mas agora é rainha em suas próprias terras e tem um bom filho... — Certamente, ela pensou, o que mais uma mulher poderia querer...? — Mas agora preciso ir cumprimentar a rainha...

— Sim — ela disse, sem poder evitar a amargura em sua voz. — Deve estar ansioso para fazer *isso*.

— Ah, Morgana — ele afirmou, desolado —, nos conhecemos há tanto tempo, somos todos parentes, não podemos deixar o passado morrer? Você me despreza tanto, ainda a odeia tanto assim?

Morgana balançou a cabeça.

— Não odeio nenhum de vocês — disse. — Por que odiaria? Mas achei, agora que está casado... Bem, Gwenhwyfar também merece ser deixada em paz.

— Você jamais a entendeu — retrucou Lancelote, inflamado. — Acho que não gosta dela desde que eram jovens! E isso não faz bem, Morgana! Ela se arrependeu de seu pecado, e eu... bem, estou casado, como você diz, com outra mulher. Mas não vou evitá-la como se fosse uma leprosa. Se ela quer minha amizade como parente de seu marido, ela a terá!

Morgana sabia que ele falava com sinceridade; no entanto, isso não significava nada para ela. Agora ela tinha de Accolon o que desejara dele por tanto tempo... E, estranhamente, até isso era doloroso, como o espaço deixado por um dente podre depois de arrancado; ela o amara por tantos anos que agora, quando podia olhar para ele sem desejo, sentia-se oca por dentro. Respondeu, então, suavemente:

— Sinto muito, Lance, não queria deixá-lo zangado. Como você diz, isso tudo é passado.

Ouso dizer que ele realmente acredita que pode ser apenas amigo de Gwenhwyfar... Talvez para ele seja verdade, e Gwenhwyfar é tão religiosa, não duvido nada...

— Então aí está você, Lancelote, como sempre conversando com as senhoras mais belas da corte — disse uma voz alegre, e Lancelote se virou e deu um abraço no recém-chegado.

— Gareth! Como vai nas terras do norte? E então também está casado e é dono de uma casa... Sua senhora lhe deu duas crianças, ou já seriam três? Belo, está mais bonito que nunca... Nem Cai poderia zombar de você agora!

— Gostaria muito de tê-lo de volta em minha cozinha — riu Cai, vindo colocar a mão no ombro de Gareth. — Quatro filhos, não é? Mas a senhora Lionors teve gêmeos, como os gatos monteses de sua terra, não teve? Morgana, acho que fica ainda mais jovem com os anos — ele completou, curvando-se sobre a mão dela; sempre gostara de Morgana.

— Mas quando vejo Gareth crescido, e um homem desses, eu me sinto mais velha que as próprias colinas — Morgana também riu. — Uma mulher sabe que está ficando velha quando olha para cada jovem alto e diz para si mesma, eu o conheci quando ainda usava cueiros...

— E, ai de mim, isso é verdade a meu respeito, prima — Gareth se curvou para beijar Morgana. — Lembro-me de que você costumava esculpir cavaleiros de madeira para mim quando não era mais que um bebê...

— Ainda se lembra daqueles cavaleiros de madeira? — Morgana sorriu contente.

— Claro que me lembro... Lionors ainda guarda um deles com meus tesouros — disse Gareth. — Está corajosamente pintado de azul e vermelho, e meu filho mais velho adoraria ficar com ele, mas eu lhe dou muito valor. Sabia que eu o chamava de Lancelote quando era pequeno, primo?

Lancelote também riu, e Morgana pensou que jamais o vira tão despreocupado e feliz como estava agora entre seus amigos.

— Seu filho... Ele é quase da mesma idade que meu Galahad, acho. Galahad é um bom menino, embora não se pareça muito com o meu lado da família. Eu o vi pela primeira vez desde que saiu dos cueiros há poucos dias. E as meninas são bonitas, ou ao menos o são para mim.

Gareth se virou de novo para Morgana e perguntou:

— Como vai meu irmão de criação Gwydion, senhora Morgana?

Ela respondeu brevemente:

— Ouvi dizer que está em Avalon. Não o vi. — E virou-se, deixando Lancelote com seus amigos. Mas Gawaine se juntou a eles, curvando-se para dar um abraço quase filial em Morgana.

Gawaine era um homem imenso agora, monstruosamente pesado, com ombros que pareciam – e provavelmente eram – fortes o suficiente para derrubar um touro. Seu rosto era cortado e carcomido por muitas cicatrizes. Ele disse:

— Seu filho Uwaine parece um bom rapaz. Acho que dará um bom cavaleiro, e podemos precisar de um... Viu seu irmão Lionel, Lance?

— Não... Lionel está aqui? — perguntou Lancelote, olhando em volta, e seus olhos caíram em um homem alto, robusto, vestindo um manto de um jeito estranho.

— Lionel! Irmão, como vai em seu reino enevoado de além-mar?

Lionel veio e os cumprimentou, falando com um sotaque tão forte que Morgana achou difícil acompanhar.

— Pior sem você lá, Lancelote... Podemos ter problemas, você soube disso? Ouviu as notícias de Bors?

Lancelote fez que não com a cabeça.

— Não ouvi nada além de que estava para se casar com a filha do rei Hoell — respondeu —, eu sempre me esqueço do nome dela...

— Isotta, o mesmo nome da rainha da Cornualha — disse Lionel. — Mas não houve casamento ainda. Hoell, deve saber, é alguém que nunca diz sim ou não para nada, mas precisa ponderar eternamente sobre as vantagens de uma aliança com a Bretanha Menor ou a Cornualha...

— Marco não pode dar a Cornualha a ninguém — disse Gawaine, secamente. — A terra lhe pertence, não é, senhora Morgana? Acho que me recordo de que Uther a deu à senhora Igraine quando subiu ao trono, então a herdou tanto de Igraine quanto de Gorlois, embora as terras de Gorlois tenham sido confiscadas por Uther, se me lembro bem da história... Isso tudo aconteceu antes que eu nascesse, e a senhora era uma criança na época.

— O duque Marco governa a terra para mim — disse Morgana. — Nunca soube que ele a tenha reclamado, embora saiba que uma vez houve uma conversa de que eu deveria me casar com o duque Marco ou com Drustan, seu sobrinho...

— Teria sido bom se se isso tivesse acontecido — afirmou Lionel —, pois Marco é um homem ganancioso, conseguiu muitas riquezas com sua senhora irlandesa, e não duvido que tentará abocanhar toda a Cornualha e também Tintagel, se pensar que pode se sair bem dessa, assim como uma raposa foge com uma ave do terreiro.

— Gostava mais dos dias em que éramos apenas Companheiros de Artur — disse Lancelote. — Agora governo as terras de Pellinore, e Morgana é rainha em Gales do Norte, e você, Gawaine, deveria ser rei em Lothian, se recebesse seus direitos...

Gawaine riu para ele.

— Não tenho talento nem vontade para reinar, primo, sou um guerreiro, e morar sempre no mesmo lugar e viver na corte me mataria de tédio! Estou feliz de que Agravaine governe ao lado de minha mãe. Acho que as tribos estão certas... Mulheres ficam em casa e governam, e homens andam por aí e guerreiam. Não vou me separar de Artur, mas admito que estou me cansando da vida na corte. Ainda assim, uma batalha simulada é melhor que nenhuma.

— Tenho certeza de que vencerá com honras — disse Morgana, sorrindo para o primo. — Como vai sua mãe, Gawaine? Ainda não conversamos — ela completou, com um toque de malícia: — Ouvi que ela tem outro ajudante além de Agravaine para governar suas terras.

Gawaine riu profusamente.

— Sim, é moda agora... E isso é culpa sua, Lancelote. Depois que você se casou com a filha de Pellinore, imagino que Lamorak tenha pensado que nenhum cavaleiro pode ser grande, cortês e conseguir renome a não ser que antes tenha sido aman... — Ele se conteve diante do rosto sombrio de Lancelote e rapidamente se corrigiu: — ... o campeão escolhido por uma grande e bela rainha. Acho que não é apenas afetação, penso que Lamorak realmente ama minha mãe, e não me chateio com isso. Ela se casou com o velho rei Lot quando ainda não tinha completado quinze anos, e, mesmo quando eu era pequeno, costumava me perguntar como ela podia viver em paz com ele e ser sempre bondosa e gentil.

— Morgause é realmente bondosa e gentil — disse Morgana —, e tampouco teve a vida fácil com Lot. Ele pode ter buscado o conselho dela para tudo, mas a corte era tão cheia de seus bastardos que o rei não precisava contratar soldados, e qualquer mulher que chegasse lá era sua presa por direito, mesmo eu, que era sobrinha da mulher dele. No caso do rei, consideravam seu comportamento viril, e se alguém criticar isso em Morgause eu mesma terei algo a dizer a essa pessoa!

Gawaine respondeu:

— Sei bem que é amiga de minha mãe, Morgana. Também sei que Gwenhwyfar não gosta dela. Gwenhwyfar... — Ele olhou para Lancelote, deu de ombros e ficou quieto. Gareth, então, disse:

— Gwenhwyfar é tão religiosa, e nenhuma mulher jamais teve motivo para reclamar na corte de Artur... Talvez a rainha ache difícil entender que uma mulher pode ter motivos para querer mais na vida do que aquilo que o casamento lhe dá. Quanto a mim, tenho sorte, pois Lionors me escolheu por sua própria vontade, e está sempre tão ocupada tendo filhos, ou amamentando o mais jovem, que não tem tempo para olhar para qualquer outro homem, mesmo se desejasse. O que — ele completou, sorrindo — espero que não deseje fazer, pois, se quisesse, não acho que poderia lhe negar coisa alguma.

O rosto de Lancelote perdeu o ar sisudo. Ele disse:

— Não consigo imaginar que uma dama casada com você, Gareth, desejaria olhar para outro lugar.

— Mas você, sim, deve ampliar o seu campo de visão, primo — retrucou Gawaine —, pois há uma rainha a sua procura e deveria ir cumprimentá-la como seu campeão.

E realmente, naquele momento, uma das pequenas moças de Gwenhwyfar se aproximou e disse em sua voz infantil:

— O senhor é *sir* Lancelote, não é? A rainha pediu que fosse falar com ela. — E ele se curvou para Morgana e afirmou:

— Conversaremos mais tarde, Gawaine, Gareth. — Lancelote cumprimentou-os e saiu. Gareth o observou, franzindo o cenho, e murmurou:

— Ele sempre corre quando ela estende a mão.

— Esperava algo diferente, irmão? — respondeu Gawaine, em seu jeito despreocupado. — Ele é campeão da rainha desde que ela se casou com Artur, e se fosse de outra maneira... Bem, é como Morgana disse: essas coisas são consideradas viris em um rei, por que deveríamos criticá-las em uma rainha? Não, isso está em voga agora... Ou não ouviu as histórias sobre a rainha irlandesa ali, casada com o velho Marco, e como Drustan faz canções sobre ela e a segue por todo lado... Ele é um harpista, dizem, tão bom quanto Kevin! Já o ouviu tocar, Morgana?

Ela fez que não com a cabeça e disse:

— Não deve chamar Isotta de rainha da Cornualha... Não há outra rainha da Cornualha além de mim. Marco reina lá apenas como meu castelão, e, se ele não sabe disso, está na hora de descobrir.

— Não creio que Isotta se importe com a maneira como Marco se intitula — observou Gawaine, olhando para a longa mesa onde se sentavam as senhoras. Morgause havia se juntado a Gwenhwyfar e à rainha irlandesa, e Lancelote fora falar com elas; Gwenhwyfar sorria para Lancelote, e Morgause fazia alguma brincadeira que provocou o riso deles, mas Isotta da Cornualha mirava o nada, o belo rosto pálido e abatido. — Jamais vi uma senhora que parecesse tão infeliz quando a rainha irlandesa ali.

— Se eu fosse casada com o velho duque Marco, duvido que fosse feliz — disse Morgana, e Gawaine lhe deu um abraço abrutalhado.

— Artur tampouco fez bem em casá-la com o velho Uriens, Morgana. Você também está infeliz?

Morgana sentiu a garganta fechar, como se a bondade de Gawaine fosse fazê-la chorar.

— No fim das contas, talvez não haja muita felicidade para a mulher no casamento...

— Não diria isso — respondeu Gareth. — Lionors me parece bastante feliz.

— Ah, mas Lionors é casada com você — disse Morgana, rindo. — E não tive essa sorte, sou apenas sua velha prima.

— Mesmo assim — disse Gawaine —, não critico minha mãe. Ela foi boa para Lot durante toda a vida dele, e, enquanto ele estava vivo, jamais exibiu seus amantes. Não guardo rancor de nada, e Lamorak é um bom homem e um bom cavaleiro. Quanto a Gwenhwyfar... — ele riu. — É pena que Lancelote não a tenha tirado deste reino quando ainda havia tempo para Artur encontrar outra mulher... Ainda assim, imagino que o jovem Galahad será um bom rei quando chegar a hora. Lancelote é da velha linhagem real de Avalon, e o sangue de Ban da Bretanha Menor é real também.

— Ainda assim — afirmou Gareth —, acho que *seu* filho está mais próximo do trono que o dele, Morgana. — E ela se deu conta de que ele tinha idade suficiente para se lembrar do nascimento de Gwydion. — E as tribos seriam leais à irmã de Artur... Nos velhos tempos, a irmã do rei era a herdeira natural, quando a coroa seguia o sangue da mulher. — Ele franziu a testa, pensou por um momento e então perguntou: — Morgana, ele é filho de Lancelote?

Ela imaginou que a questão fosse natural; afinal, foram amigos desde a infância. Mas ela balançou a cabeça, tentando fazer uma brincadeira, em vez de demonstrar a irritação que sentiu.

— Não, Gareth, se fosse o caso eu teria dito a você. Isso o teria deixado contente, como qualquer coisa relacionada a Lancelote. Perdoem-me, primos, preciso falar com a mãe de vocês, ela sempre foi muito boa comigo.

Ela se virou, indo lentamente até a plataforma onde as senhoras estavam sentadas; o aposento ficava cada vez mais cheio enquanto todos cumprimentavam velhos amigos e pequenos grupos de pessoas se reuniam.

Sempre detestara lugares cheios, e ultimamente havia passado tanto tempo nas colinas verdes de Gales que não estava mais acostumada ao cheiro de corpos aglomerados e à fumaça do fogo da lareira. Indo para um lado, trombou em um homem que cambaleou com seu leve peso e se apoiou na parede, e, então, viu-se frente a frente com o Merlim.

Não falava com ele desde o dia da morte de Viviane. Ela o olhou no rosto friamente e se virou.

— Morgana...

Ela o ignorou. Kevin insistiu, com uma voz tão fria quanto o olhar dela:

— Uma filha de Avalon vai virar o rosto quando o Merlim fala?

Morgana respirou fundo e respondeu:

— Se me pedir para ouvi-lo em nome de Avalon, estou aqui para escutá-lo. Mas isso não lhe convém, a você, que entregou o corpo de Viviane aos cristãos. Isso eu considero o ato de um traidor.

— E quem é a senhora para falar dos atos de um traidor, sendo rainha em Gales enquanto o posto de Viviane em Avalon está vazio?

Ela explodiu:

— Busquei falar-lhe em nome de Avalon e me pediu para ficar quieta. — E baixou a cabeça, sem esperar pela resposta dele. *Não, ele está certo. Como ouso falar de traição quando fugi de Avalon, jovem e tola demais para compreender o que Viviane planejava? Só agora começo a entender que ela me deu influência sobre a consciência do rei, e eu a joguei fora, sem usá-la, além de permitir que Gwenhwyfar o levasse para as mãos dos padres.*

— Fale, Merlim, a filha de Avalon o ouve.

Por um momento ele nada disse, apenas olhou para ela, e Morgana se lembrou, com tristeza, dos anos em que ele fora seu único amigo e aliado naquela corte. Por fim Kevin afirmou:

— Sua beleza, como a de Viviane, amadurece com os anos, Morgana. Perto de você qualquer mulher nesta corte, inclusive aquela irlandesa que consideram tão bela, é apenas uma boneca pintada.

Ela sorriu tenuamente e disse:

— Não me parou com os trovões de Avalon para me fazer belos elogios, Kevin.

— Não! Eu me expressei mal, Morgana... Precisamos de você em Avalon. Aquela que governa lá agora é... — Ele fez uma pausa, perturbado. — Você está tão apaixonada por seu marido idoso que não pode escapar?

— Não — respondeu ela —, mas faço o trabalho da Deusa lá também.

— Disso eu sei — disse Kevin —, e contei a Niniane. E, se Accolon puder suceder o pai, o culto à Deusa crescerá lá... Mas ele não é herdeiro de Uriens, e o filho mais velho é um tolo dominado pelos padres.

— Accolon não é um rei, mas um druida — afirmou Morgana —, e a morte de Avalloch de nada adiantaria... Seguem os costumes romanos em Gales, agora, e ele tem um filho. *Conn*, ela pensou, *que se senta em meu colo e me chama de vovó.*

E Kevin disse, como se tivesse ouvido os pensamentos dela:

— A vida das crianças é incerta, Morgana. Muitas não atingem a idade adulta.

— Não cometerei assassinato — ela respondeu —, nem mesmo por Avalon, e pode dizer isso a eles por mim.

— Diga você mesmo — afirmou Kevin. — Niniane me disse que você irá para lá depois do Pentecostes.

E agora Morgana sentia um enjoo frio e vazio atingir seu estômago e ficou aliviada por ter ingerido pouco da comida pesada do banquete.

Eles sabem tudo, então? Observam, julgando-me, enquanto traio meu velho marido crédulo com Accolon? Ela pensou em Elaine, estremecendo, envergonhada sob a luz das tochas que a flagraram nua nos braços de Lancelote. *Sabem até o que planejo antes de eu mesma ter certeza?* Mas fizera apenas o que a Deusa a incumbira de fazer.

— O que veio me dizer, Merlim?

— Apenas que seu lugar em Avalon ainda está vazio, e que Niniane sabe disso tão bem quanto eu. Gosto muito de você, Morgana, e não sou nenhum traidor... Fico triste de saber que pense assim, quando me deu tanta coisa. — Ele estendeu as mãos torcidas. — Selemos a paz, então, entre nós?

— Em nome da Senhora, paz — disse ela, e o beijou na boca coberta de cicatrizes.

Também para ele a Deusa tem meu rosto... E uma dor a atingiu. *A Deusa é quem dá a vida e a virilidade... e também a morte.* Quando seus lábios tocaram os dele, o Merlim recuou, e em seu rosto havia puro medo.

— Recua de mim, Kevin? Juro pela minha vida, não cometerei assassinato. Não tem nada a temer — ela disse, mas ele estendeu um de seus dedos retorcidos para fazê-la parar de falar.

— Não faça juramentos, Morgana, pois pode ter de pagar a pena do perjúrio... Nenhum de nós sabe o que a Deusa pode exigir de nós. Também celebrei o Grande Casamento, e minha vida foi comprometida naquele dia. Vivo apenas pela vontade da Deusa, e minha vida não é tão doce a ponto de sentir pena de terminar com ela — disse. Anos depois, Morgana se lembraria dessas palavras e sentiria que elas adoçavam a tarefa mais amarga de sua vida. Ele se curvou para ela, em uma saudação dada apenas à Senhora de Avalon, ou ao Grão-Druida, e rapidamente se virou. Morgana ficou tremendo, observando-o se afastar. Por que ele fizera aquilo? E por que a temia?

Ela se moveu através da multidão; quando chegou à plataforma, Gwenhwyfar lhe deu um sorriso frio, mas Morgause se levantou e a tomou em um abraço amplo e amoroso.

— Querida criança, você parece cansada... Sei que não gosta muito de multidões!

Ela levou uma taça de prata aos lábios de Morgana, que bebeu o vinho, e esta então balançou a cabeça e disse:

— Parece ficar sempre mais jovem, tia!

Morgause riu alegremente e disse:

— A companhia da juventude tem esse efeito sobre mim, minha querida... Viu Lamorak? Enquanto ele me achar bonita, também acharei, e então sou... É o único feitiço de que preciso! — Ela traçou com o dedo suave uma pequena linha sob o olho de Morgana e disse: — Recomento o mesmo a você, minha querida, ou vai ficar velha e irritada... Não há belos jovens na corte de Uriens que lancem olhares para a rainha?

Sobre o ombro, Morgana viu a careta de aversão de Gwenhwyfar, ainda que ela decerto acreditasse que Morgause estava brincando. *Ao menos a história de meu comportamento com Accolon não é uma fofoca de conhecimento geral aqui.* Então ela pensou, com raiva: *Em nome da Senhora, não tenho vergonha do que faço, não sou Gwenhwyfar!*

Lancelote conversava com Isotta da Cornualha. Sim, ele sempre ficava de olho na mulher mais bela no recinto, e Morgana podia perceber que Gwenhwyfar não gostava daquilo. A rainha então disse, com uma pressa nervosa:

— Senhora Isotta, conhece a irmã de meu marido, Morgana?

A beldade irlandesa levantou os olhos para Morgana de modo apático e sorriu. Era muito pálida, seus traços desenhados brancos como creme, os olhos daquele azul que era quase verde. Morgana viu que, embora fosse alta, seus ossos eram tão miúdos que ela parecia uma criança coberta de joias, pérolas e correntes de ouro que pareciam pesadas demais para ela. Morgana sentiu uma pena repentina da moça e conteve as primeiras palavras que surgiram à sua mente: *Então a chamam de rainha na Cornualha agora? Preciso ter uma conversa com o duque Marco!* No entanto, disse apenas:

— Minha parente me disse que tem habilidade com ervas e remédios, senhora. Algum dia, se tivermos tempo antes que eu volte para Gales, gostaria de falar sobre isso com a senhora.

— Seria um prazer — respondeu Isotta, com cortesia. Lancelote olhou para cima e disse:

— Disse a ela que você também é musicista, Morgana. Vamos ouvi-la tocar hoje?

— Com Kevin aqui? Minha música é nada comparada à dele — disse Morgana, mas Gwenhwyfar estremeceu e interrompeu:

— Gostaria que Artur me ouvisse e tirasse aquele homem da corte. Não gosto de ter magos e feiticeiros aqui, e aquele rosto horrível deve ser um presságio da maldade interna! Não sei como suporta tocá-lo, Morgana... Acho que qualquer mulher sensível ficaria doente se ele a tocasse, mas você o abraçou e beijou como se fosse um parente...

— Claramente — retrucou Morgana — me faltam os sentimentos apropriados, e fico feliz com isso.

Isotta da Cornualha disse em sua voz suave e doce:

— Se o que está no exterior é semelhante ao que está no interior, então a música de Kevin deve ser um sinal para nós, senhora Gwenhwyfar, de que a alma dentro dele é como a dos anjos mais superiores. Pois nenhum homem mau poderia tocar como ele.

Artur havia se juntado a elas e ouviu as últimas palavras. Ele afirmou:

— Mas não afrontarei minha rainha com a presença de alguém que a desagrada, nem terei a insolência de pedir a música de um artista como Kevin para alguém que não a receberá com graça. — Ele parecia descontente. — Morgana, então tocará para nós?

— Minha harpa está em Gales — respondeu ela. — Talvez, se alguém puder me emprestar uma harpa, em outra hora. O salão está tão cheio e barulhento, a música se perderia... Lancelote é um músico tão bom quanto eu.

Lancelote, de pé atrás de Artur, fez que não com a cabeça.

— Ah, não, prima. Sei diferenciar as cordas porque fui criado em Avalon, e minha mãe colocou uma harpa em minhas mãos assim que consegui segurar uma. Mas não tenho o dom como Morgana, ou o sobrinho de Marco... Já ouviu Drustan tocar, Morgana?

Ela fez que não com a cabeça, e Isotta disse:

— Pedirei a ele que venha tocar para nós.

Ela enviou um pajem atrás dele, e Drustan veio, um jovem pequeno, de olhos e cabelos escuros. Morgana reparou como realmente era parecido com Lancelote. Isotta pediu-lhe que tocasse, e ele mandou buscar sua harpa e sentou-se nos degraus da plataforma, tocando algumas canções bretãs. Eram lamentosas e tristes, em uma escala muito antiga, e fizeram Morgana pensar na antiga terra de Lyonnesse, muito distante, afundada além da costa de Tintagel. Ele era, de fato, mais talentoso que Lancelote e até que ela mesma. Embora ele não fosse Kevin, nem mesmo chegasse próximo disso, era o melhor músico, além do Merlim, que havia escutado. A voz dele também era doce e musical.

Sob o disfarce da música, Artur disse baixo para Morgana:

— Como está, irmã? Fazia tempo que não vinha a Camelot... Sentimos sua falta.

— Ah, é mesmo? — retrucou Morgana. — Pensei que havia me casado em Gales do Norte para que minha senhora... — e curvou-se ironicamente para Gwenhwyfar — ... não sofresse a afronta de ver ninguém que a desagrade, como eu ou Kevin.

— Ora, como pode dizer isso? — perguntou Artur. — Eu a amo, sabe disso, e Uriens é um bom homem, e me parece gostar de você... Certamente ouve tudo o que diz! Quis encontrar-lhe um bom marido, Morgana, um que tivesse filhos e não a censurasse por não lhe dar um. E foi meu prazer hoje tornar seu belo enteado um de meus Companheiros. O que mais poderia desejar, minha irmã?

— O que mais, de fato? — disse Morgana. — O que mais uma mulher poderia desejar além de um bom marido com idade suficiente para ser seu avô, um reino para governar no fim do mundo... Deveria me curvar e agradecer-lhe de joelhos, meu irmão!

Artur buscou a mão dela.

— Realmente fiz o que pensei que fosse agradá-la, irmã. Uriens é velho demais para você, mas não vai viver para sempre. Eu realmente pensei que isso a faria feliz.

Sem dúvida, pensou Morgana, *ele diz a verdade de seu ponto de vista.* Como podia ser um rei tão bom e sábio e ter tão pouca imaginação? Ou era esse o segredo de seu governo, que se apegava às verdades simples e não buscava ir além? Era por isso que a fé cristã o atraíra, por ser tão simples, com poucas regras?

— Gosto de ver todos felizes — afirmou Artur, e ela sabia que essa era verdadeiramente a chave de sua natureza; ele de fato buscava a felicidade de todos, até o último de seus súditos. Havia permitido o que acontecera entre Gwenhwyfar e Lancelote porque sabia que deixaria sua rainha infeliz se os separasse, e tampouco magoaria Gwenhwyfar tomando outra mulher ou amante para lhe dar os filhos que ela não podia dar.

Ele não é impiedoso o suficiente para ser Grande Rei, ela pensou, enquanto tentava ouvir as músicas tristes de Drustan. Artur começou a falar sobre as minas de chumbo e estanho da Cornualha... Morgana pensava que deveria ir até lá para vê-las: *O duque Marco precisa saber que não é o governante de toda aquela região, e, sem dúvida, Isotta e eu seremos amigas, e ambas gostamos de música... Veja como ouve Drustan com profunda atenção.*

Bem, não é o amor pela música que faz com que ela não consiga tirar os olhos dele, Morgana pensou, mas nada disse. Considerou as quatro rainhas sentadas à mesa e suspirou; Isotta não podia tirar os olhos de Drustan, e como culpá-la? O duque Marco era velho e severo, com olhos rápidos, fulminantes, mal-intencionados, que lhe lembravam Lot de Orkney. Morgause chamara seu jovem Lamorak e agora cochichava com ele. Bem, como culpá-la? Fora casada com Lot, e ele não era nenhum tesouro, quando tinha apenas catorze anos, e, enquanto Lot viveu, tomou cuidado para não ferir o orgulho dele e jamais exibia seus amantes diante do nariz do marido. *E não sou melhor que nenhuma delas, paparicando Uriens e fugindo para a cama de Accolon ao mesmo tempo, e justificando-me ao chamar Accolon de meu sacerdote...*

Ela se perguntou se alguma mulher um dia agira diferente. Gwenhwyfar era a Grande Rainha, e fora a primeira a arrumar um amante... e Morgana teve a impressão de que seu coração endurecera como pedra. Ela, Morgause e Isotta foram casadas com velhos, e essa era a vida delas. Mas Gwenhwyfar se casara com um homem belo, de sua idade e, ainda por cima, Grande Rei... Que razões ela tinha para ficar descontente?

Drustan botou a harpa de lado, fazendo uma mesura, e pegou uma taça de chifre cheia de vinho para acalmar a garganta.

— Não consigo cantar mais — declarou —, mas se a senhora Morgana desejar usar minha harpa é mais que bem-vinda. Ouvi falar das habilidades da senhora na música.

— Sim, cante para nós, criança — disse Morgause, e Artur juntou-se ao pedido.

— Sim, já faz tempo que não ouço sua voz, e ainda é a mais doce que já escutei... Talvez porque seja a primeira voz que me lembro de ter ouvido — ele afirmou. — Acho que me embalava com canções de ninar antes que eu soubesse falar, e você mesma não era muito mais que uma criança. Sempre gosto de me lembrar de você dessa maneira, Morgana — ele completou, e, diante da dor nos olhos do rei, Morgana baixou a cabeça.

É isso que Gwenhwyfar não consegue perdoar, o fato de eu ter o rosto da Deusa para ele? Ela pegou a harpa de Drustan e se curvou sobre as cordas, tocando-as uma por uma.

— A afinação é diferente da minha — disse, experimentando algumas cordas, e então levantou o rosto quando uma comoção teve início. Uma corneta soou, e ouviu-se o som de pés em armaduras. Artur começou a se levantar e então afundou novamente no assento enquanto quatro homens de armadura, levando espadas e escudos, entravam no salão.

Cai foi ao encontro deles, protestando – não era permitido portar armas no salão do rei no Pentecostes. Eles o empurraram para o lado com brutalidade.

Usavam capacetes romanos – Morgana havia visto alguns dos que foram preservados em Avalon –, túnicas militares curtas e armaduras romanas, e longos mantos militares se agitavam atrás deles. Morgana piscou – era como se legionários romanos tivessem saído do passado. Um homem levava, no topo de uma lança, a imagem esculpida de uma águia dourada.

— Artur, duque da Bretanha! — gritou um deles. — Trazemos uma mensagem de Lúcio, imperador de Roma!

Artur se levantou e deu um passo em direção aos homens vestidos de legionários.

— Não sou duque da Bretanha, sou o Grande Rei — afirmou, com voz amena —, e não conheço nenhum imperador Lúcio. Roma caiu e está nas mãos dos bárbaros... e, não duvido, de impostores. Ainda assim, não se pode enforcar o cachorro por causa da impertinência do dono. Pode dizer sua mensagem.

— Sou Castor, centurião da legião Valeria Victrix — disse o homem que falara antes. — Na Gália, as legiões se formaram novamente sob o estandarte de Lúcio Valério, imperador de Roma. A mensagem de Lúcio é esta: o senhor, Artur, duque da Bretanha, pode continuar a governar aqui sob esse modelo e designação, desde que envie ao imperador, dentro de seis semanas, um tributo imperial consistindo de quarenta onças de ouro, duas dúzias de pérolas britânicas e três carroças de ferro, estanho e chumbo de seu país, com cem varas de lã tecida da Bretanha e cem escravos.

Lancelote se levantou de seu lugar e saltou para o espaço diante do rei.

— Meu senhor Artur — gritou —, permita que eu esfole esses cães imprudentes e os mande choramingando de volta ao seu dono, e digam a esse Lúcio idiota que, se ele deseja algum tributo da Inglaterra, pode vir ele mesmo tentar pegá-lo...

— Espere, Lancelote — disse Artur, gentilmente, sorrindo para o amigo —, essa não é a melhor maneira de lidar com a situação. — Ele examinou os legionários por um momento; Castor havia começado a tirar a espada, e o rei disse rigidamente: — Não é permitido brandir armas em minha corte neste dia santo, soldado. Não espero que um bárbaro da Gália conheça os hábitos de um país civilizado, mas, se não guardar a espada na bainha, então prometo que Lancelote pode ir tomá-la da melhor maneira possível. E não duvido que tenham ouvido falar de *sir* Lancelote até na Gália. No entanto, não quero sangue derramado aos pés do meu trono.

Castor, mostrando os dentes raivosamente, enfiou a espada de novo na bainha.

— Não tenho medo de seu cavaleiro Lancelote — disse. — Sua fama ficou nos dias da guerra com os saxões. Mas fui enviado como mensageiro, com ordens para não derramar sangue. Que resposta devo levar ao imperador, duque Artur?

— Nenhuma, se me recusa meu título legítimo em meu próprio salão — respondeu Artur. — Mas diga isto a Lúcio: Uther Pendragon sucedeu Ambrósio Aureliano quando não havia romanos para nos ajudar em nossa batalha de morte contra os saxões, e eu, Artur, sucedi meu pai Uther, e meu sobrinho Galahad me sucederá no trono da Bretanha. Não há ninguém que possa por direito reclamar o púrpura do imperador... O Império Romano não governa mais a Bretanha. Se Lúcio deseja governar em sua Gália, e o povo de lá o aceita como rei, certamente não contestarei seu título; porém, se ele alegar direito a um só centímetro da Bretanha ou da Bretanha Menor, então não receberá nada de nós a não ser três dúzias de boas flechas britânicas onde lhe farão muito bem.

Castor, pálido de fúria, afirmou:

— Meu imperador previu uma resposta imprudente dessa, e isto é o que me pediu para dizer: que a Bretanha Menor já está em suas mãos, e que aprisionou o filho do rei Ban, Bors, em seu próprio castelo. E, quando o imperador Lúcio tiver devastado toda a Bretanha Menor, então virá à Bretanha, como fez o imperador Cláudio nos velhos dias, e conquistará o país novamente, apesar de todos os seus chefes selvagens pintados de azul!

— Diga ao seu imperador — respondeu Artur — que minha oferta de três dúzias de flechas da Bretanha era boa, mas agora a aumento para trezentas, e ele não receberá nenhum tributo de mim além de uma delas atravessada no coração. E diga a ele também que, se tocar em um fio de cabelo do meu Companheiro Bors, eu o entregarei a Lancelote e Lionel, os irmãos de Bors, para ser esfolado vivo e ter seu corpo pendurado nos muros do castelo. Agora voltem a seu imperador e entreguem a ele a mensagem. Não, Cai, não permita que ninguém os toque, os mensageiros são sagrados aos Deuses.

Fez-se um silêncio tomado de horror enquanto os legionários deixavam o salão, girando cuidadosamente e batendo as botas cobertas de metal nas pedras do chão. Quando saíram, levantou-se uma balbúrdia, mas Artur levantou a mão e todos ficaram quietos.

— Não teremos batalhas simuladas amanhã, pois logo teremos batalhas de verdade — disse —, e como prêmio ofereço o espólio desse que se diz imperador. Companheiros, preciso de vocês prontos para viajar ao litoral ao nascer do dia. Cai, pode cuidar das provisões. Lancelote — deu um sorriso tênue ao olhar para o amigo —, gostaria de deixá-lo aqui protegendo a rainha, mas, como seu irmão está aprisionado, sei que deseja vir conosco. Pedirei ao padre que reze a missa para os que desejam se confessar antes de partir para a batalha, amanhã, ao amanhecer. *Sir* Uwaine — seus olhos buscaram seu mais novo Companheiro, que se sentava entre os cavaleiros mais jovens —, agora posso oferecer-lhe glória em batalha em vez de jogos de guerra. Peço que, como filho de minha irmã, cavalgue ao meu lado e me proteja de traições.

— Fico honrado, m-meu rei — gaguejou Uwaine, com o rosto resplandecendo, e naquele momento Morgana notou como Artur inspirava grande devoção.

— Uriens, meu caro cunhado — disse Artur —, deixo a rainha sob seus cuidados. Fique em Camelot e proteja-a até minha volta. — Então se curvou para beijar a mão de Gwenhwyfar e disse: — Minha senhora, peço que nos dê permissão para nos retirarmos do banquete... Estamos enfrentando uma guerra novamente.

Gwenhwyfar estava branca como o vestido.

— Sabe que a recebe bem, meu senhor. Que Deus o proteja, querido marido. — E ela se curvou para beijá-lo.

Artur se levantou e desceu da plataforma, acenando.

— Gawaine, Lionel, Gareth... vocês todos, Companheiros, venham comigo!

Lancelote demorou um pouco antes de segui-lo e dizer:

— Deseje-me também a bênção de Deus enquanto viajo, minha rainha.

— Oh, Deus... Lancelote — disse Gwenhwyfar, e, apesar dos tantos olhos sobre ela, jogou-se nos braços dele. Lancelote a segurou, gentilmente, falando tão baixo que Morgana não podia ouvir, mas viu que ela chorava. Mas, quando ela levantou o rosto, estava seco, sem lágrimas.

— Que Deus o proteja, meu querido amor.

— E que Deus a guarde, amor de meu coração — respondeu Lancelote, muito baixo. — Se eu voltar ou não, que ele a abençoe.

Ele se virou para Morgana.

— Agora realmente ficaria feliz se fizesse uma visita a Elaine. Leve minhas saudações para minha querida esposa e diga-lhe que fui com Artur resgatar meu parente Bors do cafajeste que se intitula imperador Lúcio. Diga-lhe que rezo para que Deus a guarde e mande meu amor para nossas crianças. — Ele ficou um instante em silêncio, e Morgana pensou que ele a beijaria também; mas, em vez disso, sorrindo, pousou a mão em seu rosto: — Que Deus também a abençoe, Morgana... queira você ou não essa bênção.

Ele se virou para se juntar a Artur no fundo do salão, onde os Companheiros estavam reunidos.

Uriens se aproximou da plataforma e se curvou para Gwenhwyfar.

— Estou às suas ordens, minha senhora.

Se ela rir do velho, pensou Morgana, com um súbito impulso protetor, *dou-lhe um tapa!* Uriens tinha boas intenções, e a tarefa era apenas cerimonial, um pequeno tributo ao parentesco; Camelot ficaria muito bem nas mãos de Cai e Lucan, como sempre. Gwenhwyfar, porém, estava acostumada com a diplomacia da corte, e disse com gravidade:

— Agradeço-lhe, *sir* Uriens. Você é muito bem-vindo aqui. Morgana é minha irmã e amiga querida, e ficarei feliz em tê-la perto de mim na corte de novo.

Ah, Gwenhwyfar, Gwenhwyfar, que mentirosa você é! Morgana pensou, mas disse com doçura:

— Mas preciso visitar minha parente Elaine. Lancelote me incumbiu de levar as notícias a ela.

— Você é sempre bondosa — observou Uriens —, e já que a guerra não é no nosso interior, mas do outro lado do canal, pode ir quando desejar. Pediria a Accolon para acompanhá-la, mas ele deve ir com Artur para o litoral.

Ele realmente me deixaria sob os cuidados de Accolon; nunca pensa mal de ninguém, refletiu Morgana, e beijou o marido com uma afeição real.

— Após fazer a visita a Elaine, meu senhor, posso visitar minha parente em Avalon?

— Faça sua vontade, minha senhora — disse Uriens —, mas, antes de ir, pode arrumar minhas coisas? Meu criado não sabe fazer isso tão bem quanto você. Pode deixar um pouco de seus unguentos e remédios para mim?

— Certamente — ela respondeu, e, quando foi preparar as coisas para sua jornada, pensou com resignação que, sem dúvida, antes de se separarem, ele desejaria passar a noite com ela. Bem, havia suportado isso antes, poderia fazê-lo de novo.

Que prostituta me tornei!

12

Morgana sabia que só se atreveria a fazer aquela viagem se fosse em etapas, apenas cinco quilômetros por dia. Sua primeira parada seria, então, o castelo de Pellinore; que ironia cruel o fato de sua primeira missão ser uma mensagem bondosa para a mulher e os filhos de Lancelote.

Durante todo o primeiro dia ela seguira pela velha estrada romana que levava ao norte, cortando os montes. Kevin se oferecera para acompanhá-la, e ficara tentada a aceitar; o velho temor tomava conta dela, tinha medo de não conseguir encontrar o caminho para Avalon mais uma vez, e não ousaria convocar a barca de Avalon; tinha medo de se perder de novo no país das fadas e ficar lá para sempre. Não se atrevera a ir após a morte de Viviane...

Mas agora precisava superar esse desafio, assim como fizera quando se tornara sacerdotisa... expulsa de Avalon, sozinha, com um único desafio, conseguir voltar... Deveria conseguir entrar lá novamente por sua própria força, e não a de Kevin.

Ainda assim, estava assustada; aquilo havia sido há tanto tempo.

No quarto dia avistou o castelo de Pellinore, e pela tarde, cavalgando ao longo das margens pantanosas do lago que agora não guardava traços do dragão que um dia se esgueirou por ali – embora seus serviçais tenham estremecido, se juntado e contado um ao outro histórias terríveis sobre dragões –, viu a propriedade menor que Pellinore dera a Elaine e Lancelote quando se casaram.

Era, na realidade, mais um casarão que um castelo. Naqueles dias de paz, não havia muitos lugares fortificados nessa parte do país. Gramados largos se desenrolavam a partir da estrada, e, enquanto Morgana cavalgava em direção à casa, um bando de gansos fez uma algazarra.

Um camareiro bem-vestido a recebeu, perguntando seu nome e o que vinha tratar ali.

— Sou a senhora Morgana, mulher do rei Uriens de Gales do Norte. Trago uma mensagem do senhor Lancelote.

Ela foi conduzida a um aposento onde pôde se lavar e se arrumar, e então foi levada ao grande salão, onde o fogo estava aceso e lhe serviram pães de trigo com mel e um jarro de bom vinho. Morgana se viu entediada com toda aquela cerimônia – era, afinal de contas, uma parente, não uma visitante oficial. Depois de um tempo, um menininho espiou dentro do cômodo e, quando percebeu que ela estava sozinha ali, entrou. Era loiro, de olhos azuis e tinha um punhado de sardas douradas no rosto, e ela soube de quem era filho, embora não se parecesse muito com o pai.

— É a senhora que chamam de Morgana das Fadas?

— Sou — respondeu Morgana. — E sou sua prima, Galahad.

— Como sabe meu nome? — perguntou o menininho, desconfiado. — É uma feiticeira? Por que é chamada de Morgana das Fadas?

— Porque sou da velha linhagem real de Avalon e fui criada lá. E sei seu nome não por causa de feitiçaria, mas porque você se parece com sua mãe, que também é minha parente.

— O nome do meu pai também é Galahad — disse a criança —, mas os saxões o chamam de Flecha de Elfo.

— Vim trazer as saudações de seu pai para você, e para sua mãe e suas irmãs também.

— Nimue é uma menina boba — afirmou Galahad. — É uma menina grande de cinco anos, mas chorou quando meu pai veio nos ver e não deixou que ele a pegasse e beijasse porque não o reconheceu. A senhora conhece meu pai?

— Sim, conheço — disse Morgana. — A mãe dele, a Senhora do Lago, era minha tia e mãe de criação.

Ele franziu a testa, cético.

— Minha mãe me disse que a Senhora do Lago é uma sacerdotisa malvada.

— Sua mãe é... — Morgana se conteve e suavizou as palavras; afinal de contas, era só uma criança. — Sua mãe não conheceu a Senhora como eu. Era uma mulher bondosa e sábia, e uma grande sacerdotisa.

— Hã? — Ela podia ver Galahad tendo dificuldades com esse conceito. — O padre Griffin diz que apenas homens podem ser sacerdotes, porque são feitos à semelhança de Deus, e as mulheres, não. Nimue disse que queria ser padre quando crescesse e aprendesse a ler, escrever e tocar harpa, e o padre Griffin disse a ela que nenhuma mulher podia fazer todas essas coisas, nem mesmo alguma delas.

— O padre Griffin está enganado — disse Morgana —, pois sei fazer tudo isso e ainda mais.

— Não acredito na senhora — disse Galahad, examinando-a com um ar de hostilidade. — Acha que todos estão errados, menos a senhora? Minha mãe diz que as crianças não devem contradizer os adultos, mas a senhora não parece muito mais velha que eu. A senhora não é muito grande, não é mesmo?

Morgana riu da criança enfezada e afirmou:

— Sou mais velha que sua mãe e seu pai, Galahad, embora não seja muito grande.

Houve um barulho na porta, e Elaine entrou. Havia ficado mais suave, o corpo mais redondo, os seios flácidos... *Afinal*, Morgana disse a si mesma, *teve três filhos e ainda amamenta um deles*. Mas ainda era bela, o cabelo dourado brilhando como sempre, e ela abraçou Morgana como se tivessem se encontrado ainda ontem.

— Vejo que conheceu meu filho — ela disse. — Nimue está no quarto dela de castigo, ela foi impertinente com o padre Griffin, e Gwennie, graças a Deus, está dormindo... É um bebê chorão, e passei boa parte da noite acordada com ela. Veio de Camelot? Por que meu senhor não veio com você, Morgana?

— Vim lhe contar tudo sobre isso — respondeu Morgana. — Lancelote não voltará para casa por um tempo. Há guerra na Bretanha Menor, e seu irmão Bors foi sitiado em seu castelo. Todos os Companheiros de Artur foram resgatá-lo e derrotar o homem que se diz imperador.

Os olhos de Elaine ficaram marejados, mas o rosto do jovem Galahad mostrava empolgação.

— Se eu fosse mais velho — afirmou ele —, seria um dos Companheiros, meu pai me faria cavaleiro e eu iria com eles, e lutaria contra esses velhos saxões, e contra qualquer imperador velho também!

Elaine ouvira a história e disse:

— Esse Lúcio me parece um louco!

— Louco ou são, ele tem um exército e alega agir em nome de Roma — respondeu Morgana. — Lancelote me mandou vir vê-la e me pediu para beijar os filhos, embora não duvide de que este jovem aqui seja grande demais para ser beijado como um bebê — ela disse, sorrindo para Galahad. — Meu enteado, Uwaine, achava que era grande demais para isso quando era do seu tamanho, e há uns dias se transformou em um dos Companheiros de Artur.

— Quantos anos ele tem? — perguntou Galahad, e, quando Morgana disse que tinha quinze, fez uma careta furiosa e começou a contar nos dedos.

— Como estava meu querido senhor? — perguntou Elaine. — Galahad, vá ficar com seu tutor, quero falar com minha prima. — E, quando a criança havia saído, disse: — Tive mais tempo para conversar com

Lancelote antes do Pentecostes do que em todos esses anos de casamento. É a primeira vez depois de nosso matrimônio que tive mais que uma semana na companhia dele!

— Ao menos ele não a deixou grávida desta vez — respondeu Morgana.

— Não — disse Elaine —, e foi muito atencioso e não tentou se deitar comigo durante aquelas últimas semanas em que esperamos juntos o nascimento de Gwen... ele disse que eu estava tão grande que eu não sentiria prazer. Não o teria recusado, mas, para dizer a verdade, acho que ele não se importou... e *aqui está* uma confissão para você, Morgana.

— Você se esquece — respondeu Morgana, com um sorrisinho triste — de que conheço Lancelote desde muito pequena.

— Diga-me — pediu Elaine —, eu jurei, uma vez, que jamais lhe perguntaria isso... Mas Lancelote foi seu amante ou já se deitou com ele alguma vez?

Morgana olhou para o rosto abatido dela e disse gentilmente:

— Não, Elaine. Houve um tempo em que eu pensei que poderia, mas isso jamais aconteceu. Eu não o amava, nem ele a mim.

E, para sua própria surpresa, soube que falava a verdade, embora jamais tivesse percebido isso antes.

Elaine olhou para o chão, onde um raio de luz entrava por um pedaço de vidro velho e descolorido que estava ali desde os tempos dos romanos.

— Morgana... quando ele estava no Pentecostes, viu a rainha?

— Já que Lancelote não é cego, e sentou-se na plataforma ao lado de Artur, imagino que sim — retrucou Morgana, secamente.

Elaine fez um movimento impaciente.

— Você sabe do que estou falando!

Ela ainda sente tanto ciúme? Odeia tanto Gwenhwyfar? Tem Lancelote, deu à luz seus filhos, sabe que ele é honrado, o que mais quer? Mas, diante da jovem torcendo as mãos nervosamente e com os olhos marejados, Morgana se abrandou.

— Elaine, ele falou com a rainha, e a beijou em despedida quando a chamada para a guerra veio. Mas, eu juro, falou como um cortesão à sua rainha, não como um amante. Eles se conhecem desde que são jovens, e, se não conseguem se esquecer de que um dia se amaram de um modo que não acontece duas vezes na vida de um homem ou de uma mulher, por que deveria guardar rancor deles por isso? Você é a mulher dele, Elaine, pude perceber quando ele me pediu para trazer sua mensagem que a ama muito.

— E jurei que me contentaria com isso, não foi? — Elaine baixou a cabeça por um longo momento, e Morgana percebeu que piscava furiosamente, mas ela não chorou, e por fim levantou a cabeça: — Você, que teve tantos amantes, soube o que é amar?

Por um momento, Morgana se sentiu levada pela velha tempestade, a loucura do amor que a havia lançado, com Lancelote, em uma colina ensolarada em Avalon, nos braços um do outro, que os tinha reunido repetidamente até que tudo acabara em amargura... Afastou aquela cena da memória e encheu a mente com a lembrança de Accolon, que despertara novamente a doçura de ser mulher em seu coração e seu corpo quando já se sentia velha, morta, abandonada... que a havia trazido de volta à Deusa, transformado-a novamente em uma sacerdotisa... Sentiu, então, o rubor subindo a seu rosto em ondas sucessivas. Lentamente, assentiu.

— Sim, minha criança. Soube... e *sei* o que é amar. — Ela percebia que Elaine desejava fazer mil outras perguntas, e pensou em como ficaria feliz em dividir tudo aquilo com a única mulher que fora sua amiga desde que deixara Avalon, cujo casamento havia arranjado... mas não. Segredo era parte do poder de uma sacerdotisa, e falar sobre a relação que tinha com Accolon traria esse assunto para fora do domínio da magia, tornando-a apenas uma esposa descontente fugindo para a cama do enteado. Ela, por fim, disse: — Mas agora, Elaine, há algo mais para tratarmos. Lembre-se, um dia me fez uma promessa: se eu a ajudasse com Lancelote, me daria o que pedi. Nimue já passou dos cinco anos, idade suficiente para ser criada em outro lugar. Vou amanhã para Avalon. Deve prepará-la para me acompanhar.

— Não! — Soltou um grito longo, quase um guincho. — Não, não, Morgana, não pode estar dizendo a verdade!

Morgana tivera medo disso. Agora falou com uma voz dura e distante.

— Elaine, você jurou.

— Como poderia jurar por uma criança que ainda não tinha nascido? Não sabia o que significava... Ah, não, não minha filha, não minha filha... não pode tirá-la de mim tão jovem!

— Você jurou — repetiu Morgana.

— E se eu recusar? — Elaine parecia uma gata feroz pronta para defender sua ninhada contra um cão grande e raivoso.

— Se você recusar — a voz de Morgana era baixa como sempre —, quando Lancelote voltar para casa saberá de mim como esse casamento foi arranjado, como você chorou e me implorou para enfeitiçá-lo, para que ele deixasse Gwenhwyfar e se voltasse para você. Ele acha que você é uma vítima inocente da minha magia, Elaine, e culpa a mim, não a você. Prefere que ele saiba a verdade?

— Você não faria isso! — Elaine estava pálida de horror.

— Experimente e saberá — respondeu Morgana. — Não sei como os cristãos tratam um juramento, mas posso lhe assegurar que entre os que cultuam a Deusa esse é um assunto tratado com toda a seriedade.

E foi sob essa perspectiva que recebi o seu. Esperei até que tivesse outra filha, mas Nimue é minha por sua palavra.

— Mas... mas e quanto a ela? É uma criança cristã, como posso afastá-la da mãe para... para um mundo de feitiçarias pagãs?

— Sou, afinal de contas, parente dela — disse Morgana, gentilmente. — Há quanto tempo me conhece, Elaine? Alguma vez soube de algo tão desonrado ou maligno que eu tenha feito para hesitar em deixar uma criança sob meus cuidados? Não a quero para alimentar um dragão, e há muito tempo terminaram os dias em que até criminosos eram queimados no altar em sacrifício.

— O que, então, acontecerá com ela em Avalon? — perguntou Elaine, com tanto medo que Morgana se perguntou se ela, afinal, realmente acreditava em tais coisas.

— Será uma sacerdotisa, treinada em toda a sabedoria de Avalon — respondeu Morgana. — Um dia saberá ler as estrelas e terá todo o conhecimento do mundo e dos céus. — Ela se pegou sorrindo. — Galahad me disse que ela gostaria de aprender a ler, escrever e tocar harpa... E em Avalon ninguém a proibirá de fazer isso. A vida dela será menos dura do que se a colocar em uma escola em algum convento. Certamente exigiremos menos dela no que diz respeito a jejum e penitência antes que fique adulta.

— Mas... mas o que direi a Lancelote? — hesitou Elaine.

— O que quiser — respondeu Morgana. — Será melhor dizer a verdade, que a enviou para ser criada em Avalon, onde poderá ocupar um lugar que foi deixado vago. Mas também não me importo se mentir... Pode dizer que ela se afogou no lago, ou foi levada pelo fantasma do dragão do velho Pellinore, no que me diz respeito.

— E quanto ao padre? Quando o padre Griffin souber que mandei minha filha para se transformar em feiticeira nas terras pagãs...

— Eu me importo ainda menos com o que dirá a ele — retrucou Morgana. — E se contar a ele que empenhou a alma em troca de minhas feitiçarias para conseguir um marido e prometeu me dar sua primeira filha? Bem, melhor não...

— Você é malvada, Morgana — disse Elaine, com lágrimas escorrendo dos olhos. — Não posso ter uns dias para prepará-la para se despedir de mim, empacotar as coisas de que precisará...

— Não precisará de muita coisa — respondeu Morgana. — Uma muda de roupa, se desejar, e vestes quentes para viajar, um manto grosso e sapatos fortes, apenas isso. Em Avalon ela receberá o vestido de uma sacerdotisa noviça. Acredite em mim — completou, com bondade —, ela será tratada com amor e reverência como a neta de uma das maiores sacerdotisas. E... como é que seus padres dizem... não lhe darão mais do que pode aguentar. Não será forçada a austeridades antes de ter idade para suportá-las. Penso que ela será feliz lá.

— Feliz? Naquele lugar de feitiçarias malignas?

Morgana afirmou, e a total convicção de suas palavras atingiu o coração de Elaine:

— Eu lhe prometo... fui feliz em Avalon, e a cada dia desde que deixei aquele lugar anseio, da primeira até a última hora, voltar para lá. Já me ouviu mentir? Vamos, deixe-me ver a criança.

— Ordenei que fosse para o quarto e fiasse sozinha até o pôr do sol. Ela foi grosseira com o padre e está sendo castigada — disse Elaine.

— Mas eu suspendo o castigo — afirmou Morgana. — Agora sou a guardiã e mãe adotiva dela, e não há mais nenhuma razão para demonstrar cortesia àquele padre. Leve-me até ela.

Morgana e Nimue partiram ao amanhecer do dia seguinte. A menina havia chorado quando se despedira da mãe, mas, menos de uma hora depois que saíram, começou a espiar Morgana curiosamente sob o capuz de seu manto. Era alta para a idade, menos parecida com a mãe de Lancelote, Viviane, e mais com Morgause ou Igraine; de cabelos loiros, mas com tons acobreados que faziam Morgana pensar que ficariam ruivos quando ela fosse mais velha. E os olhos eram quase da cor das pequenas violetas que nasciam perto dos riachos.

Tinham tomado apenas um pouco de vinho e de água antes de partir, então Morgana perguntou:

— Está com fome, Nimue? Podemos parar e tomar o desjejum assim que encontrarmos uma clareira, se quiser.

— Sim, tia.

— Muito bem.

E logo ela desmontou e levantou a menininha de seu pônei.

— Eu preciso... — A menina baixou os olhos e se contorceu.

— Se precisa urinar, vá para trás daquela árvore com a criada — disse Morgana —, e nunca mais tenha vergonha de falar do que Deus fez.

— O padre Griffin diz que não é recatado...

— E nunca mais me fale sobre qualquer coisa que o padre Griffin lhe tenha dito — disse Morgana, gentilmente, mas com certa dureza em suas palavras brandas. — Isso acabou, Nimue.

Quando a criança voltou, disse com um olhar arregalado de espanto:

— Vi alguém bem pequeno me espiando de trás de uma árvore, e Galahad me disse que a chamavam de Morgana das Fadas... Esse alguém era uma fada, tia?

Morgana fez que não com a cabeça.

— Não, era alguém do povo antigo das colinas... Eles são tão reais quanto eu ou você. É melhor não falar deles, Nimue, nem mesmo tomar conhecimento deles. São muito tímidos e têm medo dos homens que vivem em vilas e fazendas.

— Onde eles vivem, então?

— Nas colinas e nas florestas — disse Morgana. — Não suportam ver a terra, que é mãe deles, sendo estuprada pelo arado e forçada a dar frutos, e não vivem em vilas.

— Se não plantam e nem colhem, tia, o que comem?

— Apenas as coisas que a terra lhes dá pela própria vontade — respondeu Morgana. — Comem raízes, frutas, ervas e sementes... E só provam carne nos grandes festivais. Como disse, é melhor não falar deles, mas pode deixar um pouco de pão na beira da clareira, há bastante para todos.

Morgana partiu um pedaço de pão e deixou que Nimue o levasse para a beira da floresta. Elaine de fato lhes dera comida suficiente para uma viagem de dez dias, em vez da curta jornada até Avalon.

Comeu pouco, mas deixou a criança comer tudo o que queria, e passou mel no pão de Nimue; havia tempo suficiente para treiná-la e, afinal de contas, ela estava crescendo rapidamente.

— Não está comendo carne, tia — disse Nimue. — É dia de jejum?

Morgana repentinamente se lembrou de como havia questionado Viviane.

— Não, eu não como carne com frequência.

— Não gosta? Eu gosto.

— Bem, então coma, se quiser. As sacerdotisas evitam a carne, mas não é algo proibido, certamente não para uma criança da sua idade.

— Elas são como freiras? Jejuam o tempo todo? O padre Griffin diz... — Nimue se conteve, lembrando-se de que lhe fora pedido para não repetir o que ele dizia, e isso deixou Morgana contente: a menina aprendia rápido.

— O que eu quis dizer é que você não deve levar em conta o que o padre fala como um guia para sua conduta. Mas pode me contar o que ele diz e um dia você vai aprender a separar por si mesma o que é certo e o que é bobagem ou algo pior.

— Ele diz que homens e mulheres devem fazer jejum por causa de seus pecados. É por isso?

Morgana fez que não com a cabeça.

— O povo de Avalon às vezes jejua para ensinar o corpo a obedecer sem fazer demandas inconvenientes... Há momentos em que uma pessoa precisa ficar sem comida, água ou sono, e o corpo deve ser o servo da mente, não o mestre dela. A mente não pode se concentrar em coisas sagradas, ou em sabedoria, ou se aquietar em longas meditações que a abrem para outros domínios, quando o corpo grita: "Me alimente!" ou "Sinto sede!". Então ensinamos a nós mesmos a aquietar essas exigências. Você compreende?

— N-não de verdade — disse a criança, em dúvida.

— Vai entender quando for mais velha, então. Agora, coma seu pão e se prepare para retomarmos a viagem.

Nimue terminou seu pão com mel e limpou as mãos asseadamente em uma touceira de grama.

— Também nunca entendi o padre Griffin, mas ele ficava bravo com isso. Fui castigada quando perguntei a ele porque devemos jejuar e rezar por causa de nossos pecados se Cristo já os perdoou, e ele disse que eu havia aprendido paganismo e fez minha mãe me mandar para o quarto. O que é paganismo, tia?

— É tudo aquilo de que um padre não gosta — respondeu Morgana. — O padre Griffin é um tolo. Até mesmo os melhores padres cristãos não perturbam crianças como você, que não podem pecar. Haverá tempo suficiente para falar de pecado, Nimue, quando for capaz de pecar ou escolher entre o bem e o mal.

Nimue subiu obedientemente em seu pônei, mas depois de um tempo disse:

— Tia Morgana, eu não sou uma boa menina. Peco o tempo todo. Sempre faço coisas malvadas. Não estou surpresa por minha mãe ter desejado me mandar embora. É por isso que ela está me enviando para aquele lugar maligno, porque sou mesmo uma menina má.

Morgana sentiu a garganta se fechar com algo parecido com agonia. Estava a ponto de montar seu cavalo, mas correu até o pônei de Nimue e deu um grande abraço na garota, apertando-a e beijando-a repetidamente. Disse, sem fôlego:

— Jamais repita isso, Nimue! Sua mãe não quis mandá-la embora, e se ela achasse que Avalon é um lugar maligno não a teria enviado para lá, não importa quais ameaças eu fizesse a ela!

Nimue disse em voz baixa:

— Por que fui mandada embora, então?

Morgana ainda a abraçava com toda a força de seus braços.

— Porque você foi prometida para Avalon antes de nascer, minha criança. Por que sua avó foi sacerdotisa, e porque não tenho uma filha para dar à Deusa. Você está sendo enviada a Avalon para ganhar sabedoria e servir à Deusa. — Ela notou que suas lágrimas caíam, despercebidas, sobre o cabelo loiro de Nimue. — Quem a fez acreditar que era um castigo?

— Uma das criadas, enquanto arrumava minhas roupas — Nimue titubeou. — Ouvi-a dizer que minha mãe não deveria me enviar para aquele lugar maligno... E, além disso, o padre Griffin me disse muitas vezes que sou uma menina má...

Morgana se abaixou até o chão, com Nimue no colo, balançando a menina.

— Não, não — disse, gentilmente —, não, querida, não. Você é uma boa menina. Se é travessa, preguiçosa ou desobediente, isso não é pecado, é apenas porque não tem idade suficiente para entender, e, quando for ensinada sobre o que é certo, certamente o fará. — E então, porque a conversa havia ido longe demais para uma criança tão pequena, exclamou: — Olhe aquela borboleta! Nunca vi uma dessa cor antes! Vamos, Nimue, deixe-me colocá-la em seu pônei agora — ela disse, e ouviu atenciosamente enquanto a menina falava sobre borboletas.

Sozinha, poderia ter ido até Avalon em um só dia, mas as pernas curtas do pônei de Nimue não conseguiam vencer a distância, então dormiram aquela noite em uma clareira. Nimue jamais havia dormido ao ar livre antes, e a escuridão a assustou quando apagaram a fogueira, então Morgana deixou a menina se esgueirar em seus braços e ficou indicando estrelas para ela.

A menininha estava cansada de viajar e, então, logo dormiu, mas Morgana ficou acordada, com a cabeça de Nimue pesando em seu braço e sentindo o medo dentro de si. Ficara longe de Avalon por tanto tempo... Passo a passo, lentamente, havia retraçado seu treinamento, ou o que podia lembrar dele; mas será que teria se esquecido de algo vital?

Por fim, dormiu, mas antes do amanhecer teve a impressão de ter ouvido passos na clareira, e Raven estava diante dela. Usava um vestido escuro e uma túnica de pele de veado pintada, e disse:

— Morgana, Morgana, minha querida!

A voz dela, a voz que Morgana ouvira apenas uma vez em todos os seus anos em Avalon, estava tão repleta de surpresa, felicidade e espanto que acordou de repente e olhou em torno da clareira, quase esperando ver Raven ali em carne e osso. Mas o espaço estava vazio, a não ser por um traço de névoa que embaçava as estrelas, e Morgana se deitou novamente, sem saber se havia sonhado ou se, com a Visão, Raven sabia que ela estava se aproximando. Seu coração estava disparado; podia sentir sua batida, quase dolorida, em seu peito.

Jamais deveria ter ficado tanto tempo longe. Deveria ter tentado voltar quando Viviane morreu. Mesmo se morresse tentando, eu deveria ter insistido nisso... Será que vão me querer agora, velha, exausta, usada, a Visão lentamente me abandonando, com nada a oferecer a eles?

A criança ao seu lado emitiu um barulhinho sonolento e se mexeu; mudou suavemente seu ponto de apoio e se moveu para mais perto dos braços de Morgana. Ela passou um braço em torno da menina, pensando: *Levo a eles a neta de Viviane. Mas se me deixarem voltar apenas por isso seria mais amargo que a morte. Terá a Deusa me abandonado para sempre?*

Então adormeceu novamente, sem despertar até o nascer do dia, com uma garoa enevoada começando a cair. Com esse mau começo, o dia seguiu acidentado; por volta do meio-dia o pônei de Nimue perdeu uma ferradura, e, embora Morgana estivesse impaciente e desejasse levar a criança em sua montaria — ela mesma era um fardo bem leve para um cavalo, que levaria o dobro de seu peso com facilidade —, não queria deixar o pônei manco, por isso precisaram procurar uma vila e um ferreiro. Não queria que soubessem ou que corressem rumores de que a irmã do rei ia para Avalon, mas não havia o que fazer. Eram tão poucas notícias naquela parte do reino que qualquer fato parecia se espalhar voando.

Bem, não podia fazer nada quanto a isso; o pobre animalzinho não tinha culpa. Elas se atrasaram e encontraram uma pequena vila fora da estrada principal. Choveu o dia todo; embora fosse alto verão, Morgana tremia, e a menina estava molhada e agitada. Morgana deu pouca atenção aos melindres da menina; sentiu pena dela, especialmente quando Nimue começou a chorar baixo por sua mãe, mas também não podia fazer nada sobre isso, e uma das primeiras lições de uma sacerdotisa em treinamento era suportar a solidão. Ela teria simplesmente que chorar até que encontrasse seu próprio consolo ou aprendesse a viver sem isso, como todas as donzelas da casa haviam aprendido.

Agora já passara muito tempo do meio-dia, embora o céu estivesse tão nublado que não viam nem sinal do sol. Mesmo assim, naquela época do ano, o sol permanecia até mais tarde, e Morgana não queria passar outra noite na estrada. Decidiu cavalgar o mais rápido que podiam e se encorajou quando percebeu que, assim que começaram a viajar de novo, Nimue parou de choramingar e começou a se interessar pelo que viam no caminho. Agora estavam muito perto de Avalon. Nimue estava tão sonolenta que balançava na sela, e por fim Morgana a tirou do pônei e a segurou na frente de seu corpo, em seu próprio cavalo. Mas a menina acordou quando chegaram às margens do lago.

— Já chegamos, tia? — ela perguntou, ao ser colocada de pé.

— Não, mas não estamos longe agora — disse Morgana. — Em meia hora, se tudo correr bem, estará pronta para jantar e ir para a cama.

E se tudo não correr bem? Morgana se recusava a pensar nisso. A dúvida era fatal para o poder, e para a Visão... Ela havia passado cinco anos retraçando cuidadosamente seus passos desde o começo; agora era como acontecera antes, expulsa de Avalon, com apenas um desafio: *Tenho o poder de retornar?*

— Não vejo nada — disse Nimue. — É *este* o lugar? Mas não há nada ali, tia.

E ela olhou com medo para a costa desolada e encharcada, os juncos solitários murmurando para a chuva.

— Vão nos mandar um barco — respondeu Morgana.

— Mas como saberão que estamos aqui? Como vão nos ver com essa chuva?

— Vou chamá-lo — afirmou Morgana. — Fique quieta, Nimue.

O choro aflito da criança ecoava dentro dela, mas agora, quando por fim estava nas margens de seu lar, sentiu o velho conhecimento se acumulando, preenchendo-a como uma taça sendo enchida além da borda. Ela baixou a cabeça por um momento na prece mais fervorosa de sua vida, então respirou profundamente e levantou os braços em uma invocação.

Por um instante, com medo de falhar, não sentiu nada. Então, como uma linha de luz descendo lentamente até ela, o poder a atingiu, e ouviu a menininha ao seu lado exclamar com um súbito espanto; mas não tinha tempo para aquilo, sentia que seu corpo era uma ponte de energia entre o céu e a terra. Não disse conscientemente a palavra de poder, mas a sentiu pulsando como um trovão passando por todo o seu corpo... silêncio. Nimue estava branca e muda ao seu lado. E então as águas turvas do lago se agitaram, como a névoa subindo... Então, uma sombra surgiu, e a barca de Avalon, comprida, escura e reluzente, moveu-se devagar, saindo do trecho enevoado. Morgana soltou a respiração em um longo suspiro, quase um soluço.

A barca deslizava silenciosamente como uma sombra em direção à margem, mas o som que fez ao raspar na terra era bem real e sólido. Vários homenzinhos morenos saíram e pegaram os cavalos, fazendo reverências profundas para Morgana e dizendo:

— Vamos levá-los pelo outro caminho, senhora. — E desapareceram na chuva. Outro recuou para que Morgana pudesse entrar na barca, colocar a criança, que observava tudo, depois dela e ajudar os serviçais apavorados. Ainda no silêncio, exceto pelas palavras sussurradas do homem que havia levado os cavalos, a barca deslizou para o lago.

— O que é aquela sombra, tia? — Nimue sussurrou, enquanto os remadores afastavam a barca da margem.

— É a igreja de Glastonbury — respondeu Morgana, surpresa com a calma de sua voz. — Está na outra ilha, a que podemos ver daqui. Sua avó, mãe de seu pai, está enterrada lá. Um dia, talvez, verá a pedra de sua sepultura.

— Estamos indo para lá?

— Não hoje.

— Mas a barca está indo naquela direção... Ouvi dizer que há também um convento em Glastonbury...

— Não — disse Morgana —, não estamos indo para lá. Espere e verá, e agora fique quieta.

Agora viria o verdadeiro teste. Poderiam tê-la visto de Avalon, com a Visão, e enviado a barca, mas será que Morgana poderia abrir as brumas para Avalon? Aquele seria o teste de tudo o que fizera nesses anos. Não poderia falhar, deveria simplesmente levantar-se e fazê-lo, sem parar para pensar. Estavam agora bem no centro do lago, onde outro movimento dos remadores os colocaria na corrente que levava para a ilha de Glastonbury... Morgana se levantou rapidamente, as vestes esvoaçando em torno dela, e ergueu os braços. Lembrava-se novamente... Era como a primeira vez que fizera isso, com um choque de surpresa porque o tremendo fluxo de poder era silencioso, quando deveria explodir o céu com trovões... Não se atreveu a abrir os olhos até ouvir Nimue gritar de medo e espanto...

A chuva desparecera, e sob o último brilho de um sol poente a Ilha de Avalon se estendia verde e bela, diante deles, a luz do sol sobre o lago, batendo no círculo de pedras sobre o Tor, nas paredes brancas do templo. Morgana enxergava através das lágrimas; balançou a barca e teria caído, se não fosse por uma mão pousada em seu ombro.

Lar, lar, estou aqui, estou voltando para meu lar...

Sentiu a barca raspar na margem de pedregulhos e se recompôs. Não parecia certo que não usasse as vestes de uma sacerdotisa, embora, sob o vestido, como sempre, a pequena faca de Viviane pendesse no cinto em sua cintura. Não parecia certo... seus véus de seda, os anéis nos dedos finos... Aquela era a rainha Morgana de Gales do Norte, não Morgana de Avalon... bem, mas aquilo poderia ser mudado. Levantou a cabeça com orgulho, respirando fundo, e pegou a mão da criança. Não importava o quanto tivesse mudado, quantos anos haviam se passado, era Morgana de Avalon, sacerdotisa da Grande Deusa. Além do lago de névoa e sombras, poderia ser rainha de um rei velho e risível, em um país distante... Mas ali era uma sacerdotisa, nascida na linhagem real de Avalon.

Viu, sem surpresa, ao pisar em terra firme, que diante dela estava uma fila de servos que se curvavam, e atrás deles, esperando-a, figuras envoltas nos vestidos escuros de sacerdotisas... Sabiam que havia chegado e vieram dar-lhe as boas-vindas ao seu verdadeiro lar. E através da fila de sacerdotisas viu um rosto e uma figura que vira apenas em sonhos, uma mulher alta, loira e majestosa, os cabelos dourados trançados até a parte baixa da testa. A mulher se aproximou rapidamente de Morgana através da fila de sacerdotisas e a abraçou.

— Bem-vinda, parente — ela disse baixo. — Bem-vinda ao lar, Morgana.

E Morgana disse o nome que ouvira apenas em sonhos até que Kevin falara sobre ela, confirmando o que sonhara.

— Eu a saúdo, Niniane, e lhe trago a neta de Viviane. Ela deve ser criada aqui. Seu nome é Nimue.

Niniane a observava com curiosidade. *O que será que ouvira*, perguntou-se Morgana, *em todos esses anos?*

Mas ela logo desviou os olhos e parou para observar a menininha.

— E esta é a filha de Galahad?

— Não — disse Nimue. — Galahad é meu irmão. Sou filha do bom cavaleiro Lancelote.

Niniane sorriu.

— Eu sei — ela respondeu —, mas aqui não usamos o nome que os saxões deram ao seu pai, e ele tem o mesmo nome de seu irmão. Bem, Nimue, veio ser sacerdotisa aqui?

Niniane olhou em volta para a paisagem iluminada pelo pôr do sol.

— É o que minha tia Morgana me disse. Gostaria de aprender a ler, escrever e tocar harpa, e saber sobre as estrelas e todo tipo de coisa, como ela sabe. Vocês são realmente feiticeiras malvadas aqui? Pensei que uma feiticeira seria velha e feia, e você é muito bonita... — Ela mordeu o lábio. — Estou sendo mal-educada de novo.

Niniane riu.

— Sempre fale a verdade, criança. Sim, sou uma feiticeira. Não acho que sou feia, mas deve decidir por você mesma se sou boa ou má. Tento fazer a vontade da Deusa, e isso é tudo o que qualquer pessoa pode fazer.

— Tentarei fazer isso, se me ensinar como — disse Nimue.

O sol se escondeu no horizonte, e subitamente a costa estava na penumbra cinzenta. Niniane fez um sinal; uma criada segurando uma tocha a passou para outra, e a luz rapidamente foi de mão em mão, até que a margem fosse tomada por vários pontos de luz. Niniane acariciou o rosto da menina e disse:

— Até que tenha idade suficiente para perceber a vontade dela sozinha, vai obedecer às regras daqui e às mulheres que cuidarão de você?

— Vou tentar — respondeu Nimue —, mas sempre me esqueço das coisas. E faço muitas perguntas.

— Pode fazer quantas perguntas quiser quando for a hora certa para isso — disse Niniane —, mas viajou o dia todo e está tarde, então hoje a primeira ordem que lhe dou é para ser uma boa menina e jantar, tomar banho e ir para a cama. Diga adeus para sua parente agora e vá com Lheanna para a Casa das Donzelas.

Niniane então fez um gesto para uma mulher de aparência robusta e maternal vestida como sacerdotisa.

Nimue fungou um pouco e perguntou:

— Preciso me despedir agora? Não virá se despedir de mim amanhã, tia Morgana? Pensei que ficaria aqui com você.

Morgana disse com muita gentileza:

— Não, deve ir para a Casa das Donzelas e fazer o que lhe pedem. — Ela beijou o rosto suave como pétala. — Vamos nos encontrar quando ela desejar.

E, enquanto falava, *viu* a mesma Nimue adulta, pálida e séria, com o crescente azul pintado na testa, e a sombra da Anciã da Morte... ela cambaleou, e Niniane estendeu a mão para lhe dar apoio.

— Está exausta, senhora Morgana. Mande a criança descansar e venha comigo. Podemos conversar com calma amanhã.

Morgana deu um beijo final na testa de Nimue, e a menininha saiu obedientemente ao lado de Lheanna. Morgana sentiu uma névoa escurecendo diante dos olhos. Niniane então lhe estendeu o braço e disse:

— Apoie-se em mim. Venha comigo para meus aposentos, onde pode descansar.

Niniane a levou para a casa que fora de Viviane, ao quartinho em que as sacerdotisas que atendiam a Senhora do Lago dormiam em seu turno. Sozinha, Morgana conseguiu se recompor. Por um momento, perguntou-se se Niniane a levara para aquele quarto para enfatizar que ela, e não Morgana, era a Senhora do Lago... Mas logo se deteve; aquele tipo de intriga era para a corte, não para Avalon. Niniane apenas lhe dera o quarto mais conveniente e isolado à disposição. Raven um dia morara ali, em seu silêncio consagrado, para que Viviane a ensinasse...

Morgana lavou a sujeira da viagem de seu corpo cansado, envolveu-se na longa túnica de lã sem tingir que achou sobre a cama e até comeu um pouco da comida que trouxeram, mas não tocou o vinho quente temperado.

As sacerdotisas de Avalon só bebem água do Poço Sagrado... Era de novo a jovem Morgana, sob o teto da própria casa. Foi para a cama e dormiu como uma criança.

Nunca soube o que a despertou. Ouviu o barulho de um passo no quarto, e então veio o silêncio. Sob o restinho da luz do fogo e o luar que atravessava as janelas, viu uma forma velada, e por um segundo pensou que Niniane viera falar com ela; mas o cabelo caindo sobre os ombros era longo e escuro, e o rosto escurecido era belo e imóvel. Em uma das mãos, via uma marca escura, grosseira, de uma velha cicatriz... Raven! Morgana se sentou na cama e disse:

— Raven! É você?

Ela levou o dedo aos lábios, no velho gesto de silêncio, foi para o lado de Morgana e se curvou para beijá-la. Sem uma palavra, retirou o longo manto e deitou-se ao lado de Morgana, tomando-a nos braços. Na penumbra, podia ver o resto das cicatrizes atravessando o peito pesado e pálido... Nenhuma delas disse uma palavra, nem naquele momento nem em todo o tempo que se seguiu. Tinha a impressão de que o mundo real e Avalon haviam sumido, e que estava nas sombras do país das fadas, em um abraço apertado com a rainha... Morgana ouviu em sua mente as palavras da bênção ancestral de Avalon, enquanto Raven a tocava lentamente, com silêncio ritual e apreço, e o som parecia estremecer em torno dela no silêncio. *Benditos os pés que a trouxeram a este lugar... Benditos os joelhos que se dobram diante do altar dela... Bendita seja a porta para a Vida...*

E o mundo começou a flutuar, mudar e se mover em torno dela, e por um momento não era Raven no silêncio, mas um feixe pontiagudo de luz que vira uma vez, havia anos, quando ela quebrou o grande silêncio... E Morgana sabia que ela também brilhava na luz... Ainda o mesmo silêncio profundo, fluido. E então era de novo apenas Raven, deitada bem perto, o cabelo perfumado pelas ervas que usavam nos rituais, um braço sobre ela, os lábios silenciosos apenas roçando o rosto de Morgana. Podia ver longas mechas grisalhas no cabelo escuro.

Raven se agitou e se levantou. Ainda não dizia nada, mas pegou em algum lugar a faca de prata em forma de crescente, o adorno ritual de uma sacerdotisa. Morgana percebeu, perdendo o fôlego, que era o mesmo que deixara sobre a cama na Casa das Donzelas no dia em que fugira de Avalon com o filho de Artur no útero... Em silêncio, depois de um início de protesto em meia-voz, permitiu que Raven o pendurasse em seu pescoço; mas Raven mostrou-lhe brevemente, na luz fraca do luar, o punhal preso na cintura. Morgana assentiu, sabendo que jamais deixaria o punhal ritual de Viviane enquanto estivesse viva; ficava contente com que Raven usasse aquele que havia abandonado ali, até o dia em que o visse preso na cintura de Nimue.

Raven tomou o pequeno punhal afiado, e Morgana, imóvel, presa em um sonho, observou-a levantando o objeto; *que assim seja, ainda que ela queira derramar meu sangue diante da Deusa de quem tentei fugir...* Mas Raven virou o punhal em direção ao próprio pescoço; na altura do peito, tirou apenas uma gota de sangue, e Morgana, baixando a cabeça, pegou o punhal e fez um leve corte na altura do coração.

Somos velhas, Raven, eu e você, e já não vertemos sangue do útero, mas sim do coração... Depois, perguntou-se o que quis dizer com aquilo. Raven se curvou sobre ela e lambeu o sangue do pequeno corte; Morgana pousou os lábios na pequena mancha no peito de Raven, sabendo que selava os votos que havia feito quando chegara à idade adulta. Então Raven a puxou novamente em seus braços.

Dei minha virgindade ao Cornífero. Dei à luz o filho de um Deus. Ardi em paixão por Lancelote, e Accolon me fez renascer sacerdotisa nos campos arados que a Virgem da Primavera abençoara. Mas jamais soube o que era ser recebida simplesmente com amor... Morgana teve a impressão, quase em sonho, de que estava no colo de sua mãe. Não, não Igraine, mas recebida de volta nos braços da Grande Mãe...

Quando acordou, estava sozinha. Abrindo os olhos sob os raios de sol de Avalon, chorando de felicidade, por um momento se perguntou se estava sonhando. Mas em seu coração havia uma pequena mancha de sangue seco; e no travesseiro ao lado estava o punhal de prata, a joia ritual de uma sacerdotisa, que deixara para trás quando fugira de Avalon. Mas com certeza Raven o havia pendurado em seu pescoço...

Morgana o prendeu em torno da garganta com seus cordões. Jamais o deixaria; assim como Viviane, seria enterrada com o crescente. Os dedos tremiam enquanto fazia um nó no couro, sabendo que se tratava de uma reconsagração. Havia algo mais sobre o travesseiro, e, por um instante, aquilo se mexeu e se transformou, um botão de rosa fechado, então uma rosa aberta e, quando Morgana o pegou, era o bago da roseira selvagem, redondo e vermelho, pulsando com a vida da flor. Enquanto o olhava, ele encolheu, murchou e secou em sua mão; e Morgana subitamente compreendeu.

A flor e até o fruto são apenas o começo. Na semente está a vida e o futuro.

Com um longo suspiro, Morgana embrulhou a semente em um pedaço de seda, sabendo que precisava deixar Avalon de novo. Sua obra não estava completa, e escolhera seu lugar de trabalho e provações quando fugira de Avalon. Um dia, talvez, voltaria, mas esse momento ainda não havia chegado.

E o meu verdadeiro eu precisa ser escondido, como a rosa se esconde dentro da semente. Levantou-se e vestiu as roupas de rainha. A túnica de sacerdotisa seria dela novamente um dia, mas ainda precisava reconquistar o direito de usá-la. Então, sentou-se e esperou o chamado de Niniane.

Quando chegou ao quarto central onde encontrara Viviane tantas vezes, o tempo arremeteu, circulou e girou em torno de si mesmo, e por um momento Morgana pensou que veria Viviane sentada em seu lugar costumeiro, apequenada pelo trono e ainda assim imponente, preenchendo todo o aposento... Então piscou, e quem estava ali era Niniane, alta, delgada e loura; Morgana teve a impressão de que ela não era mais que uma criança brincando no trono.

E então o que Viviane lhe dissera quando se colocou diante dela, tantos anos antes, subitamente a tomou: "Você chegou a um estágio no qual a obediência deve ser moderada com seu próprio julgamento". E por um momento lhe pareceu que seu melhor julgamento seria se colocar de lado agora e dizer a Niniane apenas palavras de encorajamento. E uma onda de mágoa surgiu com o pensamento de que essa criança, essa garota comum e tola vestida de sacerdotisa, atrevia-se a se sentar no lugar de Viviane e dar ordens em nome de Avalon. Fora escolhida apenas porque tinha o sangue de Taliesin... *Como ousa tomar o trono e ter a pretensão de me dar ordens?*

Olhou para a moça sabendo, sem ter certeza de como, que havia assumido o velho encanto e majestade, e então, com uma onda súbita de Visão, parecia ler os pensamentos de Niniane.

Ela deveria estar aqui em meu lugar, pensava Niniane, *como posso falar com autoridade à rainha Morgana das Fadas...* Então, o pensamento se desfocou, em parte pela reverência à sacerdotisa estranha e poderosa diante dela, e em parte por puro ressentimento, *se ela não tivesse fugido de nós e se esquecido de suas obrigações, eu não estaria me esforçando para ocupar um lugar que ambas sabemos que não me cabe.*

Morgana se aproximou e pegou as mãos dela, e Niniane se surpreendeu com a gentileza em sua voz.

— Sinto muito, minha pobre menina, daria minha vida para retornar e tirar esse fardo de você. Mas não posso, não ouso. Não posso me esconder aqui e me esquivar da tarefa que me foi dada apenas porque sinto falta do meu lar.

Não era mais arrogância, nem desdém pela moça que havia sido colocada, sem desejar, no lugar que deveria ser dela, mas somente pena.

— Comecei uma tarefa nas terras do oeste que precisa ser terminada... Se a deixar pela metade, seria melhor jamais tê-la começado. Não posso assumir meu lugar aqui, e portanto, que a Deusa nos ajude, deve ficar em meu lugar. — Curvou-se e abraçou a garota com força. — Minha pobre prima, há um destino para nós, e não podemos escapar dele. Se eu tivesse ficado aqui, a Deusa teria trabalhado comigo de certa maneira, mas até quando tentei fugir do dever que jurei cumprir ela o trouxe de volta para mim em outro lugar... Nenhuma de nós pode escapar; estamos as duas nas mãos dela, e é tarde demais para dizer que teria sido melhor de outra forma... Ela fará conosco tudo aquilo que deseja.

Niniane manteve-se rigidamente arredia por um instante, então sua mágoa se desfez, e ela abraçou Morgana, quase como Nimue havia feito. Lutando contra as lágrimas, disse:

— Eu queria odiá-la...

— E eu, talvez, a você — respondeu Morgana. — Mas ela desejou que fosse de outro modo, e diante dela somos irmãs... — De maneira indecisa, os lábios relutantes em dizer as palavras que foram retidas por tanto tempo, ela falou algo mais, e Niniane baixou a cabeça e murmurou a resposta apropriada. Por fim, disse:

— Fale-me sobre seu trabalho no oeste, Morgana. Não, sente-se ao meu lado, não há distinções entre nós, sabe disso...

Quando Morgana contou a ela tudo o que podia, Niniane assentiu.

— Ouvi um pouco sobre isso do Merlim — disse ela. — Naquela região, então, os homens se voltam ao velho culto... Mas Uriens tem dois filhos, e o mais velho é seu herdeiro. Sua tarefa é certificar-se de que Gales tenha um rei de Avalon... O que significa que Accolon deve suceder o pai, Morgana.

Morgana fechou os olhos e baixou a cabeça. Por fim, disse:

— Não cometerei assassinato, Niniane. Já vi muita guerra e derramamento de sangue. A morte de Avalloch não resolveria nada... Eles seguem o costume romano lá agora, desde que os padres chegaram, e Avalloch tem um filho.

Niniane não deu importância àquilo.

— Um filho que poderia ser criado no velho culto... Quantos anos ele tem, quatro?

— Tinha essa idade quando fui para Gales — disse Morgana, pensando na criança que se sentava em seu colo, pousava os dedos sujos em sua pele e a chamava de vovó. — Chega, Niniane. Fiz todo o resto, mas não matarei, nem mesmo por Avalon.

Os olhos azuis de Niniane se inflamaram. Ela levantou a cabeça e disse, em tom de aviso:

— Nunca diga que dessa água não beberá!

E subitamente Morgana percebeu que a mulher diante dela também era uma sacerdotisa, não a mera garota dócil que parecera. Não poderia estar onde estava, jamais teria passado pelos testes e pelas provações da preparação de uma Senhora de Avalon, se não fosse aceitável à Deusa. Com uma humildade inesperada, percebeu por que havia sido mandada ali. E Niniane disse, quase como um aviso:

— Fará o que a Deusa deseja quando a mão dela pousar sobre você, e sei disso pelo sinal que carrega... — e olhou para o busto de Morgana como se pudesse enxergar através das dobras do vestido e ver a semente que ali estava ou o crescente de prata em seu cordão de couro. Morgana baixou a cabeça e sussurrou:

— Estamos todas nas mãos dela.

— E que assim seja — disse Niniane, e por um momento o aposento ficou tão silencioso que Morgana podia ouvir o barulho de um peixe mergulhando no lago, além dos limites da pequena casa. Então a moça afirmou:

— E quanto a Artur, Morgana? Ele ainda carrega a espada da Insígnia dos Druidas. No fim das contas, ele honrará o juramento que fez? Pode obrigá-lo a isso?

— Não conheço o coração de Artur —respondeu Morgana, e essa era uma confissão amarga. *Tive poder sobre ele e fui escrupulosa demais para usá-lo. Joguei-o fora.*

— Ou ele jura novamente honrar sua promessa a Avalon ou você deve tomar a espada dele — disse Niniane —, e você é a única pessoa que pode ser encarregada dessa tarefa. Excalibur, a espada das Insígnias Sagradas, não pode permanecer nas mãos de um seguidor de Cristo. Sabe que Artur não tem um filho com sua rainha, e nomeou o filho de Lancelote, de nome Galahad, como seu herdeiro, uma vez que agora a rainha já está velha.

Morgana, então, pensou: *Gwenhwyfar é mais jovem que eu, e eu ainda poderia ter um filho se não tivesse sofrido tanto com o nascimento de Gwydion.* Por que estão tão certos de que ela jamais terá filhos? Mas, diante da certeza de Niniane, não fez pergunta alguma. Havia muita mágica em Avalon, e certamente tinham olhos e mãos na corte de Artur; e realmente a última coisa de que gostariam seria que Gwenhwyfar, cristã, desse um filho a Artur... pelo menos não agora.

— Artur tem um filho — continuou Niniane —, e, embora ainda não seja a hora de reinar, ele tem direito a um reino, um lugar para começar a trazer aquela terra de volta a Avalon. Pelos costumes antigos, ser filho do rei tinha pouca importância, e o filho da irmã do rei era seu herdeiro... Entende o que quero dizer, Morgana?

Accolon deve ser o sucessor do trono de Gales. Morgana ouviu novamente o que Niniane não dissera: *E meu filho... é o filho do rei Artur.* Agora tudo fazia sentido. Até sua esterilidade após o nascimento de Gwydion. Mas, ainda assim, perguntou:

— E quanto ao herdeiro de Artur, filho de Lancelote?

Niniane deu de ombros por um momento, e Morgana se perguntou, horrorizada, se a intenção era dar a Nimue o mesmo poder sobre a consciência de Galahad que Morgana tivera sobre a de Artur.

— Não consigo ver tudo — disse Niniane. — Se tivesse se tornado a Senhora... Mas o tempo passou, e é preciso fazer novos planos. Artur ainda pode honrar seu juramento a Avalon e manter Excalibur, e então haverá apenas uma maneira de proceder. E, se ele não o honrar, ela vai preparar outra maneira, na qual ambas teremos nossas missões. Mas, a despeito disso, Accolon precisa reinar nas terras do oeste, e essa é sua tarefa, Morgana. E o próximo rei governará de Avalon. Quando Artur for derrubado, embora suas estrelas digam que ele viverá até a velhice, então o rei de Avalon se levantará. Ou, de acordo com as estrelas, descerá sobre esta terra uma escuridão jamais vista. E, quando o próximo rei tomar o poder, Avalon retornará à dianteira do tempo e da história... e haverá um rei vassalo nas terras ocidentais, governando seu povo das tribos. Accolon vai subir alto como seu consorte... e cabe a você preparar a terra para o Grande Rei de Avalon.

Morgana novamente curvou a cabeça e disse:

— Estou em suas mãos.

— Deve voltar agora — afirmou Niniane —, mas primeiro há alguém que deve conhecer. A hora dele ainda não chegou, mas adianto que haverá mais uma missão para você.

Ela levantou a mão, e, como se estivesse esperando em uma antessala, uma porta se abriu, e um jovem alto entrou no aposento.

Morgana perdeu o fôlego com essa visão, sentindo uma dor tão grande que por um momento achou que não conseguia respirar. Ali estava Lancelote redivivo: jovem e esguio como uma chama escura, os cachos dos cabelos sobre o rosto estreito que sorria... Lancelote como fora no dia em que se deitaram juntos à sombra do círculo de pedras, como se o tempo tivesse voltado, como no país das fadas...

E então soube quem deveria ser. Ele se aproximou e se ajoelhou para beijar sua mão. O jovem também andava como Lancelote, os movimentos fluidos que eram quase uma dança. Mas vestia um manto de bardo, e em sua testa havia uma pequena tatuagem de um fruto do carvalho, e os punhos eram contornados pelas serpentes de Avalon. O tempo voltou em sua mente.

Se Galahad será o rei desta terra, meu filho será então o Merlim, gêmeo moreno, sucessor e sacrifício? Por um instante pensou que se movia entre sombras, rei e druida, a sombra brilhante que se sentava ao lado do trono de Artur como rainha, e ela mesma, que havia dado à luz o filho sombra de Artur, a poderosa Senhora Sombria.

Sabia que qualquer coisa que dissesse seria tolice.

— Gwydion. Não se parece com seu pai.

Ele balançou a cabeça.

— Não — disse —, sou do sangue de Avalon. Já vi Artur uma vez, quando ele fez uma peregrinação à Glastonbury dos padres... Fui até lá disfarçadamente, usando as vestes deles. Ele se curva demais diante dos padres, esse nosso rei Artur. — O sorriso dele era fugaz, selvagem.

— Não tem motivos para gostar de seus pais, Gwydion — afirmou Morgana apertando a mão do rapaz, mas ela notou em seus olhos um olhar breve de um ódio frio... mas isso logo sumiu, e ele retomou a expressão de um jovem druida sorridente.

— Meus pais me deram o melhor presente — respondeu Gwydion —, o sangue real de Avalon. E peço-lhe mais uma coisa, senhora Morgana.

Irracionalmente, ela desejou que ele a chamasse, apenas uma vez, de mãe.

— Peça. Se estiver ao meu alcance, terá.

— Não é um grande presente — disse Gwydion. — Não mais do que cinco anos a partir de hoje, rainha Morgana, leve-me para ver Artur, gostaria de dizer a ele quem sou… gostaria de me apresentar ao meu pai. Sei… — ele deu um sorriso rápido, perturbador — que ele não pode me reconhecer como herdeiro, mas gostaria que visse o rosto do filho. Não lhe peço mais que isso.

Ela baixou a cabeça.

— Certamente lhe devo isso, Gwydion.

Gwenhwyfar poderia pensar o que quisesse, Artur já cumprira penitência por isso. Nenhum homem deixaria de ter orgulho desse jovem druida sério. Nem ela deveria – depois de todos esses anos, sabia disso – envergonhar-se do que acontecera, como sabia agora que fizera por todos aqueles anos depois que fugira de Avalon. Agora que via o filho crescido, rendia-se diante da inevitabilidade da Visão de Viviane.

— Juro que esse dia chegará, juro pelo Poço Sagrado — disse Morgana.

Seus olhos se embaçaram, e ela raivosamente lutou contra as lágrimas. Esse rapaz não era seu filho; Uwaine talvez fosse, mas não Gwydion. Esse jovem moreno e belo, tão parecido com o Lancelote que amara quando jovem, não era seu filho buscando pela primeira vez a mãe que o abandonara assim que deixou de amamentar; era um sacerdote, e ela, sacerdotisa da Grande Deusa, e, se não eram mais que isso um para o outro, tampouco eram menos.

Ela pousou as mãos na cabeça curvada dele e disse:

— Abençoado seja.

13

A RAINHA MORGAUSE DEIXARA DE SE LAMENTAR HAVIA MUIto tempo por não ter a Visão. Mas por duas vezes, nos últimos dias das quedas das folhas, quando os pinheiros avermelhados ficavam nus no vento gelado que soprava sobre Lothian, sonhou com seu filho adotivo Gwydion; e não ficou de todo surpresa quando um de seus criados veio lhe avisar de que havia um cavaleiro na estrada.

Gwydion usava um manto estranhamente colorido, grosso e com um fecho de osso que jamais havia visto igual, e, quando tentou abraçá-lo, ele se afastou, franzindo a testa.

— Não, mãe. — Ele passou o braço em torno dela e explicou:

— Na Bretanha Menor, sofri um corte de espada aqui... não, não é nada sério — o rapaz a tranquilizou. — Não infeccionou e talvez nem deixe uma cicatriz, mas, ao ser tocado, dói muito.

— Esteve lutando na Bretanha Menor, então? Pensei que estivesse seguro em Avalon — ela protestou, enquanto o levava para dentro e o acomodava perto do fogo. — Não tenho vinho do sul para você...

Ele riu.

— Estou enjoado dele... Cerveja é suficiente para mim, ou um pouco de aguardente se tiver... Com água quente e mel, se possível. Estou todo duro de cavalgar.

Ele deixou que uma das mulheres tirasse suas botas e pendurasse seu manto para secar, recostando-se, relaxado.

— É tão bom estar aqui, mãe. — Colocou a taça fumegante na boca e bebeu com prazer.

— E viajou tão longe, cavalgando no frio, com uma ferida? Havia alguma grande notícia que precisava me dizer?

Ele fez que não com a cabeça.

— Nenhuma. Estava com saudade de casa, só isso — disse. — É tudo tão verde, viçoso e úmido aqui, com névoa e os sinos de igreja... Ansiava pelo ar limpo das montanhas, pelo grito das gaivotas e por seu rosto, mãe.

Ele se esticou para alcançar a taça que havia pousado, e ela viu as serpentes em seus punhos. Morgause não era muito versada na sabedoria de Avalon, no entanto sabia que eram sinal do mais alto grau de sacerdócio. Ele notou o olhar dela e assentiu, mas nada disse.

— Foi na Bretanha Menor que conseguiu aquele manto feio, de tecido tão grosseiro, que só serve para um serviçal?

Ele riu.

— Ele me protegeu da chuva. Tomei-o de um grande chefe estrangeiro que lutou nas legiões daquele homem que se intitula imperador Lúcio. Os homens de Artur fizeram um trabalho rápido, acredite, e havia pilhagem para todos... Tenho uma taça de prata e um anel de ouro para a senhora em minha bagagem, mãe.

— Lutou nos exércitos de Artur? — perguntou Morgause. Jamais imaginara que ele fizesse isso. Ele viu a surpresa no rosto dela e riu novamente.

— Sim, lutei sob aquele Grande Rei que é meu pai — disse, com um sorriso de desdém. — Ah, não tema, recebi ordens de Avalon. Tomei cuidado para lutar entre os guerreiros de Ceardig, o chefe saxão dos homens do tratado, que gosta muito de mim, e para não ser visto por Artur. Gawaine não me reconheceu, e tomei cuidado para não deixar que Gareth me visse, a não ser quando estava envolto em um manto como aquele. Perdi meu manto na batalha, e temi que, se usasse um manto de Lothian, Gareth viria ver um conterrâneo ferido, então peguei esse...

— Gareth o teria reconhecido em qualquer lugar — respondeu Morgause —, e espero que não ache que seu irmão de criação possa traí-lo algum dia.

Gwydion sorriu, e ela achou que ele se parecia muito com o menininho que um dia se sentara em seu colo. Ele disse:

— Tive vontade de me revelar para Gareth, e, quando ele jazia ferido e fraco, quase o fiz. Mas Gareth é um homem de Artur, ama seu rei, pude perceber isso, e não colocaria esse fardo sobre o melhor de meus irmãos — ele respondeu. — Gareth... Gareth é o único... — Ele não terminou a frase, mas Morgause soube o que diria; por mais estranho que fosse em todos os lugares, Gareth era seu irmão e amigo querido. Ele riu abruptamente, espantando o sorriso vago que fazia com que parecesse tão jovem. — Por todos os exércitos saxões, mãe, perguntaram-me repetidamente se eu era filho de Lancelote! Não consigo ver tanta semelhança, mas não conheço meu próprio rosto tão bem... Me olho no espelho apenas quando faço a barba!

— Mesmo assim — afirmou Morgause —, qualquer um que já tenha visto Lancelote, especialmente quem o conheceu na juventude, não pode vê-lo sem pensar que ele é seu parente.

— Eu disse coisas assim. Às vezes usava um sotaque bretão e falava que também era parente do velho rei Ban — respondeu Gwydion. — Imaginei que nosso Lancelote, com aquele rosto que o torna um ímã para todas as mulheres, tivesse tido tantos bastardos que não seria nenhum espanto que um homem se parecesse tanto com ele! Não seria assim? Foi o que pensei, mas tudo o que ouvi sobre Lancelote foi que ele poderia ter tido um filho com a rainha, e que a criança teria sido levada para ser criada por aquela parente dela que se casou com ele... Há muitas histórias sobre Lancelote e a rainha, uma mais extravagante que a outra, mas todos concordam que, para qualquer outra mulher, ele dedicou apenas cortesia e belas palavras. Houve até mulheres que se atiraram sobre mim dizendo que, se não podiam ter Lancelote, teriam seu filho... — Ele riu novamente. — Deve ter sido difícil para o galante Lancelote. Aprecio uma bela mulher, mas quando elas se forçam sobre mim, bem... — Ele encolheu os ombros de modo cômico. Morgause riu.

— Então os druidas não lhe tiraram isso, meu filho?

— De jeito nenhum — ele disse. — Mas a maioria das mulheres é tola, então prefiro não ter o trabalho de fingir para alguém que espera que eu a trate como algo muito especial ou preste atenção no que diz. Você me fez desgostar de mulheres tolas, mãe.

— Uma pena que não se possa dizer o mesmo de Lancelote — retrucou Morgause —, pois ninguém jamais achou que Gwenhwyfar tivesse mais inteligência do que o necessário para manter o cinto do vestido fechado, e, no que diz respeito a Lancelote, duvido que tenha sido o suficiente. — E, então, ela pensou: *Você tem o rosto de Lancelote, meu menino, mas a inteligência de sua mãe!*

Como se ele tivesse ouvido os pensamentos dela, Gwydion baixou a taça meio vazia e fez um sinal, dispensando uma criada que fez menção de se apressar para enchê-la novamente.

— Não quero mais, estou tão cansado que ficaria bêbado com outro gole. Gostaria de jantar. Cansei da vida de caçador, estou enjoado de carne, e sinto falta da comida de casa, mingau e pão... Mãe, eu vi a senhora Morgana em Avalon antes de partir para a Bretanha Menor.

Mas por que, pensou Morgause, *ele me conta isso? Não se podia esperar que ele gostasse muito da mãe, e repentinamente se sentiu culpada por isso. Fiz com que ele não amasse outra pessoa além de mim.* Bem, fizera o que precisava fazer, e não se arrependia disso.

— Como está minha parente?

— Ela não parece jovem — disse Gwydion —, achei que fosse mais velha que a senhora, mãe.

— Não — respondeu Morgause —, Morgana é dez anos mais nova que eu.

— Ainda assim, parece velha e desgastada, e a senhora...

Ele sorriu para ela, e Morgause sentiu uma onda súbita de felicidade. Pensou: *Não amei nenhum de meus filhos como amo este. Morgana fez bem em deixá-lo sob meus cuidados.*

— Ah — ela disse —, eu também envelheço, meu rapaz... Tinha um filho adulto quando você nasceu!

— Então é uma feiticeira duas vezes mais poderosa que ela — respondeu Gwydion —, pois alguém pensaria que viveu muito tempo no país das fadas, intocada pelo tempo... para mim, a senhora tem a mesma aparência do dia em que fui para Avalon, minha mãe. — Ele esticou a mão para pegar a dela, trouxe-a para perto de si e a beijou, e ela veio abraçá-lo, com cuidado para evitar seu ferimento, e acariciou o cabelo escuro.

— Então, Morgana agora é rainha de Gales.

— É verdade — disse Gwydion —, e muito apreciada, soube, pelo rei... Artur nomeou seu enteado Uwaine como membro da guarda pessoal dele, próximo de Gawaine, e os dois são bons amigos. Uwaine não é um mau rapaz, não muito diferente de Gawaine, diria: fortes e leais, devotados a Artur como se o sol se levantasse e se pusesse no lugar onde ele mija... — Morgause notou o sorriso irônico. — Mas essa é uma falha que muitos homens têm... E vim falar com a senhora sobre isso, mãe. Sabe algo dos planos de Avalon?

— Sei o que Niniane disse, e o Merlim, quando vieram levá-lo para lá — respondeu Morgause. — Sei que será o herdeiro de Artur, ainda que ele acredite que deixará o reino para aquele filho de Lancelote. Sei que você é o jovem gamo que vai derrubar o Gamo-Rei... — Falou na velha linguagem, e Gwydion levantou a sobrancelha.

— Então sabe de tudo — ele afirmou. — Mas, isto, talvez, não saiba... Não pode acontecer agora. Desde que Artur derrubou aquele romano que queria ser imperador, aquele Lúcio, sua estrela jamais brilhou tanto. Qualquer um que levantasse a mão contra Artur seria feito em pedaços pela multidão, ou por seus Companheiros. Jamais vi um homem tão amado. Esse é, acho, o motivo pelo qual tenho de observá-lo de longe, para ver o que há num rei que o faz ser tão amado.

Sua voz se silenciou, e Morgause sentiu-se pouco à vontade.

— E fez isso?

Gwydion assentiu lentamente.

— Ele é de fato um rei... Mesmo eu, que não tenho motivos para gostar dele, senti o encanto que cria em torno de si. Não imagina como é venerado.

— Estranho — respondeu Morgause —, eu jamais o achei assim tão notável.

— Não, seja justa — disse Gwydion. — Não há muitos homens, talvez não exista outro nestas terras, que pudesse unir todas as facções como ele fez! Romanos, galeses, os homens da Cornualha, os do oeste, do leste, da Bretanha Menor, o povo antigo, os homens de Lothian... Em todo o reino dele, mãe, todos os homens juram por Artur. Até os saxões, que um dia lutaram contra Uther até a morte, levantam-se e juram que ele será seu rei. É um grande guerreiro... Não, não ele mesmo, pois não luta melhor que qualquer outro guerreiro nem se compara a Lancelote ou a Gareth, mas é um grande general. E há algo... Algo nele — completou Gwydion. — É fácil amá-lo. E, enquanto todos o venerarem assim, minha tarefa não será possível.

— Então — afirmou Morgause — esse amor por ele deve ser diminuído. Ele deve ser desacreditado. Não é melhor que qualquer outro homem, os Deuses sabem disso. Ele teve você com a própria irmã, e todos sabem aqui e em outros países que ele não desempenha um papel muito nobre com sua rainha. Há uma palavra para um homem que observa complacente enquanto outro corteja sua rainha, e não é muito bonita.

— Tenho certeza de que algo pode ser feito a respeito disso — respondeu Gwydion. — Embora em todos estes últimos anos, diz-se, Lancelote tenha permanecido longe da corte e tomado cuidado para jamais ficar sozinho com a rainha, para que nenhuma sombra de escândalo viesse a manchar o nome dela. Mas dizem que ela chorou feito criança, e ele também, quando foi se despedir para lutar contra Lúcio ao lado de Artur, e nunca vi um homem lutar como Lancelote. É como se ele quisesse se jogar de cabeça na morte. Todavia, nem ao menos se feriu, como se sua vida fosse enfeitiçada. Eu me pergunto... ele é filho de uma grã-sacerdotisa de Avalon — divagou. — Talvez tenha algum tipo de proteção sobrenatural.

— Morgana deve saber disso — disse Morgause, secamente —, mas não sugiro que pergunte a ela.

— Sei que a vida de Artur é encantada — afirmou Gwydion —, pois carrega Excalibur, a espada sagrada das Insígnias Druidas, e uma bainha mágica que impede que perca muito sangue. Sem ela, Niniane me disse, teria sangrado até a morte na floresta de Celidon, e depois... A primeira tarefa dada a Morgana foi tomar a espada de Artur, exceto se ele refizer seu juramento a Avalon. E não duvido que minha mãe seja astuta o bastante para fazê-lo. Dos dois, acho que gosto mais de meu pai... Ele não sabia o mal que fazia ao me ter, acho.

— Morgana também não sabia — retrucou Morgause.

— Ah, estou cansado de Morgana. Até Niniane cedeu aos encantos dela — disse Gwydion, bruscamente. — Não venha *a senhora* defendê-la para mim, mãe.

Morgause pensou: *Viviane também era assim, podia encantar qualquer vivente para conseguir o que queria. Igraine se dobrou ao pedido dela para se casar com Gorlois e depois seduzir Uther. Eu fui para a cama de Lot. Agora Niniane cedeu ao desejo de Morgana.* E seu filho adotivo, suspeitava, tinha um pouco desse poder também. Recordou-se, de súbito e com inesperada dor, de Morgana com a cabeça baixa, tendo seu cabelo penteado como se fosse criança, na noite em que deu à luz Gwydion; Morgana, que havia sido como a filha que jamais teve, e agora estava dividida entre ela e seu filho, a quem amava mais que seus próprios filhos.

— Você a odeia tanto assim, Gwydion?

— Não sei o que sinto — respondeu o rapaz, olhando para ela com os olhos tristes de Lancelote. — Não me parece combinar com os votos que fiz a Avalon odiar a mãe que me deu à luz e o pai que me deu origem... Gostaria de ter sido criado na corte como filho e seguidor de meu pai, não como seu pior inimigo...

Ele pousou a cabeça nos braços e disse:

— Estou cansado, mãe. Cansado e enjoado de lutar, e sei que Artur também está... Ele trouxe paz a estas ilhas, da Cornualha a Lothian. Não gosto de pensar que esse Grande Rei e homem é meu inimigo e que, pelo bem de Avalon, devo vencê-lo pela morte ou pela desonra. Eu teria preferido amá-lo, como todos os homens. Gostaria de olhar para minha mãe, não a senhora, mãe, mas a senhora Morgana, gostaria de olhar para a pessoa que me deu à luz, não para essa grande sacerdotisa a que prometi obedecer, seja qual for a ordem. Gostaria que ela fosse minha mãe, não a Deusa. Gostaria que, quando Niniane está em meus braços, fosse apenas meu querido amor, a quem amo por seu belo rosto e sua voz amável. Estou tão cansado de deuses e deusas... Eu gostaria de ser seu filho e de Lot, nada além disso. Estou tão cansado do meu destino! — E ficou quieto por um longo momento, com o rosto escondido, os ombros tremendo.

Cautelosamente, Morgause acariciou seu cabelo. Por fim ele levantou a cabeça e disse, com um sorriso amargo que a desafiava a compreender seu momento de fraqueza:

— Vou beber outra taça daquela bebida forte que fazem aqui nas montanhas, sem água e mel desta vez... — E, quando foi servido, bebeu de uma só vez, sem nem olhar para o mingau fumegante e o pão que a criada trouxera. — O que estava escrito naqueles velhos livros de Lot, quando o padre de casa batia em mim e em Gareth até nos arrancar sangue das costas, tentando nos ensinar a língua romana? Quem era o velho romano que disse: "Não considere um homem feliz até que esteja morto"? Minha tarefa, então, é trazer a maior de todas as felicidades ao meu pai, e por que então eu deveria me rebelar contra esse destino?

Ele fez sinal para que ela lhe servisse mais bebida. Como Morgause hesitou, ele pegou a garrafa e encheu novamente a taça.

— Vai ficar bêbado, filho querido. Coma seu jantar primeiro, certo?

— Ficarei bêbado — respondeu Gwydion, com amargura. — Que assim seja. Bebo em nome da morte e da desonra; a de Artur e a minha! — Ele novamente bebeu tudo de uma vez e jogou a taça de chifre para um canto, onde caiu com um som metálico. — Que seja como os destinos ordenaram, o Gamo-Rei deve reinar na floresta até o dia que a Senhora decidiu... "Pois todos os animais nasceram e se juntaram aos outros de sua espécie e viveram e seguiram conforme as forças da vida e por fim entregaram seus espíritos novamente aos cuidados da Senhora."

Ele falou as palavras com uma ênfase estranha, dura, e Morgause, que não conhecia a sabedoria druida, soube que eram palavras rituais e estremeceu enquanto ele as dizia.

Gwydion respirou fundo e disse:

— Mas esta noite dormirei na casa de minha mãe e me esquecerei de Avalon, reis, gamos e destinos. Não devo? — E, quando a bebida forte finalmente o dominou, ele se debruçou nos braços de Morgause. Ela o segurou ali, acariciando seu cabelo fino e escuro, tão parecido com o de Morgana, enquanto Gwydion dormia com a cabeça em seu peito. Mas, mesmo dormindo ele se retorcia, gemia e murmurava, como se tivesse sonhos ruins, e Morgause sabia que não era apenas a dor de sua ferida aberta.

LIVRO QUATRO

O PRISIONEIRO NO CARVALHO

1

Nas colinas distantes de Gales do Norte, a chuva caía dia após dia, e o castelo do rei Uriens parecia mergulhado em névoa e umidade. A lama nas estradas chegava aos tornozelos, os vaus inundados enquanto os rios desciam em enxurradas pelas montanhas, e um frio úmido envolvia a região. Morgana, envolta em um manto e em um xale pesado, sentia os dedos enrijecerem, ficando mais lentos para fazer a lançadeira atravessar o tear; levantou-se subitamente, derrubando a lançadeira das mãos frias.

— Que foi, mãe? — perguntou Maline, piscando ao ruído cortante no salão silencioso.

— Há um viajante na estrada — disse Morgana. — Precisamos nos preparar para recebê-lo.

E então, observando o olhar perturbado da nora, praguejou consigo mesma; novamente havia se permitido entrar em um semitranse ao qual o trabalho feminino a atraía naqueles dias. Tinha deixado de fiar havia muito, mas tecer, uma tarefa que apreciava, parecera-lhe seguro, se mantivesse a mente alerta e não a fizesse sucumbir à monotonia hipnótica e modorrenta.

Maline a olhava de um modo meio receoso, meio exasperado, algo que as visões inesperadas de Morgana sempre evocavam. Não que a nora acreditasse que havia qualquer coisa de maligna, ou mesmo mágica, nelas – era apenas o jeito estranho da sogra. Mas Maline contaria sobre elas ao padre, e ele novamente tentaria ser sutil ao perguntar a Morgana de onde elas surgiam, e ela teria de fazer uma expressão de mulher dócil e fingir que não sabia do que ele estava falando. Um dia estaria muito cansada ou incauta para se importar, e diria ao padre o que se passava em sua mente. Então ele realmente teria algo sobre o que falar...

Bem, o que estava feito estava feito, e agora não havia remédio. Ela se dava bem com o padre Eian, que fora tutor de Uwaine – era um homem educado para um padre.

— Diga ao padre que seu aluno estará aqui pela hora do jantar — Morgana disse, e percebendo que mais uma vez havia falado demais; sabia que Maline estivera pensando no padre e respondera a seus pensamentos, não a suas palavras. Saiu do quarto, deixando a nora a encará-la surpresa.

Durante todo o inverno, marcado por chuva, neve e repetidas tempestades, nenhum viajante chegara. Ela não ousava fiar; aquilo abria rapidamente as portas para um transe. Agora, era provável que acontecesse a mesma coisa quando tecia. Ela costurava laboriosamente, fazendo roupas para todas as pessoas da casa, de Uriens até o novo bebê de Maline, mas fazer bordados finos era difícil para seus olhos; no inverno, não tinha acesso a ervas e plantas frescas, e não podia produzir muito ao preparar remédios. Não tinha companhia – suas damas eram as mulheres dos guardas de Uriens, mais estúpidas que Maline; nenhuma delas conseguia proferir mais do que um verso da Bíblia, e ficaram chocadas ao saber que Morgana sabia ler, escrever e que conhecia um pouco de latim e grego. E ela não podia ficar o tempo todo tocando sua harpa, então passara o inverno em um frenesi de tédio e impaciência...

... o pior, ela pensava, é que sempre havia a tentação de sentar-se, fiar e sonhar, deixar a mente escapar, seguir Artur em Camelot ou Accolon em sua missão – havia três anos lhe ocorrera que Accolon deveria passar tempo suficiente na corte para que Artur o conhecesse bem e pudesse confiar nele. Accolon levava as serpentes de Avalon, e aquilo poderia ser um laço valioso com Artur. A saudade que sentia dele era como uma dor constante; na presença dele, assumia a imagem que ele sempre tivera dela – grã-sacerdotisa, segura de si mesma e de seus objetivos. Mas aquilo era um segredo entre eles. Nas longas estações solitárias, Morgana sentia dúvidas e medos recorrentes; então ela não seria mais do que Uriens pensava: uma rainha solitária que envelhecia, corpo, mente e alma morrendo e minguando?

Ainda assim, mantinha, da mesma maneira, pulso firme sobre aquela casa e sobre o povo das terras e do castelo, para que todos se voltassem a ela para conselhos e sabedoria. Diziam nas terras do entorno: "A rainha é sábia. Nem mesmo o rei age sem o consentimento dela". O povo das tribos e o Povo Antigo, ela sabia, chegavam perto de venerá-la; embora não ousasse aparecer com frequência no culto ancestral.

Agora, na cozinha, fazia preparações para um jantar festivo – ou o mais próximo disso que podiam chegar ao fim de um longo inverno com as estradas fechadas. Morgana tirou dos armários trancados um pouco de seu estoque de passas e frutas secas e alguns temperos para cozinhar o resto do toicinho. Maline diria ao padre Eian que Uwaine era esperado no salão para o jantar. Ela mesma daria a notícia a Uriens.

Subiu aos aposentos do rei, onde ele preguiçosamente jogava dados com um de seus soldados; o quarto tinha um ar bolorento e abafado, estagnado e velho. *Ao menos seu longo período com febre pulmonar neste inverno significou que não deveria esperar que eu dividisse a cama com ele. Foi bom*, pensou Morgana, apaticamente, *que Accolon tenha ido passar o inverno em Camelot com Artur; poderíamos ter corrido riscos perigosos e sermos descobertos.*

Uriens baixou o copo dos dados e olhou para ela. Estava mais magro, debilitado pela longa luta contra a febre. Houve dias em que Morgana pensou que o rei não sobreviveria e lutou com dedicação pela vida dele; em parte porque, apesar de tudo, gostava dele e não queria vê-lo morrer, em parte porque Avalloch o teria sucedido no trono assim que ele morresse.

— Não a vi o dia todo. Senti-me solitário, Morgana — reclamou Uriens, em um tom irritado de censura. — É bem menos agradável olhar para meu caro Huw aqui.

— Ora — respondeu Morgana, com o tom jocoso que Uriens apreciava —, deixei-o sozinho de propósito, achei que tinha começado a apreciar belos rapazes na velhice... se não o quer, marido, isso significa que posso ficar com ele?

Uriens riu.

— Está fazendo o pobre homem corar — ele disse, sorrindo largamente, de modo afável. — Mas, se me deixa sozinho o dia todo, ora, o que posso fazer além de devanear e deitar olhares lânguidos para ele ou para o cachorro?

— Bem, venho trazer boas notícias. Será carregado para baixo para o jantar esta noite... Uwaine está vindo para cá e chegará antes da hora de comermos.

— Graças a Deus — respondeu Uriens. — Pensei que morreria neste inverno sem ver nenhum de meus filhos novamente.

— Imagino que Accolon voltará para os festivais do solstício de verão. — Morgana sentiu uma pontada de desejo tão grande no corpo que pensou com dor nas fogueiras de Beltane, que seriam acesas daí a apenas dois meses.

— O padre Eian novamente me pediu para proibir os ritos — contou Uriens, de modo irritadiço. — Estou farto das reclamações dele. Ele acha que, se cortarmos o bosque, o povo se contentaria com sua bênção dos campos e não iria para as fogueiras de Beltane. É verdade que parece que a cada ano a prática do velho culto se intensifica... pensei que, conforme o povo mais velho fosse morrendo, ano após ano, a prática do culto diminuiria. Estava disposto a deixá-lo morrer com o Povo Antigo, que não pôde se acostumar com as novas práticas. Mas, se os jovens agora se voltam para os costumes pagãos, então precisamos fazer algo... talvez até mesmo cortar o bosque.

Se fizer isso, cometerei assassinato, pensou Morgana, mas disse com voz gentil e arrazoada:

— Isso seria errado. Os carvalhos fornecem alimento aos porcos e ao povo do interior... até nós precisamos usar farinha de bolota em uma estação ruim. E o bosque está lá há centenas de anos... as árvores são sagradas...

— Você mesma fala demais como uma pagã, Morgana.

— Pode dizer que o bosque de carvalhos não é obra de Deus? — ela retrucou. — Por que deveríamos punir árvores inofensivas só porque homens tolos as usam de uma maneira que o padre Eian não aprova? Pensei que amasse sua terra.

— Bem, eu amo — disse Uriens, mal-humorado —, mas Avalloch também diz que deveríamos cortá-lo, assim os pagãos não teriam mais um reduto. Poderíamos erguer uma capela ou igreja lá.

— Mas os Antigos também são seus súditos — respondeu Morgana —, e, quando era jovem, você celebrou o Grande Casamento com a terra. Vai privar o Povo Antigo do bosque, que é seu abrigo, seu alimento e sua própria capela construída pelas próprias mãos de Deus, e não do homem? Vai condená-lo a morrer ou passar fome, como aconteceu em algumas de suas terras que foram desbastadas?

Uriens olhou para seus velhos punhos enrugados. As tatuagens azuis tinham quase desaparecido, não havia nada além de manchas claras.

— Bem, você é chamada de Morgana das Fadas... o Povo Antigo não poderia ter um defensor melhor. Já que pleiteia pelo abrigo deles, minha senhora, vou poupar o bosque enquanto estiver vivo, mas, depois de mim, Avalloch deve fazer o que deseja... Poderia pegar meus sapatos e minha túnica, para que eu possa jantar no salão como um rei, e não como um velho decrépito de chinelos e roupa de dormir?

— Certamente — respondeu Morgana —, mas não consigo levantá-lo agora. Huw terá de vesti-lo.

Quando o homem terminou seu trabalho, ela penteou os cabelos de Uriens e chamou os outros soldados que esperavam o rei. Os dois homens o levantaram, fazendo um apoio com os braços, e o carregaram para o salão, onde Morgana colocou almofadas em seu assento e observou seu corpo velho e magro ser acomodado.

Naquele momento, ela ouviu o alvoroço dos servos e a chegada de viajantes no pátio... *Uwaine*, ela pensou, mal levantando os olhos enquanto o jovem era acompanhado para dentro do salão.

Era difícil acreditar que aquele jovem e alto cavaleiro, com ombros largos e uma cicatriz de batalha em uma das bochechas, era o menininho magrela que chegara até ela, como um animal selvagem domado, em seu primeiro ano solitário e desesperado na corte de Uriens. Uwaine beijou a mão do pai e então se curvou diante de Morgana.

— Pai. Querida mãe...

— É bom vê-lo novamente em casa, rapaz — disse Uriens, mas os olhos de Morgana estavam no outro homem que o seguiu salão adentro. Por um momento não acreditou, era como ver um fantasma – *se ele estivesse realmente aqui eu certamente o teria percebido com a Visão...* e então entendeu. *Tentei tanto não pensar em Accolon, para não enlouquecer...*

Accolon era mais esbelto que o irmão, e não tão alto. Seus olhos se voltaram rapidamente para Morgana, um breve olhar furtivo quando ele se ajoelhou diante do pai, mas sua voz era totalmente correta quando se voltou para ela:

— É bom voltar para casa, senhora...

— É bom tê-los aqui — ela disse, com firmeza —, vocês dois. Uwaine, conte-nos como conseguiu essa cicatriz horrorosa no rosto. Desde a derrota do imperador Lúcio, pensei que todos os homens haviam jurado a Artur não criar mais problemas!

— O de costume — respondeu Uwaine, com leveza. — Um bandido que se mudou para um forte abandonado e se divertiu atacando as terras e proclamando-se rei. Gawaine, filho de Lot, foi comigo, e acabamos logo com ele, e Gawaine ainda arrumou uma esposa... A senhora é uma viúva dona de valiosas terras. E quanto a isto... — ele tocou levemente a cicatriz. — enquanto Gawaine lutava com o mestre, enfrentei o homem... um bastardo horroroso que lutava com a mão esquerda e driblou minha guarda. Era desajeitado, também... mas eu sempre prefiro lutar com um bom espadachim do que com um guerreiro ruim! Se estivesse lá, mãe, eu não teria ganhado uma cicatriz assim... o cirurgião que a costurou tinha mãos que pareciam repolhos! Acha que estragou tanto assim o meu rosto?

Morgana se estendeu e tocou delicadamente o rosto cortado do enteado.

— Você sempre será belo para mim, meu filho. Mas talvez eu ainda possa fazer algo; está inflamado e inchando. Antes de dormir, farei um cataplasma para cicatrizar melhor. Deve doer ainda.

— Dói — admitiu Uwaine —, mas acho que tive sorte de não contrair tétano como aconteceu com um de meus homens. Ai, que morte! — ele estremeceu. — Quando o ferimento inchou, pensei que também estivesse com a doença, e meu bom amigo Gawaine disse que, enquanto eu conseguisse beber vinho, estaria fora de perigo... e ele me manteve bem abastecido. Juro que passei quinze dias bêbado, mãe! — ele gargalhou. — Teria dado toda a pilhagem do castelo do bandido por um pouco de sua sopa... não conseguia mastigar pão nem carne-seca, quase morri de fome. E *perdi* três dentes...

Ela se levantou e observou a ferida.

— Abra a boca. Isso — ela disse, e fez um gesto para um dos servos. — Traga a *sir* Uwaine um pouco de cozido e de frutas cozidas também — ordenou. — Não deve tentar mastigar comida dura por enquanto. Depois do jantar, vou cuidar disso.

— Não vou me opor a isso, mãe. Ainda dói como o diabo, e, além disso, há uma moça na corte de Artur... não quero que ela me evite como se eu parecesse o próprio demónio — disse gargalhando.

Mesmo com a dor do ferimento, ele comeu fartamente, fazendo todos rirem com histórias da corte. Morgana não ousava desviar os olhos do enteado, mas, durante toda a refeição, podia sentir os olhos de Accolon sobre ela, aquecendo-a como se estivesse sob o sol depois do frio do inverno.

Foi uma refeição alegre, mas, por fim, Uriens começou a parecer exausto e Morgana chamou os criados dele.

— Hoje é o primeiro dia em que sai da cama, meu marido... não deve se cansar demais.

Uwaine se levantou e disse:

— Deixe-me levá-lo, pai.

Ele se inclinou e ergueu o homem doente como se fosse uma criança. Seguindo-os, Morgana virou-se antes de sair do salão de jantar, dizendo:

— Cuide de tudo aqui, Maline. Vou fazer um curativo no rosto de Uwaine antes de ir descansar.

Logo Uriens estava acomodado na cama em seus aposentos, Uwaine de pé ao lado dele, enquanto Morgana foi para a cozinha preparar um cataplasma para o rosto do rapaz. Precisou cutucar o cozinheiro para acordá-lo e pediu que esquentasse mais água no fogo da cozinha... deveria ter um braseiro e um caldeirão em seus aposentos, se fosse fazer esse tipo de trabalho, por que não havia pensado nisso antes? Subiu e fez com que Uwaine se sentasse, para colocar o cataplasma em seu rosto com os panos quentes empapados de infusão de ervas, e o jovem suspirou de alívio quando o remédio começou a aliviar a dor do ferimento inflamado.

— Ah, como isso é bom, mãe... Aquela moça na corte de Artur não saberia como fazê-lo. Quando eu me casar com ela, mãe, poderia lhe ensinar um pouco de sua arte? O nome dela é Shana e é da Cornualha. Era uma das damas da rainha Isotta... como é que Marco se intitula rei da Cornualha, mãe? Pensei que Tintagel pertencesse a você.

— E pertence, meu filho, herança de Igraine e do duque Gorlois. Não sabia que Marco pensa reinar ali — respondeu Morgana. — Ele ousa reclamar Tintagel como sua?

— Não, da última vez que soube de algo, ele não tinha um paladino lá — respondeu Uwaine. — *Sir* Drustan partiu para o exílio na Bretanha Armórica...

— Por quê? Era um dos homens do imperador Lúcio? — perguntou Morgana. Essa conversa sobre a corte era um sopro de vida no ambiente moribundo daquele lugar isolado.

Uwaine negou com a cabeça.

— Não... comentava-se que Drustan e a rainha Isotta gostavam demais um do outro — disse. — Não se pode culpar a pobre moça... A Cornualha é o fim do mundo, o duque Marco é velho e rabugento, e seus camareiros dizem que é impotente também. A vida dessa pobre senhora é dura. Já Drustan é belo e harpista, e ela aprecia música.

— Não tem outras notícias da corte além de perversidade e esposas alheias? — perguntou Uriens, fazendo uma careta, e Uwaine riu.

— Bem, disse à senhora Shana que o pai dela deve enviar-lhe um mensageiro, e espero, querido pai, que não o recusará. Shana não é rica, mas não preciso de um dote, consegui bens suficientes na Bretanha Armórica... Vou mostrar-lhe um pouco da minha pilhagem, e tenho presentes para minha mãe, também. — Uwaine levantou a mão para acariciar o rosto de Morgana enquanto ela se curvava sobre ele, trocando o cataplasma. — Bem, sei que *você* não é uma mulher do tipo daquela senhora Isotta, para dar as costas ao meu bom velho pai e bancar a prostituta.

Morgana sentiu o rosto arder; curvou-se sobre a chaleira com água fervente e ervas, torcendo o nariz com o odor amargo. Uwaine pensava que ela era a melhor das mulheres, e essa confiança lhe agradava, mas sentia certa amargura por saber que não era digna dela.

Ao menos jamais fiz Uriens parecer um tolo nem exibi amante algum na frente dele...

— Mas deveria ir à Cornualha quando meu pai estiver bom o suficiente para viajar — disse Uwaine, com seriedade, retraindo-se um pouco quando o calor do cataplasma tocou um novo ponto no rosto inflamado. — Deveria haver um entendimento claro, mãe, de que Marco não pode reclamar o que é seu. Você não visita Tintagel há tanto tempo que o povo pode esquecer que tem uma rainha.

— Tenho certeza de que não chegará a tanto — afirmou Uriens. — Mas, se eu estiver bem neste verão, perguntarei a Artur, quando viajar para o Pentecostes, sobre essa questão das terras de Morgana.

— E se Uwaine se casar na Cornualha — disse Morgana —, deve cuidar de Tintagel para mim... gostaria de ser meu castelão, Uwaine?

— Nada me deixaria mais feliz — respondeu Uwaine —, a não ser, talvez, dormir esta noite sem quarenta dores de dente distintas em minha boca.

— Beba isto — pediu Morgana, derramando de um frasco um de seus remédios dentro do vinho dele —, e prometo que vai dormir.

— Acho que dormiria sem isso, senhora, estou tão feliz por estar em minha casa, e em minha cama, sob os cuidados de minha mãe — Uwaine se curvou, abraçou o pai e beijou a mão de Morgana. — Mas tomo seus remédios de bom grado.

Ele bebeu o vinho com o remédio e fez um gesto para que um dos soldados de Uriens iluminasse o caminho até seu quarto. Accolon veio, abraçou o pai e disse:

— Também vou para a cama... senhora, há travesseiros lá ou o quarto está vazio? Faz tanto tempo que não venho para casa, acho que encontrei pombos empoleirados no velho quarto em que costumava dormir e onde o padre Eian tentava enfiar latim na minha cabeça pelos fundilhos de meus calções.

— Disse a Maline para se certificar de que tivesse tudo de que precisa — respondeu Morgana —, mas vou conferir. Vai precisar de mim novamente esta noite, meu senhor? —perguntou, voltando-se para Uriens —, ou posso me recolher?

A única resposta que teve foi um ronco baixo, e Huw, ajeitando o velho nos travesseiros, disse:

— Vá, senhora Morgana. Se ele acordar durante a noite, cuido de tudo.

Enquanto saíam, Accolon perguntou:

— O que tem meu pai?

— Ele teve febre pulmonar neste inverno — respondeu Morgana —, e já não é mais um jovem.

— E você assumiu todo o peso de cuidar dele — disse Accolon. — Pobre Morgana. — E tocou a mão dela; ela mordeu o lábio com a voz terna dele. Algo rígido e frio dentro dela, congelado desde o inverno, começava a derreter, e ela pensou que ia se dissolver em lágrimas. Baixou a cabeça e não olhou para ele. — E você, Morgana... sequer uma palavra ou olhar para mim? — Ele se esticou e a tocou, e ela disse entre dentes:

— Espere. — Pediu à criada para pegar travesseiros e cobertores do depósito. — Se soubesse que vinha, teria colocado os melhores cobertores e lençóis e também palha fresca na cama.

Ele sussurrou:

— Não é palha fresca que desejo em minha cama. — Mas ela se recusou a voltar o rosto para ele enquanto as criadas faziam a cama, trazendo água quente e luz e pendurando a armadura e as roupas dele.

Quando todas saíram por um instante, ele murmurou:

— Posso ir ao seu quarto mais tarde, Morgana?

Ela fez que não com a cabeça e murmurou de volta:

— Virei até você... tenho desculpa para estar fora dos meus aposentos no meio da noite, pois, desde que seu pai adoeceu, me chamam com frequência... Você não pode ser visto lá. — E o apertou rapidamente com os dedos. Era como se a mão dele a queimasse. Então um camareiro a acompanhou nas últimas rondas do castelo para certificar-se de que tudo estava trancado e seguro.

— Que Deus lhe dê uma boa noite, senhora — ele disse, curvando-se, e saiu. Ela caminhou na ponta dos pés pelo corredor em que os soldados dormiam. Movendo-se cautelosamente, passou pelas escadas, pelo quarto onde Avalloch dormia com Maline e os filhos mais novos, o quarto onde o jovem Conn dormira com seu tutor e os irmãos de criação antes que o pobre menino sucumbisse à febre pulmonar. Na ala mais afastada ficavam os aposentos de Uriens, o quarto que ela mantinha para si e outro normalmente designado para hóspedes importantes; no extremo, o quarto onde deixara Accolon. Ela se esgueirou em direção aos aposentos dele, a boca seca, esperando que ele tivesse o bom senso de ter deixado a porta aberta... As paredes eram velhas e grossas, e ele não conseguiria escutá-la à porta.

Morgana olhou para dentro do próprio quarto; entrou e desarrumou a roupa de cama. Sua criada, Ruach, era velha e surda. No inverno passado havia praguejado por sua surdez e estupidez, mas agora isso serviria a seus propósitos... mesmo assim, ela não deveria acordar pela manhã e encontrar a cama de Morgana intocada; até a velha Ruach sabia que o rei Uriens não estava bem o suficiente para dividir a cama com a rainha.

Quantas vezes disse a mim mesma que não tenho vergonha do que faço... Ainda assim, não podia causar escândalo, ou não conseguiria nada ali. Mas odiava a necessidade de segredo e dissimulação.

Ele havia deixado a porta aberta. Morgana entrou, o coração batendo, e fechou a porta; sentiu-se tomada em um abraço faminto que despertou seu corpo para uma vida intensa. A boca de Accolon fechou-se sobre a dela como se ele tivesse ansiado por isso tanto quanto ela... parecia que toda a desolação e a dor do inverno se desfazia e que ela era como gelo derretendo, que fluiria e transbordaria... Pressionou seu corpo contra o de Accolon e resistiu para não chorar.

Toda a promessa de que Accolon não era mais que um sacerdote da Deusa, que não permitiria nenhum laço pessoal entre eles, sumira diante de seu desejo selvagem. Tinha sentido tanto desdém por Gwenhwyfar, que trouxera escândalo à corte e escárnio ao rei por ele não ter conseguido satisfazê-la. Mas agora, nos braços de Accolon, toda a sua promessa desaparecia. Ela se afundou no abraço dele e permitiu que ele a carregasse para a cama.

2

A NOITE ESTAVA BEM AVANÇADA QUANDO MORGANA SAIU DO lado de Accolon. Ele dormia profundamente; ela correu os dedos pelo cabelo dele, beijando-o suavemente, e se esgueirou para fora do quarto. Não havia pegado no sono – temia dormir demais e ser surpreendida, ali, pela manhã. Levaria mais de uma hora até o amanhecer. Morgana esfregou os olhos, que ardiam. Em algum lugar lá fora, um cão latia, uma criança chorava e era acalentada, e pássaros piavam no jardim. Morgana pensou, olhando por uma abertura estreita na parede de pedras: *Na próxima lua, a essa hora, o sol estará brilhando.* Encostou-se na parede por um minuto, tomada por lembranças da noite passada.

Jamais soube, pensou, *jamais soube o que era ser apenas uma mulher. Tive um filho, sou casada há catorze anos e tive amantes... mas não sabia nada, nada...*

Subitamente, sentiu uma mão grossa tocar seu braço. A voz rouca de Avalloch disse:

— O que faz andando sorrateiramente pela casa a esta hora, garota?

Ele evidentemente a confundira com uma das criadas; algumas delas eram pequenas e morenas, com o sangue dos Antigos.

— Solte-me, Avalloch — ela disse, olhando para o rosto do enteado mais velho na penumbra. Ele era pesado e mole, a mandíbula indefinida pela gordura, os olhos pequenos e próximos. Accolon e Uwaine eram homens bonitos, e era possível perceber que Uriens fora belo à sua maneira. Mas não Avalloch.

— Bem, senhora minha mãe! — ele respondeu, dando um passo para trás e curvando-se exageradamente. — Repito, o que faz a esta hora?

A mão dele permanecia no braço de Morgana; ela a retirou como se fosse um inseto rastejante.

— Devo prestar contas de meus movimentos a você? Esta é minha casa e ando nela como desejar, e essa é minha única resposta.

Sente aversão por mim, ela pensou, *quase tanto quanto eu por ele.*

— Não brinque comigo, senhora — ele disse. — Pensa que não sei em quais braços passou a noite?

Ela respondeu desdenhosamente:

— Agora é você que mexe com feitiçaria e a Visão?

Ele baixou a voz, que ganhou um tom traiçoeiro.

— Claro que deve ser aborrecido casar-se com um homem com idade suficiente para ser seu pai, mas eu não feriria os sentimentos de meu pai dizendo a ele onde sua mulher passa as noites, desde que... — ele colocou o braço em torno dela e a puxou à força. Baixou a cabeça e mordiscou seu pescoço, a barba por fazer arranhando sua pele... — desde que passe algumas delas comigo.

Ela se desvencilhou dele e tentou dar um tom jocoso à própria voz.

— Vamos, Avalloch, por que viria atrás de sua velha madrasta quando a Virgem da Primavera é sua, bem como todas as belas donzelas da vila...

— Mas sempre a considerei uma bela mulher — ele respondeu, e sua mão acariciou o ombro de Morgana, deslizando para baixo no peitilho mal amarrado de sua túnica. Ela se afastou novamente, e o rosto dele se contorceu em um rosnado.

— Por que banca a donzela recatada comigo? Foi Accolon, Uwaine ou os dois ao mesmo tempo?

Ela o encarou.

— Uwaine é meu filho! Sou a única mãe de quem ele se lembra!

— Devo achar que isso a impediria, senhora Morgana? Era sabido de todos na corte de Artur que foi amante de Lancelote e que tentou tirá-lo da rainha, e que dormia na cama do Merlim... que não se furtou a fazer amor ilícito com o próprio irmão, e que foi por isso que o rei a tirou da corte, para que não o tentasse mais e o afastasse dos costumes cristãos... Por que pouparia seu enteado? Uriens sabe que tipo de prostituta incestuosa ele tomou por esposa, senhora?

— Uriens sabe tudo o que precisa saber sobre mim — disse Morgana, surpresa por sua voz estar tão firme. — Quanto ao Merlim, não éramos casados, e nenhum de nós se importa com as regras de uma corte cristã. Seu pai sabia e me perdoou por isso. Ninguém além dele tem direito algum de reclamar de minha conduta desde então, e, quando o fizer, responderei a ele, pois não preciso responder ao senhor, *sir* Avalloch. Agora irei para meu quarto, e sugiro que faça o mesmo.

— Então joga sobre mim os costumes pagãos de Avalon — retrucou Avalloch; sua voz era um rugido desdenhoso. — Prostituta, como ousa proclamar ser tão boa...

Ele a agarrou e apertou os lábios sobre os dela. Morgana o atingiu na barriga com os dedos rígidos; ele grunhiu e a soltou com um palavrão. Ela disse:

— Não proclamo nada. Não preciso lhe prestar contas de minha conduta, e, se falar com Uriens, direi a ele que botou as mãos sobre mim de modo pouco apropriado para a mulher dele, e veremos em quem ele acreditará.

Avalloch rugiu:

— Deixe-me dizer, senhora, pode enganar meu pai como quiser, mas ele é velho. No dia em que eu for rei destas terras, tenha certeza de que não haverá mais clemência para aqueles que viveram nela só porque meu pai não conseguia se esquecer de que um dia usou as serpentes!

— Ah, extraordinário — retrucou Morgana, desdenhosamente. — Primeiro toma liberdades com a mulher de seu pai e depois se gaba de como será um bom cristão quando a terra dele for sua!

— Você me enfeitiçou primeiro, prostituta!

Morgana não conseguiu segurar o riso.

— Enfeitiçar *você*? E por quê? Avalloch, se todos os homens exceto você desaparecessem da face da Terra, eu preferiria partilhar a cama com um cão! Seu pai pode ser velho o suficiente para ser meu avô, mas prefiro me deitar com ele a me deitar com você! Pensa que sinto inveja de Maline quando, a cada vez que você vai à vila nos festivais da colheita ou do plantio, ela canta? Se tivesse feito tal encantamento, não seria para apreciar sua virilidade, mas para acabar com ela! Agora tire as mãos de mim e volte para quem quer que o deseje, pois, se colocar um dedo em mim de novo, juro que *vou* acabar com sua masculinidade!

Ele acreditava que ela era capaz disso; ficou claro pela maneira como se afastou dela. Mas o padre Eian ouviria tudo isso, e então a questionaria, e questionaria Accolon, e os criados, e voltaria a pedir a Uriens para cortar o bosque sagrado e acabar com o velho culto. Avalloch não pararia até incitar toda a corte com sua falação.

Odeio Avalloch! Morgana se surpreendeu ao perceber que sua raiva era física, uma dor queimando sob o osso do peito, um tremor passando por todo o corpo. *Um dia tive orgulho; uma sacerdotisa de Avalon não mente. E agora há um motivo pelo qual devo evitar a verdade. Até mesmo Uriens me veria como uma esposa traiçoeira, indo em segredo para a cama de Accolon graças à própria luxúria...* Ela chorava de raiva, sentindo a mão quente de Avalloch novamente em seu braço e em seu seio. Agora, cedo ou tarde, seria acusada, e, mesmo se Uriens confiasse nela, seria observada. *Ah, estava feliz pela primeira vez em muitos anos, e agora está tudo arruinado...*

Bem, o sol se levantava, logo os serviçais da casa acordariam, e Morgana precisava organizar os trabalhos do dia. Ele estava apenas supondo? Uriens precisava ficar na cama, decerto Avalloch não perturbaria o pai naquele dia. Tinha de preparar mais remédio de ervas para o ferimento no rosto de Uwaine, e a raiz de um dos dentes quebrados dele precisava ser arrancada.

Uwaine a amava – certamente não daria ouvidos a nenhuma acusação que Avalloch pudesse fazer. Com isso, sentiu novamente um surto de fúria, recordando-se das palavras de Avalloch: *Foi Accolon, Uwaine ou os dois ao mesmo tempo? Sou tão mãe de Uwaine como se o tivesse dado à luz! Que tipo de mulher ele acha que sou?* Havia realmente aquele rumor na corte de Artur, de que cometera incesto com o rei? *Como, então, diante disso, posso fazer Artur reconhecer Gwydion como seu filho? Galahad é herdeiro de Artur, mas meu filho precisa ser reconhecido, assim como a linhagem real de Avalon. Mas não pode haver mais escândalos me envolvendo, muito menos a menor hipótese de que cometi incesto com meu enteado...*

Espantou-se um pouco consigo mesma. Mergulhara em uma raiva desesperada quando soube que teria o filho de Artur, e agora isso lhe parecia trivial; afinal, ela e Artur nem mesmo sabiam que eram irmãos. Mas Uwaine – que não tinha laço de sangue com ela – era mais seu filho que Gwydion; ela o criara...

Bem, não havia nada a fazer sobre aquilo agora. Morgana foi para a cozinha e escutou o cozinheiro reclamar de que o toicinho havia acabado e que as despensas estavam quase vazias a ponto de fazer com que fosse difícil alimentar todos os recém-chegados.

— Bem, devemos enviar Avalloch para a caça hoje — disse Morgana, e parou Maline nas escadas enquanto ela levava o copo de vinho quente matinal para o marido.

Maline afirmou:

— Vi-a conversando com Avalloch... O que ele tinha a lhe dizer?

Ela franziu um pouco o cenho, e Morgana, lendo os pensamentos dela, como fazia com facilidade com uma mulher estúpida como Maline, percebeu que a nora tinha medo e se ressentia dela; achava injusto que Morgana ainda fosse magra e firme, enquanto ela, Maline, estava fatigada e envelhecida por ter tido filhos; que a sogra tivesse cabelos escuros e brilhantes enquanto ela própria, ocupada com os filhos, nunca tivesse tempo para pentear e trançar os seus e dar-lhes brilho.

Morgana respondeu com sinceridade, mas também desejando poupar os sentimentos da nora:

— Falamos de Accolon e de Uwaine. Mas as despensas estão quase vazias, e Avalloch precisa ir caçar um javali.

E então o que deveria fazer se desvelou totalmente em sua cabeça, e por um momento ela ficou imóvel, ouvindo Niniane dizer na mente e na memória, *Accolon deve suceder ao pai,* e sua própria voz respondendo... Maline a encarava, esperando que terminasse o que dizia, e Morgana rapidamente se recompôs.

— Diga a ele que deve ir atrás de um javali hoje, se puder, ou amanhã, no máximo. Do contrário, logo acabaremos com o resto da farinha.

— Certamente direi a ele, mãe — disse Maline. — Ficará feliz em ter uma desculpa para sair daqui.

Pelo tom de reclamação de Maline, Morgana soube que a mulher estava aliviada por não ter sido nada pior.

Pobre mulher, casada com aquele porco. Perturbada, lembrou-se das palavras exatas de Avalloch: *No dia em que eu for rei destas terras, tenha certeza de que não haverá mais clemência para aqueles que viveram nela só porque meu pai não conseguia se esquecer de que um dia usou as serpentes.*

Essa era, então, sua tarefa: fazer com que Accolon fosse o sucessor do pai, não por seu próprio bem ou vingança, mas pelo bem do velho culto, que ambos trouxeram de volta a essa terra. *Se tivesse meia hora para contar o que se passou a Accolon, ele iria caçar com Avalloch, e não duvido que resolvesse tudo.* Ela pensou, calculando friamente: *Devo manter minhas mãos limpas nisso e deixar ao encargo de Accolon?*

Uriens era velho; poderia viver mais um ano, ou mais cinco. Agora que Avalloch sabia de tudo, trabalharia com o padre Eian para minar qualquer influência que ela e Accolon pudessem ter, e tudo o que Morgana fizera seria desfeito.

Se Accolon quer este reino, talvez seja ele quem precise agir. Se Avalloch for envenenado, eu é que morrerei como feiticeira. Ainda assim, se deixasse isso ao encargo de Accolon, seria tudo muito parecido com aquela velha balada que começava assim: *Dois irmãos foram caçar...*

Devo contar a Accolon e deixar que ele dê vazão à raiva? Perturbada, ainda sem saber ao certo o que faria, subiu e encontrou Accolon no quarto do pai; ao entrar, ouviu-o dizer:

— Hoje Avalloch vai caçar javalis... A despensa está quase vazia. E vou com ele. Faz muito tempo que não caço em minhas próprias colinas...

— Não — Morgana disse abruptamente. — Fique com seu pai hoje. Ele vai precisar de você, e Avalloch tem todos os seus caçadores para ajudá-lo.

Ela pensou: *Preciso encontrar alguma maneira de dizer a ele o que pretendo fazer,* e então se conteve. Se ele soubesse o que ela planejava – embora não estivesse ainda certa da forma que essa necessidade tomaria –, jamais concordaria com isso, a não ser, talvez, na raiva inicial, ao ouvir o que Avalloch dissera a ela.

E, se concordasse, ela pensou – *embora ache que o conheça o suficiente, ainda assim, meu próprio desejo pelo corpo dele pode ter me iludido, e ele pode ser menos honrado do que acredito –, se fosse o tipo de homem que concordaria em tomar parte nisso, seria um assassino de parentes, e, sob essa maldição, não poderia confiar nele quanto ao que ficaria entre nós. Avalloch é meu parente apenas pelos laços do casamento; não há laços de sangue a serem desonrados. Apenas se tivesse tido um filho de Uriens a culpa do sangue cairia sobre mim.* Agora, estava grata por não ter dado um filho ao marido.

Accolon disse:

— Deixe Uwaine ficar com nosso pai... Se o ferimento no rosto dele ainda está sendo tratado, ele é que deveria ficar dentro de casa, ao lado da lareira.

Como posso fazê-lo entender? As mãos dele precisam estar limpas; ele precisa estar aqui quando a notícia chegar... O que posso dizer para fazê-lo entender que isso é importante, talvez a coisa mais importante que lhe pedirei? A urgência e a impossibilidade de falar o que pensava tornaram sua voz incisiva.

— Fará o que peço sem discussões, Accolon? Se preciso cuidar da ferida de Uwaine, não terei tempo para cuidar de seu pai também, e ultimamente ele vem sendo deixado aos cuidados dos serviçais com muita frequência! — *E seu pai, se a Deusa estiver ao meu lado, vai precisar mais de você ao lado dele do que nunca antes que este dia acabe...* Ela enrolou as palavras, esperando que Uriens não entendesse o que dizia. — Peço-lhe isso como sua mãe... — afirmou, mas o que dizia a Accolon, com toda a força de seus pensamentos, era: *Pela Mãe eu ordeno...* — obedeça-me

— completou, e, afastando-se um pouco de Uriens, para que apenas Accolon visse, tocou o crescente azul desbotado na testa. Accolon a olhou – com uma expressão intrigada e indagadora –, mas ela se virou, balançando levemente a cabeça esperando que ele ao menos percebesse por que não podia falar com mais liberdade.

Ele respondeu, franzindo o cenho:

— Certamente, se o deseja tanto. Não é nenhum sofrimento ficar com meu pai.

Morgana viu Avalloch sair no meio da manhã com quatro caçadores, e, enquanto Maline estava no salão de baixo, esgueirou-se para dentro dos aposentos deles, procurando algo no cômodo bagunçado em meio a roupas de bebê descartadas e fraldas sujas da criança mais jovem. Por fim, encontrou um pequeno bracelete de bronze que vira Avalloch usando. Havia também algumas coisas de ouro na cômoda de Maline, mas não ousou pegar nada de valor, cuja falta pudesse ser notada quando a serva da nora viesse arrumar o quarto.

Entretanto, a criada de Maline a encontrou lá e perguntou:

— O que deseja, senhora?

Morgana fingiu sentir raiva.

— Não vou viver em uma casa mantida como um chiqueiro! Olhe para todas estas fraldas sujas, fedem a merda de bebê! Leve-as para baixo agora e as entregue para a lavadeira, e então venha varrer e arejar este quarto... ou devo colocar um trapo na cabeça e varrer eu mesma?

— Não, senhora — disse a criada, chorando, pegando os panos imundos que a rainha jogava em seus braços.

Morgana escondeu o bracelete de bronze no corpete e desceu para pedir que o cozinheiro aquecesse água para tratar do ferimento de Uwaine; aquilo deveria ser feito primeiro, e de algum jeito precisava arranjar as coisas na casa para ficar sozinha e sem tarefas durante a tarde... Pediu que o melhor cirurgião trouxesse suas ferramentas e fez com que Uwaine se sentasse e abrisse a boca, para que pudesse ajudar a encontrar a raiz quebrada do dente. Ele aguentou estoicamente o exame e os puxões (mesmo com o dente se quebrando novamente em sua arcada, obrigando-a a cutucar mais uma vez a região, que felizmente estava inchada e dormente). Quando o dente foi finalmente arrancado, ela pingou um pouco de seu mais forte remédio anestesiante no local e aplicou novamente cataplasma no rosto de Uwaine. Enfim terminou, e ele foi enviado para a cama após beber um trago de um forte licor; ele protestou, argumentando que havia cavalgado e até lutado em um estado pior que aquele, mas ela ordenou com firmeza que ele fosse para a cama e deixasse que os remédios fizessem efeito. Então Uwaine também estava seguramente fora do caminho e livre de qualquer suspeita. Como ordenara que as criadas lavassem roupa, nenhuma delas estava por ali, e Maline começou a reclamar.

— Se quisermos vestidos novos para o Pentecostes e terminar o manto de Avalloch... Sei que não gosta de fiar, mãe, mas preciso tecer o manto de meu marido, e todas as mulheres estão aquecendo água e pegando as pás para a lavagem da roupa...

— Ah, querida, eu me esqueci disso — respondeu Morgana. — Bem, se não há alguém para ajudá-la, eu posso fiar, então... a não ser que prefira que eu teça.

Ainda melhor que um bracelete, pensou, *seria um manto sob medida para ele feito pela própria mulher.*

— Faria isso então, mãe? Mas o manto novo do rei está no outro tear...

— O rei não precisa tanto de um manto quanto Avalloch — respondeu Morgana. — Vou tecer o de Avalloch. — *E quanto terminar,* pensou, com um estremecimento atravessando o coração, *ele nunca mais vai precisar de um manto.*

— Então vou fiar — disse Maline — e fico grata, mãe, a senhora tece bem melhor que eu. — Ela se aproximou e encostou o rosto na sogra. — É sempre boa comigo, senhora Morgana.

Mal sabe você o que tecerei hoje, criança.

Maline sentou-se e pegou o fuso. Parou por um momento, colocando as mãos nas costas.

— Não se sente bem, nora?

— Não é nada... minhas regras estão atrasadas quatro dias. Tenho medo de estar grávida novamente, esperava poder amamentar o bebê por mais um ano — ela suspirou. — Avalloch tem várias mulheres na vila, mas acho que nunca perde a esperança de que eu lhe dê outro filho para ocupar o lugar de Conn! Ele não dá a mínima para as meninas... nem chorou quando Maeva morreu o ano passado, pouco antes que eu tivesse o bebê, e, quando nasceu outra menina, ficou zangado comigo. Morgana, se realmente conhece encantamentos, pode me dar um para que eu tenha um menino no próximo parto?

Morgana sorriu, passando a lançadeira nos fios, e disse:

— O padre Eian não vai gostar disso, que me peça encantamentos. Ele lhe diria para rezar à Virgem Maria por um filho.

— Bem, o filho dela foi um milagre, e estou começando a acreditar que, se eu tiver outro filho, será outro milagre — respondeu Maline —, mas talvez seja apenas esse tempo frio e sombrio.

— Farei um chá para isso — disse Morgana. — Se estiver realmente grávida, juro que não vai interferir, mas se for apenas atraso por friagem suas regras virão logo.

— É um de seus feitiços mágicos de Avalon, mãe?

Morgana fez que não com a cabeça.

— É apenas conhecimento sobre as ervas, nada mais — disse, e foi para a cozinha para fazer a infusão. Trouxe-a para Maline e disse: — Beba isso o mais quente que aguentar, e embrulhe-se em um xale enquanto fia, tente se manter aquecida.

Maline bebeu a infusão, esvaziando a pequena taça de cerâmica, e fez uma careta com o gosto.

— Ugh, horrível!

Morgana disse, sorrindo:

— Deveria ter colocado mel nela, como faço com as infusões que preparo para as crianças quando têm febre.

Maline suspirou, pegando novamente o fuso e a roca. E disse:

— Gwyneth tem idade suficiente para fiar... Aos cinco anos eu já fiava.

— Eu também — respondeu Morgana —, mas, lhe peço, deixe a lição para outro dia, pois não quero confusão e barulho aqui enquanto estou tecendo.

— Bem, então direi à ama para manter as crianças lá na galeria — disse Maline, e Morgana a tirou de sua mente, começando a correr a lançadeira lentamente pelo pano, certificando-se do padrão. Era uma estampa xadrez de verde e marrom, não muito exigente para uma boa tecelã; desde que contasse os fios automaticamente, não precisava prestar muita atenção ao trabalho... fiar teria sido melhor. Mas havia alardeado tanto sua aversão pela tarefa que, se tivesse se oferecido para fiar nesse dia, isso seria lembrado.

A lançadeira deslizou pelo pano: verde, marrom, verde, marrom, pegando a outra lançadeira a cada dez carreiras, mudando a cor. Havia ensinado Maline a tingir esse verde, como aprendera em Avalon... o verde das folhas novas brotando na primavera, o marrom da terra e das folhas caídas em que os javalis fuçavam na floresta em busca de bolotas de carvalho... a lançadeira deslizando pelo pano, o pente para apertar cada carreira de fios, as mãos se movendo automaticamente, para um lado, para o outro e atravessando, descendo o bastidor, pegando a lançadeira do outro lado... *queria que o cavalo de Avalloch escorregasse e caísse e que ele quebrasse o pescoço e me poupasse do que preciso fazer...* Ela sentiu frio e estremeceu, e obrigou-se a ignorar isso, concentrando-se na lançadeira que deslizava para dentro e para fora dos fios, para dentro e para fora, fazendo imagens surgirem e sumirem à vontade, vendo Accolon nos aposentos de Uriens jogando damas, Uwaine dormindo, revirando-se de dor na ferida do rosto mesmo durante o sono, mas agora vai cicatrizar bem... *gostaria que um javali reagisse e que os caçadores de Avalloch fossem lentos demais para vir em seu socorro...*

Eu disse a Niniane que nunca mataria. Jamais devemos dizer que dessa água não beberemos... Surgiu em sua mente uma imagem do Poço Sagrado de Avalon, a água levantando-se da nascente, correndo para a base. A lançadeira ia para dentro e para fora, verde e marrom, verde e marrom, como a luz do sol atravessando as folhas verdes até a terra marrom, onde as brisas da primavera que se levantavam dentro da floresta corriam com a vida, correndo ao longo da madeira marrom... disparando a lampejar, cada vez mais rápida, o mundo começando a borrar diante de seus olhos... *Deusa! Por onde você corre com a vida em curso dos cervos... todos os homens estão em suas mãos, e todos os animais...*

Anos antes, ela tinha sido a Virgem Caçadora, abençoando o Deus Galhudo, enviando-o para correr com os gamos e vencer ou morrer conforme a Deusa decretasse. Ele voltara para ela... agora não era mais aquela Virgem, levando todo o poder da Caçadora. Como a Mãe, com todo o poder da fertilidade, fizera feitiços para levar Lancelote para a cama de Elaine. Mas, para ela, a maternidade acabara no sangue do nascimento de Gwydion. Agora, sentava-se ali com a lançadeira nas mãos e tecia a morte, como a sombra da velha Anciã da Morte... *A vida e a morte de todos os homens estão em suas mãos, Mãe...*

A lançadeira tremulava, saindo de sua visão e voltando, verde, marrom, verde como as folhas e a floresta entrelaçada, onde corriam os animais... o javali farejando, grunhindo e fuçando com suas longas presas, a porca com seus porquinhos atrás dela, entrando e saindo de um bosque... a lançadeira corria em suas mãos e ela não via mais nada, apenas o farejar do suíno na floresta...

Ceridwen, Deusa, Mãe, Anciã da Morte, Grande Corvo... Senhora da vida e da morte... Grande Porca, que come seus filhotes... eu a chamo, eu a invoco... se é realmente o que decidiu, cabe à senhora ir até o fim... O tempo deslizava e mudava em torno dela, estava deitada na clareira com o sol queimando suas costas enquanto corria com o Gamo-Rei, Movia-se pela floresta, levemente, farejando... sentiu a vida, os caçadores pisoteando e gritando... *Mãe! Grande Porca...*

Em algum canto da mente, Morgana sabia que suas mãos continuavam a se mover com firmeza, verde e marrom, marrom e verde, mas sob as pálpebras fechadas não via o cômodo ou os fios, apenas as plantas novas brotando sob as árvores, a lama e as folhas mortas do inverno sendo pisoteadas como se ela fuçasse de quatro na lama perfumada... *Sinto a vida da Mãe ali sob as árvores...* atrás dela, pequenos grunhidos e guinchos dos filhotes, presas perfurando o chão em busca de raízes e de bolotas de carvalho escondidas... *Marrom e verde, verde e marrom...*

Como um choque nos nervos que atravessava seu corpo, ouviu o som de um galope na floresta, os gritos distantes... Estava sentada imóvel diante do tear, tecendo carreiras marrons, alternando-as com as verdes, lançada atrás de lançada, apenas os dedos tinham vida, mas com a emoção inicial do terror e o fluxo de raiva, ela sentia-se carregada, deixando a vida do suíno correr através dela...

Deusa! Não permita que os inocentes sofram... Os caçadores não são nada para a senhora... Ela não podia fazer nada e assistiu a tudo aterrorizada, tremendo, estremecendo com o cheiro do sangue, o sangue de seu companheiro... sangue derramado do grande javali, mas isso era nada para ela, como o Gamo-Rei, ele deve morrer... quando sua hora chegar, seu sangue deve se derramar sobre a terra... atrás dela, ouvia os guinchos dos filhotes frenéticos, e subitamente a vida da Grande Mãe correu através dela. Morgana já não sabia se era Morgana ou a Grande Porca. Ouviu os próprios grunhidos frenéticos – como quando, em Avalon, levantara os braços e fizera descer sobre si as brumas da Deusa, jogou a cabeça para trás, tremendo, grunhindo, ouvindo o terror de seus porquinhos, fazendo pequenas corridas, levantando a cabeça, correndo em círculos... verde e marrom sob seus olhos, uma lançadeira irrelevante em seus dedos automáticos, despercebida... então, enlouquecida pelos cheiros alheios, sangue, ferro, estranheza, o inimigo se levantando sobre duas pernas, aço e sangue e morte, ela sentiu-se atacando, ouviu gritos, sentiu a facada quente do metal e o vermelho borrando seus olhos entre o marrom e o verde da floresta, sentiu suas presas rasgando, o sangue quente jorrando, e a vida a deixou em uma dor lancinante. Não sabia nem sentia mais nada... e a lançadeira seguia, pesada, tecendo marrom e verde e marrom sobre a agonia em sua barriga e o vermelho irrompendo de seus olhos e de seu coração disparado, os gritos ainda em seus ouvidos no cômodo silencioso onde não havia nenhum som além dos sussurros da lançadeira, do fuso e da roca... oscilou em silêncio, em seu transe, exausta... E então caiu sobre o tear e ficou ali, imóvel. Depois de um tempo, ouviu Maline falar, mas não se moveu nem respondeu.

— Ah! Gwyneth, Morag! Mãe, está doente? Ah, céus... ela *quer* tecer, mas sempre ocorrem esses ataques... Uwaine! Accolon! Venham, a mãe caiu sobre o tear...

Sentiu a mulher roçando suas mãos com obstinação, chamando seu nome. Ouviu a voz de Accolon, sentiu que ele a levantava, carregando-a. Não podia se mover nem falar – deixou que a colocassem em sua cama e trouxessem vinho para reanimá-la. Sentiu a bebida descendo por sua garganta, e queria dizer que estava bem, que a deixassem, mas se ouviu emitindo um pequeno grunhido assustador e ficou imóvel, dilacerada pela agonia, sabendo que a morte da Grande Porca a libertaria, mas que primeiro deveria sofrer os espasmos do fim... e enquanto jazia ali, cega, em transe, agonizante, ouviu a corneta dos caçadores e soube que traziam Avalloch para casa, morto em seu cavalo, assassinado pela porca que o atacara minutos depois de ele matar o javali... Ele, por sua vez, matara a porca... morte e sangue e renascimento e o fluxo da vida para dentro e para fora da floresta, como o movimento de uma lançadeira...

Passaram-se horas. Ainda não conseguia mover um músculo sem sentir uma dor aterrorizante, a qual ela quase desejou. *Não deverei ficar totalmente livre dessa morte, mas as mãos de Accolon estão limpas...* Olhou-o no olhos. Accolon se curvava sobre ela com preocupação e receio, e ficaram sozinhos por um momento.

— Consegue falar agora, meu amor? — ele sussurrou. — O que aconteceu?

Ela fez que não com a cabeça e não podia falar. Mas as mãos dele eram ternas, acolhedoras. *Sabe o que fiz por você, meu amor?*

Accolon se curvou e a beijou. Jamais saberia quão perto estiveram de serem expostos e derrotados.

— Devo voltar para o lado de meu pai — ele disse gentilmente, embora estivesse perturbado. — Ele chora e diz que se eu tivesse ido com meu irmão ele não teria morrido... vai me culpar sempre. — Os olhos escuros dele pousaram sobre ela, com uma sombra de inquietude. — Foi você quem me pediu para não ir — disse. — Previu isso com sua mágica, amada?

Ela encontrou um fiapo de voz na dor de sua garganta.

— Foi vontade da Deusa — disse — que Avalloch não destruísse o que fizemos aqui.

Ela conseguiu, com muita dor, mover o dedo, traçando a linha da serpente tatuada na mão que tocava seu rosto.

A expressão dele mudou, ganhando um aspecto de temor.

— Morgana! Teve parte nisso?

Ah, eu deveria saber como ele me olharia se soubesse...

— Como pode me perguntar isso? — sussurrou. — Estive tecendo no salão durante todo o dia, à vista de Maline, das criadas e das crianças... Foi a vontade e a ação dela, não as minhas.

— Mas você sabia, não sabia?

Lentamente, com os olhos se enchendo de lágrimas, ela assentiu, e ele se curvou e beijou seus lábios.

— Que assim seja. Foi a vontade da Deusa — disse, e saiu.

3

Havia um lugar na floresta onde um riacho se alargava em um lago profundo entre as pedras; Morgana sentou-se em uma rocha chata de frente para a água e fez Accolon sentar-se ao seu lado. Não seriam vistos ali, a não ser pelo Povo Antigo, e eles jamais trairiam sua rainha.

— Meu querido, trabalhamos juntos por todos esses anos... diga-me, Accolon, o que pensa que estamos fazendo?

— Senhora, contentei-me em saber que tinha um propósito e não lhe fazer perguntas. Se buscava apenas um amante... — levantou os olhos para ela e buscou sua mão — haveria outros para isso, mais adequados a tais jogos... eu a amo, Morgana, e fiquei contente e honrado por ter se voltado para mim, até mesmo para companhia e um toque de ternura, mas não foi isso que me chamou até você, de sacerdote para sacerdotisa. — Ele hesitou um pouco e ficou remexendo a areia com a bota. Finalmente, disse: — Ocorreu-me, também, que havia mais propósito nisso do que o desejo de uma sacerdotisa de restaurar os ritos neste reino ou sua necessidade de atrair sobre nós as marés da lua... fico feliz por tê-la ajudado nisso e dividir o culto com você. De fato, é a Senhora desta terra, especialmente para o povo antigo, que vê em você o rosto da Deusa. Por um tempo pensei que tínhamos sido chamados apenas para restaurar o velho culto aqui. Mas agora me ocorre, não sei por quê... — tocou as serpentes que se enrolavam em seus punhos — ... que, por causa *disso*, estou preso a esta terra, para sofrer e talvez morrer, se for preciso.

Eu o usei, pensou Morgana, *tão cruelmente quanto Viviane me usou...*

Ele continuou:

— Sei bem que há mais de cem anos esse velho sacrifício não é exigido. Ainda assim, quando *isto* — novamente ele tocou, com a ponta do dedo, as serpentes circulando seu punho — foi colocado aqui, percebi que talvez devesse de fato ser a pessoa convocada pela Senhora para esse sacrifício ancestral. Nesses anos desde então, comecei a pensar nisso como fantasia de um rapaz imaturo. Mas se vou morrer... — E a voz dele desapareceu, como as ondas no poço que se aquietava. Tudo estava muito silencioso; podiam ouvir insetos fazendo um barulhinho seco na grama. Morgana não disse uma palavra, embora pudesse sentir o medo dele. Accolon deveria ultrapassar as barreiras do medo sem auxílio, assim como acontecera com ela... ou Artur, ou o Merlim, ou qualquer um que enfrentara aquele teste final. E, se ele fosse enfrentar o teste final, precisaria consentir nisso.

Por fim ele perguntou:

— É exigido de mim, então, senhora, que eu morra? Pensei que... se o sacrifício de sangue é exigido... então Avalloch tornou-se presa dela... — E ela viu os músculos de seu rosto se contraírem; Accolon enrijeceu a mandíbula e engoliu em seco. Ainda assim, ela nada disse, embora seu coração latejasse de pena. Por algum motivo, ouviu a voz de Viviane em sua mente, *chegará o dia em que você vai me odiar tanto quanto me ama agora...* E sentiu novamente a onda de amor e dor. Ainda assim, endurecia seu coração; Accolon era mais velho do que Artur quando enfrentou sua coroação. E enquanto Avalloch de fato fora um sacrifício de sangue, derramado para a Deusa, ainda assim o sangue de outro não poderia redimir mais ninguém, nem a morte de Avalloch poderia livrar seu irmão da obrigação de enfrentar a sua própria.

A respiração dele enfim se tornou um suspiro pesado.

— Que assim seja... Enfrentei a morte diversas vezes em batalhas. Fiz um juramento à Deusa, e, mesmo que isso leve à morte, não o quebrarei. Diga-me o desejo dela, senhora.

Morgana estendeu a mão e apertou a dele.

— Não acho que o que será exigido de você seja a morte, e certamente não o altar do sacrifício. Mesmo assim, é preciso passar por um teste, e a morte sempre espreita as portas de tais desafios. Ficaria mais tranquilo se soubesse que eu também enfrentei a morte dessa maneira? E ainda assim estou aqui ao seu lado. Diga-me: fez juramento, de homem para homem, a Artur?

— Não sou um dos Companheiros dele — respondeu Accolon. — Viu Uwaine prestar juramento a ele, mas não eu, embora tenha lutado por minha própria vontade entre seus homens.

Morgana ficou feliz, embora soubesse que usaria até mesmo o juramento de um Companheiro contra Artur agora.

— Ouça-me, querido — ela disse —, Artur traiu Avalon duas vezes; e um rei só pode reinar nesta terra a partir de Avalon. Venho buscando, repetidamente, relembrar Artur do juramento que fez. Mas ele não quer me ouvir e ainda mantém em seu poder a espada sagrada de Excalibur, a espada das Insígnias Sagradas, e com ela a bainha mágica que lhe fiz.

Ela viu o rosto dele empalidecer.

— Diz a verdade... O que vai derrubar Artur?

— Não, a não ser que ele ainda se recuse a cumprir seu juramento — respondeu Morgana. — Ainda darei a ele todas as oportunidades de se tornar o que jurou ser. E o filho de Artur ainda não está maduro para o desafio. Não é nenhum menino, Accolon, e foi treinado para ser rei, e não druida, apesar *disto* — e pousou um dedo esguio sobre as serpentes em torno do pulso dele. — Diga-me, então, Accolon de Gales, se todos os outros expedientes falharem, será o paladino de Avalon e desafiará o traidor pela espada que ele carrega?

Accolon respirou fundo.

— Desafiar Artur? Fez uma boa pergunta, Morgana, quando questionou se estou preparado para morrer — respondeu. — E fala comigo por meio de enigmas. Não sabia que Artur tinha um filho.

— O filho dele é filho de Avalon e das fogueiras da primavera — disse Morgana. Ela pensara que havia muito superara a vergonha disso: *Sou uma sacerdotisa, não preciso prestar contas a nenhum homem do que preciso fazer*, mas não podia se forçar a olhar Accolon nos olhos. — Ouça, e contarei tudo.

Ele sentou-se em silêncio enquanto ela lhe contava sobre a coroação na Ilha Dragão e o que se sucedeu depois; e, quando falou sobre como fugiu de Avalon e sobre o parto de Gwydion, Accolon estendeu a mão e apertou os dedos dela.

— Ele passou em seus testes — disse Morgana —, mas é jovem e inexperiente; ninguém pensou que Artur trairia o próprio juramento. Artur também era jovem, mas foi coroado quando Uther era velho e estava morrendo, e os homens buscavam em todos os lugares um rei da linhagem de Avalon. Agora a estrela de Artur brilha forte, e seu renome é grande, e, mesmo com todos os poderes de Avalon por trás dele, Gwydion jamais poderia desafiá-lo pelo trono.

— O que a faz pensar que posso desafiar Artur, tomar-lhe Excalibur e não ser morto imediatamente pelos homens dele? — perguntou Accolon. — Não há um lugar deste mundo onde ele não seja tão protegido e eu possa desafiá-lo.

— Isso é verdade — disse Morgana —, mas não precisa desafiá-lo neste mundo. Há outros reinos que não são deste mundo, e em um deles pode tomar dele Excalibur, sobre a qual ele já não tem mais nenhum direito, e a bainha mágica que o protege de qualquer ferimento. Uma vez desarmado, ele não é mais do que um homem qualquer. Vi seus Companheiros, Lancelote, Gawaine, Gareth, brincarem de desarmá-lo em suas batalhas simuladas. Sem a espada, Artur é presa fácil. Não é o melhor dos guerreiros, nem precisou ser, com aquela espada e a bainha. E, uma vez que Artur esteja morto…

Precisou parar e firmar a voz, sabendo que incorria na maldição de assassinato de um rei, a mesma que hesitou em trazer sobre Accolon quando Avalloch morreu.

— Uma vez que Artur esteja morto — repetiu, por fim, com firmeza —, sou a mais próxima do trono, e irmã dele. Devo governar como Senhora de Avalon, e você, como meu consorte e duque de guerra. É verdade, você também, a seu tempo, será desafiado e derrubado como Gamo-Rei... mas, antes que esse dia chegue, terá seu tempo como rei ao meu lado.

Accolon suspirou.

— Jamais pensei em ser rei. Mas se me pede, senhora, devo fazer a vontade da Deusa... e a sua. Mas desafiar Artur por sua espada...

— Não quis dizer que fará isso sem toda a ajuda que eu puder lhe oferecer. Por que mais fui treinada durante todos aqueles anos cansativos em mágica e por que o tornei meu sacerdote? E há alguém maior que eu que nos ajudará em sua provação.

— Fala daqueles reinos mágicos? — perguntou Accolon, quase sussurrando. — Não a entendo.

Isso não me surpreende; nem eu mesma sei o que quis dizer, nem o que digo, pensou Morgana, reconhecendo a estranha obscuridade se formando em sua mente, enevoando o pensamento, como aquele estado em que mágica poderosa era feita. *Devo confiar na Deusa agora e deixar que ela me guie. Não apenas a mim, mas a ele, que está ao meu lado e vai tirar a espada da mão de Artur.*

— Confie em mim e obedeça.

Ela se levantou, movendo-se entre a floresta em silêncio, procurando... O que procurava? Perguntou e ouviu a própria voz distante e estranha:

— Crescem aveleiras nesta floresta, Accolon?

Ele assentiu, e ela o seguiu ao bosque de árvores carregadas de folhas e flores àquela época do ano. Os porcos selvagens que vagavam por ali tinham comido as últimas nozes; fragmentos das cascas estavam espalhados pela grossa camada de folhas no chão da floresta. Ainda assim, novos brotos também se erguiam em direção à luz, onde novas árvores se levantariam, para que a vida na floresta jamais morresse.

Flores, frutas e sementes. E todas as coisas retornam, crescem e vêm à luz e por fim dão seus corpos aos cuidados da Senhora novamente. Mas ela, que trabalha, sozinha e silenciosamente, no coração da natureza, não pode fazer sua mágica sem a força dEle, que corre com os cervos e, com o sol do verão, traz à luz a riqueza do ventre dela. Sob a aveleira, ela olhou para Accolon, e enquanto parte de sua mente estava consciente de que aquele homem era seu amante, seu sacerdote escolhido, sabia agora que ele havia consentido com uma provação além do que ela poderia lhe conferir sozinha.

Antes mesmo que os romanos viessem para essas colinas em busca de chumbo e estanho, o bosque de aveleiras já era um lugar sagrado. À beira do bosque havia um pequeno lago, sob três das árvores sagradas, a aveleira, o salgueiro e o amieiro – uma mágica mais antiga que a do carvalho. A superfície do lago estava um tanto obscurecida por galhos secos e folhas, mas a água estava limpa e escura, marrom como a floresta, e ela viu o próprio rosto refletido ao se curvar e mergulhar a mão no líquido, tocando os lábios e a testa com ele. Diante de seus olhos, o rosto refletido mudava e se transformava, e viu os olhos profundos e estranhos da mulher de um mundo mais antigo que este. Algo dentro dela se encolheu, aterrorizado com o que viu naqueles olhos.

O mundo havia se deslocado sutilmente em torno deles – ela acreditava que essa terra estranha e ancestral ficava nas imediações de Avalon, não no baluarte remoto de Gales do Norte. Ainda assim, uma voz disse silenciosamente em sua mente: *Estou em todos os lugares, e, onde a aveleira se reflete no Poço Sagrado, aqui estou eu.* Ouviu Accolon resfolegar em assombro e respeito e se voltou para ver que a senhora do reino das fadas estava com eles, ereta e silenciosa em suas roupas cintilantes, a coroa de vime nu na testa.

Foi ela quem falou, ou a senhora?

Há outra provação além de correr com os cervos... E subitamente era como se uma trompa soasse, distante e misteriosa, através do bosque de aveleiras... ou era o próprio bosque? E então as folhas se levantaram e se agitaram, e houve o ímpeto de ventos repentinos, fazendo os troncos rangerem e oscilarem, e um frio de medo correu pelo corpo e pelo sangue de Morgana.

Ele está chegando...

Lenta e relutantemente, ela se virou e viu que não estavam sós no bosque. Ali, no limite entre os mundos estava ele...

Jamais perguntou a Accolon o que *ele* havia visto... viu apenas a sombra de uma coroa de galhada, as folhas brilhantes douradas e vermelhas onde eles se encontravam, na floresta enfeitada com os primeiros botões da primavera, os olhos escuros... um dia se deitara com ele no chão de uma floresta como essa, mas ele não havia vindo para ela dessa vez, e Morgana sabia disso. Agora ela, e mesmo a senhora, deveriam se afastar. O passo dele, suave sobre as folhas, de algum modo ainda levantava o vento, que seguia jorrando sopros de ar através do bosque, agitando seus cabelos em torno da testa e seu manto. Ele era alto e moreno e parecia estar vestido com os mais ricos trajes e com folhas ao mesmo tempo, e ainda assim ela poderia jurar que a pele nua dele brilhava macia diante de todos. Ele fez um gesto, levantando a mão delgada, e, como se fosse compelido, Accolon se moveu lentamente para a frente, passo a passo... ao mesmo tempo era Accolon que ela via coroado e vestido com folhas e galhada, brilhando na estranha luz imóvel das fadas. Morgana sentiu-se fustigada e atingida pelo vento; no bosque, sabia, havia formas e rostos que não podia ver claramente;

essa provação não era para ela, mas para o homem ao seu lado. Parecia haver gritos e toques de trompas; os cavaleiros pairavam no ar ou eram as batidas dos cascos tamborilando sobre o chão da floresta com esse grande barulho que afogava os pensamentos? Sabia que Accolon já não estava mais ao seu lado. Agarrou-se ao tronco da aveleira, o rosto escondido; não sabia, jamais saberia, não cabia a ela saber que forma tomaria a coroação de Accolon... não cabia a ela dar ou saber. Havia invocado os poderes do Deus Galhudo através da Senhora, e ele fora para onde ela não poderia ir.

Jamais soube quanto tempo ficou ali, agarrada ao tronco da aveleira, a testa dolorosamente pressionada contra a árvore... e então o vento desapareceu, e Accolon estava de novo com ela. Ficaram juntos, sozinhos no bosque de aveleiras, ouvindo apenas o ronco do trovão em um céu escuro e sem nuvens, no qual a borda do sol brilhava como metal quente atrás do disco escuro do eclipse da lua, e as estrelas queimavam na noite que não caíra. Os braços de Accolon estavam em torno dela. Ele sussurrou:

— O que é isso? O que é isso?

— É o eclipse.

A voz dela estava mais firme do que poderia acreditar. Sentiu a batida de seu coração se aquietando com o toque dos braços dele, quentes e vivos, abraçando-a. O chão estava novamente firme sob seus pés, a terra sólida do bosque de aveleiras, e quando olhou para o lago viu fragmentos dos galhos quebrados pelo vento misterioso que assolara a mata. Em algum lugar, um pássaro reclamava da escuridão súbita, e, aos seus pés, um porquinho rosa chafurdava nas folhas mortas. Então a luz começou a surgir tão brilhante que ela viu a sombra saindo da frente do sol. Viu Accolon olhando para o brilho e disse bruscamente:

— Desvie os olhos... pode ficar cego agora que a escuridão se foi!

Ele engoliu em seco e baixou o rosto para ela. O cabelo dele estava bagunçado pelo vento que não era daquele mundo e, presa a ele, havia uma folha vermelha que fez Morgana estremecer sob os botões de aveleira que começavam a desabrochar.

Disse em um sussurro:

— *Ele* se foi... e *ela*... ou foi você? Morgana, aquilo aconteceu mesmo, era real?

Morgana, olhando para o rosto deslumbrado de Accolon, viu algo nos olhos dele, algo que não estava lá antes – o toque do que não era humano. Ela se esticou e tirou a folha vermelha do cabelo dele, estendendo-a.

— Você, que traz as serpentes... precisa perguntar?

— Ah...

Viu o estremecimento percorrer o corpo de Accolon. Ele arrancou a folha vermelha da mão dela com um gesto selvagem, deixando-a cair silenciosamente no chão da floresta, e disse, arquejando:

— Parecia que eu cavalgava alto sobre o mundo e vi coisas que um mortal jamais veria... — E então se esticou na direção dela, com uma urgência cega, rasgando seu vestido e puxando-a para o chão. Ela o deixou fazer o que queria e deitou-se atordoada no chão úmido enquanto ele a penetrava cegamente, movido por uma força que mal entendia. Parecia-lhe, enquanto se deitava silenciosamente sob aquela força motriz, que o rosto dele estava novamente sombreado por uma galhada ou folhas vermelhas; ela não tinha parte naquilo, era apenas a terra passiva sob a chuva e o vento, trovão e raio, e era como se o relâmpago a atravessasse e atingisse a terra sob seu corpo...

Então a escuridão se foi, e as estranhas estrelas que brilhavam em pleno dia desapareceram; as mãos de Accolon, ternas e apologéticas, a ajudaram a se levantar, a arrumar o vestido amarrotado; ele se curvou para beijá-la e gaguejar um tipo de explicação, palavras de desculpas, mas ela sorriu e pousou a mão nos lábios dele:

— Não, não... basta... — O bosque estava novamente em silêncio, e em torno deles havia apenas os sons normais do dia quieto. Ela disse calmamente: — Devemos voltar, meu amor. Vão sentir nossa falta, e todos estarão gritando e chorando por causa do eclipse, como se fosse uma maravilha estranha da natureza... — E sorriu fracamente; havia visto algo bem mais estranho que um eclipse naquele dia. As mãos de Accolon estavam frias e firmes, nas suas.

Ele sussurrou enquanto andavam:

— Jamais soube que você... você se parece com *ela*, Morgana...

Mas eu sou ela. Porém, Morgana não disse essas palavras em voz alta. Ele era um iniciado; deveria estar mais bem preparado, talvez, para aquela provação. Ainda assim, enfrentou o que precisava, e havia sido aceito por algo muito além dos pequenos poderes dela.

Então o frio atingiu o coração de Morgana, e ela se voltou para olhar o rosto amado e sorridente dele. Fora aceito. Mas isso não significava que triunfaria; apenas que poderia tentar a prova final, da qual isso era apenas o começo.

Não me senti assim quando, como Virgem da Primavera, enviei Artur, que não sabia ser Artur, para sua provação. Ah, Deusa, como eu era jovem naquele tempo, como nós dois éramos jovens... misericordiosamente jovens, pois não sabíamos o que tínhamos feito. E agora, que tenho idade suficiente para saber o que faço, como terei coragem de enviá-lo para enfrentar a morte?

4

Na véspera do Pentecostes, Artur e sua rainha haviam convidado os hóspedes que tinham laços de família com o trono para jantar com eles em privacidade. No dia seguinte haveria o tradicional grande banquete para todos os reis vassalos de Artur e seus Companheiros, mas Gwenhwyfar, vestindo-se cuidadosamente, sentia que essa seria sua maior provação. Seu senhor e marido tornaria público e irrevogável, por intermédio de um ato, o que há muito se sabia. No dia seguinte, Galahad seria sagrado cavaleiro e Companheiro da Távola Redonda. Ah, ela sabia disso há anos, sim, mas Galahad era então apenas um menino loiro crescendo em algum lugar nas terras do rei Pellinore. Quando pensava nisso, até ficava feliz; o filho de Lancelote com sua prima Elaine – agora morta durante um parto – era um herdeiro razoável para o rei. Mas nesse momento sentia que ele era uma desonra viva a uma rainha que envelhecia e cuja vida não havia gerado frutos.

— Você está aflita — disse Artur, observando o rosto da mulher enquanto ela colocava o diadema sobre o cabelo. — Sinto muito, Gwenhwyfar... pensei que essa seria a maneira de conhecermos o rapaz, algo que devo fazer se for para ele ficar com meu trono. Devo dizer a eles que está doente? Não precisa ir, pode conhecê-lo em outra ocasião.

Gwenhwyfar apertou os lábios.

— Melhor que seja agora.

Ele pegou a mão dela.

— Já não vejo Lancelote com muita frequência... será bom falar com ele novamente.

Os lábios de Gwenhwyfar se moveram em um sorriso que ela sabia não ser espontâneo. Ela disse:

— Eu me pergunto se você gostaria disso... não o odeia?

Artur sorriu, desconfortável.

— Éramos muito mais jovens naquela época. Parece-me que foi tudo em outro mundo, e Lance é meu amigo mais antigo e querido, quase meu irmão, como Cai.

— Cai também é seu irmão — disse Gwenhwyfar —, e o filho dele, Artur, é um de seus cavaleiros mais leais. Parece-me que seria um herdeiro melhor que Galahad...

— O jovem Artur é um bom homem e um Companheiro de confiança. Mas o sangue de Cai não é real. Deus sabe que, em todos esses anos, muitas vezes desejei que Heitor tivesse sido meu pai de verdade... mas ele não é, e isso é o fim da conversa, Gwen.

— Ele hesitou por um momento e prosseguiu: — Jamais falara sobre isso antes, não desde aquele Pentecostes pavoroso. Ouvi dizer que o outro rapaz, o filho de Morgana, está em Avalon.

Gwenhwyfar estendeu a mão como se quisesse evitar um golpe.

— Não!

— Providenciarei as coisas de modo que jamais tenha de encontrá-lo — ele disse, sem olhar para ela —, mas sangue real é sangue real, e algo precisa ser feito por ele. Não pode ficar com meu trono, os padres não aceitariam...

— Ah — disse Gwenhwyfar —, e, se os padres *aceitassem*, imagino que proclamaria o filho de Morgana seu herdeiro...

— Haverá os que se perguntarão por que ele não é — disse Artur. — Gostaria que tentasse explicar a eles o motivo?

— Então deveria mantê-lo longe da corte — retrucou Gwenhwyfar, pensando: *Não sabia que minha voz era tão ríspida quando fico zangada.* — Qual o lugar nesta corte para alguém que foi criado como druida em Avalon?

Ele respondeu secamente:

— O Merlim da Bretanha é um de meus conselheiros, e sempre foi assim, Gwen. Os que olham para Avalon são meus súditos também. Está escrito: *Tenho ainda outras ovelhas que não são deste redil...*

— Uma brincadeira blasfema — observou Gwenhwyfar, tornando sua voz mais gentil — e pouco adequada para a véspera do Pentecostes.

— Antes do Pentecostes sempre existiu o solstício de verão, meu amor — disse Artur. — Ao menos agora não há fogueiras acesas no solstício de verão, nem mesmo na Ilha Dragão, ou, até onde sei, em qualquer lugar a três dias de viagem de Camelot, a não ser em Avalon.

— Os padres colocaram guardas na ilha de Glastonbury, estou certa — respondeu Gwenhwyfar —, para que não haja idas e vindas daquela terra...

— Será triste se isso se perder para sempre — afirmou Artur. — Como é triste para os camponeses perder os próprios festivais... o povo da cidade talvez não tenha necessidade dos velhos ritos. Ah, sim, eu sei, há apenas um nome sob o céu pelo qual podemos ser salvos, mas talvez aqueles que vivem em um vínculo tão próximo com a terra precisem de algo mais do que a salvação...

Gwenhwyfar começou a falar, mas então manteve a calma. Kevin não era mais que um velho aleijado e deformado, e um druida, e o tempo dos druidas agora lhe parecia tão distante quanto o dos romanos. E Kevin era menos conhecido na corte como o Merlim da Bretanha do que como um harpista magnífico. Os padres não o reverenciavam como um homem bom como fizeram um dia com Taliesin; a língua de Kevin era rápida e indelicada no debate. Ainda assim, o conhecimento de Kevin sobre todos os antigos costumes e o direito comum era maior até que o de Artur, e o rei havia se acostumado a recorrer a ele quando se tratava de uma questão sobre costumes e leis antigas que não podia ser deixada de lado.

— Se não fosse uma reunião estritamente familiar, ordenaria ao Merlim que tocasse para nós esta noite.

Artur sorriu e disse:

— Posso pedir que perguntem a ele, se você desejar, mas um músico como ele não recebe ordens, nem mesmo de um rei. Posso pedir que jante em nossa mesa e implorar para que nos honre com uma música.

Ela sorriu de volta e respondeu:

— Então o rei implora a um súdito, em vez do contrário?

— Deve haver equilíbrio em todas as coisas — ele disse. — Essa é uma das coisas que aprendi em meu reinado… em algumas questões, um rei não pode ordenar, mas deve cortejar. Talvez seja por isso que os césares tenham caído, porque entraram no que meu tutor costumava chamar de *húbris*, pensando que podiam ordenar além da esfera legítima de um rei… Bem, minha senhora, nossos hóspedes estão esperando. Está bela o suficiente?

— Está zombando de mim novamente. Sabe o quanto sou velha.

— Você é pouco mais velha que eu — respondeu Artur —, e meus camareiros me dizem que ainda sou um homem bonito.

— Ah, mas isso é diferente. Os homens não envelhecem como as mulheres.

Ela olhou para o rosto dele, que ganhara rugas leves com os anos: um homem no auge da vida.

Ele disse, pegando a mão dela:

— Seria pouco adequado ter uma moça ao meu lado como rainha. Você é adequada para mim.

Foram em direção à porta; o camareiro se aproximou e falou em voz baixa, e Artur se virou para Gwenhwyfar.

— Haverá outros convidados em nossa mesa. Gawaine mandou avisar que a mãe dele veio, então não podemos deixar de convidar Lamorak também, já que ele é consorte e companheiro de viagem dela — afirmou Artur. — Não vejo Morgause há muitos anos, Deus sabe, mas ela também é minha parente. E o rei Uriens e Morgana, com seus filhos…

— Então será realmente uma festa de família.

— Sim, com Gareth e Gawaine… Gaheris está na Cornualha, e Agravaine não pôde sair de Lothian — respondeu Artur, e Gwenhwyfar sentiu-se atingida por um velho ressentimento… Lot de Lothian tinha tantos filhos. — Bem, minha querida, nossos convidados estão reunidos no pequeno salão. Vamos descer e encontrá-los?

O grande salão da Távola Redonda era o domínio de Artur – um lugar de homens, onde guerreiros e reis se encontravam. Mas o pequeno salão, com os enfeites de parede que Gwenhwyfar mandara trazer da Gália e as mesas e os bancos de cavalete, era onde ela mais se sentia uma rainha. Enxergava menos a cada dia; no começo, embora houvesse bastante luz, via apenas as listras coloridas dos vestidos das mulheres e as túnicas brilhantes usadas pelos homens. Aquela grande figura ali, com bem mais de um metro e oitenta, com vastos cabelos avermelhados, era Gawaine – ele viera se curvar diante do rei e então, levantando-se, envolveu o primo em um grande abraço. Gareth o seguiu, de modo mais recatado, e Cai apertou o ombro de Gareth, chamou-o de Belo, como nos velhos tempos, e perguntou sobre seus filhos, ainda muito jovens para vir à corte – a senhora Lionors ainda estava de cama por causa do último e ficou no castelo deles ao norte, perto do muro romano, ele disse. Eram oito, agora, ou nove? Gwenhwyfar vira a senhora Lionors apenas duas vezes, porque ela sempre estava, de acordo com Gareth, dando à luz, em repouso ou amamentando o último filho. Gareth não tinha mais o rosto bonito, mas estava bem-apessoado como sempre. Conforme Artur, Gawaine e Gareth envelheciam, a semelhança entre eles aumentava ainda mais. Agora Gareth era abraçado por um homem magro com cabelos encaracolados escuros, raiados de cinza, e Gwenhwyfar mordeu os lábios; Lancelote não havia mudado nada em todos aqueles anos, a não ser por ter ficado ainda mais belo.

Uriens nada tinha daquela imunidade mágica ao tempo. Parecia realmente velho, embora ainda estivesse forte e ereto. Seu cabelo estava totalmente branco, e ela o ouviu explicando a Artur que havia recentemente se recuperado de uma febre pulmonar e que naquela primavera enterrara seu filho mais velho, atacado por um javali.

— Então será o rei de Gales do Norte um dia, *sir* Accolon — disse Artur. — Bem, assim será... Deus dá e tira, assim diz a Escritura Sagrada.

Uriens teria se curvado para beijar a mão de Gwenhwyfar, mas ela se inclinou para beijar o velho no rosto. Ele estava vestido de verde de modo afetado, com um belo manto verde e marrom.

— Nossa rainha fica sempre mais jovem — ele disse, com bom humor. — É possível acreditar que viveu no país das fadas, parente.

Gwenhwyfar riu.

— Talvez tenha de pintar rugas no rosto, então, para que os bispos e padres não pensem que aprendi feitiços impróprios para uma mulher cristã... mas essa brincadeira é inadequada para a véspera de um dia santo. Bem, Morgana — por uma vez ela pôde cumprimentar a cunhada com uma brincadeira —, parece mais jovem que eu, e sei que é mais velha. Qual é a sua mágica?

— Nenhuma — disse Morgana, em sua voz baixa e profunda. — Há tão pouco para ocupar minha mente naquelas terras no fim do mundo que tenho a impressão de que o tempo ali não passa, então talvez seja por isso que não envelheço.

Agora que olhava mais de perto, Gwenhwyfar podia ver os pequenos traços do tempo no rosto de Morgana; sua pele ainda era macia e sem danos, mas havia pequenas rugas em torno de seus olhos, e as pálpebras haviam caído um pouco. A mão que estendeu a Gwenhwyfar era magra e ossuda, tanto que seus anéis estavam largos. Gwenhwyfar pensou: *Morgana é ao menos cinco anos mais velha que eu.* E teve a impressão de que não eram mulheres na metade da vida, mas aquelas duas jovens garotas que haviam se encontrado em Avalon.

Lancelote veio primeiro para cumprimentar Morgana. Gwenhwyfar não teria acreditado que ainda podia se dilacerar com essa paixão atroz do ciúme... *agora Elaine se foi... e o marido de Morgana é tão velho que certamente não é de esperar que chegue até o Natal.* Ouviu Lancelote dizer algum elogio risonho e o riso baixo e doce de Morgana.

Mas ela não olha para Lancelote como um amante... seus olhos se voltam para o príncipe Accolon... e ele também é um homem belo... bem, o marido tem mais que o dobro da idade dela... E Gwenhwyfar, então, sentiu uma pontada de desaprovação moralista.

— Deveríamos ir para a mesa — ela disse, fazendo um gesto para Cai. — Galahad precisa ir à meia-noite fazer vigília ao lado de suas armas e talvez, como muitos jovens, queira descansar um pouco antes, para não ficar sonolento...

— Não ficarei com sono, senhora — disse o jovem, e Gwenhwyfar sentiu a dor novamente. Teria tido de bom grado esse rapaz loiro como filho. Ele era alto agora, tinha ombros largos, grande como Lancelote jamais fora. Seu rosto parecia brilhar e mostrava uma felicidade tranquila. — Isso tudo é tão novo para mim... Camelot é uma cidade linda, mal posso acreditar que seja real! E cavalguei aqui com meu pai... por toda a minha vida minha mãe falou dele como se fosse um rei ou santo, muito além dos mortais.

Morgana disse:

— Ah, Lancelote é mortal o suficiente, Galahad, e, se vier a conhecê-lo bem, saberá disso também.

Galahad se curvou educadamente para Morgana e disse:

— Eu me lembro da senhora. Veio e levou Nimue para longe de nós, e minha mãe chorou... minha irmã está bem, senhora?

— Não a vejo há alguns anos — respondeu Morgana —, mas, se algo não estivesse bem com ela, eu teria sido avisada.

— Lembro-me apenas de que estava bravo com a senhora por ter me dito que eu estava errado em tudo... parecia tão certa, e minha mãe...

— Sem dúvida sua mãe lhe disse que sou uma feiticeira maligna. — Ela sorriu. *Presunçosa como um gato*, pensou Gwenhwyfar, ao ver o rubor que cobria o rosto de Galahad. — Bem, Galahad, não é o primeiro a pensar assim.

Ela sorriu para Accolon, que retribuiu o sorriso tão abertamente que Gwenhwyfar ficou chocada.

— E é uma feiticeira, então, senhora? — perguntou Galahad rispidamente.

— Bem — disse Morgana, com aquele sorriso felino —, sem dúvida sua mãe teve razões para acreditar que sim. Uma vez que ela se foi, devo dizer-lhe tudo... Lancelote, Elaine nunca lhe contou como me implorou por um feitiço que atrairia seus olhos para ela?

Lancelote se virou para Morgana, e Gwenhwyfar teve a impressão de que o rosto dele fora atingido, retesado de dor.

— Por que fazer brincadeiras sobre dias que há muito se foram, parente?

— Ah, mas não estou brincando — disse Morgana, e por um momento ela levantou os olhos para encontrar os de Gwenhwyfar. — Achei que era hora de você parar de partir corações por todos os reinos da Bretanha e da Gália. Então fiz aquele casamento, e não me arrependo, pois agora tem um belo filho que é herdeiro do reino de meu irmão. Se não tivesse interferido, teria permanecido solteiro, e ainda estaria partindo o coração de todas nós... não estaria, Gwen? — ela completou, com audácia.

Eu sabia. Mas não acreditava que Morgana confessaria isso tão abertamente... Gwenhwyfar, então, exercendo seu privilégio de rainha, mudou de assunto.

— Como vai minha xará, a pequena Gwenhwyfar?

— Ela foi prometida em casamento ao filho de Lionel — respondeu Lancelote —, e será um dia rainha da Bretanha Menor. O padre disse que o parentesco era muito próximo, mas que poderíamos conseguir uma dispensa... paguei uma grande soma à Igreja para que isso fosse arranjado, e Lionel também pagou... a menina tem nove anos, e o casamento só será celebrado daqui a seis.

— E sua filha mais velha? — perguntou Artur.

— Senhor, ela está em um convento — respondeu Lancelote.

— Foi isso que Elaine lhe disse? — perguntou Morgana, e novamente havia um lampejo de malícia em seus olhos. — Ela está no lugar de sua mãe em Avalon, Lancelote. Não sabia?

— É tudo a mesma coisa — respondeu ele pacificamente. — As sacerdotisas da Casa das Donzelas são muito parecidas com as freiras da Santa Igreja, vivendo em castidade e orações e servindo a Deus de sua própria maneira. — Ele se virou rapidamente para a rainha Morgause, que se aproximava deles. — Bem, tia, não posso dizer que o tempo não a mudou, mas os anos a trataram realmente bem.

Ela se parece tanto com Igraine! Ouvi apenas as zombarias e ri dela, mas agora bem acredito que o jovem Lamorak está encantado por ela por amor, e não por ambição! Morgause era uma mulher grande e alta, o cabelo ainda farto e ruivo, caindo em tranças sobre o vestido verde – uma vastidão de seda brocada, bordada com pérolas e fios de ouro. Um diadema fino com um topázio brilhante cintilava em seu cabelo. Gwenhwyfar estendeu os braços e abraçou a parente, dizendo:

— Parece-se tanto com Igraine, rainha Morgause. Eu a amava e ainda penso muito nela.

— Quando eu era mais jovem, essa frase teria me deixado furiosa de ciúme, Gwenhwyfar... ficava enlouquecida porque Igraine era mais bela que eu e tinha tantos reis e lordes aos seus pés. Agora me lembro apenas de que ela era bela e boa, e fico feliz em saber que ainda me pareço com ela.

Ela se virou para abraçar Morgana, e Gwenhwyfar viu que a cunhada se perdia no abraço da tia, pois Morgause era muito mais alta que ela... *Por que algum dia temi Morgana? É apenas uma coisinha, afinal de contas, e a rainha de um reino desconsiderado...* O vestido de Morgana era de lã escura simples, e ela não usava nenhum enfeite além de um torque de prata na garganta e um tipo de bracelete prateado no braço. Escuro e farto como sempre, seu cabelo estava trançado de modo simples e preso em torno da cabeça.

Artur viera abraçar a irmã e a tia. Gwenhwyfar pegou a mão de Galahad.

— Sente-se ao meu lado, parente.

Ah, sim, este é o filho que deveria ter tido com Lancelote... ou Artur... Ela disse, enquanto se sentavam:

— E agora que conheceu seu pai descobriu, como disse Morgana, que ele não é um santo, mas apenas um homem muito amável?

— Ah, mas o que mais é santo? — perguntou Galahad, os olhos brilhando. — Não consigo pensar nele como apenas um homem, senhora, decerto é mais que isso. É filho de um rei, também, e estou certo de que se escolhessem o melhor filho, em vez do mais velho, ele reinaria na Bretanha Menor. Acho que é feliz o homem cujo pai é também um herói — ele disse. — Tive um pouco de tempo para conversar com Gawaine... ele desprezava o pai e pensava pouco dele, mas nenhum homem jamais falou de meu pai sem admiração!

— Espero, então, que sempre o veja como um herói sem máculas — respondeu Gwenhwyfar. Colocara Galahad entre ela e Artur, como convinha ao herdeiro adotivo do reino; Artur escolhera sentar a rainha Morgause a seu lado, com Gawaine além dela, e, perto dele, Uwaine, que era seu amigo e protegido, como Gareth fora de Lancelote quando eram mais jovens.

Na mesa ao lado deles estavam Morgana, o marido e outros convidados; eram todos parentes, mas não podia ver claramente o rosto deles. Ela levantou o pescoço e apertou os olhos para enxergar melhor, reprovando--se em seguida – a careta a deixaria feia –, e esfregou a ruga funda entre as sobrancelhas. Perguntou-se se o velho medo de espaços abertos que tinha quando menina vinha do simples fato de não enxergar bem. Temia o que o mundo parecia apenas porque não podia enxergá-lo direito?

Perguntou a Artur, ao lado de Galahad, que comia com o grande apetite de um rapaz saudável ainda em fase de crescimento:

— Pediu que Kevin viesse jantar conosco?

— Sim, mas ele mandou uma mensagem dizendo que não poderia vir. Já que não pode estar em Avalon, talvez celebre o feriado à sua própria maneira. Também pedi ao bispo Patrício, mas ele está na vigília do Pentecostes na igreja... Ele o verá lá à meia-noite, Galahad.

— Acho que ser declarado rei deve ser um pouco como ser ordenado padre — disse Galahad, com clareza; houve uma pausa na conversa que fez a voz do rapaz ser escutada de uma ponta da mesa à outra. — Ambos juram servir a Deus e ao homem e fazer o que é certo...

Gareth disse:

— Senti algo assim, rapaz. Que Deus permita que sempre veja as coisas dessa maneira.

— Sempre quis que meus Companheiros fossem homens dedicados a fazer o que é correto — afirmou Artur. — Não peço que sejam homens religiosos, Galahad, mas sempre esperei que fossem homens *bons*.

Lancelote disse a Artur:

— Talvez estes jovens possam viver em um mundo em que seja mais fácil ser bom. — E pareceu a Gwenhwyfar que ele soava triste.

— Mas você é bom, pai — disse Galahad. — Em todos os lugares desta terra, dizem que você é o melhor dos cavaleiros do rei Artur.

Lancelote riu, envergonhado:

— Sim... como aquele herói saxão que arrancou o braço do monstro do lago. Meus trabalhos e feitos foram transformados em músicas porque a história verdadeira não é empolgante o suficiente para ser contada ao pé da lareira no inverno.

— Mas matou um dragão, não matou? — perguntou Galahad.

— Ah, sim. E creio que era uma besta bastante medonha. Mas seu avô fez tanto quanto eu ao matá-lo — respondeu Lancelote. — Gwenhwyfar, minha senhora, jamais jantamos tão bem quanto à sua mesa...

— Bem demais — disse Artur, alegremente, acariciando a mulher. — Se banquetes como este fossem mais frequentes, seria gordo como um daqueles reis saxões bebedores de cerveja. E amanhã é Pentecostes, e haverá outro banquete para ainda mais gente... Não sei como minha senhora consegue!

Gwenhwyfar sentiu uma pequena ponta de orgulho.

— Este banquete é meu, o de amanhã será orgulho de *sir* Cai... para esse, as carnes já estão assando no espeto. Meu senhor Uriens, não está comendo carne...

Uriens fez que não com a cabeça.

— Uma asa de uma daquelas aves, talvez. Depois que meu filho morreu, jurei jamais comer carne suína de novo.

— E sua rainha o acompanha em seu juramento? — perguntou Artur. — Como sempre, Morgana está quase fazendo jejum... não é de espantar que seja tão pequena e magra, minha irmã!

— Não é nenhuma dificuldade para mim deixar de comer carne suína.

— Sua voz continua doce como sempre, minha irmã? Já que Kevin não pôde se juntar a nós, talvez possa cantar ou tocar...

— Se tivesse me dito que gostaria disso, não teria comido tão bem. Não consigo cantar agora. Talvez mais tarde.

— Então você, Lancelote.

Lancelote encolheu os ombros e fez um gesto para que um criado trouxesse a harpa.

— Kevin cantará amanhã, e não sou páreo para ele. A letra da música é de um poeta saxão. Uma vez disse que poderia viver com os saxões, mas não com o que eles chamam de música. Então, quando vivi com eles no ano passado, ouvi aquela canção e chorei, e tentei, do meu jeito pobre, transportar as palavras para a nossa língua. — Ele saiu do lugar para pegar a pequena harpa. — É para o senhor, meu rei — disse —, pois fala das tristezas que conheci quando vivi longe da corte e de meu senhor... mas a música é saxã. Pensava, antes disso, que todas as canções deles eram sobre guerras, batalhas e brigas.

Ele começou a tocar uma melodia suave e melancólica; seus dedos não eram tão hábeis quanto os de Kevin, mas a música triste tinha um poder próprio, que gradualmente fez com que todos se aquietassem. Ele cantou, com a voz rouca de um cantor sem treino:

Que tristeza se iguala à de quem está só?
Um dia vivi na companhia de um rei que eu amava
E meu braço pesava com os anéis que ele me dava

E meu coração pesava com o ouro de seu amor
O rosto do rei é como o sol para quem o cerca
Mas agora meu coração está vazio
E vago sozinho pelo mundo.
Os bosques exibem suas flores,
As árvores e os prados ficam mais belos,
Mas o cuco, o cantor mais triste,
Grita a dor solitária do exílio,
E meu coração agora vaga
Em busca do que jamais verei;
Todos os rostos me são iguais se não vejo o rosto de meu rei
E todos os países me são iguais
Quando não posso ver os belos prados de meu lar.
Então hei de me erguer e seguir meu coração nesse vagar
Pois o que significa o belo prado de meu lar
Quando não posso ver o rosto de meu rei
O peso em meu braço é só uma tira de ouro
Quando o coração está vazio do peso do amor.
E assim seguirei
Pelo caminho dos peixes
Pela rota da grande baleia
Para além do país das ondas
Sem companhia nessa trajetória
Só as lembranças dos que amei
E as canções que canto de coração cheio,
E o grito do cuco na memória.

Gwenhwyfar baixou a cabeça para esconder as lágrimas, assim como Artur, que cobriu os olhos com a mão. Morgana olhava diretamente para Gwenhwyfar e podia ver as marcas úmidas das lágrimas correndo pelo rosto dela. Artur se levantou e se aproximou da mesa; colocou os braços em torno de Lancelote e disse em uma voz trêmula:

— Mas está novamente com seu rei e amigo, Galahad.

A velha amargura alfinetou o coração de Gwenhwyfar. *Ele canta sobre seu rei, não sobre sua rainha e seu amor. Seu amor por mim nunca foi nada além de parte de seu amor por Artur.* Ela fechou os olhos, sem querer ver os dois se abraçarem.

— Foi lindo — Morgause disse baixo. — Quem imaginaria que um bruto saxão poderia compor uma música assim... deve ter sido Lancelote, no fim das contas...

Lancelote fez que não com a cabeça.

— A música é deles. E a letra é apenas um pobre eco das deles...

Uma voz que era quase um eco da de Lancelote disse gentilmente:

— Mas há poetas e músicos entre os saxões, assim como guerreiros, minha senhora. — E Gwenhwyfar se virou em direção à voz. Um jovem de vestes escuras, esguio, moreno, um borrão além de sua visão; mas a voz, com um leve sotaque das terras do norte, ainda soava como a de Lancelote, o mesmo tom e timbre.

Artur fez um gesto para que ele se aproximasse:

— Senta-se à minha mesa alguém que não conheço... e, em uma festa de família, isso não é certo. Rainha Morgause?

Ela ficou de pé.

— Tinha a intenção de apresentá-lo ao senhor antes que fôssemos para a mesa, mas estava ocupado com seus velhos amigos, meu rei. Este é o filho de Morgana, que foi criado em minha corte, Gwydion.

O jovem foi para a frente e se curvou.

— Rei Artur — ele disse, com uma voz afetuosa que era como um eco da de Lancelote. Por um momento, uma alegria zonza atingiu Gwenhwyfar; *este* era o rapaz filho de Lancelote, certamente, e não o de Artur – e então ela se lembrou de que a tia de Morgana, Viviane, era também mãe do cavaleiro.

Artur abraçou o jovem. Disse, em uma voz muito abalada para ser ouvida a mais de três metros:

— O filho de minha amada irmã será recebido como um filho em minha corte, Gwydion. Venha e sente-se ao meu lado, rapaz.

Gwenhwyfar olhou para Morgana. Ela tinha manchas vermelhas no rosto, brilhantes como se tivessem sido pintadas, e mordia o lábio inferior entre os dentinhos afiados. Então Morgause não a tinha preparado para ver o filho ser apresentado ao pai – isto é, ao rei? Gwenhwyfar reprovou a si mesma, rispidamente; não havia motivos para pensar que o rapaz tivesse ideia de quem era seu pai. Embora, se algum dia houvesse se olhado no espelho, sem dúvida acreditaria, independentemente do que qualquer um pudesse dizer, que era filho de Lancelote.

Não era um menino, no fim das contas. Deveria estar perto dos vinte e cinco anos; era um homem.

— Seu primo, Galahad — disse Artur, e Galahad impulsivamente lhe estendeu a mão.

— Tem um parentesco mais próximo com o rei que eu, primo... tem mais direito que eu de estar onde estou agora — ele disse, com uma espontaneidade juvenil. — Fico espantado de que não me odeie!

Gwydion sorriu e disse:

— Como sabe que não o odeio, primo? — E Gwenhwyfar ficou abalada por um momento, até ver o sorriso. Sim, era o filho de Morgana, tinha o mesmo sorriso felino que ela exibia às vezes! Galahad piscou e então decidiu que as palavras eram uma brincadeira. Gwenhwyfar podia seguir os pensamentos transparentes de Galahad – *Este é um filho de meu pai, Gwydion é meu irmão bastardo com a rainha Morgana?* Ele também parecia magoado, como um filhote cuja oferta alegre de amizade fora recusada.

— Não, primo — disse Gwydion —, o que pensa não é verdade.

Gwenhwyfar pensou, sentindo a garganta sufocar, que ele tinha até mesmo o sorriso deslumbrante de Lancelote, que transformava um rosto sombrio e sério em um brilho arrebatador, como se um raio de sol surgisse e o transfigurasse.

Galahad afirmou defensivamente:

— Não, eu não disse... não quis...

— Não — disse Gwydion, bondosamente —, não *disse* nada, mas é muito óbvio o que pensava e o que todos neste cômodo devem estar pensando. — Ele levantou a voz, apenas um pouco, aquela voz tão parecida com a de Lancelote, embora sobreposta pelo suave acento das terras do norte: — Em Avalon, primo, definimos nossa linhagem pelo lado materno. Sou da velha linhagem real de Avalon, e isso me basta. Seria arrogância de qualquer homem reivindicar ser pai de um filho de uma Grã-Sacerdotisa de Avalon. Mas, é claro, como a maioria dos homens, gostaria de saber quem é meu pai, e o que você pensou já foi dito antes: que sou filho de Lancelote. Essa semelhança já foi notada antes, especialmente entre os saxões, com quem passei três anos aprendendo a ser um guerreiro — completou. — Sua reputação entre eles, senhor Lancelote, ainda é muito lembrada! Perdi a conta de quantos homens me disseram que não era nenhuma desgraça ser filho bastardo de um homem como o senhor! — O riso baixo dele era quase uma cópia surpreendente do homem para quem ele olhava, e Lancelote também parecia pouco à vontade. — Mas no fim sempre tive de dizer a eles que o que pensavam não era verdade. De todos os homens neste reino que poderiam ser meu pai, um sei que *não* é. Assim, devo informá-los de que é apenas uma semelhança de família, nada mais. Sou seu primo, Galahad, não seu irmão. — Ele se recostou preguiçosamente em sua cadeira. — Você se envergonharia muito se todos que nos veem pensassem isso? Afinal de contas, não podemos andar por aí explicando a verdade para todos!

Galahad parecia confuso.

— Não teria me importado se fosse realmente meu irmão, Gwydion.

— Mas então eu teria de ser filho de seu pai e talvez herdeiro do rei também — Gwydion disse, e sorriu. E repentinamente ocorreu a Gwenhwyfar que ele realmente sentia prazer com o mal-estar das pessoas em torno da mesa; que era o filho de Morgana, ainda que apenas por aquele toque de malícia.

Morgana disse, com aquela voz grave, enunciada de forma clara mesmo sem falar alto:

— Não seria um desprazer para mim, também, se Lancelote fosse seu pai, Gwydion.

— Não, imagino que não, senhora — respondeu Gwydion. — Perdoe-me, senhora Morgana. Sempre chamei a rainha Morgause de mãe...

Morgana riu.

— Se eu lhe pareço uma mãe improvável, Gwydion, você me parece um filho também improvável. Estou grata por esta festa de família, Gwenhwyfar — disse. — Poderia ser confrontada com meu filho amanhã, no grande banquete, sem aviso.

— Acho que qualquer mulher sentiria orgulho de um filho assim, e também o pai, seja ele quem for, jovem Gwydion — disse Uriens. — E é ele quem perde por não tê-lo reconhecido.

— Ah, creio que não — respondeu Gwydion, e Gwenhwyfar pensou, observando o pequeno movimento dos olhos dele em direção a Artur: *Ele pode dizer, por alguma razão, que não sabe quem é seu pai, mas está mentindo*. Aquilo a deixou incomodada. Ainda assim, quão *pior* seria se ele confrontasse Artur e exigisse saber por que ele, o filho, não era também o herdeiro?

Avalon, aquele lugar amaldiçoado! Gostaria que afundasse no mar como a terra perdida de Ys, conforme a velha lenda, de que jamais se ouviu falar de novo!

— Mas esta é a noite especial de Galahad — disse Gwydion —, e estou tirando a atenção dele. Fará vigília ao lado de suas armas esta noite, primo?

Galahad assentiu e disse:

— É o costume dos Companheiros de Artur.

— Fui o primeiro — disse Gareth —, e é um bom costume. Imagino que seja o mais próximo que um leigo possa chegar de ser um padre, fazer votos de que sempre servirá seu rei e esta terra e seu Deus com suas armas. — Ele riu e completou: — Que rapaz tolo eu era... meu senhor Artur. Perdoou-me por ter recusado sua oferta para me sagrar cavaleiro com suas próprias mãos e ter pedido para que Lancelote o fizesse?

— Perdoá-lo, rapaz? Tive inveja de você — disse Artur, sorrindo. — Pensa que não sei que Lancelote era o melhor guerreiro de nós dois?

Cai falou pela primeira vez, o rosto sério e coberto de cicatrizes se retorceu em um sorriso:

— Disse ao rapaz, naquela época, que ele era um bom lutador e daria um bom cavaleiro, mas com certeza não era nenhum cortesão!

— Muito melhor assim — Artur respondeu calorosamente. — Deus sabe que tive muitos deles! — Então completou, curvando-se para a frente, falando diretamente com Galahad: — Gostaria que seu pai o sagrasse cavaleiro, Galahad? Ele sagrou muitos de meus Companheiros...

O rapaz baixou a cabeça e disse:

— Senhor, cabe ao meu rei decidir. Mas me parece que a condição de cavaleiro vem de Deus, não importando quem a confere. Não quis dizer exatamente isso, *sir*... quero dizer, o juramento é feito para o senhor, mas, na maior parte, para Deus...

Artur assentiu lentamente:

— Sei o que quer dizer, meu rapaz. É a mesma coisa com o rei: ele jura reinar sobre seu povo, mas o voto não é feito ao povo, mas a Deus...

— Ou — disse Morgana — à Deusa, em nome dela, como símbolo da terra que o rei governará.

Ela olhou diretamente para Artur enquanto falava, e ele desviou os olhos, e Gwenhwyfar mordeu os lábios... Morgana relembrava Artur que sua lealdade fora dada a Avalon – *maldita!* Mas aquilo era passado, e Artur era um rei cristão... sob nenhuma autoridade além da de Deus.

— Vamos rezar por você, Galahad, para que seja um bom cavaleiro e que, um dia, seja um bom rei — afirmou Gwenhwyfar.

— Então, ao fazer seus votos, Galahad — disse Gwydion —, está fazendo, de alguma forma, o mesmo tipo de Casamento Sagrado com a terra que o rei costumava celebrar nos velhos tempos. Mas não passará, talvez, por uma prova tão dura.

O rosto do jovem rapaz se avermelhou.

— Meu senhor Artur chegou ao trono pela prova da batalha, primo, mas não há como me testar dessa maneira agora.

— Posso pensar em uma maneira — disse Morgana, suavemente —, e, se vai reinar sobre Avalon também, além das terras cristãs, um dia chegará a isso, Galahad.

Ele apertou os lábios com firmeza.

— Que esse dia esteja distante... certamente meu senhor ainda viverá muitos, muitos, anos... e então todas as velhas pessoas que ainda acreditam que devem ser leais às tradições pagãs terão desaparecido.

— Não creio nisso — disse Accolon, falando pela primeira vez. — Os bosques sagrados ainda estão de pé e, dentro deles, as velhas tradições são realizadas como sempre foram desde o começo do mundo. Não afrontamos a Deusa negando seu culto, para que ela não se volte contra seu povo e arruíne as colheitas e escureça o sol que nos dá vida.

Galahad estava perplexo.

— Mas esta é uma terra cristã! Nenhum padre veio lhe mostrar que os velhos Deuses malignos influenciados pelo diabo não têm mais poder agora? O bispo Patrício me disse que todos os bosques sagrados haviam sido cortados!

— Não — disse Accolon —, nem serão enquanto meu pai estiver vivo, ou eu, depois dele.

Morgana abriu a boca para falar, mas Gwenhwyfar viu Accolon colocar a mão sobre o pulso dela. Ela sorriu para ele e não disse nada. Foi Gwydion quem disse:

— Nem em Avalon, onde a Deusa vive. Reis vêm e passam, mas a Deusa permanecerá para sempre.

Que pena, pensou Gwenhwyfar, *que este jovem belo seja pagão! Bem, Galahad é um bom cavaleiro cristão e religioso, e será um rei cristão!* Mas, enquanto ela se acalmava com aquele pensamento, um leve tremor a percorreu.

Como se os pensamentos de Gwenhwyfar o inquietassem, Artur se inclinou para Gwydion, e seu rosto estava perturbado.

— Veio à corte para ser um de meus Companheiros, Gwydion? Não preciso dizer que o filho de minha irmã é bem-vindo entre eles.

— Admito que o trouxe até aqui para isso — disse Morgause —, mas não sabia que era a grande cerimônia de Galahad. Não atrapalharia o brilho desta ocasião. Certamente outro momento será mais apropriado para isso.

Galahad disse ingenuamente:

— Não me importaria em compartilhar a vigília e os votos com meu primo.

Gwydion riu.

— É muito generoso, parente — disse —, mas sabe pouco sobre ser rei. O herdeiro do rei deve ser proclamado sem ninguém para dividir o momento. Se Artur fosse nos sagrar cavaleiros ao mesmo tempo, e sendo eu o mais velho, e tão mais parecido com Lancelote... Bem, já há fofocas suficientes sobre minha paternidade; isso não deveria obscurecer sua sagração como cavaleiro também. Nem — ele completou, rindo — a minha.

Morgana encolheu os ombros.

— Vão fofocar sobre os parentes do rei de qualquer maneira, Gwydion. Dê-lhes algo sobre o que pensar!

— Há ainda outra coisa — disse Gwydion — Não tenho intenção de guardar vigília ao lado de minhas armas em uma igreja cristã. Sou de Avalon. Se Artur me admitir entre seus Companheiros pelo que sou, tudo bem, e, se não, tudo bem também.

Uriens levantou seus velhos braços nodosos para que as serpentes desbotadas pudessem ser vistas.

— Eu me sento à Távola Redonda sem o voto cristão, enteado.

— Eu tampouco o fiz — disse Gawaine. — Conquistamos nossa posição como cavaleiros, todos nós que lutamos naqueles dias, e não precisamos de uma cerimônia assim. Alguns de nós teriam tido dificuldade em conseguir, caso fosse necessário fazer votos corteses para tornar-se cavaleiro, como agora.

— Mesmo eu — afirmou Lancelote — ficaria um tanto relutante em fazer esses votos, sendo pecador como sou. Mas sou um seguidor de Artur na vida e na morte, e ele sabe disso.

— Que Deus não permita que eu algum dia duvide disso — disse Artur, sorrindo com profunda afeição para seu velho amigo. — Você e Gawaine são os pilares de meu reino. Se eu perdesse algum de vocês, acho que meu trono racharia e despencaria do topo de Camelot!

Ele levantou a cabeça quando a porta se abriu no extremo do salão, e um padre de vestes brancas, com dois jovens vestidos de branco, entraram. Galahad se levantou ansiosamente.

— Com sua permissão, meu senhor.

Artur também se levantou e abraçou o herdeiro.

— Abençoado seja, Galahad. Vá para sua vigília.

O rapaz se curvou e se voltou para abraçar o pai; Gwenhwyfar não pôde ouvir o que Lancelote disse a ele. Ela estendeu a mão, e Galahad se curvou para beijá-la.

— Dê-me sua bênção, senhora.

— Sempre, Galahad — disse Gwenhwyfar. E Artur completou:

— Nós o veremos na igreja. Deve manter sua vigília sozinho, mas ficaremos um pouco com você.

— Concede-me uma grande honra, meu rei. Fez vigília quando foi coroado?

— Ele realmente fez — afirmou Morgana, sorrindo —, mas foi muito diferente *dessa*.

Quando todos se dirigiam à igreja, Gwydion ficou para trás até que caminhasse ao lado de Morgana. Ela olhou para o filho – não era tão alto como Artur, que tinha a estatura dos Pendragon, mas, ao seu lado, parecia alto.

— Não esperava vê-lo aqui, Gwydion.

— Não esperava estar aqui, senhora.

— Soube que esteve lutando nesta guerra entre os aliados saxões de Artur. Não sabia que era um guerreiro.

Ele encolheu os ombros.

— Teve poucas oportunidades para me conhecer bem, senhora.

Sem saber o que dizia até ouvir as palavras saírem de sua boca, ela perguntou:

— Você me odeia por tê-lo abandonado, meu filho?

Ele hesitou.

— Talvez... por um tempo, quando era jovem — respondeu, por fim. — Mas sou um filho da Deusa, e isso me forçou a sê-lo verdadeiramente, tanto que não poderia buscar pais terrenos. Não lhe guardo rancor agora, Senhora do Lago.

Por um momento, o caminho em torno dela ficou borrado; era como se o jovem Lancelote estivesse ao seu lado... seu filho a apoiou gentilmente com o braço.

— Tome cuidado, o caminho aqui não é plano.

Ela perguntou:

— Como está tudo em Avalon?

— Niniane está bem — ele respondeu. — Tenho poucos laços com qualquer outra pessoa lá, agora.

— Viu a irmã de Galahad, a donzela chamada Nimue?

Ela franziu o cenho, tentando se lembrar de quantos anos Nimue teria agora. Galahad tinha dezesseis – Nimue teria ao menos catorze, era quase adulta.

— Não a conheço — respondeu Gwydion. — A velha sacerdotisa dos oráculos... Raven, não é? Ela a destinou ao silêncio e à reclusão. Nenhum homem pode ver seu rosto.

Por que Raven fez isso? Um tremor súbito a percorreu, mas ela disse apenas:

— Como vai Raven, então? Ela está bem?

— Não soube que não estivesse — respondeu Gwydion —, embora, na última vez em que a vi nos ritos, ela parecesse mais velha que os próprios carvalhos. Mas a voz dela ainda é doce e jovem. Entretanto, nunca conversei com ela em particular.

— Nem nenhum homem vivo, Gwydion, somente algumas poucas mulheres — afirmou Morgana. — Passei doze anos lá como donzela e ouvi a voz dela apenas meia dúzia de vezes.

Ela não queria falar nem pensar sobre Avalon e disse, tentando manter a voz trivial:

— Então teve experiência de batalha com os saxões?

— Tive, na Bretanha Menor... passei um tempo na corte de Lionel. Ele pensou que fosse filho de Lancelote e me fez chamá-lo de tio, e não o contrariei. Não fará mal a Lancelote que pensem que é capaz de ter um filho bastardo ou algo assim. E, como fizeram até com o bom Lancelote, os saxões que servem Ceardig me deram um nome. Flecha de Elfo, eles o batizaram... qualquer homem que conquista algo recebe um nome daquele povo. Eles me chamaram de Mordred... em nossa língua significa algo como "conselho mortal" ou "mau conselho", e não acho que seja um elogio!

— Não é preciso ter muita habilidade em conselhos para ser mais astuto que um saxão — ela observou —, mas diga-me, então, o que o fez vir aqui antes da hora que escolhi?

Gwydion encolheu os ombros e respondeu:

— Achei que deveria ver meu rival.

Morgana olhou seu entorno amedrontada.

— Não diga isso em voz alta!

— Não tenho motivos para temer Galahad — ele afirmou em voz baixa. — Ele não me parece alguém que viverá o suficiente para reinar.

— Isso é uma Visão?

— Não preciso da Visão para me dizer que é necessário alguém mais forte que Galahad para ocupar o trono do Pendragon — respondeu Gwydion. — Mas, se isso tranquilizar sua mente, senhora, juro pelo Poço Sagrado que Galahad não morrerá pelas minhas mãos. Nem — completou, depois de um momento, ao vê-la tremer — pelas suas. Se a Deusa não o quer no trono da nova Avalon, acho que precisamos deixar isso a cargo dela.

Ele pousou a mão na de Morgana por um instante; por mais que o toque fosse gentil, ela estremeceu novamente.

— Venha — ele disse, e Morgana teve a impressão de que a voz dele era tão compassiva quanto a de um padre concedendo a absolvição. — Vamos ver meu primo e suas armas. Não é certo que algo venha a estragar esse grande momento de sua vida. É possível que ele não tenha muitos outros.

5

POR MAIS QUE MORGAUSE DE LOTHIAN VIESSE A CAMELOT, jamais se cansava da pompa. Agora, consciente de que, como rainha vassala de Artur e mãe de três de seus primeiros Companheiros, teria um lugar privilegiado nas batalhas simuladas que marcavam aquele dia, sentou-se ao lado de Morgana na igreja; ao fim da missa, Galahad seria sagrado cavaleiro, e ele se ajoelhava ao lado de Artur e Gwenhwyfar, pálido, sério e radiante de excitação.

O bispo Patrício viera em pessoa de Glastonbury para celebrar a missa de Pentecostes ali em Camelot; estava agora de pé diante deles, em suas vestes brancas, entoando:

— A ti oferecemos este pão, o corpo do Unigênito…

Morgause botou a mão rechonchuda sobre a boca, sufocando um bocejo. Por mais que fosse a cerimônias cristãs, nunca pensava sobre elas; não eram tão interessantes quanto os ritos de Avalon, onde passara a infância, mas achava, desde os catorze anos, que todos os Deuses e religiões eram jogos que homens e mulheres jogavam com a mente. Nenhum deles tinha nada a ver com a vida real. Ainda assim, quando vinha para o Pentecostes, ia à missa diligentemente, para agradar Gwenhwyfar – a mulher era sua anfitriã e Grande Rainha, afinal de contas, e uma parente próxima –, e agora, com o resto da família real, ela seguia em frente para receber a hóstia sagrada. Morgana, atenta ao seu lado, era o único membro da família do rei que não se aproximou da mesa de comunhão; Morgause pensou desdenhosamente que ela era uma grande tola. Não apenas alienava o povo comum, mas os mais religiosos entre os vassalos do rei a chamavam de bruxa, feiticeira e coisa pior entre eles. E, afinal, qual era a diferença? Uma mentira religiosa era tão boa quanto outra, não era? O rei Uriens tinha mais noção do que era conveniente; Morgause não achava que Uriens fosse mais religioso que o gato de estimação de Gwenhwyfar. Vira as serpentes nos braços dele; ainda assim, como seu filho Accolon, ele foi até o altar para receber a hóstia.

Quando chegaram as preces finais, que incluíam uma pelos mortos, Morgause notou que tinha lágrimas nos olhos. Sentia falta de Lot – sua alegria cínica, sua lealdade firme para com ela; e ele tinha, afinal de contas, lhe dado quatro belos filhos. Gawaine e Gareth se ajoelhavam perto dela, entre a companhia de Artur – Gawaine, como sempre, perto do rei; Gareth ao lado de seu jovem amigo Uwaine, enteado de Morgana. Ouvira Uwaine chamar a sobrinha de mãe, e percebera um tom genuinamente maternal na voz dela quando falava com ele, algo de que jamais achou que Morgana seria capaz.

Com um farfalhar de saias e o tinido das espadas embainhadas e coisas semelhantes, o grupo de Artur se levantou e foi em direção ao pórtico da igreja. Gwenhwyfar, embora um pouco abatida, ainda era bonita, com as longas tranças douradas sobre o ombro e seu belo vestido com um cinto dourado brilhante. Artur também estava esplêndido. Excalibur pendia, ao lado de seu corpo, em sua bainha – a mesma velha bainha de veludo que usava havia mais de vinte anos. Pensou que Gwenhwyfar poderia ter bordado uma mais bonita para ele na última década.

Galahad se ajoelhou diante do rei; Artur pegou a bela espada que Gawaine lhe estendia e disse:

— Caro parente e filho adotivo, receba esta espada.

Fez um gesto para Gawaine, que a prendeu em torno da cintura delgada do rapaz. Galahad olhou para cima, com seu sorriso juvenil, e respondeu:

— Grato, meu rei. Que eu a use sempre e somente a seu serviço.

Artur pousou as mãos na cabeça de Galahad e disse:

— Eu o recebo com prazer entre meus Companheiros, Galahad, e lhe confiro a ordem dos cavaleiros. Seja sempre fiel e justo, e sirva ao trono e às causas honradas.

Ele levantou o jovem e o abraçou e beijou. Gwenhwyfar o beijou também, e o séquito real saiu em direção à grande arena, com os demais atrás.

Morgause se viu caminhando entre Morgana e Gwydion, com Uriens, Accolon e Uwaine logo atrás deles. A arena havia sido decorada com bastões verdes envoltos em fitas coloridas e flâmulas, e os organizadores dos jogos mediam com passos as áreas de luta. Viu Lancelote com Galahad, abraçando-o e dando-lhe um escudo branco simples. Então perguntou:

— Lancelote vai lutar hoje?

Accolon respondeu:

— Creio que não... Ouvi que ele será o mestre dos combates; venceu os jogos muitas vezes. Cá entre nós, ele já não é jovem, e não seria adequado à dignidade do campeão da rainha ser derrubado do cavalo por algum jovem que mal se tornou cavaleiro. Soube que ele foi vencido por Gareth mais de uma vez, e por Lamorak uma vez...

Morgause disse, sorrindo:

— Acho bom que Lamorak tenha se privado de se gabar *dessa* conquista... poucos homens resistiriam a se vangloriar de terem vencido Lancelote, mesmo em uma batalha simulada!

— Não — observou Morgana, em voz baixa —, acho que a maioria dos jovens cavaleiros ficaria decepcionada ao pensar que Lancelote não é mais o rei da arena. Ele é o herói deles.

Gwydion riu.

— Quer dizer que os jovens gamos evitam desafiar o cavaleiro que é o Gamo-Rei entre eles?

— Acho que nenhum dos velhos cavaleiros o faria — afirmou Accolon —, e, entre os jovens, poucos têm força ou experiência suficiente para desafiá-lo. Se o fizessem, Lancelote ainda lhes mostraria uma artimanha ou outra.

— Eu não o desafiaria — disse Uwaine em voz baixa. — Acho que não há um cavaleiro nesta corte que não ame Lancelote. Agora Gareth poderia derrubá-lo a qualquer momento, mas não vai envergonhá-lo no dia de Pentecostes, e ele e Gawaine sempre estiveram em pé de igualdade. Uma vez, em um dia de Pentecostes como este, lutaram por mais de uma hora, e Gawaine tirou a espada da mão dele. Não sei se poderia vencê-lo em um único combate, mas ele seguirá campeão enquanto estiver vivo se depender de um desafio meu.

— Desafie-o um dia — disse Accolon, rindo. — Eu fiz isso, e ele tirou toda a empáfia de mim em cinco minutos! Ele pode estar velho, mas mantém toda a sua força e habilidade.

Ele levou Morgana e o pai aos assentos reservados.

— Com sua licença, vou me inscrever nas listas antes que seja tarde demais.

— E eu também — disse Uwaine, curvando-se para beijar a mão do pai. Ele se virou para Morgana:

— Não tenho uma dama, mãe. Pode me dar uma prenda para levar nas disputas?

Morgana sorriu de modo indulgente e deu a ele uma fita de sua manga, que ele amarrou no braço, dizendo:

— Combinei desafiar Gawaine em um teste de força.

Gwydion retorquiu, com seu sorriso encantador:

— Ora, senhora, deveria tomá-la de volta... gostaria de ver sua honra descartada tão facilmente?

Morgana riu para Accolon, e Morgause, observando o rosto dela se iluminar, pensou: *Uwaine é filho dela, bem mais que Gwydion; mas Accolon, está claro, é mais que isso. Imagino se o velho rei sabe – ou se ele se importa.*

Lamorak se aproximava deles, e Morgause sentiu-se afetuosa e lisonjeada – havia muitas mulheres bonitas na arena, ele poderia ter uma prenda de qualquer uma delas, mas, mesmo assim, na frente de todas elas, e de todos em Camelot, seu querido jovem vinha se curvar diante dela.

— Minha senhora, posso usar uma prenda na batalha?

— Com prazer, meu querido.

Morgause deu a ele a rosa do ramalhete que usava no decote. Ele beijou a flor; ela estendeu-lhe a mão, com uma prazerosa consciência de que seu jovem cavaleiro era um dos mais belos homens ali.

— Lamorak parece encantado com você — observou Morgana, e, embora tivesse concedido o favor a ele diante de toda a corte, Morgause sentiu-se corar com o tom enfático da sobrinha.

— Acha que preciso de encantos ou feitiços, parente?

Morgana riu.

— Deveria ter usado outra palavra. A maioria dos jovens parece querer um belo rosto e nada mais.

— Bem, Morgana, Accolon é mais jovem que você e por certo o cativou a ponto de ele não desejar uma mulher mais nova ou mais bela. Não a censuro, minha querida. Foi casada contra a vontade, e seu marido poderia ser seu avô.

Morgana deu de ombros.

— Às vezes acho que Uriens sabe... talvez fique feliz por eu ter um amante que não me fará ficar tentada a deixá-lo.

Um pouco hesitante – jamais havia perguntado a Morgana sobre qualquer assunto pessoal desde o nascimento de Gwydion –, Morgause disse:

— Você e Uriens estão se desentendendo?

Morgana novamente deu de ombros de modo indiferente.

— Acho que Uriens não se importa o bastante comigo para brigar, de todo modo.

— O que acha de seu Gwydion? — perguntou Morgause.

— Ele me assusta — respondeu Morgana. — Mesmo assim, seria difícil não se encantar com ele.

— O que esperava? Ele tem a beleza de Lancelote e o poder mental da mãe... e é ambicioso também.

— É estranho que conheça meu filho melhor que eu — disse Morgana, e havia tanta amargura naquelas palavras que Morgause, cujo primeiro instinto fora retrucar de modo afiado... afinal, a sobrinha havia abandonado o filho, então por que a surpresa?... acariciou a mão dela e disse, de modo bondoso:

— Ah, minha querida, assim que um filho fica grande demais para o colo, acho que qualquer um o conhece melhor que a mãe! Tenho certeza de que Artur e seus Companheiros, e até mesmo Uwaine, conhecem Gawaine melhor que eu, e ele nem é alguém difícil de compreender... é um homem simples. Se você o tivesse criado desde bebê, ainda assim não entenderia Gwydion... confesso que eu mesma não o entendo!

A única resposta de Morgana foi um sorriso pouco à vontade. Ela se virou para ver arena, onde os primeiros eventos começavam; os bobos da corte e palhaços de Artur dançavam em batalhas simuladas ridículas, agitando bexigas de porco como se empunhassem armas e estandartes de pano, pintados com cores berrantes, no lugar de escudos, fazendo os expectadores gargalharem com suas tropelias. Por fim, se curvaram, e Gwenhwyfar, em uma paródia exagerada do gesto com o qual mais tarde daria os prêmios aos vencedores de verdade, jogou-lhes doces e bolos. Eles os disputaram, sob mais risos e aplausos, e então saíram às piruetas para o bom jantar que os aguardava na cozinha.

Um dos mestres de cerimônia anunciou que o primeiro embate seria um teste de combate entre o campeão da rainha, *sir* Lancelote do Lago, e o do rei, *sir* Gawaine de Lothian e das Ilhas. Vibrantes aplausos os saudaram quando eles entraram na arena – Lancelote, esguio, moreno e ainda tão belo, apesar das rugas no rosto e do cabelo grisalho, que Morgana sentiu a respiração embargada.

Sim, pensou Morgause, observando o rosto da parente, *ela ainda o ama, apesar dos anos. Talvez ela não saiba disso, mas é verdade.*

O combate era como uma dança de coreografia elaborada, os dois se movendo em torno um do outro, as espadas e os escudos tinindo alto. Morgause não conseguia distinguir qual deles possuía a mais leve vantagem, Quando por fim baixaram as espadas, curvaram-se para o rei e se abraçaram; foram aclamados imparcialmente e aplaudidos sem o menor favoritismo.

Então começaram os jogos equestres: extravagantes demonstrações de montaria, um homem cavalgando um cavalo ainda não treinado para dominá-lo. Morgause lembrou-se vagamente de uma ocasião em que Lancelote fizera algo parecido, talvez no casamento de Artur – parecia ter sido muito tempo antes. Depois disso, houve duelos individuais a cavalo, com lanças sem ponta que, de qualquer forma, poderiam desmontar um cavaleiro e causar uma queda feia na arena. Um jovem cavaleiro caiu, torcendo a perna, e foi carregado, aos berros, com a perna em um ângulo improvável. Foi o único ferimento sério, mas houve hematomas, dedos esmagados, homens jogados ao chão inconscientes e um que escapou por pouco de um coice de um cavalo mal treinado. Gwenhwyfar distribuiu prêmios ao fim, e Morgana também foi chamada por Artur para entregar vários deles.

Accolon ganhara um dos prêmios por cavalgar, e, quando se ajoelhou para aceitar o prêmio das mãos de Morgana, Morgause ficou chocada ao ouvir uma vaia baixa, mas perceptível, de desaprovação em algum lugar nas arquibancadas. Alguém sussurrou baixo, mas em tom audível:

— Bruxa! Meretriz!

Morgana corou, mas suas mãos ficaram firmes ao entregar a taça a Accolon. Artur disse em voz baixa a um de seus homens:

— Descubra quem foi! — E o rapaz saiu, mas Morgause tinha certeza de que, em uma multidão daquela, a voz jamais seria reconhecida.

Quando Morgana voltou ao seu lugar, no começo da segunda metade das atrações, parecia pálida e zangada; suas mãos, notou Morgause, tremiam, e sua respiração estava acelerada.

— Minha querida, não se preocupe com isso — disse Morgause. — O que acha que dizem de *mim* em um ano de colheita fraca ou se é feita a justiça a alguém quando todos preferiam que escapasse com sua vilania?

— Acha que me importo com o que a ralé pensa de mim? — retrucou Morgana com desdém, mas Morgause sabia que a indiferença dela era fingimento. — Gostam o bastante de mim em meu reino.

A segunda parte dos jogos começou com uns broncos saxões demonstrando a arte da luta. Eram homens enormes e cobertos de pelos, não apenas no rosto, mas sobre todo o corpo quase nu; grunhiam, retesavam-se e arremetiam, soltando gritos roucos, agarrando e torcendo com força de quebrar ossos. Morgause se inclinou para a frente, apreciando sem constrangimento a força máscula deles; mas Morgana desviava os olhos em uma aversão nauseada.

— Ah, vamos, Morgana, está ficando pudica como a rainha. Que cara!

Morgause protegeu os olhos do sol com uma mão e olhou para a arena.

— Acho que a batalha simulada vai começar... Olhe! Aquele é Gwydion? O que ele está fazendo?

Gwydion havia entrado na arena, dispensando com um gesto o mestre de cerimônias que correu em direção dele, e gritou, com uma voz que podia ser ouvida claramente de uma ponta da arena à outra:

— Rei Artur!

Morgause viu que Morgana havia se encolhido, branca como a morte, e apertava a cerca com as duas mãos. O que o rapaz queria? Faria uma cena diante de metade dos homens de Artur exigindo seu reconhecimento?

Artur se levantou, e Morgause achou que ele parecia contrafeito, mas sua voz era firme:

— Sim, sobrinho?

— Ouvi que é costume nesses jogos permitir um desafio, se o rei assim o desejar. Pergunto se *sir* Lancelote me enfrentará em uma luta!

Lancelote uma vez dissera – Morgause se lembrava disso – que tais desafios eram a desgraça de sua existência: todo jovem cavaleiro queria dominar o campeão da rainha. A voz de Artur era séria.

— É costume, mas não posso falar por Lancelote. Se ele concordar com a disputa, não posso recusar, mas deve desafiá-lo diretamente e respeitar a decisão dele.

Morgause disse:

— Ora, maldito seja! Não fazia ideia do que ele tinha em mente... — Mas Morgana sentiu que a ideia não a desagradava por completo, afinal.

Um vento soprou, levantando poeira e obscurecendo o brilho de verão do saibro branco da arena. Gwydion caminhou pela poeira até o fim da arena, onde Lancelote sentava-se em um banco. Morgause não conseguia ouvir o que cada um deles dizia, mas Gwydion se voltou com raiva e gritou:

— Meus senhores! Sempre ouvi que o dever de um campeão era competir com todos os recém-chegados! Senhor, exijo que Lancelote enfrente meu desafio ou ceda sua alta posição a mim! Ele tem esse posto por causa de sua habilidade com armas ou por outra razão, meu senhor Artur?

— Gostaria — disse Morgause — que seu filho ainda fosse jovem o suficiente para levar umas boas palmadas, Morgana!

— Por que culpá-lo? — perguntou Morgana. — Por que não culpar Gwenhwyfar por tornar o marido tão vulnerável? Todo mundo neste reino sabe que ela favorece Lancelote, mas ainda assim ninguém grita "bruxa" ou "meretriz" quando ela aparece diante do povo.

Lancelote, abaixo delas, levantou-se e caminhou até Gwydion; ergueu a mão enluvada e golpeou rapidamente o jovem na boca.

— Agora de fato me deu motivos para punir sua língua insolente, jovem Gwydion. Vejamos, então, quem foge de combate agora!

— Vim aqui para isso — respondeu Gwydion, impassível diante do golpe e das palavras, embora houvesse um pequeno fio de sangue em seu rosto. — Até lhe concedo que me sangre primeiro, *sir* Lancelote. É condizente que um homem da sua idade tenha alguma vantagem.

Lancelote falou com um de seus escudeiros, que tomou seu lugar como mestre das batalhas. Houve um burburinho nas arquibancadas quando Lancelote e Gwydion pegaram as espadas e se voltaram para o rei para a saudação ritual que dava início à disputa. Morgause pensava: *Se algum homem na multidão não acredita que são pai e filho, deve ter uma vista péssima.*

Os dois homens apontaram as espadas um para o outro, o rosto deles agora escondido por elmos. Um era míseros centímetros mais alto que o outro; a única diferença entre eles era que o peitoral e a armadura de Lancelote eram velhos e surrados, e os de Gwydion, novos, sem manchas. Circularam lentamente, e então se atacaram; por um momento, Morgause sequer pôde distinguir de quem era cada golpe, as investidas eram rápidas demais para serem acompanhados pelos olhos. Percebeu que Lancelote media o jovem e, então, desferia contra ele um golpe poderoso. Gwydion foi atingido na lateral do escudo, mas a força era tão violenta que ele cambaleou, perdeu o equilíbrio e caiu na arena. Tentou se levantar. Lancelote deixou a espada de lado e foi ajudar o rapaz a ficar de pé. Morgause não conseguiu ouvir o que ele disse, mas seu gesto bonachão dizia algo como: "Foi suficiente, jovem?".

Gwydion apontou para o fio de sangue vindo de um pequeno corte que logrou fazer no punho de Lancelote. Sua voz era claramente audível:

— O senhor derramou sangue primeiro, *sir*, e eu, em segundo lugar. Devemos decidir isso com mais uma queda?

Houve uma pequeno ruído de vaias e desaprovação; o primeiro derramamento de sangue, nesses embates, deveria encerrar a luta, já que os competidores lutavam com armas afiadas.

O rei Artur se levantou:

— Isto é uma festa e um desafio cortês, não um duelo! Não vou tolerar acertos de contas aqui, a não ser que lutem com os punhos ou com porretes! Continuem, se desejarem, mas eu os previno, se houver ferida grave, ambos cairão no meu mais profundo desagrado!

Eles se curvaram e se separaram, circulando para ganhar vantagem; então cada um partiu em direção ao outro, e Morgause arquejou, observando a ferocidade da luta. Parecia que a qualquer momento um deles poderia atingir o escudo e infligir uma ferida mortal no outro! Um deles havia caído de joelhos, uma saraivada de golpes no escudo, as espadas presas em um impasse, até que foi gradativamente prensado contra o chão...

Gwenhwyfar se levantou e gritou:

— Não vou mais tolerar isso!

Artur bateu com o cetro no chão da arena; pelo costume, esse era o sinal de que a luta devia se interromper imediatamente, mas nenhum dos homens viu o gesto do rei, e os escudeiros precisaram separá-los. Gwydion se levantou revigorado e ereto, sorrindo enquanto tirava o elmo. O escudeiro de Lancelote precisou ajudá-lo a se levantar; ele respirava com dificuldade, o suor e o sangue escorrendo-lhe pelo rosto. Houve uma tempestade de vaias, mesmo dos outros cavaleiros na arena; Gwydion não havia contribuído em nada para sua popularidade ao envergonhar o herói do povo.

Ele se curvou para o cavaleiro mais velho:

— Estou honrado, *sir* Lancelote. Vim para a corte como um estranho, não sendo nem mesmo um dos Companheiros de Artur, e fico agradecido pela lição no manejo de espada. — O sorriso dele era o reflexo do de Lancelote. — Obrigado, senhor.

Lancelote conseguiu tirar de algum lugar seu velho sorriso. Isso exagerava a semelhança entre os dois quase ao ponto da caricatura.

— Portou-se com muita coragem, Gwydion.

— Então — disse Gwydion, ajoelhando-se diante dele na poeira da arena —, eu lhe peço, senhor, conceda-me a ordem da cavalaria.

Morgause prendeu o fôlego. Morgana sentou-se como se tivesse se transformado em pedra. Mas onde estavam os saxões, no entanto, houve uma explosão de aplausos.

— Um plano realmente astuto! Inteligente, inteligente... Como podem recusar isso agora, rapaz, quando enfrentou bem em combate o próprio campeão deles?

Lancelote olhou para Artur. O rei estava sentado imóvel, aparentemente paralisado, mas, depois de um momento, assentiu. Lancelote fez um gesto para seu escudeiro, que trouxe uma espada. Ele a pegou e a prendeu na cintura de Gwydion.

— Use-a sempre a serviço de seu rei e das causas justas — disse o cavaleiro. Ele estava bastante sério agora. A troça e a provocação haviam desaparecido do rosto de Gwydion; ele parecia sério e doce, com os olhos levantados para Lancelote, e Morgause viu que os lábios dele tremiam.

Morgause sentiu uma súbita compaixão por ele – um bastardo, nem mesmo reconhecido, era mais um estrangeiro do que Lancelote havia sido. Quem poderia culpar Gwydion pela artimanha que usara para forçar seus parentes a notá-lo? Pensou: *Deveríamos tê-lo trazido para a corte de Artur muito tempo antes, feito com que fosse reconhecido de maneira privada, ainda que Artur não pudesse fazê-lo publicamente. O filho de um rei não deveria ter de fazer isso.*

Lancelote pousou as mãos na testa de Gwydion.

— Eu lhe confiro a honra de um Companheiro da Távola Redonda, com a permissão de nosso rei. Sirva-o sempre, e, já que conquistou essa honra pela habilidade, em vez de pela força bruta, embora tenha demonstrado isso também, muito bem, eu o nomeio nesta companhia não Gwydion, mas Mordred. Levante-se, *sir* Mordred, e tome seu lugar entre os Companheiros de Artur.

Gwydion – não, *Mordred*, lembrou-se Morgause; a nomeação de um Companheiro era um rito tão sério quanto o batismo – levantou-se e retribuiu entusiasticamente o abraço de Lancelote. Ele parecia profundamente comovido, quase sem ouvir os gritos e aplausos.

— Agora conquistei o prêmio do dia, não importa quem seja considerado o vencedor nestes jogos, meu senhor Lancelote.

— Não — disse Morgana, em voz baixa, ao lado de Morgause —, não o entendo. Essa era a última coisa que teria esperado.

Houve uma longa pausa até que os Companheiros se alinhassem para a última batalha simulada. Alguns foram beber água ou engolir apressadamente um pouco de pão; outros se reuniram em pequenos grupos, discutindo em qual lado deveriam ficar nos jogos finais; outros foram ver seus cavalos. Morgause desceu para a arena, onde alguns dos jovens permaneciam, Gareth entre eles – meia cabeça mais alto que os outros, tornando fácil vê-lo. Pensou que ele conversava com Lancelote, porém, quando chegou mais perto, descobriu que sua visão a enganara; ele estava em frente a Gwydion e sua voz soava zangada. Ela ouviu apenas as últimas palavras.

— Que mal ele fez a você? Fazê-lo de tolo diante de toda a arena...

Gwydion riu e disse:

— Se nosso primo precisa de proteção diante de uma arena cheia de amigos, Deus ajude Lancelote quando ele estiver entre os saxões ou os nortistas! Vamos, irmão de criação, não duvido que ele possa proteger a própria reputação! Isso é tudo o que tem a me dizer depois de todos esses anos, irmão, me censurar por ter chateado alguém que ama tanto?

Gareth riu e envolveu Gwydion em um grande abraço. Ele disse:

— O mesmo jovem imprudente de sempre... O que deu na sua cabeça para fazer aquilo? Artur o teria feito cavaleiro se tivesse pedido a ele!

Morgause se lembrou: Gareth não sabia toda a verdade sobre os pais de Gwydion; sem dúvida, ele quis dizer apenas: "Porque você é filho da irmã dele".

Gwydion respondeu:

— Tenho certeza disso... ele é sempre bondoso com seus parentes. Ele teria tornado *você* cavaleiro, Gareth, por causa de Gawaine, mas também não quis tomar esse caminho, irmão de criação — ele riu. — E acho que Lancelote me deve algo por todos esses anos que andei por aí com o rosto dele!

Gareth deu de ombros pesarosamente.

— Bem, ele parece não guardar rancor de você, então imagino que também deva perdoá-lo. Agora viu como ele tem bom coração.

— Sim — disse Gwydion, em voz baixa —, ele tem. — Então levantou a cabeça e viu Morgause. — Mãe, o que faz aqui? Posso ajudá-la?

— Vim apenas cumprimentar Gareth, que não falou comigo hoje — respondeu Morgause, e o homenzarrão se curvou para beijar a mão da mãe. Então lhe perguntou:

— Como vai lutar no combate simulado?

— Como sempre — respondeu Gareth —, luto ao lado de Gawaine, entre os homens do rei. Tem um cavalo para lutar, não tem, Gwydion? Vai lutar com os homens do rei, então? Podemos arranjar um lugar para você.

Gwydion respondeu, com seu sorriso enigmático:

— Já que ele me sagrou cavaleiro, imagino que deva lutar no exército de *sir* Lancelote do Lago, e ao lado de Accolon, por Avalon. Mas não entrarei na arena hoje, Gareth.

— Por que não? — perguntou Gareth, pousando a mão no ombro do jovem, olhando-o de cima, como sempre fizera; Morgause pensou em um jovem Gareth, sorrindo para seu irmãozinho. — É algo esperado dos que foram feitos cavaleiros... Galahad lutará conosco, você sabe.

— E que lado ele vai tomar? — perguntou Gwydion. — O do pai dele, Lancelote, ou o do rei que o tornou herdeiro de seu reino? Não é um teste cruel da lealdade dele?

Gareth parecia exasperado.

— Como dividiria então os exércitos para o combate simulado, a não ser entre os dois maiores cavaleiros entre nós? Acha que Lancelote e Artur acreditam que é um teste de lealdade? Artur não entrará na arena, para que nenhum homem tenha de fazer a escolha de acertar seu rei, mas Gawaine é campeão dele desde a coroação! *Você* quer evocar velhos escândalos? *Você?*

Gwydion deu de ombros.

— Já que não tenho a intenção de fazer parte de nenhuma das forças...

— Mas o que vão pensar de você? Que é covarde, evita o combate...

— Lutei o bastante nos exércitos de Artur para me importar com o que dizem — respondeu Gwydion —, mas, se quiser, pode dizer a eles que meu cavalo está manco e não desejo arriscar um ferimento maior... é uma desculpa honrada.

— Eu lhe emprestaria um cavalo de Gawaine — retorquiu Gareth, perplexo —, mas, se deseja uma desculpa honrada, faça o que quiser. Mas por que isso, Gwydion? Ou devo chamá-lo de Mordred?

— Pode me chamar como quiser, irmão de criação.

— Mas não vai me dizer por que se esquiva da batalha?

— Ninguém além de você poderia falar isso sem ser desafiado — afirmou Gwydion —, mas, já que me pergunta, eu lhe digo. É para o seu bem, irmão.

Gareth fez uma careta para ele.

— O que, em nome de Deus, isso quer dizer?

— Sei pouco sobre Deus, e pouco desejo saber — respondeu Gwydion, olhando para os pés. — Bem... já que vai acabar sabendo, irmão... há tempos você sabe... tenho a Visão...

— Sim, e o quê? — perguntou Gareth, impacientemente. — Teve algum sonho ruim de que eu seria derrubado por sua lança?

— Não, não brinque com isso — disse Gwydion, e Morgause sentiu suas veias gelarem quando ele virou o rosto para Gareth. — Pareceu-me... — ele engoliu em seco, como se sua garganta se fechasse contra as palavras que diria. — Pareceu-me que você jazia moribundo... e eu me ajoelhava ao seu lado, e você não falava comigo... e soube que era por minha causa que jazia sem vida.

Gareth franziu os lábios em um assovio sem som. Mas então pôs a mão no ombro do irmão de criação.

— Ora, tenho pouca fé em sonhos e visões, jovem. E nenhum homem pode escapar do destino. Não lhe ensinaram isso em Avalon?

— Sim — disse Gwydion em voz baixa. — E se você caísse, mesmo pela minha mão, em batalha, seria destino... Mas não vou propiciar que esse destino aconteça, meu irmão. Algum acaso desafortunado pode guiar minha mão em um golpe errado... Deixe isso para lá, Gareth. Não irei para a arena hoje, deixe que falem o que quiserem.

Gareth ainda parecia perturbado.

— Bem, faça como quiser, rapaz. Fique ao lado de nossa mãe, então, já que Lamorak vai lutar ao lado de Lancelote.

Ele se curvou para beijar a mão da mãe e saiu; Morgause, franzindo o cenho, começou a perguntar a Gwydion o que ele vira; mas ele olhava para o chão com uma careta, e ela se conteve, dizendo apenas:

— Bem, se terei um jovem cortesão ao meu lado, me traria um pouco de água antes que eu volte para meu assento?

— Certamente, mãe — ele respondeu, e saiu em direção aos galões de água.

Para Morgause, a batalha final era sempre uma espécie de borrão; sua cabeça começara a doer com o sol e estava ansiosa para que tudo acabasse. Também estava com fome, e podia sentir o cheiro, à distância, da carne assando nos espetos.

Gwydion sentou-se ao seu lado e lhe explicou a batalha, uma vez que Morgause sabia pouco dos detalhes de combates e também não se interessava por isso. Mas notou que Galahad se saiu muito bem, derrubando dois cavaleiros; ficou um pouco surpresa, ele parecia um rapaz bem delicado. Mas Gareth também lhe parecera uma criança delicada, e era o mais temido dos lutadores. No fim, ele ficou com o prêmio do lado do rei, no qual Gawaine liderava a luta. Sem nenhuma surpresa, Galahad venceu o prêmio do lado de Lancelote; isso era costumeiro para um jovem que fora sagrado cavaleiro no dia, e ela disse isso.

— Poderia ter vencido um prêmio também, Gwydion — observou, mas ele riu e fez que não com a cabeça.

— Não preciso disso, mãe. Por que estragar o dia de meu primo? E Galahad lutou bem... ninguém lhe negaria o prêmio.

Havia muitos prêmios menores, e, quando foram todos distribuídos, os cavaleiros foram lavados da cabeça aos pés com baldes de água por seus escudeiros e colocaram roupas novas. Morgause foi com as senhoras da família do rei para o cômodo colocado à disposição delas para que pudessem ajeitar os vestidos e o cabelo e lavar a poeira e o suor das arquibancadas.

— O que achou? — perguntou Morgause. — Lancelote conseguiu um inimigo?

Morgana disse:

— Acho que não. Viu como se abraçaram?

Pareciam pai e filho — respondeu Morgause. — Gostaria que fossem!

Mas o rosto de Morgana era como pedra.

— É tarde demais para falar disso, tia.

Morgause refletiu: *Talvez ela tenha se esquecido de que sei de quem ele realmente é filho.* Mas, diante da calma impassível de Morgana, pôde apenas dizer:

— Gostaria de ajuda com as tranças? — E pegou o pente, enquanto Morgana se virava.

— Mordred — ela disse, enquanto penteava. — Bem, ele mostrou um plano astuto aqui, Deus sabe! Conquistou um lugar para si graças à sua coragem e petulância, então não precisa exigir um de Artur por causa de sua filiação. Os saxões lhe deram um bom nome. Mas não sabia que era um lutador tão bom. Ele certamente roubou para si o brilho do dia! Embora Galahad tenha conquistado o prêmio, só se falará sobre o gesto ousado de Mordred.

Uma das damas da rainha se aproximou delas.

— Senhora Morgana, *sir* Mordred é seu filho? Nunca soube que tivesse um filho...

Morgana disse com firmeza:

— Eu era muito jovem quando ele nasceu, e Morgause o criou. Eu mesma quase me esqueci disso.

— Deve estar muito orgulhosa dele! E não é um belo rapaz? Tão bonito quanto o próprio Lancelote — disse a mulher, e seus olhos brilharam.

— Ele é, não é? — concordou Morgana, com um tom tão cordial que apenas Morgause, que a conhecia bem, percebeu que estava zangada. — Isso vem sendo um constrangimento para ambos, ouso dizer. Mas Lancelote e eu somos primos em primeiro grau, e, quando era pequena, parecia-me mais com ele do que com meu próprio irmão. Nossa mãe era alta e ruiva como a rainha Morgause, mas a senhora Viviane era do Povo Antigo de Avalon.

— Quem é o pai dele, então? — perguntou a mulher, e Morgause viu Morgana fechando os punhos. Mas ela respondeu com um sorriso agradável:

— Ele é um filho de Beltane, e o Deus reivindica todas as crianças geradas nos bosques. Sem dúvida se lembra de que fui uma das damas da Senhora do Lago.

Tentando ser educada, a mulher murmurou:

— Havia me esquecido... ainda mantinham os velhos ritos lá, então?

— Como fazem agora — disse Morgana em voz baixa. — E, se a Deusa permitir, que o façam até o fim do mundo.

E, como havia planejado, aquilo calou a mulher, e Morgana se virou, dizendo para Morgause:

— Está pronta, parente? Vamos para o salão.

Enquanto saíam do cômodo, ela respirou fundo com uma mistura de alívio e exasperação.

— Tolas fofoqueiras... ouça o que dizem! Não têm nada melhor para fazer do que fofocar?

— Provavelmente não — respondeu Morgause. — Os pais e os maridos cristãos dela certificam-se de que não tenham nada mais para ocupar a mente.

As portas para o grande aposento da Távola Redonda, onde seria servido o banquete de Pentecostes, estavam fechadas, para que todos entrassem ao mesmo tempo.

— A cada ano Artur nos dá mais pompa — disse Morgause. — Agora uma grande procissão de entrada, imagino?

— O que esperava? — perguntou Morgana. — Agora não há guerras, ele deve tocar a imaginação do povo de algum jeito, e é inteligente o bastante para fazê-lo com grandes demonstrações... ouvi dizer que quem o aconselhou a fazer isso foi o Merlim. O povo comum... sim, e os nobres, também, gostam de um bom espetáculo, e os druidas sabem disso desde que acenderam as primeiras fogueiras de Beltane. Gwenhwyfar passou muitos anos fazendo deste o maior festejo de qualquer terra cristã. — Ela deu o primeiro sorriso verdadeiro que Morgause vira em seu rosto naquele dia. — Até mesmo Artur sabe que não pode dominar seu povo apenas com uma missa e um banquete… se não houver nenhuma maravilha para ser vista, não duvido que Artur e o Merlim arrumem uma! Que pena que não puderam dar um jeito para que o eclipse acontecesse hoje!

— Viu o eclipse em Gales do Norte? Meu povo ficou assustado — afirmou Morgause —, e, sem dúvida, essas damas tolas de Gwenhwyfar guincharam e gritaram como se o mundo estivesse acabando!

— Gwenhwyfar tem uma predileção por tolas entre suas damas — retrucou Morgana. — Ainda assim, não é realmente tola, embora goste de parecer uma. Eu me pergunto: como ela consegue tolerar isso?

— Deveria demonstrar mais paciência com elas — avisou Morgause, e a sobrinha deu de ombros.

— Não me importo com o que os tolos pensam de mim.

— Não consigo imaginar como viveu como rainha no reino de Uriens por tanto tempo e não aprendeu mais sobre como ser rainha — disse Morgause. — Independentemente do que os homens pensam dela, uma mulher deve depender da boa vontade de outra… o que mais aprendeu em Avalon?

Morgana disse com voz dura:

— As mulheres de Avalon não são idiotas assim.

Mas Morgause a conhecia bem o suficiente para saber que o tom zangado escondia solidão e sofrimento.

— Morgana, por que não volta a Avalon?

Morgana baixou a cabeça, sabendo que se a tia falasse bondosamente com ela de novo começaria a chorar.

— Minha hora ainda não chegou. Recebi ordens para ficar com Uriens…

— E Accolon?

— Ah, sim, com Accolon — respondeu Morgana. — Deveria saber que me censuraria por isso…

— Sou a última que poderia dizer algo — afirmou Morgause. — Mas Uriens não vai viver muito mais…

Morgana respondeu-lhe, com o rosto frio como sua voz:

— Assim pensei naquele dia, há anos, quando nos casamos. É provável que ele viva tanto quanto o próprio Taliesin, que passava dos noventa quando morreu.

Artur e Gwenhwyfar haviam chegado e caminhavam lentamente para o começo da fila – o rei resplandecente em túnicas brancas e a rainha ao seu lado, requintada com seda branca e joias. As grandes portas foram abertas, e eles entraram, e em seguida Morgana, como a irmã do rei, com seu marido e seus filhos, Accolon e Uwaine; e então Morgause, com sua família, como a tia do rei; e depois Lancelote e seus acompanhantes, e os outros cavaleiros, um a um, em direção à Távola Redonda para tomar seus lugares. Alguns anos antes, um artesão escrevera em dourado e vermelho o nome de cada Companheiro em sua cadeira habitual. Agora, enquanto entravam, Morgause notou que o assento mais próximo do rei, reservado todos aqueles anos para seu herdeiro, fora pintado com o nome de Galahad. Mas viu isso apenas de relance. Nos grandes tronos em que Artur e Gwenhwyfar se sentariam havia dois estandartes brancos, como aqueles que os palhaços haviam usado para lutar, e neles foram rabiscados desenhos, caricaturas horríveis – em um dos tronos havia um estandarte com um cavaleiro pisando na cabeça de duas figuras coroadas, com uma semelhança demoníaca com Artur e Gwenhwyfar; e no outro havia uma pintura obscena que fez com que até mesmo Morgause, que não era de modo algum pudica, corasse, pois mostrava uma mulher pequena, de cabelos escuros, totalmente nua, abraçada a um imenso demônio de chifres, e em torno dela, aceitando certas práticas sexuais estranhas e repugnantes, havia um grupo de homens nus desenhados.

Gwenhwyfar deu um grito agudo:

— Deus e Maria nos protejam!

Artur, paralisado, virou-se para os servos com uma voz de trovão.

— Como aconteceu essa... essa... — As palavras lhe escaparam, e ele balançou a mão para os desenhos: — Isto aqui?

— Senhor — gaguejou o camareiro —, não estavam aqui quando terminamos de decorar o salão... tudo estava em ordem, até as flores diante do trono da rainha...

— Quem foi a última pessoa que esteve neste salão? — questionou Artur.

Cai mancou para a frente.

— Meu senhor e irmão, fui eu. Vim me certificar de que tudo estava em ordem, e juro diante de Deus que nos vê que tudo estava pronto para honrar meu rei e sua senhora. E, se eu um dia encontrar o cão imundo que se esgueirou para colocar essa coisa aqui, farei isto com a sua cabeça! — E ele fez um gesto de torcer o pescoço de uma galinha.

— Cuidem de sua senhora! — disse Artur abruptamente. As mulheres estavam tagarelando enquanto Gwenhwyfar começou a desfalecer. Morgana a segurou, dizendo em uma voz incisiva e baixa:

— Gwen, não dê essa satisfação a eles! Você é uma rainha... o que importa o que idiotas rabiscam em uma bandeira? Controle-se!

Gwenhwyfar chorava.

— Como podem... como puderam... como alguém pode me odiar tanto?

— Há quem não saiba viver sem ofender um idiota ou outro — disse Morgana, e a ajudou a ir para o trono. Mas o desenho mais obsceno de todos ainda estava enrolado nele, e Gwenhwyfar se encolheu, como se tocasse algo imundo. Morgana o jogou no chão. Havia taças de vinho dispostas sobre a mesa; ela fez um gesto para que uma das criadas enchesse uma e a desse para a rainha.

— Não deixe que isso a perturbe, Gwen... Imagino que *aquela* ali é para mim — disse. — Corre à boca pequena que levo demônios para a cama, e não me importo.

Arthur disse:

— Tirem essa imundície daqui e queimem-na, tragam madeiras aromáticas e incenso para expulsar o fedor da maldade.

Lacaios correram para obedecer a ele, e Cai disse:

— Encontraremos o responsável por isso. Não duvido de que seja algum serviçal que dispensei, voltando para me envergonhar porque demonstrei orgulho com a decoração do salão este ano. Homens, tragam vinho e cerveja, e teremos nossa primeira rodada de bebida contra a vergonha e a confusão que aquele ser insignificante e fedorento causou ao tentar estragar nosso banquete. Permitiremos isso? Vamos: um brinde ao rei Artur e sua senhora!

Uma saudação fraca se levantou, crescendo em um genuíno grito de apreciação no momento em que Artur e Gwenhwyfar se curvavam para todos. Os participantes do banquete tomaram seus lugares, e Artur disse:

— Agora, tragam diante de mim qualquer peticionário.

Morgause observou enquanto traziam um homem com uma reclamação que parecia estúpida, sobre divisas. Então veio um suserano que reclamou que seu vassalo havia pegado um gamo em suas terras.

Morgause estava perto de Gwenhwyfar; ela se inclinou e murmurou para a rainha:

— Por que Artur ouve esses casos? Qualquer um de seus meirinhos poderia cuidar disso, e não desperdiçaria seu tempo.

Gwenhwyfar murmurou:

— Também pensei assim um dia. Mas ele ouve um caso ou dois desses, a cada Pentecostes, para que o povo comum não pense que ele se importa apenas com os grandes nobres ou seus Companheiros.

Bem, pensou Morgause, aquilo era sábio. Havia mais dois ou três peticionários, e então, enquanto os pratos de carne eram servidos, malabaristas e acrobatas entretinham os presentes, e um homem fez um truque de tirar passarinhos e ovos dos lugares mais improváveis. Ela achou que Gwenhwyfar parecia calma agora e se perguntou se algum dia pegariam o autor dos desenhos. Um retratava Morgana como meretriz, e aquilo era ruim o bastante; mas o outro era, aparentemente, mais sério – mostrava Lancelote pisando no rei e na rainha. Algo havia acontecido naquele dia além de uma humilhação pública do campeão da rainha, refletiu Morgause. Aquilo poderia ter sido dispersado pela graça que ele havia demonstrado ao jovem Gwydion – não, Mordred – e pela óbvia falta de rancor entre eles depois. Mas, apesar da popularidade de Lancelote junto ao rei e aos Companheiros, havia, sem dúvida, quem detestasse a óbvia parcialidade de Gwenhwyfar com seu campeão.

— O que está acontecendo agora? — perguntou a Gwenhwyfar.

A rainha sorriu; fosse o que fosse, enquanto os trompetes soavam fora do salão, era algo que a agradava.

As portas se abriram; trompetes soaram novamente, as trompas grosseiras dos saxões. Então três grandes saxões, usando torques de ouro e braceletes e vestes de pele e couro e trazendo grandes espadas e seus capacetes com chifres e aros de ouro na cabeça, entraram no salão da Távola Redonda, cada um com seu séquito.

— Meu senhor Artur — disse um deles —, sou Alderic, senhor de Kent e Anglia, e estes são meus reis irmãos. Viemos pedir para prestar tributo ao mais cristão dos reis e fazer um tratado permanente com o senhor e sua corte!

— Lot se reviraria no túmulo — observou Morgause —, mas Viviane ficaria feliz com este dia.

Morgana não respondeu.

O bispo Patrício se levantou e se aproximou dos reis saxões, dando-lhes boas-vindas. Ele disse a Artur:

— Meu senhor, depois das longas guerras, isso me proporciona grande júbilo. Peço que receba estes homens como seus reis vassalos e aceite o juramento deles, em sinal de que todos os reis cristãos devem ser irmãos.

Morgana estava pálida como a morte. Ela começou a se levantar para falar, mas Uriens a olhou franzindo o cenho severamente, e ela se afundou ao lado dele. Morgause disse com bom humor:

— Eu me lembro de quando os bispos se recusavam até a enviar alguém para catequizar esses bárbaros. Lot me disse que eles juraram que não seriam companheiros dos saxões nem mesmo no céu e que não enviariam missões a eles… achavam certo que os saxões terminassem no inferno. Mas, bem, já se passaram trinta anos!

Artur disse:

— Desde que subi ao trono, ansiei pelo fim das guerras que assolaram esta terra. Vivemos em paz por muitos anos, senhor bispo, e agora lhes dou as boas-vindas, meus bons senhores, à minha corte e à minha companhia.

— É nosso costume — disse um dos saxões que não Alderic, notou Morgause, pois este vestia um tipo de manto azul, e o de Alderic era marrom — fazer votos sobre a espada. Podemos fazer nossos votos sobre a cruz de sua espada, senhor Artur, como sinal de que nos encontramos como reis cristãos sob o Deus Único que reina sobre todos?

— Que assim seja — disse Artur, em voz baixa, e desceu da plataforma para se postar diante deles. Sob a luz das muitas tochas e lanternas, Excalibur brilhou como um relâmpago quando foi desembainhada. Ele a ergueu diante deles e uma grande sombra tremulante, a sombra de uma cruz, se projetou por toda a extensão do salão, enquanto os reis se ajoelhavam.

Gwenhwyfar parecia contente; Galahad estava corado de alegria. Mas Morgana estava lívida de raiva, e Morgause a ouviu sussurrar para Uriens:

— Ele ousou colocar a espada sagrada de Avalon para tal fim! Não vou, como sacerdotisa de Avalon, ficar sentada testemunhando isso em silêncio!

Ela começou a se levantar, mas Uriens a pegou pelo punho. Ela lutou em silêncio, mas, embora velho, Uriens era um guerreiro, e Morgana, uma mulher pequena; por um momento Morgause pensou que ele quebraria os ossos delicados do pulso da sobrinha, mas ela não gritou nem gemeu. Cerrou os dentes e conseguiu soltar o pulso. Ela disse, alto o suficiente para que Gwenhwyfar pudesse ouvir com certeza:

— Viviane morreu sem terminar seu trabalho. E eu me sentei sem fazer nada enquanto filhos ainda não concebidos se tornaram adultos e foram sagrados cavaleiros, e Artur caiu nas mãos dos padres!

— Senhora — disse Accolon, curvando-se sobre a cadeira dela —, não pode tumultuar este dia santo, ou lhe darão o mesmo tratamento que os romanos deram aos druidas. Fale privadamente com Artur, proteste se precisar, tenho certeza de que o Merlim a ajudará!

Morgana baixou os olhos. Os dentes afundaram no lábio.

Artur abraçou os reis saxões um a um, dando-lhes as boas-vindas e levando-os aos assentos perto de seu trono.

— Seus filhos, caso mostrem ser dignos, serão recebidos entre meus Companheiros — ele disse, e fez com que os criados trouxessem presentes: espadas e finos punhais e um belo manto para Alderic. Morgause pegou um bolo, grudento de mel, e o colocou entre os lábios cerrados de Morgana.

— Você gosta demais de jejuar, Morgana — disse. — Coma isto. Está pálida, vai desmaiar na cadeira!

— Não estou pálida de fome — respondeu Morgana, mas enfiou o bolo na boca. Bebeu um pouco de vinho também, e Morgause percebeu que as mãos da sobrinha tremiam. O pulso ficara com hematomas escuros deixados pelos dedos de Uriens.

Então Morgana se levantou e disse a Uriens:

— Não se preocupe, amado marido. Nada direi para ofender o senhor ou nosso rei.

Então, voltando-se para Artur, disse em voz alta:

— Meu senhor e irmão! Posso lhe pedir um favor?

— Minha irmã e mulher de meu leal rei vassalo Uriens pode pedir o que desejar — respondeu Artur, amigavelmente.

— O mais humilde de seus súditos, senhor, pede uma audiência. Peço que me conceda uma — ela disse. Artur levantou as sobrancelhas, mas respondeu no mesmo tom formal que ela usara.

— Nesta noite, antes de dormir, se quiser. Eu a receberei em meus próprios aposentos, com seu marido, se assim desejar.

Morgause pensou: *Gostaria de ser uma mosquinha durante essa audiência!*

6

Nos aposentos que Gwenhwyfar havia reservado para o rei Uriens e sua família, Morgana penteava os cabelos com dedos rígidos e pediu que sua criada a ajudasse a colocar um vestido novo. Uriens reclamava de que comera e bebera muito bem e não tinha vontade de ir à audiência com o rei.

— Vá para a cama, então — ela disse. — Sou eu quem tem algo a dizer a ele, não é nada que lhe diga respeito.

— Não é bem assim — respondeu Uriens. — Também fui educado em Avalon. Acha que tenho prazer em ver as coisas sagradas colocadas a serviço do Deus cristão, que retiraria todos os outros conhecimentos do mundo? Não, Morgana, não é apenas você, como sacerdotisa de Avalon, que deveria demonstrar seu ultraje com isso. É o reino de Gales do Norte, eu mesmo como governante, e Accolon, que governará quando eu me for.

— Meu pai está certo, senhora — Accolon a olhava nos olhos enquanto falava —, nosso povo deposita em nós a confiança de que não o trairemos nem permitiremos que os sinos de igreja soem em seus bosques sagrados. — E por um momento pareceu, embora Morgana soubesse que nem ela nem Accolon haviam se movido, que estavam juntos em um dos bosques mágicos, unidos diante da Deusa. Uriens, é claro, nada vira. Ele exortou:

— Deixe que Artur saiba, Morgana, que o reino de Gales do Norte não cairá docilmente sob o governo dos cristãos.

Morgana deu de ombros.

— Como desejar.

Fui uma tola, pensou. *Fui a sacerdotisa da coroação dele, dei um filho a Artur, deveria ter usado o poder que tive sobre a consciência do rei e ter me tornado, no lugar de Gwenhwyfar, a governante por trás do trono. Enquanto me escondia como um animal, lambendo minhas feridas, perdi meu poder sobre Artur. Poderia ter ordenado então, mas agora devo implorar sem nem mesmo ter o poder da Senhora!*

Ela já havia se virado em direção à porta quando ouviu uma batida; um criado foi abri-la, e Gwydion entrou. Ainda levava a espada saxã que Lancelote lhe dera ao ser sagrado cavaleiro, mas tirara a armadura e vestia um rico traje vermelho; ela não sabia que ele podia ficar tão gracioso.

O rapaz viu os olhos de Morgana sobre ele.

— Lancelote me deu. Estávamos bebendo no salão quando chegou um aviso de Artur dizendo que o rei gostaria de me ver em seus aposentos... Disse que minha única túnica estava esfarrapada e suja de sangue e afirmou que éramos do mesmo tamanho e que me emprestaria um traje. Quando o vesti, disse que caía melhor em mim, que deveria ficar com ele e que recebi poucas prendas ao ser sagrado cavaleiro, enquanto o rei dera vários presentes valiosos a Galahad. Ele sabe que Artur é meu pai para ter falado isso?

Uriens piscou e pareceu surpreso, mas nada disse. Accolon fez que não com a cabeça e afirmou:

— Não, meio-irmão. Lancelote é o mais generoso dos homens, só isso. Quando Gareth chegou à corte, sem o conhecimento de seus parentes, Lancelote deu a ele roupas e armas, para que ele ficasse vestido de acordo com sua posição. E se estiver se perguntando se Lancelote não aprecia isso demais, ver seus presentes no corpo de belos jovens, bem, isso já foi falado antes, embora eu não conheça um homem nesta corte, jovem ou velho, que tenha recebido dele uma palavra além de cortesia de cavaleiro.

— É mesmo? — perguntou Gwydion, e Morgana podia vê-lo recebendo essa informação e guardando-a como ouro no cofre de um miserável. — Agora me lembro — ele disse, devagar — de uma história sobre um banquete na corte de Lot, quando Lancelote era apenas um jovem... algo sobre uma balada quando puseram uma harpa nas mãos dele e pediram que tocasse, e ele cantou algo sobre Roma ou os dias de Alexandre, não sei bem, sobre o amor de companheiros cavaleiros, e o vaiaram. Desde então, todas as suas músicas são sobre a beleza de nossa rainha ou histórias de cavaleiro sobre aventuras e dragões.

Morgana sentiu que não podia aguentar o desdém na voz dele.

— Se veio reivindicar um presente por ter sido sagrado cavaleiro, falarei com você após me encontrar com Artur, não agora.

Gwydion olhou para os sapatos. Foi a primeira vez que ela não o viu cheio de si e confiante.

— Mãe, o rei também mandou me chamar... devo ir em sua companhia?

Ela gostou um pouco mais dele, por expor a própria vulnerabilidade daquela maneira.

— Artur não lhe quer mal, meu filho, mas, se lhe agrada ir conosco vê-lo, ele não poderá fazer nada pior que mandá-lo sair e dizer que preferiria falar com você em particular.

— Vamos, então, meio-irmão — disse Accolon, pegando o braço de Gwydion de modo que o jovem pudesse ver as serpentes tatuadas em seus punhos. — O rei irá primeiro com sua senhora, e você e eu os seguiremos...

Morgana, ao lado de Uriens, pensou que gostaria que Accolon se tornasse amigo de seu filho e o reconhecesse como irmão. Ao mesmo tempo, sentiu-se estremecer, e Uriens pegou sua mão.

— Está com frio, Morgana? Pegue seu manto...

A lareira ardia nos aposentos do rei, e Morgana ouviu o som de uma harpa. Artur sentava-se em uma cadeira de madeira repleta de almofadas. Gwenhwyfar dava pontos em uma fita estreita que cintilava com fios dourados. O criado anunciou cerimoniosamente:

— O rei e a rainha de Gales do Norte, e o filho deles, Accolon, e *sir* Lancelote...

Gwenhwyfar olhou para cima ao ouvir o nome de Lancelote, riu e disse:

— Não, embora seja muito parecido. *Sir* Mordred, não é, que vimos ser sagrado cavaleiro hoje?

Gwydion se curvou diante da rainha, sem dizer nada. Mas, naquela reunião de família, Artur não quis cerimônias.

— Sentem-se, todos vocês... deixem-me pedir vinho...

Uriens disse:

— Hoje bebi vinho suficiente para levar um navio até a costa, Artur! Não para mim, obrigado... talvez os jovens tenham mais disposição para beber.

Gwenhwyfar se moveu em direção a Morgana, e ela soube que, se não falasse nesse momento, Artur começaria sua conversa com os homens, e seria esperado que ela se sentasse em um canto com a rainha e fizesse silêncio, ou falasse murmurando sobre coisas de mulher... bordados, criados, quem na corte estava grávida...

Ela fez um gesto para o servo com o vinho:

— Beberei uma taça — disse, lembrando-se, com uma dor interna, de quando, como sacerdotisa de Avalon, tivera orgulho de beber apenas água do Poço Sagrado. Deu um gole e continuou: — Estou profundamente angustiada com a recepção dos enviados saxões, Artur. Não... — Ela o interrompeu quando ele quis falar. — Não falo como uma mulher que se intromete em questões de Estado. Sou rainha de Gales do Norte e duquesa da Cornualha, e o que diz respeito ao reino também me atinge.

— Então deveria estar contente com a paz — respondeu Artur. — Trabalhei toda a minha vida, ao que parece, desde que tinha idade suficiente para segurar uma espada, para dar um fim às guerras com os saxões. Naquele tempo acreditava que a guerra terminaria quando os enviasse de volta aos mares de onde vieram. Mas paz é paz, e, se for para ser alcançada por meio de um tratado com eles, que seja. Há outras maneiras de lidar com um touro além de assá-lo para o jantar. É igualmente eficiente castrá-lo e fazê-lo puxar seu arado.

— Ou poupá-lo para servir de procriador às suas vacas? Pediria a seus reis vassalos que casem suas filhas com saxões, Artur?

— Isso também, talvez — afirmou Artur. — Os saxões não passam de homens... você se recorda daquela canção que Lancelote cantou? Eles têm o mesmo desejo de paz... também viveram em terras que foram repetidamente assoladas e queimadas. Diria que eu deveria ter lutado até que o último deles fosse morto ou expulso? Pensei que as mulheres desejavam paz.

— Também desejo a paz e a saúdo, mesmo com os saxões — respondeu Morgana —, mas fez com que abandonassem os Deuses deles, também, e aceitassem o seu, para que os fizesse jurar diante da cruz?

Gwenhwyfar ouvia com atenção.

— *Não existem* outros Deuses, Morgana. Eles concordaram em abandonar os demônios que adoravam e chamavam de Deuses, isso é tudo. Agora veneram o Deus verdadeiro e o Cristo enviado em nome dEle para salvar a humanidade.

Gwydion disse:

— Se realmente acredita nisso, minha senhora e rainha, então é sua verdade... todos os Deuses são um só Deus e todas as Deusas, uma só Deusa. Mas pretende proclamar uma só verdade para todos os homens no mundo inteiro?

— Chama isso de pretensão? Essa é a única verdade — retrucou Gwenhwyfar —, e chegará o dia em que todos os homens em todos os lugares a reconhecerão.

— Temo pelo meu povo que diga isso — afirmou o rei Uriens. — Jurei proteger os bosques sagrados, e meu filho também, depois de mim.

— Ora, pensei que fosse cristão, meu senhor de Gales do Norte...

— E sou — respondeu Uriens —, mas não vou maldizer o Deus de outra pessoa.

— Mas tais Deuses não existem — retorquiu Gwenhwyfar.

Morgana abriu a boca para responder, mas Artur disse:

— Já chega disso, basta... não os chamei aqui para discutir teologia! Se têm estômago para isso, há muitos padres que ouviriam e argumentariam. Podem ir convertê-los, se precisam! O que veio dizer, Morgana? Apenas que está desconfiada da boa-fé dos saxões, com ou sem o juramento da cruz?

— Não — respondeu Morgana, e, enquanto falava, notou que Kevin estava no aposento, sentado nas sombras com sua harpa. Bom; o Merlim da Bretanha poderia testemunhar esse protesto em nome de Avalon! — Invoco o Merlim como testemunha, você os fez jurar na sua cruz... e transformou a espada sagrada de Avalon, Excalibur, a espada das Insígnias Sagradas, em sua cruz para o juramento! Senhor Merlim, isso não é blasfêmia?

Artur respondeu rapidamente:

— Foi apenas um gesto para capturar a imaginação de todos, Morgana... como o gesto que Viviane fez quando me pediu para lutar pela paz em nome de Avalon com a mesma espada.

O Merlim disse em sua bela voz grave:

— Morgana, minha querida, a cruz é um símbolo mais antigo que Cristo e venerado antes mesmo que existissem seguidores do Nazareno. Em Avalon há padres que foram levados para lá pelo patriarca José de Arimateia, que fez o culto ao lado dos druidas...

— Mas eram padres que não tentavam dizer que o Deus dele é o único — retrucou Morgana, raivosamente —, e não duvido que o bispo Patrício os silenciaria, se pudesse, e pregaria apenas o próprio estilo de intolerância!

— O bispo Patrício e suas crenças não estão em questão aqui, Morgana — disse Kevin. — Deixe que os que não foram iniciados pensem que os saxões prestaram juramento na cruz do sacrifício e morte de Cristo. Nós também temos um Deus sacrificado, não importa se o enxergamos na cruz ou no ramo de cevada que precisa morrer na terra e ser ressuscitado de novo dos mortos...

Gwenhwyfar disse:

— Seus Deuses sacrificados, senhor Merlim, foram enviados apenas para que a humanidade pudesse estar preparada para o momento em que o Cristo viesse para morrer pelos pecados do homem...

Artur moveu a mão impacientemente.

— Fiquem quietos, todos vocês! Os saxões juraram manter a paz sobre um símbolo que tem significado para eles...

Mas Morgana o interrompeu:

— Foi de Avalon que você recebeu a espada sagrada e foi para Avalon que fez o juramento de preservar e proteger os Mistérios sagrados! E agora quer transformar a espada dos Mistérios na cruz da morte, no cadafalso dos mortos! Quando Viviane veio à corte, foi para exigir que cumprisse o juramento que fez a Avalon. E então ela foi morta! Agora vim para terminar o trabalho que ela deixou por fazer e exigir que devolva a espada sagrada de Excalibur que pretende conspurcar ao serviço de seu Cristo!

Gwenhwyfar disse:

— Chegará o dia em que todos os falsos Deuses desaparecerão e todos os símbolos pagãos serão colocados a serviço do Deus verdadeiro e de seu Cristo.

— Não falei com você, tola hipócrita — retrucou Morgana, furiosamente —, e esse dia chegará sobre o meu cadáver! Vocês cristãos têm santos e mártires... acham que Avalon não tem nenhum?

Enquanto falava, ela estremecia convulsivamente, sabendo que, sem perceber, falara através da Visão. Havia o corpo de um cavaleiro, envolto em preto, com uma bandeira da cruz sobre ele... Ela quis se virar, como não poderia fazer ali em tais companhias, e se atirar nos braços de Accolon.

— Como você exagera tudo, Morgana! — disse Artur, com um riso pouco à vontade, e aquela risada a enlouqueceu, afastando tanto o medo quanto a Visão.

Ela se ergueu bem ereta e percebeu que, pela primeira vez em muito tempo, falava coberta com todo o poder e a autoridade de uma sacerdotisa de Avalon.

— Ouça-me, Artur da Bretanha! Assim como a força e o poder de Avalon o colocaram no trono, a força e o poder de Avalon podem levá-lo à ruína. Pense bem em como profana as Insígnias Sagradas! Jamais pense em colocá-las a serviço de seu Deus cristão, pois todas as coisas de poder carregam a própria maldição...

— Basta! — Artur se levantara da cadeira, e seu rosto estava crispado como uma tempestade. — Nem uma irmã, nem ninguém, pode ter a pretensão de dar ordens ao rei de toda a Bretanha.

— Não falo ao meu irmão — ela retrucou —, mas ao rei! Avalon o colocou no trono, Artur, Avalon lhe deu aquela espada que usou inadequadamente, e em nome de Avalon agora reivindico que a devolva para as Insígnias Sagradas! Se deseja tratá-la como uma espada qualquer, então peça aos seus ferreiros que lhe façam outra!

Houve um estranho silêncio, e por um momento ela teve a impressão de que suas palavras caíam nos grandes espaços ecoantes entre os mundos, que lá longe, em Avalon, os druidas fossem acordar, Raven fosse se agitar e gritar contra a traição de Artur. Mas o primeiro som que ela ouviu foi um riso nervoso.

— Que tolice você diz, Morgana! — Quem falava era Gwenhwyfar. — Sabe que Artur não pode fazer isso!

— Não interfira, Gwenhwyfar — disse Morgana, em um tom mortalmente ameaçador. — Isso não lhe diz respeito, a não ser por ter sido você quem pediu a Artur para quebrar o juramento a Avalon, cuidado!

— Uriens — afirmou Gwenhwyfar —, vai ficar parado e deixar que sua esposa desobediente fale assim com o Grande Rei?

Uriens tossiu; quando falou, sua voz soou tão nervosa quanto a de Gwenhwyfar.

— Morgana, talvez esteja sendo pouco razoável... Artur fez um gesto dramático por razões políticas, para capturar a imaginação da multidão. Se ele o fez com uma espada de poder, bem, ainda melhor. Os Deuses podem tomar conta do próprio culto, minha querida... Acha mesmo que a Deusa precisa de sua ajuda para proteger o dela?

Naquele momento, se Morgana tivesse uma arma, teria derrubado Uriens. Ele viera para apoiá-la e agora a abandonava dessa maneira?

Artur disse:

— Morgana, já que está tão perturbada, deixe-me dizer algo apenas para seus ouvidos: não tive a intenção de profaná-la. Se a espada de Avalon também serve de cruz para um juramento, isso não significa que os poderes de Avalon estão unidos a serviço desta ilha? Assim me aconselhou Kevin...

— Ah, sim, soube que ele era um traidor quando permitiu que Viviane fosse enterrada fora da Ilha Sagrada — começou Morgana.

— Seja assim ou não — disse Artur —, dei aos reis saxões o gesto que desejavam, jurar sobre minha espada!

— Mas não é *sua* espada! — retrucou Morgana, furiosa. — É a espada de Avalon! E se não usá-la conforme jurou, então ela deve ser colocada nas mãos de alguém que será fiel a seu juramento...

— Pode ter sido a espada de Avalon há uma geração — respondeu Artur, que agora estava tão bravo quanto Morgana; ele fechou a mão sobre o punho de Excalibur como se alguém quisesse tomá-la dele naquele momento. — Uma espada é daquele que a empunha, e eu conquistei o direito de chamá-la de *minha* ao expulsar os inimigos desta terra! Eu a empunhei em batalha e conquistei esta terra em monte Badon...

— E tentou sujeitá-la ao serviço do Deus cristão — retrucou Morgana. — Agora, em nome da Deusa, exijo que a devolva ao santuário do Lago!

Artur respirou fundo. Então, disse em uma voz com estudada calma:

— Eu me recuso. Se a Deusa deseja sua espada de volta, então terá ela mesma de tirá-la das minhas mãos. — Então sua voz se suavizou.

— Minha querida irmã, eu lhe imploro, não brigue comigo sobre o nome pelo qual chamamos nossos Deuses. Você mesma me disse que todos os Deuses são um Deus.

E ele jamais entenderá que o que disse está errado, pensou Morgana, em desespero. *Ainda assim, invocou a Deusa, se ela quiser a espada, que venha tomá-la. Que assim seja, então; Senhora, que esteja em suas mãos.* Ela curvou a cabeça por um momento e disse:

— Deixo então à Deusa a decisão sobre a espada dela.

E, quando ela tiver acabado com você, Artur, desejará que tivesse escolhido se entender comigo... E foi sentar-se ao lado de Gwenhwyfar. Artur fez um gesto para Gwydion.

— *Sir* Mordred — ele disse —, eu o teria feito um de meus Companheiros em qualquer momento que me pedisse. Faria isso por Morgana e por mim mesmo... não precisava forçar que eu o fizesse cavaleiro por uma artimanha.

— Pensei que, se me tornasse cavaleiro sem uma boa desculpa como aquela — respondeu Gwydion —, haveria comentários indesejáveis. Vai me perdoar pela artimanha, então, senhor?

— Se Lancelote o perdoou, não tenho motivos para ficar com raiva — disse Artur —, e, já que ele o presenteou ricamente, parece-me que não guarda rancor. Gostaria de poder reconhecê-lo como meu filho, Mordred. Não sabia de sua existência até poucos anos atrás... Morgana não me contou o resultado da minha coroação. Você sabe, imagino, que, para os padres e bispos, sua própria existência é sinal de algo profano.

— Crê nisso, senhor?

Artur olhou diretamente nos olhos do filho.

— Ah, em alguns momentos creio em uma coisa, em outros, noutra, como todos os homens. Não importa no que acredito. Os fatos são estes: não posso reconhecê-lo diante de todos os homens, embora você seja um filho que qualquer homem, ainda mais um rei sem filhos, ficaria feliz e orgulhoso em ter. Galahad deve herdar meu trono.

— Se ele viver para tanto — disse Gwydion, e, diante do olhar chocado de Artur, completou em voz baixa: — Não, senhor, não faço ameaças à vida dele. Faço qualquer juramento que desejar, pela cruz ou pelo carvalho, pelo Poço Sagrado ou por estas serpentes que carrego — e estendeu os punhos —, as quais o senhor carregou antes de mim: que a Deusa envie serpentes vivas como estas para tirar minha vida caso algum dia eu levante a mão contra meu primo Galahad. Mas vi... ele morrerá, de modo honroso, pela cruz que venera.

— Que Deus nos livre do mal! — gritou Gwenhwyfar.

— De fato, minha senhora. Mas, se ele não viver para subir ao trono... Meu pai e meu rei, ele é um guerreiro e um cavaleiro, e um mortal, e o senhor pode atingir uma idade maior que a do rei Uriens. E então?

— Se Galahad morrer antes de subir ao meu trono... que Deus o proteja de qualquer mal — disse Artur —, então não terei escolha. Sangue real é sangue real, e o seu é real, do Pendragon e de Avalon. Caso esse dia maligno chegue, imagino que até os bispos preferirão vê-lo no trono a deixar esta terra mergulhada no caos que temiam quando Uther morreu.

Ele se levantou e colocou as mãos nos ombros do filho, olhando-o nos olhos.

— Gostaria de poder dizer mais, meu filho. Mas o que está feito está feito. Direi apenas que desejo, com todo o meu coração, que tivesse sido o filho de minha rainha.

— E eu também — disse Gwenhwyfar, levantando-se para abraçá-lo.

— Ainda assim, não o tratarei como um plebeu qualquer — disse Artur. — Você é filho de Morgana. Mordred, duque da Cornualha, Companheiro da Távola Redonda, será a minha voz entre os reis saxões. Terá o direito de fazer a justiça do rei e de recolher meus impostos e receitas, ficando com a porção adequada para manter uma residência condizente com a de um chanceler do rei. E, se desejar, dou-lhe permissão para se casar com a filha de um dos reis saxões, o que lhe dará um trono próprio, mesmo que jamais chegue ao meu.

Gwydion se curvou e disse:

— O senhor é generoso.

Sim, pensou Morgana, *e isso manteria Gwydion bem longe do caminho, a menos que ele seja necessário*. Artur era habilidoso na arte de reinar! Ela levantou a cabeça e disse:

— Foi generoso com meu filho, Artur, posso abusar novamente de sua bondade?

Artur parecia desconfiado, mas disse:

— Peça-me algo que possa dar, minha irmã, e será meu prazer concedê-lo.

— Você declarou meu filho duque da Cornualha, mas ele ainda conhece pouco aquelas terras. Soube que o duque Marco agora reivindica todo aquele reino. Iria comigo a Tintagel para investigar essa questão e essa reivindicação?

O rosto de Artur relaxou; estaria ele preparado para que Morgana levantasse novamente a questão de Excalibur? *Não, meu irmão, nunca mais diante desta corte; quando eu estender minha mão novamente para Excalibur, será em meu próprio reino e no lugar da Deusa.*

— Não vou à Cornualha há tanto tempo que já perdi a conta — respondeu Artur — e não posso deixar Camelot até depois do solstício de verão. Mas fiquem aqui em Camelot como meus hóspedes e iremos juntos a Tintagel para ver se o duque Marco, ou qualquer outro homem jamais criado por Deus, desafiará a reivindicação de Artur e de Morgana, duquesa da Cornualha.

Ele se virou para Kevin:

— E, agora, basta dessas questões… Meu senhor Merlim, não pediria que cantasse para mim diante de toda a corte, mas em privado, dentro de meus próprios aposentos, e na companhia apenas de minha família, posso pedir-lhe uma música?

— Será um prazer — respondeu Kevin —, se a senhora Gwenhwyfar não fizer objeção.

Ele olhou para a rainha, mas ela estava taciturna, então ajeitou a harpa no ombro e começou a tocar.

Morgana sentou-se silenciosamente ao lado de Uriens ouvindo a música. De fato, a música de Kevin era um presente da realeza que Artur dera à sua família. Gwydion escutava, com as mãos nos joelhos, silencioso e enfeitiçado; ela pensou: *Ao menos nisso ele é meu filho*. Uriens ouvia com atenção educada. Morgana olhou para cima por um momento, encontrando os olhos de Accolon, e pensou: *De algum modo precisamos conseguir nos encontrar esta noite, ainda que eu tenha de dar uma poção de dormir a Uriens; há tanta coisa que preciso dizer a ele…* e então baixou os olhos. Ela não era melhor que Gwenhwyfar…

Uriens segurava sua mão, acariciando seu punho e seus dedos; ela o sentiu tocar os hematomas que lhe infligira naquele dia, e, com a dor, sentiu asco. Precisaria ir para a cama dele se o marido quisesse; ali, naquela corte cristã, ela era sua propriedade, como um cavalo ou um cachorro que ele podia acariciar ou espancar de acordo com sua vontade!

Artur traíra a ela e a Avalon; Uriens também fora falso com ela. Kevin também a traíra…

Mas Accolon não a decepcionaria. Ele deveria reinar por Avalon, o rei que Viviane previu chegaria; e, depois de Accolon, Gwydion, rei druida, rei de Avalon e de toda a Bretanha.

E, por trás do rei, a rainha, governando pela Deusa, como nos dias de antigamente…

Kevin levantou a cabeça e a olhou nos olhos, e Morgana estremeceu, sabendo que precisava esconder seus pensamentos. *Ele tem a Visão e é um homem de Artur. Ele é o Merlim da Bretanha, e, apesar disso, é meu inimigo!*

Mas Kevin disse brandamente:

— Já que este é um encontro de família, e que eu também gostaria de ouvir um pouco de música, posso pedir que, como recompensa, a senhora Morgana cante? — E Morgana tomou o lugar dele, sentindo o poder da harpa em suas mãos.

Devo encantá-los, ela pensou, *para que não vejam nenhum mal*, e colocou as mãos sobre as cordas.

7

Quando estavam sozinhos em seus aposentos, Uriens disse:

— Não sabia que seu direito a Tintagel estava sendo contestado novamente.

— As coisas que não sabe, meu marido, são tantas quanto as bolotas de carvalho que alimentam os porcos — ela disse impacientemente. Como pensou que poderia aguentar esse tolo? Bondoso, sim, jamais havia sido mau com ela, mas a estupidez dele a amolava como uma lima. Queria ficar sozinha, considerar seus planos, confabular com Accolon, e em vez disso precisava apaziguar aquele velho idiota.

— Eu deveria saber o que estava planejando. — A voz de Uriens era soturna. — Estou zangado por não ter me consultado se estava descontente com o que acontece em Tintagel. Sou seu marido, e deveria ter me dito em vez de apelar a Artur!

O amuo na voz dele tinha também um tom de ciúme, e ela se lembrou, agora abalada, de que o que escondera por todos aqueles anos tinha sido revelado – quem era o pai de seu filho. Mas Uriens poderia pensar que, depois de vinte anos, ela ainda teria um poder daquele tipo sobre o irmão, por causa de algo que apenas tolos e cristãos consideravam pecado? *Bem, se ele não tem juízo suficiente para perceber o que está acontecendo diante de seus olhos, por que deveria explicar a ele, palavra por palavra, como a lição de uma criança?*

Ela disse, ainda impaciente:

— Artur está desgostoso comigo porque acha que uma mulher não deveria argumentar com ele dessa maneira. Por isso pedi a ajuda dele, para que não ache que estou me rebelando.

Não disse mais nada. Era uma sacerdotisa de Avalon, não mentiria, mas não havia necessidade de falar mais do que gostaria. Que Uriens pensasse, se quisesse, que queria apenas fazer as pazes com Artur.

— Como você é inteligente, Morgana — ele disse, acariciando o pulso da mulher.

Ela pensou, retraindo-se, que o marido já havia se esquecido de que fora ele quem tinha lhe causado aquele ferimento. Sentiu os lábios tremerem como se fosse uma criança, pensando: *Quero Accolon, quero me deitar nos braços dele e ser afagada e consolada, mas, neste lugar, como posso dar um jeito de ao menos encontrá-lo e conversar com ele em segredo?* Piscou para dispersar as lágrimas de raiva. Sua única segurança agora era a força; força e dissimulação.

Uriens fora se aliviar e voltou, bocejando.

— Ouvi o vigia anunciando meia-noite — disse. — Precisamos ir para a cama, senhora. — Começou a tirar o traje de festa. — Está muito fatigada, querida?

Ela não respondeu, sabendo que choraria se o fizesse. Ele entendeu seu silêncio como consentimento e a puxou para perto, enfiando o nariz em seu pescoço, e então a arrastou em direção à cama. Ela o suportou, pensando se podia se lembrar de algum feitiço ou erva para terminar com a virilidade sem fim do velho – maldito, deveria ter há muito parado com isso nessa idade, ninguém jamais pensaria que era resultado de feitiçaria. Deitou-se imaginando, depois, por que não podia simplesmente se virar para ele com indiferença, deixar que ele a possuísse sem nem pensar, como fizera com tanta frequência naqueles longos anos... O que importava, por que deveria prestar mais atenção nele do que em um animal de rua que vinha farejar suas saias?

Dormiu de modo intermitente, sonhando com uma criança que havia encontrado em algum lugar e precisava amamentar, embora seus seios estivessem secos e doessem terrivelmente... acordou ainda sentindo dores. Uriens fora caçar com alguns homens de Artur – isso havia sido combinado dias antes. Sentia-se doente e nauseada. Pensou: *Comi mais do que costumo comer em três dias, não me espanta que esteja doente.* Mas, quando foi apertar seu vestido, seus peitos ainda doíam. Teve a impressão de que seus mamilos, pequenos e castanhos, pareciam rosados e inchados.

Ela se deixou cair na cama, como se os joelhos estivessem quebrados. Era estéril! *Sabia* que era estéril. Disseram-lhe que, depois do nascimento de Gwydion, era provável que jamais tivesse outro filho, e em todos os anos desde então nunca ficara grávida de nenhum homem. Mais que isso, agora se aproximava dos trinta e nove anos, bem além da idade de ter filhos. Porém, apesar disso tudo, certamente estava grávida agora. Pensava estar muito longe dessa possibilidade. Suas regras haviam ficado cada vez mais irregulares e deixavam de vir por meses, achava que estavam terminando. Sua primeira reação foi de medo; chegara tão perto da morte quando Gwydion nasceu...

Uriens ficaria encantado com essa suposta prova de sua virilidade. Mas essa criança fora concebida na época em que ele estava doente, com febre pulmonar; havia poucas chances, afinal, de que fosse filho de Uriens. Teria sido gerado por Accolon no dia do eclipse? Ora, então era um filho do Deus, que aparecera para eles no bosque de aveleiras.

O que faria com um bebê, velha como estou? Mas talvez seja uma sacerdotisa de Avalon, alguém para governar depois de mim quando o traidor for derrubado do trono em que Viviane o colocou...

O tempo lá fora estava acinzentado e lúgubre, chuviscando. A arena de jogos do dia anterior estava enlameada, com bandeiras e fitas espalhadas, pisoteadas no barro; um ou dois reis vassalos se preparavam para ir embora, e umas poucas criadas da cozinha, com os vestidos presos mostrando as coxas, carregando pás de lavar e sacos de roupas, desciam penosamente para as margens do lago.

Houve uma batida na porta; a voz do criado era baixa e respeitosa.

— Rainha Morgana, a Grande Rainha pediu que a senhora e a rainha de Lothian tomem o desjejum com ela. E o Merlim da Bretanha pediu que a senhora o receba aqui ao meio-dia.

— Encontrarei a rainha — respondeu Morgana. — E diga ao Merlim que o receberei.

Gostaria de evitar os dois confrontos, mas não ousava deixar de atendê-los, especialmente nessa hora.

Gwenhwyfar jamais seria outra coisa além de sua inimiga. Fora por causa dela que Artur caíra nas mãos dos padres e traíra Avalon. Morgana pensou: *Talvez eu esteja planejando a queda da pessoa errada; se puder dar algum jeito de Gwenhwyfar deixar a corte, mesmo que seja para fugir com Lancelote para o castelo dele, agora que é viúvo e pode tê-la dentro da lei…* Mas, por fim, deixou a ideia de lado.

Provavelmente Artur pediu a ela que fizesse as pazes comigo, pensou, desconfiada. *Ele sabe, também, que não pode se dar ao luxo de se desentender com reis vassalos, e, se Gwenhwyfar e eu estamos em desacordo, Morgause, como sempre, tomará meu lado. Um desentendimento familiar muito forte, e ele perderia Uriens e os filhos de Morgause também. Ele não pode se dar ao luxo de perder Gawaine, Gareth, os nortistas…*

Morgause já estava nos aposentos da rainha; o cheiro de comida fez com que Morgana se sentisse enjoada novamente, mas ela se controlou ferrenhamente. Todos sabiam que ela nunca comia muito, então isso não seria digno de nota. Gwenhwyfar chegou e a beijou, e, por um momento, a ternura verdadeira de Morgana por aquela mulher voltou. *Por que devemos ser inimigas? Fomos amigas um dia, há tanto tempo…* Não era Gwenhwyfar em si que ela detestava, eram os padres que tinham tanta influência sobre ela.

Ela foi para a mesa, aceitando um pedaço de pão fresco e mel, sem todavia comê-lo. As damas de Gwenhwyfar eram o tipo de idiota religiosa de que a rainha sempre se cercava. Receberam Morgana com olhares curiosos e uma grande demonstração de cordialidade e prazer.

— Seu filho, *sir* Mordred… que belo rapaz ele é, deve ter orgulho dele — disse uma delas, e Morgana, partindo o pão e amassando-o, observou com compostura que mal o havia visto desde que fora desmamado.

— É Uwaine, o filho de meu marido, quem é verdadeiramente como meu próprio filho, e é das conquistas dele como cavaleiro de que me orgulho — disse Morgana —, pois o criei desde pequeno. Mas orgulha-se de Mordred como seu próprio filho, não é mesmo, Morgause?

— Mas o filho de Uriens não é seu? — perguntou alguém.

— Não — ela respondeu pacientemente. — Ele tinha nove anos quando me casei com meu senhor de Gales do Norte.

Uma das garotas disse entre risinhos que, se fosse Morgana, daria mais atenção ao outro belo enteado, Accolon. Morgana, cerrando os dentes, pensou: *Devo matar esta tola?* Mas não; as damas da corte de Gwenhwyfar não tinham nada para fazer além de gastar seu tempo com fofocas e brincadeiras estúpidas.

— Agora, diga-me — disse rindo Alais, que fora sua dama de companhia quando Morgana também estava na corte de Gwenhwyfar e de quem Morgana fora madrinha de casamento —, ele não é mesmo filho de Lancelote?

Morgana levantou as sobrancelhas e respondeu:

— Quem, Accolon? A finada esposa do rei Uriens não ficaria grata por essa acusação, senhora.

— Sabe o que quero dizer — Alais abafou o riso. — Lancelote era filho de Viviane, e a senhora foi criada por ela… e quem poderia culpá-la? Diga-me a verdade, Morgana, quem é o pai do belo rapaz? Não há outra pessoa que *possa* ter sido, há?

Morgause riu e disse, tentando quebrar a tensão:

— Bem, estamos todas apaixonadas por Lancelote, é claro… pobre Lancelote, que fardo.

— Mas você não está comendo nada, Morgana — notou Gwenhwyfar. — Posso pedir algo para a cozinha se isso não lhe agrada. Uma fatia de presunto? Um vinho melhor que este?

Morgana fez que não com a cabeça e botou um pedaço de pão na boca. Tudo isso já não havia acontecido antes? Ou talvez ela tivesse sonhado… sentiu uma tontura enjoada, pontos acinzentados dançando diante dos olhos. De fato renderia fofocas para abrilhantar muitos dias entediantes se a velha rainha de Gales do Norte desmaiasse como uma mulher grávida! Suas unhas se afundaram nas mãos e conseguiu fazer a tontura recuar um pouco.

— Bebi muito no banquete ontem… você sabe, há vinte anos não tenho boa disposição para beber vinho, Gwenhwyfar.

— Ah, e era um bom vinho, também — disse Morgause, estalando os lábios com gula, e Gwenhwyfar respondeu educadamente que mandaria um barril da bebida para Lothian com Morgause quando ela fosse para casa.

Mas Morgana, misericordiosamente esquecida, com uma dor de cabeça que a cegava, apertando-lhe a testa como a correia de um torturador, sentiu os olhos questionadores de Morgause sobre ela.

Gravidez era algo que não podia ser escondido... não, e por que deveria? Era legalmente casada; as pessoas poderiam rir se o velho rei de Gales do Norte e sua rainha de meia-idade se tornassem pais em idade avançada, mas seria um riso benévolo. Ainda assim, Morgana sentiu que explodiria com a simples força da raiva dentro dela. Sentia-se como uma das montanhas de fogo que Gawaine lhe descrevera, distantes, nas terras do norte...

Quando as senhoras foram embora e ficou sozinha com Gwenhwyfar, a rainha tomou sua mão e disse em tom de desculpas:

— Sinto muito, Morgana, parece doente. Talvez devesse voltar para a cama.

— Talvez eu vá — ela respondeu, pensando: *Gwenhwyfar jamais adivinharia o que há de errado comigo; se isso acontecesse a ela, ficaria contente, mesmo agora!*

A rainha ficou vermelha sob o olhar raivoso de Morgana.

— Sinto muito, não quis que minhas damas a provocassem daquela maneira... deveria tê-las feito parar, minha querida.

— Acha que me importo com o que dizem? São como pardais piando e têm tanto juízo quanto um — respondeu Morgana, com desdém tão forte quanto sua dor de cabeça. — Mas quantas de suas damas realmente sabem quem é o pai do meu filho? Fez com que Artur se confessasse... contou a todas as suas damas também?

Gwenhwyfar parecia assustada.

— Não acho que muitas saibam... Mas aquelas que estavam aqui na noite passada, quando Artur o reconheceu, certamente sim. E o bispo Patrício.

Ela olhou para Morgana, que pensou, piscando: *Como os anos a trataram com bondade; ela ficou ainda mais bela, e eu murcho como uma velha roseira...*

— Parece tão cansada, Morgana — disse Gwenhwyfar, e Morgana percebeu que, apesar de todas as inimizades, havia amor também. — Vá descansar, irmã querida.

Ou é só porque restam agora tão poucos de nós, que estivemos juntas na juventude?

O Merlim também envelhecera, e os anos não foram tão bondosos com ele quanto com Gwenhwyfar; estava mais encarquilhado, agora arrastava as pernas com a ajuda de uma bengala, e seus braços e punhos, com seus grandes músculos doentes, pareciam galhos de um velho carvalho retorcido. Ele de fato se passaria por um dos anões das lendas que viviam sob as montanhas. Apenas os movimentos de suas mãos ainda eram precisos e agradáveis; apesar dos dedos retorcidos e inchados, seus gestos graciosos faziam com que ela se recordasse dos velhos dias, e de seu longo estudo da harpa e da linguagem dos gestos e das mãos.

Ele foi direto, recusando com um gesto sua oferta de vinho ou bebida, caindo em um assento sem pedir sua permissão, por hábito antigo.

— Acho que está errada, Morgana, em perturbar Artur por causa de Excalibur.

— Não esperava sua aprovação, Kevin. Sem dúvida acha que qualquer uso que ele faça das Insígnias Sagradas é bom. — Ela sabia que a própria voz soava dura e rabugenta.

— Não vejo como possa ser errado — respondeu Kevin. — Todos os Deuses são um... como até mesmo Taliesin diria... e se nos juntarmos a serviço do Uno...

— Mas é com isso que não concordo — retrucou Morgana. — O Deus deles seria o Uno... e o único... e acabaria com todas as referências à Deusa a quem servimos. Kevin, ouça-me: não percebe como isso estreita o mundo, se houver um, em vez de muitos? Acho que é errado tornar os saxões cristãos. Penso que aqueles velhos padres que viviam em Glastonbury estavam certos. Por que *deveríamos* nos encontrar todos no além? Por que não deveria haver muitos caminhos, os saxões para seguirem os deles, nós para seguirmos o nosso, os seguidores de Cristo para venerá-lo se assim escolherem, sem restringir o culto a outros...

Kevin fez que não com a cabeça.

— Minha querida, não sei. Parece haver uma mudança profunda na maneira como os homens agora encaram o mundo, como se uma verdade devesse expulsar outra... como se o que não é a verdade deles fosse mentira.

— Mas a vida não é tão simples — respondeu Morgana.

— Sei disso, sabe disso, e na plenitude do tempo, Morgana, até os padres saberão.

— Mas, quando tiverem expulsado todas as outras verdades do mundo, será tarde demais — disse Morgana.

Kevin suspirou.

— Há um destino que nenhum homem, e nenhuma mulher, pode parar, Morgana, e creio que enfrentamos esse dia. — Ele esticou uma de suas mãos retorcidas e pegou a dela; ela pensou que jamais o ouvira falar de um modo tão gentil. — Não sou seu inimigo, Morgana. Conheço-a desde que era donzela. E depois... — Ele parou, e ela viu sua garganta se contrair enquanto engolia em seco. — Gosto muito de você, Morgana. Desejo-lhe apenas o bem. Houve um tempo... ah, sim, há muito tempo, mas não me esqueço de como a amei e de como me senti privilegiado por poder falar de amor com você... Nenhum homem pode lutar contra as marés ou os destinos. Talvez, se tivéssemos enviado gente antes para cristianizar os saxões, isso teria sido feito pelos mesmos padres que construíram uma capela onde eles e Taliesin podiam realizar o culto lado a lado. Nossa própria intolerância impediu isso, então fomos deixados com fanáticos como Patrício, que, em seu orgulho, veem o Criador apenas como o Pai vingador dos soldados, não a Mãe amorosa dos campos e da terra... Eu lhe digo, Morgana, existe uma maré que levará todos os homens diante dela como juncos.

— O que está feito está feito — disse Morgana. — Mas qual é a resposta?

Kevin baixou a cabeça, e Morgana percebeu que o que ele realmente gostaria de fazer era pousar a cabeça em seu peito; não como um homem faz em uma mulher, mas como se ela fosse a Deusa Mãe que poderia aquietar seu medo e seu desespero.

— Talvez — ele disse, com a voz embargada —, talvez não exista resposta. Pode ser que não existam Deus e Deusa e que estejamos discutindo sobre palavras tolas. Não vou me desentender com você, Morgana de Avalon. Mas também não vou permanecer indolente e permitir que jogue este reino novamente na guerra e no caos, e destrua a paz que Artur nos deu. É preciso manter alguma sabedoria, música e beleza para os dias antes que o mundo se afunde novamente na escuridão. Eu lhe digo, Morgana, vi a escuridão se fechando. Talvez, em Avalon, possamos manter a sabedoria secreta... mas já passou o tempo em que poderíamos espalhá-la novamente pelo mundo. Acha que tenho medo de morrer para que algo de Avalon possa sobreviver entre os homens?

Morgana – sentindo-se impelida – lentamente estendeu a mão para tocar o rosto dele e enxugar suas lágrimas; mas recolheu a mão com um súbito pavor. Os olhos dela embaçaram – havia pousado a mão em um crânio que chorava e teve a impressão de que a própria mão era a mão magra, flagelada, da Anciã da Morte. Ele também viu, e a olhou, perplexo, apavorado. Então desapareceu, e Morgana ouviu a própria voz endurecer.

— Então quer trazer as coisas sagradas ao mundo, para que a espada sagrada de Avalon seja a espada vingadora de Cristo?

— É a espada dos Deuses — respondeu Kevin —, e todos os Deuses são um só. Prefiro ver Excalibur no mundo, onde os homens podem segui-la, a vê-la escondida em Avalon. Desde que a sigam, que diferença faz quais Deuses invocam quando o fazem?

Morgana disse, com firmeza:

— É *isso* que morrerei para impedir. Cuidado, Merlim da Bretanha: celebrou o Grande Casamento e jurou morrer para preservar os Mistérios. Cuidado, ou a obediência a esse juramento lhe será exigida!

Os belos olhos de Kevin miraram diretamente os dela.

— Ah, minha senhora e minha Deusa, imploro que peça o conselho de Avalon antes de agir! Realmente acho que chegou a hora de voltar para lá.

Kevin pousou as mãos sobre as dela. Ela não as retirou.

A voz de Morgana foi tomada pelas lágrimas que pesaram sobre ela o dia todo.

— Eu... eu desejo poder voltar... é por ansiar tanto por isso que não ouso ir para lá — ela respondeu. — Jamais irei a Avalon enquanto não puder ir para de lá jamais sair...

— Você *vai* voltar, pois eu vi — disse Kevin, de modo cansado. — Mas não eu. Não sei como, Morgana, meu amor, mas me ocorre que jamais beberei do Poço Sagrado novamente.

Ela olhou para seu corpo feio e deformado, as mãos finas, os belos olhos, e pensou: *Um dia amei este homem.* Apesar de tudo, ainda o amava, e o amaria até que ambos estivessem mortos; conhecia-o desde o começo do tempo, e juntos serviram a sua Deusa. O tempo corria e parecia que estavam fora dele, que ela lhe dera a vida, cortara-o como uma árvore, que ele brotara novamente no milho, morrera de acordo com a sua vontade, e que ela fora tomada em seus braços e trazida de volta à vida... o antigo drama sacerdotal encenado antes que druidas ou cristãos colocassem os pés na terra.

E ele jogaria isso fora?

— Se Artur não cumprir seu juramento, não devo exigi-lo?

— Um dia a Deusa lidará com ele de sua própria maneira — respondeu Kevin. — Mas Artur é o rei da Bretanha pela vontade da Deusa. Morgana de Avalon, eu lhe aviso, cuidado! Ousa ir contra os destinos que governam esta terra?

— Faço o que a Deusa me destinou a fazer!

— A Deusa... ou sua vontade, orgulho e ambição por aqueles que ama? Morgana, novamente lhe aviso, cuidado. Pois bem pode ser que o tempo de Avalon tenha passado, e o seu tempo junto.

Então o controle feroz que impusera sobre si mesma se quebrou.

— E ousa chamar a si mesmo de Merlim da Bretanha? — gritou para ele. — Vá embora, traidor maldito! — Pegou a roca e a jogou na cabeça de Kevin. — Saia! Fora de minha vista, e maldito seja para sempre! Saia daqui!

8

Dez dias depois, o rei Artur, com sua irmã, a rainha Morgana, e o marido dela, o rei Uriens, saíram em viagem para Tintagel.

Morgana tivera tempo para decidir o que deveria fazer e encontrou um momento para falar a sós com Accolon no dia anterior.

— Espere por mim às margens do lago... não deixe que Artur nem Uriens o veja.

Estendeu a mão para ele em despedida, mas Accolon a puxou para ele e a beijou repetidamente.

— Senhora... não suporto deixar que corra perigo dessa maneira!

Ela se recostou nele por um momento. Estava tão cansada, tão cansada de ser sempre forte, de fazer com que tudo corresse como devia! Mas ele jamais poderia suspeitar de sua fragilidade!

— Não como evitá-lo, meu amado. De outra maneira, não haveria resposta além da morte. Não pode subir ao trono com o sangue de seu pai nas mãos. E, quando sentar-se no trono de Artur, com o poder de Avalon por trás de você e Excalibur em suas mãos, pode mandar Uriens de volta para as terras dele, para governar enquanto for o desejo de Deus.

— E Artur?

— Também não desejo mal a Artur — respondeu Morgana, com firmeza. — Não gostaria que fosse morto. Mas ele deve ficar três dias e três noites na terra das fadas, e, quando voltar, cinco anos ou mais terão se passado, e Artur e seu trono serão uma lenda relembrada pelos homens mais velhos, e o perigo de um governo dos padres terá terminado há muito tempo.

— Mas e se ele de algum modo encontrar a saída...

A voz de Morgana estremeceu.

— *O que será do Gamo-Rei quando o jovem gamo crescer?* Acontecerá com Artur o que o destino mandar. E você ficará com a espada dele.

Traição, ela pensou, e seu coração disparou enquanto cavalgavam pela manhã lúgubre e cinzenta. Subia uma névoa fina do lago. *Amo Artur. Não o trairia, mas ele traiu primeiro o juramento que fez a Avalon.*

Ainda se sentia nauseada, o que piorava com o movimento do cavalo. Não se lembrava de ter ficado enjoada assim quando estava grávida de Gwydion – *Mordred*, lembrou a si mesma. Ainda assim, poderia ser que, quando ele subisse ao trono, escolhesse governar com o próprio nome, o nome que fora de Artur e que não tinha a mácula do governo cristão. E, quando Kevin visse a coisa já feita, certamente escolheria também apoiar o novo rei de Avalon.

A névoa se espessava, tornando o plano de Morgana ainda mais fácil. Ela tremia, apertando o manto em torno de si. Deveria acontecer agora, ou, enquanto ladeassem o lago, virariam para o sul, a caminho da Cornualha. A névoa já estava tão grossa que mal podia distinguir as formas dos três soldados que cavalgavam diante deles; virando-se na sela, viu que os três homens atrás estavam igualmente obscurecidos. Mas o chão um pouco adiante e um pouco atrás deles estava visível, embora sobre a cabeça a névoa fosse grossa como uma cortina branca, sem sinal de sol ou luz do dia.

Estendeu as mãos, levantando-se na sela, sussurrando as palavras do feitiço que jamais ousara usar antes. Sentiu um momento de puro terror – sabia que era apenas o frio que vinha do poder saindo de seu corpo –, e Uriens, tremendo, levantou a cabeça e disse, rabugento:

— Nunca vi uma névoa como esta... por certo vamos nos perder e teremos de passar a noite às margens do lago! Talvez devêssemos buscar abrigo na abadia em Glastonbury...

— Não estamos perdidos — respondeu Morgana, a névoa tão densa que mal podia ver o chão sob os cascos do cavalo. *Ah, quando era donzela em Avalon, me orgulhava tanto de dizer apenas a verdade... Faz parte da arte de ser rainha, então, mentir, para que possa servir a Deusa?* — Conheço cada passo do caminho que seguimos... podemos nos abrigar esta noite em um lugar que conheço perto da margem, e partiremos pela manhã.

— Não podemos ter nos afastado tanto assim — disse Artur —, pois ouvi os sinos de Glastonbury tocando o ângelus...

— Os sons viajam longe na névoa — respondeu Morgana — e mais ainda em uma névoa como esta. Confie em mim, Artur.

Ele sorriu amorosamente para ela.

— Sempre confiei em você, cara irmã.

Ah, sim; sempre confiara nela, desde o dia em que Igraine o colocara nos braços de Morgana. No começo odiara aquela coisa chorona, e então descobriu que Igraine abandonara e traíra os dois, e que deveria cuidar dele, e enxugou suas lágrimas... impaciente, endureceu o coração. Aquilo acontecera havia uma vida. Desde então, Artur fizera o Grande Casamento com a terra e o traíra, entregando a terra que jurara proteger às mãos dos padres que queriam expulsar os próprios Deuses que a alimentavam e a tornavam fértil. Avalon o colocara no trono, por meio de sua mão como sacerdotisa, e agora... Avalon, por meio de sua mão, o derrubaria.

Não vou machucá-lo, Mãe... sim, vou tirar dele a espada das Insígnias Sagradas e entregá-la a alguém que a levará em nome da Deusa, mas jamais colocarei a mão nele...

Mas o que será do Gamo-Rei quando o jovem gamo crescer?

Esse era o procedimento da natureza e não podia ser mudado por causa de seus sentimentos. Artur encontraria seu destino sem a proteção dos feitiços que levava, pela bainha que ela mesma fizera para ele depois que o encontrara no Grande Casamento, quando carregava, ainda sem saber, o filho dele em seu corpo. Ouvia com frequência os cavaleiros falarem da vida encantada dele, ou sobre como podia sofrer os piores ferimentos e não perder sangue a ponto de morrer. Não encostaria no filho de sua mãe e pai de seu filho. Mas o feitiço que colocara nele depois que perdera a virgindade, *isso* poderia retirar, e então aconteceria com ele o que a Deusa desejasse.

A névoa mágica havia se espessado tanto em torno deles que Morgana mal podia ver o cavalo de Uriens. O rosto dele, emburrado e zangado, surgiu do nevoeiro.

— Tem *certeza* de que sabe para onde está nos levando, Morgana? Nunca estive aqui antes, poderia jurar, não reconheço a curva daquela colina...

— Juro, conheço cada passo do caminho, com ou sem névoa.

A seus pés, Morgana podia ver o curioso aglomerado de arbustos, inalterado desde o dia em que tentou entrar em Avalon, o dia em que teve medo de convocar a barca... *Deusa*, rezou para si mesma, *permita que aqueles sinos não soem enquanto tento entrar, para que a entrada não desapareça na névoa, ou jamais encontraremos o caminho para aquele país...*

— Por aqui — disse, pegando as rédeas e afundando os calcanhares no cavalo. — Siga-me, Artur.

Entrou a galope na névoa, sabendo que não poderiam segui-la assim rapidamente naquela ausência de luz. Atrás de si, escutou Uriens praguejando, sua voz contrariada e abafada, e ouviu Artur tranquilizando seu cavalo. De repente, uma imagem surgiu na mente de Morgana, o esqueleto de um cavalo com o próprio equipamento de montaria... Bem, seria como precisava ser. A névoa começara a se dissipar, e subitamente estavam cavalgando em plena luz do dia, através das árvores salpicadas de sol. Uma luz verde e clara se derramava, embora não pudessem ver o sol, e ela ouviu um grito de surpresa de Artur.

Da floresta saíram dois homens, que gritaram com vozes claras:

— Artur, meu senhor! É um prazer dar-lhe as boas-vindas!

Artur freou o cavalo com rapidez, para que não pisoteasse os homens.

— Quem são vocês, e como sabem meu nome? — perguntou. — E que lugar é este?

— Ora, meu senhor, é o castelo Chariot, e nossa rainha há muito anseia por tê-lo como hóspede!

Artur parecia confuso.

— Não sabia que havia um castelo nesta parte do reino. Devemos ter cavalgado mais do que imaginávamos através da névoa.

Uriens parecia desconfiado, mas Morgana podia perceber o conhecido encanto das terras das fadas caindo sobre Artur, para que jamais lhe ocorresse questionar qualquer coisa; como em um sonho, o que acontecia simplesmente acontecia, e não havia necessidade de questionamentos. Mas ela precisava manter o juízo...

— Rainha Morgana — disse um dos homens, do povo moreno e belo que parecia ancestral do pequeno povo moreno de Avalon —, nossa rainha a aguarda e a receberá com prazer. E, meu senhor Artur, será levado a um banquete conosco...

— Depois de cavalgar tanto na névoa, um banquete será bem-vindo — respondeu Artur, de bom humor, e deixou que o homem levasse seu cavalo para dentro da floresta. — Conhece a rainha desta terra, Morgana?

— Eu a conheço desde menina...

E ela zombou de mim... e se ofereceu para criar meu bebê no mundo das fadas...

— É surpreendente que ela nunca tenha ido a Avalon oferecer sua lealdade — disse Artur, franzindo o cenho. — Não consigo me lembrar, mas me parece que ouvi algo sobre o castelo Chariot há muito, muito tempo... mas não consigo me recordar bem — disse, sem fazer caso. — Bem, de qualquer modo, essas pessoas parecem afáveis. Dê meus cumprimentos à rainha, Morgana, e sem dúvida a verei nesse banquete.

— Sem dúvida — disse Morgana, observando os homens o levarem.

Preciso manter o juízo; usarei a batida de meu coração para calcular o tempo, não posso perder a conta, ou serei levada e enredada em meus próprios feitiços... preparou-se para encontrar a rainha.

Ela permanecia idêntica, sempre a mesma, a mulher alta que, todavia, tinha algo da aparência de Viviane, como se ela e Morgana fossem parentes de sangue. E ela a abraçou e beijou de acordo.

— O que a traz por vontade própria a nossas costas, Morgana das Fadas? — perguntou. — Seu cavaleiro está aqui, uma de minhas damas o encontrou... — Ela fez um gesto, e Accolon estava ali. — Foi encontrado vagando ao longo dos juncos do lago, sem saber o caminho pela névoa...

Accolon apertou a mão de Morgana, que a sentiu sólida e real... ainda assim, não sabia nem mesmo se estavam dentro ou fora do castelo, se o trono de vidro da rainha estava em um magnífico bosque ou dentro de um grande salão abobadado, mais esplendoroso que o salão da Távola Redonda de Camelot.

Accolon ajoelhou-se diante do trono, e a rainha colocou as mãos em sua cabeça. Ela levantou um de seus pulsos, e as serpentes pareceram mover-se e enrolar-se em seus braços, e arrastarem-se para a palma da mão da rainha, que brincava com elas desatentamente, acariciando suas cabecinhas azuis.

— Morgana, escolheu bem — ela disse. — Não creio que este jamais me trairá. Veja, Artur banqueteou-se bem, e ali está ele deitado. — E fez um gesto para uma parede que pareceu se abrir, e na luz pálida Morgana viu Artur dormindo, com um braço sobre a cabeça e o outro cingindo o corpo de uma jovem com cabelo escuro e comprido, que parecia uma filha da rainha... ou a própria Morgana.

— Ele vai, é claro, pensar que era você, e que é um sonho enviado pelo maligno — disse a rainha, sorrindo —, afastou-se tanto de nós que sentirá vergonha ao receber seu desejo mais caro... Não sabia disso, minha Morgana, minha querida?

Morgana teve a impressão de que ouviu a voz de Viviane, onírica, acariciando-a. Mas foi a rainha que disse:

— Assim dorme o rei, nos braços daquela que amará até a morte... e quando ele acordar? Você vai tomar Excalibur e expulsá-lo nu para as margens, buscando-a para sempre nas névoas?

Morgana lembrou-se subitamente do esqueleto de um cavalo sob as árvores das fadas...

— Não, isso não — ela respondeu, aturdida.

— Então ele deve ficar aqui, mas, se for realmente religioso como você diz e pensar em dizer as rezas que o livrarão da ilusão, tudo desaparecerá, e ele vai querer seu cavalo e sua espada... o que faremos então, senhora?

Accolon disse sombriamente:

— Tomarei dele a espada, e, se ele achar que pode tirá-la de mim, pode tentar.

A dama de cabelos escuros veio até eles, e nas mãos segurava Excalibur, com a bainha.

— Peguei-a enquanto ele dormia — disse —, e, quando fiz isso, ele me chamou pelo seu nome...

Morgana tocou o punho cravejado de joias da espada.

— Reflita, criança — afirmou a rainha —, não seria melhor levar as Insígnias Sagradas a Avalon de uma vez e deixar que Accolon suba ao trono apenas pelo mérito da espada que puder obter para si mesmo?

Morgana estremeceu. Parecia muito escuro no salão, bosque ou o que fosse, e Artur dormia aos seus pés ou estava longe? Mas foi Accolon quem pegou a espada.

— Ficarei com Excalibur e a bainha — declarou, e Morgana ajoelhou-se aos pés dele e prendeu-lhe a espada na cintura.

— Que assim seja, amado... Leve-a com mais fidelidade que aquele para quem fiz esta bainha...

— Que a Deusa não permita que algum dia eu a traia, ainda que morra por ela — ele sussurrou, a voz trêmula de emoção, levantando Morgana e beijando-a; parecia que se abraçavam até que a sombra da noite se dissipasse e o doce sorriso zombeteiro da rainha brilhasse em torno dos dois.

— Quando Artur pedir por uma espada, receberá uma... e alguma coisa parecida com a bainha, embora essa não possa impedir que ele perca uma gota de sangue... Deixe nas mãos dos meus ferreiros — disse a rainha à dama, e Morgana fitava como em um sonho... sonhara que prendia Excalibur na cintura de Accolon? A rainha e a dama se foram, e parecia que ela e Accolon estavam deitados sozinhos em um grande bosque e que era hora das fogueiras de Beltane, e ele a tomou nos braços, como sacerdote e sacerdotisa. E logo não eram mais que homem e mulher, e ela tinha a impressão de que o tempo havia parado, de que seu corpo se derreteu no dele como se não tivesse nervos, ossos ou vontade, e o beijo dele era como fogo e gelo em seus lábios... *O Gamo-Rei vai desafiá-lo, e preciso prepará-lo...*

Ora, como é que se deitava com ele no bosque, com sinais pintados sobre seu corpo nu, como é que seu corpo era jovem e macio, como é que, ao receber o corpo dele dentro do seu, pôde sentir uma dor lancinante, como se ele tomasse novamente a virgindade que ela ofereceu ao Deus Cornífero meia vida atrás, como chegou a ele virgem, como se toda a sua vida jamais tivesse acontecido? Como parecia haver a sombra de uma galhada na testa dele? Quem era esse homem em seus braços e o que se passara entre eles? Ele deitou-se pesadamente sobre dela, exausto, a doçura de sua respiração como mel para o amor de Morgana; ela o acariciou e o beijou, e, quando ele se afastou um pouco, mal soube quem era, se o cabelo que se esfregava em seu rosto brilhava como ouro ou se era escuro, e teve a impressão de que pequenas cobras se arrastavam suavemente por seus seios, que eram rosados, macios, quase infantis, semiformados. As minúsculas cobras azuis se enrolaram em torno de seus mamilos, e ela teve uma sensação agradável de dor e prazer.

E então soube que, se realmente desejasse, o tempo voltaria e se retorceria em torno de si mesmo, e poderia sair da caverna naquela manhã com Artur e usar seu poder para prendê-lo a ela para sempre, e nada daquilo jamais teria acontecido...

Naquele momento, ouviu Artur pedindo sua espada e gritando contra os encantamentos. Muito longe e pequeno, como se o observasse no meio do ar, viu-o despertar e soube que o destino de cada um, passado e futuro, estava na mão dele. Se Artur pudesse encarar o que havia acontecido entre eles, se chamasse seu nome e lhe implorasse que voltasse para o lado dele, se pudesse admitir para si mesmo que amara apenas Morgana durante todos esses anos e que ninguém mais jamais estivera entre os dois...

Então Lancelote ficaria com Gwenhwyfar, e eu seria rainha em Avalon... mas rainha com uma criança como consorte, e ele, por sua vez, seria derrubado pelo Gamo-Rei...

Dessa vez Artur não se afastaria dela horrorizado com o que tinham feito, não o afastaria com lágrimas infantis... por um momento pareceu que o mundo todo esperava, ecoando, pelo que Artur diria...

Ele falou, e sua voz parecia ecoar como uma balada de condenação por todo o mundo das fadas, como se o próprio tecido do tempo tremesse e o peso dos anos caísse.

— Jesus e Maria, protejam-me de todo o mal — disse. — Isto é algum feitiço maligno, feito por minha irmã e sua bruxaria! — Ele estremeceu e gritou: — Tragam-me minha espada!

Morgana sentiu uma dor rasgar seu coração. Aproximou-se de Accolon, e novamente parecia existir a sombra de uma galhada em sua testa, e mais uma vez Excalibur estava presa em seu cinto – sempre estivera ali? – e as serpentes que se enrolaram no corpo nu dela eram apenas manchas azuis desbotadas nos pulsos do homem.

Ela disse com firmeza:

— Vejam, estão levando até ele uma espada que se parece com Excalibur... os ferreiros das fadas a fizeram esta noite. Deixe que ele se vá, se puder. Mas, se não puder... bem, faça o que precisar, meu amado. Que a Deusa esteja com você. Esperarei em Camelot até que chegue em triunfo.

E ela o beijou e se despediu.

Nunca, até aquele momento, enfrentara isso de frente: um deles deveria morrer, irmão ou amante, a criança que um dia segurara em seus braços, o Deus Cornífero que fora seu amante, sacerdote e rei...

Pensou: *Seja qual for o resultado, jamais terei novamente um momento de felicidade, uma vez que uma pessoa que amo vai morrer...*

Artur e Accolon foram para um lugar aonde ela não poderia segui-los; havia ainda Uriens a ser considerado, e por um momento pensou em abandoná-lo no mundo das fadas. Ele vagaria satisfeito pelos salões e florestas encantados até morrer... *não. Houve mortes o suficiente, aconteça o que acontecer*, pensou Morgana, e voltou sua atenção para observar Uriens, onde ele se deitava sonhando. Ele sentou-se enquanto ela se aproximava, parecendo embriagado e zonzo.

— O vinho daqui é forte demais para mim — disse. — Onde você estava, minha querida, e onde está Artur?

Agora, ela pensou, *a donzela fada levou a Artur aquela espada tão parecida com Excalibur que, encantado, acreditará ser a verdadeira... ah, Deusa, deveria ter enviado a espada de volta a Avalon, por que alguém mais precisa morrer por ela?* Mas, sem Excalibur, Accolon não conseguiria reinar como novo rei de Avalon... *Quando for rainha, esta terra ficará em paz e a mente dos homens estará livre, sem padres para dizer a eles o que fazer ou em quem acreditar...*

— Artur precisou partir antes de nós — ela disse gentilmente. — Venha, meu querido marido, precisamos voltar para Camelot.

O encantamento do mundo das fadas era tamanho, ela percebeu, que ele nada questionou. Trouxeram cavalos para os dois, e os belos homens altos os acompanharam até um lugar onde um deles disse:

— Certamente podem encontrar o caminho daqui.

— Como o sol desapareceu rápido — reclamou Uriens, enquanto a névoa acinzentada e a chuva pareciam se concentrar subitamente e cair sobre eles. — Morgana, quanto tempo ficamos no país da rainha? Sinto-me como se tivesse caído doente com febre ou se tivesse sido encantado e vagasse enfeitiçado.

Ela não respondeu. Ele também, pensou, distraíra-se com as donzelas fadas, e por que não? Não se importava com a maneira como ele se divertia, desde que a deixasse em paz.

Uma forte pontada de enjoo a lembrou de que não pensara nem uma vez em sua gravidez enquanto estava no país das fadas, e agora, quando tudo esperava por sua palavra, quando Gwydion tomasse o trono e Accolon reinasse... agora andaria pesadamente e ficaria enjoada, grotesca... tinha certeza de que era muito velha para ter um filho sem riscos. Era tarde demais para encontrar as ervas que a livrariam daquele fardo indesejado? Sim, se pudesse dar um filho a Accolon, agora, no momento em que o reino ia para as mãos dele, como ele poderia dar-lhe mais valor como rainha? Podia sacrificar este poder que tinha sobre ele? *Uma criança que eu poderia criar, que seguraria em meus braços, um bebê para amar...*

Ainda se lembrava da doçura de Artur quando era bebê, os bracinhos dele em torno de seu pescoço. Gwydion fora tomado dela, Uwaine tinha nove anos quando aprendeu a chamá-la de mãe. Era uma dor aguda e uma doçura além do amor, repuxando seu corpo, o anseio de ter um bebê nos braços novamente... no entanto, a razão lhe dizia que não podia, com essa idade, sobreviver ao nascimento de outra criança. Cavalgou ao lado de Uriens como se estivesse em um sonho. Não, não poderia sobreviver ao nascimento dessa criança, e ainda assim sentia que não suportaria tomar as medidas necessárias para que ela não nascesse.

Minhas mãos já estão manchadas com o sangue de alguém que amo... Ah, Deusa, por que me testa dessa maneira? E teve a impressão de que a Deusa ondulava diante de seus olhos, ora como a rainha das fadas, ora como a solene e compassiva Raven, ora como a Grande Porca que tomara a vida de Avalloch... *e ela vai devorar a criança que carrego...* Morgana sabia que estava à beira do delírio, da loucura.

Mais tarde, vou decidir mais tarde. Agora minha missão é levar Uriens de volta a Camelot. Perguntou-se quanto tempo passara no mundo das fadas. Não mais que uma noite, supunha, ou a gravidez estaria em um estado mais avançado... esperava que fossem só uns poucos dias. Não poucos demais, ou Gwenhwyfar se perguntaria como haviam partido e voltado tão rápido; não muitos, ou seria tarde demais para fazer o que sabia que *precisava*: não podia ter essa criança e sobreviver.

Chegaram a Camelot no meio da manhã; a jornada, na verdade, não era muito longa. Morgana estava feliz por não encontrar Gwenhwyfar, e, quando Cai perguntou por Artur, disse a ele, mentindo, dessa vez sem hesitar, que ele ficara mais tempo em Tintagel. *Se posso matar, mentir não é um pecado tão grande*, pensou, inquieta, mas de certa maneira sentia-se contaminada pela mentira, era uma sacerdotisa de Avalon e dava valor à verdade de suas palavras...

Levou Uriens para seus aposentos; o velho parecia exausto e confuso. *Está ficando velho demais para reinar. A morte de Avalloch foi mais pesada para ele do que posso compreender. Mas ele também foi criado nas verdades de Avalon – o que será do Gamo-Rei quando o jovem gamo crescer?*

— Deite-se aqui, meu marido, e descanse — disse, mas Uriens estava rabugento.

— Deveria partir para Gales. Accolon é muito jovem para reinar sozinho, o filhotinho! Meu povo precisa de mim!

— Podem esperar mais um dia — ela o tranquilizou —, e você ficará mais forte.

— Já passei muito tempo fora — ele se afligiu. — E por que não vamos até Tintagel? Morgana, não consigo lembrar por que viajamos! Estávamos mesmo num país onde o sol sempre brilhava...?

Ela respondeu:

— Acho que deve ter sonhado isso. Por que não dorme um pouco? Quer que mande buscar comida para você? Acho que não se alimentou hoje de manhã...

Mas, quando a comida chegou, a visão e o aroma a deixaram enjoada de novo. Ela se virou bruscamente, tentando esconder, mas Uriens vira.

— O que foi, Morgana?

— Nada — ela respondeu, com raiva. — Coma e descanse.

Mas ele sorriu para ela, estendendo a mão para puxá-la para o lado da cama. Ele disse:

— Você se esquece de que já fui casado... reconheço uma mulher grávida quando vejo uma — ele estava claramente encantado. — Depois de todos esses anos... Morgana, está grávida! Mas isso é maravilhoso, um filho é tomado de mim, mas tenho outro... podemos batizá-lo de Avalloch se for menino, minha querida?

Morgana recuou.

— Você se esquece da minha idade — ela respondeu, o rosto como pedra. — Não é provável que eu carregue esta criança o suficiente para que viva. Não espere por um filho na velhice.

— Mas cuidaremos bem de você — disse Uriens. — Deve consultar uma das parteiras da rainha, e, se a viagem até nossa casa puder causar um aborto, então deve ficar aqui até a criança nascer.

Teve vontade de retrucar: o que o faz pensar que esse filho é *seu*, velho? Era com certeza filho de Accolon... mas não podia dispersar o medo súbito de que fosse, de fato, filho de Uriens... o filho de um velho, adoentado, um monstro como Kevin... não, sem dúvida estava louca! Kevin não era nenhum monstro, tinha sofrido ferimentos – fogo, queimaduras, mutilação na infância, para que seus ossos crescessem tortos. Mas um filho de Uriens certamente seria retorcido, deformado, adoentado, e um filho de Accolon seria saudável, forte... e ela era velha demais para o parto; o filho *dela* seria algum monstro? Às vezes, quando algumas mulheres davam à luz quando já eram velhas, acontecia... Estava louca para deixar que essas fantasias revirassem e adoentassem seu cérebro dessa maneira?

Não. Não queria morrer, e não podia esperar sobreviver a esse parto. De alguma maneira tinha que encontrar as ervas... mas como? Não tinha um confidente na corte; não podia confiar em nenhuma das mulheres de Gwenhwyfar para isso, e, se de alguma forma corresse pela corte a fofoca de que a velha rainha Morgana estava grávida de seu marido ainda mais velho, como ririam!

Havia Kevin, o Merlim – mas ela mesma o havia expulsado, jogado na cara dele o amor e a lealdade que ele lhe dedicava... bem, deveria haver parteiras na corte, e talvez pudesse subornar uma delas para que não falasse. Contaria uma história bem triste sobre como o parto de Gwydion fora difícil e como temia ter outra criança naquela idade. Eram mulheres, entenderiam aquilo. E em sua sacola de ervas havia uma ou duas coisas que, misturadas com uma terceira, inofensiva em si, causariam o efeito que desejava. Não seria a primeira mulher, mesmo ali na corte, a se livrar de uma criança indesejada. Mas deveria fazer tudo secretamente, ou Uriens jamais a perdoaria... em nome da Deusa, qual era a importância disso? Na hora em que soubessem, seria rainha ali ao lado de Artur – não, ao lado de Accolon –, e Uriens estaria em Gales, ou morto, ou no inferno...

Deixou Uriens dormindo e saiu do quarto na ponta dos pés; encontrou uma das parteiras da rainha e pediu a terceira erva, inofensiva, e, voltando ao quarto, misturou a poção no fogo. Sabia que a deixaria mortalmente doente, mas não havia o que fazer. A mistura de ervas era amarga como bile; ela a bebeu, fazendo caretas, lavou a taça e a colocou de lado.

Se pudesse ao menos saber o que acontecia no país das fadas! Se pudesse saber como seu amante se saíra com Excalibur... Sentiu náuseas, mas estava muito inquieta para se deitar ao lado de Uriens; não conseguia suportar ficar sozinha com o homem adormecido nem fechar os olhos, por temer que imagens de morte e sangue fossem atormentá-la.

Depois de um tempo, pegou a roca e o fuso e desceu para o salão da rainha, onde sabia que as mulheres – a rainha Gwenhwyfar e suas damas, e até mesmo Morgause de Lothian – estariam em seu eterno fiar e tecer. Jamais perdera a aversão por fiar, mas manteria o juízo, e era melhor que ficar sozinha. E, se isso abrisse a Visão, bem, ao menos ficaria livre do tormento de não saber o que acontecera com duas pessoas que amava na fronteira do país das fadas...

Gwenhwyfar a recebeu com um abraço frio e a convidou para sentar-se ao lado da lareira, em sua própria cadeira.

— No que está trabalhando? — perguntou Morgana, examinando a bela peça bordada de Gwenhwyfar.

A rainha a estendeu orgulhosamente diante dela.

— É para o altar da igreja... veja, aqui está a Virgem Maria, com o anjo que veio dizer que ela carregava o filho de Deus... e aqui está José, maravilhado... viu, eu o fiz velho, velho com barba longa...

— Se eu fosse velho como José e minha esposa prometida me dissesse, depois de ficar sozinha com um jovem belo como esse anjo, que estava grávida, eu faria algumas perguntas sobre o tal anjo — disse Morgause, irreverente. Pela primeira vez, Morgana se perguntou o quanto aquele nascimento virgem fora, afinal de contas, milagroso. Quem sabe se a mãe de Jesus não se prontificou a encobrir a gravidez com uma história inteligente sobre anjos... mas, afinal de contas, em todas as religiões, a não ser naquela, uma donzela grávida de um Deus não era tão estranho...

Eu mesma, pensou, à beira da histeria, pegando um punhado de lã cardada e começando a girar o fuso, *eu mesma entreguei minha virgindade ao Deus Galhudo e tive um filho do Gamo-Rei... será que Gwydion vai me colocar em um trono no céu como a Mãe de Deus?*

— Você é tão petulante, Morgause — reclamou Gwenhwyfar, e Morgana rapidamente elogiou a delicadeza de seus pontos e perguntou quem desenhara a imagem.

— Eu mesma desenhei — respondeu Gwenhwyfar, surpreendendo Morgana; jamais acreditara que a rainha tivesse um talento daquele. — O padre Patrício prometeu que também vai me ensinar a copiar letras em dourado e vermelho — disse. — Ele diz que tenho a mão boa para uma mulher... Jamais pensei que pudesse fazê-lo, Morgana, e você fez aquela bela bainha que Artur usa. Ele me disse que você a bordou com as próprias mãos. É muito bela.

Gwenhwyfar continuou a conversar, vulgar como uma garota com a metade de sua idade.

— Muitas vezes me ofereci para fazer outra para Artur, fiquei ofendida por um rei cristão levar os símbolos do paganismo, mas ele disse que fora feita para ele por sua amada irmã e que jamais a deixaria de lado. E realmente é um belo trabalho... mandou fazer os fios de ouro em Avalon?

— Nossos ferreiros fazem um belo trabalho — respondeu Morgana —, e suas obras em prata e ouro não podem ser superadas.

O giro do fuso a estava deixando enjoada. Quanto tempo demoraria até que o enjoo violento das drogas tomasse conta dela? O cômodo estava fechado e parecia carregar o cheiro abafado da vida que essas mulheres levavam, fiando, tecendo e costurando um trabalho sem fim para vestir os homens... uma das damas de Gwenhwyfar estava em um estado adiantado de gravidez e sentava-se costurando roupas de bebê... outra dava pontos na bainha bordada de um manto pesado para seu pai, irmão, marido ou filho... e ali estava a bela costura de Gwenhwyfar para o altar, a distração de uma rainha que tinha outras mulheres para costurar, fiar e tecer para ela.

O fuso girava e girava; o carretel caía em direção ao chão e ela torcia o fio suavemente. Quando aprendera a fazer esse trabalho? Nem se lembrava do tempo em que ainda não conseguia fazer um fio regular... uma de suas primeiras memórias era sentar-se ao lado da parede do castelo, com Morgause, fiando; e mesmo então seu fio já era melhor que o da tia, dez anos mais velha.

Disse isso para Morgause, e ela riu:

— Você fazia um fio melhor que o meu quando tinha sete anos!

O fuso girava e girava, afundando devagar em direção ao chão de pedra; então enrolaria o fio em sua roca e, enquanto isso, torcia um novo punhado de lã... Enquanto fiava a lã, fiava também a vida dos homens – não era de surpreender que uma das visões da Deusa fosse uma mulher fiando... *desde a época em que o homem chega ao mundo fiamos suas roupas de bebê, até que fiamos por fim uma mortalha. Sem nós, a vida de muitos homens seria de fato desnuda...*

... Tinha a impressão de que, como no reino das fadas, ela olhara por uma grande abertura e vira Artur dormindo ao lado de uma donzela com seu próprio rosto, e agora um grande espaço se abria, como se estivesse diante dela; e quando o carretel desceu para o chão e o fio se torceu, parecia formar o rosto de Artur enquanto ele vagava, com a espada na mão... e agora ele se virava, para encontrar Accolon, levando Excalibur... ah, estão lutando, não pode ver seus rostos agora nem ouvir as palavras que dizem um ao outro...

Lutavam ferozmente, e parecia estranho a Morgana, observando zonza enquanto o fuso caía, girava e subia, que não pudesse ouvir o tinir das grandes espadas se chocando... Artur desferiu um grande golpe que certamente teria matado Accolon se o atingisse com força, mas Accolon aparou o golpe com o escudo e apenas se feriu na perna... e a ferida se abriu sem sangue, enquanto Artur, ao levar um golpe no ombro, começou subitamente a sangrar, fios vermelhos fluindo pelo braço, e ele parecia em choque, com medo, levando uma das mãos até o flanco, onde ficava a bainha, para certificar-se dela… mas lá estava a bainha falsa, balançando na visão de Morgana. Agora os dois estavam em um enlace mortal, lutando, as espadas travadas no cabo enquanto usavam o braço livre para obter vantagem… Accolon torceu o braço ferozmente, e a espada na mão de Artur, a falsa Excalibur feita pelos feitiços das fadas em uma só noite, quebrou abaixo do punho – ela viu Artur rodopiar, tentando evitar desesperadamente o golpe mortal, e atacar com violência. Accolon se encolheu em agonia, e Artur tomou a verdadeira Excalibur das mãos dele e a jogou tão longe quanto podia, então pulou sobre o homem caído e lhe arrancou a bainha. Assim que a pegou na mão, o fluxo de sangue na grande ferida em seu braço parou de correr, e a ferida na coxa de Accolon passou a jorrar sangue...

Uma dor excruciante atravessou todo o corpo de Morgana; ela se dobrou com sua intensidade…

— Morgana! — gritou Morgause, perdendo o fôlego. — A rainha Morgana está doente, venham ajudá-la!

— Morgana! — gritou Gwenhwyfar. — O que houve?

A visão desaparecera. Por mais que tentasse, não conseguia ver os dois homens nem qual deles havia vencido ou se um jazia morto – era como se uma grande cortina escura tivesse se fechado sobre eles, com o som dos sinos da igreja. No instante final da visão, vira duas liteiras carregando os homens feridos para a abadia de Glastonbury, para onde não poderia seguir… Ela se agarrou à beira da cadeira, e Gwenhwyfar se aproximou, com uma de suas damas, que se ajoelhou para levantar a cabeça de Morgana.

— Ah, veja, seu vestido está ensopado de sangue, não é um sangramento comum.

Morgana, a boca seca com o enjoo, sussurrou:

— Não… estava grávida e estou abortando… Uriens vai ficar bravo comigo…

Uma das mulheres, robusta e jovial, mais ou menos de sua idade, disse:

— Tsc, tsc, tsc. Que vergonha! Então Sua Senhoria de Gales vai ficar bravo… Bem, e quem o escolheu como Deus? Devia ter deixado o bode velho longe de sua cama, senhora, um aborto é perigoso para uma mulher de sua idade! Que vergonha o velho depravado tê-la colocado em risco! Então *ele* vai ficar bravo…

Gwenhwyfar, esquecendo-se de sua hostilidade, caminhou ao lado de Morgana enquanto a carregavam, esfregando as mãos dela, cheia de compaixão.

— Ah, pobre Morgana, que coisa triste, quando tinha recuperado a esperança! Sei muito bem como deve ser terrível para você, minha pobre irmã — ela repetia, segurando as mãos frias de Morgana, aninhando sua cabeça, que estremecia com os vômitos do terrível enjoo que a tomava. — Mandei chamar Broca, é a melhor parteira da corte, ela vai cuidar de você, pobrezinha…

Teve a impressão de que seria sufocada pela compaixão de Gwenhwyfar. Atormentada por repetidas dores agonizantes, tinha a sensação de que uma espada atravessara seus órgãos genitais, mas mesmo assim não era algo tão doloroso quanto fora o nascimento de Gwydion, ela sobrevivera àquilo… tremendo, vomitando, tentou manter a consciência, saber o que acontecia em torno dela. Talvez estivesse pronta para abortar de qualquer jeito – com certeza era cedo demais para se tratar do efeito da droga. Broca chegou, examinou Morgana, cheirou o vômito e levantou as sobrancelhas, demonstrando entendimento. Disse a ela em voz baixa:

— Senhora, deveria ter tomado mais cuidado, essas drogas podem envenená-la. Tenho uma mistura que teria o efeito que desejava com menos enjoo. Não se preocupe, não falarei com Uriens… Se ele não tem juízo para deixar uma mulher da idade da senhora tentar parir um filho dele, então o que não sabe não lhe fará mal.

Morgana se deixou tomar pela doença. Percebeu, depois de um tempo, que estava mais doente do que havia pensado… Gwenhwyfar perguntava se ela por fim gostaria de ver um padre; fez que não com a cabeça e fechou os olhos, deitada em silêncio rebelde, sem se importar se sobreviveria ou não. Já que ou Accolon, ou Artur precisaria morrer, também iria para aquela sombra… por que não podia vê-los, onde estavam em Glastonbury, qual deles escaparia? Certamente os padres cuidariam de Artur, o rei cristão deles, mas deixariam que Accolon morresse?

Se Accolon precisa seguir para as sombras, que se vá com o espírito de seu filho para cuidar dele, ela pensou, e deitou-se com lágrimas escorrendo pelo rosto, ouvindo, em algum lugar distante, a voz da velha parteira Broca.

— Sim, acabou. Sinto muito, Majestade, mas sabe tão bem quanto eu que ela é muito velha para dar à luz. Sim, meu senhor, venha ver. — A voz dela era dura e áspera. — Os homens nunca pensam em seus atos, e em todos os problemas que as mulheres atravessam por causa do prazer deles! Não, era cedo demais para saber se era menino ou não, mas ela já teve um belo filho, e não duvido que teria tido outro com o senhor se fosse forte e jovem para carregá-lo!

— Morgana… querida, olhe para mim — pedia Uriens. — Sinto muito, sinto tanto que esteja doente, mas não sofra, minha querida, ainda tenho dois filhos, não a culpo…

— Ah, não a culpa, é mesmo? — disse a velha parteira, ainda truculenta. — É melhor não dizer uma palavra contra ela, Majestade, ela ainda está muito fraca e doente. Vamos colocar outra cama aqui, para que ela durma em paz até ficar boa novamente. Aqui... — E Morgana sentiu um braço feminino sob a cabeça; algo morno e reconfortante foi colocado em seus lábios. — Vamos, querida, beba isto agora, tem mel dentro, e remédios para cortar o sangramento... sei que está enjoada, mas tente beber assim mesmo, isso, boa menina...

Morgana engoliu a bebida agridoce, as lágrimas embaçando sua visão. Por um momento, teve a impressão de que era criança e que Igraine a segurava e a tranquilizava durante alguma doença infantil.

— Mãe — ela disse, e, enquanto falava, sabia que era delírio, que Igraine estava morta havia anos e anos, que não era criança ou moça, mas velha, velha demais para estar ali jogada desse jeito horrível, tão perto da morte.

— Não, Majestade, ela não sabe o que diz... aqui, aqui, querida, fique deitada bem quieta e tente dormir, colocamos tijolos quentes nos seus pés, ficará aquecida em um minuto...

Reconfortada, Morgana deslizou para o sonho. Agora tinha a impressão de que era novamente criança em Avalon, na Casa das Donzelas, e que Viviane falava com ela, dizendo algo importante de que não conseguia se lembrar, algo sobre como a Deusa tecia a vida dos homens, e deu a Morgana um fuso e pediu que fiasse, mas o fio não ficava liso, mas sim emaranhado e cheio de nós, e por fim Viviane, zangada com ela, dizia:

— Aqui, dê para mim... — E ela entregou os fios partidos e o fuso, mas aquela também não era Viviane, mas o rosto da Deusa, ameaçador, e ela era bem pequena... fiando com dedos pequenos demais para segurar a roca, e a Deusa tinha o rosto de Igraine...

Recobrou a consciência depois de um ou dois dias, com a mente calma e uma dor imensa e vazia no corpo. Colocou a mão sobre o ponto dolorido e pensou, com tristeza: *Posso ter me poupado de alguma dor; deveria saber que estava pronta para perder a criança de qualquer modo. Bem, o que está feito está feito, e agora preciso me preparar para ouvir que Artur está morto, preciso pensar no que farei quando Accolon voltar – Gwenhwyfar irá para um convento, ou, se desejar, atravessará o mar até a Bretanha Menor com Lancelote, eu não os impediria...* Ela se levantou, se vestiu e se arrumou.

— Devia ficar na cama, Morgana, ainda está tão pálida — observou Uriens.

— Não. Marés estranhas se aproximam, meu marido, e precisamos estar prontos para elas — disse, e seguiu trançando o cabelo com fitas vermelhas e pedras. Uriens ficou de pé ao lado da janela e disse:

— Veja, os Companheiros estão praticando seus jogos militares... Uwaine, acho, é o melhor cavaleiro. Vamos, querida, ele não cavalga tão bem quanto Gawaine? E aquele ao lado dele é Galahad. Morgana, não sinta pela criança que perdeu. Uwaine sempre pensará em você como mãe dele. Eu lhe disse quando nos casamos, jamais a censuraria por ser estéril. Teria gostado de outro filho, mas, já que não era para ser, bem, não temos motivos para tristeza. E… — ele continuou, timidamente, tomando a mão dela: — … talvez seja melhor assim… não tinha percebido como estive perto de perdê-la…

Ela ficou de pé perto da janela, com o braço dele em torno de sua cintura, sentindo, ao mesmo tempo, repulsa e gratidão pela bondade dele. Jamais precisaria saber, pensou, que o filho era de Accolon. Deixe que ele se orgulhe de conseguir fazer um filho na velhice.

— Olhe — disse Uriens, esticando o pescoço para enxergar mais longe —, o que é aquilo atravessando o portão?

Um cavaleiro, acompanhado de um monge de hábito preto em uma mula, e um cavalo carregando um corpo.

— Venha — ela disse, puxando a mão dele —, precisamos descer agora.

Pálida e silenciosa, ela se moveu ao lado dele no pátio, sentindo-se alta e imponente, como cabia a uma rainha.

Teve a impressão de que o tempo havia parado; era como se estivessem novamente no país das fadas. Por que Artur não estava com eles, se havia vencido? Mas, se aquele era o corpo de Artur, onde estava a cerimônia e a pompa da morte de um rei? Uriens fez menção de apoiá-la com o braço, mas ela o afastou e se agarrou à janela de madeira. O monge colocou o capuz para trás e disse:

— A senhora é a rainha Morgana de Gales?

— Sim — respondeu.

— Então tenho uma mensagem para a senhora — disse ele. — Seu irmão Artur está ferido em Glastonbury, sendo cuidado pelas irmãs de lá, mas vai se recuperar. Ele lhe envia isso — e fez um gesto para a figura amortalhada sobre o cavalo — como presente e me pede que diga à senhora que está com a espada dele, Excalibur, e com a bainha.

E, enquanto falava, ele retirou a mortalha que cobria o cadáver; Morgana, com toda a força de seu corpo escorrendo como água, viu os olhos mortos de Accolon mirando o céu.

Uriens gritou, um grito imenso como a morte. Uwaine empurrou a multidão até os degraus e, enquanto seu pai caía, abalado, sobre o corpo do filho, ele o segurou.

— Pai, querido pai! Ah, Deus amado, Accolon! — ele disse, arquejando, e foi em direção ao cavalo que levava o corpo do irmão. — Gawaine, meu amigo, dê o braço a meu pai… preciso cuidar de minha mãe, ela está desmaiando…

— Não — disse Morgana. — Não.

Ela ouviu a própria voz como um eco, sem saber direito o que queria negar. Teria corrido até Accolon e se jogado sobre o corpo dele gritando de dor e desespero, mas Uwaine a segurou com força.

Gwenhwyfar apareceu na escadaria; alguém lhe explicou a situação aos sussurros, e ela desceu os degraus, olhando para Accolon.

— Ele morreu rebelado contra o Grande Rei — ela anunciou claramente. — Que lhe sejam negados os ritos cristãos! Que seu corpo seja jogado aos corvos e sua cabeça pendurada no muro, como traidor!

— Não! Ah, não — gritou Uriens, lamentando-se. — Eu imploro a Vossa Majestade, imploro… Rainha Gwenhwyfar, sabe que sou um de seus súditos mais leais, e meu pobre rapaz já pagou por seus crimes… eu imploro, senhora, Jesus também morreu como um criminoso comum, entre ladrões, e houve misericórdia até com o ladrão na cruz ao lado dEle… Mostre a misericórdia que Ele mostraria…

Gwenhwyfar parecia não ouvir.

— Como vai meu senhor Artur?

— Está se recuperando, senhora, mas perdeu muito sangue — disse o monge desconhecido. — Ele pediu que não temesse. Vai se recuperar.

Gwenhwyfar suspirou.

— Rei Uriens — disse —, em respeito a nosso bom cavaleiro Uwaine, atenderei seu desejo. Que o corpo de Accolon seja levado para a capela e lá enterrado…

Morgana encontrou voz para protestar.

— Não, Gwenhwyfar! Enterre-o decentemente no solo, se tiver coração para isso, mas ele não era cristão, não lhe dê um enterro cristão. Uriens está tão tomado pela dor que não sabe o que fala.

— Fique quieta, mãe — disse Uwaine, apertando-a com força no ombro. — Pelo meu bem, e o de meu pai, não faça escândalo aqui. Se Accolon não servia a Cristo, tem ainda mais necessidade da misericórdia de Deus pela morte de traidor que teve!

Morgana queria protestar, mas sua voz não lhe obedecia. Deixou que Uwaine a levasse para dentro, mas ali empurrou o braço dele e caminhou sozinha. Sentia-se congelada, sem vida. Tinha a impressão de que poucas horas antes se deitara nos braços de Accolon no país das fadas e prendera Excalibur na cintura dele… agora estava afundada até os joelhos em uma onda implacável, vendo tudo ser levado dela novamente, e o mundo estava tomado pelos olhos acusadores de Uwaine e do pai dele.

— Sim, sei que foi você quem planejou essa traição — afirmou Uwaine—, mas não tenho pena de Accolon, que permitiu ser dominado por uma mulher! Tenha a decência, mãe, de não arrastar meu pai ainda mais fundo em seus planos malignos contra nosso rei!

Ele olhou para ela e então se voltou para o pai, que parecia atordoado, agarrado a um móvel. Uwaine colocou o velho em uma cadeira, ajoelhou-se e beijou a mão dele.

— Querido pai, ainda estou ao seu lado…

— Ah, meu filho, meu filho — gritou Uriens, desesperado.

— Descanse aqui, pai, precisa ser forte — ele disse. — Mas agora me deixe cuidar de minha mãe. Ela também está mal…

— Você a chama de mãe! — berrou Uriens, ficando de pé e encarando Morgana com um ódio implacável. — Jamais me deixe ouvi-lo chamar novamente de mãe esta mulher abominável! Acha que não sei que ela fez, com suas feitiçarias, meu bom filho se rebelar contra o rei? E agora acho que, por meio de sua bruxaria maligna, deve ter também planejado a morte de Avalloch… sim, e daquele outro filho que deveria ter me dado… três filhos meus ela enviou à morte! Tenha cuidado para que ela não o seduza e o traia com sua bruxaria até a morte e a destruição… não, ela não é sua mãe!

— Pai! Meu senhor! — protestou Uwaine, e estendeu a mão para Morgana. — Perdoe-o, mãe, ele não sabe o que está dizendo, estão ambos fora de si por causa da dor, os dois, eu lhe imploro, em nome de Deus, fique calma, já tivemos dor demais para este dia…

Mas Morgana mal o ouvira. Aquele homem, aquele marido que jamais quisera, era tudo o que havia sobrado na ruína de seus planos! Deveria tê-lo deixado para morrer no país das fadas, mas agora ele se agitava pelo quarto na plenitude de sua velha vida inútil, e Accolon estava morto, Accolon, que tentava trazer de volta tudo o que seu pai jurara repudiar, tudo o que Artur havia prometido a Avalon e repudiado… e nada restara além desse velho caquético…

Ela pegou o punhal em forma de foice de Avalon do cinto e afastou os braços de Uwaine, que a prendiam. Indo para a frente, levantou o punhal no alto; mal sabia o que intencionava fazer enquanto a arma reluzia.

Um punho de aço envolveu seu punho, lutando para tomar o punhal. A mão de Uwaine quase quebrou seu pulso enquanto ela se debatia.

— Não, pare com isso… Mãe! — ele implorou. — Mãe, o diabo tomou conta de você? Mãe, veja, é apenas o pai… Ah, Deus, não consegue ter pena da dor dele? Ele não tem a intenção de acusá-la, só está tão infeliz que não sabe o que diz, quando voltar ao juízo saberá que o que fala é pura tolice… Também não a acuso… Mãe, mãe, escute, dê-me o punhal, mãe querida…

Os gritos repetidos de "mãe!" e o amor e a angústia na voz dele finalmente atravessaram a névoa que tomava a mente e os olhos de Morgana. Ela deixou que Uwaine tomasse o pequeno punhal, notando, como se observasse a cem léguas dali, que havia sangue em seus dedos, onde a lâmina afiada fizera um corte durante a briga. Ele também se cortou e levou o dedo à boca, sugando-o como se tivesse dez anos.

— Caro pai, perdoe-a — implorou Uwaine, curvando-se sobre Uriens, que estava deitado, branco como a morte. — Ela está angustiada, e também amava meu irmão… e lembre-se de como ela ficou doente, não deveria ter saído da cama hoje! Mãe, deixe-me chamar suas criadas para levá-la de volta para a cama… aqui, vai querer isto — disse ele, colocando a foice de volta na mão dela. — Sei que ela era de sua mãe de criação, a Senhora de Avalon, você me contou isso quando eu era pequeno. Ah, pobre mãezinha — ele completou, passando os braços em torno dos ombros dela. Morgana se lembrava de quando era mais alta que ele, quando ele era um menininho magrelo como um passarinho, e agora ele era muito maior que ela, abraçando-a gentilmente. — Querida mãe, minha pobre mãezinha, vamos, vamos, não chore, sei que amava Accolon da mesma forma que me ama… pobre mãe…

Morgana desejou que realmente pudesse chorar, que pudesse deixar toda essa dor terrível e esse desespero sair dela em lágrimas, como sentia as lágrimas mornas do próprio Uwaine escorrendo sobre sua testa. Uriens também chorava, mas ela permaneceu fria, sem lágrimas. O mundo lhe parecia todo cinza, desmoronando, e tudo o que olhava parecia adquirir uma forma ameaçadora, gigante, e ao mesmo tempo pequena e muito distante, a qual poderia pegar feito um brinquedo… não se atrevia a se mover, para não despedaçar o que tocasse, e mal percebeu quando suas damas chegaram. Elas levaram seu corpo rígido sem resistência, carregando-a para a cama, tiraram a coroa e o vestido que usava para o dia de seu triunfo, e ela soube, distante, que sua roupa de baixo estava novamente ensopada de sangue, mas isso não importava. Depois de um bom tempo, voltou a si e percebeu que fora lavada e vestida em um traje limpo, e estava deitada na cama ao lado de Uriens, com uma das damas cochilando em um banquinho ao seu lado. Levantou-se um pouco e olhou para o homem dormindo, o rosto murcho e avermelhado de tanto chorar, e era como se olhasse para um estranho.

Sim, ele fora bom com ela à sua própria maneira. *Mas agora isso tudo é passado, e meu trabalho nas terras dele acabou. Jamais verei seu rosto novamente na vida nem saberei onde ele jaz na morte.*

Accolon estava morto, e seu plano, em ruínas. Artur ainda tinha a espada Excalibur e a bainha enfeitiçada que lhe dava uma vida encantada, e, já que aquele a quem confiara a tarefa de tomá-la havia falhado, escapando para a morte, para onde não poderia segui-lo, então ela mesma teria de ser a mão de Avalon para derrubá-lo.

Movendo-se tão silenciosamente que não teria acordado um passarinho, vestiu-se e atou o punhal de Avalon na cintura. Deixou todos os vestidos refinados e joias que ganhara de Uriens, colocando seu traje escuro mais simples, parecido com o de uma sacerdotisa. Encontrou a pequena sacola de ervas e remédios e, no escuro, tateando, pintou a lua escura na testa. Então pegou a manta mais simples que pôde encontrar – não a dela, bordada com fio de ouro e pedras preciosas, mas a capa grosseira, com capuz, de um servo – e se esgueirou pelas escadas em silêncio.

Ouviu som de cânticos vindo da capela; de algum modo, Uwaine arranjara para que o corpo de Accolon fosse velado. Bem, não tinha importância. Accolon estava livre, que importava o espetáculo farsesco que os padres faziam com barro vazio? Nada tinha importância agora, a não ser recuperar a espada de Avalon. Deu as costas para a capela. Um dia teria tempo de lamentar por ele; agora precisava continuar aquilo que ele não concluíra.

Entrou silenciosamente no estábulo e achou seu cavalo; conseguiu amarrar a sela com mãos desastradas e levou o animal para o portãozinho lateral.

Estava zonza demais para subir na sela, e por um momento ficou ali. oscilando, perguntando-se se ia cair. Deveria esperar ou tentar convocar Kevin para ajudá-la? O Merlim da Bretanha fizera votos de seguir a vontade da Senhora. Mas tampouco podia confiar em Kevin, tinha traído Viviane colocando-a nas mãos daqueles padres que agora cantavam seus hinos sobre o corpo indefeso de Accolon. Sussurrou para o cavalo e sentiu que ele começou a trotar. Ao pé da colina, virou-se para olhar Camelot pela última vez.

Ainda voltarei aqui mais uma vez nesta vida, e então não haverá mais uma Camelot para a qual eu possa voltar. E, enquanto sussurrava as palavras, perguntava-se o que elas significavam.

Apesar de Morgana ter ido a Avalon diversas vezes, colocara o pé na Ilha dos Padres em apenas uma ocasião; a abadia de Glastonbury, onde Viviane estava enterrada, e também Igraine passara seus últimos anos, era o destino de uma viagem que lhe parecia mais estranha do que cruzar as brumas para a terra escondida. Havia um barco ali, e ela deu uma pequena moeda ao barqueiro para cruzar o lago, imaginando qual seria a reação do homem se ela se levantasse de repente, como faria na barca de Avalon, e lançasse o feitiço que os levaria para as brumas e deixaria Avalon à vista... mas não o fez. É só porque não consigo?, perguntou-se.

O ar estava fresco na hora anterior ao nascer do sol. Sobre ela, o som dos sinos era brando e claro, e Morgana podia ver uma longa fila de silhuetas vestidas com mantos acinzentados indo lentamente em direção à igreja. Os irmãos se levantavam cedo para rezar e cantar seus hinos suaves, e por um momento Morgana ficou quieta, ouvindo. Sua mãe, e de Artur, fora enterrada ali. Viviane, também, descansava dentro do alcance dos sons daqueles hinos. A musicista dentro de Morgana, que sempre se emocionava fácil, ouvia a melodia suave, trazida pela brisa da manhã, e por um momento ficou imóvel, as lágrimas queimando seus olhos; planejava ultrajar aquele solo sagrado? *Deixem disso, que haja paz entre vocês, crianças...* parecia que a voz esquecida de Igraine murmurava para ela.

Agora todas as formas cinzentas estavam dentro da igreja. Ouvira falar muito sobre a abadia ali... sabia que havia uma irmandade de monges, e, a certa distância deles, uma casa de freiras onde viviam as mulheres que fizeram votos de serem as virgens do Cristo até a morte. Morgana torceu o nariz de aversão; um Deus que escolhia manter homens e mulheres com os pensamentos no céu em vez de neste mundo, dado a eles para aprender e evoluir em espírito, parecia-lhe estranho, e agora, que de fato via homens e mulheres se misturando daquela maneira no culto sem pensar em nenhum toque ou comunicação, sentia-se enojada. Ah, sim, havia virgens sagradas em Avalon – ela mesma fora mantida reclusa daquela maneira até o momento apropriado, e Raven não dera só o corpo, mas também sua própria voz para o uso da Deusa. Havia sua filha de criação, a filha de Lancelote, Nimue, que fora escolhida por Raven para viver fora de vista, em solidão... mas a Deusa reconhecia que aquela era uma escolha rara, e não para ser imposta a cada mulher que desejava servi-la.

Morgana não acreditava no que alguns de seus companheiros em Avalon lhe disseram, que monges e freiras apenas fingiam santidade e caridade para impressionar os camponeses com sua pureza e, por trás das portas fechadas de seus mosteiros, faziam as licenciosidades que desejavam. Sim, teria desprezado aquilo. Os que haviam escolhido servir em espírito em vez de na carne deveriam sempre fazê-lo sinceramente; hipocrisia era sempre repugnante. Mas saber que realmente viviam daquela maneira, que qualquer força que se dizia divina pudesse preferir a esterilidade a dar frutos – *aquilo* lhe parecia uma traição terrível das forças que davam vida ao mundo.

Tolos e, pior, estreitando a própria vida e querendo estreitar todas as outras de acordo com o compasso vil deles...

Mas não podia se demorar ali. Deu as costas para os sinos da igreja e se esgueirou em direção à casa de hóspedes, a mente se abrindo, invocando a Visão para levá-la até Artur.

Havia três mulheres na hospedaria – uma cochilando ao lado da porta, outra mexendo uma panela de mingau na cozinha, ao fundo, e uma terceira na porta do aposento no qual Morgana podia, muito vagamente, sentir a presença de Artur; ele dormia profundamente. Mas as mulheres em vestes escuras e véus se agitaram quando entrou; eram mulheres santas à sua própria maneira e tinham algo parecido com a Visão – em sua presença, podiam sentir algo nocivo à vida, o toque, talvez, da estranheza de Avalon.

Uma delas se levantou e a abordou, perguntando em um sussurro:

— Quem é você, e por que veio aqui a uma hora destas?

— Sou a rainha Morgana de Gales do Norte e da Cornualha — respondeu, em sua voz grave, imperiosa — e estou aqui para ver meu irmão. *Ousaria* me proibir?

Ela sustentou o olhar da mulher, e então agitou a mão no feitiço mais simples que aprendera, para dominar, e a mulher sentou-se novamente, incapaz de falar ou de impedi-la. Depois, sabia, a mulher contaria uma história de feitiços e medo, mas na verdade não era mais que aquilo: a simples dominação de uma vontade poderosa sobre outra que cedera, deliberadamente, à submissão.

Uma luz suave queimava dentro do aposento e, na penumbra, podia ver Artur, de barba crescida, abatido, o cabelo loiro escurecido pelo suor. A bainha estava aos pés da cama... ele devia ter previsto alguma ação por parte de Morgana e não a deixara fora de alcance. A mão estava pousada no punho de Excalibur.

De alguma maneira a mente dele o avisou. Morgana estava tomada pelo medo. Ele também tinha a Visão; embora fosse tão loiro, diferente do povo moreno da Bretanha, Artur fazia parte da antiga linha real de Avalon e podia alcançar seus pensamentos. Sabia que, se tentasse tomar Excalibur de sua mão, ele sentiria seu intento, acordaria – e a mataria; não tinha ilusões sobre isso. Era um bom cristão, ou pensava ser, mas fora colocado no trono para matar seus inimigos, e, de alguma maneira mística que Morgana não entendia bem, a espada Excalibur se entrelaçara com a própria alma e o espírito do reinado de Artur. Se não fosse assim, se fosse apenas uma espada, então estaria disposto a devolvê-la a Avalon e mandar fazer outra para si mesmo, uma espada mais forte e melhor... mas Excalibur se tornara para ele o símbolo mais importante e mais visível do que ele era como rei.

Ou talvez tenha sido a própria espada que se emaranhou com a alma e o reinado de Artur e me matará por sua própria vontade se eu tomá-la dele... e eu ouso enfrentar a vontade de tal símbolo mágico? Morgana sentiu um sobressalto e disse a si mesma para não ser fantasiosa. Pousou a mão no punhal; era afiadíssimo e, quando precisava, podia se mover com a velocidade de uma serpente que dá o bote. Podia ver a pequena veia no pescoço dele e sabia que, se fizesse um corte veloz e profundo onde ficava a grande artéria sob ela, Artur morreria antes de conseguir gritar.

Já tinha matado antes. Sem a menor hesitação mandara Avalloch ao encontro da morte, e havia menos de três dias assassinara a criança inocente em seu útero... aquele que dormia diante dela certamente era o maior dos traidores. Um golpe, ligeiro e silencioso… ah, mas aquele era o filho que Igraine colocara em seus braços, seu primeiro amor, o pai de seu filho, o Deus Galhudo, o rei… *Ataque, tola! Veio aqui para isso!*

Não. Muitos já morreram. Nascemos do mesmo ventre e não poderia encarar minha mãe no país além da morte, não com o sangue de meu irmão nas mãos, e por um momento, sabendo que se movia no limiar da loucura, ouviu Igraine chamando impacientemente: *Morgana, eu lhe disse para tomar conta do bebê…*

Teve a impressão de que ele se agitava no sono, como se também ouvisse aquela voz; Morgana guardou o punhal, esticou a mão e pegou a bainha. Ao menos aquilo tinha o direito de levar – a fizera com as próprias mãos, os feitiços que colocara nela eram seus.

Escondeu a bainha sob o manto e saiu rapidamente pela escuridão já evanescente até a barca. Enquanto o barqueiro remava através do lago, sentiu um arrepio e pareceu ver, como uma sombra, a barca de Avalon… à margem distante estavam todos em torno dela, os homens da barca de Avalon. Agora rápido, rápido, precisava voltar a Avalon… mas o sol se levantava, e a sombra da igreja se projetava na água, e subitamente a luz inundou a paisagem e, com o amanhecer, o som dos sinos tocando estava em todos os lados. Morgana sentia-se paralisada; em meio àquele som, não conseguia invocar as brumas nem pronunciar o feitiço.

Ela disse para um dos homens:

— Pode nos levar para Avalon? Rápido?

Ele respondeu, estremecendo:

— Não consigo, senhora. Fica mais difícil sem uma sacerdotisa para dizer o encantamento, e, mesmo assim, no amanhecer, ao meio-dia e no anoitecer, quando tocam os sinos para a reza, *não* há como atravessar as brumas. Não agora. O encantamento já não abre o caminho nesses horários, embora, se esperarmos até que os sinos parem, talvez possamos voltar.

Por que, perguntou-se Morgana, precisava ser assim? Tinha relação com o conhecimento de que este mundo era como era por causa do que os homens acreditavam ser… ano após ano, nas últimas quatro ou cinco gerações, a mente dos homens foi endurecida para acreditar que havia apenas *um* Deus, *um* mundo, *um* modo de descrever a realidade, que todas as coisas que se intrometiam no domínio dessa grande unicidade deveriam ser malignas e obras dos demônios, e que o som dos sinos e a sombra de seus lugares sagrados afastaria o mal. E, conforme mais e mais pessoas acreditavam nisso, assim *era*, e Avalon não passava de um sonho à deriva em outro mundo quase inacessível.

Ah, sim, ainda podia invocar as brumas… mas não ali, não onde a sombra do pináculo da igreja cruzava a água e o barulho dos sinos aterrorizava seu coração. Estavam presos na margem do lago! E agora percebera que um barco vinha das margens da Ilha dos Padres, cruzando o lago até ela. Artur despertara e descobrira que a bainha havia sumido, e agora vinha atrás dela...

Bem, que ele a seguisse da maneira que podia, havia outros caminhos para Avalon nos quais a sombra da igreja não impedia a passagem. Montou rapidamente em sua sela e começou a cavalgar em torno das margens do lago; por fim chegaria a um lugar em que, ao menos no verão, poderia cruzar a névoa; o local onde ela e Lancelote um dia encontraram Gwenhwyfar perdida do convento. Não era o lago, mas um pântano, e podiam entrar em Avalon pelo caminho dos fundos, atrás do Tor.

Sabia que os homenzinhos morenos corriam atrás de seu cavalo, que eram capazes de correr por metade do dia atrás dela se precisassem. Mas agora ouvia batidas de cascos... estava sendo perseguida, Artur estava em seu encalço, e havia cavaleiros armados com ele. Ela afundou o calcanhar no cavalo, mas era um cavalo de senhoras, não servia para uma perseguição...

Ela deslizou pelo flanco do cavalo, com a bainha nas mãos.

— Espalhem-se — sussurrou para os homens, e, um por um, foi como se eles se fundissem nas árvores e na névoa... podiam se mover como sombras, se fosse preciso, e nenhum vivente podia encontrá-los se eles não quisessem ser encontrados. Morgana apertou a bainha na mão e começou a correr em torno das margens do lago. Em sua mente, ouvia a voz de Artur, sentia a raiva dele...

Trazia Excalibur, podia senti-la, como um grande brilho em sua mente, o objeto sagrado de Avalon... mas a bainha ele jamais levaria novamente. Segurou-a com as duas mãos, girou-a sobre a cabeça e a atirou, com toda a força, para dentro do lago, onde a viu imergir nas águas profundas e insondáveis. Nenhuma mão humana poderia recuperá-la – ali ficaria até que o couro e o veludo apodrecessem e os fios de ouro e prata escurecessem, retorcidos, e por fim os feitiços impregnados nela desaparecessem totalmente do mundo.

Artur cavalgava perseguindo-a, com Excalibur na mão... mas ela e seus acompanhantes desapareceram. Morgana se afundou no silêncio, uma parte da sombra e das árvores, como se algo essencial nela tivesse ido para o mundo das fadas; enquanto ficava ali, imóvel, coberta pelo silêncio de uma sacerdotisa, ninguém do mundo mortal poderia ver nem mesmo sua sombra...

Artur gritava seu nome.

— Morgana! Morgana!

Gritou uma terceira vez, em voz alta, raivoso; mas as próprias sombras estavam imóveis e, por fim, cansado de cavalgar em círculos – em um momento chegou tão perto que Morgana podia sentir o resfolegar de seu cavalo –, ele se cansou e chamou seus acompanhantes, que o encontraram cambaleando na sela, as ataduras lentamente se empapando de sangue, e o levaram de volta pelo caminho no qual vieram.

Então Morgana levantou a mão, e o som normal do vento, das árvores e dos passarinhos voltou ao mundo.

Morgana fala...

Anos mais tarde, ouvi a lenda sobre como consegui a bainha com um feitiço, e como Artur me perseguiu com cem cavaleiros, e eu também tinha cem cavaleiros das fadas ao meu redor; e, quando Artur se aproximou, tornei-me, e a meus homens, em pedras de um círculo... Um dia, sem dúvida, vão acrescentar que, depois de fazer isso, chamei minha carruagem com os dragões alados e voei para o mundo das fadas.

Mas não foi assim. Não foi nada além disto: o povo pequeno pode se esconder na floresta e se unir às árvores e à sombra, e naquele dia eu era um deles, como me ensinaram em Avalon; e quando Artur foi levado por seus acompanhantes, quase desmaiando com a longa perseguição e o frio em seus ferimentos, despedi-me dos homens de Avalon e cavalguei até Tintagel. Mas, quando cheguei lá, pouco me importava o que faziam em Camelot, pois estive mortalmente doente por um longo período.

Não sei, até hoje, o que me afligia; sei apenas que aquele verão se foi e as folhas começaram a cair enquanto estava na cama, cuidada pelos servos que encontrara ali, sem saber se me levantaria novamente, e sem me importar com isso. Sei que tive uma febre baixa, um cansaço tão grande que não conseguia me levantar nem comer, um peso tão grande na mente que não conseguia me importar se viveria ou morreria. Meus servos – recordava-me de um ou dois deles da época em que morei ali quando criança, com Igraine – pensavam que eu estava enfeitiçada; e bem poderia ser verdade.

Marco da Cornualha me enviou honrarias, e pensei que o prestígio de Artur seguia alto, decerto ele achava que estava aqui pela vontade do Grande Rei e não vai – agora – desafiá-lo, nem mesmo pelas terras que pensa serem suas. Há um ano teria rido disso, ou mesmo feito um acordo com Marco, prometendo-lhe as terras se ele liderasse um grupo de descontentes contra Artur. E mesmo agora isso passava pela minha mente; mas, com Accolon morto, não parecia ter importância. Artur tinha Excalibur... se a Deusa desejasse que a espada fosse tirada dele, teria de vir tomá-la ela mesma, pois eu fracassara, não era mais a sacerdotisa dela...

... Acho que era isso o que mais me machucava, que tivesse fracassado, fracassado com Avalon, que ela não houvesse estendido a mão para me ajudá-la a cumprir sua vontade. A força de Artur, dos padres e do traidor Kevin fora maior que a mágica de Avalon, e não restava ninguém.

Não restava ninguém. Ninguém. Sofri sem parar a perda de Accolon e da criança cuja vida mal havia começado antes de acabar, jogada fora como vísceras. Também sofri por Artur, que se perdera para mim, agora meu inimigo, e, surpreendentemente, até por Uriens, e pela ruína de minha vida em Gales, a única paz que conheci.

Tinha matado, afastado de mim ou perdido para a morte todos os que amara neste mundo. Igraine se fora, e Viviane estava morta, assassinada, enterrada entre os padres do Deus da morte e da danação. Accolon se fora, o sacerdote que consagrei àquela última batalha contra os padres cristãos. Artur era meu inimigo; Lancelote aprendera a me temer e odiar, e eu tinha culpa por aquele ódio. Gwenhwyfar me temia e me detestava, até Elaine se fora agora... e Uwaine, que era como se fosse meu próprio filho, me odiava também. Não havia ninguém para se importar se eu estava viva ou morta, e então também isso não me importava...

A última folha havia caído, e as pavorosas tempestades do inverno começavam a fustigar Tintagel, quando uma de minhas criadas veio me dizer que um homem estava ali para me ver.

— Com este tempo?

Olhei pela janela, e uma chuva incessante caía dos céus acinzentados e lúgubres como o interior de minha mente. Que viajante viria nesse inverno frio, enfrentando tempestades e a escuridão? Não; fosse quem fosse, não me importava.

— Diga a ele que a duquesa da Cornualha não recebe nenhum homem e mande-o embora.

— Na chuva, em uma noite como esta, senhora?

Fiquei surpresa com o fato de a criada ter protestado; a maioria delas me temia como a uma feiticeira, e eu ficava contente com que fosse assim. Mas a mulher estava certa; Tintagel jamais decepcionara em sua hospitalidade quando estava nas mãos de meu pai, que havia muito morrera, ou nas de Igraine... que assim fosse. Eu disse:

— Ofereça ao homem a hospitalidade adequada à posição dele, e cama e comida; mas diga a ele que estou doente e não posso recebê-lo.

Ela saiu e fiquei deitada observando a chuva feroz e a escuridão, sentindo seu hálito frio através da fresta da janela e tentando achar meu caminho de volta ao vazio cheio de paz onde agora me sentia mais reconfortada. Mas, após pouco tempo, a porta se abriu novamente, e a mulher voltou, e sentei-me em um sobressalto, tremendo de raiva, a primeira emoção que me permiti sentir em muitas semanas.

— Não a chamei e não pedi que voltasse. Como se atreve?

— Fui encarregada de trazer uma mensagem para a senhora — disse a criada—, não pude recusar, não quando um dos poderosos a envia... Ele disse: não me dirijo à duquesa da Cornualha, mas sim à Senhora de Avalon, e ela não pode recusar o pedido do Mensageiro dos Deuses quando o Merlim pede uma reunião e seu aconselhamento. — A mulher fez uma pausa e continuou: — Espero ter acertado... ele me fez repetir duas vezes para ter certeza de que não me esqueceria de nada.

Agora, contra minha vontade, sentia um lampejo de curiosidade. O Merlim? Mas Kevin era leal a Artur, certamente não viria me encontrar dessa maneira. Não tinha se aliado a Artur e aos cristãos, traindo Avalon? Mas talvez agora outro homem ocupasse o posto, Mensageiro dos Deuses, Merlim da Bretanha... e então me lembrei de meu filho, Gwydion, ou Mordred, como imagino que deva me referir a ele agora; talvez fosse seu cargo, pois apenas ele me consideraria Senhora de Avalon... Depois de um longo silêncio, respondi:

— Então diga a ele que o verei. — Depois de um momento, completei: — Mas não assim. Mande alguém para me vestir.

Sabia que estava fraca demais para colocar minhas próprias roupas. Mas não receberia nenhum homem daquele jeito, fraca, doente, em meu quarto; eu, sacerdotisa de Avalon, conseguiria ficar de pé diante do Merlim, ainda que ele trouxesse uma sentença de morte por todo o meu fracasso... Ainda sou Morgana!

Consegui me levantar e deixar que me colocassem o vestido e os sapatos e que trançassem meu cabelo e o cobrissem com o véu de uma sacerdotisa; até mesmo pintei, depois que a criada desajeitada o borrou duas vezes, o símbolo da lua na testa. Minhas mãos – notei sem curiosidade, como se fossem de outra pessoa – tremiam, e estava tão fraca que deixei que a mulher me desse o braço enquanto descia as escadas íngremes. Mas o Merlim não veria minha fraqueza.

Haviam acendido a lareira no salão; o fogo soltava um pouco de fumaça, como sempre acontecia ali quando chovia, e eu via apenas a silhueta de um homem sentado ao lado dela, de costas para mim, envolto em um grande manto – mas ao lado dele havia uma harpa grande que não deixava dúvidas; reconheci o homem por causa de Minha Senhora.

O cabelo de Kevin estava totalmente grisalho, mas ele levantou o corpo encarquilhado quando entrei.

— Então — eu disse —, ainda se considera o Merlim da Bretanha, embora sirva apenas aos interesses de Artur e desafie os de Avalon?

— Não sei o que me considero agora — Kevin disse em voz baixa —, a não ser talvez um servo daqueles que servem os Deuses, que são todos Um.

— Por que veio?

— Também não sei — afirmou a voz musical que tanto amei —, a não ser talvez para pagar uma dívida que vem desde antes que estas colinas se levantassem, minha cara. — Então ele levantou a voz para a criada: — Sua senhora está doente! Traga uma cadeira!

Minha cabeça flutuava, e parecia haver uma grande névoa cinza em torno de mim; quando me dei conta, estava sentada ao lado do fogo, diante do Merlim, e a mulher sumira.

— Pobre Morgana, pobre menina — disse ele, e, pela primeira vez desde que a morte de Accolon me transformara em pedra, senti que conseguiria chorar; cerrei os dentes para impedir, pois se derramasse uma lágrima sabia que tudo dentro de mim se desmancharia em choro até que me tornasse um lago de lágrimas...

Entre dentes cerrados, respondi:

— Não sou uma menina, harpista Kevin, e conseguiu chegar à minha presença sob falsos pretextos. Agora diga o que deseja e vá embora.

— Senhora de Avalon...

— Não o sou — retruquei, e me lembrei de que na última vez que vira esse homem o expulsara de minha presença e, aos berros, o chamara de traidor. Aquilo parecia não ter importância; talvez fosse destino que dois traidores de Avalon estivessem sentados ao lado dessa lareira, pois também traí meu juramento a Avalon... Como me atrevia a julgar Kevin?

— O que você é, então? — ele perguntou em voz baixa. — Raven está velha e passou anos em silêncio. Niniane jamais terá o poder de governar. Sua presença lá é necessária...

— Quando nos falamos pela última vez — interrompi —, disse que o tempo de Avalon havia acabado. Então por que deveria haver alguém no lugar de Viviane, a não ser uma criança que não serve para aquele alto cargo, esperando pelo dia em que Avalon desapareça para sempre nas brumas? — Eu sentia a amargura queimar minha garganta. — Já que abandonou Avalon pelo estandarte de Artur, sua tarefa não será mais fácil se ninguém reinar em Avalon além de uma velha profetisa e uma sacerdotisa sem poderes?

— Niniane é o amor de Gwydion e também sua criatura — disse Kevin —, e creio que sua voz e suas mãos são necessárias lá. Ainda que

Avalon esteja destinada a se perder nas brumas, vai se recusar a se perder com ela? Jamais a considerei covarde, Morgana. — Ele me olhou nos olhos e completou: — Vai morrer aqui, Morgana, vai morrer de dor, no exílio…

Virei o rosto e respondi:

— Foi para isso que vim… — E pela primeira vez soube de fato que viera até ali para morrer. — Tudo o que tentei fazer está arruinado, fracassei, fracassei… isso deveria ser seu triunfo, Merlim, que Artur tenha vencido.

Ele fez que não com a cabeça.

— Ah, não, minha querida, não é um triunfo — respondeu. — Faço o que os Deuses me ordenam, apenas isso, e você faz o mesmo. E se de fato sua ruína significa o fim do mundo que conhecemos, então, meu querido amor, que essa ruína nos encontre em nossos lugares, servindo aos nossos Deuses de acordo com a vontade deles… Fui encarregado de chamá-la de volta a Avalon, Morgana, não sei por quê. Minha tarefa seria mais simples se apenas Niniane estivesse ali, mas, Morgana, seu lugar é em Avalon, e o meu, onde os Deuses ordenam. E em Avalon poderá ser curada…

— Curada — retorqui, desdenhosa. Não me importava.

Kevin me olhou com tristeza. "Meu querido amor", ele me chamara. Tinha a impressão de que ele era a única pessoa viva que sabia quem eu era; diante de qualquer outro, mesmo Artur, usara um rosto diferente, sempre tentando parecer melhor e diferente do que realmente era; até mesmo para Viviane, para que ela achasse que era mais digna de ser uma sacerdotisa… Para Kevin eu era Morgana, deste modo, e ninguém mais. Percebi que mesmo se lhe estendesse a mão como a Anciã da Morte, ele veria apenas meu próprio rosto, Morgana… sempre pensei que o amor não era assim, era aquele ardor que sentira por Lancelote, por Accolon. Por Kevin sentia apenas aquela compaixão alheia, amizade, bondade; o que dera a ele significou pouco para mim, e mesmo assim… só ele havia pensado em me procurar, se preocupado se eu morreria ou não de dor aqui.

Mas como ele ousava interromper minha paz, quando eu havia quase conseguido chegar à calma profunda além da vida? Virei o rosto para o outro lado e disse:

— Não.

Não podia voltar à vida novamente, lutar e sofrer, e viver com o ódio daqueles que um dia me amaram… Se eu sobrevivesse, se voltasse a Avalon, teria de entrar novamente em luta mortal com Artur, a quem amava, deveria ver novamente Lancelote na prisão de amor de Gwenhwyfar. Deixara de me importar, não podia mais suportar a dor em meu coração…

Não. Estava ali, em silêncio e paz, e em pouco tempo, agora sabia, adentraria ainda mais a paz… a tontura próxima da morte chegava cada vez mais perto, e esse Kevin, esse traidor, me traria de volta?

— Não — disse novamente, e me virei, cobrindo o rosto com as mãos. — Deixe-me em paz, harpista Kevin. Vim aqui para morrer. Vá embora agora.

Ele não se moveu nem falou, e sentei-me muito quieta, o véu sobre o rosto. Depois de um tempo, certamente ele se levantaria e iria embora, pois eu não tinha forças para seguir com ele. E eu... ficaria ali sentada até que as criadas me levassem de volta para a cama e nunca mais me levantaria.

E então, no silêncio, ouvi o som suave da harpa. Kevin tocava e, depois de um momento, começou a cantar.

Já ouvira parte daquela balada, pois ele a cantava frequentemente na corte de Artur, aquela sobre o bardo dos velhos tempos, *sir* Orfeu, que fez com que as árvores dançassem e as pedras da planície formassem um círculo, e que todos os animais da floresta se deitassem a seus pés em vez de dilacerá-lo com as garras. Mas hoje ele cantava a outra parte da música, que era um Mistério, que eu jamais ouvira antes. Cantava sobre como o iniciado, Orfeu, perdeu aquela que amava e desceu ao além-mundo e falou diante dos Senhores da Morte, implorando por ela, e recebeu permissão para entrar nas terras escuras, e a encontrou lá, nas Planícies Imortais...

E então a voz dele saiu da alma... e ouvi o que parecia minha própria voz suplicando.

— Não tente me trazer de novo à existência, quando estou resignada em ficar aqui na morte. Aqui nestas terras imortais tudo é repouso, sem dor nem luta; aqui posso me esquecer tanto da dor quanto do amor.

O cômodo desapareceu em torno de mim; já não podia sentir o cheiro da fumaça da lareira, o vento frio da chuva além da janela; não tinha mais consciência do meu próprio corpo, sentado ali doente e zonzo. Tive a impressão de estar em um jardim cheio de flores sem perfume e de paz eterna, apenas com a voz distante da harpa interrompendo o silêncio. E aquela harpa cantava para mim, indesejada.

Cantava sobre o vento de Avalon, com o sopro de flores de macieira e o cheiro das maçãs maduras em sua estação; trouxe até mim o frescor da bruma sobre o lago, e o som dos gamos correndo dentro da floresta, onde o povo pequeno ainda vivia, e o verão ensolarado em que me deitei sob o sol nas pedras do círculo, com os braços de Lancelote em torno de meu corpo e o sangue da vida fluindo como seiva em minhas veias pela primeira vez. Então senti novamente em meus braços a suavidade de meu filhinho, seu cabelo macio contra o meu rosto, seu hálito de leite doce e suave... ou era o próprio Artur em meu colo, agarrando-se a mim, as mãozinhas acariciando meu rosto... as mãos de Viviane tocaram novamente minha testa em um gesto de bênção, e senti que era uma ponte entre o céu e a terra enquanto estendia minhas mãos em uma invocação...

ventos fortes rodopiavam pelo bosque onde me deitava com o jovem gamo na escuridão do eclipse. E a voz de Accolon disse meu nome...

E agora não era apenas a harpa, mas as vozes dos mortos e dos vivos gritando para mim: "Retorne, retorne, a própria vida a chama com todo o seu prazer e toda a sua dor...", e então uma nova nota entrou na voz da harpa.

— Sou eu quem a chama, Morgana de Avalon... sacerdotisa da Mãe...

E levantei a cabeça e não vi o corpo retorcido de Kevin e seus traços pesarosos, mas em seu lugar havia Alguém, alto e brilhante, no rosto uma glória iluminada pelo sol, e em suas mãos brilhavam a Harpa e o Arco. Prendi o fôlego diante do Deus, enquanto a voz seguia cantando:

— Retorne para a vida, retorne de novo para mim... você que jurou... a vida a espera além dessa escuridão da morte...

Lutei para virar o rosto.

— Não é o Deus quem me dá ordens, mas a Deusa...

— Mas — disse a voz conhecida no silêncio daquela eternidade — você é a Deusa e eu a convoco... — E por um momento, como nas águas calmas do espelho de Avalon, vi a mim mesma usando as vestes e a coroa alta da Senhora da Vida...

— Mas sou velha, velha, agora pertenço à morte, não à vida... — sussurrei, e, no silêncio, palavras ouvidas repetidamente em ritual de súbito tomaram vida nos lábios do Deus.

— ... ela será velha e jovem conforme preferir... — E, diante de meus olhos, meu próprio rosto refletido era novamente jovem e belo como a donzela que enviara o jovem gamo para desafiar os cervos que corriam... sim, e era velha quando Accolon veio até mim, e mesmo assim o enviei para o desafio, carregando seu filho... e, mesmo velha e estéril, ainda assim, a vida pulsava dentro de mim como a vida eterna da terra e da Senhora... e o Deus estava diante de mim, o Eterno que me chamava de volta à vida... e dei um passo, e depois outro, e subia, subia da escuridão, seguindo as notas distantes da harpa que cantava para mim nas colinas verdes de Avalon, e as águas da vida... e então percebi que estava de pé, estendendo os braços para Kevin... e ele colocou a harpa de lado com cuidado e me amparou, quase desmaiada, em seus braços. E por um momento as mãos brilhantes do Deus me queimaram... então havia apenas a voz doce, musical de Kevin, meio zombeteira, que dizia:

— Não consigo segurá-la, Morgana, você bem sabe. — E me colocou gentilmente na cadeira. — Quando foi a última vez que comeu, Morgana?

— Não me lembro — confessei, e de repente tive consciência da minha fraqueza mortal; ele chamou a criada e disse, falando com a voz autoritária e suave de um druida e de um curandeiro:

— Traga à sua senhora um pouco de pão e leite quente com mel.

Levantei a mão em protesto, a mulher parecia indignada, e agora me lembrava de que ela tentara por duas vezes me fazer ingerir as mesmas coisas. Mas ela foi fazer o que ele pedira, e, quando voltou, Kevin pegou o pão, embebeu pedaços em leite e me alimentou, gentilmente, um bocado de cada vez.

— Chega — ele disse. — Passou muito tempo em jejum. Mas, antes de dormir, precisa beber um pouco mais de leite, com um ovo batido... Mostrarei a elas como fazer. Depois de amanhã talvez esteja forte o bastante para viajar.

E repentinamente comecei a chorar. Chorei, por fim, por Accolon sem vida em sua mortalha, por Artur, que agora me odiava, e por Elaine, que fora minha amiga... E por Viviane, morta em uma sepultura cristã, e por Igraine, e por mim mesma, por mim, que vivera todas essas coisas... e ele disse de novo:

— Pobre Morgana, pobre menina. — E me apertou contra o peito ossudo, e chorei e chorei até por fim cair em silêncio, e ele chamou minhas criadas para me levarem para a cama.

Pela primeira vez em muitos dias, dormi. E, dois dias depois, fui para Avalon.

Pouco me lembro daquela jornada para o norte, doente de corpo e de alma. Nem mesmo me espantei quando Kevin me deixou antes que eu chegasse ao lago. Cheguei às margens ao pôr do sol, quando as águas do lago pareciam ficar vermelhas e o céu estava em chamas; e da água e do céu coloridos como o fogo apareceu a barca, pintada e coberta de panos pretos, os remos silenciosos como em um sonho. E por um momento tive a impressão de que era o barco sagrado naquele mar ininterrupto do qual não devo falar, e que a figura escura na proa era Ela, e que de algum modo eu fazia a ligação entre a terra e o céu... mas não sei se isso era real ou um sonho. E então as brumas desceram sobre nós, e senti na alma aquela mudança que me dizia que novamente estava em meu lugar.

Niniane me deu as boas-vindas na margem, carregando-me nos braços, não como a estranha que eu vira apenas duas vezes, mas como uma filha recebe a mãe que não vê há muitos anos; ela me levou para a casa onde Viviane vivera. Dessa vez, não mandou jovens sacerdotisas para cuidarem de mim, mas cuidou ela mesma, colocando-me na cama do quarto interior da casa, trazendo-me água do Poço Sagrado; e, quando a provei, soube que, embora o processo fosse longo, ainda poderia me curar.

Havia tido poder suficiente. Estava contente em largar os fardos do mundo; estava na hora de deixar isso para os outros, e então permiti que minhas filhas cuidassem de mim. Lentamente, no silêncio de Avalon, recuperei minha força. Ali, finalmente poderia sofrer por Accolon – não pela ruína de meus planos e minhas esperanças... agora podia ver que foram loucura; era sacerdotisa de Avalon, não rainha. Mas podia prantear o verão breve e amargo de nosso amor; podia prantear, também, a criança que não vivera o suficiente para nascer, e sofrer novamente pelo fato de que havia sido minha própria mão que a enviara para as sombras.

Foi uma longa estação de luto, e houve momentos em que me perguntei se sofreria pelo resto da vida e jamais me livraria daquilo; mas por fim pude lembrar sem chorar e relembrar os dias de amor sem que a tristeza fizesse brotar lágrimas das profundezas de meu ser. Não há tristeza como a lembrança do amor e a consciência de que ele se foi para sempre; jamais vi novamente o rosto dele, nem em sonhos, e, embora ansiasse por isso, por fim percebi que isso era bom, para que eu não passasse o resto da vida sonhando... mas finalmente chegou o dia em que pude olhar para trás e perceber que o período de luto havia acabado; meu amante e meu filho estavam na outra margem, e, mesmo se algum dia fosse encontrá-los além dos portais da morte, nenhum de nós jamais saberia... mas sobrevivi, e estava em Avalon, e era meu dever agora ser a Senhora ali.

Não me recordo de quantos anos vivi em Avalon antes do fim. Lembro-me apenas de que flutuava em uma paz vasta e indescritível, além da alegria e da tristeza, conhecendo apenas a serenidade e as pequenas tarefas de cada dia. Niniane estava sempre ao meu lado; e também conheci Nimue, que se tornara uma moça loura, alta e silenciosa, tão bela quanto Elaine quando a vi pela primeira vez. Tornou-se a filha que jamais conheci, e dia após dia vinha me encontrar, e eu ensinava a ela tudo o que aprendi de Viviane nos meus primeiros anos em Avalon.

Naqueles dias também houve os que viram o Espinheiro Sagrado florir pela primeira vez para os seguidores de Cristo, e adoravam seu Deus cristão em paz, tentando não tirar a beleza do mundo, mas amando-o como Deus o fez. Naqueles dias, chegavam aos montes a Avalon para escapar aos ventos duros da perseguição e da intolerância. Patrício havia implantado novas formas de culto, uma visão do mundo em que não havia espaço para a verdadeira beleza e o mistério das coisas da natureza. Daqueles cristãos que chegaram até nós para escapar da intolerância de seus pares, aprendi algo, por fim, sobre o Nazareno, o filho de carpinteiro que obtivera a Divindade durante a própria vida e pregava a tolerância; e assim vim a perceber que meu desentendimento não era com o Cristo, mas com seus padres tolos e limitados que atribuíam a ele suas próprias limitações.

Não sei se foram três anos, ou cinco, ou mesmo dez, antes do fim. Ouvi cochichos do mundo lá fora como sombras, como o eco dos sinos que ouvíamos naquela margem. Soube quando Uriens morreu, mas não sofri por ele; estivera morto para mim por muitos anos, mas esperava que tivesse encontrado alívio para seus pesares. Ele fora bom comigo, tanto quanto podia, que descansasse em paz.

De quando em quando algum rumor dos feitos de Artur e dos cavaleiros chegava até mim, mas, na serenidade de Avalon, nada disso parecia ter importância; aqueles feitos soavam como velhas histórias e lendas, então nunca sabia se falavam de Artur, Cai e Lancelote, ou de Llyr e dos filhos de Da'ana; ou quando sussurravam histórias sobre o amor de Lancelote e Gwenhwyfar, e, mais tarde, da mulher de Marco, Isotta, e o jovem Drustan, se não estavam, afinal, recontando alguma velha história sobre Diarmid e Grainné dos tempos antigos. Isso não importava, tinha a impressão de ter ouvido todas essas histórias havia muito tempo, na infância.

E então, numa primavera, quando a terra se mostrava bela diante de nós e as macieiras de Avalon estavam brancas de flores, Raven quebrou o silêncio com um grito, e minha mente foi forçada a voltar para as coisas que esperava ter deixado para trás definitivamente.

9

— A espada, a espada dos mistérios se foi.. agora olhe para a taça, olhe para todas as Insígnias Sagradas... sumiram, sumiram, foram tomadas de nós...

Morgana ouviu o grito durante o sono e, quando foi na ponta dos pés até a porta do quarto onde Raven dormia, sozinha e em silêncio como sempre, para saber o que acontecera, as mulheres que a serviam também dormiam; *elas* não tinham ouvido aquele grito.

— Mas não há nada além do silêncio, Senhora — disseram a ela. — Tem certeza de que não era um sonho ruim?

— Se era um sonho ruim, então a sacerdotisa Raven também o sonhou — respondeu Morgana, olhando para o rosto tranquilo das garotas. Tinha a impressão de que, a cada ano, as sacerdotisas da Casa das Donzelas eram cada vez mais jovens e mais parecidas com crianças... como menininhas assim poderiam ser encarregadas das coisas sagradas? Moças cujos seios mal haviam se formado... o que poderiam saber sobre a vida da Deusa, que era a vida do mundo?

Teve a impressão de que aquele grito novamente estremeceu por Avalon, causando alarme em todos os lugares, mas, quando perguntou:

— De novo… ouviram? —, e elas olharam estarrecidas para Morgana e responderam:

— Agora sonha de olhos abertos, Senhora? — E Morgana percebeu que naquele grito amargo de terror e dor não havia som. Ela disse:

— Vou vê-la…

— Mas não pode fazer isso — começou uma delas, e então recuou, de boca aberta, ao dar-se conta de quem era Morgana e baixou a cabeça enquanto ela passava.

Raven estava sentada na cama, o longo cabelo em torno de si em um desarranjo louco, e seus olhos estavam aterrorizados; por um momento, Morgana pensou que de fato sua mente havia escutado algum pesadelo, que Raven caminhava nos mundos do sonho…

Mas ela balançou a cabeça, e estava desperta e sóbria. Ela respirou fundo, e Morgana percebeu que se esforçava para falar, para superar os anos de silêncio; agora, era como se sua voz não lhe obedecesse.

Por fim, estremecendo, ela disse:

— Eu vi… eu vi… traição, Morgana, dentro dos lugares sagrados da própria Avalon… não pude ver o rosto dele, mas vi a grande espada Excalibur em suas mãos…

Morgana estendeu a mão, acalmando-a. Respondeu:

— Vamos olhar no espelho quando o sol nascer. Não se preocupe em falar, minha querida.

Raven ainda tremia; Morgana apertou a mão dela com firmeza, e, na luz bruxuleante da tocha, viu que sua mão estava enrugada e com manchas da idade, e que os dedos de Raven eram como cordas torcidas sobre ossos finos e estreitos. *Estamos velhas*, ela pensou, *nós duas, que chegamos aqui como donzelas para atender Viviane… ah, Deusa, como os anos passam…*

— Mas preciso falar agora — sussurrou Raven. — Fiquei tempo demais em silêncio… Mantive o silêncio mesmo quando temia que isso fosse acontecer… Ouça o trovão, a chuva, uma tempestade está vindo, uma tempestade que vai cair sobre Avalon, que será varrida pelas enchentes… E a terra será tomada pela escuridão…

— Quieta, minha querida. Fique quieta — sussurrou Morgana, passando os braços em torno da mulher, que estremecia, imaginando se a mente dela havia extrapolado, se tudo aquilo era uma ilusão, um sonho febril… não havia trovão nem raio, lá fora a lua brilhava intensa sobre Avalon e os bosques brancos com as flores sob o luar.

— Não fique assustada. Vou ficar aqui com você, e quando amanhecer vamos olhar no espelho para ver se isso é real.

Raven sorriu com tristeza. Pegou a tocha de Morgana e a apagou; na escuridão repentina, Morgana podia ver, através das fendas na parede de taipa, o brilho súbito de um relâmpago a distância. Silêncio e, então, muito distante, um trovão soou baixo.

— Não estou sonhando, Morgana. A tempestade virá, e tenho medo. Você tem mais coragem que eu. Viveu no mundo e conhece as tristezas reais, não sonhos... mas agora talvez eu precise quebrar o silêncio mais que nunca... e tenho medo.

Morgana se deitou ao lado dela, puxando as cobertas sobre as duas, e apertou Raven nos braços para aquietar seus tremores. Enquanto se deitava em silêncio, ouvindo a respiração da outra mulher, lembrou-se da noite em que trouxera Nimue e de como Raven a recebeu, dando-lhe as boas-vindas a Avalon... *por que agora tenho a impressão de que, de todos os amores que experimentei, este é o mais sincero...* mas apenas abraçou Raven com cuidado, a cabeça dela em seu ombro, consolando-a. Depois de um longo tempo, soou um grande trovão, assustando as duas, e Raven sussurrou:

— Vê?

— Quieta, minha querida, é só uma tempestade.

E, enquanto falava, a chuva começou a cair, fazendo barulho e trazendo um vento frio para o quarto, afogando as palavras. Morgana ficou em silêncio, os dedos entrelaçados nos de Raven, pensando: *É só uma tempestade*, mas um pouco do terror de Raven passara para ela, e sentiu que também estremecia.

Uma tempestade que vai cair do céu e esmagar Camelot, e acabar com os anos de paz que Artur trouxe a esta terra...

Ela tentou invocar a Visão, mas os trovões pareciam afogar os pensamentos; só conseguia ficar deitada ao lado de Raven, repetindo a si mesma: *É só uma tempestade, chuva, vento e trovões, não é a ira da Deusa...*

Depois de um longo tempo, a tempestade amainou, e Morgana acordou com um mundo recém-lavado, o céu pálido e sem nuvens, chuva brilhando em cada folha e escorrendo na grama, como se o mundo tivesse sido mergulhado em água, sem depois ter sido secado. Se a tempestade de Raven fosse de fato desabar sobre Camelot, deixaria o mundo assim bonito após terminar de cair? Por algum motivo, achava que não.

Raven acordou e a fitou com os olhos arregalados de pavor. Morgana disse, em voz baixa e prática como sempre:

— Vamos agora encontrar Niniane, e depois para o espelho, antes que o sol se levante. Se a ira da Deusa está para descer sobre nós, precisamos saber como e quando.

Raven assentiu em silêncio, mas, quando estavam vestidas e prontas para deixar a casa, ela tocou o braço de Morgana.

— Vá encontrar Niniane — sussurrou, com um esforço rouco para fazer sua voz sem uso obedecer à sua vontade. — Vou trazer Nimue. Ela também faz parte disso…

Por um momento, Morgana ficou alarmada a ponto de protestar; então, olhando para o céu que empalidecia a leste, saiu. Era possível que Raven tivesse visto, no pesadelo da profecia, a razão pela qual Nimue fora trazida para Avalon e mantida em reclusão. Lembrando-se do dia em que Viviane lhe dissera sua própria missão, pensou: *Pobre garota.* Mas era a vontade da Deusa, e estavam todos nas mãos dela. Enquanto cruzava, sozinha e em silêncio, o bosque molhado, podia ver que não estava tão calmo e belo, por fim… o vento destruíra as flores, e o bosque estava coberto de uma camada branca como neve; haveria poucos frutos naquele outono.

Podemos plantar o grão e cuidar do solo. Mas apenas o favor dela permite que o fruto seja colhido…

Por que então me preocupo? Será como ela deseja…

Niniane, que fora acordada, parecia-lhe enlouquecida. *Não é uma verdadeira sacerdotisa*, pensou Morgana; o Merlim falara a verdade – fora escolhida apenas pelo parentesco com Taliesin. Havia chegado a hora, talvez, de parar de fingir quem era a verdadeira Senhora de Avalon e tomar seu devido lugar. Não queria ofender Niniane nem dar a impressão de lutar pelo poder e derrubar a jovem, pois esta também tivera poder suficiente... Mas nenhuma sacerdotisa verdadeira, escolhida pela Deusa, poderia ter dormido durante o grito de Raven. Ainda assim, de alguma maneira a mulher diante dela passara pelos desafios da formação de uma sacerdotisa; a Deusa não a rejeitara. O que a Deusa lhe designara fazer?

— Eu lhe digo, Niniane, eu vi, e Raven também… precisamos consultar o espelho antes do nascer do sol!

— Tampouco confio muito nessas coisas — Niniane disse baixo. — O que vier virá com certeza… mas, se deseja, Morgana, irei com você…

Silenciosas, como vultos de escuridão no mundo branco e repleto de água, elas foram em direção ao espelho ao lado do Poço Sagrado. Enquanto caminhavam, Morgana podia ver, como uma sombra no canto dos olhos, a figura alta e silenciosa de Raven, coberta por um véu, e Nimue, como uma sombra pálida, toda botões e flores claras, como a manhã. Morgana estava impressionada com a beleza da garota – nem mesmo Gwenhwyfar, no auge de sua juventude, fora assim tão bela. Sentiu uma pontada violenta de pura inveja e angústia. *A Deusa não me deu essa dádiva em troca de tudo o que precisei sacrificar…*

Niniane disse:

— Nimue é virgem. Ela deve olhar no espelho.

Suas quatro formas escuras se refletiram na superfície clara da poça, contra o reflexo pálido do céu, onde alguns traços rosados começavam a anunciar o nascer do sol. Nimue foi para a beira do poço, partindo o cabelo longo e louro com as duas mãos, e Morgana percebeu que via em sua mente a superfície de uma bacia de prata, e o rosto imóvel e hipnótico de Viviane...

Nimue disse em uma voz baixa e vacilante:

— O que gostaria que eu visse, minha mãe?

Morgana esperou que Raven falasse, mas houve apenas silêncio. Então por fim disse:

— Avalon foi violada e vítima de traição? O que aconteceu com as Insígnias Sagradas?

Silêncio. Apenas alguns passarinhos piavam suavemente nas árvores, e o som baixo da água soava, caindo do canal que transbordava do Poço para formar aquela poça quieta. Abaixo delas, na encosta, Morgana via as pilhas de pétalas brancas dos bosques arruinados, e, bem acima, as formas pálidas do círculo de pedras sobre o Tor.

Silêncio. Por fim, Nimue se mexeu e sussurrou:

— Não consigo ver o rosto dele... — E a poça se agitou. Morgana teve a impressão de ver uma forma recurvada, movendo-se lentamente e com dificuldade... o aposento em que ela estivera em silêncio, atrás de Viviane, quando Taliesin colocou Excalibur nas mãos de Artur e ouviu a voz dele, a proibir...

— Não... é morte tocar as Insígnias Sagradas sem estar preparado...

Por um momento, Morgana pensou ouvir a voz de Taliesin, não a de Nimue... mas ele tinha o direito, era o Merlim da Bretanha, e tirou de seu esconderijo lança, taça e prato, e, escondendo os objetos sagrados sob seu manto, atravessou o lago até onde Excalibur brilhava no escuro... as Insígnias Sagradas agora reunidas.

— O Merlim! — sussurrou Niniane. — Mas por quê?

Morgana sabia que seu rosto era como pedra quando disse:

— Uma vez ele falou sobre isso comigo. Disse que Avalon agora estava fora do mundo e que os objetos sagrados deveriam estar no mundo a serviço dos homens e dos Deuses, sejam quais forem os nomes que recebem...

— Ele os profanaria — disse Niniane, acaloradamente — e os colocaria a serviço daquele Deus que vai expulsar todos os outros...

Em silêncio, Morgana ouviu o cântico dos monges. Então a luz do sol atingiu o espelho e transformou tudo em um fogo intenso que invadiu sua cabeça e seus olhos, queimando, flamejando, e no fulgor do sol nascente o mundo parecia arder sob a luz de uma cruz em chamas... ela fechou os olhos, cobrindo o rosto com as mãos.

— Deixe assim, Morgana — sussurrou Raven. — A Deusa certamente vai cuidar do que é seu...

Morgana novamente podia ouvir o canto dos monges – *Kyrie eleison, Christe eleison... Senhor, tende piedade de nós, Cristo, tende piedade de nós...* As Insígnias Sagradas eram apenas símbolos, decerto a Deusa permitiu que isso acontecesse como sinal de que Avalon não precisa mais delas, que devem ser levadas para o mundo e ficar a serviço dos homens...

A cruz em chamas ainda queimava diante dos olhos de Morgana; ela os cobriu e desviou o rosto da luz.

— Nem eu posso revogar o voto do Merlim. Ele fez um grande juramento e celebrou o Grande Casamento com a terra no lugar do rei, e agora abjurou e perdeu o direito de viver. Mas, antes de lidar com aquele traidor, preciso cuidar da traição. As Insígnias precisam voltar para Avalon, mesmo que tenha de trazê-las com minhas próprias mãos. Partirei para Camelot ao anoitecer. — E de repente viu seu plano se completar quando Nimue sussurrou:

— Devo ir também? Cabe a mim vingar a Deusa?

Ela, Morgana, cuidaria das Insígnias Sagradas. Foram deixadas sob seus cuidados, e, se tivesse tomado sua posição ali, em vez se deleitar na tristeza e considerar apenas seu próprio conforto, isso jamais teria acontecido. Mas Nimue deveria ser o instrumento de punição do traidor.

Kevin jamais vira Nimue. De todos os moradores de Avalon, o Merlim jamais vira a que vivia em reclusão e silêncio. E, como sempre fica claro quando a Deusa despeja punição, seria a própria fraqueza do Merlim que o levaria à ruína.

Ela disse lentamente, fechando os punhos... como ela tinha baixado a guarda para aquele traidor?

— Irá para Camelot, Nimue. Você é prima da rainha Gwenhwyfar e filha de Lancelote. Vai pedir a ela para morar com suas damas e implorar para que ela guarde segredo, até mesmo do rei Artur, sobre o fato de ter vivido em Avalon. Finja até mesmo, se precisar, que se tornou cristã. E assim vai conhecer o Merlim. Ele tem uma grande fraqueza. Acredita que as mulheres o rejeitam porque ele é feio e aleijado. E, pela mulher que não demonstrar repulsa ou medo, pela mulher que trouxer de volta a ele a virilidade que teme e deseja, ele fará qualquer coisa, dará a própria vida... Nimue — completou, olhando diretamente nos olhos assustados da garota —, você vai seduzi-lo e levá-lo para a cama. Deve prendê-lo com feitiços que o tornem seu escravo, de corpo e alma.

— E então — respondeu Nimue, estremecendo — o que será? Terei de matá-lo?

Morgana quis falar, mas Niniane se adiantou.

— Qualquer morte que possa dar a ele será muito breve para um traidor. Deve trazê-lo a Avalon, encantado, Nimue. E aqui ele terá a morte amaldiçoada do traidor dentro do bosque de carvalho.

Estremecendo, Morgana soube o destino que o aguardava – ser esfolado vivo e então enfiado ainda com vida dentro da fenda de um carvalho, com a abertura fechada por taipa, deixando apenas espaço para a entrada do ar, para que a morte não fosse muito rápida... Ela baixou a cabeça, tentando disfarçar seu estremecimento. O sol já não batia mais na água; o céu estava tomado por nuvens pálidas do amanhecer. Niniane disse:

— Nosso trabalho aqui acabou. Venha, mãe.

Mas Morgana soltou-se.

— Não está acabado. Preciso ir até Camelot. Preciso saber o que o traidor fez com as Insígnias Sagradas. — Ela suspirou; tinha esperado nunca mais precisar ultrapassar as margens de Avalon, mas não havia ninguém mais para o que precisava ser feito.

Raven estendeu a mão. Ela tremia tão convulsivamente que Morgana teve medo de que fosse cair; e então começou a sussurrar, a voz debilitada era apenas um distante sibilar, um barulho como o vento batendo nos galhos mortos.

— Preciso ir também... É meu destino não descansar onde todos os que vieram antes de mim repousam neste país encantado... irei com você, Morgana.

— Não, não, Raven —protestou. — Você, não!

Raven jamais saíra de Avalon, não em cinquenta anos... certamente não sobreviveria à jornada! Mas nada que pudesse dizer balançou a determinação da mulher; tremendo de terror, estava resoluta: vira seu destino e precisava ir com Morgana a qualquer custo.

— Mas não irei como Niniane iria, com a pompa das vestes de sacerdotisa, na liteira de Avalon, indo a Camelot como visita de Estado — argumentou. — Vou disfarçada de camponesa velha, como Viviane tantas vezes viajou nos velhos dias.

Mas Raven fez que não com a cabeça e disse:

— Qualquer caminho que você possa fazer, Morgana, eu também posso.

Morgana ainda sentiu um medo mortal – não por ela mesma, mas por Raven. Mas concordou:

— Que assim seja.

E começaram a se preparar para a viagem. Mais tarde, naquele dia, saíram de Avalon pelos caminhos secretos. Nimue viajava com honrarias de parente da rainha, cavalgando nas estradas principais, e Morgana e Raven, envoltas em trapos de pedintes, deixavam Avalon a pé por caminhos secundários em direção a Camelot.

Raven era mais forte do que Morgana pensava; enquanto seguiam seu caminho, dia após dia, a pé e vagarosamente, às vezes parecia que ela era a mais forte. Mendigaram restos de comida nas portas das fazendas, roubaram um pouco de pão deixado para o cachorro no quintal de uma das casas, dormiram uma noite em um casarão abandonado e outra ao lado de um monte de feno. E na última noite, pela primeira vez na jornada silenciosa, Raven falou:

— Morgana — disse, quando estavam deitadas lado a lado, embrulhadas em seus mantos, sob a sombra do feno —, amanhã é Páscoa em Camelot, precisamos estar lá ao amanhecer.

Morgana teve vontade de perguntar o motivo, mas sabia que Raven não lhe diria nada além de que era o que vira em seus destinos. Então respondeu:

— Para isso precisamos sair antes do amanhecer. Não é mais que uma hora de caminhada daqui... poderíamos ter continuado a andar e dormido sob as sombras de Camelot se tivesse me avisado antes, Raven.

— Não podia — ela sussurrou. — Estava com medo. — E Morgana percebeu que a outra mulher chorava no escuro. — Estou tão apavorada, Morgana, tão apavorada!

Morgana atalhou-a:

— Disse que deveria ter ficado em Avalon!

— Mas eu tinha o trabalho da Deusa a fazer — sussurrou Raven. — Por todos esses anos morei no abrigo de Avalon, e agora é Ceridwen, nossa Mãe, que exige todo o meu ser em retorno pelo abrigo e pela segurança que recebi dela... mas tenho medo, tanto medo... Morgana, me abrace, me abrace, estou tão apavorada...

Morgana a abraçou forte e a beijou, ninando-a como a uma criança. Então, como se entrassem juntas em um grande silêncio, apertou Raven com toques e carícias, os corpos juntos em algo que era como um arrebatamento. Nenhuma delas falou, mas Morgana sentiu o mundo estremecendo em um ritmo estranho e sacramental em torno delas, sem luz além da escuridão do lado escuro da lua – de mulher para mulher, reafirmando a vida na sombra da morte. Como donzela e homem sob a luz da lua da primavera e das fogueiras de Beltane, reafirmavam a vida no correr da estação e no cio que resultaria em morte no campo para ele e em morte no parto para ela; então, na sombra e na escuridão do Deus sacrificado, na lua escura, as sacerdotisas de Avalon invocaram juntas a vida da Deusa, que em silêncio lhes respondeu... Ficaram abraçadas, quietas, e o choro de Raven por fim cessou. Ela deitou-se como morta, e Morgana, sentindo o coração dela quase parar de bater, pensou: *Preciso deixá-la partir até mesmo para a sombra da morte se for essa a vontade da Deusa...*

E ela não conseguia nem chorar.

Ninguém prestou a menor atenção nas duas camponesas, já velhas, no burburinho e no tumulto em torno dos portões de Camelot naquela manhã. Morgana estava acostumada com aquilo; Raven, que vivera tantos anos reclusa dentro da silenciosa Avalon, ficou branca como gesso e tentou se esconder sob o xale esfarrapado. Morgana também se manteve enrolada no xale – havia aqueles que reconheceriam a senhora Morgana, mesmo com os cabelos raiados de branco e vestida como camponesa.

Um criador de gado atravessou a praça com um bezerro e atingiu Raven, quase derrubando-a, e ele praguejou enquanto a mulher apenas olhava, apavorada. Morgana disse rapidamente:

— Minha irmã é surda e muda. — E o rosto dele mudou.

— Ah, pobrezinha... venha, siga por aqui, estão distribuindo uma boa refeição para todos ali no outro lado do salão do rei. Vocês duas podem se enfiar por aquela porta e vê-los de perto quando entram... O rei planejou uma grande cerimônia com um dos padres no salão. Você é do interior e não conhece os costumes dele? Bem, todo mundo aqui sabe que ele costuma fazer isso... jamais toma seu lugar nos grandes banquetes, a não ser que alguma maravilha esteja programada, e soubemos que hoje haverá algo realmente esplêndido.

Não duvido, pensou Morgana, com desdém, e então agradeceu ao homem no dialeto grosseiro que usara antes e puxou Raven em direção ao salão, que se enchia rapidamente – a generosidade do rei Artur nos dias de festa era bem conhecida, e aquela seria a melhor refeição que muitos teriam no ano todo. O cheiro da carne assando perfumava o ar, e a maioria das pessoas aglomeradas em torno dela comentava gulosamente sobre isso. Quanto a Morgana, isso apenas a deixou enjoada, e, depois de uma olhada no rosto branco e aterrorizado de Raven, decidiu que precisavam se retirar.

Ela não deveria ter vindo. Eu é que não percebi o perigo que as Insígnias Sagradas corriam; eu é que não percebi que o Merlim era um traidor. E, quando tiver o feito o que preciso fazer, como fugirei para Avalon com Raven nestas condições?

Encontrou um canto onde seriam ignoradas, mas do qual podiam enxergar razoavelmente bem o que acontecia. No lado mais elevado do aposento estava a grande mesa de festim, a Távola Redonda, que já era quase lendária no país, com o grande tablado para o rei e a rainha e os nomes pintados dos Companheiros de Artur em seus assentos costumeiros. Nas paredes pendiam bandeiras brilhantes. Após anos na austeridade de Avalon, isso tudo parecia chamativo e espalhafatoso a Morgana.

Depois de um longo tempo houve uma movimentação, e então sons de clarins em algum lugar, e um murmúrio correu pela multidão que se aglomerava. Morgana pensou: *Será estranho ver a corte de fora, depois de ter feito parte dela por tanto tempo!* Cai abria os grandes portões para a extremidade superior do salão, e Morgana se encolheu – ele a reconheceria, não importava as roupas que vestisse! Mas por que olharia em sua direção?

Quantos anos passara em silêncio, sem rumo, em Avalon? Não tinha ideia. Mas Artur parecia ainda mais alto, mais majestoso, o cabelo tão louro que não era possível distinguir se havia mechas prateadas entre os cachos cuidadosamente penteados. Gwenhwyfar, também, embora os seios estivessem murchos sob o vestido elaborado, mantinha-se ereta e parecia esbelta como sempre.

— Olhe como a rainha parece jovem — murmurou uma das pessoas ao lado de Morgana —, Artur se casou com ela no mesmo ano em que tive meu primeiro filho, e olhe para mim — Morgana olhou de relance para a mulher que falava, torta e banguela, recurvada como um arco retesado. — Soube que aquela irmã bruxa do rei, Morgana das Fadas, deu feitiços aos dois para manter a juventude...

— Feitiço ou não — murmurou outra matrona desdentada —, se a rainha Gwenhwyfar precisasse tirar o estrume do estábulo de manhã e à noite, parir um filho por ano e amamentá-lo, nas horas boas e nas más, não restaria nada dessa beleza, abençoada seja! As coisas são como são, mas gostaria que algum padre me dissesse por que ela fica com todas as coisas boas da vida e eu com toda a infelicidade.

— Pare de resmungar — disse a primeira mulher. — Vão encher a barriga hoje e ver todos os lordes e as senhoras, e sabem o que os velhos druidas diziam sobre as coisas serem como são. A rainha Gwenhwyfar ali fica com todos os vestidos finos e as joias e tudo o mais por ser rainha porque fez o bem em suas últimas vidas, e gente como eu e você somos pobres e feias porque fomos ignorantes, e um dia, se observarmos o que fazemos nesta vida, também teremos uma sorte melhor.

— Ah, sim — grunhiu a outra velha —, padres e druidas são a mesma coisa. O druida diz isso, e os padres dizem que se cumprirmos nossas obrigações nesta vida iremos ao céu para viver com Jesus e nos banquetear com ele, e nunca mais voltar para este mundo maldito! Tudo termina no mesmo, não importa qual deles fale... alguns nascem na miséria e morrem na miséria, e outros recebem tudo à sua maneira!

— Mas ela não é tão feliz, ouvi — disse outra no grupo de velhas que se aglomerava. — Com toda a sua vida de rainha, nunca teve uma só criança, e eu tenho um bom filho para trabalhar na fazenda comigo, e uma filha casada com o homem da fazenda vizinha, e outra que é criada das freiras de Glastonbury. E a rainha Gwenhwyfar precisou adotar *sir* Galahad, que é filho de Lancelote com sua prima Elaine, como herdeiro de Artur!

— Ah, sim, isso é o que eles *dizem* — afirmou uma quarta velha —, mas você sabe, e eu sei, que quando a rainha Gwenhwyfar estava fora da corte, no sexto ou sétimo ano do reinado, algo assim, não acha que estavam todos contando nos dedos? A mulher do meu irmão de criação trabalhou na cozinha aqui da corte e disse que a conversa geral era que a rainha passava as noites na cama de outro que não era o marido...

— Fique quieta, velha fofoqueira — disse a primeira delas. — Deixe que um dos camareiros escute o que diz em voz alta e será enfiada no lago como castigo! Digo que Galahad é um bom cavaleiro e dará um bom rei, longa vida ao rei Artur! E quem se importa com a informação de quem é a mãe dele? Acho que é um dos bastardos de Artur... é loiro como ele. E olhe ali para *sir* Mordred... todos sabem que *ele* é bastardo do rei com alguma meretriz.

— Ouvi coisa pior que isso — observou uma das mulheres. — Soube que Mordred é filho de uma das bruxas encantadas e que Artur o trouxe para a corte como penhor por sua alma, para viver cem anos... você verá, ele não vai envelhecer, o *sir* Mordred ali. Olhe para Artur, deve ter passado dos cinquenta anos e pode se passar por um homem de trinta.

Outra mulher disse uma obscenidade.

— O que isso tudo diz respeito a mim? Se o diabo trabalhasse dessa forma, poderia ter feito Mordred parecido com Artur, assim qualquer um o aceitaria como filho dele! A mãe de Artur tinha o velho sangue de Avalon... nunca viu a senhora Morgana? Ela também era morena, e Lancelote, que é parente dele, era desse jeito... Prefiro acreditar no que disseram antes, que Mordred é filho bastardo de Lancelote com a senhora Morgana! Só é preciso olhar para eles... e a senhora Morgana era bonita a seu modo, pequena e morena como era.

— Ela não está entre as senhoras — observou uma das mulheres, e a que conhecia uma criada da cozinha da corte disse com autoridade:

— Ora, ela se desentendeu com Artur e foi embora para a terra das fadas, mas todo mundo sabe que na véspera do Dia de Todos os Santos ela voa em torno do castelo em um galho de aveleira, e qualquer um que a vê fica cego.

Morgana afundou o rosto no manto esfarrapado para sufocar o riso. Raven, ouvindo, virou o rosto indignado para ela, mas Morgana abanou a cabeça; precisavam ficar quietas e passar despercebidas.

Os cavaleiros sentavam-se em seus lugares costumeiros. Lancelote, enquanto tomava seu assento, levantou a cabeça, olhando atentamente ao redor do salão, e por um momento Morgana teve a impressão de que ele a procurava ali onde estava, que os olhos dele tinham encontrado os seus – tremendo, ela baixou a cabeça. Camareiros se moviam nas extremidades do salão, servindo vinho para os Companheiros e suas senhoras, e também cerveja escura de grandes odres de couro entre os camponeses aglomerados na ponta mais baixa. Morgana estendeu seu copo e o de Raven, e, quando esta recusou, disse em um murmúrio severo:

— Beba! Você parece a morte. Precisa ficar forte para o que vier.

Raven levou o copo de madeira aos lábios e deu alguns goles, mas mal podia engolir. A mulher que dissera que a senhora Morgana era bela à sua maneira perguntou:

— Sua irmã está doente?

Morgana respondeu:

— Está assustada, nunca tinha visto a corte.

— São elegantes, não são, os lordes e as damas? Que espetáculo! E vamos receber um bom jantar logo — disse a mulher para Raven. — Ei, ela não escuta?

— Ela não é surda, mas é muda — respondeu Morgana. — Acho que talvez entenda um pouco do que lhe digo, mas a ninguém mais.

— Agora que falou, ela parece simplória — falou a outra mulher, acariciando a cabeça de Raven como se ela fosse um cachorro. — Ela sempre foi assim? Que pena, e precisa cuidar dela. Você é uma boa mulher. Às vezes, quando as crianças são assim, a família as amarra nas árvores como se fossem um cachorro de rua, e você a traz para a corte e tudo o mais. Olhem para o padre em suas vestes de ouro! Aquele é o bispo Patrício, dizem que ele expulsou todas as cobras de seu país... imagine! Acha que ele lutou com bastões?

— É um jeito de dizer que expulsou todos os druidas... eles são chamados de serpentes da sabedoria — afirmou Morgana.

— Como alguém como você sabe disso? — debochou a interrogadora de Morgana. — Soube que eram de fato cobras, e, de toda maneira, aquele povo sábio, druidas e padres, eles andam juntos, não brigariam!

— É bem provável — respondeu Morgana, sem querer chamar mais atenção para si, voltando os olhos para o bispo Patrício. Atrás dele estava alguém usando as vestes de um monge – uma figura encarquilhada, dobrada sobre si mesma e caminhando com dificuldade. O que faz o Merlim na comitiva do bispo? Deixando a necessidade de saber superar o risco de chamar atenção, ela perguntou: — O que vai acontecer? Pensei que tivessem ido à missa na capela nesta manhã, todos os lordes e as senhoras...

— Soube — disse uma das mulheres — que, já que cabe tão pouca gente na capela, haveria uma missa especial aqui para todo o povo, antes da comida... veja, os homens do bispo estão carregando o altar com a toalha branca e tudo. Chhh... ouçam!

Morgana achou que enlouqueceria de raiva e desespero. Profanariam as Insígnias Sagradas usando-as no serviço de uma missa cristã?

— Aproximem-se todos — o bispo dizia —, pois hoje a velha ordem dá lugar à nova. Cristo triunfou sobre todos os velhos Deuses falsos que agora serão subservientes ao seu nome. Pois o Verdadeiro Cristo disse à humanidade: *Eu sou o Caminho, a Verdade e a Vida.* Ele também disse: *Ninguém vem ao Pai a não ser por mim, pois não há, debaixo do Céu, outro nome dado aos homens pelo qual devamos ser salvos.* E por esse símbolo, então, todas as coisas que um dia foram devotadas a falsos Deuses antes que a humanidade tivesse conhecimento da verdade agora serão devotadas a Cristo e dedicadas novamente ao serviço do Verdadeiro Deus...

Mas Morgana não ouviu mais nada; de repente, soube o que planejavam fazer — *Não! Jurei me dedicar à Deusa. Não posso permitir essa blasfêmia!* Virou-se e tocou o braço de Raven; mesmo ali, no meio do salão cheio, estavam abertas uma para a outra. *Querem usar as Insígnias Sagradas da Deusa para convocar a Presença... que é Una... mas querem fazer isso em nome daquele Cristo que chama todos os Deuses de demônios, a não ser que invoquem em seu nome!*

O cálice que os cristãos usam em sua missa é a invocação da água, assim como o prato que usam, no qual colocam o pão sagrado, é o prato sagrado do elemento terra. Agora, usando as coisas ancestrais da Deusa, querem invocar seu Deus tacanho; mas em vez da água pura da terra sagrada, saindo da fonte cristalina da Deusa, profanaram a taça dela com vinho!

Na taça da Deusa, ó Mãe, está o caldeirão de Ceridwen, em que todos os homens são nutridos e do qual todos os homens têm todas as coisas boas deste mundo. Vocês invocaram a Deusa, ó padres obstinados, mas desafiarão sua presença se ela vier? Morgana apertou as mãos na invocação mais fervorosa de sua vida. *Sou sua sacerdotisa, ó Mãe! Use-me, eu lhe rogo, como desejar!*

Sentiu o ímpeto do poder descendo, sentiu-se ficar cada vez mais alta à medida que o poder corria por seu corpo e por sua alma e a preenchia; não tinha mais consciência das mãos de Raven segurando-a de pé, enchendo-a como o cálice com o vinho da sagrada presença...

Foi para a frente e viu Patrício, chocado, recuar diante dela. Não tinha medo, embora soubesse que era mortal tocar as Insígnias Sagradas sem estar preparada – *como*, ela se perguntou em um canto remoto da mente, *Kevin conseguiu preparar o bispo?* Ele traíra aquele segredo também? Teve certeza de que toda a sua vida fora uma preparação para aquele momento, quando, como a própria Deusa, levantou a taça nas mãos.

Depois, soube que algumas pessoas disseram ter visto o Cálice Sagrado ser levado ao redor do aposento por uma donzela vestida de branco reluzente; outros disseram ter ouvido um grande vento encher o salão e o som de muitas harpas. Morgana sabia apenas que levantara a taça entre as mãos, vendo-a brilhar como uma grande joia cintilante, um rubi, um coração vivo, batendo, pulsando entre suas mãos... foi em direção ao bispo, e ele caiu de joelhos diante dela enquanto Morgana sussurrava:

— Beba. Esta é a Presença Sagrada...

Ele bebeu, e ela se perguntou o que o bispo via, mas então ele ficou para trás enquanto ela seguia, ou a taça em si se movia, arrastando-a com ela... não sabia dizer. Ouviu um som como o de muitas asas passando diante dela e sentiu um aroma doce que não era incenso nem perfume... O cálice, alguns disseram depois, estava invisível; outros afirmaram que brilhava como uma grande estrela que cegava qualquer olho que o mirasse... Cada pessoa naquele salão viu seu prato cheio com as coisas de que mais gostava de comer... e depois ela ouviu repetidamente *aquela* história, e por aquele sinal soube que o que carregava era o caldeirão de Ceridwen. Mas não tinha explicação para as outras histórias, e não precisava de uma. *Ela é a Deusa, faz o que deseja...*

Enquanto se colocava na frente de Lancelote, ouviu-o sussurrar maravilhado:

— É você, Mãe? Ou estou sonhando? — Morgana colocou a taça nos lábios dele, transbordando de ternura; hoje era a mãe de todos. Até mesmo Artur se ajoelhou diante dela enquanto a taça passava brevemente por seus lábios.

Sou todas as coisas... Virgem e Mãe e aquela que dá a vida e a morte. Ignorai-me por vossa conta e risco, vós que me chamais por outros Nomes... sabei que sou Única... De todos os que estavam no grande salão, apenas Nimue, ela pensou, a reconhecera, a fitara com um reconhecimento atônito; sim, Nimue também fora criada para reconhecer a Deusa, em qualquer forma que pudesse assumir.

— Você também, minha criança — sussurrou com infinita compaixão, e Nimue se ajoelhou para beber, e Morgana sentiu em algum lugar dentro dela uma onda de luxúria e vingança. Pensou: *Sim, isto também é parte de mim...*

Morgana fraquejou e sentiu a força de Raven a sustentando... era Raven atrás dela, segurando a taça? Ou era uma ilusão, e Raven ainda estava encolhida em seu canto, mantendo-a de pé com um fluxo de força que atravessava as duas até a Deusa segurando a taça?

Morgana nunca soube se havia carregado o cálice ou se aquilo, também, fora parte da imensa mágica que fizera para a Deusa... ainda assim, tinha a impressão de que levara a taça em torno do grande salão, e que cada homem e cada mulher ali se ajoelhou e bebeu, que a doçura e o êxtase a inundavam, que caminhou como se tivesse as grandes asas que podia ouvir... e então o rosto de Mordred estava diante dela.

Não sou sua mãe, sou a Mãe de todos...

Galahad estava branco, chocado. Ele a vira como a taça da vida ou como o cálice sagrado de Cristo? Isso importava? Gareth, Gawaine, Lucan, Bedivere, Palomides, Cai... todos os velhos Companheiros e muitos que ela não reconhecia, e parecia que por fim caminhavam em algum lugar além dos espaços do mundo, e todos os que já estiveram entre eles, até mesmo os que já haviam deixado este mundo, vieram para comungar com eles na Távola Redonda naquele dia – Heitor, Lot, mortos desde monte Badon; o jovem Drustan, assassinado em uma fúria ciumenta por Marco; Lionel; Bors; Balin e Balan, de mãos dadas, novamente como irmãos além dos portões da morte... todos os que algum dia tinham se reunido em torno da Távola Redonda, no passado e no presente, hoje se reuniam ali naquele momento além do tempo, até mesmo, enfim, diante dos olhos sábios de Taliesin. E então Kevin, de joelhos diante dela, a taça nos lábios...

Até você. Perdoo a todos neste dia... venha o que vier nos tempos que ainda veremos...

Por fim ela levou a taça aos próprios lábios e bebeu. A água do Poço Sagrado em seus lábios tinha sabor doce, e, embora agora visse todos os outros no salão comendo e bebendo, lhe pareceu, quando mordeu um bocado de pão, que em seus lábios havia o bolo suave de mel que Igraine assava para ela quando era criança em Tintagel...

Ela recolocou a taça no altar, onde brilhava como uma estrela...

Agora! Agora, Raven, a Grande Magia! Foi necessária a força de todos os druidas para tirar Avalon deste mundo, mas agora não precisamos de tanto... a taça, o prato e a lança devem ir... devem sair deste mundo para sempre, em segurança até Avalon, para jamais serem tocados nem profanados novamente por mortais. Nunca mais serão usados para nossa própria magia entre o círculo de pedras, pois foram afrontados por seus momentos em um altar cristão. Mas jamais serão profanados novamente por padres de um Deus tacanho que quer renegar todas as outras verdades...

Sentiu o toque de Raven, suas mãos apertando as de Morgana, e lhe pareceu que, além das mãos de Raven, sentia outras mãos, não sabia de quem... e no salão era como se as grandes asas batessem por um momento final. Um vento forte varreu o salão e desapareceu. A luz branca do dia entrou no aposento, e o altar estava nu e vazio, a toalha branca amarrotada e jogada ali, sem uso. Ela podia ver o rosto pálido e aterrorizado do bispo Patrício.

— Deus nos visitou — ele sussurrou — e hoje bebemos o vinho da vida pelo Cálice Sagrado...

Gawaine ficou de pé.

— Mas quem roubou o vaso sagrado? — gritou. — Nós o vimos velado... Juro que irei em frente e o trarei de volta a esta corte! E nessa missão passarei doze meses e um dia, até que veja mais claramente do que aqui...

Claro que precisava ser Gawaine, pensou Morgana, *sempre o primeiro a se colocar face a face com o desconhecido!* Ainda assim, ele estava em suas mãos. Galahad se levantou, pálido e luminoso de excitação.

— Doze meses, *sir* Gawaine? Juro que passarei toda a vida, se necessário, até que veja o cálice claramente diante de mim...

Artur levantou a mão e tentou falar, mas a febre havia tomado todos, que gritavam, fazendo juramentos, falando ao mesmo tempo.

Não há agora outra causa tão cara a seus corações, pensou Morgana. *As guerras foram vencidas, há paz na terra. Entre as guerras, até mesmo os césares tiveram o juízo de colocar suas legiões para construir estradas e conquistar novas terras. Agora essa missão, acham, os unirá novamente no antigo fervor. Uma vez mais são os Cavaleiros da Távola Redonda, mas isso os espalhará aos quatro ventos... em nome daquele Deus que você quer colocar acima de Avalon, Artur! A Deusa trabalha conforme a vontade dela...*

Mordred se levantara e falava, mas Morgana agora só tinha olhos para Raven, caída no chão. Em torno dela, as velhas camponesas ainda conversavam sobre as comidas e os vinhos requintados que provaram sob o encantamento do caldeirão.

— Era vinho branco, rico e doce como mel e uvas frescas... Só havia experimentado uma vez, anos atrás...

— Comi bolo de ameixas, recheado de passas e ameixas e uma calda de vinho vermelho encorpado... Nunca comi nada tão bom...

Mas Raven jazia em silêncio, branca como a morte, e, quando Morgana se curvou sobre ela, constatou o que já percebera ao vê-la pela primeira vez ali deitada. O peso da Grande Magia fora demais para a mulher apavorada; ela se mantivera firme, amparada pela Grande Magia, até que o Graal fosse para Avalon, toda a sua força usada altruisticamente para fortalecer Morgana no trabalho da Deusa; e então aquela força recuou, e sua vida com ela. Morgana a apertou firme, em grande dor e desespero.

Eu também a matei. Verdadeiramente agora matei a única pessoa que tinha para amar... Mãe, Deusa, por que não poderia ter sido eu? Não tenho mais nada pelo que viver, ninguém para amar, e Raven nunca prejudicou uma alma vivente, nunca, nunca...

Morgana viu Nimue descer de seu assento elevado ao lado da rainha e falar com o Merlim, o olhar afetuoso e doce, e pousar a mão confidente no braço dele. Artur falava com Lancelote, as lágrimas correndo pelo rosto de ambos; ela os viu se abraçarem e se beijarem como não faziam desde que eram garotos. Artur o deixou e foi até a extremidade mais baixa do salão, movendo-se entre os súditos.

— Está tudo bem, meu povo?

Todos falavam a ele sobre o banquete mágico, mas, enquanto ele se aproximava, alguém gritou:

— Aqui há uma velha surda e muda, meu senhor Artur, morta... a excitação foi demais para ela!

Artur caminhou até onde Raven jazia sem vida nos braços de Morgana. Ela não levantou a cabeça. Será que ele a reconheceria, gritaria, a acusaria de bruxaria?

A voz dele era gentil e familiar, mas distante. *Claro*, ela pensou, *não está falando agora com a irmã, uma sacerdotisa ou uma igual, não vê mais que uma velha camponesa encarquilhada, de cabelos brancos, vestida com trapos.*

— É sua irmã, minha boa mulher? Sinto muito que isso tenha acontecido em um festival, mas Deus a levou em um momento abençoado nos braços de seu próprio anjo. Gostaria que fosse sepultada aqui? Pode ser enterrada no cemitério, se desejar.

As mulheres em torno dela prenderam o fôlego, e Morgana soube que aquilo era, realmente, a maior caridade que ele poderia oferecer. Mas, com o manto ainda sobre a cabeça, disse:

— Não.

E então, como se fosse impelida a isso, olhou-o nos olhos.

Haviam mudado tanto, os dois... ela estava velha e castigada, mas Artur também era diferente do jovem Gamo-Rei...

Morgana não soube, naquele dia nem nunca, se Artur a reconhecera. Seus olhos se encontraram por um momento, e então ele disse, com gentileza:

— Gostaria então de levá-la para casa? Que seja como quer, mãe. Diga aos homens do estábulo para lhe darem um cavalo... mostre isto a eles.

Colocou um anel na mão dela. Morgana baixou a cabeça, apertando os olhos para segurar as lágrimas, e, quando a levantou novamente, Artur se fora.

— Aqui, vou ajudá-la a carregar a senhora — disse uma das mulheres próximas, e então outra, e levaram o corpo leve de Raven do salão. Morgana sentiu-se tentada a olhar para trás, para o salão da Távola Redonda, pois sabia que jamais o veria novamente nem pisaria mais em Camelot.

Agora seu trabalho estava feito, e voltaria a Avalon. Mas voltaria sozinha. Agora estaria sempre sozinha.

10

Gwenhwyfar, observando as preparações no salão, ouvia a voz suave do bispo Patrício dizer: "Ninguém vem ao Pai a não ser por mim", olhou para a taça com emoções díspares. Metade dela dizia: *Esse belo objeto deveria ser consagrado, como quer Patrício, a serviço de Cristo; até mesmo o Merlim, por fim, se aproximou da cruz.*

Mas a outra metade dela insistia, contra sua vontade: *Não. Seria melhor destruí-lo, derreter o ouro se fosse preciso, e moldar com ele outro cálice consagrado, desde sua primeira existência, ao serviço do verdadeiro Deus. Pois esse é da Deusa, como a chamam, a mesma Deusa que é a grande meretriz, inimiga de Deus desde o começo dos tempos... É certo que os padres dizem: Com a mulher o mundo entrou neste mundo*, e então ficou confusa, pois certamente as mulheres não podem ser todas malignas – Deus mesmo escolheu uma mulher para dar à luz seu filho, e o próprio Cristo falou sobre o céu a seus discípulos escolhidos e a suas irmãs e esposas...

Uma, ao menos, abandonou aquela Deusa. Sentiu o rosto se suavizar ao olhar para Nimue – a filha de Elaine, tão parecida com ela quando criança, mas ainda mais bela, com algo da vivacidade sorridente e a graça ágil do jovem Lancelote. Nimue era tão bela e doce que não podia acreditar que algo nela pudesse ser maligno, mas ela servira desde criança na própria casa da Deusa. E agora se arrependera daquela obra maligna e viera a Camelot, implorando para que ninguém soubesse que servira em Avalon, nem mesmo o bispo Patrício. Nem mesmo Artur. Seria difícil, pensou Gwenhwyfar, negar qualquer coisa a Nimue; tinha jurado a si mesma guardar o segredo da jovem.

Ela olhou para além de Nimue, onde Patrício estava de pé, pronto para tomar a taça nas mãos. E então...

... então Gwenhwyfar teve a impressão de que um grande anjo, com as asas na sombra atrás da forma brilhante, levantou nas mãos uma taça que cintilava como uma grande estrela. Era vermelha como um coração pulsante, um rubi cintilante... não, mas era azul como o céu mais profundo, e surgiu um perfume como o de todas as rosas de cada jardim que já visitara na vida. E um grande vento fresco pareceu soprar de repente pelo salão, e, embora estivessem em uma missa, Gwenhwyfar subitamente sentiu que poderia se levantar de seu assento e correr para fora, para as colinas, nos grandes espaços que pertenciam a Deus, sob seu imenso céu que cura. Ela sabia, dentro de seu coração, que nunca mais teria medo de deixar a prisão do quarto e do salão; podia caminhar sob o céu aberto e sobre as colinas sem medo, pois Deus estaria com ela aonde quer que fosse. Ela sorriu; incrédula, ouviu-se rindo alto, e a coisinha dentro dela há tanto tempo aprisionada perguntava, raivosa: *Na missa sagrada?*, mas a verdadeira Gwenhwyfar dizia, ainda rindo, embora ninguém tivesse ouvido: *Se não posso encontrar deleite em Deus, então o que é Deus para mim?*

E então, através dos perfumes doces e da alegria, o anjo estava diante dela, a taça em seus lábios. Estremecendo, ela bebeu, baixando os olhos, mas sentiu um toque na cabeça e olhou para cima, e o que viu não foi um anjo, mas uma mulher coberta por um véu azul, com grandes olhos tristes. Não houve som, mas a mulher disse a ela: *Existo desde muito antes de Cristo, e fui eu quem a fez como é. Sendo assim, amada filha, esqueça-se de toda a vergonha e seja feliz, pois você, também, é da mesma natureza que eu.*

Gwenhwyfar sentiu que todo o seu corpo e seu coração eram feitos de puro júbilo. Não sentia essa felicidade desde quando era pequena. Nem mesmo nos braços de Lancelote jamais experimentara esse êxtase absoluto. *Ah, se pudesse ter dado isso ao meu amante!* Sabia que o anjo, ou fosse qual fosse a Presença que a tocara, tinha seguido adiante, e ficou triste com isso, mas a felicidade ainda pulsava dentro dela, e olhou, com amor, enquanto o anjo levava a taça em chamas aos lábios de Lancelote. *Ah, se ao menos ela puder lhe dar um pouco desta alegria, meu triste amante!*

As chamas ardentes e o vento forte encheram o salão e foram silenciados. Gwenhwyfar comeu e bebeu, embora jamais viesse a saber o que era, apenas que era doce e saboroso; e se entregou à delícia daquilo. *Certamente o que esteve entre nós hoje é sagrado...*

O salão estava em silêncio; parecia nu e vazio na luz pálida do meio-dia, e Gawaine se levantara, gritando. E, depois dele, Galahad.

— Juro que passarei toda a vida, se necessário, até que veja o Graal claramente diante de mim...

O bispo Patrício parecia desmaiar, e ela se lembrou de que ele era velho; e o altar onde o cálice fora colocado estava vazio. Ela levantou-se rapidamente e foi até ele.

— Padre — disse, levando uma taça de vinho aos lábios dele. Patrício bebeu, e, enquanto a cor voltava a seu rosto enrugado, sussurrou:

— Certamente algo sagrado esteve entre nós... eu realmente fui alimentado na Mesa do Senhor, com a o mesmo cálice do qual ele bebeu na última noite santa antes de Sua Paixão...

Gwenhwyfar começava a entender o que acontecera – o que viera a eles naquele dia pela vontade de Deus foi uma visão. O bispo sussurrou:

— A senhora viu, minha rainha, o cálice do próprio Cristo...

Ela respondeu gentilmente:

— Não, infelizmente, meu caro padre, talvez não seja digna disso, mas vi um anjo, creio, e pensei por um momento que fosse a Santa Mãe de Deus diante de mim...

— Deus enviou uma visão para cada um de nós — disse Patrício. — Como rezei para que algo pudesse descer sobre nós, inspirar todos esses homens com o amor da verdadeira visão de Cristo...

Gwenhwyfar pensou no velho provérbio: *Cuidado com o que desejas, pois poderás ser atendido.* Com certeza algo havia inspirado aqueles homens. Levantavam-se um atrás do outro, jurando passar um ano e um dia procurando, e ela pensou: *Todos os membros da Távola Redonda agora se espalham aos quatro ventos.*

Olhou para o altar, onde o cálice fora colocado. *Não*, pensou, *o bispo Patrício e Kevin, o Merlim, estão os dois tão errados quanto Artur. Não se pode invocar Deus para servir a seus próprios propósitos dessa maneira. Deus sopra através dos propósitos humanos como um vento poderoso, como o movimento das asas de anjo que escutei hoje neste salão, e os rasga...*

E então se perguntou: *O que está errado comigo, pensando em criticar Artur e até mesmo o bispo pelo que fizeram?* Apesar disso, pensou, com força renovada: *Por Deus, sim! Eles não são Deus, são apenas homens, e seus propósitos não são sagrados!* Olhou para Artur, que agora andava entre os camponeses e os súditos na extremidade do salão... algo havia acontecido lá, algum camponês caíra morto, talvez sobrecarregado com o júbilo da Sagrada Presença. Ele voltou andando, com uma aparência triste.

— Gawaine, precisa ir... Galahad? Você também, meu filho? Bors, Lionel... como, todos vocês?

— Meu senhor Artur — chamou Mordred. Ele vestia, como sempre, o vermelho que lhe caía tão bem e que exagerava, quase ao ponto da caricatura, sua semelhança com Lancelote quando jovem.

A voz de Artur era delicada.

— O que é, meu caro rapaz?

— Meu rei, peço-lhe permissão para *não* sair nessa missão — ele disse. — Embora ela possa ser dada a todos os seus cavaleiros, alguém precisa ficar ao seu lado.

Gwenhwyfar sentiu uma ternura transbordante pelo jovem. *Ah, este é o verdadeiro filho de Artur, não Galahad, todo sonhos e visões!* Houve algum momento em que Mordred não tivera seu afeto ou sua confiança? Ela disse, tocada:

— Deus o abençoe, Mordred. — E o jovem sorriu para ela. Artur baixou a cabeça e afirmou:

— Que assim seja, meu filho.

Era a primeira vez que Artur o chamava assim diante de outros homens; Gwenhwyfar aferiu sua perturbação com aquilo.

— Que Deus nos ajude, Gwydion... Mordred, devo dizer... com tantos de meus Companheiros espalhados pelos quatro cantos do mundo, apenas Deus pode dizer se algum deles voltará um dia...

Artur apertou as mãos de Mordred, e por um instante Gwenhwyfar teve a impressão de que ele se apoiava no braço forte do filho.

Lancelote se aproximou dela e se curvou.

— Senhora, posso me despedir?

Gwenhwyfar sentiu que as lágrimas estavam tão à flor da pele quanto a felicidade.

— Ah, meu amor, precisa mesmo partir nessa missão? — disse, sem se importar com quem ouvisse as palavras. Artur também parecia perturbado, estendendo a mão para o primo e amigo.

— Vai nos deixar, Lancelote?

Ele assentiu. E havia algo arrebatado, sobrenatural, brilhando no rosto dele. Então aquele grande júbilo também o alcançara? Mas por que, então, ele precisava partir para buscá-lo? Certamente estava dentro dele também?

— Por todos esses anos, meu amor — ela afirmou —, você me disse que não era um cristão tão bom assim. Por que então precisa fugir de mim nessa busca?

Ela percebeu que ele buscava as palavras, e por fim respondeu:

— Por todos esses anos não sabia se Deus era apenas uma velha lenda contada pelos padres para nos assustar. Agora eu vi... — ele umedeceu os lábios com a língua, tentando encontrar palavras para algo além delas — eu vi algo. Se uma visão assim pode existir, seja de Cristo ou do diabo...

— Certamente — interrompeu Gwenhwyfar —, certamente veio de Deus, Lancelote...

— Assim você diz, pois viu, *sabe*... — ele afirmou, segurando a mão dela contra o coração. — Não tenho certeza... acho que minha mãe zombou de mim, ou todos os Deuses são Um, como Taliesin costumava dizer... estou dividido entre a escuridão de jamais saber e a luz além do desespero, que me diz... — E novamente ele buscava as palavras: — Foi como um grande sino me chamando de longe, um brilho como as luzes distantes nos pântanos, dizendo: *Siga*... e sei que a verdade está lá, *ali*, pouco além de meu alcance, se eu simplesmente a seguir e encontrar uma fenda no véu que a encobre... ela existe, se apenas pudesse alcançá-la, minha Gwenhwyfar. Você me negaria a busca, agora que sei que há algo que vale verdadeiramente a pena encontrar?

Parecia que estavam a sós no aposento, não na corte diante de todos. Ela sabia que poderia persuadi-lo sobre tudo o mais, mas quem poderia se colocar entre um homem e sua alma? Deus decidiu não dar a ele essa certeza e essa alegria, e ela não se espantava por ele ir agora buscá-las, pois sentira que estavam lá, mas sem a certeza ela também teria passado o resto da vida naquela busca. Estendeu as duas mãos para ele, sentindo-se como se o abraçasse diante de todos em plena luz do dia:

— Vá, então, meu amado, e que Deus recompense sua busca com a verdade que procura.

— Que Deus esteja sempre com minha rainha, e que ele permita que um dia eu volte a vê-la — respondeu ele.

Lancelote então se virou para Artur, mas Gwenhwyfar não ouviu o que diziam, viu apenas que ele abraçou o rei como fazia quando eram todos jovens e inocentes.

Artur ficou de pé, com a mão no ombro de Gwenhwyfar, observando-o partir.

— Às vezes penso — disse baixo — que Lance é o melhor de nós. — E ela se virou para ele, o coração transbordando de amor por aquele grande homem que era seu marido, e respondeu:

— Também penso assim, meu querido amor.

Ele disse, surpreendendo-a:

— Amo vocês dois, Gwen. Jamais pense que é menos importante para mim do que qualquer coisa na Terra. Estou quase feliz por jamais me ter dado um filho — completou, quase em um sussurro —, pois poderia então pensar que meu amor por você seria apenas por aquilo, e, agora posso lhe dizer, eu a amo além de tudo, a não ser meu dever com esta terra cujo governo me foi dado por Deus, e não pode ter ciúme disso...

— Não — ela respondeu, em voz baixa. E então, com total sinceridade e sem reservas, disse: — E eu também o amo, Artur, jamais duvide disso.

— Nunca, nem por um momento, duvidei disso, meu caro amor.

Ele levou as mãos dela aos lábios e as beijou, e Gwenhwyfar estava mais uma vez tomada por aquela felicidade plena. *Que mulher neste mundo teve tanto na vida, que os dois maiores homens na face da Terra a amassem?*

Em torno deles, os barulhos da corte soavam novamente, exigindo atenção para as coisas do dia a dia. Todos, aparentemente, viram algo diferente – um anjo; uma donzela carregando o Graal; alguns, como ela mesma, viram a Mãe Sagrada, e muitos, muitos outros, nada viram, nada além de uma luz muito forte, e foram tomados pela paz e pela alegria, e receberam as comidas e as bebidas de que mais gostavam.

Agora corria um rumor de que, pela graça de Cristo, o que viram fora o próprio Graal do qual Jesus bebeu na Última Ceia entre seus discípulos, quando partiu o pão e compartilhou o vinho como se fossem o corpo e o sangue do antigo sacrifício. Teria o bispo Patrício escolhido aquele momento para espalhar a história, enquanto estavam todos confusos e ninguém sabia de fato o que vira?

Havia uma história que Morgana lhe contara, lembrou-se Gwenhwyfar, fazendo o sinal da cruz: Jesus de Nazaré, diziam em Avalon, viera até ali na juventude para ser educado entre os druidas sábios de Glastonbury e, depois de sua morte, seu pai de criação, José de Arimateia, chegara àquelas terras e fincara o cajado no chão, onde florescera o Espinheiro Sagrado. Não era razoável então que o próprio José tivesse trazido para cá a taça do sacrifício? Certamente, fosse o que fosse, era sagrado... de fato era algo sagrado, pois, se não viesse de Deus, poderia ser o feitiço mais maligno, e como tal beleza, tal felicidade, poderia ser maligna?

Ainda assim, não importava o que dizia o bispo, fora um presente maligno, pensou Gwenhwyfar, estremecendo. Um por um, os Cavaleiros se levantaram e partiram em suas missões, e ela agora olhava um salão quase vazio. Tinham partido todos os Companheiros, com exceção de Mordred, que jurara ficar, e Cai, que estava velho demais e aleijado para partir. Artur deixou Cai – ela sabia que ele estivera consolando o irmão de criação por não tomar parte nessa missão com os outros – e disse:

— Ah, eu também deveria ter partido com eles, mas não pude. Não estragarei o sonho deles.

Ela mesma serviu a ele um pouco de vinho e de repente desejou que estivessem em seus próprios aposentos, e não ali, onde foram deixados sozinhos no salão da Távola Redonda.

— Artur, planejou isso que aconteceu? Disse-me que planejava algo maravilhoso para a Páscoa...

— Sim — ele respondeu, recostando-se, fatigado, em seu assento —, mas juro que não sabia o que fora planejado pelo bispo Patrício ou pelo Merlim. Sabia que Kevin trouxera com ele as Insígnias Sagradas de Avalon. — Ele pousou a mão na espada. — Recebi a espada em minha coroação, e agora ela foi colocada a serviço do reino e de Cristo. Pareceu-me, assim como disse o Merlim, que o mais sagrado dos Mistérios do mundo antigo deveria ser colocado a serviço de Cristo, já que todos os Deuses são um só, conforme Taliesin sempre nos disse. Nos velhos tempos os druidas chamavam seu Deus por outro nome, mas essas coisas pertenciam a Deus e devem ser dadas a ele. Mesmo assim, não sei o que aconteceu no salão hoje.

— Você não sabe? *Você?* Não lhe parece que contemplamos um verdadeiro milagre, que Deus esteve diante de nós para mostrar que o Cálice Sagrado deveria ser reivindicado a seu serviço?

— Às vezes creio que sim — respondeu Artur, lentamente —, mas então me pergunto... não teria sido a mágica do Merlim que nos encantou, para que cada um tivesse uma visão e pensasse assim? Agora meus Companheiros se foram, e quem sabe se algum dia retornarão?

Ele levantou o rosto para Gwenhwyfar; ela notou, como se estivesse muito longe, que as sobrancelhas dele agora estavam totalmente brancas e que seu cabelo louro estava bastante prateado.

— Sabia que Morgana esteve aqui? — disse ele.

— Morgana? — Gwenhwyfar abanou a cabeça. — Não, não sabia... por que não veio nos cumprimentar?

Ele sorriu.

— Você ainda pergunta? Ela partiu da corte sob meu grande desagrado.

Artur apertou os lábios e novamente sua mão buscou o punho de Excalibur, como se para se reassegurar de que ainda estava ao seu lado. Agora pendia em uma bainha de couro, feia e grosseira; Gwenhwyfar jamais ousara perguntar a ele o que havia acontecido com aquela que Morgana fizera para ele havia tantos anos, mas agora adivinhava que isso estava por trás do desentendimento dos dois.

— Você não sabia... ela se rebelou contra mim. Queria colocar seu amante Accolon no trono em meu lugar...

Gwenhwyfar pensou que jamais sentiria novamente raiva de qualquer criatura depois da visão jubilosa daquele dia; até mesmo naquele momento, o que ela mais sentiu por Morgana foi pena, e pena também de Artur, sabendo que depositara seu amor e sua confiança na irmã que o traíra.

— Por que não me contou? Jamais confiei nela.

— Por isso não contei — respondeu Artur, apertando sua mão. — Pensei que eu não suportaria ouvi-la dizer como jamais confiara em Morgana e como sempre me alertara contra ela. Mas Morgana esteve aqui hoje, disfarçada como uma velha camponesa. Estava envelhecida, Gwenhwyfar, envelhecida, inofensiva e doente. Acho que veio disfarçada para observar, talvez, o lugar em que um dia teve grandes honrarias, e, quem sabe, para ver mais uma vez seu filho... Parecia mais velha que nossa mãe quando morreu... — Ele ficou em silêncio, contando nos dedos, e por fim disse: — Ora, e realmente é, assim como sou mais velho do que meu pai jamais foi, minha Gwenhwyfar... não creio que Morgana tenha vindo para fazer maldades, e, se veio, com certeza foi impedida pela visão sagrada... — E se calou. Gwenhwyfar sabia, com seu instinto certeiro, que ele ainda amava Morgana e sentia a falta dela.

Os anos passam e há tantas coisas que não posso dizer a Artur, ou ele a mim... mas ao menos ambos falamos hoje de Lancelote e do amor que estava entre todos nós. E teve a impressão por um momento de que o amor dele era a maior verdade de sua vida e que o amor jamais poderia ser medido, tanto em relação a um quanto ao outro, mas era um fluxo eterno e sem fim, que, quanto mais amava, mais amor tinha a dar, e agora dava a todos, como ele lhe fora dado por sua visão.

Mesmo pelo Merlim, hoje, ela sentia aquele fluxo de afeto e ternura.

— Veja como Kevin se atrapalha com sua harpa. Devo enviar alguém para ajudá-lo, Artur?

Artur sorriu e disse:

— Ele não precisa, pois Nimue o está ajudando, vê?

E novamente ela sentiu o amor transbordante, dessa vez pela filha de Lancelote e Elaine – filha dos dois que mais amara. A mão de Nimue sob o braço do Merlim... como a velha lenda da donzela que se apaixonou por uma besta selvagem das profundezas da floresta! Ah, mas hoje sentia amor até pelo Merlim, e estava feliz por ele ter as mãos jovens e fortes de Nimue para ajudá-lo.

À medida que os dias se passavam na corte quase vazia de Camelot, Nimue parecia-se cada vez mais com a filha que jamais tivera. A garota ouvia com atenção cortês quando ela falava, a lisonjeava sutilmente, era sempre rápida para atender suas menores necessidades. Apenas uma coisa em Nimue desagradava Gwenhwyfar – passava tempo demais ouvindo o Merlim.

— Ele pode dizer agora que é cristão, criança — avisou a rainha —, mas no coração é um velho pagão, comprometido com os ritos bárbaros dos druidas aos quais renunciou... ainda é possível ver as serpentes que leva nos punhos!

Nimue acariciou os próprios punhos acetinados.

— Ora, Artur também — respondeu gentilmente —, e eu também poderia tê-las, prima, se não tivesse visto a grande luz. Ele é um homem sábio, e não há ninguém em toda a Bretanha que toque harpa com tanta maestria.

— E ali está o laço de Avalon para amarrá-la — retrucou Gwenhwyfar, um pouco mais abruptamente do que desejara.

— Não, não — disse Nimue —, eu lhe imploro, prima, jamais diga isso a ele. Kevin não viu meu rosto em Avalon, não me conhece, e não quero que ele pense que sou uma apóstata daquela fé para essa...

Ela parecia tão perturbada que Gwenhwyfar disse amorosamente:

— Ora, se assim deseja, não direi nada a ele. Não disse nem a Artur que veio de Avalon.

— E gosto tanto de música, e da harpa — pediu Nimue. — Não devo falar com ele?

Gwenhwyfar sorriu com indulgência.

— Seu pai também foi um ótimo músico... Uma vez disse que a mãe dele lhe deu uma harpa para brincar antes que ele tivesse idade para segurar uma espada de brinquedo e o ensinou a tocar as cordas. Gostaria mais do Merlim se ele ficasse com sua harpa e não quisesse ser um dos conselheiros de Artur. — Então ela estremeceu e disse: — Para mim, aquele homem é um monstro!

Nimue disse pacientemente:

— Sinto muito por vê-la assim tão contra ele, prima. Não é culpa dele, tenho certeza de que preferiria ser belo como meu pai e forte como Gareth!

Gwenhwyfar baixou a cabeça.

— Sei que não é caridoso de minha parte, mas desde criança tenho repulsa pelos deformados. Não tenho certeza de que não tenha sido a visão de Kevin que me fez abortar na última vez que tive a chance de ter um filho. E, se Deus é bom, não é condizente que o que vem de Deus deva ser belo e perfeito, e que o que é feio e deformado deve ser obra do diabo imundo?

— Não — respondeu Nimue —, não me parece provável. Deus mesmo enviou desafios ao povo nas Escrituras Sagradas, pois afligiu Jó com lepra e úlceras, e fez Jonas ser engolido por um grande peixe. E repetidamente nos dizem que ele fez seu povo escolhido sofrer, e até mesmo o próprio Cristo sofreu. É possível pensar que aquelas pessoas sofreram porque era a vontade de Deus que sofressem mais que as outras. Pode ser que Kevin sofra suas aflições por causa de algum grande pecado que cometeu em uma vida anterior a esta.

— O bispo Patrício diz que essa é uma ideia pagã e que nenhum cristão deveria acreditar nessa mentira abominável, de que nascemos e renascemos. Senão, como chegaríamos ao céu?

Nimue sorriu, recordando-se de Morgana lhe dizendo: *Nunca mais me fale de qualquer coisa que o padre Griffin tenha lhe dito*. Pensou que gostaria de dizer isso a Gwenhwyfar naquele momento, mas manteve a gentileza na voz.

— Ah, não, prima, pois mesmo a Sagrada Escritura conta como homens perguntaram quem era João Batista. Alguns homens disseram que Jesus Cristo era Elias redivivo, e ele respondeu: *Eu vos digo, porém, que Elias já veio, mas não o reconheceram*. E os homens souberam, assim diz a Sagrada Escritura, que ele falava de João. Assim, se o próprio Cristo acreditava que os homens renasciam, como pode ser errado que a humanidade creia nisso?

Gwenhwyfar se perguntou quanto do conhecimento das Escrituras chegara até Nimue, vivendo em Avalon. E recordou-se de que Morgana também sabia mais, às vezes pensava, das Escrituras Sagradas do que ela mesma.

— Acho que talvez os padres não queiram que pensemos em outras vidas porque desejam que sejamos muito bons *nesta* — disse Nimue. — Muitos padres acreditam que não resta muito tempo antes que o mundo acabe e Cristo volte, e então temem que os homens esperem por outra vida para serem bons e não tenham tempo de atingir a perfeição antes da volta de Cristo. Se os homens soubessem que renasceriam, para que se esforçariam tanto para ser perfeitos nesta vida?

— Isso me parece uma doutrina perigosa — disse Gwenhwyfar —, pois, se o povo acreditasse que todos os homens por fim devem ser salvos em uma vida ou outra, o que os impediria então de cometer pecados *nesta*, na esperança de que no final a misericórdia de Deus prevaleceria?

— Não acho que o medo dos padres, ou da ira de Deus, ou de nada mais, jamais impedirá a humanidade de cometer pecados — respondeu Nimue —, mas apenas quando ganharem sabedoria em todas as suas vidas é que saberão que erros são inúteis e que se paga pelo mal, cedo ou tarde.

— Ah! Quieta, criança — disse Gwenhwyfar. — Imagine se alguém a escuta dizendo tais heresias! Embora seja verdade — ela disse depois de um momento — que desde a Páscoa me parece que há misericórdia infinita no amor de Deus e que talvez ele não se importe tanto com o pecado como alguns dos padres gostariam que acreditássemos... e agora talvez eu também esteja falando heresias!

Nimue apenas sorriu novamente, pensando consigo mesma: *Não vim à corte para trazer iluminação a Gwenhwyfar. Tenho uma missão mais perigosa, e não cabe a mim pregar a ela a verdade, que todos os homens, e também as mulheres, um dia chegarão à iluminação.*

— *Você* não acredita que Cristo voltará, Nimue?

Não, pensou Nimue, *acredito que os grandes iluminados, como Cristo, vêm apenas uma vez, depois de muitas vidas adquirindo sabedoria, e então se vão para sempre para a eternidade; mas acredito que os divinos nos enviarão outros grandes mestres para pregar a verdade à humanidade, e que a humanidade sempre os receberá com a cruz, o fogo e as pedras.*

— Não importa no que acredito, prima, o que importa é a verdade. Alguns padres pregam que o Deus deles é um Deus de amor, e outros que Ele é maligno e vingativo. Às vezes sinto que os padres foram enviados para punir as pessoas; já que elas não escutam as palavras de amor de Cristo, Deus lhes enviou os padres com sua mensagem de ódio e intolerância... — E então ela parou antes de completar, pois não queria irritar Gwenhwyfar. Mas a rainha apenas disse:

— Bem, Nimue, conheci padres assim.

— E se alguns padres são homens maus — completou Nimue —, não consigo achar totalmente despropositado que alguns druidas possam ser bons.

Deve existir, pensou Gwenhwyfar, *algum erro nessa argumentação*, mas ela não conseguia percebê-lo.

— Bem, minha querida, você pode estar certa. Mas vê-la com o Merlim me deixa nauseada. Embora saiba que Morgana pensasse bem dele… falava-se aqui na corte até que eram amantes. Muitas vezes me perguntei como uma mulher tão meticulosa como Morgana podia deixar que ele a tocasse.

Nimue não sabia daquilo e fez uma nota mental. Era assim que Morgana havia descoberto a fraqueza dele? Ela respondeu apenas:

— De tudo o que aprendi em Avalon, o que mais amei foi música, e, do que ouvi das Escrituras Sagradas, o que mais me agradou foi o salmista que nos disse para louvar a Deus com o alaúde e a harpa. E Kevin prometeu que vai me ajudar a encontrar uma harpa, pois vim para cá sem a minha. Posso pedir para chamá-lo, prima?

Gwenhwyfar hesitou, mas não podia resistir à súplica doce no sorriso da jovem e respondeu:

— É claro que pode, querida criança.

11

Depois de um tempo, o Merlim chegou – *não*, pensou Nimue, *devo me lembrar; ele agora não é mais que Kevin, o harpista, traidor de Avalon* – junto de um criado que carregava Minha Senhora atrás dele. Nimue pensou: *Agora que ele é cristão, não há regras ditando que ninguém mais pode tocar sua harpa; isso é mais simples que manter um iniciado em torno dele para carregar Minha Senhora quando fica sem forças.*

Ele andava com dois cajados, arrastando o corpo torturado atrás deles. Mas sorriu para as senhoras e disse:

— Devem considerar, minha rainha e minha senhora Nimue, que meu espírito curvou-se diante das senhoras no cumprimento que meu corpo desobediente já não consegue fazer.

Nimue sussurrou:

— Peço-lhe, prima, convide-o para sentar-se… ele não consegue ficar muito tempo de pé.

Gwenhwyfar fez um gesto de permissão, pela primeira vez grata por sua miopia, que não permitia que enxergasse com clareza o corpo deformado. Por um momento, Nimue temeu que o ajudante de Kevin fosse de Avalon e a reconhecesse, e talvez a cumprimentasse, mas era apenas um servo com as vestes da corte. Como Morgana, ou a velha Raven, foram capazes de enxergar tão longe, para colocá-la ainda criança em reclusão, de modo que, quando ficasse adulta, houvesse uma sacerdotisa formada em Avalon que o Merlim jamais tivesse visto? Compreendia que era um mero peão na grande obra do mundo, enviada sem armas além de sua beleza e sua virgindade para trazer a vingança da Deusa sobre esse homem que traíra todas elas.

Nimue colocou outra almofada, tirada de sua cadeira, sob os braços do Merlim. Seus ossos pareciam projetar-se contra a pele, e, quando mal tocou seu cotovelo nela, as juntas inchadas estavam tão quentes que sentiu a mão arder. Por um momento, ela sentiu piedade e revolta.

A Deusa certamente já executa sua própria vingança! Este homem já sofreu o bastante! O Cristo deles sofreu um dia na cruz; este homem está crucificado em seu corpo deformado por toda a vida!

Mas, mesmo assim, outros foram queimados por sua fé e não se renderam nem traíram os Mistérios. Ela endureceu o coração e disse com doçura:

— Senhor Merlim, tocará harpa para mim?

— Para a senhora — respondeu Kevin, em sua voz intensa —, toco o que quiser, e desejaria ser aquele velho bardo que podia tocar até que as árvores dançassem...

— Ah, não — disse Nimue, com um riso zombeteiro. — O que faríamos se elas viessem dançar aqui? O salão ficaria coberto de terra, nem todas as nossas criadas com suas vassouras e esfregões seriam capazes de limpá-lo! Deixe as árvores onde estão, eu lhe peço, e cante!

O Merlim pousou as mãos na harpa e começou a tocar. Nimue sentou-se no chão ao lado dele, os grandes olhos mirando intensamente o rosto dele. O Merlim olhava para a moça como um grande cachorro observa seu mestre – com uma devoção humilde e uma imensa preocupação. Gwenhwyfar quase subestimava tal emoção. Ela mesma havia sido objeto de devoção intensa com tanta frequência que simplesmente não pensava duas vezes sobre isso – era simplesmente a admiração dos homens por sua beleza. Talvez, pensou, devesse alertar Nimue para que não se deixasse levar por isso. Não conseguia entender como a moça podia sentar-se tão perto da feiura dele e olhá-lo com tanta atenção.

Havia algo em Nimue que intrigava Gwenhwyfar. De alguma maneira, a concentração da garota não era exatamente o que parecia. Não era o prazer que um músico tinha com o trabalho de outro nem a admiração de uma moça ingênua por um homem maduro e bem viajado. Não, pensou Gwenhwyfar, e tampouco era uma paixão repentina; *aquilo* ela poderia entender e até sentir certa afinidade com essa emoção – ela mesma conhecera aquele amor súbito e poderoso que varria todos os obstáculos. Acertara-a como um relâmpago e arruinara todas as esperanças de que seu casamento com Artur pudesse ser bom e verdadeiro. Fora uma maldição, e ainda assim sabia que se tratava de algo que brotava de si mesmo, sobre o qual nem ela nem Lancelote tinham poder algum. Havia se conformado com aquilo e poderia ter aceitado que acontecesse o mesmo com Nimue – ainda que Kevin, o Merlim, lhe parecesse o objeto menos digno de tal paixão. Mas *não* se tratava daquilo... não entendia como sabia, mas sabia.

Pura luxúria? Poderia ser por parte de Kevin – Nimue era bela, e, embora o Merlim fosse muito discreto, ela poderia ter instigado qualquer homem; mas Gwenhwyfar não conseguia acreditar que Nimue tivesse sido instigada por aquele homem, enquanto se mantivera cortês, mas fria e inalcançável para todos os cavaleiros mais belos da rainha.

De onde estava sentada, aos pés do Merlim, Nimue percebeu que Gwenhwyfar a observava. Mas não tirou os olhos de Kevin. *De certo modo*, pensou, *eu o estou enfeitiçando*. Seu propósito exigia que ela o deixasse totalmente à sua mercê – seu escravo e sua vítima. E outra vez conteve o ímpeto de comiseração que sentia. Aquele homem fizera coisa pior que apenas revelar os Mistérios ou os ensinamentos sagrados; tinha entregado os próprios objetos sagrados na mão dos cristãos, para que fossem profanados. Impiedosamente, recusou-se a levar em conta seu próximo pensamento, de que os cristãos não tinham a intenção de profaná-los, mas de santificá-los. Os cristãos nada sabiam das verdades interiores dos Mistérios. E, de todo modo, o Merlim traíra um juramento.

E a Deusa apareceu para impedir aquela profanação... Nimue tivera ensinamentos suficientes sobre os Mistérios para saber o que havia testemunhado; até mesmo naquele momento um calafrio lhe percorreu a espinha ao pensar no que havia acontecido entre os Companheiros naquele dia. Não tinha entendido totalmente, mas sabia que alcançara o sagrado máximo.

E o Merlim queria profanar aquilo. Não, ele deveria morrer como o cão que era.

A harpa silenciou-se. Kevin disse:

— Tenho uma harpa para a senhora, se aceitá-la. É uma das que fiz com as próprias mãos quando era rapaz em Avalon e vim para a corte pela primeira vez. Fiz outras, que são melhores, mas esta é boa e a levo comigo há muito tempo. Se aceitá-la, é sua.

Nimue protestou, dizendo que o presente era valioso demais, mas interiormente estava felicíssima. Se tivesse algo com valor pessoal para Kevin, algo que fizera com as próprias mãos, com seu próprio trabalho, seria uma ligação com ele, como se fosse um cacho do cabelo ou uma gota de sangue. Não havia muitas pessoas, nem mesmo em Avalon, que sabiam que as leis mágicas iam tão longe, que algo que fora intimamente ligado com a mente, o coração e as paixões – e Nimue imaginava que a música fosse a paixão mais profunda do Merlim – retinha da alma ainda mais que o cabelo retinha da essência do corpo.

Ela pensou, com satisfação: *Ele mesmo, por sua própria vontade, colocou a alma em minhas mãos.* Quando Kevin mandou buscar a harpa, ela a acariciou; pequena e grosseira como era, tinha a coluna polida de tanto pender contra o corpo dele, e suas mãos haviam tocado as cordas com amor... até mesmo naquele momento elas se demoravam sobre a harpa com ternura.

Nimue tocou as cordas, testando o som. Na verdade, o tom da harpa era bom; ele conseguira fazer a curva perfeita e a estrutura fazia com que as cordas soassem do modo mais belo. E, se havia construído aquele instrumento quando era garoto, com aquelas mãos mutiladas... novamente sentiu a onda de pena e dor: *Por que ele não se dedicou apenas à música, em vez de se meter em altas questões de Estado?*

— O senhor é muito bom comigo.

Ela deixou que a voz tremulasse, esperando que ele pensasse que se tratava de paixão, em vez de triunfo... *Com isso, logo ele será meu, possuído de corpo e alma.*

Mas era cedo demais. As grandes marés de Avalon correndo em seu sangue lhe diziam que a lua era crescente; uma magia daquele porte só podia ser feita com a lua escura, quando a Senhora não enviava sua luz ao mundo e seus propósitos ocultos eram revelados.

Não podia deixar a paixão dele ultrapassar os limites, nem sua própria comiseração por ele.

Ele me desejará na lua cheia; este laço que forjo é uma espada de dois gumes, uma corda com duas extremidades... Eu o desejarei também, não posso evitar isso. Para que um encantamento fosse total, deveria envolver o encantador e o encantado, e ela soube, com um espasmo de terror, que o feitiço que fazia também a afetaria e recairia sobre ela. Não podia fingir paixão e desejo; precisaria *senti-los* também. Tinha consciência, com um medo que lhe apertava o coração, de que, quando o Merlim estivesse indefeso em suas mãos, ela estaria indefesa nas dele. *E o que será de mim, ó Deusa, ó Mãe... é um preço alto demais a pagar... não deixe que isso se abata sobre mim, não, não, tenho medo...*

— Bem, Nimue, minha querida — disse Gwenhwyfar —, agora, que tem a harpa em mãos, tocará e cantará para mim?

Deixou que os cabelos cobrissem seu rosto ao olhar timidamente para o Merlim e murmurou:

— Será que devo?

— Peço que toque — ele respondeu. — Sua voz é doce, e sei que suas mãos vão extrair encantamento das cordas...

Realmente vão, se tenho o favor da Deusa. Nimue pousou a mão nas cordas, lembrando-se de que não podia tocar nenhuma música de Avalon que ele fosse reconhecer. Começou a tocar uma canção que ouvira os homens entoarem na corte quando bebiam, com palavras pouco apropriadas para uma donzela; viu Gwenhwyfar parecer escandalizada, e pensou: *Isso é bom, se ela está chocada com meu comportamento pouco digno de uma donzela, não fará muitas perguntas sobre meus motivos.* Então tocou um lamento que ouvira de um harpista do norte, uma canção pesarosa sobre um pescador no mar procurando as luzes de sua casa na margem.

No final da canção ela se levantou, olhando-o timidamente.

— Obrigada por me deixar usar sua harpa... posso pedi-la emprestada de novo, para que minhas mãos não percam a habilidade?

— É um presente meu — respondeu Kevin. — Agora que ouvi a música que suas mãos podem tirar dela, a harpa não poderia ser de mais ninguém. Fique com ela, lhe imploro... tenho muitas harpas.

— O senhor é muito bom para mim — ela murmurou —, mas, eu lhe imploro, agora que posso fazer música sozinha, não me abandone nem me prive do prazer de escutar a sua.

— Tocarei para a senhora sempre que me pedir — respondeu Kevin, e ela soube que o coração dele estava naquelas palavras. Esbarrou nele de propósito ao se curvar para pegar a harpa.

Ela murmurou baixo para que Gwenhwyfar não pudesse ouvi-la:

— As palavras não são capazes de expressar minha gratidão. Talvez chegue a hora em que poderei expressá-la mais adequadamente.

Kevin a olhou, estupefato, e percebeu que ela retribuía seu olhar com a mesma intensidade.

Um feitiço de dois gumes de fato. Também sou vítima...

Ele foi embora, e ela sentou-se obedientemente ao lado de Gwenhwyfar e tentou voltar a atenção para o que ela fiava.

— Como você toca esplendidamente, Nimue — observou Gwenhwyfar. — Não preciso perguntar onde aprendeu... Ouvi Morgana cantar aquele lamento uma vez.

Nimue disse, evitando os olhos dela:

— Conte-me algo sobre Morgana. Ela foi embora de Avalon antes que eu chegasse lá. Foi casada com um rei em... Lothian, era isso?

— Em Gales do Norte — começou Gwenhwyfar.

Nimue, que sabia de tudo isso muito bem, ainda assim não fingia completamente. Morgana permanecia um enigma para ela, e estava ansiosa por saber como ela parecera aos que a conheceram no mundo.

— Morgana foi uma de minhas damas de companhia — dizia Gwenhwyfar. — Artur a cedeu para mim no dia de nosso casamento. É claro que ele foi criado longe dela e mal a conhecia, também...

Enquanto ouvia atentamente, Nimue, que fora treinada para ler emoções, percebeu que, sob aquela aversão de Gwenhwyfar por Morgana, havia algo mais: respeito, veneração, até um tipo de ternura. *Se Gwenhwyfar não fosse uma cristã tão fanática, teria gostado de Morgana.*

Ao menos enquanto Gwenhwyfar falava de Morgana, embora a condenasse como uma feiticeira maligna, não estava despejando as bobagens religiosas que tanto enfadavam Nimue. Mas não podia dar total atenção às histórias da rainha. Sentava-se agindo com total interesse e fazia os sons de atenção ou admiração apropriados, mas, interiormente, sua mente estava em turbilhão.

Tenho medo; posso me tornar escrava e vítima do Merlim, assim como quero que ele seja meu...

Deusa! Grande Mãe! Não sou eu quem deve enfrentá-lo, mas você...

A lua crescia; em mais quatro noites estaria cheia, e ela já podia sentir as agitações daquela maré de vida. Pensou no olhar intenso do Merlim, seus olhos mágicos, a beleza de sua voz, e percebeu que já estava profundamente enredada no próprio feitiço. Já não sentia mais o menor traço de repulsa pelo corpo retorcido de Kevin, sentia apenas a força e a vida fluindo dentro dele.

Eu me entregarei a ele na lua cheia, pensou, *e então as marés da vida dentro de nós serão levadas pela enxurrada, e meu propósito se tornará o dele, e nos uniremos em uma só carne...* sentia a dor e a agonia do desejo, ansiando por ser acariciada por aquelas mãos sensíveis, por sentir o hálito morno dele contra sua boca. Tudo nela doía em um grande anseio que, ela sabia, era ao menos em parte um eco do desejo e da frustração dele; a ligação mágica que criara entre eles significava que ela também teria de sentir aquele tormento.

Quando a vida correr plena na lua redonda, então a Deusa receberá o corpo de seu amante...

Não era de todo inacreditável. Ela era a filha do paladino da rainha e do amigo mais próximo do rei. Kevin, o Merlim, não era como um padre cristão, não estava proibido de se casar. A corte ficaria feliz com um casamento em um nível tão alto, embora algumas das senhoras fossem ficar chocadas com o fato de ela dar seu corpo delicado a um homem que consideravam um monstro. Artur certamente sabia que Kevin não poderia, depois do que fizera, retornar a Avalon, mas ele tinha um lugar na corte como conselheiro do rei. Além disso, era um músico de habilidade extraordinária. *Haveria um lugar para nós, e felicidade... quando a lua estiver cheia, transbordando de vida, ele colocará uma criança em meu ventre... e eu a darei à luz com alegria... ele não nasceu um monstro, suas deformidades são resultantes de ferimentos que recebeu na infância... seus filhos seriam belos...* e então ela se obrigou a parar, perturbada com as próprias fantasias. Não, não deveria se envolver tão profundamente com esse feitiço. Precisava negar-se, ainda que a lua crescente tornasse o fluxo do sangue em suas veias a própria agonia da frustração. Precisava esperar, esperar...

Como havia esperado por todos aqueles anos... Há uma magia que vem com a redenção à vida. As sacerdotisas de Avalon sabiam disso quando se deitavam nas fogueiras de Beltane, invocando a vida da Deusa em seu próprio corpo e coração... porém há uma magia mais profunda que vem de proteger o poder, represando o fluxo. Os cristãos sabiam algo sobre isso ao insistir em que suas virgens sagradas vivessem em castidade e reclusão, para que pudessem arder com a chama escura daquela força domada; que seus padres castos pudessem derramar todo o poder contido nos Mistérios deles, como faziam. Nimue sentira aquele poder na palavra ou no gesto mais breve de Raven, que jamais desperdiçara palavras em nenhuma coisa trivial, tanto que sua força, quando a gastava, era tremenda. Muitas vezes se perguntara, sozinha no templo de Avalon, quando estava proibida de se misturar com as outras donzelas ou atender os rituais, quando sentia aquela força vital em suas veias com tanto poder que às vezes irrompia em um choro histérico ou arrancava os cabelos e arranhava o rosto... por que fora colocada de lado daquela maneira, por que precisava suportar o terrível fardo de tudo aquilo sem alívio? Mas confiara na Deusa e obedecera às suas mentoras, e agora elas a encarregaram desse grande trabalho, e não poderia falhar por causa de sua própria fraqueza.

Era um receptáculo carregado de poder, como as Insígnias Sagradas que matavam ao serem tocadas sem preparo, e todo o poder de seu longo treinamento serviria para atar o Merlim a ela... mas precisava esperar que a maré esvaziasse e enchesse novamente; na lua escura deveria tomar a outra maré, que vinha do outro lado da lua... não fértil, mas estéril, não da vida, mas da magia negra mais velha que a vida humana...

E o Merlim sabia dessas coisas; sabia da velha maldição da lua escura e do ventre estéril... deveria estar tão enfeitiçado por ela a ponto de não se perguntar por que ela se negara a ele na maré cheia e o buscara na vazante. Tinha uma vantagem: ele não sabia que *ela* conhecia essas coisas, jamais a vira em Avalon. Mas mesmo assim, um laço os unia, e, se ela podia ler seus pensamentos, ele poderia ler os dela; Nimue deveria se proteger em todos os momentos, para que ele não visse seu interior e adivinhasse seus propósitos.

Preciso deixá-lo tão cego de desejo que ele se esquecerá... esquecerá de tudo o que lhe foi ensinado em Avalon. E, ao mesmo tempo, não podia ser dominada pelo desejo dele, precisava conter o próprio. Não seria fácil.

Começou a planejar o próximo truque que usaria com ele. *Conte-me sobre sua infância*, ela diria, *conte-me como ficou tão ferido*. Empatia seria um laço forte; sabia exatamente como o tocaria com a ponta dos dedos... e percebeu, em desespero, que buscava maneiras de estar perto dele e tocá-lo, não por causa de seu trabalho, mas movida por seu próprio anseio.

Posso fazer esse feitiço sem me levar também à ruína?

— Não estava no banquete da rainha — murmurou o Merlim, olhando Nimue nos olhos —, e eu tinha feito uma canção nova para a senhora... a lua estava ficando cheia, e há grande poder na lua, senhora...

Ela o olhou, cheia de intenções.

— Verdade? Sei tão pouco dessas coisas... é um mago, meu senhor Merlim? Às vezes me sinto indefesa, sinto que está jogando sua mágica sobre mim...

Ela havia se escondido na lua cheia, certa de que se ele a olhasse nos olhos naquele tempo seria capaz de ler seus pensamentos e, talvez, seu propósito divino. Agora que a força daquela maré mágica havia passado, ela poderia, talvez, se proteger dele.

— Precisa cantar sua música para mim agora.

Ela sentou-se escutando, sentindo todo o corpo estremecer enquanto as cordas da harpa vibravam sob o toque dele.

Não consigo aguentar, não consigo... preciso agir assim que a lua escurecer. Outra dessas marés e sucumbiria, ela sabia, ao fluxo de anseio e desejo que se formava entre eles... *e jamais seria capaz de traí-lo... Seria dele para sempre, nesta vida e além...*

Ela se esticou e tocou as protuberâncias retorcidas que eram os ossos dos punhos dele, e o toque a eletrizou com desejo. Podia apenas imaginar, pela dilatação das pupilas, a respiração rápida, o que isso causara nele.

Traição, ela pensou, *sob as leis inexoráveis do destino*. E a traição seria punida mil vezes pela Deusa, vida após vida; traidor e traído seriam punidos e ligados por amor e ódio por mil anos. Mas ela fazia isso pela ordem da Deusa, fora enviada para punir um traidor por sua traição... ela então seria punida, por sua vez? Se fosse assim, então não havia justiça nem mesmo nos domínios dos Deuses...

Cristo disse que o verdadeiro arrependimento limpa todos os pecados...

Mas o destino e as leis do universo não podem ser deixados de lado assim tão facilmente. As estrelas em seus cursos não param porque alguém grita a elas: *Parem!*

Bem, que assim fosse; talvez traísse o Merlim como parte de algo feito por um deles antes que a terra ancestral sob as águas tivesse afundado no mar. Era seu destino, e não ousava questioná-lo. Ele havia parado de tocar e fechou a mão suavemente sobre a dela; como num torpor, ela pousou os lábios nos dele. *Agora, agora é tarde demais para voltar atrás.*

Não. Havia sido tarde demais para voltar atrás quando baixou a cabeça e aceitou o trabalho de que Morgana a incumbia. Era muito tarde para voltar atrás quando fizera seu juramento a Avalon…

— Fale-me mais sobre o senhor — ela sussurrou. — Quero saber tudo, meu senhor…

— Não me chame assim. Meu nome é Kevin.

— Kevin — ela repetiu, tornando a voz suave e terna, tocando levemente o braço dele com os dedos outra vez.

Dia após dia, ela enredava seu feitiço, com toques, olhares e palavras sussurradas, enquanto a lua minguava até a escuridão. Depois daquele primeiro beijo breve, ela recuou novamente, como se ele a tivesse assustado. *É verdade. Porém mais por ter assustado a mim mesma…* Nunca, nunca em todos aqueles anos de reclusão, suspeitou ser capaz de tal paixão, tal anseio; e sabia que seus feitiços fortaleciam isso nela, assim como nele. Em um momento, provocado além do suportável pelos toques sussurrados de Nimue, o leve roçar do cabelo dela em seu rosto quando ela se curvava sobre ele sentado com a harpa, Kevin se virou, pegou-a e a apertou contra si, e ela lutou com um medo real, não fingido, dessa vez.

— Não, não, não posso… está se descontrolando… eu lhe peço, deixe-me — ela gritou, e, quando ele apenas a apertou mais forte, afundando o rosto em seu colo e cobrindo seus seios de beijos, ela começou a chorar baixo. — Não, não, tenho medo, tenho medo…

Ele a soltou e se afastou, quase em torpor. A respiração dele estava rouca e pesada. Sentou-se com os olhos fechados, as mãos torcidas pendendo. Depois de um momento, murmurou:

— Minha amada, meu precioso pássaro branco, minha querida… me perdoe… me perdoe…

Nimue percebeu que agora podia até usar seu medo real para seus próprios fins. Ela disse, gemendo:

— Eu confiei em você. Confiei em você…

— Não deveria — ele disse, roucamente. — Não sou mais que um homem, e certamente não menos… — E ela se encolheu com amargura quando Kevin concluiu: — Sou um homem de carne e osso e a amo, Nimue, e você brinca comigo como se eu fosse um cãozinho e espera que eu seja tão manso quanto um pônei castrado… pensa, porque sou aleijado, que sou menos homem?

Na mente dele Nimue podia ver, claramente, a memória de quando ele dissera aquilo para a primeira mulher que se aproximou dele, e viu

Morgana refletida nos olhos e na mente dele, não a Morgana que *ela* conhecia, mas uma mulher morena e encantadora, de voz baixa, ainda assim também terrível, venerada e também temida porque, através do torpor da paixão, ele podia se lembrar de que subitamente o relâmpago cairia...

Nimue estendeu as mãos para Kevin e percebeu que tremiam e que jamais saberia por quê. Ela protegeu os pensamentos com cuidado e disse:

— Jamais pensei nisso. Perdoe-me, Kevin. Eu... não consegui me controlar...

E é tudo verdade. Deusa, é tudo verdade. Mas não como ele crê. O que eu digo não é o que ele ouve.

E ainda assim, com toda a sua piedade e desejo, havia também um laivo de desprezo. *De outra maneira não conseguiria suportar... mas um homem tão indefeso à mercê do desejo é desprezível... Eu também estremeço, estou dilacerada... mas não ficarei à mercê do anseio de meu corpo...*

E era por isso que Morgana havia lhe dado a chave daquele homem, colocando-o totalmente em suas mãos. Agora era hora de dizer as palavras que consolidariam o feitiço, torná-lo seu, de corpo e alma, para que pudesse levá-lo para Avalon e sua condenação.

Finja! Finja ser uma daquelas virgens irresponsáveis que Gwenhwyfar mantém à sua volta, com a mente entre as pernas!

Ela disse, com a voz falhando:

— Sinto muito... sei que é um homem de verdade... sinto muito por ter tido medo. — E levantou os olhos para ele, um olhar oblíquo através de seus longos cabelos, temendo que, se ele pudesse olhar profundamente em seus olhos, eles deixassem escapar toda a sua duplicidade. — Eu... eu... sim, eu queria que me beijasse, mas então você foi tão intenso, e fiquei com medo. Não é a hora nem o lugar para isso, alguém pode nos ver de repente, e então a rainha ficaria zangada, sou uma de suas donzelas, e ela nos avisou que não poderíamos andar por aí com homens...

Ele é tolo o bastante para acreditar em mim quando falo uma bobagem afetada dessa?

— Minha pobre querida! — Kevin cobriu as mãos dela com beijos arrependidos. — Ah, sou um animal por tê-la assustado, eu a amo tanto... eu a amo tanto que não posso suportar! Nimue, Nimue, tem tanto medo da ira da rainha? Não posso... — Ele parou e respirou de novo, pesadamente. — Não posso viver assim... gostaria que eu fosse embora da corte? Jamais, jamais... — Ele parou de novo e, segurando as mãos dela, disse: — Não posso viver sem você. Preciso tê-la ou morrer. Não terá pena de mim, minha amada?

Ela baixou os olhos, com um grande suspiro, observando seu rosto contorcido, sua respiração atordoada. Por fim, sussurrou:

— O que posso lhe dizer?

— Diga que me ama!

— Eu o amo. — Ela sabia que soava como uma mulher enfeitiçada. — Sabe que amo.

— Diga que vai me dar todo o seu amor, diga… ah, Nimue, Nimue, você é tão jovem e bela, e eu, tão retorcido e feio, não posso acreditar que se importe comigo, agora mesmo acho que estou sonhando, que você tem alguma razão para me excitar dessa maneira, para que possa zombar da besta se arrastando a seus pés como um cão…

— Não — ela respondeu, e rapidamente, como se temesse a própria audácia, curvou-se e pousou os mais leves beijos nos olhos dele, duas andorinhas que triscaram e partiram.

— Nimue, virá para a minha cama?

— Tenho medo… — sussurrou ela. — Podemos ser vistos, e não ouso ser tão atrevida… podemos ser descobertos. — Ela moldou os lábios em um bico infantil. — Se formos flagrados, esses homens só o considerariam ainda mais viril, não seria motivo de censura ou de vergonha, mas sou uma donzela, me chamariam de meretriz ou coisa pior… — E deixou as lágrimas correrem pelo rosto, mas internamente se sentia triunfante. *Agora o tenho preso em minha rede…*

— Faria qualquer coisa, qualquer coisa para protegê-la, tranquilizá-la… — respondeu Kevin, com a voz tremendo de sinceridade.

— Sei que os homens gostam de se gabar das donzelas que conquistam — ela disse. — Como saberei se não vai se gabar disso por Camelot, que conquistou o afeto de uma das parentes da rainha e tomou sua virgindade?

— Confie em mim, eu lhe imploro, confie em mim… o que posso fazer? Como posso provar minha sinceridade? Sabe que sou seu, coração e alma…

E por um instante ela se enraiveceu. *Não quero sua alma condenada*, pensou, chegando perto de chorar de tensão e medo. Ele a segurou e sussurrou:

— Como? Quando você será minha? O que posso fazer para provar que a amo acima de tudo?

Ela respondeu, hesitante:

— Não posso levá-lo para a minha cama. Durmo em um quarto com mais quatro damas da rainha, e qualquer homem que entrasse ali seria preso pelos guardas…

Ele disse, curvando-se novamente para cobrir as mãos dela de beijos:

— Pobre amor, jamais lhe causaria desonra. Tenho um lugar só meu, um pequeno cômodo, adequado a um cão, porque nenhum dos outros homens do rei quer dividir os aposentos comigo. Não sei se ousaria ir até *lá*.

— Certamente deve existir algum jeito melhor… — ela sussurrou, mantendo a voz suave e terna. *Maldito seja, como posso sugerir isso sem deixar de lado o fingimento de donzela inocente e estúpida?* — Não sei de nenhum lugar dentro do castelo onde estaríamos realmente seguros, mas… — Ela se levantou e se apertou contra ele, sentado, os seios roçando sua testa.

Ele passou os braços em torno dela e enterrou o rosto em seu corpo, os ombros tremendo. Então disse:

— Nesta estação o tempo é quente e bom, e chove pouco. Você se atreveria a sair ao ar livre comigo, Nimue?

Ela murmurou tão desajeitadamente quanto podia:

— Eu me atreveria a qualquer coisa para estar com você, meu amor.

— Então… esta noite?

— Ah — ela sussurrou, encolhendo-se —, a lua está tão brilhante, seríamos vistos… espere alguns dias, então não haverá lua…

— Quando a lua estiver escura… — Kevin estremeceu, e ela soube que houve um momento de perigo, o instante em que o peixe cuidadosamente capturado poderia escapar do anzol e da rede e se libertar. Em Avalon, as sacerdotisas se recolhiam na lua escura, e toda magia era suspensa… mas ele não sabia que ela vinha de Avalon.

O que venceria, o medo ou o desejo dele? Ela estava imóvel, apenas remexendo os dedos entre os dele. Kevin, então, disse:

— É um período assombroso…

— Mas tenho medo de ser vista… Não sabe como a rainha ficaria furiosa comigo se soubesse que sou indecente a ponto de desejá-lo… — ela disse, ficando um pouco mais perto dele. — Certamente não precisamos da lua para ver um ao outro…

Ele a abraçou forte, o rosto enterrado em seus seios, cobrindo-os de beijos ávidos. E então sussurrou:

— Meu amorzinho, que seja como você quer, com a lua clara ou escura…

— E vai me levar de Camelot depois? Não quero ser desonrada…

— Para qualquer lugar — ele respondeu —, eu juro… juro pelo seu Deus, se desejar.

Ela murmurou, baixando a cabeça para bem perto dele, as mãos se movendo pelas ondas de seu cabelo:

— O Deus cristão não gosta de amantes e odeia quando as mulheres se deitam com os homens… jure pelo *seu* Deus, Kevin, jure pelas serpentes em torno de seus pulsos…

Ele sussurrou:

— Eu juro. — E o significado do juramento pareceu fazer ondular o ar em torno de ambos.

Ah, seu tolo, jurou a própria morte… Nimue estremeceu, mas Kevin, com o rosto ainda escondido em seu peito, o hálito quente molhando seu vestido, estava alheio a tudo, a não ser aos seios dela sob os lábios. Como um amante comprometido, tomou o privilégio de tocá-los, beijá-los, afastando um pouco o vestido para tomá-los nas mãos.

— Não sei como vou suportar a espera.

E ela murmurou:

— Não, nem eu. — E estava sendo sincera de todo o coração.

Gostaria que isto estivesse acabado...

A lua não estaria visível, mas a maré se alteraria exatamente duas horas após o pôr do sol, dali a três dias; podia sentir seu refluxo como uma grande doença em seu sangue, retirando a vida de suas veias. Passou a maior parte daqueles três dias em seus aposentos, dizendo à rainha que estava doente, e aquilo não estava tão longe da verdade. Passava muito de seu tempo sozinha com as mãos sobre a harpa de Kevin, meditando, impregnando o éter ao seu redor com o vínculo mágico entre eles.

Um tempo de mau agouro, e Kevin sabia disso, como ela; mas ele estava cego demais pela promessa de seu amor para se importar.

Nasceu o dia em que a lua ficaria escura; Nimue o sentiu pelo corpo. Fizera para si mesma uma infusão de ervas para impedir que suas regras descessem – não queria causar aversão a ele com a visão do sangue, nem assustá-lo com a lembrança dos tabus de Avalon. Precisava tirar da mente as realidades físicas do ato; apesar de todo o seu treinamento, sabia que na verdade era a virgem nervosa que fingia ser. Bem, melhor assim, não precisaria fingir. Poderia simplesmente ser quem era – uma moça se entregando pela primeira vez a um homem que amava e desejava. E o que resultaria daquilo, bem, seria como a Deusa lhe ordenara.

Mal sabia o que fazer para que o dia passasse. A conversa das damas de Gwenhwyfar jamais lhe parecera tão vazia, tão insípida. À tarde, não conseguia se concentrar no fiar, então trouxe a harpa que Kevin lhe dera e tocou e cantou para elas; mas não foi fácil, precisava evitar todas as músicas de Avalon, e estas eram as que passavam por sua mente. Mas até o mais longo dia chega ao anoitecer. Ela se lavou e perfumou o corpo, e sentou-se ao lado de Gwenhwyfar no salão, apenas beliscando a comida, nauseada e tonta, enojada com a grosseria dos modos à mesa, os cães sob ela. Podia ver Kevin sentado entre os conselheiros do rei, perto do padre da casa, que ouvia a confissão de algumas das damas. Ele andava importunando-a, perguntando por que não buscava conselho espiritual, e, quando respondeu que não tinha necessidade daquilo, o padre franziu o cenho como se ela fosse a pior das pecadoras. Kevin. Quase podia sentir as mãos ávidas dele sobre seus seios, e teve a impressão de que o olhar lançado por ele era audível.

Esta noite. Esta noite, meu amado. Esta noite.

Ah, Deusa, como posso fazer isto a esse homem que me ama, que colocou sua alma em minhas mãos... eu jurei. Preciso manter meu juramento, ou serei uma traidora como ele.

Encontraram-se por um momento no salão menor, enquanto as damas da rainha iam para seus aposentos. Ele disse, brevemente, em voz baixa:

— Escondi nossos cavalos na mata atrás do portão. Depois... — e a voz dele oscilou — depois a levarei para onde quiser, senhora.

Você não sabe para onde vou levá-lo. Mas era tarde demais para voltar atrás. Ela disse, entre lágrimas que não conseguia controlar:

— Ah, Kevin, eu o amo. — E sabia que era verdade. Havia se enredado tão profundamente no coração dele que não sabia, nem podia imaginar, como suportaria ficar longe dele. Teve a impressão de que todo o ar da noite estava vivo com a magia, que de algum modo outros veriam esse grande tremor no ar e a escuridão que pairava sobre ela.

Deveria fazer com que pensassem que deixara o castelo por algum motivo. Disse às damas que dividiam os aposentos com ela que prometera à esposa de um dos camareiros tentar encontrar um remédio para dor de dente e que passaria várias horas fora. Então, tomando seu manto mais escuro e pesado e atando a pequena foice de sua iniciação na cintura, sob o vestido, saiu. Depois de um momento, virou em um canto escuro e tirou a pequena foice, colocando-a em um bolso atado à sua cintura – não importava o que acontecesse, Kevin não poderia vê-la.

Partiria o coração dele se não fosse a seu encontro, pensou; ele não sabia qual seria a sua sorte...

Escuridão. Nem mesmo sombras no pátio sem lua. Ela tremia, escolhendo os passos cuidadosamente sob a penumbra das estrelas. Depois de um tempo a escuridão ficou mais profunda e ela ouviu a voz dele, um murmúrio enrouquecido:

— Nimue?

— Sou eu, meu amado.

Qual a maior falsidade, quebrar meu juramento a Avalon ou me deitar assim com Kevin? Ambos são falsos... uma mentira poderia de algum modo ser uma coisa certa?

Ele a tomou nos braços e o toque da sua mão quente aqueceu o sangue dela. Estavam ambos profundamente enredados na magia daquela hora. Ele a levou para fora do portão, descendo a encosta escarpada que sustentava o forte antigo de Camelot sobre as colinas vizinhas. No inverno, no local corria um riacho pantanoso; agora estava seco, tomado pela vegetação densa das terras alagadas. Ele a guiou até um bosque.

Ah, Deusa, sempre soube que no dia em que entregasse minha virgindade seria dentro de um bosque... mas não sabia que seria com a feitiçaria da lua negra...

Ele a abraçou e a beijou. O corpo todo de Kevin parecia arder. Ele estendeu os mantos de ambos juntos sobre a grama e a puxou para baixo, suas mãos retorcidas tremiam tanto ao soltar o vestido de Nimue que ela mesma precisou fazê-lo. Ele disse com um fiapo de sua voz natural:

— Fico feliz por estar escuro... para que meu corpo deformado não a apavore...

— Nada a seu respeito poderia me apavorar, meu amor — ela sussurrou, e estendeu as mãos para ele. Naquele momento ela o fazia verdadeiramente, arrebatada pelo próprio feitiço que também a atingira, sabendo que aquele homem, corpo, coração e alma, estava em suas mãos. Ainda assim, com toda a sua magia, ela era inexperiente, e se encolheu com medo genuíno do toque da virilidade dele que enrijecia. Ele a beijou, a acalmou e a acariciou, e ela sentiu o ardor da estofa da maré, o escurecimento espesso da hora da feitiçaria. No exato momento em que a lua definhava, ela o puxou sobre si, sabendo que, se demorasse até que a lua nova aparecesse no céu, perderia muito de seu poder.

Ele murmurou, sentindo que ela tremia:

— Nimue, Nimue, meu amorzinho... você é virgem... se quiser, podemos... dar prazer um ao outro, e não preciso tomar sua virgindade...

Algo naquilo fez com que ela tivesse vontade de chorar – que ele, enlouquecido de desejo, a coisa pesada que se retorcia entre eles, ainda tivesse consideração por ela... –, mas gritou:

— Não! Não! Eu o desejo. — E o puxou ferozmente para ela, guiando-o com as mãos, quase agradecendo pela dor repentina; a dor, o surgimento de sangue, o auge do desejo frenético de Kevin tiveram o efeito de um frenesi nela, que se apertou a ele, buscando ar, encorajando-o com seus gritos ferozes. E então, no último minuto, ela o segurou, quando ele resfolegava e implorava, e sussurrou:

— Faça o juramento! Você é meu?

— Eu juro! Ah, não consigo aguentar... não consigo... deixe-me...

— Espere! Jure! Você é meu! Diga!

— Eu juro, eu juro pela minha alma...

— Agora a terceira vez... você é meu...

— Eu sou seu! Eu juro!

E sentiu o súbito espasmo de medo dele ao entender o que havia acontecido, mas agora estava preso em seu próprio frenesi, movendo-se sobre ela como um desesperado, arfando, resfolegando, gritando como se sentisse uma agonia insuportável, e sentiu o feitiço mágico descendo sobre si no exato momento do reponto de maré, enquanto ele gritava e desabava pesadamente sobre seu corpo, e sentiu o jorro da semente dele dentro de si. Ele estava imóvel como um morto, e ela estremecia, sentindo a respiração pesada como se estivesse exausta. Não houve nada do prazer sobre o qual ouvira falar, mas havia algo maior que prazer – uma grande vitória. Pois o feitiço pesava em torno de ambos, e ela tinha o espírito, a alma e a essência dele. Apalpou o esperma que se misturara ao sangue de sua virgindade no momento que a lua virava. Pegou a mistura com os dedos e fez uma marca na testa dele, e com aquele toque o feitiço o tomou e ele sentou-se, frouxo e sem vida.

— Kevin — ela ordenou —, pegue seu cavalo e vá.

Ele se levantou, os movimentos de chumbo. Virou-se para o cavalo, e ela percebeu que, com aquele feitiço, deveria ser precisa.

— Vista-se primeiro — disse, e mecanicamente ele puxou a túnica, amarrando-a na cintura. Movia-se com dureza e, sob a luz das estrelas, ela viu o brilho em seus olhos; ele sabia, agora, sob o domínio do feitiço, que ela o traíra. A garganta de Nimue se apertou em agonia e numa ternura intensa, desejava puxá-lo para baixo novamente, suspender o feitiço e cobrir o rosto deformado dele de beijos, e chorar, chorar pela traição do amor deles.

Mas eu também fiz um juramento, e este é o destino.

Ela se cobriu com a túnica, pegou seu cavalo e os dois foram embora em silêncio, tomando a estrada para Avalon. Ao amanhecer, Morgana enviaria a barca para esperá-los na margem.

Algumas horas antes do amanhecer, Morgana acordou de um sono inquieto, sentindo que o trabalho de Nimue fora feito. Vestiu-se silenciosamente e acordou Niniane e as sacerdotisas que as atendiam, que desceram lentamente atrás dela até a margem, envoltas em suas vestes escuras e túnicas de pele malhada de cervo, os cabelos numa trança única caindo pelas costas, e os punhais em forma de foice com punhos negros amarrados na cintura. Elas esperaram, em silêncio, com Niniane e Morgana na frente, e, quando o céu começou a se iluminar de rosa pálido com as primeiras luzes, fez um gesto para que a barca partisse e observou enquanto ela desaparecia entre as brumas.

Ficaram à espera. A luz aumentou, e, quando o sol começou a se levantar, a barca reapareceu das névoas. Morgana podia ver Nimue de pé na proa, o manto puxado sobre a cabeça, alta e ereta; mas seu rosto estava escondido na escuridão do manto. Havia um amontoado no assoalho da barca.

O que ela fez com ele? Está morto ou enfeitiçado? Morgana se flagrou desejando que ele estivesse de fato morto, que houvesse tirado a própria vida em desespero ou terror. Por duas vezes se enraivecera com aquele homem e o chamara de traidor de Avalon, e na terceira vez ele realmente fora um traidor acima de qualquer dúvida, tirando as Insígnias Sagradas de seu local oculto. Ah, sim, ele merecia a morte, talvez até mesmo a morte que deveria ter naquela manhã. Falara com os druidas, e todos concordaram em que ele deveria morrer no bosque de carvalhos e não receber uma morte rápida e misericordiosa. Não se ouvira falar de tamanha traição em toda a Bretanha desde o tempo de Eilan, que secretamente se casara com o filho de um procônsul romano e apresentara oráculos mentirosos para evitar que as tribos se levantassem contra os romanos. Eilan morrera no fogo, com três de suas sacerdotisas; e a morte de Kevin não constituía apenas uma traição, mas uma blasfêmia, como quando Eilan interferira na voz da Deusa. E isso precisava ser punido.

Dois homens da equipe da barca ajudaram o Merlim a ficar de pé. Estava seminu, com a túnica apertada de modo frouxo em torno dele, mal escondendo sua nudez. Seu cabelo estava em desordem, e seu rosto, vazio... drogado ou enfeitiçado? Ele tentou andar, mas, sem as bengalas, cambaleou e segurou-se no apoio mais próximo. Nimue estava imóvel, sem olhar para ele, o rosto ainda escondido sob o manto; mas, enquanto os primeiros raios do sol surgiam, ela baixou o capuz, e naquele momento, sob a luz, o feitiço desapareceu do rosto de Kevin, e Morgana viu uma compreensão perplexa surgir em seus olhos; ele sabia onde estava e o que acontecera.

Morgana o viu olhar para Nimue, piscando com a visão da barca de Avalon. E então, de uma só vez, toda a consciência de sua traição chegou ao rosto dele, e ele baixou a cabeça em choque e vergonha.

Então agora ele sabe não apenas o que é trair, mas o que é ser traído.

Mas olhou em seguida para Nimue. A moça estava pálida, o rosto exangue, o cabelo longo emaranhado, embora tivesse tentado trançá-lo apressadamente. Nimue olhava para Kevin, e seus lábios tremiam quando desviou o olhar novamente.

Ela também o amava; o feitiço a atingiu. Eu deveria ter percebido, pensou Morgana, *que um feitiço tão poderoso recairia em seu autor.*

Mas Nimue curvou-se profundamente, como exigia o costume de Avalon.

— Senhora e mãe — ela disse, em uma voz inexpressiva —, trouxe-lhe o homem que traiu as Insígnias Sagradas.

Morgana deu um passo à frente e a abraçou, mas Nimue se esquivou do abraço. Morgana saudou-a:

— Bem-vinda de volta a nós, Nimue, sacerdotisa, irmã. — E beijou o rosto úmido da garota. Podia sentir a infelicidade de Nimue através de todo o corpo dela. *Ah, Deusa, isso a destruiu também? Se assim for, pagamos um preço alto demais pela vida de Kevin.*

— Vá, agora, Nimue — ela completou, com compaixão. — Deixe que a levem de volta para a Casa das Donzelas... seu trabalho está completo. Não precisa testemunhar o que vem depois disso, fez sua parte e já sofreu o bastante.

Nimue sussurrou:

— O que será... dele?

Morgana a apertou com força.

— Criança, criança, não precisa se preocupar com isso. Fez sua parte com força e coragem, e isso basta.

Nimue prendeu a respiração como se fosse chorar, mas não chorou. Olhou para Kevin, mas ele não a olhou de volta, e por fim, tremendo tanto que mal podia andar, deixou que duas sacerdotisas a levassem. Morgana disse a elas em voz baixa:

— Não a atormentem com questões. O que está feito está feito. Deixem-na em paz.

Quando Nimue se afastou, Morgana se voltou para Kevin. Olhou-o nos olhos e foi atingida pela dor. Aquele homem fora seu amante, mas tinha sido mais que isso; fora o único homem que jamais tentara enredá-la em manobras políticas, usar sua alta posição ou nascimento, que jamais lhe pedira nada a não ser amor. Ele a trouxera de volta do inferno em Tintagel, apresentara-se a ela como o Deus, fora talvez seu único amigo, homem ou mulher, em toda a sua vida.

Ela forçou as palavras através da tremenda dor em sua garganta.

— Bem, harpista Kevin, falso Merlim, Mensageiro renegado, tem algo a dizer antes de seu julgamento?

Kevin meneou a cabeça.

— Nada que considere importante, Senhora do Lago.

Morgana se lembrou, em meio a uma penumbra de dor, de que ele fora o primeiro a se dirigir a ela por aquele título.

— Que assim seja — disse, sentindo o rosto duro como pedra. — Levem-no para o julgamento.

Ele deu um passo em falso entre seus captores e então se virou de frente para ela, a cabeça jogada para trás em desafio.

— Não, espere — ele disse. — Tenho algo a lhe dizer por fim, Morgana de Avalon. Eu lhe disse uma vez que minha vida era algo pequeno a ser dado pela Deusa, e quero que saiba que foi por ela que fiz isso.

— Está dizendo que foi pela Deusa que traiu as Insígnias Sagradas e as entregou nas mãos dos padres? — inquiriu Niniane, com a voz cheia de desprezo. — Ora, então é louco, além de perjuro! Levem o traidor daqui — ela ordenou, mas Morgana fez um sinal para que esperassem.

— Deixe que ele seja ouvido.

— E assim é — disse Kevin. — Senhora, uma vez lhe falei sobre isso... o tempo de Avalon acabou. O Nazareno venceu, e devemos nos afundar mais e mais nas brumas até que não sejamos mais que um sonho e uma lenda. Levaria então as Insígnias Sagradas com você para a escuridão, preservando-as para o amanhecer de um novo dia que jamais virá? Mesmo que Avalon deva morrer, achei certo que as coisas sagradas fossem enviadas ao mundo a serviço do Divino, seja qual for o nome pelo qual chamam Deus ou os Deuses. E, por causa do que fiz, a Deusa se manifestou ao menos uma vez no mundo, de um modo que jamais será esquecido. A passagem do Graal será relembrada, minha Morgana, quando eu e você não formos mais que lendas para serem contadas ao lado da lareira ou histórias para crianças. Não acho que isso seja um desperdício, nem você deveria achar, você, que levou aquele cálice como sacerdotisa dela. Agora faça comigo o que desejar.

Morgana baixou a cabeça. A memória daquele momento de êxtase e revelação, quando levara o Graal na forma da Deusa, ficaria com ela para sempre até sua morte; e a vida daqueles que experimentaram aquela visão, fosse lá o que tivessem visto, jamais seria a mesma. Mas agora precisava enfrentar Kevin como a Deusa vingadora, a Anciã da Morte, a porca voraz que devora os próprios filhotes, o Grande Corvo, a Destruidora...

Ainda assim, ele dera isso à Deusa. Ela estendeu a mão para ele... e parou, pois sob ela novamente viu o que um dia vira antes, um crânio sob seus dedos...

... agora ele está condenado, vê a própria morte, e eu também a vejo... Mas ele não deve sofrer nem ser torturado. Falou a verdade; fez o que a Deusa o incumbiu de fazer, e agora preciso fazer o mesmo... Esperou até que sua voz se firmasse antes de falar. A distância, ouvia uma leve trovoada.

Por fim disse:

— A Deusa é piedosa. Levem-no para o bosque de carvalhos, como foi ordenado, mas lá o matem rapidamente com um só golpe. Enterrem-no sob o grande carvalho, e que ele a partir de agora seja evitado por todos os homens, para sempre. Kevin, o último dos Mensageiros dos Deuses, eu o condeno a esquecer tudo, a renascer sem o sacerdócio ou a iluminação, que tudo o que fez em suas vidas anteriores seja levado embora e sua alma volte aos que nascem uma só vez. Deverá voltar mil vezes, harpista Kevin, sempre buscando a Deusa, sem poder encontrá-la. Mas por fim, Kevin, que um dia foi o Merlim, eu lhe digo: se ela o quiser, tenha certeza de que o encontrará novamente.

Kevin olhou diretamente para ela. Sorriu, aquele sorriso curioso e doce, e disse, quase em um sussurro:

— Adeus, então, Senhora do Lago. Diga a Nimue que a amei... ou bem pode ser que eu mesmo o diga a ela. Pois creio que passará um longo, longo tempo até que você e eu nos encontremos de novo, Morgana.

Novamente uma leve trovoada pontuou as palavras dele.

Morgana tremia enquanto ele ia embora mancando, sem olhar para trás, apoiado pelos braços de seus captores.

Por que me sinto tão envergonhada? Tive misericórdia; deveria ter feito com que o torturassem. Chamarão também a mim de traidora e fraca porque ele não foi levado ao bosque de carvalhos e lá obrigado a gritar e rezar por sua morte até que as próprias árvores se encolhessem com o som... Serei uma fraca por não ter torturado um homem que um dia amei? A morte dele será tão leve que a Deusa se vingará então de mim? Que seja assim, mesmo que eu tenha de enfrentar a morte que não pude dar a ele.

Ela estremeceu, olhando para as nuvens cinzentas no céu. *Kevin sofreu por toda a vida. Não colocarei nada além da morte em seu destino.* Relâmpagos iluminaram o céu, e ela pensou, estremecendo – ou terá sido apenas o vento frio que veio com a tempestade lá fora? –: *Assim se vai o último dos grandes Merlins, para a tempestade que agora cai sobre Avalon.*

Fez um gesto para Niniane.

— Vá. Verifique que minha sentença seja cumprida à risca, que o matem com um só golpe, e não deixe que seu corpo fique sobre a terra nem mesmo uma hora.

Ela viu o olhar da jovem mulher pousar em seu rosto; todos sabiam, então, que um dia eles foram amantes? Mas Niniane apenas perguntou:

— E a senhora?

— Vou atrás de Nimue. Ela vai precisar de mim.

Mas Nimue não estava no seu quarto na Casa das Donzelas, nem em nenhum lugar ali, nem estava, quando Morgana atravessou correndo os pátios varridos pelas chuvas, na casa reclusa em que vivera com Raven. Não estava em nenhum lugar do templo, e uma das sacerdotisas assistentes disse a Morgana que Nimue recusara comida, vinho e até banho. Morgana, com uma terrível apreensão crescendo dentro de si a cada relâmpago à medida que a tempestade ficava mais forte e mais violenta, chamou todas as criadas do templo para procurar a moça. Mas, antes que começassem, Niniane chegou, o rosto pálido, ao lado dos homens que enviara para garantir que a morte de Kevin fosse executada conforme Morgana ordenara.

— O que foi? — perguntou Morgana, com a voz fria. — Por que minha sentença não foi cumprida?

— Ele foi morto com um só golpe, Senhora do Lago — sussurrou Niniane —, mas ao mesmo tempo um relâmpago desceu do céu e atingiu o grande carvalho, partindo-o em dois. Há uma grande fenda no carvalho sagrado, do céu ao chão...

Morgana sentiu um punho de ferro comprimir-lhe a garganta. *Não é tão estranho que com a tempestade viessem relâmpagos, e eles sempre caem nos pontos mais altos. Mas que acontecesse na mesma hora em que Kevin profetizou o fim de Avalon...*

Estremeceu novamente, apertando os braços em torno do corpo sob o manto, para que os que a olhassem não pudessem perceber que tremia. Como poderia desviar aquele presságio, pois certamente era um presságio, da destruição iminente de Avalon?

— O Deus preparou um lugar para aquele traidor. Enterrem-no, então, na fenda do carvalho...

Eles se curvaram em anuência e saíram, através de trovões e do barulho súbito da chuva, e Morgana, perturbada, percebeu que havia se esquecido de Nimue. Mas uma voz dentro dela disse: *Agora é tarde demais.*

Encontraram-na à tarde, assim que o sol saiu depois da tempestade, flutuando entre os juncos do lago. Seus longos cabelos se espalhavam pela superfície da água como algas, e Morgana, atordoada pela dor, não conseguia se lamentar por Kevin não ter ido sozinho para a terra das sombras além da morte.

12

MORGANA FREQUENTEMENTE PENSAVA, NOS DIAS lúgubres que se seguiram à morte de Kevin, que agora a Deusa de fato tomara para si a tarefa de destruir os Companheiros da Távola Redonda. Mas por que ela quis destruir Avalon também?

Estou envelhecendo. Raven está morta, e Nimue, que seria a Senhora depois de mim, também está. E a Deusa não tocou mais ninguém para ser sua profetisa. Kevin foi sepultado no carvalho. O que será de Avalon agora?

Parecia que o mundo mudava, que além das brumas o mundo se movia em um passo cada vez mais acelerado. Ninguém além dela mesma e uma ou outra das sacerdotisas mais velhas conseguia abrir as passagens através das brumas, e agora havia poucos motivos para tentar. E houve dias em que ela foi para fora e não conseguia ver nem o sol nem a lua, e soube que tinha atravessado por engano as fronteiras do país das fadas; mas avistou apenas raros vislumbres do povo das fadas entre as árvores, e nunca mais viu a rainha.

Ela se perguntava se de fato a Deusa os havia abandonado, pois algumas das moças da Casa das Donzelas voltaram para o mundo e outras se perderam no país das fadas e não voltaram mais.

A Deusa veio pela última vez quando carregou o Graal através do salão de Artur em Camelot, pensou Morgana, e então, confusa, perguntou-se se fora mesmo a Deusa quem verdadeiramente levantara o Graal, ou se fora apenas uma ilusão criada por ela mesma e Raven.

Invoquei a Deusa e a encontrei dentro de mim.

E Morgana sabia que jamais poderia procurar consolo a não ser em si mesma; podia apenas olhar para dentro. Não havia nenhuma sacerdotisa, profetisa, druida ou conselheiro, nenhuma Deusa para se voltar agora; ninguém além de si mesma, sem guias. De tempos em tempos, quando, levada pelo hábito de toda uma vida, tentava invocar a imagem da Deusa para guiá-la, não via nada, ou, às vezes, via o rosto de Igraine – não a velha esposa e viúva de Uther dominada pelos padres, mas a mãe jovem e bela que primeiro a encarregara desses fardos, lhe pedira para cuidar de Artur e a entregara nas mãos de Viviane. E de quando em quando via o rosto de Viviane, que a enviara para a cama do Deus Galhudo, ou Raven, que esteve ao seu lado durante aquele grande momento de invocação.

Elas são a Deusa. Eu sou a Deusa. E não há outra.

Pouco se dava ao trabalho de olhar em seu espelho mágico, mas às vezes, quando a lua estava escura, ia beber água da fonte e mirar as águas. Mas via apenas vislumbres aflitivos: os Companheiros da Távola Redonda por esse ou aquele caminho, seguindo sonhos e réstias da Visão, mas sem encontrar o verdadeiro Graal. Alguns se esqueceram da busca e viajavam à procura de aventura, outros encontraram mais aventuras do que podiam dar conta e morreram; alguns fizeram bons atos, e outros, maus. Um ou dois, em visões penetrantes da fé, sonharam seu próprio Graal e assim morreram. Outros, seguindo a mensagem de suas próprias visões, foram em peregrinação para a Terra Santa; e outros, ainda, seguindo uma aragem que soprava por todo o mundo naquele tempo, retiraram-se para a solidão e a vida de eremita, buscando, em cavernas e abrigos rústicos, o silêncio e a penitência – mas quais visões os acometiam, se do Graal ou de outra coisa, Morgana nunca soube nem se importou em saber.

Uma ou duas vezes vislumbrara um rosto conhecido. Viu Mordred em Camelot, ao lado de Artur. Viu também Galahad, buscando o Graal, mas então ele desapareceu, e ela se perguntou se havia morrido na busca.

E uma vez viu Lancelote, seminu, vestindo peles de animais, o cabelo comprido e desgrenhado, sem armadura ou espada, correndo na floresta, e ele tinha um brilho de loucura nos olhos; bem, ela previra que aquela busca o levaria apenas à loucura e ao desespero. Mesmo assim, procurou-o novamente no espelho de lua em lua, mas por muito tempo não obteve sucesso. Então o viu dormindo, nu e esfarrapado, sobre a palha em algum lugar, entre as paredes de uma prisão ou de um calabouço… e então não o viu mais.

Ah, Deuses, ele também se foi... como tantos dos homens de Artur...

Na verdade, o Graal não foi uma bênção para a corte de Artur, mas uma maldição...

E era justo, uma maldição para o traidor que o profanou...

E agora se perdeu para sempre de Avalon.

Por muito tempo Morgana acreditara que o Graal fora levado pela Deusa para o domínio dos Deuses, para que a humanidade jamais pudesse profaná-lo novamente, e estava feliz de que fosse assim; pois tinha sido contaminado com o vinho dos cristãos, que de algum modo era também sangue, e ela não tinha ideia de como purificá-lo.

Sussurros do mundo lá fora alcançavam Morgana através da velha irmandade de padres que chegava a Avalon naquele tempo; cristãos, alguns deles, dos antigos que um dia haviam realizado o culto ao lado dos druidas, em sua firme crença de que Cristo um dia vivera em Avalon e ali recebera sabedoria. Agora, fugindo da conformidade forçada do novo tipo de cristão que deseja extinguir todos os outros cultos, vieram a Avalon, e deles Morgana soube algumas notícias sobre o Graal.

Os padres agora diziam que era o verdadeiro cálice do qual Cristo bebeu na Última Ceia, que fora levado ao céu, e por isso jamais seria visto novamente neste mundo. Ainda assim, havia rumores de que fora vista na *outra* ilha, ou seja, Ynis Witrin, brilhando nas profundezas de seu poço, aquele que em Avalon era o espelho sagrado da Deusa; e assim os padres de lá começaram a chamá-lo de Poço do Cálice.

E, quando os velhos padres já viviam havia um tempo em Avalon, Morgana começou a ouvir rumores de que às vezes o Graal era visto, por um momento, sobre o altar deles. *Isso deve ser conforme a vontade da Deusa. Não vão profaná-lo.* Mas não sabia se realmente estava ali na antiga igreja da irmandade cristã... que fora erguida no mesmo local da igreja da outra ilha, e assim diziam que, quando as brumas diminuíam, a antiga irmandade de Avalon podia ouvir o cântico dos monges na igreja *deles* em Ynis Witrin. Morgana recordou-se do dia em que as brumas se dispersaram para permitir que Gwenhwyfar entrasse em Avalon.

O tempo corria de um jeito estranho em Avalon. Morgana não sabia se aquele um ano e um dia que os cavaleiros juraram cumprir havia se passado ou não, e às vezes achava que de fato anos haviam corrido no mundo lá fora...

Pensou por muito tempo nas palavras que Kevin dissera: "As brumas estão se fechando sobre Avalon".

E então, um dia, foi convocada às margens do lago, mas não precisou da Visão para saber quem estava na barca. Avalon um dia também fora seu lar. O cabelo de Lancelote estava totalmente grisalho, e seu rosto, magro e extenuado, mas quando ele saiu do barco, com apenas uma sombra de sua antiga graça ligeira, ela se adiantou e pegou as mãos dele, e não viu em seu rosto nenhum sinal de loucura.

Ele a olhou nos olhos e de repente era como se fosse a Morgana dos velhos tempos, quando Avalon era um templo vivo com sacerdotisas e druidas, e não uma ilha solitária à deriva nas brumas com um punhado de sacerdotisas envelhecendo, outros poucos velhos druidas, e outro punhado de cristãos antigos semiesquecidos.

— Como é tão poupada pelo tempo, Morgana? — ele perguntou. — Tudo parece mudado, até mesmo aqui em Avalon... veja, até o círculo de pedras está escondido nas brumas!

— Ah, ainda está ali — respondeu Morgana —, embora alguns de nós fossem se perder no caminho se o procurasse agora.

E com um lampejo de dor em seu coração lembrou-se do dia – ah, fora há uma vida! – em que ela e Lancelote se deitaram na sombra das pedras.

— Acho que talvez um dia se percam totalmente nas brumas, e assim jamais serão destruídas pelas mãos humanas ou os ventos do tempo. Não há ninguém para fazer o culto nelas agora... nem mesmo as fogueiras de Beltane seguem sendo acesas em Avalon, embora tenha escutado que ainda celebram os velhos ritos nas áreas remotas de Gales do Norte e da Cornualha. O povo pequeno jamais os deixará morrer enquanto um deles sobreviver. Estou surpresa de que tenha conseguido chegar aqui, parente.

Ele sorriu, e agora ela via os sinais de dor e luto – sim, e até de loucura – em torno de seus olhos.

— Ora, eu mal sabia que era para cá que vinha, prima. Minha memória me prega peças agora. Fiquei louco, Morgana. Joguei fora minha espada e vivi como um animal nas florestas, e então passei um tempo, não sei quanto, confinado em um calabouço estranho.

— Eu vi — ela sussurrou. — Não sabia o que significava.

— Nem eu, e ainda não sei — respondeu Lancelote. — Lembro-me de poucas coisas daquele tempo... é uma bênção divina, acho, que não consiga me lembrar do que posso ter feito. Acho que não foi a primeira vez... houve vezes, durante aqueles anos com Elaine, que mal sabia o que fazia...

— Mas está bem agora — ela disse rapidamente. — Venha tomar o desjejum comigo, primo, é cedo demais para qualquer outra coisa, não importa a razão que o trouxe aqui.

Ele a seguiu, e Morgana o levou para sua casa; exceto por sua assistente, ele era a primeira pessoa a entrar ali em anos. Havia peixe do lago, naquela manhã, e ela mesma o serviu.

— Ah, isso está bom — ele disse, e comeu vorazmente; ela se perguntou quanto tempo fazia desde a última vez que ele se lembrara de comer. Seu cabelo estava meticulosamente penteado como sempre, seus cachos e sua barba, agora com mechas brancas, estavam bem aparados, e seu manto, embora puído, gasto pelas viagens, estava bem escovado e limpo. Ele a viu olhar para o manto e riu um pouco.

— Nos velhos dias não teria usado este manto nem como forro para a sela do cavalo — ele disse. — Perdi o manto, a espada e a armadura não sei onde… é possível que eu tenha sido roubado em alguma aventura maligna ou os jogado fora durante minha loucura. Sei apenas que um dia ouvi alguém dizer meu nome, e era um dos Companheiros… Lamorak, talvez, embora tudo esteja confuso em minha mente. Eu também estava fraco demais para viajar, mas, apesar de ele ter ido embora no dia seguinte, comecei a me lembrar lentamente de quem eu era, e me deram uma túnica e me deixaram sentar à mesa para comer com minha faca em vez me atirarem restos num cesto. — O riso dele era trêmulo, nervoso. — Mesmo quando não sabia que era Lancelote, ainda tinha minha força maldita, e acho que fiz mal a alguns deles. Acho que perdi a melhor parte de um ano da minha vida… lembro-me apenas das coisas pequenas, e o principal pensamento em minha mente era que jamais soubessem que eu era Lancelote, para não trazer desonra aos Companheiros de Artur… — Ele ficou em silêncio, e Morgana percebeu seu tormento pelo que não dissera. — Bem, lentamente fiquei mais forte para viajar, e Lamorak havia deixado dinheiro para um cavalo e mercadorias para mim. Mas a maior parte daquele ano é escuridão…

Ele pegou o resto do pão em seu prato e passou resolutamente pelos restos de peixe. Morgana perguntou-lhe:

— E o que será da busca?

— Realmente, o que será? Soube um pouco — disse ele — aqui e ali, e viajei pela terra. Gawaine foi o primeiro a voltar para Camelot…

Morgana sorriu, quase contra a vontade.

— Ele sempre foi volúvel, para com tudo e todos.

— A não ser para com Artur — respondeu Lancelote. — Ele é mais leal a Artur do que qualquer um dos cães do rei! E encontrei Gareth quando ia para lá.

Morgana disse:

— O querido Gareth, ele é o melhor dos filhos de Morgause! O que ele lhe disse?

— Disse que havia tido uma visão — contou Lancelote, lentamente — que pediu que voltasse à corte e cumprisse suas obrigações com seu rei e suas terras, sem demora, sem vadiar por aí buscando visões de objetos sagrados. E conversou comigo por um longo tempo, pedindo-me para deixar de lado a busca pelo Graal e voltar a Camelot com ele.

— Estou surpresa de que não tenha voltado — disse Morgana.

Ele sorriu.

— Também fiquei, parente. E prometi voltar assim que pudesse. — Subitamente seu rosto ficou sério. — Gareth me disse que Mordred está sempre em torno de Artur agora. E, como não pude acompanhá-lo de volta à corte, ele me disse que o melhor que eu poderia fazer por Artur era encontrar Galahad e implorar que ele voltasse imediatamente a Camelot, pois não confia em Mordred e em sua influência sobre Artur... Sinto muito por falar assim de seu filho, Morgana.

— Uma vez ele me disse que Galahad não viveria para reinar — afirmou ela —, mas me jurou, por um voto que não creio que ousaria quebrar, que não teria nada a ver com a morte dele.

Lancelot parecia perturbado.

— Vi muitas más situações que podem acontecer nessa busca amaldiçoada. Deus permita que eu consiga encontrar Galahad antes que ele seja vítima de uma delas!

Um silêncio desceu entre eles, enquanto Morgana pensava: *Sabia disso em meu coração... foi por isso que Mordred se recusou a partir nessa busca.* E percebeu, repentinamente, que deixara de acreditar em que seu filho Gwydion – Mordred – seria, mesmo agora, o rei de Avalon. Perguntou-se quando começara a aceitar isso em seu coração. Talvez tenha sido quando Accolon morreu e a Deusa não veio proteger seu escolhido.

Galahad será rei, e será um rei cristão.

E isso pode bem significar que ele vai matar Gwydion. O que será do Gamo-Rei quando o jovem gamo crescer? Mas, se a época de Avalon acabou, talvez Galahad fosse tomar seu trono em paz, sem necessidade de matar seu rival.

Lancelote baixou os restos de um pedaço de pão com mel e olhou para o canto do cômodo.

— Aquela é a harpa de Viviane?

— Sim — ela respondeu. — Deixei a minha em Tintagel. Mas imagino que seja sua por direito de herança, se quiser ficar com ela.

— Não toco mais música, nem tenho mais vontade, Morgana. Ela é sua por direito, assim como tudo o que pertenceu à minha mãe.

Morgana se lembrou das palavras que a feriram no coração – novamente, há uma vida! *Gostaria que você não fosse tão parecida com a minha mãe, Morgana!* Agora a memória não trazia dor, mas afeição; Viviane não se fora inteiramente deste mundo se algo sobrevivia nela. Ele disse, com hesitação:

— Agora há tão poucos de nós que se recordam dos velhos dias em Caerleon... até mesmo em Camelot...

— Artur está lá — ela respondeu —, e Gawaine, Gareth e Cai, e muitos outros, meu querido. E sem dúvida eles se perguntam todos os dias: *Onde está Lancelote?* E por que você está aqui, e não lá?

— Como disse, minha mente me prega peças... mal sabia que vinha para cá — respondeu Lancelote. — Já que estou aqui, quero saber... Disseram-me que Nimue estava aqui. — E ela se lembrou: dissera isso a ele, uma vez, quando ele pensava que a filha estivesse no convento em que Gwenhwyfar um dia estivera. — Preciso perguntar como ela vai... está bem? Vive adequadamente entre as sacerdotisas?

— Sinto muito — disse Morgana. — Parece que só tenho péssimas notícias. Nimue morreu há um ano.

Mais que isso não diria. Lancelote nada sabia da traição do Merlim, ou da última visita de Nimue à corte. Saber do resto só lhe causaria mais dor. Ele não fez perguntas, apenas suspirou profundamente e baixou os olhos para o chão. Por fim disse, olhando para cima:

— E a menor... a pequena Gwenhwyfar... ela se casou e está na Bretanha Menor, e essa busca levou Galahad. Jamais conheci bem nenhum de meus filhos. Jamais tentei conhecê-los... tinha a impressão de que eles eram tudo o que eu podia dar a Elaine, e então os deixei quase totalmente para ela, até o menino. Viajei por um tempo com Galahad quando saímos de Camelot e o conheci melhor nos dez dias e noites que passamos juntos do que em todos os dezesseis anos de vida dele. Acho que talvez vá ser um bom rei, se viver...

Ele olhou para Morgana, quase implorando, e ela soube que ele queria ser tranquilizado, mas não tinha como consolá-lo. Por fim, disse:

— Se ele viver, será um bom rei, mas acho que será um soberano cristão.

Por um momento era como se todos os sons de Avalon tivessem sumido em torno dela, como se as próprias ondas do lago e seu sussurrar nos juncos da margem ficassem em silêncio para ouvir o que ela dizia.

— Se ele sobreviver à busca do Graal... ou se abandoná-la... ainda assim, seu governo será cerceado pelos padres, e por toda a terra só existirá um Deus e uma religião.

— Isso seria mesmo uma tragédia, Morgana? — perguntou Lancelote, em voz baixa. — Por toda essa terra o Deus cristão está operando um renascimento espiritual... isso é algo ruim, quando a humanidade se esqueceu dos Mistérios?

— Ela não se esqueceu dos Mistérios — retrucou ela —, mas os considera algo muito difícil. Todos querem um Deus que cuide deles e que não exija que se esforcem pela iluminação, mas que os aceitará como são, com todos os seus pecados, para absolvê-los por penitência. Não é assim, jamais será assim, mas talvez seja a única maneira de os não esclarecidos suportarem pensar em seus Deuses.

Lancelote sorriu amargamente.

— Talvez uma religião que exija que um homem se esforce vida após vida por sua própria salvação seja demais para a humanidade. As pessoas não querem esperar pela justiça de Deus, querem vê-la agora. E é isso que essa nova geração de padres prometeu a elas.

Morgana sabia que ele dizia a verdade e baixou a cabeça, angustiada.

— E, já que é a visão que elas têm de Deus que molda a realidade delas, assim será... a Deusa era real enquanto a humanidade ainda a homenageava e criava sua forma para ela mesma. Agora as pessoas farão para si o tipo de Deus que desejam... o tipo de Deus que merecem, talvez.

Bem, assim deveria ser, pois o que o homem enxergava como realidade tornava-se real. Enquanto os Deuses antigos, a Deusa, eram vistos como benevolentes e geradores de vida, assim a natureza fora com eles; e, quando os padres ensinaram os homens a pensar em toda a natureza como maligna, estranha, hostil, e nos velhos Deuses como demônios, assim eles seriam, saindo daquela parte que o homem agora desejava sacrificar ou controlar, em vez de permitir que o guiasse.

Ela disse, lembrando-se de algo que lera nos livros do padre da casa de Uriens em Gales:

— E assim todos os homens serão como aquele apóstolo escreveu que deveriam ser, eunucos para o Reino de Deus... Acho que eu não gostaria de viver nesse mundo, Lancelote.

Exausto, o cavaleiro suspirou e meneou a cabeça.

— Acho que também não gostaria, Morgana. Ainda assim, talvez seja um mundo mais simples que o nosso, e será mais fácil saber o que é certo. Então vim procurar Galahad, pois, embora ele vá ser um rei cristão, acho que será um rei melhor que Mordred...

Morgana fechou os punhos dentro da barra das mangas. *Não sou a Deusa! Não cabe... não cabe a mim escolher!*

— Veio... *aqui* procurá-lo, Lancelote? Ele nunca foi um de nós. *Meu* filho Gwydion... Mordred... ele foi criado em Avalon. Se deixasse a corte de Artur, poderia vir para cá. Mas Galahad? Ele era tão religioso quanto Elaine... Teria desprezo por colocar o pé neste mundo de bruxaria e de fadas!

— Mas, como lhe disse, eu não sabia que vinha para cá — disse Lancelote. — Tentava chegar a Ynis Witrin e à Ilha dos Padres, pois ouvi rumores de uma luz mágica que surge e desaparece da igreja ali, e renomearam o poço deles, soube, de Poço do Cálice... Pensei que Galahad talvez tivesse vindo para esta região. Outro velho hábito me trouxe aqui.

Ela perguntou a ele com seriedade, então, face a face:

— O que acha dessa busca, Lancelote?

— Não sei de verdade, prima — respondeu ele. — Quando a aceitei, foi como quando saí daquela vez para matar o dragão do velho Pellinore... lembra-se disso, Morgana? Nenhum de nós acreditava naquilo, e por fim encontrei o dragão e o matei. Mas sei que algo, algo muito sagrado, desceu sobre Camelot naquele dia que vimos o Graal... — E, como ela quis dizer algo, ele afirmou com veemência: — Não, não venha me dizer que imaginei aquilo, Morgana... não estava lá, não sabe como foi! Pela primeira vez senti que havia um Mistério em algum lugar que estava além desta vida. E então sai nessa busca, embora metade de mim pensasse que eu estava louco... e viajei um pouco com Galahad, e parecia que a fé dele zombava da minha, pois ele era tão puro, e sua fé, tão simples e boa, e eu era velho e maculado — Lancelote olhou para o chão, e ela o viu engolindo em seco. — É por isso que, por fim, me separei dele, para que não danificasse aquela fé resplandecente... e então não sei para onde fui, pois a névoa desceu sobre minha mente, e a escuridão, e parecia que Galahad devia... devia saber de todos os pecados da minha vida e me desprezar por eles.

A voz dele se levantara com a excitação, e por um momento Morgana viu o brilho de insanidade voltando a seus olhos, como vira no homem nu correndo pela floresta. Ela disse rapidamente:

— Nem pense naquele tempo, meu querido. Acabou.

Ele respirou fundo, estremecendo, e ela viu seus olhos se apagarem.

— Minha busca agora é encontrar Galahad. Não sei o que ele viu... um anjo, talvez... ou por que o chamado do Graal teve tanto apelo a alguns e tão pouco a outros. De todos os cavaleiros, creio que apenas Mordred não viu nada ou, se viu, guardou para si mesmo.

Meu filho foi criado em Avalon. Ele não seria enganado pela magia da Deusa, pensou Morgana, e estava para dizer a Lancelote o que ele vira – ele fora, na juventude, um iniciado de Avalon, e não deveria deixar que pensasse que fora algum mistério dos cristãos. Mas, ouvindo novamente aquela estranha nota na voz de Lancelote, baixou a cabeça e não disse nada. A Deusa dera a ele uma visão consoladora; não cabia a ela destruí-la com uma palavra.

Ela buscara aquilo, trabalhara por aquele resultado. Artur abandonara os Deuses, então a Deusa espalhou seus homens como um vento soprando de seu lugar sagrado. E a ironia final era aquela: que a mais sagrada de suas visões inspirasse a lenda mais fervorosa do culto cristão. Morgana por fim disse:

— Às vezes creio, Lancelote, que não importa o que fazemos. Os Deuses nos movem de acordo com seus desejos, seja lá o que pensemos fazer. Não somos mais que seus peões.

— Se eu acreditasse nisso — respondeu Lancelote —, ficaria louco de vez.

Morgana sorriu com tristeza e afirmou:

— E, se eu *não* acreditasse nisso, talvez ficasse louca. *Preciso* acreditar que não tive o poder de fazer algo diferente do que fiz.

... preciso acreditar que nunca tive escolha... a escolha de recusar a coroação, de destruir Mordred antes que ele nascesse, de recusar quando Artur me deu a Uriens, de não ter parte na morte de Avalloch, de manter Accolon ao meu lado... a escolha de poupar o harpista Kevin da morte, e Nimue...

— E eu preciso crer que o homem tem o poder de saber o que é certo, de escolher entre o bem e o mal, e saber que sua escolha fez diferença... — disse Lancelote.

— Ah, sim— respondeu Morgana —, se ele sabe o que é o bem. Mas não lhe parece, primo, que sempre, neste mundo, o mal se apresenta como o bem? Às vezes acho que é a Deusa quem faz o erro parecer certo, e a única coisa que podemos fazer...

— Ora, então a Deusa seria apenas o demônio que os padres dizem que é — retrucou Lancelote.

— Lancelote — ela disse, inclinando-se para a frente, para suplicar a ele —, jamais culpe a si mesmo. Você fez o que tinha de fazer! Creia apenas que era seu destino...

— Não, ou me mataria de uma vez, para que a Deusa não pudesse me usar para causar mais mal — respondeu Lancelote, com veemência. — Morgana, você tem a Visão, e eu não... não posso crer que seja a vontade de Deus que Artur e sua corte caiam nas mãos de Mordred! Disse-lhe que vim para cá porque minha mente me pregou uma peça. Sem pensar, chamei a barca de Avalon e vim para cá, mas agora, acho, talvez tenha feito melhor do que pensava. Você, que tem a Visão, pode olhar no espelho e ver para mim para onde foi Galahad! Eu enfrentarei a raiva dele e exigirei que deixe sua busca e volte a Camelot...

O chão parecia estremecer sob os pés de Morgana. Um dia ela pisara desavisadamente na areia movediça e sentira o barro tremer e deslizar para o lado; era como aquilo, como se precisasse se jogar de vez em terra firme... Ouviu a si mesma dizer:

— Você realmente vai voltar a Camelot com seu filho, Lancelote. — E se perguntou por que o frio parecia sugar seus órgãos vitais. — Olharei no espelho para você, parente. Mas não conheço Galahad, posso não ver nada que lhe seja útil.

— Diga-me o que puder — pediu Lancelote, e ela respondeu:

— Eu lhe disse que vou olhar no espelho. Mas acontecerá conosco a vontade da Deusa. Venha.

O sol estava alto agora, e, enquanto desciam a colina em direção ao Poço Sagrado, um corvo crocitou uma vez sobre a cabeça deles.

Lancelote fez o sinal da cruz contra o mau presságio, mas Morgana olhou para cima e falou:

— O que disse, irmã?

A voz de Raven disse em sua mente: *Não tenha medo. Mordred não matará Galahad. E Artur vai matar Mordred.*

Ela disse alto:

— Artur ainda será o Gamo-Rei...

Lancelote se virou e olhou para ela:

— O que disse, Morgana?

Raven disse em sua mente: *Não sigam para o Poço Sagrado, mas para a capela, agora. É o tempo ordenado.*

Lancelote perguntou:

— Para onde estamos indo? Esqueci-me do caminho para o Poço Sagrado... — E Morgana, levantando a cabeça, percebeu que seus passos não os levaram ao poço, mas para a pequena capela onde a velha irmandade cristã fazia suas missas. Diziam que fora construída pela irmandade quando o velho José fincou seu cajado no chão da colina chamada Wearyall. Ela pegou um galho do Espinheiro Sagrado; um espinho feriu seu dedo até o osso, e, mal sabendo o que fazia, estendeu a mão e fez uma marca na testa de Lancelote com o fio de sangue.

Ele a olhou, pasmo. Ela podia ouvir os padres cantando baixo: *Kyrie eleison, Christe eleison.* Entrou em silêncio e ajoelhou-se, para a própria surpresa. A capela estava tomada pela bruma, e Morgana teve a impressão de que através das brumas podia ver a outra capela, a que fica em Ynis Witrin, e ouvir dois grupos de vozes cantando... *Kyrie eleison...* e havia vozes de mulheres também; sim, isso deveria ser em Ynis Witrin, pois na capela de Avalon não havia mulheres, *essas devem ser as freiras do convento de lá.* Por um momento, pareceu-lhe que Igraine se ajoelhara ao seu lado, e ouviu a voz da mãe, clara e baixa, cantando *Christe eleison.* O padre estava no altar, e então lhe pareceu que Nimue estava ali, seu cabelo dourado caindo pelas costas, loura e bela como Gwenhwyfar fora quando moça no convento. Mas, em vez da velha fúria enciumada, Morgana a olhou com o amor mais puro por sua beleza... as brumas espessaram-se; ela mal podia ver Lancelote ajoelhado ao lado dela, mas à sua frente, ajoelhado no altar da *outra* capela, podia ver Galahad com o rosto levantado, brilhando, com a luz se refletindo nele... e ela soube que ele, também, via através das brumas a capela ali em Avalon, onde estava o Graal...

Ela ouviu na outra capela o som de pequenos sinos, e ouviu... nunca soube qual dos padres, o dali de Avalon ou o que estava em Ynis Witrin... mas em sua mente era a voz gentil de Taliesin... murmurando:

— Pois, naquela noite em que o Cristo foi traído, nosso Mestre pegou a taça e a abençoou, e disse: *Bebei dele todos, pois isto é meu sangue que será derramado por vós. Sempre que beberdes desta taça, fazei-o em minha lembrança*".

Ela via a sombra do padre que levantava a taça da comunhão, mas era a dama do Graal, Nimue... ou era ela mesma quem colocava o copo nos lábios dele? Lancelote foi para a frente, gritando:

— Ah, a luz, a luz! — Ficou de joelhos, as mãos protegendo os olhos, deslizou para a frente e caiu prostrado no chão.

Sob o toque do Graal, o rosto ensombrecido do jovem rapaz tornou-se claro, e a bruma se dissipou; Galahad se ajoelhou e bebeu da taça.

— Assim como muitas uvas foram esmagadas de seu sumo para fazer-se um só vinho, nos unimos neste sacrifício perfeito e sem sangue, e então nos tornaremos todos Um na Grande Luz que é infinita...

E enquanto o arrebatamento ardia em seu rosto, a luz brilhando ali, ele respirou fundo em absoluto júbilo e olhou diretamente para a luz. Ele se esticou para tomar a taça nas mãos... e tombou para a frente, deslizando pelo chão da capela, e ali ficou, imóvel.

É mortal tocar os objetos sagrados sem estar preparado...

Morgana viu Nimue – ou era ela mesma? – cobrir o rosto de Galahad com um véu branco. E então Nimue desapareceu, e a taça estava no altar, apenas a taça de ouro dos Mistérios, sem nenhum sinal de luz sobrenatural... ela não tinha certeza de que estava ali... estava envolta em brumas. E Galahad jazia morto no chão da capela de Avalon, frio e inerte ao lado de Lancelote.

Lancelote demorou um longo tempo para se mexer, e, quando levantou a cabeça, Morgana viu que seu rosto estava ensombrecido com a tragédia. Ele sussurrou:

— E eu não fui digno de segui-lo.

— Deve levá-lo de volta a Camelot — disse Morgana, gentilmente. — Ele venceu a busca pelo Graal... mas foi a missão final dele. Não pôde suportar a luz.

— Nem eu pude — murmurou Lancelote. — Veja, a luz ainda está no rosto dele. O que ele viu?

Ela balançou lentamente a cabeça, sentindo o frio subir pelos braços.

— Nem eu nem você jamais saberemos, Lancelote. Sei apenas disto: ele morreu com o Graal nos lábios.

Lancelote olhou para o altar. Os padres haviam ido embora em silêncio, deixando Morgana sozinha com os vivos e os mortos; e a taça, envolta em bruma, ainda brilhava suavemente ali.

Lancelote se levantou e disse:

— Sim. E *isso* vai voltar comigo para Avalon, para que todos os homens saibam que a busca terminou... e não haverá mais cavaleiros buscando o desconhecido, para morrer ou enlouquecer...

Ele deu um passo em direção ao altar onde brilhava o Graal, mas Morgana jogou os braços em torno dele, segurando-o.

— Não! Não! Não é para você. A simples visão dela o derrubou! É mortal tocar os objetos sagrados sem estar preparado...

— Então morrerei por isso — ele respondeu, mas ela o segurou com força e logo sentiu que ele desistia. Lancelote disse:

— Por quê, Morgana? Por que essa loucura suicida deve continuar?

— Não — ela respondeu —, a busca pelo Graal acabou. Foi poupado para voltar a Camelot e dizer isso a eles. Mas não pode levá-lo de volta a Camelot. Nenhum homem pode segurá-lo e confiná-lo. Aqueles que o buscam em fé — ela ouvia a própria voz, embora não soubesse o que diria até fazê-lo — sempre o encontrarão... aqui, além das terras mortais. Mas, se voltasse com você para Camelot, cairia nas mãos dos padres mais tacanhos e se tornaria um penhor para eles... — Ela podia sentir as lágrimas engrossando sua voz. — Eu lhe imploro, Lancelote. Deixe-o aqui em Avalon. Deixe que exista, nesse novo mundo sem magia, um Mistério que os padres não poderão descrever e definir de uma vez por todas, não podem encaixá-lo em seu dogma estreito do que é e do que não é... — Sua voz falhou. — Na época que se aproxima, os padres dirão à humanidade o que é bom e o que é ruim, o que pensar, o que rezar, no que acreditar. Não posso ver o fim... talvez a humanidade precise de um período de trevas para que possamos um dia novamente saber como a luz é uma bênção. Mas nessa escuridão, Lancelote, deixe que exista uma centelha de esperança. O Graal foi uma vez a Camelot. Que a memória daquela passagem jamais seja arruinada, tornando-o prisioneiro de algum altar terreno. Deixe um Mistério e uma fonte de visão para os homens seguirem... — ela ouviu a própria voz secar até parecer o crocitar do último dos corvos.

Lancelote se curvou diante dela.

— Morgana... é realmente Morgana? Acho que não sei quem ou o que é você. Mas o que diz é verdade. Que o Graal fique para sempre em Avalon.

Morgana levantou a mão, e o povo pequeno de Avalon se aproximou e levantou o corpo de Galahad, levando-o silenciosamente para a barca de Avalon. Com a mão de Lancelote ainda na sua, Morgana desceu para a margem, onde observou o corpo sendo colocado na barca. Por um momento, pareceu que Artur jazia ali, então a visão se ondulou e desapareceu, e era apenas Galahad, com aquela paz misteriosa e luz no rosto.

— Agora vá para Camelot com seu filho — disse Morgana, em voz baixa —, mas não como previ. Acho que a Visão decidiu zombar de nós... vemos o que os Deuses nos permitem, mas nunca sabemos o que significa. Acho que nunca mais usarei a Visão, parente.

— Que Deus o permita.

Lancelote segurou as mãos dela por um momento; então se curvou e as beijou.

— E por fim nos despedimos — ele disse, em voz baixa.

E então, apesar de tudo o que dissera sobre recusar a Visão, ela viu nos olhos dele o que ele viu quando a olhou: a donzela com quem se deitara no círculo de pedras, a quem ele recusara por medo da Deusa; a mulher a quem procurara em um frenesi de desejo, tentando embotar a culpa de seu amor por Gwenhwyfar e Artur; a mulher que vira, pálida e terrível, segurando a tocha quando o tiraram da cama de Elaine; e agora a quieta e sombria Senhora, obscurecida em luzes, que havia levantado seu filho do Graal e lhe implorado para deixá-lo para sempre fora do mundo.

Ela se curvou para a frente e o beijou na testa. Palavras não eram necessárias; ambos sabiam que era um adeus e uma bênção. Conforme ele se virava lentamente e pisava na barca mágica, Morgana observou seus ombros caídos e viu o brilho do pôr do sol em seu cabelo. Estava todo branco agora, e Morgana, vendo-se de novo nos olhos dele, pensou: *Também estou velha...*

E agora ela sabia por que nunca mais vira a rainha da terra das fadas.

Eu sou a rainha agora.

Não há Deusa além disso, e eu sou ela...

E ainda assim, além daqui, ela existe, como existe em Igraine, em Viviane, em Morgause, em Nimue e na rainha. E elas vivem em mim também, e ela...

E, em Avalon, elas vivem para sempre.

13

Lá no norte, nas terras de Lothian, chegavam notícias raras e pouco confiáveis sobre a busca do Graal. Morgause esperava pelo retorno de seu jovem amante, Lamorak. E então, meio ano depois, chegou a notícia de que ele havia morrido na busca. Não era o primeiro, ela pensou, e não seria o último a morrer por causa dessa loucura monstruosa, levando homens a buscar o desconhecido! *Sempre achei que religiões e Deuses eram uma forma de loucura. Veja o que fizeram com Artur! E agora também levaram meu Lamorak, ainda tão jovem!*

Bem, ele se fora, e, embora ela sentisse sua falta e sempre fosse sentir saudade dele à sua própria maneira – ele estivera a seu lado por mais tempo que qualquer outro, a não ser Lot –, não precisava se resignar à velhice e a uma cama solitária. Observou-se em seu velho espelho de bronze, enxugou as marcas das lágrimas e então se mirou de novo. Se já não era a beleza em flor que trouxera Lamorak, encantado, aos seus pés, ainda era uma mulher bonita; ainda havia homens bastantes na terra, e essa loucura da busca não poderia ter afetado todos eles. Era rica, rainha de Lothian, e tinha suas armas femininas – ainda era bonita, com todos os dentes, embora precisasse escurecer as sobrancelhas e os cílios desbotados... eles tinham uma cor acobreada pálida agora. Bem, sempre existiriam homens; eram todos tolos, e uma mulher inteligente podia fazer com eles o que quisesse. Não era uma tola como Morgana para se afligir sobre devoção ou virtude, nem uma idiota reclamona como Gwenhwyfar para sempre pensar em sua alma.

De tempos em tempos, alguma história da busca, cada uma mais bizarra que a outra, chegava até ela. Lamorak, soube, havia voltado por fim ao castelo de Pellinore, atraído por um velho rumor de que um prato mágico era mantido em uma cripta sob a construção, e ali morrera, gritando que o Graal flutuava diante dele nas mãos de uma donzela, nas mãos de sua irmã, Elaine, como fora na infância... ela imaginou o que ele realmente tinha visto. Também veio a notícia, das terras perto da muralha romana, de que Lancelote estava em um calabouço em algum lugar no antigo reino de Heitor, como louco, e que ninguém ousava avisar o rei Artur; então ela ouviu que o irmão dele, Bors, fora para lá e o reconhecera, e que ele recuperou o juízo e partiu, se para continuar na busca ou para voltar a Camelot, ela não sabia e não se importava com isso. Talvez, pensou, com sorte ele também morreria nessa busca; de outra maneira, a tentação de Gwenhwyfar o atrairia de volta para Artur e sua corte.

Apenas seu sensato Gwydion não tomara parte na busca e ficara em Camelot, ao lado de Artur. Gostaria que Gawaine e Gareth tivessem tido o juízo de fazer o mesmo. Agora por fim *seus* filhos haviam chegado ao lugar que sempre fora deles com Artur.

Tinha, porém, outra maneira de saber o que acontecia. Viviane lhe dissera, em sua juventude em Avalon, que ela não tinha nem a paciência nem o empenho para a iniciação nos Mistérios, e a irmã – ela agora sabia – estava certa; quem desejaria abandonar a vida por tanto tempo assim? Por muitos anos acreditara que as portas da magia e da Visão estavam fechadas para ela, a não ser por pequenos truques que havia aprendido sozinha. E então começou a entender, quando usou sua feitiçaria pela primeira vez, para descobrir quem era o pai de Gwydion, que a arte mágica estava *ali*, esperando por ela, sem precisar de nada além de sua vontade; sem nenhuma relação com as complexas regras e limitações dos druidas sobre seu uso ou mentiras sobre os Deuses. Era simplesmente parte da vida, palpável e acessível, sem relação com o bem e o mal, mas à disposição de qualquer um que tenha a vontade e a crueldade de usá-la.

Todos os que se fingem religiosos, pensou Morgause, *desejam apenas manter as fontes de poder em suas próprias mãos. Mas agora eu as tenho livremente, e feitas por mim mesma, sem me prender a juramentos sobre seu uso ou direcionamento.*

Então naquela noite, longe de seus serviçais, fez suas preparações. Sentiu uma comiseração apática pelo cão branco que trouxera e um momento de genuína repulsa ao cortar a garganta dele e colocar o prato para recolher o sangue quente; mas, afinal de contas, era seu próprio cachorro, tão dela quanto um porco que poderia matar para a mesa, e o poder do sangue derramado era maior e mais direto que o poder obtido com as longas rezas e disciplinas das sacerdotisas de Avalon. Diante da lareira, uma de suas criadas estava deitada, drogada e pronta; dessa vez, não uma pela qual tivesse afeição ou de quem realmente precisasse. Havia aprendido aquela lição quando fizera a última tentativa. Pensou com remorso na perda de uma boa fiandeira naquela ocasião; ao menos essa não seria uma perda para ninguém, nem para a cozinheira, que tinha meia dúzia de ajudantes a mais do que precisava.

Ainda sentia certa náusea com as preliminares. O sangue marcando as mãos e a testa era desagradavelmente grudento, mas tinha a impressão de que quase podia ver, saindo do sangue como fumaça, os fluxos finos de poder mágico. A lua tinha se reduzido até o brilho mais fino no céu, e ela sabia que quem aguardava seu chamado em Camelot estaria pronto. No momento preciso em que a lua se moveu para o ponto certo do céu, derramou o resto do sangue no fogo e chamou alto três vezes:

— Morag! Morag! Morag!

A mulher drogada ao lado da lareira – Morgause se lembrava vagamente de que seu nome era Becca, ou algo assim – se moveu, os olhos vagos ganhando profundidade e propósito, e por um momento, enquanto se levantava, parecia usar as vestes elegantes de uma das damas de companhia de Gwenhwyfar. Sua fala, também, não era o dialeto grosseiro da moça do interior, mas o discurso cuidadoso de uma dama da corte do sul.

— Estou aqui a seu dispor. O que quer de mim, Rainha da Escuridão?

— Fale-me da corte. Como anda a rainha?

— Bastante solitária desde que Lancelote se foi, mas com frequência chama o jovem Gwydion para o seu lado. Ouviram-na dizer que ele é como o filho que nunca teve. Acho que se esqueceu de que ele é filho da rainha Morgana — disse a garota, a fala cuidadosa tão pouco condizente com a ajudante de cozinha de olhos vazios e mãos grosseiras em seu avental disforme de juta.

— Você ainda coloca o remédio no vinho dela na hora de dormir?

— Não é necessário, minha rainha — disse a voz estranha que soava através da moça da cozinha. — As regras da rainha não aparecem há mais de um ano, então parei de dar-lhe a droga. Mas, de qualquer jeito, o rei vai muito raramente à cama dela.

Então o último medo de Morgause podia ser acalmado – que de algum modo, contra todas as probabilidades, Gwenhwyfar tivesse uma criança para colocar a posição de Gwydion na corte em perigo. Além disso, os súditos do rei jamais aceitariam uma criança como soberano, depois dos longos anos de paz do reino de Artur. Nem, ela imaginava, Gwydion teria escrúpulo algum em dar fim em um pequeno rival indesejado. Mas era melhor não arriscar; o próprio Artur, afinal de contas, escapara das conspirações de Lot e dela mesma e vivera para ser coroado.

Eu esperei demais. Lot deveria ter sido rei destas terras muitos anos atrás, e eu, rainha. Agora não há ninguém para me impedir. Viviane se foi; Morgana está velha; Gwydion me tornará rainha. Sou a única mulher a cujas palavras ele dará ouvidos.

— E quanto a *sir* Mordred, Morag? Ele tem a confiança da rainha, do rei?

Mas a voz ficou mais grossa e pesada.

— Não posso ficar... Mordred está sempre com o rei... uma vez ouvi o rei dizer a ele... *ai, minha cabeça dói, o que estou fazendo aqui, ao lado da lareira? A cozinheira vai me esfolar viva...*

Era a voz idiota de Becca, grossa e soturna, e Morgause soube que, lá em Camelot, Morag voltara ao seu sonho bizarro, no qual se encontrava face a face com a distante rainha de Lothian ou a rainha das fadas...

Morgause pegou a vasilha de sangue, chacoalhando as últimas gotas restantes no fogo.

— Morag, Morag! Ouça-me, fique, eu ordeno!

— Minha rainha — veio a voz distante e refinada —, *sir* Mordred tem sempre ao seu lado uma das damas da Senhora do Lago, dizem que é parente de Artur...

Niniane, filha de Taliesin. Morgause pensou: *Não sabia que ela havia deixado Avalon. Mas por que agora deveria ficar?*

— *Sir* Mordred foi nomeado capitão da cavalaria enquanto Lancelote estiver fora da corte. Há rumores... *Ah, o fogo, minha senhora, vai colocar fogo em todo o castelo?*

Becca esfregava os olhos e gemia na lareira. Furiosa, Morgause deu-lhe um for empurrão, e a garota caiu gritando no fogo. Ainda estava amarrada e não era capaz de se livrar das chamas.

— Maldita, vai acordar a casa toda!

Morgause se estendeu para puxar a garota das chamas, mas o vestido dela pegara fogo, e seus gritos eram terríveis, penetrando os ouvidos da rainha como agulhas quentes. Ela pensou, com um traço de pena: *Pobre garota, não há nada a ser feito agora... ficaria tão queimada, não poderíamos ajudá-la mesmo se sobrevivesse!* Puxou a moça do fogo, sem se preocupar com as queimaduras nas próprias mãos, e curvou-se para perto dela, pousando a cabeça na testa da garota, como se fosse para consolá-la; então, com um só golpe, cortou sua garganta de orelha a orelha. O sangue caiu no fogo, e a fumaça subiu rapidamente pela chaminé.

Morgause sentiu que estremecia com o poder inesperado, como se estivesse se espalhando por todo o quarto, por todas as terras de Lothian, pelo mundo todo... jamais ousara tanto antes, mas agora acontecera, sem querer. Tinha a impressão de flutuar sobre toda a terra. Depois de anos de paz, novamente havia exércitos nas estradas, e, na costa oeste, homens cabeludos em navios de proa alta em forma de dragões aportavam, pilhando e queimando cidades, destruindo mosteiros, carregando as mulheres dos conventos cercados em que viviam... como um vento avermelhado, varrendo até perto das fronteiras de Camelot... ela não tinha certeza de se o que via acontecia naquele momento ou se ainda estaria por vir.

Ela gritou na escuridão que aumentava:

— Deixe-me ver meus filhos na busca do Graal!

A escuridão tomou o quarto, súbita, negra e espessa, com um curioso cheiro de queimado, enquanto Morgause se dobrava, abatendo-se até ficar de joelhos pelo ímpeto de poder. A fumaça clareou um pouco, com um pequeno agito, enrolando-se na escuridão, como a fervura de uma panela. Então Morgause viu, com a luz que se ampliava, o rosto de seu filho mais novo, Gareth. Estava sujo e cansado de viagem, as roupas rasgadas, mas sorria com a velha alegria, e, enquanto a luz aumentava, pôde ver para onde ele olhava – o rosto de Lancelote.

Ah, Gwenhwyfar não o bajularia agora, não esse homem adoentado e gasto, de cabelos grisalhos e traços de loucura e sofrimento nas rugas em torno dos olhos... ele de fato parecia um espantalho pendurado no campo para espantar os pássaros! O velho ódio a tomou: era intolerável que seu filho mais jovem, o melhor deles, pensasse bem daquele homem, o amasse e o seguisse, como fizera quando era uma criança que conversava com cavaleiros de madeira...

— Não, Gareth. — Ela ouviu a voz de Lancelote, baixa no silêncio espesso do quarto. — Sabe por que não voltarei à corte. Não falarei sobre a minha tranquilidade de alma, tampouco sobre a da rainha, mas jurei seguir o Graal por um ano e um dia.

— Mas isso é loucura! Que diabos é o Graal perto das necessidades de nosso rei? Jurei lealdade a ele, e você também, anos antes de qualquer um de nós sabermos sobre o Graal! Quando penso em nosso rei Artur na corte sem nenhum de seus homens fiéis, a não ser os que são aleijados, doentes ou covardes... às vezes me pergunto se foi obra do diabo, disfarçada de obra de Deus, que veio espalhar os Companheiros de Artur para longe dele!

Lancelote disse em voz baixa:

— Sei que veio de Deus, Gareth. Não tente me tirar isso.

E por um momento parecia que a luz da loucura novamente cintilava nos olhos dele.

Gareth disse, com a voz estranhamente acuada:

— Mas e quando Deus faz o mesmo trabalho que o diabo? Não posso acreditar que seja vontade de Deus que tudo o que Artur conseguiu em mais de um quarto de século deva ser jogado fora! Sabe que há nortistas selvagens desembarcando nas costas, e, quando os homens daquelas terras pedirem ajuda para as legiões de Artur, não haverá ninguém para enviar em seu socorro? E assim os exércitos saxões estão se reunindo novamente, enquanto Artur fica parado em Camelot e você busca sua alma... Lancelote, eu lhe imploro, se não vai voltar à corte, ao menos encontre Galahad e faça-o voltar para o lado de Artur! Se o rei está velho e sua vontade enfraquece... que Deus não permita que tenha de dizer algo assim... então, talvez seu filho possa ficar no lugar dele, pois todos os homens sabem que ele é o filho adotivo e o herdeiro do rei!

— Galahad? — A voz de Lancelote era sombria. — Acha que tenho tanta influência sobre meu filho? Você e os outros juraram seguir o Graal por um ano e um dia, mas eu viajei por um tempo com Galahad e sei que, no caso dele, como o próprio disse no outro dia, se preciso for, seguirá por toda a vida.

— Não! — Gareth se curvou sobre o cavalo e apertou os ombros de Lancelote. — É isto que precisa fazer com que ele perceba, Lancelote, você precisa voltar a Camelot a qualquer custo! Ah, Deus, Gwydion diria que traio meu próprio sangue, e eu o amo, mas... como posso dizer isso até mesmo para você, meu primo e irmão de coração? Não confio no poder daquele homem sobre nosso rei! Os saxões que procuram Artur sempre se encontram falando com ele, pensam nele como o filho da irmã de Artur, e, entre eles, você sabe, o filho da irmã é o herdeiro...

Lancelote disse com um sorriso gentil:

— Lembre-se então, Gareth, de que era assim mesmo com as tribos antes que os romanos viessem... não somos romanos, eu e você.

— Mas não vai lutar pelos direitos de seu filho? — exigiu Gareth.

— Cabe a Artur dizer quem deve sucedê-lo no trono — respondeu Lancelote. — Se realmente haverá qualquer rei depois dele. Às vezes me parecia, quando vagava entre as visões de minha loucura... não, não quero falar sobre isso, mas acho que talvez fosse algo um pouco parecido com a Visão... que uma escuridão cairá sobre esta terra quando Artur se for.

— E então seria como se Artur jamais tivesse existido? E quanto a seu juramento a Artur? — questionou Gareth, e Lancelote suspirou.

— Se deseja assim, Gareth, vou procurar Galahad.

— O mais rápido que puder — pediu Gareth —, e precisa persuadi-lo de que a lealdade dele com o rei está acima de todas as buscas, Graals e Deuses...

Lancelote disse com tristeza:

— E se ele não quiser vir?

—Se não vier — Gareth respondeu lentamente —, então talvez ele não seja o rei de quem vamos precisar depois de Artur. Nesse caso, estamos nas mãos de Deus, que ele nos ajude!

— Primo, e mais que irmão — disse Lancelote, abraçando-o de novo —, estamos todos nas mãos de Deus, venha o que vier. Mas, eu lhe juro, vou procurar Galahad e trazê-lo comigo para Camelot, juro...

E então a agitação e o brilho desapareceram, o rosto de Gareth desapareceu na escuridão, e por fim ficaram apenas os olhos de Lancelote, brilhantes e tão parecidos com os de Viviane que por um momento Morgause sentiu que a irmã e sacerdotisa a olhava com uma careta de desaprovação, como se dissesse: *Morgause, o que fez agora?* Então aquilo também desapareceu, e ela estava sozinha com o fogo, ainda soltando a fumaça da qual todas as nuvens de poder mágico haviam sumido, e o corpo inerte, exangue, da mulher morta na lareira.

Lancelote! Lancelote, maldito seja, ele ainda poderia arruinar seus planos! Morgause sentiu seu ódio como uma dor que a atravessava, um aperto na garganta que passava por seu corpo até o útero. Sua cabeça doía, e ela sentia-se mortalmente doente como resultado da magia. Não queria mais nada além de se deitar ao lado da lareira e dormir por horas, mas precisava ser forte, forte com os poderes da feitiçaria que invocara; era a rainha de Lothian, a Rainha da Escuridão! Abriu a porta e jogou o corpo do cão sobre o monturo, sem se preocupar com o fedor nauseante.

Não conseguia dar conta sozinha do corpo da moça da cozinha. Estava a ponto de pedir ajuda quando parou, as mãos no rosto, ainda manchadas e sujas de sangue; não poderiam vê-la daquela maneira. Foi até a bacia e o jarro, derramou a água, lavou o rosto e as mãos e refez a trança do cabelo. Não podia fazer nada sobre as manchas de sangue no vestido, mas, agora que o fogo apagara, havia pouca luz no quarto. Por fim chamou seu camareiro, e ele veio à porta, com uma curiosidade ávida no rosto.

— O que é, minha rainha? Ouvi gritos… há algo de errado aqui?

O homem levantou a luz, e Morgause sabia muito bem como parecia a ele… bela, desarrumada… como se pudesse se ver através dos olhos dele, como efeito da Visão. *Poderia estender a mão e tê-lo agora, sobre o corpo da moça*, pensou, sentindo uma dor estranha e o prazer de desejo, e por dentro riu, mas deixou a ideia de lado; haveria tempo suficiente para aquilo.

— Sim, houve um problema grave. Pobre Becca… — Ela fez um gesto em direção ao cadáver inerte. — Caiu no fogo, e, quando fui tentar ajudá-la com as queimaduras, ela pegou a faca da minha mão e cortou a própria garganta… deveria estar enlouquecida de agonia, pobrezinha. Veja, estou coberta do sangue dela.

O homem gritou de consternação e foi examinar a forma sem vida da garota.

— Bem, a pobre moça não era muito certa da cabeça. Não deveria ter permitido que ela entrasse aqui, senhora.

Morgause ficou perturbada com o tom de reprovação que ouviu na voz do homem; realmente havia pensado em levá-lo para a cama?

— Não o chamei para questionar meus atos. Leve-a daqui e faça com que lhe deem um enterro decente. Partirei para Camelot ao amanhecer.

A noite caía, e uma chuva grossa obscurecia a estrada. Morgause estava molhada e com frio, e se irritou quando seu capitão da cavalaria se aproximou e perguntou:

— Tem certeza, senhora, de que estamos na estrada certa?

Estava de olho nele havia meses; seu nome era Cormac, ele era alto e jovem e tinha o rosto parecido com o de um falcão e ombros e coxas fortes. Mas agora Morgause tinha a impressão de que todos os homens eram estúpidos, teria feito melhor deixando Cormac em casa e liderando o séquito ela mesma. Mas havia coisas que nem mesmo a rainha de Lothian podia fazer.

— Não reconheço nenhuma dessas estradas. Ainda assim, sei pela distância que percorremos que devemos estar perto de Camelot… a não ser que tenha de algum modo se perdido na neblina e estejamos indo para o norte de novo, Cormac.

Em condições normais, teria agradecido por mais essa noite na estrada, em sua tenda, com todos os confortos que poderia ter e, talvez, quando todas as suas mulheres estivessem dormindo, esse Cormac para aquecer sua cama.

Desde que encontrei o caminho da feitiçaria, todos os homens estão aos meus pés. Mas agora parece que não me importo com nenhum... estranho, não busquei outro homem depois que soube da morte de Lamorak. Estou ficando velha? Ela se encolheu com o pensamento e decidiu que teria Cormac naquela noite... mas antes precisavam chegar a Camelot; precisava agir lá para proteger os interesses de Gwydion e aconselhá-lo. Ela disse impacientemente:

— A estrada deve estar aqui, idiota. Fiz essa jornada mais vezes do que os dedos das minhas duas mãos. Acha que sou tola?

— Que Deus o proíba, senhora. E também andei com frequência por esta estrada, mas, seja como for, parece que estamos perdidos — respondeu Cormac, e Morgause sentiu que poderia engasgar de tanta exasperação. Refez mentalmente o caminho que percorrera tantas vezes vindo de Lothian, deixando a estrada romana e pegando o caminho bem conhecido ao longo dos pântanos para a Ilha Dragão, e então seguindo ao longo das montanhas até que chegassem à estrada para Camelot, que Artur havia alargado e repavimentado até que estivesse quase tão boa quanto a velha estrada romana.

— E ainda assim, idiota, você conseguiu dar um jeito de perder a estrada de Camelot, veja essas ruínas de muro romano... de um jeito ou de outro estamos a meia hora de viagem da entrada para Camelot — repreendeu Morgause. Não havia o que fazer agora além de virar toda a caravana, e já estava escurecendo. Morgause colocou o capuz sobre a cabeça e atiçou o cavalo vagaroso através do anoitecer acinzentado que caía. Naquela época do ano deveria haver mais uma hora de luz do sol, mas via apenas um brilho mínimo no oeste.

— Ali está — disse uma de suas mulheres. — Veja, aquele grupo de quatro macieiras... vim aqui um verão pegar mudas de macieiras para o jardim da rainha.

Mas não havia estrada, apenas um pequeno caminho subindo uma colina descampada, onde deveria existir uma estrada larga e, além dela, mesmo através da neblina, deveriam brilhar as luzes de Camelot.

— Bobagem — ela disse bruscamente —, por alguma razão perdemos o caminho... está tentando me dizer que não há mais que quatro macieiras no reino de Artur?

— Ainda assim, é onde a estrada deveria estar, eu juro — resmungou Cormac, mas ele fez com que toda a fila de viajantes, cavalos e animais de carga se movesse e seguiram lentamente, a chuva caindo como se o fizesse desde o começo dos tempos e tivesse se esquecido de como parar. Morgause estava cansada e com frio, ansiando por um jantar quente à mesa de Gwenhwyfar, vinho quente e uma cama macia, e, quando Cormac se aproximou novamente, ela perguntou, irada:

— O que foi agora, idiota? Conseguiu perder o caminho de novo e deixar de ver uma estrada larga de carroças outra vez?

— Minha rainha, sinto muito, mas de alguma maneira... olhe, estamos de novo no lugar onde paramos para descansar os cavalos depois que saímos da estrada romana... derrubei aquele trapo ali, depois de usá-lo para limpar lama de uma das cargas.

A ira dela explodiu.

— Algum dia houve uma rainha com tantos tolos malditos à sua volta? — gritou. — Precisamos procurar a maior cidade ao norte de Londinium por todo o País do Verão? Ou devemos andar para cima e para baixo nesta estrada a noite toda? Se não podemos ver as luzes de Camelot no escuro, deveríamos ao menos ouvir seu barulho... um castelo com mais de cem cavaleiros, serviçais, cavalos e gado, os homens de Artur patrulhando todas as estradas em torno... tudo o que se move nesta estrada está à vista das torres de vigia dele!

Mas por fim não havia nada a fazer além de acender as lanternas e virar para o sul novamente; a própria Morgause cavalgou na dianteira da fila, ao lado de Cormac. A neblina e a chuva pareciam abafar todos os sons, inclusive os ecos, até que, através da água e da névoa, encontraram-se mais uma vez no trecho em ruínas do muro romano onde haviam virado antes. Cormac praguejou, mas também parecia assustado.

— Senhora, sinto muito, não consigo entender...

— Danem-se todos vocês! — gritou Morgause. — Vai nos fazer cavalgar para lá e para cá nesta estrada a noite inteira? — Mas ela também reconheceu o muro em ruínas. Respirou fundo, resignada e exasperada ao mesmo tempo. — Talvez pela manhã a chuva tenha parado e, se for preciso, poderemos retraçar nossos passos até o muro romano. Ao menos saberemos aonde chegamos!

— Se de fato chegamos a algum lugar e não fomos parar de algum jeito no país das fadas — murmurou uma das mulheres, fazendo o sinal da cruz furtivamente. Morgause viu o gesto, mas disse apenas:

— Chega disso! Já é ruim o suficiente estarmos perdidos na chuva e na neblina sem essa bobagem idiota! Bem, por que estão todos parados? Não podemos mais viajar esta noite, apressem-se para montar o acampamento aqui, e de manhã saberemos o que fazer.

Pretendia chamar Cormac para ficar com ela, ainda que somente para não ter tempo para aquele medo que começava a tomar conta dela... teriam realmente saído do mundo real e entrado no desconhecido? Ainda assim, ela não o chamou, deitando-se sozinha e desperta entre suas mulheres, inquieta, retraçando mentalmente todos os passos da jornada. Não havia um barulho na noite, nem mesmo os gritos dos sapos nos pântanos.

Não era possível perder toda a cidade de Camelot; ainda assim havia desaparecido. *Ou fora ela mesma, com todos os seus homens, mulheres e cavalos, quem desaparecera no mundo da feitiçaria?* E, a cada vez que chegava àquele ponto de seus pensamentos, desejava não ter deixado que sua raiva a tivesse levado a colocar Cormac para vigiar o acampamento; se ele estivesse deitado ao lado dela, não teria aquela sensação terrível de que o mundo de algum jeito estava deslocado de forma insana... várias vezes tentou dormir e se pegou olhando, inquieta e totalmente desperta, para a escuridão.

Em algum momento da noite a chuva parou. Quando o dia raiou, embora uma névoa úmida se levantasse em toda parte, o céu estava sem nuvens. Morgause acordou de um cochilo agitado, um sonho com Morgana, grisalha e velha, olhando em um espelho como o seu, e saiu de seu pavilhão, esperando olhar para cima da colina e descobrir que Camelot estava, de fato, onde deveria estar, a estrada larga levando às torres do castelo de Artur, ou então que se encontravam em alguma estrada desconhecida, claramente a milhas e milhas de onde deveriam estar. Mas estavam acampados ao lado das ruínas do muro romano, que sabia estar a cerca de uma milha ao sul de Camelot, e, enquanto homens e cavalos se preparavam para a viagem, olhou para o morro onde o castelo deveria ficar; mas a colina era verde, tomada por mato e monótona.

Viajavam lentamente pela estrada enlameada, com os vários rastros de onde andaram indo e vindo durante metade da noite. Um rebanho de ovelhas pastava no campo, mas, quando um dos homens de Morgause foi falar com o pastor, o homem se escondeu atrás de um muro de pedras e não queria sair.

— É essa a paz de Artur? — perguntou-se Morgause em voz alta.

— Creio, minha senhora — disse Cormac , que deve haver algum encantamento aqui... Seja onde for, não é Camelot.

— Então, em nome de Deus, o que é? — perguntou Morgause, mas ele apenas murmurou:

— Em nome de Deus, realmente, o quê? — E não deu mais respostas a ela.

Morgause olhou para cima de novo, ouvindo o choramingo apavorado de uma de suas mulheres. Por um momento, foi como se Viviane falasse novamente em sua mente, dizendo que Morgause jamais acreditara de fato que Avalon entrara nas brumas e que, se alguém fosse para lá, druida ou sacerdotisa, e não soubesse o caminho, chegaria apenas à Ilha de Glastonbury, que pertencia aos padres...

Podiam retraçar o caminho até a estrada romana... mas Morgause sentia um curioso medo crescente: descobririam que ela também havia desaparecido, que Lothian desaparecera, que estava sozinha na face da

Terra com esses poucos homens e mulheres? Estremecendo, recordou-se de umas palavras das Escrituras que ouviu do padre de Gwenhwyfar sobre o fim do mundo... *Digo-vos, duas mulheres estarão moendo juntas; uma será tomada e a outra deixada...* Camelot e todos os seus habitantes teriam sido levados para o céu cristão, o mundo havia acabado, com alguns retardatários, como ela, deixados para vagar sobre a face desse mundo devastado?

Mas não podiam ficar ali olhando para o caminho vazio. Ela disse:

— Vamos retraçar nossos passos até a estrada romana.

Se, pensou, *ela ainda estiver lá, se houver alguma coisa lá.* Teve a impressão, ao olhar para as brumas subindo como uma fumaça mágica dos pântanos, de que o mundo desaparecera e que até o sol nascente era desconhecido. Morgause não era uma mulher fantasiosa; disse a si mesma que era melhor se mexer e tentar voltar do que ficar ali naquele silêncio sobrenatural. Camelot era real, um lugar no mundo real, não poderia desaparecer totalmente.

Ainda assim, se eu tivesse conseguido o que queria, se eu e Lot tivéssemos obtido sucesso em nossos planos contra Artur, talvez toda a terra fosse assim, silenciosa, desolada e repleta de medos...

Por que estava tudo tão silencioso? Parecia que não havia um som em todo o mundo além do barulho dos cascos dos cavalos, e até mesmo esse ruído parecia o de pedras jogadas na água, abafado e esvaindo-se em ondas. Haviam quase chegado à estrada romana – ou onde ela deveria estar – quando ouviram cascos batendo em chão duro; um cavaleiro vinha, lenta e cuidadosamente, de Glastonbury. Podiam distinguir uma figura escura através da névoa, algum animal sobrecarregado atrás dele. Depois de um momento, um de seus homens gritou:

— Ora, olhem ali, é *sir* Lancelote do Lago... Deus lhe dê uma boa manhã, senhor!

— Olá! Quem vem aí?

Era de fato a voz bem conhecida de Lancelote, e, à medida que ele se aproximava, o som familiar dos cascos do cavalo e da mula de carga parecia liberar algo no mundo em torno deles. Os sons viajavam longe na névoa, e aqueles eram sons simples, cães latindo em algum lugar, uma matilha inteira de cães, talvez brigando por comida depois de uma noite faminta, mas quebravam o silêncio sobrenatural com um barulho simples e normal.

— É a rainha de Lothian — gritou Cormac, e Lancelote veio até eles, parando o cavalo diante dela.

— Bem, tia, não esperava encontrá-la aqui... meus primos estão com você, talvez, Gawaine ou Gareth?

— Não — ela respondeu —, viajo sozinha para Camelot.

Se é que esse lugar ainda existe sobre a face da Terra, ela pensou irritada. Os olhos dela pousaram atentamente no rosto de Lancelote enquanto ele dizia alguns cumprimentos educados. Parecia exausto e sujo de viagem, as roupas rasgadas e pouco limpas, um manto de tecido grosseiro pior do que o que teria dado a um criado. *Ah, o belo Lancelote, Gwenhwyfar não o achará tão bonito agora, nem eu estenderia a mão para convidá-lo para a minha cama.*

E então ele sorriu, e ela se deu conta: *Apesar de tudo, ele ainda é belo.*

— Viajaremos juntos, então, tia? Pois venho na mais triste das missões.

— Ouvi que estava na busca do Graal. Então o encontrou, ou não conseguiu encontrá-lo e por isso está com essa cara?

— Encontrar um dos grandes Mistérios não é para um homem como eu. Mas trago comigo alguém que realmente segurou o Graal nas mãos. E assim venho dizer que a busca acabou, e que o Graal se foi para sempre deste mundo.

E então Morgause viu que na carga da mula, coberto e amortalhado, estava o corpo de um homem. Ela sussurrou:

— Quem?

— Galahad — respondeu Lancelote em voz baixa. — Foi meu filho quem encontrou o Graal, e agora sabemos que nenhum homem pode olhá-lo e sobreviver. Gostaria que tivesse sido eu... mais ainda por agora ter de levar notícias tão amargas para meu rei, que aquele que seria rei depois dele se foi diante de nós para o mundo no qual poderá seguir para sempre sua busca, intocado...

Morgause estremeceu. *Agora realmente será como se Artur jamais tivesse existido, a terra não terá rei a não ser por aquele no céu, governada por aqueles padres que têm Artur nas mãos...* mas, com raiva, deixou de lado aquelas fantasias. *Galahad morreu. Artur precisa escolher Gwydion para governar depois dele.*

Lancelote olhou com tristeza para a mula carregando o corpo de Galahad, mas disse apenas:

— Devemos continuar? Não tinha a intenção de descansar uma noite na estrada, mas as brumas estavam espessas, e temi perder o caminho. Poderia pensar que era a própria Avalon!

— Não conseguimos encontrar Camelot nas brumas, tanto quanto Avalon — começou Cormac, mas Morgause o interrompeu, aflita.

— Chega dessa tolice — disse. — Nós nos enganamos com a estrada na escuridão e viajamos de um lado para outro pela metade da noite! Também temos pressa de chegar a Camelot, sobrinho.

Um ou dois de seus homens conheciam Lancelote e tinham conhecido Galahad, e agora se aglomeravam em torno do corpo, com expressões de compaixão e palavras bondosas. Lancelote ouviu tudo o que tinham a dizer, com o rosto triste, e então, com poucas palavras, terminou com aquilo.

— Mais tarde, meus rapazes, haverá tempo suficiente para lamentações. Não estou com pressa, Deus sabe, de levar uma notícia dessa para Artur, mas atrasá-la não a tornará melhor. Vamos continuar.

A névoa estava desaparecendo rapidamente enquanto o sol ganhava altura. Saíram pela estrada pela qual Morgause e seus homens foram de um lado para o outro por horas procurando Camelot, mas, antes que chegassem muito longe, houve outro som que quebrou o silêncio estranho daquela manhã assombrada. Era o toque de uma corneta, claro e suave, vindo das alturas de Camelot. E diante dela, no grupo de quatro árvores, larga e inconfundível sob a luz do sol que aumentava, estava a estrada de carroças construída pelos homens de Artur para as legiões dele.

Pareceu apropriado que o primeiro homem que Morgause visse em Camelot fosse seu filho Gareth. Ele se aproximou para questioná-los nos grandes portões do castelo; então, reconhecendo Lancelote, correu para o amigo. Lancelot se atirou precipitadamente do cavalo, envolveu Gareth em um abraço apertado e disse:

— Então, primo, é você...

— Sim, sou... Cai está velho e manco demais para vigiar as muralhas de Camelot hoje em dia. Ah, é um bom dia aquele em que você volta a Camelot, meu primo. Mas vejo que não encontrou Galahad, Lance...

— Ah, eu o encontrei — disse Lancelote, com tristeza, e o rosto aberto de Gareth, ainda infantil apesar da barba cheia, foi atingido por desespero quando ele olhou para a forma de um homem morto sob a mortalha. — Preciso dar a notícia a Artur imediatamente. Leve-me até ele, Gareth.

Gareth baixou a cabeça, a mão pousada no ombro de Lancelote.

— Ah, hoje é um dia maligno para Camelot. Disse isso antes, me parecia que o Graal era obra de algum demônio, não de Deus!

Lancelote balançou a cabeça, e Morgause teve a impressão de que algo brilhava *através* dele, como se seu corpo fosse transparente; e através de seu sorriso triste havia alegria escondida.

— Não, meu caro primo — ele disse —, precisa tirar isso da mente para sempre. Galahad teve o que Deus lhe deu, e, que Deus nos ajude, todos nós o tenhamos. Mas seus dias acabaram, e ele está livre do destino humano. O nosso ainda virá, caro Gareth... que Deus permita que o enfrentemos com tanta coragem quanto ele.

— Amém para isso — disse Gareth, e, para surpresa horrorizada de Morgause, fez o sinal da cruz. Então, com um sobressalto, olhou para ela.

— Mãe, é você? Perdoe-me... é a última pessoa que esperava encontrar com Lancelote. — Ele se curvou sobre a mão dela com um beijo diligente.

— Venha, senhora, deixe-me chamar um camareiro e levá-la até a rainha. Ela a receberá entre suas damas enquanto Lancelote estiver com o rei.

Morgause se permitiu ser guiada, perguntando-se agora por que havia vindo. Em Lothian, governava como rainha por seu próprio direito, mas ali, em Camelot, só poderia sentar-se entre as damas de Gwenhwyfar, e não saberia mais sobre o que acontecia do que aquilo que um de seus filhos achasse por bem lhe dizer.

Ela disse ao camareiro:

— Diga a meu filho Gwydion, *sir* Mordred, que a mãe dele chegou, e peça a ele para vir até mim assim que puder.

Mas ela se perguntava, afundada em desânimo, se naquela corte estranha ele se importaria ao menos em demonstrar-lhe cortesia como Gareth fizera. E, uma vez mais, sentiu que tinha errado ao ir para Camelot.

14

Por muitos anos Gwenhwyfar sentira que, quando os Companheiros da Távola Redonda estavam presentes, Artur não pertencia a ela, mas sim a eles. Ressentira-se da intrusão deles em sua vida, de sua presença em Camelot; com frequência sentia que, se Artur não estivesse cercado pela corte, talvez pudessem ter tido uma vida mais feliz que a que tinham como rei e rainha de Camelot.

E ainda assim, naquele ano da busca pelo Graal, começou a perceber que, no final das contas, tivera sorte, pois Camelot era como uma vila de fantasmas, com todos os Companheiros fora e Artur, o fantasma que a assombrava, movendo-se silenciosamente pelo castelo deserto.

Não se tratava de não sentir prazer com a companhia de Artur, já que, na realidade, era totalmente sua. Era apenas que agora entendia quanto de seu próprio ser ele havia colocado em suas legiões e na construção de Camelot. Artur a tratava com cortesia e bondade irrestritas, e ela tinha sua companhia mais do que a tivera em todos aqueles longos anos de guerra ou nos anos de paz que se seguiram. Mas era como se parte dele estivesse ausente, acompanhando seus Companheiros, onde quer que estivessem, e apenas uma fração do homem em si permanecesse ali com ela. Gwenhwyfar amava Artur, o homem, tanto quanto o rei, mas agora percebia quanto havia menos do homem sem os negócios do reino, no qual ele colocara tanto de sua vida. E ela se envergonhava de perceber isso.

Jamais falavam dos que estavam ausentes. Naquele ano da busca do Graal, viveram sossegados e em paz dia após dia, falando apenas das coisas diárias, de pão e carne, das frutas do pomar ou do vinho das adegas, um novo manto ou a fivela de um sapato. E uma vez, olhando em torno do aposento vazio da Távola Redonda, ele disse:

— Deveríamos tirá-la daqui até que eles voltem, meu amor? Mesmo neste grande cômodo há pouco espaço para se mover, e agora tudo está vazio...

— Não — ela respondeu rapidamente —, não, meu amor, deixe-a. Este grande cômodo foi construído para a Távola Redonda, e sem ela ficaria parecendo um celeiro vazio. Deixe-a. Você, eu e o pessoal da casa podemos jantar no cômodo menor.

Artur sorriu para ela, e Gwenhwyfar percebeu que ele estava feliz com a resposta.

— E, quando os cavaleiros voltarem da busca, poderemos novamente fazer um grande banquete aqui — ele disse, mas então ficou em silêncio, e ela notou que ele se perguntava quantos deles voltariam.

Cai estava com eles, o velho Lucan e dois ou três Companheiros, que estavam velhos, enfermos ou cuidando de feridas antigas. E Gwydion – Mordred, como era agora chamado – estava sempre com eles, como um filho adulto; com frequência Gwenhwyfar o olhava e pensava: *Este é o filho que eu poderia ter dado a Lancelote*, e um calor tomava seu corpo todo, deixando-a coberta por um suor quente enquanto pensava naquela noite em que o próprio Artur a colocara nos braços de Lancelote. E de fato esse calor a atingia com frequência agora e desaparecia, então nunca sabia se um cômodo estava quente ou frio, ou se era aquele estranho calor interno súbito. Gwydion era gentil e a tratava com deferência, chamando-a sempre de senhora, ou, às vezes, timidamente, de tia; a própria timidez com que ele usava aquele termo de proximidade familiar despertava seu afeto e o tornava querido a ela. Ele era como Lancelote, também, porém mais calado e sério; enquanto Lancelote sempre estivera pronto para uma brincadeira ou jogo de palavras, Gwydion sorria e estava sempre pronto para uma observação sarcástica, como um golpe ou uma picada de um alfinete. O senso de humor dele era maldoso, mas ela não conseguia deixar de rir quando ele fazia uma brincadeira cruel.

Uma noite, quando seu pequeno séquito jantava, Artur disse:

— Até que Lancelote esteja de volta, sobrinho, quero que fique com a posição dele e seja meu capitão da cavalaria.

Gwydion riu.

— Essa tarefa será tranquila, meu tio e senhor... há poucos cavalos nos estábulos agora. Os melhores de seus estábulos se foram com seus cavaleiros e Companheiros, e quem sabe se, na verdade, não será algum dos cavalos que encontrará o Graal que procuram!

— Ah, cale-se — disse Gwenhwyfar. — Não deve zombar da busca deles.

— Por que não, tia? Os padres nos dizem repetidamente que somos as ovelhas do pasto do Senhor, e, se uma ovelha pode buscar uma presença espiritual, ora, sempre achei que um cavalo era um animal mais nobre. Então quem pode dizer se o animal mais nobre poderá ou não vencer a busca? Até mesmo um velho cavalo marcado de guerra pode, por fim, buscar repouso espiritual, assim como dizem que o leão um dia se deitará ao lado da ovelha sem pensar que é hora do jantar.

Artur riu pouco à vontade.

— Será que precisaremos de nossos cavalos novamente para a guerra? Desde monte Badon, Deus seja louvado, temos paz na terra...

— A não ser por Lúcio — respondeu Gwydion —, e, se aprendi uma coisa na vida, é que a paz é algo que não dura muito tempo. Selvagens nortistas em navios de dragão estão chegando à costa, e, quando os homens pedem que as legiões de Artur os defendam, a resposta é apenas que os Companheiros do rei partiram em busca de paz de alma. E assim pedem ajuda aos reis saxões do sul. Mas, decerto, quando essa busca terminar, novamente olharão para Artur e Camelot... e me parece que poderá haver escassez de cavalos de guerra quando esse dia chegar. Lancelote está tão ocupado com o Graal e seus outros feitos que teve pouco tempo para cuidar dos estábulos do rei.

— Bem, disse que gostaria que ficasse com esse cargo — disse Artur, e Gwenhwyfar percebeu que seu tom soava rabugento e velho, sem a força que um dia teve. — Como capitão da cavalaria, tem autoridade para mandar buscar cavalos em meu nome. Lancelote tratava com vendedores em algum lugar no sul, além da Bretanha continental...

— É o que também farei, então — respondeu Gwydion. — Não havia cavalos como os da Espanha, mas agora, meu tio e senhor, os melhores animais vêm de ainda mais longe. Os próprios espanhóis compram cavalos da África, de um país do deserto de lá. Agora esses sarracenos estão começando a tomar a própria Espanha... isso ouvi do rei sarraceno Palomides, que veio para cá e ficou como hóspede por um tempo, e então viajou para ver qual aventura havia entre os saxões. Ele não é cristão, e lhe pareceu estranho que todos esses cavaleiros partissem atrás do Graal quando nossas terras estavam em guerra.

— Falei com Palomides — disse Artur. — Ele tinha uma espada daquele país do sul, de aço espanhol... Eu teria uma daquelas com gosto, embora ache que nenhuma é melhor que Excalibur. Nenhuma espada em nosso país conseguiria aquele fio, parece uma navalha. Estou feliz por nunca ter precisado enfrentar uma espada daquela. Os nortistas têm grandes machados e maças, mas suas armas não são tão boas, nem mesmo quanto as dos saxões.

— Mas são lutadores ferozes — afirmou Gwydion. — Entram em uma loucura de luta, como às vezes os homens das tribos de Lothian costumavam fazer, jogando fora os escudos durante a batalha... Não, meu rei, podemos ter tido paz por um bom tempo, mas, assim como os sarracenos começam a invadir a Espanha, os nortistas estão em nossas costas, e também os irlandeses selvagens. No fim, certamente os sarracenos serão algo bom para a Espanha, como os saxões foram para esta terra...

— Bom para esta terra? — Artur olhou perplexo para o jovem. — O que o ouço dizer, sobrinho?

— Quando os romanos nos deixaram, meu senhor Artur, estávamos isolados no fim do mundo, sozinhos com as tribos quase selvagens. A guerra com os saxões exigiu a nossa superação — ele disse. — Precisamos fazer negócios com a Bretanha Menor, a Espanha e os países do sul, precisamos negociar armas e cavalos, construir novas cidades... ora, aqui está sua própria Camelot, *sir*, para mostrar-lhe isso. Nem falo do movimento de padres, que agora estão entre os saxões e fizeram com que deixassem de ser homens selvagens das tribos com barba no rosto, adorando seus próprios Deuses bárbaros, e se tornassem homens civilizados, com cidades e negócios próprios, e com seus próprios reis civilizados que são seus vassalos. Pelo que mais toda esta terra esteve esperando? Agora eles têm até mosteiros e homens educados escrevendo livros e muito mais... sem as guerras contra os saxões, meu senhor Artur, o velho reino de Uther seria esquecido como o de Máximo.

Artur disse com um leve ar divertido:

— Então pensa que esses mais de vinte anos de paz colocaram Camelot em perigo e que precisamos de mais guerras e lutas para nos colocar no mundo de novo. É fácil perceber que não é um guerreiro, jovem. Não tenho uma visão assim romântica da guerra.

Gwydion retribuiu o sorriso.

— O que o faz pensar que não sou um guerreiro, meu senhor? Lutei entre seus homens contra Lúcio, que queria ser imperador, e tive muito tempo para me decidir sobre as guerras e seu valor. Sem guerras, o senhor estaria mais esquecido que os últimos dos reis em Gales e no Eire... Quem hoje pode recitar os nomes dos reis de Tara?

— E acha que um dia poderá acontecer isso com Camelot, meu rapaz?

— Ah, meu tio e rei, receberia a sabedoria de um druida ou a bajulação de um cortesão?

Artur respondeu, rindo:

— Que venha o conselho astucioso de um Mordred.

— O cortesão diria, meu senhor, que o reino de Artur viverá para sempre e que sua memória estará sempre viva no mundo. E o druida diria que todos os homens perecem, e um dia serão, com toda a sua sabedoria e glória, como Atlântida, imersa sob as ondas. Apenas os Deuses resistem.

— E o que diria meu sobrinho e amigo, então?

— Seu *sobrinho* – ele colocou tanta ênfase naquela palavra que Gwenhwyfar a percebeu como se fosse *seu filho* — diria, meu tio e senhor, que vivemos por este dia, e não pelo que a história poderá dizer de nós daqui a cem anos. E assim seu sobrinho o aconselharia a fazer com que seus estábulos novamente espelhem os dias nobres em que os cavalos e guerreiros de Artur eram conhecidos e temidos por todos. Nenhum homem deveria poder dizer que o rei está velho e, com todos os seus cavaleiros em uma busca, não se preocupa em manter seus homens e cavalos prontos para a luta.

Artur lhe deu um tapinha amistoso no ombro.

— Então que assim seja, caro rapaz. Confio em seu julgamento. Mande buscar na Espanha, ou na África, se quiser, cavalos adequados à reputação das legiões de Artur, e cuide do treinamento deles.

— Precisarei encontrar saxões para isso — respondeu Gwydion —, e eles sabem pouco dos nossos segredos de luta montada... o senhor sempre disse que não deveriam saber. É sua vontade que, já que os saxões agora são nossos aliados, sejam treinados em nossas habilidades de luta?

Artur parecia perturbado.

— Temo que precise deixar isso também em suas mãos.

— Tentarei fazer meu melhor para o senhor — disse Gwydion. — E agora, meu rei, passamos tempo demais conversando sobre esse assunto e cansamos as senhoras... perdoe-me, senhora — ele completou, inclinando a cabeça para Gwenhwyfar com um sorriso vitorioso. — Deveríamos ouvir música? A senhora Niniane, tenho certeza, ficaria feliz em trazer sua harpa e cantar para o senhor, meu rei.

— Sempre fico feliz em ouvir a música de minha parente — respondeu Artur com seriedade —, se isso for do agrado de minha senhora.

Gwenhwyfar assentiu para Niniane, que pegou a harpa e sentou-se diante deles, cantando, e a rainha ouviu a música com prazer – a moça tocava lindamente, e sua voz era doce, embora não tão pura ou forte como a de Morgana. Mas, enquanto observava Gwydion, com os olhos sobre a filha de Taliesin, pensou: *Por que é que nós, uma corte cristã, precisamos sempre ter aqui uma daquelas damas da Senhora do Lago?* Isso a preocupava, embora Gwydion parecesse um cristão tão bom quanto qualquer outro na corte, indo sempre à missa aos domingos, como fazia a própria Niniane. No que dizia respeito àquilo, não conseguia se lembrar de como Niniane se tornara uma de suas damas, a não ser que Gwydion a trouxera para a corte e pedira à rainha para estender sua hospitalidade a ela como parente de Artur e filha de Taliesin. Gwenhwyfar tinha apenas as melhores lembranças de Taliesin, e ficara contente em receber a filha dele, mas de certo modo agora lhe parecia que, sem jamais se voluntariar, Niniane tomara a posição principal entre suas damas. Artur sempre a tratava com benevolência e com frequência a chamava para cantar, e houve vezes em que Gwenhwyfar, observando os dois, perguntou-se se ele a olhava como mais que uma parente.

Mas não, com certeza não. Se Niniane tinha um amante ali na corte, era mais que provável que fosse o próprio Gwydion… e ainda assim seu coração doía; aquela moça era bela, tão bela quanto ela mesmo tinha sido, e ela era apenas uma mulher envelhecendo, com o cabelo esmaecendo, sem cor no rosto, o corpo ficando flácido… E então, quando Niniane colocou a harpa de lado e foi se retirar, franziu o cenho enquanto Artur levantou-se para acompanhá-la para fora do salão.

— Parece exausta, minha esposa, o que a aflige?

— Gwydion disse que você é velho…

— Minha querida esposa, estou no trono da Bretanha há trinta e um anos, com você ao meu lado. Acha que há alguém neste reino que ainda possa dizer que somos jovens? A maioria de nossos súditos não havia ainda nascido quando subimos ao trono. Apesar de que, de fato, minha querida, não sei como parece sempre tão jovem.

— Ah, meu marido, não buscava elogios — ela disse, impacientemente.

— Deveria ficar lisonjeada, minha Gwen, por Gwydion não se prestar a fazer elogios vazios para um rei envelhecido, enganando-me com palavras mentirosas. Ele fala honestamente, e eu lhe dou valor por isso. Gostaria…

— Sei do que gostaria — ela o interrompeu, a voz zangada. — Gostaria de poder reconhecê-lo como seu filho, para que ele, e não Galahad, ficasse com seu trono depois de você…

Ele corou.

— Gwenhwyfar, precisamos ser sempre tão mordazes um com o outro sobre esse assunto? Os padres não o aceitarão como rei, e isso é o fim.

— Não consigo deixar de me lembrar de quem ele é filho...

— Não consigo deixar de me lembrar de que ele é *meu* filho — disse Artur, gentilmente.

— Não confio em Morgana, e você mesmo descobriu que ela...

O rosto dele endureceu, e ela percebeu que não a ouviria sobre esse assunto.

— Gwenhwyfar, meu filho foi criado pela rainha de Lothian, e os filhos dela foram meu apoio e o esteio de meu reino. O que eu teria feito sem Gareth e Gawaine? E agora Gwydion promete ser como eles, o melhor e mais bondoso dos amigos e Companheiros. Não pensarei menos de

Gwydion por ele ter ficado ao meu lado enquanto todos os meus outros Companheiros me abandonaram por essa busca.

Gwenhwyfar não queria discutir com ele. Então disse, colocando a mão na dele:

— Acredite em mim, meu senhor, eu o amo além de tudo nesta terra.

— Ora, eu acredito em você, meu amor — ele respondeu. — Os saxões têm um ditado: um homem é abençoado quando tem um bom amigo, uma boa esposa e uma boa espada. E eu tenho tudo isso, minha Gwenhwyfar.

— Ah, os saxões — ela disse, rindo. — Lutou contra eles por todos esses anos e agora cita seus ditados de sabedoria...

— Bem, qual é o benefício da guerra, como diz Gwydion, se não podemos aprender a sabedoria dos nossos inimigos? Há muito tempo alguém, Gawaine talvez, disse algo sobre os saxões e os homens educados em seus mosteiros. Ele disse que é como uma mulher que é estuprada e, mesmo assim, depois que os invasores deixaram nossas costas, dá à luz um bom filho... é melhor ter apenas o mal ou, quando o mal acabou e não há remédio, tirar o que pode sair de bom dele?

Gwenhwyfar franziu a testa e disse:

— Apenas um homem, acho, poderia fazer uma brincadeira como essa!

— Não, não tive a intenção de trazer velhas tristezas à tona, meu coração — ele protestou —, mas o dano foi feito para mim e Morgana há anos. — Gwenhwyfar percebeu que ele pela primeira vez falou o nome da irmã sem aquela rigidez fria no rosto. — Seria melhor que nenhum bem de qualquer espécie viesse do pecado que cometi com Morgana, pois para você foi um pecado, ou deveria estar grato porque, uma vez que o pecado foi cometido e não há como voltar para a inocência, Deus me deu um bom filho em troca daquele mal? Morgana e eu não nos despedimos como amigos, e não sei onde ela está ou o que aconteceu com ela, nem imagino que verei seu rosto novamente até o Dia do Juízo. Mas o filho dela é hoje o esteio de meu trono. Deveria desconfiar dele por causa da mãe que o deu à luz?

Gwenhwyfar teria dito: *Não confio nele porque foi criado em Avalon*, mas não quis, e ficou quieta.

Mas quando, à sua porta, Artur segurou sua mão e perguntou em voz baixa:

— Deseja que me junte a você esta noite?

Ela evitou os olhos dele e respondeu:

— Não, não, estou cansada.

Tentou não ver o ar de alívio nos olhos dele. Perguntou-se se Niniane ou outra dividia a cama com o rei naqueles dias; não se rebaixaria a questionar o camareiro dele. *Se não sou eu, por que deveria me importar com quem pode ser?*

O ano seguiu para a escuridão do inverno e então para a primavera. Um dia Gwenhwyfar disse, impetuosamente:

— Gostaria que essa busca tivesse acabado e os cavaleiros voltassem, com ou sem o Graal!

— Calma, minha querida, eles fizeram um juramento — respondeu Artur, porém, mais tarde naquele dia, realmente um cavaleiro veio pelo caminho de Camelot, e viram que era Gawaine.

— É você, primo? — Artur o abraçou e o beijou nos dois lados do rosto. — Não tinha esperanças de vê-lo até que um ano se passasse... não jurou seguir o Graal por um ano e um dia?

— Jurei — disse Gawaine —, mas não rompi meu juramento, senhor, e os padres não precisam me olhar como se eu fosse perjuro. Pois eu vi o Graal pela última vez aqui neste castelo, Artur, e tenho tantas possibilidades de vê-lo aqui de novo quanto neste ou naquele canto do mundo. Andei para lá e para cá e nunca ouvi uma palavra mais sobre ele, e um dia me ocorreu que bem poderia procurá-lo aqui onde já o vi, em Camelot e na presença de meu rei, mesmo se precisar buscar por ele todos os domingos no altar da missa e em nenhum outro lugar.

Artur sorriu e o abraçou, e Gwenhwyfar viu que seus olhos estavam úmidos.

— Entre, primo. Bem-vindo ao lar.

Alguns dias depois, Gareth também voltou para casa.

— Realmente tive uma visão, e acho que pode ter vindo de Deus — ele disse, enquanto se sentavam para jantar no salão. — Sonhei que vi o Graal descoberto e belo diante de mim, e então uma voz vinda da luz em torno dele falou comigo: "Gareth, Companheiro de Artur, isto é tudo o que jamais verá do Graal nesta vida. Por que buscar mais visões e glórias quando seu rei precisa de você em Camelot? Pode servir a Deus quando chegar ao céu, mas, enquanto vive aqui na terra, volte para Camelot e sirva ao seu rei". E então, quando acordei, lembrei-me de que até Cristo disse que deveriam dar a César o que pertencia a César, então vim para casa, e encontrei Lancelote enquanto viajava, e pedi que ele fizesse o mesmo.

— Acha, então, que realmente encontrou o Graal? — perguntou Gwydion.

Gareth riu.

— Talvez o Graal em si seja apenas um sonho. E, quando sonhei com o Graal, ele me pediu para cumprir meu dever com meu senhor e rei.

— Suponho que devemos ter Lancelote entre nós logo, então?

— Espero que o coração dele lhe diga para voltar — respondeu Gawaine —, pois de fato precisamos dele aqui. Mas logo a Páscoa chegará, e então podemos esperar que todos voltem para casa.

Mais tarde Gareth pediu que Gwydion trouxesse sua harpa e cantasse para eles.

— Pois — disse — não tive nem mesmo a música grosseira que escutava na corte dos saxões, e você, que ficou aqui, com certeza teve tempo para aprimorar suas canções, Gwydion.

Gwenhwyfar não ficaria surpresa se ele cedesse o lugar para Niniane, mas em vez disso trouxe uma harpa que ela reconheceu.

— Não é a harpa de Morgana?

— É. Ela a deixou em Camelot quando partiu e, se quiser, ela pode mandar buscá-la ou vir e tomá-la de mim. Até esse dia, bem, certamente é minha, e duvido que ela fique chateada comigo por isso, uma vez que não me deu mais nada.

— A não ser sua vida — respondeu Artur, em um tom de leve reprovação, e Gwydion lhe deu um olhar tão cheio de amargura que Gwenhwyfar ficou bastante angustiada. O tom selvagem dele poderia ser ouvido a um metro de distância.

— Deveria então ser grato por isso, meu senhor e rei?

Antes que Artur pudesse responder, ele posicionou os dedos nas cordas e começou a tocar. Mas a música que cantou chocou Gwenhwyfar.

Ele entoou a balada do Rei Pescador que vivia em um castelo no meio de um grande descampado; e, enquanto o rei envelhecia e seus poderes enfraqueciam, a terra minguava do mesmo jeito, e não havia mais colheitas, até que algum homem mais jovem viesse e desse o golpe de misericórdia que derramaria o sangue do velho rei sobre a terra. Então a terra ficaria jovem outra vez com o novo rei e floresceria com a juventude dele.

— Acredita nisso? — perguntou Artur, pouco à vontade. — Que a terra governada por um velho rei só pode enfraquecer?

— Não, meu senhor. O que faríamos sem a sabedoria de seus muitos anos? No entanto, nos velhos dias das tribos era assim, quando apenas a Deusa da Terra permanecia, e o rei governava enquanto fosse do agrado dela. E, quando o Gamo-Rei envelhecia, outro da manada vinha e o derrubava... mas esta é uma corte cristã, e o senhor não tem costumes pagãos como esses, meu rei. Acho que talvez essa balada do Rei Pescador seja apenas um símbolo da relva, que, como dizem até em suas Escrituras, é como a carne do homem, aguentando apenas uma estação, e o rei do descampado, apenas um símbolo do mundo que morre anualmente com a relva e é renovado na primavera, como dizem todas as religiões... até Cristo definhou como o Rei Pescador quando morreu na cruz e voltou novamente na Páscoa, renovado... — E tocou as cordas e cantou suavemente:

Vês, todos os dias do homem são como a folha caída e a relva que definhou.

Tu também serás esquecido, como a flor que caiu sobre a relva, como o vinho que é derramado e embebe a terra.

E, mesmo assim, como a primavera retorna, assim floresce a terra, e assim floresce a vida que virá novamente...

Gwenhwyfar, então, perguntou:

— Isso é das Escrituras, Gwydion? Um verso de um salmo, talvez?

Gwydion fez que não com a cabeça.

— É um hino antigo dos druidas, e há quem diga que é ainda mais antigo, trazido talvez das terras que hoje estão sob o mar. Mas cada religião tem um hino como esse. Talvez de fato todas as religiões sejam Uma...

Artur perguntou a ele em voz baixa:

— Você é cristão, meu rapaz?

Gwydion não respondeu por algum tempo. Por fim, disse:

— Fui criado como druida e não quebro os juramentos que fiz. Meu nome não é Kevin, meu rei. Mas o senhor não conhece todos os juramentos que fiz.

Silenciosamente ele se levantou de seu lugar e saiu do salão. Artur, observando-o, não reprovou sua falta de cortesia, mas Gawaine fez cara feia.

— Vai permitir que ele saia com tanta sem-cerimônia, senhor?

— Ah, deixe para lá — disse Artur. — Somos todos parentes aqui, não peço que ele me trate sempre como se eu estivesse no trono! Ele sabe bem que é meu filho, como sabem todos neste aposento! Gostaria que ele fosse sempre um cortesão?

Mas Gareth franzia o cenho. Ele disse em voz baixa:

— Desejo de todo o coração que Galahad volte para a corte. Que Deus dê a ele uma visão como a que tive, pois precisa dele aqui mais do que precisa de mim, Artur, e, se ele não vier logo, eu mesmo o procurarei.

Faltavam poucos dias para o Pentecostes quando Lancelote enfim voltou.

Haviam visto a procissão que se aproximava – homens, senhoras, cavalos e animais de carga – e Gareth, nos portões, tinha reunido todos para recebê-los, mas Gwenhwyfar, ao lado de Artur, deu pouca atenção a Morgause, exceto para se perguntar por qual motivo a rainha de Lothian viera. Lancelote ajoelhou-se diante de Artur com suas notícias tristes, e Gwenhwyfar também sentiu a dor em seus olhos... sempre, sempre fora dessa maneira, o que atingia o coração dele era como uma chicotada no seu. Artur se curvou, levantou Lancelote e o abraçou, com os olhos úmidos.

— Perdi um filho, não menos que você, caro amigo. A falta dele será duramente sentida.

Gwenhwyfar não pôde mais aguentar e foi para a frente para dar a mão a Lancelote diante de todos e dizer, com a voz trêmula:

— Ansiei por seu retorno, Lancelote, mas sinto muito que seja portador de notícias tão tristes.

Artur disse em voz baixa para seus homens:

— Levem-no para a capela onde ele foi sagrado cavaleiro. Deixem-no ali, e amanhã será enterrado como convém ao meu filho e herdeiro.

Quando ele se virou, cambaleou um pouco, e Gwydion rapidamente colocou a mão sob o braço dele para dar-lhe apoio.

Gwenhwyfar já não chorava com frequência, mas sentiu que precisava chorar diante do rosto de Lancelote, tão desfigurado e abatido. O que acontecera com ele naquele ano em que buscou o Graal? Uma longa doença, um longo jejum, a exaustão, ou teria se machucado? Jamais o vira tão triste, nem mesmo quando viera falar com ela sobre seu casamento com Elaine. Observando Artur se apoiando pesadamente no braço de Gwydion, ela suspirou, e Lancelote apertou sua mão e disse em voz baixa:

— Agora posso até mesmo ficar feliz por Artur ter conhecido seu filho e dado valor a ele. Isso vai suavizar sua dor.

Gwenhwyfar balançou a cabeça, sem querer pensar no que aquilo significaria para Gwydion e para Artur. O filho de Morgana! O filho de Morgana sucederia Artur – não, não havia como evitar isso agora!

Gareth se aproximou, curvou-se diante dela e disse:

— Senhora, minha mãe está aqui. — E Gwenhwyfar lembrou-se de que não era livre para ficar entre os homens, que seu lugar era com as senhoras, que não poderia dizer uma palavra de consolo a Artur e nem mesmo para Lancelote. Ela disse friamente:

— Fico feliz em recebê-la, rainha Morgause. — E então lhe veio à mente: *Devo confessar isso então como pecado, que minto à rainha? Seria de algum modo mais virtuoso se dissesse a ela: eu a recebo como a obrigação exige, rainha Morgause, mas não estou feliz em vê-la e gostaria que tivesse ficado em Lothian, ou no inferno, pelo que me diz respeito!* Viu que Niniane estava ao lado de Artur, que o rei estava entre ela e Gwydion, e franziu o cenho.

— Senhora Niniane — ela disse, friamente —, acho que as mulheres vão se retirar agora. Encontre um quarto de hóspedes para a rainha de Lothian e cuide para que tudo seja preparado para ela.

Gwydion parecia zangado, mas não havia nada que pudesse ser dito, e Gwenhwyfar refletiu, enquanto ela e suas damas deixavam o pátio, que havia vantagens em ser rainha.

Durante todo aquele dia, os Companheiros e cavaleiros da Távola Redonda voltaram à corte de Artur, e Gwenhwyfar ocupou-se com os preparativos do banquete no dia seguinte, que seria o do funeral. No dia de Pentecostes, os homens de Artur que haviam voltado de sua busca se reuniriam. Reconheceu muitos rostos, mas alguns, sabia, jamais voltariam: Percival, Bors e Lamorak – ela virou o rosto de modo mais gentil para Morgause, a qual, sabia, sofria sinceramente por Lamorak. Achava que a mulher tinha bancado a tola com seu amante mais jovem, mas dor era dor, e quando, na missa fúnebre de Galahad, o padre falou de todos os outros que haviam sucumbido naquela busca, viu Morgause escondendo as lágrimas por trás do véu, e, após a cerimônia, seu rosto estava vermelho e inchado.

Na noite anterior, Lancelote velara o corpo do filho na capela, e ela não tivera a possibilidade de trocar palavras com ele reservadamente. Agora, depois da missa fúnebre, pediu que ele se sentasse ao lado dela e de Artur no jantar, e, quando encheu o copo dele, esperava que se embebedasse e esquecesse o luto. Ela sofria com seu rosto enrugado, tão abatido de dor e privações, e com os cachos em torno de seu rosto, agora tão brancos. E ela, que o amara mais que todos, não podia nem mesmo abraçá-lo e chorar com ele diante dos outros. Por muitos anos sentira uma dor profunda pelo fato de nunca ter tido nenhum direito de voltar-se para ele em público, mas apenas sentar-se a seu lado e ser não mais que sua parente e rainha. E agora isso lhe parecia mais atroz que nunca, mas ele não se virou para ela, nem mesmo a olhou nos olhos.

De pé, Artur fez um brinde aos cavaleiros que jamais voltariam da busca.

— Aqui, diante de todos, juro que nenhuma de suas mulheres ou crianças saberá o que é necessidade enquanto eu viver e Camelot estiver de pé — ele disse. — Eu compartilho da dor de vocês. O herdeiro de meu trono morreu na busca do Graal.

Ele se virou e estendeu a mão para Gwydion, que foi lentamente para o seu lado. O rapaz parecia mais jovem do que era, com uma túnica branca simples, o cabelo escuro preso com uma faixa dourada.

Artur prosseguiu:

— Um rei não pode, como os outros homens, permitir-se um longo luto, meus Companheiros. Aqui lhes peço que lamentem comigo a perda de meu sobrinho e filho adotivo, que jamais reinará ao meu lado. Mas, embora o luto ainda seja recente, peço que aceitem Gwydion, *sir* Mordred, o filho de minha única irmã, Morgana de Avalon, como meu herdeiro. Gwydion é jovem, mas tornou-se um de meus conselheiros mais sábios. — Ele levantou a taça e bebeu. — Bebo a você, meu filho, e a seu reinado, quando o meu tiver acabado.

Gwydion se ajoelhou diante de Artur.

— Que seu reinado seja longo, meu pai.

Gwenhwyfar teve a impressão de que ele piscava para conter as lágrimas, e gostou mais dele por isso. Os Companheiros beberam, e então, liderados por Gareth, os saudaram.

Mas Gwenhwyfar sentou-se em silêncio. Ela sabia que aquilo viria, mas não esperava que fosse acontecer no próprio banquete do funeral de Galahad! Voltou-se para Lancelote e sussurrou:

— Gostaria que ele tivesse esperado! Gostaria que tivesse consultado seus conselheiros!

— Não sabia que ele tinha a intenção de fazer isso? — perguntou Lancelote. Ele tomou a mão dela, apertando-a suavemente, acariciando os dedos dela sob os anéis que usava. Seus dedos agora pareciam tão finos e ossudos, não jovens e macios como tinham sido; sentiu vergonha e quis retirá-los, mas Lancelote não permitiu. Ele disse, ainda acariciando sua mão:

— Artur não deveria ter feito isso a você sem aviso...

— Deus sabe que não tenho o direito de reclamar, não pude dar um filho a ele, então ele precisou se virar com o filho de Morgana...

— Ainda assim, deveria tê-la avisado — disse Lancelote. Era a primeira vez, pensou Gwenhwyfar, distante, que ele parecia, mesmo que por um momento, criticar Artur. Ele levantou a mão dela gentilmente até os lábios e então a soltou enquanto Artur se aproximava deles com Gwydion. Criados traziam pratos fumegantes de carne, bandejas de frutas frescas e pães quentes, dispondo doces ao longo da mesa. Gwenhwyfar deixou que o criado lhe servisse um pouco de carne e de frutas, mas mal tocou no prato. Viu, com um sorriso, que fora arranjado para que dividisse o prato com Lancelote, como tinha feito com frequência em outros banquetes de Pentecostes; e que Niniane, do outro lado de Artur, comia do prato dele. Uma vez ele a chamou de filha, o que aliviou um pouco a mente de Gwenhwyfar – talvez já a aceitasse como a potencial esposa de seu filho. Para sua surpresa, Lancelote pareceu seguir seu pensamento.

— O próximo festejo na corte será um casamento? Teria achado que o parentesco é muito próximo...

— Isso importaria em Avalon? — perguntou Gwenhwyfar, a voz mais dura do que tinha desejado; a velha dor ainda estava ali.

Lancelote deu de ombros.

— Não sei... em Avalon, quando garoto, ouvi falar sobre um país bem ao sul onde a casa real sempre casava irmãos com irmãs, para que o sangue real não se diluísse com o das pessoas comuns e a dinastia durasse mil anos.

— Pagãos — disse Gwenhwyfar. — Não sabiam nada sobre Deus, e não sabiam que pecavam...

Ainda assim, Gwydion não parecia ter sofrido pelo pecado de sua mãe e seu pai; por que deveria ele, neto de Taliesin – não, bisneto –, hesitar em se casar com a filha dele?

Deus punirá Camelot por esse pecado, ela pensou subitamente. *Pelo pecado de Artur e pelo meu... e o de Lancelote...*

Adiante dela, ouviu Artur dizer a Gwydion:

— Uma vez o ouvi dizer que Galahad talvez não vivesse até sua coroação.

— E lembra-se também, meu pai e meu senhor — respondeu Gwydion, em voz baixa —, que lhe jurei que não teria parte na morte dele, mas que ele morreria de modo honrado pela cruz que adorava, e assim foi.

— O que mais você prevê, meu filho?

— Não me pergunte, senhor Artur. Os Deuses são bons quando dizem que nenhum homem deve conhecer seu próprio fim. Mesmo se eu soubesse, e não digo que sei, não lhe diria nada.

Talvez, pensou Gwenhwyfar, com um estremecimento repentino, *Deus já nos tenha punido o bastante por nosso pecado quando nos enviou este Mordred...* E então, olhando para o jovem, ficou consternada. Como posso pensar assim de alguém que foi realmente como um filho para Artur? Ele não tem culpa por seus pais!

Ela disse para Lancelote:

— Artur não deveria ter feito isso antes que Galahad esfriasse no túmulo!

— Não é assim, minha senhora. Artur conhece bem as obrigações de um rei. Acha que Galahad se importaria, agora que se foi, com quem se senta no trono que ele jamais desejou? Teria feito melhor em transformá-lo em padre, Gwenhwyfar.

Ela olhou para Lancelote, ruminando, a mil quilômetros de distância dela, fechado em si mesmo, num lugar onde jamais poderia segui-lo, e disse, desajeitadamente, alcançando-o da melhor maneira que podia:

— E você, então fracassou em encontrar o Graal?

Ela o viu voltar lentamente da longa distância.

— Cheguei mais perto do que qualquer pecador pode chegar e continuar vivo. Mas fui poupado para dizer aos homens da corte de Artur que o Graal se foi para sempre para além deste mundo. — Ele novamente caiu em silêncio, e então disse através daquela longa distância: — Gostaria de tê-lo seguido para além do mundo, mas não tive escolha.

Ela se perguntou: *Então não desejou voltar à corte por minha causa?* E lhe pareceu claro que Lancelote era mais parecido com Artur do que jamais soubera, e que ela nunca fora, para ambos, mais que uma diversão entre guerra e busca; que a vida real de um homem se dava em um mundo no qual o amor não significava nada. Ele havia devotado toda a vida a guerras ao lado de Artur, e agora, quando não havia guerra, se dedicara a um grande Mistério. O Graal se interpusera entre eles, como acontecera com Artur e com a própria honra de Lancelote.

Agora até mesmo Lancelote se voltara para Deus, e pensava, sem nenhuma dúvida, apenas que ela o levara para um pecado grave. A dor era insuportável. Por toda a sua vida, não tivera nada mais que isso, e não podia evitar buscá-lo, apertando sua mão.

— Ansiei por você — ela sussurrou, e ficou chocada com o desejo em sua voz; *ele vai pensar que não sou melhor que Morgause, jogando-me em seus braços...* Ele segurou a mão dela e disse suavemente:

— E eu senti sua falta, Gwen. — E então, como se pudesse ler seu coração faminto, completou em voz baixa: — Com ou sem Graal, amada, nada poderia ter me trazido de volta a esta corte a não ser o pensamento em você. Teria ficado lá, passando o resto da vida em rezas para que pudesse ver novamente aquele Mistério que foi escondido de meus olhos. Mas não sou mais que um homem, minha amada...

Ela sabia o que ele dizia e apertou sua mão.

— Devo mandar minhas damas de companhia embora, então?

Ele hesitou por um momento, e Gwenhwyfar sentiu o velho pavor... como ousava ser tão atirada, tão carente do recato de uma mulher? Esse momento era sempre como a morte. Então ele apertou seus dedos com mais força e disse:

— Sim, meu amor.

Mas, enquanto esperava por ele, sozinha na escuridão, perguntava-se amargurada se o "sim" dele tinha sido como o de Artur, uma oferta feita de tempos em tempos por piedade ou pelo desejo de preservar seu orgulho. Agora que não havia mais a menor esperança de dar a Artur um filho temporão, ele poderia ter parado de procurá-la, mas era bondoso demais para dar às mulheres que a acompanhavam motivos para zombarem dela pelas costas. Ainda assim, era como uma facada no coração que Artur sempre parecesse aliviado quando ela o dispensava. Houve até mesmo vezes em que ela o convidara para entrar e conversaram, ou ela se deitou por um tempo nos braços dele, contente em ser abraçada e reconfortada, mas sem pedir mais. Agora ela se perguntava se Artur achava que ela não receberia bem seus abraços, e, portanto, raramente os oferecia, ou se realmente não a desejava. Ela se perguntava se algum dia ele a tinha desejado, ou se sempre a procurara porque ela era a mulher que havia tomado e era sua obrigação lhe dar filhos.

Todos os homens elogiaram minha beleza e me desejaram, a não ser o marido que me foi dado. E agora, ela pensou, *talvez até mesmo Lancelote me procure porque é bondoso demais para me abandonar ou me dispensar*. Ela ficou febril, e teve a impressão de que mesmo sua camisola leve era quente demais, o corpo todo se cobria de gotas de suor. Ela se levantou e passou no corpo uma esponja com a água fria de um jarro em seu toucador, tocando seus seios flácidos com aversão. *Ah, estou velha, certamente isso lhe causará repugnância, que esta velha carne feia ainda anseie por ele como se eu fosse jovem e bela...*

E então ouviu os passos dele atrás de si; e ele a pegou em seus braços, e ela se esqueceu de seus medos. Mas, depois que Lancelote foi embora, ficou deitada, insone.

Não deveria correr esse risco. Nos velhos tempos era diferente; agora somos uma corte cristã, e os olhos do bispo estão sempre sobre mim.

Mas eu não tenho mais nada... e lhe ocorreu subitamente, *nem Lancelote tem...* O filho dele estava morto, a esposa também, a velha proximidade com Artur se fora sem retorno.

Gostaria de ser como Morgana, que não precisa do amor de um homem para sentir-se viva e real... E ainda assim Gwenhwyfar sabia que, mesmo que não precisasse de Lancelote, era ele quem precisava dela; e, sem ela, estaria totalmente sozinho. Viera à corte porque precisava dela tanto quanto ela precisava dele.

E assim, mesmo se fosse pecado, parecia um pecado ainda maior deixar Lancelote sem carinho.

Ainda que sejamos os dois amaldiçoados por isto, pensou, *jamais me afastarei dele. Deus é um Deus de amor*, pensou; como então condenaria a única coisa de sua vida que nascera do amor? E se condenasse, pensou, aterrorizada com sua blasfêmia, não era o Deus que sempre havia adorado, e ela não se importava com o que ele pensava!

15

Naquele verão houve guerra novamente, os nortistas saquearam a costa oeste, e a legião de Artur seguiu para a batalha, dessa vez marchando ao lado dos reis saxões das terras do sul, Ceardig e seus homens. A rainha Morgause ficou em Camelot; não era seguro viajar sozinha pela estrada até Lothian, e ninguém poderia ser dispensado para escoltá-la.

Voltaram no fim do verão. Morgause estava no salão das mulheres com Gwenhwyfar e suas damas quando ouviram as cornetas de lá de cima.

— É Artur voltando! — Gwenhwyfar levantou-se. Imediatamente, todas as mulheres largaram seus fusos e se aglomeraram em torno dela.

— Como sabe?

Gwenhwyfar riu.

— Um mensageiro me trouxe a notícia na noite passada — disse. — Acham que ando mexendo com feitiçaria na minha idade?

Olhou à volta, para as garotas excitadas – para Morgause, parecia que todas as damas de Gwenhwyfar eram garotinhas, de catorze e quinze anos, que arrumavam qualquer desculpa para deixar de fiar; e agora a rainha dizia com indulgência:

— Vamos vê-los lá de cima?

Conversando, rindo, juntando-se em grupos de duas ou três, elas saíram, largando os fusos onde haviam caído. De bom humor, Gwenhwyfar chamou uma de suas criadas para arrumar o aposento e, ao lado de Morgause, seguiu em um ritmo mais digno para o cume da colina, de onde podiam ver a estrada larga que levava a Camelot.

— Vejam, ali está o rei...

— E *sir* Mordred, cavalgando ao lado dele...

— E ali está o senhor Lancelote... ah, olhem, tem um curativo ao redor da cabeça e seu braço está em uma tipoia...

— Deixe-me ver — disse Gwenhwyfar, empurrando-as para o lado, enquanto as moças observavam.

Morgause podia distinguir Gwydion, ao lado de Artur; não parecia ferido, e ela deu um suspiro de alívio. Também podia ver Cormac, atrás, entre os homens – fora para a guerra com todos os soldados e também não parecia estar ferido. Era fácil encontrar Gareth entre eles – era sempre o homem mais alto de todo o séquito de Artur, e seu cabelo claro brilhava como um halo. Gawaine, também, atrás de Artur, como sempre, ereto na sela, mas, quando eles se aproximaram, ela pôde ver um grande hematoma em sua face, escurecendo os olhos, e a boca inchada como se um ou dois dentes tivessem sido arrancados.

— Vejam como *sir* Mordred é belo — disse uma das mocinhas. — Ouvi a rainha dizer que ele é exatamente como Lancelote quando jovem. — Então ela riu e cutucou a garota ao lado nas costelas.

Elas se abraçaram, sussurrando, e Morgause as observou, suspirando. Elas pareciam tão jovens, todas elas, tão belas com seus cabelos sedosos presos em tranças e cachos, castanhos, ruivos ou dourados, o rosto suave como pétalas e macio como o de um bebê, a cintura tão fina, as mãos tão macias e brancas – subitamente sentiu uma inveja furiosa; um dia fora mais bela que todas elas. Agora estavam se cutucando, sussurrando sobre esse ou aquele cavaleiro.

— Vejam como os reis saxões todos têm barba... querem ficar peludos como cães?

— Minha mãe diz — começou a contar sem pudores uma das moças, filha de um dos nobres saxões, seu nome era algo bárbaro que Morgause mal conseguia pronunciar, Alfreth ou algo assim — que beijar um homem sem barba é como beijar outra moça ou seu irmãozinho!

— No entanto *sir* Mordred raspa totalmente a barba, e não há nada de donzela nele — disse uma das garotas, e se virou rindo para Niniane, que estava de pé quieta entre as mulheres —, há, Niniane?

Ela respondeu com um riso suave:

— Todos esses homens barbados me parecem velhos... quando eu era pequena, apenas meu pai e os druidas mais velhos deixavam a barba crescer.

— Até o bispo Patrício agora usa barba — afirmou uma das moças. — Eu o ouvi dizer que nos tempos pagãos os homens deformavam seus rostos cortando a barba e que devem deixá-las como Deus as fez. Talvez os saxões pensem a mesma coisa.

— É apenas uma nova moda — disse Morgause. — Elas vêm e vão. Quando eu era jovem, cristãos e pagãos se barbeavam da mesma maneira, e agora a moda mudou... não acho que tenha relação com santidade. Não duvido que um dia Gwydion use barba... gostaria menos dele, Niniane?

A jovem riu.

— Não, prima. Ele é o mesmo, com ou sem barba. Ah, vejam, ali vem o rei Ceardig e outros... todos serão hospedados aqui em Camelot? Senhora, devo avisar os criados?

— Vá, por favor, minha querida — disse Gwenhwyfar, e Niniane foi em direção ao salão. As moças se empurravam para conseguir uma vista melhor, e a rainha disse:

— Vamos, vamos, todas vocês, voltem a fiar. É inapropriado olhar para os rapazes dessa maneira. Não têm nada melhor para fazer do que falar com tanta falta de vergonha sobre os homens? Todas vocês, agora, saiam, vão vê-los nesta noite no grande salão. Haverá banquete, o que significa trabalho para todas.

Elas ficaram emburradas, mas foram obedientemente de volta ao salão, e Gwenhwyfar suspirou e balançou a cabeça enquanto voltava para o lado de Morgause.

— Em nome de Deus, já houve um grupo de moças indisciplinadas dessa maneira? E de algum modo preciso mantê-las castas e sob meu controle... parece que passam todo o tempo fofocando e rindo em vez de fiar. Fico envergonhada que minha corte esteja cheia de moças impudicas e sem nada na cabeça como essas!

— Ah, vamos, minha cara — disse Morgause, languidamente —, certamente já teve quinze anos. Você não deveria ser um modelo de donzela... nunca olhou para um jovem bonito ou pensou e ficou de conversa sobre como seria beijá-lo, com ou sem barba?

— Não sei o que fazia quando tinha quinze anos — Gwenhwyfar retrucou —, mas eu estava dentro das muralhas de um convento! Parece-me que seria um bom lugar para essas moças sem modos!

Morgause riu.

— Quando tinha catorze anos, olhava para qualquer coisa que vestisse calças. Lembro-me de que costumava me sentar no colo de Gorlois, que fora casado com Igraine antes que Uther se apaixonasse por ela; e minha irmã sabia bem disso, pois, quando se casou com Uther, a primeira coisa que fez foi me mandar embora para me casar com Lot e viver no lugar mais longe possível da corte antes de precisar cruzar o oceano! Ora, Gwenhwyfar, até mesmo atrás dos muros de seu convento, pode jurar que nunca espiou um rapaz bonito que veio treinar os cavalos de seu pai, ou o manto carmim de um jovem cavaleiro?

Gwenhwyfar baixou os olhos para as sandálias.

— Parece que faz tanto tempo... — E então, recompondo-se, falou rapidamente: — Os caçadores trouxeram um cervo ontem à noite... preciso dar ordens para que seja cortado e assado para o jantar, e talvez seja preciso matar um porco também, se todos esses saxões ficarem aqui. E é preciso colocar palha fresca nos quartos em que eles vão dormir, jamais haverá camas suficientes para todas essas pessoas!

— Mande as moças cuidarem disso também — disse Morgause. — Elas precisam aprender a cuidar dos hóspedes em um grande salão... por qual outro motivo elas estariam sob seus cuidados, Gwenhwyfar? E é obrigação da rainha receber seu senhor quando ele retorna da guerra.

— Você tem razão.

Gwenhwyfar enviou ordens pelo pajem, e as duas caminharam juntas em direção aos grandes portões de Camelot. Morgause pensou: *Ora, é exatamente como se tivéssemos sido amigas por toda a vida.* Restavam tão poucos dos que foram jovens juntos...

Teve a mesma sensação naquela noite ao tomar seu lugar no grande salão, que estava decorado e brilhava com as belas roupas das senhoras e dos cavaleiros. Era quase como nos grandes dias de Camelot. Porém, quantos dos antigos Companheiros haviam saído para a guerra ou para a busca do Graal e jamais voltaram... Morgause não se lembrava com frequência de que era velha, e isso a apavorava. Metade dos lugares da Távola Redonda parecia estar agora tomada por saxões peludos com suas grandes barbas e mantos grosseiros, ou por jovens que pareciam mal ter idade para empunhar uma arma. Até seu caçula, Gareth, era um dos cavaleiros mais velhos da Távola Redonda, e os novos o tratavam com uma imensa reverência, chamando-o de senhor e pedindo seus conselhos, ou hesitavam em argumentar se não tivessem a mesma opinião. Quanto a Gwydion – a maioria deles o chamava de *sir* Mordred –, ele parecia um grande líder entre os jovens, novos cavaleiros, e os saxões que Artur escolhera como seus Companheiros.

As damas de Gwenhwyfar e os criados fizeram bem suas tarefas; havia carne assada e cozida em fartura, e grandes tortas de carne com molho, travessas com as primeiras maçãs e uvas, pão quente e caldo de lentilha. Na mesa alta, onde haviam acabado de comer e os saxões bebiam se divertindo com seu jogo favorito de charadas, Artur chamou Niniane para cantar para eles. Gwenhwyfar estava ao lado de Lancelote, que tinha a cabeça enfaixada e o braço em uma tipoia – fora ferido com um machado por um nortista. Não conseguia usar o braço, e Gwenhwyfar cortava a carne para ele. Ninguém, pensou Morgause, dava a mínima atenção a isso.

Gareth e Gawaine sentavam-se mais além da mesa, e Gwydion estava perto deles, dividindo um prato com Niniane. Morgause foi cumprimentá-los. Gwydion havia tomado banho e penteado o cabelo em cachos, mas uma de suas pernas estava enfaixada, apoiada num banquinho.

— Está ferido, meu filho?

— Estou bem — ele respondeu. — Agora sou grande demais, mãe, para correr para o seu colo quando bato o dedão do pé!

— Parece pior do que isso — ela disse, olhando para as ataduras e o sangue ressecado em torno delas —, mas vou deixá-lo em paz, se desejar. Essa túnica é nova?

Era feita de um modo que havia visto muitos saxões usarem, com mangas tão longas que ultrapassavam o punho e cobriam até os nós das mãos. A de Gwydion era de pano tingido de azul, bordada em vermelho.

— Foi um presente de Ceardig. Ele me disse que era uma boa moda para uma corte cristã, pois encobre as serpentes de Avalon. — E sua boca se retorceu. — Talvez devesse dar uma túnica assim para meu senhor Artur como presente de Ano-Novo neste inverno!

— Duvido que qualquer um notasse a diferença — disse Gawaine. — Ninguém hoje em dia pensa em Avalon, e os desenhos nos pulsos de Artur estão tão desbotados que ninguém os vê ou criticaria se os visse.

Morgause olhou para o rosto machucado de Gawaine. Ele tinha perdido mais de um dente, e suas mãos também pareciam cortadas e feridas.

— E você também foi ferido, meu filho?

— Não pelo inimigo — rosnou Gawaine. — Recebi isto de um de nossos amigos saxões, um dos homens do exército de Ceardig. Malditos sejam todos eles, aqueles bastardos sem modos. Acho que preferia quando eram nossos inimigos!

— Lutou com ele, então?

— Sim, e vou lutar de novo se ele ousar a abrir sua boca de matraca sobre meu rei — respondeu Gawaine, com raiva. — Nem precisava que Gareth viesse em minha ajuda, como se eu não fosse grande o suficiente para lutar minhas próprias batalhas sem meu irmãozinho vindo me acudir...

— Ele tinha o dobro do seu tamanho — respondeu Gareth, baixando a colher — e o havia derrubado, e pensei que fosse quebrar sua espinha ou suas costelas... ainda não tenho certeza de que ele não fez isso. Deveria me sentar e assistir, enquanto aquele camarada linguarudo batia no meu irmão e caluniava meu parente? Ele vai pensar duas vezes, e depois três, antes de abrir aquela boca imunda novamente para falar tais coisas.

— Ainda assim — disse Gwydion, em voz baixa —, não pode silenciar o exército saxão inteiro, Gareth, especialmente quando o que dizem é verdade. Há uma palavra, e não é muito bonita, para um homem, mesmo quando ele é rei, que apenas assiste e nada diz quando outro homem cumpre seus deveres de marido na cama da esposa...

— Não se atreva! — Gareth começou a se levantar, virando-se para Gwydion e agarrando-o pelo colarinho de sua túnica saxã, mas Gwydion logo levantou a mão para se desvencilhar de Gareth.

— Calma, irmão de criação! — Gwydion parecia uma criança na mão do gigantesco Gareth. — Vai me tratar como aquele saxão porque aqui, entre parentes, falo a verdade ou também preciso manter a mentira agradável da corte, quando todos os homens veem a rainha com seu amante e nada dizem?

Gareth foi lentamente soltando a túnica e permitiu que Gwydion voltasse ao assento:

— Se Artur não tem nada a reclamar da conduta da senhora, quem sou eu para dizer algo?

Gawaine murmurou:

— Maldita mulher! Maldita seja! Gostaria que Artur a tivesse deixado quando ainda era tempo! Não tenho grande apreço por uma corte tão cristã como esta se tornou, e cheia de saxões. Quando fui o primeiro cavaleiro ao lado de Artur, não havia nesta terra um só saxão que fosse mais religioso do que um porco em seu chiqueiro!

Gwydion fez um som depreciativo, e Gawaine se virou para ele.

— Eu os conheço melhor do que você. Lutava com os saxões quando você ainda mijava nos cueiros! Agora vamos governar a corte de Artur de acordo com o que esses porcos peludos pensam de nós?

— Não conhece os saxões bem como eu — respondeu Gwydion. — Não se conhece um homem bem quando ele está do outro lado de um machado em uma batalha. Vivi nas cortes deles, bebi seu vinho e cortejei suas mulheres, e me arrisco a dizer que os conheço muito bem, coisa que você não pode fazer. E isto é verdade: eles consideram Artur e sua corte corrupta e pagã demais.

— Vindo deles isso é um elogio — riu Gawaine.

— Mesmo assim — continuou Gwydion —, não é motivo de piada que esses homens, inatacáveis, possam chamar Artur de corrupto...

— Você diz inatacáveis? — reclamou Gareth. — Eu e Gawaine já os atacamos!

— Vai lutar com toda a corte saxã? Melhor corrigir a causa da difamação — disse Gwydion. — Artur não consegue controlar a mulher melhor que isso?

Gawaine respondeu:

— É preciso um homem mais corajoso que eu para falar mal de Gwenhwyfar na cara de Artur.

— Mas ainda assim isso precisa ser feito — afirmou Gwydion. — Se Artur pretende ser o Grande Rei de todos esses homens, não pode ser motivo de risadas. Se o chamam de corno, vão jurar segui-lo na paz e na guerra? De algum modo ele precisa dar um jeito na corrupção desta corte... enviar a mulher a um convento, talvez, ou expulsar Lancelote...

Gawaine olhou em volta com ansiedade.

— Pelo amor de Deus, baixe a voz — disse. — Não se deve nem sussurrar tais coisas neste lugar!

— É melhor que sejam sussurradas por nós do que por toda esta terra — retrucou Gwydion. — Em nome de Deus, ali estão eles perto do rei, e ele sorri para os dois! Camelot se tornou uma piada, e a Távola Redonda, um bordel?

— Cale agora essa boca imunda ou a calarei para você — rosnou Gawaine, apertando os ombros de Gwydion com dedos de ferro.

— Se eu estivesse mentindo, Gawaine, bem poderia tentar fechar minha boca, mas pode parar a verdade com os punhos? Ou ainda insiste em que Gwenhwyfar e Lancelote são inocentes? Você, Gareth, que foi toda a vida mascote e puxa-saco dele, bem posso acreditar que não pense mal de seu amigo...

Gareth disse entre os dentes:

— É verdade que gostaria que aquela mulher estivesse no fundo do mar ou atrás dos muros do convento mais seguro da Cornualha. Mas, enquanto Artur não se pronunciar, ficarei em silêncio. E eles têm idade suficiente para ser discretos. Todos os homens sabem há anos que ele foi paladino da rainha por toda a vida...

— Se ao menos eu tivesse provas, Artur poderia me ouvir — disse Gwydion.

— Maldito seja, tenho certeza de que Artur sabe o que há para saber. Mas cabe a ele permitir ou interferir... e ele não ouvirá uma palavra contra nenhum deles — Gawaine engoliu em seco e continuou. — Lancelote é meu parente e meu amigo. Mas, maldito seja você, acha que já não tentei?

— E o que Artur disse?

— Que a rainha estava acima das minhas críticas, e que o que escolhesse fazer estava bem-feito. Ele foi educado, mas percebi que sabia do que eu estava falando e me avisava para não interferir.

— Mas se isso fosse colocado de um jeito que não pudesse ignorar... — Gwydion disse baixo, pensando, e então levantou a mão e fez um gesto. Niniane, sentada aos pés de Artur, com as mãos ainda nas cordas da harpa, pediu permissão ao rei para sair e então se levantou e foi até ele.

— Minha senhora — perguntou Gwydion —, não é verdade que ela — e inclinou levemente a cabeça na direção de Gwenhwyfar — sempre manda suas damas saírem de seu quarto durante a noite?

Niniane respondeu em voz baixa:

— Ela não fez isso enquanto a legião estava fora de Camelot.

— Então ao menos sabemos que a dama é fiel — disse Gwydion, cinicamente — e não distribuí seus favores por atacado.

— Ninguém jamais a acusou de depravação geral — disse Gareth, raivosamente —, e, na idade deles... ambos são mais velhos que você, Gawaine... façam eles o que for, não podem causar muito mal a ninguém, assim eu acho.

— Não, falo sério — disse Gwydion, no mesmo tom. — Se Artur deve seguir como Grande Rei...

— Melhor não falar — retrucou Gareth, com raiva —, se quiser ser Grande Rei depois dele...

— O que deseja, irmão? Que eu entregue toda a terra aos saxões quando Artur se for?

Eles estavam próximos e falavam em sussurros furiosos. Morgause percebeu que haviam se esquecido não só de sua presença, mas de sua própria existência.

— Ora, pensei que gostasse dos saxões — retrucou Gareth, com um desdém irritado. — Não ficaria feliz em vê-los no governo, então?

— Não, me escute — disse Gwydion, irado, mas Gareth o agarrou novamente e disse:

— O país inteiro vai ouvi-los se não moderarem suas vozes... vejam, Artur está olhando para vocês, observou quando Niniane veio até aqui! Talvez Artur não seja o único que devesse olhar para sua mulher, ou...

— Fique quieto! — disse Gwydion, livrando-se das mãos de Gareth.

Artur disse alto a eles:

— Ora, meus leais primos de Lothian estão discutindo entre si? Quero sossego em meu salão, parentes! Venha, Gawaine, o rei Ceardig aqui pergunta se quer jogar charadas com ele!

Gawaine se levantou, mas Gwydion disse-lhe baixo:

— Eis uma charada para você: quando um homem não cuida de sua propriedade, o que os interessados nela devem fazer?

Gawaine saiu andando, fingindo que não o tinha ouvido, e Niniane se curvou sobre Gwydion e disse:

— Pare com isso agora. Há muitos olhos e ouvidos. Você plantou a semente. Agora fale com alguns dos outros cavaleiros. Acha que é o único que viu... aquilo? — E ela moveu um pouco o cotovelo. Morgause, seguindo o leve gesto, viu que Gwenhwyfar se curvava com Lancelote sobre um jogo de tabuleiro no colo de ambos; a cabeça de cada um encostada na do outro.

— Acho que há muitos que pensam que isso atinge a honra da Camelot de Artur — murmurou Niniane. — Precisa apenas encontrar os que são menos parciais que seus irmãos de Lothian, Gwydion.

Mas ele olhava com raiva para Gareth.

— Lancelote — murmurou —, sempre Lancelote!

E Morgause, olhando de Gwydion para seu filho caçula, lembrou-se de uma criança pequena tagarelando com um cavaleiro de madeira vermelho e azul, o qual chamava de Lancelote.

Então pensou em Gwydion mais jovem, seguindo Gareth por aí como um filhote. *Gareth é o Lancelote dele*, pensou. *O que vai sair disso?* Mas sua inquietude foi engolida por malícia. *Certamente está na hora*, pensou, *de Lancelote responder por tudo o que causou.*

Niniane estava no cume de Camelot, olhando para a névoa que envolvia a colina. Ouviu passos atrás dela e disse, sem se virar:

— Gwydion?

— Quem mais? — Os braços dele a abraçaram forte, e ela virou o rosto para beijá-lo. Ele perguntou, sem soltá-la:

— Artur a beija assim?

Ela se livrou do abraço dele para confrontá-lo.

— Está com ciúme do rei? Não foi você quem me disse para ganhar a confiança dele?

— Artur já tem mais do que o suficiente do que é meu...

— Artur é cristão... não direi mais que isso — respondeu Niniane —, e você é meu querido amor. Mas sou Niniane de Avalon, e não presto contas a nenhum homem nesta terra do que faço com o que é meu… é meu, e não seu. Não sou romana para deixar que algum homem me diga o que fazer com o que a Deusa me deu. E, se não gosta disso, Gwydion, então voltarei para Avalon.

Gwydion sorriu, aquele sorriso cínico que era do que ela menos gostava nele.

— Se conseguir encontrar o caminho — ele respondeu. — Pode descobrir que encontrá-lo já não é tão fácil assim.

Então sua expressão cínica desapareceu e ele permaneceu segurando a mão de Niniane suavemente na sua e disse:

— Não me importo com o que Artur possa fazer no tempo que lhe resta. Como Galahad, ele pode ter seus momentos, pois passará um longo tempo sem eles. — Ele olhou para o que parecia ser um mar de bruma cercando Camelot. — Quando a bruma se dissipar, veremos Avalon daqui, talvez, e a Ilha Dragão. — Ele suspirou e continuou: — Sabia que alguns dos saxões estão se mudando para aquelas terras e caçam gamos na Ilha Dragão, embora Artur tenha proibido isso?

O rosto de Niniane se endureceu de raiva.

— É preciso dar um fim nisso. O lugar é sagrado, e os gamos…

— E o povo pequeno que é dono dos gamos. Mas o saxão Aedwin os matou — respondeu Gwydion. — Ele disse a Artur que alvejaram seus homens com flechas envenenadas com sílica, então recebeu permissão para matar os que encontrasse. E agora caçam gamos… e Artur entraria em guerra com Aedwin se precisasse. Gostaria que Aedwin tivesse uma causa melhor… por honra, preciso lutar para proteger os que olham por Avalon.

— E Artur declararia guerra por causa deles? — Niniane estava surpresa. — Pensei que ele tivesse renegado Avalon.

— Avalon, talvez, mas não o povo inofensivo da ilha. — Gwydion ficou em silêncio, e Niniane sabia que ele se recordava de um dia na Ilha Dragão. Ele deslizou os dedos pelas serpentes tatuadas nos pulsos e então puxou as mangas de sua túnica saxã sobre elas. — Eu me pergunto se ainda conseguiria derrubar um Gamo-Rei só com as mãos e uma faca pederneira.

— Não duvido que conseguiria, se fosse desafiado — disse Niniane. — A questão é: Artur conseguiria? Pois se ele não consegue…

Ela deixou a questão pairando no ar, e ele disse sombriamente, observando a bruma em torno:

— Não acho que vá se dissipar. Há sempre nevoeiros aqui, agora tão pesados que alguns dos reis saxões que enviam mensageiros não conseguem achar o caminho… Niniane! Camelot também afundará nas brumas?

Ela começou a retrucar com uma palavra descuidada de brincadeira ou concordância, então parou e disse:

— Não sei. A Ilha Dragão foi profanada, o povo está morto ou morrendo, o rebanho sagrado é presa dos caçadores saxões. Os nortistas pilham a costa. Será que um dia saquearão Camelot como os godos derrubaram Roma?

— Se eu tivesse sabido disso a tempo — afirmou Gwydion, com uma violência sufocada, batendo um punho contra o outro —, se os saxões tivessem avisado Artur, ele poderia ter me enviado, ou algum outro, para proteger aquele solo sagrado onde ele foi feito Gamo-Rei e celebrou o Casamento Sagrado com a terra! Agora o templo da Deusa foi derrubado, uma vez que ele não morreu para protegê-lo, e sua coroa está comprometida.

Niniane ouviu o que ele não disse: *E a minha*. Então afirmou:

— Você não sabia que ela estava em perigo.

— E também culpo Artur por isso — respondeu Gwydion. — Que os saxões pudessem pensar em fazer isso sem consultá-lo... isso não lhe diz como pensam pouco do Grande Reino dele? E por que pensam tão pouco dele? Eu lhe digo, Niniane, pensam pouco de qualquer rei que é corno, que não consegue controlar suas mulheres...

— Você, que foi criado em Avalon — ela respondeu com raiva —, vai julgar Artur pelos padrões dos saxões, que são piores até que os dos romanos? Vai permitir que um reino surja ou caia por causa de uma noção de como um homem deve manter suas mulheres em amarras? Você será rei, Gwydion, porque leva o sangue real de Avalon e porque é filho dos Deuses...

— Arre! — Gwydion cuspiu e soltou uma obscenidade. — Nunca lhe ocorreu, Niniane... que talvez Avalon tenha caído como Roma caiu porque havia corrupção no coração do reino? Pelas leis de Avalon, Gwenhwyfar não fez nada errado... a mulher escolhe quem deseja como consorte, e Artur deveria ser derrotado por Lancelote! Ora, Lancelote é o filho da própria Grã-Sacerdotisa, por que não colocá-lo como rei no lugar de Artur? Mas nosso rei deveria ser escolhido porque alguma mulher o quer em sua cama? — ele cuspiu novamente. — Não, Niniane, esses dias acabaram... primeiro os romanos e agora os saxões sabem como o mundo será. O mundo não é mais um grande útero parindo homens... agora as ações de homens e exércitos definem as coisas. Que povo agora aceitaria meu governo porque sou filho dessa ou daquela mulher? Agora é o filho do rei quem fica com a terra, e devemos deixar de lado uma coisa boa porque os romanos a fizeram primeiro? Temos navios melhores... vamos descobrir terras além das antigas que afundaram no mar. Uma Deusa presa a este pedaço de terra e suas colheitas nos seguiria até lá? Olhe para os nortistas que saqueiam nossas costas... serão impedidos pelas maldições da Mãe? As poucas sacerdotisas que restaram em Avalon, nenhum saxão ou nortista jamais as estuprará, pois Avalon não é mais parte do mundo em que esses saqueadores selvagens vivem. As mulheres que vivem no mundo que está vindo vão precisar dos homens para protegê-las. O mundo agora, Niniane, não é o da Deusa, mas o dos Deuses, talvez um Deus. Não preciso tentar derrubar Artur. O tempo e a mudança farão isso por si.

As costas de Niniane se arrepiaram como se ela tivesse a Visão.

— E o que será de você, Gamo-Rei de Avalon? O que será da Mãe que o enviou em nome dela?

— Acha que quero entrar nas brumas com Avalon e Camelot? Tenho a intenção de ser Grande Rei depois de Artur e, para fazer isso, preciso manter a glória da corte dele em seu ponto máximo. Assim Lancelote deve partir, o que significa que Artur deve ser forçado a expulsá-lo e provavelmente Gwenhwyfar também. Está comigo, Niniane, ou não?

O rosto dela estava morbidamente pálido. Ela fechou os punhos ao lado do corpo, desejando que tivesse o poder de Morgana, o poder da Deusa, para se levantar como uma ponte da terra até o céu e derrubá-lo com a força de relâmpago da Deusa ultrajada. O crescente em sua testa ardia com a raiva.

— Devo ajudá-lo traindo uma mulher que exerceu o direito que a Deusa deu a todas as mulheres, o de escolher o homem que deseja?

Gwydion riu debochadamente.

— Gwenhwyfar abriu mão daquele direito quando se ajoelhou pela primeira vez aos pés do Deus dos escravos.

— Ainda assim, não participarei de sua traição.

— Então não vai me avisar quando ela mandar suas damas embora de novo durante a noite?

— Não — respondeu Niniane —, pela Deusa, não vou. E a traição de Artur a Avalon não é nada comparada à sua!

Ela virou as costas para ele e teria partido, mas ele a pegou e a segurou ali.

— Fará o que eu lhe ordeno!

Ela lutou para se libertar, por fim soltando os punhos machucados.

— Ordenar? Nem em mil anos! — ela disse, sem fôlego com a fúria. — Cuidado, você que colocou as mãos na Senhora de Avalon! Artur saberá agora que tipo de víbora ele acolheu no peito!

Em uma fúria que se assomava, Gwydion agarrou o punho dela e a puxou para si, então a golpeou com toda a força na têmpora, e ela caiu no chão sem um grito. Ele estava tão cheio de ira que a deixou cair sem um movimento para ampará-la.

— Os saxões lhe deram um bom nome — disse uma voz baixa e selvagem saída das brumas. — *Mau conselho, Mordred... assassino!*

Ele se virou com um movimento convulsivo de medo e olhou para o corpo de Niniane caído a seus pés.

— Assassino? Não! Estava apenas bravo com ela... não a machucaria...

Olhou em torno de si, sem poder distinguir nada na névoa densa, mas ainda assim reconhecendo a voz.

— Morgana! Senhora... minha mãe!

Ele se ajoelhou, o pânico lhe apertando a garganta, levantando Niniane, procurando a batida do coração, mas ela jazia ali sem respirar, sem vida.

— Morgana! Onde está você! Onde está você? Maldita seja, apareça! — Mas havia apenas Niniane, inerte e sem vida a seus pés. Ele a apertou contra si, implorando: — Niniane! Niniane, meu amor, fale comigo...

— Ela não falará de novo — disse a voz imaterial, mas, enquanto Gwydion se virava para um lado e para o outro, a figura sólida de uma mulher se materializou no nevoeiro.

— Oh, o que fez, filho?

— Foi você? Foi você? — exigiu Gwydion, a voz histérica falhando. — Foi você quem me chamou de assassino?

Morgause deu um passo para trás, com um pouco de medo.

— Não, não, acabei de chegar... o que fez?

Gwydion se jogou sobre ela, que o abraçou, acariciando-o como fazia quando ele tinha doze anos.

— Niniane me enfureceu... ela me ameaçou... os Deuses são testemunha, mãe, não quis lhe fazer mal, mas ela ameaçou contar a Artur que eu conspirava contra seu precioso Lancelote — disse Gwydion, quase balbuciando. — Bati nela, juro que queria apenas assustá-la, mas ela caiu...

Morgause soltou Gwydion e se ajoelhou ao lado de Niniane.

— Foi um golpe infeliz, meu filho... ela está morta. Não há nada que possa fazer agora. Precisamos avisar os criados e os chefes da guarda de Artur.

O rosto dele ficou lívido.

— Mãe! Os chefes da guarda... O que dirá Artur?

Morgause sentiu o coração desmanchar. Ele estava em suas mãos, como estivera quando era uma criancinha indefesa que Lot queria ver morta, sua vida era dela, e ele sabia disso. Ela o apertou contra o peito.

— Não pense nisso, meu amor, não deve sofrer por isso, não mais do que por qualquer um que matou em batalha — ela disse, olhando triunfante para o corpo sem vida de Niniane. — Ela poderia ter caído na névoa, é uma longa queda até o pé da colina — ela disse, olhando para o cume de Camelot, onde havia uma descida íngreme para dentro das brumas. — Então, pegue-a assim pelos pés. O que está feito está feito, e nada que acontecer a ela agora fará alguma diferença.

Seu velho rancor contra Artur veio à tona; Gwydion o derrubaria com a ajuda *dela* – e, quando tudo acabasse, estaria ao lado dele, a mulher que o colocara no trono! Niniane não estava mais entre eles; ela, sozinha, seria o apoio e a ajuda dele.

Silenciosamente, o corpo leve da Senhora de Avalon desapareceu na névoa. Mais tarde Artur a chamaria, e, quando não a visse, enviaria seus homens à procura dela; mas Gwydion, olhando para a névoa como se estivesse hipnotizado, pensou por um instante ter visto a sombra negra da barca de Avalon em algum ponto das águas entre Camelot e a Ilha Dragão. Por um momento teve a impressão de que Niniane, vestida de preto como a Anciã da Morte, acenava para ele da barca... e desapareceu.

— Venha, filho — disse Morgause. — Passe a manhã nos meus aposentos, e o resto do dia com Artur no salão. Lembre-se, não viu Niniane hoje... quando encontrar Artur, deve perguntar por ela, demonstrando até um pouco de ciúme, como se temesse encontrá-la na cama dele.

Foi um bálsamo para o coração dela quando ele a abraçou e murmurou:

— Farei isso. Farei isso, minha mãe. Com certeza é a melhor das mães, a melhor de todas as mulheres!

E ela o abraçou por um momento e o beijou de novo, saboreando seu poder, antes de deixá-lo ir.

16

GWENHWYFAR JAZIA DE OLHOS BEM ABERTOS NO ESCURO, esperando pelos passos de Lancelote, mas pensava em Morgause, sorrindo – quase com lascívia – enquanto murmurava:

— Ah, eu tenho inveja de você, minha querida! Cormac é um belo rapaz, e bem robusto, mas não tem nada da graça e da beleza de seu amante.

Gwenhwyfar baixou a cabeça e ficou em silêncio. Quem era ela para criticar Morgause enquanto fazia a mesma coisa? Mas era perigoso demais. O bispo, no último domingo, fizera um sermão sobre o grande mandamento contra o adultério, dizendo que a castidade das esposas estava na raiz do modo de vida cristão, já que somente pela castidade do casamento as mulheres redimiam o pecado de Eva. Gwenhwyfar se lembrou da história da mulher adúltera que levaram para Cristo; ele disse: *Quem dentre vós estiver sem pecado, seja o primeiro a lhe atirar uma pedra.*

Não havia ninguém inocente para jogar a pedra – mas ali em sua corte havia muitos sem pecado, como o próprio Artur, para jogar aquela pedra. Cristo disse à mulher: *Vai, e de agora em diante não peques mais.* E isso era o que precisava fazer...

Não era o corpo dele que desejava. Morgause, dando risinhos ao falar do jovem vigoroso que era seu amante, jamais teria acreditado em como aquilo fazia tão pouca diferença para eles. Com frequência, de fato, ele a tomara de maneira pecaminosa e desonrosa – apenas naqueles primeiros anos, quanto tinham o consentimento de Artur para tentar fazer com que Gwenhwyfar desse um herdeiro ao reino. Havia outras maneiras de se encontrar prazer, que de algum modo pareciam menos despudoradas, não configurando uma violação dos direitos maritais de Artur sobre seu corpo. E, ainda assim, não se tratava de um desejo violento ou uma necessidade de ficar com ele... Era uma coisa, pensou, mais da alma do que do corpo. Então por que um Deus de amor condenaria uma coisa dessa? Poderia condenar o pecado que haviam cometido, pelo qual fizera penitência repetidamente, mas como poderia condenar isso, que era o amor mais verdadeiro do coração?

Não tirei de Artur nada que ele quisesse ou precisasse de mim. Ele precisa ter uma rainha, uma senhora para cuidar de seu castelo; além disso, queria de mim apenas um filho, e não fui eu, mas Deus, quem negou isso a ele.

Houve o barulho suave de um passo na escuridão; ela sussurrou:

— Lancelote?

— Não.

O brilho de uma pequena lanterna no escuro a confundiu; por um instante, viu o que lhe parecia um rosto amado, rejuvenescido – então percebeu quem deveria ser.

— Como se atreve? Minhas damas não estão tão longe a ponto de não ouvirem meus gritos, e ninguém acreditará que eu o chamei aqui!

— Fique quieta — ele disse. — Há uma faca em sua garganta, senhora. — E quando ela se encolheu, puxando a roupa de cama, ele debochou: — Ah, não se lisonjeie, senhora, não vim estuprá-la. Seus charmes são velhos demais para mim, minha senhora, e muito usados.

— Basta — disse uma voz rouca no escuro atrás de Gwydion. — Não zombe dela, homem! Isso é um negócio sujo, espionar nas portas dos quartos, e gostaria que jamais tivesse sabido disso! Quietos, todos vocês, voltem para seus aposentos!

Ela reconheceu o rosto de Gawaine quando seus olhos se acostumaram com a penumbra, e, além dele, uma forma conhecida.

— Gareth! O que faz aqui? — ela perguntou, entristecida. — Pensei que era o melhor amigo de Lancelote.

— E sou — ele respondeu, com seriedade. — Vim para que lhe façam apenas justiça. *Ele* — fez um gesto desdenhoso para Gwydion — cortaria a própria garganta e deixaria que fosse acusada de assassinato!

— Fiquem quietos — disse Gwydion, e a luz se apagou. Gwenhwyfar sentiu o fio da faca em sua garganta. — Se disser uma sílaba para avisá-lo, senhora, vou cortar sua garganta e correr o risco de explicar os motivos a meu senhor Artur.

A ponta afundou até que Gwenhwyfar, retraindo-se de dor, se perguntou se havia sangrado. Podia ouvir barulhinhos – o farfalhar de roupas, o som das armas rapidamente abafado; quantos homens ele trouxera para essa emboscada? Ficou em silêncio, torcendo as mãos de desespero. Se ao menos pudesse avisar Lancelote... mas estava como um animalzinho na armadilha, indefesa.

Os minutos se arrastavam para a mulher presa, silenciosa entre os travesseiros e a faca. Depois de um longo tempo, ouviu um pequeno som, um assovio baixo como o chamado de um pássaro. Gwydion sentiu que seus músculos se retesavam e perguntou em um sussurro rouco:

— É o sinal de Lancelote? — ele apertou a faca de novo na pele de sua garganta, e ela sussurrou, suando de medo:

— Sim.

Ela sentiu a palha ao seu lado farfalhar enquanto ele mudava de posição.

— Há uma dúzia de homens neste aposento. Se tentar avisá-lo, vai morrer em três segundos.

Ela ouvia os sons na antecâmara; o manto de Lancelote, a espada – ah, Deus, eles o pegariam nu e desarmado? Ela se retesou novamente, sentindo antecipadamente a faca se enterrar em seu corpo, mas de algum modo precisava avisá-lo, precisava gritar – abriu os lábios, mas Gwydion – *era a Visão, como ele sabia?* – apertou a mão cruelmente sobre seu rosto, sufocando o grito. Ela se retorceu sob a mão sufocante, então sentiu o peso de Lancelote na cama.

— Gwen? — ele sussurrou. — Qual o problema? Ouvi seu grito, amada?

Ela conseguiu se livrar da mão que a cobria.

— Corra! — ela gritou. — É um truque, uma armadilha...

— Inferno!

Ela podia senti-lo pulando para trás, como um gato.

A lanterna de Gwydion brilhou; de algum modo, a luz foi passando de mão em mão, até que o cômodo estivesse iluminado, e Gawaine, Cai e Gareth, com uma dúzia de formas na sombra atrás deles, se adiantaram. Gwenhwyfar se amontoou sob as cobertas, e Lancelote ficou imóvel, nu e desarmado.

— Mordred — ele disse, com desprezo. — Um truque desse é digno de você!

Gawaine disse formalmente:

— Em nome do rei, Lancelote, eu o acuso de alta traição. Dê-me sua espada.

— Deixe disso — disse Gwydion —, vá lá e a pegue.

— Gareth! Em nome de Deus, por que se prestou a esse papel?

Os olhos de Gareth brilhavam como se estivessem cheios de lágrimas sob a luz da lanterna.

— Jamais acreditei nisso, Lancelote. Preferiria ter morrido em batalha antes de ver este dia chegar.

Lancelote baixou a cabeça, e Gwenhwyfar viu seus olhos, em pânico, moverem-se pelo cômodo. Ele murmurou:

— Ah, Deus, Pellinore me olhou dessa maneira quando vieram com as tochas para me flagrar na cama de Elaine... Preciso trair todos, todos?

Ela queria alcançá-lo, chorar de dor e de pena, abrigá-lo em seus braços. Mas ele não a olhava.

— Sua espada — disse Gawaine, em voz baixa. — E vista-se, Lancelote. Não o levarei nu e em desgraça à presença de Artur. Há testemunhas suficientes de sua vergonha.

— Não deixe que ele pegue a espada — protestou uma voz sem rosto na escuridão, mas Gawaine a silenciou com um gesto desdenhoso. Lancelote se virou lentamente, indo para a pequena antecâmara onde havia deixado as roupas, a armadura e as armas. Ela o ouviu colocando as roupas. Gareth se levantou, a mão na espada, quando Lancelote voltou para o quarto, vestido, mas desarmado, as mãos à vista.

— Fico feliz por você por seguir conosco em silêncio — disse Gwydion. — Mãe — ele se virou para as sombras, e Gwenhwyfar viu, com consternação, a rainha Morgause de pé ali —, cuide da rainha. Ela ficará sob seus cuidados até que Artur possa lidar com ela.

Morgause se aproximou do lado da cama. Gwenhwyfar jamais notara como ela era grande e como a linha de seu queixo era bem marcada.

— Venha, senhora, coloque o vestido — ela disse. — E eu a ajudo a prender o cabelo... não quer aparecer nua e desavergonhada diante do rei. E fique feliz por haver uma mulher aqui. Estes homens — olhou para eles com desdém — queriam esperar até que pudessem flagrá-lo literalmente dentro de você.

Gwenhwyfar se encolheu com a brutalidade das palavras; devagar, com dedos lentos, começou a puxar o vestido.

— Preciso me vestir diante de todos estes homens?

Gwydion não esperou pela resposta de Morgause. Ele disse:

— Não tente nos enganar, mulher desavergonhada! Ousa fingir que tem alguma decência ou recato? Coloque esse vestido, senhora, ou minha mãe vai enrolá-la nele como se fosse um saco!

Ele a chama de mãe. Não é surpresa nenhuma que Gwydion seja cruel e impiedoso, tendo sido criado pela rainha de Lothian! Mas Gwenhwyfar sempre vira em Morgause apenas uma mulher preguiçosa, alegre e gananciosa – o que a levara a isso? Sentou-se quieta, apertando os laços dos sapatos.

Lancelote disse em voz baixa:

— É minha espada que quer, então?

— Sabe disso — respondeu Gawaine.

— Ora, então — movendo-se quase mais rápido do que os olhos podiam acompanhar, Lancelote pulou sobre Gawaine e, com outro movimento felino, estava com a espada dele na mão —, venha e pegue, maldito seja!

Ele investiu com a espada de Gareth contra Gwydion, que caiu sobre a cama, urrando, sangrando com um grande corte nas costas; então, quando Cai se adiantou, com a espada na mão, Lancelote pegou uma almofada da cama e o empurrou para trás, e ele caiu sobre os homens que avançavam, fazendo com que tropeçassem. Ele pulou sobre a cama e disse, em voz baixa, para Gwenhwyfar:

— Fique totalmente imóvel e se prepare!

Ela ofegou, encolhendo-se em um canto. Os homens atacaram Lancelote de novo; ele passou por um deles, atracou-se brevemente com outro, e, sobre aquele corpo, investiu contra alguém que atacava nas sombras. A forma gigante de Gareth lentamente se amontoou no chão. Lancelote já lutava com outra pessoa, mas Gwydion, sangrando, gritou:

— Gareth — e se jogou sobre o corpo do irmão de criação. Naquela terrível pausa de dor, enquanto Gwydion se ajoelhava, soluçando, sobre o corpo de Gareth, Gwenhwyfar sentiu Lancelote tomá-la nos braços, matar alguém na porta – nunca soube quem era –, e então ficar de pé no corredor, e ele a empurrava, com uma pressa frenética, na frente dele. Alguém o atacou, e Lancelote o matou, e seguiram correndo.

— Vá para a estrebaria — ele arquejou. — Cavalos, e para fora daqui, rápido.

— Espere! — ela o pegou pelo braço. — Se nos colocarmos à mercê de Artur... ou se você escapar e eu ficar e o enfrentar...

— Gareth talvez quisesse justiça. Mas, com a mão de Gwydion nisso, acha que algum de nós chegaria vivo ao rei? Eu lhe dei um bom nome, Mordred!

Ele correu com ela para os estábulos, jogou rapidamente uma sela sobre seu cavalo.

— Não há tempo de encontrar o seu. Venha na minha garupa e segure-se bem... teremos de passar pelos guardas no portão.

E Gwenhwyfar percebeu que via um novo Lancelote – não seu amante, mas o guerreiro endurecido. Quantos homens ele matara naquela noite? Não teve tempo de sentir medo, enquanto ele a levantava para cima do cavalo e pulava para a frente dela.

— Segure-se em mim — ele disse. — Não terei tempo de cuidar de você. — Ele então virou e lhe deu um longo beijo. — Isso tudo é minha culpa, deveria saber que aquele bastardo dos infernos estaria espionando... bem, o que quer que aconteça agora, ao menos acabou. Sem mais mentiras, não nos esconderemos mais. Você é minha para sempre... — E ele parou de falar. Podia senti-lo estremecendo, mas ele se virou com selvageria para agarrar as rédeas.

— E agora vamos!

Morgause olhava horrorizada enquanto Gwydion, chorando, curvava-se sobre o filho mais novo dela.

Palavras ditas sem total seriedade, anos antes – Gwydion havia se recusado a entrar no lado oposto de Gareth, mesmo em uma batalha simulada. *Pareceu-me que você jazia moribundo*, ele havia dito... *e soube que era por minha causa que jazia sem vida... Não arriscarei esse destino.*

Lancelote fizera aquilo, Lancelote, a quem Gareth sempre amara mais que qualquer homem.

Um dos homens no quarto deu um passo à frente e disse:

— Eles estão escapando...

— Acha que me importo com isso? — Gwydion se contraiu, e Morgause percebeu que ele sangrava, que seu sangue escorria e se misturava ao de Gareth no chão do aposento. Então, pegou o lençol de linho da cama, rasgou-o e o colocou na ferida de Gwydion.

Gawaine disse sombriamente:

— Nenhum homem em toda a Bretanha os esconderá agora. Lancelote é um pária em todos os lugares. Foi flagrado em traição ao seu rei, e sua própria vida está condenada. Deus, como gostaria que isso não tivesse chegado a este ponto! — ele se aproximou, observou o ferimento de Gwydion e então deu de ombros. — Nada mais que um corte. Veja, o sangramento já está estancando, vai se curar, mas não poderá sentar-se direito por alguns dias. Gareth — a voz dele falhou; aquele homem grande, bruto e grisalho começou a chorar como uma criança. — Gareth teve uma sorte pior, e vou tirar a vida de Lancelote por isso, ou morrerei nas mãos dele. Ah, Deus, Gareth, meu pequeno, meu irmãozinho. — E Gawaine se curvou e aninhou o grande corpo contra si. Ele disse com a voz grossa, entre soluços: — Valeu a pena, Gwydion, valeu a vida de Gareth?

— Venha, meu rapaz — disse Morgause, com a garganta fechada; Gareth, seu bebê, seu último filho; ela o tinha perdido havia muito tempo para Artur, mas ainda se lembrava de um menino de cabelos claros segurando na mão um cavaleiro de madeira pintado. *E um dia eu e você iremos em uma missão juntos,* sir *Lancelote...* sempre Lancelote. Mas agora Lancelote havia se excedido, e, em todos os lugares, as mãos de cada homem estariam contra ele. E ainda havia Gwydion, seu amado, que um dia seria rei, e sentou-se ao lado dele.

— Vamos, meu rapaz, venha, não pode fazer nada por Gareth agora. Deixe-me enfaixar seu ferimento, então iremos até Artur e lhe diremos o que sucedeu, para que ele envie seus homens em busca dos traidores...

Gwydion se livrou da mão dela em seu braço.

— Saia de perto de mim, maldita seja — ele disse, em uma voz terrível. — Gareth era o melhor de nós, e não o teria sacrificado por uma dúzia de reis! Foi você e seu despeito por Artur, sempre me encorajando, como se eu me importasse com a cama em que a rainha dormisse... como se Gwenhwyfar fosse pior que você, que desde meus dez anos recebia este ou aquele homem em sua cama...

— Ah, meu filho — ela sussurrou, horrorizada. — Como pode falar assim comigo? Gareth era meu filho também...

— E quando se importou com Gareth ou com algum de nós, ou com qualquer coisa além de seu próprio prazer e ambição? Você me incentivou a tomar o trono, não por minha causa, mas para ter poder! — E ele afastou as mãos dela. — Vá para Lothian, ou para o inferno, se o diabo a quiser; se algum dia colocar os olhos em você novamente, juro que esquecerei tudo, a não ser que foi a assassina do irmão que eu amava, o único parente. — E, enquanto Gawaine empurrava com urgência a mãe para fora do aposento, ela podia ouvir Gwydion chorando novamente. — Ah, Gareth, Gareth, eu deveria ter morrido antes...

Gawaine disse brevemente:

— Cormac, leve a rainha de Lothian a seus aposentos.

O braço forte dele a segurava ereta, e depois que haviam descido para o salão, depois que aquele soluçar terrível cessou atrás dela, Morgause começou a respirar livremente de novo. Como ele poderia se voltar contra ela daquela maneira? Quando havia feito qualquer coisa que não fosse por ele? Ela deveria demonstrar um luto decente por Gareth, de fato, mas ele era um homem de Artur, e certamente Gwydion teria percebido isso, cedo ou tarde. Olhou para Cormac.

— Não consigo andar tão rápido… espere um pouco.

— Claro, minha senhora.

Estava muito consciente do braço dele em torno dela, segurando-a. Apoiou-se nele um pouco. Havia se gabado de seu jovem amante a Gwenhwyfar, mas nunca de fato o levara para a cama – manteve-o por todo esse tempo na expectativa, na incerteza. Virou a cabeça contra o ombro dele.

— Tem sido fiel à sua rainha, Cormac.

— Sou leal à minha casa real, como todo o meu povo sempre foi — disse o jovem na língua deles, e ela sorriu.

— Aqui estão meus aposentos… ajude-me a entrar, sim? Mal posso andar...

Ele a apoiou e a ajudou a deitar-se na cama.

— Minha senhora deseja que chame suas mulheres?

— Não — ela sussurrou, pegando as mãos dele, consciente de que suas lágrimas eram sedutoras. — Você tem sido leal a mim, Cormac, e agora essa lealdade será recompensada… venha para cá…

Ela estendeu os braços, semicerrando os olhos, e então os abriu em choque, enquanto ele se afastou desajeitadamente.

— Eu… eu acho que está angustiada, senhora — gaguejou ele. — O que pensa que sou? Por quem me toma? Ora, tenho tanto respeito pela senhora quanto pela minha própria avó! Deveria tirar vantagem de uma velha como a senhora quando está fora de si de dor? Deixe-me chamar sua criada, e ela lhe fará um bom mingau, e me esquecerei do que a senhora disse na loucura da dor.

Morgause podia sentir o golpe bem no fundo do estômago, repetidos golpes em seu coração – *minha própria avó… velha… a loucura da dor…* O mundo todo havia enlouquecido – Gwydion insano em sua ingratidão, esse homem que a olhara por tanto tempo com desejo se voltando contra ela… queria gritar, chamar seus servos e fazer com que ele fosse açoitado até que suas costas ficassem vermelhas de sangue e as paredes estremecessem com seus berros pedindo misericórdia. Mas, enquanto abria a boca para isso, todo o peso de sua vida parecia cair sobre ela em uma exaustão mortal.

— Sim — ela disse, monotonamente. — Não sei o que dizia… chame minhas mulheres, Cormac, e peça que me tragam um pouco de vinho. Partiremos para Lothian ao amanhecer.

E, quando ele saiu, ela sentou-se na cama sem forças para levantar as mãos.

Sou uma mulher velha. E perdi meu filho Gareth, e perdi Gwydion, e jamais serei rainha em Camelot. Vivi tempo demais.

17

Agarrada às costas de Lancelote, o vestido puxado acima do joelho e as pernas nuas pendendo, Gwenhwyfar fechou os olhos enquanto galopavam através da noite. Não tinha ideia de para onde iam. Lancelote era um estranho, um guerreiro de rosto duro, um homem que jamais conhecera. Houve uma época, pensou, em que estaria aterrorizada, assim sob esse céu aberto, à noite... mas sentia-se excitada, exaltada. Em algum lugar da mente também havia dor, luto pelo gentil Gareth, que fora como um filho para Artur e merecia algo melhor da vida do que ser morto daquele jeito – ela se perguntava se Lancelote havia percebido quem matara! E havia luto pelo fim de seus dias com Artur e por tudo o que dividiram por tanto tempo. Mas, depois do que havia acontecido naquela noite, não havia retorno. Ela precisava se curvar para a frente para ouvir Lancelote no barulho do vento.

— Precisamos parar logo em algum lugar, o cavalo precisa descansar... e, se viajarmos à luz do dia, nosso rosto é conhecido em todo o país.

Ela assentiu; não tinha fôlego para falar. Depois de um tempo chegaram a uma pequena floresta, e ali ele parou e a levantou gentilmente do lombo do cavalo. Ele levou o animal para beber água e então estendeu o manto no chão para que ela se sentasse. Olhava para a espada em seu flanco.

— Ainda estou com a espada de Gawaine. Quando era menino... ouvi lendas da loucura da luta, mas não sabia que estava em nosso sangue — e suspirou pesadamente. — Há sangue na espada. Quem eu matei, Gwen?

Ela não suportava ver a tristeza e a culpa dele.

— Houve mais de um...

— Sei que acertei Gwydion... Mordred, maldito seja. Sei que o feri, naquele momento ainda agia por minha vontade. Não creio que — sua voz endureceu — tenha tido a sorte de matá-lo, não é? — Ela fez que não com a cabeça silenciosamente. — Então quem?

Gwenhwyfar nada disse; ele se curvou sobre ela e a pegou pelos ombros com tanta brutalidade que por um momento ela temeu o guerreiro de quem jamais havia sido amante.

— Gwen, diga-me! Em nome de Deus... eu matei meu primo Gawaine?

Isso ela podia responder sem hesitação, feliz por ele ter citado Gawaine.

— Não. Juro, não foi Gawaine.

— Poderia ter sido qualquer um — ele disse, olhando para a espada e tremendo de repente. — Eu lhe juro, Gwen, não sabia nem que havia uma espada em minhas mãos. Acertei Gwydion como se ele fosse um cachorro, e então não me lembro de mais nada até que saímos cavalgando. — Ele se ajoelhou diante dela, tremendo. Sussurrou: — Estou novamente louco, acho, como estive uma vez...

Ela o alcançou e o apertou contra si em uma paixão de ternura selvagem.

— Não, não — sussurrou —, ah, não, meu amor, eu lhe causei tudo isso, desgraça e exílio...

— Fala assim — ele sussurrou —, quando quem lhe causou tudo isso fui eu, afastando-a de tudo o que tem significado para você...

Impetuosa, ela se apertou nele e disse:

— Gostaria que tivesse feito isso antes!

— Ah, não é tarde demais... sou jovem novamente, com você ao meu lado, e você... você nunca esteve mais bela, meu amor. — Ele a colocou de volta no manto, de repente rindo com desamparo. — Ah, agora não há ninguém entre nós, ninguém para nos interromper, minha querida... ah, Gwen, Gwen...

Quando foi para os braços dele, ela se lembrou do sol nascente e de um quarto no castelo de Meleagrant. Era como aquilo agora; ela se apertou nele, como se não houvesse mais nada no mundo, nada mais para nenhum deles, nunca mais.

Dormiram um pouco, abraçados no manto, e acordaram ainda nos braços um do outro, o sol encontrando-os por entre galhos verdes acima de suas cabeças. Ele, então, sorriu, tocando o rosto dela:

— Sabe... jamais acordei antes em seus braços sem medo. No entanto, agora estou feliz, apesar de tudo... — E riu para ela, uma nota de selvageria no riso. Havia folhas em seus cabelos brancos e presas na barba, e sua túnica estava amarrotada; ela levantou as mãos e sentiu grama e folhas nos próprios cabelos, que estavam soltos. Ela não tinha como penteá-los, mas pegou mechas e os separou para trançá-los, e então prendeu a trança única com um trapo arrancado da barra da saia rasgada. Disse, com a voz entrecortada pelo riso:

— Que par de maltrapilhos selvagens nós somos! Quem reconheceria agora a Grande Rainha e o valente Lancelote?

— Isso importa para você?

— Não, meu amor. Nem um pouco.

Ele tirou as folhas e a grama do cabelo e da barba.

— Preciso me levantar e pegar o cavalo — disse —, e talvez haja uma fazenda por perto onde possamos encontrar pão e cerveja... não tenho nem uma moeda, nada de valor, a não ser minha espada e isto. — Ele tocou um pequeno alfinete de ouro em sua túnica. — Por um tempo, seremos mendigos, mas, se pudermos chegar ao castelo de Pellinore, ainda tenho uma casa lá, onde morei com Elaine, e criados... e ouro, para pagar nossas passagens para o continente. Irá comigo para a Bretanha Menor, Gwenhwyfar?

— Para qualquer lugar — ela sussurrou, a voz falhando, e naquele momento ela era totalmente sincera; para a Bretanha Menor, ou para Roma, ou para o país além do fim do mundo, se apenas pudesse ficar com ele para sempre. Ela o puxou para si novamente e se esqueceu de tudo nos braços dele.

Mas quando, horas depois, ele a colocou no cavalo e saíram em um ritmo mais sóbrio, ficou em silêncio, perturbada. Sim, decerto poderiam chegar ao continente. No entanto, quando as notícias daquela noite fossem contadas de uma ponta a outra do mundo, a vergonha e o desprezo recairiam sobre Artur, e em nome de sua própria honra ele precisaria caçá-los em qualquer lugar que fossem. E cedo ou tarde Lancelote precisaria saber que havia matado o seu amigo mais querido em todo o mundo, a não ser pelo próprio Artur. Fizera-o em um momento de loucura, mas ela sabia como a dor e a culpa o consumiriam, e com o tempo ele se recordaria, quando olhasse para ela, não que era seu amor, mas que matara seu amigo, sem saber, por causa dela; e que traíra Artur por causa dela. Se tivesse de entrar em guerra com Artur por causa dela, ele a odiaria...

Não. Ele ainda a amaria, mas jamais se esqueceria do sangue que derramara para possuí-la. Nenhum deles – amor ou ódio – tomaria conta dele, mas viveria com ambos, despedaçando duplamente seu coração, e um dia deixariam sua mente em pedaços e ele enlouqueceria novamente. Ela se aninhou no calor do corpo dele, apoiando a cabeça em suas costas, e chorou. Percebeu, pela primeira vez, que era mais forte que ele, e isso cortou seu coração como uma espada mortal.

E assim, quando fizeram uma nova parada, ela estava de olhos secos, embora soubesse que o choro havia penetrado seu coração e jamais deixaria de sofrer.

— Não irei para o continente com você, Lancelote, nem causarei rixas entre os velhos Companheiros da Távola Redonda. Quando... quando Mordred conseguir o que quer, estarão todos em conflito — ela disse —, e chegará o dia em que Artur vai precisar de todos os seus amigos. Não serei como aquela dama dos tempos antigos... seu nome era Helena, a bela mulher na saga que você costumava me contar?, que tinha todos os reis e cavaleiros de sua época guerreando por ela em Troia.

— Mas o que fará?

Ela tentou não ouvir que, mesmo com a dor e a confusão na voz dele, havia uma ponta de alívio.

— Vai me levar para a Ilha de Glastonbury — ela disse. — Ali há um convento onde fui educada. Irei para lá e direi a eles apenas que línguas malignas causaram uma briga entre você e Artur por minha causa. Depois de um tempo, mandarei avisar Artur, para que ele saiba onde estou, e que não estou com você. E então ele poderá fazer as pazes com você honradamente.

Ele protestou:

— Não! Não, não posso deixar que vá. — Mas ela sabia, sentindo o coração afundar, que não teria dificuldades em persuadi-lo. Talvez, contra todas as probabilidades, tivesse esperado que ele fosse lutar por ela, que fosse carregá-la para a Bretanha Menor com a pura força de sua vontade e de sua paixão. Mas aquele não era o jeito de Lancelote. Ele era como era, e, fosse o que fosse, não era diferente de quando se apaixonou por ele, e assim o amaria pelo resto da vida. E por fim ele não insistiu mais com ela e virou o cavalo em direção a Glastonbury.

A longa sombra da igreja cruzava as águas quando colocaram por fim os pés no barco que os levaria para a ilha, e os sinos da igreja tocavam o ângelus. Gwenhwyfar baixou a cabeça e sussurrou uma prece.

Maria, Santa Mãe de Deus, tenha piedade de mim, uma pecadora... e então, por um momento, ela teve a impressão de que estava sob uma grande luz, como estivera no dia em que o Graal passou pelo salão. Lancelote estava sentado na proa do barco, a cabeça baixa. Não a tocara mais desde o momento em que lhe dissera sua decisão, e ela estava feliz com isso; um simples toque da mão dele teria vencido sua resolução. Havia névoa no lago, e por um instante ela pensou ter visto uma sombra, como uma sombra do próprio barco em que estavam, uma barca drapeada de preto, com uma figura escura na proa – mas não. Era apenas uma sombra, uma sombra...

O barco embicou na margem. Ele a ajudou a desembarcar.

— Gwenhwyfar, está certa disso?

— Sim, estou certa — ela respondeu, tentando soar mais decidida do que de fato se sentia.

— Então vou acompanhá-la até as portas do convento — ele disse, e subitamente ela percebeu que aquilo, para ele, exigia mais coragem do que todos os assassinatos que cometera por causa dela.

A velha abadessa reconheceu a Grande Rainha e ficou espantada e admirada de que ela voltasse, mas Gwenhwyfar contou-lhe a história que escolhera – que línguas malignas causaram uma disputa entre Artur e Lancelote por sua causa, e que ela escolhera buscar refúgio ali, para que os dois pudessem se entender.

A velha acariciou as bochechas dela como se fosse ainda a pequena Gwenhwyfar que estudara ali quando criança.

— É bem-vinda para ficar o tempo que desejar, minha filha. Para sempre, se for sua vontade. Na casa de Deus não rejeitamos ninguém. Mas aqui não será uma rainha — ela avisou —, mas apenas uma de nossas irmãs.

Gwenhwyfar suspirou com grande alívio. Não sabia até aquele momento como era pesado para ela o título de rainha.

— Preciso dizer adeus ao meu cavaleiro, despedir-me dele e pedir que acabe com a disputa com meu marido.

A abadessa assentiu, gravemente.

— Nestes dias, nosso bom rei Artur não pode dispensar nenhum de seus cavaleiros, e certamente não o bom *sir* Lancelote.

Gwenhwyfar saiu para a antessala do convento. Lancelote estava ali, andando inquieto. Ele pegou as mãos dela:

— Não consigo suportar lhe dizer adeus aqui, Gwenhwyfar... ah, minha senhora, meu amor, precisa ser assim?

— Precisa ser assim — ela disse, impiedosamente, mas sabendo que, pela primeira vez, agia sem pensar em si mesma. — Seu coração sempre esteve com Artur, meu querido. Sempre penso que o único pecado que cometemos não foi o de nos amarmos, mas o de eu me ter me colocado entre o amor que vocês tinham um pelo outro. *Se pudesse ter sido sempre entre nós três como naquela noite de Beltane, com o amuleto de amor de Morgana*, ela pensou, *teria sido menos pecaminoso. O pecado não era termos nos deitado juntos, mas ter havido discórdia e menos amor depois disso.*

— Eu o enviarei de volta a Artur com todo o meu coração, querido. Diga-lhe que meu amor por ele jamais diminuiu.

O rosto dele estava quase transfigurado.

— Sei disso agora — ele disse. — E sei, também, que nunca o amei menos, e sempre senti que era injusto com você por amá-lo... — Ele a teria beijado, mas não era algo adequado ali. Em vez disso, ele se curvou sobre a mão dela. — Enquanto estiver na casa de Deus, reze por mim, senhora.

Meu amor por você é uma prece, ela pensou. *E amor é a única prece que sei*. Ela pensou que jamais o tinha amado tanto quanto naquele momento, quando ouviu as portas do convento se fecharem, duras e definitivas, e sentiu as muralhas a prendendo para dentro.

Tão segura, tão protegida, aqueles muros a fizeram sentir-se naquele passado distante. Agora sabia que andaria entre eles pelo resto da vida. *Quando tive liberdade*, pensou, *não a desejava, e a temia. E agora, quando aprendi a amá-la e ansiar por ela, eu a renuncio em nome de meu amor.* Sentia vagamente que isso estava certo – a oferenda e o sacrifício adequados para trazer diante de Deus. Mas, enquanto andava através do claustro das freiras, olhou para as paredes fechando-se sobre ela, prendendo-a.

Por meu amor. E pelo amor de Deus, ela pensou, e sentiu uma sementinha de consolo brotando em seu peito. Lancelote iria para a igreja onde Galahad morrera e ali rezaria. Talvez se lembrasse do dia em que as brumas de Avalon se abriram, e ela, ele e Morgana estiveram juntos, perdidos, afundados até os joelhos na água do lago. Pensou em Morgana, também, com uma súbita onda de amor e ternura. *Maria, Santa Mãe de Deus, esteja com ela também, e leve-a para você um dia...*

Os muros, os muros, eles a deixariam louca, fechando-se sobre ela, jamais seria livre de novo... Não. Por seu amor, e pelo amor de Deus, até mesmo aprenderia a amá-los novamente um dia. Colocando as mãos em posição de prece, Gwenhwyfar caminhou para a clausura das irmãs e lá entrou para sempre.

Morgana fala...

Pensei que estivesse além da Visão. Viviane, quando era ainda mais jovem que eu, renunciou a ela, escolhendo outra para ser a Senhora em seu lugar. Mas não havia ninguém para se sentar no santuário da Senhora depois de mim e ninguém para se aproximar da Deusa. Eu vi, desamparada, quando Niniane morreu, e não pude lhe estender a mão.

Havia soltado aquele monstro no mundo e concordado com a ação que o enviaria para derrubar o Gamo-Rei. E vi de longe quando, na Ilha Dragão, o santuário foi derrubado e os cervos foram caçados na floresta, sem amor, sem desafio, sem apelo àquela que criava os animais; apenas flechas de longe e a ponta de uma lança, seu povo sendo caçado como seus cervos. As marés do mundo estavam mudando. Houve vezes em que vi Camelot, também, perdendo-se na névoa, e as guerras assolando a terra de novo, os nortistas, que eram os novos inimigos, pilhando e incendiando... um novo mundo, e novos Deuses.

A Deusa havia de fato partido, mesmo de Avalon, e eu, mortal como era, permaneci ali, sozinha...

Ainda assim, uma noite, um sonho, uma imagem, um fragmento da Visão me dirigiu, na hora da lua escura, ao espelho.

Primeiro vi apenas as guerras assolando todas as partes da terra. Nunca soube o que se passou entre Artur e Gwydion, embora, depois que Lancelote fugiu com Gwenhwyfar, houvesse inimizade entre os velhos Companheiros, uma rixa de sangue declarada entre Lancelote e Gawaine. Mais tarde, quando Gawaine estava no leito de morte, aquele homem de grande coração implorou a Artur, em seu último suspiro, para fazer as pazes com Lancelote e convocá-lo mais uma vez para Camelot. Mas era tarde demais; nem mesmo Lancelote podia liderar a legião de Artur de novo, não quando tantos seguiam Gwydion, que agora liderava metade dos homens de Artur, a maioria dos saxões e até mesmo alguns dos nortistas renegados contra o rei. E, naquela hora antes do amanhecer, o espelho clareou, e em sua luz sobrenatural vi o rosto de meu filho, enfim, com uma espada na mão, circulando lentamente, na escuridão, buscando...

Buscando, como Artur buscara em seu tempo, desafiar o Gamo-Rei. Havia me esquecido de como Gwydion era um homem pequeno, como Lancelote. Flecha de Elfo, os saxões batizaram Lancelote: pequeno, moreno e mortal. Artur se elevava mais de uma cabeça sobre ele.

Ah, nos dias da Deusa, os homens iam atrás do Gamo-Rei em busca de seu reino! Artur se contentara em esperar a morte de seu pai, mas agora algo novo descia sobre esta terra – pai e filho inimigos, e filhos que desafiavam pais por uma coroa... parecia-me que podia ver uma terra vermelha de sangue, onde os filhos não se contentavam em esperar pelo dia de sua coroação. E agora, na escuridão ao redor, parecia que podia ver Artur também, alto, louro e sozinho, desgarrado de seus homens... e Excalibur desembainhada em sua mão.

Mas através e em torno das figuras à espreita, podia ver Artur em sua tenda, em um sono inquieto, Lancelote de guarda enquanto ele dormia; e, em algum lugar, sabia que Gwydion também dormia entre seus próprios soldados. Ainda assim, alguma parte deles fazia vigília às margens do lago, procurando na escuridão, espadas a postos, um contra o outro.

— Artur! Artur, vai enfrentar o desafio ou me teme tanto assim?

— Nenhum homem pode dizer que algum dia fugi de um desafio — Artur se virou quando Gwydion saiu da floresta. — Então — ele disse — é você, Mordred. Nunca acreditei muito que tinha se voltado contra mim até agora, quando vejo com meus próprios olhos. Pensava que os que me afirmaram isso buscavam sabotar minha coragem ao me dizer o que poderia acontecer de pior. O que fiz? Por que se tornou meu inimigo? Por quê, meu filho?

— Realmente acredita que um dia fui outra coisa, meu pai? — ele dizia as palavras com grande amargura. — Pois para o que mais fui gerado e nasci, a não ser para este momento, em que o desafio por uma causa que já não está dentro dos limites deste mundo? Nem mais sei por que tenho de desafiá-lo, apenas que não restou mais nada em minha vida além desse ódio.

Artur disse em voz baixa:

— Sabia que Morgana me odiava, mas não tanto assim. Precisa seguir a vontade dela até mesmo nisso, Gwydion?

— Acha que faço a vontade dela, tolo? — rosnou Gwydion. — Se algo poderia me fazer poupá-lo, seria isso... o fato de saber que essa era a vontade de Morgana, que ela desejava que você fosse derrubado, e não sei a quem odeio mais, a ela ou a você...

E então, entrando no sonho, na imagem ou no que quer que fosse, soube que estava às margens do lago onde eles se desafiavam, estava entre eles, vestida com os mantos de uma sacerdotisa.

— Precisa ser assim? Eu conclamo ambos em nome da Deusa a que acabem com essa rixa. Pequei contra você, Artur, e você, Gwydion, mas seu ódio é por mim, não um pelo outro, e em nome da Deusa rogo a vocês...

— O que é a Deusa para mim? — Artur apertou os dedos em torno do punho de Excalibur. — Sempre a vi em seu rosto, mas você se afastou de mim, e, quando a Deusa me rejeitou, busquei outro Deus...

E Gwydion disse, me olhando com desprezo:

— Não precisava da Deusa, mas da mulher que me criou, e você me colocou nas mãos de uma que não teme nenhuma Deusa ou Deus.

Tentei gritar:

— Não tive escolha! Não escolhi. — Mas eles se atacaram com suas espadas, passando através de mim como se eu fosse feita de ar, e parecia que suas armas se chocavam dentro de meu corpo... e então estava novamente em Avalon, olhando horrorizada para o espelho, onde não podia ver nada, nada além da mancha de sangue que crescia nas águas sagradas do poço. Minha boca estava seca e meu coração havia disparado como se fosse abrir um buraco nas paredes de meu peito, e o gosto da ruína e da morte amargava meus lábios.

Falhara, falhara, falhara! Fui falsa com a Deusa, se é que realmente havia alguma Deusa além de mim mesma; falsa com Avalon, falsa com Artur, falsa com meu irmão, filho e amante... e tudo o que buscara estava em ruínas. No céu havia um brilho pálido que se avermelhava onde, logo, o sol se levantaria; e além das brumas de Avalon, frias no céu, sabia que em algum lugar Artur e Gwydion se encontrariam, naquele dia, pela última vez.

Quando fui à margem para chamar a barca, tive a impressão de que o povo pequeno estava todo em torno de mim, e que andei entre eles como a sacerdotisa que havia sido. Fiquei de pé na barca sozinha, embora soubesse que havia outras ali comigo, usando mantos e coroas, Morgana, a Donzela, que convocara Artur para a corrida dos cervos e o desafio do

Gamo-Rei, e Morgana, a Mãe, que havia se rasgado quando Gwydion nasceu, e a rainha de Gales do Norte, invocando o eclipse para enviar Accolon enfurecido contra Artur, e a rainha negra das fadas… ou era a Anciã da Morte que estava ao meu lado? E, quando a barca se aproximou da margem, ouvi o último dos seguidores dele gritar:

— Vejam, vejam, ali, a barca com as quatro belas rainhas no nascer do sol, a barca encantada de Avalon…

Ele estava deitado ali, o cabelo repleto de sangue, meu Artur, meu amante, meu filho... e aos seus pés jazia morto Gwydion, meu filho, o filho que jamais conhecera. Inclinei-me e cobri seu rosto com meu próprio véu. E sabia que era o fim de uma era. Nos tempos passados, o jovem gamo derrubava o Gamo-Rei e, por sua vez, tomava o lugar dele; mas os cervos foram mortos, e o Gamo-Rei matara o jovem gamo e não haveria ninguém depois dele…

E o Gamo-Rei precisa morrer por sua vez.

Ajoelhei-me ao lado dele.

— A espada, Artur. Excalibur. Pegue-a nas mãos. Pegue-a e a atire para longe de você, nas águas do lago.

As Insígnias Sagradas se foram deste mundo para sempre, e a última delas, a espada Excalibur, deveria ir com elas. Mas ele sussurrou, protestando, apertando-a com força.

— Não… precisa ser guardada para quem vier depois… para defenderem sua causa, a espada de Artur. — E olhou para os olhos de Lancelote. — Pegue-a, Galahad… não ouve as cornetas de Camelot, chamando para a legião de Artur? Pegue-a… para os Companheiros...

— Não — eu lhe disse, em voz baixa. — Esses dias acabaram. Ninguém depois de você deve ter a pretensão de ter ou reclamar a posse da espada de Artur. — Gentilmente tirei os dedos dele do punho da espada. — Tome-a, Lancelote — disse baixo —, mas jogue-a longe nas águas do lago. Deixe que as brumas de Avalon a engulam para sempre.

Lancelote foi em silêncio fazer o que pedi. Não sabia se ele me via ou quem pensava que eu era. E aninhei Artur em meu peito. Sua vida estava se esvaindo rápido; sabia disso, mas estava além das lágrimas.

— Morgana — ele sussurrou, os olhos desconcertados e cheios de pânico. — Morgana, foi tudo em vão então, o que fizemos, e tudo o que tentamos fazer? Por que fracassamos?

Era minha própria pergunta, e eu não tinha resposta para ela; mas de algum lugar ela veio:

— Você não fracassou, meu irmão, meu amor, minha criança. Manteve a paz nesta terra por muitos anos, para que os saxões não a destruíssem. Afastou a escuridão de toda uma geração, até que fossem homens civilizados, com aprendizado, música e fé em Deus, que lutarão para manter algo da beleza dos tempos passados. Se esta terra tivesse sido dominada pelos saxões quando Uther morreu, então tudo o que era belo ou bom teria perecido para sempre na Bretanha. E assim, você não falhou, meu amor. Nenhum de nós sabe como ela vai manifestar sua vontade, apenas que será cumprida.

E eu não sabia, nem mesmo naquela hora, se o que falava era verdade ou se dizia aquilo para consolá-lo, por amor, como fazia com o bebê que Igraine colocara em meus braços quando eu mesma era apenas uma criança; Morgana, ela me disse, tome conta de seu irmãozinho. E assim sempre fiz, e sempre farei, agora e além da vida… ou terá sido a própria Deusa que colocara Artur em meus braços?

Ele apertou os dedos enfraquecidos sobre o grande corte em seu peito.

— Se ao menos tivesse… a bainha que fez para mim, Morgana… não estaria aqui com minha vida se esvaindo em sangue lentamente… Morgana, eu sonhei… e em meu sonho gritei por você, mas não podia tocá-la...

Eu o abracei forte. Sob os primeiros raios do sol, vi Lancelote levantar Excalibur e então jogá-la com o máximo de força. Ela voou pelo ar, rodando, refletindo o sol como as asas de um pássaro branco; então caiu, girando, e não vi mais nada; meus olhos estavam enevoados pelas lágrimas e pela luz que aumentava.

Então ouvi Lancelote:

— Vi uma mão levantar-se do lago… uma mão que pegou a espada e a brandiu três vezes no ar e então a puxou para debaixo da água…

Não vi nada além do brilho da luz em um peixe que atravessou a superfície do lago; mas não duvido de que ele viu o que disse.

— Morgana — sussurrou Artur —, é realmente você? Não posso vê-la, Morgana, está tão escuro aqui… o sol está se pondo? Morgana, leve-me para Avalon, onde pode curar minha ferida… leve-me para casa, Morgana...

A cabeça dele pesava em meu peito, pesada como a criança em meus braços infantis, pesada como o Gamo-Rei que viera até mim em triunfo. Morgana, minha mãe chamava impacientemente, cuide do bebê… e por toda a minha vida o levei comigo. Eu o abracei forte e enxuguei suas lágrimas com o véu, e ele se esticou e pegou minha mão.

— Mas é realmente você — ele murmurou —, é você, Morgana… você voltou para mim… e é tão jovem e bela… sempre verei a Deusa em seu rosto... Morgana, não vai me deixar de novo, vai?

— Jamais o deixarei de novo, meu irmão, meu bebê, meu amor — sussurrei para ele, e beijei seus olhos. E ele morreu bem quando as brumas se levantaram e o sol brilhou totalmente sobre as margens de Avalon.

epílogo

Na primavera do ano seguinte, Morgana teve um sonho curioso.

Sonhou que estava na antiga capela cristã em Avalon, construída nos velhos tempos por José de Arimateia, que chegara ali vindo da Terra Santa. E ali, diante do altar onde Galahad morrera, Lancelote estava vestido como um padre, o rosto solene e brilhante. Em seu sonho, ela foi, como jamais fizera em nenhuma igreja cristã, participar da comunhão, dividindo o pão e o vinho, e Lancelote se inclinou e colocou a taça em seus lábios, e ela bebeu. E então teve a impressão de que ele se ajoelhou e lhe disse:

— Tome esta taça, você, que serviu à Deusa. Pois todos os Deuses são um Deus, somos todos Um, que servimos a Ele.

E, quando ela tomou a taça nas mãos para colocá-la nos lábios dele, de sacerdotisa para sacerdote, ele era jovem e belo como fora anos antes. E ela viu que a taça que tinha nas mãos era o Graal.

E então ele gritou, como fizera quando Galahad se ajoelhava diante dele:

— Ah, a luz, a luz... — E caiu para a frente no chão de pedras, inerte; e Morgana acordou em sua casa isolada em Avalon com aquele grito de arrebatamento ainda soando em seus ouvidos; e estava sozinha.

Era muito cedo, e um nevoeiro espesso cobria Avalon. Levantou-se em silêncio e colocou as vestes escuras de sacerdotisa, mas prendeu o véu em torno da cabeça, de modo que a tatuagem da lua crescente ficasse invisível.

Saiu silenciosamente para a quietude do amanhecer, tomando o caminho em direção ao Poço Sagrado. No silêncio, podia sentir passos sem som, silenciosos como sombras, atrás dela. Nunca estava sozinha; o povo pequeno sempre a acompanhava, embora raramente visse um deles de fato – era a mãe e a sacerdotisa deles, e jamais a deixariam. Mas, quando se aproximou da sombra da antiga capela cristã, os passos desapareceram gradualmente; não podiam segui-la naquele território. Morgana parou na porta.

Dentro da capela havia uma centelha de luz, a luz que sempre mantinham em seu santuário. Por um momento, de tão real que era a memória de seu sonho, Morgana ficou tentada a entrar... mal podia acreditar que não veria Lancelote ali, derrubado pelo brilho mágico do Graal... mas não. Não tinha nada que fazer ali e não se intrometeria com o Deus deles; e, se o Graal realmente estivesse ali, estava além de seu alcance.

Mas o sonho permaneceu com ela. Fora enviado como um aviso? Lancelote era mais jovem que ela... não sabia como o tempo corria no mundo exterior. Avalon, agora, havia afundado tanto nas brumas que poderia ser como no país das fadas quando ela era jovem – enquanto apenas um ano se passava em Avalon, três, cinco ou até sete anos poderiam ter transcorrido no mundo exterior. E assim o que lhe cabia deveria ser feito agora, enquanto ainda podia passar entre os mundos.

Ela se ajoelhou diante do Espinheiro Sagrado, sussurrando uma prece baixa para a Deusa e pedindo permissão à árvore; então cortou um galho para plantar. Não era a primeira vez: nos últimos anos, sempre que alguém viera a Avalon e retornara ao mundo lá fora, druida vagante ou padre peregrino... pois alguns poucos deles ainda conseguiam chegar à capela antiga de Avalon... enviara com eles um galho do Espinheiro Sagrado, para que pudesse florescer no mundo exterior. Mas isso ela precisava fazer com as próprias mãos.

Jamais, a não ser na coroação de Artur, colocara os pés na *outra* ilha... exceto, talvez, naquele dia em que as névoas se abriram, e Gwenhwyfar de algum modo caíra ou se perdera por elas. Mas agora, deliberadamente, chamou a barca, e, quando estava no lago, a levou para as brumas, e quando voltou de novo ao brilho do sol podia ver a sombra comprida da igreja sobre o lago e ouvir o soar baixo de um sino. Viu seus seguidores se encolherem com o som, e percebeu que ali, também, não a seguiriam nem colocariam os pés. Que assim seja, então; a última coisa que desejava era um padre naquela ilha olhando com medo e pavor para a barca de Avalon. Deslizaram em direção à margem, e, sem ser vista, ela pisou na terra, observando a barca drapeada de negro desaparecer novamente nas brumas. E então, com o cesto sobre o braço – *como qualquer velha vendedora ou mascate em peregrinação,* pensou –, subiu silenciosamente o caminho saindo da margem.

Faz apenas cem anos ou menos, certamente menos em Avalon, que esses mundos se separaram; mas o mundo aqui já é diferente. As árvores eram diferentes, assim como os caminhos, e ela parou, desnorteada, ao pé de uma pequena colina – não havia nada assim em Avalon? Ela de algum modo pensou que a terra seria a mesma, apenas com construções diferentes, pois eram, no fim das contas, a mesma ilha, separadas apenas por uma mudança mágica... mas agora via que eram muito diferentes.

E então avistou, descendo o morro em direção a uma igrejinha, uma procissão de monges vestindo hábitos; levavam com eles, para a igreja, um corpo em seu esquife.

Então realmente vi, ainda que tenha pensado que fosse um sonho. Ela parou e, enquanto os monges pousaram o corpo, antes de levá-lo para a igreja, foi para a frente e levantou a mortalha do rosto.

O rosto de Lancelote estava abatido e enrugado, bem mais velho do que quando haviam se despedido... não queria pensar em quão mais velho. Mas viu aquilo só por um momento; então o que viu no rosto dele era apenas o aspecto doce e maravilhoso de paz. Ele jazia sorrindo, olhando para tão mais além dela que soube no que os olhos moribundos dele haviam pousado.

Ela sussurrou:

— Então por fim encontrou seu Graal.

Um dos monges que o carregavam disse:

— Conheceu-o em vida, irmã? — E ela percebeu que, com aquelas roupas escuras, ele pensara que fosse uma deles.

— Ele era... um parente meu.

Primo, amante, amigo... mas isso foi há muito tempo. No final éramos sacerdotisa e sacerdote.

— Pensei que sim — disse o monge —, pois o chamavam de Lancelote na corte de Artur, nos velhos tempos, mas aqui entre nós o chamávamos de Galahad. Ele ficou conosco por muitos anos e foi ordenado padre há apenas uns dias.

Como foi longe em sua busca por um Deus que não zombasse de você, meu primo!

Os monges que o carregavam levantaram novamente o esquife sobre os ombros. O que havia falado com ela disse:

— Reze pela alma dele, irmã. — E ela baixou a cabeça. Não conseguia sentir dor; não agora, quando vira o reflexo daquela luz distante no rosto dele.

Mas ela não o seguiria para a igreja. *Aqui o véu é fino. Aqui Galahad se ajoelhou e viu a luz do Graal na* outra *capela, a capela em Avalon, e o buscou, o buscou através dos mundos, e assim morreu...*

E aqui por fim Lancelote seguiu seu filho.

Morgana andou lentamente pelo caminho, quase abandonando o que viera fazer. Que diferença faria agora? Mas, enquanto parou, indecisa, um velho jardineiro, ajoelhado em um canteiro de flores atrás do caminho, levantou a cabeça e falou com ela.

— Não a conheço, irmã, não é uma das que vivem aqui — ele disse. — É uma peregrina?

Não como o homem pensava; mas era, de certo modo.

— Procuro o túmulo de minha parente... ela era a Senhora do Lago...

— Ah, sim, isso foi há muito, muito tempo, no reino de nosso bom rei Artur — ele respondeu. — Fica ali, onde os peregrinos que vêm podem vê-lo. Dali, o caminho segue até o convento das irmãs, e, se estiver com fome, irmã, vão lhe dar algo para comer por lá.

Chegou a este ponto, eu me pareço com uma mendiga? Mas o homem não fez por mal, e ela lhe agradeceu; então caminhou no sentido que ele havia apontado.

Artur construíra uma sepultura realmente nobre para Viviane. Mas o que jazia ali não era Viviane; não havia nada ali a não ser ossos, lentamente voltando à terra da qual vieram... *e todas as coisas por fim entregam seu corpo e seu espírito novamente aos cuidados da Senhora...*

Por que isso fizera tanta diferença para ela? Viviane não estava ali. Apesar disso, quando ficou com a cabeça baixa diante do dólmen, chorava.

Depois de um tempo, uma mulher com um manto escuro parecido com o seu, com um véu branco sobre a cabeça, aproximou-se dela.

— Por que chora, irmã? Quem aqui jaz está em paz e nas mãos de Deus, não precisa de pranto. Era, talvez, sua parente?

Morgana assentiu, inclinando a cabeça contra as lágrimas.

— Sempre rezamos por ela — disse a freira —, pois, embora não saiba seu nome, dizem que era amiga e benfeitora de nosso bom rei Artur nos dias que se foram.

Ela baixou a cabeça e murmurou uma prece, e, enquanto rezava, os sinos tocaram, e Morgana recuou. Então, em vez das harpas de Avalon, Viviane tinha apenas esses sinos barulhentos e salmos pesarosos?

Jamais pensei que ficaria lado a lado com uma dessas freiras cristãs, juntas em reza. Mas então se lembrou do que Lancelote dissera no sonho.

Tome esta taça, você que serviu à Deusa. Pois todos os Deuses são um...

— Venha para o claustro comigo, irmã — disse a freira, sorrindo e pousando a mão em seu braço. — Deve estar com fome e cansada.

Morgana a acompanhou até os portões do claustro, mas não quis entrar.

— Não estou com fome — disse —, mas gostaria de um pouco de água.

— É claro.

A mulher de preto fez um gesto, e uma jovem veio com um jarro de água, que serviu em uma taça. Enquanto Morgana a levava aos lábios, ela disse:

— Bebemos apenas a água do poço do cálice... é um lugar sagrado, a senhora sabe.

Era como a voz de Viviane em seus ouvidos: *As sacerdotisas bebem apenas a água do Poço Sagrado.*

A freira e a jovem, com um hábito preto, se viraram e baixaram a cabeça diante de uma mulher que veio do claustro, e a freira que a guiara disse:

— Essa é nossa abadessa.

Morgana pensou: *Já a vi em algum lugar.* Mas, quando o pensamento cruzava sua mente, a mulher disse:

— Morgana, não me reconhece? Pensei que tivesse morrido há muito tempo...

Morgana sorriu para ela, perturbada.

— Sinto muito... eu não...

— Não, não ia se lembrar de mim — disse a abadessa —, embora eu a tenha visto, de tempos em tempos, em Camelot; eu era bem mais jovem. Meu nome é Lionors. Fui casada com Gareth, e, quando todos os meus filhos ficaram adultos, vim para cá... para terminar meus dias aqui. Veio então para o funeral de Lancelote? — Ela sorriu e disse: — Deveria, na verdade, ter dito *padre Galahad*, mas é difícil de lembrar, e agora ele está no céu e isso não faz diferença. — Ela sorriu de novo. — Agora nem sei quem é o rei nem se Camelot ainda resiste... há guerra na terra de novo, não é como era na época de Artur. Aquilo tudo parece ter acontecido há tanto tempo — completou, com distanciamento.

— Vim visitar o túmulo de Viviane. Ela está enterrada aqui... lembra-se?

— Vi o túmulo — disse a abadessa —, mas isso foi antes de eu ter ido a Camelot.

— Tenho um favor a lhe pedir — afirmou Morgana, e tocou o cesto em seus braços. — Este é o Espinheiro Sagrado que cresce nas colinas de Avalon, onde dizem que o pai adotivo de Cristo cravou seu cajado no chão e ele floresceu ali. Gostaria de plantar um galho deste espinheiro no túmulo dela.

— Se desejar, plante — respondeu Lionors. — Não vejo problemas nisso. Parece-me correto que ele deva estar aqui no mundo, e não escondido em Avalon.

Ela olhou para Morgana, consternada. Então, disse:

— Avalon! Veio daquela terra profana?

Morgana pensou: *Um dia teria ficado zangada com ela.*

— Não é profana, não importa o que digam os padres, Lionors — disse gentilmente. — Pense... o pai adotivo de Cristo cravaria seu cajado ali se a terra lhe parecesse maligna? O Espírito Santo não está em todos os lugares?

A mulher baixou a cabeça.

— Você está certa. Mandarei noviças para ajudá-la a plantá-lo.

Morgana gostaria de ficar sozinha, mas sabia que era um propósito bondoso. As noviças não lhe pareciam mais que crianças, garotas de dezenove ou vinte anos, tão jovens que se perguntou – esquecendo-se de que ela própria se tornara sacerdotisa quando tinha dezoito anos – como poderiam saber o suficiente das coisas espirituais para escolher viver daquela maneira. Pensara que freiras em conventos cristãos deveriam ser tristes e pesarosas, sempre conscientes do que os padres diziam sobre o pecado de ter nascido mulher, mas essas eram alegres e inocentes como pássaros, falando alegremente a Morgana sobre a nova capela e pedindo que ela descansasse os joelhos enquanto cavavam a terra para a muda.

— E é sua parente que está enterrada aqui? — perguntou uma das moças. — Consegue ler o que diz? Nunca pensei que fosse aprender a ler, pois minha mãe disse que não era adequado, mas quando vim para cá me disseram que eu precisava saber ler o missal, e agora consigo ler latim! Veja — ela disse, orgulhosa, e leu: — Rei Artur ergueu este túmulo para sua parente e benfeitora, a Senhora do Lago, morta por traição em sua corte em Camelot... não consigo ler a data, mas foi há muito tempo.

— Ela deve ter sido uma mulher muito santa — disse outra das moças —, pois Artur, dizem, foi o melhor e o mais cristão de todos os reis. Ele jamais enterraria uma mulher aqui a não ser que fosse santa!

Morgana sorriu. Elas faziam com que ela se lembrasse das moças na Casa das Donzelas.

— Não diria que era santa, embora eu a amasse. Em seu tempo, houve quem a chamasse de feiticeira maligna.

— Rei Artur jamais permitiria que uma feiticeira maligna fosse enterrada aqui entre pessoas santas — disse a garota. — E no que diz respeito a feitiçarias... bem, há padres e pessoas ignorantes, que estão sempre prontos para gritar feitiçaria se uma mulher é um pouco mais esperta que *eles*! Vai ficar e tomar o véu aqui, mãe? — ela perguntou, e Morgana ficou por um momento espantada com a palavra, e percebeu que falavam com ela com a mesma deferência e respeito que qualquer uma de suas moças na Casa das Donzelas, como se fosse uma anciã entre elas.

— Fiz votos em outro lugar, minha filha.

— Seu convento é tão bom quanto este? Madre Lionors é uma mulher bondosa — afirmou a garota —, e somos todas muito felizes aqui... uma vez tivemos uma mulher entre as irmãs que havia sido rainha. E sei que vamos para o céu, todas nós — completou, com um sorriso —, mas, se fez votos em outro lugar, tenho certeza de que lá é bom, também. Apenas pensei que pudesse talvez querer ficar aqui, para poder rezar pela alma de sua parente enterrada aqui.

A moça se levantou e limpou o vestido escuro.

— Agora pode plantar sua muda, madre... ou gostaria que eu a colocasse na terra?

— Não, farei isso — respondeu Morgana, e se ajoelhou para apertar a terra fofa em torno das raízes da planta. Quando se levantou, a moça disse:

— Se quiser, madre, prometo vir aqui e rezar todos os domingos por sua parente.

Por alguma razão absurda, Morgana sentiu que lágrimas afloravam em seus olhos.

— Uma prece é sempre uma coisa boa. Sou grata a você, filha.

— E a senhora, em seu convento, seja onde for, deve rezar por nós também — afirmou a moça, simplesmente, pegando a mão de Morgana enquanto ela se levantava. — Aqui, madre, deixe-me limpar seu vestido. Agora precisa vir ver nossa capela.

Por um momento Morgana sentiu-se inclinada a protestar. Havia jurado, quando deixou a corte de Artur pela última vez, que jamais entraria novamente em uma igreja cristã; mas aquela moça era tão parecida com uma de suas jovens sacerdotisas que não profanaria o nome pelo qual ela conhecia seu Deus. Deixou que a moça a levasse para dentro da igreja.

Naquele outro mundo, pensou, *a igreja onde os cristãos antigos veneram deve ficar exatamente neste lugar; alguma santidade de Avalon certamente deve atravessar os mundos, através das brumas... não se ajoelhou nem fez o sinal da cruz, mas baixou a cabeça diante do altar principal da igreja; e a garota a puxou gentilmente pela mão.*

— Venha — ela disse. — O altar principal é de Deus e sempre tenho um pouco de medo aqui... mas não viu *nossa* capela, a capela das irmãs... venha, madre.

Morgana seguiu a jovem para a capelinha lateral. Havia flores ali, braçadas de flores de macieira, diante da estátua de uma mulher de véu coroada com um halo de luz; e em seus braços ela trazia uma criança. Morgana respirou estremecendo e baixou a cabeça diante da Deusa.

— Aqui temos a Mãe de Deus, Maria Imaculada — disse a moça. — Deus é tão grande e terrível que sempre tenho medo diante do altar *dEle*, mas, aqui na capela de Maria, nós, que somos suas virgens devotas, podemos vir a ela como nossa Mãe, também. E, veja, aqui temos pequenas estátuas de nossas santas, Maria, que amou Jesus e enxugou seus pés com os próprios cabelos, e Marta, que cozinhou para ele e repreendeu a irmã quando ela não foi ajudá-la... gosto de pensar em Jesus quando ele era um homem de carne e osso que fazia algo por sua mãe, quando transformou água em vinho, para que ela não ficasse infeliz por não haver vinho para todos. E aqui está uma estátua muito velha que nosso bispo nos deu, de sua terra natal... uma das santas deles, seu nome é Brígida...

Morgana olhou para a estátua de Brígida e podia sentir o poder que emanava dela em grandes ondas que permeavam a capela. Ela baixou a cabeça.

Mas Brígida não é uma santa cristã, ela pensou, *até mesmo Patrício pensa assim. É a Deusa como é venerada na Irlanda. E eu sei disso, e, mesmo que pensem de outro modo, essas mulheres conhecem o poder da Imortal. Por mais que a expulsem, ela prevalecerá. A Deusa jamais se retirará da humanidade.*

E Morgana baixou a cabeça e sussurrou a primeira prece sincera que já dissera em uma igreja cristã.

— Ora, veja — disse a noviça, enquanto a levava para fora, sob a luz do sol —, temos um dos Espinheiros Sagrados aqui também, não o que plantou no túmulo de sua parente.

Morgana pensou: *E achei que poderia me meter nisso?* Certamente a coisa sagrada trouxera a si mesma de Avalon, movendo-se, conforme os santos eram retirados de lá, para o mundo dos homens, onde precisavam mais dela. Ficaria escondida em Avalon, mas se mostraria no mundo também.

— Sim, vocês têm o Espinheiro Sagrado, e nos dias que virão, enquanto esta terra durar, cada rainha receberá o Espinheiro Sagrado no Natal, uma lembrança daquela que é rainha no céu e em Avalon.

— Não sei do que está falando, madre, mas agradeço sua bênção — disse a jovem noviça. — A abadessa a espera na casa de hóspedes... ela tomará o desjejum com a senhora. Mas gostaria, talvez, de ficar na capela da Senhora primeiro e rezar um pouco? Às vezes, quando estamos sozinhas com a Santa Mãe, ela pode tornar as coisas mais evidentes para nós.

Morgana assentiu, sem conseguir dar uma resposta, e a moça, então, disse:

— Muito bem. Quando estiver pronta, basta vir para a casa de hóspedes.

Ela apontou, e Morgana voltou para a capela e baixou a cabeça, e por fim cedeu e caiu de joelhos.

— Mãe — ela sussurrou —, perdoe-me. Pensei que deveria fazer o que agora vejo que pode fazer por si mesma. A Deusa está dentro de nós, sim, mas agora sei que está no mundo também, agora e sempre, como está em Avalon e no coração de todos os homens e mulheres. Esteja em mim também agora e me guie, e diga-me quando preciso apenas permitir que faça sua vontade...

Ficou em silêncio, ajoelhada, por um longo tempo, de cabeça baixa, mas então, como se fosse forçada, olhou para cima e, como vira no altar da antiga irmandade católica em Avalon, como vira quando o carregava no salão de Artur, viu uma luz no altar e nas mãos da Senhora – e a sombra, apenas a sombra, de um cálice...

Está em Avalon, mas está aqui. Está em todos os lugares. E aqueles que precisam de um sinal neste mundo sempre o verão.

Havia um perfume doce que não vinha das flores; e por um momento Morgana teve a impressão de que a voz de Igraine sussurrava para ela... mas não podia ouvir as palavras... e as mãos de Igraine tocavam sua cabeça. Quando se levantou, cega pelas lágrimas, subitamente aquilo se precipitou sobre ela, como uma grande luz.

Não, não fracassamos. O que disse para reconfortar Artur em sua morte era tudo verdade. Fiz o trabalho da Mãe em Avalon até que por fim aqueles que vieram até nós pudessem trazê-la a este mundo. Não fracassei. Fiz o que me cabia fazer. Não foi ela, mas eu, em meu orgulho, que pensei que deveria ter feito mais.

Fora da capela, o sol já se punha, e havia um odor fresco de primavera no ar. As macieiras se moviam na brisa da manhã e ela via flores que gerariam frutos em sua estação.

Voltou o rosto para a casa de hóspedes. Deveria ir até lá e tomar o desjejum com as freiras, falar talvez dos velhos dias em Camelot? Morgana sorriu gentilmente. Não. Estava repleta de ternura por elas e também pelas macieiras em flor, mas aquele tempo havia passado. Virou as costas para o convento e desceu em direção ao lago, pelo velho caminho ao longo da margem. Ali havia um lugar em que o véu entre os mundos era tênue. Não precisava mais convocar a barca – tinha apenas que caminhar através das brumas e estaria em Avalon.

Seu trabalho havia terminado.

SOBRE A AUTORA

MARION ZIMMER BRADLEY nasceu no estado de Nova York, Estados Unidos, em 1930. Começou sua destacada carreira como autora em 1961, com seu primeiro romance, *A porta através do espaço*. No ano seguinte, escreveu o primeiro livro da popular série Darkover, *Sword of Aldones* [Espada de Aldones], logo indicado ao Hugo Award. Seu romance *A torre proibida* também foi indicado ao Hugo, e *A herança de Hastur*, ao Nebula Award.

As brumas de Avalon, primeiro livro do aclamado Ciclo de Avalon, foi a obra de maior sucesso da carreira de Bradley. Recebeu o Locus Award em 1984 na categoria Melhor Romance de Fantasia e está entre os mais vendidos da revista Locus há anos.

Bradley morreu em 1999.

Carta de Diana L. Paxson

Marion Zimmer Bradley morreu em 25 de setembro de 1999. Na semana seguinte à sua passagem, minha caixa de entrada se encheu de mensagens de pessoas em luto por ela. Vinham de mulheres e homens, fãs de ficção científica e pagãos, membros da Sociedade para o Anacronismo Criativo e pessoas de todas as outras comunidades que apreciavam seus muitos romances; mas, sobretudo, vinham de leitores que amavam *As brumas de Avalon.*

Com a morte de Marion, não perdi apenas minha autora predileta, mas uma irmã e uma amiga. Eu a conhecia havia mais de trinta anos, e, quando me casei com seu irmão adotivo, o escritor Jon DeCles, tornei-me parte da família. Durante muitos anos eu e meu marido dividimos a casa com seu irmão, Paul Edwin Zimmer (também escritor de fantasia), e a família dele, e a mãe dela morou conosco até morrer.

Marion leu minha primeira tentativa de romance, e a leu novamente depois que segui seu conselho e a reescrevi. Trabalhamos juntas como sacerdotisas no movimento da espiritualidade feminina e fundamos o Darkmoon Circle, que segue forte ainda hoje. Quando me estabeleci como escritora, trocamos ideias e manuscritos. Quando ela quis fazer uma antologia de trabalhos de pessoas associadas à nossa família e nossa à colônia virtual de escritores, a batizou com o nome de minha casa, Greyhaven.

Mas, quando Marion contou pela primeira vez sua intenção de escrever um romance arturiano, encarei a ideia com ceticismo. Certamente, depois do tratamento moderno de T. H. White e Rosemary Sutcliffe à história, não havia muito a dizer. Contudo, ela sabia que eu me especializara em literatura medieval em minha pós-graduação, e, quando me procurava a respeito de informações, ficava feliz em ajudar da maneira que podia. Não que Marion precisasse de muita ajuda, pois mergulhara na tradição arturiana desde a infância.

Li os primeiros capítulos do que se tornaria *As brumas de Avalon* com empolgação crescente, pois Marion havia de fato encontrado uma nova abordagem da lenda, que era particularmente relevante para a cultura da época. Mas não era algo surpreendente – um dos grandes dons de Marion como escritora era dizer algo no momento certo a um grupo de pessoas que tinha muita necessidade de escutá-lo. Daquela vez, era uma investigação do papel da mulher na lenda do rei Artur – e, em suas mãos, tornou-se uma história profundamente evocativa da luta das mulheres para sobreviver em um mundo masculino.

Particularmente, era a história da busca espiritual de uma mulher. A espiritualidade de Avalon deriva da tradição dos Mistérios Britânicos, especialmente na interpretação da escritora ocultista Dion Fortune, cuja personagem LeFay Morgan é tanto progenitora quanto descendente de Morgana. Além disso, Marion buscou inspiração no livro de não ficção de Dion Fortune, *Glastonbury: Avalon of the heart* [Glastonbury: Avalon do coração]. Dion Fortune viveu por um período em Glastonbury, local do Tor de Glastonbury e ainda hoje centro sagrado de peregrinação para muitos.

Embora Marion tenha viajado às ilhas Britânicas várias vezes para visitar locais arturianos e fazer pesquisas, percebeu cedo que, para ser fiel à sua visão, precisaria abandonar a história e, em vez disso, contar a verdade da lenda. O artifício brilhante de colocar Avalon no meio do caminho entre o nosso mundo e o encantado permitiu que ela a embelezasse com estruturas e uma sociedade desconhecidas da arqueologia.

As lendas arturianas têm lugar único na literatura em língua inglesa e parecem ser capazes de infinitas reinterpretações. Minha própria versão, *Hallowed Isle* [Ilha sagrada], é mais fiel à história, mas *As brumas de Avalon* projetam uma longa sombra, que apenas evitei ao colocar minhas sacerdotisas no Lake Country (Distrito dos Lagos), no norte da Inglaterra!

Por anos após a publicação de *Brumas*, várias mulheres continuaram a vir ao Darkmoon Circle em busca do colégio de sacerdotisas de Avalon. Não foram enganadas, pois a qualidade de interação entre as mulheres, assim como a espiritualidade, reflete a atmosfera no círculo. Foi um tempo de grande excitação, no qual percebemos que era possível criar uma prática religiosa que atendesse nossas necessidades, e que a Deusa, longe de estar confinada à mitologia antiga, estava viva, bem e ansiosa para se comunicar. O que Marion descrevia no novo livro – que originalmente teve o título de *Senhora da Magia* – era o que experimentávamos todos os dias quando nos reuníamos.

Mas ninguém esperava o que aconteceu quando *As brumas de Avalon* foi publicado. Parte do sucesso sem dúvida se devia ao espírito editorial e promocional de Judy Lynn Benjamin Del Rey, que fez com que o livro fosse resenhado no *New York Times*. Mas o resto precisa ser creditado à habilidade de Marion de ecoar o *espírito da época*. Resenhas elogiosas certamente ajudaram, mas o que fez do livro um campeão de vendas foi a publicidade boca a boca, e isso é o que mantém seu sucesso hoje. As pessoas compraram o livro, leram e adoraram, e então adquiriram exemplares para os amigos. Subitamente, Marion se viu famosa no mundo.

Não era o que havia esperado – muito menos que pessoas começassem a telefonar para ela no meio da noite procurando aconselhamento espiritual. Nem a própria Morgana poderia satisfazer as expectativas depositadas sobre a autora de *As brumas de Avalon*. Marion continuou a escrever, mas começou a se retirar do olhar do público.

Sua saúde também estava começando a ficar frágil. Aos problemas cardíacos que sofria havia anos somou-se a diabetes, e então teve uma série de derrames. Ela conseguiu completar a primeira versão de *A casa da floresta*, uma história baseada na ópera *Norma*, que quisera escrever por muitos anos, mas os efeitos de sua doença eram contundentes, e ela me pediu ajuda para revisá-lo. Ficamos ambas contentes com o resultado, embora não houvesse muito o que fazer para tonar Gaius mais agradável – seu personagem, afinal, é baseado no papel do tenor da ópera.

Como discuti o livro com Marion, comecei a entender o lugar do *mythos* de Avalon em sua obra com muito mais clareza. Os personagens de *A casa da floresta* não eram apenas ancestrais das pessoas de Avalon, mas Marion considerava vários deles como reencarnações de personagens importantes de seu romance oculto anterior, que foi posteriormente publicado como *A queda de Atlântida*. Aquilo sugeriu um desenvolvimento posterior do *mythos*, e propusemos um novo projeto, *Senhora de Avalon*, que leva os personagens através de três encarnações; a primeira seção é uma continuação da história de *A casa da floresta*, enquanto a terceira fala sobre a jovem Viviane e ajuda a explicar como ela ficou daquela maneira. Nossa última colaboração, *Sacerdotisa de Avalon*, engloba a seção do meio do livro anterior com a história de Helena, mãe de Constantino. Em *Sacerdotisa de Avalon*, aproveitei a oportunidade para mostrar não apenas a busca espiritual de Helena, mas a posição religiosa de Marion, que era a de estudante dos Mistérios que podia encontrar verdade e inspiração tanto no cristianismo quanto no paganismo. A visão no final de *Brumas de Avalon*, em que a Deusa toma a forma de Virgem Maria, expressa uma verdade além do dogma.

Diana L. Paxson
26 de março de 2001

Este livro foi composto em Garamond Pro
e impresso pela RR Donnelley para a Editora
Planeta do Brasil em outubro de 2017.